Rebecca Ryman

Wer Liebe verspricht

Roman

Aus dem Amerikanischen von
Manfred Ohl und Hans Sartorius

Fischer Taschenbuch Verlag

Limitierte Sonderausgabe
Ungekürzte Ausgabe
Veröffentlicht im Fischer Taschenbuch Verlag,
einem Unternehmen der S. Fischer Verlag GmbH,
Frankfurt am Main, August 2004

Die Originalausgabe erschien unter dem Titel ›Olivia and Jai‹
im Verlag St. Martin's Press Inc., New York 1990
Für die deutsche Ausgabe:
S. Fischer Verlag GmbH, Frankfurt am Main 1990
Druck und Bindung: Clausen & Bosse, Leck
Printed in Germany
ISBN 3-596-50787-1

Kalkutta
1848

Erstes Kapitel

Die Stadt dampfte.

Regenschwere Monsunwolken hingen drohend und grollend am bleigrauen Himmel. Die Nachmittagsluft lag wie eine nasse Decke über der Erde. Sie hielt die drückende Feuchtigkeit gefangen und lähmte selbst die Standhaftesten, denn sie nahm ihren Körpern jede Energie, ihrem Geist alle Willenskraft. Der Hooghly, der Fluß, der die Stadt teilte, kroch wie auf bleiernen Füßen dahin. Er wartete auf die Windböen, die ihn vorwärtstreiben und aus seiner Lethargie reißen würden. Kein Blatt, kein Staubwölkchen regte sich. Aber die Stille barg ein Versprechen: Wenn das Gewitter losbrach, würde es die ersehnte Kühlung bringen, und die Erde konnte wieder frei atmen.

Noch aber dampfte Kalkutta.

Lady Bridget Templewood stand im Küchenhaus und teilte die Zutaten für das Abendessen aus. Die Hitze schien sie nicht zu berühren. Sie hielt sich wie immer kerzengerade. Die Hand mit der langen Holzkelle schöpfte Erdnußöl aus dem Krug und bewegte sich dabei mit der Präzision eines Gerätes, das eigens für diesen Zweck entwikkelt worden ist. Beim Zählen formten ihre Lippen stumme Beschwörungen, und das gab ihr den Anschein einer Vestalin, die ein geheimes Ritual durchführte, von dem das Schicksal des britischen Reichs abhing. Hätte man Lady Bridget das gesagt, wäre sie geschmeichelt gewesen. Selbst in diesem fernen Vorposten des prosperierenden Empire Ihrer Königlichen Majestät glaubte Lady Bridget voll Inbrunst an die Pflichten, die eine englische Dame von Adel gegenüber Königin und Heimat zu erfüllen hatte – und zu diesen Pflichten gehörte auch das Küchenhaus.

Reis, Linsen und grüne Bohnen waren bereits alle sorgsam abgewogen und ausgeteilt. Die Kartoffeln – zwei für jeden und für Estelle keine – wurden gerade vom Küchenjungen geschält. Zwei gerupfte und ausgenommene Hühner lagen neben dem Kohlenherd und warteten darauf, in mundgerechte Stücke zerlegt zu werden. Auf der weißen Marmortischplatte standen Curkumapaste und in Essig eingelegte zerstoßene Chilischoten, außerdem Koriander und Cumin. Die Gewürze sollten für das *Vindaloo*-Curry den bereits schmorenden Zwiebeln in den Topf folgen. Sir Joshuas Gaumen war durch die orientalischen Eßgewohnheiten mit der Zeit unempfindlich geworden, und deshalb verlangte er scharfe Gewürze, obwohl Lady Bridget mit Freuden darauf verzichtet hätte.

Babulal beobachtete schweigend und unbewegt, wie seine Lady Mem gewissenhaft das tägliche Ritual durchführte, aber innerlich kochte er. Er wartete nun schon zwei Tage geduldig auf eine Gelegenheit, die eigenen Familienvorräte aufzufüllen. Es gelang ihm nicht, und das empfand er als Schmach. Seine Frau lag ihm ständig in den Ohren, und überhaupt, fragte er sich empört: ›Ist es nicht eine *Schande*, wenn die Köche in den Häusern reicher *Firanghis*, bei denen die Vorratskammern überquellen, sich soweit erniedrigen müssen, Nahrungsmittel für den eigenen Bedarf auf dem Markt zu *kaufen*?‹ Babulal fragte sich nicht zum ersten Mal, ob das Wenige, das er täglich bei den Besorgungen im Basar beiseite brachte, den Einsatz lohnte. Seine Bitterkeit wuchs, wenn er daran dachte, wie gut andere Köche in weniger knausrigen Häusern für sich sorgten.

»Memsahib, *Memsahib*!«

Das laute Rufen der *Aja* riß Lady Bridget aus der tiefen Konzentration. Ihre Hand zuckte, und Öl lief auf die sauber geschrubbten Steinplatten des Fußbodens. »Was um alles in der Welt ...?«

»Memsahib, schneell, *schneelll*!« Die *Aja* kam schreiend in die Küche gerannt. Sie verdrehte die Augen, und man sah beängstigend viel Weiß in dem schokoladenbraunen Gesicht. »Die amrikaaanische Miss ist vom Gaul in den *Nulla* gefallen ...!« Sie redete hysterisch in Hindustani weiter und brach in Tränen aus.

Lady Bridget stand stocksteif vor dem Ölkrug. Ihre kornblumen-

blauen Augen wurden starr vor Schreck. Die Beschwörungen waren vergessen, und ihr Mund öffnete sich vor Entsetzen. Mein Gott, wenn das leichtsinnige Mädchen sich verletzt hatte. Wie sollte sie Sean jemals wieder unter die Augen treten? Nach einer Begegnung mit ihrem Schwager Sean hatte Lady Bridget zwar kein besonderes Verlangen, aber darum ging es im Augenblick nicht. Ohne an die öligen Finger zu denken, ließ sie die Kelle fallen, raffte ihr gestärktes weißes Musselinkleid und eilte, gefolgt von den Dienstboten, aus der Küche. Alle möglichen Befürchtungen schossen ihr durch den Kopf: Wenn Olivia sich den Hals gebrochen..., das Rückgrat verletzt hatte oder sogar das *Gesicht* verunstaltet war...? Zitternd vor Angst eilte Lady Bridget um den zweistöckigen Bungalow zum Vorgarten, ohne darauf zu achten, daß der Saum ihres Kleides durch Pfützen und feuchte Erde schleppte. Sie rechnete mit dem Schlimmsten, hastete um die letzte Ecke und blieb wie angewurzelt stehen.
Olivia hatte sich keineswegs das Rückgrat gebrochen. Sie war gerade dabei, aus dem Graben hinter der Casuarinahecke zu klettern, die den Rasen von der Auffahrt trennte. In diesem Graben sammelte sich das Regenwasser, das zu einer dicken, braunen Soße geworden war, die an Olivia klebte. Auf der anderen Seite der Hecke stand Jasmine, die weiße Stute. Der Sattel hing schief, und die Zügel waren wie Luftschlangen um ihren Hals geschlungen. Sie wieherte leise und entschuldigend. Olivias neuer Reithut (aus London und erst in der letzten Woche für eineinhalb Rupien bei Whiteaway Laidlaw gekauft) trieb im schlammigen Wasser langsam davon; es lohnte sich nicht, ihn zu retten. Aber noch schlimmer war, daß der Sohn des Stallburschen, dieser freche Kerl, Olivias Hand hielt und versuchte, ihr beim Herausklettern zu helfen. Die beiden schienen die Sache auch noch lustig zu finden!
Lady Bridgets Erleichterung verwandelte sich sehr schnell in Ärger, und ihre Lippen wurden schmal. Trotzdem blieb sie stumm stehen. Es war unvorstellbar, einen Familienangehörigen vor den Dienstboten auszuschimpfen, ganz gleich, wie groß das Vergehen und wie schwerwiegend der Grund auch sein mochte. Sie verscheuchte den unverschämten Bengel, indem sie in die Hände klatschte, und nä-

herte sich grimmig dem Ort des Mißgeschicks. »Bist du verletzt, Olivia?«
Olivia kletterte über den Rand des Grabens und blieb auf dem aufgeweichten Rasen sitzen. »Ich nicht, nur mein Stolz, Tante Bridget.« Sie lächelte kläglich unter dem Schlamm, der auf ihrem Gesicht zu trocknen begann. »*Mist*! Ich war so verdammt sicher, daß ich es noch mal schaffen würde!«
Lady Bridget wurde bei diesen Kraftausdrücken bleich, beschloß jedoch, Olivias ungehöriges Fluchen zu überhören. Gerechterweise mußte man sagen, die fürchterliche Redeweise des Mädchens hatte sich beträchtlich gebessert. Und in acht Wochen konnte man kaum Wunder erwarten, wie es bei einem anständig erzogenen englischen Mädchen vielleicht möglich gewesen wäre. »Kannst du laufen?«
»Ich glaube schon. Vermutlich sind nur die Knie aufgeschürft. Ich habe schon Schlimmeres erlebt, das kannst du mir glauben.« Olivia stand unsicher auf und hob den nassen Rock hoch, um die Stelle zu begutachten, wo sie sich möglicherweise verletzt hatte. »Bucktooth sagt immer, es kommt nur darauf an, *richtig* zu fallen. Ich nehme an, als Rodeoreiter sollte er es wissen.« Sie lachte, warf ihrer Tante ein bezauberndes Lächeln zu und begann, den Rock auszuwringen.
Lady Bridget fand den Ausspruch dieses ›Bucktooth‹ weder amüsant noch beeindruckend. Ein Schauer lief ihr über den Rücken. Sie erkundigte sich bewußt nicht danach, was Bucktooth außer Rodeoreiter – was immer das sein mochte – noch war. Der erschreckende Anblick von Olivias nackten Beinen nahm ihre Aufmerksamkeit voll und ganz gefangen. Sie vermied es bewußt, auf die Beine zu blicken, doch sie sah, daß ihre Dienstboten diese Zurückhaltung keineswegs teilten. Sie hatten noch nie die Beine einer weißen Mem gesehen – waren nicht einmal sicher, ob sie welche hatte – und betrachteten Olivias deshalb mit unverhüllter Neugier. Den Sohn des Stallburschen überraschte die plötzliche Enthüllung so sehr, daß er beinahe rückwärts in den Graben gefallen wäre.
Lady Bridget handelte schnell. »Olivia, geh sofort nach oben und laß dir von Estelles *Aja* ein heißes Bad bereiten. Ich komme nach, sobald ...« Sie drehte sich um und sah zu ihrem Schrecken, daß Babu-

lal sich nicht mehr unter den Zuschauern befand, »... sobald ich mit den Vorräten fertig bin.« Dann stellte sie sich mit finsterer Miene zwischen Olivia, die unbedeckten Knie und die neugierige Gruppe.

»Mama, was ist denn geschehen...?« Estelle lief mit ihrem jungen King-Charles-Spaniel, der aufgeregt bellte, erschrocken die Stufen des Säulenportals herunter. Bei Olivias Anblick verstummte sie, starrte ihre Cousine ungläubig an und lachte dann laut. »Olivia, ich habe es dir ja gesagt. Ich *habe* dir gesagt, das erste Mal war es reines Glück. Ich *habe* dir gesagt, Jasmine würde die Hecke kein zweites Mal nehmen! Das sollte dir eine Lehre sein. Du bist aber auch leichtsinnig! Ach du meine Güte – du siehst vielleicht aus!« Sie bog sich vor Lachen.

»Es reicht, Estelle!« fuhr ihre Mutter sie an. »Ich kann an diesem bedauerlichen Schauspiel nichts Lustiges finden. Hilf deiner Cousine die Treppe hinauf und kümmere dich um ihr Bad, ja? Nimm die Jodtinktur, Verbandszeug und Watte aus dem Schrank und laß aus der Teeküche kochendes Wasser bringen. Ich bin in ein paar Minuten oben.« Sie klatschte in die Hände und erteilte den Dienstboten energisch Befehle. »Los, los, alle zurück an die Arbeit, *juldee, juldee,* marsch, marsch. Rehman, laß vom Wasserträger vier Eimer aus dem *Hammam* hinaufbringen. Du dort, halt keine Maulaffen feil und bring Jasmine zurück in den Stall. Wenn sie sich am Vorderbein verletzt hat, bekommst du es mit dem Sahib zu tun, das weißt du genau. *Aja*, bring die Kleider der Missy Mem auf der Stelle zum *Dhobi*. Sie müssen gekocht und gewaschen werden...«

Ohne noch mehr Zeit zu verlieren, eilte Lady Bridget in die Küche zurück. Babulal, das alte Schlitzohr, hatte sich für seine schrecklich große Sippe bestimmt schon den Turban mit allem vollgestopft, was ihm in die Hände gefallen war. Und Josh würde toben, wenn der Portwein wieder weniger geworden war. Es war die vorletzte Flasche, und mit der vor einem Jahr für Estelles Ball aufgegebenen Bestellung konnte man erst in zwei Wochen rechnen. Olivia hatte sich Gott sei Dank nur leicht verletzt. Alles andere konnte noch ein paar Minuten warten, entschied sie grimmig und eilte ins Küchenhaus.

Und das war wieder einmal ein Beweis dafür, hätte Sir Joshua vermutlich bemerkt, daß Lady Bridget an ihren Prioritäten im Leben kaum einen Zweifel ließ.

*

»Ich dachte, wir hätten uns darauf geeinigt, daß es nicht ratsam ist, bei der Hitze tagsüber auszureiten, und erst recht nicht ohne Begleitung.«

Olivia lag sauber gewaschen und anständig gekleidet auf einer Chaiselongue im oberen Salon. Die Haut glänzte nach dem Bad rosig. Sie trug ein weiches, diesmal olivgrün und aprikosenfarbiges Kattunkleid, das die anstößigen Knie bedeckte, die gesäubert, behandelt und verbunden worden waren. Ihre schweren, kastanienroten Haare fielen wie eine Mähne auf das unter ihrem Kopf zusammengelegte Handtuch. Auch durch ihr Haar erinnerte sie an ein wildes Füllen. Die schmutzigen Reitkleider waren zum *Dhobi*-Haus in den Dienstbotenquartieren gebracht worden. Einer der Gärtner hatte sich hocherfreut den Hut aus dem Wasser geholt, und der Stallbursche meldete, Jasmines Vorderbein sei unverletzt. Aber damit war die Angelegenheit keinesfalls erledigt, denn Lady Bridget hatte noch lange nicht alles gesagt, was sie sagen wollte.

Olivia seufzte. »Ich versichere dir, die Hitze macht mir nichts aus, Tante Bridget. Und ich kenne die Stadt inzwischen so gut, daß ich keinen Begleiter brauche.«

»Du bist die Hitze in den Tropen nicht gewöhnt, Olivia. Die Hitze hier kann einer Frau den zarten weißen Teint ruinieren und zu schrecklichen Hautleiden führen.« Schon während dieser Worte wurde Lady Bridget unsicher. Olivias gesunder, rosiger Teint hatte für europäische Verhältnisse vielleicht nicht ganz den richtigen Farbton, aber auf jeden Fall wirkte er zart. »Und vergiß nicht«, fügte sie rasch hinzu, »das hätte dir auch anderswo zustoßen können, und dann wärst du den Eingeborenen ausgeliefert gewesen.«

Estelle saß am Fenster und beschäftigte sich mit ihrem Aquarell, einem Stilleben mit Früchten in einer Schale, die sie regelmäßig leer aß. Sie schnaubte: »Papa sagt, Olivia hat den besten Sitz, den er je bei einer Frau gesehen hat. Sie ist nur gestürzt, weil sie eigensinnig war.«

Ein Blick ihrer Mutter ließ sie verstummen. »Ich weiß, daß Olivia gut reitet, aber das tut nichts zur Sache. *Keine* anständige Europäerin hier riskiert Unannehmlichkeiten, indem sie sich allein aus dem Haus wagt!«

»Aber sie ist keine Europäerin und dort, wo Olivia herkommt, lernen die Frauen, auf sich selbst aufzupassen. Sie werden nicht am Schürzenzipfel ihrer Mutter festgebunden.«

Ehe der ewige Streit wieder aufflammen konnte, erklärte Olivia hastig: »Ich bin nur zum Ufer hinuntergeritten, Tante Bridget, und ich hatte nicht die Absicht, lange zu bleiben.«

»Ich habe nicht an deinen Absichten gezweifelt, liebes Kind«, seufzte ihre Tante, »sondern nur an deiner Vorgehensweise. Für eine Frau ist es in Indien zu unsicher, allein unterwegs zu sein. Eine weiße Frau ist für die Eingeborenen ein Gegenstand der Neugier. Sie starren uns an, machen ungehörige Bemerkungen und kommen auf Ideen, die weit über die ihnen zustehende Stellung hinausgehen.« Lady Bridget blieb betont geduldig und fragte sich dabei, wie oft sie dieses eigensinnige Mädchen wohl noch warnen mußte.

Olivia richtete sich mühsam auf und stützte sich auf den Ellbogen. »Die Eingeborenen haben weit weniger gestarrt, als *ich* es getan hätte, wenn plötzlich einer von *ihnen* mitten in Sacramento aufgetaucht wäre! Die Leute im Dorf waren sogar sehr freundlich. Ich habe dem Schlangenbeschwörer mit seinen Kobras zugesehen, und sie haben mir einen Hocker gebracht, damit ich sitzen konnte. Außerdem haben sie mir süßen Tee in einem Tonbecher zu trinken gegeben.« Sie erwiderte den Blick ihrer Tante, ohne mit der Wimper zu zucken. »Er hat köstlich geschmeckt.«

Lady Bridget zuckte zusammen. Tee in Tonbechern bei dreckigen Bauern? Du lieber Himmel, was würde sich das Mädchen noch alles einfallen lassen. Sie konnte ihren Zorn nur mühsam unterdrücken. Was hatte Sean aus Sarahs liebenswertem Kind gemacht! Mit der richtigen Erziehung in England hätte Olivia die Welt zu Füßen liegen können. Ihr Zorn schwand, und Mitleid überkam sie. Sie stand auf,

ging zu ihrer Nichte hinüber, setzte sich neben sie auf die Chaiselongue und nahm beide Hände in ihre.
»Unser Leben hier muß dir seltsam vorkommen, Liebes. Das verstehe ich, besonders angesichts deiner eigenen unkonventionellen Erziehung. Aber in den Kolonien müssen wir zurückhaltend sein und uns von der Menge etwas absondern. Eine überlegene Kultur kann nur in der Exklusivität überleben. Du verstehst doch, was ich damit meine, nicht wahr?«
Es war eine Variation des Themas, das Olivia seit ihrer Ankunft von morgens bis abends zu hören bekam. Wie immer blieb sie unbeeindruckt. »Nach dem Wenigen, was ich gelesen habe, kommt es mir vor, als sei Überlegenheit ein relativer Begriff. Sie ...«
»Was in der Theorie stimmt, entspricht nicht immer der Wirklichkeit, Olivia.«
»Vielleicht. Aber Papa sagt, eine alte Kultur wie diese ...«
»Dein Vater ist ein Idealist.« Lady Bridget preßte die Lippen zusammen, als habe sie ein Wort benutzt, das man vor Kindern nicht aussprechen durfte. »Und er war nie in Indien. Ganz gleich wie alt, das hier ist ein heidnisches Land. Indiens Kultur riecht nach Aberglauben, primitiven Glaubensvorstellungen, ein Greuel für alle wahren ...« Sie brach ab. Wieder einmal ließ sie sich auf einen Disput ein, den sie als nutzlos und längst geklärt erachtete. Olivia hatte die ärgerliche Angewohnheit, logisches Denken als Waffe zu benutzen, und das schätzte Lady Bridget bei Frauen nicht. Es gab ein Richtig und ein Falsch. Daran konnte keine Wortspielerei etwas ändern. Sie stand auf, um das Ende des Gesprächs anzudeuten. »Jedenfalls, um noch einmal auf deinen Unfall zurückzukommen, – ich wäre dir dankbar, wenn du nicht wieder allein ausreiten würdest. Der Sohn des Stallburschen ist zwar ein respektloser Flegel, aber er kann mit einem Pferd Schritt halten und mit einer Nachricht zurückkommen, falls du mit den Eingeborenen Schwierigkeiten hast.«
Estelle kicherte. »Wenn Olivia Schwierigkeiten mit den Einheimischen hat, dann können die *Eingeborenen* sich auf etwas gefaßt machen. Sie zieht ihren Colt und schießt sie mausetot, nicht wahr, Oli?«

»Wie bitte?!« Lady Bridget rang nach Luft und suchte Halt am Türrahmen. Olivia stöhnte innerlich. Diese alberne Estelle war wirklich unmöglich. »Wenn deine Cousine eine Waffe trägt, Estelle, dann liegt es vielleicht daran, daß sie noch nicht begriffen hat, daß es in Indien nicht *ganz* wie im Wilden Westen zugeht – und, dank England, wahrscheinlich auch *nie* so zugehen wird. Aber im Augenblick wäre es mir lieber, du würdest dich nicht in Sachen einmischen, die dich nichts angehen.« Lady Bridget rauschte aus dem Zimmer und schlug die Tür hinter sich zu.

Olivia starrte ihre Cousine an. »Wenn du doch nur aufhören würdest, dich ständig für mich einzusetzen, Estelle! Mit diesem unnötigen Eifer machst du mir nur noch mehr Schwierigkeiten – und dir ebenfalls. Jetzt weiß sie, daß ich einen Colt habe, und sie ist wütend.«

»Unsinn! Mama kommandiert dich genauso herum wie mich. Und ich finde einfach, wir sollten uns das nicht länger gefallen lassen!« Ihre blauen Augen, die so sehr denen ihrer Mutter glichen, verrieten keine Anzeichen von Reue.

»Sie kommandiert weder dich noch mich herum«, erwiderte Olivia scharf. »Sie hat ihre Prinzipien wie jeder andere auch. Das ist alles.« Olivia hatte nicht vor, Estelle zu verraten, daß sie manche Prinzipien ihrer Tante absurd fand.

»Prinzipien, *pah*!« Estelle zog einen Schmollmund und blickte nachdenklich auf eine Orange. »Für dich ist das ganz schön und gut, *du* wirst nur ein Jahr darunter leiden. *Ich* muß mich mein *Leben* lang damit abfinden!«

»Nur falls du dich dafür entscheidest, eine alte Jungfer zu werden, und *das* kann ich mir nicht vorstellen!« Olivia grinste.

Estelle schüttelte verächtlich die flachsblonden Locken und tauchte den Pinsel in die leuchtendrote Farbe. »Ich werde dafür sorgen, daß es nicht soweit kommt! Wenn ich achtzehn bin, tu ich, was mir paßt, darauf kannst du Gift nehmen!«

»Du tust heute schon so ziemlich alles, was dir paßt.«

»Nicht so wie Polly. *Ihre* Mutter erlaubt ihr zum Beispiel, Lippenpomade und Wimperntusche zu benutzen und mit ihren Verehrern zu *Burra khanas* zu gehen.« Estelle schob die Aquarellfarben von sich, griff nach der Orange und begann mißmutig, sie zu schälen. »Onkel Sean hat dich nie herumkommandiert, oder? Kannst du dir vorstellen, daß Papa *mir* erlauben würde, einen Colt zu tragen, oder daß er mich auf einen Treck im Planwagen mitnehmen würde?«

»In Indien macht man keine Trecks mit dem Planwagen«, gab Olivia zu bedenken.

Estelle wischte diesen Umstand mit einer Handbewegung beiseite. »Onkel Sean hat dich immer als Erwachsene behandelt. Warum können sie mich nicht auch so behandeln? Mir wird nicht einmal erlaubt zu *essen*, was und wann ich will, ohne daß Mama ein Theater macht.« Sie starrte wütend auf die Orangenschnitze, verschlang sie alle auf einmal und spuckte die Kerne trotzig aus dem Fenster.

»Trotzdem tust du es«, bemerkte Olivia trocken. »Du bestichst Babulal, und was du bei Tisch nicht haben kannst, läßt du dir später von ihm in der Küche geben. Glaube ja nicht, ich hätte die Keksdosen unter deinem Bett nicht gesehen.«

»Ich werde doch nicht zulassen, daß Mama mich verhungern läßt, so wie sie versucht, mich zu unterdrücken. Ich wette, Onkel Sean hat *nie*...«

»Wir sind unter völlig verschiedenen Umständen aufgewachsen, Estelle«, unterbrach sie Olivia, der die hartnäckige und unangebrachte Bewunderung ihrer Cousine immer Unbehagen bereitete. Estelle war liebenswert, obwohl sie ihre Cousine auch zur Verzweiflung bringen konnte. Aber Olivia wollte sich nicht vorwerfen lassen, sie habe *ihre* Estelle gegen *ihre* Eltern aufgehetzt. Sie wechselte deshalb rasch das Thema. »Sag mal, ist Onkel Josh wirklich sicher, daß das Schiff planmäßig einläuft? Stell dir vor, dein neues Kleid kommt nicht rechtzeitig!?«

Schlagartig waren alle Probleme vergessen, und Estelles Miene hellte sich auf. »Papa hat es *versprochen*, und er wird nicht zulassen, daß mich jemand enttäuscht. Ach Olivia...«, überwältigt von dem plötzlichen Stimmungsumschwung jubelte sie, nahm Clementine, den kleinen Spaniel, in die Arme und drückte ihn an sich. Dann sagte sie mit einem Seufzer: »Ich würde es nicht überleben, ganz einfach nicht überleben, wenn jetzt noch etwas schiefgehen sollte. Ich

könnte der blöden Charlotte Smithers nie mehr unter die Augen treten, nach allem, was sie zu Jane über mein Ensemble gesagt hat. Weißt du, was Jane gesagt hat? Sie hat doch tatsächlich die Frechheit besessen, Mrs. Cleghorne zu sagen, die es sofort Marie erzählt hat, die es wiederum Polly gesagt hat, daß ...«
Olivia schloß die Augen und hörte nicht mehr zu. Sie war zufrieden, daß Estelle nun ihre ganze Energie auf den kommenden wichtigsten Tag ihres Lebens richten würde – auf den achtzehnten Geburtstag im nächsten Monat und den geplanten Ball, mit dem sie in die Gesellschaft eingeführt wurde. Olivia ließ den Schwall bekannter Klatschgeschichten, die ihre aufgeregte Cousine erzählte, über sich ergehen, ohne darauf zu achten. Estelle gab sich mit ihren einsilbigen Bemerkungen auch völlig zufrieden.
Ein Jahr. Zwölf Monate.
Dreihundertfünfundsechzig Tage – weniger (erst!) sechzig ...
Unter dem beruhigenden Geplätscher von Estelles Klatsch überließ sich Olivia dem vertrauten Strom der eigenen Gedanken. Wie würde sie die dreihundertundfünf restlichen Tage ihres Exils überleben? Das Jahr lag freudlos wie eine Wüste vor ihr. Sie hätte nie nach Indien kommen, niemals dem wohlmeinenden Zureden ihres Vaters nachgeben sollen. Sie hätte darauf bestehen müssen, daß er sie mitnahm, wie er es so oft in der Vergangenheit getan hatte. Verdrießlich und wahrscheinlich zum hundertsten Mal gestand sich Olivia, es sei wohl doch ein Fehler gewesen, nach Indien zu kommen ...
Ähnlichen Überlegungen hing auch Lady Bridget nach, während sie geistesabwesend das Schneiden der Bougainvillea an der vorderen Säulenveranda des Hauses beaufsichtigte. Wäre Olivia nicht so unverkennbar beiden Eltern nachgeschlagen, sagte sie sich stumm, hätte es keine Probleme gegeben. Der Eigensinn, die Halsstarrigkeit, das entschlossene Kinn, die entwaffnenden haselnußbraunen Augen mit dem unschuldigen Feuer, das strahlende Lächeln, bei dem ihr Gesicht von innen zu leuchten schien, die Verletzlichkeit hinter dem Trotz – all das hatte Olivia von Sarah. Wenn man Sarahs schrecklichen Geschmack bei der Wahl ihres Ehemanns einmal außer acht ließ, hatte sie viele Tugenden besessen; wenn auch ein scharfer Ver-

stand und die Fähigkeit, kluge Gedanken zu artikulieren, nicht dazugehörten. Diese beiden Dinge hatte Olivia eindeutig von ihrem gräßlichen Vater. Ganz gleich, was Lady Bridget von ihm hielt, sie konnte nicht leugnen, daß Sean O'Rourke intelligent war. Daß er seine Intelligenz verschwendete, indem er Hirngespinsten nachjagte, hätte Lady Bridget vielleicht als *seine* Angelegenheit abgetan – wenn er nicht die arme Sarah damit ins Grab gebracht und seine Tochter durch und durch mit seinem Radikalismus verseucht hätte. Olivia hatte nicht einmal eine englische Erzieherin gehabt! Und welcher englische Herr aus guter Familie würde ein Mädchen heiraten wollen, das wie ein Politiker debattierte und Vorträge hielt, wo nur ein Kuß erwünscht war?

Lady Bridget schimpfte wütend mit dem Gärtner, weil er die Bougainvillea hatte wild wachsen lassen, und drohte, ihm vier *Annas* vom Lohn abzuziehen. Aber sie war nicht bei der Sache. Olivias wachsender Einfluß auf Estelle war sicher nicht Olivias Schuld. Trotz ihres erschreckend direkten Wesens war Olivia praktisch, einfallsreich und (wenn sie wollte!) überaus vernünftig. Man konnte dem Mädchen keinen Vorwurf daraus machen, daß man ihr erlaubt hatte, in einem Land zu verwildern, das eine Wildnis war. Ebensowenig war Olivia schuld daran, daß Estelle ihre schlechteren Eigenschaften übernahm. Aber das wachsende Aufbegehren ihrer Tochter beunruhigte Lady Bridget. Die englische Gesellschaft sah den Amerikanern vieles nach, weil sie es nicht besser wußten. Bei einer jungen Engländerin, die inmitten der geheiligten Traditionen der Aristokratie geboren und aufgewachsen war, wurde radikales Verhalten weder leicht vergeben noch schnell vergessen.

Soweit es um Olivia ging, kannte Lady Bridget nicht nur ihre Pflichten, sondern sie war ebenfalls entschlossen, diese Pflichten so gut zu erfüllen, wie ihre beachtlichen Fähigkeiten es erlaubten. Sorgen machte ihr Estelles Zukunft. *War* es ein Fehler gewesen, fragte sich auch Lady Bridget zum hundertsten Mal, Olivia hierhier zu holen, ehe Estelle standesgemäß verheiratet war ...?

*

»*Vindaloo*? Oh, wunderbar.« Estelle machte sich mit großem Appetit über das Curry her. »Kommt Papa wieder spät?«
»Dein Vater hat gesagt, wir sollen mit dem Abendessen nicht auf ihn warten. Er wird mit Arthur später im Arbeitszimmer essen.« Lady Bridget bedeutete Rehman, dem Diener, die Schüssel aus dem Blickfeld ihrer Tochter zu entfernen.
»Es ist wieder wegen der Sache mit der *Sea Siren,* nicht wahr?« Estelle überlistete geschickt den Diener und nahm sich noch einen letzten Löffel Reis. »Man sagt, das Schiff ist wegen der Opiumladung überfallen worden.«
»So? Frag deinen Vater. Ich habe keine Ahnung. Übrigens«, sie runzelte die Stirn, »Jane Watkins hat geschrieben, daß sie morgen früh beide Kleider bringt. Wenn du willst, daß sie dir noch passen, Estelle, rate ich dir zu etwas mehr Zurückhaltung bei den Mahlzeiten. Ich bin nicht damit einverstanden, daß du dir für die *Burra Khana* bei den Pennyworthys noch ein Kleid machen läßt.«
»Ach, das hatte ich völlig vergessen! Aber kann sie wenigstens für das grüne Georgettekleid meine Maße nehmen, Mama? Das heißt, wenn Olivia nichts gegen das beige einzuwenden hat.«
»Nein, ich habe nichts gegen das beige.« Olivia sank das Herz – schon *wieder* eine Abendgesellschaft? Kannten die Leute hier keine andere Art der Unterhaltung? Seit ihrer Ankunft war sie einmal, manchmal zweimal in der Woche und an den Wochenenden noch öfter eingeladen gewesen. »Außerdem brauche ich kein neues Kleid. Ich habe mehr, als ich tragen kann. Danke.«
»Estelle hat schon zwei grüne. Olivia, ich finde, du solltest das Georgettekleid haben«, sagte Lady Bridget entschieden. Sie war entschlossen, keinen Unterschied zwischen den Mädchen zu machen. »Weißt du, grün steht dir gut.«
»Oh, Estelle steht grün besser«, erwiderte Olivia augenzwinkernd, »wie der schneidige Hauptmann Sturges zweifellos bereits festgestellt hat.«
Estelle warf spielerisch mit der Serviette nach ihrer Cousine. »Wen interessiert das schon? Aber der arme Freddie Birkhurst verdreht wie ein Mondkalb die Augen nach *dir*. Hab ich recht, Mama?«

»Wenn Olivia Mr. Birkhursts Interesse geweckt hat«, sagte ihre Mutter zufrieden lächelnd, »finde ich nichts Falsches daran. Deine Cousine ist eine sehr gut aussehende, sehr akzeptable junge Dame aus sehr guter Familie...«, beinahe hätte sie ›mütterlicherseits‹ gesagt, überlegte es sich aber anders. »Ich hätte es dir schon früher sagen sollen, Olivia, aber ich habe es vergessen – Freddie Birkhurst hat geschrieben und gefragt, ob er dich nächste Woche zu den Pennyworthys begleiten darf. Natürlich habe ich sein Angebot dankend angenommen. Es ist dir doch recht?«
Olivia konnte es nur mit großer Mühe unterlassen, ihre Tante davon in Kenntnis zu setzen, daß es ihr keineswegs recht war! Freddies unübersehbare Vernarrtheit in sie war ihr peinlich und ärgerte sie ebenso wie die Annahme seiner blödsinnigen Einladung durch ihre Tante. »Muß ich überhaupt gehen?« fragte Olivia unverblümt und umging damit das eigentliche Thema.
»Ich dachte, junge Mädchen *lieben* Gesellschaften!« Innerlich schlug Lady Bridget die Hände über dem Kopf zusammen. Was war mit Olivia nur los? Hatte ihr unvernünftiger irischer Vater dem Kind überhaupt kein Gefühl für das gesellschaftliche Leben mitgegeben? »Man kann doch den armen Mr. Birkhurst jetzt nicht enttäuschen – oder?«
»Olivia möchte gerade *wegen* Freddie nicht gehen«, erklärte Estelle ungefragt. »Sie sagt, er starrt sie dauernd an, und seine Augen erinnern sie an eingemachte Stachelbeeren.« Sie kicherte und lutschte geräuschvoll an einem Hühnerschenkel. »Du mußt zugeben, Mama, das stimmt.«
Olivia murmelte leise einen streng verbotenen Fluch, und ihre Tante sagte aufgebracht: »Wenn Olivia Mr. Birkhursts freundliche und überaus höfliche Gefälligkeiten nicht passen, steht es ihr frei, mir das selbst zu sagen.« Sie wartete, aber von ihrer verschüchterten Nichte kam keine Reaktion. »Siehst du? Olivia hat keine solchen Vorbehalte. Und ich finde es ungezogen von dir, Estelle, grundlos über die tapferen jungen Männer zu spotten, die so opferbereit die Vorposten unseres Reiches sichern!«
Diese Rüge galt ihnen beiden, aber als Olivia den Blick ihrer Cousine

auffing, hätte sie beinahe ebenfalls angefangen zu kichern. Jeder in Kalkutta wußte, Freddie Birkhurst besaß nur in einer Hinsicht ›Opferbereitschaft‹, und zwar in seiner Neigung zu Wein, Weib und Gesang. Das Reich, so fand Freddie, kam sehr gut ohne ihn als Vorposten aus – oder, wie manch anderer dachte, sogar sehr viel besser.
»Ach, Mama, hör auf, dir Sorgen zu machen! Du mußt keine gute Partie für Olivia finden«, sagte Estelle ungefragt. »Sie wird sich mühelos selbst einen Ehemann angeln. Freddie ist nicht der einzige in der Stadt, der bereit, willens und in der Lage wäre, sie zu erobern. Das sind sie alle.«
Olivia hüllte sich wütend in schockiertes Schweigen, und auch ihre Tante fand nicht sofort die Sprache wieder. Olivia juckte es in den Händen (die sie entschlossen unter dem Tisch hielt), ihrer Cousine eine runterzuhauen. »Ich werde mich sehr freuen, Mr. Birkhursts Angebot anzunehmen«, sagte sie mit zusammengebissenen Zähnen, und irgendwie gelang ihr ein Lächeln. »Es ist sehr nett von ihm.« Sie durchbohrte ihre Cousine mit einem Blick, stand mit einer Entschuldigung vom Tisch auf und floh zur rückwärtigen Veranda.
Endlich brach das Gewitter los.
Die Stille des Abends wich einem Toben von Donnern, Blitzen und peitschenden Windböen. Sie fegten über die Baumwipfel hinweg, die wie Derwische zu Rhythmen tanzten, die eine geheimnisvolle Musik diktierte. Zuckende weiße Lichtpfeile zerrissen den Himmel und verwandelten die Nacht in einen gespenstisch grünen Tag. Hinter den plötzlich um sich schlagenden Akazien am Ende des Gartens hüpfte und tanzte der Hooghly. Als er sich an dem improvisierten Monsunballett beteiligte, türmten sich seine übermütigen Wellen zu beweglichen Mauern. Wenn Olivia inzwischen etwas an Kalkutta liebte, dann waren es die nächtlichen Rituale dieser Jahreszeit. Sie kuschelte sich mit Clementine auf dem Schoß in einen Korbsessel auf der Veranda, sah dem Spiel von Himmel, Erde und Wasser zu und fühlte sich seltsam getröstet und sicher. Selbst auf der anderen Seite des Globus, eine Million Jahre und Meilen von ihren Wurzeln entfernt, war *das* ihr vertraut: das Donnergrollen, das rauschende Wasser in den Dachrinnen, die Regeninsekten, die um die Wandleuchter

tanzten, der satte Geruch der nassen Erde, der Schlamm, der klatschende Regen, das intensive Leuchten des gesättigten Grüns – das alles war hier ganz wie zu Hause.

Zu Hause!

Plötzlich überwältigte sie die Sehnsucht. Ihre Augen begannen zu brennen, und ihre Kehle schmerzte. Aber Olivia biß sich fest auf die Unterlippe und unterdrückte das Heimweh. *Ich werde nicht weinen,* gelobte sie leise und drückte das Gesicht in Clementines warmes, staubiges Fell. *Komme was wolle, ich werde nicht weinen!*

*

Es war nach neun, als die Räder der Kutsche rumpelnd die Auffahrt heraufrollten, und Sir Joshuas lautes *»Koi hai?«* das ganze Haus in Bewegung brachte, während er in fließendem Hindustani Befehle herunterrasselte.

Das Gewitter war schon lange vorüber und hatte eine angenehme Kühle hinterlassen. Am klaren Himmel segelten, von einem sanften Wind getrieben, Wolkengaleonen über die Baumwipfel. Der unvermeidliche Chor der Zikaden und das kontrapunktische Quaken der Frösche mit ihren tiefen Stimmen sorgten für ein Konzert vor der Veranda, wo Olivia immer noch saß und nachdachte. Mit der Ankunft des Hausherrn hörte man auch wieder das geschäftige Treiben der Menschen. Barfüßige Diener eilten stumm wie Mäuse die Treppen hinauf und herunter; die *Punkahs* an den Decken quietschten, während sie Luft fächelten; unter Lady Bridgets strenger Aufsicht klirrten im Anrichtezimmer Gläser, klapperte Besteck und der würzige Duft von warmem Essen lag in der Luft. Von der vorderen Veranda drangen Sir Joshuas tiefes Lachen und Estelles Geplapper zu Olivia herüber, und kurze Zeit später näherten sich schwere Schritte zielstrebig ihrem Sessel.

»Jasmine hat dich heute abgeworfen?«

»Nun ja...« Mit einem vorwurfsvollen Blick auf ihre Cousine hob Olivia die Wange für Sir Joshuas flüchtigen Kuß, »gewissermaßen«.

»Ich hoffe, du bist nicht schlimm verletzt.«
»Überhaupt nicht! Nur ein paar Kratzer. Jasmine hatte die Hecke gestern fehlerlos genommen. Ich hätte einen Silberdollar gewettet, daß sie es noch einmal schaffen würde.« Olivia zog ein schiefes Gesicht. »Glücklicherweise stand der Graben voll Wasser.«
»Glücklicherweise?« Sir Joshua zog eine Augenbraue hoch. »Nun ja, ich würde einen Silberdollar wetten, daß deine Tante anders darüber denkt! Es ist nicht deine Aufgabe, aus der armen, alten Jasmine ein Springpferd zu machen. Versuch es nicht wieder, ja?« Seine Augen blitzten, und er zwinkerte ihr zu. »Wir wollen den Pioniergeist doch etwas mehr zügeln, nicht wahr? Mehr will ich nicht sagen, weil Bridget zweifellos schon alles gesagt hat. Habt ihr gegessen?«
»Ja. Und es ist noch jede Menge *Vindaloo*-Curry für dich und Onkel Arthur übrig.« Estelle drückte liebevoll den Arm ihres Vaters.
»Wirklich? Was hast *du* denn gegessen, oder hast du gefastet?« Er lächelte, tätschelte den wohlgerundeten Hintern seiner Tochter und wandte sich wieder Olivia zu. »Heute morgen ging es in der Handelskammer wieder einmal drunter und drüber. Die neuen Teesteuern schaffen eine Reihe ganz verzwickter Probleme. Komm später zu uns, wenn du Lust hast. Ich werde dir dann erzählen, wie wir würdigen *Boxwallahs* zu keifenden Fischweibern werden, wenn es um Rupien, Annas und Pies geht.« Er drehte sich um und verschwand mit großen Schritten im Haus. Estelle wich nicht von seiner Seite.
Olivias Stimmung hob sich wie immer in Anwesenheit ihres Onkels, den sie sehr mochte. Als Seniorchef von Templewood und Ransome, dem größten Tee-Exportunternehmen in Kalkutta, war er der ungekrönte König unter den Kaufleuten und vor kurzem zum Direktor der hiesigen Handelskammer gewählt worden. Wenn Olivia in den engen Grenzen der Kolonialgesellschaft etwas geistig anregend fand, dann waren es die Kämpfe in der Geschäftswelt der Stadt. Hier herrschte wie in New York und Chicago (von dort hatte Vater ihr viel berichtet) eine mörderische Konkurrenz, besonders im Chinageschäft, wo eine Krähe der anderen bedenkenlos und ohne jedes Mitleid ein Auge aushackte. Es galt nur das uralte Gesetz des Dschungels: Fressen und gefressen werden!

Von ihrem Onkel hatte sie viel über die mächtige Ostindien-Kompanie gelernt, das größte Handelsunternehmen der Welt und die Bastion englischen Unternehmertums. Aus Büchern in Sir Joshuas umfangreicher Bibliothek kannte sie den spektakulären Aufstieg des Unternehmens, das hier allgemein als »die John-Kompanie« bekannt war. Die Ostindien-Kompanie herrschte mit Genehmigung der Krone praktisch über Indien, oder den Teil Indiens, der nicht von den Fürsten regiert wurde. Dank einer eigenen Armee besaß sie eine ungeheure Macht und das Recht, nötigenfalls Krieg zu führen. Die John-Kompanie war 1599 von achtzig geschickten, nüchtern denkenden Geschäftsleuten gegründet worden und machte riesige Gewinne mit den unermeßlichen Reichtümern des Ostens: Gewürze, Seide, chinesischem Tee, Indigo, Jute, Baumwolle für die Spinnereien in Lancashire, Opium, Kampfer, Schellack, Parfüm und zahllosen anderen kommerziell lukrativen Waren. Das Hauen und Stechen im Geschäftsleben erinnerte Olivia an ihre Heimat, wo gewaltige Industrien wie Eisenbahnen, Stahlwerke, Kohlegruben und Minen entstanden, und wo die Konkurrenz in ständig neu entstehenden Bereichen ebenso ungezügelt und hart war wie auf den Märkten des englischen Empire.

Olivias Interesse am Geschäftsleben Kalkuttas amüsierte Sir Joshua, bei ihrer Tante löste es nur noch größere Verärgerung aus. Nachdem die Männer im Arbeitszimmer gegessen hatten, stellte sie ihren Mann im Schlafzimmer zur Rede, als er heraufkam, um sich zu waschen.

»Ich wünschte, du würdest das Mädchen in der törichten Beschäftigung mit solchen Dingen nicht noch ermutigen. Findest du nicht, daß ihre Ansichten auch so unmöglich genug sind?«

Sir Joshua stand vor dem Spiegel, bürstete seinen Backenbart und brummte: »Die Kleine hat viel Verstand in ihrem Kopf. Soll sie ihn doch benutzen, wenn sie das will.«

»Wenn sie so viel Verstand im Kopf hat, soll sie ihn benutzen, um einen anständigen englischen Ehemann zu finden!« erwiderte Lady Bridget. »Sie ist nur für ein Jahr hier, und sie wird nicht jünger. Was würdest du sagen, wenn deine Tochter mit beinahe *drei*undzwanzig noch nicht verheiratet wäre?«

Sir Joshua hatte keine Meinung dazu und zuckte nur mit den Schultern. Er fuhr sich noch einmal über den Backenbart, verließ das Zimmer und hatte das Thema zweifellos bereits völlig vergessen. In der Kunst, seiner Frau ernsthaft zuzuhören, ohne auch nur ein Wort von dem aufzunehmen, was sie sagte, war Sir Joshua ein Meister.

*

Gegen zehn betrat Olivia, gefolgt von Rehman mit dem Kaffeetablett, Sir Joshuas Arbeitszimmer. Die beiden Männer hielten Cognacgläser in der Hand, und die Luft war schwer vom Rauch der Havannazigarren. »Ah, da bist du ja, Liebes.« Sir Joshua hob das Kinn und schnupperte. »Ich stimme Olivia allmählich zu, Arthur. Brasilianischer Kaffee hat sehr viel für sich.«
Arthur Ransome, Sir Joshuas Teilhaber, erhob sich mit einiger Mühe und verbeugte sich. »Das stimmt. Könnte es sein, daß wir uns all die Jahre dem falschen Getränk verschrieben haben?«
Die freundlichen Sticheleien gingen weiter, während sie genußvoll Kaffee tranken und Sir Joshua sie mit einem ausführlichen Bericht über die turbulenten Vorgänge am Morgen in der Handelskammer unterhielt. Dann machte Ransome eine Bemerkung, die Olivia entging, und Sir Joshua wurde ernst. »Ich habe keinen Spaß gemacht, Arthur. Ich finde, es ist ein Plan, der sich verwirklichen läßt, und harte Umstände verlangen hartes Durchgreifen. Dem wirst du doch wohl zustimmen?«
Es war deutlich, daß sie den Faden eines früheren Gesprächs wieder aufnahmen. Ransome schüttelte den Kopf. »Hart ja, aber nicht selbstmörderisch! Jetzt überstürzt handeln, würde bedeuten, die Wirklichkeit aus dem Blick zu verlieren, Josh.«
Olivia hörte aufmerksam zu, ohne die Hintergründe der Meinungsverschiedenheit zu kennen. Ransome war nicht nur der Geschäftspartner ihres Onkels, sondern auch sein engster und bester Freund. Und doch hätten die beiden Männer nicht verschiedener sein können. Sir Joshua war groß, schlaksig und übernahm mühelos die Führungsrolle, ganz gleich, wo er sich befand. Ransome dagegen war

ruhig, ausgleichend, untersetzt, anspruchslos und damit zufrieden, im Hintergrund zu bleiben. Sir Joshua hatte gelegentlich etwas Großspuriges an sich und ließ eine gewisse Skrupellosigkeit erkennen. Ransome dagegen war die verkörperte Vorsicht – vielleicht weil er als Buchhalter Genauigkeit und Richtigkeit schätzte.

»Wir können nicht die Hände in den Schoß legen und zulassen, daß man uns auf unserem eigenen Feld schlägt. Diese Herausforderung muß angenommen werden!« Sir Joshua erhob sich und stand in voller Größe vor seinem sitzenden Partner.

»Andere werden sie annehmen!« gab Ransome zu bedenken.

»Vielleicht. Aber was andere tun, interessiert mich einen Dreck. Da sind große Gewinne zu machen, größere als in London möglich wären. Ich finde, wir müssen *jetzt* versuchen, unseren Anteil an dem Geschäft zu sichern. Stimmt das nicht, Olivia?« Er drehte sich plötzlich um und durchbohrte sie mit seinem Blick.

»Stimmt *was* nicht?« Sie sammelte rasch ihre Gedanken.

»Würdest du nicht sagen, daß unsere Aussichten gut sind, auf euren amerikanischen Märkten Anteile zu erobern, nachdem die furchtbaren ›Tea Parties‹ ein dreiviertel Jahrhundert zurückliegen?«

Olivia dachte nach. Die Gewohnheit des Onkels, sie bei Dingen, von denen sie wenig wußte, nach ihrer Ansicht zu fragen, gefiel ihr, denn zu Hause hatte ihr Vater sie schon als gleichwertig betrachtet, als sie noch sehr viel jünger war. Diesmal wußte sie, wovon ihr Onkel sprach – von der Verordnung, die jedes aus England nach Amerika exportierte Pfund Tee mit drei Pennys Zoll belegt hatte. Es hatte erbitterten Widerstand gegen den Zoll gegeben, und die ersten Ladungen, die 1773 in Boston, Greenwich, Charleston, Philadelphia, New York, Annapolis und Edenton eintrafen, waren ohne weitere Umstände ins Meer geworden worden. Diese Vorfälle wurden unter dem scherzhaften Namen ›Tea Parties‹ bekannt. Die Empörung über diese Steuern war der Auftakt zum amerikanischen Unabhängigkeitskrieg gewesen und hatte den Amerikanern verständlicherweise den Geschmack am Tee weitgehend verdorben.

Olivia rief sich diese Vorfälle ins Gedächtnis, ehe sie Sir Joshuas Frage beantwortete. »Nun, ich weiß, daß manche Leute zu Hause

immer noch nichts kaufen, was aus England kommt. Außerdem trinken beinahe alle, die wir kennen, Kaaf…« Sie erinnerte sich an den erhobenen Zeigefinger ihrer Tante, die diese ›schlechte‹ amerikanische Aussprache getadelt hatte, und berichtigte hastig den langen Vokal. »Kaffee. Die geringe Nachfrage, die nach Tee besteht, wird doch sicher durch amerikanische Importeure gedeckt, die auch die chinesische Küste anlaufen.«
»Siehst du, Arthur?« Sir Joshua schlug sich auf die Schenkel und wirkte sehr zufrieden. »Olivia hat den Nagel auf den Kopf getroffen. *Weil* Nachfrage besteht, machen Astor, Griswold, Howland und der ganze Haufen ein Vermögen. Ich würde weiß Gott liebend gerne einen neuen Vorstoß in Boston unternehmen!«
Ransome zog unbeeindruckt weiter an seiner Pfeife. »Nicht jetzt, Josh. Vielleicht später. Wir verdienen in Mincing Lane und am heimischen Markt sehr gut. Warum sollen wir nach dem Mond greifen, wenn wir es nicht nötig haben?«
»Weil er nur noch eine schmale Sichel sein wird, wenn wir es nötig haben!« Sir Joshua war gereizt und hatte Mühe, sich zu beherrschen. »Hör zu, Arthur, die Amerikaner sind uns im Augenblick überlegen – und weißt du warum? Nicht weil sie besser sind, nein, ganz und gar nicht, sondern weil sie *schneller* sind.«
»Richtig. Aber wir können uns zur Zeit keinen dieser Baltimore-Klipper leisten. Wir müsen uns mit dem begnügen, was wir haben – mit unseren häßlichen kleinen Teepötten –, und das Beste daraus machen. Und das ist nicht schlecht.«
»Gut, alter Junge! Aber wenn wir die Teepötte modernisieren, können sie es leicht mit den Klippern aufnehmen.«
Ransomes rundes, pausbäckiges Gesicht nahm einen vorsichtigen Ausdruck an. »Wie das?«
»Indem wir Dampfmaschinen einbauen.«
Ransome lachte. »Dampfmaschinen! Mein lieber Freund, das sind Pfeifenträume, goldene Berge. Es wird Jahre dauern, ehe maschinengetriebene Schiffe allgemein im Einsatz sind und privaten Kaufleuten zur Verfügung stehen.«
»Da irrst du dich, Arthur.« Sir Joshua hatte die Arme auf dem Rük-

ken verschränkt und trat vor die Glasvitrine, in der die Erinnerungsstücke an die Zeit lagen, als er noch selbst zur See gefahren war – geschnitztes Elfenbein, Jadefigürchen, gravierte Metallschalen, Krüge und Räuchergefäße, Messingbuddhas und Mingvasen. »Die John-Kompanie setzt im Küsten- und Flußverkehr bereits Dampfschiffe ein. In England und Amerika ziehen Dampfmaschinen Züge. Weshalb sollten wir nicht hier damit anfangen?«

»Erstens«, fragte Ransome trocken, »wo ist die Kohle? Die Königliche Marine unterhält ihre eigenen Bunkerstationen, die wir nicht benutzen können. Jeder Brocken, der in Raniganj gefördert wird – und neunzigtausend Tonnen im Jahr sind immer noch sehr wenig –, wird für die im Bau befindliche Bahnlinie von Bombay nach Thana gelagert. Wir wollen keinen Tagträumen nachhängen, Josh.« Sein Ton wurde schärfer: »Von der Kohle, die es im Augenblick gibt, steht nichts für private Unternehmungen zur Verfügung.«

Sir Joshua drehte sich um und kam zurück. Sein Gesicht war plötzlich ausdruckslos. »Raniganj wird wachsen. Es wird andere Kohlegruben geben. Wir wissen zum Beispiel, daß es Kohle in ...« Er machte eine Pause, holte tief Luft und sein kurzes Auflachen hatte plötzlich etwas Durchtriebenes, »in Kirtinagar gibt«.

»Ah!« Ransome atmete hörbar ein. »Ich hatte schon seit geraumer Zeit den Verdacht, daß du *darauf* hinaus willst, Josh. Und jetzt weiß ich, daß du wirklich nach dem Mond greifst!« Er lachte, aber es klang gereizt.

»Wieso? Ich weiß, von welchem Kaliber die einheimischen Fürsten sind. Zeig ihnen hübschen Tand aus Europa, gib ihren Launen nach, schmeichle ihrem Geltungsbedürfnis, erweise ihnen Gefälligkeiten –, und sie verkaufen dir ihre Großmutter, wenn der Preis stimmt.« Sein Gesicht wirkte hart und entschlossen.

Ransome richtete sich langsam auf und sah seinen Partner überrascht an. »Aber Josh, wir kennen beide den Ruf von Arvind Singh. Er ist keiner der Maharadschas, die *du* im Sinn hast.«

»Pah!« Sir Joshua machte eine verächtliche Geste. »Im Innersten sind sie alle gleich – und es gibt mehr als eine Möglichkeit, einen Affen zu fangen. Arvind Singh braucht das große Geld für sein Bewässerungsprojekt. Wenn die Europäer ein Konsortium mit Kaufleuten wie Jardine, Gillanders, Barry und vielleicht einem Jutepflanzer bilden würden, wären wir in der Lage, Arvind Singh ein Angebot zu machen, das er nicht ablehnen *kann*. Es gibt keinen Kaufmann in Kalkutta, der nicht seine Seele für Dampfschiffe verkaufen würde. Wir brauchen nur eine starke Verhandlungsposition.«

Olivia kam es plötzlich vor, als habe sich der Ton des Gesprächs unmerklich gewandelt. Es ging jetzt offenbar nicht mehr nur um eine Meinungsverschiedenheit. Knisternde Spannung lag in der Luft und ein unausgesprochenes Gefühl von Besorgnis. Ransome schwieg lange, während er das rechte Bein bewegte, das stark von Gicht befallen war. Dann sagte er so leise, daß Olivia ihn kaum hörte: »Ich weiß nicht, Josh, ob du den Haken an der Geschichte vergißt oder bewußt nicht sehen willst. Wir wissen beide, daß es wohl kaum darum geht, den Launen des *Maharadschas* nachzugeben. Und genausowenig kann ich glauben, daß du, ausgerechnet du, die andere Möglichkeit erwägst.« Sir Joshua drehte seinem Partner wütend den breiten Rücken zu und ballte die Fäuste gegen die beiden Seiten seines Körpers, schwieg jedoch. Ransome sprach hartnäckig weiter. »Ich bin auch nicht glücklich darüber, Josh, daß dieser Mann seinen Klipper in Clydeside mit einer Dampfmaschine ausgerüstet hat, die das Schiff mindestens doppelt so schnell macht wie unsere Teepötte. Aber *Kala Kanta* ist eine Ausnahme. Gewiß, auch ich bin grün vor Neid auf seinen Erfolg, doch wir *müssen* uns damit abfinden, daß wir ihm auf dem amerikanischen Markt nicht gewachsen sind – zur Zeit nicht. *Kala Kanta* hat einen zu großen Vorsprung. Und nachdem er auch noch auf diesen geschickten Dreh gekommen ist, Tee in kleinen Einzelpackungen zu verkaufen ...«

»Verdammt noch mal! Daran habe ich schon vor zwei Jahren gedacht!«

»Ja«, stimmte Ransome ruhig zu, »aber *Kala Kanta* hat es *getan*.«

»Du drückst dich wohl vor einer Herausforderung, Arthur?« Sir Joshuas Stimme klang hart, störrisch und wütend. »Er hat den Markt noch nicht *ganz* an sich gerissen. Von diesem Mond gibt es immer noch große Scheiben für *uns*!«

»Das mag sehr wohl sein. Aber um *Kala Kanta* im Westen gewachsen zu sein, müßten wir unsere Investitionen im Osten drosseln. Und dazu bin ich nicht bereit. Unser Fundament ist das Chinageschäft. Wir sind für waghalsige Abenteuer in einer anderen Hemisphäre weder gerüstet, noch sind wir darauf vorbereitet. Und diese Herausforderung...«, er ließ die Schultern sinken. »Vor zehn Jahren, als wir jünger, gesünder und auch noch leichtsinniger waren, ja, da hätte ich mich auf das Spiel eingelassen. Aber heute nicht. Vergessen wir die Kohle in Kirtinagar, Josh. Wir wissen beide, daß wir sie niemals bekommen werden.«
Sir Joshua, der ohnehin leicht zu Temperamentsausbrüchen neigte, gab sich größte Mühe, nicht zu explodieren. »Wir können sie bekommen, Arthur, wir *müssen* sie bekommen! Wenn wir unsere Karten richtig ausspielen, *können* wir an ihm vorbei!« Er ging mit großen Schritten zu seinem Schreibtisch und schlug mit der Faust auf die Platte.
»An *Kala Kanta* vorbei?« wiederholte Ransome. »In Kirtinagar?« Mein lieber Josh, bist du von allen guten Geistern verlassen? Es wäre Selbstmord, das auch nur zu versuchen!« Er hielt die Hand hoch und zählte an den Fingern ab: »Ein Lagerhaus durch einen mysteriösen Brand verloren. Unbekannte Seeräuber entern auf hoher See die *Sea Siren* und rauben wertvolles Frachtgut – keineswegs der erste Fall von Freibeuterei bei unseren Opiumsendungen. *Mincing Lane* erhält von unserer Niederlassung in Kanton immer wieder verdorbenen Tee. Und dabei verschickt Marshall besten Suchong und Peko, mysteriöserweise kommen jedoch Schlehen- und Eschenblätter an, die mit Molasse und Quitte gefärbt sind. Von unserem guten Ruf, den wir verlieren, einmal abgesehen, könnten wir nach den neuen Gesetzen schwer bestraft werden – sogar mit Gefängnis. Plötzlich erinnert sich niemand mehr an unsere wunderbare erste und zweite Pflükkung der besten Tees der Welt – an die Tees, für die wir berühmt waren. Inzwischen fängt sogar unsere Versicherung an, verdammt peinliche Fragen zu stellen.« Für einen wortkargen Mann wie Ransome war das eine lange Rede. Er lehnte sich in den Sessel zurück und wischte mit dem Taschentuch den Schweiß von der Stirn.

»Aber ich muß dich nicht an all diese unerquicklichen Vorfälle erinnern, Josh. Sie stehen klar und deutlich in unseren Geschäftsbüchern.«
Sir Joshua blickte aus dem Fenster und nickte geistesabwesend, als habe er nichts gehört. »Wir müssen die Besten bleiben, Arthur«, sagte er leise, »die *Besten.* Wir haben unser Leben lang danach gestrebt, das zu sein. Wenn wir nur in zweiter Reihe stehen, dann kann es nie hinter ihm sein ..., niemals hinter ihm. Und ansonsten, *Kala Kanta* ist nicht unbesiegbar. Er *kann* und er *wird* geschlagen werden!«
»Aber ja, Josh, er ist nicht unbesiegbar«, sagte Ransome mit einem müden Seufzer, »er ist nur *verrückt.* Und er ist ein Hitzkopf, aber das macht ihn doppelt gefährlich. Gott weiß, wir haben zu unserer Zeit mit schmutzigen Tricks gekämpft. Auch *unsere* Hände sind nicht ganz sauber – aber ich habe heute weder die Kraft noch die Lust zurückzuschlagen. Wir können uns gegen diesen tollwütigen Hund nur verteidigen, indem wir ihm nicht in die Quere kommen.«
»Und was haben wir bisher damit erreicht?« fragte Sir Joshua lauernd und mit verächtlichem Blick. »Sollen sich die Vorfälle wiederholen, die du gerade aufgezählt hast?«
»Ich habe keine Lust, noch mehr Schwierigkeiten heraufzubeschwören.« Ransome schob hartnäckig den Unterkiefer vor. »Meinetwegen soll der Schweinehund das Schlimmste tun! Und wir müssen zugeben, es hätte schlimmer sein können, als es bisher war. Wenn man ihm lange genug freien Lauf läßt, tut er uns vielleicht eines Tages den Gefallen und bringt sich selbst an den Galgen. Aber im Augenblick laß die Finger davon, Josh. Laß die Finger davon, das rate ich dir als Freund.«
Sir Joshua unterließ die hitzige Erwiderung, die ihm sichtlich auf der Zunge lag. Statt dessen starrte er finster auf einen Nachtfalter, der gegen einen der maronenfarbigen Vorhänge aus Shantungseide flatterte, als wollte er ihn zerquetschen. Der Nachtfalter ahnte nicht, daß er mit seinem Leben spielte. Er fand einen Spalt und flog in den Garten hinaus. Olivia saß in einem Ohrensessel, der sie zum großen Teil vor den Männern verbarg, und rührte sich nicht. Die Stille

schien so vollkommen und doch so aufgewühlt, daß sie sich schließlich nicht länger zurückhalten konnte. Sie rutschte zum Sesselrand und fragte erregt: »Wer ist dieser ... dieser *Kala Kanta,* von dem ihr gesprochen habt?«
Beide Männer fuhren zusammen. Offenbar hatten sie Olivias Anwesenheit völlig vergessen. Keiner von ihnen antwortete. Sir Joshua faßte sich mit einiger Mühe als erster, und nach einem Augenblick sagte er knapp: »Ach, nur ein Mann, ein Konkurrent. Niemand von Bedeutung.«
Arthur Ransome glich höflich wie immer die Schroffheit seines Partners aus. »*Kala Kanta* ist, offen gesagt, ein Schurke, Miss O'Rourke. Es gibt viele gewissenlose Geschäftemacher in Kalkutta, die eine Schande für die moralische Geschäftswelt sind – vergeben Sie mir den scheinbaren Widerspruch.« Er verzog die Lippen zu einem flüchtigen Lächeln. »Aber was dieser Mann tut, geht weit über alle Grenzen hinaus. Wie auch immer, ich entschuldige mich für uns beide, daß wir Sie einer so beklagenswert langweiligen Erörterung ausgesetzt und unhöflicherweise von dem Gespräch ausgeschlossen haben. Ich hoffe, Sie haben sich nicht allzu gelangweilt.«
»O nein«, erwiderte Olivia wahrheitsgemäß. »Es war faszinierend. Diese Vorfälle, von denen Sie gesprochen haben – sind sie sehr ernst?«
Sie hatte sich angewöhnt, Sir Joshua viele, oft naive Fragen zu stellen, die er üblicherweise nachsichtig und gutmütig beantwortete. Aber jetzt lag ein verärgerter Ausdruck auf seinem Gesicht: »Nein, natürlich nicht. Auf und Ab gibt es immer im Geschäftsleben, und wir sind davon nicht ausgenommen. Im Chinageschäft werden Männer über Nacht Millionäre oder gehen bankrott. Glücklicherweise sind Leute von unserer Beweglichkeit wie Stehaufmännchen sofort wieder auf den Beinen. Stimmt doch, Arthur, nicht wahr?« Er hatte sich gefangen und war wieder guter Laune. Er rieb sich die Hände und lächelte.
»Richtig.« Der kleine gedrungene Ransome erhob sich aus dem Sessel und streckte abwechselnd beide Beine. Olivia fiel auf, daß er den Kopf gesenkt hielt, um dem Blick seines Partners auszuweichen.

Es war beinahe Mitternacht. Ransome war Junggeselle und lebte allein. Deshalb übernachtete er oft bei den Templewoods. Im Gästezimmer im Erdgeschoß hatte man bereits ein Bett für ihn zurechtgemacht. Olivia rief Rehman, der treu vor der Tür des Arbeitszimmers wartete (allerdings war er bereits eingeschlafen), bis sein Herr sich zurückzog, und befahl ihm, das Kaffeetablett und die Cognacgläser abzuräumen. Sie wünschte beiden Männern eine gute Nacht. Ihr Onkel drückte ihr liebenswürdig wie immer einen flüchtigen Kuß auf die Wange und brachte sie zur Tür. Olivia drehte sich noch einmal um, weil sie sich lächelnd für den Abend bedanken wollte, ehe sie die Tür hinter sich schloß. Aber ihr Lächeln gefror, und ihre Augen wurden groß.
Sir Joshuas Gesichtsausdruck war so feindselig, so unverhüllt böse, so haßerfüllt, daß Olivia wie angewurzelt stehenblieb. Es war nur ein kurzer Augenblick, und ebenso schnell war es vorüber, aber er hatte etwas so Abstoßendes an sich, daß es Olivia schauderte.

*

»Sagen Sie«, fragte Freddie Birkhurst, »mögen Sie Krocket?«
Vor zwei Monaten, als sie neu angekommen war, hätte Olivia ohne Zögern gefragt: »Was ist Krocket?« Acht Wochen von Lady Bridgets unermüdlichem Unterricht in der Kunst höflicher englischer Unterhaltung hatten Olivia jedoch Vorsicht gelehrt. Das Problem war, sie konnte sich um alles in der Welt nicht daran erinnern, ob Krocket ein Spiel oder eine Art Hammelkotelett war. Nach einem prüfenden Blick in das ernste Gesicht des ehrenwerten Frederick James Alistair Birkhurst, ihres Begleiters an diesem Abend, beschloß sie, auf Nummer Sicher zu gehen. »Krocket? Ach, ich bin nicht sicher, daß ich so etwas schon einmal versucht habe.«
Freddie sah sie an. Seine hervorquellenden Augen waren gefährlich nahe daran, aus den Höhlen zu fallen. Dann lachte er schallend. »O Miss O'Rourke, Sie haben einen himmlischen Sinn für Humor! Sagen Sie, sind alle Amerikaner so entzückend witzig?« Durch das breite Lächeln verschwand sein bißchen Kinn völlig.

»Es gibt siebzehn Millionen Amerikaner in Amerika, Mr. Birkhurst«, sagte sie kühl. »Da ich nicht alle kenne, kann ich Ihre Frage wohl kaum erschöpfend beantworten.«

Nach zweieinhalb Stunden in Freddies Gesellschaft war Olivia allmählich mit ihrer Geduld am Ende. Seit er sie in seinem eleganten Brougham mit den Wappen an den Türen abgeholt und zu den Pennyworths gebracht hatte, war er keinen Augenblick von ihrer Seite gewichen, es sei denn, um sich ein frisches Glas Whisky geben zu lassen. Als Lady Bridgets amerikanische Nichte zog Olivia bei *Burra Khanas* mühelos die Aufmerksamkeit auf sich, obwohl es das letzte war, das sie sich auf solchen öden Gesellschaften wünschte. An diesem Abend sehnte sie sich trotzdem nach der Aufmerksamkeit anderer, und sei es auch nur, um Freddies Anwesenheit erträglicher zu machen, denn dieser Gentleman himmelte sie an. Ihre Kiefer schmerzten vom obligatorischen Lächeln, und ihre Schläfen pochten aus Mangel an frischer Luft in den überfüllten Räumen. Aber es gab keine Möglichkeit zur Flucht. Selbst Estelle war am Arm ihres schneidigen Hauptmann Sturges verschwunden, und Olivia hatte absolut kein Verlangen danach, in Gesellschaft von Lady Bridget und ihrer Freundinnen Erlebnisse mit Flöhen, Wanzen oder diebischen Köchen auszutauschen.

Olivia schlenderte mit ihrem Kavalier leicht verzweifelt durch einen Raum, in dem es von bekannten Gesichtern wimmelte, denen sie aber nur wenige Namen zuordnen konnte. Wie bei allen *Burra Khanas* sah man auch hier die obligatorischen Uniformen, die übliche Mischung aus Kaufleuten, Bankiers und Beamten der John-Kompanie. Die Herren in Zivil trugen Gehröcke und Hemden mit steif gestärkter Brust. Ein oder zwei junge Burschen waren in sportlichen Reithosen und mit gemusterten seidenen Halstüchern erschienen. Die Damen liebten besonders Krinolinen und Chintz über Reifröcken und üppigen Petticoats. Das eng anliegende Oberteil war mit Rüschenkrägen, Schleifen, Knöpfen, Bändern und Metern von Spitze verziert, die durch das ständige Waschen schlaff herunterhing. Olivia wußte, wenn sie dem Drängen ihrer Tante nachgegeben und das smaragdgrüne Kleid aus Tussahseide angezogen hätte, wäre sie vor

Hitze umgekommen. Das lavendelfarbene Organdykleid mit den kurzen Puffärmeln und dem leicht gerundeten Ausschnitt, für das sie sich statt dessen entschieden hatte, war ungewöhnlich schlicht, aber wenigstens luftig.

Während Olivia sich an Freddies Seite plaudernd zwischen den Gästen bewegte, war sie vielen ›Gefahren‹ ausgesetzt, und das ›Plaudern‹ empfand sie als eine Strafe. Sie wurde immer wieder aufgefordert, das Gesagte zu wiederholen, und, was noch schlimmer war, auch sie mußte andere ständig darum bitten. Olivias Aussprache klang für die Engländer merkwürdig, aber deren Dialekte – die von Cornish bis Cockney reichten – verwirrten Olivia nicht weniger. Mit ständig wiederkehrenden umgangssprachlichen Ausdrücken wie *Tiffin* (Mittagessen), *Mofussil* (die Provinz), *Gymkhana* (Sportveranstaltung) und *Chota Peg* (der erste Whisky oder Brandy mit Soda) konnte sie ohne Erklärung überhaupt nichts anfangen. Besonders ärgerte sie die erschreckende Unwissenheit der Engländer über ihre Heimat. Einen gewissen Trost bot vielleicht der ebenso niedrige Wissensstand über Indien – das Land, in dem sie lebten – und sogar über England, von dem man sehnsüchtig als ›zu Hause‹ sprach, obwohl viele nie dort gewesen waren.

»Wie ertragen Sie dieses höllisch langweilige Leben hier, Miss O'Rourke? Finden Sie nicht auch, daß man verrückt werden kann?«

Olivia drehte sich um und stand vor Peter Barstow, einem Freund von Freddie. Noch ein Nichtstuer mit Vermögen. Sie hatte ihn schon einmal getroffen, fand ihn oberflächlich und langweilig. »Ich ertrage es sehr gut hier, Mr. Barstow«, erwiderte sie weniger wahrheitsgemäß als aus Loyalität gegenüber den Templewoods. »Weshalb bleiben Sie, wenn Sie das Leben hier nicht ertragen können?«

»Aus dem gleichen Grund wie Freddie. Auf *Paters* Befehl.«

»Pater?«

»Sein Vater«, erklärte Freddie. »Wir sind beide von Oxford geflogen. Unsere alten Knaben waren wütend, zu Recht, würde ich sagen. Die ganze Sache war eine schreckliche Schande, die Ehre der Familie befleckt und so weiter. Jeder fand, wir würden in den guten alten Kolo-

nien die Familie vermutlich weniger in Mißkredit bringen, nicht wahr, Peter?« Er rülpste, entschuldigte sich und verschwand leicht schwankend in Richtung Bar.
Olivia sah ihm verständnislos nach. »Geflogen?«
»Gefeuert. Hinausgeworfen, verstehen Sie?« Barstow grinste. »Eigentlich ein Glück. Ich konnte das staubige alte Mausoleum ohnehin nicht länger ertragen.« Er trank einen Schluck und betrachtete Olivia nachdenklich über den Rand des Glases. »Bitte verraten Sie mir, Miss O'Rourke, da Sie dieses verfluchte Land so gut ertragen, was machen Sie in den langen öden Stunden des Tages? Glauben Sie mir, ich sehne mich wirklich danach, es zu erfahren.«
Olivia überging den kaum verhüllten Spott. »Ich reite jeden Morgen aus und erforsche die Stadt. Ich lese sehr viel, und ich genieße es, ganz gewöhnliche alltägliche Dinge zu entdecken. Ich finde, es gibt soviel über diesen exotischen Subkontinent zu lernen.«
»Lernen?« Er sah sie überrascht an. »Aber, aber, meine liebe Miss O'Rourke! Wir sind nicht hier, um zu lernen, wir sind hier, um zu *lehren*!«
Diesmal ärgerte sich Olivia über die Herablassung. »Ach wirklich? Dann sagen Sie mir doch, Mr. Barstow, welche Qualifikationen haben *Sie*, um die Inder etwas zu lehren, wo Sie doch von Oxford *geflogen* und in die Kolonien verbannt worden sind?«
Er errötete, überspielte den Affront jedoch mit einem gemurmelten *»Touché!«* Trotzdem war in seinen blaßblauen Augen Zorn. »Ich habe in der guten Gesellschaft Kalkuttas gehört, daß Sie, Miss O'Rourke, eine junge Dame mit eigenen Ansichten sind. Darf ich fragen, wie es kommt, daß Sie bereit waren, freiwillig ein Mitglied der Fischfangflotte zu werden? Ich bin sicher, Sie werden mir die Frage nicht verübeln, da Amerikanerinnen doch so bewundernswert direkt und geradeaus sind.«
»Die Fischfangflotte?« Olivia sah ihn verständnislos an.
»Sie kennen den Ausdruck nicht?« Er fuhr sich mit der Fingerspitze über den gewachsten Schnurrbart. »Dann gestatten Sie mir, Sie aufzuklären. Jahr für Jahr kommen Scharen junger Damen in der Absicht nach Indien, einen Ehemann zu finden. Im hiesigen Sprachge-

brauch ist es die Fischfangflotte. Wenn ihre Suche erfolglos bleibt, und bei manchen ist das bedauerlicherweise so, sind sie gezwungen, wieder abzufahren, ohne sich einen Mann geangelt zu haben. Dann gehen sie als Leerfracht zurück nach Hause.« Er lachte leise, fügte aber rasch hinzu: »Natürlich könnte eine so hübsche junge Dame wie Sie, Miss O'Rourke, unmöglich zur Leerfracht gehören, und schon gar nicht, wenn Lady Bridgets Bemühungen erfolgreich sind.«

Dieser aufgeblasene Laffe! Olivia packte die kalte Wut, aber sie ließ sich nichts anmerken. Lieber würde sie sterben, als ihm die Genugtuung verschaffen, zu sehen, daß sie sich ärgerte! »Da wir Amerikanerinnen so direkt und geradeaus sind, Mr. Barstow«, sie lächelte reizend, »könnten manche junge Damen Ihre gütigen Worte als Heiratsantrag betrachten. Sind sie das?« Olivia hatte das große Vergnügen, zu beobachten, wie er dunkelrot anlief und ihm der Mund offenstand. »Nein? Nun, ich kann nicht leugnen, daß ich erleichtert bin. Es gibt bestimmt Schlimmeres, als zur zurückgeschickten Leerfracht zu gehören. Sie entschuldigen mich.« Mit einem glockenhellen Lachen ließ sie ihn stehen und stürzte sich in die Menge. Innerlich kochte sie vor Wut.

Lady Bridget saß am anderen Ende des Raums und strahlte. Wie *gut* Olivia mit den jungen Männern zurechtkam – um nur nach dem Lachen zu urteilen! Barstows Familie gehörte zwar trotz eines adligen zweiten Vetters nicht in denselben Rang wie Freddies Familie, aber auch die Barstows waren nicht zu verachten. Lady Olivia war für den Augenblick zufrieden. Sie wandte sich wieder der Gastgeberin zu und plauderte fröhlich mit ihr über die schreckliche Hitze.

Glücklicherweise schien Freddie aus Olivias unmittelbarer Umgebung verschwunden zu sein. Sie nutzte seine Abwesenheit und eilte rasch, ehe es zu spät war, durch den Raum zur Veranda an der Rückseite, die auf den Garten ging. Auf dem Weg dorthin beklagte sich eine Mrs. Babcock, die Frau eines Methodistenpredigers, bitter über die miserable, *wirklich miserable* finanzielle Unterstützung, die ihr Mann von der Kirche erhielt, wenn man an die Mittel dachte, die der

Amerikanischen Missionsgesellschaft in Bombay zur Verfügung standen. Sie schien ausschließlich Olivia für diese Ungerechtigkeit verantwortlich zu machen. Estelle schwebte kurz vorüber und ließ sich versichern, daß ihr smaragdgrünes Georgettekleid wirklich sehr viel eleganter war als Charlotte Smithers geschmackloses Konfektionskleid aus London. Außerdem baten ein Leutnant Pringle in einer prächtigen Marineuniform und einige andere Männer darum, sich auf Olivias Karte für einen Tanz vormerken zu dürfen.

Der Garten hinter dem Haus lag verlassen. Nur zwei Diener mit Turban und in langen weißen Jacken warteten stumm auf Befehle. Man hatte sie gelehrt, den Sahibs und Memsahibs niemals ins Gesicht zu sehen. Deshalb senkten sie den Blick und verneigten sich tief, als Olivia an ihnen vorbei und auf den Rasen lief. Eine hohe Mauer trennte das Grundstück der Pennyworthys vom befestigten Ufer. Das schmiedeeiserne Tor war zwar verschlossen, stellte jedoch kein Hindernis dar. Mit einem raschen Blick über die Schulter raffte Olivia die Röcke und kletterte darüber.

Es war spät, und auf dem Uferdamm war niemand zu sehen. Olivia war dankbar für die Einsamkeit, holte tief Luft und seufzte erleichtert auf. Es war eine ungewöhnlich klare Nacht. Sterne hingen tief wie Trauben am glatten, cremigen schwarzen Himmel. Ein Melonenmond, der noch nicht ganz aufgegangen war, schwebte gefangen in den Silhouetten von Palmwedeln dicht über dem Horizont. Abgesehen vom Konzert der Natur herrschte völlige Stille. Blätter raschelten, hin und wieder hallte das ferne Klatschen von Ruderern über den Hooghly. Ziegenmelker schnurrten, die Frösche am Ufer quakten, und die wechselnden Klänge der unvermeidlichen Zikadensymphonie drangen durch die Dunkelheit. Im unsteten Licht des aufgehenden Mondes entdeckte Olivia eine Steintreppe, die zum Fluß führte. Sie lief hinunter, zog die Sandalen aus, setzte sich auf die unterste Stufe und tauchte die Fingerspitzen in das köstlich kühle Naß.

In der Dunkelheit schienen die Entfernungen endlos und unermeßlich. Wie immer stellte sich mit der nächtlichen Einsamkeit ein erhebendes Gefühl der Freiheit ein, eine ungeheure Befreiung von allen

Fesseln. Erinnerungen regten sich, stiegen auf und flogen über Raum und Zeit hinweg, um Bilder und Stimmen zu beschwören, die sie nicht zum Schweigen bringen konnte. Olivias Gedanken eilten zurück zu anderen, ähnlichen Nächten, als sie mit ihrem Vater zusammen war, der Geruch des Regens von der Erde aufstieg und die Welt mit Frische erfüllte. In einer solchen Nacht hatte sie neben ihm am breiten Mississippi gestanden und über das ruhig fließende Wasser geblickt, das im silbrigen Mondlicht kleine Wellen schlug. In der unendlichen Stille, in der man den Wind nur mit dem inneren Ohr hören konnte, hatte ihr Vater gesagt: »Das jungfräuliche Land, das du vor dir siehst, ist heute eine Wildnis. Aber morgen, noch in unserem Leben, wird das Unfruchtbare sich auftun, und die gesegnete Erde wird Riesen hervorbringen. Eines Tages werden wir stolz auf das sein, was aus diesem Brachland hervorgeht, denn seine Frucht wird die Welt in Staunen versetzen. Vergiß nie, Olivia, hinter allem steht ein großer Plan, und auch wir, du und ich, sind Teil dieses Plans.«

Sie war damals kaum zwölf Jahre alt gewesen. Aber sie hatte seine Worte nie vergessen. Ihr Vater sprach voll Ehrfurcht, mit einer solchen Leidenschaft und soviel schlichtem Glauben, daß ihr die Erinnerung daran die Kehle zuschnürte. Es war ihr wie ein Wunder vorgekommen, daß auch sie an diesem Versprechen teilhaben durfte, an der Zukunft dieses süß-herben, wild-sanften Landes, das Menschen wie ihr Vater zu einer Nation zusammenschmiedeten. Über Meere und Kontinente und Abgründe trennender Einsamkeit hinweg dachte Olivia an Sally und an den einäugigen Jack, an Bucktooth und an Rote Feder, an Sallys Söhne und an Greg. Besonders an Greg. Sie sah sein zaghaftes Lächeln, seine ruhigen, klaren Augen und die Traurigkeit darin, als sie ging. Sie dachte an Spike, ihren zottligen Mischlingshund, den sie als Welpen vor den Coyoten gerettet hatte, und an ihr Appaloosa-Pferd Domino mit seinem weißen Fell und den schwarzen Flecken mit einem Anflug von Rot, das ihr Vater ihr zum dreizehnten Geburtstag geschenkt hatte. Vor ihrem inneren Auge sah sie die Obstgärten, die Korrale und die Koppeln, über denen der würzige Geruch von frisch gemachtem Heu hing, und ihr stieg der vielversprechende warme Duft von Sallys Krapfen, die nach dem Backen mit Zucker und Zimt bestreut wurden, in die Nase, der Hickoryrauch aus den Kochhütten und der schreckliche Gestank der Stumpen, die ihr Vater sich hartnäckig weigerte aufzugeben. Olivia fragte sich, ob es in Kalifornien jetzt Tag oder Nacht war. Und war es warm? Regnete es? Wer briet ihrem Vater auf dem Walfänger aus Nantucket jetzt morgens die Spiegeleier mit Speck? Wer erinnerte ihn an Briefe, die zu schreiben waren, an Schnürsenkel, die gebunden und an Tintenflecke auf den Manschetten, die entfernt werden mußten, aber sofort durch neue ersetzt zu werden drohten...?

Der Kloß in Olivias Hals wuchs. Selbstmitleid stieg in ihr auf, überschwemmte sie und hüllte sie ein wie ein Schleier. Was um alles in der Welt tat sie hier, eine Ewigkeit von allem und allen entfernt, die sie liebte...? Überwältigt von Melancholie und Verzweiflung legte sie den Kopf auf die Knie und tat genau das, was sie sich geschworen hatte, nicht zu tun: Sie weinte.

Olivia hatte keine Ahnung, wie lange sie so am Fluß saß. Aber als sie die Tränen trocknete und sich dabei besser fühlte, erschrak sie. Plötzlich spürte sie, daß sie nicht allein war. Sie spähte über die Schulter, sah aber niemanden. Doch das Gefühl, beobachtet zu werden, war so stark, daß sich die Haare in ihrem Nacken sträubten. Nervös drehte sie sich noch einmal um – und erstarrte. Vor einem Busch hatte sich etwas bewegt. Langsam wurden in den dunklen Schatten die Umrisse einer menschlichen Gestalt erkennbar.

Die wiederholten Warnungen ihrer Tante schossen Olivia durch den Kopf. Sie hatte Angst. In einem gewohnten Reflex tastete sie nach der Waffe in der Handtasche, und als sie sie fand, atmete sie auf. Wer war dieser Mensch, der hinter ihr saß? Welche unguten Absichten mochte er haben? Olivia wollte aufstehen und davonlaufen, um Schwierigkeiten aus dem Weg zu gehen. Aber plötzlich sprach er sie an.

»Seien Sie unbesorgt. Ich sitze hier und tue genau dasselbe wie Sie – ich genieße die Einsamkeit.« Die Stimme klang kultiviert, und der

Mann sprach Englisch. Olivias Spannung ließ etwas nach, aber dann fragte er: »Weshalb haben Sie geweint?«
Sie erstarrte wieder. Hatte er schweigend hinter ihr gesessen, während sie weinte? Das war unverzeihlich und unhöflich! »Ich hatte den Eindruck, allein zu sein«, sagte sie steif. »Offensichtlich habe ich mich getäuscht.«
»Aber Sie sind allein.« Er stand auf, kam langsam die Treppe herunter und lehnte sich mit verschränkten Armen an einen Baumstamm. »Wir sind alle allein. So sind wir in die Welt gekommen, und so werden wir sie auch verlassen: Allein – und in beiden Fällen ohne daß wir gefragt werden.«
Sehr geistreich! Olivia war nicht beeindruckt. »Die Höflichkeit hätte verlangt, daß Sie sich bemerkbar machen.« Sie war verärgert und verlegen. Wer war er überhaupt – noch ein Gast, der vor den Pennyworthys geflüchtet war? »Ich mag es nicht, wenn man mir nachspioniert.«
»Ich entschuldige mich bereitwillig, wenn ich Sie überrrascht habe. Ich versichere Ihnen, ich hatte nicht die Absicht zu spionieren. Normalerweise gehe ich hier abends mit meinen Hunden spazieren. Sie genießen den Auslauf und ich die Einsamkeit.«
Olivia hörte Hundegebell, und die leichte Betonung von ›Einsamkeit‹ war kaum zu überhören. »Wenn ich Ihnen unwissentlich ins Gehege gekommen bin«, sagte sie und errötete dabei in der Dunkelheit, »ist es an mir, mich zu entschuldigen.«
»Sie verstehen mich falsch. Meine Einsamkeit ist mir auferlegt. Also mache ich aus der Not eine Tugend. Ihre Anwesenheit ist in keiner Weise störend, im Gegenteil.« Seine schattenhafte Gestalt löste sich von dem Hintergrund des Blattwerks, und er setzte sich an das andere Ende der Treppenstufe.
Er hatte höflich gesprochen, und Olivias Unmut verwandelte sich in Neugier. Sein Gesicht konnte sie nicht erkennen, aber sie sah, daß er groß war und ein helles Hemd und eine dunkle Hose trug. In dieser Aufmachung konnte er wohl schlecht auf der Gesellschaft gewesen sein. Betty Pennyworthy wäre bei seinem Anblick in Ohnmacht gefallen.

»Na, wie ist denn das Theater da drinnen?« Er brach das Schweigen, um ihre unausgesprochenen Vermutungen zu beenden. Ein weißes Aufblitzen der Zähne verriet, daß er gelächelt hatte. »Aber Sie müssen die Frage eigentlich nicht beantworten. Die Tatsache, daß Sie allein hier draußen sitzen, sagt genug.«

Verletzte Eitelkeit? War er jemand, den es ärgerte, daß er nicht auf der Gästeliste stand? »Es war so heiß. Ich hatte das Gefühl, frische Luft zu brauchen. Nur aus diesem Grund bin ich hier.« Etwas boshaft fügte sie hinzu: »Kennen Sie die Pennyworthys?«

Er ließ die Arme sinken und zuckte mit den Schultern. »Kalkutta ist ein Dorf. Ganz gleich, ob es sich lohnt, jemanden zu kennen oder nicht, jeder kennt hier jeden.«

Diese Feststellung mochte noch so bissig sein, sie ließ sich kaum widerlegen, und Olivia nickte. »Ja, ich nehme an, so ist es in allen Kolonien.« Er lachte leise, sagte aber nichts.

Die Etikette hätte vorgeschrieben, daß er seine Identität nicht länger verheimlichte. Aber er machte keine Anstalten, sich vorzustellen. Sichtlich hatte auch er nicht den Wunsch zu erfahren, wer sie war! Diese offenbar bewußte Unterlassung gab Olivia wieder ein unbehagliches Gefühl. Er benahm sich überhaupt ungewöhnlich, von seiner Zurückhaltung über die eigene Person einmal ganz abgesehen. Zu Hause hätte sie sich bei einem solch unkonventionellen Benehmen nichts gedacht. Im bunten Durcheinander der unterschiedlichsten Menschen wimmelte es in Amerika von komischen Käuzen. Aber hier, in dieser gesitteten Gesellschaft mit festen, klaren Regeln wirkte der Mann für einen Europäer seltsam fehl am Platz. Olivia wollte gehen und stand auf. Aber noch ehe sie etwas sagen oder einen Schritt tun konnte, tauchten mit großen Sprüngen zwei riesige schwarze Hunde aus der Dunkelheit auf und umkreisten sie mit wütendem Gebell. Olivia blieb wie angewurzelt stehen.

»Haben Sie keine Angst«, beruhigte der Mann sie gelassen. »Sie tun Ihnen nichts, solange ich es ihnen nicht befehle. Wenn Sie einen Augenblick ruhig stehen bleiben, können Sie sich davon überzeugen, daß Sie Ihnen nichts Böses wollen.« Es klang beinahe belustigt, als erkläre er einem kleinen Kind eine elementare Tatsache.

Olivia blieb keine andere Wahl, als zu tun, was er ihr geraten hatte, während die Hunde sie unter mißtrauischem Knurren und Winseln beschnupperten. Es waren zwei große, gut genährte und offensichtlich wohlerzogene Tiere, denn auf ein leises Pfeifen ihres Herrn wandten sie sich sofort von Olivia ab und legten sich mit hängenden Zungen, aber immer noch wachsam aufgerichteten Ohren rechts und links neben ihn.
Er streichelte ihnen abwechselnd mit sichtlicher Zuneigung die Köpfe. »Das ist Saloni, und dieses hübsche Untier, das Sie so taktlos anstarrt, ist Akbar. Sie sind meine besten Freunde. Sie beschützen mich mit ihrem Leben.«
Olivia stieß erleichtert den angehaltenen Atem aus, blieb jedoch stehen. »Es überrascht mich nicht, daß Sie Schutz brauchen«, sagte sie streng, »wenn Sie sich im Dunkeln anschleichen und ahnungslose Leute beinahe zu Tode erschrecken!«
Er lachte. »Hätte ich Sie wirklich zu Tode erschreckt, hätten Sie sich bestimmt revanchiert und mit Ihrem Colt auf mich geschossen.«
Verblüfft setzte sie sich wieder. »Woher wissen Sie, daß ich einen bei mir trage?«
»Tut das nicht jede vernünftige Amerikanerin in einer gefährlichen Situation? Und was könnte gefährlicher sein als diese langweiligen *Burra Khanas*?« Er lachte.
Olivia holte tief Luft. »Und woher wissen Sie, wenn ich fragen darf, daß ich Amerikanerin bin?«
»Und dazu eine vernünftige?« Er streckte die Beine aus, um bequemer zu sitzen. »Wie gesagt, Kalkutta ist ein Dorf, Neuigkeiten verbreiten sich schnell. Und eine vernünftige weiße Frau fällt hier auf wie ein Paradiesvogel zwischen gackernden Hühnern.«
Sie fand das Kompliment zweifelhaft und den Vergleich herbeigeholt. Außerdem fing die Unterhaltung an, unangenehm persönlich zu werden. Es beunruhigte sie, daß er es beharrlich unterließ, sich vorzustellen. Olivia entschied noch einmal, es sei der richtige Zeitpunkt zurückzukehren. Aber als sie sich erhob, sprangen auch die beiden Hunde auf und knurrten. Gereizt setzte sie sich wieder. »Könnten Sie vielleicht Ihren Leibwächtern befehlen, mich gehen zu

lassen?« fragte sie empört. »Ich rechne damit, daß jeden Augenblick Leute kommen, die nach mir suchen, und es wäre sehr demütigend, wenn man mich in dieser Lage fände.«
Er machte keine Anstalten, die Hunde zurückzurufen. Statt dessen setzte er sich noch bequemer hin und verschränkte die Hände hinter dem Kopf. »Ich versichere Ihnen, Sie werden nicht vermißt – höchstens von ein oder zwei Personen. Und da Sie hierher gekommen sind, um dieser einen oder den zwei Personen aus dem Weg zu gehen, würden Sie den Sinn der Übung zunichte machen, wenn Sie so schnell wieder erscheinen. Außerdem«, sie ahnte sein sarkastisches Lächeln mehr, als daß sie es sah, »hat man bereits angefangen zu tanzen, und vor elf wird kein Abendessen serviert. Und da drinnen gibt es genug kleine Mädchen, die gierig danach sind, bei den Tänzen einzuspringen, die Sie versprochen haben.«
Seine Feststellungen waren so zutreffend, daß Olivia trotz der Unverblümtheit lächeln mußte. Tante Bridget würde vielleicht nach ihr suchen – möglicherweise auch Freddie. Abgesehen davon war es hier draußen am Fluß angenehm, und sie konnte nicht leugnen, daß der Unbekannte etwas an sich hatte, das sie fesselte, obwohl ihr seine scharfsinnigen Bemerkungen Unbehagen bereiteten. Olivia zögerte wider besseres Wissen.
Er deutete ihr Zögern falsch. »Ich habe mich bereits schuldig bekannt, Sie überrascht zu haben, Miss O'Rourke. Aber ich versichere Ihnen, es ist nicht meine Art, nichtsahnende Personen zu überfallen – besonders dann nicht, wenn sie bewaffnet sind.«
Olivia stockte der Atem. »Sie kennen meinen Namen?«
»Wie Sie sehen.«
»Woher wissen Sie, wer ich bin?«
»Ich weiß es nicht, außer vom Hörensagen. Strenggenommen kann man überhaupt nicht sagen, daß man einen anderen kennt.«
»Das ist entweder hohe Metaphysik«, sagte sie spöttisch, »oder eine niedrige Ausflucht. Was sind Sie – ein Philosoph oder ein Betrüger?«
Er warf den Kopf zurück und lachte mit so aufrichtiger Belustigung, daß Olivia ebenfalls lachen mußte. »Wissen Sie, manchmal frage ich

mich das selbst! Aber ist das eine ohne das andere möglich? Sagen wir einfach, je nach den Umständen habe ich von beiden etwas.«

Olivia runzelte die Stirn. »Das finde ich bedauerlich zynisch!«

»Vielleicht. Es ist schwer, auf dieser Welt zu leben und *kein* Zyniker zu sein.«

»Und das«, sagte sie entschlossen, »finde ich billig. Mein Vater sagt, Zynismus ist eine bequeme Tarnung für moralische Feigheit.«

»Ihr Vater ist ein Mann der Worte, nicht des Handelns. Vielleicht sagt er es deshalb.«

Olivia hatte nicht damit gerechnet, daß dieser Fremde mit seiner unverblümten Art sie noch weiter überraschen könnte. Aber jetzt war sie einen Augenblick sprachlos. »Sie... kennen meinen Vater?« fragte sie ungläubig. »Woher?«

Nach einem kurzen Zögern erwiderte er: »Ich habe einiges von ihm gelesen.«

»Wo?« rief sie aufgeregt. »Hier in Indien?«

»Nein. In San Francisco. Er hat einen Bericht über die Arbeitsbedingungen der Bergarbeiter am Coal River geschrieben. Ich war sehr beeindruckt von seiner Aufrichtigkeit und seinem großen Mitgefühl.«

»Dann kennen Sie meine Heimat aus eigener Erfahrung?« Olivia hatte Heimweh, und das machte ihr diesen Unbekannten plötzlich sympathisch. Seine vielen Verstöße gegen das gute Benehmen waren vergeben, und sie fragte aufgeregt: »Sie haben in Amerika gelebt?«

Wieder zögerte er. »Ja.« Er stand unvermittelt auf, griff nach einem Stein und ließ ihn über das Wasser hüpfen. Die Geste verriet auf subtile Weise, daß dieses Thema erledigt war. »Sind Sie deshalb unglücklich? Weil Sie von Ihrem Vater getrennt sind?«

»Mein Vater fehlt mir, aber ich bin keineswegs unglücklich.«

Ihr scharfer Ton schien ihn nicht zu stören. Wenn die Feststellung eine Zurechtweisung enthielt, was der Fall war, dann schien er es nicht zu merken. Statt dessen fragte er: »Arbeitet er noch als Journalist?«

Diese Frage war weniger ungehörig als seine anderen, und da Olivia nicht oft Gelegenheit gehabt hatte, über ihren Vater zu sprechen – und noch nie mit jemandem, der seine Arbeiten aus erster Hand kannte–, erwiderte sie bereitwillig, ja enthusiastisch: »O ja. Er ist vor kurzem nach Hawaii gefahren, um sich selbst ein Bild von der Abschlachtung der Wale im Pazifik zu machen, denn er ist entschieden dagegen. Er drängt auf strenge Gesetze, um das wahllose Töten zu beenden.«

»Ach!« Selbst im schwachen Licht war zu sehen, daß er fragend eine Augenbraue hob, als er ihr das Gesicht zuwandte. »Er glaubt also immer noch daran, daß es richtig ist, gegen Windmühlen zu kämpfen, selbst wenn er weiß, daß der Kampf aussichtslos ist?«

»Er glaubt an Prinzipien«, verbesserte Olivia ihn scharf. »Und daran, daß es besser ist zu kämpfen und zu verlieren, als den Kampf erst gar nicht aufzunehmen. Glaubt das nicht jeder anständige Mann?«

»Möglicherweise. Ich behaupte nicht, anständig zu sein, und glaube es nicht. Ich glaube daran, daß ich gewinne – sonst nehme ich den Kampf nicht auf. Die Welt ist Verlierern gegenüber intolerant.«

»Und Sie gewinnen immer?« fragte Olivia erregt und überlegte gleichzeitig, ob sie verrückt war, sich mitten in der Nacht am Fluß mit einem Mann zu streiten, dessen Namen sie nicht kannte und dessen Gesicht sie nicht sehen konnte. Es war eine sehr seltsame Situation.

»Ja, immer.«

Er kam ihr schrecklich eitel vor! »In diesem Fall müssen Sie entweder ungewöhnliches Glück haben, oder Sie geben sich Selbsttäuschungen hin – oder beides.«

»Ich glaube nicht an Glück, und nur Dummköpfe geben sich Selbsttäuschungen hin. Ich mag viele unselige Eigenschaften haben, aber ich versichere Ihnen, ein Dummkopf bin ich nicht.« In seinen Spott mischte sich eine Spur Sarkasmus, als er hinzufügte: »Für eine weiße Mem haben Sie einen bewundernswerten Verstand, Miss O'Rourke. Ich stelle fest, meine Informationen über Sie stimmen.«

Informationen über sie...? Nervös durchforschte Olivia noch einmal ihr Gedächtnis: Konnte es sein, daß sie ihn schon einmal ir-

gendwo getroffen hatte? Olivia verwarf diese Möglichkeit. Es war unmöglich, daß sie einen so schrecklichen Menschen kennengelernt und wieder vergessen hatte! »Was ... für Informationen über mich haben Sie?«
Sie hörte, wie er im Halbdunkel etwas suchte, aus der Hosentasche zog, und dann ein Steichholz anrieb. Er hielt eine Pfeife zwischen den Zähnen und ließ sich beim Anzünden Zeit. Die Flamme, die er zwischen beiden Händen schützte, erhellte ganz kurz ein blasses Gesicht und dichte, sehr dunkle Haare. Mehr konnte Olivia nicht erkennen. Er zog ein paarmal an der Pfeife und stieß den Rauch aus, ehe er Olivias Frage bereitwillig und offen beantwortete.
»Ich weiß, daß Ihre Mutter, Lady Bridgets einzige Schwester, bei der Fehlgeburt eines Jungen starb, als Sie sieben waren. Sie ist aus Norfolk, woher ihre adlige Familie stammt, mit ihrem irischen Mann, Ihrem Vater, davongelaufen, weil die Eltern und die Schwester sich der Romanze entschieden widersetzten. Da die Familie sich nicht mit der Heirat abfand, brachte Ihr Vater Ihre Mutter nach Amerika. Ein Jahr später wurden Sie in New Orleans geboren. Damals hatte Sean O'Rourke keine Beschäftigung, die etwas einbrachte, und das Leben war für die Familie sehr hart. Nach dem Tod seiner Frau, den er nur schwer verkraften konnte, fuhr Ihr Vater mit Ihnen im Planwagen nach Kalifornien. Er erreichte Sacramento ohne einen Penny in der Tasche, aber schließlich unterstützte ihn ein Mann namens MacKendrick. Mit seiner Hilfe baute sich Ihr Vater eine Ranch auf, Ihr jetziges Zuhause. Dort schreibt er, und Sie helfen ihm bei der Zucht von Rindern und Pferden.«
Als Olivia ihn sprachlos anstarrte, hob er den Kopf und blickte nachdenklich in den Himmel. »Was noch? Ach so. Die Freiheit, die Ihr Vater Ihnen läßt, hat Sie unabhängig gemacht. Und ihre erschreckenden Vorstellungen finden keine Gnade bei Ihrer durch und durch englischen Tante in dieser konservativen Kolonie. Ihre Tante hat Sie eingeladen, weil sie beabsichtigt, einen reichen englischen Ehemann für Sie zu suchen. Wie ich höre, ist der aussichtsreichste Kandidat derzeit der ehrenwerte Freddie Birkhurst, Kalkuttas begehrtester Junggeselle, allerdings auch der Dorftrottel in Person. Lassen Sie

mich nachdenken. Habe ich etwas vergessen?« Er überlegte, schüttelte den Kopf und lächelte. »Nein, ich glaube nicht. Zumindest ist das der Stand meiner Informationen. Ganz sicher gibt es mehr, aber schließlich kann nicht alles erschöpfend sein, was man aus zweiter Hand erfährt.«

Olivia war bei seiner langen Rede immer stiller geworden. Einen Augenblick herrschte Schweigen. Als die lähmende Starre endlich langsam von ihr wich, sprang sie empört auf. Sofort standen die beiden Hunde vor ihr und knurrten sie mit gefletschten Zähnen an. Der Mann rief sie schnell zurück, sonst hätten sie Olivia zweifellos angefallen.

»Wenn man bedenkt, daß Sie in einem Land aufgewachsen sind, wo man mit Tieren umgehen kann«, sagte er tadelnd und mit schlecht verhohlener Gereiztheit, während er die Hunde an den Halsbändern festhielt, »sollten Sie eigentlich wissen, daß es falsch ist, sich so plötzlich zu bewegen. Schlechte Laune ist eine dumme Entschuldigung für falschen Heldenmut.«

Olivia zitterte, teils vor Angst und teils vor Zorn. Es gelang ihr, mit zusammengebissenen Zähnen zu sagen: »Würden Sie die Güte haben, den verdammten Bestien zu befehlen, mich gehen zu lassen?«

»Warum? Weil ich die Wahrheit gesagt habe?«

»Nein. Weil ich finde, Sie sind widerlich, anmaßend und unerträglich von sich eingenommen. Und weil ich diese sinnlose Begegnung beenden möchte.« Olivia war so wütend, daß sie die Worte kaum hervorbrachte.

»Oh! Es tut mir leid, das zu hören. Ich hatte gerade angefangen, mich sehr über den glücklichen Zufall zu freuen, der uns zusammengeführt hat – was mögliche Gespräche anlangt übrigens, eine Oase in Kalkuttas Wüste der Mittelmäßigkeit.« Er gab den Hunden keine Befehle, und beide blieben dementsprechend sehr wachsam und angriffsbereit auf ihrem Platz.

Olivia platzte beinahe vor Zorn, und sie kam sich in der erzwungenen Bewegungslosigkeit allmählich albern vor. »Warum beleidigen Sie ständig die Gesellschaft, der Sie angehören? Glauben Sie, das erhöht Ihr Ansehen?«

Er schwieg einen Augenblick. Dann fragte er ganz ruhig: »Weshalb sind Sie so sicher, daß ich der Gesellschaft angehöre, die ich beleidige?«
Die Gegenfrage verwirrte Olivia. »Wieso, sind Sie kein Engländer?« platzte sie heraus und war deshalb sofort wütend auf sich. Was ging es sie an, wer oder was dieser Mann sein mochte?
»Weshalb glauben Sie, daß ich Engländer bin?«
»Es interessiert mich absolut nicht, was Sie sind, aber Sie sehen nicht aus wie ein Eing...«
Verwirrt und unwillkürlich verlegen, schluckte sie den Rest hinunter, kaute ärgerlich auf der Unterlippe und suchte vorsichtig mit den Füßen nach ihren Sandalen.
»Und wie soll ein Eingeborener aussehen?« fragte er heftig, und Olivia sah plötzlich, daß er ebenfalls wütend war. »Unterwürfig? Kriecherisch? Soll er sich demütig vor der weißen Memsahib verbeugen?«
»Nein, natürlich nicht!« Es entsetzte Olivia, daß er sie bewußt falsch verstand. Sie vergaß die wachsamen Hunde und stampfte mit dem Fuß auf. Sofort ertönte wieder Knurren. »Sie wissen sehr gut, daß ich das nicht meine!«
Sie spürte, wie er sie durch die Dunkelheit hindurch mit Blicken durchbohrte. Aber als er wieder sprach, klang seine Stimme beherrscht. »Sie meinen, wenn ich so schwarz wäre wie die Nacht, würden Sie mich als Eingeborenen akzeptieren. Nun, meine liebe, unwissende Miss O'Rourke, in diesem Land haben wir Eingeborene alle Farben des Spektrums von lilienweiß bis blauschwarz und natürlich alle dazwischenliegenden. Meine Farbe gehört in dieses Spektrum –, aber sie ist nicht englischweiß.« Leise stieß er noch ein paar Worte hervor, die sie nicht verstand, und ließ die Hunde los. Ohne Olivia zu beachten, sprangen sie mit großen Sätzen die Stufen hinauf und verschwanden in der Nacht. Der Mann blieb stehen, wo er war, und blickte mit abgewandtem Gesicht unbewegt über den Fluß. Plötzlich schien er einen Entschluß gefaßt zu haben, denn er drehte sich nach ihr um. »Vielleicht sind Sie so freundlich, Sir Joshua und Lady Bridget Grüße von mir auszurichten. Mein Name ist Jai Raven-

thorne.« Er sagte das kalt und mit knapper Förmlichkeit. Nach einer angedeuteten Verbeugung lief er schnell hinter seinen Hunden her die Stufen hinauf.

Er drehte sich nicht mehr nach ihr um.

Wie gebannt sah Olivia ihm nach, bis er in der Dunkelheit verschwand. In dem Augenblick, als er an ihr vorbeigegangen war, hatte sie einen flüchtigen Blick auf sein Gesicht werfen können. Was sie gesehen hatte, erschreckte sie. Die Augen in seinem blassen Gesicht, das in einem lebhaften Kontrast zu den dichten, schwarzen Haaren stand, wirkten im Mondlicht beinahe opak. Olivia hatte noch nie einen Menschen mit solchen Augen gesehen. Sie schimmerten unheimlich, und sie waren erschreckend kalt. Sie bemühte sich, ihr Unbehagen abzuschütteln und richtete sich auf, klopfte energisch den Staub aus ihrem Kleid, eilte die Stufen hinauf und zurück in den Garten der Pennyworthys.

»Wo warst du denn um Himmels willen?« Estelle packte ihre Cousine entrüstet am Arm, sobald Olivia durch die Fliegentür ins Haus schlüpfte. »Alle fragen nach dir, und Mama ist vor Sorge außer sich.«

»Du übertreibst, Estelle! Ich habe mir nur ... die Nase gepudert.« Mit einem Blick auf die Uhr stellte Olivia überrascht fest, daß sie länger als eine Stunde weg gewesen war!

»Wo? Im Garten? Ich habe gesehen, wie du dich hinausgeschlichen hast.« Estelle kicherte. »Wo hast du denn den armen Freddie gelassen? Liegt wohl völlig entkräftet unter einem Hibiskus?« Sie kicherte wieder.

»Sei nicht albern! Wenn du es genau wissen willst, ich habe einen Spaziergang an der frischen Luft gemacht. Ich dachte, ich würde in der Hitze hier ohnmächtig werden.«

»Nun ja, wo immer du gewesen bist«, meinte Estelle, die Olivias Auskunft keineswegs überzeugte, »ich würde an deiner Stelle schnellstens Mama besänftigen, ehe sie das Gefühl hat, eine Hochzeit ankündigen zu müssen.« Mit einem vielsagenden Grinsen drehte sie sich um und schwebte am Arm des geduldig wartenden John Sturges davon.

Lady Bridget ließ sich leichter besänftigen, als Olivia erwartet hatte. Sie hörte sich die Erklärung und Entschuldigung ihrer Nichte ruhig an, und ihr Tadel fiel bemerkenswert mild aus. Olivias gerötetes Gesicht, die nervös zuckenden ineinander verschlungenen Finger, der gesenkte Blick – Lady Bridget deutete all diese Zeichen nach ihren eigenen Vorstellungen. »Und wo«, fragte sie mit einer Spur Koketterie, »hast du den reizenden Mr. Birkhurst gelassen?«
»Nirgends«, erwiderte Olivia ärgerlich. »Ich habe ihn schon eine ganze Weile nicht gesehen.« Das wissende Lächeln ihrer Tante verriet, daß Lady Bridget ihr nicht glaubte, und das ärgerte sie noch mehr. Sie drehte sich rasch nach dem jungen Mann um, der erwartungsvoll hinter ihr stand. »Ach, Mr. Pringle, verzeihen Sie, daß ich Sie habe warten lassen. Sie müssen mir die Geschichte von Ihrem Erlebnis mit den Würgern der Thug-Bande zu Ende erzählen...«
Olivia fühlte sich moralisch verpflichtet, ihre Unhöflichkeit wiedergutzumachen, und überließ sich dem Rhythmus einer Polka, die eine von den Pennyworthys engagierte Streichkapelle eher laut als klangvoll spielte.
Jai Raventhorne...
Olivia konnte die seltsame Begegnung am Fluß oder den Mann, der dabei den Ton angegeben hatte, unmöglich aus ihren Gedanken verdrängen. Wie von ihm vorausgesagt, wurde das Büfett beklagenswert spät eröffnet, und Olivia hörte beim Essen nur geistesabwesend dem leisen Geplänkel von Estelle und John zu, die rechts und links neben ihr saßen und heftig miteinander flirteten. Jai Raventhorne war ein ungewöhnlicher Name, weder angelsächsisch noch indisch. Wer – und was – war er? Für einen Europäer (und er hatte entschieden zurückgewiesen, einer zu sein) benahm er sich zu unzivilisiert und erlaubte sich viel zu viele Freiheiten. Welcher Inder aber hätte den Mut zu einem so anmaßenden Wortwechsel mit einer weißen Frau aus der Gesellschaft Kalkuttas, zu der ihm der Zugang versperrt war? Wie sehr sie über Jai Raventhorne auch nachdachte, er war ein seltsamer Mann und ließ sich in keine der bekannten Schubladen einordnen. Er drängte sich neugierig in ihr Leben. Das verriet einen beklagenswerten Mangel an gutem Benehmen und war eine grobe Taktlosig-

keit, wie Olivia sie an diesem Abend schon einmal erlebt hatte. Barstow war ein Stutzer von absolut selbstherrlicher Arroganz, den man vergessen konnte, aber Jai Raventhorne konnte sie nicht so ohne weiteres als bedeutungslos abtun. Mit einem Seufzer mußte sich Olivia, wenn auch sehr widerwillig, schließlich eingestehen, daß es ihr schwerfiel, Jai Raventhorne aus ihren Gedanken zu verbannen – ganz gleich, wer oder was er sein mochte.

»Vielleicht noch einen Löffel, Miss O'Rourke?« John Sturges sah sie an. Er hielt abwartend eine Hand über eine Schüssel Krabbencurry, die ihm ein Diener anbot.

Olivia schüttelte lächelnd den Kopf. »So köstlich es auch schmeckt, Hauptmann Sturges, ich glaube, ich kann nicht mehr.«

Er nahm etliche Löffelvoll und verteilte sie gutgelaunt über den lokkeren weißen Reis auf seinem und Estelles Teller. »Ich kann mir vorstellen, daß unsere Currys für Sie zu stark gewürzt sind. Das ist nicht jedermanns Sache.«

Olivia lachte. »Ich mag scharfes Essen. Durch die Mexikaner sind wir zu Hause daran gewöhnt. Estelle hat mir gesagt, daß Sie in Kürze Urlaub haben und nach Hause fahren. Werden Sie lange weg sein?«

»Das übliche. Ein Jahr oder länger. Ich hoffe, ich kann meine Eltern überreden, mich zu begleiten, wenn ich zurückkomme. Mein Vater war früher in der Zivilverwaltung in Peshawar.« Er warf einen bedeutungsvollen Blick auf Estelle, die sofort errötete. Das war ein hoffnungsvolles Zeichen.

Olivia mochte John Sturges sehr. Er war ein besonnener junger Mann aus Yorkshire, stand mit beiden Beinen auf der Erde und besaß sowohl gesunden Menschenverstand als auch Humor. Mit seiner Vernunft schien er das ideale Gegengewicht zu Estelles Flatterhaftigkeit. Olivia hoffte inbrünstig, er werde ihrer Cousine bald seine Absichten kundtun. Sie paßten in jeder Hinsicht gut zusammen, und *eine* Hochzeit in der Familie würde ihre Tante vielleicht von dem Versuch abbringen, eine andere zu erzwingen.

Sir Joshua erschien plötzlich bei ihnen. Er hatte den größten Teil des Abends mit Clarence Pennyworthy – dem Direktor der Handelsbank, mit der Templewood und Ransome zusammenarbeitete – im Billardzimmer verbracht. »Und wo ist dein edler Ritter für diesen Abend, meine Liebe?« fragte er mit einer Herzlichkeit, die Olivia reizte.

»Ich habe keine Ahnung«, erwiderte sie frostig. Warum zum Teufel nahm jeder an, sie sei Freddie Birkhursts Anstandsdame!

»Er nimmt seine Pflichten als Begleiter nicht ernst genug, wie?« sagte er spaßhaft und lachte leise über ihren unverhüllten Ärger. »Sag deiner Tante ja nicht, daß du so unvorsichtig warst, ihn zu verlieren.«

»Verlieren? Wer hat etwas verloren? Oder sollte ich besser fragen, jemanden verloren?« Betty Pennyworthy, eine zerstreute, aufgeregte Frau mit einer ständig unordentlichen Frisur, die wie ein Nest aussah und bei der man unwillkürlich an einen Sperling dachte, trat zu ihnen und warf einen schnellen Blick auf ihre Teller.

»Den jungen Freddie. Ich habe ihn den ganzen Abend noch nicht gesehen.«

»Das ist auch kein Wunder, Josh«, sagte die Gastgeberin streng und faßte ihn fest am Arm, »ihr Männer steht ja auch den ganzen Abend in den Ecken und redet über Politik und Geld. Wenn ich noch ein Wort über dieses elende afghanische Problem höre, bekomme ich einen hysterischen Anfall, ich schwöre es. Clarence?« Sie wandte sich ihrem Mann zu, der gerade erregt auf einen behäbigen Herrn mit einem Walroßschnurrbart einredete. »Es wäre mir lieb, du würdest deine Gäste dazu bringen, daß sie anfangen zu essen, ehe alles eiskalt und *völlig* ungenießbar ist!«

»Sofort, Liebling«, erwiderte ihr Mann ungeduldig. »Noch ein Bier, Josh?« Sir Joshua wischte sich den Schaum vom Schnurrbart und tätschelte geistesabwesend Betty Pennyworthy die Hand. Dann gingen die beiden Männer davon und hoben ihre Bierkrüge hoch, um einen Diener auf sich aufmerkam zu machen.

Als das Dessert gereicht wurde – eine zusammengesunkene Karamelcreme – und Olivia sich ergeben zum Kreis ihrer Tante gesetzt hatte, pflichtschuldig über ›Hitzebläschen‹ und die Unzulänglichkeiten der eingeborenen Dienstboten mitplaudernd, fanden die Lustbarkeiten des Abends durch ein peinliches Ereignis ein vorzeitiges Ende. Man entdeckte Freddie Birkhurst sinnlos betrunken unter einem Krotonstrauch im Garten, und Dr. Humphries rief laut nach Riechsalz, zerstoßenem Eis und heißem Tee. In der allgemeinen Aufregung brach die Gesellschaft unvermeidlich auseinander, und mit Ausnahme von Estelle, die sich im Schutz des Durcheinanders mehrere großzügig bemessene Portionen nahm, hatten alle die Karamelcreme augenblicklich vergessen. Betty Pennyworthy zog sich, begleitet von Lady Bridget, Mrs. Humphries und ein oder zwei anderen Damen in das Schlafzimmer zurück, um ihrem Ärger in Ruhe Luft zu machen, und die Gäste begannen, sich diskret zu verabschieden.

Während der Fahrt nach Hause herrschte in der Kutsche der Templewoods grimmiges Schweigen. »Wenn er seinen Whisky nicht bei sich behalten kann, hat dieser Esel kein Recht zu trinken!« Sir Joshua hielt mit seiner Verachtung nicht hinter dem Berg.

Lady Bridget putzte sich die Nase und murmelte hinter ihrem Spitzentaschentuch: »Ich verstehe die ganze Aufregung nicht.« Sie fand sich tapfer damit ab, daß der Vorfall sie tief verletzte. »Männer trinken eben manchmal einen über den Durst. Das solltest *du* eigentlich wissen, Josh.« Sie putzte sich noch einmal ausführlich die Nase.

»Einen? Das war ja wohl mehr als einer!«

Nur Estelle wagte es zu kichern. »Susan Bradshaw sagt, sie weiß von ihrem Bruder, daß er noch sehr viel mehr trinkt, wenn er im Goldenen Hintern ist, wo ...« Zu spät schlug sie die Hand vor den Mund und verstummte.

Einen Augenblick lang herrschte bedrohliches Schweigen. Dann fragte Sir Joshua mit einer Stimme, die vor Zorn ganz leise war: »Und was weißt *du* vom Goldenen Hintern, mein Kind?«

Estelle schluckte. »Ich s-sage nur, was jeder s-sagt, Papa ...«

»Meine Tochter ist nicht jeder!« schrie ihr Vater. »Meine Tochter ist eine Dame oder sollte es zumindest sein, kein Mädchen aus der Gosse mit einem Schandmaul. Ist das klar, Estelle?«

»Ja, j-ja, Papa.«

»Und wenn das die Sprache deiner Freundinnen ist, dann muß ich sagen, ich billige die Vorbehalte deiner Mutter. Ist das auch klar?«

Estelle nickte. Ihre Lippen zitterten bei diesem nur gegen sie gerichteten Zornesausbruch. »Nun gut, reden wir nicht mehr darüber – aber eine solche Sprache wirst du in unserer Gegenwart nie mehr benutzen, besser gesagt, überhaupt nicht mehr. Verstanden?« Estelle nickte zum dritten Mal und kauerte sich schweigend in die Ecke, um zu schmollen.
Olivia sagte nichts. Aber insgeheim fand sie die Reaktion ihres Onkels übertrieben. ›Zur goldenen Hindin‹, um den richtigen Namen zu gebrauchen, was kaum jemand tat, war ein zweifelhafter ›Club‹ im *Lal*-Basar mit ausschließlich männlichen Gästen. Der Name, unter dem er allgemein bekannt war, gab einen deutlichen Hinweis auf die Genüsse, die er seinen Mitgliedern bot. Olivia sah keinen Grund dafür, daß ein Bordell mit einem Euphemismus umschrieben werden mußte. Aber sie bezweifelte, daß ihr in Kalkutta jemand zugestimmt hätte.
Den Rest des Weges sprach niemand mehr.
Erst als sie später oben an der Treppe standen, ehe sie sich in ihre Zimmer zurückzogen, erinnerte sich Olivia plötzlich wieder an die rätselhaften Grüße, die sie ausrichten sollte. Lohnte es sich überhaupt, überlegte sie, das zu tun? Das beleidigende Verhalten des unmöglichen Mr. Raventhorne machte ihr immer noch zu schaffen, aber schließlich sagte sie sich mit einem Schulterzucken: Warum nicht? Die paar Worte sind in keiner Hinsicht von Bedeutung.
»Beinahe hätte ich vergessen, es dir zu sagen, Onkel Josh«, begann sie beiläufig. »Ich war heute abend kurz am Uferdamm und habe dort jemanden getroffen, der dich kennt.«
»Ach?«
»Er hat mich gebeten, dir und Tante Bridget Grüße auszurichten. Er sagte, er heißt Jai Raventhorne.«
Während Olivia die letzten beiden Worte aussprach, geschah etwas Merkwürdiges. Alle erstarrten zu einer Art groteskem Tableau. Lady Bridgets Hand blieb auf halbem Weg zur Wandlampe, die sie löschen wollte, in der Luft. Sir Joshuas rechtes Bein, mit dem er gerade durch die offene Tür des ehelichen Schlafzimmers treten wollte, bewegte sich nicht weiter, und sein Kopf wurde puterrot. Estelles

Mund stand plötzlich weit offen, und ihre untertassengroßen Augen starrten ihre Cousine fassungslos an. Olivia begriff nicht, was das alles zu bedeuten hatte, und die Worte blieben ihr buchstäblich in der Kehle stecken.
Das spannungsgeladene Schweigen hielt lange an. Lady Bridget bewegte sich zuerst. Sie seufzte plötzlich und ließ den Arm sinken. Dann sank sie ohnmächtig zu Boden.

Zweites Kapitel

»Aber was habe ich denn *gesagt*, Estelle? Du meine Güte, was habe ich denn *Falsches* gesagt...?«

Olivia und ihre Cousine waren endlich allein in Estelles Zimmer. Man hatte Lady Bridget in ihr Bett getragen, mit Ammoniak wieder zu sich gebracht und ihr schließlich den üblichen Schlaftrunk eingeflößt. Dabei hatten sie nur das Allernötigste geredet. Selbst der stumme und streng blickende Sir Joshua hatte Olivia keine Erklärung gegeben, ihr nicht einmal Vorwürfe gemacht. Das ominöse bleierne Schweigen fand Olivia unerträglich.

Estelle verschloß die Tür. »Du hättest diesen Namen nicht erwähnen sollen«, flüsterte sie streng und mit blassem Gesicht. »Das ist in diesem Haus nicht erlaubt. Natürlich konntest du das nicht wissen.«

»Aber weshalb?« Olivias Verwirrung wich nicht. »Was hat er denn getan, dieser ... dieser Raventhorne...?« Unbewußt folgte sie Estelles Beispiel und senkte die Stimme.

»*Ich* weiß es nicht. Mir sagt ja niemand etwas.« Mit einem tiefen Seufzer griff Estelle unter das Bett und zog eine Gebäckdose hervor. »Ich weiß nur, daß alle ihn hassen.«

»Es muß doch einen Grund dafür geben«, sagte Olivia kopfschüttelnd. »Was hat er denn getan, um sich so verhaßt zu machen? Hat es etwas mit geschäftlichen Dingen zu tun?«

»Vermutlich.« Estelle kaute ein Ingwerplätzchen. »Man sagt, er ist gewissenlos, skrupellos und ein Erpresser ohne jede Moral. Außerdem haßt er uns ebenfalls.«

»Uns?«

»Die Engländer. Man sagt, er setzt alles daran, uns aus Indien zu vertreiben.« Sie lachte verächtlich. »Wie du siehst, ist er auch noch verrückt.«

Olivia dachte mit gerunzelter Stirn darüber nach. »Dann ist er kein ... Engländer?«

»Großer Gott, nein!« Estelle sah sie entsetzt an. »Er ist Eurasier. Wenn er Engländer wäre, hätte er sehr viel mehr Vernunft.« Sie nahm sich ein zweites Plätzchen und fragte mit einem verstohlenen Blick zur Tür noch leiser: »Worüber hast du mit ihm gesprochen? Über etwas ... Interessantes?«

Olivia mochte ihre Cousine inzwischen zwar sehr, aber sie war nicht so dumm, die Frage wahrheitsgemäß zu beantworten. Mit ihrem natürlichen Hang zum Klatsch behielt Estelle nichts länger als fünf Minuten für sich. »Ach, über dieses und jenes, jedenfalls nichts Besonderes. Erzähl mir etwas über ihn. Ich meine, was macht er geschäftlich?«

Estelle zuckte die Schultern. »Niemand weiß viel über seine Vergangenheit. Nicht einmal Mrs. Drummond – und ihr entgeht sehr wenig!« Estelle sah Olivia nachdenklich an. »Er ist im Teegeschäft wie Papa. Und er hat eigene Schiffe, die besser sind als die Teepötte, die alle anderen haben. Das ist *ein* Grund, ihn zu hassen.«

Angesichts der mörderischen Konkurrenz in der Stadt war das einigermaßen verständlich. Weniger verständlich war, daß er, ein Nicht-Europäer, sich dafür entschied, in der Stadt der Weißen zu leben, noch dazu wenn er die Engländer so offen verachtete. »Und die anderen Gründe?«

Estelle genoß es sichtlich, daß jemand sie plötzlich als Quelle nützlicher Informationen schätzte, und kam sich sehr wichtig vor. »Nun ja, Mrs. Drummond sagt, er pflanzt in Assam Tee an. Und das können wir nicht, verstehst du? Wir müssen unseren Tee den ganzen weiten Weg von China nach Indien und von hier nach England transportieren. Er verkauft seinen Tee in Amerika, und das liegt allen schwer im Magen.«

Olivia faßte sich an den Kopf. Erzählte Estelle Märchen? Bis jetzt war es ihres Wissens noch niemandem in Indien gelungen, Tee so erfolgreich anzupflanzen, daß er ihn exportieren konnte. Dann fiel ihr

etwas ein, und sie fragte: »Ist er der Mann, den man *Kala* ... oder so ähnlich nennt?«
»Ja, *Kala Kanta.*« Estelle sah sie überrascht an. »Hat *er* dir das gesagt?«
»Nein, natürlich nicht! Onkel Josh und Arthur Ransome haben neulich von ihm geredet.« Aber weshalb war ihre Tante ohnmächtig geworden, wenn die Männer offen über ihn sprechen konnten? »Was bedeutet *Kala Kanta* in Hindustani?«
»Also, *Kala* heißt schwarz, und *Kanta* ist ein Dorn. Verstehst du: Schwarz wie ein Rabe, und weil er ein Dorn im Fleisch der ...«
»Ich verstehe, was du meinst, Estelle«, unterbrach Olivia sie ungeduldig, »ich weiß jetzt, daß der Mann ein Schurke ist, und daß alle ihn hassen. Aber ich verstehe nicht, weshalb Tante Bridget bei der Erwähnung seines Namens in Ohnmacht gefallen ist! Gibt es einen Grund dafür?«
Estelle kicherte. »Niemand versteht, was in Mamas Kopf vorgeht – *ich* jedenfalls nicht. Denk daran, wie sie sich immer wegen Polly Drummond und ihrer Mutter anstellt. Ich meine, was ist falsch daran, mit Herren befreundet zu sein, wenn man Witwe ist? Und weshalb sollte Polly keine Schminke benutzen und Spitzenunterwäsche tragen, wenn ihre Mutter es erlaubt? Clive Smithers sagt – zumindest hat Charlotte mir das erzählt –, er hat sie sogar einmal *geküßt*, als ...«
»Die Engländer hassen diesen Mann und machen trotzdem Geschäfte mit ihm?« Olivia unterbrach ihre Cousine energisch. Im Augenblick hatte sie keine Lust, sich Estelles vertraute Litanei anzuhören. »Ist das nicht merkwürdig?«
Mühsam schob ihre Cousine die Gedanken an Probleme beiseite, die sie für sehr viel wichtiger hielt. »Sie müssen ...« Estelle seufzte und tröstete sich mit dem letzten Plätzchen in der Dose. »Seine Klipper sind so schnell, daß die Laderäume immer voll sind. Und er hat große Lagerhäuser, die andere Firmen mieten, um Tee, Indigo und alles mögliche einzulagern. Sie können es sich nicht leisten, *Kala Kanta* zu ignorieren.«
»Aber wenn er ein Geschäftsmann ist, und sei es auch ein unbelieb-

ter, weshalb sieht man ihn dann niemals bei *Burra Khanas*? Er wird doch sicher eingeladen?«

»Oh, er *wird* eingeladen«, sagte Estelle mit einem Auflachen und einem durchtriebenen Blitzen ihrer Augen, die plötzlich wieder sehr munter wirkten. »*Er* hat erklärt, er werde eher sterben, als sich in einem englischen Salon sehen zu lassen. Aber jeder weiß, daß es nicht eine *pukka* Mem gibt, die *nicht* ihre beste Perücke und ihr Korsett für die Gunst von J... also die Gunst dieses Mannes, geben würde. Polly sagt, er hat eine Mätresse, eine Eingeborene, die mit ihm in seinem Haus lebt. Und Dave Crichton hat Mrs. Drummond gesagt, er hat Beweise dafür, daß Barnabus Slocums Schwester aus Brighton, die letztes Jahr eine Woche lang verschwunden war, sieben Tage und sieben *Nächte* mit ihm verbracht hat – nicht mit Dave, sondern mit dem Mann, von dem wir sprechen. Die Slocums haben allen erzählt, sie sei in die Berge gefahren. Aber das war eine Lüge...« Estelle holte tief Luft und lächelte triumphierend.

Der ungewollte Schwall von Klatsch, der sich über Olivia ergoß, war im Augenblick zuviel. Sie sah ihre Cousine streng an. »Wenn man bedenkt, daß es in diesem Haus nicht einmal erlaubt ist, seinen Namen auszusprechen«, bemerkte sie trocken, »scheinst du trotzdem recht gut über diesen Mann unterrichtet zu sein!«

Estelle warf den Kopf zurück und zog einen Schmollmund. »*Du* stirbst doch vor Neugier. Ich wiederhole nur, was ich weiß, was jeder weiß. *Ihm* ist es völlig gleichgültig, was wer über ihn sagt. Warum sollte es dich dann kümmern?«

»Mich kümmert es nicht! Und um das klarzustellen: Ich sterbe *nicht* vor Neugier, etwas über diesen Mr. Raventhorne zu erfahren, von dem soviel geredet wird. Ich versuche nur herauszufinden, wieso ich Tante Bridget so aus der Fassung gebracht habe.« Sie runzelte die Stirn und kaute auf der Unterlippe. »Aber eigentlich habe ich das gar nicht, oder?«

»Und du wirst sie auch nie aus der Fassung bringen, das verspreche ich dir.« Estelle unterdrückte ein Gähnen und blickte bedauernd in die leere Gebäckdose. »An deiner Stelle würde ich das alles vergessen. Mama ist und bleibt unberechenbar. Es ist sinnlos, herausfinden

zu wollen, was wirklich in ihr vorgeht. Und außerdem«, sie öffnete den Mund und gähnte noch einmal nachdrücklich, »ist es unwahrscheinlich, daß du ihm noch einmal begegnest, oder?« Sie deckte sich zu und zog das Moskitonetz herunter.
Olivias Hand lag auf der Türklinke. »Ja«, sagte sie langsam. »Es ist unwahrscheinlich, daß ich ihm noch einmal begegne.«
Unerklärlicherweise empfand sie darüber ein leises Bedauern.

*

Was die Zukunft auch bringen mochte, Olivia hatte das Gefühl, daß sie sich in irgendeiner Form bei ihrer Tante entschuldigen mußte. Am nächsten Morgen – Sir Joshua hatte früher als üblich das Haus verlassen – fand sie Lady Bridget allein im Schlafzimmer. Sie trank gerade Tee.
»Was gestern abend geschehen ist, tut mir schrecklich leid, Tante Bridget«, begann sie ohne weitere Vorrede, nachdem sie einen Morgenkuß auf die dargebotene kühle Wange gedrückt hatte. »Wenn ich dich irgendwie verletzt oder gekränkt habe, so lag das bestimmt nicht in meiner Absicht.«
Lady Bridgets Tasse klapperte kurz, weil ihre Hand zitterte. Sie hob den Blick nicht, um ihre Nichte anzusehen. »Du kannst nichts dafür, mein Kind. Das weiß ich. Es ist nichts...«, sie schluckte, »nichts, weshalb du dir Sorgen machen mußt. Aber du..., du hast ein Recht auf eine Erklärung. Josh wird später mit dir darüber sprechen. Ich... wir wollen die Angelegenheit als erledigt betrachten...« Die Stimme versagte ihr, und sie wandte sich sichtlich erregt ab.
Im Augenblick gab es nichts mehr zu sagen. Das Thema wurde auch im Laufe des Tages nicht mehr angeschnitten.
Es war zu früh, um Post von ihrem Vater zu erwarten. Doch Olivia hatte sich angewöhnt, ihm beinahe täglich zu schreiben. Sie schrieb auch regelmäßig an Sally und ihre Söhne, außerdem an alle Freunde, die sie zurückgelassen hatte, und an die unverheiratete Schwester ihres Vaters in Dublin. Sie war die einzige überlebende Verwandte, die ihm noch nahestand. Einerseits wartete Olivia ungeduldig auf

das Eintreffen der Postschiffe von zu Hause und aus Honolulu, andererseits fand sie die erzwungene Disziplin jedoch heilsam, denn sie linderte das Heimweh. Normalerweise war Briefeschreiben ein Vergnügen, aber an diesem Morgen konnte sie sich einfach nicht konzentrieren. Ihre Gedanken kehrten immer wieder zu Jai Raventhorne zurück, anstatt sich auf das zu richten, womit sie sich beschäftigen sollten.

Rückblickend war es weniger der Mann als eine Atmosphäre des nicht Greifbaren, nicht Definierbaren, die Olivia nicht losließ, weil sie mit *ihm* in Zusammenhang stand. Eine seltsam unstete, beinahe explosive Kraft schien von diesem Mann auszugehen. Sie hatte die Luft auf den Stufen am Fluß mit Spannung geladen. Und hinter seinen gelegentlichen Unverschämtheiten war eine Feindseligkeit deutlich geworden, die Olivia verwirrte. Sein schlechter Ruf berührte sie kaum. Unter den Freunden ihres Vaters gab es mindestens zwei, die mehr als ein Sheriff mit Freuden als Verbrecher eingesperrt hätte, und in Washington blieben ihrem Vater wegen seiner freien und offen geäußerten politischen Ansichten viele Häuser verschlossen. Jai Raventhorne faszinierte sie, denn auch in Amerika hatte Olivia noch keinen Mann getroffen, der in einem so krassen Gegensatz zur ihn umgebenden Gesellschaft stand.

Als Sir Joshua sie schließlich nach dem Abendessen, das in einer Atmosphäre spürbarer Verlegenheit verlief, zu sich bitten ließ, wartete Olivia bereits gespannt auf das Gespräch. Wie üblich saß ihr Onkel an seinem riesigen, mit Akten und Papieren übersäten Mahagonischreibtisch, trank seinen geliebten Portwein und rauchte eine Zigarre. Er hatte sich umgezogen und trug nun einen blauseidenen Morgenmantel und Hausschuhe. Selbst in dieser gelösten Atmosphäre und der zwanglosen Kleidung strahlte äußerlich und innerlich Macht von ihm aus. Das entschlossene Kinn verriet nichts von seinen bescheidenen Anfängen als Sohn eines armen Barons und als schlechtbezahlter Schreiber bei der John-Kompanie.

»Ein Schluck Port, Liebes?« Olivia nahm das Angebot mit einem Kopfnicken an und setzte sich ihm gegenüber an den Schreibtisch. Schließlich war es Sache ihres Onkels, den Lauf des Gesprächs zu bestimmen. »Der junge Marshall ist gestern mit ein paar verrückten Geschichten über die europäischen Handelsniederlassungen aus Hang-tschou zurückgekommen. Die eine oder andere wird dir vielleicht auch gefallen«, begann er und reichte ihr ein Glas. »Weißt du, die Russen kaufen ihren Tee in Hang-tschou. Hast du eine Vorstellung, wie lange für sie die Hin- und Rückfahrt dauert? Sechzehn Monate! Und *wir* beklagen uns, weil wir dafür beinahe sechs Monate brauchen!«

Es folgten amüsante Geschichten, und Olivia begriff, daß sie dazu dienen sollten, sie beide in eine etwas gelöstere Stimmung zu versetzen, denn auch ihrem Onkel war keineswegs wohl in seiner Haut. Er erzählte geistreich und witzig. Olivia hörte aufmerksam zu und stimmte bereitwillig in sein gelegentliches Lachen ein. Erst nach mehreren Anekdoten über die Russen lehnte er sich zurück, zündete eine neue Zigarre an, blies einen wunderschönen runden Rauchring in die Luft und sagte: »Wegen gestern abend, Olivia . . .«

Ihr stockte der Atem. »Ich habe auf eine Gelegenheit gehofft, mich zu entschuldigen, Onkel Josh. Es tut mir schrecklich leid, daß . . .«

»Es war nicht deine Schuld.« Mit einer Handbewegung ging er über ihren reuigen Gesichtsausdruck hinweg. »Du hast nur ein paar harmlose Grüße ausgerichtet. Woher solltest du wissen, in welch boshafter Absicht dir das aufgetragen worden war?«

Boshafte Absicht? Welche dunklen Pläne konnten sich hinter harmlosen Grüßen verbergen? Olivia wartete auf weitere Erklärungen und enthielt sich einer Antwort.

»Dieser Mann«, Sir Joshua sprach den Namen bewußt nicht aus, während er nach einem Bleistift griff und damit spielte, »ist ein Schurke, ein Wüstling und ein Scharlatan ersten Ranges. Daß er die Unverschämtheit besitzt, sich dir zu nähern und dich anzusprechen . . .«

»Er hat sich mir nicht genähert.« Sie fühlte sich aufgefordert, das klarzustellen. »Wir sind uns wirklich ganz zufällig begegnet. Ich bin hinaus an die frische Luft gegangen, als er mit seinen Hunden spazierenging.«

Ihr Onkel war über die Richtigstellung nicht sehr erfreut. Er runzelte die Stirn. »Von den Umständen einmal abgesehen, hätte er wissen müssen, daß er seine Grenzen nicht überschreiten und dich ansprechen durfte. Er ist bekannt dafür, daß er andere manipuliert. Er ist ein Meister im Ersinnen böser Pläne und nutzt aus Gewohnheit auch die harmloseste Situation zu seinem größtmöglichen Vorteil. Hat er sich dir gegenüber höflich verhalten?«

Olivia ließ sich weder durch die Überreaktion noch durch die unvermittelte Frage aus dem Gleichgewicht bringen. »Sehr. Für etwas anderes bestand kein Anlaß.« Die Lüge ist gerechtfertigt, dachte sie ohne Gewissensbisse. Mit der Wahrheit über die heftigen und scharfen Worte, die bei der Begegnung gefallen waren, hätte sie nur noch mehr Schwierigkeiten heraufbeschworen.

»Worüber habt ihr gesprochen?« Sir Joshuas Augen verrieten eine seltsame Wachsamkeit, sogar Besorgnis, als er diese Frage stellte.

Olivia unterdrückte das Gefühl von Gereiztheit – was sollte das alles? »Wir haben uns nur über belanglose Dinge unterhalten«, erwiderte sie ruhig. »Offenbar hat er in amerikanischen Zeitschriften Arbeiten meines Vaters gelesen. Im wesentlichen haben wir darüber gesprochen.«

Bildete sie es sich nur ein, daß Sir Joshua sich entspannte? Seine Vorsicht schwand. Er faltete die Hände vor der Brust und lächelte. »Dann bin ich erleichtert. Er beschließt nicht oft, den Gentleman zu spielen – und natürlich hat sich deine Tante gestern abend deshalb so schrecklich aufgeregt. Du kennst ihre hohen moralischen Maßstäbe sehr gut und weißt, daß ihr Schicklichkeit über alles geht. Bridget war entsetzt, daß ein so niederträchtiger Lump die Frechheit besessen hat, sich mit dir, ihrem eigenen Fleisch und Blut, wie mit seinesgleichen zu unterhalten.« Er lachte kurz. »Natürlich war es albern von Bridget, in Ohnmacht zu fallen. Es war absolut lächerlich! Aber schließlich müssen wir nachsichtig mit ihren kleinen Launen und Übertreibungen sein, nicht wahr?«

Olivia wußte, ihr Onkel log, trotz aller scheinbaren Offenheit und der gutmütigen Nachsicht auf die ›Launen und Übertreibungen‹ seiner Frau. Einen Augenblick lang fühlte sie sich hin und her gerissen zwischen taktischem Rückzug (der klug wäre) und einem kühnen Vorstoß (der unklug wäre), entschied sich schließlich aber doch für letzteren. »Dieser Mr. Raventhorne«, sie reckte entschlossen das Kinn, während sie furchtlos den verbotenen Namen aussprach, »wer ist er eigentlich, und was tut er?«

»Er ist im Teegeschäft.« Die knappe Antwort verriet deutlich genug, daß er nicht über dieses Thema sprechen wollte.

»Im Chinahandel?«

»Er pflanzt eigenen Tee an.«

Estelles Klatschgeschichten waren also nicht völlig falsch! Olivia übersah geflissentlich das deutliche Mißfallen ihres Onkels, gab sich ganz unschuldig und bohrte weiter. »So? Aber hast du mir nicht gesagt, daß europäische Teepflanzer in Assam ernste Probleme mit den Arbeitskräften haben, und daß es Jahre dauert, bis chinesischer Tee hier im Land kommerziell erfolgreich angebaut werden kann?«

»Er fällt nicht in die Kategorie ›europäische Pflanzer‹.« Sir Joshua unterdrückte nur mit Mühe seinen Ärger. »Er pflanzt indischen Tee an, keinen chinesischen.«

Diesmal mußte sie die Überraschung nicht spielen. »Indischen Tee? Ich hatte keine Ahnung, daß Teesträucher auch in Indien heimisch sind!«

»In Assam wächst seit Jahrhunderten Tee«, sagte er ungeduldig, beugte sich vor und legte die Hand auf die Schreibtischplatte. »Aber das spielt in diesem Zusammenhang keine Rolle. Ich habe das Thema Raventhorne zur Sprache gebracht«, er verzog angewidert den Mund, »weil ich glaube, du hast das Recht auf eine Erklärung für Tante Bridgets melodramatisches Verhalten gestern abend. Ich konnte sehen, daß du dich zu Tode geängstigt hast.« Er lächelte flüchtig. »Und deshalb war eine Entschuldigung meinerseits angebracht. Nimmst du sie an, Liebes, und vergibst uns, daß wir dich so erschreckt haben?« Olivia blieb keine andere Wahl, als zustimmend zu nicken, auch wenn es ihr widerstrebte. »Wollen wir in diesem Fall die ganze unglückselige Angelegenheit als erledigt betrachten?«

Die Angelegenheit als erledigt betrachten... das waren auch die Worte ihrer Tante gewesen! Was war es nur, das diesen Mann zum

Paria machte? Jetzt gab es keine Gelegenheit mehr, weitere Fragen zu stellen. »Ja natürlich«, murmelte sie und verbarg ihre Enttäuschung.

»Sag mir...« Plötzlich lächelte Sir Joshua wieder breit. »Bist du wirklich glücklich bei uns?«

Der plötzliche Wechsel des Themas verblüffte Olivia. »Aber natürlich!« rief sie und errötete dabei. »Mußt du das überhaupt noch fragen, Onkel Josh.«

»Ja, denn manchmal habe ich den Eindruck, du bist nicht glücklich. Das Leben hier ist nicht ganz so, wie du es dir wünschst.«

Seine Bemerkung erschreckte Olivia, und sie widersprach schnell. »Ich versichere dir, abgesehen davon, daß Papa mir fehlt, bin ich absolut zufrieden. Wie könnte es anders sein, bei eurer Güte und Großzügigkeit?«

Er nickte geistesabwesend. »Ja, ich muß sagen, du hast dich bemerkenswert gut eingelebt, wenn man bedenkt, wie anders es bei dir zu Hause gewesen sein muß. Nun ja, Bridget und ich, wir freuen uns, dich bei uns zu haben, und Estelle bewundert dich maßlos.« Er wischte mit einer schnellen Bewegung Zigarrenasche von seinem Revers und seufzte. »Weißt du, wir haben sie zu sehr verwöhnt. Offen gesagt, wir haben sie so spät bekommen, daß keiner von uns beiden genau weiß, wie man mit ihr umgehen muß. Wir neigen manchmal zu übergroßer Fürsorge, aber das ist nur gut gemeint.«

»Estelle ist noch nicht achtzehn«, erwiderte Olivia rasch. »Sie wird schon noch erwachsen werden, aber...« Sie nutzte die plötzliche weiche Stimmung und wagte, ein Thema anzuschneiden, das ihr seit einiger Zeit durch den Kopf ging. »Ich meine, vielleicht könntet ihr, du und Tante Bridget, Estelle etwas mehr, nun ja, Unabhängigkeit in ihren eigenen Angelegenheiten geben?«

»Unabhängigkeit?« Sir Joshua wirkte überrascht. »Bridget sagt, der kleine Wildfang ist schon viel zu unabhängig!« Er lachte leise. »Ich weiß, sie macht ihrer Mutter hin und wieder das Leben schwer. Aber das ist das Vorrecht einer Tochter, zumindest sagt man das. Wie auch immer, das fällt alles in Bridgets Bereich. Sprich gelegentlich mit ihr darüber.« Mit einer Handbewegung tat er das kleine häusliche Problem ab, dem seiner Meinung nach keine große Bedeutung zukam. Er kniff vergnügt die Augen zusammen, und seine Lippen verzogen sich spöttisch vor unterdrückter Heiterkeit. »Nun sag mir mal ehrlich«, er sah sie ernst an, »was hältst du von diesem jungen Birkhurst? Gefällt er dir irgendwie?«

»Nein.« Olivia erwiderte seinen Blick, ohne mit der Wimper zu zukken.

»O je. Bridget wird enttäuscht sein, wenn sie das hört! Sie hat es sich in den Kopf gesetzt, euch zwei zusammenzubringen. Du kennst ja vermutlich ihren Ehrgeiz.«

»Ich müßte dumm geboren sein und nichts dazugelernt haben, um ihn nicht zu kennen«, erwiderte Olivia trocken. »Und alle anderen in der Stadt ebenfalls.« Auch der berüchtigte Mr. Raventhorne, fügte sie in Gedanken hinzu.

Sir Joshua lachte. »Ich will gerne gestehen, daß ich mich nicht zum Anwalt eines Mannes mache, der seinen Whisky nicht bei sich behalten kann. Es gibt kein besseres Kriterium für einen Gentleman als das.«

»Das freut mich! Ich habe allmählich geglaubt, alle seien an dieser Verschwörung beteiligt!«

»Andererseits«, er hob warnend den Zeigefinger, »wollen wir nicht vergessen, daß die Agentur des alten Caleb Birkhurst praktisch ihr eigenes Geld prägt. Caleb zieht es vor, als Nabob in England zu leben, aber trotzdem sammelt er hier beträchtliche Reichtümer an. Allein die Indigoplantage in Nordbengalen ist ein Vermögen wert, von dem Palais an der Esplanade gar nicht zu reden. Beeindruckt dich das alles nicht?«

»Nein.« Offenheit jetzt war besser als spätere Unannehmlichkeiten. »Ich habe nichts gegen Mr. Birkhurst. Aber in meinen Augen wird er durch seinen Reichtum und seine adlige Herkunft nicht besser oder schlechter.« Sie lächelte verschmitzt. »Wie ich höre, halten ihn auch andere für den größten Trottel von Kalkutta.«

Sir Joshua warf den Kopf zurück und lachte schallend. »Mein Gott, ihr Amerikaner nehmt wirklich kein Blatt vor den Mund. Weißt du, was ich gerne tun würde, wenn ich nicht fürchten müßte, daß

Bridget wieder in Ohnmacht fällt? Ich würde dich zu gern in die Handelskammer mitnehmen, damit du es diesen Hohlköpfen einmal richtig zeigst!« Er brach wieder in dröhnendes Gelächter aus und trocknete sich die Augen mit einem Taschentuch. »Aber ich muß dir zustimmen, Birkhurst ist wirklich ein Schwachkopf, ganz anders als sein Vater und übrigens auch seine Mutter. Ich verstehe nicht, was um alles in der Welt Bridget an ihm findet.« Hinter vorgehaltener Hand unterdrückte er ein Gähnen und stand auf.

Olivia seufzte erleichtert auf. Selbst ein schwacher Verbündeter in diesem Kampf war besser als keiner! »Vielen Dank für die moralische Unterstützung, Onkel Josh. Ich weiß es sehr zu schätzen. Es tut mir leid, wenn ich dich mit meinem Gerede daran gehindert habe, zu Bett zu gehen. Du siehst müde aus.«

»Nein, nein, überhaupt nicht, mein Kleines. Ich genieße unsere Unterhaltungen.« Trotzdem unterdrückte er wieder ein Gähnen, als er sich mit unübersehbarer Müdigkeit reckte. »Du bist ein gutes Mädchen, Olivia, viel zu gut für Trinker wie diesen Birkhurst. Aber erzähle um Himmels willen Bridget nicht, was ich gesagt habe. Sie reißt mir sonst den Kopf ab.« Er kniff sie liebevoll in die Wange. »Alles in allem hat Sean mit deiner Erziehung gute Arbeit geleistet. Es kann nicht leicht gewesen sein. Über diese andere Angelegenheit...«, er starrte mit gerunzelter Stirn auf den Teppich, »sollten wir nicht mehr sprechen. Raventhorne wird deinen Weg nicht mehr kreuzen.«

Olivia stand an diesem Abend noch lange, nachdem alle im Haus zu Bett gegangen waren, am Fenster. Sie lauschte auf das Rufen der Eulen und das regelmäßige *»Khabardar, khabardar!«* des Nachtwächters, der damit mögliche Eindringlinge verscheuchte, während er das Gelände abging. Schließlich setzte sie sich an ihren Schreibtisch, beendete den Brief an ihren Vater und machte einen Eintrag in ihr Tagebuch. Beide Male schrieb sie mutig: *Ich habe gestern abend einen Mann getroffen.* Sie überlegte eine Weile und fügte dann entschlossen hinzu: *Ich glaube, ich würde ihn gern wiedersehen.*

*

Estelle Templewood war nach fünfzehnjähriger Ehe ihrer Eltern geboren worden, als sie bereits alle Hoffnungen auf Kinder aufgegeben hatten. Sie wurde nach ihrer verstorbenen Großmutter, der verwitweten Lady Stella Templewood, benannt und hatte von ihr mehr als nur den Namen. Sir Joshuas Mutter, eine Frau mit einem eisernen Willen und ungeheurem Ehrgeiz, war kurz nach dem Tod ihres Mannes mit ihrem jungen Sohn nach Kalkutta gekommen, um ihm dort eine Stellung bei der Ostindien-Kompanie zu beschaffen, in der er Geld verdiente, während er lernte. Umsichtig verschmähte sie adlige, allerdings verarmte Heiratskandidatinnen und plante für ihn die Verbindung mit der jüngeren Tochter eines reichen Mühlenbesitzers aus Norfolk, damit der junge Josh sich mit der beträchtlichen Mitgift selbständig machen konnte. Der Erfolg des Unternehmens war zweifellos ihm zuzuschreiben, doch der kluge Schachzug der Mutter brachte Templewood und Ransome in eine gute Ausgangsposition. Die Witwe herrschte bis zu ihrem Tod kurz vor Estelles Geburt mit diktatorischer Strenge über den Haushalt ihres Sohnes. Und wenn es ihr auch nicht gelang, ihren Sohn weiterhin zu beherrschen, lag es mit Sicherheit nicht an mangelnden Versuchen. Sie erklärte sofort nach der Hochzeit, es könne nicht zwei Lady Templewoods unter einem Dach geben, und da sie es nicht schätzte, als Witwe angesprochen zu werden, wurde ihre Schwiegertochter schlicht Lady Bridget. Und der Name blieb an ihr hängen. Lady Bridget lernte viel von ihrer Schwiegermutter, die sie fürchtete und achtete. Aber der Tod dieser Dame kam für Lady Bridget schließlich als eine Erlösung. Vielleicht war das Porträt der alten Baronin deshalb seit dieser Zeit in die dunkelste Ecke des Speisezimmers verbannt. Doch auch von dort überwachten die unbewegten, blassen, funkelnden Augen den Haushalt weiterhin mit säuerlicher Mißbilligung.

Dieses Funkeln war nun auch beständig in Estelles Augen, während der Haushalt aufgeregt die Vorbereitungen für ihren Debütantinnenball traf. »Mama besteht auf neuseeländischem Lammrücken«, klagte sie Olivia wütend. Sie war wieder einmal den Tränen nahe und stampfte mit dem Fuß auf. »*Jeder* hat neuseeländischen Lammrükken und es ist so ... so *gewöhnlich!*«

»Aber es gibt doch nicht nur den Lammrücken.« Olivia seufzte. Sie war nun Tag für Tag als Vermittlerin bei den ständigen heftigen Auseinandersetzungen gefordert, und das zerrte auch an ihren Nerven. »Was ist mit der Aberdeen-Lende, der Hühnerbrust, den Wachteln, den norwegischen Anchovis, den Kiebitzeiern, dem *Bhekti*-Fisch und den zahllosen anderen Gerichten? Warum läßt du deiner Mutter bei dem Lammrücken nicht ihren Willen?«

»Sie hat in *allem* ihren Willen.« Das stimmt nicht, dachte Olivia, aber Estelle ließ sich nicht unterbrechen. »Sogar bei den Blumen. Weshalb kann ich keine Chrysanthemen anstelle der albernen Rosen haben? Und weshalb muß Jane Watkins die Vasen richten?«

»Erstens«, erklärte Olivia mit bewundernswerter Geduld, »weil es in dieser Jahreszeit noch keine Chrysanthemen gibt. Und Tante Bridget möchte nur, daß die Blumen schön arrangiert sind, und das wird Jane gelingen, da sie es gelernt hat.«

»Das liegt *nur* daran, daß Jane in England zur Schule gegangen ist und ich *nicht.* Hätten sie mich ins Internat gehen lassen wie alle anderen Eltern ihre Töchter, hätte ich es auch gelernt, oder? Charlotte sagt, in Tonbridge ...«

»Schon gut, schon gut«, unterbrach Olivia sie gereizt, als die Anklagen ihrer Cousine gegen die Welt im allgemeinen und ihre Mutter im besonderen wieder einmal unter einem verwirrenden Mangel an Logik – und übrigens auch Wahrheit – ineinander übergingen. »Ich will sehen, was ich tun kann, aber niemand kann im September Chrysanthemen zaubern, und damit Schluß.«

Alles in allem war es für Olivia eine überaus anstrengende Zeit. Natürlich half sie bereitwillig, die Belastungen zu verringern, die ein Ereignis mit sich brachte, unter dem sie sich nichts vorstellen konnte. Aber bei dem verwirrenden Durcheinander von Schneidern, Schmuckhändlern, Schuhmachern, Stickerinnen, Zimmerleuten, Polsterern, Malern und zahllosen anderen war ihr abends ganz schwindlig, und die Füße schmerzten vor Müdigkeit. Die Bewirtung mehrerer hundert Gäste war dem Spence's Hotel übertragen worden, das im Ruf stand, die beste Küche der Stadt zu haben. Das lang ersehnte Schiff mit seiner großen Ladung Wein, Spirituosen, Bier,

Süßigkeiten, Käse und Tabak war rechtzeitig eingetroffen. Es hatte auch Estelles wundervolles Ballkleid mitgebracht – aus blaßblauem Organdy mit üppigen Rüschen aus Brüsseler Spitze und einem Besatz aus kleinen Perlen und Diamantsplittern. Olivia hatte in ihrem Leben noch nie ein so schönes Kleid gesehen. Auf dem Rasen hinter dem Bungalow wurde unter einem riesigen Baldachin ein hölzerner Tanzboden gelegt. Für die Militärkapelle, die den ganzen Abend spielen sollte, hatte man ein Podium gezimmert.
In der ungewollten und undankbaren Rolle als Vermittlerin versuchte Olivia, so gerecht wie möglich zu bleiben. Aber das war nicht immer einfach. Im stillen sympathisierte sie oft mit ihrer Tante, doch in einem Punkt stand sie entschlossen auf der Seite ihrer verwöhnten Cousine. »Für Estelle ist der achtzehnte Geburtstag der wichtigste Tag im Leben, Tante Bridget«, sagte sie, nachdem Estelle gerade wieder einmal in Tränen ausgebrochen war. »Könntest du nicht ein paar Zugeständnisse machen und ihr erlauben einzuladen, wen sie möchte?«
Tante Bridget erwiderte kühl: »Polly Drummond ist ein gewöhnliches, dummes Ding, und ihre Mutter ist nicht besser als eine...« Sie sprach das Wort nicht aus. »Und ich habe bereits Zugeständnisse gemacht. Dieser Dave Crichton ist ein Cockney und ein Schmierenkomödiant, der nicht einmal richtiges Englisch spricht und schreckliche Manieren hat. Jeder weiß, daß sein Vater in Whitechapel Hundekämpfe veranstaltet. Er hat nicht einmal ein ordentliches Geschäft, und das ist weiß Gott schlimm genug! Trotzdem ist er eingeladen, oder etwa nicht?«
»Doch. Aber Polly ist nun einmal Estelles beste Freundin, und auch wenn Mrs. Drummond sich, nun ja, zu sehr zurechtmacht, so ist sie doch nicht völlig uninteressant.«
Olivias Feststellung rief bissige Bemerkungen über die Nutzlosigkeit eines reizvollen Äußeren bei inneren moralischen Mängeln hervor. Aber schließlich gab Lady Bridget nach, wenn auch vielleicht aus reiner Erschöpfung. Sir Joshua war der einzige Mensch im Haus, der erfolgreich vermied, sich in die mühsamen Vorbereitungen hineinziehen zu lassen. Lady Bridget beklagte sich bitter über seine ständige,

für ihn sehr praktische Abwesenheit von zu Hause, aber da sie ihn ohnehin nie fand, wenn sie ihn suchte, hörte er auch diese Beschwerden nicht. Einmal erschien sie jedoch frühmorgens in seinem Arbeitszimmer mit einer langen Liste von Fragen und verlangte auf der Stelle Antworten.

»Ich habe zerstoßenes Eis bestellt, Josh, für das Sorbet und den Weißwein. Weißt du noch, die Bassetts haben ihren Wein warm serviert und sich damit ganz schön blamiert. Wieviel werden wir wohl brauchen, zwei *Man*, was meinst du?« Das Brummen, das hinter der Zeitung hervordrang, konnte alles bedeuten. Seine Frau beschloß jedoch, es als Bestätigung ihrer Schätzung zu deuten, und hakte auch diesen Punkt auf der Liste ordentlich ab. »Und ich habe hundert Diener zum Servieren angefordert. Glaubst du, das wird reichen?«

»Völlig, Liebes.« Hätte sie zwei oder zweitausend gesagt, wäre seine Antwort vermutlich nicht anders ausgefallen.

»Wirst du deinen maronenfarbigen oder den marineblauen Rock tragen? Ich habe für alle Fälle beide bürsten und bügeln lassen.«

»Gut.«

»Und du mußt mir verraten –«, sie holte tief Luft und runzelte die Stirn, »was trinken diese eingeborenen Fürsten? Verstößt es nicht gegen ihre Religion oder so etwas, wenn sie Alkohol trinken?«

Zum ersten Mal schenkte ihr Sir Joshua seine volle Aufmerksamkeit. »Soweit ich weiß«, sagte er, legte die Zeitung beiseite und dachte nach, »schätzt Arvind Singh einen guten Scotch ebenso wie jeder vernünftige Mann. Stell den Glenmorangie für ihn beiseite, ja? Es ist kein alter Whisky, aber Willie Donaldson empfiehlt ihn sehr. Man hat mich davon in Kenntnis gesetzt, daß Seine Hoheit mit einem Gefolge von fünfundzwanzig Personen kommen wird. Das Rindfleisch werden sie natürlich nicht anrühren, ebensowenig wie das Schweinefleisch. Laß einen separaten Tisch für sie herrichten mit viel Fisch, Geflügel und Gemüse.«

Lady Bridgets Lippen wurden schmal und verrieten ihre Mißbilligung. »Was für ein albernes Getue, Josh! Je mehr du sie in ihren Eigenarten bestärkst, desto mehr steigt es ihnen zu Kopf.«

Sir Joshua wandte sich wieder der Zeitung zu. »Arvind Singh ist eine Investition, Bridget. Gib dich damit zufrieden.«
»Und dieser Das, der eitle, aufgeblasene Schnösel?«
Sir Joshua wurde wieder nachdenklich und spielte mit seinem Bart, während er aus dem Fenster blickte. »Wenn man einen Affen fangen will, Liebes, muß man jedes Mittel benutzen, das einem zur Verfügung steht«, sagte er leise. »Das Fest ist ein Mittel, nicht mehr und nicht weniger. Außerdem ist er Geldverleiher, und zwar ein reicher. Er ist nützlich. Das sind sie alle, Liebes, das sind sie alle.«
Olivia brummte der Kopf, ihre Beine zitterten, und sie war mit ihren Nerven so gut wie am Ende. Sie betete nur noch darum, daß der große Tag kommen und endlich vorbeigehen werde. Abgesehen von den verschwenderischen Ausmaßen gab es keinen Grund dafür, daß diese *Burra Khana* für sie weniger langweilig sein sollte als die anderen, auf denen sie gewesen war. Es gab jedoch einen Lichtstreif am Horizont: Die gütige Hand des Schicksals (oder war es der Ausrutscher bei den Pennyworths?) hatte Freddie aus Kalkutta entfernt und auf seine Indigoplantage in Nordbengalen geschickt. Trotzdem, so entschied sie verdrießlich, würde der Abend eine Strafe für sie werden.
Doch Olivias Pessimismus sollte sich als unberechtigt erweisen. Auf Estelles Debütantinnenball hatte sie eine Begegnung, die ihrem Leben eine andere Richtung geben sollte.

*

Estelles Geburtstag und der letzte Monsunregen lagen Jahr für Jahr nur um Haaresbreite auseinander. Deshalb traf die endlose Schlange der Kutschen während einem der prächtigen Sonnenuntergänge der Nachregenzeit ein – Scharlachrot, Orange und Violett. Elegante Herren und Damen in ihrem besten Staat strömten über den gepflegten Rasen, den üppige Rabatten mit Blumen belebten. Estelle war blaß und zitterte vor Aufregung, als sie ihren Platz neben den Eltern und Olivia einnahm, um die Gäste zu begrüßen. Das elegante blaue Ballkleid stand ihr gut, und in der kunstvollen Frisur (ebenfalls Anlaß einer heftigen Auseinandersetzung) saß das kostbare Diadem aus Diamanten, das die Eltern ihr zum Geburtstag geschenkt hatten. Ihr Gesicht war geschminkt (wie hatte sie darum gekämpft, die Schminke noch dicker auftragen zu dürfen!), aber sie wirkte bezaubernd, wenn sie knickste, Küsse auf dargebotene Wangen hauchte, Hände drückte und mit der vollkommenen Haltung einer erwachsenen Frau, als die sie sich nun betrachtete, Komplimente machte und entgegennahm.

Bei Olivia hatte Lady Bridget an diesem Abend ihren Willen durchgesetzt. Es hatte sich nicht vermeiden lassen, daß sie das schimmernde Ballkleid aus aquamarinblauem Satin trug, das Lady Bridget für sehr viel Geld für Olivia hatte anfertigen lassen. Das Kleid hatte eine Wespentaille, und Olivia mußte sich der größten aller Foltern unterwerfen – dem Fischbeinkorsett! Außerdem hatte die Tante darauf bestanden, daß sie Spitzenhandschuhe trug, Goldsandaletten mit hohen Absätzen und lange Strümpfe. Auf den gequälten Einwand, niemand werde die Strümpfe sehen, hatte Lady Bridget sie angefahren: »Das will ich auch hoffen!« und die Diskussion damit beendet. Olivia mochte sich noch so unbehaglich fühlen, sie wäre keine junge Frau gewesen, wenn ihr Spiegelbild sie nicht auch entzückt hätte. Sie war mit zweckmäßigen Baumwollkleidern, vernünftigen Schuhen und praktischer Unterwäsche aufgewachsen, und sie errötete beim Anblick der ungewohnten Eleganz im Spiegel, besonders wegen des wundervollen Smaragdcolliers und der langen Ohrringe, die Lady Bridget ihr für den Abend geliehen hatte. Olivia drehte sich staunend vor dem Spiegel und konnte beinahe hören, wie Sally MacKendrick vor Bewunderung die Luft wegblieb. »Aber Schätzchen, du siehst ja aus wie eine Königin. Ich schwör dir, jeder Mann wird dich mit Haut und Haaren verschlingen!«

Estelle hatte sie angefleht, ein Auge auf Mrs. Drummond zu haben. »Olivia, ich würde sterben, ich würde *sterben*, wenn Mama vor meinen Freundinnen unhöflich zu ihr wäre.« Aber Lady Bridget war guter Laune. Der Generalgouverneur und seine Gemahlin, Seine Exzellenz Lord Dalhousie und Lady Dalhousie, hatten sich zwar mit Bedauern entschuldigt, da sie sich auf einer Reise durch die Provinz befanden. Aber sie hatten ein hübsches silbernes Sahnekännchen mit ihrem eingravierten Wappen als Geschenk für Estelle geschickt. Lady Bridget war stolz auf diese Ehre und strahlte unterschiedslos in alle Richtungen – zufällig auch in die, wo Mrs. Drummond saß. Das unerwartete, anerkennende Lächeln verwirrte diese Dame zutiefst. Aus Nervosität leerte sie schnell hintereinander noch zwei Gläser Bordeaux.

Olivia machte auf den strengen Befehl ihrer Tante hin pflichtbewußt und *lächelnd* die Runde. Die Rasenflächen vor und hinter dem Haus waren voller Gäste, und es herrschte überall ein ziemliches Gedränge. Das fröhliche Klirren von Gläsern mischte sich in heiteres Lachen und das Gemurmel kultivierter Unterhaltung. Eine Unzahl weißgekleideter Diener mit gestärkten Turbanen und roten Schärpen eilten mit der Riesenauswahl an Erfrischungen hin und her. Olivia konnte sich nicht an die Namen aller Leute erinnern, denen sie vorgestellt worden war, aber sie plauderte und scherzte sehr gewandt mit den Gästen. Dabei vermied sie jedoch sorgsam die beiden Themen, die Tante Bridget ihr verboten hatte – Politik und Geschäft. »Sie reiten sehr gut, Miss O'Rourke, und nicht einmal im Damensattel. Das ist für Damen hier ungewöhnlich. Ich sehe Sie morgens oft.«

Das sagte ein rundlicher junger Mann mit einem Ziegenbart und verschmitzten braunen Augen. Olivia konnte sich nicht mehr daran erinnern, ob er Courtenay oder Poultenay hieß. »Danke. Ja, es macht mir Spaß, die Stadt zu erforschen – natürlich nicht die Viertel der Eingeborenen«, fügte sie rasch für den Fall hinzu, daß ihre Tante etwas davon erfahren würde. »Ich bleibe im Europäerviertel und am Flußdamm.«

Er zog überrascht eine Augenbraue hoch. »Aber das sollten Sie gerade nicht tun! Das wahre Herz Indiens schlägt dort, wo die Eingeborenen leben. Die Basare, die engen Gassen und Gäßchen sind sehr viel interessanter als der trostlose europäische Teil der Stadt.«

Olivia war verblüfft und betrachtete ihn neugierig. »Sie kennen das alles?«

»Sehr gut. Ich habe mit Freunden eine Junggesellenwohnung in der Neeloo-Dalal-Straße.«

Er bemerkte Olivias Staunen und lachte. »Sehen Sie, Miss O'Rourke, ich gehöre zu der glücklichen, exklusiven Gruppe Europäer, die, wie man sagt, ›Eingeborene‹ geworden sind. Ich meine, wir dienen der Europäergemeinde nicht, indem wir herumstehen und darauf warten, daß man uns Befehle erteilt – wie die richtigen Eingeborenen.«
»Was meinen Sie damit, wenn Sie sagen, Sie sind ›Eingeborener geworden‹?« fragte Olivia leise nach einem hastigen Blick über die Schulter. Der Mann interessierte sie.
Er errötete. »Ich bedaure, aber diese Information müssen Sie einer der Damen entlocken, Miss O'Rourke. Ich habe so schon genug Schwierigkeiten.«
Olivia vermutete nach seinen Worten, es habe etwas mit indischen Mätressen und solchen Dingen zu tun, und das Thema war nicht ohne Reiz. Sie hätte die Angelegenheit gern weiter verfolgt. Aber sie fing über einen Jasminstrauch hinweg Lady Bridgets Falkenblick auf, entschuldigte sich bedauernd und bereitete sich auf die nächste Pflicht-Unterhaltung vor. Sie beschloß jedoch, Mr. Courtenay oder Poultenay als Zeichen der Anerkennung in ihr Tagebuch aufzunehmen.
Lady Bridget wirkte in ihrem schimmernden beigen Taftkleid mit den milchkaffeefarbigen Spitzenmanschetten einschüchternd hoheitsvoll. Ihr blondes, nur von wenigen grauen Fäden durchzogenes Haar war so perfekt frisiert, daß selbst die leichte Brise nicht wagte, ein einziges Haar in Unordnung zu bringen. Sie besaß diese selbstverständliche Eleganz, die nur dann nicht unangenehm auffällt, wenn man reich ist und es immer war. Sie klopfte leicht auf den Stuhl neben sich, und Olivia nahm Platz. Tante Bridget und ihre Freundinnen unterhielten sich über Orte in den Bergen, das verzweifelte Bedürfnis, im Sommer der sengenden Hitze Kalkuttas zu entfliehen, und das beklagenswerte Fehlen geeigneter Berge in diesem Teil des Landes, in die man sich hätte zurückziehen können. »Von Rawalpindi aus«, klagte eine Mrs. Dalrymple, die offenbar von dort kam, »ist es nach Murre nur einen Katzensprung. In einem einzigen Tag ist man aus der glühend heißen Ebene heraus und sieht die schnee-

bedeckten Gipfel des Himalaja!« Sie fächelte sich heftig Luft zu. »Aber wohin geht man von hier aus, frage ich Sie, *wohin?*«

»Nun ja, da ist immer noch das Meer«, erwiderte Lady Bridget mit einer gewissen Kühle. Es war ganz schön und gut, wenn jemand wie sie über Kalkutta schimpfte, aber diese Freiheit konnte man einem Neuankömmling aus dem Norden nicht zugestehen. »Viele Leute finden zum Beispiel die Strände von Puri erholsamer als die Berge. Ich muß sagen, ich auch.«

Das verhinderte erfolgreich jede weitere Bemerkung, die Mrs. Dalrymple zu diesem Thema vielleicht noch hatte machen wollen. Olivia saß links von Mollie Bassett und hörte, wie sie mit Betty Pennyworthy flüsterte, die rechts neben Mrs. Bassett saß. »Weißt du, das kommt von der Hitze. Die macht sie, nun ja, feuriger als uns Engländer.« Die beiden blickten auf die Gruppe indischer Herren in dicken schwarzen Gehröcken und gestärkten Hemden, die steif beisammenstanden und schrecklich unbeholfen und befangen wirkten.

»Du sprichst doch nicht aus persönlicher Erfahrung, oder...?« Mrs. Pennyworthy kicherte und stieß ihre Nachbarin mit dem Ellbogen an. »Wenn doch, dann mußt du es mir erzählen – ich habe gehört, ein kleines Abenteuer auf die hiesige Art kann sehr, nun ja, pikant sein!«

Mollie Bassett lachte schrill: »Ooh, Betty! Doch nicht vor Arabelle und unserer unschuldigen Olivia – ganz zu schweigen von«, sie wurde ganz leise, »Bridget!« Sie lachte anzüglich.

»Meinetwegen müßt ihr euch keine Sorgen machen«, sagte Arabella trocken und rümpfte die Nase. Sie war unverheiratet, und hinter ihrem knochigen, kantigen Rücken nannte man sie allgemein ›die alte Jungfer‹. »Ich habe in Middlesborough Biologie unterrichtet – es gibt wenig über Körperfunktionen, was ich nicht weiß. Aber ihr macht der kleinen Olivia Angst.«

»Oh, keineswegs, Miss Winter«, versicherte ihr Olivia schnell und ebenso trocken. »Ob Sie es glauben oder nicht, wir Amerikaner haben ebenfalls unsere Körperfunktionen.«

Der Kreis brach in schallendes Gelächter aus. Man hörte nur ein einziges, schockiertes: »Aber, aber!«, obwohl die Damen ganz unter

sich waren. Plötzlich kam Estelle eilig herbeigelaufen und zog Olivia mit sich hinter einen Baum. »Da ist etwas, das ich sofort wissen muß«, erklärte sie sehr aufgeregt. »Es ist wegen John. Er hat mich hinter den Ställen geküßt... Und dabei hat er mir seine Zunge in den Mund geschoben. Ist das... normal?«
»Nein. Wenn es normal wäre, hätte er dich auf den Mund geküßt, nicht hinter den Ställen«, erwiderte Olivia grinsend.
In diesem Augenblick erschien Sir Joshua und faßte Olivia am Arm. »Hast du einen Augenblick Zeit, Liebes? Ich möchte dich unbedingt jemandem vorstellen, und du mußt besonders reizend zu ihm sein.«
Auf seiner Stirn standen winzige Schweißperlen, und auch er wirkte aufgeregt. Aber Olivia freute sich, von der langweiligen Pflicht, belanglos zu plaudern, befreit zu sein. Die Aussicht auf ein interessantes Gespräch machte sie neugierig. Sir Joshua führte sie mit großen federnden Schritten über den Rasen. Sie gingen zu einer abgelegenen Ecke des Gartens, wo, vor den Blicken der anderen Gäste geschützt, eine Sitzmöglichkeit mit Blick über den Fluß improvisiert worden war. Beim Näherkommen wich die Gruppe von Männern beiseite und gab den Blick auf eine sitzende Gestalt frei. Der Mann erhob sich, machte einen Schritt auf sie zu, und Sir Joshua sagte: »Hoheit, darf ich Euch meine Nichte vorstellen, Miss Olivia O'Rourke. Sie ist erst vor kurzem aus einem Land zu uns gekommen, das Eure Hoheit, wie ich weiß, sehr bewundern: die Vereinigten Staaten von Amerika. Olivia, das ist Seine Hoheit der Maharadscha von Kirtinagar. Er gehört zu den fürstlichen Persönlichkeiten, die bei meinen Landsleuten in hohem Ansehen stehen.«
Im ersten Augenblick war Olivia sprachlos. Der Name des Maharadschas stand nicht auf ihrer Gästeliste, und ihre Tante hatte ihn auch nicht erwähnt. Sie hatte noch nie einen Fürsten gesehen, erst recht keinen indischen, und sie fand keine Worte. In ihrer Verwirrung machte sie hastig einen tiefen Knicks und hoffte, das Richtige getan zu haben. Der Maharadscha faltete seine Hände zur traditionellen indischen Begrüßung, verneigte sich verbindlich und lächelte. »Ich bin entzückt, Ihre Bekanntschaft zu machen, Miss O'Rourke. Ja, es

stimmt, ich bewundere Ihr Land. Es scheint mir eine Nation zu sein, in der die erste Forderung an die Menschen Mut ist und die zweite die Bereitschaft zu harter Arbeit. Habe ich recht?« Er sprach mit einem eigenartigen Akzent, aber flüssig.

Olivia holte tief Luft. »Hoheit, wenn wir Mut zu haben scheinen, dann dank Gottes Gnade. Ja, wir müssen alle hart arbeiten. Das Leben in meinem Land ist immer noch sehr anstrengend und oft gefährlich.«

Er nickte zustimmend. »Trotzdem, Gottes Gnade ist oft auch nur eine Umschreibung für schwere körperliche Arbeit, nicht wahr?«

»Ja, so könnte man vermutlich sagen!« Sie lächelten beide, und Olivias Scheu schwand. Trotz der ehrfurchteinflößenden Zeichen seiner Würde und seiner förmlichen Haltung schien er sehr freundlich zu sein. »Auf unsere bescheidene Weise müssen wir alle an dem Vorgang mitwirken, eine Nation zu werden.«

»Ah, Nationen…« Mit einer schnellen Handbewegung wischte er ein zweifellos imaginäres Stäubchen von seiner prächtigen rotgoldenen Brokatjacke, die ihm bis zu den Knien reichte. »Diese Vorgänge sind vielschichtig, Miss O'Rourke. Aber sie geben auch Kraft. Nach allem, was ich über Ihr Land erfahren habe, bin ich sicher, daß Sie mit der Zeit Ihre hohen Ziele erreichen werden.« Er rückte die goldene Schärpe um seinen Leib zurecht, an der in einer juwelengeschmückten Scheide ein Schwert hing. »Wie wir vielleicht eines Tages auch.«

Olivia überlegte, ob die letzten Worte einen politischen Doppelsinn besaßen und für seinen kolonialen Gastgeber bestimmt waren, der dem Gespräch aufmerksam zuhörte. Rasch beendete sie die entstehende Pause und fragte: »Kennen Eure Hoheit Amerika?«

»Bedauerlicherweise nein. Ich hatte noch nicht das Glück, Ihr Land zu besuchen. Aber ich lerne hier viele amerikanische Besucher kennen wie Sie, und ich genieße es, Ihre Zeitungen zu lesen, selbst wenn sie mehrere Monate alt sind.«

»Und natürlich«, Sir Joshua ergriff zum ersten Mal das Wort, »beschäftigen Eure Hoheit amerikanische Ingenieure im Bergwerk.«

Es entstand eine auffällig lange Pause. »Ja. Aber sie werden nicht

mehr lange hier sein. Unsere eigenen Männer sind inzwischen ausgebildet und kompetent genug, um in Kürze die Führung selbst zu übernehmen.« Er trank genießerisch einen Schluck Whisky. »Ein ausgezeichneter Malt, Sir Joshua, mein Kompliment. Aber ich sehe, daß ich als einziger trinke.«
Auf ein Fingerschnalzen von Sir Joshua kam eilig ein Diener herbei und reichte ihm einen Whisky und Olivia ein kühles Sorbet. Sir Joshua hob das Glas. »Auf Euer Wohl, Hoheit, und darauf, daß Euer Bergwerk weiterhin erfolgreich ist.« Der Maharadscha nahm den Toast mit einem gnädigen Kopfnicken entgegen. Durch die kleine Bewegung traf das Licht eines Lampions die edelsteinbesetzte Rubinnadel an seinem ockergelben Turban, und das plötzliche Funkeln blendete Olivia, so daß sie die Augen schließen mußte. »Wie ich höre, hält man Kirtinagar bereits jetzt für potentiell ertragreicher als Raniganj.« Sir Joshuas Worte klangen beiläufig, aber auf seiner Stirn standen noch mehr Schweißperlen.
»Ja. Die Schürfungen und die Vorhersagen sind ermutigend.«
Wenn Sir Joshua überhaupt merkte, daß sein fürstlicher Gast zögerte, über dieses Thema zu sprechen, dann ignorierte er es. Er stellte ihm weitere Fragen, die der Maharadscha alle bereitwillig, allerdings unverbindlich beantwortete. Olivia hörte interessiert und schweigend zu; dabei hatte sie den Eindruck, als seien die dunklen orientalischen Augen äußerst wachsam, und als verleihe die schlanke, eher zierliche Gestalt ihm eine täuschende Sanftheit. Hinter der perfekten Höflichkeit verbarg sich das Wesen eines Menschen, dem die Macht in die Wiege gelegt worden war – ein Ergebnis generationenlanger strenger Erziehung, die einen strikten Kodex von Moral, Ehre und Ritterlichkeit weitergegeben hatte. Die Zwanglosigkeit, mit der die Finger des Maharadschas auf dem juwelengeschmückten Griff seines Schwertes ruhten, verriet einen Mann, der es als seine natürliche Bestimmung empfand, über andere zu herrschen.
»Der erste Inder, der ein Kohlebergwerk besitzt und betreibt, ist von größtem Interesse für die Handelswelt, Hoheit«, sagte Sir Joshua. »Ich bin sicher, Hoheit wissen das bereits, denn Hoheit stehen im Ruf, einen hervorragenden Geschäftssinn zu haben. Das Unterneh-

men verrät Eure große Weitsicht, Hoheit, besonders da es zu unserer aller Nutzen sein kann.«

Olivias Interesse an dem Gespräch erwachte. Das war also der einheimische Fürst, der seine eigene Großmutter verkaufen würde, wenn man ihm genug Gefälligkeiten erwies und der Preis stimmte! Während sie Arvind Singh beobachtete, kamen Olivia leise Zweifel an dieser Aussage ihres Onkels. Der Maharadscha hörte mit schmeichelhafter Konzentration zu; aber obwohl meist Sir Joshua redete, schien er auf eine erstaunlich subtile Weise das Gespräch zu lenken.

»Wann beabsichtigen Hoheit, die Kohle auf den freien Markt in Kalkutta zu bringen?« fragte Sir Joshua mit einem Anflug von Ungeduld, als der Maharadscha weiterhin nur höflich auf seine Komplimente reagierte.

»Das ist schwer zu sagen, Sir Joshua. Sehen Sie, ich bin noch nicht sicher, daß sie dem freien Markt überhaupt einmal zur Verfügung stehen wird. Ich bin bemüht, Industrien in Kirtinagar anzusiedeln, und bei den heimischen Bedürfnissen wird es möglicherweise keine Überschüsse geben.« Die unverblümte Antwort wurde von einem überaus freundlichen Lächeln begleitet.

Sir Joshuas Kiefermuskeln spannten sich. »Ein britisches Konsortium wäre bereit, äußerst günstige Bedingungen anzubieten, die eine beachtliche Hilfe für...«, er trank einen Schluck Whisky und machte eine winzige Pause, »zum Beispiel für das Bewässerungsprojekt Eurer Hoheit darstellen könnten. Eine Vorauszahlung wäre natürlich selbstverständlich.«

Zum ersten Mal verrieten die hellbraunen, ausdruckslosen Augen des Maharadschas ein gewisses Interesse, während er nachdenklich sein glattrasiertes Kinn betastete. »Gibt es ein solches Konsortium, Sir Joshua?«

»Ja. Ein Vertragsentwurf ist bereits ausgefertigt.«

»Wie würde die John-Kompanie darauf reagieren?«

»Günstig. Die Kompanie hat ebenso dringend den Wunsch nach Kohle wie wir.«

Der Maharadscha blickte kurz auf seine schönen, goldgeprägten und reichbestickten Schnabelschuhe. »Sehr gut.« Es klang, als sei die plötzliche Entschlossenheit typisch für ihn. »Ich würde den Vertragsentwurf bei Gelegenheit gerne sehen, Sir Joshua. Und nun«, er beendete das Thema und wandte sich Olivia zu, »muß ich um Vergebung dafür bitten, daß ich Sie vernachlässigt habe, Miss O'Rourke. Wir Männer haben die unverbesserliche Gewohnheit, die Etikette weltlichen Geschäften zu opfern, und das ist unentschuldbar.« Er leerte sein Glas, und ein Diener tauchte auf, um es ihm abzunehmen. Als Sir Joshua befahl, das Glas nachzufüllen, lehnte der Maharadscha höflich ab. »Es ist sehr freundlich von Ihnen, Sir Joshua, mich mit Glenmorangie zu verwöhnen, für den ich eine Schwäche habe. Aber beim Whiskytrinken – wenn auch nicht in allen anderen Dingen – muß man sich der Klugheit einer Frau beugen. Die Maharani billigt keine Exzesse.«

Er sagte das scheu und mit so jungenhafter Aufrichtigkeit, daß alle lachten und die Atmosphäre wieder heiter und gelöst wurde. Den sanften, in die Entschuldigung des Maharadscha gekleideten Hinweis, daß er entlassen war, nahm Sir Joshua wohlwollend auf. Er war jetzt guter Laune. »Ich darf Eure Hoheit in Olivias überaus fähigen Händen lassen. Es gibt Pflichten, die ich als Gastgeber erfüllen muß, sonst wird Lady Bridget sehr verärgert sein.« Er verabschiedete sich mit einer Verbeugung.

Der Maharadscha beobachtete nachdenklich die würdevolle, beeindruckende Gestalt, bis sie in der Menge verschwand. »Ein bewundernswerter Gentleman, Miss O'Rourke. Und ein zielstrebiger Geschäftsmann. Ich fühle mich geschmeichelt von der Ehre, die mir Sir Joshua und seine Partner, Stützen der Unternehmungen Ihrer Majestät, erweisen.« Olivia konnte nicht sagen, ob die Bemerkung sarkastisch gemeint war, denn der Gesichtsausdruck des Maharadscha blieb ernst. Dann aber schob er das Thema Sir Joshua und Partner rasch beiseite. »Sagen Sie mir, Miss O'Rourke, wie beurteilen Sie die Aussichten von Zachary Taylor bei den Wahlen? Ist es wahrscheinlich, daß er bei diesem bedeutsamen Ereignis, bei dem zum ersten Mal alle Ihre Staaten gleichzeitig wählen, gegen Cass und Van Buren gewinnen wird?«

Olivia fragte verblüfft: »Hoheit interessieren sich für die amerikanische Präsidentschaftspolitik?«
»Weshalb nicht?« Sie gingen inzwischen auf dem gepflasterten Weg am Uferdamm entlang. Es näherte sich ihnen zwar niemand, aber sie wurden von vielen neugierigen Augen beobachtet. Gleichgültig wie die Engländer über die einheimischen Fürsten dachten, ihr Auftreten in der Öffentlichkeit weckte bei allen Interesse. Die Herrscher besaßen nicht nur eine sehr große Macht über ihre Untertanen, wie man wußte, manche ihrer Reiche waren größer als England und ganz sicher reicher. »Politik ist Politik, unabhängig von Nationalitäten, Miss O'Rourke«, fuhr Arvind Singh fort, »und zwar hauptsächlich deshalb, weil Menschen überall Menschen sind. Ja, über Freunde verfolge ich das Spiel der Macht bei den Präsidentschaftswahlen. Aber Sie haben meine Frage nicht beantwortet.«
»Nun, mein Vater glaubt, daß Taylor die besseren Chancen hat. Er mag kein erfahrener Politiker sein, aber er ist als guter Soldat bekannt, und sein Sieg in Buena Vista hat ihn bereits zum Nationalhelden gemacht. Die Whigs haben ihn gewählt, weil er den einfachen Leuten gefällt.« Sie lächelte. »Man nennt ihn ›das alte Rauhbein‹. Ich glaube, das gefällt den Wählern auch sehr gut.«
Der Maharadscha hatte aufmerksam zugehört. Er nickte. »Aber ist er nicht auch ein Sklavenhalter? Wie läßt sich das mit der Aufnahme neuer Staaten in die Union auf der Grundlage von ›frei‹ oder ›Sklaven haltend‹ vereinbaren?«
Olivia verzog das Gesicht. »Papa glaubt, er wird seine Haltung ändern. In der Politik, sagt Papa, halten nur Narren an Prinzipien fest. Die Klugen halten sich an das Zweckdienliche.« Schnell fügte sie hinzu: »Er meint das nicht als Kompliment. Papa hält nicht sehr viel von Politikern.«
Arvind Singh lachte. »Ihr Vater hat natürlich recht. Ich muß mir diesen Satz merken für den Fall, daß ich meinen Beratern gegenüber wieder einmal als klug erscheinen will. Ich habe gehört, Ihr Vater ist ein sehr angesehener Schriftsteller.«
»Ja. Hat Ihnen das mein Onkel gesagt?«
Er blieb stehen und rieb sich mit dem Zeigefinger die Nase. »Nein.

Das weiß ich von einem Freund, der mir gesagt hat, daß Kalkutta ein Dorf ist, in dem früher oder später jeder alles weiß.«

Olivia stockte der Atem. Es war nicht schwer zu erraten, von wem der Maharadscha sprach. Auch sie blieb wie angewurzelt stehen. »Ich ... verstehe.« Gespielt gelassen sagte sie: »Darf ich fragen, wer dieser Freund ist?«

»Ich glaube, Sie haben ihn bereits kennengelernt. Er heißt Jai Raventhorne.«

Die plötzliche Wendung des Gesprächs verwirrte Olivia. Raventhorne hatte tatsächlich mit dem Maharadscha über sie gesprochen? Weshalb? In welchem Zusammenhang? »O ja, richtig.« Sie wandte den Blick nicht vom Fluß.

Obwohl plötzlich Einzelheiten der Meinungsverschiedenheit zwischen ihrem Onkel und Arthur Ransome an jenem Abend im Arbeitszimmer klar wurden, fragte sie leichthin: »Hoheit kennen Mr. Raventhorne?«

Er antwortete nicht sofort. Er ließ sich sogar ungewöhnlich lange Zeit mit der Antwort auf die Frage, die Olivia betont ganz nebenbei gestellt hatte. »Miss O'Rourke, niemand kennt Mr. Raventhorne. Vielleicht kennt er sich nicht einmal selbst. Aber jawohl, ich kenne ihn, soweit es möglich ist, ihn zu kennen.«

Olivia mußte lächeln. »Mr. Raventhorne glaubt, daß niemand jemals einen anderen wirklich kennt.«

»Ich vermute, im Grunde hat er recht.«

Das Gespräch mochte unerwartet diese Richtung genommen haben, aber die Aussichten, etwas über den Mann zu erfahren, der seit einigen Wochen auf seltsame Weise Olivias Gedanken beherrschte, waren zu verlockend. Mit einer Direktheit, die sie selbst überraschte, fragte sie: »Da Eure Hoheit ihn als einen Freund kennen ..., verdient Mr. Raventhorne den schrecklichen Ruf, in dem er bei den Europäern hier steht?«

»Gewiß. Er verdient ihn nicht nur, er genießt ihn. Jai fühlt sich geradezu geschmeichelt von den Anschuldigungen, die die Europäer gegen ihn vorbringen. Er arbeitet hart, um die Liste zu verlängern, und es befriedigt ihn, daß seine Bemühungen anerkannt werden.«

Der Maharadscha mochte das im Spaß gesagt haben oder nicht, Olivia war verwirrt.

»Aber wieso...« Sie warf einen unruhigen Blick über die Schulter, um sicher zu sein, daß sich niemand in Hörweite befand. Ihr Herz schlug heftig. »Wieso kann es einen Mann befriedigen, daß andere ihn für gemein und niederträchtig halten?«

Der Maharadscha zuckte mit den Schultern. Olivias Verwirrung amüsierte ihn. »Die Frage nach dem Wieso können Sie bei einem Mann wie Jai Raventhorne nicht stellen, Miss O'Rourke. Seine Motive sind so unverständlich wie er selbst.«

Olivia zog die Stirn in Falten und schüttelte den Kopf. »Ich fürchte, das verstehe ich nicht...«

»Ich frage mich, ob sich der Versuch, es zu verstehen, überhaupt lohnt«, unterbrach er sie ruhig. Er mußte unmerklich ein Zeichen gegeben haben, denn plötzlich tauchte aus dem Nichts ein Mann seines Gefolges auf. Er legte eine Handfläche in die andere und präsentierte dem Maharadscha ehrerbietig eine hübsch emaillierte silberne Schnupftabaksdose. Der Maharadscha nahm eine winzige Prise, betupfte beide Nasenlöcher mit einem roten Seidentaschentuch, hielt es sich vor die Nase und nieste leise. »Vergeben Sie mir bitte meine kleine Schwäche«, sagte er mit einem kleinen Lächeln. »Es ist eine schlechte Angewohnheit, aber ich beliebe zu glauben, eine harmlose.« Sie setzten ihren Spaziergang schweigend fort, und nach einiger Zeit nahm der Maharadscha den Faden der Unterhaltung wieder auf. »Jai ist mein bester Freund. Ich bewundere keinen Mann so sehr wie ihn, denn er hat den Mut, Krieg gegen die Götter zu führen. Aber...« Er blieb stehen und schüttelte traurig den Kopf, »...manchmal bin ich überzeugt, daß Jai Raventhorne völlig... verrückt ist.«

Olivia erinnerte sich, daß Arthur Ransome einen Schritt weiter gegangen war und ihn einen tollwütigen Hund genannt hatte. »Verrückt?«

»In manchen Dingen, ja. Andererseits muß man einräumen, daß jeder Mann ein Recht auf seine fixen Ideen hat. Jai Raventhorne auch.« Sie waren am Ausgangspunkt ihres kleinen Spaziergangs angekommen. Der Maharadscha rückte für Olivia einen Sessel zurecht und setzte sich dann ihr gegenüber. »Sagen Sie mir, Miss O'Rourke, weshalb interessiert dieser Mann Sie so sehr?«

Olivia spürte, wie ihr die Hitze ins Gesicht stieg. Der Maharadscha hatte sich durch die gespielte Gleichgültigkeit nicht täuschen lassen. Plötzlich wurde ihr Mund merkwürdig trocken. Aber sie erwiderte den forschenden Blick ruhig und beherrscht. »Nur deshalb, weil auch mir Euer Freund bei einer kurzen Begegnung... ungewöhnlich zu sein schien. Ich habe nicht viele Männer wie Mr. Raventhorne kennengelernt.«

»Nicht viele?« Der Maharadscha lächelte. »Es würde mich überraschen, wenn Sie außer ihm noch einen kennengelernt hätten.«

Es lag weniger an den Worten als an dem Ton, daß Olivia vermutete, das Thema Jai Raventhorne sei wieder einmal beendet. Die vielen, vielen neuen Fragen, die ihr mit noch größerer Ungeduld durch den Kopf gingen, mußten ungestellt und unbeantwortet bleiben. Die Unterhaltung bewegte sich wieder auf neutralem Boden. Sie sprachen über Kirtinagar, über Amerika und Indien, über alles mögliche. Olivia erkannte den Maharadscha als einen aufgeklärten, gut unterrichteten und aufgeschlossenen Mann, mit dem man sich angeregt unterhalten konnte.

Abgesehen von dem Thema Jai Raventhorne vermied Olivia auch, über das Kohlebergwerk zu sprechen. Wie der rätselhafte Freund des Maharadschas lag das Thema Kohle außerhalb ihres Vorstellungsvermögens.

»Hat sich Olivia Eurer Hoheit angenommen, wie es sich gehört?« erkundigte sich Sir Joshua, als er schließlich, immer noch bester Laune, wieder zu ihnen kam. »Olivia hat einen klaren Verstand, wie Eure Hoheit sicher bemerkt haben werden. Und wie viele ihrer Landsleute nennt sie die Dinge immer beim richtigen Namen!«

»So ist es. Ich bin entzückt von dieser erfrischenden Offenheit«, stimmte der Maharadscha ihm zu. »Ich habe unsere kurze Unterhaltung sehr genossen.«

Olivia errötete. »Ich hoffe, die Offenheit war nicht zu erfrischend. Ich habe mich noch nie zuvor in fürstlicher Gesellschaft befunden, und deshalb ist meine Kenntnis des angemessenen Protokolls beklagenswert dürftig.«

Der Maharadscha verzog das Gesicht und hob eine Augenbraue. »Sie haben keine Vorstellung, Miss O'Rourke, wie lästig das Protokoll hin und wieder ist. Glauben Sie mir, Ihre ›beklagenswert dürftige Kenntnis‹ wirkt gerade deshalb erholsam wie frische Luft.« Er verneigte sich. »Ich danke Ihnen für ein höchst unterhaltsames Intermezzo. Ich habe viel gelernt. Vielleicht geben Sie eines Tages der Maharani und mir die Ehre, und wir dürfen Ihnen unsere bescheidene Gastfreundschaft in Kirtinagar anbieten.« Er wandte sich an Sir Joshua. »Und natürlich Ihnen, Lady Bridget und der reizenden Miss Templewood.«

Olivia beobachtete aus einiger Entfernung, wie ihr Onkel seinen hohen Gast davonführte, um ihm die Reihe der Wartenden vorzustellen, die sich unter dem Baldachin gebildet hatte. Viele kannten den Maharadscha bereits, doch die Vorstellung geschah mit einer Förmlichkeit, die durch den traditionellen Sinn für das Zermoniell beeindruckend wirkte.

Mochte Sir Joshua mit seiner überschwenglichen Gefälligkeit noch so guter Laune sein, Olivia sah selbst aus der Ferne, daß Arthur Ransome dieses Hochgefühl nicht teilte. Er drückte ernst die Hand des fürstlichen Gastes. Ransome wirkte sogar besorgt. Offensichtlich gab es an diesem Abend auch verborgene und womöglich gefährliche Strömungen. Olivia hatte selbst mit einer der trügerischsten zu kämpfen. Weshalb hatte der Maharadscha das Thema Jai Raventhorne bei ihr überhaupt zur Sprache gebracht? Was mochte er in ihrem Gesicht gesehen haben, das ihn dazu brachte, sich nach der Ursache ihres Interesses zu erkundigen? Als Olivia jetzt an ihre Unterhaltung dachte, überkam sie ein Gefühl der Unruhe. Alles schien ihr unwirklich, denn das Gespräch kreiste bewußt oder unbewußt um einen Mann, den Olivia nur ein einziges Mal getroffen und dessen Gesicht sie nicht einmal gesehen hatte. Wirklich eine absurde Situation!

»Komm doch zu uns, Olivia – was hast du denn so lange bei diesem komischen Mann gemacht?« Estelles Stimme klang so laut, daß es

Olivia peinlich war. Schnell ging sie zu ihrer Cousine und deren Freundinnen.

»Ja, du mußt zu uns kommen, Olivia«, rief auch Lily Horniman. Sie war ein großes Mädchen mit gelblichblonden Haaren und litt an Polypen. »Estelle hat uns Geschichten von deinem Colt erzählt. Das klingt alles soo aufregend!«

»Estelle hat gesagt«, berichtete John Sturges augenzwinkernd, »daß Sie beim Planwagentreck die Beste mit der Schrotflinte waren, und daß Sie einmal mit bloßen Händen fünf Rothäute abgewehrt haben.«

Olivia stöhnte insgeheim. Estelle war wirklich unmöglich! Aber sie mußte trotzdem über die blühende Phantasie ihrer Cousine lachen. »Genaugenommen«, sagte sie leichthin und setzte sich, »waren es zehn. Ich habe sie nicht nur mit bloßen Händen abgewehrt, ich habe die Hälfte davon erwürgt! Und wenn ich auch nicht die Beste mit der Schrotflinte gewesen sein kann, denn immerhin war ich damals erst acht, so war ich doch mit Sicherheit bei etwas anderem die Beste.«

»Bei was?« fragte Polly Drummond mit großen Augen. Sie wußte nicht genau, ob das Ganze ernst oder ein Scherz war.

»Ich war die Beste in der Bisonfladen-Sammelgruppe.«

Alle sahen sie verständnislos an, und Estelle fragte mißtrauisch. »Und was ist ein Bisonfladen?«

Olivia sagte es ihnen, und John brüllte vor Lachen, während die jungen Damen die Hand vor den Mund schlugen. »Ihr müßt zugeben, Estelles Phantasie ist beachtlich, und sie kann gut Geschichten erfinden!«

»Iiih!« Marie Cleghorn erschauerte zart. »Olivia, wie konntest du so etwas tun?«

»Es war ganz leicht«, versicherte Olivia ihr ungerührt. »Sie waren alt und völlig trocken und das einzige Brennmaterial, von dem es immer genug gab.«

»Also das glaube ich nicht«, sagte Marie entschieden.

»Ich schon«, Charlotte Smithers kicherte. »Wenn es um Amerikaner geht, glaube ich alles. Meine Tante kommt aus Memphis. Sie hat meinem Onkel einmal mit dem Schirm auf die Nase geschlagen, und er konnte eine Woche lang nichts riechen! Ist das nicht schrecklich?«

»Aber da er vermutlich auch nicht schnarchen konnte, war sie sicher ganz froh ...«, meinte David Crichton augenzwinkernd.

Charlotte Smithers warf hochmütig den Kopf zurück, und außer Estelle lachten alle. »Olivia hat mir die Geschichte selbst erzählt«, sagte sie leise und entzog John mit einem Ruck die Hand. »Zumindest glaube ich, daß sie es hat.«

Das Essen wurde mit einem silbernen Gong angekündigt, und alle aßen mit beachtlichem Appetit, um dem ausgezeichneten Wein, den hervorragenden Fleischgerichten und den drei Desserts alle Ehre zu machen. Danach wurden die langen Tische weggeräumt, und die Fläche war frei zum Tanzen.

»Widerlich!« schnaubte Lady Bridget leise, »einfach widerlich!« Olivia setzte sich kurz zu ihrer Tante, um die schmerzenden Füße auszuruhen, und sie folgte erstaunt dem schockierten Blick ihrer Tante, den diese starr in eine Ecke des Zeltes gerichtet hielt. Am Tisch mit den ›geistigen‹ Getränken entdeckte sie Mrs. Drummond, die sich mühsam am Arm eines Flottenadmirals i. R. festhielt. Unübersehbar waren beide ziemlich betrunken. »Ich verstehe nicht, wie Bertie diese Frau auch noch zum Trinken ermuntern kann. Ich habe noch nie eine so schamlose Zurschaustellung von Unanständigkeit gesehen.« Sie trommelte wütend mit den Fingerspitzen. »Ich werde mit Estelle morgen ein ernstes Wort reden, das kannst du mir glauben!«

Olivia glaubte es ihr. Mrs. Drummond fiel ziemlich aus dem Rahmen und offensichtlich mit Zustimmung und Unterstützung von ›Bertie‹, der nicht verheimlichte, daß er ihre Koketterie genoß. Aber inzwischen gab es überall Anzeichen von mangelnder Zurückhaltung, und das war angesichts der Unmengen Alkohol, die konsumiert wurden, auch nicht weiter verwunderlich. Trotzdem schwieg Olivia, denn sie wußte, daß Mrs. Drummond nur auf dem Ball war, weil *sie* sich dafür eingesetzt hatte. Lady Bridget würde nicht nur wie angedroht mit Estelle, sondern auch mit ihr ein ernstes Wort reden.

»Und ich verstehe nicht, wie Josh sich soweit erniedrigen kann, der

Eitelkeit dieses Mannes so zu schmeicheln! Ich staune, daß er nicht sieht, wie ihn das in den Augen der anderen entwürdigt.«
Ihre Tante sprach natürlich vom Maharadscha. Sofort nach dem Essen hatten Sir Joshua und ein paar andere wichtige Kaufleute sich mit ihm in den Salon zurückgezogen. Ein Strom von Dienern versorgte die Herren mit dem besten Brandy, Port, Whisky und Zigarren.
»Die Kohle ist für Onkel Josh wichtig«, erklärte Olivia ihrer Tante. »Er ebnet den Weg für weitere Verhandlungen, das ist alles.«
Auf Lady Bridgets Gesicht lag ein seltsamer, nicht zu deutender Ausdruck, als sie sich langsam ihrer Nichte zuwandte und sie ansah. »Josh wird diese Kohle nie bekommen, Olivia, nie! Wenn er glaubt, daß er mit seinem albernen Benehmen und seiner Speichelleckerei etwas erreicht, dann ist er ein größerer Narr, als der, für den der Maharadscha ihn halten muß!«
Olivia wunderte sich über das geringe, ja sogar widerwillige Interesse ihrer Tante an dem Unternehmen ihres Mannes. Sie sprach so selten über Sir Joshuas geschäftliche Angelegenheiten, daß Olivia sich allmählich fragte, ob Lady Bridget überhaupt wußte, was er tat. Aus der kategorischen Feststellung ihrer Tante schien jedoch sehr viel mehr Kenntnis und Wissen zu sprechen, als Olivia je vermutet hätte. Sie starrte ihre Tante verblüfft an. Lady Bridgets Augen glitzerten wie eisblaue Glassplitter, aber ihre Stimme bebte vor Leidenschaft, und sie hatte die Hände zu Fäusten geballt.
»Ein großartiges Gelage, Bridget, weiß Gott! Ich schwöre, so etwas habe ich in Dakka noch nie erlebt!« Ein großspuriger Jutefabrikant mit einer roten Nase, der herumstolzierte, als sei er sein Leben lang beim Militär gewesen, näherte sich ihnen. Dabei schwenkte er sein Glas, dessen Inhalt in alle Richtungen und auch auf das Kleid von Lady Bridget schwappte. »Ich muß sagen, so gut habe ich mich seit Jahren nicht mehr amüsiert!«
»Das freut mich, Tim.« Lady Bridget wischte sich sorgfältig mit einer Serviette das Kleid ab, lächelte aber trotzdem liebenswürdig. Der harte, leidenschaftliche Ausdruck war wie durch Zauberei im Handumdrehen verschwunden. »Sie müssen einmal kommen, wenn wir allein sind und uns von Ihrem Heimaturlaub berichten.«

Die allgemeine Stimmung wurde immer ausgelassener. Man tanzte bis in die frühen Morgenstunden. Erst dann verringerte sich die Zahl der Gäste merklich. Es blieben nur noch die Gruppe der Jüngeren und einige unermüdliche ältere Nachtschwärmer. Olivia hatte kaum einen Tanz ausgelassen, und ihre Fußsohlen brannten wie Feuer in den ungewohnten Goldsandaletten. Aber es kam nicht in Frage, daß sie zu Bett ging, solange die jungen Leute noch blieben. Estelle würde es ihr nie verzeihen, wenn sie nicht bis zum bitteren Ende durchhielt. Schließlich wurde den wenigen Gästen, die standhaft bis zum Morgengrauen feierten, ein herzhaftes Frühstück mit Eiern und Schinken serviert. Sir Joshua und Lady Bridget hatten sich schon lange zurückgezogen. Halb tot vor Müdigkeit und Erschöpfung schleppte sich Olivia nach oben, während die ersten Streifen Tageslicht den östlichen Horizont färbten. Sie schlief, noch ehe ihr Kopf auf dem Kissen lag.

Ihr Schlaf war jedoch unruhig, und sie hatte seltsam bedrohliche Träume. Zwei schwarze Mastiff-Hunde mit kalten Silberfischaugen hatten die Zähne in Olivias Körper geschlagen. Olivia lag am Fluß, und die Hunde zerrten sie über den Uferdamm. Trotzdem konnte sie weder die weitere Umgebung erkennen noch erraten, in welche Richtung sie gezogen wurde. Olivia wußte nur, daß sie von einer magnetischen Kraft mitgerissen wurde und es nicht mehr in ihrer Macht lag, sich ihr zu widersetzen.

Drittes Kapitel

Es war Sonntag.

Auf dem *Maidan*, dem großen, parkähnlichen Gelände, das sich mitten durch die Stadt der Weißen zog und als die ›grüne Lunge‹ galt, waren frühmorgens die üblichen Spaziergänger unterwegs, andere absolvierten Dauerläufe oder bewegten für ein oder zwei Stunden ihre Pferde. Es war in der Stadt die angenehmste Zeit des Tages. Wasserträger liefen mit rhythmischen Schritten vorüber, zu denen sie ihre gleichmäßig verteilte Last zwang. Palankinträger trugen ihre Kunden mit geometrisch genau abgemessenen Bewegungen durch die frische Morgenluft, und ein Mann, dem ein vorwitziger Affe auf der Schulter saß, lockte mit einer kleinen Trommel Zuschauer zu den Kunststücken des dressierten Tieres. Über die Chowringhee Road, die Hauptverkehrsstraße der Stadt, rollten langsam und quietschend Ochsenkarren auf ihrem Weg zu den Märkten. Sie waren mit frischem Obst und Gemüse beladen. Auch ein oder zwei Kutschen, in denen Europäer saßen, fuhren unter dem Geklapper der Pferdehufe vorüber. Weiter unten, an der Kreuzung Chowringhee und Dharamtala Road, fegten Männer mit Besen als Vorbereitung zum Gottesdienst die Stufen einer Kirche. Die Gemeinde war an diesem Sonntag allerdings noch nicht unterwegs – zweifellos lagen die meisten nach dem Ball bei den Templewoods, wo viele als Gäste gewesen waren, noch im Bett.

Olivia hatte trotz ihrer Erschöpfung oder vielleicht gerade deshalb nicht lange schlafen können. Sie war früh zum gewohnten morgendlichen Ausritt aufgestanden, lange bevor sich im Haus etwas regte. Es gehörte zu den erfreulichen Dingen, die Estelles Ball mit sich brachte, daß schon die Vorbereitungen absoluten Vorrang hatten, und es im allgemeinen Durcheinander niemandem aufgefallen war, ob sie allein oder in Begleitung ausritt. Auch an diesem Morgen konnte sie unbeobachtet das Haus auf Jasmine verlassen. Nach den Anstrengungen des vergangenen Abends schliefen Lady Bridgets Diener noch alle tief und fest. Olivia wollte schon lange einmal den bunten Basar nahe der Chitpur Road erforschen, und Mr. Courtenays (oder Poultenays) Rat am Abend zuvor bestärkte sie in ihrem Wunsch. Natürlich hatte sie Glück, daß die Umstände sich für diesen verbotenen Ausflug als günstig erwiesen. Und daran, daß sie den ausdrücklichen Befehl ihrer Tante mißachtete, dachte Olivia in ihrer Vorfreude keinen Augenblick. Es war unwahrscheinlich, daß jemand von diesem kleinen – und in ihren Augen – absolut harmlosen Unternehmen etwas erfuhr.

Im rosigen Morgenlicht, das getränkt war vom würzigen Geruch der Holzfeuer, wirkten die Gebäude an der Esplanade und am Tank Square, an denen sie vorüberritt, wirklich sehr herrschaftlich. Wie immer faszinierte Olivia das Nebeneinander von Ost und West. Vor dem Writer's Building, dem Sitz der Ostindien-Kompanie, standen Brahmanen bis zur Hüfte im Wasser des Teichs. Sie hatten die heiligen Schnüre über ein Ohr gehängt, hielten die Perlenketten in der Hand und intonierten ihre Anrufungen. Gruppen indischer Kinder mit eng anliegenden öligen Haaren – manche trugen sie auf dem Kopf zu einem Knoten gebunden – starrten neugierig auf Männer in armenischer Kleidung, die sich erregt am Straßenrand stritten. Ein Kamel mit Messingringen in den Nüstern trottete hinter seinem Führer her, ohne eine vorbeifahrende europäische Kutsche auch nur eines Blickes zu würdigen.

Trotz des Heimwehs konnte Olivia nicht leugnen, daß Indien sie als Land faszinierte. Hier erlebte man eine seltsame Mischung von weltlich und geistig, von alt und neu, von barbarischem Aberglauben und uralter Weisheit, Sanftheit und Wildheit, Grausamkeit und Mitgefühl. Es gab unendlich viele Widersprüchlichkeiten. Oft war das Leben hart für unvorsichtige Weiße, die auf Gnade und Ungnade unbekannten Krankheiten und glühendheißen Sommern ausgeliefert waren, und die der Tod mit erschreckender Plötzlichkeit ereilte, wenn sie es am wenigsten erwarteten. Die Kindersterblichkeit war hoch, und nicht selten standen Eltern über Nacht allein. Geliebte Menschen konnten im Handumdrehen von einer Seuche dahingerafft werden. All das hatte Olivia inzwischen gelernt. Aber sie spürte, daß für Weiße, die ihre Sinne öffneten – und es gab viele, die es taten –, Indien auch ein Garten der Freude sein konnte, so freigiebig und üppig wie das Blühen im Frühling.

Trotz der frühen Morgenstunde herrschte auf dem Markt geschäftiges Treiben. Die Reihen der Stände unter den schrägen Sonnensegeln boten den Käufern eine verwirrende Auswahl von Waren: geflochtene Bambuskörbe, Holzsandalen mit Lederriemen, Götterstatuetten aus Messing, Bücher, Tongeschirr und Küchengerät, Ballen von Baumwollstoffen, Seile und Matten aus Jute, hölzernes Spielzeug, gläserne Armreifen, Lebensmittel, Gewürze, Getreide, Gemüse, prächtige Sträuße frisch geschnittener Blumen und alles Erdenkliche, was für einen Haushalt notwendig war. An manchen Ständen brannten Feuer, über denen Süßigkeiten oder pikante Gerichte zubereitet und den Käufern auf Bananenblättern serviert wurden.

Olivia war von dem bunten Treiben gefesselt. Gegenüber einem hohen Hindutempel mit Kuppeln saß sie ab und beobachtete einen Mann, der mit gekreuzten Beinen vor einer riesigen Pfanne saß. Darin bruzzelten Teigringe, die er in Sirup tauchte, wenn sie goldgelb ausgebacken waren. Olivia hatte noch nie indische Süßigkeiten versucht, da sie bei den Weißen nie auf den Tisch kamen. Die Teigkringel erinnerten sie an Sallys Krapfen, und sie kämpfte mit sich. Sollte sie . . .?

»Ich würde es an Ihrer Stelle tun. Solange sie frisch sind, kann man sie gefahrlos essen.«

Olivia fuhr bei diesem ungebetenen Rat, der auch noch in englisch gegeben wurde, überrascht herum. Das Gesicht war ihr fremd, aber die volltönende, tiefe Stimme von Jai Raventhorne war ebenso unverkennbar wie die stechenden, undurchdringlichen Augen, über die sie auch diesmal wieder staunte. Vor Überraschung wußte sie nicht, was sie sagen sollte.

»Ich kann die Süßigkeiten empfehlen, Miss O'Rourke. Nicht empfehlen kann ich, daß Sie im Basar stehen und sie essen.« Ohne von ihrer Sprachlosigkeit Notiz zu nehmen, drehte er sich um und redete mit dem Mann, der ihm daraufhin ein ordentliches kleines Päckchen aus Bananenblättern aushändigte. Jai Raventhorne berührte sie leicht am Ellbogen und nahm ihr Jasmines Zügel aus der Hand. »Kommen Sie. Ich zeige Ihnen einen Platz, wo Sie diese Spezialität bequem und ungestört essen können.«

Olivia brachte immer noch kein Wort hervor. Sie nickte nur und folgte ihm gehorsam auf die andere Straßenseite. Erst als sie vor einem großen, schwarz gestrichenen Tor standen, kam sie plötzlich wieder zur Besinnung. »Wohin... wohin bringen Sie mich?« stammelte sie.

Er war gerade dabei, den Torriegel zurückzuschieben, und hielt inne. »Zu mir nach Hause.«

In ihren Augen lag Mißtrauen, als sie sagte: »Ich dachte, Sie wohnen in der Nähe der Pennyworthys!«

Er zog die Augenbraue hoch und erwiderte bissig: »Man sollte meinen, daß es selbst in den konservativsten englischen Kreisen nicht als Verbrechen gilt, zwei Häuser zu haben.«

Olivia kam sich dumm vor und ließ sich ohne weitere Fragen oder Kommentare durch das Tor führen. Sie traten in einen großen mit Marmorplatten ausgelegten Innenhof. Auf drei Seiten umgaben ihn Veranden mit Mauerbögen, und in der Mitte plätscherte ein Springbrunnen. Aus einer Tür hinter einem Bogen traten zwei Männer. Sie verbeugten sich, und der eine, mit leicht mongolischen Gesichtszügen – offenbar kam er aus den Bergen im Nordosten – übernahm Jasmine. Der andere befreite Jai Raventhorne von dem Päckchen mit Süßigkeiten und erhielt Anweisungen in Hindustani. Dann wandte sich Raventhorne wieder Olivia zu. »Wollen wir hineingehen?«

Das Haus, das sich auf drei Seiten um den Innenhof zog, war zweistöckig. Von einem Balkon hörte sie lautes Hundegebell. Olivia wurde plötzlich sehr nervös. »Ich... sollte eigentlich überhaupt nicht hier sein«, murmelte sie. »Ich glaube, es ist besser, wenn ich gehe.« Es ließ sich nicht vermeiden, daß sie ihm in die Augen blickte, während sie sprach, und wieder fiel ihr auf, wie seltsam sie waren: perlgrau, wie das Innere einer Austernschale und mit einem Schimmern, das in ihr ein Gefühl bodenloser Tiefe hinterließ. Olivia vermutete, sie waren so, wie sie aussahen – kalt.

Er verzog die Lippen zu einem angedeuteten Lächeln, und es hatte den Anschein, als koste ihn das beträchtliche Mühe. »Ich wollte Ihnen nur ermöglichen, ungestört zu sitzen und die Süßigkeiten zu essen. Keine Angst, ich habe nicht die Absicht, *Sie* zu verspeisen! Ihre Waffe schützt Sie doch sicherlich vor so großen, bösen Wölfen, wie ich einer bin, oder?«

Wieder gaben ihr seine Worte das Gefühl, sich kindisch zu benehmen, und sie reckte trotzig das Kinn. »Das stimmt«, erwiderte sie betont kühl. »Ich weiß zwar nicht, mit welcher Tiergattung Sie sich am meisten verwandt fühlen, aber ich will Ihnen gerne glauben, daß Sie auf die Ähnlichkeit mit einem Wolf besonders stolz sind.«

Das Lächeln wurde zu einem leisen Lachen. »Gut getroffen, Miss O'Rourke! Aber weshalb die ganze Aufregung? Könnte es sein, daß Sie seit unserer zufälligen Begegnung etwas erfahren haben, das Ihnen Angst macht und Ihren amerikanischen Mut schwächt, obwohl Sie so hervorragend gerüstet sind, sich zu verteidigen?«

»Ihr Ruf, Mr. Raventhorne, wie immer er sein mag, kümmert mich nicht«, sagte sie steif, weil sie merkte, daß sie rot geworden war und sich darüber ärgerte. »Aber zufällig habe ich ein Hühnchen mit Ihnen zu rupfen.«

»Hühnchen rupft man besser mit vollem Magen.« Ohne ein weiteres Wort drehte er sich um und ging mit großen, lockeren Schritten ins Haus, ohne sich noch einmal umzublicken. Olivia blieb keine andere Wahl, als ihm zu folgen. Sein unmögliches Benehmen hatte sich in den Wochen seit ihrer ersten Begegnung in keiner Weise gebessert. Aber Olivia konnte nicht leugnen, daß sie dieses zweite Zusammentreffen irgendwie aufregend fand, denn sie hatte wirklich nicht mehr damit gerechnet, ihn noch einmal zu sehen.

Raventhorne führte sie in einen großen, ebenfalls mit schwarzen und weißen Marmorplatten ausgelegten Salon, dessen hohe Decke von reich verzierten Steinsäulen getragen wurde. Olivia erriet, auch ohne

daß sie etwas darüber wußte, dies mußte ein Raum im traditionellen indischen Stil sein. An einer Längsseite befand sich eine Reihe Fenster mit steinernem Gitterwerk in zarten, filigranen symmetrischen Mustern. Dahinter lagen eine weitere Terrasse und ein zweiter Innenhof. Auf einem Bucharateppich an einem Ende des Salons befanden sich bequeme Sitzgelegenheiten – mit makellos weißen Tüchern bezogene Sitzpolster und viele dicke Kissen. In der Ecke standen eine Sitar, ein Paar Tablas und andere Musikinstrumente. An den weißen Wänden hingen keine Bilder, vor Türen und Fenstern keine Vorhänge, und es fehlte auch die in anderen Wohnzimmern, die Olivia kannte, so beliebte Sammlung von Nippsachen. Schmuck gab es nur an einer Wand – Schwerter, Krummsäbel, Dolche und Schilde. Aber selbst sie wirkten eher funktional. Der Raum war beinahe herausfordernd kahl, ohne individuelle Besitztümer, ohne Hinweise auf die Persönlichkeit und den Charakter des Mannes, der ihn bewohnte und benutzte. »Bitte nehmen Sie Platz.« Er wies auf ein Sitzpolster. »Oder ziehen Sie einen Stuhl vor? Ich weiß, auf dem Boden sitzen ist eine primitive Sitte, die Memsahibs üblicherweise nicht schätzen.«
»Danke. Ich bin durchaus gewohnt, auf dem Boden zu sitzen.« Sein Ton reizte sie. Sie setzte sich auf das Polster und begann, die schweren Reitstiefel auszuziehen. »Nicht alle Memsahibs halten Stühle für notwendig.«
Raventhorne klopfte sich ein Kissen zurecht und nahm am anderen Ende des Polsters Platz; dabei lehnte er sich zurück und streckte die Beine aus, damit seine Stiefel das weiße Tuch nicht berührten. Olivia setzte sich bequem, kreuzte die Beine nach indischer Art und sah ihn streng an. »Das Hühnchen, das ich mit Ihnen zu rupfen habe...«
»Nach dem Frühstück!«
»Nein, jetzt!«
Er zuckte mit den Schultern und verschränkte die Arme vor der Brust. »Nun gut. Wenn Sie darauf bestehen!«
Es fiel Olivia nicht leicht, unverwandt in die schimmernden Augen zu sehen. Aber ihr Blick blieb fest. »Die Grüße, die Sie mir an meine Tante und meinen Onkel aufgetragen haben... Also, war Ihnen bewußt, wie sehr sich die beiden darüber aufregen würden?«

»Natürlich. Nur aus diesem Grund habe ich Sie gebeten, meine Grüße auszurichten.«
Das unbekümmerte Geständnis erbitterte sie. »Mr. Raventhorne, finden Sie nicht, Sie haben mich, die unschuldige Überbringerin dieser unglückseligen Botschaft, mit einem schmutzigen Trick in eine unangenehme Lage gebracht?«
»Schmutzige Tricks gehören auch in Amerika zum Leben. Einer mehr oder weniger, was macht das schon aus?«
»Mir hat es etwas ausgemacht!« Sein Zynismus ärgerte sie. »Welche Rivalitäten und Reibereien zwischen Ihnen und meinem Onkel auch bestehen mögen, Sie hatten kein Recht, mich zum ... zum Schinken zwischen den Brotscheiben zu machen. Sie müssen doch gewisse Skrupel haben, was die Mittel angeht, mit denen Sie Ihre zweifelhaften Ziele erreichen – besonders wenn Sie als Waffe *Unterröcke* benutzen!« Auf ihren Wangen glühten rote Flecken.
Er sah sie belustigt an. »Miss O'Rourke, in meinen Augen sind Sie ebensowenig ein ›Unterrock‹ wie ich ein Mann mit Skrupeln. Glücklicherweise ...«, er lächelte, »gilt für mich keine der Einschränkungen, denen ein Gentleman unterliegt.«
Olivia lag es auf der Zunge, ihn zu fragen, als was er sie denn betrachtete. Aber natürlich stellte sie diese Frage nicht. Es war schlimm genug, daß sie im Basar seinen Vorschlag nicht sofort abgelehnt und ihn weggeschickt hatte.
»Sie genießen Ihren diabolischen Ruf, nicht wahr? Nun ja, ich finde das nicht nur kindisch, sondern auch unnatürlich!«
»Unnatürliches hat auch seinen Reiz, Miss O'Rourke«, sagte er leichthin und scheinbar unberührt von ihrem Temperamentsausbruch. »Aber ich habe den Verdacht, daß Sie diesen diabolischen Ruf für unbegründet halten, und vielleicht werden zumindest Sie mir meine Vergehen verzeihen.«
Die Linien seines kantigen Gesichts, die wenig Weichheit verrieten, schienen plötzlich nicht mehr ganz so hart zu sein. Er war sogar zu unvermutetem Charme fähig. Olivia wußte nicht so recht, ob ihr das gefiel, denn er brachte sie schon wieder in Verlegenheit. »Da ich Sie kaum kenne, Mr. Raventhorne, stellt sich die Frage, ob ich Ihnen

glauben soll, und ich meine – besser nicht«, erklärte sie kühl und würdevoll.

»Aber nach all den Fragen, die Sie Arvind Singh gestern abend gestellt haben, kennen Sie mich inzwischen vielleicht besser als beim letzten Mal.«

Es kostete Olivia große Mühe, die Fassung zu bewahren. Sie hatte den Maharadscha erst vor einigen Stunden kennengelernt – und *er* wußte bereits davon? Gegen ihren Willen bekam sie Respekt vor den Kanälen, die den allgegenwärtigen Klatsch verbreiteten. Irgendwie hatte sie aber auch das Gefühl von Verrat. »Hat Ihnen das der Maharadscha gesagt?« fragte sie verlegen.

»Nein. Arvind Singh ist trotz all seiner Sünden ein Gentleman. Ich habe andere Quellen.«

Zu Olivias großer Erleichterung wurden sie in diesem Augenblick abgelenkt und konnten das Thema nicht weiter verfolgen. Einer der beiden Männer, die sie im Hof empfangen hatten, erschien im Raum und sprach kurz mit Raventhorne. Da sich seine Aufmerksamkeit auf andere Dinge richtete, konnte Olivia ihn genauer betrachten. Ja, seine Haut war hell unter der ledrigen Bräune und rechtfertigte den Eindruck, er sei ein Europäer. Die merkwürdigen Augen wirkten selbst jetzt, während sie sich auf den Diener richteten, ruhelos. In ihnen brannte ein glühendes inneres Feuer. Die dichten, schwarzen und offenbar unbändigen Haare fielen ihm in einem wirren Durcheinander gelockter Wellen in den Nacken. Die schmalen Lippen – ein glatter Schnitt in dem rasierten Gesicht – verrieten Rücksichtslosigkeit. Aber die Adlernase und die breite hohe Stirn gaben ihm ein fast aristokratisches Profil. Wenn es stimmte, daß Kleider Leute machen, so gehörte Jai Raventhorne ganz bestimmt nicht zu denen, die darauf setzten. Er widmete seiner Kleidung wenig Aufmerksamkeit. Das weiße Hemd steckte lässig in einer schlichten schwarzen Hose, die von einem schwarzen Ledergürtel mit Silberschnalle gehalten wurde. Und doch besaß dieser Mann eine solche Ausstrahlung, daß sie durch seine Kleidung weder verstärkt noch geschwächt wurde. Olivia wußte bereits, daß er sprunghaft und lebhaft war. Auch jetzt hatte er wieder etwas an sich, das dazu bestimmt zu sein schien, anderen ein unbehagliches Gefühl zu geben. Sie zweifelte nicht daran, wenn sie ihm das gesagt hätte, wäre er höchst zufrieden gewesen, denn seine Absonderlichkeit in dieser Hinsicht kannte keine Grenzen.

Der Diener ging, und Raventhorne warf einen Blick auf seine Uhr, die mit einer Kette und einer Klammer am Gürtel befestigt war. »Offenbar gibt es ein Problem mit einem meiner Schiffe, das mit der Nachmittagsflut auslaufen soll. Ich muß in Kürze gehen.«

Es schien keineswegs Raventhornes Vorrecht zu sein, an Absonderlichkeiten Vergnügen zu finden, denn bei dem Gedanken an einen baldigen Abschied empfand Olivia seltsamerweise Enttäuschung.

»In diesem Fall möchte ich Sie nicht aufhalten ...«

»Ich habe ›bald‹ gesagt«, unterbrach er sie freundlich, »aber nicht so bald. Für ein Frühstück ist immer noch Zeit.« Er verschränkte die Hände hinter dem Kopf und schloß die Augen beinahe völlig. »Weshalb haben Sie Angst vor mir?«

»Angst? Sie schmeicheln sich!«

»Nun gut. Dann sind Sie nur nervös. Ich versichere Ihnen, es besteht kein Grund zur Beunruhigung. Es ist unwahrscheinlich, daß einer von uns beiden Ihren vornehmen Verwandten von diesem Zusammentreffen berichtet! Ich habe keine weiteren Botschaften zu überbringen.« Er gab sich keine Mühe, seine Belustigung und seinen Spott zu verbergen.

»Es freut mich, das zu hören.« Olivia erwiderte den Spott mit Sarkasmus, aber daß er offenbar die Fähigkeit besaß, ihre Gedanken lesen zu können, ärgerte sie. »Sind Sie außerdem noch Musiker?« fragte sie und deutete auf die Musikinstrumente in der Ecke. So wechselte sie ein Thema, das ihr zu persönlich war.

»Außer was?«

»Außer ... was immer sonst Sie sein mögen.« Sie vermied sorgsam das Wort Tee-Exporteur, denn dadurch wäre ihm bestimmt klar geworden, daß sie sich ausführlich nach ihm erkundigt hatte.

»Die derzeit beliebtesten Bezeichnungen sind Schurke, Scharlatan, moralisch verkommenes Subjekt, Wüstling und skrupelloser Betrüger – aber das ändert sich immer wieder.«

Es fiel Olivia schwer, nicht zu lächeln, denn ganz ähnliche Worte hatte ihr Onkel an dem bewußten Abend im Arbeitszimmer gebraucht. »Sie sind stolz darauf, daß man Sie so nennt? Es macht Ihnen Vergnügen?«
»Weder bin ich stolz darauf, noch macht es mir Vergnügen. Es berührt mich nicht.«
»Und was berührt Sie?« Die Frage entschlüpfte Olivia unüberlegt, und sie bedauerte sofort, sie gestellt zu haben, denn damit gab sie ihm wieder die Möglichkeit zu einem unverschämten Gegenangriff. Aber Raventhorne reagierte überhaupt nicht darauf. Er wandte nur leicht verwundert den Blick ab und richtete ihn in die Ferne.
»Nichts.« Sein Gesicht war ausdruckslos, obwohl er wieder lächelte. »Nichts von dem, was die Leute sagen, berührt mich.« Auch Olivia gehörte zu der Welt, die er mit solcher Verachtung abtat, und einen Augenblick hatte sie den unsinnigen Wunsch, etwas zu sagen, irgend etwas, das ihn berühren würde. Aber ihr fiel nichts ein. Er sprach in einem völlig anderen Ton weiter. »Ich sehe, Lady Birkhurst kann die Wahl ihres Sohnes diesmal gutheißen. Sie ist zumindest eine Frau von beachtlicher Kraft und Vitalität, auch wenn man das von dem ehrenwerten Freddie nicht behaupten kann.«
Olivia schwankte zwischen Empörung und Neugier – die Neugier siegte. »Lady Birkhurst?«
»Die Mutter des ehrenwerten Freddie. Sie wird in Kürze eintreffen. Sie kommt zweifellos, um unter den Kandidatinnen, die in der Endrunde des Rennens um die Hand, das Geld und den Titel des schönen Freddie sind, die Richtige auszuwählen. Ich sehe nicht, daß Sie in der Zielgeraden noch ernstzunehmende Konkurrenz haben.«
Wieder wütend zu werden, hätte bedeutet, ihm in die Hände zu spielen, und er wartete nur darauf. »Ich bin Ihnen dankbar für Ihre beruhigenden Worte und Ihr Vertrauensvotum«, sagte sie überaus liebenswürdig. »Aber es überrascht mich, daß Sie so gut über meine Angelegenheiten informiert sind, obwohl ich über Ihre so wenig weiß.« Rasch fügte sie hinzu: ». . . und mich auch nicht dafür interessiere.«
»Oh, Sie interessieren sich durchaus dafür, Miss O'Rourke«, be-

merkte er lachend. »Und wenn Ihnen das Wissen fehlt, liegt es ganz sicher nicht daran, daß Sie nicht versuchen würden, mehr zu erfahren. Weshalb fragen Sie nicht mich, wenn es etwas gibt, das Sie über mich wissen möchten?«

Nur sein unverdienter und erstaunlicher Charme ließ Olivia angesichts dieser ungeheuren Selbstgefähligkeit ruhig bleiben. »Und werden Sie es mir sagen, wenn ich Sie frage?«

»Nein, aber fragen Sie trotzdem.«

Olivia mußte lachen.

Wieder gab es eine Unterbrechung, die diesmal Olivia verlegen machte. Eine junge Frau mit einem silbernen Tablett betrat den Raum. Ihr folgte eine ganze Reihe Diener mit noch mehr Tabletts. Sie gab den Dienern mit kaum merklichen Gesten Anweisungen, und man stellte einen niedrigen Tisch vor Olivia, der mit Schüsseln, silbernen Tellern und europäischem Besteck gedeckt wurde. Alles verlief reibungslos und ohne jeden unnötigen Aufwand. Die junge Frau nahm Olivias Aufmerksamkeit völlig gefangen. Selbst nach orientalischen Maßstäben war sie atemberaubend schön. Dunkle Satinaugen blickten aus einem glatten, sandelholzfarbenen Gesicht. Sie war groß und bewegte sich mit der unbewußten Anmut einer Tänzerin, die einem unhörbaren Rhythmus folgt. Unter dem losen gelben Batistgewand mit metalldurchwirkten Bordüren sah man ihre vollkommen geformten, straffen, spitzen Brüste. Die Beine waren lang und schlank mit schmalen Fußgelenken. Sie trug eine eng anliegende Hose, die an den Knöcheln Falten warf. Sie sah Olivia nicht an, als sie rasch an ihr vorbeiging, um ihre Aufgaben zu erfüllen, aber sie verströmte einen starken Parfümgeruch, der an Rosen erinnerte. Ihre langen, feingliedrigen Finger – geschickt und flink bei der Arbeit – überzog ein zartes Filigran aus Henna, das wie satt orangefarbene Spitzenhandschuhe wirkte.

Olivia lief ein Schauer über den Rücken. Instinktiv wußte sie, die Frau war Jai Raventhornes Geliebte.

Er stellte sie nicht vor. Statt dessen sagte er ganz gelassen: »Sujata ist eine ausgezeichnete Köchin, wie Sie gleich selbst feststellen werden. Sie ist die Musikerin.«

Als die junge Frau ihren Namen hörte, lächelte sie, sah dabei aber nur ihn an. Dieser verstohlene Blick hätte vielleicht kokett und gekünstelt wirken können, wenn darin nicht soviel echtes Gefühl und Sehnsucht gelegen hätten. Als sie sich bückte, um die letzte Schale auf den Tisch zu stellen, glitt der hauchdünne Schleier von ihrem Kopf, rutschte tiefer und blieb an einer Brust hängen. Raventhorne griff ohne jede Verlegenheit sofort danach und brachte den Schleier wieder in die alte Lage. Sie wechselten einen Blick. Seine Hand blieb eine Spur länger als nötig auf ihrer Schulter liegen, ehe er sie zurückzog. Die flüchtige Geste, der Blick – das alles dauerte kaum ein oder zwei Sekunden, doch auf Olivia wirkte es irgendwie so intim, so unverhüllt sinnlich, daß sie spürte, wie ihr heiß die Röte in die Wangen stieg, und sich ihre Haare im Nacken sträubten. Sujata verließ den Salon mit einem Lächeln auf den glänzenden Korallenlippen. Während der ganzen Zeit hatte sie Olivia nicht ein einziges Mal angesehen.

Raventhorne legte ihr vor und tat in jede Schüssel eine kleine Portion. Er äußerte sich nicht zu Sujata, sondern konzentrierte sich ganz auf sein Tun, wobei er jedes Gericht und seine Zubereitung kurz erklärte. Olivia hörte geistesabwesend zu, denn sie war innerlich zu aufgewühlt von dem, was sie gesehen hatte. Diese Frau teilte also Jai Raventhornes Haus und Bett. Das Bild der hinreißenden Schönheit schien in ihr Gehirn eingebrannt, und sie fand es keineswegs erfreulich. Unerklärlicherweise mochte sie die Frau nicht.

»Essen Sie, solange es heiß ist. Jalebis schmecken nicht, wenn sie kalt sind.« Eine Berührung ihrer Hand brachte Olivia mit einem Ruck in die Wirklichkeit zurück, und sie wurde rot. Raventhorne deutete auf die Süßigkeiten, die er auf dem Markt für sie gekauft hatte.

Sie zwang sich zu lächeln. »Sie hätten sich nicht soviel Mühe machen sollen. Ich wollte nur meine Neugier befriedigen.« Auf dem Tisch standen noch sehr viel mehr Gerichte.

»Für mich war es keine Mühe. Ich habe nur Anweisungen gegeben. Und Sujata macht Gästen gerne eine Freude.«

Aus irgendwelchen Gründen schien er entschlossen zu sein, seine Geliebte immer wieder ins Spiel zu bringen. Vielleicht lag es daran, daß Olivias Verwirrung unübersehbar war. Ihm machte das bestimmt ein teuflisches Vergnügen. Olivia ärgerte sich nicht nur über sein mangelndes Taktgefühl, sondern auch darüber, daß sie sich ärgerte. Was ging es sie an, wen er sich für sein Bett aussuchte? Sie bedauerte noch einmal ihre unüberlegte Entscheidung, zu bleiben. Aber jetzt ließ sich nichts mehr daran ändern. Das Essen war jedenfalls köstlich.

»Mit welchem Ziel läuft Ihr Schiff heute nachmittag aus?« fragte sie, um das lange Schweigen zu brechen. »Kanton?«

»Nein. Ich habe den Chinahandel aufgegeben.«

Das hatte sie natürlich bereits gehört. »Aber verspricht der Chinahandel nicht die größten Reichtümer?«

»Ich bin reich. Ich habe kein Bedürfnis nach noch mehr Reichtum.«

»Im Geschäftsleben hat man doch sicher immer das Bedürfnis danach!«

»Dann geben wir uns damit zufrieden, daß ich mich in meinen Bedürfnissen von anderen unterscheide. Geld ist nur ein Mittel und kein Endzweck.«

»Und der Endzweck?« Sie sah ihn verstohlen an und stellte fest, daß er sich plötzlich nicht mehr wohl fühlte. Die aufgestaute Spannung, die sie auch an jenem Abend am Fluß gespürt hatte, machte ihn unruhig. Er erhob sich, ging zum Fenster und stand dort mit dem Rükken zu ihr als dunkle Silhouette im Licht.

»Das sichere Überleben in einer Umgebung, die in hohem Maße feindselig ist.«

Olivia richtete sich langsam auf. Das Essen war im Augenblick vergessen. Sie dachte wieder an die ›fixen Ideen‹, über die der Maharadscha vielleicht richtigerweise nicht weiter gesprochen und die er auch nicht beim Namen genannt hatte. »Aber ist die Umgebung nicht feindlich, weil Sie in Ihrem Eigensinn alle darin bestärken?«

Er kam zurück und setzte sich, immer noch erregt: »Eigensinn ist ein Privileg, das ich mir erworben habe, Miss O'Rourke. Es ist ein sehr geringer Lohn, und ich habe dafür sehr hart gearbeitet. Sie werden mir einen so kärglichen Gewinn doch sicher nicht verübeln?« In einem plötzlichen Stimmungsumschwung kniff er die Augen zusammen. »Sagen Sie mir – was bietet Ihr Onkel Arvind Singh für seine Kohle? Womit will er ihn bestechen?«

Der plötzliche Wechsel nahm ihr den Atem. Aber sie erwiderte einigermaßen ruhig: »Davon weiß ich nichts. Selbst wenn ich es wüßte, wäre es kaum wahrscheinlich, daß ich es Ihnen sagen würde. Außerdem, warum sollte er zu Bestechung greifen müssen, um die Kohle zu bekommen?«

»Er wird die Kohle weder mit noch ohne Bestechung bekommen.« In seiner Stimme lag eine schneidende, stählerne Härte. »Und außer Ihrem Onkel weiß das jeder.«

Im Geist hörte Olivia die Bemerkung, die ihre Tante vor nicht allzu vielen Stunden gemacht hatte. Seltsam, daß sie diesen Gedanken mit einem Mann teilte, bei dessen bloßer Erwähnung sie bereits in Ohnmacht gefallen war! »Heißt das, Sie wollen Ihre Freundschaft mit dem Maharadscha dazu benutzen, den Handel zu verhindern? Weil Sie die Kohle ausschließlich für Ihr Dampfschiff haben möchten?«

»Ah, diesmal sind Sie besser über mich informiert!« Diese Tatsache schien ihn offenkundig zu befriedigen. »Sind das Sir Joshuas Worte?«

»Wohl kaum!« erwiderte Olivia. »Man braucht nicht gerade ein kompliziertes Spionagenetz oder geheime Informationen, um etwas zu erfahren, das die ganze Geschäftswelt in Aufregung versetzt.« Sie hatte keine Lust, diesen Streitpunkt zu vertiefen. Olivia gestand sich ein, daß sie an Raventhorne weder seine geschäftliche noch seine persönliche Moral faszinierte, sondern der grundsätzliche innere Widerspruch, der aus ihm sprach. Sie hatte noch nie jemanden getroffen, der so widersinnig, so boshaft, so gleichgültig gegen die Meinung anderer war. Sie wollte ihm hundert, tausend Fragen stellen. Aber gerade in diesem Augenblick kam ein Diener in den Salon, stellte eine Fingerschale mit warmem Wasser und einer Limonenscheibe vor sie hin und begann, den Tisch abzuräumen. Die Gelegenheit war vorüber, und ihr fiel nur die Feststellung ein: »Sie haben ja gar nicht mit mir gefrühstückt.«

»Ich habe bereits gegessen. Ich stehe früh auf, damit ich ungestört

ausreiten kann. Wie es aussieht, teilen wir diese Gewohnheit«, er machte eine winzige Pause, »unter anderen Dingen.«
Olivia bekam bei dieser kurzen, aber durch die unausgesprochenen Worte bedeutungsvollen Pause einen merkwürdig trockenen Mund. »Unter ... welchen Dingen?«
Er antwortete nicht sofort. Er zog die Brauen zusammen, was auf Verwirrung hinwies, und blickte an ihr vorbei aus dem Fenster. »Sagen wir exzessive gegenseitige Neugier und der ... Fluch, sich von der Herde zu unterscheiden.« Er sprang auf und streckte ihr die Hand entgegen. »Kommen Sie, wir müssen gehen, sonst verpaßt mein Schiff die Flut, und ich habe meinen Konkurrenten Gelegenheit gegeben, sich zu freuen. Es ist von einem Jutefabrikanten gechartert, der verlangt, daß das Schiff in einer bestimmten Zeit Dundee erreicht. Sonst macht er den Vertrag rückgängig.«
Auch Olivia stand auf, löste aber schnell ihre Hand aus seiner. Selbst dieser bedeutungslose körperliche Kontakt ließ ihren Puls auf eine merkwürdige, ihr unbekannte Weise schneller schlagen. Sie bückte sich und machte sich an den Reitstiefeln zu schaffen. »Vielen Dank für das Frühstück. Es hat mir sehr gut geschmeckt.«
Er zog belustigt eine Augenbraue hoch. »Vielleicht hätte es ihnen noch mehr geschmeckt, wenn Ihre Gedanken nicht woanders gewesen wären!«
Bereits nach so kurzer Bekanntschaft – wenn man es überhaupt so bezeichnen konnte – hatte er gelernt, ihre flüchtigen Gedanken mit einer Genauigkeit zu erraten, die Olivia als bedrohlich empfand. »Meine Gedanken waren ebensosehr hier, wie ich es war«, erwiderte sie scharf. »Ich habe jeden Bissen geschmeckt und genossen. Sie müssen ... Sujata in meinem Namen danken.«
»Sie erwartet keinen Dank. Es ist ihr ein Vergnügen.« Er drehte sich ungeduldig um und verließ mit großen Schritten den Raum.
Olivia folgte ihm langsam. Durch einen der vielen schönen Mauerbögen, die sich über die ganze Länge der Veranda zogen, sah sie ihm zu, wie er nach den Pferden rief. Wie alt war er? Fünfunddreißig? Fünfundvierzig? Hundertfünf? Es ließ sich unmöglich sagen. Sein geschmeidiger, gesunder, von Energie überfließender Körper wies

auf einen Mann in der Blüte der Jugend und im Vollbesitz seiner Kräfte hin. Aber Olivia hatte flüchtig etwas gesehen, das in seinen Augen oder dahinter lag. Dunkle schwere Schatten verbargen eine Weltmüdigkeit, die den seltsamen Eindruck von Zeitlosigkeit machte, als sei er sehr viel älter, als das seinen Jahren entsprach. Auch dies war einer der vielen Widersprüche an Jai Raventhorne, an denen sie sich stieß, und die sie so reizten.

Im Hof wartete neben Olivias Stute ein sehr großer, pechschwarzer Rappe mit feurigen roten Augen und heftig peitschendem Schweif. Als Olivia vorsichtig näherkam, schnaubte er und blähte die Nüstern. Als gute Pferdekennerin blieb sie hingerissen stehen und bewunderte ihn, denn er war wirklich ein schönes Pferd. Der Hengst sah sie mit wilden Blicken an, schlug aus, und die Stallburschen brachten sich schnell in Sicherheit. Olivia lachte. »Wie ich sehe, ist er ebenfalls darauf abgerichtet, Sie mit seinem Leben zu schützen!«

»Ja, denn mein Kopf ist sehr gefragt!« Raventhorne kraulte das Ohr des Rappen mit überraschender Sanftheit, zog seinen Kopf zu sich herunter und flüsterte ihm etwas ins Ohr. Das Tier schien aufmerksam zuzuhören – es bewegte kaum die Augen. Dann wieherte es leise, scharrte mit dem Vorderhuf und rieb die Nüstern an der Handfläche seines Herrn. In ihrer Heimat, wo man einen Mann häufig nach seinem Pferd beurteilte, hatte Olivia Männer gekannt, deren Beziehung zu ihrem Reittier beinahe menschlich zu nennen war. Raventhorne war offenbar ein solcher Mann. Das Pferd vertraute ihm völlig.

»Was haben Sie zu ihm gesagt?« fragte Olivia neugierig.

Er schüttelte den Kopf. »Geheimnisse, die ein Mann mit seinem Pferd hat, sind heilig. Es gehört sich nicht, auch nur danach zu fragen.« Er brach von einem Brocken, den einer der Stallburschen ihm reichte, zwei Stücke braunen Zucker ab und gab jedem Pferd eines. »Er heißt Schaitan, und das bedeutet Teufel. Manchmal kann er ein bösartiges Untier sein – vielleicht um den Ruf zu rechtfertigen, den ihm sein Name gibt.«

»Zweifellos ganz wie sein Herr!«

Olivias bissige Bemerkung schien Raventhorne zu verblüffen, aber dann warf er den Kopf zurück und lachte schallend. »Ganz wie sein Herr, das kann ich Ihnen versichern!« Er lachte immer noch, als ein Nepalese mit einem dritten Pferd erschien, einem Dunkelbraunen mit weißen Fesseln. »Mein Diener Bahadur wird Ihnen in diskreter Entfernung folgen.«

Olivia protestierte beinahe automatisch. »Oh, das ist nicht nötig...«

»Es ist nötig!« Er unterbrach sie mit einer Entschiedenheit, die sofortigen Gehorsam verlangte. »Ich weiß, daß Sie als Amerikanerin gerne zeigen, wie unabhängig und mutig Sie sind. Aber tun Sie mir bitte den Gefallen – und sei es auch nur, damit ich beweisen kann, daß es mir nicht völlig an gesellschaftlicher Bildung mangelt.«

Wortlos ging Olivia zu Jasmine und saß auf. Raventhorne vergewisserte sich, daß sie sicher im Sattel saß, ehe er sich auf den Hengst schwang. Im Augenblick des Abschieds konnte Olivia die Frage nicht länger zurückhalten, die ihr auf der Zunge lag. »Erlauben Sie mir als Ausgleich für Ihre vielen Ungehörigkeiten auch noch eine?«

Sein Gesichtsausdruck wurde vorsichtig. »Bitte.«

»Sie sind zumindest teilweise Europäer«, sagte sie und erwiderte ruhig seinen argwöhnischen Blick. »Ist es nicht Heuchelei, vorzugeben, daß Sie Menschen hassen, zu denen Sie mit einem Teil Ihres Wesens gehören?«

Sie überlegte, ob er überhaupt antworten würde, denn er preßte sofort die Lippen aufeinander. Aber schließlich sagte er: »Gerade weil ich teilweise zu ihnen gehöre, habe ich das Recht, sie zu hassen – und auch einen Grund.« Die zinngrauen Augen blickten eiskalt. »In Amerika trägt das Vieh ein Brandzeichen auf der Kruppe, in Indien ist der Bastard eines Engländers ein Leben lang durch sein Gesicht gebrandmarkt.«

Er gab Schaitan die Sporen, und im selben Augenblick öffneten sich geräuschlos die großen schwarzen Torflügel. Der Rappe machte einen Satz, und es entstand ein Luftzug wie von einem riesigen Windrad. Einen kurzen Augenblick verhielten Pferd und Reiter am

Tor. Dann beugte Raventhorne den Vorderkörper weit vor, gab dem Pferd noch einmal die Sporen und die beiden verschwanden im Galopp auf der Straße. Er sah sich nicht mehr nach Olivia um. Sie wußte bereits aus Erfahrung, daß er es nicht tun würde.
Erschüttert von der tiefen Bitterkeit seiner Antwort blieb sie einen Augenblick regungslos im Sattel sitzen. Dann erinnerte sie sich an das offene Tor, den wartenden Bahadur und trieb Jasmine an. Bevor sich die schwarzen Torflügel endgültig hinter ihr schlossen, drehte Olivia sich noch einmal um und warf einen letzten Blick auf das Haus. Dabei entdeckte sie auf einem Balkon etwas Gelbes. Es war Sujata, die sie beobachtete.

*

Olivia wußte nicht, ob ein Mensch sich Augenblicke bewußt machen kann, die sein Schicksal bestimmen. Aber sie wußte, diese zweite unfreiwillige Begegnung mit Jai Raventhorne war wie ein Wegweiser, der in eine Richtung zeigte, die sie verwirrte. Ja, dieser Mann war ihr ein Rätsel. Er faszinierte sie und brachte sie durcheinander. Aber Olivia war nicht einmal sicher, daß sie ihn überhaupt mochte! Er war hart, eigensinnig und arrogant. Haß und Zynismus verzehrten ihn. Er lehnte sich gegen hergebrachte Verhaltensweisen auf, fand nichts dabei, seine moralische Verkommenheit vor allen zur Schau zu stellen, und er hatte keine Skrupel, jedes zweifelhafte Mittel einzusetzen, das ihm gerade zur Verfügung stand, um seine Ziele zu erreichen. Arvind Singh hatte mit echter Bewunderung von Jai Raventhorne als einem mutigen Mann gesprochen, wie man ihm selten begegnet. Nach Olivias Meinung war ein Mann nicht schon deshalb besonders bewundernswert, weil er die Tollkühnheit besaß, die Götter herauszufordern.
All das erkannte Olivia mit äußerster Klarheit. Den Grund für die verrückte, unverständliche, völlig unlogische Tatsache, daß sie Jai Raventhorne *nicht* aus ihren Gedanken verbannen konnte, fand sie jedoch nicht, wie sehr sie sich auch darum bemühte. Ungewollt sah sie in diesem Zusammenhang wieder Greg vor sich – der verträumte, sanfte, geduldige Greg, mit dem sie aufgewachsen war. Sie liebte und

achtete Greg, sie vertraute ihm, aber plötzlich schien er nur noch in einem fernen Winkel ihrer Erinnerung zu existieren. Sie sah kaum sein Gesicht, und das beunruhigte sie zutiefst. Unerklärlicherweise wurde die Welt, in der Greg lebte – in der auch sie einmal gelebt hatte –, so unwirklich wie ein Phantasiegebilde. Etwas Ungewolltes schlich sich heimlich in ihr Leben ein und führte sie weg von ihren Wurzeln. Und irgendwie spielte Jai Raventhorne dabei die entscheidende Rolle.

Es hatte eine Zeit gegeben, und sie lag erst wenige Tage zurück, als sie sich danach sehnte, ihn wiederzusehen. Aber im neuerwachten Gefühl ihrer Einsamkeit, dieser eigenartigen Entfremdung von der eigenen Vergangenheit entschied Olivia, sie würde Jai Raventhorne nicht mehr sehen, weder zufällig noch bewußt.

»Stell dir vor... Ich bin tatsächlich achtzehn – ich kann es kaum glauben!« Noch Tage nach dem Ball sprach Estelle immer und immer wieder über dieses Thema.

»Und was hast du davon, außer daß du älter bist?« fragte Olivia gereizt, während sie stapelweise Briefe schrieben. Lady Bridget bestand nämlich darauf, daß Estelle sich für den Berg Geschenke (von Olivia hatte sie einen wunderschönen Rock aus Hirschleder bekommen) bei allen bedankte.

»Es macht mich erwachsen, das habe ich davon! Jetzt kann ich heiraten, wen ich will – natürlich abgesehen von Freddie –, ganz gleich, ob Mama zustimmt oder nicht. Freddie ist für dich bestimmt, nicht wahr, Oli?«

Bevor Olivia ihr eine angemessen bissige Antwort geben konnte, kam Lady Bridget geschäftig wie immer in das Zimmer. »Wollt ihr denn heute abend nicht ausfahren? Das Schiff aus Portsmouth hat angelegt, da müßte heute auf der Strand Road viel los sein. Ich habe gehört, Lady Birkhurst ist auch an Bord. Freddie wird sich sicher freuen.«

Diese Ankündigung ihrer Tante überraschte Olivia keineswegs. Wie üblich waren die Informationen von Jai Raventhornes Spionagenetz zuverlässig.

Aber wenn man von dieser einen deprimierenden Neuigkeit absah, freute sich Olivia auf die abendliche Fahrt, beziehungsweise auf den Spaziergang entlang der Strand Road. Solche Ausflüge waren für die meisten Weißen in der Stadt ein geheiligtes tägliches Ritual. In der Regel wagten sich weiße Frauen tagsüber, wenn die Sonne unbarmherzig brannte, nicht ins Freie, denn man mußte damit rechnen, daß sie die Haut bräunte, auf deren Creme- oder Pfirsichfarbe die Damen allergrößten Wert legten. Die abendlichen Ausfahrten in der kühlen, frischen Luft am Fluß galten nicht nur als Unterhaltung, sondern als medizinisch ratsam. Außerdem boten sie die erfreuliche Gelegenheit, mit alten Freunden zu plaudern, neue Freundschaften zu schließen, und wenn gerade ein Schiff angelegt hatte, die Neuankömmlinge von zu Hause aus der Nähe zu betrachten, um sich über die neueste Mode in Kleidern, Hüten und Schuhen zu informieren. Noch wichtiger war, daß man bei diesen Ausflügen erfuhr, was jeder in der Stadt tat (und mit wem!). Die Informationen wurden dann genauestens bedacht und ausgesponnen und je nach Einschätzung weitergegeben.

Manchmal wurden Olivia und Estelle von Sir Joshua und Lady Bridget begleitet. Aber an diesem Abend kam Millie Humphries mit ihrem Rezept für Hackfleischpastete vorbei, und Sir Joshua hatte sich mit Tom Henderson zum Billard im Club verabredet.

»Toll!« Estelle freute sich darüber, daß sie ohne die Eltern ausfuhren. »Jetzt können wir uns sein Schiff einmal richtig ansehen. Einer der Klipper ist gestern nacht eingelaufen.« Olivia schwieg. Offenbar konnte ihre Entschlossenheit, Jai Raventhorne zu meiden, nicht verhindern, daß er auf die eine oder andere Weise in ihrem Leben auftauchte. Und so überlief sie unfreiwillig ein Schauer freudiger Erregung. »Der Klipper hat für die Strecke von New York nach Hongkong einhundertvier Tage gebraucht und ist von Kanton in nur einundachtzig Tagen nach New York zurückgefahren – nicht zu glauben.«

Zweifellos war das eine unglaubliche Leistung, aber Olivia glaubte es. Widerwillig bekam sie allmählich Respekt vor dem Talent ihrer Cousine, Informationen zu sammeln, die sich als wahr herausstellten. »Ach ja?«

»Ja. Susan hat es mir gesagt. Ihr Vater kennt den Kapitän. Und die *Durzee* von Susans Mutter...«, obwohl niemand es hören konnte, beugte sie sich zu Olivia hinüber, die neben ihr in der Kutsche saß, und fuhr leise fort, »... also Susan sagt, sie näht auch Kleider für... für diese Eingeborene, die Geliebte dieses Mannes. Man sagt, sie ist eine Tänzerin aus der Straße an Fenwicks Basar, und sie ist sehr schön – natürlich in der Art der Eingeborenen. Susan sagt, die Schneiderin hat ihrer Mutter erzählt, daß sie...«

»Estelle! Wenn du dir doch nur nicht immer den Klatsch anhören würdest! Das ist... einfach billig.« Olivias Zurechtweisung fiel schärfer aus als beabsichtigt.

»Billig? Du meine Güte! Wenn ich mir keinen Klatsch anhöre, wie soll ich dann jemals erfahren, was in der Welt vor sich geht?«

»Du könntest Bücher und Zeitungen lesen, wenn dich das Geschehen in der Welt interessiert. Wenn dir all die vielen Gouvernanten, die lange genug unter dir zu leiden hatten, etwas beigebracht haben, dann doch sicherlich wenigstens Lesen und Schreiben.«

Der Sarkasmus ihrer Cousine glitt an Estelle ab wie Regentropfen an einem Schirm. »Ach, ich meine doch nicht solche Ereignisse, ich meine wirkliche Neuigkeiten. Jedenfalls sagt die Schneiderin von Susan Bradshaws Mutter, daß er sie gekauft hat, wie eine dieser...«

»Wollen wir nicht anhalten und zu Fuß weitergehen, Estelle? Es ist ein so schöner Abend, und es wäre schade, das nicht auszunützen.«

Ehe ihre Cousine etwas erwidern konnte, stand Olivia auf der Straße – und war wütend über sich. Estelles albernes Geplapper hatte wieder einmal die beunruhigende Vorstellung von Sujatas sinnlichem, zu Raventhornes Vergnügen entblößten Körper heraufbeschworen – und seine zweifellos leidenschaftliche Reaktion darauf. Olivia begann, solche Gedanken allmählich zu hassen.

Aber es war wirklich ein schöner Abend. Wattewolken, die aussahen wie rosa Flamingos, zogen über den sich langsam rot färbenden Himmel. Überall auf der Promenade und in den Anlagen waren Familien unterwegs. Verliebte schlenderten Arm in Arm und unterhielten sich mit gedämpften Stimmen. Zwischen den Spaziergängern spielten Kinder mit Reifen und schrien so übermütig und laut, daß ihre Mütter und Kindermädchen ihnen stirnrunzelnd strenge Blicke zuwarfen. Die beiden Cousinen gingen nebeneinander, und viele Herren zogen die Hüte, viele Damen lächelten ihnen zu, denn nur die Neuankömmlinge in der Stadt kannten die Tochter und die Nichte der Templewoods nicht.

»Siehst du, dort!« rief Estelle plötzlich halblaut und umklammerte Olivias Arm. »Es ankert mitten im Fluß in der Nähe der *Dhoolie*-Boote. Du kannst es nicht übersehen.«

Olivia blickte in die Richtung, in die Estelle wies, und versuchte, den Klipper zu entdecken. Der Fluß war übersät mit Schiffen aller Klassen, Größen und Nationalitäten – Ostindienfahrer, die ›Teepötte‹ der Ostindien-Kompanie, Schaluppen, Rahsegler, Kriegsschiffe der Königlichen Marine, einheimische Kähne und Fischerboote. Kalkutta war einer der belebtesten Häfen im Osten, und wie alle Häfen umgab ihn ein Hauch von Abenteuer, von Zauber und Geheimnissen. Olivia versuchte gleichgültig zu bleiben, aber sie spürte ein Ziehen im Magen, als sie das Opernglas an die Augen führte, das Estelle ihr gereicht hatte. Ja, der Klipper war im Gewirr der Schiffe unverkennbar. Es war ein langer, eleganter Dreimaster mit einem höheren Rumpf als alle anderen Schiffe. Die Segel waren zusammengerollt. Auf Deck sah sie kleine Gestalten, die geschäftig hin und her liefen und Laternen entzündeten, die ein weiches, gelbes Licht verbreiteten. Am Bug war ein fremdartiges Gebilde aus Metall befestigt.

»Ist das sein Firmenzeichen?« fragte Olivia, »dieses merkwürdige Motiv mit den drei Spitzen?« Es kam ihr bekannt vor, aber sie konnte es nicht einordnen.

»Ja. Es ist ein *Trishul,* ein Dreizack. David Crichton sagt, es hat etwas mit dem heidnischen Gott Schiwa zu tun.«

»Was er wohl bedeutet?« Olivia fiel ein, daß sie den Dreizack an manchen Hindutempeln gesehen hatte.

»Wer weiß? Die Heiden beten ja alles mögliche an. Dave sagt, er hat auch auf seinem schwarzen Wimpel einen gelben Dreizack. Aber er segelt unter eurer, unter amerikanischer Flagge.« Olivia staunte von neuem, wie gut ihre Cousine informiert war. Plötzlich nahm ihr

Estelle das Opernglas ab, blickte hindurch und sagte heftig atmend: »Ob er wohl jetzt, in diesem Augenblick, an Bord ist...?«

Estelles Aufregung war ansteckend, auch Olivias Phantasie regte sich: Sie sah im Geist Jai Raventhorne auf dem Achterdeck des Klippers stehen. Er beobachtete sie. Der Wind, der seine Haare zerzauste, trug ihr auch seine volle, tiefe und gebieterische Stimme zu, mit der er Befehle gab, die sofort ausgeführt werden mußten. Er verspottete sie sogar – diese Gelegenheit ließ er sich natürlich nicht entgehen –, weil ihr Herz heftig pochte, weil sie schrecklich aufgeregt war, und weil ihr die Röte in die Wangen stieg. Das schien er nämlich zu wissen, so wie er alles andere wußte...

»Ich habe noch etwas über ihn herausgefunden.« Estelles Stimme riß Olivia aus ihrem Traum.

Olivia war verlegen, weil sie sich so kindisch benahm, und sie dachte: Ich sollte Estelle nicht auch noch darin bestärken, sich den schrecklichen Klatsch anzuhören. Aber sie frage: »Was?«

Estelle warf einen Blick über die Schulter und zog sie beiseite: »Man sagt, er ist ein... ein Bastard!« Sie erschrak über die eigene Kühnheit und schlug die Hand vor den Mund. Damit Olivia es ja richtig verstand, fügte sie hinzu: »Das heißt, sein Vater und seine Mutter waren nicht verheiratet – wie furchtbar!«

Die Neuigkeit überraschte Olivia nicht. Die meisten Eurasier in Indien und im Osten ganz allgemein trugen den Stempel der Unehelichkeit, das Brandmal Raventhornes Bitterkeit war weder ungerecht noch übertrieben. »Besonders für ihn«, murmelte sie und staunte selbst, daß sie Mitleid für jemanden empfinden konnte, der es so wenig verdiente.

»Mama sagt, Bastarde sind Kinder der Sünde«, erklärte Estelle fromm. Es enttäuschte sie, daß ihre Cousine nicht schockiert war.

»Bastarde sind Kinder von Müttern wie jeder andere Mensch auch! Die Unehelichkeit ist unser, nicht Gottes Werk. Weißt du, wer seine Eltern waren?«

Estelle freute sich, Auskunft geben zu können, denn sie genoß es, ernstgenommen und gefragt zu werden. »Man sagt, sein Vater war ein betrunkener englischer Matrose oder zumindest ein Weißer, der hier desertiert ist, und seine Mutter war ein Dienstmädchen. Er hat sie verführt und ist auf und davon. Das heißt...«

»Ja, ich weiß, was ›verführt‹ heißt. Und er ist nie zurückgekommen?«

»Nein. Zumindest Mrs. Drummond glaubt, daß Jai Raventhorne mehr weiß, als er... oh! Ich habe seinen Namen ausgesprochen. Wie schrecklich!« Sie schluckte und legte schnell die Hand auf den Mund.

»Wieso?« Olivia war über den plötzlich aufsteigenden Zorn selbst überrascht. »Wenn deine Eltern nicht wünschen, daß sein Name in ihrem Haus ausgesprochen wird, dann respektiere ich das. Aber das bedeutet doch nicht, daß wir woanders nicht über ihn reden dürfen. Sei nicht albern, Estelle!«

Estelle blieb bei dieser Zurechtweisung wie angewurzelt stehen. »Ich will überhaupt nicht von ihm reden«, sagte sie gekränkt. »Ich habe mich nur darum bemüht, das alles zu erfahren, weil du immer wieder nach ihm fragst.« Sie ging mit hoch erhobenem Kopf weiter.

Das stimmte natürlich. Widerstrebend schob Olivia alle Fragen beiseite, die ihr durch den Kopf gingen, und eilte Estelle nach, um sie zu besänftigen. »Es ist die reine Neugier, liebe Estelle, und es lohnt nicht, daß wir uns deshalb streiten.« Sie lachte und umarmte ihre Cousine. »Komm, wir gehen zum Anlageplatz und sehen nach, was die ganze Aufregung dort zu bedeuten hat.«

Das Thema Jai Raventhorne war damit wieder einmal zwangsläufig beendet.

Am Kai herrschte ein wirres Durcheinander. Neu angekommene Weiße und andere, die sie abholten, schoben und drängten sich zwischen Bergen von Schiffskoffern, Reisetaschen, Holzkästen, Blechkisten, Leinensäcken, Bettzeugrollen, Möbeln und immer mehr Frachtgut von dem am Nachmittag angekommenen Schiff. Es herrschte ein unglaublicher Lärm. Alle redeten gleichzeitig, und die Hafen- und Zollbeamten konnten nur mit Mühe Ruhe bewahren, als sie ein Dutzend Fragen gleichzeitig beantworten sollten. Kulis mit mahagonifarbiger Haut und nur mit Lendentüchern bekleidet feilschten erregt, als die Boote immer neue Passagiere zum Kai brachten.

»Ach, welch ein wundervoller Zufall! Sind Sie auch hier, um die Armen zu empfangen, die aus der guten, alten Heimat kommen?«

Olivia und Estelle drehten sich um und sahen den dümmlich lächelnden Freddie Birkhurst vor sich. »Nein«, erwiderte Estelle, »aber Sie, wie wir wissen.«

Freddie zog die Mundwinkel nach unten. »Ja, das stimmt. Die Mater wird in Kürze an Land gehen und den ungeratenen Sohn unter ihre Fittiche nehmen. Sie müssen beide demnächst zum Mittagessen kommen, um sie kennenzulernen.«

Die Cousinen murmelten etwas Höfliches. Dann fragte Olivia: »Das ist nicht Lady Birkhursts erster Besuch in Indien, nicht wahr?«

»Guter Gott, nein. Mutter kennt Indien sehr gut. Sie hat jahrelang hier gelebt, als der Pater seinen Teil für das Reich getan – und sich seinen Teil dafür genommen hat.« Er wurde noch mißmutiger. »Sie müssen wissen, Mutter ist ein zähes altes Rhinozeros. Sie blüht in diesem verwünschten Land auf wie eine Primel.«

»Machen Sie sich keine Sorgen, Mr. Birkhurst«, sagte Estelle fröhlich. »Olivia wird Sie wieder aufmuntern. Sie kann es kaum erwarten, Ihre Mutter kennenzulernen.«

»Wirklich, Miss O'Rourke?« fragte er überrascht. »Wenn es so ist, würden Sie uns dann die Ehre geben und am nächsten Sonntag im Tolly Club mit uns zu Mittag essen? Dort wird ein wirklich aufregendes Polospiel stattfinden. Natürlich werde ich Mutter bitten, sofort Lady Bridget zu schreiben.« Seine Laune besserte sich sichtlich.

Olivia kochte vor Wut, aber Estelle war noch nicht fertig. »Ein Polospiel? Wie faszinierend! Olivia hat erst gestern geklagt, wie wenig sie über dieses Spiel weiß. Dabei schwärmt sie für Polo.«

Freddie war so glücklich, daß er dunkelrot wurde. »Es wäre mir eine Freude... äh... eine Ehre, Ihnen das Spiel erklären zu dürfen, Miss O'Rourke! Wollen wir also dann nächsten Sonntag wie besprochen gemeinsam zu Mittag essen?«

»Ach, würden Sie mich bitte einen Augenblick entschuldigen?« Estelle wich dem empörten Blick ihrer Cousine aus. »Ich glaube, ich habe gerade Charlotte gesehen, und ich muß unbedingt etwas mit ihr...« Sie winkte und verschwand.

Olivia konnte ihr unmöglich sofort folgen, ohne unhöflich zu erscheinen. Unter dem anbetenden Blick von Freddies Stachelbeeraugen versank sie in mißmutiges Schweigen. Er hustete und räusperte sich. »Miss O'Rourke, ... äh ... Olivia, ich habe so ... äh ... auf eine Gelegenheit gewartet, um äh ...«, er fuhr mit dem Finger an der Innenseite seines Kragens entlang, »mich bei Ihnen vielmals für meine bedauerliche ... äh ... Entgleisung, jawohl Entgleisung, bei den Pennyworthys zu entschuldigen. Ich hätte Ihnen schreiben sollen, aber ich hatte nicht den ... äh ... Mut. Finden Sie mein Verhalten und mich abscheulich?«

Er wirkte so zerknirscht, daß es Olivia schwerfiel, ihn nicht zu bedauern. »Nein, natürlich nicht. Ich hatte das alles bereits vergessen.« Sie lächelte so freundlich wie möglich.

Es war, als habe sich für Freddie der Himmel geöffnet. »Ja? Oh, ah, großartig, großartig! Ich möchte nicht um alles in der Welt, Miss O'Rourke ... Olivia, daß Sie schlecht von mir denken. Ich ...«

»Ich denke keineswegs schlecht von Ihnen, Mr. Birkhurst. Ich verspreche Ihnen ...« Sie sah sich verzweifelt nach einer Fluchtmöglichkeit um, die sich absolut nicht zu bieten schien. Innerlich verwünschte sie ihre Cousine. Aber dann griff das Schicksal ein.

»Ver ... ich glaube, ich habe die Mater entdeckt ...« Er drückte Olivia fest die Hand. »Ich gehe jetzt besser. Dann bis Sonntag. Ich kann es kaum erwarten.« Er eilte davon.

Erst als die beiden wieder in der Kutsche saßen, konnte Olivia ihrem Ärger Luft machen. Estelle blieb jedoch ganz gelassen. »Meine liebe, liebe Oli, du bist jetzt ganze zweiundzwanzig Jahre alt, und Freddie Birkhurst ist nicht nur der beste Fang in der Stadt, sondern er liebt dich abgöttisch ...«

»Es ist mir egal, ob er ein guter Fang ist oder nicht, und es wäre mir lieber, er würde seine Liebe für sich behalten. Das jedenfalls kannst du mir glauben, ich werde Freddie *nicht* heiraten!« rief Olivia aufgebracht. »Und wenn er ein so guter Fang ist, warum hat Tante Bridget dann nicht versucht, dich mit ihm zusammenzubringen?«

»Oh, versucht hat sie es schon. Aber Papa hat es entschieden abgelehnt – und ich auch.« Sie schauderte: »Stell dir vor, jeden Tag aufwachen und als erstes Freddie Birkhursts gekochte Stachelbeeraugen zu sehen ...!«

»Vielen Dank! Weil du ihn nicht willst, möchtest du ihn *mir* aufhängen.«

»Nein, Olivia, darum geht es doch überhaupt nicht«, sagte Estelle geduldig. »Du mußt die praktische Seite der Angelegenheit sehen. Papas Geld garantiert mir ohnehin einen Mann mit Titel. Aber Onkel Sean hat kein Geld. Wenn du Freddie heiratest, brauchst du keine Mitgift, weil er schon genug hat und seine Seele verkaufen würde, um dich zu bekommen. Außerdem trägst du dann einen der angesehensten englischen Titel und hast Besitzungen in Suffolk und Indien – das ist doch ideal für jede Frau, begreif das doch endlich!«

Welch ein berechnendes Geschöpf! Trotzdem konnte man angesichts einer solch naiven Unverfrorenheit nicht lange wütend bleiben, und Olivia lachte. »Für jede Frau außer mir! Weshalb kümmerst du dich nicht um deinen John und überläßt mich meinem Schicksal als alte Jungfer?«

»Ach, John kann ich jederzeit haben. Er betet mich an.« Estelle wirkte sehr zufrieden, als sie ihren treuen Verehrer mit einer Handbewegung abtat.

»Aber er hat keinen Titel.«

»Eines Tages wird er einen haben. Vielleicht schon bald. Der ältere Bruder von Johns Vater ist nämlich der Marquis von Quentinberry, verstehst du, und er ist Junggeselle. Johns Vater wird ihn also beerben, es sei denn, sein Bruder heiratet und bekommt Kinder. Und das wird er nicht, denn John sagt, er ist impotent – nicht John, sondern der Marquis.« Sie machte eine Pause, errötete mädchenhaft und öffnete den Mund, um etwas zu sagen.

»Du mußt es mir nicht erklären«, sagte Olivia belustigt. »Ich weiß auch, was ›impotent‹ bedeutet.«

»Nun ja, also Johns Vater ist bereits krank«, fuhr Estelle unbekümmert fort. »Deshalb fährt John auch nach Hause. Es ist sehr wahrscheinlich, daß John seinen Onkel und seinen Vater überlebt. Also, ich werde die Marquise von Quentinberry...« Sie ließ den Namen

ein paarmal zufrieden auf der Zunge zergehen. »Ja, ich glaube, das macht sich gut. Es sei denn, nun ja, ein Herzogstitel mit Geld kommt dazwischen. Schließlich ist John ein Jahr lang weg, und es schwimmen noch andere Fische im Meer.« Sie kniff die Augen zusammen, überließ sich gefühllosen Spekulationen und trommelte geistesabwesend mit den Fingern gegen die Scheibe der Kutsche.
Diese unbekannte Seite ihrer Cousine verblüffte Olivia, und sie starrte Estelle sprachlos an. »Andere Fische?« fragte sie schließlich argwöhnisch. »Wer? Doch nicht zufällig Clive Smithers? Wie ich höre, hat er in seiner Marineuniform großen Erfolg, und seit er hier aufgetaucht ist, hat Charlotte plötzlich eine ganze Schar neuer Freundinnen – dich eingeschlossen. Dabei konntest du sie bis vor kurzem nicht ausstehen.«
Estelle zuckte leicht zusammen, sagte dann aber hochmütig: »Ich bin nicht in Clive verknallt, damit du es nur weißt! Ich will überhaupt noch nicht heiraten. Ich will nur nach London fahren, mich amüsieren und endlich einmal frei sein.« Ihre Lippen zitterten plötzlich, und Tränen stiegen ihr in die Augen. »Ich war noch nirgends, habe noch nie etwas unternommen, noch nie einen wirklich atemberaubenden Mann kennengelernt. Weißt du, daß ich bis heute nicht einmal *Schnee* gesehen habe?«

*

Lady Birkhursts offizielle Einladung zum Mittagessen am Sonntag im Tollgygunge Club traf wie angekündigt ein. Freundlicherweise war auch Sir Joshua mit eingeschlossen, falls er nicht anderweitig beschäftigt war. Sir Joshua erklärte sofort, er werde dafür sorgen, daß er beschäftigt sei. Lady Bridget zeigte ihre Begeisterung jedoch offen, denn schließlich hatte sie durch einen Zufall alle anderen Damen in Kalkutta mit heiratsfähigen Töchtern überflügelt.
»Du mußt dein blaues Leinenkleid mit den weißen Organdyrüschen tragen. Und natürlich den weißen Ledergürtel. Das steht dir nämlich sehr gut.« Lady Bridget wurde sofort sehr praktisch. »Oder vielleicht das getupfte gelbe? Nein, lieber doch nicht. Es betont dein braunes Gesicht und die braunen Arme viel zu sehr. Weißt du, ich

würde das lange rosa Seidenkleid nicht ganz ausschließen. Es hebt...«

Olivia hörte niedergeschlagen und mißmutig zu. Innerlich kochte sie vor Zorn. Tante Bridget mochte sich noch so sehr und noch so wohlmeinend um einen Mann für sie bemühen, es würde ihr nicht gelingen, sie mit Freddie zu verheiraten. Sollte sie es ihr jetzt oder später sagen? Nun ja, vielleicht später. Schließlich wäre es eine Anmaßung gewesen, Lady Birkhursts Zustimmung als selbstverständlich vorauszusetzen, mochte Jai Raventhorne auch noch so überzeugt davon gewesen sein! Vielleicht würde es nie so weit kommen, daß Freddie um ihre Hand anhielt. Olivia betete inbrünstig, Lady Birkhurst werde sie absolut unausstehlich finden!

An diesem Abend stellte Lady Bridget ihren Mann im Schlafzimmer entschlossen zur Rede. »Josh, es wäre mir lieb, du würdest deine unfreundlichen Bemerkungen über die Birkhursts unterlassen. Ich möchte nicht, daß Olivia unnötigerweise gegen Freddie eingenommen ist.«

Sir Joshua lag mit einem Badetuch um die Hüfte bäuchlings auf dem Bett. Er hielt die Augen geschlossen und gab leise zufriedene Laute von sich, während Rehman ihn wie jeden Abend massierte. »Birkhurst ist ein lebendes Zeugnis für gottgegebene Dummheit. Ich muß wohl kaum etwas dazutun, damit ein sehr intelligentes Mädchen gegen ihn eingenommen ist.« Er gab Rehman ein Zeichen, der daraufhin noch heftiger knetete und walkte.

»Nun gut, ich gebe zu, Freddie ist nicht so intelligent wie Olivia.« Lady Bridget überging sein abfälliges Schnauben. »Aber was er hat, ist ein mehr als guter Ausgleich für das, was er nicht ist. Olivia wird wie eine Königin leben.«

Es kostete Sir Joshua einige Mühe, ein Auge zu öffnen. »Olivia möchte vielleicht nicht wie eine Königin leben, wenn der König ein hirnloser Trottel ist. Außerdem, wenn ich ihn nicht für meine Tochter haben wollte, will ich ihn ganz bestimmt nicht für meine Nichte. Ganz gleich, ob halb Templewood oder halb O'Rourke! Bei dem Gedanken an eine Sippe schwachsinniger Birkhursts läuft es mir kalt über den Rücken.«

Lady Bridget erwiderte aufgebracht: »Olivia ist auf eine gute Heirat angewiesen, Josh. Ich schicke sie nicht zurück, damit sie wieder aus dem Schweinetrog ißt oder einen stinkenden Bauernkerl ohne Manieren heiratet, der weder lesen noch schreiben kann. Olivia braucht ein anständiges Leben in England unter anständigen Leuten und nicht diesen modernen Unsinn, den Sean ihr in den Kopf gesetzt hat.« Sie stieß ihren Mann mit einem spitzen Finger in den Arm. »Sag mal, du hast sie doch hoffentlich nicht auf falsche Ideen gebracht, oder?«
»Nein.« Sir Joshua drehte sich um, und Rehman bearbeitete energisch seinen Bauch. »Laß das Kind in Ruhe, Bridget. Versuche nicht, etwas aus ihr zu machen, was sie nicht ist. Olivia ist ein lebhaftes, intelligentes Mädchen. Laß sie tun, was sie will, solange wir sie bei uns haben. Und laß sie zurückfahren, wenn das Jahr zu Ende ist, es sei denn, sie will nicht.« Er legte sich auf die Seite und sah Lady Bridget an. »Olivia liebt und bewundert ihren Vater, Bridget, und völlig zu Recht. Ob es dir paßt oder nicht, sie ist ein Kind der Neuen Welt. Finde dich damit ab.«
»Zurückfahren lassen? Das kann doch nicht dein Ernst sein, Josh!«
»Es ist mein Ernst. Laß sie fahren, wenn sie will.«
»In ihrem Alter weiß man noch nicht, was man will! Wußte Sarah, was sie wollte, als sie mit Sean auf und davon gegangen ist? Sie hat ihre Lektion gelernt und bitter dafür bezahlt – mit Leiden und Qualen und schrecklichen Krankheiten ...«
»Sarah war glücklich mit Sean«, sagte Sir Joshua scharf. »Verdrehe die Tatsachen nicht, damit sie dir in den Kram passen, Bridget. Es war eine gute Ehe, bedauerlich, aber gut. Sean hat seine Frau geliebt. Er hat alles für sie getan, was in seinen Kräften stand.«
Lady Bridget verzog plötzlich das Gesicht. »Und *ich* will alles für dieses Kind tun, Josh, was in meinen Kräften steht. Es ist meine Pflicht, ich muß es tun. Ich habe Sarah Unrecht getan. Wenn ich nicht gewesen wäre, könnte Sarah vielleicht heute noch leben ...« Sie preßte das zerknüllte Taschentuch an den Mund und begann, leise zu schluchzen.

Sir Joshua richtete sich auf, schickte Rehman hinaus und legte ihr den Arm um die Schulter. Der ungewöhnliche Gefühlsausbruch seiner Frau bestürzte ihn. »Schon gut, schon gut, Bridget – ich lasse nicht zu, daß du das alles noch einmal durchmachst. Sarah ist tot, und man kann die Zeit nicht zurückdrehen. Hör auf, dich für Dinge zu bestrafen, die nun einmal geschehen sind. Du bringst Sarah nicht damit zurück, daß du Olivia mit irgendeinem reichen Kerl verheiratest.«

»Nein John, aber ich kann zumindest etwas wiedergutmachen. Hätte ich unseren Vater nicht überredet, sie zu enterben und sich von ihr loszusagen, hätte Sarah vielleicht in London ein zivilisiertes und komfortables Leben leben können, anstatt in solcher Armut zu sterben, und dann wäre Olivia als Dame aufgewachsen ...«

Sein Gesicht war weich, als er sie sanft in die Arme nahm. »Das ist alles hypothetisch, Bridget. Sean hatte schon lange, bevor er Sarah kennenlernte, beschlossen, auszuwandern. Das hat er mir selbst gesagt, als ich ihn in London traf. Sarah lag ebensowenig an materiellem Wohlstand wie Olivia. Sie war zufrieden damit, Sean zu folgen, wohin er auch ging, ganz gleich, unter welchen Umständen.« Er wußte nicht so recht, was er tun sollte, um seine Frau zu beruhigen, und tätschelte ihr ungeschickt den Rücken. »Und Sean ist kein schlechter Mensch. Er mag ein idealistischer Kreuzritter sein, der keine zwei Cents in der Tasche hat. Aber er hat Olivia eine Erziehung mitgegeben, die man bewundern muß ...«

»Ich habe Sarah geliebt«, unterbrach ihn Lady Bridget erregt, ohne ihm zuzuhören. »Ich würde alles darum geben, wenn ich sie um Verzeihung bitten könnte. Aber ich kann es nicht. Die einzige Möglichkeit, mich mit ihr doch noch auszusöhnen, ist Olivia. Ich muß zumindest eine Hochzeit für sie arrangieren, die sie nie vergißt. Und ich muß ihr alles geben, was Sarah verschmäht hat.«

»Liebling, du kannst ein eigensinniges Mädchen nicht zu einer Hochzeit zwingen, wenn es nicht will!« Er strich ihr über die Haare.

Seine Frau hob mit einem Ruck den Kopf von seiner Schulter. »Oh, ich werde sie nicht zwingen, Josh! Olivia wird Freddie selbstverständlich aus freien Stücken heiraten.«

Sir Joshua sagte nichts, sondern schüttelte nur mitleidig den Kopf und griff nach seinen Sachen. Er stand auf, knotete das Handtuch fester um die Hüfte und begann, das Hemd anzuziehen.
Lady Bridget putzte sich die Nase, tupfte die Augen trocken und fragte mit ausdruckslosem Gesicht: »Josh, könnte er ... dieses Zusammentreffen mit ihr geplant haben?« Sie sah ihn nicht an.
Seine Hand verharrte kurz in der Luft. »Mach keine Witze, Bridget!« Die Zurechtweisung klang ungerechtfertigt scharf. »Olivia ist aus einer momentanen Laune heraus zum Ufer gegangen.«
»Er ist der Teufel in Person, Josh ...« Ihre Stimme zitterte.
»Nein. Das wäre zuviel der Ehre. Er ist nur eine Ratte. Er kommt aus der Gosse und hat in seiner Anmaßung vergessen, wohin er gehört. Gib ihm durch falsche Vergleiche nicht noch eine größere Bedeutung, als er verdient!«
Lady Bridgets Finger lagen verkrampft in ihrem Schoß. Nur die blutleeren Lippen bewegten sich in dem starren Gesicht. »Er wird tun, was er gesagt hat. Diese Sorte Mensch vergißt und vergibt niemals. Du hättest auf deine Mutter hören sollen, Josh. Du hättest ihn nicht schonen sollen. Damals hattest du die Gelegenheit ...«
»Vielleicht«, sagte er gepreßt, »kommen andere Gelegenheiten.«
»Und eines Tages wird er reden ...!« Ihre Stimme sank zu einem ängstlichen Flüstern herab. »Und eines Tages wirst du wieder zu schwach sein ...«
»Das reicht, Bridget.« Er kam mit großen Schritten auf sie zu und nahm ihr Kinn unsanft zwischen Daumen und Zeigefinger. »Etwas wird er niemals tun, und das ist *reden*! Daran solltest du dich immer erinnern.« Er ließ sie los, griff nach seinen Kleidern, die über einer Stuhllehne hingen, und verschwand steifbeinig in seinem Ankleidezimmer.
Lady Bridget starrte auf den sich entfernenden Rücken, dann auf die Tür, die krachend hinter ihm ins Schloß fiel, und schließlich ins Leere. Ihre Augen waren noch immer angstvoll geweitet – aber es lag auch Haß darin.

*

Am Freitagmorgen erschien ein Kurier aus Kirtinagar. Er überbrachte unerwartet eine Einladung Ihrer Hoheiten. Für das Wochenende war eine Tigerjagd anberaumt worden. Sir Joshua, Lady Bridget und die beiden jungen Damen waren freundlich eingeladen, sich der fürstlichen Jagdgesellschaft anzuschließen. Man bedauerte zutiefst, daß die Einladung so außergewöhnlich kurzfristig ausgesprochen wurde, doch der Tiger, ein Menschenfresser, der seit längerem sein Unwesen trieb, war erst am Vortag wieder gesichtet worden, und man hatte sich in aller Eile für die Jagd entschieden. Man bat, die allzu kurzfristige Einladung zu verstehen und zu vergeben und Ihren Hoheiten die Freude zu machen, Ihre bescheidene Gastfreundschaft anzunehmen. Man betonte, Sir Joshuas bekannte Treffsicherheit werde sich auf der Jagd als unschätzbarer Vorteil erweisen.

Jeder reagierte wie erwartet: Sir Joshua fühlte sich ungeheuer geschmeichelt. Estelle blieb gleichgültig, Olivia zeigte unverhüllt ihre Begeisterung, und Lady Bridget war wütend. »Wenn du mir doch nur einmal zuhören würdest, Josh!« fauchte sie ihn an. »Seit Tagen rede ich von Lady Birkhursts Einladung zum Mittagessen am Sonntag. Ich denke nicht im Traum daran, wegen dieser rücksichtslosen Vorladung in letzter Minute den Birkhursts abzusagen!«

»Verdammt!« Sir Joshua griff sich ans Kinn, während er überlegte. »Am Samstagabend treffen wir uns mit den Versicherungsagenten. Da muß ich unbedingt anwesend sein.« Er klopfte auf den Brief. »Der alte Knabe hat etwas vor, ich rieche es. Mein Gott, ich würde zu gern wissen, was ...!«

Sir Joshuas Fluchen machte Lady Bridget noch wütender. »Wenn du springst, sobald er mit dem Finger schnippt, bitte, meinetwegen. Sag deine Verabredung ab und nimm Estelle mit. Olivia und ich, wir werden unsere Verabredung ganz bestimmt einhalten.«

»Du hörst mir auch nie zu, Mama!« Estelle stürzte sich erregt ebenfalls in den Kampf. »Ich bin den ganzen Sonntag bei Charlotte. Wir üben Weihnachtslieder ein, die ihr Bruder aus England mitgebracht hat. Aber selbst wenn ich nicht schon zugesagt hätte, würde ich lieber allein zu Hause bleiben, als auf eine alberne Jagd gehen. Beim letzten Mal haben mich die Mücken halbtot gebissen.«

Niemand beachtete sie.
»Da steckt ein Motiv dahinter«, überlegte Sir Joshua laut. Er war immer noch ganz in seine Gedanken versunken. »Das sind gerissene Burschen, diese Fürsten, und sie sind furchtbar empfindlich. Ich kann nicht einfach absagen. Das würde er mir übelnehmen und sofort glauben, ich wollte ihn beleidigen, obwohl ich das ganz bestimmt nicht vorhabe.«
»Dann hätte er uns früher benachrichtigen sollen!« rief Lady Bridget.
Sir Joshua schien sie nicht zu hören. Plötzlich schnalzte er mit dem Finger. Er hatte eine Lösung gefunden. Er wandte sich an Olivia, die still dabeisaß und vor Spannung kaum zu atmen wagte. »Arvind Singh liegt unser schriftliches Angebot vor. Ich würde viel darum geben zu erfahren, wie er es aufgenommen hat. Liebes, du scheinst ihm sehr gefallen zu haben – hättest du Lust, zu dieser Jagd zu gehen? Ein Mitglied der Familie genügt – es sei denn, Estelle überlegt es sich anders.«
Estelle verdrehte nur die Augen und verschwand kopfschüttelnd aus dem Zimmer. Aber Olivia bekam vor Freude Herzklopfen. »O ja, ich hätte schon Lust...« Sie sah das wütende Gesicht ihrer Tante und fügte schnell hinzu, »das heißt, wenn Tante Bridget nichts dagegen hat.«
»Deine Tante hat etwas dagegen, und zwar sehr viel! Josh, ich finde es gemein, absolut gemein von dir...«
»Ich kann nicht riskieren, Arvind Singh zu verärgern. Kannst du das nicht verstehen?« Er wischte mit einer Handbewegung alles andere beiseite und stand auf. »Man weiß, daß die Eingeborenen sich nur allzu leicht, allzu leicht gekränkt fühlen.« Er ging zur Tür.
»Und wenn Lady Birkhurst sich auch allzu leicht gekränkt fühlt?« fragte Lady Bridget und stemmte die Hand in die Hüfte.
»Sag ihr, Olivia hat Fieber oder irgend etwas. Ihr Frauen seid gut darin, Ausreden zu erfinden. Ich kann den Mann nicht länger warten lassen...« Er murmelte etwas vor sich hin und verschwand in Richtung Arbeitszimmer.
»Also wirklich!« Die Empörung machte Lady Bridget sprachlos.

»Also ...!« Sie rauschte aus dem Zimmer und suchte Estelle, um ihren Zorn an ihrer Tochter auszulassen. Wie konnte Estelle es wagen, ohne Erlaubnis ihrer Mutter eine Einladung anzunehmen!

Olivia blieb unbeachtet sitzen. Sie bemühte sich, nicht zu zeigen, daß sie innerlich über den völlig unerwarteten Strafaufschub jubilierte, die der Brief des Maharadscha verhieß. Aber unter dem Glücksgefühl lag Verwirrung. Sie spürte wie Sir Joshua, daß hinter der Einladung ein Motiv steckte. Im Gegensatz zu ihm hatte Olivia jedoch das sichere, beunruhigende Gefühl, daß die Kohle dabei keine Rolle spielte ...

Viertes Kapitel

Die Fahrt durch Bengalen auf der unbefestigten Straße mit den tiefen ausgefahrenen Furchen war heiß und ermüdend. Aber Olivia merkte wenig davon. Sie verließ zum ersten Mal die Stadt, und sie war wie verzaubert. Die majestätische Hauptstadt Kalkutta war eine Schöpfung der Briten und deshalb in vielen Dingen europäisch – die Architektur, das politische und kommerzielle Leben, die gesellschaftliche Atmosphäre, die Denkgewohnheiten in den Handelsunternehmungen und der beherrschende Einfluß der allgegenwärtigen Ostindischen Kompanie. Olivia bewegte sich zwangsläufig innerhalb dieser engen Grenzen und hatte bisher kaum etwas von dem wahren Charakter und den Farben des Landes gesehen. Deshalb fesselten sie selbst die flüchtigen Eindrücke von der bengalischen Landschaft durch das Fenster der fahrenden Kutsche.

Das Panorama, das an ihr vorüberzog, wurde hauptsächlich von leuchtendgrünen, vom Regen saubergewaschenen Reisfeldern bestimmt. In Bambushainen standen hin und wieder Lehmhütten mit Palmblattdächern, umgeben von Bananenstauden und Teichen, in denen üppig die Wasserlilien wuchsen. Bauern mit geflochtenen Hüten standen knöcheltief im Wasser und pflanzten die Reisschößlinge in ordentliche, gerade Reihen. In den Teichen fingen Fischer in Körben Süßwasserkrebse. Frauen und Kinder arbeiteten zusammen mit den Männern. An einem Bach spielten ein paar Jungen Ball mit einer Kokosnuß. Die drei Kutschen der Templewoods mit den bewaffneten Vorreitern boten ein eindrucksvolles Bild, doch die Landbewohner interessierten sich wenig dafür. Sie nahmen sie mit großen Augen flüchtig zur Kenntnis und arbeiteten gelassen weiter.

Olivias Ziel, der ummauerte Palast in Kirtinagar, unterschied sich sehr von der bäuerlichen Einfachheit seiner ländlichen Umgebung. Am Tor des fürstlichen Besitzes erwartete sie ein farbenprächtiger Trupp berittener Wachen, die den Kutschen mit großem Zeremoniell das Geleit gaben. Der Park, in dem die Paläste standen – offenbar gab es mehr als einen –, war sehr gepflegt. Olivia bestaunte die üppigen Blumenbeete, Mangohaine und die schattigen Wäldchen mit Banyan-, Bo- und Gulmoharbäumen – die mit ihren leuchtend orangenen Blüten wie mit züngelnden Flammen übersät waren. Die Kutschen fuhren auf einer eleganten Auffahrt zu einem Portikus. Dort auf den Marmorstufen erwartete sie der Maharadscha inmitten zahlloser Palastbeamten und Diener.

»Willkommen in Kirtinagar, Miss O'Rourke!« Er faltete die Hände zum Gruß und trat vor, um Olivia persönlich beim Aussteigen zu helfen. »Ich bin entzückt, daß die kurzfristige Nachricht wenigstens Sie nicht abgehalten hat, unsere bescheidene Einladung anzunehmen.«

Der ehrfurchteinflößend formelle Empfang machte Olivia nervös, und sie hielt sich bei ihren Antworten strikt an die Anweisungen, die Onkel Josh ihr gegeben hatte. Der Maharadscha bot jedoch in Benehmen und Kleidung das Bild absoluter Ungezwungenheit. Er trug den traditionellen weißen Baumwoll*dhoti,* ein weites Seidenhemd und einen seidenen Schal. In seiner eigenen Umgebung und in Alltagskleidung wirkte er ganz anders, als Olivia ihn in Erinnerung hatte. Der Kopf war unbedeckt, und außer einem Diamantring trug er keinen Schmuck. Ohne Turban wirkte der Maharadscha jünger – wie ein Mann Ende dreißig. In seinen dichten dunklen Haaren zeigte sich noch kein Grau. Zu den Begrüßungsformalitäten gehörte, daß Olivia Sir Joshua und Lady Bridget entschuldigte, die zutiefst bedauerten, daß sie die freundliche Einladung der fürstlichen Hoheiten nicht annehmen konnten. Sir Joshua brachte dieses Bedauern in einem Brief noch einmal selbst zum Ausdruck. Außerdem ließ sie Ihren Hoheiten eine Mahagonitruhe mit Geschenken übergeben.

»Kommen Sie, Miss O'Rourke«, sagte der Maharadscha, als diese Förmlichkeiten vorüber waren. »Ich muß Sie zur Maharani begleiten. Sie wartet ungeduldig darauf, Ihre Bekanntschaft zu machen. Meine Gemahlin freut sich, englischsprechende Damen zu treffen, damit sie ihr Englisch üben kann. Aber ich möchte gleich hinzufügen, das ist nicht der einzige Grund für ihre Ungeduld.«

»Ich kann mir nicht vorstellen, daß in Bengalen ein Mangel an englischsprechenden Damen herrscht«, erwiderte Olivia, während sie nebeneinander über eine gepflegte Rasenfläche mit Blumenrabatten gingen, und das Gefolge ihnen in diskretem Abstand folgte. »Es leben doch viele Beamte der britischen Zivilverwaltung hier im Distrikt.«

»Das ist wahr, aber«, er lächelte, »meine Frau pflegt keinen Umgang mit Engländerinnen. Und natürlich zeigt sie sich nie, wenn die Männer anwesend sind.«

Olivia wußte, daß die Sitte des *Purdah* in Indien weit verbreitet war, und sie wurde verlegen, weil sie das vergessen hatte. Bei den *Burra Khanas* waren zwar gelegentlich einzelne Inder anwesend, aber niemals eine Inderin. Olivia versuchte, sich die Maharani vorzustellen – eine Frau, die zweifellos ganz im traditionellen Leben aufging und wenig Erfahrung mit der Außenwelt hatte. Lady Bridget hatte Olivia gesagt, sie werde sich vermutlich zu Tode langweilen. »Die Eingeborenenfrauen, besonders die hochgeborenen, können schrecklich langweilig sein. Sie sitzen nur in einer Ecke, lächeln dumm und schnattern in ihrer Sprache.« Sie war immer noch sehr verärgert über das verhinderte Mittagessen mit Lady Birkhurst und hatte Olivia das Wochenende in Kirtinagar in düsteren Farben gemalt.

Der Palast der Maharani – und der *Zenana,* wie die Frauengemächer genannt wurden – stand in einiger Entfernung vom Hauptgebäude und war durch Reihen hoher Laubbäume den Blicken entzogen. An einer Seite lag ein kleiner See, der mit tellergroßen weißen und rosa Lotosblüten übersät war – ein wirklich hübscher Anblick. Die Privatgemächer der Maharani lagen im ersten Stockwerk. Sie waren groß, hell und sonnig. An einem Ende befand sich eine Veranda, wo die Maharani ihre Besucherin erwartete. Es folgte die offizielle Vorstellung, Grüße wurden ausgetauscht und auf einem Tablett kalte Erfrischungen gereicht. Dann fragte die Maharani etwas scheu: »Die

Fahrt muß Sie ermüdet haben, Miss O'Rourke. Nach vier Stunden auf der schlechten Straße möchten Sie sich vielleicht ausruhen.«

»Nein, keineswegs«, versicherte Olivia ihr rasch, denn sie konnte den Blick nicht von dieser märchenhaften Umgebung wenden. »Dazu ist alles viel zu aufregend. Im Augenblick wäre mir nur ein Bad lieb, und danach könnte ich mich umziehen.« Die Frau, die ihr gegenübersaß, sah aus, als sei sie höchstens dreißig. Sie war zierlich, nicht sehr groß, aber die Augen in ihrem dunklen, glatten Gesicht sahen sie wach und intelligent an. Sie sprach nicht ganz so fließend Englisch wie der Maharadscha, aber korrekt und klar. Also war auch ihr die fremde Sprache durchaus vertraut. Olivia konnte ihre Überraschung nicht verbergen und machte eine Bemerkung. Die Maharani errötete.

»Ich wurde von einer englischen Gouvernante erzogen, bis ich fünfzehn war«, sagte sie und freute sich sichtlich über Olivias Kompliment. »Aber jetzt habe ich kaum Gelegenheit, Ihre Sprache zu sprechen.«

Sie plauderten noch ein wenig, und dann entschuldigte sich der Maharadscha mit dem Hinweis auf unerledigte Arbeiten in den Amtsräumen. Er bedauerte, das Mittagessen nicht mit ihnen einnehmen zu können, versprach jedoch, sie würden sich am Abend länger sehen. In gewisser Hinsicht hörte Olivia das mit Erleichterung, denn es würde sehr viel einfacher sein, die Maharani besser kennenzulernen, wenn sie allein waren. Die junge Frau hatte ein einnehmendes Wesen, und Olivia stellte erfreut fest, daß die Maharani – abgesehen von der obligatorischen Förmlichkeit – beinahe mädchenhaft ungezwungen mit ihr sprach. Das überraschte sie, denn wie Sir Joshua gesagt hatte, war sie Mutter zweier Kinder. Trotz Lady Bridgets düsterer Prophezeiungen verstanden sich die beiden Frauen auf Anhieb sehr gut. Olivias Spannung wich. Es sah ganz danach aus, als sollten sich ihre Befürchtungen im Hinblick auf das Wochenende als grundlos erweisen.

»Ich gestehe, ich freue mich, daß Sie sich nicht ausruhen wollen, Miss O'Rourke«, sagte die Maharani, nachdem der Maharadscha gegangen war. »Die Zeit ist kurz, und wir müssen über vieles sprechen.« Sie gab ein Zeichen, und sofort tauchte eine Dienerin auf. »Ihre Zimmer sind direkt unter meinen. Ihr Bad wartet. Ich hoffe, Sie finden alles zu Ihrer Zufriedenheit.« Sie machte eine Pause, wandte den Blick ab und errötete. »Ich habe angeordnet, daß Ihre *Aja* und das andere Personal gut untergebracht werden. Ich versichere Ihnen, Sie werden Ihre persönlichen Dienstboten nicht brauchen. Zwei meiner Zofen stehen Ihnen Tag und Nacht zur Verfügung.«

Olivia sollte die Bedeutung dieser Vorkehrungen erst später begreifen. Im Augenblick nahm sie zufrieden alles als gegeben hin. Trotz ihrer Verärgerung war Tante Bridget entschlossen gewesen, die Formen zu wahren, und hatte darauf bestanden, ihr Estelles *Aja* mitzugeben. Auf Sir Joshuas Befehl begleiteten sie außerdem zwei *Khidmatgars,* ein Botenjunge und zwei bewaffnete Vorreiter, da Räuberbanden, besonders die gefürchteten *Thugs,* gelegentlich auch in dieser Gegend auftauchten. Dazu kamen natürlich die Kutscher und ihre Helfer für den Zug der drei Kutschen. Offenbar war es in Indien Sitte, daß Gäste ihr eigenes Personal mitbrachten. Olivia erschien der ganze Aufwand unnötig, aber sie hatte sich widerspruchslos den Regeln gebeugt.

Olivias Zimmer lagen im Erdgeschoß und führten auf einen ummauerten Innenhof mit vielen duftenden Pflanzen. Sie waren sehr hübsch. Wie die anderen Räume im Palast hatten sie Wände aus weißem Marmor, geschnitzte Holzdecken und Bogenfenster mit filigranem Marmorgitterwerk. Die roten Samtvorhänge trugen goldene Quasten, und in glänzenden Messingvasen standen Zweige mit ihr bekannten und unbekannten Blüten. Alles verriet gastfreundschaftliche Fürsorglichkeit. Sogar das Moskitonetz über dem Himmelbett wirkte durch Seidenstickereien weniger häßlich. Vor dem Bett standen Damastpantoffeln, in einem Schrank hingen mehrere hübsche Hausmäntel. Es gab dicke Frottiertücher und im Bad eine Reihe englischer Toilettenartikel. In einer Kristallschale neben dem Bett lagen französische Bonbons.

Olivia war entzückt. Ihre Kleider hingen bereits in einem *Almirah* mit Glastüren. In einer versenkten Wanne aus geädertem Marmor

wartete warmes, nach Sandelholz duftendes Wasser, auf dem Rosenblätter schwammen. Sie wußte von Sir Joshua, daß die Gastfreundschaft der indischen Fürsten verschwenderisch war. Man hatte Olivia mehr als freundlich empfangen, und natürlich war sie tief beeindruckt. Aber gleichzeitig fragte sie sich: Gilt diese Freundlichkeit mir oder nur Sir Joshuas Vertreterin?
Eine halbe Stunde später hatte Olivia gebadet, sich frisch gemacht und das Reisekostüm aus Leinen mit einem luftigen, chartreusegrünen Musselinkleid vertauscht. Man geleitete sie in das Wohnzimmer der Maharani. Der Raum war im westlichen Stil mit französischen Möbeln, belgischen Glasleuchtern und einem üppigen pflaumenfarbenen Aubussonteppich eingerichtet. Wieder lag ein Hauch Förmlichkeit in der Luft. Als Erfrischung wurde Limonade in hohen Gläsern gereicht, in denen das Eis klirrte.
»Wenn Sie Kalkutta heute zum ersten Mal verlassen haben, muß ich mich für den schlechten Zustand der Straßen entschuldigen, Miss O'Rourke«, sagte die Maharani. »Der Regen hat wie jedes Jahr wieder schwere Zerstörungen verursacht.«
»Oh, dort, wo ich herkomme, gibt es weit schlimmere Straßen«, wehrte Olivia fröhlich ab. »Tatsächlich habe ich mich beinahe wie zu Hause gefühlt.«
Sie erkundigte sich nach einigen Sehenswürdigkeiten, die ihr unterwegs aufgefallen waren, und während die Maharani ihre Fragen beantwortete, betrachtete Olivia sie aufmerksam. Die Züge des glatten, milchkaffeefarbigen Gesichts waren wie gemeißelt und die Linien in klassischer Klarheit herausgearbeitet. Allerdings erhielt das Gesicht der Maharani eine besondere Note durch die lebendigen Augen. Hin und wieder schien etwas darin aufzublitzen, was nichts mit Intelligenz oder Interesse zu tun hatte – war es Wachsamkeit? Mit leichtem Unbehagen stellte Olivia fest, daß die Maharani sich ein ebenso genaues Bild von ihr machte wie sie sich von ihr. Olivia fragte sich beunruhigt, weshalb ihre Gastgeberin sie mit solcher Konzentration beobachtete. Das Mittagessen wurde angekündigt.
»Ich kenne Ihren Geschmack nicht, Miss O'Rourke, und deshalb habe ich mich für ein rein indisches Essen entschieden.« Sie gingen

in das angrenzende Zimmer. »Ist Ihnen das recht oder würden Sie etwas vorziehen, das Ihrem Gaumen vertrauter ist? Ich versichere Ihnen, ich fühle mich nicht gekränkt, wenn Sie sich dafür entscheiden.«

»Indische Gerichte – wie schön!« rief Olivia. »Bis jetzt habe ich nur Curries gegessen, wie sie in englischen Häusern zubereitet werden.« Sie mußte unwillkürlich an das Frühstück bei Jai Raventhorne denken und errötete.

»Wenn es so ist, freue ich mich«, sagte die Maharani und nickte. »Wollen wir essen?« Auf eine Geste von ihr eilten ein Dutzend Dienerinnen davon. Sie erschienen sofort wieder mit großen runden Tabletts, auf denen sich eine erstaunliche Vielfalt von Gerichten befand.

Sie aßen im traditionellen Stil und saßen dabei mit gekreuzten Beinen auf dicken Polsterkissen vor niedrigen kleinen Tischen. Wie Olivia es in Raventhornes Haus erlebt hatte, enthielten kleine Schalen auf den silbernen Tabletts die einzelnen Gerichte, um ihren Geschmack nicht zu vermischen. Diesmal lag jedoch nicht jene Spannung in der Luft, und Olivia konnte aufmerksam zuhören, als die Maharani jedes Gericht ausführlich beschrieb. Sie staunte über den Einfallsreichtum der indischen Küche. Vergleiche waren unvermeidlich, denn die Maharani erkundigte sich nach den Eßgewohnheiten der Amerikaner zu Hause.

»Ich nehme an, die Amerikaner müssen sich ihr Fleisch durch die Jagd beschaffen«, sagte die Maharani, als sie nach dem Essen auf der Veranda saßen und starken süßen Mokka tranken. »Und deshalb können wohl auch Sie gut mit Feuerwaffen umgehen?«

»Ja, das muß man in meiner Heimat«, erwiderte Olivia. Die Bemerkungen ihrer Gastgeberin über ein Land, von dem kaum jemand etwas wußte, überraschte sie. »Wir benutzen die Waffen nicht nur für die Jagd. Wenige Amerikaner würden es wagen, auf langen Reisen oder in den neuen Siedlungen wie den Bergwerksstädten, wo immer noch Gesetzlosigkeit herrscht, keine Waffe zu tragen. Viele Farmer und Rancher leben einsam, wie auch wir, und Langfinger sind eine ständige Bedrohung.«

»Langfinger?«
»Viehdiebe. Wenn man nicht wachsam ist, kann man seine Herde über Nacht verlieren. Mein Vater hat darauf bestanden, daß ich lerne, mit der Waffe umzugehen, als ich noch ein Dreikäsehoch war.«
»Dreikäsehoch?« fragte die Maharani verständnislos.
»Als ich noch sehr klein war«, erklärte Olivia rasch.
»Ich verstehe. Mein Vater hat mir ebenfalls Schießunterricht erteilt, als ich noch sehr klein war. Auch bei uns gibt es Gesetzlosigkeit.«
»Wirklich?« Olivia warf einen erstaunten Blick auf die zarten, dunkelhäutigen Hände. Sie konnte sich nicht vorstellen, daß diese Hände mit einem Gewehr umgingen, oder daß das überhaupt einmal nötig sein könnte. »Aber sind Jagen und Schießen in Indien nicht ausschließlich Vorrecht der Männer?«
»Nicht in Herrscherfamilien.« Die hoheitsvolle Miene der Maharani verriet Selbstbewußtsein. »Die Geschichte kennt viele Fälle von Maharanis und Prinzessinnen, die den Schleier abgelegt und gegen Eindringlinge gekämpft haben, die ihre Männer erschlagen hatten.« Die Maharani sprach ruhig, beinahe beiläufig. Das wies auf eine innere Stärke hin, die Olivia bei einer so durch und durch weiblichen Frau nicht vermutet hätte. »Aber erzählen Sie mir von zu Hause, Miss O'Rourke. Ich habe gehört, daß Sie recht erfolgreich eine Farm betreiben.«
»Nun ja, beinahe jeder hat Land, das er irgendwie nutzt. Wir züchten auf unserer Ranch Pferde. Wir haben auch etwa hundert Rinder mit unserem Brandzeichen. Das meiste sind *Durhams,* aber vor kurzem haben wir *Longhorns* gekauft, um robustere Tiere zu bekommen.«
»Aber bei so viel Arbeit beschäftigen Sie doch sicher Leute?«
Olivia lächelte. »O ja. Wir haben einen sehr guten Vorarbeiter und mehrere Männer, die das Vieh hüten. Aber mein Vater ist viel auf Reisen, und deshalb liegt normalerweise ein großer Teil der Verantwortung bei mir.«
»Mein Mann sagt, Ihr Vater ist Schriftsteller. Worüber schreibt er?«

»Über alles, was ihm am Herzen liegt.« Olivia wurde ernst. »Ungerechtigkeiten in unserer Gesellschaft wie Sklaverei, Verletzung der Bürgerrechte und ungesunde Arbeitsbedingungen in Fabriken – alles, was seiner Meinung nach aufgedeckt und zur Sprache gebracht werden sollte. Im Augenblick hält er sich zum Beispiel wegen der Abschlachtung der Wale im Pazifik auf.« Sie richtete sich stolz auf. »Mein Vater glaubt an Gerechtigkeit für alle. Er ist, wie seine Freunde sagen, eine ehrliche Haut.«

»Haut?«

»Ein ehrlicher Mensch.« Olivia lachte. »Ja, ich verstehe, daß ich mit meinen Ausdrücken manchmal die Leute verwirre.«

»Nein, es liegt an meinen mangelhaften Sprachkenntnissen«, widersprach die Maharani bescheiden. »Aber sagen Sie mir, inspiriert Sie das nicht dazu, in der Art Ihres Vaters zu schreiben? Bei soviel Anregung interessieren Sie sich sicher mehr für Bücher als für die Arbeit auf der Farm.«

Olivia sagte bedauernd: »Das stimmt, und ich lese auch sehr viel. Aber ich bin ehrlich genug, mir einzugestehen, daß mir die Begabung meines Vaters fehlt. Wenn ich wieder zu Hause bin, möchte ich in Sacramento eine kleine Schule eröffnen. Es gibt schon ein paar Schulen, aber wir könnten ganz bestimmt noch eine gebrauchen. Bis dahin fröne ich meiner Leidenschaft für Bücher, indem ich Sally, das heißt Mrs. MacKendrick, unserer Nachbarin und meiner besten Freundin, in ihrer Leihbücherei in der Stadt helfe.«

Es folgten weitere Fragen, die Olivia so ausführlich wie möglich beantwortete. Es kam ihr vor, als kenne die Neugier der Maharani auf ihr Land und Leben keine Grenzen. Natürlich war sie dankbar, denn es machte ihr Vergnügen, mit jemandem über ihre Heimat zu sprechen, der sich so sehr dafür interessierte. Und doch wurde sie das merkwürdige Gefühl nicht los, daß die Maharani sie, nun ja, *ausfragte.* Das war natürlich absurd, beruhigte sie sich. Im Laufe der Stunden ließ die anfängliche Wachsamkeit in den dunklen Augen der Maharani nach, aber wenn auch etwas von der Förmlichkeit und der Scheu geschwunden war, wurde Olivia den Eindruck nicht los, daß ihre Fragen irgendwie berechnet wirkten. Ein Thema ergab sich aus

dem anderen. Sie sprachen auch über Politik, und es wurde deutlich, daß die Maharani politischen Themen ebenso große Aufmerksamkeit schenkte wie der Maharadscha.
»Beschäftigen Sie sich nur mit der Arbeit der amerikanischen Regierung, oder interessiert Sie auch unsere Situation hier in Indien?«
Olivia überlegte kurz und sagte: »Das interessiert mich sehr. Aber ich muß gestehen, ich weiß kaum mehr als das, was andere darüber sagen. Das politische System ist hier so anders als zu Hause. Nicht schlechter oder besser«, fügte sie rasch hinzu, »einfach anders. Aber *etwas* verstehe ich wirklich nicht. Weshalb sind die Engländer hier in Indien so ... ganz anders als die, die ich in Amerika kennengelernt habe? Sie haben dieselben Wurzeln, und doch unterscheiden sie sich in ihrem Denken und ihrer Einstellung von den Engländern zu Hause.«
Die Maharani dachte länger über diese Frage nach. »Ich nehme an, in Ihrer Heimat sind die Engländer wie alle anderen«, sagte sie schließlich. »Gleiche unter Gleichen, die um das Überleben kämpfen müssen. Hier sind sie praktisch die Herrscher. Wenn ihre politische Macht in Indien schwindet, so wie es in Ihrer Heimat geschehen ist, werden sie vermutlich wieder wie alle anderen sein.«
»Glauben Hoheit wirklich, daß ihre Macht in Indien jemals schwindet?« fragte Olivia zweifelnd. »Sie scheint sich im Gegenteil mit jedem Jahr zu festigen.«
»Das ist eine Phase. Sie wird zu Ende gehen.«
Aus dem Gesicht der Maharani sprach soviel Überzeugung, daß Olivia staunte. »Sind viele Inder dieser Ansicht?«
»Zur Zeit vielleicht nicht, aber eines Tages werden es viele sein.« Plötzlich lächelte sie. »Das versichert uns jedenfalls immer wieder ein guter Freund, dem diese Vorstellung beinahe heilig ist.«
Die Maharani hatte den Namen des ›guten Freundes‹ nicht genannt. Aber das war auch nicht nötig. Der flüchtige, verstohlene Blick in Olivias Richtung verriet deutlich genug, um wen es sich handelte. Olivia lief ein Schauer über den Rücken, und es kostete sie große Mühe, keine Reaktion zu zeigen. Sie hatte sich seit ihrer Ankunft in Kirtinagar gefragt, wieviel der Maharadscha seiner Frau von der Un-

terhaltung an Estelles Geburtstag berichtet hatte. Nun erkannte sie, daß es wenig gab, was die Maharani *nicht* wußte – einschließlich Olivias übergroßer Neugier im Hinblick auf Jai Raventhorne. Als Olivia plötzlich blitzartig bewußt wurde, daß die Maharani weit besser informiert war, als es die bis dahin lockere Unterhaltung erkennen ließ, errötete sie und versuchte verzweifelt, das Thema zu wechseln. Sie sagte das erste, was ihr in den Sinn kam – sie machte der Maharani ein Kompliment über die Eleganz und die Farbe ihrer Kleidung. Vielleicht war Jai Raventhorne für die Maharani ein ähnlich heikles Thema, denn sie ging bereitwillig auf das Ablenkungsmanöver ein. Sie bot Olivia eine Besichtigung ihrer traditionellen Garderobe an, und Olivia stimmte sofort zu.

Die Maharani und ihre Frauen trugen alle weite, knöchellange Röcke mit goldenen Borten, langärmlige Blusen und wogende Gazeschleier, die den Kopf bedeckten. Was Olivia nun im fürstlichen Ankleidezimmer sah, nahm ihr den Atem. Alles war mit Gold- und Silberstickereien verziert, mit Goldplättchen und bunten Halbedelsteinen besetzt, die Olivia zu Ausrufen der Bewunderung hinrissen: Pfauenblau, Scharlachrot, Flamingorosa, Safrangelb, leuchtendes Rosa, Papageiengrün, Königspurpur und alle Schattierungen von Orange und Rot. Während ihr die Gewänder gezeigt wurden, erfuhr Olivia mehr über die Kinder des Fürstenpaares – ein Junge und ein Mädchen, die beide gerade die Großeltern mütterlicherseits im Norden besuchten. Sie erfuhr außerdem, daß die Maharani wie ihr Mann Gericht hielt, allerdings nur für Frauen.

Das war für Olivia wieder eine Überraschung. Sie konnte sich nicht vorstellen, daß diese zarte, inmitten von Luxus aufgewachsene Frau Recht sprach. Ebensowenig konnte sie glauben, daß die Maharani ein feindliches Heer zurückschlagen würde. »Und worüber beklagen sich die Frauen?«

Die kohlschwarzen Augen funkelten belustigt. »Über Dinge, über die sich Frauen überall beklagen – hauptsächlich über ihre Ehemänner. Der eine gibt seiner Frau nicht genügend Haushaltsgeld, ein anderer trinkt und schlägt Frau und Kinder, ein dritter ist faul und vernachlässigt seine Felder. Bei strafbaren Handlungen ist natürlich der

Maharadscha zuständig. Ich versuche nur, die Frauen zu ermutigen, damit sie selbstbewußter werden und ihre Rechte verteidigen.«
Die Maharani setzte Olivia in Erstaunen. Es war ein großer Triumph, in einer völlig von Männern beherrschten Gesellschaft so unabhängig und entschlossen zu sein. Offenbar unterstützte der Maharadscha sie in diesem Bemühen. Olivia dachte peinlich berührt daran, wie leichtfertig ihr Onkel Arvind Singh als einen Mann abgetan hatte, der sich von Gefälligkeiten blenden ließ. Der Maharadscha hatte den kostbaren ›Tand aus Europa‹, den sie ihm in Sir Joshuas Auftrag mitgebracht hatte (in Jai Raventhornes Worten Bestechungsgeschenke!), kaum eines Blickes gewürdigt. Wenn Sir Joshua wirklich glaubte, durch Schmiergelder an die Kohle von Kirtinagar zu kommen, dann würde dieser Plan sich keinesfalls verwirklichen.
Später am Nachmittag, als die kurzweilige Besichtigung der Garderobe der Maharani vorüber und die ernsthafte Diskussion über die gesellschaftliche Stellung der Frauen in Indien beendet war, spürte Olivia zum ersten Mal, wie die Haltung ihrer Gastgeberin sich unmerklich veränderte. Es fiel ihr schwer zu sagen, wann diese Veränderung einsetzte, aber es schien, als sei plötzlich eine unsichtbare Barriere zwischen ihnen durchbrochen. Der Tee wurde sehr englisch als Picknick am See unter einem Baum mit prächtigen kleinen, gelben Blüten genommen. Sie saßen auf einer grobgewebten Baumwolldecke, stützten sich auf üppige Polster und knabberten gebutterte Teebrötchen, Napfkuchen und hauchdünne, mit Hühnerfleisch belegte Brotscheiben. Während die Maharani blaßgoldenen Tee aus einer hauchdünnen Kanne eingoß, sagte sie unvermittelt: »Wir gehören sehr unterschiedlichen Kulturen an, aber trotzdem stimmen wir in so vielen Dingen überein. Ich glaube, wir sind wie dazu geschaffen, Freundinnen zu sein. Darf ich Sie also Olivia nennen?«
Olivia verbarg ihr Erstaunen, freute sich jedoch außerordentlich. Sie hatte das seltsame Gefühl, eine Prüfung bestanden zu haben, obwohl sie nicht ahnte, um welche Art Prüfung es sich handeln mochte. »O bitte, ja«, rief sie und meinte es völlig aufrichtig, »ich bin es nicht gewohnt, anders genannt zu werden, und in Amerika geht es ohnehin sehr zwanglos zu.«

»Gut, dann müssen Sie mich Kinjal nennen.« Sie erklärte, ›Kinjal‹ sei eine andere Bezeichnung für Lotus, der Name hätte nicht passender sein können. »Nach dem Tee müssen Sie mir erlauben, daß ich Ihnen meinen Garten mit den Heilpflanzen zeige, auf den ich unbescheidenerweise stolz bin, damit ich mein Können als Gärtnerin unter Beweis stellen kann.«

Während sie über gepflegte Gartenwege schlenderten, sprach die Maharani von *Ayurweda,* der alten, geheimen, indischen Heilmethode, die auf Kräutern basierte. Um sie herum stolzierten Pfauen über den Rasen. Sie waren so schön, daß man ihnen die unnahbare Überheblichkeit gerne verzieh. Eine heitere Ruhe lag über allem, eine Harmonie, die Olivia nur als vollkommen bezeichnen konnte. Alles hier – die Menschen, die Pflanzen, ja die Luft und die Natur – entsprang derselben Kultur. Alles paßte, alles schien wichtig zu sein. Wie sehr unterschied sich Kirtinagar von Kalkutta, dem so viel Fremdes aufgezwungen worden war!

Vor einem kleinen, schlichten weißgetünchten Tempel kauerten zwei Frauen unter einem ausladenden Banyanbaum mit biegsamen Luftwurzeln. Mit geschickten Fingern flochten sie Girlanden aus orangenen Ringelblumen und legten sie wie Schlangen um den Rand einer großen, runden Messingplatte. »Sie bereiten die Gaben für mein Abendritual vor«, erklärte Kinjal, als sie Olivias Interesse bemerkte. »Ich verehre *Ma Durga,* deren Fest wir in Kürze feiern. *Ma Durga* ist die Gefährtin des Gottes Schiwa.«

Schiwa!

Langsam glitt Olivias Blick an dem schlanken Turm des Tempels empor. In der untergehenden Sonne glühte und funkelte golden ein Dreizack. Die beiden äußeren Zacken beschrieben eine leichte Kurve nach innen. Die mittlere war gerade wie ein Pfeil und zielte in den Himmel. Olivia blieb wie gebannt stehen und konnte sich von dem Anblick nicht losreißen. »Dieser ... Dreizack. Hat er etwas zu bedeuten?«

»Es ist der *Trishul,* die Waffe Schiwas. Man findet ihn überall, wo Schiwa und seine Gefährtin verehrt werden.«

Sie setzten sich wieder, und Kinjal goß frischen Tee nach. »Hat der

Dreizack darüber hinaus eine Bedeutung?« fragte Olivia, die immer noch auf den Turm blickte.

»In unseren Ritualen hat alles eine besondere Bedeutung. Nach unserem Glauben bestimmen drei Kräfte den Kreislauf des Lebens. Die göttliche Dreiheit besteht aus Brahma dem Schöpfer, Wischnu dem Erhalter und ...« Sie schwieg.

»Schiwa?«

»Ja. Schiwa dem Zerstörer. Man sagt, der Dreizack ist die Waffe der Vernichtung.« Sie blickte Olivia unverwandt in die Augen. »Ja«, sagte sie ruhig, »deshalb hat Jai Raventhorne ihn als sein Zeichen gewählt.«

In Olivias Kopf explodierte etwas. Der Schock war so heftig, daß sie beinahe die Tasse fallen ließ, die sie in der Hand hielt. Blitzartig erkannte sie, daß ihre Gespräche sich den ganzen Tag nur auf das eine hin bewegt hatten: auf Jai Raventhorne. Und nachdem der Name gefallen war, hing er wie ein feiner, unsichtbarer, aber kalter Nebel zwischen ihnen. Sie führte die Tasse an die Lippen und trank. »Wen oder was will Jai Raventhorne zerstören?« Ihre Stimme zitterte trotz des Schocks nicht.

»Alle. Alles.« Kinjal klang traurig. »Am Ende vielleicht sich selbst.«

»Weshalb?« Ein Zug Ameisen lief über eine Ecke der Decke. Olivia sah ihnen gebannt zu.

»Jai trägt einen Zorn in sich, den er nicht zügeln kann. Dieser Zorn zwingt ihn, sich in Widerspruch zur ganzen Welt zu stellen. Das ist so und wird vielleicht niemals anders sein.«

Olivia dachte an seine Worte: Der Fluch, anders zu sein als die Herde! Wie ich in Indien ...? Es war kühl am See, aber Olivia spürte, daß ihr der Schweiß auf der Stirn stand. »Und der Grund für diesen Zorn – sind es die Ausländer in Indien?«

»Nein, nicht nur, Jai trägt in seinem Inneren ein bösartiges Geschwür. Ich wünschte, es wäre anders, denn dieses Geschwür raubt ihm den Verstand und vergiftet sein Blut.« Kinjal entdeckte einen Marienkäfer auf ihrem Rock, hob ihn sanft mit dem Zeigefinger hoch und blies ihn davon.

»Jai ... interessiert Sie, Olivia?«
Dieselbe Frage hatte der Maharadscha gestellt. »Ich kenne Mr. Raventhorne kaum.« Sie konnte nicht verhindern, daß es etwas gezwungen klang. »Ich habe ihn nur sehr kurz getroffen.«
»Und wenn Sie ihn hundertmal getroffen hätten«, sagte Kinjal mit einem beinahe verzweifelten Schulterzucken, »würden Sie ihn nicht besser kennen. Mein Mann sagt, Jai ist wie eine Zwiebel. Wenn man denkt, man hat das Innerste erreicht, entdeckt man unerwartet eine neue Haut.« Ihr plötzliches Lachen nahm dem Augenblick die Spannung, und Olivia stimmte erleichtert ein.
»Wenn es so ist, hat Mr. Raventhorne vermutlich mit seiner Behauptung recht, daß niemand einen anderen wirklich *kennt*!«
»Ja, Jai beweist mit der eigenen Person die Richtigkeit seiner Theorien. Sein Inneres ist selbst für uns ein unbekanntes Gebiet.« Sie wurde wieder ernst. »Ich binde Jai jedes Jahr die heilige rote Schnur um das Handgelenk, und ich nenne ihn meinen Bruder. Aber«, sie schüttelte den Kopf, als sei sie traurig, »manchmal ist er wie ein Besessener. Er macht mir Angst.«
Olivia hörte gebannt zu – aber auch seltsam gereizt. Weshalb erzählte die Maharani das alles *ihr*? Olivia kannte Jai Raventhorne doch kaum. Oder war ihr Ihteresse an ihm dermaßen offenkundig, ja aufdringlich? Und Olivia hatte das deutliche Gefühl, daß Kinjal mit ihren Enthüllungen einen Zweck verfolgte. Plötzlich kam ihr ein so lächerlicher, so verrückter Gedanke, daß sie über die Absurdität beinahe laut gelacht hätte. Waren Kinjals Worte als eine Art *Warnung* gedacht? Und wenn ja, weshalb ...?
Im Augenblick sollten Olivias erregte innere Fragen jedoch weder gestellt noch beantwortet werden. Eine Dienerin erschien und kündigte die baldige Ankunft des Maharadscha im *Zenana* an. Die Dämmerung brach an, und offenbar waren die Angelegenheiten des Hofes für diesen Tag erledigt. Kinjal entschuldigte sich und ging zum Tempel, um das Abendritual nachzuholen. Olivia blieb sitzen und hing schweigend ihren Gedanken nach, während sie aus der Ferne die Zeremonie beobachtete. Der Dreizack auf dem Tempel lag im Dunkel. Trotzdem erschien Olivia seine Präsenz so vielsagend und

so allgegenwärtig wie das Läuten der Messingglöckchen, die das Ritual im Tempel begleiteten ...

Zu Olivias Unterhaltung hatte der Maharadscha für den Abend ein prächtiges Ballett im Audienzsaal des Hauptgebäudes angesetzt. Der Saal war ganz in Scharlachrot und Gold gehalten und der größte Raum, den Olivia je gesehen hatte. Sie fühlte sich geehrt und war gerührt. Kinjal und sie saßen inmitten von Hofdamen und aufgeregten Dienerinnen in einer Art großer, durch Vorhänge abgetrennter Loge, denn der Saal war voller Menschen. Der Maharadscha und die höchsten Würdenträger des Hofes saßen in einer anderen Loge. Das Ballett erzählte eine Geschichte aus dem Hinduepos *Ramajana*. Der Tanz mit seinen vielen komplizierten Schritten war von fließender Anmut und einem fesselnden Rhythmus. Die Palastmusiker wiegten sich im Takt und spielten auf fremdartigen Instrumenten. Die Tänzer trugen alle Messingglöckchen an den Fußgelenken. Für Olivia war es ein völlig neues, aber außerordentlich schönes Erlebnis, besonders die komplizierten Improvisationen und Innovationen der Musiker, die – wie die Maharani ihr erklärte – bestimmten, allerdings schwer verständlichen Regeln folgten. Beim Abendessen nach westlicher Art waren sie im Palast der Maharani nur zu dritt. Aus der lockeren Unterhaltung mit dem Maharadscha, die alle möglichen Themen streifte, erfuhr Olivia viel über das Geheimnis der Herrschaft, bei deren Ausübung sich in Indien oder zumindest in Kirtinagar Pragmatismus und Tradition auf subtile Weise die Waage hielten. Der Maharadscha hatte für seinen Staat ehrgeizige Pläne, aus denen großer Einfallsreichtum sprach. Dabei dachte er in erster Linie an das Wohl seiner Untertanen.

Zwei Themen, die Kohle und Jai Raventhorne, blieben ausgeschlossen, obwohl über so vieles gesprochen wurde. Olivia zweifelte nicht daran, daß es in beiden Fällen keineswegs zufällig geschah.

»Ausgangspunkt für die Jagd wird mein Pavillon im Dschungel sein.« Das Abendessen war vorüber, und der Maharadscha hatte die gurgelnde *Hooka* mit sichtlichem Genuß beinahe zu Ende geraucht. »Wir müssen im Morgengrauen aufbrechen, damit wir ihn erreichen, ehe die Sonne zu hoch am Himmel steht.«

Das bedeutete in anderen Worten, man würde früh zu Bett gehen. Aber Olivia war immer noch viel zu aufgeregt von allem, was sie gesehen, erlebt – und gehört – hatte. Sie fühlte sich überhaupt nicht müde. »Ich lese üblicherweise noch eine Weile, bevor ich schlafen gehe. Mein Onkel hat mir erzählt, daß Hoheit eine umfangreiche Bibliothek mit einer Sammlung seltener Bücher besitzen. Darf ich vielleicht eine halbe Stunde darin stöbern?«
Der Maharadscha freute sich über Olivias Bitte. Sofort wurde einem Hofbeamten befohlen, die Bibliothek, die sich in einem eigenen Gebäude befand, aufzuschließen und vorzubereiten, damit Olivia sie benutzen konnte. Sie verabschiedete sich von Kinjal, die sie erst am nächsten Morgen wieder sehen würde, und folgte dem Maharadscha in den Park. Sie schlenderten langsam über den Weg und sprachen dabei über Bücher. »Bernières Reisetagebücher über Indien werden Sie vielleicht interessieren, Miss O'Rourke, und möglicherweise auch das epische Gedicht *Shakuntala* von Kalidasa. Ich habe englische Übersetzungen beider Werke.« Sie unterhielten sich noch einige Minuten auf den Stufen der Bibliothek. Es war ein hübsches, einstöckiges weißes Gebäude, um dessen Säulenvorbau sich violette Bougainvillea rankte. Schließlich entschuldigte sich der Maharadscha, er müsse noch einiges für den nächsten Tag vorbereiten. »Wir sind entzückt, Sie bei uns zu haben, Miss O'Rourke«, sagte er und fügte nach einem kurzen Zögern leise etwas höchst Ungewöhnliches hinzu, »aber ich hoffe aufrichtig, Sie haben niemals Grund, Ihren Besuch zu bedauern.«
Olivia blieb wie versteinert vor der Bibliothek stehen. Es wehte ein böiger Wind, und der Maharadscha hatte beinahe gemurmelt. Nach kurzer Überlegung kam sie zu dem Schluß, der Wind und die leisen Worte müßten dazu beigetragen haben, daß sie sich verhört hatte, denn es gab einfach keine logische Erklärung für das, was er ihrer Meinung nach gesagt hatte. Mit einem Schulterzucken betrat Olivia das Gebäude. In einem Raum voller alter Bücher herrscht wohl überall auf der Welt eine ähnliche Atmosphäre, so wie der würzige Geruch feuchter Erde stets Erinnerungen an andere Plätze, andere Zeiten heraufbeschwört. Die Glastüren der mit Samt ausgeschlage-

nen Bücherschränke standen offen. Die nach Sprachen und Themen geordneten Bücher waren in Kalbsleder gebunden, ordentlich beschriftet und trugen die goldgeprägte Krone von Kirtinagar. Der Bestand war in ebenfalls ledergebundenen und geprägten Geschäftsbüchern erfaßt. Die Einträge in der gestochenen, dekorativen Schrift, eine natürliche Folge indischen Schönheitsempfindens, gaben außer Querverweisen auch Informationen zu den einzelnen Bänden. Eine Petroleumlampe verbreitete einen hellen Lichtkreis auf dem Lesetisch, wo bereits drei oder vier für sie bestimmte Bücher lagen. Der Hofbeamte zog sich mit einem diskreten Hüsteln in das Nebenzimmer zurück und überließ Olivia sich selbst.
Sie setzte sich und nahm die Bücher nacheinander behutsam in die Hand. Dabei überkam sie eine Woge der Sehnsucht, als sie an die wertvolle Büchersammlung ihres Vaters dachte, die ihrer Obhut anvertraut gewesen war, und an Sally MacKendricks Leihbücherei, die in einem einzigen Raum untergebracht war, und die man vornehm ›die Bibliothek‹ nannte. Sie und Sally hatten in großer Zufriedenheit viele Stunden damit verbracht, die Bücher zu etikettieren, zu katalogisieren und zu ordnen, die Sally mit Hilfe von Olivias Vater erstanden hatte, da sie ihren Lebensunterhalt selbst verdienen mußte, nachdem Scott MacKendrick in der Mine einer Bande zum Opfer gefallen war, die widerrechtlich fremde Grubenanteile an sich brachte. Der leicht muffige Geruch war wie ein Gruß von zu Hause, aber die Umgebung, in der sie sich nun befand, hatte etwas Unwirkliches, eine traumähnliche Verklärtheit, die sie in eine andere Welt zu versetzen schien, in der sie sich nicht ganz zurechtfand. Olivia schien seit ihrer Ankunft in Kirtinagar darauf gewartet zu haben, daß etwas geschah. Sie hatte den Eindruck, am Rande eines dunklen Abgrunds der Unsicherheit zu stehen. Die Bücher waren vergessen. Olivia legte die Hände unruhig zusammen, löste sie wieder und registrierte ein wachsendes Unbehagen, das sie um so mehr irritierte, als es keinen Grund dafür gab.
Im Nebenzimmer schlug eine Uhr elf. Olivia schreckte auf. Dann klappte sie seufzend das Buch zu, das vor ihr lag. Sie hatte nicht mehr als den Titel gelesen. Olivia kam sich irgendwie dumm vor,

denn die Bibliothek war eigens für sie aufgeschlossen worden, und sie hatte die Gelegenheit nicht genutzt. Sie griff nach den Büchern, stand auf, schob den Stuhl ordentlich unter den Tisch zurück und wollte in das Nebenzimmer zu dem wartenden Hofbeamten gehen. Als sie sich umdrehte, erstarrte sie mitten in der Bewegung und holte tief Luft.

In der hinteren Ecke des Raums saß Jai Raventhorne.

Er hatte die ausgestreckten Beine auf einen Hocker gelegt und die Arme vor der Brust verschränkt. Sein Gesicht lag im Dunkeln. Im ersten Augenblick glaubte Olivia verstört, es handle sich um eine Geistererscheinung. Aber dann fragte er: »Weshalb überrascht es Sie, mich zu sehen?« Er nahm die Beine vom Hocker und stand auf. »Wußten Sie nicht, daß ich kommen würde?«

Es dauerte einen Augenblick, bis Olivia die Sprache wiederfand, und sie hörte sich zu ihrem Erstaunen sagen: »Ja, ich wußte es.«

Plötzlich fügte sich alles zusammen – die späte Benachrichtigung, die es Sir Joshua unmöglich machte, die Einladung des Maharadscha anzunehmen; die Gewißheit, daß Lady Bridget ohne ihren Mann nicht kommen würde, und daß Estelle überhaupt nicht kommen wollte. Noch leichter war vorauszusehen gewesen, daß Sir Joshua eine so günstige Gelegenheit, sich bei Arvind Singh einzuschmeicheln, nur ungern nicht nutzen würde. Auch der einzig mögliche Ausweg lag auf der Hand: Er würde Olivia schicken.

Instinktiv wußte sie auch, daß Jai Raventhorne das ganze Wochenende nur in der einen Absicht geplant hatte: sie wiederzusehen.

Er kam zu ihr herüber und griff nach dem obersten Buch des Stapels, den sie auf den Armen hielt. »Hmmm. Finden Sie Bernière aufschlußreich?«

»Ja. Sehr aufschlußreich.« Olivia war immer noch völlig verwirrt. Während sie sich bemühte, die Fassung wiederzugewinnen, spürte sie die Wärme in ihren Wangen. »Er scheint Indien unermüdlich bereist zu haben, und seine Beobachtungen sind sehr scharfsinnig.«

Raventhorne zog eine Augenbraue hoch. »Das wissen Sie alles, obwohl Sie nur die Titelseite angestarrt haben? Sie müssen klüger sein, als ich dachte, Miss O'Rourke.«

Olivia wurde dunkelrot. Wie lange hatte er dort gesessen? »Offenbar haben Sie die unausrottbare Gewohnheit, andere zu beobachten, die von Ihrer Anwesenheit nichts ahnen, Mr. Raventhorne«, sagte sie kalt. Dabei wurde ihr bewußt, wie ihr Puls immer schneller ging. »Und Sie scheinen Ihre Skrupellosigkeit unterschiedslos auf allen Gebieten anzuwenden.«

»So ist es. Skrupellosigkeit macht wenig Sinn, wenn man nicht jeden möglichen Nutzen daraus zieht.« Er sagte das fröhlich und unbekümmert. Dann nahm er ihr die Bücher ab. »Gehen wir nach draußen. In geschlossenen Räumen habe ich das Gefühl zu ersticken.«

Der Hofbeamte tauchte wieder auf. Raventhorne übergab ihm die Bücher und erklärte, die Bibliothek könne wieder abgeschlossen werden. Olivia stand mit gespielter Ruhe daneben. Eine seltsame Erregung hatte sie erfaßt, ihre Zunge war schwer und klebte am Gaumen, als sie sagte: »Ich ... nehme an, Sie sind bei der Jagd morgen einer der Schützen, oder?« Bereits während ihrer Worte wußte Olivia, die Frage war überflüssig.

Er berührte ihren Arm. »Natürlich. Arvind erwartet von mir eine Gegenleistung für all die Umstände, die er meinetwillen hatte, Sie hierher zu bringen!«

Olivias Atem ging schneller. Die Unterhaltung mit der Maharani und die Bemerkung des Maharadscha beim Abschied schienen eine gemeinsame Absicht zu verfolgen. Aber sie hatte immer noch keine Ahnung welche. »Darf ich fragen, weshalb die Umstände nötig waren?« Sie wurde immer atemloser, während sie versuchte, mit ihm Schritt zu halten.

Er antwortete nicht sofort, sondern ging mit großen, ungeduldigen Schritten weiter. Auf halbem Weg zum Palast der Maharani blieb er so unvermittelt stehen, daß sie beinahe mit ihm zusammengestoßen wäre.

Er holte mehrere Male tief Luft. Dann drehte er sich langsam nach ihr um und zog mißbilligend die Augenbrauen zusammen.

»Sie und ich, Olivia, wir kommen aus Welten, die sehr schlecht zusammen passen.« Er sprach langsam, beinahe ruhig, aber mit einem seltsamen Unterton. »Und doch besteht zwischen uns eine ... Über-

einstimmung. Ich möchte herausfinden weshalb, denn das alles gefällt mir nicht. Es ... beunruhigt mich.«
Ihr Gesicht glühte. Seine Worte verschlugen ihr beinahe den Atem. Der unerwartete Klang ihres Namens auf seinen Lippen rief ein merkwürdig hohles Gefühl in ihrem Bauch hervor. »Ich ... verstehe nicht, was Sie damit meinen ...«
»Nein?« Er ging auf ihre Lüge nicht weiter ein. »Sehr bedauerlich ist nur«, er seufzte tief, »daß wir auf verschiedenen Seiten stehen, die nicht miteinander zu versöhnen sind.«
Olivia mußte unfreiwillig lachen. »Sie betrachten mich als ... *Feindin*?«
Er dachte nach und rieb sich dabei das Kinn mit Zeigefinger und Daumen. »Vielleicht. Aber ich empfinde Sie mehr als eine Überraschung. Und für Überraschungen hatte ich noch nie viel übrig.« Er wandte sich ab und ging mit großen Schritten weiter.
Olivia folgte ihm etwas langsamer. Sie begriff seinen Gedankengang nicht völlig. Aber es gab genug Gründe dafür, dieses Gespräch nicht weiter zu vertiefen. Er hatte mit schonungsloser Offenheit eine Saite in ihr angeschlagen, die sie instinktiv begriff. Und er hatte etwas in Worte gefaßt, das sie lieber unausgesprochen gelassen hätte. Aber sie stellte zu ihrem eigenen Erstaunen fest, daß sie nicht so schockiert war, wie sie eigentlich hätte sein sollen. Eine Übereinstimmung! Selbst während sie durch den verlassenen Park gingen, in dem versteckte Augen zweifellos alles beobachteten, schien sie ein merkwürdiges Band aneinanderzufesseln. Es war eine stumme Botschaft, aber so beredt und in ihrer Wahrheit so ohrenzerreißend laut, daß sie Olivia erschütterte. Ja, sie fühlte sich zu Jai Raventhorne hingezogen. Und welche geheimnisvolle Macht sie auch trieb, sie war stark genug, daß er sie ebenfalls spürte. Ein Hochgefühl erfaßte Olivia.
»Wir haben Ihr Schiff gesehen«, murmelte sie schließlich. Sie wollte damit etwas weniger Tiefgehendes sagen und das gespannte Schweigen brechen. »Es sticht von den anderen ab und wirkt sehr elegant.«
»Wir?« Sie standen vor dem Innenhof, der zu ihren Räumen gehörte.

»Meine Cousine Estelle und ich.«
»Ach ja. Estelle Templewood.« Er nahm die Pfeife aus seinem Gürtel und steckte sie in den Mund, ohne sie anzuzünden. Den Namen ihrer Cousine hatte er ausgesprochen, als wolle er sich zu ihr äußern, tat es aber dann doch nicht, sondern ging langsam hin und her, als beschäftige er sich ausschließlich mit der Bewegung seiner Beine.
»Ihr Wahrzeichen ...« Olivia zögerte.
»Ja?«
»Warum haben Sie Schiwas Dreizack gewählt?«
»Weshalb? Haben Sie etwas dagegen?«
Sie beachtete den bissigen Ton nicht. »Nein. Ich glaube, auch dieses Emblem ist etwas, mit dem Sie auffallen wollen, und andere, die Sie nicht mögen, nun ja, einzuschüchtern ...« Es war eine törichte Bemerkung, denn es ging sie wirklich nichts an!
»Gut. Wenn dem so ist, hat es ja seinen Zweck erfüllt.«
»Soll das heißen, die Vorstellung, anderen Angst zu machen, gefällt Ihnen?«
»Man sagt, ehe die Götter jemanden vernichten, machen sie ihn wahnsinnig. Angst ist ein ebenso gutes Mittel wie jedes andere, um Wahnsinn hervorzurufen.«
»Man sagt auch«, erwiderte sie scharf, »daß *Sie* wahnsinnig sind! Ich bezweifle, daß Sie vor Angst wahnsinnig sind. Welche Entschuldigung haben Sie denn dann dafür?«
Sie wußte, er würde ausweichend antworten, und das tat er auch. »Braucht ein Wahnsinniger eine Entschuldigung für seinen Wahnsinn?«
»Also gut, dann eben *Gründe*. Ich bin sicher, Sie haben Gründe, denn, wie Voltaire schreibt, bedeutet Wahnsinn, falsche Vorstellungen zu haben und richtige Schlüsse daraus zu ziehen.«
Er lachte. »Zumindest räumen Sie ein, daß meine Schlußfolgerungen vielleicht richtig sind, obwohl es ein Widerspruch in sich ist, von einem Verrückten zu verlangen, daß er seine Verrücktheit vernünftig erklärt!«
Olivia seufzte. Die Übung in Dialektik wurde immer absurder. Aber sie wollte sich nicht vom Thema abbringen lassen. »Um auf Ihr

Wahrzeichen zurückzukommen – Schiwas Dreizack ist ein Symbol der Zerstörung. Wen wollen Sie zerstören?«
Raventhorne steckte die Pfeife in den Gürtel zurück. »Sagen wir ... die Zerstörer.«
»Sie stellen Ihre Vorfahren mit den Zerstörern gleich. Ist das richtig?« fragte sie kalt.
Die Frage sollte ihm nicht gefallen, und sie tat es auch nicht. »›Meine Vorfahren‹, wie Sie sie nennen«, erwiderte er schroff, »stelle ich mit Habgier gleich. Und Habgier darf man nicht dulden und nicht unterstützen.«
»Nicht alle sind habgierig«, widersprach Olivia ebenso schroff. »Viele Europäer kommen aus uneigennützigen Motiven hierher.«
»So wie Sie?« Er lachte verächtlich. »Meine liebe Olivia, Habgier hat viele Formen und Farben. Ihre richtet sich zum Beispiel auf einen reichen englischen Ehemann. Das ist zwar harmlos und trifft auf viele alte Jungfern zu, aber es ist wohl kaum *uneigennützig*!«
Olivia wurde wütend. Wenn sie jedoch den vergifteten Köder schluckte, gab sie seinen verdrehten Ansichten nur Nahrung. Sie zwang sich, ungerührt zu fragen: »Sie meinen die Fischfangflotte? Sie halten mich für eine von denen?«
»Sind Sie es nicht?« Er zog spöttisch die Augenbraue hoch. »Allerdings ist es unwahrscheinlich, daß Ihr Dorftrottel zuläßt, daß Sie zur zurückgeschickten Leerfracht gehören!«
»*Vielen* Dank«, erwiderte sie liebenswürdig. Obwohl sie vor Wut beinahe platzte, änderte sich an ihrem kalten Lächeln nichts. »Das haben mir schon andere versichert, die meine Angelegenheiten ebensowenig etwas angehen wie Sie.«
Sein zustimmendes Nicken reizte sie nur noch weiter. »Wissen Sie eigentlich«, sagte er leise, »es steht Ihnen gut, wenn Sie zornig sind. Jetzt kommen Sie mit, ich will Ihnen etwas Interessantes zeigen.« Seine Stimmung hatte sich wieder einmal plötzlich gewandelt. Er ging mit großen Schritten auf eine Gruppe von Bäumen zu und ließ Olivia einfach stehen, die starr vor Empörung war. »Sehen Sie?« fragte er.
Olivia schluckte ihren Ärger hinunter. Die Neugier überwog. Lang-

sam folgte sie ihm unter die Bäume. Dort hockte er und spähte in das niedrige Buschwerk, aus dem ein gespenstisches Leuchten drang.
»Was ist das?«
»Ein Pilz. Ein phosphoreszierender Pilz, der nachts leuchtet. Ich habe ihn in der letzten Woche zufällig entdeckt und bin immer noch von dem geheimnisvollen Licht fasziniert.«
Er sprach sehr ausführlich über Leuchtpilze in Indien und geriet über ihre Schönheit ins Schwärmen. Offenbar hatte er sich über das Thema eingehend informiert. Etwas an der Art, wie er sprach, die kurzen, erregten, begeisterten Sätze erinnerten Olivia plötzlich an ihren Vater, der auch oft in Verzückung geriet, wenn er etwas völlig Belangloses entdeckt hatte. Die unstillbare Neugier, mehr über den widersprüchlichsten Menschen zu erfahren, dem sie je begegnet war, erwachte wieder. Es drängte sie unwiderstehlich, zum Innersten dieser ›Zwiebel‹ vorzudringen, das sich selbst seinen besten Freunden entzog.
»Wo haben Sie denn all Ihr Wissen erworben – hier in Indien?« fragte sie staunend.
Er stand auf und klopfte den Staub von seiner Hose. »In der besten aller Institutionen«, erwiderte er trocken, »in der Schule der harten Schläge und der Universität der Erfahrung.«
»Aber war das hier in Indien?« wiederholte sie.
»Überall. Diese Institutionen gibt es auf der ganzen Welt.«
Olivia hätte am liebsten mit dem Fuß aufgestampft. »Sie stellen mir persönlichste Fragen«, sagte sie mißmutig, »und trotzdem weigern Sie sich, mir eine einzige zu beantworten! Finden Sie das eigentlich richtig?«
Selbst im Dunkel sah sie, wie seine Augen hart wurden. »Ich möchte nicht, daß Sie die Vorstellung haben, ich sei ein Mensch, der auf ›falsch‹ oder ›richtig‹ Rücksicht nimmt. Das bin ich nicht. Und mein Leben, so wie es war, mit all den Mängeln, die es vielleicht hatte, ist für Sie kaum von Bedeutung.«
»Aber Sie sonnen sich doch in diesen Mängeln!« rief sie, beinahe verzweifelt über die unsichtbare Mauer, mit der er ihre Fragen abblockte.

»Nein. Aber ich akzeptiere sie. Sie geben mir Besitzerstolz, denn sie gehören zu den wenigen Dingen, die mein, ganz allein mein sind.« Er beendete das Gespräch, indem er wütend davonstapfte.

Am Eingang des *Zenana* warteten zwei Dienerinnen. Bei Raventhornes Näherkommen zogen sie jedoch die Schleier vor das Gesicht und verschwanden hinter den Büschen. In Olivias Kopf blitzte etwas auf, und wieder löste sich ein Rätsel. Raventhornes Anwesenheit war der Grund dafür, daß sie weder etwas von ihrer *Aja* noch von Sir Joshuas Dienern gesehen hatte! In Indien benutzte man Dienstboten oft, um die Geheimnisse anderer zu erfahren (deshalb war Kalkutta auch ein Dorf!). Also hatte Raventhorne das Risiko ausgeschaltet, daß die Templewoods etwas von ihrem Zusammentreffen hier in Kirtinagar erfuhren. Er war wirklich gerissen. Trotzdem fühlte sich Olivia angesichts dieser Vorsichtsmaßnahme erleichtert.

»Können Sie gut mit dem Gewehr umgehen?« fragte er plötzlich.

»Ich kann treffen, wenn Sie das meinen.«

»Und Sie fallen auch nicht vom Elefanten, wenn der Tiger auftaucht?«

Sie musterte ihn kühl. »Ich glaube kaum. Ich habe schon früher gejagt – zwar keine Tiger, aber genauso gefährliche Tiere.«

Er lachte leise. »Ich vergesse manchmal, daß Sie eine Amerikanerin sind, die die Nackenhaare sträubt wie ein Präriewolf, wenn er einen Angriff wittert.« Die harten Linien seines Gesichts schienen plötzlich weicher zu werden. Unvermittelt streckte er die Hand aus und berührte Olivias Wange. »Von wem haben Sie diese täuschend unschuldigen und beunruhigend schönen Augen?«

Olivia zuckte zusammen. Seine Finger waren eiskalt. »Von meiner Mutter. Sie ...« Die Stimme versagte ihr.

Er nahm die Hand nicht zurück, sondern fuhr zart die Linie ihres Kieferknochens nach. Behutsam strich er ihr ein paar Haare aus der Stirn und schob sie hinter ihr Ohr. »Sie geben sich einer Selbsttäuschung hin. Sie haben keine Ahnung, in welcher gefährlichen Lage Sie sich befinden.« Es klang ausdruckslos und monoton. Seine wahre Stimmung war weniger denn je zu erkennen. »Für mich sind Sie wie der Flügel eines Schmetterlings ... so zart und immer in Gefahr, durch eine Berührung zerstört zu werden. Sie spielen mit Dingen, die kein Spielzeug sind.« Er seufzte und ließ die Hand sinken. »Das beunruhigt mich am meisten an Ihnen. Gute Nacht.«

Damit ließ er sie allein.

Olivia blieb lange regungslos stehen und starrte in die Dunkelheit. Sie nahm nichts wahr außer der Stelle auf ihrer Wange, die nach der Berührung seiner Fingerspitzen schmerzte, als habe sich ihr Abdruck in die Haut gebrannt. Irgendwo regte sich eine dunkle Ahnung, die langsam Gestalt annahm. Sie wußte, daß es Jai Raventhorne mit dieser Berührung unwiderruflich gelungen war, ihr Leben zu verändern. Etwas Heimtückisches kräuselte die ruhige Oberfläche ihres Lebens. Wenn sie sich nicht in acht nahm, besaß es die Kraft, sich zu einem Sturm zu entwickeln und sie in unbekannte und unvermessene Regionen zu treiben. Wie ein tödlicher Sog drohte es, sie in Tiefen zu zerren, in denen sie hilflos war. Raventhorne mit seinen Raubtierinstinkten hatte das auch gespürt – das war nur allzu deutlich.

Olivia hatte plötzlich Angst. Kraft, Macht, *Anziehung*... wie immer man es nennen wollte, irgend etwas sagte ihr, daß die Alarmglocken um sie herum noch so laut läuten, die Warnungen noch so schrecklich sein mochten, sie würde nicht darauf achten.

Olivia wußte, dafür war es bereits zu spät.

*

Der fürstliche Jagdpavillon befand sich tief im Dschungel. Er war zum großen Teil aus Holz gebaut und stand auf Stützen. Die Äste der Saalbäume wölbten sich über das rote Ziegeldach und brachen das frühe Sonnenlicht, das in Flecken und Tupfen auf die Lichtung fiel. Die Luft war erfüllt von Geräuschen und Gerüchen: raschelnde Blätter, zwitschernde Vögel und unmelodisch quakende Frösche. Gedämpfte menschliche Stimmen und der langsam aufsteigende Rauch der Holzfeuer, der das bevorstehende Frühstück ankündigte, rundeten die lebendige Szene ab. In der Ferne hörte man leises rhythmisches Trommeln wie das Schlagen eines Urherzens. Mitten in dieser feuchten, undurchdringlichen Welt lauerte der Tiger, ohne zu

ahnen, daß mit den Trommelschlägen auch die letzten Stunden seines Lebens verrannen.
Ein bewaffneter Reitertrupp hatte den Kutschen von Olivia, der Maharani und ihrem Gefolge das Geleit gegeben. Die Männer waren bereits früher losgeritten. Der Maharadscha und Raventhorne überprüften auf der Veranda Gewehre und Munition, besprachen das Vorgehen und wiesen den Jägern Aufgaben zu. Auf der Lichtung warteten vier prächtig geschmückte Elefanten, die vor der Jagd mit Reiskugeln und Melasse gefüttert wurden. Sie sollten die Jäger später in den Dschungel tragen. Die *Mahouts* standen neben den grauen Dickhäutern und warteten, bis sie auf die Köpfe ihrer riesigen Schützlinge klettern konnten. Die Jäger und ihre Helfer saßen im Gras und erhielten ihr Frühstück auf Bananenblättern, während eine Schar von etwa hundert Dorfbewohnern mit kaum unterdrückter Erregung zusah. Diese Leute, die der menschenfressende Tiger bedrohte, hatten volles Vertrauen in die Fähigkeit des Herrschers, ihr Leben wieder sicher zu machen.
Auf der Veranda wurde eine leichte Mahlzeit serviert: heiße Milch und köstliche, dreieckige Teigtaschen mit einer Gemüsefüllung. Olivia saß neben Kinjal und versuchte, Raventhornes Blicken auszuweichen – obwohl er sie überhaupt nicht ansah. Sie schien für ihn Luft zu sein. Der Maharadscha begrüßte sie jedoch überschwenglich.
»Ich hoffe, die Fahrt war angenehm und hat Ihnen Appetit gemacht, Miss O'Rourke. Wir werden etwas Richtiges essen, wenn wir zurück sind.«
»Vielen Dank, die Fahrt war sehr angenehm, obwohl ich lieber geritten wäre«, erwiderte sie offen.
Er streckte bedauernd die Hände aus. »Vergeben Sie mir, Miss O'Rourke, daß ich Ihnen das nicht erlauben kann. Meine Untertanen wahren die alten Traditionen, und der Anblick einer Dame, sei es auch eine Europäerin, auf einem Pferd ist für sie ungewohnt.«
»Natürlich, das verstehe ich«, sagte Olivia schnell, ohne auf die Spitze einzugehen, die Raventhornes Lächeln enthielt. »Ich habe es nur bedauert und mich nicht beklagt.«
Es war ihr unmöglich, die Anwesenheit des Mannes zu ignorieren,

der sie in ihren Träumen die ganze Nacht verfolgt hatte. Was am Abend zuvor zwischen ihnen vorgefallen war, wühlte Olivia innerlich mehr auf, als sie es für möglich gehalten hätte. Obwohl die Anwesenheit des Maharadscha und der Maharani sie schützte, empfand sie die Aussicht, längere Zeit in seiner Gesellschaft zu verbringen, nervenaufreibend. Olivia brauchte Zeit, um zu verarbeiten, was mit ihr geschah. Und was immer das sein mochte, es gefiel ihr nicht. Sie war davon überrascht worden, und sie dachte bitter: Nicht nur Raventhorne lehnt Überraschungen ab …

Während sie aßen und tranken, gab Kinjal ihr Erklärungen zu den vielen Vorbereitungen, die sie durch das Holzgeländer der Veranda unten im Gras beobachten konnten. Das Frühstücksgeschirr wurde abgeräumt, und sie ging mit Olivia ins Haus. »Sie müssen entschuldigen, Olivia, daß ich Sie nicht in den Dschungel begleite. Sie wissen, ich zeige mich nicht vor Männern, und es wäre schade, die *Howdah* mit Vorhängen zu verschließen.«

Olivia war nicht nur enttäuscht, sondern auch beunruhigt, daß sie die einzige Frau bei der Jagd sein würde. »Dann bleibe ich bei Ihnen. Es ist so angenehm und friedlich hier.«

»Das würde mein Gemahl nicht zulassen, und ich auch nicht«, sagte Kinjal entschieden. »Wir möchten nicht, daß Sie ein so seltenes Erlebnis wie eine Tigerjagd versäumen.«

Es wäre unhöflich gewesen, sich zu weigern. Deshalb beließ Olivia es dabei, obwohl ihre Unruhe nicht wich. »Wie viele Schützen sind es?«

»Acht. Auf jedem Elefanten sitzt einer, und vier gehen zu Fuß.«

Würde Jai Raventhorne die *Howdah* mit dem Maharadscha teilen? Olivia betete darum. Die *Howdahs* waren bequem und gut ausgestattet, aber keineswegs geräumig genug, um einen gewissen Abstand zwischen zwei Personen zu garantieren. Aber als das Startsignal gegeben wurde, und die Elefanten vor die Veranda traten, trompeteten und auf Befehl der *Mahouts* niederknieten, um dem Fürsten zu huldigen, wurde deutlich, daß Olivias Flehen nicht erhört werden würde. Der Elefant mit der Standarte des Maharadscha stand abseits. Auf zwei Elefanten saßen bereits die Schützen, und damit blieb

nur noch ein Tier übrig. Vielleicht, so hoffte Olivia stumm, würde Raventhorne doch mit dem Maharadscha reiten! Sie wandte sich um und sah, daß Kinjal sie genau beobachtete.
»Jai hat darum gebeten, mit Ihnen zu reiten, Olivia«, sagte sie ruhig. Aber ihre Augen sahen sie seltsam unglücklich an. »Wäre Ihnen ein anderer lieber?«
Es trieb Olivia die Röte in die Wangen, daß Kinjal so mühelos ihre Gedanken erraten hatte. Ja, das wäre mir lieber..., wollte sie antworten. Lag es wirklich nur daran, daß sie die allgemeine Verlegenheit fürchtete, die sie mit diesem Wunsch möglicherweise hervorrufen würde? Jedenfalls schüttelte Olivia rasch den Kopf und lief eilig die Treppe hinunter, wo bereits alle warteten.
Ihre Jagdkleidung stammte von Tante Bridget, die schon oft im Dschungel gewesen war und genau wußte, was man dazu brauchte. Der Hosenrock – darin konnte man sich ungehindert bewegen – war aus kräftigem braunen Twill. Die hochgeschlossene Baumwollbluse mit den langen Ärmeln bot Schutz vor Insekten, und die derben, kniehohen Lederstiefel waren eine Vorsichtsmaßnahme gegen Schlangen und Skorpione, die im Unterholz lauern mochten. Tante Bridget hatte darauf bestanden, daß Olivia unter dem Hosenrock eine lange Unterhose trug. »Wenn du vom Elefanten fällst, bietest du dem Eingeborenenhaufen wenigstens kein Schauspiel.«
Raventhorne half ihr die Leiter hinauf in die *Howdah.* Sein Blick verriet, daß ihre Kleidung seine Zustimmung fand. Er war natürlich so nachlässig wie immer angezogen. Er hatte um die einfache Reithose nur zusätzlich einen Patronengürtel geschnallt. Während Olivia in der *Howdah* Platz nahm, stieg er, zu ihrer großen Erleichterung, über das niedrige Holzgitter und setzte sich zu dem *Mahout* auf die Schulter des Elefanten, legte das Gewehr über die Knie und verschränkte die Arme. Olivia streckte vorsichtig die Beine aus und überlegte, ob er möglicherweise die unfreundlichen Gedanken erraten hatte, die ihr durch den Kopf gegangen waren.
Er hatte. »Ich habe Ihnen doch gesagt, daß ich mich manchmal auch benehmen kann«, erklärte er und genoß Olivias Verlegenheit. »Es fällt mir allerdings schwer zu glauben, daß Ihnen noch nie ein Mann

nahegekommen sein soll. Schließlich sind Sie zweiundzwanzig und nicht gerade häßlich.«

»Mir sind sehr wohl schon Männer nahegekommen«, erwiderte sie und wurde dabei kaum rot, »aber noch nie ein so unverschämter wie Sie.«

Er lachte nur.

Der prächtige Zug, der beinahe wie eine feierliche Prozession wirkte, setzte sich in Bewegung und zog bald durch dichten Dschungel. Den Elefanten folgte eine große Zahl Männer zu Fuß. Inzwischen war es heller Tag, aber es fiel nur gedämpftes Licht durch das dichte Blätterdach. Vögel stritten sich um Würmer, Schmetterlinge flatterten durch die Luft oder umschwebten überwältigend schöne Blüten, und Hörnchen sausten aufgeregt keckernd die Bäume hinauf und herunter. Auf einem hellgrünen Moospolster zwischen den Wurzeln eines Banyanbaumes saß eine Familie dicker Kröten und betrachtete teilnahmslos das Schauspiel. Der Dschungel war von einer eindrucksvollen Erhabenheit, eine gut funktionierende Welt, in der alles und jeder seinen Platz kannte und sich entsprechend verhielt. In der Ferne lockten noch immer die Trommeln und trieben den Tiger unerbittlich in die tödliche Falle.

Raventhorne schwieg. Hin und wieder hob er das Gewehr ans Auge und blickte durch das Visier. Er hatte kräftige, gebräunte Hände, dabei aber wohlgeformte, lange schlanke Finger. Während Olivia ihn aus den Augenwinkeln beobachtete, tauchte flüchtig ein Bild vor ihr auf, für das sie sich schämte: Sujata lag in seinen Armen und wurde von diesen Fingern, die sich am Abend zuvor in Olivias Wange eingebrannt hatten, in leidenschaftliche Raserei getrieben. Errötend wandte sie sich ab und konzentrierte sich auf eine Horde Affen mit schwarzen Gesichtern, die, wie es schien, Olivia zuliebe ihre akrobatischen Kunststücke vorführten.

»Weshalb sind Sie nicht verheiratet?«

Seine Gewohnheit, Themen anzuschneiden, die vorzubringen kein anderer sich erlaubt hätte, berührte Olivia inzwischen nicht mehr so unangenehm. »Sie klingen wie meine Tante«, sagte sie trocken. »Diese Frage beunruhigt sie ebenfalls.«

»Zweifellos – aber damit ist sie noch nicht beantwortet!«
»Sie brauchen keine Antwort!«
»Doch.« Er drehte sich nach ihr um, und sein Ausdruck war ernst. »Sie sind mir eine Antwort schuldig.«
»Eine Antwort *schuldig*?« wiederholte sie. »Wieso?«
»Weil ich Sie vor einem Mittagessen mit Lady Birkhurst bewahrt habe. Ganz gleich, welche Absichten Sie den unglückseligen Sohn dieser Dame betreffend haben, ich bezweifle, daß die Aussicht auf eine Begegnung mit Mutter und Sohn Ihnen sehr gefallen haben kann.«
Olivia mußte lachen. Wenn man die freche Anspielung beiseite ließ, war an seinen Worten etwas Wahres. »Ich hatte den Eindruck, daß Ihrer Ansicht nach *beide* Birkhursts meinen Plänen dienlich sind. Und in diesem Fall haben Sie mir einen sehr schlechten Dienst erwiesen!«
Er rieb sich nachdenklich die Nase. »Ich sehe, ich bin ein Opfer meiner eigenen Machenschaften geworden! Mag es sein wie es will – meine Frage ist immer noch nicht beantwortet.«
»Ich bin nicht verheiratet, weil ich es so will – genügt das als Antwort?«
»Nein.« Er änderte seine Körperhaltung und lehnte sich zurück. »Junge Männer in Amerika sind gesund und kräftig, und es ist unwahrscheinlich, daß sie keine Notiz von einer jungen Frau nehmen, die gar nicht *so* häßlich ist! Sind Sie vielleicht schon vergeben?« Er warf ihr einen listigen, abwägenden Blick aus zusammengekniffenen Augen zu, und es war unwahrscheinlich, daß ihm die Röte entging, die Olivia langsam in die Wangen stieg.
»Sie müssen sich entscheiden. Welche meiner Absichten überzeugt Sie mehr: Werde ich mir Freddie Birkhurst angeln oder als ›Leerfracht‹ nach Hause fahren und meine Angel dort auswerfen?« Die Unterhaltung wurde ihr langsam peinlich. »In beiden Fällen ist Ihre Anteilnahme nicht gefragt.« Er lachte nur. Olivia ärgerte sich, und um das Thema nicht noch einmal aufkommen zu lassen, fragte sie rasch: »Haben Sie lange in Amerika gelebt?«
»Ja.«

»Was haben Sie dort gemacht?« Sie rechnete damit, daß er wie üblich von der Frage ablenken würde. Aber zu ihrer Überraschung gab er bereitwillig Antwort.
»Vielerlei. Ich habe gearbeitet, ich habe gelernt, ich habe Geld verdient.«
»Was haben Sie gelernt?«
Er lächelte. »Die Magie des weißen Mannes.«
»Und die wäre?« Sie erkannte, daß seine Antworten außerordentlich wenig informativ waren, und fragte ungeduldig: »Was haben Sie denn wirklich *getan*?«
Sie hatten sich flüsternd unterhalten – ein Gebot bei der Jagd im Dschungel. Er schüttelte den Kopf und legte den Finger auf den Mund. »Es wäre leichter, wenn Sie fragen würden, was ich *nicht* getan habe.«
»Also gut.« Sie sprach noch leiser. »Was haben Sie *nicht* getan?«
»Ich bin nicht Präsident der Vereinigten Staaten geworden«, erwiderte er.
Olivia sah ihn unsicher an. »Und wieso nicht?«
»Ich habe es nie versucht. Ich wäre es geworden, wenn ich es versucht hätte.« Er grinste. »Ich habe Ihnen doch gesagt, ich glaube daran, daß ich gewinne. Erinnern Sie sich?«
Die hochmütige Kopfhaltung, der stolz aufgerichtete Rücken waren typisch. Aber er lächelte völlig unbekümmert. Olivia kämpfte mit sich, denn ihr kam die nächste heikle Frage in den Sinn. Sie ließ alle Vorsicht fallen und stellte sie: »Selbst wenn es bedeutet, daß Sie Schiffe kapern und Lagerhäuser in Brand setzen?«
»Wieso nicht?« Er gab das alles ohne Zögern zu! »Wenn sich an Bord der Schiffe Opium befindet und es in den Lagerhäusern gelagert ist?« Er wirkte immer noch locker. Ein leichtes Anspannen der Kiefermuskeln und das beinahe unmerkliche Steifwerden des Rückens waren die einzige Reaktion. »Ich glaube nicht daran, daß man den Tod verkaufen soll«, sagte er knapp.
Das Geständnis schockierte Olivia ebenso wie der Hinweis auf moralische Skrupel. Ihr blieb jedoch keine Zeit mehr, nach den Kisten mit dem verdorbenen Tee zu fragen, wie sie wegen der günstigen Gele-

genheit eigentlich vorhatte, denn plötzlich wirkte er nicht mehr lokker und freundlich, sondern sehr wachsam. Selbst die Augen bewegten sich nicht, als er regungslos lauschte. Der *Mahout* sah ihn an, und Raventhorne nickte kaum merklich.
Olivia wurde erst jetzt bewußt, daß inzwischen eine gespenstische Stille über dem Dschungel lag. Die vor kurzem noch lärmenden Affen über ihren Köpfen drängten sich eng zusammen und drückten sich stumm gegenseitig die Gesichter ins Fell. Ein Rudel fliehender Axishirsche kam ihnen entgegen und verschwand mit großen Sätzen zwischen den Bäumen. Selbst eine Schar orange- und lilafarbener Schmetterlinge, die über einem Hibiskusbusch schwebte, änderte seine Meinung und flatterte aufgeregt davon. Die Trommeln, die gerade eben noch so drängend und wild geschlagen hatten, waren verstummt. Kein Blatt raschelte. Kein Insekt regte sich. Die Luft schien erstarrt zu sein. Dann drang ein Laut an ihr Ohr, der wie ein leises unterirdisches Grollen aus den Eingeweiden des Dschungels zu kommen schien und wurde zum lauten Gebrüll. Es war der Tiger. Offenbar hatten ihn die Treiber auf einer Lichtung eingekreist, die er, ohne es zu ahnen, nie mehr verlassen würde. Sein Ende stand dicht bevor.
Olivias Herz klopfte wild. Es war unmöglich, von der unerträglichen Spannung des Augenblicks nicht angesteckt zu werden. Raventhorne verließ seinen Platz und kletterte in die *Howdah.* Er überprüfte noch einmal sein Gewehr und warf einen schnellen Blick auf das Gestell, in dem sich noch andere Büchsen befanden. Im Halfter an seiner Hüfte steckte der Revolter, den Samuel Colt erst im Vorjahr entwikkelt hatte. Olivia wußte, zu Hause war das eine beliebte und begehrte Waffe. Flüchtig empfand sie Mitgefühl mit dem zum Tode verurteilten Tier. Der Tiger hatte angesichts dieser großen Übermacht kaum Überlebenschancen. Langsam und unaufhaltsam näherte sich der Zug der Lichtung am Flußufer, wo man im Morgengrauen sechs Ziegen als Köder festgebunden hatte. Die Treiber waren alle verschwunden und warteten im sicheren Unterholz in einiger Entfernung vom Fluß. Zurück blieben nur die vier Elefanten und ein Kreis von Männern mit Vorderladern und wurfbereiten Speeren.

Raventhorne bedeutete Olivia mit einer stummen Geste, daß sich irgendwo im hohen Gras ihre gefährliche Beute befand.
Die Elefanten verteilten sich und bildeten einen Halbkreis. Plötzlich berührte Raventhorne leicht Olivias Arm und nickte in Richtung einiger Felsen zwischen niedrigen Bambusstauden. Das Grün umgab eine verschwommene, undeutlich ockergelbe Form – und Olivia stockte der Atem. Dort kauerte der bengalische Königstiger, das majestätischste, gefürchtetste Raubtier des indischen Dschungels. Er hatte sich so geschickt verborgen, daß nur das geübte Auge eines Jägers ihn inmitten all der natürlichen Farben entdecken konnte. Olivia sah, daß er eine der Ziegen gerissen hatte. Er wartete jetzt nur darauf, zu der Mahlzeit zurückzukehren, die ihm so mühelos zugefallen war. Raventhorne zog fragend die Augenbraue hoch und blickte auf sein Gewehr. Olivia schüttelte erschrocken den Kopf. Es war eine Sache, einen Rehbock oder einen Bison zu schießen, aber eine ganz andere, es mit einem Tier aufzunehmen, das sie noch nie gesehen, geschweige denn gejagt hatte. Er zuckte die Schultern, lächelte und wandte sich sichtlich enttäuscht ab.
Eine Zeitlang bewegte sich niemand. Der Tiger war immer noch halb hinter den Felsen verborgen, und es wäre unklug gewesen zu feuern. Es schien eine Ewigkeit zu dauern, aber es konnten nicht mehr als zehn Minuten vergangen sein, bis er es wagte, sich zu bewegen. Vorsichtig schlich er geduckt in Richtung der toten Ziege. Dabei mußte er eine freie Stelle zwischen zwei Felsen überqueren und war plötzlich in seiner ganzen Majestät sichtbar. Im selben Augenblick knallte ein Schuß: Es war der Maharadscha. Er hatte das Privileg, als erster zu feuern, aber er verfehlte sein Ziel. Der Tiger sprang in die Luft, und sein wütendes Gebrüll drang wie Kanonendonner durch den Dschungel.
»Verdammt!« schrie der Maharadscha, gerade als Raventhorne feuerte und den Tiger im Sprung in die Flanke traf.
»Ein guter Schuß!«
»Er ist noch nicht tot!« schrie Raventhorne zurück. Er lud in Windeseile sein Gewehr, aber der Tiger war hinter den Felsen verschwunden.

»Ich habe den Hals verfehlt, verdammt, *verdammt*!«
Der schwer verwundete Tiger brüllte vor Zorn und Schmerz. Plötzlich sprang er aus seinem Versteck hervor und griff an. Vorderlader knallten, und Speere flogen durch die Luft, aber der Tiger bot im hohen Gras ein schlechtes Ziel und wurde nicht getroffen. Einen Augenblick verlor Olivia ihn völlig aus den Augen, doch dann flog er wie ein schweres Geschoß durch die Luft und landete auf ihrem Elefanten. Olivia wollte schreien, stopfte sich aber erschrocken das Taschentuch in den Mund. Sie geriet in Panik. Raventhorne blieb dagegen ganz ruhig. Er griff schnell nach seinem Gewehr, das über Eck auf dem niedrigen Holzgitter der *Howdah* lag und legte an.
»Halten Sie sich gut fest«, sagte er warnend über die Schulter. »Der Elefant wird gleich durchgehen.«
Mit hoch erhobenem Kopf und wild trompetend rannte der Elefant im Kreis herum und schlug mit den Hinterbeinen aus, um den Tiger abzuschütteln. Die Bestie hatte ihm jedoch die Klauen tief ins Fleisch geschlagen und brüllte ohrenbetäubend. Bei einer solchen Jagd saß üblicherweise ein Gewehrträger hinter der *Howdah* auf dem Rücken des Elefanten, aber Raventhorne hatte das Gestell mit den zusätzlichen Gewehren vorgezogen. Das war ganz gut so, dachte Olivia, denn der arme Mann wäre entweder von den Krallen des Tigers zerfleischt oder von den Füßen des Elefanten zertrampelt worden. Obwohl der massige Kopf des Tigers sich dicht vor dem Gewehrlauf befand, konnte Raventhorne nicht zielen, solange der Elefant außer Kontrolle war. Es herrschte ein fürchterlicher Lärm, aber Olivia hörte nichts. Sie blickte gebannt auf die sich öffnenden und schließenden Kiefer, auf den unglaublich großen Kopf und die unheimlichen gelben Augen, die sie voll Haß anstarrten. Raventhorne stand auf. Mit einer Hand hielt er sich an einer Holzstange des Aufbaus fest und trat mit einem Fuß über das Gitter auf den Rücken des Elefanten. Mit dem anderen Fuß suchte er Halt in der *Howdah* und nahm dann das Gewehr von der einen in die andere Hand, ohne die Holzstange loszulassen. In diesem Augenblick blieb der Elefant unvermittelt stehen und raste dann erneut wild trompetend und mit

ungeheurer Geschwindigkeit am Ufer entlang, ohne jedoch den Tiger abschütteln zu können. Olivia kauerte leichenblaß in der Ecke der *Howdah* und sah nichts außer den schnappenden, fauchenden Kiefern etwa einen halben Meter von Raventhornes Stiefel entfernt.

»Kommen Sie hierher.« Raventhorne wirkte immer noch ganz ruhig, als er sich umdrehte und seiner Aufforderung mit einer Kopfbewegung Nachdruck verlieh. »Wir wollen sehen, wie gut Sie treffen.« Olivia starrte ihn entsetzt an – war er *verrückt* geworden? »Nun *kommen* Sie schon«, sagte er ungeduldig. »Er wartet nicht den ganzen Tag auf Sie.«

Olivia bewegte sich, zweifellos von einer ihr unbekannten Macht getrieben, denn ihre Kräfte hatten sie verlassen. Raventhorne lehnte sein Gewehr kurzerhand an die Seitenwand der *Howdah*, legte ihr den Arm um die Hüfte und zog sie eng an sich. Olivia stand nun mit dem Rücken an seine Brust gelehnt. Mit einer blitzschnellen Bewegung drückte er ihr seinen Revolver in die Hand. »Zielen Sie auf die Stirn«, sagte er und hielt sie fester. »Er hat nicht mehr viel Kraft. Aber versuchen Sie, schnell zu sein.«

Olivia erwachte aus ihrer lähmenden Starre. Sie wurde von Raventhorne sicher gehalten. Sie hob den Revolver, zielte und drückte ab. Einen kurzen, schrecklichen Augenblick lang glaubte sie, den Tiger verfehlt zu haben, denn sein Kopf blieb, wo er war. Dann sprudelte aus einem kleinen Loch zwischen den Augen ein Blutstrahl hervor. Mit einem letzten Brüllen entschwand der riesige Kopf ihren Blikken. Der Elefant merkte nicht, daß das Drama zu Ende war, und rannte weiter am Flußufer entlang.

Raventhorne fiel rückwärts in die *Howdah* und zog Olivia mit sich. Der Revolver entglitt ihren Fingern und fiel auf die Erde, die unter ihnen dahinflog. Einen Augenblick lagen sie, Arme und Beine ineinander verschlungen, nebeneinander, ohne sich zu rühren. Draußen herrschte plötzlich völlige Stille. Der Elefant war müde und wurde endlich langsamer.

»Sie haben meinen Revolver verloren.« Raventhorne stützte sich auf den Ellbogen und blickte ärgerlich auf sie hinunter.

Sie sah ihm in die Augen, die so nahe, so schrecklich nahe waren, und es gelang ihr zu flüstern: »Immerhin bin ich nicht ohnmächtig geworden.«

Dann verlor sie die Besinnung.

Als Olivia wieder zu sich kam, lag sie auf einem Teppich unter einem Baum, und ein Höllenlärm erfüllte die Lichtung. Mehrere hundert Menschen sangen und tanzten und frohlockten, und die Trommeln schlugen wieder. Eine Dienerin der Maharani fächelte ihr Kühlung zu, eine zweite bot ihr einen Becher Wasser an. Olivia blinzelte, damit sie wieder klar sehen konnte. Dann setzte sie sich auf und trank den Becher in einem Zug leer. Sie atmete tief, hob den Kopf und blickte in die besorgten Augen von Jai Raventhorne.

»Ist alles in Ordnung?«

Olivia nickte und bat um mehr Wasser. »Was ... ist geschehen?«

»Sie sind ohnmächtig geworden.«

»Ist der Tiger ... tot?«

»Ganz tot.« Er wies auf die Menschen, die im Kreis tanzten. »Sie messen ihn dort in diesem Kreis und singen Ihr Lob.« Sein Blick war beunruhigend sanft, beinahe so sanft wie sein Lächeln.

»Ein großartiger Schuß, Miss O'Rourke, ein großartiger Schuß!« Der Maharadscha trat zu ihnen und rieb sich vergnügt die Hände. »Obwohl Jai kein Recht hatte, Sie in eine so gefährliche Situation zu bringen.« Er warf seinem Freund einen anklagenden Blick zu und versuchte, böse zu wirken. Aber es gelang ihm nicht.

»Auf diese Entfernung konnte ich ihn kaum verfehlen«, wehrte Olivia ab. »Er ist ohnehin Mr. Raventhornes Erfolg. Er hatte ihn bereits tödlich verwundet.«

Der Tiger maß genau drei Meter und fünf und lag ausgestreckt zwischen den Meßpflöcken im Gras. Er war noch im Tod ein prächtiges Tier. In seinem schönen gelben und schwarzen Fell waren zwei blutverkrustete Löcher: das eine an der Schulter, das andere mitten in der Stirn. Olivia betrachtete ihn fasziniert, ja wie gebannt und empfand unwillkürlich Mitgefühl – welch trauriges Ende für ein so majestätisches Tier!

»Verschwenden Sie keine Tränen an ihn«, sagte Raventhorne leicht-

hin, der neben ihr stand. »Er hat mehr Menschen gefressen, als die Dorfleute zählen können.«
»Ist der Elefant schwer verletzt?« fragte Olivia besorgt. »Die Krallen scheinen tief eingedrungen zu sein.«
»Nein. Elefanten haben eine dicke Haut. Die *Mahouts* sind ausgezeichnete Medizinmänner und wissen genau, welche heilenden Pflanzen und Blätter sie anwenden müssen.«
Olivia wandte sich ihm zu und sah ihn streng an. »Das hätten Sie wirklich nicht tun dürfen. Stellen Sie sich vor, ich hätte ihn verfehlt.«
»Auf diese Entfernung?« Er sah sie spöttisch an. »Ich versichere Ihnen, in diesem Fall hätte meine zweite Kugel *Sie* getroffen, weil Sie eine Schande für Ihre Nation gewesen wären.«

*

Am Jagdpavillon erhielten mehrere hundert Menschen aus den umliegenden Dörfern ein Mittagessen. Sie saßen in langen Reihen vor den allgegenwärtigen Bananenblättern, die als Teller dienten. Die Jäger hatten auf dem Rückweg mehrere Rehe und Antilopen erlegt, und das Fleisch wurde im Freien an riesigen Spießen gebraten. Der Maharadscha spendierte für alle den in der Gegend gebrannten Alkohol, der rasch seine Wirkung tat. Raventhorne war auf dem Elefanten des Maharadscha zurückgeritten, und Olivia hatte die *Howdah* mit einer Dienerin geteilt. Sie konnte nicht sagen, ob ihr das lieber war oder nicht, denn sie war so erschöpft von den Aufregungen des Morgens, daß sie den ganzen Weg schlief. Vor dem Pavillon erlebte sie einige Augenblicke der Verlegenheit, weil überglückliche Dorfbewohner sie und Raventhorne mit Girlanden bekränzten, und unter Lobgesängen auf ihre Treffsicherheit um sie herumtanzten. Sie errötete und beteuerte immer wieder, *er,* nicht sie habe den Tiger erlegt, aber das ging im allgemeinen Lärm unter. Raventhorne genoß ihre Verlegenheit und unternahm nichts, um Olivias Protest an die Menge weiterzugeben. »Geben Sie doch zu, daß zwischen uns eine Übereinstimmung besteht«, murmelte er und verzog sarkastisch den

Mund, »ist es da nicht ganz passend, daß die Ehre uns beiden zuteil wird? Ich habe eine solche Ehre noch nie mit einer Frau geteilt, und es ist eine reizvolle Abwechslung.«

»Ich gebe nichts dergleichen zu, Mr. Raventhorne«, erwiderte sie streng. »Ihre Phantasie geht mit Ihnen durch.«

Er gab keine Antwort, sondern lächelte nur ironisch. Vielleicht wußte er, daß er nicht antworten mußte.

Das Mittagessen für den Maharadscha, die Maharani und ihre beiden Gäste wurde im kühlen Speisezimmer des Pavillons serviert. Die würzigen Fleischgerichte auf lockerem weißen Reis schmeckten köstlich. Olivia war es gewohnt, Wild zu essen. Es war oft die einzige Nahrung gewesen. Aber die scharfen indischen Gewürze machten das Fleisch besonders delikat. Sie aßen mit den Fingern. Kinjal zuliebe kreiste das Gespräch während der Mahlzeit hauptsächlich um die Jagd. Der Maharadscha war bester Laune. Er erzählte ihnen Geschichten von früheren Abenteuern auf der Jagd, und es herrschte eine heitere Stimmung.

Nach dem Essen gab es Süßigkeiten, die von Dorfbewohnern gebracht worden waren. Plötzlich fragte der Maharadscha: »Was gibt es so Dringendes, daß Sie so schnell nach Kalkutta zurück müssen, Jai? Sie könnten die Abreise doch sicher bis morgen verschieben?« Es klang verstimmt. »Ich hatte mich schon auf das übliche Schachspiel heute abend gefreut.«

Raventhorne schüttelte den Kopf. »Heute nicht, Arvind. Ich habe wichtige Angelegenheiten zu erledigen.«

»Was für wichtige Angelegenheiten?« fragte der Maharadscha stirnrunzelnd.

»Nun ja, da ist zum einen diese Lieferung. Khan ist ein gerissener Kaschmiri, und ich weiß, daß er mit Smithers verhandelt hat.«

»Dann lassen Sie doch Smithers diese Runde gewinnen. Was macht das schon? Sie haben ihn oft genug ausgestochen.«

Raventhorne lächelte. »Eine Runde ist eine zuviel.«

Der Maharadscha hob gereizt die Hände. »Jai, müssen Sie denn immer wie ein Hund sein, der einen Knochen hat? Können Sie nicht auch einmal loslassen, nur ein einziges Mal?«

Raventhorne stand auf. »Ich fürchte, Arvind, wenn ich loslasse, verliere ich mit dem Knochen auch die Zähne«, sagte er unbekümmert. »Kann ich jetzt Ihr neues amerikanisches Gewehr sehen? Ich muß spätestens in einer Stunde aufbrechen.«

Kinjal zog sich in ihr Zimmer zurück. Olivia stand an der Verandabrüstung und blickte auf das Treiben vor dem Pavillon, ohne viel davon zu sehen. Ihre zwiespältigen Gefühle beunruhigten sie wieder: Einerseits empfand sie Raventhornes Anwesenheit als schrecklich unangenehm, andererseits war sie bitter enttäuscht, weil er schon aufbrach! Dann fragte sie sich kopfschüttelnd: Was will ich eigentlich? Zum ersten Mal in ihrem Leben stand Olivia vor einem scheinbar unentwirrbaren Knoten, vor einem Problem, für das es keine einfachen Antworten gab. Ihr war unverständlich, daß dieser widersprüchliche, undurchsichtige, unbeständige Mann eine solche Faszination auf sie ausübte, denn er verkörperte alles, was sie ablehnte. Ihre Vernunft erlaubte nicht, daß sie etwas an ihm bewunderte. Doch die Aussicht, ihn nie mehr zu sehen, war unerträglich, durfte nicht Wirklichkeit werden. Und Olivia wußte im Grunde ihres Herzens, so sicher wie die Sonne am nächsten Morgen aufging, würde sie Jai Raventhorne wiedersehen ...

Bahadur, der Diener, der sie an jenem Morgen, seit dem soviel geschehen war, nach Hause begleitet hatte, führte gerade Raventhornes Rappen *Schaitan* auf die Lichtung. Plötzlich überkam Olivia die absurde Furcht, sie könnte versäumen, ihn zu verabschieden. Ohne zu überlegen, eilte sie die Treppe hinunter. Das Bedürfnis, ihn noch einmal zu sehen, noch ein paar bedeutungslose Worte mit ihm zu wechseln, war so heftig, beinahe so schmerzhaft, als habe ihr jemand einen spitzen Haken in die Seite gestoßen. Dann kam sie sich albern vor und bedauerte ihre Unüberlegtheit. Sie blieb hinter einem Baum stehen, denn der Rückzug war ihr bereits abgeschnitten. Raventhorne kam die Treppe herunter, ging zu seinem Pferd und hatte bereits einen Fuß im Steigbügel, als er sie sah. Er ließ die Zügel wieder los und schlenderte zu ihr herüber.

»Ich habe gehört, die Templewoods wollen für einige Zeit nach Barrackpore fahren.«

Es war sinnlos vorzugeben, sie sei überrascht. »Ja, es ist im Gespräch. Meine Tante ist der Ansicht, mein Onkel muß sich erholen von ...«
»Von seinem Pech? Ja, das glaube ich gern.« Mit veränderter Stimme fragte er: »Und Sie wollen Ihre Verwandten nicht begleiten?«
Er sprach etwas aus, das sie bisher nur als unbestimmte Vorstellung beschäftigte. Jetzt wurde ihr jedoch bewußt, daß Raventhorne recht hatte: Sie wollte nicht nach Barrackpore fahren! »Natürlich will ich sie begleiten!« widersprach sie unnötig heftig. »Weshalb sollte ich es denn nicht wollen? Ich habe gehört, Barrackpore ist ein sehr angenehmer Ort.«
»Angenehm ja – aber dann sind Sie eine Weile von Ihrem schmachtenden Romeo getrennt!« Er sah sie mißbilligend an.
Diesmal stampfte sie mit dem Fuß auf. »Was soll dieser ›Name‹ aus Ihrem Mund!« rief sie und ballte in hilflosem Zorn die Fäuste. »Es macht mich rasend – und natürlich tun Sie es nur aus diesem Grund!«
Er lachte. »Wissen Sie einen besseren?« Ein unsichtbarer Zauberstab ließ das Lächeln verschwinden. Die blassen Augen blickten sie so metallisch an, wie seine Stimme klang. »Wenn Sie nicht nach Barrackpore fahren wollen, werden Sie nicht fahren. Ich gebe Ihnen mein Wort darauf.« Er drehte sich um und ging zu seinem Pferd.
Olivia starrte verblüfft auf seinen Rücken.

*

Erst spät am Abend legte sich die Aufregung rund um den Pavillon. Inzwischen war auch die fürstliche Jagdgesellschaft nach Kirtinagar und in den Palast zurückgekehrt. Es war ein langer, anstrengender Tag gewesen, und Olivia fühlte sich nicht nur äußerlich, sondern auch innerlich zerschlagen. Aber ihr Verstand arbeitete trotz körperlicher und seelischer Erschöpfung auf Hochtouren. Ungeachtet aller Widersprüche und Verwirrung ließ sich eine Wahrheit nicht leugnen: Ihr Interesse an Jai Raventhorne war keineswegs ›theoretisch‹! Das zumindest hatte dieser Tag ans Licht gebracht. Ihre Neugier ließ sich auch nicht nur damit begründen, daß er ein Mensch von außergewöhnlichem Format war. Erstaunlicherweise *gab* es zwischen ihnen eine Übereinstimmung, eine unsichtbare Verbindung, ein Band, das sie inzwischen wie eine Fessel empfand. Wie unerwünscht und ohne ihr Zutun das auch geschehen sein mochte, Olivia konnte nicht länger leugnen, daß Jai Raventhorne sie als Mann, als attraktiver, aufregender und sinnlicher – jawohl, gestand sie sich, als *sinnlicher* Mann – am meisten reizte.

»Erzählen Sie mir von ihm, Kinjal.«

Sie waren wieder allein und schlenderten durch den duftenden Kräutergarten, belebt von der erfrischenden nächtlichen Brise des Südens. Über ihnen kreiste das nächtliche Himmelsgewölbe mit der Last seiner Sterne, deren Bewegung das unwiderrufliche und unabänderliche Verstreichen der Zeit sichtbar werden ließ. In Olivias Bitte lag ein drängender Ton, der die Maharani nicht überraschte. Es war zu spät für jede Verstellung. So mußte sie auch nicht fragen, wen Olivia meinte. Sie hatten stillschweigend denselben Gedanken.

»Ja«, erwiderte sie schlicht. »Sie haben vor allen anderen Menschen das Recht, mehr zu erfahren.«

Olivia blieb stehen. »Weshalb sagen Sie das?«

»Weil...« Kinjal machte eine Pause, als suche sie die richtigen Worte, »weil Sie Jais Aufmerksamkeit erregt haben. Diese Aufmerksamkeit läßt sich nicht leicht wecken, und wenn es einem Menschen gelungen ist, muß er manchmal«, sie seufzte leicht, »teuer dafür bezahlen.« In den großen schwarzen Augen lag ein Ausdruck, der Olivia erschreckte. Es war Mitleid.

»Erzählen Sie mir trotzdem von ihm.« Die Ungeduld und das innere Drängen ließen alle anderen Überlegungen bedeutungslos werden. »Ich möchte gern alles über ihn wissen.«

»Das sollen Sie, meine Freundin, das sollen Sie.« Kinjal lächelte über Olivias Ungeduld. Aus der Gruppe von Frauen, die in der Nähe saßen und leise sangen, rief sie eine Dienerin herbei und befahl ihr, Teppiche und Kissen zu bringen. »Wir können es uns ebensogut hier bequem machen. Es ist eine lange Geschichte, und es wird auch lange dauern, sie zu erzählen.«

Fünftes Kapitel

Der verstorbene Maharadscha, erzählte Kinjal, der Vater ihres Mannes, habe ihnen erstaunlicherweise die meisten Informationen über Jai Raventhornes Herkunft geliefert. Der alte Maharadscha interessierte sich sehr für seine Mitmenschen, seien sie nun arm oder reich, und er hatte die Angewohnheit, inkognito durch Kalkutta und andere Orte zu reiten. Auf einem solchen Ausflug und nur in Begleitung eines Dieners machte er eines Tages Rast in einem Gasthaus. Als sie im Hof saßen und sich mit anderen Gästen unterhielten, fiel sein Blick auf einen etwa vierzehnjährigen Jungen, der am Brunnen Geschirr und die großen schweren Töpfe wusch. Der Junge war zerlumpt, schmutzig und wirkte halb verhungert.
Zwei ungewöhnliche Dinge zogen die Aufmerksamkeit des Maharadscha auf sich. Der Kleine stand nicht unter Aufsicht seines Herrn, erledigte seine schwere Aufgabe aber trotzdem mit Hingabe und Konzentration. Seine seltsam silbrigen Augen waren dabei ohne erkennbaren Ausdruck. Der Junge war offenbar ein Mischling, denn unter dem Schmutz wirkte seine Haut ungewöhnlich hell. In Indien gibt es zahllose uneheliche Mischlingskinder, die von ihren Vätern vergessen werden. Der Junge wirkte verschlossen und abweisend. Trotzdem fand der Maharadscha ihn ungewöhnlich.
Er rief ihn zu sich und erkundigte sich nach seinem Namen. Der Junge antwortete mit sichtlichem Widerwillen: »Ich heiße Jai«, ganz als habe ihn die Frage beleidigt, und weigerte sich trotzig, weitere Fragen zu beantworten. Die stumme Würde und der jämmerliche Zustand des Kleinen weckten das Mitleid des Maharadscha, und er wollte ihm eine Handvoll Münzen schenken. Die Reaktion des Jun-

gen versetzte ihn in Staunen. Er richtete sich stolz auf und seine seltsamen Augen wurden vor Empörung aschgrau. »Ich nehme kein Geld, wenn ich nicht dafür gearbeitet habe«, erklärte er verächtlich, »schenken Sie es anderen, die es annehmen.«
Der Maharadscha fühlte sich nicht beleidigt, sondern war zutiefst beeindruckt. Diesen leidenschaftlichen Stolz fand man selten bei jemandem, der es sich nicht leisten konnte. Von diesem Tag an kam der Maharadscha jedesmal in das Gasthaus, wenn er in der Nähe war. Er beging nicht noch einmal den Fehler, dem Jungen Geld anzubieten, sondern bemühte sich darum, sein Vertrauen zu gewinnen. Im Verlauf von vielen Monaten entwickelte sich zwischen dem Fürsten und dem Tellerwäscher eine seltsame Freundschaft. Jai wurde zugänglicher, aber er lächelte nur selten und sprach nie über sich. Er stellte jedoch viele Fragen – meist über Schiffe, das Meer und die Welt draußen. Der Maharadscha bot ihm eine Stellung in Kirtinagar an oder eine Ausbildung an einer Schule seiner Wahl. Er mochte den Jungen, zweifelte nicht an seiner Intelligenz und wollte ihm eine Möglichkeit geben, seine Fähigkeiten zu entwickeln. Aber Jai lehnte alle Angebote ab. »Was willst du denn mit deinem Leben anfangen, Jai?« fragte der Maharadscha eines Tages kopfschüttelnd angesichts dieser unerklärlichen Hartnäckigkeit. »Möchtest du tagein, tagaus das schmutzige Geschirr anderer waschen?«
Diesmal schwieg der Junge nicht trotzig wie üblich, sondern erwiderte: »Nein, ich will der reichste Mann der Welt werden. Und das werde ich eines Tages auch sein.« Er sagte das so leidenschaftslos, als sei es eine sachliche Feststellung.
»Das ist ein verständlicher Ehrgeiz«, erwiderte der Maharadscha ebenso ernsthaft, obwohl er ein Lächeln unterdrücken mußte, »aber dann solltest du bald einmal damit anfangen.«
Der Junge sah ihn überrascht an. »Anfangen? Aber das habe ich doch schon getan!«
»Gewiß, aber du brauchst ... Hilfsmittel, um im Leben voranzukommen.«
Jai streckte die Hände aus. »Das habe ich. Das und«, er berührte seine Stirn, »und das.«

»Damit bist du zweifellos bestens ausgestattet«, erwiderte der Maharadscha freundlich, »wenn du allerdings dein Leben lang Geschirr wäschst, wirst du nie reich.«
»Nein«, stimmte der Junge zu, »aber das werde ich auch nicht tun.«
»Und was willst du tun?«
Der Maharadscha hatte ihnen später erzählt, daß Jai auf diese Frage lange schwieg. Ein seltsam entrückter Blick trat in seine Augen, als befinde er sich in einer anderen Zeit. Dann lächelte er, schien vor Zufriedenheit beinahe wie eine Katze zu schnurren, und sagte: »Ich werde mein Schicksal erfüllen.«
Die aschgrauen, verschlossenen Augen wirkten plötzlich unbeschreiblich häßlich. Aus ihnen sprach eine so fanatische Bosheit, daß der Maharadscha erschrak. Aber keine noch so behutsamen oder eindringlichen Fragen brachten den Jungen dazu, mehr zu sagen. Er hüllte sich in Schweigen, und der Blick verschwand so schnell, wie er gekommen war. Der Maharadscha beließ es dabei und verschob weitere Fragen auf das nächste Zusammentreffen. Als er nach zwei Monaten wieder in dem Gasthaus erschien, war der Junge nicht mehr da. Niemand wußte etwas über ihn. Auch der Wirt konnte keine Auskunft geben. Heimatlose und namenlose Kinder gebe es in Indien mehr als genug. Er habe bereits einen anderen für die Arbeit gefunden. Im Gasthaus erzählte man sich jedoch, Jai, der Junge mit den grauen Augen, sei an Bord eines Schiffes gegangen.
An dieser Stelle der Geschichte machte die Maharani eine Pause. Einen Augenblick herrschte Stille. Olivia hatte wie gebannt zugehört. Nun lehnte sie sich auf dem Polster zurück und blickte zu den Sternbildern hinauf, die über den klaren, wolkenlosen Himmel nach Westen wanderten. Sie bewegte sich nicht. Sie sah den Mann vor sich, der aus dem Jungen geworden war und konnte die Verwandlung nicht glauben. Sie drehte sich zur Seite, stützte sich auf einen Ellbogen und fragte: »Und dann?«
»Dann«, erzählte Kinjal weiter, »hörte man viele Jahre lang nichts mehr von Jai. Es gab auch niemandem, mit dem er hätte Kontakt aufnehmen können. Vielleicht war der Vater meines Mannes sein

einziger Freund gewesen, und er starb. Jai wußte nicht, wer er war, und hatte sich auch nie nach seinem Namen erkundigt.«

Arvind Singh wurde Maharadscha von Kirtinagar. Er kannte die Geschichte von dem kleinen Tellerwäscher, der ein Freund seines Vaters geworden war, aber im Laufe der Zeit vergaß er sie. Von einem Stallburschen in jenem Gasthaus erfuhr Jai jedoch später, wer sein Freund gewesen war. Und nach zwölf Jahren erschien er als Jai Raventhorne und wollte den Maharadscha sprechen. Als Arvind Singh sich an die alte Geschichte erinnerte, staunte er über den gepflegten, reichen Herrn, der wie eine Verkörperung des vollkommenen Gentleman vor ihm stand. Er konnte einfach nicht glauben, daß der weltgewandte, selbstbewußte Fremde, der sich so kultiviert mit ihm unterhielt, der schmutzige Tellerwäscher sein sollte, von dem sein Vater gesprochen hatte. Raventhorne hörte mit sichtlicher Trauer, daß der gütige alte Mann, der ihm so viel Freundlichkeit entgegengebracht hatte, gestorben war. Arvind Singh bewunderte Raventhornes Erfolg und die ungeheuren Anstrengungen, die ihm dazu verholfen haben mußten. Die beiden Männer fanden sich sofort sympathisch. »Und«, so schloß Kinjal ihren Bericht, »seit dieser Zeit sind sie gute Freunde.«

Mit einer so märchenhaften Geschichte hatte Olivia nicht gerechnet. Tief bewegt fragte sie schließlich mit seltsam trockenem Mund: »Und wer ist...«, sie trank einen Schluck Limonade, um überhaupt sprechen zu können, »Raventhornes Vater?«

Kinjal sah sie bekümmert an. »Wir wissen es nicht. Wenn Jai es weiß, dann redet er nicht darüber. Man erzählt, es sei ein englischer Matrose gewesen, der vermutlich seinen Sohn nie gesehen hat.«

»Und seine Mutter?«

»Sie soll angeblich von einem der Stämme aus den Bergen gekommen sein.«

»Ist sie... tot?«

»Sehr wahrscheinlich. Jai spricht nie über sie. Er hätte uns bestimmt mit ihr bekannt gemacht, wenn sie noch am Leben wäre. Mein Mann hat sich einmal nach ihr erkundigt, aber die Frage löste bei Jai so große Erregung aus, daß darüber nie wieder gesprochen wurde.«

Olivia empfand größtes Mitleid mit Jai Raventhorne, obwohl es wahrscheinlich niemanden gab, der es weniger verdiente als er. Es konnte bestimmt nicht leicht für ihn gewesen sein, sich unter so widrigen Umständen durchgesetzt und den Erfolg erzwungen zu haben. Sicher waren von den vielen Wunden der ungleichen Kämpfe Narben zurückgeblieben. Gegen ihren Willen hatte sie plötzlich Verständnis für manche seiner Verdrehtheiten, denn sie wußte, gewisse Wunden heilen schnell, andere nie. »Ist er mit dem Schiff damals nach Amerika gefahren?«
»Er sagt, er sei zunächst zweimal um die Welt gesegelt und habe dabei Navigation gelernt.«
»Spricht er über seine Erlebnisse?«
Kinjal verzog das Gesicht. »Nur, wenn ihm danach zumute ist. Er sagt, Amerika habe dann endgültig einen Mann aus ihm gemacht. Ein Kaufmann in Boston stellte ihn als Gehilfen ein. Jai lernte schnell, arbeitete fleißig und wurde schließlich Partner im Unternehmen dieses Mannes.« Kinjal nahm den Schleier ab, schüttelte die langen Haare und begann, sie sorgfältig zu flechten. »Jai hat uns gesagt, daß dieser Mann Raventhorne hieß.«
Olivia setzte sich auf. »Raventhorne?«
»Ja. Er weiß nicht, wie sein Vater heißt. Bis er den Namen seines Wohltäters annahm, hatte er nur einen Vornamen.«
Das Schicksal hatte ihn wirklich grausam gedemütigt und benachteiligt. Schmerzlich berührt fragte sie: »Und was bedeutet sein Vorname?«
Kinjal antwortete lächelnd: »Jai bedeutet ›Sieg‹ – natürlich! Sie wissen doch, er muß immer siegen. Diese Besessenheit ist kein Geheimnis.«
»Hat er sein Schicksal, von dem er gesprochen hat, erfüllt?«
Kinjal lehnte sich mit einem tiefen Seufzer in die Kissen und blickte zu den Sternen hinauf. »Die Antwort auf diese Frage liegt im dunkeln. Jai tut sie als Scherz ab, als einen kindlichen Traum.«
»Glauben Sie ihm das?«
Kinjal schüttelte nachdenklich den Kopf. »Nein, Jai neigt nicht zum Träumen. Der alte Maharadscha hatte den Eindruck, er halte sich an

eine Art Schwur, und dieser Schwur ist noch nicht erfüllt, denn sonst wäre Jai nicht so besessen ... nicht so zornig. Und deshalb, Olivia«, sie setzte sich wieder langsam auf und sah sie besorgt an, »habe ich Angst um Sie.«

»*Angst* um mich?« Dieses bewußt gewählte Wort verwirrte Olivia, und ein Schauer überlief sie. »Aber warum?«

»Verzeihen Sie mir, Olivia, wenn ich mich über die Grenzen unserer neuen Freundschaft hinwegsetze.« Die Maharani nahm Olivias Hand und drückte sie. »Aber ich empfinde es als meine Pflicht, sie zu warnen. Jai Raventhorne ist ein gefährlicher Mann.«

Bei diesen Worten mußte Olivia unwillkürlich lächeln. Den Satz hatte sie inzwischen schon öfter gehört. »Darin sind sich offenbar alle einig.«

Kinjal lächelte nicht. »Die Engländer halten ihn aus anderen Gründen für gefährlich. Ich meine, für *Sie* gefährlich.« Die Aufrichtigkeit in Kinjals Stimme ließ Olivias Lächeln erstarren. »Sie können sich nicht vorstellen, was Jai alles unternommen hat, damit Sie an diesem Wochenende hier sind.«

Olivia wurde rot. »Und das ist ein Grund ... Angst zu haben?«

»Sie müssen wissen, Olivia, Jai ist für mich ein Freund.« Ihre Stimme klang plötzlich bekümmert. »Mit dem, was ich Ihnen sage, falle ich ihm nicht in den Rücken, denn er kennt meine Ansichten. In Jais Leben gab es viele Frauen. Er hat sie mit wenig Achtung behandelt und nur körperliche Befriedigung bei ihnen gesucht.« Sie sah Olivia mit glühenden Wangen an und fragte: »Bringe ich Sie in Verlegenheit?« Olivia schüttelte den Kopf, obwohl auch sie die Röte im Gesicht spürte. »Ich mache Jai deshalb keinen Vorwurf. Er ist reich, sehr männlich, und er sieht gut aus. Die Frauen fühlen sich zu ihm hingezogen wie Bienen zum Honig ...«

»Wie Sujata?« Olivia hatte diese Frage nicht stellen wollen, denn sie empfand ihr Interesse als demütigend.

»Sie kennen Sujata?« rief Kinjal erstaunt.

»Ich habe sie nur einmal gesehen.« Da Olivia die Frage nicht zurücknehmen konnte, berichtete sie stockend von der Begegnung und beging sofort die nächste Indiskretion: »Liebt er Sujata nicht?«

Kinjal hatte weniger auf die Worte als auf den Ton geachtet und seufzte. »Liebe ist ein Gefühl, das Jai nicht kennt«, erwiderte sie traurig, »weder versteht er etwas von Liebe, noch gehört dieses Wort zu seinem Vokabular. Nein, er liebt Sujata nicht und auch keine andere Frau.« Sie machte eine Pause, um ihrem nächsten Gedanken noch mehr Nachdruck zu verleihen. »Vielleicht wird er nie eine Frau lieben können.«

Mit diesen acht Worten war alles gesagt.

Sie drangen langsam in Olivias Ohren, aber sie erreichten ihr Bewußtsein nur an der Oberfläche, denn für sie zählte im Augenblick nur eines: Er liebte Sujata nicht! Der quälende, flüchtige Eindruck inniger Vertrautheit zwischen Sujata und Jai hatte sie unentwegt gemartert. Jetzt empfand sie Erleichterung. Doch sofort stieg ein nicht weniger beunruhigendes Bild in ihr auf: Sie lag an seine Brust gedrückt in der *Howdah*, spürte seinen warmen Atem auf ihrer Wange und sah etwas Zartes in seinen Augen – es war so verschwommen wie eine vorbeiziehende Wolke. Olivia legte die Arme um die Knie und senkte den Kopf, damit Kinjal ihren zufriedenen Gesichtsausdruck nicht bemerkte.

»Ich glaube Ihnen alles, was Sie sagen, Kinjal«, murmelte sie und folgte mit leuchtenden Augen einer vorüberfliegenden Eule, »aber ich verstehe nicht, weshalb Sie es für notwendig halten, mich zu *warnen*. Es stimmt, ich finde Mr. Raventhorne faszinierend, und er hat ein sehr ungewöhnliches Leben geführt, aber«, sie lachte, um ihrer nächsten Aussage Glaubwürdigkeit zu verleihen, »es ist unwahrscheinlich, daß dieses Interesse ausreicht, mich zu einer dieser vielen Frauen zu machen!«

»Ich sage Ihnen das alles, Olivia, weil ich mich sehr über Ihr Kommen gefreut habe. Inzwischen wissen Sie aber sicher, daß Ihr Besuch unter einem falschen Vorwand zustande gekommen ist.« Kinjal fügte sehr sanft und leise hinzu: »Wären Sie nicht so anders als alle weißen Frauen, die ich bisher kennengelernt habe, dann hätte ich geschwiegen. Aber Sie sind für mich bereits eine Freundin, und ich muß ehrlich zu Ihnen sein. Bitte sagen Sie, daß ich Sie nicht gekränkt habe.«

»Nein, nicht im geringsten!« rief Olivia, »es... amüsiert mich. Mr. Raventhorne mag zwar bewundernswerte Eigenschaften haben, aber ich finde ihn in vieler Hinsicht eher... abstoßend.«

War das eine Lüge? Im Widerspruch der wahren Gefühle fühlte Olivia, wie unsicher sie war. Jai Raventhorne war ein schrecklicher Mann und konnte sie unmöglich bereits erobert haben. War vielleicht nur ihre blühende Phantasie schuld an dieser albernen und krankhaften Aufgeregtheit?

Zu Olivias Erleichterung fand sich keine Gelegenheit mehr, über Jai Raventhorne zu sprechen.

*

»Du hast *einen Anna* für die Avocados bezahlt?«

»Einen Anna.«

»Und du behauptest, *zwei* Hühner gekauft zu haben? Ich habe in der Mulligatawny-Suppe gestern abend nur zwei Schenkel gesehen!«

Einfachere Sterbliche wären unter Lady Bridgets bohrenden Blicken vermutlich im Boden versunken, aber Babulal ließ sich nicht erschüttern. »*Zwei* Hühner, vier Schenkel«, erwiderte er, ohne mit der Wimper zu zucken, und warf einen anklagenden Blick auf Estelle, die offenbar mit großer Hingabe einen der schrecklichen Groschenromane las, die im Kreis ihrer Freundinnen von Hand zu Hand wanderten.

Lady Bridget ließ den Kopf sinken. Sie zog sich von diesem Gefecht zurück, um sich einem anderen zuzuwenden. Sie legte die Hand auf das Haushaltsbuch und startete einen neuen Angriff. »Ich habe vor noch nicht drei Wochen zwei Dutzend Staubtücher gekauft. Willst du mir sagen, daß vierundzwanzig brandneue und feste Tücher...?«

Olivia saß in einer Ecke mit der ersten Post von ihrem Vater und verschloß energisch die Ohren vor den täglichen Streitereien. Inzwischen war sie sicher, daß die erbitterten Kämpfe über Einkaufsrechnungen den Memsahibs in Kalkutta größtes Vergnügen machten. Die Siege und vernichtenden Niederlagen waren das beherrschende

Thema der ewigen *Burra Khanas*. Die meisten Engländerinnen verachteten ihr Personal, obwohl sie ohne die Dienstbotenscharen nicht zurechtkommen würden. Aber Lady Bridgets Abneigung gegen alle, die in dem großen Dienstbotenquartier hausten, überstieg jedes Maß. Das Personal war zahlreich. Es gab Diener, *Abdares, Khidmatgars,* Gärtner, Kutscher, *Chowkidars, Punkahwallahs,* Wasserträger, Küchenjungen, Stallburschen und die beiden *Ajas*. Und alle hatten ständig wachsende Familien. Von Zeit zu Zeit bekam jeder Diener Lady Bridgets scharfe Zunge zu spüren und, wie Olivia gehört hatte, auch Sir Joshuas Reitpeitsche, wenn er schlechter Laune war. Olivia fand diese Situation schrecklich, aber sie konnte an den alten Vorurteilen und Einstellungen nichts ändern und mischte sich deshalb nur selten ein.

Estelle dagegen war eine so taktvolle Zurückhaltung fremd, und als Babulal das Zimmer verlassen hatte, sagte sie schnippisch: »Mama, warum haben wir so viele Dienstboten, wenn du sie so schrecklich findest? Vermutlich doch nur, weil du nicht auf sie verzichten kannst!«

»*Du* kannst es natürlich ...! Sei gefälligst still, solange du dein Zimmer nicht in Ordnung halten kannst. Du wirst schon sehen, wenn du einmal einen eigenen Haushalt hast. Dann verstehst du erst, was ihre Diebstähle und Frechheiten bedeuten. Dann wirst du noch an mich denken ...«

Olivia sah, daß Estelle offenbar Streit suchte, und wollte die beiden schnell ablenken. »Papa läßt alle herzlichst grüßen. Er sagt, das Wetter auf den Inseln sei wundervoll, auch wenn der Gestank nach Lebertran es nicht ist. Er ist noch immer auf dem Walfänger.«

Lebertran! Lady Bridget rang um ihre Fassung. Sie murmelte: »Wie freundlich von Sean. Erwidere die Grüße, wenn du ihm antwortest.« Sie klappte energisch das Haushaltsbuch zu und verließ den Platz am Sekretär. »Es freut mich, daß dir das Wochenende gefallen hat und die Maharani nicht allzu langweilig war. Aber ich finde es merkwürdig, daß keine anderen europäischen Gäste anwesend waren. Normalerweise sind diese Jagden der reinste Zirkus.« Sie runzelte die Stirn, denn sie hatte es immer noch nicht verwunden, daß Josh ihre sorgfältig ausgearbeiteten Birkhurst-Pläne durchkreuzt hatte. »Ich hoffe, dieser Mensch hat soviel Anstand besessen, dir seinen Harem zu ersparen!«

»Wenn Arvind Singh einen Harem hat, dann habe ich nichts davon gesehen!« antwortete Olivia lachend. »Er scheint mir nicht diese Art Mann zu sein!«

»Das sind sie alle! Glaubst du, die Ehe ist Menschen heilig, die Witwen auf dem Scheiterhaufen verbrennen?«

»Also Mama, bei den Haworths habe ich zum Beispiel wenig von der Heiligkeit der Ehe gemerkt«, warf Estelle ein. »Jeder weiß, was *sie* mit Bill Corliss treibt, wenn er ihr einmal die Woche das Klavier stimmt, und es ist allgemein bekannt, daß *er* bei dieser Frau aus Cossipore alle Rassenschranken vergißt. Ganz zu schweigen von den Gerüchten, wonach das Mischlingskind...«

Unbemerkt verließ Olivia den Raum. Sie fragte sich seufzend, wann Estelle endlich lernen würde, den Mund zu halten.

Oben in ihrem Zimmer las sie in aller Ruhe noch einmal den Brief ihres Vaters. Er hatte noch keinen ihrer Briefe erhalten, aber wenn der erste eintraf, würden sie schnell aufeinander folgen. Ihr Vater schrieb ausführlich über die Fortschritte bei seiner Untersuchung und erklärte, seine Recherche vor Ort sei wichtig und sehr nützlich. Er äußerte sich auch über die bevorstehenden Wahlen und schließlich über Hawaii. Seiner Ansicht nach würde Honolulu bald die wichtigste Hafenstadt im Pazifik sein. ›Die grüne und blühende Landschaft, die man vom Schiff sieht, täuscht. Abgesehen von den Bergen und einigen Tälern ist das Land hart, trocken und unfruchtbar. Wasser ist eine Kostbarkeit. Mit etwas Glück werde ich vielleicht ein natürlich bewässertes Stück Land finden – obwohl das hier eine Seltenheit ist.‹

Olivia runzelte die Stirn. Wollte er länger auf Hawaii bleiben? Sie würde noch einige Zeit auf die Antwort warten müssen, denn er gab keine weiteren Erklärungen ab. Ein anderer Brief berichtete nur von Sacramento und der Ranch. Greg kam in ihrer Abwesenheit gut zurecht (er hatte billig zehn Longhorn-Rinder vom alten Matty erstanden, der nach Texas zog), und bei Sallys Jungs, Dane und Dirk, sproß der erste Flaum im Gesicht. Ein Mann aus Yale hatte Sally ein gutes Angebot für ihre Leihbibliothek gemacht, und sie dachte daran zu verkaufen, denn seit man in Kalifornien Gold entdeckt hatte, waren die Leute in großer Sorge. Die Entdeckung machte Schlagzeilen in den Zeitungen. ›Das Goldfieber ist ausgebrochen‹, schrieb er, ›jeder Ganove, Mörder und Taugenichts in den Vereinigten Staaten wird jetzt in den Westen kommen. Ich habe Angst um unseren Staat, denn die Goldgier der Menschen, mein Kind, ist unersättlich.‹ Er beendete den Brief mit dem Satz: ›Genieße das Leben, mein Schatz, und nutze die Möglichkeiten, die Deine Tante Dir bietet. Ich weiß, es kann für Dich nicht leicht sein, denn dort herrschen andere Sitten als bei uns. Aber England, mein liebes Kind, ist Teil Deines Erbes. Auch wenn es Dir noch so seltsam erscheinen mag, lehne es nicht ab, denn es ist das Erbe Deiner geliebten Mutter. Nutze ihr Geschenk, so gut Du kannst, und wenn Du abends zu Bett gehst und stumm mit Deinem Herzen sprichst, dann vergiß nicht, Du hast einen alten Dad, dem Du kostbarer bist als sein Leben.‹

Olivia faltete den Brief wieder zusammen. Eine Woge der Liebe erfaßte sie. Sie spürte den heftigen Schmerz der Trennung, und ihre Augen füllten sich mit Tränen. Was hätte sie nicht darum gegeben, eine Stunde – nur eine Stunde – seinen unfehlbar richtigen Rat zu hören, denn das ungewollte ›Erbe‹ zog sie in ein Labyrinth, in dem sie nicht ein noch aus wußte.

Es klopfte an der Tür, und ihre Tante trat ein. »Olivia, ich hatte es ganz vergessen, Lady Birkhurst hat uns morgen freundlicherweise zum Tee eingeladen. Wir werden um vier abfahren. Ich habe dein blaues Leinenkleid bügeln lassen, und vergiß bitte nicht den weißen Gürtel!«

»Nein, ich werde ihn nicht vergessen«, sagte Olivia mißmutig. Sie stand auf und beschloß, den Stier bei den Hörnern zu packen. »Ich bin dir wirklich sehr dankbar, Tante Bridget, aber ich glaube, ich muß etwas klarstellen. Ich habe nicht die Absicht, Mr. Birkhurst zu heiraten. Es wäre nicht richtig, falsche Hoffnungen zu nähren, die er sich möglicherweise macht.«

»Heiraten?« Lady Bridget sah sie unschuldig mit ihren kornblumenblauen Augen an. »Mein liebes Kind, niemand redet von heiraten! Aber du wirst doch bestimmt nichts dagegen haben, jemanden zu besuchen, der so freundlich ist, sich um unsere Gesellschaft zu bemühen – ganz besonders, nachdem wir schon einmal abgesagt haben. Und Lady Birkhurst hat meine Entschuldigung ohne weiteres angenommen!«

Der vorwurfsvolle Ton konnte Olivia nicht täuschen, aber sie hatte mit ihren Worten Klarheit geschaffen. »Nein, natürlich nicht«, erklärte sie und sagte dann gezwungenermaßen, »ich werde dich und Estelle gerne zu Lady Birkhurst begleiten.«

»Ach, noch etwas«, Lady Bridget zögerte, »ich war am vergangenen Samstag persönlich bei ihr, um sie von deiner Krankheit in Kenntnis zu setzen. Es wäre deshalb ungehörig, das Wochenende in Kirtinagar zu erwähnen. Vergiß das bitte nicht, ja?«

Olivia seufzte. »Nein, Tante Bridget, ich werde es nicht vergessen.«

Um fünf Uhr nachmittags waren solche Gedanken plötzlich gegenstandslos. Sir Joshua kehrte erstaunlich früh und mit finsterer Miene aus dem Kontor zurück. Wortlos verschwand er in seinem Arbeitszimmer und schlug die Tür hinter sich zu. »Was ist los, Mama?« fragte Estelle erschrocken, »warum ist Papa so wütend?«

Lady Bridget kam sichtlich blaß die Treppe herab. Sie gab Estelle keine Antwort, sondern blieb wie erstarrt stehen und starrte schweigend auf die Tür des Arbeitszimmers. Dann gab sie sich einen Ruck und nahm die letzten Stufen. »Er hat Ärger im Kontor«, erklärte sie ruhig, »du weißt doch, wie sich dein Vater über jede Kleinigkeit aufregt. Bis zum Abendessen hat er sich bestimmt wieder beruhigt.« Aber in ihren blauen Augen stand Angst.

Sir Joshua hatte sich bis zum Abendessen nicht ›beruhigt‹. Er weigerte sich, überhaupt zum Essen zu erscheinen. Während sie zu dritt im Speisezimmer saßen, schien Lady Bridget mit ihren Gedanken woanders zu sein und sprach nur wenig. Auch Estelle hielt sich mit den üblichen Klatschgeschichten zurück. Nach dem Essen ließ Lady Bridget ein Tablett für ihren Mann zurechtmachen und übergab es Olivia.

»Josh spricht doch mit dir über seine Angelegenheiten, Liebes. Vielleicht wird er *dir* sagen, weshalb er so verstimmt ist.« Sie lächelte tapfer und fügte hinzu: »Ich sage es schon die ganze Zeit, er braucht unbedingt Urlaub. Er arbeitet zu lange und zuviel. Das wird seiner Gesundheit schaden.«

Im Arbeitszimmer war es dunkel. Olivia sah schattenhaft die Gestalt ihres Onkels vor dem Fenster, dessen Vorhänge noch nicht zugezogen worden waren. Eine schwach glühende Zigarrenspitze leuchtete bei jedem Zug rot auf. Olivia blieb an der Tür stehen und räusperte sich.

»Bridget?«

Olivia tastete sich zum Schreibtisch und stellte das Tablett ab. »Nein, Onkel Josh, ich bin es, Olivia.« Er sagte nichts. »Ich bringe dir im Auftrag von Tante Bridget kalten Braten und eine Flasche Portwein.«

Erst nachdem sie die Petroleumlampen angezündet und auf dem Schreibtisch Platz für Teller und Glas gemacht hatte, drehte er sich um: »Setz dich, Olivia.«

Sie beobachtete ihn besorgt, während er zum Schreibtisch herüberkam und schwerfällig Platz nahm. »Was ist los, Onkel Josh? Du siehst so … merkwürdig aus. Geht es dir nicht gut?« Sein Gesicht wirkte nicht mehr zornig, aber die tiefen Falten um den zusammengepreßten Mund verhießen nichts Gutes.

»Wir haben schlechte Nachrichten von Gupta erhalten«, sagte er knapp. Achtlos spießte er mit der Gabel eine Scheibe Braten auf, schob sie ungestüm in den Mund und kaute darauf herum. Olivia wartete stumm, während er grimmig das Fleisch aß und mit einem Glas Portwein hinunterspülte. »Unsere Opiumsendung aus Nordbengalen ist unterwegs gestohlen worden.«

»Gestohlen? Von den Würgern?«

»Das glaubt Gupta.« Sir Josh wischte sich die Mundwinkel mit der Serviette ab, warf sie auf das Tablett und lehnte sich zurück.

»Und du glaubst es offenbar nicht?«

Er lächelte bitter. »Nein, ich glaube es nicht. Gupta schreibt, er sei schwer verwundet, aber es ist niemand getötet worden. Das heißt

entweder, die Würger sind plötzlich Weichlinge, oder Gupta ist ein verdammter Lügner!«
Olivia lief ein Schauer über den Rücken. Die Würger, so hatte sie gehört, waren eine fanatische Bande, die aus religiöser Überzeugung mordete. Sie hatten im Norden Indiens massenweise Menschen umgebracht. Sie warfen ihren Opfern die Schlingen so geschickt um den Hals wie Cowboys den Rindern das Lasso. Erst vor zehn Jahren, als John Sleeman Kommissar zur Bekämpfung der Würger- und Räuberbanden geworden war, hatte sich das geändert. Aber selbst jetzt, nachdem Tausende gefangengenommen und zum Tode verurteilt worden waren, kannten die Würger keine Gnade und leisteten immer ganze Arbeit.
»Weshalb sollte Gupta lügen?« fragte Olivia unsicher, »er war dir doch immer treu ergeben.«
»Weshalb?« schrie er wieder wütend, »aus dem ältesten Grund der Welt – dreißig Silberlinge! Die Treue der Eingeborenen, mein liebes Kind, ist leicht zu kaufen. Ganz besonders, wenn sie die Reihen gegen den gemeinsamen Feind, gegen die Engländer, schließen. Gupta ist ein *Banian*, und diese Kaste ist nur dem *Mammon* treu ergeben. Als der Preis stimmte, war er treu, aber jetzt hat er sein wahres Gesicht gezeigt.«
»War das Opium viel wert?« Olivia erkundigte sich bewußt nicht danach, von wem die dreißig Silberstücke wohl stammen mochten, denn sie ahnte es bereits.
»In Kanton hätte es einhunderttausend Pfund Gewinn gebracht. Hier etwa ein Zehntel davon. Das Opium ist versichert«, fügte er mit einer wegwerfenden Bewegung hinzu, »aber wir verlieren vor den chinesischen Kaufleuten das Gesicht und unsere Glaubwürdigkeit. Bei diesem Wettlauf heißt die Devise: Zeit ist Geld! Und wir haben Zeit verloren …« Er griff nach Papier und begann schnell zu rechnen.
Olivia hatte von ihrem Onkel inzwischen einiges über den blühenden bengalischen Opiumhandel erfahren. Es war das einzige noch gültige Monopol der Ostindien-Kompanie. Nachdem der Tee seit 1833 privaten Unternehmen als Handelsware offenstand, garantierte jetzt

das Opium – neben den gewaltigen Steuereinnahmen in Indien – Teilhabern in London die beachtlichen jährlichen Dividenden. Die Ostindien-Kompanie überwachte streng den Anbau und den Verkauf des Opiums. Trotzdem blühte der illegale Handel. Theoretisch arbeiteten die britischen Kaufleute in Kanton im Auftrag der Ostindien-Kompanie, aber in der Praxis war Opium auch für Händler anderer Nationen, die sich schlicht über die Vorschriften der John-Kompanie hinwegsetzten, ein gewinnträchtiges Geschäft. Auch viele britische Kaufleute unterliefen diese Vorschriften. Sie nahmen eine andere Staatsbürgerschaft an und segelten unter fremder Flagge. Beim Handel mit China waren Opium und Tee untrennbar miteinander verknüpft. Es bestand zwar ein chinesisches Einfuhrverbot für Opium, aber nur im Austausch gegen diese Ware konnte man von den *Hongs*, den mächtigen chinesischen Kaufleuten, Tee kaufen. Viele waren wie Sir Joshua der Ansicht, daß das Empire ohne Opium und Tee um seine Existenz bangen müßte. Die jährlichen Handelsbilanzen sprachen Bände. Im vergangenen Jahr hatten sich die Einnahmen der Ostindien-Kompanie im Opiumgeschäft auf dreieinhalb Millionen Pfund Sterling belaufen, und allein in England waren fünfundzwanzigeinhalb Millionen Kilogramm Tee verkauft worden. So brachte jede Schiffsladung Opium, die Templewood und Ransome nach Kanton auf den Weg schickte, eine entsprechende Ladung Tee und damit enorme Gewinne in England und auf den indischen Märkten. Olivia fand den Zorn ihres Onkels insofern durchaus verständlich.

»Kann die Polizei nichts tun, um die Schuldigen zu ... überführen?« fragte sie. Wenn Raventhorne für den Diebstahl verantwortlich war, dann schien es nicht gerecht, daß er ungestraft davonkommen sollte.

Sir Joshua lachte verächtlich. »Der alte Slocum wird eine Untersuchung anberaumen, aber wie üblich nichts herausfinden, denn keiner der Inder wird etwas ausplaudern. Das tun sie nie!«

»Aber wurde die Opiumsendung nicht von einem Europäer begleitet?«

»Nicht nur von einem, sondern von zwei«, erwiderte er sarkastisch.

»Du glaubst doch nicht im Ernst, Offiziere in der Armee der John-Kompanie würden sich bei ihrem erbärmlichen Sold dreißig Silberlinge entgehen lassen? Die Männer behaupten, körperlichen Bedürfnissen nachgekommen zu sein, als der Überfall geschah. Unsere zwanzig Söldner erzählen natürlich zwanzig verschiedene Geschichten.« Er sank in wütendes Schweigen.

Olivia wollte nicht noch Salz in die tiefen Wunden streuen und beschloß, das Gespräch auf ein erfreulicheres Thema zu lenken. »Wie beurteilst du das Schreiben von Arvind Singh, Onkel Josh? Findest du es ermutigend?«

Er richtete sich auf und sah sie etwas freundlicher an. »Ja, ich glaube schon.« Er setzte die goldumrandete Lesebrille auf, blätterte in einer Akte und nahm einen Briefbogen mit dem Wappen von Kirtinagar heraus. Er nickte zufrieden und las den Brief noch einmal genau durch. »Ja, es klingt ermutigend. Es war sehr freundlich von dir, den Brief mitzubringen.«

»Nimmt er dein Angebot an?«

»Nein, aber er wird es annehmen. Er hat noch nicht angebissen, aber er interessiert sich für den Köder. Hat er sich dir gegenüber irgendwie geäußert?«

Olivia hatte ihrem Onkel (natürlich mit gewissen Auslassungen!) genau von dem Wochenende berichtet. Sie schüttelte den Kopf und betrachtete ihre Fingernägel. »Nein. Aber Onkel Josh, meiner Meinung nach ist Arvind Singh kein Mann, der nur an Geld denkt.«

»Das ist nur eine Frage der Größenordnung. Geld spricht eine besondere Sprache, mein Kind, und sie klingt auch in den Ohren des Maharadscha von Kirtinagar süß. Er braucht für sein Bewässerungsprojekt unbedingt Kapital und würde seine rechte Hand geben, um sofort anfangen zu können. Bis er mit der Kohle Gewinne macht, muß er noch Jahre warten. Wir bieten ihm das Geld auf der Stelle. O ja, er denkt an Geld – er möchte nur einen höheren Preis erzielen. Es ist noch ein langer Weg, bis wir zu einem Abschluß kommen ... ja, ein langer Weg.« Er schloß müde die Augen und rieb sich mit den Fingerspitzen die Augenlider.

Die Falten in seinem Gesicht verrieten nur allzu deutlich die Erschöpfung, und Olivia sah ihn besorgt an. »Tante Bridget hat recht«, sagte sie leise und berührte seine Hand, »du mußt Urlaub machen, Onkel Josh. Ein paar Tage in Barrackpore werden Wunder wirken. Wie ich höre, kann man dort sehr gut angeln.«

»Barrackpore?« Er schlug stirnrunzelnd die Augen auf. »Mach keine Witze, Olivia! Bei der bevorstehenden polizeilichen Untersuchung kann ich doch nicht die Stadt verlassen! Bridget wird mit euch beiden allein fahren müssen.«

»Darum geht es doch nicht. Tante Bridget sagt, *du* brauchst ein paar Tage Erholung.«

Mit einer wegwerfenden Handbewegung sagte er: »Dann bleiben wir eben alle hier.«

Er war wieder völlig wach, griff nach den Akten auf dem Tisch und begann zu lesen. Olivia wußte, sie konnte ihn jetzt allein lassen.

Wenn Sie nicht nach Barrackpore fahren wollen, werden Sie nicht fahren. Ich gebe Ihnen mein Wort darauf.

Während Olivia das abendliche Ritual überwachte, bei dem das Moskitonetz sorgfältig um die Bettpfosten drapiert wurde, erinnerte sie sich plötzlich an Raventhornes letzte Sätze. Sie schickte die *Aja* aus dem Zimmer, sank in einen Sessel und dachte nach. Es wurde ihr flau im Magen. Wer außer Raventhorne hätte so etwas mit dieser Sicherheit sagen können? Gab es einen besseren Beweis dafür, daß er bei diesem hinterhältigen und gemeinen Überfall die Hand im Spiel hatte?

Olivia wußte, daß viele Leute in Indien schwere Vorbehalte gegen den Opiumhandel hatten. Aber sie bezweifelte, daß Jai Raventhornes Motive etwas mit moralischen Grundsätzen zu tun hatten. Er handelte nur aus Rache. Bei diesem Gedanken schwand ihr Mitleid für den armen Jungen aus Kinjals Geschichte. Ihm mochte einmal schweres Unrecht zugefügt worden sein, aber jetzt verdiente er nur Verachtung.

*

»Das Schreckliche an Gurken ist«, sagte Lady Birkhurst, während sie nach dem Teegebäck anstelle der kleinen Appetithappen griff,

»man kann nicht mehr damit aufhören. Finden Sie nicht auch, Lady Bridget?«

»Hm, ja. Ja natürlich.«

»Bei Tomaten ist das anders.« Als Bekräftigung nahm sie von einer zweiten Platte ein verführerisches Häppchen. »Das ist jedenfalls meine Erfahrung – und Ihre?«

»Hm, ja. Ja, ja.«

»Die Kerne sind natürlich lästig. Sie bleiben zwischen den Zähnen stecken, und in Gesellschaft ist das unangenehm, denn man bekommt immer nur diese dicken Bambusstäbchen, mit denen man nicht diskret in den Zähnen stochern kann. Finden Sie nicht auch?«

Lady Bridget versuchte, das Beste aus der einseitigen Unterhaltung zu machen und stimmte ihrer Gastgeberin bereitwillig zu. Für Olivia war es von großem Vorteil, daß Lady Birkhurst sich so gerne reden hörte, daß niemand sonst zu Wort kam. Aber da sie nur über das Thema Essen sprach – die Leidenschaft ihres Lebens und ihrer Konversation –, begann Olivia sich allmählich schrecklich zu langweilen. Sie saßen nun schon beinahe eine Stunde in dem prächtigen Palais an der Esplanade, und mit enervierender Hartnäckigkeit drehte sich weiterhin alles um die leiblichen Genüsse. Olivia saß rechts neben Lady Birkhurst und hörte trübsinnig schweigend zu, denn sie hatte es schnell aufgegeben, überflüssigerweise einsilbige Bemerkungen zur ›Unterhaltung‹ beizusteuern. Tante Bridget saß mit Argusaugen und gespannter Aufmerksamkeit ihr gegenüber auf der anderen Seite des niedrigen Onyxtischs mit den bronzefarbenen Messingbeinen. Freddie – die Haare glatt und ordentlich zurückgekämmt, und mit einem Kragen, der so steif und förmlich wirkte wie sein Gesicht – unterhielt sich in der Fensternische leise mit Estelle. Er fühlte sich offenbar nicht sehr wohl in seiner Haut. Seine Augen bekamen nur dann etwas Glanz, wenn er sehnsüchtige Blicke auf Olivia warf, die bewußt nicht darauf reagierte.

»Ich weiß nicht«, erklärte Lady Birkhurst und wechselte plötzlich das Thema, »ob ich mit Freddies Haushalt so ganz zufrieden bin. Er hat zu viele Dienstboten, die er bedauerlich schlecht kontrolliert.«

Lady Birkhurst hatte die Angewohnheit, von ihrem Sohn in der dritten Person zu reden, auch wenn er anwesend war. Freddie schien sich nicht daran zu stoßen. Er strahlte sie sogar an.
Lady Bridget war sehr erleichtert darüber, daß sie sich endlich wieder einem vertrauten und eingefahrenen Thema zuwandten. »Da stimme ich Ihnen völlig zu. Ich finde auch, mit zu vielen Dienstboten handelt man sich nur Ärger ein.« Dem erstaunten Blick ihrer Tochter wich sie wohlweislich aus. »Noch dazu im Haus eines Junggesellen.«
Die Betonung auf dem Wort ›Junggeselle‹ trieb Olivia die Röte in die Wangen. Ihre Tante ließ sich jedoch nicht mehr von ihrem Ziel abbringen.
Sie sah Freddie an und rief: »Strenge Kontrolle ist die Antwort, Mr. Birkhurst. Ich nehme an, Sie achten wenigstens hin und wieder darauf, zu zeigen, wer der Herr im Haus ist!«
Freddie strahlte noch immer: »Aber ja. Ich gebe meine Anweisungen und alles andere überlasse ich ihnen.«
»Und natürlich überprüfen Sie die täglichen Ausgaben«, sagte Lady Bridget mit funkelnden Augen.
»Gewiß, Lady Bridget – das heißt Salim, mein Kammerdiener, tut das. Ich gebe ihm an jedem ersten des Monats tausend Rupien, und er und Raschid Ali, mein Koch, sorgen dafür, daß alles im Haus wie am Schnürchen läuft.«
Lady Bridget wurde blaß. »Eintausend Rup...?« Ihr versagte die Stimme. Sie griff nach dem Fächer und fächelte sich heftig Luft. »Mein Gott, mein *Gott*, Mr. Birkhurst, für *meinen* Haushalt brauche ich die Hälfte!«
Olivia fing Estelles Blick auf und drehte schnell den Kopf zur Seite, um ein Kichern zu unterdrücken. Estelle hustete und nutzte die Tatsache, daß die Aufmerksamkeit ihrer Mutter von anderen Dingen in Anspruch genommen war, um sich noch ein Plätzchen in den Mund zu schieben. Dann stand sie auf und betrachtete sehr interessiert den eleganten Salon mit seinen vergoldeten Spiegeln, den Louis-Quinze-Sesseln, Ebenholzvitrinen und Nußbaumschränken, den Brokatvorhängen und kostbaren französischen Gobelins. Olivia sah keine Möglichkeit, ihren Platz zu verlassen. Deshalb senkte sie den Blick

ergeben auf ihr gebügeltes blaues Leinenkleid (mit dem weißen Gürtel!).
Lady Birkhurst hörte aufmerksam zu, während Lady Bridget sich darüber ausließ, wie wichtig es sei, dem eingeborenen Personal genau auf die Finger zu sehen. Dann erklärte sie sarkastisch: »Mein Sohn hat keinen Sinn für Geld, Lady Bridget.« Sie bedeutete einem Diener, die Kuchenplatten herumzureichen. »Er glaubt, Geld wächst an Bäumen, wo man es zweimal im Jahr ernten kann.« Sie hob ihre Lorgnette und bedachte ihn mit einem vernichtenden Blick. »Freddie hat nicht genug zu tun. Er braucht eine Aufgabe!«
Offiziell stand Freddie an der Spitze des blühenden väterlichen Unternehmens, aber es war allgemein bekannt, daß er nur selten in seinem Büro erschien. Das Handelskontor Farrowsham leitete sehr kompetent ein griesgrämiger, geschäftstüchtiger Schotte namens Willie Donaldson. Er machte kein Geheimnis daraus, daß sein theoretischer Vorgesetzter ein beträchtliches Einkommen bezog, damit er sich *nicht* in die Geschäfte einmischte. Einem in ganz Kalkutta bekannten Witz zufolge sahen sich Freddie und Willie nur selten, denn wenn der eine zu Bett ging, stand der andere auf und umgekehrt. Und doch war Freddie trotz seiner vielen Fehler allgemein beliebt – nicht nur bei Müttern mit heiratsfähigen Töchtern. Das hatte zwei Gründe: Freddie war ungeheuer großzügig und so gutmütig, daß man ihn einfach nicht beleidigen konnte. Gerade lächelte er seine Mutter einfältig an.
»Mr. Birkhurst braucht«, erklärte Lady Bridget energisch und kam damit zur Sache, »eine Frau!«
Olivia schloß vor Verlegenheit die Augen. Estelle stand mit dem Rücken zu ihnen und betrachtete eingehend die hübschen emaillierten französischen Schnupftabakdosen in einer Glasvitrine, aber ihre Schultern zuckten verräterisch. Lady Birkhurst verlagerte das Gewicht, richtete die Lorgnette auf Olivia und musterte sie eingehend. »Ja! O ja...«, murmelte sie, »das auch!« Olivia kochte vor Wut, aber sie konnte der eingehenden Prüfung nicht ausweichen. »Ich höre, Sie kommen aus unseren Kolonien auf der anderen Seite des Atlantik, Miss O'Rourke?«

Es war die erste, direkt an Olivia gerichtete Frage. »Ja, Lady Birkhurst, aber Amerika ist keine Kolonie mehr. Wir haben 1776 unsere Unabhängigkeit erklärt.«
Es entstand ein kurzes Schweigen. Lady Birkhurst ließ die Lorgnette sinken und rieb die Gläser energisch blank. Lady Bridget blickte aus dem Fenster, als sei sie von einer Krähe fasziniert. »Einmal Kolonie, immer Kolonie«, erklärte die Baronin entschieden. »Es ist eine Sache der Prinzipien. Ich nehme an, Ihre Heimat fehlt Ihnen.«
»Nun ja, ich ...«
»Olivia reist gern, Lady Birkhurst.« Mit ihrem Einwurf kam Lady Bridget weiteren peinlichen Indiskretionen zuvor. »Leider hat ihr lieber Vater, wie andere erfolgreiche Gentlemen, wenig Zeit. Olivia freut sich sehr darüber, ein Jahr bei uns zu sein.«
»Hmmm.« Nachdem die Brillengläser zu ihrer Zufriedenheit glänzten, ersetzte Lady Birkhurst die verbrauchte Energie, indem sie ein Stück Kirschkuchen aß. Estelle in der Fensternische tat es ihr nach. Wenn jemand im Raum sich in punkto Essen mit Lady Birkhurst seelenverwandt fühlte, dann Olivias Cousine.
»Die O'Rourkes leben in Kalifornien, aber Sean hat natürlich an mehreren Orten Häuser – nicht wahr, mein Kind?« Olivia öffnete den Mund eher vor Staunen, als um ihrer Tante zu widersprechen, aber Lady Bridget ließ sich nicht aus dem Konzept bringen. »Wenn meine liebe Schwester noch am Leben wäre, hätte sie natürlich selbst dafür gesorgt, daß Olivia auf eine Weise in die Gesellschaft eingeführt worden wäre, die ihrer Herkunft entspricht. Aber der arme Sean hat so viele geschäftliche Dinge im Kopf und kann sich wenig um Konventionen kümmern.« Sie lehnte sich zurück und betupfte ihre Augen mit einem Spitzentaschentuch.
»Ah ja.« Lady Birkhurst nickte mitfühlend und richtete ihre Aufmerksamkeit inzwischen auf eine große Glasschale mit Früchten. »Zu meiner größten Enttäuschung habe ich in diesem Jahr die Mangoernte versäumt. Calebs Gesundheitszustand ist alles andere als zufriedenstellend, und er behauptet, niemand könne so gut wie ich seine Furunkel behandeln. Ich weiß nie, ob das ein Kompliment ist oder nicht. Aber«, sie beugte sich vor, als wolle sie den Anwesenden

eine Mitteilung von ungeheurer Tragweite machen, »im Augenblick bin ich ganz begeistert von einer komischen kleinen Frucht, die man Avocado nennt. Ich kann mich nicht erinnern, sie auf dem Markt schon einmal gesehen zu haben. Lady Bridget, haben Sie diese köstliche Neuheit schon einmal probiert?«

»Avocados?« Lady Bridget richtete sich erregt auf. »O ja, natürlich. Ich habe gehört, ein paar Offiziersfrauen haben von einem durchreisenden Brasilianer Kerne bekommen und bauen sie mit großem Erfolg im Süden an. Können Sie mir vielleicht sagen, Lady Birkhurst, wieviel *Sie* dafür bezahlt haben?« Das Funkeln in ihren Augen verhieß nichts Gutes für Babulal.

Lady Birkhurst sah ihren Sohn fragend an. Freddies Augen blieben leer. »Ich habe leider nicht die geringste Ahnung, aber das läßt sich mühelos herausfinden.«

Lady Bridget gehörte nicht zu den Leuten, die ein Eisen nicht schmieden, solange es heiß ist – noch zwei Fliegen mit einer Klappe schlagen, sobald sich die Gelegenheit bietet. »Darf ich es mit Ihrer Erlaubnis selbst herausfinden?« Sie stand entschlossen auf. »Außerdem wollten Estelle und ich unbedingt einmal einen Blick in Ihr Küchenhaus werfen, Mr. Birkhurst. Hätten Sie vielleicht die Güte, uns dort hinzuführen?«

»Eine ausgezeichnete Idee!« Lady Birkhurst sah ihren Sohn auffordernd an. »Raschid Ali hat großen Ärger mit den Termiten. Er sagt, sie sind überall. Bei Ihrer großen Erfahrung, Lady Bridget, können Sie ihm vielleicht einen Rat geben. Freddie wird Sie und Estelle natürlich begleiten.«

»Ja, wunderbar!« Freddie verstand nicht genau, was eigentlich vor sich ging, und sah die Damen leicht verwirrt an. Aber dann erklärte er tapfer: »Ich weiß zwar nicht genau, wo das Küchenhaus ist, aber ich denke, wir werden es schon finden. Im Prinzip müssen wir nur unserer Nase folgen ...«

Sie verließen hintereinander das Wohnzimmer. Estelle blickte verzweifelt zur Decke und versorgte sich für den Weg noch schnell mit ein paar Plätzchen. Olivia sank das Herz bis in die hellblauen Sandalen, die sie am Morgen passend zu dem Kleid gekauft hatte. Sie war wütend auf ihre Tante, die sie in eine so unmögliche Situation brachte, und machte sich auf das bevorstehende Verhör gefaßt.

»Möchten Sie vielleicht einen Apfel, Miss O'Rourke?« Olivia schüttelte den Kopf. »Sie sollten zunehmen, meine Liebe. Sie haben viel zu schmale Hüften. Gute Mütter sind nie mager und ausgehungert wie Shakespeares Cassius. Im Gesäß liegt das ganze Geheimnis. Hier!« Lady Birkhurst klopfte auf ihren dicken Hintern, und Olivia schloß die Augen. »Sagen Sie, hat die Tigerjagd Ihre Erwartungen erfüllt?«

Olivia riß die Augen erschrocken wieder auf. Sie wußte also über das Wochenende Bescheid.

Lady Birkhurst nahm sich eine Traube und schob sie genußvoll zwischen die Zähne. »Ich kann mich noch an meine erste Jagd im Dschungel erinnern. Das war zweiundzwanzig. Wir haben von dem albernen Tiger nicht einmal die Schwanzspitze zu sehen bekommen. Aber ein junger Kavallerieoffizier verlor die Nerven und schoß einem *Shikari* ins Knie. Sie können sich nicht vorstellen, was für ein Theater das nach sich zog. Der arme Mann wurde vor ein Kriegsgericht gestellt. Er mußte dem Jäger eine Entschädigung zahlen, und dann wurde er auf einen abgelegenen Posten in einem Sumpfgebiet versetzt, wo es von Krokodilen wimmelte. Seine Verlobung ging auch in die Brüche, denn die junge Frau wollte unter keinen Umständen mit in den Sumpf. Das nennt man wahre Liebe.« Sie lachte spöttisch und nahm sich die nächste Traube.

Olivia schluckte. Sie war inzwischen flammend rot und fand keine Worte.

Lady Birkhurst zwinkerte ihr zu. »Keine Sorge, Miss O'Rourke. Hin und wieder greifen wir alle zu Notlügen. Ich kann Ihnen versichern, das ist nichts Besonderes. An Ihrer Stelle hätte ich mich auch für die Jagd entschieden, anstelle eines langweiligen Mittagessens im Tolly Club mit all den aufgeblasenen Hohlköpfen, die doch nur dummes Zeug reden und von Polo keine Ahnung haben.«

Olivia atmete erleichtert auf und sagte: »Die Jagd hat mir sehr gefallen, Lady Birkhurst. Wir haben den Tiger erlegt. Er war sehr groß und ein Menschenfresser.«

Lady Birkhurst nickte zustimmend und legte ihr dann die dicke, weiche Hand auf den Arm. »Es wäre mir lieb, Sie würden Ihrer Tante nicht sagen, daß ich ihre Ausrede durchschaut habe. Es würde sie nur in Verlegenheit bringen, und das möchte ich nicht. Nun ja, damit wären wir bei meiner nächsten Frage. Was halten Sie von Kalkutta?«

Olivia zögerte, aber nur kurz. Tante Bridget hatte offenbar nicht zur Kenntnis genommen, was sie zum Thema Freddie gesagt hatte. Aber sie würde jetzt dafür sorgen, daß sich Lady Birkhurst keine falschen Vorstellungen machte. »Ich möchte offen sein, Lady Birkhurst. Es gefällt mir nicht besonders, obwohl ich durchaus sehe, daß Indien ein faszinierendes Land ist.«

»Gewiß! Darf ich fragen, was Sie gegen Kalkutta einzuwenden haben?«

»In erster Linie finde ich die Gesellschaft hier sehr überheblich, oberflächlich und langweilig – ganz besonders die Damen. Ich bin diese Art Snobismus und Engstirnigkeit nicht gewohnt. Das heißt natürlich nicht, daß meine Tante und mein Onkel nicht äußerst liebenswürdig und großzügig wären«, fügte sie rasch hinzu. »Ich werde hier in jeder Hinsicht verwöhnt. Aber es fällt mir schwer, mich an dieses künstliche Leben anzupassen, das von der Wirklichkeit darumherum so weit entfernt ist.« Es überraschte Olivia, daß sie so ungezwungen und offen mit einer Engländerin sprechen konnte, die sie erst vor zwei Stunden kennengelernt hatte. Aber sie wußte, wenn sie jetzt nicht alles sagte, würde sich möglicherweise keine Gelegenheit mehr bieten.

»Tatsächlich!« Lady Birkhurst musterte Olivia aufmerksam, die mit geröteten Wangen trotzig vor ihr saß. »Wie ich sehe, *haben* Sie eine eigene Meinung!«

»Es tut mir leid, wenn ich so geradeheraus geantwortet habe, Lady Birkhurst, aber in Amerika sind wir nun einmal so. Ich wollte Sie nicht beleidigen, ich möchte nur Ihre Fragen aufrichtig beantworten.«

Unerwartet lachte Lady Birkhurst. Es klang seltsam, beinahe wie in Gackern, und ihre Hängebacken zitterten wie Wackelpudding.

»Meine Liebe, das spricht für Sie! Mir gefallen mutige Frauen, die die Dinge beim Namen nennen. Unter anderem spart das Zeit. Ich bin sicher, wir werden gut miteinander auskommen.« Sie winkte mit einer gebieterischen Geste dem livrierten Diener und bedeutete ihm, daß sie jetzt genug gegessen hatte.

Als sie behutsam die Finger in die Schale mit warmem Wasser tauchte, die der Diener vor sie stellte, betrachtete Olivia ihre Gastgeberin zum ersten Mal mit Interesse. Sie mußte sich eingestehen, die exzentrische Lady Birkhurst war anders als alles, was sie bisher in Kalkuttas gesellschaftlichen Kreisen erlebt hatte. Diese gefürchtete Dame hatte offenbar höchst ungewöhnliche Ansichten. Sie war eine sehr große Frau mit einer lauten, herrischen Stimme und glänzend weißen Haaren, die für ihr Alter viel zu jugendlich in viele kleine Löckchen gelegt waren. Vom Kinn bis zu den dicken Handgelenken hingen überall weiche, schlaffe Fettpolster, und die Hängebacken gaben ihr das Aussehen eines melancholischen Spaniels. Sie war eine eindrucksvolle Erscheinung, aber die kleinen knopfähnlichen Augen tief unter den schweren Lidern verrieten einen Sinn für Humor, den Olivia nicht für möglich gehalten hätte.

»Wollen Sie wirklich nach Hause zurückkehren, wenn das Jahr vorbei ist?« Lady Birkhurst trocknete sich jede Fingerspitze einzeln mit der Serviette ab und lehnte sich zurück.

»Ja, das möchte ich.«

»Und Sie möchten unter keinen Umständen länger bleiben?«

Unerwartet sah Olivia Jai Raventhorne vor sich, aber sie schob den Gedanken an ihn schnell beiseite. »Nein. Ich bin zwar sehr gern bei meinem Onkel und meiner Tante und natürlich auch bei Estelle, aber ich muß auch an meinen Vater denken, der allein...« Sie brach ab und fragte sich, ob es klug sei, ihren Vater zu erwähnen, da Lady Bridget offenbar bereits alle möglichen Dinge über ihn in die Welt gesetzt hatte.

»Ich verstehe.« Lady Birkhurst schien sich nicht für ihren Vater zu interessieren. »Sagen Sie mir, Olivia – ich darf Sie doch so nennen, nicht wahr? Diese Förmlichkeiten sind so lästig, und ich habe zu Hause in Gesellschaft von Calebs aufgeblasenen Freunden weiß Gott ausreichend davon.« Mit Mühe rückte sie etwas zur Seite, um Olivia besser ansehen zu können. »Was halten Sie von meinem Sohn?«

Die knappe Frage, die ohne Umschweife, ohne jede Vorwarnung gestellt wurde, brachte Olivia in Bedrängnis. Trotz Lady Birkhursts Direktheit hatte sie mit dieser Attacke nicht gerechnet. »Ich... er... das heißt...« Sie verstummte mit hochrotem Kopf und verschränkte die unruhigen Finger.

»Freddie ist natürlich völlig vernarrt in Sie«, fuhr Lady Birkhurst ruhig fort, »und das überrascht mich nicht. Sie sind sehr hübsch, und ich habe noch bei keiner Engländerin so lange Beine gesehen. Bislang, muß ich gestehen, hat mein Sohn in Hinblick auf Frauen einen bedauerlich schlechten Geschmack bewiesen.« Sie schwieg und bot Olivia Schokoladenminzplätzchen aus einer silbernen Schale an. Olivia nahm sich dankend eins, nur um etwas in der Hand zu haben. Lady Birkhurst bediente sich ebenfalls und fuhr fort: »Ich habe allerdings den Eindruck, Freddie gefällt Ihnen nicht so sehr wie Sie ihm – habe ich recht?«

»Ich... weiß nicht, was ich darauf antworten soll...«, murmelte Olivia unglücklich.

»Antworten Sie mir offen. Ich werde es Ihnen nicht verübeln.« Sie seufzte plötzlich tief auf und sank gegen die Kissen. »Mein Sohn, Olivia, ist der begehrteste Junggeselle auf zwei Kontinenten. Er kann sowohl in London als auch hier in den Kolonien unter den Frauen der besten Gesellschaft wählen – und warum auch nicht!« Sie lachte bitter. »Seine Familie ist reich, adlig, hat in Suffolk einen Landsitz aus dem siebzehnten Jahrhundert und eines der prächtigsten herrschaftlichen Anwesen in ganz England. Freddie wird eines Tages der achte Lord Birkhurst von Farrowsham sein, denn wir haben außer ihm nur noch zwei Töchter. Und das allein macht ihn auf dem Heiratsmarkt zum Haupttreffer.« Sie schwieg einen Augenblick, damit Olivia das alles zur Kenntnis nehmen konnte. »Mir ist allerdings auch bewußt, daß mein Sohn ein Dummkopf ist und daß er nicht einen Funken Intelligenz besitzt.«

»Oh, das ist vielleicht doch...«

Lady Birkhurst schob Olivias überraschten Protest ungeduldig beiseite. »Ich habe mich schon vor langer Zeit mit der Wahrheit abgefunden, Olivia. Freddie ist nicht nur ein Dummkopf, er ist ein Trunkenbold, ein Schwächling und ein Wüstling.« Sie lachte bitter. »Es schmerzt mich nicht mehr so wie früher, Olivia. Ich bin eine Realistin, und deshalb weiß ich, wenn Freddie eine Frau heiratet, die ebenfalls reich, verwöhnt, hirnlos und genußsüchtig ist, dann ist das sein Ende.« Ihre flinken blauen Augen wurden so ausdruckslos wie ihre Stimme. »Freddie treibt dem Untergang entgegen. Er säuft wie ein Loch, hurt wie ein Matrose und treibt Schindluder mit seinem Körper. Ich bin alles andere als prüde, Olivia. Ich sehe ein, daß ein junger Mann gewisse Energien loswerden muß, um andere zu entwickeln. Als Caleb noch jünger war, hatte er genug schwarze, weiße, gelbe und sogar gescheckte Flittchen. Aber Freddie hat keine Kraft und kann solche Exzesse nicht länger vertragen. Wenn er nicht bald an die Kandare genommen wird, ist er in einem Jahr tot.«

Olivia war schockiert. Doch hinter der scheinbaren Gefühllosigkeit, mit der Lady Birkhurst diese schrecklichen Dinge gesagt hatte, spürte sie den echten Kummer einer verbitterten Mutter. Olivia war zwar entschlossen, das lächerliche Angebot zurückzuweisen, aber ihr Mitgefühl zwang sie, im Augenblick zu schweigen.

»Nur eine starke Frau kann Freddie retten«, fuhr Lady Birkhurst mit entschlossenem Ton fort, »eine Frau mit gesundem Menschenverstand, die nicht verwöhnt und dem Luxus verfallen ist. Eine Frau mit Charakter. Es kommt nicht darauf an, daß sie ihn liebt. Sie muß sich nur seiner annehmen, ihm den Rücken stärken, seine vielen Fehler und Schwächen akzeptieren und vergeben – und natürlich muß sie ihm einen Erben schenken. Dann bin ich zufrieden.«

Olivia sah sie erstaunt an. Sie hätte beinahe laut gelacht. Konnte eine ›starke‹ Frau mit ›Charakter‹ sich auf diesen Kuhhandel einlassen? Und mit welch zynischer Geringschätzung hatte sie das Bedürfnis einer Frau nach Liebe abgetan ...!

Lady Birkhurst schien ihre Gedanken zu lesen, denn sie sagte scharf: »Liebe vergeht, aber materielle Sicherheit ist ein dauerhafter Ausgleich, Olivia.« Sie beugte sich vor. Die wäßrigen Augen waren hart, und ihre Stimme klang noch sachlicher. »Denken Sie daran, Olivia, in der ganzen Welt gibt es keine Tür, die Freddies Frau einmal verschlossen bleibt. Ein englischer Adelstitel auch ohne Geld steht selbst in Amerika in hohem Ansehen, und ein Titel *mit* Geld öffnet jede Tür. Außerdem gibt es Dinge, die ich noch nicht erwähnt habe...« Sie schwieg, und ihr Gesicht wurde wieder weich. »Freddie mag viele Fehler haben, aber im Grunde seines Herzens ist er großzügig und gutmütig. Er verlangt von anderen nur wenig. Vielleicht ist er deshalb ein solcher Dummkopf. Seine Frau wird Freiheiten haben, die anderen verwehrt sind... Habe ich mich deutlich genug ausgedrückt?«

Olivias Schock verwandelte sich in Entsetzen. »Ja, *sehr* deutlich, Lady Birkhurst. Offensichtlich finden Sie nichts dabei, von einem Mann zu verlangen, daß er die Seitensprünge seiner Frau toleriert!«

»Freddie würde sich nicht beklagen«, erwiderte seine Mutter ungerührt, »er würde es vermutlich nicht einmal merken.«

Olivia holte tief Luft, stand auf und ging zum Fenster. Sie konnte einfach nicht glauben, daß sie dieses unmögliche und beleidigende Gespräch mitmachte. Sie fühlte sich gedemütigt und beschmutzt. Innerlich lehnte sie sich gegen die Ungeheuerlichkeit auf und war wütend auf ihre Tante, die sie in diese entwürdigende Situation gebracht hatte. Am liebsten hätte sie empört das Zimmer verlassen, aber zuerst wollte sie ihren Standpunkt ebenso offen klarstellen wie Lady Birkhurst. Sie richtete sich auf und drehte sich um. »Die hohe Meinung, die Sie von mir haben, ist sehr schmeichelhaft, Lady Birkhurst«, sagte sie so kalt wie möglich, ohne aggressiv zu klingen. »Ich versichere Ihnen, daß ich das Lob nicht verdiene. Und deshalb glaube ich, Ihnen sagen zu müssen, daß ich Ihren Vorschlag nicht annehmen kann! Ich habe nichts gegen Ihren Sohn, aber ich empfinde ein so kaltblütiges Geschäft als Beschimpfung. Sie haben mich aufgefordert, offen zu sein, Lady Birkhurst, und deshalb will ich Ihnen sagen, daß ich Ihren Vorschlag absolut unannehmbar finde – obwohl andere es vielleicht nicht so sehen würden.« Sie schwieg und setzte sich mit glühenden Wangen. Ihre Worte schienen Lady Birkhurst nicht zu beeindrucken, denn sie beugte sich vor und schob gelassen eine Weintraube in den Mund. »Andere!« rief sie, »die anderen sehen nichts als die Stellung, den Titel und den Reichtum ...«

»Und warum sind Sie so sicher, daß *ich* nicht auch so bin?« fragte Olivia herausfordernd. »Wie Sie selbst gesagt haben, lassen wir Amerikaner uns ebenfalls von Titeln beeindrucken. Obwohl ich Ihnen gestehen möchte, daß mein Vater ...«

»Mein liebes Kind, ich bin nicht von gestern! Ich habe zwei Töchter verheiratet, und ich weiß, daß man sich auf dem Heiratsmarkt mit der Wahrheit gewisse Freiheiten erlauben darf. Offengestanden, es ist mir gleichgültig, wer oder was Ihr Vater ist. Als Tochter von Lady Bridgets Schwester erfüllen Sie die gesellschaftlichen Anforderungen. Mich interessiert nur, wer *Sie* sind.«

»Aber Sie wissen doch nichts von mir!« rief Olivia in wachsender Verzweiflung. »Und wenn, dann wüßten Sie, daß ich niemals mein Leben verkaufen würde für ...«

»Ich weiß, was ich wissen muß.« Sie schob Olivias Protest ungeduldig beiseite. »Sie sind jung, gesund, hübsch und haben vernünftige Ansichten. Sie sind offen, intelligent, willensstark und – wenn Sie noch etwas zunehmen, werden Sie eine ausgezeichnete Mutter sein. Außerdem wollen wir nicht vergessen, daß Freddie Sie anbetet.« Sie seufzte tief. »Kein Tag vergeht, ohne daß nicht eine ehrgeizige Mutter ihre verwöhnte, alberne Tochter hier anschleppt wie eine Milchkuh zur Versteigerung. Dabei wird mir jedesmal übel. Diese jungen Frauen sind bereits jetzt engstirnige, infantile und unerträgliche Memsahibs, die nichts anderes in ihrem leeren Kopf haben als die nächste *Burra Khana,* ein Kricketspiel oder eine Sauhatz, wo sie mit jungen Männern flirten können. Sie erscheinen hier mit prüfenden, gierigen Augen, stellen in ihrem Inneren Schätzungen über den Wert meines Schmucks an, rücken in Gedanken bereits die Möbel zurecht und üben insgeheim ihre neue Unterschrift für die Dokumente, durch die sie über Nacht reich werden.«

Olivia fühlte sich von den nadelspitzen Blicken auf ihrem Platz festgenagelt, obwohl gleichzeitig ihr Zorn wuchs und sie am liebsten aufgesprungen und auf der Stelle gegangen wäre. Was hatten Lady Birkhursts Probleme mit einem mißratenen Sohn mit ihr zu tun?

Aber sie beherrschte sich. Diese Frau war wirklich unglücklich und sie war ehrlich. Olivia sagte abwehrend: »Ein erster Eindruck kann täuschen, Lady Birkhurst. Unter denen, die Sie ablehnen, muß es doch zumindest eine geben, die Ihren Wünschen entspricht.«
Lady Birkhurst seufzte. »Olivia, ich bin über sechzig Jahre alt. Und wenn ich etwas von meinem Mann, der auch Gutsbesitzer ist, gelernt habe, dann, die Spreu vom Weizen zu trennen. Sie sind heute hier hereingekommen und haben weder nach links noch nach rechts gesehen. Sie haben nicht den Wunsch zu beeindrucken wie Ihre Tante. Sie haben tiefe Ablehnung, ja sogar Zorn erkennen lassen. Das tun Sie immer noch.« Sie lachte leise. »Keine der jungen Frauen hätte sich die Einladung zum Mittagessen entgehen lassen. Sie wäre hierher gerannt und gesprungen wie eine gefräßige Ziege, um als erste ins Rennen zu gehen. Und obwohl Sie so nett sind, mir zuzuhören, denken Sie auch jetzt nur an Flucht.« Sie lachte wieder und tätschelte Olivia die Hand. »Nein, Olivia, in Ihrem Fall täuscht der erste Eindruck nicht. Und nur deshalb habe ich mir erlaubt, Ihnen diesen Vorschlag zu machen, den eine Frau wie Sie empörend finden muß. Und«, sie holte tief Luft, »der auch ein Widerspruch in sich selbst zu sein scheint. Ich habe mich für Sie entschieden, weil Sie sich nicht von dem Titel und dem Geld beeindrucken lassen – und doch will ich Sie mit diesen beiden Dingen verlocken!« Sie lachte traurig.
Trotz der Empörung konnte Olivia ihr eine gewisse Bewunderung nicht versagen, denn einer Lady Birkhurst fiel es bestimmt nicht leicht, ihren Stolz hinunterzuschlucken und Zuflucht zu dieser brutalen Offenheit zu nehmen. »Es tut mir aufrichtig leid, daß ich Ihre Erwartungen nicht erfülle ...«, begann sie behutsam.
»Sie haben mir klar und deutlich Ihre Meinung gesagt, Olivia, und dafür bin ich Ihnen dankbar«, unterbrach sie Lady Birkhurst und fuhr etwas leiser fort: »Aber bitte, sagen Sie im Augenblick nichts. Ich bitte Sie nur darum, daß Sie in Ruhe über das nachdenken, was ich Ihnen so kühn vorgeschlagen habe. Ich habe mich Ihnen geöffnet, Olivia, denn Sie sind zu intelligent, um Ihnen weniger anzubieten. Wenn Sie nach reiflicher Überlegung ablehnen, wie Sie es bedauerlicherweise wohl tun werden, bin ich natürlich tief enttäuscht

und der arme Freddie todunglücklich, aber ich werde Ihre Entscheidung ohne Einwände akzeptieren, und Ihnen nichts übelnehmen. Freddie möchte bald mit Ihnen sprechen, und natürlich wird er wie üblich alles nur noch schlimmer machen. Deshalb wollte ich ihm zuvorkommen.« Lady Birkhurst sank im Sessel zusammen wie ein Ballon, dem man die Luft abgelassen hatte, und ließ die Schultern hängen. »Verzeihen Sie mir, daß ich Sie schockiert und vielleicht auch empört habe – aber ich bin das falsche Getue so leid. Ich bin nur eine alte, unglückliche Frau – vielleicht auch töricht und streitsüchtig –, und ich möchte ja nur, daß mein Sohn einen Erben hat, wenn er stirbt.« In ihren Augen standen Tränen. »Freddie mag sein, wie er will, ich liebe ihn wirklich. Als Ausgleich für seine Fehler hat er viele gute Eigenschaften, und er verdient nur das Beste von mir. In meiner panischen Angst, ihn zu retten, ehe es zu spät ist, bin ich vielleicht nicht sehr taktvoll gewesen, aber es bricht mir das Herz, mit anzusehen, wie er sich ruiniert, während ich nichts tun kann...«

Olivia hätte es nicht für möglich gehalten, daß sie Mitgefühl für jemanden empfinden könnte, der einen so ungeheuerlichen und beleidigenden Plan ersonnen hatte. Aber sie mußte sich eingestehen, daß sie diese Frau mit ihrer ungewöhnlich direkten Art trotz allem mochte. »Ich hätte Ihnen sehr gern geholfen, Lady Birkhurst. Aber es wäre unrecht, in Ihnen falsche Hoffnungen zu wecken...«

»Ich bitte Sie nur darum, Ihre Antwort zu *überdenken*, Olivia«, wiederholte Lady Birkhurst mit bebender Stimme, »und ich glaube, wir sollten unser kleines... Gespräch im Augenblick für uns behalten. Ihre Tante ist eine wunderbare Frau, Olivia, aber es wäre mir nicht recht, wenn sie Ihnen eine Entscheidung aufdrängen würde, die Sie nicht gutheißen können. Kommen Sie zu mir, wenn wir von der Plantage zurück sind. Wir werden vermutlich im Laufe der nächsten Woche abreisen.« In diesem Augenblick hörten sie die anderen auf der Veranda. Damit war zu Olivias Erleichterung das Gespräch beendet. »Wie lange werden Sie bleiben?«

»Solange es mir gelingt, Freddie vom *Goldenen Hintern* fernzuhalten«, erwiderte Lady Birkhurst mit einem grimmigen Lächeln.

Lady Bridget erschien mit Estelle und Freddie. »*Deckel*, Mr. Birkhurst!« rief sie, »Deckel sind das Geheimnis einer hygienischen Küche.« Triumphierend ließ sie sich in dem bequemen Sessel nieder. Der verwirrte Freddie und Estelle, die keinen Hehl daraus machte, daß sie sich langweilte, setzten sich wieder in die Fensternische. »Alle Behälter brauchen Deckel. Raschid Ali kann sie ohne weiteres aus alten Petroleumkanistern schneiden. Außerdem schicke ich Ihnen gegen die Termiten etwas von meinem Hausmittel. Sie müssen mit der Lösung nur die Eingänge der Bauten und möglichst die Löcher und Ritzen in den Wänden besprühen.«

Lady Bridget und Lady Birkhurst diskutierten lebhaft über die Gefahren von Ungeziefer in Mehl und Grieß und darüber, wieviel Geld der Koch und der Kammerdiener wohl beiseite schaffen mußten, wenn man zum Beispiel daran dachte, daß Salim sich erst vor kurzem zwei Paar neue Schuhe gekauft hatte, und Raschid Ali sich eine *dritte* Frau nehmen wollte. Lady Bridget überhäufte Freddie mit wohlmeinenden Ratschlägen zu Einsparungen im Küchenhaus (da seine Mutter eindeutig nicht die Absicht hatte, sich seiner Probleme anzunehmen), und dann war es Zeit, sich zu verabschieden.

Als sie in den offenen Landauer stiegen, hatte Lady Bridget eine Eingebung. »Olivia reitet so gern aus und erkundet die Stadt, Mr. Birkhurst. Natürlich ist es undenkbar, daß sie das allein tut. Wären Sie vielleicht so freundlich, sie zu begleiten?«

Olivia schloß verzweifelt die Augen, aber Freddie strahlte. *Freddie als Begleiter?* Olivia stöhnte innerlich auf. Aber es war zu spät. »Mein Gott, Lady Bridget, natürlich wäre es mir ein Vergnügen, ein außerordentliches Vergnügen sogar! Wir fahren leider noch diese Woche auf die verfluchte Plantage – oh, Verzeihung, meine Damen.« Er wirkte einen Augenblick völlig niedergeschlagen, aber dann sagte er schnell: »Bis wir fahren, stehe ich natürlich völlig zu Ihren Diensten. Sie können sich auf mich verlassen.«

Olivia erwiderte ungnädig: »Ich reite sehr früh morgens aus, Mr. Birkhurst. Ich warne Sie ...«

»Äh, hm ... wie früh?« fragte Freddie leicht bestürzt.

»Ungefähr dann, wenn Sie schlafen gehen«, murmelte Estelle hinter vorgehaltener Hand und kicherte.

»Spätestens um fünf«, erwiderte Olivia und entschied sich bewußt für eine Stunde früher.

Freddies Adamsapfel tanzte auf und ab, während er heftig schluckte. »Oh, ah... wunderbar, *schön*. Sagen wir also morgen früh um fünf?«

»Wenn Sie unbedingt wollen«, murmelte Olivia und gab sich geschlagen. Unter den blitzenden Augen ihrer Tante konnte sie es nicht wagen, mehr zu sagen. Aber sie kochte vor Wut. Das Gespräch mit Lady Birkhurst war schlimm genug gewesen, und jetzt mußte sie sich auch noch mit der schrecklichen Vorstellung abfinden, bei den kostbaren und wundervollen einsamen Morgenritten den unerträglichen Freddie im Schlepptau zu haben. Dieses unverzeihliche Eindringen in ihre Privatsphäre würde sie höchstens einmal hinnehmen, aber im Augenblick mußte sie sich in das Unvermeidliche fügen.

»Worüber hat sich Lady Birkhurst mit dir unterhalten, mein Kind?« fragte ihre Tante, als der Landauer die Straße erreichte. »War sie... nett zu dir?«

»Ja... sehr. Wir haben über London und das Leben dort gesprochen.«

»Über nichts anderes?« fragte Lady Bridget enttäuscht.

»Oh, und über Amerika und alles mögliche«, erwiderte Olivia ausweichend.

»Hat sie sich nach deinem... Vater erkundigt?«

»Nein.«

Die Tante seufzte erleichtert, wenn auch nicht sehr taktvoll auf. »Es freut mich, daß sie nett zu dir war. Du mußt sie natürlich noch einmal besuchen, wenn sie aus dem Norden zurück ist.«

Olivia blickte auf die Straße. Das unglaubliche Gespräch ließ sie immer noch nicht los. Schuldgefühle quälten sie. Wie sollte sie Lady Birkhurst noch einmal unter die Augen treten?

»Habe ich es mir nicht gleich gedacht!« rief Lady Bridget plötzlich erregt.

»Was?« fragte Estelle verblüfft.

»Babulal hat die Avocados natürlich billiger gekauft, als er mir weismachen wollte!«

Sechstes Kapitel

»Also wirklich – die alte Lady B war heute nachmittag nicht zu überbieten! Du hättest dein Gesicht sehen sollen, Oli. Ich dachte, ich würde sterben oder platzen vor Lachen.« Estelle saß mit gekreuzten Beinen auf dem Bett und verrieb sorgfältig eine dicke Schicht Hautcreme auf ihren Wangen.

»Dann bin ich ja froh, daß du es überlebt hast«, erwiderte Olivia, die sich vor dem Spiegel die Haare ausbürstete. »Denn wenn du gestorben wärst, wer hätte dann das ganze Gebäck gegessen?«

»*Sie* natürlich! Hast du schon einmal erlebt, daß jemand so verfressen ist?«

»Ja«, sagte Olivia spöttisch, »du!«

Estelle überging die Spitze. Unter der glänzenden Creme funkelten ihre Augen wie bei einem Fuchs, der Beute wittert. »Stell dir vor, sein Klipper, also das Schiff mit der Dampfmaschine, legt morgen abend an. Papa wird vor Wut schäumen!«

Olivia fragte mit unbewegtem Gesicht, das nicht verriet, wie schnell ihr Herz plötzlich klopfte: »Ach ... woher weißt du das?«

»Von Charlottes Cousin. Er arbeitet beim Zoll. Er hat es ihr gesagt, und sie hat es mir heute morgen bei Whiteaways erzählt, als wir deine Sandalen gekauft haben. Stell dir vor! Die *Ganga* braucht für die Strecke Kalkutta–London nur *dreißig* Tage! Kein Wunder, daß alle aus dem Häuschen sind. Damit schlägt er natürlich seine Konkurrenten aus dem Feld.« Aber da Estelle sich im Grunde weniger für die Probleme der Geschäftswelt interessierte, kehrten ihre Gedanken schnell wieder zu persönlichen Sorgen zurück. Sie sank mit einem tiefen Seufzer auf das Kissen und starrte mißmutig zur Decke.

»Ich würde alles, *alles* darum geben, in dreißig Tagen in London zu sein! Marie sagt, sie hat sich in drei Monaten zweimal die Haare färben lassen, und in London regt sich niemand darüber auf! Mein Gott, ich bin es leid, Tag für Tag dasselbe Gesicht im Spiegel zu sehen! Und im Vergleich zu den Sachen, die Susan mitgebracht hat, laufe ich in Lumpen herum – ich schwöre es dir!«

Olivia lachte. »Du hast nur ein Gesicht, meine teuerste Cousine. Und wenn du nicht schlecht gelaunt bist und schmollst, ist es eigentlich sehr hübsch – auch ohne gebleichte oder gefärbte Haare. Und was deine Kleider angeht, wenn du sie als Lumpen bezeichnest, dann gehen wir, die geringeren Sterblichen, in Sack und Asche!«

Aber Estelle ließ sich davon nicht trösten. »Du hast gut lachen«, murrte sie. »Nach London ist es für dich ein Katzensprung, wenn du Freddie heiratest...«

»Ich heirate Freddie nicht!« fauchte Olivia aufgebracht, »und ich möchte nicht, daß du solche Märchen in Umlauf bringst!«

»Warum nicht?« fragte Estelle, »wegen diesem Greg?«

»Wegen niemandem. Ich heirate nicht und damit basta!« Sie klemmte sich die Haarbürste unter den Arm und stürmte verärgert aus dem Zimmer. Sie ärgerte sich weniger über Estelle als darüber, daß sie am nächsten Tag Freddie beim Morgenritt erdulden mußte.

»Also wirklich... ich freue mich schrecklich auf die täglichen Ausflüge mit Ihnen, Olivia.« Selbst um fünf Uhr morgens war Freddies Begeisterung erstaunlicherweise immer noch ungebrochen. »Wo soll es hingehen – in den Club zum Frühstück?«

Aber im wenig schmeichelhaften frühmorgendlichen Licht sah Freddie erschreckend aus. Das Gesicht war eingefallen und leichenblaß, die Augen rot unterlaufen. Er versuchte vergeblich, ein Gähnen zu unterdrücken. Olivia bekam fast Mitleid, aber sie blieb hart. Den armen Freddie traf zwar keine Schuld, daß er ihr das größte Vergnügen am Tag verdarb – aber weshalb war er nicht so sensibel, zu spüren, daß er unerwünscht war?

»Ich reite jeden Morgen etwa fünf Meilen«, erklärte sie herzlos, als sie nebeneinander die Chowringhee Road entlangritten. Sie saß wie

immer nicht im Damensitz, obwohl ihre Tante das sehr mißbilligte. »Mir geht es um Training und Erkundungen, weniger um Entspannung und Erholung. Heute wollte ich zum Fischmarkt in der Nähe der Kidderpore Road.«
Freddie wurde noch blasser um die Nasenspitze. »Zum Fischmarkt? Aber Miss O'Rourke, äh... Olivia... ist das nicht zu... riskant?«
»Nein, das finde ich nicht«, erwiderte sie entschieden. »Ich möchte einmal den morgendlichen Fang sehen. Man hat mir erzählt, manche Fische sind sehr ungewöhnlich. Es gibt dort Haie, Barracudas und Riesenschildkröten.«
»Aber diese Eingeborenenmärkte sind die reinsten Krankheitsherde. Sie sind schmutzig und stinken. Und die Scharen nackter, rotznasiger Kinder...« Ein Schauer lief ihm über den Rücken, und ihm schien schon bei dem Gedanken an das bevorstehende Abenteuer übel zu werden.
Olivia lenkte widerwillig ein, denn sie wollte ihn nicht zu sehr quälen. »Also gut, dann fahren wir mit der Fähre über den Fluß und reiten durch den Wald.«
Freddie wirkte ungeheuer erleichtert. Olivia warf nachdenklich einen Blick auf seine müden Augen mit den dicken Tränensäcken, auf das verlebte Gesicht, die gebeugten Schultern, die ihn Jahre älter erscheinen ließen. Ja, er schien es wirklich darauf anzulegen, sich früh ins Grab zu bringen. Er tat ihr leid, aber sie ließ sich von ihrem Entschluß durch seine beklagenswerte körperliche Verfassung nicht abbringen. Selbst wenn sie seine Mutter aufrichtig bedauerte, machte das den absurden Vorschlag nicht im entferntesten annehmbarer. Sie würde Freddie nicht heiraten, schwor sie sich noch einmal.
Sie trabten an der Kirche St. John vorbei – wie man sagte, ein getreues Abbild von St. Martin in the Fields in London –, dann an dem großen Teich vor dem Writer's Building, Hauptverwaltung der John-Kompanie und Mittelpunkt der kosmopolitischen Handelswelt von Kalkutta. Die drei winzigen Dörfer Kalikata, Govindpur und Sutanati, die Job Charnock 1690 für die Gesellschaft gepachtet hatte, waren inzwischen zu einer eindrucksvollen und architektonisch elegan-

ten Stadt aufgeblüht. Sie ritten durch die Clive Street, wo sich Sir Joshuas Handelshaus befand und ironischerweise auch das von Jai Raventhorne. Völlige Ruhe lag am frühen Morgen über dem schmalen, grauen und betont schmucklosen Trident Building. Alle Fenster waren geschlossen, und nur das kalt funkelnde Metallemblem über dem Portal ließ erkennen, wem das Gebäude gehörte und wozu es diente. Nach der triumphalen Rückkehr der *Ganga*, dem ersten indischen Dampfschiff in Privatbesitz, würde hier in wenigen Stunden große Geschäftigkeit herrschen. Olivia fühlte sich plötzlich in Hochstimmung. Und als sie am alten Fort *Ghat* hinter der neuen Werft ankamen, hatte sie Freddie bereits soweit verziehen, daß sie über seine belanglose Konversation lächeln konnte.

Das Übersetzen mit der Fähre nach Sibpur am Westufer des Hooghly war angenehm und dauerte nicht lange. Als sie den Wald erreichten, hatte sich Olivias Laune erheblich gebessert. Während sie gemächlich zwischen den riesigen Bäumen ritten, hörte sie Freddie zu und stellte überrascht fest, daß er sehr viel unterhaltsamer war, als sie geglaubt hatte. Er erzählte von seinen Eskapaden in London und Oxford und von seinem Vater, zu dem er offenbar kein besonders herzliches Verhältnis hatte. Seine Mutter verehrte und liebte er, obwohl er sie auch fürchtete. »Ich weiß, Mutter ist ein Drachen, aber sie kann auch sehr verständnisvoll sein«, sagte er. »Vater ist schwieriger, verknöchert und pedantisch. Er glaubt allen Ernstes, Gott habe die Welt nur geschaffen, damit es in England *sein* Oberhaus gibt.«

Olivia lachte. Freddie sprach so unbekümmert und unbeschwert, daß sie freundlicher wurde. Meist nahm er sich mit seinen Geschichten selbst aufs Korn, und er sagte kein schlechtes Wort über andere. Offenbar war er wirklich nicht boshaft. Aber Olivias Erleichterung sollte von kurzer Dauer sein. Als sie nach einem schnellen Galopp auf einer Lichtung absaßen, um sich auszuruhen, begann Freddie plötzlich: »Also Olivia, ich muß Ihnen etwas sagen ...«

Sie erstarrte. »Oh, lieber nicht, Mr. Birkhurst«, rief sie erschrocken, denn sie wußte, was kam, »mir ... es wäre mir lieber, Sie würden nichts sagen ...!«

Aber er reckte entschlossen sein weiches Kinn und sagte: »Ich muß,

Olivia, ich *muß* es mir von der Seele reden, oder ich *platze*!« Er sah so unglücklich und verzweifelt aus, daß es ihr ins Herz schnitt. Er ahnte wenigstens nichts von ihrem Gespräch mit seiner Mutter, und das war ein kleiner Trost. »Ich weiß, ich tauge nicht viel als... Mann. Vermutlich stimmt es, was alle sagen... Ich bin ein Dummkopf...« Er schnappte wie ein Fisch auf dem Trockenen nach Luft und starrte auf die Erde. »Ich weiß, ich bin kein einziges... äh... Haar auf Ihrem Kopf wert, Olivia, denn Sie sind schön, klug und so... so vollkommen. Daneben komme ich mir, mir... noch m-mehr wie ein... ein...« Er würgte vor Anstrengung, um den Knäuel der Worte in seinem Hals zu entwirren, und mußte husten. »M-Mist, was ich sagen will, und wie immer ver-verpfusche ich alles...«, er räusperte sich und sah sie mit flehenden Augen an, »...wollen Sie, *möchten* Sie unter Umständen, weil vielleicht ein Wunder geschieht, meine... meine F-Frau... werden?« Völlig erschöpft sank er auf einen umgestürzten Baumstamm und rang beinahe krampfhaft nach Luft.

Olivia wand sich innerlich vor Verlegenheit und Mitleid. Mit hochrotem Gesicht blieb sie schweigend sitzen und wußte nicht, was sie sagen sollte, um diesen unglückseligen Mann, den sie wirklich nicht unsympathisch fand, nicht zu sehr zu verletzen. Er wirkte so schutzlos, so verletzlich, so schwach, daß sie es nicht über sich brachte, seine rührenden Hoffnungen einfach mit einem Schlag zu vernichten, wie es die Ehre verlangte. Aber während sie noch nach den richtigen und geeigneten Worten suchte, kam ihr Freddie zu Hilfe.

»Sagen Sie jetzt nichts, Olivia. Mir... mir wäre es lieber.« Seine Brust hob und senkte sich. »Wenn Sie mich jetzt abweisen, dann bin ich ver-vernichtet. Lassen Sie mir die Hoffnung wenigstens so lange, bis... bis wir von dieser entsetzlichen Plantage zurückkommen. Das gibt mir Zeit, mich auf die – wie ich fürchte – unvermeidliche Enttäuschung vorzubereiten.«

Olivia atmete auf. Innerlich beklagte sie ihre Feigheit, aber sie griff mit beiden Händen nach diesem Kompromiß. Ihr Blick wurde weicher – armer Freddie! »Gut – aber unter einer Bedingung.«

»Unter jeder Bedingung.«

»Sie müssen mir versprechen, keinem Menschen – auch nicht Ihrer Mutter oder meine Tante – zu sagen, daß Sie mir einen Heiratsantrag gemacht haben.«

Er streckte ihr sofort die Hand entgegen. »Abgemacht. Meine Lippen sind versiegelt. Es bleibt unter uns, bis ... Sie mir Ihre Antwort geben. Aber«, er blickte wieder auf die Erde und wurde rot, »ich habe auch eine Bedingung.«

»Welche?« fragte Olivia bestürzt.

»Würden Sie, *könnten* Sie sich vielleicht dazu durchringen, mich F-Freddie zu nennen?«

Olivia lachte und drückte seine Hand. »Abgemacht.«

Freddie zog ein Taschentuch hervor und wischte sich den Schweiß von der Stirn. »Mein Gott, welch ein Glück, daß das vorüber ist! Ich dachte schon, ich würde ...«

Er brach ab und lauschte.

Das Stakkatogeräusch eines geloppierenden Pferdes unterbrach die friedliche Stille. Der Wald befand sich in der Nähe des britischen Militärlagers Fort William und war bei der Kavallerie für Ausritte sehr beliebt, aber das Pferd schien zielstrebig auf sie zuzukommen. Zwischen den Bäumen hingen noch schattenhaft einzelne Nebelschwaden, die erst die später aufkommende Brise vom Fluß vertreiben würde. In der Kühle des Morgens funkelte der Tau im Gras. Ein Reiter erschien auf der Lichtung, zügelte sein Pferd und sprang vor ihnen auf die Erde. Es war ein barfüßiger Inder in der Kleidung der Eingeborenen und mit einem gelben Turban auf dem Kopf. Die beiden sahen ihn erstaunt an, als er sich verneigte, vor Olivia trat und ihr einen weißen Umschlag überreichte. Mit leichtem Unbehagen sah sie, daß das verschlossene Couvert den Firmenaufdruck von Templewood und Ransome trug. Bestürzt öffnete sie es und las die kurze Mitteilung.

Sir Joshua bittet Miss O'Rourke, sofort an Bord der Daffodil zu kommen. Der Überbringer dieser Nachricht wird sie dorthin begleiten.

Das war alles.

Olivia erschrak. »Ist mein Onkel krank?« fragte sie und reichte Freddie die Nachricht. Der Inder schüttelte den Kopf. Freddie las die drei Zeilen und steckte das Blatt wieder in den Umschlag. Dann fragte er stockend den Mann auf Hindustani etwas, ohne ihm jedoch Genaueres entlocken zu können, denn der Inder schüttelte nur immer wieder schweigend den Kopf.

»Ich mache mich besser auf den Weg, Freddie. Es muß etwas Dringendes sein, sonst würde mich mein Onkel nicht auf diese Weise zu sich rufen lassen – noch dazu auf sein Schiff.«

»Ja, natürlich.« Er sah sie traurig an und fragte: »Sollte ich Sie vielleicht begleiten? Ich könnte Ihnen unter Umständen helfen ...«, fügte er unsicher hinzu.

Olivia zögerte. Sie dachte an die Meinung ihres Onkels über Freddie. Es war sicher unklug, ihn mit in das hineinzuziehen, was auch immer geschehen sein mochte. Sie schüttelte den Kopf. »Vielen Dank für das Angebot, Freddie, aber ich glaube, ich gehe lieber allein, es könnte ... etwas Persönliches sein.«

Er fügte sich in seiner gutmütigen Art. »Also gut – dann bis morgen. Zur selben Zeit und am selben Ort?«

Olivia seufzte. »Ja ... natürlich.«

Der junge Inder ritt mit ihr zum Flußufer. Dort wartete ein *Dhoolie*-Boot. Beim Näherkommen kam ein anderer Inder unter den Bäumen hervor, nahm ihr das Pferd ab und ein dritter half ihr ins Boot. Die *Daffodil* war erst vor ein paar Tagen aus England zurückgekehrt und ankerte am anderen Ufer. Sie wurde entladen und für die Rückreise in zwei Wochen vorbereitet. Während sie schweigend den Hooghly überquerten, überschlugen sich Olivias Gedanken. Was für ein neues Unglück mochte der Grund für diese dringende Nachricht am frühen Morgen sein? Das Ruderboot glitt langsam und schaukelnd zwischen den hohen, verstreut ankernden Schiffen hindurch. Olivia dachte plötzlich an Freddies leise Worte, als er ihr beim Aufsitzen geholfen hatte: »Auf meine Weise liebe ich Sie, Olivia.« Sie seufzte tief. Freddie war irgendwie grundanständig.

Sie schienen endlos zwischen Schonern, Kuttern, Kriegsschiffen, Fregatten der Königlichen Marine und Schaluppen hindurchzufahren, bis das Ruderboot am Ziel angelangt war. Vor ihnen ragte ein hoher Schiffsrumpf aus dem dunstigen Fluß auf, und das kleine *Dhoolie*-

Boot glitt längsseits. Eine Strickleiter mit Holzstufen wurde heruntergelassen und baumelte vor ihnen. Zwei *Laskars* hielten die Leiter und halfen Olivia beim Hinaufklettern. Zum ersten Mal seit ihrer Ankunft in Indien betrat sie wieder ein Schiff. Trotz der beunruhigenden Umstände fand sie das Abenteuer aufregend. Der Geruch von Wasser, von Schmierfett und Schweiß, Jute, Scheuerstein und Meersalz, der alle großen Schiffe umgab, weckte das Fernweh und die Lust auf Abenteuer.

Auf halbem Weg blendete sie plötzlich ein heller Sonnenstrahl, der den Dunst zerriß und sich explosionsartig auf glänzendem Metall brach. Olivia schloß instinktiv die Augen. Als sie die Augen wieder aufschlug, drang ihr ins Bewußtsein, was sie am Bug des Schiffes gesehen hatte.

Es war ein goldener Dreizack.

*

»Sie haben mich zu Tode erschreckt. Ich dachte, meinem Onkel sei etwas Schreckliches zugestoßen!« Olivia war empört.

»Leider nein.« Jai Raventhorne hielt noch immer ihre Hand, mit der er sie an Bord gezogen hatte, und lächelte sarkastisch. »Soweit mir bekannt ist, liegt Ihr Onkel gesund im Bett und schläft.«

Sie entzog ihm heftig die Hand. »Sie haben kein Recht, mir diesen bösen Streich zu spielen!«

»Ich habe ebenso das Recht dazu, wie Sie zum Beispiel das Recht haben, mit diesem Dummkopf durch die Gegend zu reiten. Müssen Sie aus Ihrer Jagd nach einem Ehemann wirklich ein so lächerliches Schauspiel machen?«

Olivia atmete heftig. Sie lehnte sich wütend gegen die Reling und verschränkte die Arme. »Weshalb sollten Sie sich um ein lächerliches Schauspiel, wie Sie es nennen, Gedanken machen, wenn ich Sie nicht darum gebeten habe? Offensichtlich beherrschen Sie das Spionieren, auf das Sie so stolz sind, weit besser als die Grundregeln der gesellschaftlichen Formen!«

»*Spionieren*, daß ich nicht lache!« Er hob die Arme, drehte sich auf dem Absatz um und ging beleidigt davon. »Es gehört nicht viel dazu, *Ihre* marktschreierischen Machenschaften zu verfolgen«, rief er ihr über die Schulter zu.

»Und was kümmern Sie meine Machenschaften, wenn ich fragen darf?« Sie folgte ihm.

Er blieb stehen, drehte sich und sah sie finster an. »Sie haben recht. Sie müßten mich nicht kümmern, aber sie tun es!« stieß er ärgerlich hervor. »Obwohl ich nicht weiß, welche Sünden ich begangen haben mag, um so bestraft zu werden …«

»Sünden?«

Er holte tief Luft und fuhr sich ungeduldig mit den Fingern durch die Haare. »Wollen Sie die Zeit verschwenden und sich mit mir streiten, oder wollen Sie mein Schiff sehen?«

Plötzlich fiel es Olivia wieder ein: Sie stand an Deck der *Ganga*! Ihr Zorn ließ nach. Ein Traum war in Erfüllung gegangen, und wieder überflutete sie dieses prickelnde Hochgefühl: Sie war tatsächlich mit Jai Raventhorne auf der *Ganga*! Sie errötete und murmelte: »Natürlich will ich Ihr Schiff sehen.«

»Das habe ich mir gedacht. Als erste Besucherin an Bord sollten Sie sich geehrt fühlen. Die *Ganga* ist erst um Mitternacht vor Anker gegangen!«

»Ich fühle mich geehrt«, erklärte Olivia bereitwillig, während sie Seite an Seite über das Deck gingen, und sie sich mit großem Interesse umsah, »obwohl ich keine Ahnung habe, weshalb gerade mir diese Ehre zuteil wird.«

»Wirklich nicht?« fragte er wieder ungnädig und ging schneller, »für jemanden, der so intelligent ist wie Sie, finde ich diese Bemerkung überraschend dumm.«

Olivia schüttelte nur den Kopf. Er war nicht gerade in bester Laune. Aber sie wollte ihn nicht noch mehr reizen. Die unerwartete Nähe, seine gewagte List und das Risiko, das sie mit ihrer Anwesenheit auf dem Schiff einging, nahmen ihr die Lust an einer Auseinandersetzung. Außerdem gab es soviel Aufregendes zu sehen. »Das ist also der umgebaute Klipper, der die Gemüter in der Stadt erregt!«

Er brummte. »Ich weiß nicht, warum. Mir hat er vorher sehr viel besser gefallen. Also, möchten Sie frühstücken oder zuerst das Schiff sehen?«

Er hatte offenbar nicht im geringsten daran gezweifelt, daß sie kommen würde, und sogar ein Frühstück vorbereitet. »Ich würde gerne das Schiff sehen«, sagte sie. »Ich möchte nicht, daß Sie den Eindruck haben, ich wüßte die Ehre nicht zu schätzen.«

Er brummte wieder.

Trotz der schlechten Laune war sein Besitzerstolz unverkennbar – verständlicherweise. Die *Ganga* war ein außergewöhnlich elegantes Schiff – jede Einzelheit trug zu ihrer Schnittigkeit, Schönheit, Schnelligkeit und Kraft bei. Hier sah man nichts von dem häßlichen ›Dorschbug und Heringsheck‹ der ›Teepötte‹. Der geschwungene Vordersteven hob den Bug weit über die Wasserlinie, und an den hohen Masten hing ein Segel über dem anderen (insgesamt dreiunddreißig, erklärte er ihr). Jetzt waren sie sorgfältig zusammengerollt und vertäut. Das Schiff war mit seinen 315 Fuß erstaunlich groß. Den weiß schimmernden Rumpf zierten vergoldete Schnitzereien, das Holz – Mahagoni – glänzte ebenso wie das Messing. Während sie auf dem Achterdeck standen, wurden die langen Decks aus hellem Kiefernholz von fleißigen *Laskars* mit Bürsten und vielen Eimern Wasser noch makelloser geschrubbt. Alle achtundzwanzig blitzenden Geschütze der *Ganga* konnten in Abständen von einer halben Minute feuern – eine überragende ballistische Leistung, wie Olivia mit verständlichem Stolz zu hören bekam.

Raventhorne strich liebevoll über eines der großen Rohre. »Es ist reiner Selbstmord, sich ohne Geschütze auf das Meer hinaus zu wagen. Es gibt dort ebenso viele Piraten wie Verbrecherbanden an Land. Wie Sie sehen, ist die *Ganga* ein ernstzunehmender Gegner. Das Schiff ist auf alle Eventualitäten vorbereitet.« Während er ihr die Vorzüge seines Klippers erläuterte, besserte sich seine Laune sichtlich. Er lächelte sogar.

Olivia empfand ein seltenes Glücksgefühl und vergaß ihre Nervosität, als sie ihm die schmale Treppe nach unten folgte. Die Aussicht, auch nur eine Stunde mit ihm zusammenzusein, war berauschend, und die riskante Situation verstärkte eher ihre Freude, als sie zu beeinträchtigen. Sein Stimmungsumschwung machte sie kühn, und in Erinnerung an Estelles Bemerkungen sagte sie: »Wie ich höre, war auf Ihren Kopf einmal eine Belohnung ausgesetzt...«

»Einmal? Das wäre zu schön, um wahr zu sein! Die Chinesen setzen je nach Wetterlage auf die meisten Ausländer ein Kopfgeld. Aber das ist harmlos. Die Engländer setzen für Köpfe eine Belohnung aus, weil sie glauben, sie machen sich gut zwischen ihren Jagdtrophäen an der Wand. Ich weiß zwar nicht, was mein Kopf wert ist, aber sie hätten ihn jedenfalls gerne ihrer Sammlung hinzugefügt.«

»Wie ist es Ihnen gelungen, nicht dort zu landen?«

»Die Summe, die ich Ihnen angeboten habe, damit sie es *nicht* tun, war verlockender.«

»Sie wollen damit sagen, Sie haben sich ihre Gnade erkauft!«

»Warum nicht?« Er zog spöttisch eine Augenbraue hoch, »außer mit Opium verdient die Ostindien-Kompanie auch sehr viel Geld, indem sie Ehrbarkeit verkauft... das heißt, wenn es ihr politisch gesehen gerade paßt«.

Bei der Erwähnung von Opium kämpfte Olivia mit sich. Sollte sie von ihm eine Erklärung dafür verlangen, daß er das Opium ihres Onkels hatte stehlen lassen? Sie beschloß, darauf zu verzichten. Wie verbrecherisch der Konkurrenzkampf auch sein mochte, es hatte im Grunde nichts mit ihr zu tun. Sie überließ sich den angenehmen Gefühlen, die aller Vernunft widersprachen, und ließ die Sache auf sich beruhen. »Ich bezweifle, daß jemand Sie für besonders ehrbar hält, auch wenn man Ihnen Pardon gewährt hat.«

Er lachte. »Vermutlich werde ich nie ehrbarer sein. Ich habe auch nicht das Verlangen danach, denn ich bin schließlich kein...«, er zögerte.

»Gentleman?«

Er lachte wieder. »Das auch. Kommen Sie«, er griff nach ihrem Arm, während sie zusahen, wie zwei Matrosen ein dickes Tau geschickt zusammenrollten, »gehen wir hinunter.«

Unterwegs erklärte er ihr ausführlich das Kew-Barometer der *Ganga*. Das neue, äußerst präzise englische Modell war für den Kapitän eine unschätzbare Hilfe. Olivia verstand nur wenig von den vielen nauti-

schen Begriffen, die er so selbstverständlich benutzte – ›Koppelnavigation‹, ›Schiffsbreite‹, ›Belegnägel‹ –, aber darauf kam es nicht an. Sie begriff, die *Ganga* war ein Meisterwerk der Schiffbaukunst (wenn man von dem lächerlichen Anblick des häßlichen Schornsteins absah, wie er betonte). Es tat so gut, in Gesellschaft dieses Mannes zu sein! Es belebte sie schon, seine volle und wohlklingende Stimme zu hören. Sie ließ sich von seiner Begeisterung anstecken und mitreißen. Das Band war ihr nicht länger eine unangenehme Fessel. Sie genoß es rückhaltlos. Ja, sie ließ sich von Jai Raventhorne mitreißen und von seiner Persönlichkeit faszinieren. Sie konnte sich nicht länger dagegen wehren – sie wollte es auch nicht.
»Als die *Ganga* vor einem Jahr bei Smith und Dimon in New York vom Stapel lief, glaubten nur wenige an den Erfolg.«
»Warum nicht?« Ihre Hand glitt behutsam über das glatte, glänzende Holz, in dem sie sich fast wie in einem Spiegel sehen konnte.
»Wegen des revolutionären Bugs. Die Engländer lachten am lautesten, bis die *Ganga* die Strecke Hongkong–Southampton in einundachtzig Tagen zurückgelegt hatte. *Dann* änderte sich der Ton. Sie räumten ein, etwas Ähnliches noch nicht gesehen zu haben. Sie schrieben Lobeshymnen in den Zeitungen und sprachen plötzlich von einem ›Wunder‹. Schließlich machte das Schiff sogar Schlagzeilen in der *Times*.« Er lächelte zufrieden. »Und das kann ich Ihnen sagen, seitdem macht die *Ganga* vielen Leuten großes Kopfzerbrechen!«
»Aber die Engländer werden doch bestimmt bald eigene Klipper haben?«
»O ja, sie bauen sie bereits, um im Rennen zu bleiben.« Er klopfte mit den Fingerknöcheln auf Holz, »aber sie werden nie so etwas zustande bringen wie John Willis Griffith, der die *Ganga* konstruiert hat. Er ist der beste in Ihrem Land. Die *Ganga* ist nicht nur ein Schiff«, sagte er leise, »sie ist lebendige Poesie.« Die Sentimentalität verschwand schnell. »Genug von Schönheit. Jetzt werde ich Ihnen das Häßliche an Bord zeigen. Dann werden Sie verstehen, weshalb ich heute morgen so brummig wie ein Bär bin.«
»Das Häßliche?« fragte sie und mußte beinahe rennen, um mit ihm

Schritt zu halten, während er den nächsten Gang nach unten lief. »Bei all dieser Vollkommenheit kann ich mir nichts Häßliches vorstellen!«
»Nein? Warten Sie es ab!«
Im Bauch des Schiffs unter der Wasserlinie war es dunkel. Sie gingen durch ein Labyrinth von Gängen und erreichten schließlich einen riesigen Raum mit einem Gewirr schwarzer Kessel, Druckmesser, Kurbeln und Stangen, die alle mit Ruß und Schmieröl überzogen waren. Vor ihnen gähnte die riesige Öffnung eines Kohleofens, in dem zwar kein Feuer mehr brannte, der aber trotzdem stinkende Gase ausstieß. Hier war nichts mehr von der salzigen frischen und belebenden Luft zu spüren, dem Geruch nach blitzenden, sauberen Decks. Der stechende Gestank von verbranntem Öl und stickiger Kohle stieg ihnen in die Nase. Olivia mußte husten.
»*Das* ist der Preis für den Fortschritt!« erklärte Raventhorne bitter. »Das macht dieses wundervolle Schiff zu einem häßlichen Ungeheuer.«
Es war kein schöner Anblick. Olivia preßte sich ein Taschentuch an die Nase und sagte begütigend: »Aber es ist das schnellste Ungeheuer auf allen Meeren.«
Jai wollte sich nicht trösten lassen. »Der Bericht des Kapitäns über die Fahrt macht alle Triumphe zunichte. Sie müssen sich nur einmal das Logbuch ansehen. Wenn die Kessel hochgeheizt sind, stößt der Schornstein dicke, schwarze Qualmwolken aus, die alle Segel rußig machen. Damit ist es endgültig aus und vorbei mit einem weißen Segelschiff. Die Kolben stampfen, die Feuerung dröhnt und prasselt, und das gesamte Schiff vibriert von den Schaufeln unter dem Heck. Der Lärm ist ohrenbetäubend, und hier herrscht eine Hitze wie in der Hölle – und *das* müssen meine Männer aushalten.«
Ein Mann, offenbar der Heizer, trat zu ihnen und legte schweigend den Zeigefinger an die Mütze. In seinem pechschwarzen Gesicht leuchtete nur das Weiß seiner Augen. Schweiß lief ihm über das Gesicht und die nackte Brust. Der Mann roch nicht sehr angenehm. Er wollte nach der Kohleschaufel greifen, aber Raventhorne hinderte ihn mit einem knappen Befehl daran. Der Mann sah ihn an, und die

weißen Zähne zeigten, daß er lachte. Er salutierte noch einmal und verschwand wieder.

Raventhorne fluchte leise und versetzte einem der Kessel einen so heftigen Tritt, daß sich im Innern etwas löste und gegen das Eisen polterte. »Diese Männer sind einfache Matrosen«, knurrte er böse. »Sie vertrauen auf die Sterne, den Wind und Gott. Jetzt sagen wir ihnen, sie sollen alles vergessen und den *Ingenieuren* vertrauen!« Sein Zorn verflog, und Resignation lag auf seinem Gesicht. »Das ist das Ende eines Kapitels, Olivia. Für mich und vielleicht auch für andere ist es damit mit der Romantik der Seefahrt vorbei. Noch lockt die See und das Abenteuer, aber mit jeder technischen Neuheit geht unwiederbringlich wieder etwas verloren.«

Das echte Gefühl, das aus seinen Worten sprach, verblüffte Olivia. »Warum entscheiden Sie sich dann für eine Neuerung, die Sie so unglücklich macht?«

Er seufzte. »Weil ich wie alle an diesem schrecklichen Wettlauf beteiligt bin, der nie aufhört. Auch ich bin in der Tretmühle.«

»Warum springen Sie nicht ab?«

»Das kann ich nicht!« erwiderte er heftig, »dazu ist es zu spät.«

Olivia wußte darauf keine Antwort und schwieg.

Auf dem Rückweg kamen sie an den Mannschaftsräumen vorbei. Der Schlafraum war sauber und gepflegt, die Kojen hatten Baumwollmatratzen, dicke Bettücher und Wolldecken. Durch Bullaugen kam Luft in die Räume – eine Seltenheit auf den Schiffen, wo die Mannschaftsquartiere meist unterhalb der Wasserlinie lagen, wo es kein Licht und noch weniger Luft gab. Olivia warf auch einen Blick in die Waschräume und Toiletten. Alles war blitzblank, hygienisch sauber und roch nach einem Desinfektionsmittel.

»Und? Kann ich vor Ihren Augen bestehen?« fragte Raventhorne. Er lehnte am Türrahmen und sah sie nachsichtig an.

»Erst wenn ich noch einen Blick in die Kombüse geworfen habe. Die meisten Schiffseigner muten ihren Mannschaften einen ungenießbaren Fraß zu. Ich möchte mich davon überzeugen, daß Sie es nicht tun«, erwiderte Olivia, die wußte, daß die Küche so gepflegt und sauber sein würde wie alles andere.

Unter den erstaunten Blicken der beiden Köche in weißen Schürzen betrachtete Olivia prüfend die Fässer mit Reis, Linsen, Mehl, Grieß, Öl und Sirup. Nirgends entdeckte sie eine Spur von Schimmel oder Ungeziefer. Alles war ordentlich beschriftet, Teller, Töpfe und Pfannen waren blitzblank geputzt. Für Küchenutensilien gab es Regale, und über den großen Becken sah sie Wasserhähne. Sogar die Abfalltonnen waren sauber und keine Nahrungsquellen für Ratten, Mäuse und Kakerlaken. Das hatte auf dem Handelsschiff, mit dem sie nach Indien gekommen war, ganz anders ausgesehen. In der Kantine nebenan standen Tische und Bänke mit Blechschüsseln und -bechern.

»Sie behandeln Ihre Männer gut«, sagte Olivia beeindruckt.

»Überrascht Sie das? Glauben Sie, diese Männer verdienen es nicht, in einer anständigen Umgebung zu arbeiten und zu leben, anstatt wie elende Würmer in einem Loch zu vegetieren?«

»Oh, *ich* glaube das schon, aber die meisten Schiffseigner sind anderer Ansicht.«

»Das liegt daran, daß die meisten von ihnen nicht wie Würmer in einem Loch gelebt und gearbeitet haben – so wie ich. Kommen Sie«, er richtete sich auf und warf einen Blick auf seine Taschenuhr, »es ist Zeit für das Frühstück. Heute werden wir sehr englisch Speck, Eier und Muffins essen.«

In der großen Kabine direkt unter Deck servierte ihnen der höfliche und aufmerksame Bahadur das Frühstück. Sein *Gurkha*-Gesicht verriet wie immer keine Regung. Die Kabine war bequem und großzügig eingerichtet, erinnerte aber eher an Arbeit als an ein Zimmer. Sie war für das Leben an Bord funktional und praktisch eingerichtet. Auf dem Boden lag ein dunkelblauer Teppich, und vor den Bullaugen hingen Vorhänge. Ledersessel und – beinahe wie eine Nebensache – ein Himmelbett mit Kissen vervollständigten die Einrichtung. Ein Rollsekretär stand vor der glänzenden Holzvertäfelung, an der Navigationskarten und Tabellen hingen. An der anderen Wand sah sie Bücherschränke. Nichts deutete auf Luxus hin, wie man es auf einem so eleganten Schiff wie der *Ganga* hätte vermuten können. Trotz aller sinnvollen Bequemlichkeit war der Eindruck betonter

Nüchternheit unverkennbar, die Raventhorne in persönlichen Dingen offenbar bevorzugte. Olivia brachte kaum einen Bissen hinunter, obwohl es an dem Frühstück nichts auszusetzen gab. Raventhorne saß ihr gegenüber, ohne zu essen. Einen Arm hatte er über die Stuhllehne gelegt, der andere lag auf dem Tisch. Er hielt eine kalte Pfeife in der Hand. Olivia fand es unerträglich, daß er sie keinen Moment aus den Augen ließ. Sie konnte seinen Blick nicht deuten. Raventhorne beabsichtigte auch nicht, daß sie sich wohl fühlte. Er stand offenbar immer unter Hochspannung. Die Luft zwischen ihnen knisterte, und das machte die Unterhaltung mühsam. Nichts an ihm wirkte locker, und Olivia rechnete ständig damit, daß er etwas sagen würde, was sie aus dem Gleichgewicht brachte. Aber ihre Neugier war noch lange nicht befriedigt. Sie wollte sehr viel mehr über diesen Mann wissen, der sie in seinen Bann gezogen hatte. Kinjals Geschichte lieferte ihr nur einen schwachen Umriß, den sie unbedingt mit deutlichen Konturen füllen wollte. Sie fand einen Ansatz, als Raventhorne eine ihrer Fragen mit dem Satz beantwortete: »Nein, der amerikanische Anteil am Chinahandel ist trotz der Aufhebung der Navigationsakte noch immer gering. Meiner Meinung nach werden die Klipper nicht viel daran ändern. Aber da ich mich für den Handel mit China nicht mehr interessiere, mag meine Prognose nicht richtig sein.«

»Mit welchen Schiffen sind Sie gefahren«, fragte Olivia und beschäftigte sich mit einer Scheibe Speck, um seinem Blick auszuweichen, »als Sie sich noch für den Chinahandel interessiert haben?«

»Mit Pötten, die einem Sieb glichen!« Er verzog das Gesicht. »Das erste war eine schrottreife Brigg, die wir gechartert hatten. Eine rostige Kanone stand auf dem Vorderdeck. In einem Faß lagen unbrauchbare Waffen, und wir hatten einen Korb mit Steinen, die wir auf die Piraten schleudern wollten, wenn die Abzüge klemmten.« Die Erinnerung schien ihn zu belustigen. Er lächelte und wirkte plötzlich um Jahre jünger. »Ich war natürlich ein ahnungsloser Dummkopf, aber ich habe wie eine Katze neun Leben und lebe noch.«

Olivia faßte Mut. Er schien nichts gegen diese Fragen zu haben. »Sie sagen ›wir‹. Wer waren die anderen?«

»Eigentlich nur mein amerikanischer Partner.«
Raventhorne? Aber das wagte Olivia nicht zu fragen. »Weshalb sind Sie Geschäftspartner geworden?«
»Für eine Fahrt ins Eldorado«, antwortete er mit einem trockenen Lächeln. »Wir tauschten Felle gegen Seide, Tee und Jade. Er hatte das nötige Kapital.«
»Und was haben Sie beigesteuert?«
»Seemännische Erfahrung und Muskelkraft.« Er entzündete die Pfeife und rauchte versonnen. »Und die Garantie, daß wir an der chinesischen Küste Gewinne machen würden.«
»Garantie? Was wäre gewesen, wenn Sie Verluste gemacht hätten?«
»Verluste?« Er sah sie überrascht an. »Daran habe ich nie gedacht. Es gab keine Verluste. Die Brigg sank im West River nach der zweiten Fahrt. Wir konnten uns aber inzwischen etwas Besseres leisten und wurden mit jeder Fahrt reicher.« Er blickte in die Ferne. »Das waren noch gute Zeiten – damals in den dreißiger Jahren.«
Olivia lehnte sich zurück. Sie freute sich, daß er endlich zugänglicher wurde und daß die Ruhelosigkeit aus seinen Augen geschwunden war. »Warum sind Sie dann nach Indien zurückgekommen?«
Das war die falsche Frage. Die Weichheit wich sofort aus seinem Gesicht, und es wurde wieder hart wie Stein. »Weil Indien meine Heimat ist«, erwiderte er knapp. Er stand auf und bedeutete Bahadur ungeduldig, den Tisch abzuräumen.
Sag mir die Wahrheit! Du hattest damals keine Heimat! hätte Olivia am liebsten gerufen. *Was ist das für ein Schicksal, das du erfüllen mußt? Was ist das für ein eiterndes Geschwür, das dich nach Indien zurückgeholt hat?*
Aber sie schwieg. Der seidene Faden, der sie verband, war noch zu dünn, und wenn er riß, würde sie für immer aus seinem Leben verbannt sein und nie die Schatten ergründen können, die über ihm lagen. Das sollte und durfte sie nicht riskieren. Ihr Leben wäre unvollständig, wenn er sie jetzt daran hinderte, sein Geheimnis, sein Innerstes kennenzulernen.
»Warum möchten Sie soviel über mich wissen, Olivia?«

Wenn er sie mit ihrem Vornamen ansprach, war ihr das noch so ungewohnt, daß sie leicht errötete. Er stand am Bullauge auf der anderen Seite der Kabine und blickte hinaus. Bei der leisen Frage fing ihr Herz wieder an zu klopfen. »Weil ich bis jetzt so wenig von Ihnen weiß«, erwiderte sie aufrichtig, und es klang traurig.

»Weshalb möchten Sie mehr wissen?«

»Weil es soviel gibt, was ich nicht ... verstehe.«

Er drehte sich um. »Und das wäre?« Er kam zurück und setzte sich.

»Zum Beispiel ...«, sie mußte schlucken. Dann wagte sie es: »Warum kämpfen Sie so erbittert gegen meinen Onkel?« Sie hob das Kinn und die Stimme. »Sie haben den Überfall auf den Opiumtransport veranlaßt, nicht wahr?«

Er antwortete nicht sofort, aber sie sah, daß ihn die offene Frage ärgerte. »Ich habe Ihnen schon einmal gesagt: Ich halte nichts davon, den Tod zu verkaufen.« Er wies den Vorwurf also nicht zurück. »Sind Sie schon einmal in einer Opiumhöhle gewesen?« fragte er. Sie bedauerte sehr, daß sie dieses Thema zur Sprache gebracht hatte, und schüttelte nur stumm den Kopf. »Haben Sie schon einmal einen Süchtigen erlebt? Standen Sie schon einmal hilflos neben einem solchen Menschen und haben mitangesehen, wie der Tod unaufhaltsam kam?«

Sein Haß kannte keine Grenzen. Seine Hände zitterten, und er funkelte sie böse an. Erschüttert beugte sich Olivia vor und legte ihm die Hand auf den Arm, aber er sprang auf und schüttelte sie ab. »Nein, das habe ich nicht«, begann sie leise um Verständnis bittend, »aber ich ...«

»Dann lernen Sie erst aus Erfahrung, und dann können Sie mit Ihren frommen und verlogen freundlichen Vorwürfen kommen!« Er schrie sie böse an.

Bei diesem ungerechten Angriff geriet auch Olivia in Zorn. »*Ich* bin nicht zu Ihnen gekommen«, rief sie und stand auf, »*Sie* haben mich durch eine List hierher bringen lassen!«

»Aber ich habe Sie nicht dazu gezwungen«, sagte er leise, eiskalt. »Sie konnten und können mein Schiff jederzeit verlassen.« Er trat

wieder vor das Bullauge. »Ersparen Sie mir Ihre albernen Verhöre, Olivia. Ich lasse mich nicht gerne ausfragen und schon gar nicht von jemandem, der so wenig von Indien versteht.«
»Ich bin kein dummes Kind«, wehrte sie sich gegen seine Überheblichkeit, »wenn man mir die Möglichkeit gibt, etwas zu verstehen, dann kann ich es auch verstehen.«
Mit einem unterdrückten Fluch fuhr er sich mit den Fingern durch die Haare. Als er schließlich antwortete, klang seine Stimme wieder ruhig. »Wir leiden an derselben Krankheit, Olivia, und keiner von uns beiden kann behaupten, Abwehrkräfte dagegen zu besitzen.« Er drehte sich langsam um und sah sie mit einem schwachen, nüchternen Lächeln an. »Ich tue, was ich tue, weil ich es tun muß.«
Olivias Empörung brach in sich zusammen. Aus einem unbedachten Impuls heraus hatte sie die wenigen kostbaren Momente des stillen Einverständnisses zerstört. Wieder einmal hatte sie sich von der Neugier verführen lassen, die er haßte. Und wieder einmal hatte er sich ihr entzogen. Er sah sie verschlossen, ja sogar feindselig an. Olivia war den Tränen nahe, setzte sich wieder und fuhr sich mit der Hand über die Augen. »Ich bin völlig durcheinander«, flüsterte sie unglücklich, »ich weiß nicht, was ich tun soll ...«
Sein Zorn war verflogen. »Soll ich Ihnen sagen, was Sie meiner Meinung nach tun sollen?« Er ging zu dem Rollsekretär und stützte sich mit dem Ellbogen darauf. »Ich finde, Sie sollten Freddie Birkhurst heiraten.«
Olivia war wie vom Donner gerührt. Sie sah ihn entsetzt an. Dann überkam sie langsam ein schrecklicher Schmerz.
»Ich meine es wirklich, Olivia.« So gelassen wie er das sagte, hätten sie über Segelschiffe reden können. »Ihre Tante hat eine kluge Wahl für Sie getroffen. Birkhurst ist vielleicht ein Dummkopf, aber er ist ein anständiger Mensch. Er wird gut zu Ihnen sein.«
Seine Worte verwundeten Olivia tief. »Wie können Sie, gerade *Sie* mir einen so unmöglichen, ungeheuerlichen Rat geben ...?« fragte sie leise und tonlos. Sie wußte kaum, was sie sagte.
»Das kann ich, weil ich ein unmöglicher, ungeheuerlicher Mensch bin.«

Olivia stand auf und trat vor ihn. »Brüsten Sie sich nicht ständig vor mir mit Ihrem schlechten Ruf, als sei es ein ... *Orden* für besondere Verdienste! Ich habe es satt, mit anzuhören, wie Sie Ihre Schlechtigkeit besingen und sich bei jeder Gelegenheit selbst schlecht machen. Ihr Ruf ist mir vollkommen gleichgültig ...«

»Wenn es so ist«, erwiderte er ungerührt, »warum halten Sie dann unsere Zusammenkünfte vor Ihrer Familie und allen anderen geheim?«

Angesichts seiner zunehmenden Distanziertheit vergaß Olivia alle Vorsicht. »Und was ist mit dem ... wunderbaren *Band* zwischen uns?« fragte sie erbittert. »Und trotz der *Übereinstimmung* soll ich Freddie heiraten?«

»Nicht trotz«, er zog sich noch weiter von ihr zurück, »sondern gerade deswegen. Bei Freddie sind Sie in Sicherheit.«

»Vor wem?«

»Vor mir«, sagte er freundlich. »Ich werde Ihnen weh tun, Olivia.«

Sie ballte die Fäuste. »*Weshalb* bekomme ich das ständig zu hören? *Weshalb* sprechen Sie in Rätseln?« Unwillkürlich stiegen ihr die Tränen in die Augen.

»Es sind Rätsel, weil Sie nun einmal stehen, wo Sie stehen.« Er blieb unnachgiebig und kalt. Er ließ sich von ihrer Qual nicht rühren.

»Und wo genau ist das bitte?« Kurz blitzte in ihr die Warnung auf, daß sie ihre Würde verlor, sich vor ihm entblößte und schrecklich erniedrigte, aber sie konnte nicht aufhören. Aus einem unverständlichen Zwang heraus schonte sie sich nicht.

»Sie stehen mir im Weg.«

Die Freundlichkeit, mit der er diese fünf Worte aussprach, war grausamer als hundert Peitschenhiebe. Olivia war sprachlos.

Ich stehe ihm im Weg?

Er richtete sich auf, verschränkte die Hände hinter dem Rücken und ging in der Kabine auf und ab. »Es stimmt, ich habe Sie heute morgen durch eine List hierher gelockt. Das hätte ich nicht tun sollen. Es war ein Fehler.« Er ging schneller, und die Knöchel seiner Finger wurden weiß, so fest preßte er die Hände zusammen. »Aber wenn es um Sie geht, Olivia, verliere ich offenbar mein Urteilsvermögen. Ich handle unüberlegt und falsch. Das verstehe ich nicht, und es gefällt mir nicht. Es... verwirrt mich.« Er stieß die Worte ruckhaft hervor, als sei er unsicher. Diese Unsicherheit spiegelte sich auch in seinen Augen.

In Olivia bäumte sich alles auf. Sie wollte ihm die kalte Maske abreißen. Sie wollte ihn zwingen, die hinterhältige, feige Rüstung abzulegen und ihr seine Seele zu zeigen, so wie er sie dazu gezwungen hatte. Aber ihr fehlte der Mut. Sie faltete die Hände und senkte den Kopf. »In Ihnen gibt es dunkle Zonen, die ich ergründen muß, Jai...«, sagte sie mit zitternder Stimme.

»Dorthin darf ich Sie nicht lassen, Olivia.«

»Schließ mich nicht aus, Jai – *jetzt* nicht mehr!« Sie verzichtete auf alle Konventionen und hielt sich den Rückweg nicht mehr offen. Aber darauf kam es jetzt nicht mehr an, denn er wußte ohnehin alles. »Ist es wegen... Sujata?«

»Sujata?« Flüchtiges Erstaunen ließ seine Augen groß werden. »Nein, es ist nicht wegen Sujata. Es ist nichts, was ich dir begreiflich machen kann.« Plötzlich schlug er so heftig mit der Faust auf den Sekretär, daß ein Tintenfaß hochsprang und dunkelblaue Tropfen auf ein Blatt Papier fielen. »Stell mir keine Fragen mehr, verdammt noch mal! Ich kann und will dir keine Antworten geben! Kannst du das nicht begreifen?« Seine silbrigen Augen wurden aschgrau vor Zorn. »Deine Neugier ist wie eine... eine Krankheit. Ich finde das unanständig! Hörst du – *unanständig*!«

Es herrschte Schweigen. Am anderen Ende der Kabine hielt sein heftiges, lautes Atmen Schritt mit dem Ticken einer schönen Schiffsuhr aus Messing. In den Mauern des Argwohns und der Feindseligkeit, die sie trennten, zeigte sich keine Bresche. Olivia war leichenblaß. Ihre Augen blickten so leblos, wie sie sich fühlte. Mit einem Seufzer stand sie auf und versuchte, die lähmende Starre abzuschütteln. »Ich muß jetzt gehen.«

Er fluchte wieder leise und kam zu ihr. »Mein Gott!« murmelte er sanft, »weine nicht.«

Sie hatte die Tränen nicht bemerkt. Stumm wischte sie sich die Wangen ab. »Es ist schon spät. Ich muß gehen.« Sie konnte ihm nicht in die Augen sehen.

Plötzlich berührte er ihr Gesicht. »Ich kann es nicht ertragen, dich weinen zu sehen.« Er machte eine hilflose Geste und strich ihr mit den Fingerspitzen behutsam über die Augen. »Wären wir uns doch nie begegnet, Olivia ...«

»Ja«, flüsterte sie, ohne nachzudenken. Sie empfand nichts, aber die Tränen stiegen ihr wieder in die Augen.

Er nahm sehr sanft ihre Handgelenke und zog sie an sich. »Mein Gott, wie verwundbar du bist!« Seine Stimme bebte, und zum ersten Mal stand Sorge auf seinem Gesicht.

Sein Atem trug die liebevollen Worte und begrub sie in ihren dichten Haaren. Sie spürte seine warmen Lippen auf ihrem Kopf und erzitterte. Mit geschlossenen Augen und bebendem Körper preßte sie sich an ihn und drückte ihm die Lippen auf den Hals. Seine Halskette mit dem Anhänger schob sich zwischen ihre Lippen. Sie spürte die Kälte des Metalls, aber der Geschmack seiner salzigen Haut elektrisierte sie. Er murmelte etwas an ihrer Schläfe. Es klang wie das Summen der Bienen an einem Sommertag, wie ein einschläferndes Lied in dem Traumbereich zwischen Illusion und Wirklichkeit. Sie achtete nicht auf seine Worte.

»Ich habe keine Antwort für dich, mein unschuldiges Opfer ...«

Opfer.

Unbemerkt drang das Wort durch ihr Bewußtsein wie Tau, der sich durch Sonnenstrahlen in Dunst verwandelt und aufsteigt. Seine Nähe, die Wärme seines Körpers und die zitternden Finger, die leicht wie Federn ihre Haut berührten, berauschten sie. Die schmerzliche Erinnerung war weggewischt wie ein lästiges Spinnennetz. Sie fühlte sich wie ein Vogel, der sich in den Sturm gewagt hatte und in sein Nest zurückgekehrt war, das er nie hätte verlassen dürfen. Eine Sekunde oder eine Ewigkeit vergingen – Olivia wußte es nicht, denn die Zeit war versteinert. Dann löste er mit großer Zärtlichkeit ihre Hände von seinem Nacken und drückte Olivias Arme behutsam zu beiden Seiten ihres Körpers nach unten. Flüchtig nahm er ihr Gesicht in seine Hände und streifte ihre Lippen mit seinem Mund.

»Jetzt mußt du gehen.«
Aufgeschreckt aus der Verzauberung schlug Olivia die Augen auf. Er löste sich von ihr körperlich und in Gedanken. Noch ehe ihr Blick sich auf sein Gesicht richten konnte, hatte er sich wieder vor ihr verschlossen. Stumm führte er sie aus der Kabine und brachte sie durch den Gang auf Deck. Seine undurchdringlichen Augen blieben ausdruckslos. Die Lippen waren versiegelt. Wieder standen sie sich gegenüber, und zwischen ihnen gähnte ein Abgrund, über den keine Brücke führte. Die Sekunde oder die Ewigkeit in der Kabine mochte ebenso gut nur ein Traum gewesen sein.
»Bahadur wird dich zu deinem Pferd zurückbringen und nach Hause begleiten.« Seine Stimme klang tonlos. Die Sonne in seinem Rücken blendete sie, und sein Gesicht lag im Schatten. Aber Olivia wußte, selbst wenn sie es gesehen hätte, seine Züge hätten ihr nichts verraten. »Olivia, ich werde dich nicht wiedersehen.«
Noch ehe sie die Strickleiter betrat, hatte sich die Tür hinter ihm geschlossen. Er hatte sie nicht mehr berührt – nicht einmal mit den Augen.

*

»Also, was meinst du – Creme Caramel oder Trifle?« Lady Bridget studierte mit nachdenklich gefurchter Stirn ihr Rezeptbuch.
»Beides«, erklärte Estelle ohne zu zögern, »wenn man an Lady B's Appetit denkt, dann unbedingt beides. Sie... auuu!« Der Schmerzensschrei galt Olivia, die mit der Brennschere hinter ihr stand. »Willst du mir die Kopfhaut versengen?« Olivia flüsterte eine unhörbare Entschuldigung.
»Ja, das ist keine schlechte Idee.« Lady Bridget klappte zufrieden das Rezeptbuch zu und stand auf. »Wir werden Lammrücken haben – natürlich ist es kein Lamm, sondern das schreckliche Ziegenfleisch, das so streng riecht. Vielleicht bekomme ich auch eine gute Keule. Der *Bengal Club* hat einen vernünftigen Stiltonkäse, wenn man nach dem Anlegen eines Schiffs schnell genug ist...« Sie redete weiter und verließ das Zimmer.
»Diese langweilige Lady B!« sagte Estelle verdrießlich. »Warum

müssen sie gerade *heute* kommen?« Sie wiederholte die Frage, um Olivia zu einer Antwort zu bewegen.
»Weil sie morgen abreisen. Und wieso hast du etwas dagegen, daß sie heute abend kommen?«
»Ich hatte etwas anderes vor«, erwiderte Estelle ausweichend.
»Oh? Was denn?«
»Nichts Besonderes.« Sie wartete in der Hoffnung, Olivia werde sie mit Fragen bestürmen. Als das nicht geschah, fügte sie hinzu: »Charlotte möchte mit mir in ihrer neuen Kutsche ausfahren, wenn du es genau wissen willst...«
»Hat die Spazierfahrt auch etwas mit Clive Smithers zu tun?«
Estelle wollte heftig den Kopf schütteln, aber die Brennschere und die Lockenwickler hinderten sie daran. »Vielleicht.«
»Ist die eingebildete, unausstehliche Miss Smithers deshalb auf einmal deine Busenfreundin?« Estelle hüllte sich in ominöses Schweigen, und Olivia fuhr fort. »Du könntest ja deine Mutter fragen, ob du dich für heute abend entschuldigen darfst...«
»Ach du liebe Zeit, und du glaubst wirklich, sie würde es mir erlauben? Mama mag Clive nicht. Sie hält ihn für einen Draufgänger, weil er Polo spielt. *Sie* findet, ich sollte zu Hause sitzen und mich nach John verzehren – wie langweilig!«
»Das solltest du auch, teuerste Cousine, wenn du es wirklich ernst mit ihm meinst.«
»Wenn er es ernst mit mir meinen würde, hätte er mich mit nach London genommen! Er kann nicht erwarten, daß ich ein Jahr lang wie eine Nonne lebe!«
Olivia lächelte. »Nonnen gehen nicht auf Partys und lassen sich mit der Brennschere Locken machen!«
Estelle warf den Kopf zurück, und zwei Lockenwickler landeten auf dem Boden. »Also, ich werde nicht auf die Spazierfahrt verzichten, und Mama wird nichts davon erfahren. Ich schleiche mich durch die Hintertür hinaus.«
»Das ist nicht richtig, Estelle. Es wäre falsch, deine Mutter zu täuschen...« Olivia mußte schlucken und wurde rot. Wie konnte *sie* jemandem fromme Ratschläge geben?

In dem einsetzenden Schweigen rutschte Estelle unruhig hin und her. Sie griff nach Olivias Hand und fragte: »Sag mal, ist irgend etwas, Oli?«

»Mit mir?«

»Ja, mit dir! Du läufst schon die ganze Woche so verstört wie ein verirrtes Huhn herum. Was ist denn los? Waren es die Ausritte mit Freddie?«

Olivia beugte sich vor und legte die Brennschere auf den Ofen. »Nein.«

»Der Brief von deiner Freundin Mrs. MacKendrick? Hast du wieder Heimweh?«

»Ja.«

Estelles Aufmerksamkeit hielt erfreulicherweise nicht lange an. Ihre Gedanken kreisten selten um etwas anderes als um die eigenen Sorgen. »Wenn *ich* erst einmal von zu Haus weg bin, werde ich nie Heimweh haben. Dann muß ich wenigstens nicht mehr eine Erlaubnis zu einer harmlosen Spazierfahrt einholen!«

Als Estelle frisiert war, erschien Munshi Babu. Auf Olivias Bitte hatte Sir Joshua veranlaßt, daß einer seiner Angestellten ihr Unterricht in Hindustani gab. Er kam seit einer Woche, und das bot ihr eine Möglichkeit mehr, Abwechslung in die leeren Tage zu bringen. Ansonsten schrieb sie mit wahrer Leidenschaft Briefe und stürzte sich auf Bücher. Sie las alles, was ihr in die Hände fiel – die packenden Romane von Charles Dickens, die Biographien von Lord Clive und Warren Hastings, eine Geschichte der Entwicklung Kalkuttas zur Handelsmetropole, und die Werke von Thomas Paine, die sie bereits kannte. Außerdem gab es die langweiligen morgendlichen Ausritte mit Freddie, mit denen sie sich inzwischen resigniert abgefunden hatte. Da sie nicht allein ausreiten durfte, war Freddies Gesellschaft ein einigermaßen erträglicher Kompromiß. Er stellte absolut keine Forderungen an sie, sondern war völlig mit ihrer Anwesenheit zufrieden. Er willigte sogar ein, den Basar in Kumartuli zu besuchen, wo geschickte Inder Hunderte von Statuen für das Durga-Fest und für die rituelle Versenkung im Hooghly anfertigten, mit dem das zehntägige Fest zu Ende ging.

Olivias Versuche der Selbsttäuschung waren nur zum Teil erfolgreich. Es gelang ihr nur vorübergehend, den Schmerz, die Selbsterniedrigung und die quälende Demütigung zu vergessen. Häßliche Wesen bevölkerten ihre Träume und machten die Nächte so unerträglich wie die Tage. Sie haßte Jai wegen seiner Gefühllosigkeit, aber sich selbst haßte sie noch mehr, weil sie erlaubt hatte, daß er sie diese Gefühllosigkeit ungestraft spüren ließ. Doch wenn sie daran dachte, was alles unausgesprochen geblieben war, glühten im Dunkel der Verzweiflung auch Hoffnungsschimmer. Sie erinnerte sich an den Einklang ihrer Gefühle und an die stummen leidenschaftlichen Blitze in seinen Augen. Und sie wußte: Es gab dieses hauchzarte, seidene Band, das sich wie eine Fessel um sie legte. Je mehr sie sich dagegen wehrte, desto enger und fester zog sie sich zu.

Wenn sie Jai Raventhorne wirklich nie wiedersehen sollte, wäre das ein lebenslanger Tod, zu dem er sie verurteilt hätte. Aber sie konnte und wollte das nicht als endgültig hinnehmen.

Bei dem Abendessen für die Birkhursts entdeckte Olivia zu ihrer Überraschung unter dem Dutzend Gäste auch Kashinath Das. Zusammen mit anderen einflußreichen Indern war er zu Estelles Geburtstagsball eingeladen gewesen, aber Olivia hatte ihn noch nie bei einer Gesellschaft im engeren Kreis gesehen. Er war klein und drahtig, hatte einen Backenbart und bewegte sich ruckhaft. In der förmlichen Smokingjacke und dem weißen gestärkten Hemd wirkte er merkwürdig. Er sprach affektiert, und sein Getue mit einer englischen Bruyère-Pfeife wirkte aufgesetzt und wenig überzeugend. Olivia mußte sich eingestehen, daß Mr. Kashinath Das nicht ungefährlich zu sein schien. Sie wunderte sich, daß man ihn überhaupt eingeladen hatte.

»Alles in Ordnung mit Sir Josh?« Freddies leise Frage verwirrte Olivia, bis sie sich errötend an das abrupte Ende ihres ersten gemeinsamen Ausritts erinnerte. Bislang hatte Freddie das Thema rücksichtsvoll nicht erwähnt. »Ja, ja. Es war nichts Besonderes. Er wollte in einer unwichtigen Sache meine Meinung hören.« Noch eine Lüge! Wie oft hatte sie inzwischen schon wegen Jai Raventhorne gelogen? Wie oft würde sie noch lügen müssen?

»Bestens. Ich habe mit niemandem darüber gesprochen. Ich hatte das Gefühl, es sei Ihnen so lieber.«
Olivia drückte ihm spontan die Hand. O ja, Freddie Birkhurst war liebenswert. Trotz all seiner Unvollkommenheiten hätte er eine bessere Behandlung von ihr verdient.
Der Händedruck, der verständnisvolle Blick, das freundliche Lächeln – Lady Birkhurst entging nichts. Wohin Olivia auch ging, die Blicke der Baronin folgten ihr hartnäckig. Olivia hatte sich große Mühe gegeben, ihr aus dem Weg zu gehen, aber es ließ sich nicht vermeiden, daß sie sich im Gästezimmer im Erdgeschoß schließlich begegneten. Lady Birkhurst wollte sich vor dem Essen noch frisch machen, und Lady Bridget befahl Olivia, sich um sie zu kümmern. Lady Birkhurst nutzte die Chance des Alleinseins mit Olivia und kam sofort zur Sache. »Ich war an jenem Nachmittag so mit meinen Gedanken beschäftigt, Olivia, daß ich offenbar eine Möglichkeit außer acht gelassen habe.« Olivia wartete schweigend, während die Baronin sich in einen Sessel setzte und die dicken, weichen Hände ruhig im Schoß faltete. »Könnte es sein, daß Sie meinen Vorschlag deshalb so entschieden abgelehnt haben, weil es, äh, eine andere romantische Bindung gibt?«
Mit dieser Frage hatte Olivia nicht gerechnet. Sie errötete, und da sie darauf nicht sofort eine Antwort geben konnte, schwieg sie und kaute nervös auf ihrer Unterlippe. In den wenigen Sekunden ihrer sichtbaren Verlegenheit zog Lady Birkhurst ihre eigenen Schlußfolgerungen.
»Ich… verstehe.« Die Fettpolster in dem Spanielgesicht fielen sichtlich nach unten. »In diesem Fall, meine Liebe, müssen Sie einer dummen, geschwätzigen alten Frau verzeihen. Und Sie müssen natürlich unser Gespräch vergessen, das heißt, wenn ich mich nicht«, ein Hoffnungsschimmer schlich kaum merklich in ihre Augen, »irre, und Sie möglicherweise doch noch einmal über alles nachdenken wollen?«
Olivia sah den Ausweg aus ihrem Dilemma, so peinlich er auch sein mochte, und nahm die Gelegenheit sofort wahr. »Ich muß mich bei Ihnen entschuldigen, Lady Birkhurst. Ich hätte Ihnen meine…

Lage erklären müssen.« Schon wieder eine Lüge (was war das für eine *Lage* – und mit wem hatte sie eine *romantische Beziehung?*) Olivia hätte sich gerne dafür geschämt, aber dazu war ihre Erleichterung zu groß.

Lady Birkhurst erhob sich mühsam aus dem Sessel und legte ihr die weiche, dicke Hand auf die Schulter. »Ich brauche keine Erklärungen, Olivia. Aber wenn Sie es für notwendig erachten, dann rate ich Ihnen, es Ihrer Tante zu erklären. Sie ahnt nicht, daß all ihre Bemühungen vermutlich vergebens sein werden.«

Es war Freddie, der ihr durch den Abend half. Sie mußte ihm weder Antworten geben noch sich auf ihn konzentrieren. Es fiel ihr leicht, einfach so zu tun, als sei er nicht vorhanden. Als Gegenleistung nahm ihn Olivia vor dem Trommelfeuer der Fragen ihrer Tante – nach Deckeln, Petroleumkanistern und Termiten – in Schutz. »Unter uns gesagt, Olivia«, gestand er verdrießlich, »ich hätte nichts dagegen, wenn das verdammte Küchenhaus im Fluß versinken würde! Übrigens, wo ist eigentlich Miss Templewood? Ich habe sie nach dem Essen noch nicht wieder gesehen.« Seine Frage klang eher erleichtert als besorgt, denn Estelles spitze Bemerkungen machten Freddie immer nervös.

»Sie hat eine schwere Erkältung«, erklärte Olivia ernst. »Ich glaube, sie hat sich unbemerkt zurückgezogen und kuriert sich im Bett aus.« In Wirklichkeit war Estelle nicht in ihrem Zimmer, wie Olivia wußte. Die dumme Gans war durch die Hintertür davongeschlichen und flirtete sorglos mit diesem Clive Smithers. Olivia hoffte nur, sie werde so vernünftig sein, rechtzeitig zurückzukommen, ehe ihre Mutter es entdeckte und wieder einmal ein schreckliches Unwetter losbrach.

»Morgen ist für lange Zeit mein letzter Tag hier. Deshalb wollte ich Sie darum bitten, daß wir noch einmal zusammen ausreiten, Olivia.«

Freddie sah sie so traurig an, daß Olivia beinahe weich geworden wäre. Aber gerade *weil* es der letzte Tag war, ließ sie sich nicht von ihrem Entschluß abbringen. Er mochte wieder unerträglich gefühlvoll werden, einen sentimentalen Abschied erwarten, vielleicht sogar einen Kuß oder auch zwei...: Bei diesem Gedanken lief es ihr kalt über den Rücken. »Ich glaube nicht, Freddie. Ich bin noch nicht sicher, ob ich morgen überhaupt ausreiten werde, denn ich glaube, ich bekomme diese schreckliche Erkältung ebenfalls.« Sie nieste überzeugend und zog das Taschentuch heraus.

»Oh«, sagte er niedergeschlagen, aber dann fügte er mit einem tapferen Lächeln hinzu. »Nun gut. Niemand soll sagen, wir Wühlmäuse könnten unser Schicksal nicht mit Würde tragen.«

»Wühlmäuse?«

»Ja, wissen Sie das nicht? Wir hier in Kalkutta heißen Wühlmäuse. Wegen des *Mahratten*-Grabens, verstehen Sie?«

Sie verstand es nicht, lächelte aber pflichtschuldig belustigt.

»Die Leute aus Madras sind natürlich die Schreibtischhengste«, fuhr Freddie, durch das Lächeln ermutigt, fort, »und die aus Bombay die Enten.«

»Enten? Warum Enten?«

»Natürlich wegen der Bombay-Ente! Allerdings ist das überhaupt keine Ente, sondern ein Fisch.« Er schlug sich auf die Schenkel und lachte.

Olivia stimmte in das Lachen ein. Natürlich hatte Freddie keine Ahnung, daß sie nicht über den Witz lachte, den sie nicht verstand, sondern aus Erleichterung darüber, daß sie ihn mehrere Wochen lang nicht sehen würde.

Siebentes Kapitel

Olivia ritt aus reiner Neugier zum *Mahratten*-Graben, der im Osten der Stadt von Norden nach Süden verlief. Aber er enttäuschte sie. Der Verteidigungsgraben war vor hundert Jahren gegen einen möglichen Angriff der *Mahratten* ausgehoben worden. Die »Wühlmäuse« hatten ihre Arbeit jedoch nie beendet, weil die *Mahratten* nicht gegen Kalkutta vorrückten. Jetzt stand in dem nutzlosen Graben stinkendes Wasser. Olivia rümpfte die Nase und ritt in Richtung Wald, wo immer noch helle Dunstschwaden wie Brautschleier zwischen den Bäumen hingen und im zerzausten Grasteppich der Tau glänzte.

Nachdem Freddie Kalkutta endlich verlassen hatte, fühlte Olivia sich wieder frei und ritt, wohin ihr der Sinn stand. Der Küchenjunge, der sie abwechselnd mit dem Stallburschen auf Geheiß ihrer Tante während Freddies Abwesenheit begleiten sollte, stellte kein Problem dar. Olivia gab ihm ein paar Münzen für ein gutes Frühstück im Basar. Er ersparte sich nur allzugern den mühseligen Lauf und wartete Tee trinkend, bis Olivia nach Hause zurückkehrte.

Der schmale Weg führte sie im Zickzack durch gelbe Jakaranda- und alte Banyanbäume, durch Mango- und Bobäume. Eine Schar grüner Papageien flatterte krächzend durch die Zweige und schimpfte über den Eindringling. Hinter dicken grünen Zweigen tauchte plötzlich das neugierige Gesicht eines Mungo mit fragenden Knopfaugen auf. Affen mit schwarzen Gesichtern beobachteten sie mißtrauisch von ihrem sicheren Hochsitz in den Baumkronen. Olivia zügelte Jasmine, da sie plötzlich ein unerwartetes Hindernis entdeckte: Ein riesiges Spinnennetz zog sich wie ein Zaubervorhang über den Weg. Es war so kunstvoll und fein zwischen den unteren Ästen zweier Bäume gesponnen, daß Olivia es vor dem blaßgrauen Himmel kaum sah. Fasziniert von dem zarten Meisterwerk saß sie ab, um die Spinne, die wie eine kleine, pralle schwarze Beere aussah, bei ihrer mühsamen Arbeit zu beobachten. Das Tier erstarrte bei ihrem Näherkommen und richtete seine seltsamen Spinnenaugen auf Olivia. Offenbar war sie von dem Besuch nicht erfreut. Die beiden beobachteten sich eine Weile stumm, und Olivia mußte lachen. »Keine Angst, kleine Spinne, ich werde dein Werk nicht zerstören!« Die Spinne schien sie zu verstehen, denn sie drehte ihr den Rücken zu und machte sich wieder an die Arbeit.

In diesem Augenblick hörte Olivia Hundegebell.

Es wurde lauter und lauter und schien in ihre Richtung zu kommen. Vielleicht war es ein friedliches Haustier, das seinen Herrn auf einem Morgenritt begleitete, aber es konnte natürlich auch ein Streuner sein, der krank oder sogar tollwütig war. Tante Bridget hatte ihr eingeschärft, sehr vorsichtig zu sein. Olivia überließ die Spinne sich selbst und wollte sich schnell wieder in den Sattel schwingen, aber es war zu spät. Der Hund tauchte aus dem Unterholz auf, und Olivia blieb erschrocken stehen.

Das große, schwarze Tier sprang aufgeregt um sie herum, aber offenbar nicht in feindseliger Absicht. Dann beschnupperte der Hund eingehend ihre Füße und die Reithose, öffnete das Maul und ließ etwas fallen – es war etwas Weißes. Schließlich setzte er sich auf die Hinterbeine und winselte.

Olivia wurde es flau im Magen. Sie erkannte den Hund und wußte, was er gebracht hatte. Es war Akbar, Jais Wächter, und vor ihr im Gras lag ein weißes Spitzentaschentuch, das sie auf der *Ganga* hatte liegen lassen.

Sie sprang in den Sattel, stieß Jasmine die Hacken in die Seite und folgte Akbar, der, überglücklich über den Erfolg seiner Mission, bellend vor ihr herlief. Das Blut klopfte ihr in den Ohren, die Wangen glühten. Sie atmete schnell und heftig. Das Herz schien ihr vor Glück zu zerspringen: Sie würde Jai wiedersehen!

Er saß auf einem großen Stein am Wasser und warf Akbars Gefähr-

ten Stöckchen zum Apportieren. An einem Hang in der Nähe graste ruhig der rabenschwarze Shaitan. Mehr sah Olivia nicht.
Als sie die Lichtung erreichte, trafen sich ihre Blicke. Er erhob sich, ging auf sie zu und griff nach Jasmines Zügel. Dann streckte er die Hand aus und half ihr beim Absitzen. An ihn gelehnt glitt Olivia langsam auf den Boden. Sie sah ihn groß an. Seine Augen verrieten nichts – und doch so viel! Er breitete die Arme aus, und sie überließ sich stumm seinem Schutz, auf den sie, wie sie wußte, ein unumstößliches Recht hatte.
Als er sie an sich drückte, zitterte er und flüsterte: »Verzeih mir . . .«
Sie legte ein Ohr an seine Brust und hörte zum ersten Mal sein Herz schlagen. Es klopfte so heftig wie das ihre und sagte mehr, als Worte es vermocht hätten. Sein heißer und unregelmäßiger Atem wärmte ihre Wangen. Sie küßte die Tasche seines weichen, zerknitterten Hemds, unter der sein Herz schlug, das ihn wieder zu ihr geführt hatte. Sie wußte nicht, was sie sagen sollte, und Worte waren auch überflüssig.
»Ich habe dich verletzt«, murmelte er zerknirscht, »du hast meinetwegen geweint. Kannst du mir verzeihen?«
»Ja«, murmelte sie, ohne zu wissen, was er gefragt oder was sie geantwortet hatte, »ja . . .«
»Habe ich dich sehr unglücklich gemacht?«
Sie schüttelte den Kopf und atmete den frischen Geruch seiner Haut ein. Die bleierne Trostlosigkeit der letzten Tage verschwand im strahlenden Glück. Er küßte leidenschaftlich ihren Nacken, die Ohrläppchen, die Schläfen, und sie erschauerte. »Nein . . .«
Er ließ sie abrupt los und ging wieder zu dem Stein, setzte sich. Er war wütend über sich. »Man sagt, ich neige zum Wahnsinn. Es stimmt. Ich bin wahnsinnig.«
Olivia setzte sich ihm gegenüber auf einen Baumstamm, zog die Knie hoch und umschlang sie mit den Armen. Sie wollte ihn nur sehen, ihn mit den Augen liebkosen – das war genug. »Ja, ich weiß.«
»Du weißt es, und du hast keine Angst?«
»Nein.«

»Aber das solltest du!« Er griff nach einem Stein und warf ihn zwischen die Bäume. Saloni sprang sofort aufgeregt bellend hinterher. »In mir ist ein Gift, das niemanden in meiner Umgebung verschont.« Er wirkte zutiefst beunruhigt.
»Für jedes Gift gibt es ein Gegengift – wenn man will, kann man es unschädlich machen.« Olivia schloß die Augen, als wolle sie diesen kostbaren Augenblick für immer in sich bewahren.
»Nein.« Er schüttelte heftig den Kopf. »Ich möchte es nicht unschädlich machen. Ohne dieses Gift wäre ich nur ein halber Mann, verstehst du?« Er lachte hart. »Ja, ich bin verrückt!«
Aus dem beseligenden Traum gerissen, hörte ihm Olivia aufmerksam zu. Er wirkte gequält. Erschrocken stand sie auf, ging hinüber und setzte sich dicht neben ihn auf den großen Stein. »Das kann ich nicht verstehen, Jai«, sagte sie zärtlich und strich ihm mit zitternder Hand liebevoll die Haare aus dem Gesicht. »Ich werde es nie verstehen, wenn du es mir nicht erklärst.«
»Es gibt einfach keine Erklärung, die du gelten läßt.«
»Vielleicht kannst du mir überlassen, das zu beurteilen.«
»Du kannst nicht etwas beurteilen, was du nicht verstehst.«
Dann sorge dafür, daß ich es verstehe! hätte Olivia in ihrer wachsenden Ungeduld am liebsten gerufen. Aber sie zwang sich zu schweigen. Wieder einmal kamen sie dem Punkt gefährlich nahe, der seine Toleranz überstieg. Sie wollte ihn nicht noch einmal verlieren und ihn soweit in die Enge treiben, daß er rücksichtslos kämpfen mußte, um noch atmen zu können. Es schmerzte sie, die Qual in seinen Augen zu sehen. Er litt in einem Ausmaß, wie sie es nicht für möglich gehalten hätte. Jai versank wieder in das tiefe, geheimnisvolle Schweigen, wo sie ihn nicht erreichen konnte. Sie sah ihn hilflos an, suchte nach einem Spalt, nach einer Öffnung, die ihr einen Blick in das verschlossene Innere erlauben würde. Aber sie fand nichts. Nur seine Qual blieb.
»Du bist jung, unberührt und weißt nicht, was echtes Leid ist, Olivia«, sagte er schließlich schleppend. »Du bist unaufgefordert und unerwartet in mein Leben getreten. Du hast mich durcheinandergewirbelt wie ein plötzlicher Sturm, der alle überrascht und aus dem

Gleichgewicht bringt. Ich fühle mich entwurzelt. Ich bin in meinem Innersten getroffen, und ich kann mich nicht mehr verteidigen. Es erschreckt mich, gegen eine Kraft zu kämpfen, die mir völlig fremd ist.«

Olivia hörte mit angehaltenem Atem zu. Nun holte sie vorsichtig Luft, denn sie fürchtete, ihn wieder aus der Fassung zu bringen. Aber seine Worte erfüllten sie mit unsagbarer Freude. »Ist es… notwendig, dagegen anzukämpfen?« fragte sie vorsichtig. »Ist es nicht möglich, diese Kraft einfach hinzunehmen?« Sie legte ihm die Hand auf die Stirn. Sie wollte die Falten glätten, den Kummer vertreiben. Zu ihrer Überraschung belohnte er sie mit einem Lächeln.

»Nein«, sagte er, »nein.«

Der Anflug von Unsicherheit machte sie kühn. »Auch ich fühle mich entwurzelt, Jai«, gestand sie, griff nach seiner Hand und schob ihre Finger zwischen seine. Sie wollte unter keinen Umständen die beglückende Übereinstimmung gefährden und sehnte sich nach seinem Vertrauen. »Jai, auch ich bin bis ins Innerste erschüttert. Ich habe mir genausowenig gewünscht, das für dich zu empfinden, was ich empfinde, denn auch für mich ist es… wie ein unerwarteter gewaltiger Sturm. Und deshalb«, sie holte tief Luft, »schuldest du mir etwas.«

»Ja. Ich schulde dir etwas.« Er löste seine Finger aus ihrer Hand, ging ans Ufer und blickte in das Wasser. »Da du soviel riskierst, indem du mich in deine Gedanken einbeziehst, ist es meine Pflicht, meine Warnung zu wiederholen.«

»Pflicht!« Die plötzliche, steife Förmlichkeit verletzte sie.

»Vielleicht habe ich gedankenlos das falsche Wort gewählt, aber mir fällt kein anderes ein.«

»Du hast also aus Pflichtgefühl deinen Hund losgeschickt, um mich aufzuspüren?« fragte sie verzweifelt.

»Nein!« Er drehte sich heftig zu ihr um und erklärte leidenschaftlich: »Ich habe Akbar aus sehr egoistischen Gründen nach dir suchen lassen. Die Erinnerung an diese unglaublichen Augen, die du von deiner Mutter hast, verfolgen mich, Olivia, denn sie sind so un-

glücklich. Ich kann nicht mehr schlafen, ich schäme mich, und es macht mir Schuldgefühle. Und beides ist mir fremd. Ja, ich hasse dich, weil du die Ursache dafür bist, aber diese Gefühle hasse ich noch mehr.« Er ließ die Schultern hängen, und die Leidenschaft verflog. »Ich habe dich durch Akbar holen lassen, weil ich das entwürdigende Bedürfnis habe, dich zu sehen.«
Die Sonne brach durch die Wolken, und die Welt erstrahlte wieder in ihrem alten Glanz. Olivia sah ihn lächelnd an. Sie sehnte sich nach seiner Umarmung und nach dem Geschmack seiner Lippen. Aber sie zwang sich, zufrieden mit seiner Nähe zu sein, als er sich wieder neben sie setzte. »Dieses Bedürfnis beruht auf Gegenseitigkeit«, flüsterte sie leise, »auch das solltest du wissen.«
Mit einem abwesenden Lächeln strich er mit dem Handrücken über ihre Wange. Es löste ein glühendes Prickeln in ihrem Nacken aus. »Olivia, ich habe alle Entscheidungen in meinem Leben völlig selbständig getroffen. Und oft war ich dabei grausam. Aber das hat mich nicht von ihnen abgehalten. Jetzt muß ich dich bitten, eine Entscheidung für mich zu treffen.«
Sie hielt den Atem an. »Ja?«
Er nahm zärtlich ihr Gesicht in beide Hände, die sich kühl und feucht anfühlten. »Da ich offenbar nicht die Kraft dazu aufbringe, mußt du die Entscheidung treffen, mich nie wieder zu sehen.«
Kälteschauer liefen ihr über den Rücken. Sie sollte eine so willkürliche, selbstzerstörerische und masochistische Entscheidung treffen? Sie sollte nie wieder so wie jetzt neben ihm sitzen? Sie sollte freiwillig auf die Berührung seiner Lippen auf ihren Augen, seiner Hände auf ihren Haaren, den Anblick der hellgrauen Augen verzichten, die sie jetzt weich und verwirrt ansahen? Ihr sollte auf ewig die Möglichkeit verwehrt sein, die einsamen, schwermütigen Welten kennenzulernen, die hinter den trotzigen Mauern seiner Unzugänglichkeit lagen? Das hieße, aus ihrem Leben eine Wüste zu machen, und dann konnte sie ebenso gut tot sein!
Olivia legte ihre Hände auf seine und drückte sie gegen ihr Gesicht. Sie spürte, wie sich etwas Eiskaltes um ihr Herz legte und das Blut erstarren ließ. »Du weißt, daß ich diese Entscheidung nie treffen

kann, Jai.« Ihre Stimme versagte. »Ich fürchte mich nicht, mutig zu sein. Ich fürchte nichts, solange ich dich nur sehen kann.«
»Du wirst leichtsinnig das Unheil heraufbeschwören.« Er schien fassungslos und sah ihr in die Augen, als suche er dort eine Antwort. »Was ist das für eine Hartnäckigkeit, die dich dazu treibt?«
Sie lachte unsicher. »Diese Hartnäckigkeit nennt man ... Liebe.«
Er wiederholte das Wort mit einem Anflug von Spott, dann sprach er es mehrmals aus, betastete es mit der Zunge, als schmecke er etwas, das er nicht kannte. Er ahnte nicht, welch unwiderrufliche Bindung und wieviel von sich sie ihm angeboten hatte. »Es ist nicht möglich, einen Menschen wie mich zu lieben«, erklärte er knapp. Er sah sie an, als sei sie ein verirrtes Kind, das sich nicht von seinen launischen Unarten abbringen läßt. »Selbst ich finde mich manchmal unmöglich und bis zur Unerträglichkeit exzentrisch.«
»Ich kann alles ertragen, was zu sein du dich entschließt.«
»Alles?« Er nahm sie nicht ernst.
»Ja, alles!« wiederholte sie heftig und ballte die Fäuste. »Warum kannst du mich nicht ernst nehmen?«
»Wenn ich es nicht tun würde, wäre ich nicht hier! Aber vielleicht sind deine angeblichen Gefühle für mich eine Chimäre, eine Fata Morgana, eine Illusion, der du nachhängst.« Er bog den Kopf zurück und betrachtete sie vorsichtig und mißtrauisch mit zusammengekniffenen Augen. »Ich weiß, du hast viel von Kinjal erfahren«, sagte er leise. »Bei deiner zwanghaften Neugier muß es so sein. Empfindest du deshalb ... Liebe – oder Mitleid?«
Er schien wie immer ihre Gedanken mühelos zu erraten. Aber das gespannte Gesicht, das drohende Zucken eines Muskels unter der Schläfe schüchterten sie nicht ein. »Wenn ich Mitleid empfinde«, erwiderte sie bitter, »dann wegen deines Starrsinns, durch den du weder das eine noch das andere verdienst!«
Er mußte lachen, und seine Züge entspannten sich. Ihre Antwort amüsierte ihn. »Es ist der Gipfel der Unverschämtheit, wenn du, meine liebe, eigensinnige Amerikanerin, dich über meinen Starrsinn beklagst!« Er legte ihr den Arm um die Schulter, seine Hand glitt bis zu ihrer Hüfte, und er zog sie an sich. Mit unendlicher Zärtlichkeit

küßte er sie hinter dem Ohr. »Du bist sehr eigensinnig, Olivia«, und mit einem tiefen Seufzer, »und ich bin schwächer, als ich geglaubt hatte.«
»Du? Schwach?« Sie lachte und schloß die Augen. Sie wagte nicht, sich zu bewegen.
»Schwach und verrückt – das ist eine gefährliche Kombination.« Seine Stimme klang rauh, als er ihr über das Haar strich. »Du machst es mir unmöglich, mich von dir fernzuhalten.«
»Warum solltest du das wollen?« Er hielt sie in den Armen, sein Widerstand schwand, und Olivia jubelte innerlich darüber, daß es ihr endlich gelungen war, wenigstens eine Bresche in die Mauer zu schlagen. Deshalb war seine Antwort für Olivia auch unwichtig, denn sie kannte sie bereits.
Aber er gab ihr die Antwort trotzdem. »Weil ich es nicht gewohnt bin, Sklave meiner Wünsche zu sein. Ich bin es nicht gewohnt, daß man mir befiehlt.«
Verletzt löste sie sich von ihm. »Ich habe dir nie etwas befohlen!«
Er küßte sie auf den Mund. »Du befiehlst mir mit jedem Blick, mit jeder Berührung und jedesmal, wenn ich an dich denke. Du befiehlst mir, wenn ich wach bin und wenn ich schlafe und versuche, nicht von dir zu träumen. Du befiehlst mir«, schloß er heftig, »weil ich dich mehr begehre als jede andere Frau.«
Sein Widerstand brach zusammen. Seine Arme schlossen sich so heftig und leidenschaftlich um sie, daß es gleichzeitig schmerzte und sie glücklich machte. Seine Lippen verrieten den Zorn, der in ihm tobte, aber Olivia empfand seine Küsse wie einen Zauber, der sie auf den Gipfel jener Träume entführte, die sie von ihm geträumt und denen sie sich in den geheimsten Winkeln ihres Herzens überlassen hatte. Erstaunliche Gefühle so scharf und schneidend wie Glasstücke, bestürmten ihren Körper. Sie weckten ein Sehnen, das Olivia erschreckt hätte, wenn es nicht so wunderbar gewesen wäre. In den geflüsterten Zärtlichkeiten hörte sie nicht den verwirrten, rauhen Klang einer fremden Sprache, sondern den Gesang von Engeln. Sie spürte in seinen gierigen, wilden Küssen, mit denen er ihr Gesicht, den Hals, den Ansatz der Brüste bedeckte, den zarten federweichen

Flügelschlag der Liebe. Seine Finger glitten wie Quecksilber über ihren Körper und lösten in ihr eine Leidenschaft und Zärtlichkeit aus, wie sie es nicht für möglich gehalten hätte.

»Olivia...« Sein Stöhnen klang unterdrückt, »was für entsetzlichen Folterqualen unterwirfst du mich...!«

»Still.« Sie drückte seinen Kopf zwischen ihre Brüste und überließ sich der unbeschreiblichen Freude, »still...!«

»Weißt du, wie sehr ich dich begehre?« Sie spürte, wie sein heißer Atem ihr die Haut versengte.

»Ja.« In diesem Augenblick der Vollkommenheit hätte sie ihm nichts, nichts verweigern können.

Er hob den Kopf, umklammerte ihre Schultern, und seine Fingernägel bohrten sich so heftig in die Haut, daß sie zusammenzuckte. »Warum ermutigst du mich dann, dumm und leichtsinnig wie ein unerfahrenes Mädchen?« Er sah sie mit wilden Augen an und hielt sie in seiner Hilflosigkeit heftig fest. »Weißt du nicht, daß Männer wie ich Tiere sind, die sich ihr Vergnügen verschaffen, wo sich die Gelegenheit dazu bietet?«

Die scharfen Fingernägel trieben Olivia die Tränen in die Augen, aber sie wollte nicht weinen. »Ich liebe dich, Jai.« Sanft wischte sie ihm den Schweiß von der Stirn und sah ihm fest in die wilden, wundervollen Augen. »Alles was ich habe, gehört dir.«

Er wich ihrem Blick nicht aus. Seine Brust hob und senkte sich, und er kämpfte um seine Selbstbeherrschung. Dann ließ er die Arme sinken. »Sag das nicht, Olivia.« Er stöhnte. »Das darfst du nie wieder sagen.«

»Es ist die Wahrheit«, erwiderte sie schlicht.

»Du machst dich zu einer leichten Beute! Es ist nur gut, daß ich mich von deinem verdammten Leichtsinn nicht mitreißen lasse!« Er stand auf und lief unruhig hin und her. »Sonst müßte ich mich nämlich noch mehr hassen, als es jetzt bereits der Fall ist. Und das könnte ich dir nie verzeihen.« Er blieb stehen und sah sie mit zusammengezogenen Augenbrauen finster an. »Der Haß der anderen ist schon genug für dieses eine Leben!«

Olivia sagte nichts. Sie wußte, es war nutzlos, mit ihm darüber zu

streiten. Sie hatte sehr schnell gelernt, daß seine Stimmungen plötzlich umschlugen und er sich wie ein Chamäleon veränderte. Sie legte die Arme um die Knie, beobachtete ihn schweigend und wartete darauf, daß er die erschreckenden Kräfte vertrieb und bezwang, die ihn ihr wieder einmal entrissen hatten. Sie spürte noch immer seine zärtlichen Küsse wie einen leichten Flaum auf ihrer glühenden Haut. In der Wüste ihrer Ungewißheit hatte er eine Oase der Hoffnung entstehen lassen. Im Augenblick war ihr das genug.
Er hob einen Stein nach dem anderen auf und warf sie heftig wie Wurfgeschosse, die auf einen unsichtbaren Feind zielten, zwischen die Bäume. Die beiden Hunde sprangen aufgeregt bellend hin und her, suchten die Steine im Unterholz und brachten sie wieder zurück. Sie freuten sich über das Spiel, und Raventhorne hörte erst damit auf, als sich zu seinen Füßen ein Steinhaufen gebildet hatte und die Hunde erschöpft hechelnd vor ihm lagen. Er atmete heftig nach der Anstrengung, und das Hemd klebte ihm schweißnaß am Rükken. Aber welche Dämonen ihn auch verfolgt haben mochten, er hatte sie vertrieben. Sein Gesicht wirkte wieder ruhig und gelassen.
»Du mußt gehen«, sagte er und schob sich die dichten Haare aus der Stirn, »sonst wird dein Onkel den alten Slocum auffordern, dich mit einer Polizeitruppe suchen zu lassen.«
Olivia bewegte sich nicht. Angst erfaßte sie, denn er schwieg beharrlich, als er Jasmines Zügel von dem Ast löste und sie zu ihr führte. Wieder einmal schien er sie wegzuschicken. Aber diesmal war sie nicht bereit, das ohne weiteres hinzunehmen. Sie sah ihn herausfordernd an, als sie fragte: »Werden wir uns wiedersehen?«
Er schwieg selbst dann noch, als er den Sattelgurt nachzog. Dann drehte er sich um und sah Olivia ernst und abwägend an. »Möchtest du das wirklich?«
»Ja«, erwiderte Olivia mit gerötetem Gesicht. Sie fühlte sich gedemütigt, weil *sie* das Bedürfnis gehabt hätte, es von ihm zu wissen. »Ich möchte es wirklich.«
Seine Finger glitten sanft über ihren Arm, die umwölkten Augen wirkten fern, als er seufzte: »Also gut.«

Olivia wurde rot. Sie riß ihm beinahe die Zügel aus der Hand. »Wenn du glaubst, du tust es nur mir zuliebe ...«

Er unterbrach sie heftig und gereizt: »Wenn ich es nur dir zuliebe tun würde, dann wäre es kein Problem. Leider erlaubt mir mein unbezwingbarer Egoismus, nur an *mich* zu denken. Ich ärgere mich, weil ich es nicht dir zuliebe tue!«

Olivia lächelte wieder. »Wann?«

»Bald.«

Voll quälender Ungeduld fragte sie: »Wie bald?«

»Sehr bald.«

»Wie willst du wissen, wo ich bin?« fragte sie tonlos und kam sich dumm vor. Aber sie konnte nicht lockerlassen.

»Ich weiß immer, wo du bist«, erwiderte er so sanft, daß sie ihm einfach alles verzeihen mußte.

Doch seine beiläufige Art, sein schlecht verhülltes Zögern verletzten sie. Als sie stumm aufsaß, vertrieb er ihr jedoch auch diesen Kummer. »Du ahnst nicht, Olivia«, murmelte er in ihre Hand, die er küßte, »wie sehr ich dich wiedersehen möchte.«

Er schloß ihre Finger über den hingehauchten Kuß, legte ihr die Hand behutsam in den Schoß und versetzte Jasmine einen Schlag auf die Flanke. Olivia wußte, daß er ihr nachsah, während sie davonritt und seinen Blicken entschwand.

Olivia flog wie der Wind nach Hause und war überzeugt, daß sie dazu nicht einmal ein Pferd gebraucht hätte. Sie wußte, nun konnte sie nichts mehr von dem eingeschlagenen Weg abbringen. Hindernisse, Gefahren, Fallen und alles, was kommen mochte, schob sie unbekümmert beiseite. Sie fühlte sich stark genug, um es für diese Liebe, diese *eine* Liebe mit der ganzen Welt aufzunehmen.

Außerdem – ein Zurück gab es schon lange nicht mehr.

*

Sir Joshua litt unter Hitzefurunkeln. Da sich der milde Winter näherte und es kühler war als im Sommer, wurde der Ausschlag weniger schlimm, als er in der heißen Zeit hätte sein können. Trotzdem

verordnete Dr. Humphries strenge Bettruhe, und das half wenig, um seine Laune zu bessern. Er bestand darauf, sich jeden Tag Akten und Korrespondenz ans Krankenbett bringen zu lassen. Außerdem erhielt er beinahe täglich Besuch von Ransome und zu Lady Bridgets großem Mißvergnügen auch von Kashinath Das. In der Zwischenzeit ließ Sir Joshua seine Wut an Dienstboten, Familienmitgliedern und abwesenden Übeltätern aus. Seine ständig schlechte Laune brachte den ganzen Haushalt durcheinander und führte seine Frau an den Rand der Verzweiflung. Nicht einmal Estelle blieb verschont. Sie war daran gewöhnt, daß sie ihn um den kleinen Finger wickeln und sich mit ihren Launen bei ihm durchsetzen konnte. Seine plötzliche Schroffheit bestürzte und verletzte sie tief.
»Papa liebt mich nicht mehr«, flüsterte sie eines Morgens unglücklich, als er sie wegen einer Kleinigkeit besonders heftig angefahren hatte. »Er sagt, ich sei ein... ein egoistisches und undankbares A-Aas, und er hat mir mit der Peitsche gedroht, wenn ich Ma-Mama nicht gehorche!« Sie brach in Tränen aus.
Olivia war entsetzt. Sie wußte, daß ihre Cousine egoistisch und undankbar war, aber Estelle fand die willkürlich angedrohte körperliche Züchtigung zu Recht empörend – besonders angesichts des relativ neuen Status als Erwachsene, auf den Estelle immer noch ungeheuer stolz war.
»Dein Vater hat Probleme im Geschäft, Estelle«, sagte sie begütigend. »Außerdem hält er die Geschwüre nicht nur für entwürdigend, sondern für eine teuflische List, um ihn vom Kontor fernzuhalten, wo man ihn dringend braucht, weil die polizeiliche Untersuchung noch läuft. *Natürlich* liebt er dich! Sei doch nicht albern!«
Estelle interessierte sich ebensowenig für die Geschäfte ihres Vaters wie Lady Bridget. Mit böse funkelnden Augen erklärte sie: »Seine Probleme kümmern mich einen Dreck!« Sie schnaubte vor Zorn. »Ich lasse mir so etwas nicht gefallen – auch nicht von Papa!« Mit hochrotem Kopf stürmte sie aus dem Zimmer und rief über die Schulter zurück: »Ich bin kein Kind mehr. Und auch wenn Papa das nicht wahrhaben will, *andere* wissen es sehr wohl zu würdigen!«
Mittlerweile schien Sir Joshua nur noch mit Olivia vernünftig zu re-

den, und deshalb übertrug man ihr den größten Teil der Krankenpflege. Lady Bridget hielt sich klugerweise im Hintergrund und erteilte ihre Anordnungen nicht in seiner Gegenwart. Estelle beherzigte Olivias Rat und zeigte sich ebenfalls so selten wie möglich – erst recht nach der bissigen Drohung.

»Wo bleibt denn dieser verdammte Munshi? Weiß der Idiot nicht, daß Arthur diese Akten schnellstens zurückhaben muß?«

Olivia hatte Munshi Babu nach dem Hindustani-Unterricht nach Hause geschickt, weil sie annahm, ihr Onkel würde die Papiere bei sich behalten, die er mitgebracht hatte. Sir Joshuas Gebrüll, das durch das ganze Haus drang, als sie sein Zimmer betrat, traf sie völlig unvorbereitet.

»Tut mir leid, Onkel Josh«, sagte sie nervös, »aber ich habe ihn bereits weggeschickt. Ich ahnte nicht, daß du ihn noch brauchst.«

»Aber *natürlich* brauche ich ihn noch, verflucht noch mal!« schrie er mit puterrotem Gesicht. »Arthur muß das heute noch lesen, denn er trifft sich morgen früh mit diesem Hornochsen von einem Parlamentarier. Wie zum Teufel soll er ihn zurechtstutzen und in seine Schranken verweisen, wenn er die Fakten nicht kennt?«

Es folgte eine Schimpfkanonade auf die Parlamentarier in Westminster, die ihre Nase ständig in Kolonialfragen steckten, von denen sie nichts verstanden, und die ein Teeblatt nicht von einer Brennessel unterscheiden konnten, weil sie hoch oben in den Wolken schwebten. Das brachte ihn dazu, alle um ihn herum als Dummköpfe zu bezeichnen und ›diesen Metzger von einem Arzt‹ ganz besonders. Seine Karbolsalbenumschläge, so stellte Sir Joshua angewidert fest, stanken nach Pferdemist, und wenn ihn die Furunkel nicht ins Grab brachten, dann schafften es ganz bestimmt Humphries' infernalische Rezepte. Nachdem er die ganze Menschheit zum Teufel geschickt hatte, schwieg er – aber nur aus Atemnot – und rang wütend nach Luft.

Olivia nutzte die Pause und fragte schnell: »Möchtest du, daß ich die Akten ins Büro bringe? Es ist keine große Mühe, und es wird nicht lange dauern, bis ich zurück bin.«

Da Sir Joshua damit die Möglichkeit zu weiteren Klagen genommen war, knurrte er unzufrieden. Aber er fand keinen Grund, den vernünftigen Vorschlag abzulehnen, und gab sich geschlagen. »Du bist ein gutes Mädchen, Olivia. Du bist vernünftiger und verantwortungsbewußter als alle anderen. Ich wünschte nur, deine leichtsinnige Cousine würde dich zum Vorbild nehmen. Das wäre weiß Gott dringend nötig!«

Es war der falsche Moment, um ihre abwesende Cousine zu verteidigen. Deshalb versuchte Olivia es auch nicht.

Für jeden anderen wäre die Clive Street nur eine gewöhnliche Hauptstraße gewesen, die sich wenig von ähnlichen Geschäftsstraßen in der Stadt unterschied. Für Olivia besaß sie jedoch seit einiger Zeit einen besonderen Zauber. Wie immer verdrehte und reckte sie den Kopf, als sie am Handelshaus mit dem goldenen Dreizack vorüberkamen, als werde sie plötzlich vielleicht etwas Wichtiges entdekken, das ihr bislang entgangen war. Sie wußte nicht, wann sie Jai Raventhorne wiedersehen würde. Bei seiner Unberechenbarkeit konnte ›bald‹ ein Tag oder ein Jahrzehnt bedeuten. Aber sie fühlte sich beschwingt, als sie durch die Straße fuhr, wo er möglicherweise auch gerade war, und klammerte sich mit kindlichem Vergnügen an diesen bescheidenen Trost.

Arthur Ransome freute sich sowohl über die Akten als auch über ihren Besuch. »Wie sehr verändert der bezaubernde Anblick eines hübschen Gesichts unseren schäbigen und trostlosen Arbeitsplatz, Miss O'Rourke! Es ist wirklich sehr liebenswürdig von Ihnen, mir die Papiere zu bringen!«

Das Kontor, das er mit unterkühlter Bescheidenheit als schäbig und öde abtat, gehörte zu den besseren in der Stadt, um das ihn sehr viele Kaufleute in Kalkutta beneideten. Es war elegant, geräumig und bequem eingerichtet. Sir Joshuas Vorliebe für einen gehobenen und anspruchsvollen Lebensstil ließ sich auch hier nicht verleugnen. In den hohen kühlen Räumen herrschte eine geschäftige Atmosphäre, als würden hier in jeder Minute des Tages wichtige Entscheidungen getroffen, Geschäfte abgeschlossen und Reichtümer erworben, ohne die die Welt nicht überleben konnte. Olivia fand das faszinierend. Als sie in Arthur Ransomes Büro zu einem kurzen, höflichen Gespräch Platz nahm, beschloß sie, die Gunst der Stunde so gut wie möglich zu nutzen. »Onkel Josh hat mir von dem Überfall auf das Opium erzählt«, begann sie kühn. »Kommt Mr. Slocum mit seiner Untersuchung voran?«

Ransome wußte, daß sein Partner Olivia oft geschäftliche Dinge anvertraute, und sah deshalb keinen Grund zu einer ausweichenden Antwort. »Es geht so wie bei allen polizeilichen Untersuchungen in Fällen, an denen Einheimische beteiligt sind – das heißt, die Untersuchung dreht sich im Kreis.« Er lachte bitter.

»Gibt es keine Fortschritte?«

»Nicht die geringsten. Und daran wird sich auch nichts ändern. Wenn die Einheimischen sich gegen uns verbünden, dann greifen sie zu zwei sehr wirksamen Waffen – Gedächtnisschwund und viele, viele Zeugenaussagen, die sich alle widersprechen. Was kann der arme Slocum dagegen tun?«

»Und Gupta behauptet noch immer, es seien die Würger gewesen?« Insgeheim schämte sich Olivia, weil sie sich sehr erleichtert fühlte.

»Ja.«

»*Sie* glauben ihm offenbar auch nicht?«

Ransome griff sich an den Kopf. »Meine liebe Miss O'Rourke, wenn man so lange in diesem Land gelebt hat wie Josh und ich, entwickelt man in solchen Dingen einen unfehlbaren Instinkt. Nein, ich glaube ihm auch nicht.«

Ein weißgekleideter Diener mit einem roten Turban und einer Schärpe servierte den Tee mit der Feierlichkeit eines Priesters, der in einem Tempel eine heilige Handlung vollzieht. Er stellte das Tablett zwischen sie auf den Tisch, goß die honiggelbe Flüssigkeit in zwei Tassen, fügte mit einem silbernen Stäbchen je eine Zitronenscheibe hinzu und zog sich geräuschlos zurück. Die chinesischen Tassen mit einem goldenen Drachendekor waren aus hauchdünnem Porzellan. Olivia warf Ransome über den Rand der Tasse hinweg einen Blick zu und beschloß, noch weiter zu bohren. »Glauben Sie auch, daß *Kala Kanta* für den Raubüberfall verantwortlich ist?«

Ransome sah sie einen Augenblick lang leicht irritiert an und nickte.

»Wird Slocum ihm das nachweisen können?«
»Nein.« Diesmal zögerte er mit der Antwort nicht. »Raventhorne hat uns gegenüber einen großen Vorteil, durch den wir immer im Nachteil sind: Er hat Indien auf seiner Seite.«
Die ruhige und beinahe resignierte Feststellung überraschte Olivia. Ransome fand sich offenbar mit der Situation ab – ganz anders als ihr Onkel mit seiner aufbrausenden Art. »Raventhornes Untaten versetzen Sie nicht in Wut, Mr. Ransome? Immerhin drohen Ihnen doch hohe Verluste, wie ich höre.«
Ransome antwortete nicht sofort, sondern fischte mit dem Teelöffel umständlich ein einsames Teeblatt aus der Tasse und beförderte es ordentlich und geschickt auf die Untertasse. »Natürlich macht es mich wütend«, sagte er schließlich seelenruhig, »aber es ist vielleicht ... zu verstehen.«
»Zu verstehen?« Dieses ungewöhnliche und faire Eingeständnis setzte Olivia in Erstaunen. »Wie das? Onkel Josh ist da ganz sicher anderer Ansicht.«
»Ja.« Er sah sie nachdenklich an. »Ja, Joshs Zorn ist natürlich gerechtfertigt. Raventhorne ist zweifellos der bösartigste, rachsüchtigste Schurke, dem ich je begegnet bin ...« Er brach ab und sagte: »Entschuldigen Sie bitte meine Ausdrücke, Miss O'Rourke, aber Raventhorne ist ein Mann, der heftige Gefühle weckt.«
»Oh, ich habe bei uns in Amerika sehr viel Schlimmeres gehört, Mr. Ransome, das kann ich Ihnen versichern!« Sie beugte sich vor. Jetzt nahm das Gespräch eine Wendung, die sie brennend interessierte. »Weshalb glauben Sie, Raventhornes Verbrechen sei zu verstehen?«
Ransome leerte die Tasse und zündete sich einen seiner geliebten Stumpen an. »Raventhorne hat nie ein Geheimnis daraus gemacht, daß er den Opiumhandel verurteilt. Und offen gesagt, Miss O'Rourke«, er sog den Rauch tief in die Lunge und stieß ihn ganz langsam aus, »ich habe auch nicht mehr viel dafür übrig. Im sogenannten Opiumkrieg neununddreißig habe ich wie jeder Engländer treu für Königin und Vaterland gekämpft. Aber wissen Sie, ich habe Dinge gesehen, die mich entsetzten und beschämten. Die gelben

Teufel hatten natürlich keine Chance gegen unsere besseren Waffen, aber die körperliche Verfassung, in der sie sich durch den Opiumgenuß befanden, war erschreckend.« Er seufzte tief. »Ich kann Ihnen sagen, Miss O'Rourke, es war kein Anblick, auf den jemand stolz sein konnte. Wenn ich nach Kanton komme, bedrückt mich die Situation, die im wesentlichen unser Werk ist. Wir haben sie zu Sklaven dieser teuflischen Sucht gemacht, aus der es kein Entrinnen gibt.« Er wirkte zutiefst bekümmert, gab sich aber einen Ruck und lächelte sie dann nicht sehr glücklich an. »Nun ja, jeder gute Geschäftsmann weiß, daß für Gefühle kein Platz ist, wenn es um das Geldverdienen geht. Wir verkaufen, um Gewinne zu machen, und nicht, um die Menschheit zu bessern. Im Endeffekt kommt es auf die Bilanz an, nicht auf das Gewissen.« Er sagte das lächelnd, aber hinter seinen Worten lag Bitterkeit.

Olivia richtete sich langsam auf und betrachtete ihn mit neuem Interesse. Wieder einmal wurde der Gegensatz zwischen den beiden Partnern sehr deutlich. Im Vergleich zu Sir Joshuas Selbstbewußtsein und unbeirrbarer Entschlossenheit kamen ihr Ransomes Gedanken höchst ungewöhnlich vor. Sie konnte sich nicht vorstellen, daß ihr Onkel jemals Gewissensbisse hatte, weil er mit dem teuflischen Opium Geschäfte machte. Sie fand Ransome daher noch sympathischer. Außerdem war es aufregend, so offen über Jai Raventhorne zu reden. »Aber im Endeffekt«, sagte sie und nahm den Faden wieder auf, »muß *Kala Kanta* doch auch an die Bilanz denken. Wie kann er es sich leisten, seinem Gewissen zu folgen, wenn alle anderen es nicht können?«

»Er hat sich andere Mittel ausgedacht, damit die Bilanz stimmt.«

»Templewood und Ransome ist doch mit Sicherheit nicht das einzige Unternehmen, das an dem Dreiecksgeschäft Opium–Gold–Tee verdient. Greift er denn die anderen auch an?«

»Aber ja!« erwiderte Ransome trocken, »ich kann Ihnen versichern, in dieser Hinsicht ist Raventhorne sehr gerecht. Im Krieg zum Beispiel stand er offen auf der Seite der Chinesen! Er hat dem chinesischen Kommissar persönlich dabei geholfen, zwölfhundert Tonnen Opium zu verbrennen – *zwölfhundert Tonnen!* –, die in Tschen-kou

lagerten und den Engländern gehörten. Für die Ostindien-Kompanie war das eine Einbuße von Millionen *Taels* – Millionen!«
Trotz der erstaunlichen Zahlen war Olivia nicht überrascht. Diese Tollkühnheit war für Raventhorne charakteristisch. »War deshalb in Indien eine Belohnung auf seinen Kopf ausgesetzt?«
»Ja.« Ransome erkundigte sich nicht, woher Olivia dies wußte. »Raventhorne fährt schon immer unter amerikanischer Flagge. Da während der Feindseligkeiten der *Pehkiang* nur für britische Schiffe gesperrt war, durften er und andere die Blockade an der Flußmündung passieren. Viele amerikanische und andere ausländische Kapitäne fungierten bereitwillig als unsere Helfershelfer und brachten unser Opium ungestraft an Land – natürlich gegen eine gute Bezahlung. Raventhorne lehnte das ab. Er griff sogar jedes Schiff an, das Opium an Bord hatte, obwohl Amerika nicht an diesem Krieg teilnahm. Kann man uns deshalb vorwerfen, daß wir nach seinem Blut lechzten?« Er sah finster vor sich hin, lachte dann aber leise. »Nun ja, wir haben es nicht bekommen, keinen Tropfen. Statt dessen ist der gerissene Halunke unser Konkurrent und Nachbar geworden und macht uns das Leben zur Hölle.« Er lachte jetzt offen und laut. »Oh, ich hasse ihn und seine Unverschämtheiten wie jeder andere auch, Miss O'Rourke, aber ich muß dem Teufel auch Gerechtigkeit widerfahren lassen. Er ist vielleicht so glatt und so giftig wie eine Kobra, aber tollkühn ist er auch, das muß man ihm lassen. Ja, das muß man wirklich. Und er hat weiß Gott, allen Grund, den verfluchten Mohn zu hassen, wenn man bedenkt...«
Ransome verstummte so plötzlich, daß Olivia ihn erstaunt ansah. Das Lachen hörte unvermittelt auf, und sein Mund schloß sich so schnell wie die Schalen einer Muschel. Er lief rot an und stand abrupt auf.
»Wenn man was... bedenkt?« Das Herz schlug ihr heftig gegen die Rippen, aber Olivia blieb hartnäckig sitzen, denn sie wollte nicht, daß das Gespräch an diesem Punkt abbrach. »Wenn man was bedenkt, Mr. Ransome?«
Aber der Augenblick war vorüber. Die Enthüllung – was es auch sein mochte – blieb unausgesprochen. Ransome lachte noch einmal leise

und verlegen, dann sagte er ausdruckslos: »Wenn man bedenkt, was er über die Opiumhöhlen in Kanton weiß.« Dann wechselte er geschickt das Thema. »Josh hat mir erzählt, daß Sie ihm einmal begegnet sind.«

»Ja.« Olivia seufzte innerlich. Sie mußte sich damit abfinden, daß er ihr nicht sagen würde, was er wußte. Beinahe etwas zu schnell fügte sie hinzu: »Es war reiner Zufall.«

»Aber natürlich!« Ihre Erklärung überraschte ihn, und sie wurde rot. »Was sonst? Ich hoffe, daß sich das nicht wiederholt, Miss O'Rourke.« Er sah sie streng an. »Raventhorne ist ein unangenehmer Mensch, ein *höchst* unangenehmer.«

Es war der richtige Moment, um zu gehen, und Olivia verabschiedete sich. Draußen war es bereits dunkel, und auf der Straße fuhren viele Kutschen. Ransome brachte sie höflich zu dem wartenden Landauer und wünschte ihr eine gute Nacht. Dann räusperte er sich und murmelte: »Ich wäre Ihnen sehr dankbar, wenn Sie Josh nichts von unserer Unterhaltung sagen, Miss O'Rourke. Wie Sie wissen, sind wir in manchen Dingen sehr verschiedener Meinung.«

»Nein, natürlich nicht«, sagte Olivia beruhigend und mußte bei der absurden Vorstellung an ein solches Gespräch mit ihrem Onkel lächeln. Aber die indirekte Anspielung auf Raventhorne ermutigte sie, noch eine Frage zu stellen. »Gibt es etwas Neues aus Kirtinagar über Ihren Vorschlag hinsichtlich der Kohle?«

»Nein. Arvind Singh spielt offenbar mit dem Gedanken, aber sein Freund bleibt hart. Und da in erster Linie Raventhorne die Mine finanziert, scheint die Angelegenheit in einer Sackgasse zu stecken. Nach Aussagen unseres Gewährsmanns bestehen zwischen den beiden bereits erhebliche Spannungen!«

»Spannungen?« wiederholte Olivia und versuchte, ihr Erschrecken nicht zu zeigen.

»Kasinath Das behauptet es zumindest. Wir müssen abwarten, was Arvind Singh höher schätzt – die Freundschaft mit Jai oder das Bewässerungsprojekt.«

Jai! Ransome hatte den Vornamen unbewußt ausgesprochen, und das überraschte Olivia. Es war so selbstverständlich geschehen, daß sich ein Verdacht in ihr festsetzte: Arthur Ransome wußte sehr viel mehr, als er ihr gesagt hatte – *sehr* viel mehr! Der Anflug von Sympathie, die Selbstverständlichkeit, mit der er Raventhornes Untaten und Übergriffe akzeptierte und jetzt der Vorname – alles wies darauf hin, daß Ransome diesen Mann sehr gut kannte und viel über ihn wußte.

Aber im Augenblick hatte Olivia weder Zeit noch Gelegenheit, weitere Fragen zu stellen. Außerdem war sie tief beunruhigt über die Nachricht, daß Jais Freundschaft mit dem Maharadscha auf dem Spiel stand. Und daß diese Beziehung ausgerechnet wegen der verwünschten Kohle in die Brüche gehen sollte, erschien ihr als noch größere Tragödie. Liebe, Vertrauen, Mitgefühl, Kameradschaft – all das war Jai versagt geblieben, sei es von einem grausamen Schicksal, sei es als Folge seiner unberechenbaren Launen. Konnten die Sterne ihm jetzt auch noch den einzigen Freund nehmen, den er hatte? Und das wegen einer geschäftlichen Meinungsverschiedenheit, die in ihren Augen äußerst trivial war?

Olivia hätte vermutlich noch mehr Grund gehabt, sich Sorgen zu machen, wenn sie Zeugin des Gesprächs gewesen wäre, das ihr Onkel mit Kasinath Das führte, während sie in Ransomes Büro saß.

»Da das Konsortium nicht bereit ist, das Angebot zu erhöhen, fassen Sie also die... andere Möglichkeit ins Auge?« fragte Das und blickte ernst auf seine eleganten englischen Lackschuhe. »Die ließe sich jedenfalls leicht in die Wege leiten.«

Sir Joshua saß im Bett gegen einen Berg von Kissen gelehnt, die er immer wieder aufschüttelte und umgruppierte, um seine Schmerzen zu lindern, und stieß einen unterdrückten Fluch aus. »Einfach? Machen Sie keine Witze, Kashinath! Nichts ist einfach, was ihr Inder ›in die Wege leitet‹. Außerdem hat Arvind Singh uns seine Absage noch nicht offiziell mitgeteilt.« Er griff nach einem Glöckchen auf dem Nachttisch und läutete gereizt.

Kashinath Das wartete, bis Rehman erschienen war, die Anweisung, zwei Glas Limonenlimonade zu bringen, entgegengenommen und sich wieder zurückgezogen hatte, ehe er sagte: »Sie vertrauen mir nicht, Sir Joshua, aber ich habe alle Einzelheiten sehr sorgfältig durchdacht.« Er hob den Blick, hielt den Kopf aber immer noch leicht gesenkt und sagte ruhig: »Zwei der Zeugen werden Engländer sein.« Als Sir Joshua ihn durchdringend ansah, fügte er schnell hinzu: »Natürlich sind sie in der Stadt völlig unbekannt. Sie kommen eigens dafür aus der Provinz. Und weder Arvind Singh noch Slocum werden an ihrer Glaubwürdigkeit zweifeln. Auf diese Weise kann man mehrere Fliegen mit einer Klappe schlagen.«

»Und natürlich fette Provisionen einstreichen!« brummte Sir Joshua sarkastisch, während er ein Kissen schüttelte und seine Stellung veränderte. Dabei stöhnte und schnaufte er vor Anstrengung.

»Aber Sir, Sie tun dem bescheidenen Vermittler unrecht!« rief Das verletzt. »Meine kleine Kommission wird überhaupt nicht ins Gewicht fallen im Vergleich zu den Gewinnen, die das Konsortium mit der Kohle machen wird.« Er schwieg, neigte den Kopf und fügte lauernd hinzu: »Das heißt, wenn Sie immer noch auf die Kohle Wert legen...«

Rehman klopfte, kam herein und stellte das Tablett mit der Limonade neben das Bett. Sir Joshua tat in ein Glas zusätzlich Zucker und reichte es Das. Dann rührte er nachdenklich die Limonade in seinem Glas um. Als Rehman gegangen war, meinte er: »Natürlich will ich die Kohle immer noch! Die Möglichkeit, von der ich bereits gesprochen habe, ist keineswegs vergessen. Aber ich gebe die Hoffnung nicht auf, daß Arvind Singhs Geldgier die Oberhand behält.«

»Das wird nicht geschehen«, sagte Das traurig. »Dafür wird es keinen Grund geben, denn das Bewässerungsprojekt wird aus anderen Quellen finanziert werden.«

Sir Joshuas Gesicht wurde rot vor Zorn, und er starrte finster in die Limonade. »Von einem indischen Konsortium? Von Mooljee, zum Beispiel?«

»Und anderen, wie ich höre. Wir wollen nicht vergessen, daß auch *Kala Kanta* beträchtliche Mittel hat.« Kashinath Das beugte sich kühn vor, nahm sich noch einen Löffel Zucker, trank und nickte zufrieden. »Wenn Sie sich für Ihre zweite Möglichkeit entscheiden, Sir Joshua, ist das Risiko sehr gering... im Vergleich zu dem, was Sie gewinnen. Sie werden die beiden Männer für immer auseinanderbringen, und damit hat das Konsortium den Einstieg, den es schon lange sucht. Ihr Plan wird gewiß auch dem ...«

»Nein!« rief Sir Joshua heftig, »dieser feige Haufen von Krämerseelen und Schreiberlingen im Konsortium wird nichts von den Einzelheiten erfahren!« Er schnaubte verächtlich und kämpfte wieder mit den Kissen. »Ihr Plan, Kashinath, hat einen fatalen Fehler. Das habe ich Ihnen schon einmal gesagt! Wie ...?«

»Nicht *wie*, Sir Joshua, sondern *wann* – das ist die Frage. Der richtige Zeitpunkt wird diesen Fehler beseitigen.« Sir Joshua kniff fragend die Augen zusammen, und Das lächelte. Mit einer Lässigkeit, die sich nur wenige Inder in Sir Joshuas Gegenwart erlaubt hätten, streckte er die kurzen Beine aus, legte den Kopf zurück und blickte an die Decke. »Er ist jedes Jahr am ersten Abend des *Dassera*-Rituals auf dem Fluß. Allein. Er wird kein Alibi haben.«

*

Sir Joshuas Hitzefurunkel, Estelles schlechte Laune, Ransomes düstere Aussagen und ihre eigenen Sorgen – am nächsten Morgen vergaß Olivia alles. Jai überraschte sie wieder einmal an einer einsamen Gegend am Fluß.

»Ich habe dir doch versprochen, daß wir uns bald wiedersehen«, brummte er unwirsch. »Warum also dann die Überraschung? Vertraust du mir nicht?«

»Nein!« rief sie fröhlich. »Hier in aller Öffentlichkeit hätte ich dich nicht erwartet.«

»Hast du schon kalte Füße bekommen? Ich dachte, du bist bereit, meinetwegen allen Ärger zu ertragen, den dein Onkel machen wird! Man kann nicht ins Wasser, ohne naß zu werden.« Er winkte den wartenden Bootsmann herbei, übergab ihm die Pferde und ging mit ihr zu dem kleinen Ruderboot. »Davon sind nicht einmal unbelehrbare Amerikanerinnen ausgenommen, die ihr Herz dem Verstand überordnen!«

Sie gab keine Antwort, denn die friedliche Heiterkeit des frühen Morgens war ihr genug Entschädigung für seine Bosheiten. Sie saß

ihm gegenüber, und er ruderte schweigend. Die dichten Dunstschwaden auf dem Wasser verhüllten immer wieder kurz sein Gesicht. Als sie mitten im Fluß völlig vom Nebel eingehüllt waren, zog er die Ruder ein und lehnte sich zurück.
»Findest du nicht auch, daß die Öffentlichkeit jetzt wirksam genug ausgeschlossen ist?«
»Vermutlich.«
Seine langen Beine ragten unter die Bank, auf der sie saß. Er verschränkte die Hände hinter dem Kopf. »Was machen die Hitzefurunkel? Ich hoffe, sie sind sehr schmerzhaft.«
»Nein, es geht meinem Onkel sogar besser.« Sie sah ihn gereizt an. »Warum mußt du so kindisch sein. Diese Bemerkung war überflüssig.«
»Hat Ransome dir gesagt, warum? Ich habe deine Kutsche gestern in der Clive Street gesehen.«
Ein leichter Schauer lief ihr über den Rücken, und sie bekam eine Gänsehaut. Er war also in der Nähe gewesen, und sie hatte es nicht gewußt! »Gibt es eigentlich etwas, das du *nicht* weißt?«
»Wie könnte ich deinen Respekt vor meinem Spionagesystem sonst aufrechthalten?« Er beugte sich vor und griff wieder nach den Rudern. »Ich weiß, wie man überlebt, vergiß das nicht. Und Wissen ist meine beste Waffe.«
Sie glitten wieder schneller durch den Nebel, der sie wie die durchscheinenden Wände eines riesigen Palastes umgab. Das leise Klatschen der Ruder klang hohl. Nur vereinzelte lachsrote Flecken am morgendlichen Himmel erinnerten daran, daß sich ihre kleine Welt auch noch in der anderen befand. Jais Knie waren ihr so nah, daß sie bei der kleinsten Bewegung mit den ihren in Berührung gekommen wären. Olivia hätte am liebsten ihre Wange an seine Brust gelegt, um sich zu vergewissern, daß sein Herz mit ihrem Herzen Schritt hielt, das vor Erregung wie Kastagnetten schlug. Aber sie bewegte sich nicht, sondern begnügte sich damit, ihn anzusehen. Sie war zufrieden, daß er zumindest im Augenblick ihr Gefangener war, mit dem sie tun und lassen konnte, was sie wollte. Selbst wenn diese kurzen Augenblicke in wortlosem Schweigen vorübergingen, waren sie ihr

kostbar und teuer. Sie wollte die Harmonie nicht gefährden, das empfindliche Gleichgewicht des Seelenfriedens, und deshalb tat sie nichts.
Er hörte wieder auf zu rudern. Mit einem Seufzen – weil er ebenso zufrieden war wie sie, hoffte Olivia – legte er sich zurück und schloß die Augen. »Warum siehst du mich an?« fragte er kurz darauf.
Erschrocken richtete sie sich auf und wandte den Kopf ab. »Hast du außer deinen anderen bösen Kräften auch die Fähigkeit, mit geschlossenen Augen zu sehen?«
Er schlug die Augen auf. »Ich brauche keine Augen, um dich zu sehen, Olivia.« Er setzte sich, nahm ihre Hand und küßte nacheinander jede einzelne Fingerspitze. »Du kannst dich nicht vor meinem inneren Auge verstecken.«
Die Hand, die er hielt, zitterte, als sich ihre Finger ineinanderschoben. Hitzewellen jagten durch ihre Adern. In diesem Augenblick liebte sie ihn so sehr, daß sie vor Schmerz beinahe gerufen hätte: *Wer bist du? Was bist du? Woher kommst du, und wohin wirst du gehen ...?* Die Sehnsucht, ihn wirklich zu kennen, überwältigte sie, aber sie nahm sich zusammen und fragte beiläufig: »Hast du in letzter Zeit Kinjal gesehen? Ich habe ihr in der vergangenen Woche einen Brief geschrieben.«
»Ja, sie hat sich sehr darüber gefreut.« Er drehte ihre Hand so, daß sie auf seiner breiten Handfläche lag, und betrachtete sie eingehend wie einen kostbaren Gegenstand, den er nicht einordnen konnte. »Kinjal geht es gut. Ihre Kinder sind wieder in Kirtinagar.«
Olivia wagte eine weitere Frage. »Und ... Arvind Singh?«
Er ließ ihre Hand los und legte sie behutsam in ihren Schoß.
»Du hast von Ransome erfahren, daß wir miteinander kämpfen. Möchtest du wirklich etwas darüber erfahren?«
Olivia seufzte. »Ich möchte dich nicht zum Feind haben, Jai. Du hast etwas an dir, das mir Angst macht. Ja, du hast recht, ich möchte etwas darüber erfahren.«
»Nun ja, es stimmt.« Er wirkte ganz ruhig. »Arvind läßt sich von Sir Joshuas Köder locken – ich nicht. Und Das möchte seine Kommission. Deshalb stiftet er Unfrieden, wo er nur kann.«

Olivia empörte sich über seine Gelassenheit. »Wie kannst du eine so tiefe und lange Freundschaft wegen einer rein geschäftlichen Angelegenheit aufs Spiel setzen?« rief sie. »Ist das die Sache wirklich wert?«
Jai sah sie überrascht an. »Nein. Geschäftliche Meinungsverschiedenheiten haben nichts mit unserer Freundschaft zu tun. Wir waren schon oft unterschiedlicher Meinung.«
»Aber du hast gesagt, ihr kämpft miteinander ...!«
Er lächelte plötzlich und sah sie freundlich an. »Ich habe das nicht wörtlich gemeint. Geschäftliche Streitigkeiten unter Männern können sehr heftig werden, aber sie sind selten persönlich.« Er lachte. »Nur Frauen erklären den totalen Krieg, wenn sie aufeinander losgehen«, meinte er bissig.
Olivia konnte es nicht fassen, daß gerade er so etwas sagte, aber sie beließ es dabei. »Dann ist deine Freundschaft mit Arvind Singh nicht in Gefahr?«
»Nein.«
»Aber wenn sein Bewässerungsprojekt in Gefahr gerät ...?«
»Soweit wird es nicht kommen. Indische Kaufleute können ebenso vorausblickend sein wie *Boxwallahs*.« Ein flüchtiges zufriedenes Lächeln begleitete seine Antwort. Er blickte wieder zärtlich in ihr sorgenvolles Gesicht, strich mit dem Zeigefinger die Falte zwischen Olivias Augenbrauen glatt. »Mach dir meinetwegen keine Sorgen«, sagte er heiser, »... falls dich *das* beunruhigt.«
»Ja, das beunruhigt mich. Ich kann den Gedanken nicht ertragen ...« Olivia brach ab, denn sie konnte ihm nicht sagen, wie sehr sie bei dem Gedanken an seine Einsamkeit litt. Es schmerzte sie unerträglich, daß er seinen einzigen Freund verlieren sollte, die einzige Familie, die ihn als einen der ihren aufgenommen hatte.
Es gelang ihr, die Worte zurückzuhalten, aber ihr Gesicht verriet das Mitgefühl. Wie eine Falle, die plötzlich zuschlägt, verwandelten sich seine grauen Augen wieder in Stein. »Ich finde deine Anteilnahme – oder ist es Mitleid? – rührend«, sagte er mit eisigem Sarkasmus, »aber ich kann dir versichern, daß ich sie nicht brauche. Nach allem, was Kinjal dir erzählt hat, machst du dir ein zu romantisches Bild von

mir.« Er griff nach den Rudern, stieß sie ins Wasser und trieb das Boot heftig vorwärts.

»Das stimmt nicht...«

»Belüge mich nicht, Olivia. Ich kann in dir wie in einem aufgeschlagenen Buch lesen.«

»Nur weil ich mir Sorgen mache...«

»Tu es nicht. Ich bin nicht daran gewöhnt. Es macht mich mißtrauisch, und mir ist unwohl dabei.«

»*Mißtrauisch*?« Seine vorsätzlich falsche Interpretation ihrer Absichten trieb sie zur Verzweiflung. Sie schlug in ohnmächtigem Zorn mit der Faust auf das Holz. »Ich *hasse* es, wenn du plötzlich so unlogisch bist! Und ich kann es nicht ertragen, wenn du mich bewußt so grundlos verletzt!«

Er sah sie höhnisch an und lachte höhnisch. »Ach ja? Ich dachte, du bist bereit, alles zu ertragen, ganz gleich, was ich tue! Darf ich daraus schließen, daß dein Mut nicht ausreicht, dein etwas voreiliges Versprechen zu halten?«

»Nein! Aber du bestehst darauf, in harmlose Worte etwas Falsches hineinzulegen. Du gibst zu, mir gegenüber mißtrauisch und argwöhnisch zu sein. Du versteckst dich vor mir hinter Halbwahrheiten, Ausreden und Verdrehungen...« Ihre Stimme überschlug sich, aber sie biß die Zähne zusammen und weinte nicht. »Ich... ich liebe dich, Jai«, flüsterte sie unglücklich, »es ist doch nur natürlich, daß ich dich verstehen möchte, dich kennenlernen möchte, etwas über dich erfahren möchte...« Sie konnte nicht weiter sprechen. Sie mußte mit den Tränen kämpfen und wandte den Kopf ab.

Der Zorn war verraucht. Er saß plötzlich neben ihr und zog sie in seine Arme. »Ich habe keine Ahnung, was bei deiner Liebe natürlich ist oder nicht, Olivia.« Er vergrub das Gesicht in ihrem Nacken und bebte vor Reue. »Mich hat noch nie eine Frau wie du geliebt. Ich muß so viel von dir lernen. Du mußt viel Geduld mit mir haben.«

Die Zärtlichkeit vertrieb den bitteren Geschmack auf der Zunge, als sei er nie dagewesen. Seine Spitzen, seine Hiebe, seine Launen – alles war wie weggeblasen. In einem einzigen Atemzug hatte sie ihm vergeben. Sie spürte seine gespannten Rückenmuskeln und streichelte

sie, bis sie weich und locker waren. Sie linderte mit zärtlichen, leisen Worten seine inneren Qualen und vertrieb den wilden Sturm seiner Gefühle mit ihren Küssen, bis sein rauher, heftiger Atem wieder ruhig und langsam wurde. Sie empfand eine unendliche Liebe für ihn und spürte das bereits vertraute Sehnen, das sich einstellte, wenn sie sich nahe waren. Eine Weile lag er still in ihren Armen. Seine Hände schenkten ihrem Körper zögernd, vorsichtig die Zärtlichkeiten, nach denen sie sich bereits sehnte, und sie konnte beinahe sehen, welche Anstrengung ihn die Zurückhaltung kostete. Dann hob er den Kopf und küßte sie auf den Mund. »Ermutige mich nicht, Olivia«, murmelte er mit angespanntem Gesicht, »ich habe nicht leicht Angst, aber du schaffst es, daß ich Angst vor mir bekomme. Das ist ein merkwürdiges Gefühl.«
Er ging noch nicht auf seinen Platz zurück. Trotzdem hatte er sich auf subtile Weise von ihr gelöst und wieder in sein Schneckenhaus zurückgezogen, das sie so unglücklich machte. Es kostete sie so große Mühe, ihn nicht zu berühren, daß sie die Hände zu Fäusten ballte. Sie wollte ihn an sich drücken, sein launisches, flüchtiges Wesen fangen und für immer festhalten. Aber sie wußte, das lag nicht in ihrer Macht – noch nicht, vielleicht sogar nie. Untröstlich ließ sie zu, daß er sich von ihr entfernte. »Weiß Gott, Jai, das wollte ich auch nicht...«
Er griff wieder nach den Rudern. »Du hast mich gefragt, ob es etwas gibt, das ich nicht weiß. Es gibt etwas. Ich weiß nicht, warum du mich unbedingt lieben willst.«
»Warum ich dich lieben *will*? Gibt es denn eine andere Wahl?« Auf diese Frage erwartete sie keine Antwort, und er gab ihr auch keine. Sie achtete düster sein Schweigen, aber bittere Gedanken bewegten sie. Sie hatten schon eine seltsame Beziehung – wenn man es überhaupt eine Beziehung nennen konnte! Sie waren weder Freunde noch Liebende – weder Fisch noch Fleisch. Sie gab ihm das Versprechen uneingeschränkter Liebe. Sie gab ihm alles. Er gab ihr Worte, eine Berührung, einen flüchtigen Blick, der *beinahe* nach Liebe aussah. Doch wie kostbar waren ihr inzwischen diese zufälligen Worte, Blicke und Zärtlichkeiten! Jai Raventhorne mochte unzugänglich in

seinem Schneckenhaus sitzen, ein unnahbarer Fels und in seiner Unberechenbarkeit verletzend sein – aber sie hatte geschworen, ihn zu lieben, so wie er war. Selbst wenn sie nicht zu seinem inneren Kern vorstoßen konnte, so war er ihr doch lieber als alle Männer dieser Welt.

Der Nebel hatte sich aufgelöst. Am Ufer saß geduldig der Bootsmann und wartete auf ihre Rückkehr. Außer einem *Dhobi* und seiner Frau, die ihre Wäsche auf einem Stein klopften, war niemand in der Nähe. Sie beachteten Jai und Olivia nicht, als das Boot knirschend ans Ufer stieß und der Bootsmann ihre Pferde herbeiführte.

Olivia saß auf, ohne das Schweigen zu brechen. Jai hielt noch einen Augenblick ihre Hand. »Weißt du, was ich am wenigsten mag, wenn ich dich treffe, Olivia?« Sie schüttelte den Kopf, er legte ihre Hand an seine Wange. »Den Augenblick, wenn ich dich wieder verlassen muß.«

Sie sah ihm nach, als Shaitan wie ein Sturmwind mit ihm davonflog, bis er in einer Staubwolke verschwand. Die letzten Worte schloß sie in ihr Herz wie Edelsteine in eine fast leere Schatzkammer. Sie hatte nicht gefragt, wann sie ihn wiedersehen würde, und er hatte es auch nicht gesagt. Aber diesmal fiel es ihr leicht, Geduld zu haben, denn sie würde ihn wiedersehen… nicht einmal oder zweimal, sondern wieder und wieder.

Keine Macht der Erde konnte daran etwas ändern.

*

»Du wirst nie erraten, was ich gemacht habe!« Ausnahmsweise war Estelle einmal guter Laune. Als Olivia aus dem Badezimmer kam, saß sie auf dem Bett und aß einen Apfel. »Fragst du mich nicht, was?«

»Nein.« Olivia hatte sich ein Handtuch um den Kopf gewickelt und rieb energisch die feuchten Haare trocken. »Du wirst es mir nämlich ohnehin sagen.«

Estelle streckte ihr die Zunge heraus, aber ihre Augen strahlten. »Ich habe vorgetanzt!«

Olivia sah sie groß an. »Für die Aufführung?«
»Ja.« Estelle warf das Kerngehäuse aus dem Fenster. »Mr. Hicks findet, ich tanze sehr gut.«
Schon seit Tagen tobte ein verbissener Kampf zwischen Estelle und ihrer Mutter. Eine fahrende Schauspielertruppe beabsichtigte, Kalkuttas Gesellschaft in der Weihnachtszeit mit einer Operettenversion von *Aschenputtel* zu unterhalten. Die Hauptrollen spielten die Mitglieder der Truppe, aber Mr. Hicks, der Leiter, versuchte, aus jungen Damen der Gesellschaft eine Tanzgruppe zusammenzustellen. Es war alles völlig harmlos, aber Lady Bridget hatte drei entscheidende Einwände dagegen, daß Estelle zu den Auserwählten gehören sollte: Erstens, Berufsschauspieler führen ein moralisch zweifelhaftes Leben, zweitens, die Tänzerinnen würden sich übertrieben schminken und zu spärlich bekleidet sein und drittens wußte man, daß Mr. Hicks ein persönlicher ›Freund‹ von Mrs. Drummond war.
Olivia sah ihre Cousine nachdenklich an. »Weiß deine Mutter, daß du Mr. Hicks vorgetanzt hast?«
»Nein, aber sie wird es erfahren, wenn er mich nimmt.«
»Und wenn er dich nimmt, wird sie dir nicht erlauben aufzutreten – das hat sie dir bereits gesagt.« Sie kämmte sich die langen Haare. »Ich bin auch nicht sicher, daß Onkel Josh es erlauben wird. Dein Mr. Hicks *wirkt* wie ein Lebemann, auch wenn er es vielleicht nicht ist.«
»Er ist es nicht. Er ist wirklich sehr nett – auch wenn er in der Öffentlichkeit in der Nase bohrt.« Estelle hob entschlossen die eigene. »Mir ist es gleich, was Mama diesmal sagt, Olivia. Wenn Mr. Hicks mich für geeignet hält, werde ich mitmachen. Und Papa wird nichts dagegen haben, denn er hat völlig vergessen, daß es mich noch gibt.« Sie schob trotzig die Unterlippe vor. »Stell dir vor, diese Clarissa Rose hat Polly und mir ihre Kostüme gezeigt. Sie hat die Ophelia in Windsor Castle gespielt – vor der Königin. Und sie geht ständig in die Vorstellungen in Covent Garden. Dort hat die Königin eine Loge, und alle müssen sich erheben, wenn sie erscheint. Man spielt die Nationalhymne, und alle Damen machen einen Hofknicks. Ist sie nicht zu beneiden?«

»Wer – die Königin?«
»Nein, Clarissa Rose natürlich, die Schauspielerin, die das ›Aschenputtel‹ ist. Stell dir doch nur vor, eine Aufführung in Covent Garden zu erleben!«
»Das tun bestimmt viele Leute.«
»Also, *ich* nicht! Ich muß mich Abend für Abend mit dieser langweiligen Strand Road begnügen!« Sie starrte eine Weile mißmutig vor sich hin. Aber schließlich siegte ihre gute Laune, und sie erzählte weiter: »Und sie hat uns etwas gezeigt, das man Dag... Dag...«, sie runzelte nachdenklich die Stirn, dann sagte sie achselzuckend, »na ja, es ist eine silberne Platte mit einem Bild von ihr. Es ist offenbar das neueste in England für Porträts.«
»Daguerreotypie?«
»Ja, ich glaube, so heißt es.« Estelle sprang begeistert auf. »Sie sagt, die Bilder werden mit einem Kasten gemacht. Man sitzt vor dem Kasten, und dabei muß einem die Sonne auf das Gesicht scheinen. Miss Rose hat gesagt, es ist eine französische Erfindung. Hast du schon davon gehört?«
»Ja. Ich habe noch keines dieser Bilder gesehen, aber Papa. In Amerika benutzt man jetzt Daguerreotypien, um in den Zeitungen Bilder zu drucken.« Sie ging zu Estelle. »Freddie und du, ihr habt dasselbe Problem – ihr braucht mehr Beschäftigung. Warum fragst du nicht Onkel Josh, ob du ihm im Kontor helfen kannst. Er würde sich bestimmt darüber freuen.«
Estelle sah sie entsetzt an. »Ich soll in Papas Kontor arbeiten?« Sie schauderte. »Mein Gott, ich würde mich zu Tode langweilen.«
»Du langweilst dich jetzt zu Tode«, sagte Olivia, »dort würdest du wenigstens etwas Nützliches tun *und* deinen Eltern eine Freude machen.«
»Ich werde reisen, Olivia. Ich werde etwas Richtiges machen und richtige Menschen kennenlernen.« Estelle sah sie herablassend an und fügte schnippisch hinzu: »Ich werde *unabhängig* sein.«
»Wenn du unabhängig sein willst, mußt du dir deinen Lebensunterhalt selbst verdienen.«
»Du meinst, Klavierstunden geben, Kleider nähen, reichen alten

Leuten vorlesen und solche Dinge?« Sie rümpfte die Nase. »Ich würde sterben, einfach *sterben*, wenn ich das tun müßte.«
Olivia lachte. »Und womit willst du deine wundervolle Unabhängigkeit finanzieren? Willst du deinem Papa die Rechnungen schicken?«
Sie hob verächtlich die Schultern. »Das ist für mich keine Unabhängigkeit.«
»Es gibt noch andere Möglichkeiten ...« Estelles rundes Kindergesicht wirkte stolz.
»Du meinst – du wirst John heiraten und ihn die Rechnungen bezahlen lassen?« Olivia zwinkerte ihr zu. »Auch das halte ich nicht gerade für Unabhängigkeit.«
Estelle sah ihre Cousine mitleidig an. »Ich könnte mir einen reichen alten Mann angeln, und er würde mir das Leben bieten, das ich erwarte.« Sie strich sich selbstgefällig über die Haare und reckte das Kinn. Olivia stöhnte. »Sieh nur zu, daß er reich genug ist, um dir die vielen Pralinen zu kaufen, die du willst, sonst mußt du wieder den Koch bestechen, damit er sie für dich aus der Vorratskammer stiehlt!«
Bei der Erinnerung an ihren geheimen Pakt mit Babulal stieß Estelle einen wenig damenhaften Fluch aus, warf ein Kissen in Olivias Richtung und stürmte beleidigt aus dem Zimmer.

*

Jai überraschte Olivia erst wieder, nachdem eine ganze Woche bleierner Stunden und qualvoller Nächte vergangen war. Sir Joshuas Hitzefurunkel heilten ab, und er nahm seine hektische Tätigkeit im Kontor wieder auf. Estelle wurde immer rebellischer, denn sie wußte, ihr Vater hatte wenig Zeit, an die kleinen häuslichen Probleme zu denken, und sie mußte es nur mit ihrer Mutter aufnehmen – und das fiel ihr nicht schwer.
Olivia erhielt ihren ersten Brief von Greg. Er schrieb liebevoll und herzlich, aber erfreulich unsentimental. Eine Nachricht beunruhigte sie jedoch. Es bestand die Möglichkeit, so schrieb er, daß ihr Vater ihm die Ranch verkaufte. Greg wollte schon immer ein selbständiger

Rancher werden, das wußte Olivia, aber es überraschte sie, daß ihr Vater daran dachte zu verkaufen. Und es verletzte sie, daß sie es nicht von ihm selbst erfuhr. Er hatte natürlich erwähnt, er denke daran, ein Stück Land in Hawaii zu erwerben. Beide Dinge standen offensichtlich in einem Zusammenhang. Aber was bewog ihren Vater zu einem so dramatischen Schritt? Und noch dazu in ihrer Abwesenheit? Sie wartete sehnsüchtig auf seinen nächsten Brief und hoffte, er werde ihr alles erklären. Aber sie war niedergeschlagen und fühlte sich wieder einmal von allem getrennt, was ihr wirklich lieb und teuer war.

In einem abgelegenen Blumenmarkt, der sich über ein Gewirr enger Straßen und Gassen erstreckte, tauchte Jai plötzlich neben ihr auf, als sie ihn am wenigsten erwartete. Sie bewunderte an einem Verkaufsstand die Ringelblumen und betrachtete versonnen die Vollkommenheit der Blüten und die satten, leuchtenden Farben, als sie plötzlich seine Stimme hörte.

»Gefallen dir diese Blumen?«

Olivia wäre vor Schreck beinahe ohnmächtig geworden. Sie griff sich an den Hals und fuhr herum. »Eigentlich solltest du Ire sein«, sie holte tief Luft und sah ihn an, »du hast viel von ihrem dämonischen Wesen!«

»Ich überrasche dich gern«, sagte er und schob ihr die Hand unter den Arm. »Du siehst dann wie eine erschrockene Gazelle aus, die sich beim Äsen plötzlich bedroht glaubt. Und ich möchte sehen«, er machte eine kurze Pause und blickte ihr in die Augen, »wie deine Augen wie Zucker in der Sonne schmelzen.«

Ihr wurde schwach vor Glück. »Für einen Menschen, der nichts von Überraschungen hält«, murmelte sie, »erlaubst du dir wirklich unverzeihliche Freiheiten.«

»Wirst du mir trotzdem verzeihen?«

»Ja«, lächelte sie, »ja natürlich ...«

Der Blumenmarkt war ein Fest der Farben und Düfte, die für die Nase beinahe nicht zu verkraften waren. Olivias Benommenheit verstärkte sich, als sie an den Ständen mit Zinnien, Hahnenkamm, Heliotrop, Phlox, Rittersporn, dicken Rosensträußen und den allgegenwärtigen Ringelblumen vorbeischlenderten. Sie blieben vor einem Stand stehen, der sich deutlich von allen anderen unterschied. Olivia staunte. »Orchideen?«

»Ja, wilde Orchideen.«

Der Standbesitzer, ein kleiner komischer Mann mit einer faltigen braunen Haut, die an zerknittertes Packpapier erinnerte, lächelte sie mit seinem zahnlosen Mund an, und seine Augen leuchteten plötzlich. »Jai?« Er kniff die Augen prüfend zusammen, stand auf, ergriff Jais Hände und schüttelte sie heftig. *»Tumi kepeke asa, mor lora?«*

Jai lächelte und antwortete in einer Sprache, die Olivia nicht kannte, aber sie hörte, daß es nicht Hindustani war. Jai deutete auf eine Ranke mit wunderschönen wächsernen, lavendelfarbenen Blüten und dunkelgrünen, glänzenden Blättern. »Gefällt sie dir?« fragte er sie.

»O ja, sie ist schön. Was ist das?«

»Die blaue Vanda. Sie wächst wild in den Bergen.« Er sagte wieder etwas zu dem alten Mann, der fröhlich einen Bund der Ranken nahm und mit einem Stück Sackleinen umwickelte. »Du mußt feuchte Erde um die Wurzeln packen und sie mit dem Sackleinen an einen Ast im Garten binden. Dann wird sie dort wachsen und auch blühen.« Er nahm dem Mann den dicken Strauß ab, griff in die Tasche und holte eine Handvoll Münzen heraus. Aber der Alte winkte ab. Jai redete freundlich auf ihn ein und drückte ihm schließlich die Münzen in die Hand. Der Blumenverkäufer nahm sie mit einem nachsichtigen Kopfschütteln entgegen. Er warf einen verschmitzten Blick auf Olivia und machte eine Bemerkung, über die Jai lachte.

»Was hat er über mich gesagt?« fragte Olivia, als sie weitergingen. Sie konnte es noch immer nicht glauben, daß er an ihrer Seite ging und daß sie sogar zufällig einen Blick in sein Leben geworfen hatte, denn der Blumenverkäufer kannte ihn offenbar gut.

»Er hat gesagt, du hast kein Pferdegesicht wie die meisten anderen Engländerinnen, die er kennt.«

»Oh ...« Sie kicherte. »In welcher Sprache hast du dich mit ihm unterhalten?«

»Assamesisch«, erwiderte er zögernd.

Olivia erschien es besser, keine weiteren Fragen zu stellen. Sie überließen sich einem ungezwungenen und angenehmen Schweigen und spazierten durch verwinkelte Gassen, in denen sich die Menschen drängten. Hin und wieder kamen Träger langsam und bedächtig mit einer geschlossenen Sänfte vorbei. Neben strohgedeckten Hütten standen ein oder zwei vornehme Häuser mit geschwungenen Fenstergittern und kunstvollen schmiedeeisernen Balkonen. Unter einem Strohdach saß ein strenger Brahmane mit dem zuckerweißen *Dhoti* um die Hüften. Er wiegte sich singend hin und her und intonierte Mantras für eine Gruppe junger Schüler, die mit gekreuzten Beinen auf Bambusmatten vor ihm saßen und sie im Chor wiederholten. Jai hielt die Hände auf dem Rücken und gab bereitwillig kurze, klare Antworten auf ihre neutralen Fragen. Wenn nötig, ergänzte er sie geduldig durch genaue Erklärungen.
»Kalkutta mag vielleicht ein Dorf sein, aber es ist ein Dorf der Paläste«, sagte Olivia, als sie wieder an einem prächtigen herrschaftlichen Haus mit Kuppeln inmitten eines schönen Parks vorüberkamen. »Wohnen dort Engländer?« fragte sie plötzlich.
»Engländer wohnen nicht neben Indern und umgekehrt. Diese Häuser gehören *Zamindars* oder indischen Kaufleuten, die im Zuge der britischen Erfolge auch zu Wohlstand gekommen sind.«
Sie sah ihn von der Seite an. »Wie du?«
»Vermutlich«, gab er erstaunt locker zu, »ich habe keine Gewissensbisse, an den Engländern zu verdienen – im Gegenteil. Das ist meiner Meinung die einzige Rechtfertigung für ihre Anwesenheit hier.«
»Aber *du* hast ein Haus in der Nachbarschaft von Engländern.«
»Einen Arbeitsplatz. Dort lebe ich nicht. Ich brauche es, um ausländische Geschäftspartner zu bewirten und unterzubringen. Ich finde mich aus rein praktischen Gründen mit europäischen Nachbarn ab.«
Vielleicht lag es an ihren Vorwürfen bei der letzten Begegnung, daß Jai ihr alle Fragen bereitwillig, ja sogar freundlich beantwortete. Sie hatte sich geschworen, ihre Grenzen nie wieder zu überschreiten, aber seine Umgänglichkeit machte sie kühn, und sie stellte noch eine Frage.

»Wo ist eigentlich dein ... Zuhause? In Assam?« Sie hatte im Atlas einmal gesehen, daß Assam nordöstlich von Bengalen in der Nähe des Himalaya lag.
Sie hatten den übervölkerten Blumenmarkt verlassen und erreichten ein großes rechteckiges Wasserreservoir am Ufer des Flusses. Dort wuschen Frauen ihre Wäsche, und Männer vollzogen ihre morgendlichen Waschungen. Jai blieb stehen, blickte scheinbar gleichgültig, aber ohne etwas zu sehen, auf diese Szene und gab einem kleinen Stein, der auf den Stufen um das Wasserbecken lag, einen Tritt.
»Es heißt, das Zuhause ist dort, wo das Herz ist«, erwiderte er leichthin.
»Und wo ist dein Herz?«
Er lächelte. »In diesem Augenblick bei dir.«
»Und in anderen Augenblicken?«
»In anderen Augenblicken?« Er schien den Ausdruck in seinem Mund zu drehen und zu wenden, als versuche er ihn zu schmecken. »Es gibt keine anderen Augenblicke. Wie es scheint, hast du weit mehr in Besitz genommen, als die Vernunft mir rät, dir zu geben.«
Der leise Vorwurf, der sich in seinen Augen widerspiegelte, änderte nichts an Olivias Euphorie. Sie legte noch einen Edelstein in ihre verborgene Kammer. Jai Raventhorne wurde allmählich der Mittelpunkt, um den sich jeder Moment drehte – im Wachen und im Schlafen. Das Bewußtsein, daß auch sie einen Platz in seinen Gedanken hatte, erschien Olivia als ein größeres Geschenk, als selbst der Himmel es ihr hätte machen können. Und wenn es ihm gewisse Schwierigkeiten bereitete, sich damit abzufinden – nun ja, warum sollte sie alleine leiden?
Sie gingen zu den Pferden zurück, die sie in der Obhut eines Jungen gelassen hatten, der glücklich strahlte, als Jai ihm offenbar ein sehr großes Trinkgeld gab. Dann fragte er sie: »Möchtest du mich immer noch wiedersehen?« Er berührte sie nicht.
Der ängstliche Unterton war Balsam für ihre Seele. »Warum fragst du mich das bei jeder Begegnung?« erwiderte sie und spürte körperlich das Glück, daß nichts diesen Morgen überschattet hatte. »Hältst du mich wirklich für so unbeständig?«

»Wärst du doch unbeständig«, brummte er und schob die Hände in die Hosentaschen, als wolle er sich damit vor möglichen Unvorsichtigkeiten schützen. »Dann müßte ich nicht all diese schrecklichen Entscheidungen treffen, wie es jetzt der Fall ist! Das würde die Angelegenheit schlicht und einfach erledigen.«

Sie wußte, er hielt sich bewußt zurück, denn sie spürte beinahe körperlich, wie sehr er sich zusammennahm. Aber auch das registrierte sie mit glücklicher Erregung. Es genügte ihr, daß er sie begehrte, daß Berührungen ihm Freude bereiteten, und daß er litt, wenn er sich diese Berührungen versagte. Und vor allem daß sie allein durch ihre Anwesenheit ein Verlangen in ihm weckte, das in ihrem Körper ein Echo fand. Sie lernte, selbst diese kleinen Triumphe zu genießen. Jai Raventhorne gab niemandem auf der Welt etwas von sich. Ihr schenkte er zumindest das.

Mit ihren strahlenden Augen schlug sie eine Brücke zwischen ihnen. »Wann ...?« Sie mußte diese lebenswichtige Frage einfach stellen.

Er seufzte: »Morgen.«

Morgen? Olivia konnte es nicht glauben – er hatte sich noch nie zwei Tage hintereinander mit ihr getroffen.

Fata Morgana oder nicht, Traum oder Wirklichkeit – das Spiel war gefährlich und aufregend. Es schien, als bereite Jai einen Wettkampf vor und halte immer noch vor ihr geheim, wie hoch ihr Einsatz dabei sein würde. Olivia dachte nicht daran, daß sie möglicherweise sehr viel verlieren konnte. Aber wie hoch der Preis auch sein mochte, sie war bereit, ihn zu zahlen.

Achtes Kapitel

Das Spiel gewann an Dynamik.

Jai hielt Wort und traf sich am nächsten Morgen mit Olivia – und dann jeden Morgen. Der Tagesanbruch war von nun an wie das Versprechen eines Rohdiamanten, der durch den Schliff zur Vollkommenheit gebracht wird. Olivia wußte nie, wann Jai auftauchen würde – aber wie ein Schatten war er immer wieder plötzlich da. Sein unfehlbarer Instinkt verriet ihm, wo sie sich aufhielt. Er schien genau zu wissen, was sie tat, wen sie traf, ja, sogar was sie gerade dachte. Er hatte sie im Blick, ob sie bei ihm war oder nicht. Manchmal versuchte sie, ihn zu überlisten und versteckte sich in abgelegeneren Ekken der Stadt, in unbekannten Straßen und Gassen, aber sie konnte ihn nicht täuschen. Er hatte gesagt, Zuhause ist dort, wo das Herz ist, und wie eine Brieftaube fand er immer den Weg zu ihr.

Olivia verbrachte schließlich die Nächte damit, auf die Sonne zu schimpfen, weil sie nicht aufgehen wollte, und tagsüber zählte sie die Stunden, bis es dunkel wurde. Sie lebte nur noch für die wenigen Minuten des lavendelblauen und safranfarbigen Morgens, wenn sie von ihm das Elixier erhielt, das ihr über den Rest der Stunden hinweghalf, in denen er nicht bei ihr war. Olivia starb tausend qualvolle Tode bei dem Gedanken, daß ihn seine Unberechenbarkeit schließlich doch an einen anderen Ort getrieben haben könnte, bis schließlich der magische Augenblick kam, und er nicht als Traumgebilde, sondern in Fleisch und Blut vor ihr auftauchte.

Geduldig lernte sie, seine vielen Stimmungen rechtzeitig zu erkennen. Mit ihrem geschärften sechsten Sinn las sie jede kleinste Veränderung an seinen außergewöhnlichen Augen ab, an den beinahe un-

merklichen Bewegungen seiner Muskeln oder dem Sinken oder Heben der Mundwinkel. Sie gewöhnte sich auch daran, daß sie manches nicht verstand, was er sagte. Olivia unterließ es, mit Fragen in ihn zu dringen, wenn sie spürte, daß er sich vor ihr zurückzog. Manchmal war er grob zu ihr, als werde er von unsichtbaren Dämonen dazu getrieben. Sie nahm es widerspruchslos hin, denn es gab auch andere Zeiten, in denen er so zart war wie daunenweiche Federn. Sein Hunger nach ihr, das wußte Olivia, war unermeßlich, aber er ließ sich nie davon hinreißen. Selbst damit fand sie sich freudig ab, denn sie wußte, eines Tages würde er die Zügel loslassen und sie mit einem Regenbogen belohnen. In diesen märchenhaften frühen Morgenstunden, wenn sie mit ihrem Ohr seinen Herzschlag hören konnte, glättete sich jede schmerzende Ecke in ihrem Herzen. Sie sehnte sich danach, ihn an der überwältigenden Freude teilhaben zu lassen. Berauscht traf sie sich mit ihm wieder und wieder. Sie schob rücksichtslos alles zur Seite, denn für Schuldgefühle gab es keinen Raum. Sie hätte sich vor ganz Kalkutta zu ihrer Liebe bekannt – und eines Tages in naher Zukunft würde sie es auch tun.
Manchmal fragte sie sich verwundert und lachend, weshalb niemand bemerkte, daß ihre Füße beim Gehen nicht mehr die Erde berührten. War es möglich, daß das strahlende Glück, das die Welt mit soviel Licht erfüllte, trotzdem ein Geheimnis blieb? Aber das innere Leuchten, das ihre Augen so bezaubernd strahlen ließ, blieb keineswegs unbemerkt. Lady Bridget sagte eines Sonntags auf der Rückfahrt vom Gottesdienst – die beiden Mädchen waren mit Estelles Freundinnen zurückgeblieben – zu ihrem Mann: »Findest du nicht auch, Josh, daß Olivia in letzter Zeit so glücklich aussieht? Ich glaube, diese Verwandlung hat Freddie bewirkt.«
Sir Joshua ärgerte sich, weil er wieder einmal in die Kirche geschleppt worden war, obwohl er diese Pflichtübung haßte. Er schnaubte verächtlich. »Wenn du mich fragst, dann liegt das eher daran, daß er *nicht* in der Stadt ist.«
»Aber Josh! Olivia ist äußerst gut auf den jungen Freddie zu sprechen. Er hat ihr bereits dreimal von der Plantage geschrieben.«
»Das ist vielleicht ein Beweis *seiner* Verliebtheit«, erklärte er trocken,

»aber kaum ein Beweis ihrer Gefühle für ihn. Ich bezweifle, daß Olivia sich die Mühe gemacht hat, ihm zu antworten.«

»Oh, das hat sie bestimmt getan, Josh! Ich werde Estelle fragen – ach, und da wir gerade von Estelle reden...«, sie runzelte die Stirn und trommelte gegen das Fenster der Kutsche, »ich bin wirklich am Ende meines Lateins bei diesem Mädchen. Du wirst mit ihr ein ernstes Wort reden müssen, ein *sehr* ernstes!«

Sir Joshua fluchte leise. »Bei meiner Seele, Frau, glaubst du, ich habe nicht schon genug Sorgen am Hals? Tu was du für richtig hältst, aber erspare mir diese alltäglichen Dinge!« Er schlug mit dem Peitschengriff gegen den Sitz des Kutschers, um ihn zur Eile anzutreiben. »Wenn sie zu wild und unbändig ist, laß die Zügel etwas lockerer. Das funktioniert bei Pferden, und ich sehe keinen Grund, weshalb es bei einem hitzköpfigen jungen Mädchen wie Estelle anders sein sollte.«

»Soll ich die Zügel soweit lockern, daß ich ihr erlaube, bei dieser schrecklichen Aufführung mitzumachen?« rief Lady Bridget empört. »Hast du den Verstand verloren, Josh?«

»Aufführung? Was für eine Aufführung?«

Als Lady Bridget ihrem Mann noch einmal wiederholte, was sie ihm bereits mehrmals gesagt hatte, hörte er bereits nicht mehr zu.

*

Olivia erhielt einen Brief von Kinjal, die sie zu den *Dassera*-Feierlichkeiten nach Kirtinagar einlud. Es war ein verlockendes Angebot, und Olivia freute sich darüber. Sie erwiderte den Brief ebenso herzlich, entschuldigte sich aber mit vagen Ausreden dafür, daß sie die Einladung nicht annehmen könnte. Der Gedanke, Kalkutta jetzt zu verlassen – und sei es auch nur für einen Tag, für eine Stunde –, war unerträglich. Außerdem standen Kinjals wohlgemeinte Warnungen wie eine Wand zwischen ihnen. Für die Meinungsverschiedenheiten zwischen Jai und dem Maharadscha, die ihr Onkel ausgelöst hatte, fühlte sie sich nicht länger verantwortlich. Jai Raventhorne hatte breite Schultern. Er konnte seine Probleme weiß Gott allein lösen.

Die Lasten, die er auf dem Rücken trug, stammten alle aus der Zeit vor ihrer Bekanntschaft, und er würde sie bestimmt noch tragen, wenn sie nicht mehr da war.

Wenn sie nicht mehr da war ...

Bei diesen Worten brachen Olivias Gedanken immer wieder ab. Sie machten ihr Angst. Ihre Zukunft war eine Sackgasse – wenn Jai sie nicht in seine Zukunft mit einbezog. Tat er das? Sie wußte es nicht, denn er sprach nie darüber. Entschlossen zwang sie sich, alles außer der Gegenwart zu vergessen.

»Kalkutta kann kein Dorf sein, wenn es möglich ist, daß ich mich weiterhin so ungestraft mit dir treffe!« stellte Olivia eines Tages zufrieden fest.

»Triffst du dich mit mir wirklich ungestraft?« fragte Jai.

Sie wußte, er spielte damit nicht auf das Risiko einer Entdeckung an, sondern verdrehte bewußt ihre Frage. Ihre Augen funkelten trotzig. Sie haßte es, wenn er zu solchen Vieldeutigkeiten griff. »Ja!«

»Dann bist du nicht so klug, wie ich dachte!« Er war an diesem Morgen nicht besonders guter Laune, daran gab es keinen Zweifel. Er war unruhig und gereizt und konnte nicht still sitzen. Seine Finger öffneten und schlossen die Schnalle des Pistolenhalfters, das er manchmal trug, wenn er später – wie er es nannte – ›ernste‹ Dinge erledigen mußte. Olivia überlegte, was der Grund für seine schlechte Laune sein mochte, als er plötzlich fragte: »Dein Freddie kommt bald zurück. Wirst du ihn wiedersehen?«

»Das kann ich kaum vermeiden«, erwiderte sie vorsichtig, denn das Thema Freddie Birkhurst machte ihn immer kratzbürstig. Insgeheim freute sie sich jedoch über die Anzeichen von Eifersucht.

»Willst du ihn heiraten?« Er setzte sich und sah sie durchbohrend an.

Sie hätte sich am liebsten einen Spaß mit ihm gemacht und ja gesagt. Aber angesichts seiner schlechten Laune verzichtete sie mit einem gewissen Bedauern darauf. »Nein.« Sie konnte es sich jedoch nicht verkneifen, ihren Vorteil zu nutzen. »Obwohl du mir das geraten hast. Du hast gesagt ...«

»Ich weiß, was ich gesagt habe!« Er sprang wieder auf, riß den Colt aus dem Gürtel und schoß auf einen Quittenbaum. Eine gelbe, dicke Frucht fiel zu Boden, und das rosa Fruchtfleisch spritzte in alle Richtungen. »Damals war ich wütend.«

Olivia legte die Arme um die Knie und wiegte sich sanft hin und her. »Und jetzt bist du wieder wütend.«

»Ich bin *nicht* wütend!« schrie er, ballte die Faust und schlug sie gegen die Handflächen der anderen Hand. Dann ließ er die Arme hängen. »Ja, ich bin wütend«, murmelte er, »ich bin wütend, weil ich zum ersten Mal in meinem Leben feststelle, daß ich gierig bin. Ich kann nicht loslassen.«

Sie stand auf und ging zu ihm. »Dann gib doch deinen Gefühlen nach«, sagte sie kühn und fuhr mit den Fingern unter dem Hemd über seinen Arm. »Laß bitte nicht los!«

Er schüttelte ungeduldig den Kopf und zog den Arm zurück. »Nein, das darf nicht sein, das kann nicht sein.« Als er sie ansah, waren seine großen, perlgrauen Augen wie zwei von Wolken verhüllte Monde. »Du verlangst das Unmögliche!«

»Aber ich liebe dich, Jai«, stieß Olivia zitternd zum hundertsten, zum tausendsten Mal hervor und flehte stumm um eine Antwort, die nicht kam. Trotz aller Zärtlichkeiten, aller zerknirschten Geständnisse, trotz seiner vorsichtigen Küsse und Berührungen und dem schlecht verhüllten Verlangen nach ihr, hatte er nie gesagt, daß er sie liebte. Und jetzt sehnte sie sich nach diesen Worten.

»Du solltest einen Mann wie mich nicht lieben.«

»Du bist der einzige Mann, den ich jemals lieben kann.«

»Versuche nicht das Schicksal, Olivia. Du hast bereits Stürme in mir entfacht, denen ich nicht mehr gewachsen bin.«

Dann erlaube diesen Stürmen, dich soweit zu bringen, daß du mich liebst! Diese leidenschaftliche Bitte blieb jedoch unausgesprochen. Und das Gefühl, verletzt worden zu sein, äußerte sich als Zorn. »Und du kannst es nicht ertragen, einmal zu verlieren – ist es das?«

»Ich habe noch nie verloren, nie!« Die maßlose Überheblichkeit ließ sein Gesicht versteinern. »Du verlangst das Unmögliche, Olivia«, wiederholte er feindselig und kalt.

Sie fühlte sich gedemütigt. »Ich habe dich noch nie um etwas gebeten«, rief sie, »mit Ausnahme der ... der jämmerlichen Krümel deiner kostbaren Zeit!«
»Du bittest, ohne zu bitten, und ich kann es dir nicht verweigern. Es macht mich wütend, daß ich nicht in der Lage bin, dir selbst diese jämmerlichen Krümel meiner kostbaren Zeit zu verweigern.«
»Dann triff dich nicht mehr mit mir!« schleuderte sie ihm wutentbrannt entgegen. »Ich kann ohne dich leben, Jai Raventhorne. Glaub mir, das kann ich!«
»Wenn es so ist«, erwiderte er eiskalt, »dann bitte.« Er sprang in den Sattel, und Shaitan donnerte in einer Wolke aus Staub und abgefallenen Blättern davon.
Olivia weinte stumm auf dem Rückweg. Nach diesem Streit sah sie Jai drei ganze Tage nicht mehr, obwohl sie verzweifelt, angstvoll und erfüllt von bitterer Reue die Gegend um Kalkutta durchstreifte. Der Verlust war unerträglich.
Wieder einmal waren sie bis zum Äußersten gegangen.
Aber dann – am vierten Morgen – war er wieder da. Wortlos nahm er sie in die Arme und drückte sie so heftig an sich, als wolle er sie nie wieder loslassen.
»Vergiß alles, was ich gesagt habe«, flüsterte er heiser und bedeckte ihr Gesicht mit leidenschaftlichen Küssen. Seine Lippen glühten. »Streiche jedes Wort aus deinem Gedächtnis, als hätte ich es nie ausgesprochen. Verzeih mir, verzeih mir ...«
Sie hatte ihm bereits verziehen. Mit dem Zauberstab seiner Berührung war der Bann gebrochen, und sie waren blitzartig wieder im Netz des Liebeszaubers gefangen. Sie küßte jede Falte seines blassen Gesichts, das sie so zerknirscht ansah, und flüsterte ihm zärtlich tröstende Worte ins Ohr.
»Für mich ist diese ... Beziehung etwas völlig Neues«, stöhnte er, ohne sie loszulassen, und strich ihr die Haare aus der Stirn. »Deine Liebe ist wie ein Spielzeug für mich. Ich sehe, daß es funktioniert, aber ich verstehe nicht, *wie*. Du solltest mich nicht so wütend machen.«
Sie lachte über seine gerunzelte Stirn und sein betrübtes Gesicht.

»Ich mache dich wütend?« Sie küßte ihm die Mundwinkel. »Du bist ganz schön unverschämt, mein Liebling!«
Seine ernsten traurigen Augen blitzten, und er lächelte. »Würdest du mich ohne meine Unverschämtheit überhaupt lieben?«
»Vielleicht nicht«, gestand Olivia und schnurrte wie ein Kätzchen, dem man plötzlich eine Schale mit Sahne gibt, »aber *etwas* weniger Unverschämtheit würde bewirken, daß ich dich noch viel mehr liebe.«
»*Noch* mehr?«
Olivia lachte über sein erschrockenes Gesicht.
»Ich bin kaum in der Lage, die Liebe zu ertragen, die du mir jetzt schenkst. Wie kannst du mich mit noch mehr Liebe bestrafen?«
Aber sie wußte, daß er Spaß machte, denn in seinen Augen lag soviel Zärtlichkeit, wie sie noch nie zuvor gesehen hatte. Er hatte ein Geschenk für sie – gläserne Armringe, die in schillernden Farben funkelten, als die ersten Sonnenstrahlen sie trafen.
»Oh Jai...«, rief sie gerührt, »wie schön sie sind. Aber ich kann sie nicht tragen, sonst werden sie vielleicht zerbrechen.« Trotzdem erlaubte sie ihm, ihr die Armringe über das Gelenk zu streifen, was ihm mit seinen großen, braunen Händen nur mühsam gelang.
»Ich habe dir noch nie etwas geschenkt«, murmelte er unglücklich. »Ich kann dir nichts geben, das sich mit dem vergleichen läßt, was du mir gibst. Sag mir, was würde dir gefallen – Juwelen, Gold, schöne Kleider«, er breitete hilflos die Arme aus, »alles, was du willst.«
Gib mir ein Teil von dir.
Sie hielt die Hand hoch, drehte sie langsam und freute sich an dem leisen Klirren, mit dem die Glasringe aneinanderstießen. »Was du mir jetzt gibst, ist genug. Ich brauche keine Juwelen und keine Kleider.«
»Aber ich dachte, Frauen lieben so etwas.«
Sie sah ihn mit zusammengekniffenen Augen kühl an. »Die Art Frauen, die du kennst, zweifellos! Ich wäre dir sehr dankbar, wenn du mich nicht zu ihnen zähltest.«
»Mein Gott!« Er hob die Arme, »ich dachte, ich hätte auf meinen Reisen alles gelernt, was es über Frauen zu lernen gibt. Und jetzt

erklärt mir ein frecher Grünschnabel aus Amerika, meine Bildung sei unvollständig! Also gut«, er beugte sich vor und küßte sie auf die Nasenspitze. »Aber ich bestehe darauf, daß ich dir zumindest *etwas* dafür gebe, daß du mir die Krümel *deiner* kostbaren Zeit schenkst.«
Olivia mußte schlucken, als sie in die unergründlichen, taubengrauen Tiefen seiner Augen blickte, die sie jede Nacht in ihren Träumen verfolgten.
Sag mir nur einmal, nur ein einziges Mal, daß du mich liebst ...
Sie lächelte. »Ich möchte gern mehr über die Reisen erfahren, auf denen du ein so umfassendes Wissen über Frauen erworben hast«, erwiderte sie ruhig. »Das wird vielleicht genügen, um deine große Schuld mir gegenüber zu tilgen.«
Er lachte. Es war eine der seltenen Stunden, in denen nichts die Harmonie ihres Zusammenseins störte und er bereit war, ihr wenigstens Einblick in den Teil seines Lebens zu gewähren, auf den er glaubte, verzichten zu können. Olivia war zufrieden, daß sie wenigstens die Randzonen seiner sorgfältig getarnten Welt kennenlernen durfte und hörte wie gebannt zu. Er erzählte lustige und heitere Geschichten von seinen Abenteuern in China, in Amerika, im Pazifik und neckte sie mit der Erwähnung von Frauen, die seinen Weg gekreuzt hatten, ohne aber genaueres darüber zu sagen. Er freute sich, wenn sie hin und wieder eifersüchtig die Stirn runzelte.
»Du solltest dich schämen, so viele unmoralische Geständnisse zu machen«, unterbrach sie ihn plötzlich.
»Sollte ich deiner Meinung nach keusch und züchtig geblieben sein?«
»Ich glaube, das wäre dir nicht gelungen, auch wenn du es versucht hättest!«
»O doch«, erwiderte er ungerührt, »ich kann alles, wenn ich es will.«
»Wenn es so ist, dann sei bitte nicht so selbstgefällig!«
»Da haben wir es! Du verlangst das Unmögliche!«
Es war ein unbeschwerter Morgen. Olivia wünschte, er würde nie zu Ende gehen, aber er nahm sie schließlich in die Arme und drückte sie fest an sich. Seine stachlige Wange fand Olivia so aufregend, daß sie

kaum zu atmen wagte. »Wir hätten in Amerika in derselben Stadt sein können, ohne es zu ahnen, Jai!«
»Unmöglich. Ich hätte es gewußt. Der Wind hätte mich auf deine Fährte gebracht.«
Sie wurde schwach bei dem Gefühl seines glühenden Körpers und der zärtlichen Finger, die durch ihre Haare fuhren. »Auch wenn ich noch Zöpfe gehabt hätte?«
»Auch wenn du noch nicht geboren gewesen wärst. Olivia, ich...«
Die Worte blieben ihm wie eine Fischgräte im Hals stecken.
Sag es, sag es bitte einmal, Liebster!
Er konnte es nicht. Statt dessen lächelte er, schüttelte den Kopf und küßte sie noch einmal unter Aufbietung aller Disziplin, die er sich auferlegte und die nur noch an einem seidenen Faden hing. Dann war er verschwunden. Olivia begnügte sich dankbar mit den Brotkrumen und dachte: Wenn man hungert, sind ein oder zwei Bissen viel.

*

Olivia schwebte auf Wolken, die sich in eine ungewisse Richtung bewegten. Sie beschäftigte sich nur noch mit Jai und merkte deshalb wenig von dem, was im Haus vorging. Sie registrierte vage, daß ihre Tante und Estelle kaum miteinander sprachen und ihr Onkel nur noch abends zum Schlafen erschien. Deshalb erschrak sie sehr, als sie eines Morgens nach ihrem Ausritt Lady Bridget in Tränen aufgelöst fand. Olivia hatte ihre Tante noch nie weinen sehen, und der Anblick brachte sie aus der Fassung. Sie kniete vor ihr nieder, umarmte sie und fragte: »Estelle?«
Lady Bridget nickte, aber es dauerte eine Weile, ehe sie sprechen konnte. »Ich weiß nicht mehr, was ich tun soll, Olivia. Ich weiß es einfach nicht!« Die Tränen liefen ihr über die Wangen, und sie putzte sich die Nase. Sie sah Olivia flehend an. »Dieser ... dieser Hicks ist ein entsetzlicher Mensch. Du hast ihn ja kennengelernt. Du hast erlebt, wie er den Tee schlürft und wie er lispelt. Ich habe kein Wort verstanden von dem, was er gesagt hat! Und Estelle himmelt ihn an, nur weil sie auf der Bühne stehen will...«

Trotz allen Mitgefühls für ihre Tante fiel es Olivia schwer, sie zu trösten. Mr. Hicks, der einmal zum Tee erschienen war, mochte zwar ein schmieriger Typ sein, aber die ganze Sache kam ihr vor wie ein Sturm im Wasserglas. So diplomatisch wie möglich erklärte sie Lady Bridget, daß die meisten von Estelles Freundinnen mitspielten. Was war eigentlich so schlimm daran, wenn Estelle ebenfalls eine kleine Rolle übernahm?

Lady Bridget sagte aufgebracht: »Ich verstehe nicht, daß Celia Cleghorne ihrer Marie so etwas erlaubt! Von den Smithers kann man natürlich nichts anderes erwarten, denn schließlich ...« Sie schloß den Mund und schwieg.

»Aber Charlotte ist eine sehr gute Freundin, sagt Estelle. Bestimmt ...«

»Gute Freundin, daß ich nicht lache! Estelle trifft sich hinter meinem Rücken mit Clive. Jane Watkins hat sie neulich abends am Fluß unten gesehen. Er hat ihr die Hand gehalten.«

Olivia versuchte, die Situation zu entschärfen. »Clive ist ein anständiger junger Mann, Tante Bridget. Als Marineoffizier ist seine Zukunft gesichert.«

»Du verstehst das nicht, Olivia!« Lady Bridget sah sie mit großen Augen an. »Herbert Smithers mag in der Ostindien-Kompanie ein hohes Tier sein, aber es ist kein Geheimnis, daß seine Großmutter die Tochter einer Eingeborenen war, die Zimmer vermietete – und einer ihrer Gäste war zufällig ein Smithers. Früher oder später wird es in dieser Familie ein schwarzes Baby geben, das kannst du mir glauben! Und ich werde Estelle eher erwürgen, als das Risiko einzugehen, daß *sie* die Mutter ist!« Plötzlich schwand ihr Zorn, und mit einem unterdrückten Schluchzen schlug sie die Hände vor das Gesicht. »O Gott, o Gott – ich wünschte, wir wären nie, nie in dieses verdammte Land gekommen!«

Olivia erschrak darüber, wie unglücklich ihre Tante war. Außerdem hatte sie noch nie erlebt, daß Lady Bridget fluchte! »Estelle ist in einer schwierigen Phase«, sagte sie sanft, »das geht vorüber. Das haben wir alle durchgemacht.«

»Auch *du*?« Wieder füllten sich Lady Bridgets Augen mit Tränen, als

Olivia ihr die Hand drückte. »Mein liebes Kind, ich habe mir anfangs Sorgen über deinen Einfluß auf Estelle gemacht. Aber ich habe mich geirrt. Du bist ein Segen für sie. Wenn sie nicht deinem Vorbild folgt, ist es ihre Schuld. Ich wünschte, Estelle hätte etwas von deiner moralischen Stärke!«

Olivia floh.

Schuldgefühle wegen ihrer ungeheuren Gleichgültigkeit gegenüber ihren Verwandten und der große Kummer ihrer Tante bedrückten Olivia so sehr, daß sie beschloß, so schnell wie möglich ein ernstes Wort mit Estelle zu reden. Da ihre Cousine immer länger ausblieb, waren die abendlichen Spazierfahrten selten geworden. Olivia richtete es so ein, daß sie wieder einmal zusammen ausfuhren, und kam ohne Umschweife zur Sache. »Interessierst du dich ernsthaft für Clive, oder ist es nur ein oberflächlicher Flirt, Estelle?«

Ihre Cousine lächelte zufrieden und kokett. »Das möchtest du wohl gerne wissen!«

»Ja, das möchte ich! Du verhältst dich John gegenüber sehr unfair und machst deine Mutter sehr unglücklich.«

»Dann ist es ja gut. Ich habe es satt, daß man mich nicht für voll nimmt!«

»Niemand tut das, Estelle. Ganz im Gegenteil …«

»Papa zum Beispiel! Er weiß nicht einmal, ob ich tot bin oder noch lebe.«

»Das ist doch Unsinn, Estelle! Er hat in letzter Zeit so viele Probleme in seiner Firma. Und deine Mutter …«

»Ich werde in *Aschenputtel* auftreten, Olivia«, erklärte Estelle, und ihre Stimme zitterte vor Erregung. »Mama wird mich diesmal nicht daran hindern! Hicks hat alle Kostümänderungen akzeptiert, die Mama zur Bedingung gemacht hat, aber ungeschminkt kann man nicht auf die Bühne, sagt Clarissa … ach zum Teufel!« Sie ließ sich wütend gegen das Polster fallen und verschränkte die Arme. »Ich verstehe einfach nicht, was der ganze Aufruhr soll.«

Olivia verstand es im Grunde auch nicht. »Mich mußt du nicht überzeugen«, sagte sie bedrückt. »Warum sprichst du nicht mit deinem Vater, und bringst ihn auf deine Seite?«

»Papa?« Estelle lachte verächtlich. »Papa denkt nur noch an seine blöde Kohle. An mich denkt er jedenfalls nicht mehr!«
»Aber du weißt doch, daß die Kohle für ihn wichtig ist...«
»O ja, das weiß ich – sehr viel wichtiger als seine Tochter!«
Olivia sah ihre Cousine nachdenklich an und entdeckte überrascht, daß Estelle sich verändert hatte. Die üblicherweise lebhaft glänzenden Augen wirkten teilnahmslos und stumpf und hatten dunkle Ringe. Die kindlichen Züge wirkten verkrampft, und das runde Gesicht war schmaler geworden. Spannungen und Sorgen sprachen aus diesem Gesicht und nicht die Unzufriedenheit des verwöhnten Kindes. Estelle war offenbar ebenso unglücklich wie ihre Mutter. Olivia sagte sich schuldbewußt, sie hätte das sehr viel früher bemerken müssen, und nahm ihre Cousine in die Arme.
»Du darfst nie, nie glauben, daß dein Vater dich nicht mehr liebt«, sagte sie, denn sie erkannte den eigentlichen Grund für Estelles Unzufriedenheit und Kummer. »Für Onkel Josh bist du das Wichtigste auf der Welt, vergiß das nicht.«
Estelle lehnte sich an Olivias Schulter, und ihr Körper begann zu zucken. »Nicht mehr, Olivia, nicht mehr.« Sie schluchzte.
»Du alberne Gans – wenn dich jemand liebt, sagt er es dir nicht immer. Das weißt du doch auch! Die Sprache des Herzens ist oft stumm.«
Estelle hörte auf zu weinen. »Wirklich...?«
»Natürlich. Man muß nur die Augen schließen und ganz genau hinhören.«
»Aber das ist nicht genug...!«
Die Kutsche fuhr langsam am Fluß entlang. Unbewußt richtete Olivia den Blick über die Schulter ihrer Cousine hinweg auf die hohen stolzen Masten von Jais Klipper. »Weißt du, manchmal muß man sich damit begnügen, Estelle...«
Ihre Cousine trocknete sich die Augen und schien Olivias wohlgemeinten Trost zu akzeptieren. »Ja, vermutlich hast du recht«, sagte sie und seufzte tief und lange. »Ich werde versuchen, mich damit zu begnügen.«
Olivia wurde unwohl bei dieser sehr oberflächlichen Formulierung.

Und sie fragte sich beklommen: Ist es *mir* gelungen, mich damit zu begnügen...?
Olivia verriet ihrer traurigen Cousine nicht, daß sie beschlossen hatte, in allernächster Zeit mit ihrem Onkel über seine Tochter zu sprechen, die sich von ihm so vernachlässigt fühlte.

*

Jai erschien weder am nächsten Morgen noch am Tag darauf. Olivia balancierte mühsam über dem Abgrund der wachsenden Zweifel und Unsicherheiten. Sie litt unter tausend Ängsten und den schlimmsten Befürchtungen. War er krank oder nur zu beschäftigt? War sie ihm plötzlich gleichgültig... Dieser letzte Gedanke trieb sie zu Selbstvorwürfen und Reue. Hatte sie ihn unbewußt beleidigt, womöglich etwas gesagt, das ungewollt in dem scheinbar unzerstörbaren Schutzschild einen Riß hervorgerufen hatte? War er ihrer *überdrüssig*? Olivia geriet in Panik. Jai Raventhorne war für sie inzwischen zu einer Droge geworden, die eine ebenso tödliche Fessel war wie das Opium, das er so verachtete. Sie konnte ohne die jämmerlich kurzen Momente des Zusammenseins den Tag nicht überstehen. Ihre seelische und körperliche Gesundheit hing davon ab. Er war ihr Opium und die tägliche Ration wichtiger als alles andere. Bei der Erkenntnis der qualvollen Abhängigkeit von seinen Launen regte sich ihr Zorn. Er hatte nicht das Recht, sie einer so willkürlichen und unverdienten Folter zu unterwerfen. Sie hatte das Recht, ihn aufzusuchen und zur Rede zu stellen. Sie konnte und wollte diese Entwürdigung nicht länger hinnehmen. Sie würde nicht mehr auf seine Gnade warten, nach seiner Pfeife tanzen und all ihren gesunden Menschenverstand seinen widernatürlichen Anwandlungen opfern. Sie hatte ihm zu oft verziehen. Damit war es jetzt vorbei.
Gegen alle Vernunft tat Olivia etwas, das sie noch nie getan hatte. Sie ritt eines Morgens nach Chitpur und hämmerte energisch an das große schwarze Tor. Aber ein anderer als Bahadur oder einer von Jais Leuten, den sie kannte, öffnete schließlich ärgerlich die kleine Tür im Tor. »Ich möchte den Sarkar sprechen!« Sie gab sich keine Mühe

mehr, ihren Zorn zu verbergen, und der in fließendem Hindustani gesprochene Satz klang wie ein Befehl. Sie nannte Raventhorne bei dem Namen, den sie von seinen Leuten gehört hatte. Aber hinter ihrer herrischen Maske verbarg sich Unsicherheit. Lag er vielleicht noch im Bett – mit Sujata ...!

»Der Sarkar ist leider nicht zu Hause.« Der Mann hatte sie offenbar erkannt. Seine anfängliche Gereiztheit war einem respektvollen Ton gewichen.

Olivias Entschlossenheit brach in sich zusammen und verwandelte sich in bittere Enttäuschung. Es war ihr gleichgültig, was der Mann von ihren Fragen halten mochte. War der Sarkar vielleicht auf der *Ganga*? Der Mann hielt das für möglich, aber er wußte es nicht genau. Wann würde der Sarkar nach Chitpur zurückkommen? Er wußte es nicht genau, denn der Sarkar hatte nichts gesagt. Olivia mußte einsehen, der Mann *wollte* keine klare Antwort geben. Vielleicht hatte er Anweisungen. Nur die wachsende Panik brachte sie dazu, sich soweit zu erniedrigen, daß sie die Frage stellte, die nicht zu stellen sie sich geschworen hatte. »Ist ...«, was wäre das richtige Wort? »... die Herrin vielleicht zu Hause?«

Der Gesichtsausdruck des Mannes veränderte sich. »Nein, die Herrin ist weg.«

Von neuem stieg die Panik in Olivia auf – weg? Hatte *er* sie mitgenommen? »Weißt du, wo sie ist?«

Im Gesicht des Mannes zuckte es – belustigt? Er schüttelte den Kopf. »Sie ist dorthin zurück, wo sie hergekommen ist.«

Olivia wußte, es war hoffnungslos. Sie ging, ohne ihren Namen zu hinterlassen. Sie hatte sich selbst zum Narren gemacht. Sie saß völlig niedergeschlagen allein am Fluß und verwünschte Jai, weil er sie so tief gedemütigt hatte. Dann verwünschte sie sich, weil sie es sich von ihm gefallen ließ. Sie ritt nach Hause, schützte Migräne vor, schloß sich in ihr Zimmer ein und weinte. Jai hatte sie zu einer hirnlosen Puppe gemacht, zu seiner Sklavin! Sie wollte ihn nie wiedersehen. Sie mußte ihn aus ihrem Herzen reißen, aus ihren Gedanken verbannen – und wenn sie daran sterben würde!

Aber am nächsten Morgen tauchte Jai in der Nähe des Tempels in

Kalighat plötzlich neben ihr auf. Sie ritt eben noch allein durch die ruhige Straße, und im nächsten Augenblick streifte Shaitan beinahe Jasmines Flanken, die vor Schreck stieg und Olivia beinahe abgeworfen hätte. Olivia stieß einen Schrei aus, aber er galoppierte bereits außer Hörweite von ihr und sah sich sorglos nach ihr um. Olivia folgte ihm benommen und gehorsam aus dem Basar. Sobald sie freies Feld erreichten, sprang Olivia aus dem Sattel und warf sich zitternd und schluchzend in seine Arme.

Er hat mich doch nicht verlassen.

Jai beruhigte sie mit zärtlichen Händen und leisen Worten. Ihr Gefühlsausbruch machte ihn fassungslos. »Warum wolltest du mich gestern sprechen?«

»Warum?« Olivia stieß ihn heftig zurück. Der unterdrückte Zorn explodierte, und sie hämmerte mit Fäusten gegen seine Brust. »Wie kannst du es wagen, mir diese dumme, törichte und kindische Frage zu stellen! Ich habe dich seit einer Ewigkeit nicht mehr gesehen!«

Er packte ihre Handgelenke und hielt sie fest. »Es sind genau vier Tage.« Er gab ihr keine weiteren Erklärungen.

»Keine Haarspaltereien, du herzloser ... *Monolith*!« schrie sie. »Ich habe nur an dich denken können und an nichts anderes!«

»Du denkst zuviel an mich.«

»... und du bist es nicht wert, daß ich mich so auf dich konzentriere!«

»Genau davon versuche ich dich schon die ganze Zeit zu überzeugen.« Er ging zu einem Stein und setzte sich darauf.

»Glaubst du, *ich* habe mir dieses beklagenswerte Schicksal ausgesucht? Glaubst du, mir gefällt es, wie eine lächerliche Schachfigur herumgeschoben zu werden?« Als er darauf nicht reagierte, ging sie empört zu einem anderen Stein und setzte sich.

Er stocherte nachdenklich mit der Reitpeitsche in der Erde und sah sie dabei nicht an. »Du hast noch einen Kavalier. Entscheide dich doch für ihn.«

Olivia biß die Zähne zusammen. »Ich schwöre dir, wenn du noch einmal sagst, ich soll Freddie heiraten, dann schieße ich dir mit meinem Colt ein Loch in den Kopf!«

»Ich wage es zu bezweifeln, daß dein Colt ein Loch in einen Monolithen schießen kann.«
Sie holte tief Luft. Ihre Augen funkelten. »Bei allen guten Geistern, Jai, ich sollte dich hassen!«
Er richtete sich auf und sah sie an. »Aber offensichtlich tust du das nicht«, erwiderte er. »Und das ist leider der wunde Punkt.«
Ihr Zorn verflog. Es kam ihr alles sinnlos und selbstzerstörerisch vor. »Gegen diesen wunden Punkt bin ich machtlos«, sagte sie mißmutig. »Manchmal habe ich das Gefühl, ich bin ... krank.«
Er sah sie nicht an, sondern über sie hinweg, als gebe es in der wenig bemerkenswerten Landschaft mit den flachen Feldern und vereinzelten Büschen etwas, von dem er den Blick nicht wenden konnte. »Du liebst mich zu sehr, Olivia. Erziehe dich dazu, es nicht zu tun.«
Olivia kannte viele seiner Stimmungen – Zorn, ununterdrückbare Ruhelosigkeit, bösartige Widersprüchlichkeit und, ja, auch die unglaubliche Zärtlichkeit, hinter der etwas sehr Tiefes und Echtes zu spüren war. Sie hatte seine Reue erlebt, die rücksichtslose Selbstgeißelung und die wütende Empörung über sich selbst, weil er sie verletzt hatte. Aber jetzt sah sie etwas, das sie noch nie bei ihm erlebt hatte. Und es machte ihr Angst, denn sie erkannte, was es war – Gleichgültigkeit. Ihre Liebe hatte sie dazu getrieben, zu schwören, sie werde alles ertragen, was zu sein er sich entschloß. Aber unter all den Möglichkeiten hatte sie Gleichgültigkeit nicht bedacht. Olivia wußte mittlerweile, daß Schmerz zu den ständigen und vertrauten Gefährten ihres Lebens gehörte. Aber Jais gefühllose Gleichgültigkeit war messerscharf und schnitt in den Kern ihres Wesens, so daß sie vor Schmerz fast aufschrie.
»Du meinst, ich soll mich dazu erziehen, wie ... du es getan hast? Ich soll mich mit schleichendem Gift und Haß auf die Welt vollsaugen?« Seine kalte Anwesenheit war so qualvoll, daß sie nicht mehr darauf achtete, was sie sagte. Sie wollte ihn nur soweit herausfordern, daß er diesen schrecklichen Schleier des Nichts fallen ließ, der sein Gesicht verhüllte. »Soll ich auch Angst davor haben, in anderen den falschen Glauben zu wecken, ich sei ein Mensch aus Fleisch und Blut wie sie auch? Meinst du das, Jai?«

Ihre leidenschaftlichen Provokationen prallten erfolglos an ihm ab. Er zuckte nur die Achseln und stocherte im Boden. »Wenn du es so interpretierst, dann ja.«
Tränen brannten ihr in den Augen, aber sie wollte sich nicht noch mehr erniedrigen, indem sie weinte, und grub die Fingernägel in die Handflächen. »Ich weiß, für dich ist alles ein Spiel«, sagte sie unglücklich, »für dich hat im Leben nichts eine Bedeutung.«
Er runzelte die Stirn und dachte eine Weile darüber nach. »Ja, es ist ein Spiel.« Es klang irgendwie überrascht, als sei ihm das etwas Neues. »Und ja, nichts hat für mich eine Bedeutung.« Er beugte sich vor, stützte die Arme auf die Knie und starrte auf seine Stiefel. »Ich bin aber nicht mehr sicher, daß dieses Spiel die Mühe lohnt, Olivia...«
Ihr Herz schlug schneller. Die Mauer der Gleichgültigkeit hatte einen Riß! In seinem Gesicht bewegte sich etwas, und aus seiner Stimme sprach das ungewohnte Eingeständnis der Niederlage. Olivia eilte zu ihm, kniete vor ihm auf den Boden und legte ihm die Arme in den Schoß. »Warum spielst du dann trotzdem weiter, Jai? Warum?«
Er schien sich über ihre Nähe zu freuen, denn er hob die Hand und fuhr ihr durch die Haare. Der kaum merkliche Anflug eines Lächelns lag auf seinen Lippen. »Wie kannst du mich ertragen, Olivia?«
Aber sie ließ sich nicht ablenken. *»Warum?«*
»Weil der Sinn meines Lebens, so unwichtig es auch sein mag, nur darin liegt.«
Ihre Kehle wurde trocken. »Es kann einen anderen Sinn geben...«
»Nicht jetzt, nicht im Moment!« Er wurde unruhig und fahrig. »Was angefangen worden ist, muß zu Ende geführt werden. Keiner von uns kann geschont werden, ich nicht, und selbst du nicht ... meine unschuldige Madonna...« Er nahm ihre Hand zwischen beide Handflächen und drückte sie so fest, daß es schmerzte. Aber Olivia blieb stumm, denn sie spürte, daß er in diesem Augenblick nahe daran war, ihr sein Innerstes zu enthüllen.

Sie zitterte, wagte aber nicht, sich zu bewegen, damit der zarte Faden seiner Gedanken nicht riß. »Auch ich werde nicht geschont«, flüsterte sie kaum hörbar.
Er ließ ihre Hand fallen. Sie war gefühllos. »Ich weiß mir nicht mehr zu helfen, Olivia.« Er starrte sie mit wilden, leeren Augen an. »Ja, ich bin verrückt ...«
»Dann laß mich deine Verrücktheit teilen, Jai«, flehte sie sanft und versuchte mit jeder Faser ihres Körpers, ihn zu erreichen. »Was auch der Grund für deine Qual sein mag, es ist auch meine Qual, und doch läßt du mich hartnäckig im dunkeln.« Überwältigt von ihrer Liebe legte sie ihm die Arme um den Nacken und drückte die Lippen auf seinen Hals. »Gib mir endlich einen Platz in deinem Leben, Jai ...«
Es war heraus! Sie hatte ihrer Klage Worte verliehen. Jetzt gab es keinen Rückzug mehr. Wie kühn es auch gewesen sein mochte, es ließ sich nicht mehr ungesagt machen.
Er antwortete nicht gleich, aber er schob sie auch nicht von sich. Er fuhr mit den Fingern an ihrem Rückgrat entlang, und Olivia spürte die Kraft seines Verlangens. Dann sagte er mühsam, als müsse er jedes Wort einzeln mit einer Zange aus sich herausreißen. »Du hast einen Platz ... in ... meinem Herzen. Das mußt du ... inzwischen wissen.«
So deutlich hatte er noch nie gesagt, daß er sie liebte. Die Welt stand einen Augenblick still. Nichts bewegte sich. Selbst ihr Atem stockte. Der Augenblick erstarrte zur Unsterblichkeit.
Aber dann regte er sich ungeduldig, als sei er wütend auf sich selbst. »Ich muß gehen.«
Olivia war immer noch völlig verwirrt. »Gehen? Wohin?«
Wie immer löste er behutsam ihre Finger von seinem Nacken und küßte sie einzeln. Dann stand er auf. »Zum Zoll«, erwiderte er mit hochgezogenen Augenbrauen und überrascht, weil sie ihn so niedergeschlagen ansah.
»Donaldson verschifft wieder eine Ladung, die Freddies wachsenden Reichtum sichern soll. Ich will mich davon überzeugen, daß die Ladung nur das enthält, was in den Papieren steht.«

Sie wußte, er machte sich über ihre Angst lustig, aber darauf kam es nicht an. Nicht heute! Er hatte nicht das Wort ›Liebe‹ benutzt, aber er hatte es gedacht. Sie hatte es in seinen Gedanken so klar und deutlich gesehen, als sei es ihm auf die Stirn geschrieben! Trotz aller Unvollkommenheit war dies das Diadem in ihrer Schatzkammer kostbarer Augenblicke... »Du traust deinen Geschäftspartnern wohl überhaupt nicht!« sagte sie leichthin. »Du weißt doch, daß Freddies Firma sich nicht mit Opium befaßt.«

»Früher oder später befassen sie sich alle damit!«

»Obwohl es ein Monopol der Ostindien-Kompanie ist?«

»*Weil* es ein Monopol der Ostindien-Kompanie ist. Wer ein Monopol hat, kann mehr verkaufen. Und die Geldgier wird immer größer.«

»Du meinst, sie erlauben, daß Opium auch nach Europa geschmuggelt wird?«

»Einige tun es – gegen viel Geld.«

»Wie?«

»Als harmlose Ladung getarnt, mit Kurieren, durch die Mannschaft der Schiffe – es gibt tausend Möglichkeiten. Auch in Europa gibt es Süchtige und stinkende Opiumhöhlen. Woher, glaubst du, bekommen sie das Zeug? Es gibt in England keine Mohnplantagen!«

»Wenn es so ist, dann muß es ein gewaltiger Schwarzmarkt sein. Willst du allein es mit der ganzen Welt aufnehmen?« rief sie entsetzt.

Die Wolken zerrissen, ein Lächeln flog über sein Gesicht wie ein zögernder Sonnenstrahl. »Nein, nur gegen die *halbe* Welt. Im Augenblick reicht mir das. Komm jetzt, oder ich bin nicht rechtzeitig zur Stelle, und dann kann sich wieder einmal eine Londoner Opiumhöhle freuen.« Olivia erhob keine Einwände. Es war einfach lächerlich, zu glauben, daß ein Mann wie Willie Donaldson, dessen Ruf und dessen Grundsätze ohne Tadel waren, ein Opiumschmuggler sein sollte. Aber sie konnte mit Jai nicht darüber streiten. Sie überlegte flüchtig, ob die Feindschaft gegen ihren Onkel vielleicht darauf beruhte, daß auch in seinen Teekisten Opium nach Europa geschmuggelt wurde.

»Übermorgen finden die rituellen Versenkungen statt, und das ist das Ende des *Durga*-Festes«, sagte er und wechselte damit das Thema. »Möchtest du das sehen?«
Olivia rief begeistert: »Ja, o ja! Wo werden die Statuen versenkt?«
»Überall am Fluß an den Flußtreppen. Das Versenken geschieht nachts und ist sehr malerisch.« Er nahm ihre Hand, hielt sie eine Weile mit ernstem Gesicht und fragte dann: »Kannst du ohne Schwierigkeiten von zu Hause weg?«
Schwierigkeiten! Weiß er immer noch nicht, daß ich ihm durch Hitze und Feuer bis an das Ende der Welt folgen würde?
»Ja, Schwierigkeiten hin, Schwierigkeiten her, ich werde kommen.«
»Also gut. Meine Kutsche mit Bahadur wartet am Abend der Versenkung an der Straßenecke.«
»Um wieviel Uhr?«
»Kurz vor Mitternacht. Komm, wenn du kannst.«
Sie wollte sicher sein, daß keine Einzelheit dieser wichtigen Verabredung übersehen wurde, und fragte: »Weißt du, wo das Haus meines Onkels steht?«
Die Absurdität der Frage wurde ihr sofort bewußt. Jai sah sie verblüfft an. Dann lachte er leise, verschränkte die Hände, damit sie einfacher aufsitzen konnte, und sagte: »Wer kennt in Kalkutta nicht das Haus von Sir Joshua Templewood?« Als sie im Sattel saß und er den Gurt noch einmal nachgezogen hatte, veränderte sich seine Stimmung bereits wieder. Er streichelte gedankenverloren Jasmines Hals. Seine perlgrauen Augen verloren ihren Glanz, wandten sich von Olivia ab und richteten sich in die Ferne. Wenn sein angespannter Gesichtsausdruck etwas verriet, dann war es Trauer. »Du verdienst etwas sehr viel Besseres, als ich dir geben kann, Olivia. Ich wünschte . . .«
»Nicht!« Sie beugte sich hinunter und legte ihm den Finger auf die Lippen. »Wünsche dir nichts. Es bringt Unglück. Laß geschehen, was geschehen wird. Ich kann es ertragen.«
Er murmelte etwas und ging zu Shaitan. Erst als Olivia schon halb zu

Hause war, drangen seine leisen Worte in ihr Bewußtsein. »Ich bete darum, daß ich es auch ertragen kann.«
Im Augenblick verstand sie es nicht – im Augenblick nicht.

*

Dassera-Tag!
Am nächsten Abend würden die Versenkungen beginnen. Zahllose wunderschöne Bildnisse der zehnarmigen Göttin – Olivia hatte gesehen, wie sie in Kumartuli hingebungsvoll gemacht worden waren – würden zum Hooghly gebracht werden, den man den ›Ganges‹ von Bengalen nannte, und der heilig war, um sie in seinem Wasser zu versenken. Heute, am zehnten Tag der Feierlichkeiten, würde man Durga ehren. Es wurde gefeiert, getanzt und gesungen. Man überreichte Geschenke, trug neue Kleider, verteilte Mandeln und aß Berge von Süßigkeiten. Selbst die Stadt der Weißen hallte wider vom ausgelassenen Treiben der dort lebenden Inder – Trommeln wurden geschlagen. Man hörte Zymbeln, Gesang, klingelnde Glöckchen und das helle Lachen von Kindern. Im Haus der Templewoods hatten die vielen Dienstboten in ihrem Wohnbereich einen Altar mit dem Bildnis der Durga errichtet.
»Oh, dieser Lärm, dieser *Lärm*!« Lady Bridget hielt sich schaudernd die Ohren zu. »Ich wünschte, sie würden uns mit ihren schrecklichen heidnischen Ritualen verschonen. Warum müssen wir alle darunter leiden?«
»Das Fest ist doch nur einmal im Jahr, Tante Bridget«, tröstete sie Olivia. »Für sie ist es ein großes Ereignis, und es bedeutet ihnen so viel!«
»Gott sei Dank ist es nur einmal im Jahr! Aber wenn es nicht dieses Fest ist, dann feiern sie ein anderes. Ein Wunder, daß wir nicht schon alle taub sind.«
Für das Personal war es ein Feiertag, aber Sir Joshua und Arthur Ransome waren sehr geschäftig. Sie besuchten, wie es am glücksbringenden Dassera-Tag Sitte war, alle ihre hinduistischen Lieferanten, Agenten, Händler und Geschäftspartner. Im Austausch brachten Diener der reichen indischen Geschäftspartner schon am frühen Mor-

gen Obstkörbe und Süßigkeiten. Estelle war wie üblich nicht zu Hause, und Olivia verzog sich mit einem Buch in den Garten, denn Tante Bridgets Klagen gingen ihr allmählich auf die Nerven. Sie wollte in aller Ruhe – wenn man dieses Wort angesichts der fiebernden Ungeduld, mit der sie den nächsten Abend erwartete, gebrauchen konnte – *Sturmhöhe* lesen, das Cousine Maude Tante Bridget geschickt hatte. Cousine Maude schrieb, der Roman sei in London eine literarische Sensation. Die mitreißende Liebesgeschichte hatte eine unbekannte Jungfer mit dem Namen Emily Brontë geschrieben. Sie war die Tochter eines Pfarrers aus Yorkshire und lebte in weltfremder Abgeschiedenheit. Olivias Wahl der Lektüre erwies sich als richtig. Das Buch war so spannend und bewegend, von einer solchen Schönheit und Leidenschaft, daß sie es nicht aus der Hand legen konnte.

Sie saß unter dem breiten *Ashoka*-Baum, an dessen Ast sie die schöne blaue Vanda-Orchidee gebunden hatte. Die lavendelfarbenen Blüten inmitten der glänzenden, flaschengrünen Blätter erinnerten sie an Jai. Plötzlich näherte sich ihr vom Küchengarten Babulal. Er faltete zur Begrüßung scheu die Hände und legte ihr eine Ringelblume vor die Füße. Dann fragte er zögernd, ob die Missy Mem ihnen vielleicht die große Ehre erweisen würde, nach dem Abendessen an ihren Feierlichkeiten teilzunehmen.

Olivia war von dieser einfachen, aufrichtigen Bitte gerührt. Sie konnte auf keinen Fall ablehnen. Vermutlich würde ihre Tante nur Schwierigkeiten machen, wenn sie um Erlaubnis fragte. Deshalb nahm sie die Einladung an und beschloß, sich notfalls später bei Lady Bridget zu entschuldigen. Sie bedankte sich bei Babulal auf Hindustani.

Als es endlich Abend wurde, aß sie allein mit Lady Bridget den kalten Braten und die Salate, denn weder Estelle noch Sir Joshua waren rechtzeitig zum Essen zurückgekommen. Olivia hatte nichts dagegen, daß ihre Tante kaum etwas sagte. Das Schweigen entsprach ihrer Stimmung. Nach dem Essen zog sich Olivia so diskret wie möglich zurück, damit sie ihr Versprechen einlösen konnte.

Überrascht mußte sie sich eingestehen, daß sie nie auf dem Dienstbotengelände gewesen war. Lady Bridget hatte offenbar eine seltsame Abneigung dagegen. Sie erwähnte es nie und interessierte sich auch nicht dafür, wie es dort aussah. Soweit Olivia wußte, hatte sie sich nie dort blicken lassen. Das hätte Olivia jedoch nicht an einem Besuch hindern müssen. Sie gestand sich mit schlechtem Gewissen, daß ihnen die Menschen gleichgültig waren, die so schwer arbeiten mußten, damit *sie* ein bequemes Leben führen konnten. Man sah das Gelände zwar vom Küchenfenster, aber nun staunte sie trotzdem, wie groß es war. Etwa dreißig Hütten standen an drei Seiten um einen großen rechteckigen Platz. Am anderen Ende befand sich das Waschhaus und dahinter ein Wasserbecken. Daneben war der Stall mit den Milchkühen. Dort wohnte auch der Mann, der sie täglich mit Milch versorgte. Olivia wußte, daß die Templewoods sehr viele Dienstboten hatten, aber als man sie jetzt feierlich herumführte, überraschte sie die große Zahl der Frauen und Kinder, die zu dieser Gemeinschaft gehörten.

Auch in dieser bescheidenen Umgebung herrschten an diesem Abend Fröhlichkeit und ein Glanz von Licht und bunten Farben. Alle trugen neue saubere Gewänder, die Sir Joshua und Lady Bridget an diesem Morgen als traditionelles *Bakshish* verteilt hatten. Den Mittelpunkt der Festlichkeiten bildete der Altar in der Mitte des Platzes. Das Bildnis der Göttin war prächtig mit viel Rauschgold und einem leuchtend roten seidenen Sari geschmückt. In jedem der zehn Hände und Arme hielt die Göttin einen anderen Gegenstand. Sie stand mit einem Bein auf einem Löwenkopf, denn der Mythologie nach wurde sie von einem Löwen getragen. Man hatte Schalen mit Blumen, Süßigkeiten und Nüssen als Opfergaben vor den Altar gestellt. Öllampen und Weihrauch verbreiteten einen betäubenden Geruch. Ein Brahmane, der für seine Dienste an diesem Abend viel Geld erhielt, wie man Olivia stolz berichtete, sang Hymnen und intonierte Mantras. Über dem Altar befand sich ein orangefarbener Baldachin, an dem man einen Dreizack aus Metall befestigt hatte.

Olivia war entzückt und bestaunte alles mit großer Faszination und Bewunderung. Als Ehrengast erhielt sie einen Stuhl. Alle anderen saßen mit gekreuzten Beinen auf der Erde. Sie spürte die Frömmigkeit und sah die stumme Freude in den leuchtenden Gesichtern, als die Rituale vollzogen wurden. Obwohl Dassera ein Hindu-Fest war, beteiligten sich auch die Moslems unter der Dienerschaft mit großer Begeisterung an der Feier. Rehman, der Kammerdiener, sah völlig anders aus in einem bunten Hemd und einem leuchtend grünen *Lungi*, als er fröhlich in einem riesigen Kessel rührte, der auf der Veranda stand und würzige Düfte verströmte. Olivia staunte, denn sie kannte ihn nur mit unbewegtem Gesicht und in förmlicher Haltung in der weißen Dienstkleidung. Nach den Gebeten wurden als ein Zeichen des Segens der Göttin Süßigkeiten herumgereicht. Olivia nahm etwas, das wie ein Pistazienplätzchen aussah, und mußte lächeln. Wie viele der Zutaten mochten aus der Vorratskammer ihrer Tante stammen? Aber sie freute sich insgeheim darüber, daß es den Dienstboten gelungen war, ihr Fest so zu gestalten, wie es ihrer Tradition entsprach. Sie legte eine Handvoll Münzen auf das Tablett, um auch etwas beizusteuern.

Als sie ins Haus zurückkehrte, hatte Sir Joshua bereits gegessen und sich in sein Arbeitszimmer zurückgezogen. Lady Bridget lag vermutlich wütend im Bett, da Estelle immer noch nicht von einer der vielen Verabredungen zurückgekommen war, die sie in letzter Zeit eigenmächtig traf. Nach kurzem Zögern ging Olivia zu ihrem Onkel.

»Ich möchte mir dir sprechen, Onkel Josh – es geht um Estelle, und ich glaube, du solltest mir zuhören.«

»Estelle?« Er hob den Kopf von den Zahlen, die er gerade notierte, und schien leicht bestürzt – vielleicht weil Olivia ihn so ernst ansah. »Ist sie krank?«

»Nein. Sie ist gesund – zumindest körperlich.« Er sah sie ausdruckslos an, denn er wußte nicht, worauf sie hinaus wollte. Olivia nutzte seine momentane Aufmerksamkeit und sprach schnell weiter. »Ich weiß, Onkel Josh, daß du in letzter Zeit viel zu tun hast, aber Estelle weiß es nicht. Sie hat das Gefühl, du beachtest sie nicht genug und ist überzeugt, daß du sie nicht mehr liebst.«

»Wie bitte? Wie kommt sie denn um Himmels willen darauf?« Er sah Olivia verblüfft an.

»Estelle glaubt es aber. Und ihren Kummer läßt sie an Tante Bridget aus, die am Ende ihrer Nerven ist. Ich glaube, du solltest dir die Zeit nehmen, um einmal in Ruhe mit ihr zu reden, Onkel Josh.«

»Mit Bridget?«

»Nein, mit Estelle. Sie will unbedingt in der Aufführung von ›Aschenputtel‹ auftreten. Ich weiß, Tante Bridget will es nicht erlauben, aber die Sache ist wirklich ganz harmlos. Vielleicht könntest du Tante Bridget überreden, Estelle ihren Willen zu lassen.« Sie holte tief Luft und beschrieb ihm ausführlich das Problem von beiden Seiten. Ihr Onkel hörte aufmerksam zu. Als sie fertig war, lehnte sie sich etwas zurück und wartete darauf, daß er etwas sagen würde, denn er schien über die Angelegenheit nachzudenken.

Nach einer Weile hob er den Kopf. »Er hat uns eine Absage erteilt«, sagte Sir Joshua.

»Was ...« Olivia verstand den Gedankensprung nicht sofort. Dann seufzte sie und fragte: »Auf das Angebot?«

»Ja. Er hat uns heute morgen seine Entscheidung offiziell mitgeteilt.«

Arvind Singh hatte sich demnach dem Wunsch seines Freundes gebeugt! Olivia atmete erleichtert auf. Sie versuchte, ihre Freude zu verbergen, und fragte: »Wird das Konsortium das Angebot erhöhen?«

»Das Konsortium!« Er schnaubte verächtlich. »Das ist doch nur ein Haufen Feiglinge, die Angst vor der eigenen Courage haben! Nein, das Konsortium wird das Angebot nicht erhöhen. Aber das ist nicht länger wichtig.« Er lächelte plötzlich. »Es gibt mehr als eine Möglichkeit, einen Affen zu fangen, Olivia, mehr als eine ...«

Es war sinnlos, ihn an Estelle und die Aufführung zu erinnern. Sir Joshuas Gedanken kreisten bereits wieder um andere Dinge – vielleicht hatte er ihr überhaupt nicht zugehört! Olivia mußte auf eine andere Gelegenheit warten, um dieses Thema noch einmal zur Sprache zu bringen. In seiner augenblicklichen Enttäuschung würde er vermutlich ohnehin kein Verständnis für die Theater-Aspirationen seiner Tochter haben.

Ohne daß Olivia es ahnte, war es die zweitschlechteste Entscheidung ihres Lebens, in diesem Punkt nachzugeben. Die schlechteste sollte sie am nächsten Tag treffen.

*

Endlich, *endlich* war der Tag der rituellen Versenkungen gekommen!

Estelle kam so spät abends nach Hause, daß Mutter und Tochter sich am Frühstückstisch heftig stritten, nachdem Sir Joshua ins Kontor gefahren war. Estelle verließ bald danach trotzig wieder das Haus, und das verhieß mit Sicherheit ein neues Unwetter beim Abendessen. Auf Olivia lasteten eigene ängstliche Erwartungen und ein beinahe unerträgliches Gefühl der Spannung. Am Vormittag las sie *Sturmhöhe* zu Ende, und am Nachmittag zwang sie sich, zu schlafen. Nach dem Tee machte Lady Bridget Besuche. Olivia spielte mit Clementine, dem in letzter Zeit sehr vernachlässigten Spaniel, dann ging sie in den Garten und jätete Unkraut. Sie dachte zum tausendsten Mal über den Fluchtweg nach und stöhnte ungeduldig, weil die Zeiger der Uhr stillzustehen schienen. Estelle kam zum Abendessen nicht nach Hause. Sir Joshua wurde das Essen wie seit einiger Zeit üblich in einem Picknickkorb ins Kontor gebracht. Lady Bridget schob in grimmigem Schweigen den kalten Braten auf dem Teller hin und her und kämpfte mit ihrem Ärger. Sobald es der Anstand erlaubte, verschwand Olivia in ihrem Zimmer, um sich für das nächtliche Abenteuer vorzubereiten. Endlich schlug die Uhr halb zwölf. Mit klopfendem Herzen saß Olivia auf dem Bett und wartete mit angehaltenem Atem. Sie hatte einen warmen Rock und Stiefel angezogen. Ihr Fuß wippte ungeduldig auf und ab. Sie ließ die Uhr nicht mehr aus den Augen. Lady Bridget schlief hoffentlich schon tief und fest. Sie hatte es schon lange aufgegeben, auf ihre Tochter und ihren Mann zu warten. Das Donnerwetter würde sich also erst am nächsten Morgen entladen. Plötzlich knarrten im Flur die Dielen. Dann war wieder alles still. Olivia atmete erleichtert auf. Ihre Cousine war endlich nach Hause gekommen. Sie würde noch eine Viertelstunde warten, bis Estelle eingeschlafen war. Olivia wartete … noch zehn Minuten, noch fünf …

Die Zimmertür ging plötzlich auf, und Estelle kam herein. »Wie gut, daß du noch wach bist, Olivia. Ich muß mit dir über etwas Wichtiges reden.« Sie ging zu dem Sessel am Fenster und setzte sich.
Mein Gott, doch nicht jetzt! Doch nicht jetzt ...!
Olivia klopfte das Herz bis zum Hals. Sie versuchte, so gut es ging, vor Estelle zu verbergen, daß sie Stiefel anhatte. Warum muß diese egoistische, rücksichtslose, unverantwortliche Person mit ihren Problemen kurz vor Mitternacht zu mir kommen, fragte sie sich wütend.
»Tut mir leid, Estelle«, erklärte Olivia eisig, »aber ich wollte gerade zu Bett gehen. Ich bin schrecklich müde. Hat es nicht Zeit bis morgen?«
Estelle zögerte.
»Also, Estelle, wenn es um die Aufführung geht, ich habe bereits mit Onkel Josh darüber geredet. Er ... hat versprochen, über die Sache nachzudenken ..«
»Es geht nicht um die Aufführung.«
Etwas in Estelles Ton ließ Olivia aufhorchen. Ihre Cousine war blaß. Sie hatte verweinte Augen und saß starr und völlig verspannt vor ihr. Olivia überlegte gereizt: Ach du liebe Zeit! Das dumme Ding hat sich mit Clive Smithers auf etwas Gefährliches eingelassen ...
In diesem Augenblick schlug die Uhr unten im Haus Mitternacht. Wie lange würden die Versenkungen dauern? Und was wäre, wenn Bahadur glaubte, sie werde nicht kommen, und ohne sie davonfuhr? Oder wenn Jai das Warten zu lange dauerte, und er nach Hause ging? Olivia erfaßte Panik. Sie schluckte und sagte dann gepreßt: »Estelle, mir platzt der Kopf. Ich habe wieder eine dieser scheußlichen Migränen oder bekomme eine Erkältung ... ich weiß es nicht. Ich kann jedenfalls kaum noch die Augen offen halten. Ich habe das Gefühl, wenn ich nicht bald schlafe, breche ich zusammen ... Ich kann mich einfach nicht auf das konzentrieren, was du mir sagen möchtest ..« Sie redete unzusammenhängend auf Estelle ein, ging zu ihr, zog sie beinahe mit Gewalt aus dem Sessel und schob sie zur Tür. »Morgen, Estelle, morgen, ich verspreche es dir. Morgen können wir den ganzen Tag miteinander reden, und wenn du willst auch die Nacht, ich verspreche es dir ...«

Estelle starrte sie überrascht und verletzt an. Dann zuckte sie mit den Schultern. »Also gut. Entschuldige, daß ich es gewagt habe, deine Zeit in Anspruch zu nehmen, meine liebe, verständnisvolle Olivia. Gute Nacht.«

Olivia entging Estelles Sarkasmus, so erleichtert war sie darüber, daß ihre Cousine nicht auf dem Gespräch bestand. Ungeduldig beschloß sie, noch zehn Minuten zu warten. Dann zog sie die Stiefel aus, zog die Zimmertür geräuschlos hinter sich zu und lief auf Zehenspitzen die Treppe hinunter. Sie betete, daß ihr Onkel nicht gerade jetzt nach Hause kommen werde und eilte durch das große Eßzimmer, durch Wohnzimmer und Billardzimmer und kletterte dann durch ein Fenster an der Rückseite des Hauses, an dem der Riegel fehlte. Sie rannte durch den Gemüsegarten, kletterte über die niedrige Mauer und lief zur Hauptstraße an der Ecke. Dort, im dunklen Schatten eines riesigen Bo-Baumes wartete Jais Kutsche. Bahadur stand geduldig daneben. Mit einem Seufzer der Erleichterung stieg Olivia ein und ließ sich aufatmend gegen die Polster fallen.

Olivia dachte in dieser Nacht nicht mehr an Estelle. Für sie gab es auf der Welt nur noch Jai Raventhorne.

Während die Kutsche sie zu dem Mann brachte, der ihr Schicksal war, ahnte Olivia nicht, daß sie den größten Fehler ihres Lebens begangen hatte, als sie Estelle aus dem Zimmer schickte. Dafür sollte sie einen sehr hohen Preis bezahlen – einen Preis, der alle Vorstellungen überstieg ...

Neuntes Kapitel

Olivia erkannte ihn kaum.
Der Dassera-Mond tauchte die Welt in ein kaltes weißes Licht, in dem alles gespenstisch zu leuchten schien. Am Landungssteg, zu dem die Kutsche sie brachte, tanzten silberne Flecken über das schwarze Wasser, das der böige Wind zu unruhigen Wellen peitschte. Am Bootssteg lag ein großes Beiboot der *Ganga* – erkennbar an dem metallisch blinkenden Dreizack am Bug. Daneben stand eine seltsame Gestalt in einem hellen, goldgesäumten seidenen *Dhoti* und einer *Kurta*. Ein besticktes wollenes Tuch mit Fransen lag über einer Schulter. Im Mondlicht glänzte das schwarze Haar, das mit großer Sorgfalt aus der Stirn gekämmt war, den herrischen Kopf umrahmte und ihm dann in einer weichen Welle in den Nacken fiel. Er war barfuß.
Olivia spürte einen Kloß im Hals. Sie hatte geglaubt, jede Linie, jede Falte in seinem Gesicht zu kennen und auch den sehnigen, muskulösen Körper, aber nun mußte sie sich eingestehen, daß sie manchmal vergaß, wie faszinierend Jai Raventhorne aussehen konnte. Heute nacht sah er so vornehm wie ein *Zamindar* aus, wie ein Nachkomme einer aristokratischen Herrscherfamilie. Sie sagte ihm das lächelnd, als er ihr stumm in das Boot half. »Ein Mann zweier Welten«, fügte sie hinzu und setzte sich auf ein bequemes Kissen.
»Weder der einen noch der anderen.«
Er saß ihr gegenüber. Sein Gesicht lag im Dunkeln, aber sie spürte, daß er nicht lächelte. Enttäuscht stellte sie fest, daß sie nicht allein waren. Aber als die Ruderer mit ihren langsamen, rhythmischen Schlägen das Boot in die Flußmitte lenkten, sagte sie sich, es sei un-

dankbar, wegen einer solchen Kleinigkeit enttäuscht zu sein. Jai saß dicht vor ihr. Sie konnte ihn mit den Augen spüren, seinen leisen Atem und das Rascheln der Seide hören. Auch ohne ihn zu berühren, spürte sie seinen Puls, als sei es ihr eigener – und das war genug.

»Wohin fahren wir?«

»Zum *Shiriti Ghat*. Dort kann man die Versenkungen vom Fluß aus am besten sehen.« Er bemerkte ihr leichtes Frösteln und runzelte die Stirn. »Warum hast du dir kein Schultertuch mitgebracht?«

Sie hatte geglaubt, der dicke Tweedrock und die langärmlige Wollbluse seien warm genug, aber der böige, feuchte Wind belehrte sie eines anderen.

»Das wollte ich auch, aber ich habe es vergessen, als...« Sie brach ab, ihre häuslichen Sorgen interessierten ihn bestimmt nicht. »...als ich mich aus dem Haus geschlichen habe. Ich glaube, ich wäre ein sehr ungeschickter Einbrecher. Ich bin vor Angst beinahe ohnmächtig geworden.«

Er erwiderte ihr Lächeln nicht, legte ihr nur besorgt sein Tuch um die Schultern. In der Dunkelheit sah sie forschend in seine Augen, die wie von der Sonne gebleichtes Holz schimmerten, aber sie verrieten ihr nichts. Eine unbestimmte Unruhe erfaßte sie. Es gelang ihr nicht, seine Stimmung zu erraten. Er wirkte angespannt, aber die Schweigsamkeit deutete nicht auf Gelassenheit oder Gleichgültigkeit hin – soviel ahnte sie. Olivia wußte, daß den bohrenden Blicken nichts, auch nicht die kleinste Regung in ihr entging. Trotzdem tat es ihr gut, daß er sie ansah. Und das Tuch aus daunenweicher *Pashmina*-Wolle empfand sie wie eine zärtliche Umarmung. Sie schob das Unbehagen beiseite und lächelte.

»Hast du bei dir zu Hause die Durga-Rituale durchgeführt?« Er schien philosophisch zwar sehr bewandert, aber sie hielt ihn nicht für religiös.

»Ja.«

»Bist du fromm?« fragte sie überrascht.

»Nein, man erwartet es von mir.« Meinte er mit ›man‹ Sujata? Aber dann fiel ihr ein, daß Sujata nicht mehr bei ihm wohnte. Er schien ihre Frage zu ahnen und fügte hinzu: »Die Leute erwarten es, die auf meinen Schiffen und in meinem Kontor arbeiten ... die Leute in der Nachbarschaft, die zu arm sind, um einen Altar zu errichten«, er blickte ihr in die Augen, »alle, die die Göttin verehren wollen.« Freunde oder Verwandte erwähnte er nicht, denn er hatte keine.

»Bedeutet dir das Ritual etwas?«

»Nein. Ich muß den Göttern weder danken, noch habe ich eine Wunschliste für besondere Gunstbeweise in der Zukunft. Mein Schicksal liegt allein in meinen Händen.«

Wie immer verletzte sie sein Zynismus. Die Einsamkeit, an der er beinahe fanatisch festhielt, schmerzte sie. Wieder einmal wollte sie die Festung erstürmen, hinter der er sich verschanzt hatte. Sie empfand seine Isolation besonders grausam, da ihm nichts fehlte, was er sich mit Geld kaufen konnte, doch alles, was er sich nicht kaufen konnte. Wer mochte sein Vater sein, der ihn ohne Namen sich selbst überlassen hatte? Hatte Jai sich auf die Suche nach ihm gemacht? Fehlte ihm der Vater, sehnte er sich nach der väterlichen Zuneigung, die ihm als Sohn zustand? Und die Mutter – diese unglückselige, mißbrauchte Frau –, hatte sie das ungewollte Kind vielleicht abgelehnt, das ihr ein grausames Schicksal aufzwang? War diese Frau wirklich tot? Lebte der unbekannte Vater noch? Und von wem hatte er diese seltsamen Augen?

»Beschäftige dich nicht mit Nebensächlichkeiten, Olivia!« Wie immer wußte er mit unfehlbarer Sicherheit, was in ihr vorging. »Denke nur daran, was du jetzt sehen wirst. Es hat einen Grund.«

Einen Grund! Das Unbehagen erfaßte sie von neuem, und sie bekam Herzklopfen ... Sie hatte sich also nicht getäuscht. Es machte ihr Angst, daß sie den Grund seiner Spannung nicht erriet. Ihr Sehnen, daß er sie an seine Brust drückte, drohte sie zu überwältigen. Aber sie wehrte sich gegen diesen Sturm des Verlangens, denn trotz seiner Nähe war er in den Tiefen seines unergründlichen Wesens und sie wagte nicht, ihn zu stören. Doch Olivia wußte, daß er alles empfand, was sie empfand, daß ihr Atem im selben Rhythmus ging und er ihr Verlangen spürte, und bewußt nicht darauf reagierte.

»Sieh genau hin«, sagte er jetzt leise.

Wie ein Hündchen folgte sie seinem Befehl und richtete die Augen auf das Schauspiel am Ufer. Hunderte, vielleicht Tausende drängten sich dort. Das Boot glitt näher, und Olivia konnte im Licht der Fakkeln die Gesichter der Menschen erkennen. Das rhythmische Schlagen von Trommeln hallte über das Wasser. Ihre einfachen Kadenzen schienen subtile, unheilvolle Botschaften zu enthalten, die nur Eingeweihte zu verstehen vermochten. Gesänge und Klagen stiegen zum Nachthimmel empor, körperlose Stimmen hoben und senkten sich zum Taktstock der Windböen wie die Wellen des Wassers. Das Beiboot trieb langsam auf die wogenden Menschenleiber am Ufer zu.
Olivias Herzschlag übernahm den schneller werdenden Rhythmus der Trommeln. Sie beobachtete das Schauspiel in elektrisiertem Schweigen. Sie konnte die Statuen der Göttin, die zur Versenkung und Vernichtung vorbereitet wurden, jetzt deutlicher erkennen. Männer trugen sie auf ihren Schultern. Sie waren nackt und schwarz. Nur das Weiß ihrer *Dhotis* und Lendentücher hob sich leuchtend ab. Ein ganzes Heer unwirklicher Gestalten war mit diesem für die Gemeinschaft lebenswichtigen Ritual beschäftigt. Die Bildnisse auf ihren Podesten wurden liebevoll auf den Rand von zwei Booten gesetzt, die nebeneinander lagen. Die Männer standen bis zur Hüfte im Wasser und schoben sie in den Strom hinaus. Dort löste eine Gestalt am Bug die Boote vorsichtig mit einer langen Stange voneinander. Wenn sie auseinandertrieben, schaukelten und schwankten die Statuen einen Augenblick und fielen mit lautem Klatschen ins Wasser. Und jedesmal, wenn das geschah, stieg aus der Menge ein gedämpfter Triumphschrei auf, der sofort wieder erstarb. Die Männer im Wasser kehrten zum Ufer zurück.
Keiner von ihnen blieb stehen oder drehte sich noch einmal um.
Olivia und Jai saßen stumm im Boot und beobachteten das letzte Ritual von Dassera. Die Ruderer bewegten sich nicht, sondern flüsterten lautlos Mantras. Olivia drehte langsam den Kopf zu Jai und stellte fest, daß er sie aufmerksam ansah. In den Tiefen seiner perlgrauen Augen stand eine Frage – und diese Frage schien für ihn so lebenswichtig zu sein, daß sie erschrak. Jai Raventhorne erwartete von ihr, daß sie etwas Bedeutsames, Außergewöhnliches sagte.

Was?
Olivia schluckte, und ihre trockene Kehle schmerzte. »Ich habe in Kumartule gesehen, wie diese Statuen mit großer Sorgfalt und Hingabe gemacht werden.« Erwartete er von ihr Zustimmung und Anerkennung? »In den zehn Tagen des Festes werden diese Bildnisse auf Altäre gestellt und verehrt.«
»Weiter!« flüsterte er.
Olivia fuhr mit der Zunge über ihre trockenen Lippen und sah ihn fragend an. Aber hinter seinem maskenhaften Gesicht lag nur eine andere Maske – und dahinter Dunkelheit. »Wenn sie die Statuen jetzt versenken, geschieht das selbstverständlich und fast gleichgültig, als würden sie ihnen nichts mehr bedeuten. Keiner der Männer dreht sich noch einmal nach ihnen um.«
»Ja!«
Er stieß einen seltsamen Laut aus, der klagend, aber auch triumphierend klang, als sei er hin und her gerissen zwischen Qual und Erleichterung. Sein Körper, den er die ganze Zeit beinahe starr aufrecht gehalten hatte, sank in sich zusammen, als sei ein unerträglicher Druck von ihm genommen. Er bewegte sich und plötzlich fiel das Mondlicht auf sein Gesicht. Olivia wollte einen Schrei ausstoßen, aber er blieb ihr in der Kehle stecken. Seine Haut war plötzlich alt und fahl wie Pergament und spannte sich über seine Wangenknochen. Beim Anblick seiner Augen erfaßte Olivia Grauen, denn sie lagen erloschen in den Höhlen eines Totenkopfs. Sie starrte entsetzt auf die gespenstische Erscheinung. Vor ihr saß ein Fremder, den sie noch nie gesehen hatte.
Er bewegte sich wieder, und der Eindruck war verschwunden. Seine Stimme klang ruhig und beherrscht, als er sagte: »Das ist die Lektion der Versenkung. Wir sollen lieben und dabei unberührt bleiben. Wir sollen uns wenn notwendig lösen und keinen Blick des Bedauerns zurück werfen.«
Olivia begann zu zittern. »Wie kann das sein?« flüsterte sie.
»Es kann sein, es *muß* sein. Aber daß es kein Bedauern gibt, bedeutet nicht, daß es auch keinen Schmerz gibt.« Es klang sanft, als er sagte: »Sieh hin.«

Gehorsam drehte sie den Kopf und blickte wieder zum Ufer. Alle, die ihre Statuen versenkt hatten, verließen den Fluß, und der Strand wurde allmählich menschenleer. Die wenigen, die noch blieben, schienen großen Kummer zu empfinden. Tränen rannen über ihre dunkle Wangen, und in ihren Augen sah man den Schmerz über den erlittenen Verlust. Manche weinten leise und verbargen das Gesicht in den Händen oder an der Schulter eines Begleiters. Andere schluchzten offen, und ihre Körper zuckten vor innerer Qual. Das schwarze Wasser des Hooghly glich einem Schlachtfeld. Arme, Beine, bunte und lächelnde Gesichter trieben auf dem Weg zum Meer und zur Ewigkeit an ihrem Boot vorbei. Unter dem Treibgut befanden sich schöne Stoffe, vergoldete Kronen, Armringe, Glaskugeln, Halsbänder, und im starren schwarzen Haar der enthaupteten Köpfe hingen noch immer bunte Blumen.

Asche zu Asche, Staub zu Staub ...

Olivia wußte, daß sich etwas Schreckliches ereignen würde. Ihr Magen verkrampfte sich, ihre Schultern, die so zart von seinem *Pashmina*-Tuch gewärmt wurden, krümmten sich. Tränen standen in ihren Augen, als sie im Bewußtsein der bevorstehenden Katastrophe tonlos fragte: »Betrachtest du dich als Hindu?« Sie wußte, Fragen halfen nicht mehr, aber sie wollte nicht verzweifeln.

»Vermutlich ebenso sehr als Hindu wie als alles andere.«

»Und du bist auch in der Lage zu dieser Art Trennung ohne Blick zurück?«

»Ja«, antwortete er ohne Zögern.

»Ohne Bedauern?«

»Ja.«

»Ohne ... Schmerzen?«

Diesmal zögerte er eine Sekunde. »Nein.«

Olivia konnte keinen Gedanken mehr fassen. Mit jedem Wort schleuderte er sie weiter und weiter in einen eisigen luftleeren Raum, in dem sie allein war. Das Schweigen zwischen ihnen war lautlos wie das Weltall, denn ihre unvereinbaren Welten trennten sie. Sie trieben auseinander, Abgründe taten sich unter ihnen auf, und es gab nicht einmal mehr den Trost eines zufälligen Blicks. Er starrte durch sie hindurch ins Leere. Wie betäubt von der Ungeheuerlichkeit seiner Worte saß Olivia vor ihm. Die glänzende Mondscheibe verschwand hinter den sich wiegenden Wipfeln der Palmen am Horizont und begann ihren Weg zu anderen Welten. Das Beiboot fuhr bereits wieder zurück zur Anlegestelle, und das Ufer entschwand langsam hinter ihnen und mit ihm die Fackeln, die Menschen und die Gesänge. Die Huldigung der Göttin Durga war für ein Jahr vollbracht, und die Gläubigen kehrten nach Hause zurück. Olivia bemerkte nicht, daß auch sie weinte.

An der Anlegestelle wartete Bahadur mit der Kutsche. Die Straßen waren einsam und leer. Die meisten überließen sich schon ihren glücklichen Träumen. Sie wußten nicht oder wollten nicht wissen, daß für andere die Totenglocke läutete, der Ruf des Schmerzes ertönte. Diese Nacht schenkte vielen einen geruhsamen Schlaf und anderen den Fluch der ewigen Schlaflosigkeit. Sie verließen das Boot. Raventhorne half ihr mit versteinertem Gesicht in die Kutsche. Er hielt ihr die Tür auf. Dabei streiften seine Finger flüchtig die ihren, ohne zu verweilen.

»Ich kann dich nicht wiedersehen, Olivia.«

Das hatte er ihr die ganze Nacht über gesagt. Schon lange, bevor er die Worte aussprach, hallten sie in ihrem Kopf wie ein Echo, das ausweglos zwischen Felswänden gefangen ist. Jetzt wußte sie, daß er ihr diese Worte bei jeder Begegnung gesagt hatte.

Warum?

Aber sie brachte keinen Laut hervor. Das Wort blieb ein Echo in ihrem Kopf wie das Todesurteil, das er gesprochen hatte. Dann saß sie in der Kutsche, die ohne ihn in die Nacht rollte. Sie drehte sich um, denn für sie galten die Regeln der Entsagung nicht, aber er war nur noch ein winziger Punkt, den die Dunkelheit auslöschte. Dann sah Olivia nichts mehr.

»Anhalten ...!«

Die donnernden Hufe schluckten Olivias Schrei, als sie aus ihrer Starre erwachte. Verzweiflung erfaßte sie. Sie begriff die Endgültigkeit seines grausamen, ungerechten Urteils noch nicht. Sie wollte sich nicht damit abfinden, und deshalb konnte sie sich auch noch nicht dagegen auflehnen. Und so begann sie, innerlich zu zerbrechen, sich aufzulösen wie die Statuen der Göttin – etwas Geliebtes wurde in die Fluten versenkt und einem fernen, fremden Meer überantwortet. Sie konnte nicht mehr denken. Nur die eine unbeantwortete Frage tönte wieder und wieder in ihr.

Warum?

*

Sie glaubte, tot zu sein oder bald zu sterben.

Ihre Kehle war ausgedörrt und trocken. Sie konnte die Augen nicht öffnen, und als es ihr gelang, blendete sie grelles Licht. Ein Verrückter hämmerte Nägel in ihren Kopf, und überall war Nebel... undurchdringlicher Nebel. Aus diesem Nebel drangen Stimmen zu ihr – sie hörte verschwommen ihre Tante, Estelle und Dr. Humphries. Man zwang sie, bittere Flüssigkeit zu trinken, legte ihr eine kalte Kompresse auf die Stirn, und jemand befahl ihr zu schlafen.

Olivia schlief.

Im wiederkehrenden und entschwindenden Bewußtsein sah sie Bilder – Farben und Formen wie in einem Kaleidoskop, das unter dem Rhythmus von Trommeln zerbarst. Sie hatte entsetzliche Alpträume von Gräbern, eiternden Gliedern und scheußlich geschminkten Fratzen, von geschmückten Totenköpfen, von Krallen, die sich nach ihr ausstreckten. Olivia schrie und schlug um sich. Sie wollte das Böse vertreiben, das in der Luft lag und sie bedrängte. Und aus dem Nebel löste sich ein perlweißer, schimmernder Mantel der Sicherheit, der sich um sie legte. Sie überließ sich zufrieden seiner Umarmung, die so sanft und zart war wie *Pashmina*-Wolle, und genoß die Wärme und Zuversicht. Dann schlief sie wieder ein.

»Geht es dir besser, mein Kind?«

Als sie schließlich voll bei Bewußtsein war, begrüßte sie ein schöner Morgen mit den zarten weichen Strahlen der Herbstsonne. Sie sah über sich das besorgte Gesicht ihrer Tante. Das Fieber war gesunken. Olivia wollte sich aufsetzen, aber sie war zu schwach. Ihre Tante drückte sie sanft in das Kissen zurück und gab ihr in einer Schnabeltasse Milch zu trinken.

»Gott sei Dank! Dr. Humphries sagt, es war Wechselfieber in Verbindung mit einer schweren Erkältung.« Lady Bridget betupfte ihr die Lippen mit einer Serviette. »Aber das Fieber ist jetzt vorbei. Wir werden dich bald wieder auf den Beinen haben. Er sagt, du mußt jetzt viel trinken, hörst du, *viel* trinken.«
Olivia nickte, trank und fühlte sich schon etwas besser. Hinter der Tante sah sie Estelle, die ihrer Mutter die leere Tasse abnahm. Sie schien dem Blick ihrer Cousine auszuweichen. Ein Gedanke stieg in ihr auf, aber sie war zu schwach, um ihn zu fassen. Tonnenschwer senkte sich die Müdigkeit auf ihre Lider. Sie konnte die Augen nicht länger offenhalten. Die unsagbare Schwäche machte alle Gedanken unmöglich bis auf den einen.
Ich werde Jai Raventhorne nicht wiedersehen.
Sie schlief unruhig und lange. Als sie die Augen wieder aufschlug, brannte Licht im Zimmer, und sie hörte das Klirren von Glas. Die *Aja* räumte den Tisch an ihrem Bett auf. Sie mußte wieder trinken. Diesmal brachte ihr Sir Joshua ein Glas Zitronentee – eine angenehme Abwechslung nach den scharfen Eukalyptusdämpfen der Einreibemittel.
»Wie geht es, Kleines?« Er setzte sich auf den Bettrand.
»Danke, besser«, krächzte Olivia schwach. Sie lehnte sich gegen die dicken Kissen in ihrem Rücken.
»Wunderbar! Wunderbar! Humphries hat recht, diese neue Rinde aus Malaia scheint zu helfen. Man nennt sie Chinin – es wurde auch Zeit, daß sie endlich etwas gegen das scheußliche Wechselfieber gefunden haben.« Er tätschelte ihr die Hand. »Wir haben wirklich Angst um dich gehabt, mein Kind. Wie gut, daß du wieder etwas Farbe im Gesicht hast.« Sir Joshuas eigene Wangen hatten viel Farbe, als er liebevoll und zufrieden mit Olivia sprach. Er hob warnend den Zeigefinger. »Keine morgendlichen Ausritte mehr, Olivia. Du mußt erst wieder richtig zu Kräften kommen.« Fröhlich pfeifend verließ er das Krankenzimmer.
Nein – keine morgendlichen Ausritte mehr. Dazu gab es auch keinen Anlaß.
Am nächsten Tag erklärte Dr. Humphries, die Kranke sei wieder

weit genug bei Kräften, um sie zu waschen und ihre Wäsche zu wechseln. Am nächsten Morgen durfte sie sogar schon eine Stunde wie eine ägyptische Mumie in Decken, Handschuhe und lange Wollstrümpfe verpackt in den Garten. Olivia staunte, daß ihr Körper im Gegensatz zu ihrem Kopf wieder so lebendig war. In gewisser Hinsicht bedauerte sie, daß das Fieber vorüber war, denn während es sie in den Klauen gehabt hatte, mußte sie wenigstens nicht denken.

Da ihre Genesung sichtlich Fortschritte machte, beschloß Lady Bridget eines Nachmittags, zu einer Möbelauktion zu gehen. »Es ist bei den *Apcars,* mein Kind, bei den Armeniern, die jede Woche die Pferderennen veranstalten. Sie gehen nach London und haben ein paar gute Sättel. Josh möchte, daß ich sie mir ansehe. Außerdem weiß ich, daß sie auch hübsche Chippendale-Stühle und beinahe brandneue englische Vorhänge versteigern. Mit Estelles Zimmer muß wirklich etwas geschehen. Es sieht erbärmlich aus.«

Estelle! Blitzartig erinnerte sich Olivia und bekam Gewissensbisse. »Wo ist Estelle, Tante Bridget? Ich habe sie in den letzten zwei Tagen nicht gesehen.« Wie konnte sie ihre Cousine so völlig vergessen haben!

»Sie ist eine Woche bei den Pringles in Cossipore. Erinnerst du dich an den netten Marineleutnant, den wir bei den Pennyworthys getroffen haben? Seine Schwester Anne ist mit ihren beiden Kindern aus Lucknow gekommen. Estelle hat sich mit ihr angefreundet, und ich bin sehr erleichtert. Anne ist für sie im Augenblick die *richtige* Freundin.« Lady Bridget seufzte und sah Olivia besorgt an. »Ich hoffe, du bist nicht enttäuscht, weil Estelle nicht da ist. Es geht dir doch schon viel besser, und Estelle hat eine Abwechslung verdient. Sie ist in letzter Zeit so vorbildlich gewesen, daß ...«

»Nein, natürlich bin ich nicht enttäuscht ... *vorbildlich* hast du gesagt?« Olivia glaubte, nicht recht gehört zu haben.

Lady Bridget strahlte wie seit Wochen nicht mehr. »Du kannst es glauben oder nicht, sehr vorbildlich! Sie hat sogar Joshs Standpauke wegen der albernen Aufführung mit Fassung über sich ergehen lassen. Sie ist wie verwandelt. Kein Wort von ...«

»Onkel Josh hat es ihr nicht erlaubt?«

»Natürlich nicht!« Lady Bridget sah sie überrascht an. »Auch wenn sie ihn damit nicht mitten in seinen Kirtinagar-Problemen überfallen hätte, wäre Josh unerbittlich geblieben. Aber sie hat es erstaunlicherweise gut aufgenommen. Ich kann dir nicht sagen, wie erleichtert ich darüber bin.«

Olivia hätte beinahe gefragt, wie es zur Zeit um das ›Kirtinagar-Problem‹ stand, aber dann rief sie sich energisch in die Wirklichkeit zurück. »Das freut mich«, sagte sie langsam und sah dabei Estelle an jenem unheilvollen Abend vor sich. »Wie schön, daß Estelle zur Abwechslung einmal nett ist.«

»Sie hat mir sogar einen Kuß gegeben.« Lady Bridgets Stimme zitterte. »Sie hat mich zum ersten Mal seit vielen Wochen zum Abschied geküßt. Und sie hat gesagt, es tut ihr leid, daß sie mir so viel Kummer gemacht hat.« Sie schwieg und räusperte sich. Dann sagte sie wieder resolut: »Also dieses Tuch ist wirklich hübsch. So etwas Schönes habe ich lange nicht gesehen. Ich weiß, Estelle wünscht sich eine *Pashmina*-Stola zu Weihnachten. Wenn es dir wieder besser geht, können wir dort, wo du sie gekauft hast, eine ähnliche für sie bestellen. Weißt du, es ist nicht nur *Pashmina,* sondern eine dieser *Jam-e-wars* aus Kaschmir. Hinreißend! Es muß sehr teuer gewesen sein. Wieviel hat es gekostet?«

Olivia gab vor, bereits wieder zu schlafen.

*

Die Kräfte kehrten wieder, die Gedanken wurden klar, und das Fieber kam nicht zurück. Für Olivia gab es keine Möglichkeit mehr, sich selbst zu entfliehen. Nicht einmal Estelles kindisches Gerede war da, um die Fragen, die Verwirrung, die späten Einsichten und den Schmerz zu verbannen. Warum hatte Jai sie ohne Vorwarnung verstoßen?

Sie saß stundenlang im Garten, während ihre Tante Besuche machte, und kämpfte mit inneren Qualen, die sie bis jetzt noch nicht kennengelernt hatte. Der Schmerz bohrte ständig in ihrem Herzen, vertiefte die Wunde, die nicht heilen wollte, obwohl sie wußte, daß ihre Bit-

terkeit nicht berechtigt war. Jai hatte sich gegen ihre Liebe gewehrt, die sie ihm rücksichtslos aufdrängte. Er war ihr ausgewichen, wollte sich nicht mit ihr treffen, aber sie hatte ihn so lange bestürmt, bis er sich geschlagen gab. Er hatte sie immer wieder gewarnt, und sie hatte es nicht wahrhaben wollen. Die wenigen Zeichen seiner Gefühle, die zögernden Küsse und vorsichtigen Zärtlichkeiten hatte sie in Berge verwandelt, wo es nur Kieselsteine waren. Nein, er hatte sie nicht verstoßen, denn er hatte sie nie in seine Nähe gelassen!
Aber alle noch so vernünftigen Gründe linderten nicht ihr Leid. In die tiefe Verzweiflung, in den Dschungel der Hoffnungslosigkeit drang nur ein Lichtstrahl, an den sie sich hartnäckig klammerte.
Jai liebt mich!
Daran änderten seine Motive nichts, auch nicht die bittere Trennung. Er war vielleicht kaum fähig, Liebe anzunehmen und zu erwidern, aber sie wußte, er liebte sie. Er konnte sie verhöhnen, verspotten und verleugnen, aber in einem Winkel seines versteinerten Wesens hatte er ein Herz. Und Olivia zweifelte nicht daran, daß er ebenso litt wie sie. Es gab das Band, das sie wie seidene Fesseln aneinanderkettete! Das konnte er nicht abstreiten. Sie würde es nie zulassen.
Im Augenblick mußte Olivia alles ertragen, auch die ohnmächtige Verzweiflung, von ihm abgewiesen worden zu sein. Aber sie wußte, sie würde Jai wiedersehen. Was das Schicksal auch bestimmt haben mochte, keine Macht der Welt durfte wagen, ihr *das* zu verwehren.
Den Garten durchzogen starke und erregende Gerüche. Gedankenverloren atmete Olivia den Duft von frisch gemähtem Gras ein, die leichte Brise vom Fluß, den Reichtum der blühenden Natur. Der Winter stand bevor, und den Garten erfüllte neues Leben, hüllte ihn in die Pracht der kalten Jahreszeit. Hibiskus, Dahlien und Chrysanthemen entfalteten riesige Blüten so groß wie Früchte. Die weiße, rosa und violette Bougainvillea zauberte nach den schweren Regenfällen betörende bunte Wände. Ringelblumen, Wicken, Löwenmäulchen und Gladiolen füllten die Beete. Nachtigallen sammelten zwitschernd Zweige für ein Nest. Eine Schar Papageien turnte krächzend in den Bananenbäumen, und ein einsamer Königsfischer saß meditie-

rend auf einem Pfosten. Die blaue Vanda blühte in Olivias Rücken und schien sich insgeheim über sie lustig zu machen.

Eine Kutsche fuhr rumpelnd durch das Tor und die Auffahrt entlang. Noch ehe sie vor dem Säulengang hielt, sprang Sir Joshua heraus. Er winkte und kam mit unsicheren Schritten eilig über den Rasen auf sie zu.

»*Koi hai?*« schrie er so laut, daß Rehman erschrocken aus der Küche eilte. »Brandy, du elender Wurm, die ganze Flasche, und zwar schnell, *juldee, juldee,* oder ich werde dir Beine machen. Du hast schon lange meine Peitsche nicht mehr auf deinem faulen Hintern gespürt, du schwarzer Hurensohn!« Er ließ sich schwer atmend auf einen Stuhl fallen und warf dabei beinahe den Teetisch um. Dann sah er Olivia an. »Du bist ja wie neu geboren, was? *Shabash,* gut! Das gefällt mir bei euch jungen Täubchen. Eure Wangen müssen blühen wie die Rosen hier im Garten!« Er schlug mit der Peitsche nach einem Busch in der Nähe und köpfte dabei mehrere Blüten.

Olivia starrte ihn fassungslos an. »Geht … geht es dir nicht gut, Onkel Josh? Was … was ist nur mit dir los?«

»Mit mir los?« wiederholte er beinahe lallend und schien sie nicht richtig zu verstehen. Dann stützte er den Kopf in beide Hände, stöhnte und fluchte gleichzeitig. »Dieser verwünschte Dreckskerl, dieser gottserbärmliche Hurensohn! Ich *habe* diesem idiotischen Klugscheißer gesagt, Eingeborene können nie etwas *einfach* machen …!« Speichel tropfte aus dem Mund, und er lallte.

»Von wem sprichst du, Onkel Josh?« fragte Olivia erschrocken.

»Waaas? Wer …, was …, wo?« Er starrte sie mit glasigen Augen an, dann wurde sein Gesicht rot, und er sah sich nach Rehman um. »Wo ist mein Brandy, du stinkender Hund? Kannst du deinen fetten Hintern nicht etwas schneller bewegen?« Er griff nach einer Untertasse und schleuderte sie nach dem ängstlichen Diener. Rehman stellte schnell das Tablett auf den Tisch und floh. Sir Joshua erhob sich halb, als wolle er ihn verfolgen, sank aber mit einem Fluch wieder auf den Stuhl zurück. »Kein Risiko, hat der Kerl gesagt, kein verdammtes Risiko … daß ich nicht lache!« Er goß sich das Glas randvoll und trank es in einem Zug leer.

Sir Joshua war betrunken!
Olivia hatte ihren Onkel noch nie in einem solchen Zustand erlebt. Er behauptete immer, er könne jeden unter den Tisch trinken und dann noch auf einer geraden Linie gehen. Außer seinen aggressiv gelallten allgemeinen Flüchen schimpfte er über etwas Bestimmtes – es mußte mit dem ›Kirtinagar-Geschäft‹ zu tun haben ...
»Welches Risiko, Onkel Josh?« fragte sie aufgeregt und vergaß, daß sie keinen Grund mehr hatte, sich für die Angelegenheit zu interessieren.
Er sah mit glasigen Augen durch sie hindurch und schüttelte den Kopf. »Diesmal kann Slocum sich seine Sporen verdienen«, murmelte er selbstgefällig, »diesmal wird er ihm nicht entwischen ... *arrey, koi hai*?« Er schlug mit der Reitpeitsche auf den Tisch, und Rehman kam ängstlich und fluchtbereit hinter einem blühenden Busch hervor. Sir Joshua füllte mit zitternden Händen das Glas noch einmal und verschüttete dabei viel auf das Tischtuch. »Hol mir einen von den gefüllten Pfannkuchen, die dieser diebische Schweinehund Babulal gestern abend gemacht hat. Und wenn nichts mehr da ist, dann ... dann sag ihm, ich werde seine schwarze Haut im Ochterlony-Turm aufhängen, *achcha*?« Mit erschrocken geweiteten Augen eilte Rehman davon.
»Wer wird ihm nicht entwischen, Onkel Josh?« fragte Olivia ungeduldig, aber zutiefst alarmiert. Was sollte sie machen, wenn er in seiner Trunkenheit auf die Dienstboten losging? Wie sollte sie den großen, kräftigen Mann davon abhalten, seine Wut an diesen wehrlosen Menschen auszulassen? Sie ergriff seinen Arm und schüttelte ihn. »Beantworte meine Fragen, Onkel Josh!« befahl sie in der Hoffnung, ihn von den Dienstboten abzulenken. »Ich möchte genau wissen, was geschehen ist.« Er gab natürlich keine Antwort, sondern stieß nur noch mehr Flüche hervor, aber plötzlich ließ er den Kopf auf den Tisch sinken.
In diesem Augenblick rollte eine zweite Kutsche durch das Tor – Olivia sank das Herz. Ihre Tante? War der Wohltätigkeitsbasar in der Kirche schon zu Ende? Aber nicht Lady Bridget, sondern Arthur Ransome stieg aus dem Wagen. Olivia seufzte erleichtert, sprang auf

und eilte, so schnell die zitternden Beine sie trugen, über den Rasen. »Gott sei Dank, daß Sie gekommen sind! Onkel Josh ist...«
»Ich weiß. Deshalb bin ich hier«, erwiderte Ransome mit zusammengebissenen Zähnen. »Er hat schon den ganzen Tag im Kontor getrunken. Ist Bridget da?« Olivia schüttelte den Kopf. »Vielleicht hat der Himmel doch noch ein Einsehen! Sie würde es ihm noch mehr verübeln als ich.«
Als er zu seinem Geschäftspartner eilen wollte, hielt ihn Olivia fest und fragte: »Warum hat er den ganzen Tag getrunken? Es muß doch etwas Furchtbares geschehen sein?« Ransome nickte nur und ließ sie stehen.
Olivia fühlte sich plötzlich sehr erschöpft. Sie war der Aufregung nicht gewachsen. Barnabus Slocum, der Richter, war mit im Spiel, und das ›Risiko‹, von dem ihr Onkel gesprochen hatte, machte die Sache noch beunruhigender. Sie ging langsam auf ihr Zimmer und legte sich auf das Bett. Erst als man Sir Joshua mit vereinten Kräften und unter Stöhnen, Flüchen und Gebrüll zu Bett gebracht hatte, stand Olivia wieder auf. Sie fand Arthur Ransome im Arbeitszimmer.
»Schläft Onkel Josh?«
»Ja, Gott sei Dank, er ist nicht mehr bei Bewußtsein. Dieser unbelehrbare Dummkopf!« Ransome setzte sich müde und schloß die Augen.
Olivia wartete einen Augenblick, ehe sie fragte: »Möchten Sie vielleicht auch etwas trinken, Mr. Ransome?«
»Ich könnte weiß Gott einen Schluck brauchen. Das war heute ein Tag! Ich habe Josh bisher nur einmal so betrunken erlebt. Das war an einem Weihnachten in Kanton. Er hatte sieben Kulis über Bord geworfen, weil ihnen eine Tonne Tee ins Wasser gefallen war. Die sieben sind natürlich nicht ertrunken, aber wir mußten auf der Stelle auslaufen, sonst hätten wir furchtbaren Ärger bekommen. Übrigens, Miss O'Rourke, ich hoffe, Sie haben das schwere Wechselfieber inzwischen überwunden.«
Er trank den Whisky mit großen, erleichterten Schlucken und sprach dabei über die Krankheiten, denen so viele in den Tropen zum Opfer

fielen, und über das neue Wundermittel Chinin, das bei den Ärzten als eine sensationelle Entdeckung galt.
Erst als die neutraleren Themen erschöpfend behandelt waren, sagte Olivia: »Bitte, Mr. Ransome, erzählen Sie mir genau, was geschehen ist.«
Er schwenkte das Glas und vermied es, sie anzusehen. »Was hat Josh Ihnen gesagt?« fragte er leise und unsicher.
Sie spürte seine Vorsicht. »Nichts Zusammenhängendes. Ich habe den Eindruck, es hat etwas mit Kirtinagar zu tun.«
»Etwas?« Er sah sie erstaunt an. »Sie haben es also noch nicht gehört?« Olivia schüttelte den Kopf, als er zum Schreibtisch ging und die englischsprachige Lokalzeitung brachte. Er reichte sie ihr mit den Worten: »Ich kann Ihnen auch nicht viel mehr sagen.«
Olivia hatte während der Krankheit keine Zeitungen mehr gelesen und sich seitdem nicht sonderlich für das interessiert, was um sie herum vorging. Verblüfft las sie die Schlagzeile: »Ein Toter bei der Explosion in der Kohlenmine von Kirtinagar!«
Sie überflog rasch den Artikel. Die Explosion hatte sich vor wenigen Nächten ereignet. Die Grubendecke des Hauptschachts war eingestürzt und hatte einen Nachtwächter mit in die Tiefe gerissen. Als die Rettungsmannschaft den Mann unter den Trümmern entdeckte, war er bereits tot. Man vermutete einen Sabotageakt. Bei den Aufräumungsarbeiten suchte man nach Überresten des Sprengsatzes. Zum Zeitpunkt der Explosion befanden sich keine Arbeiter in der Mine, aber mehrere Zeugen hatten einen Reiter gesehen und erkannt, der den Unglücksort fluchtartig verließ. »Da der Betreffende in Kalkutta wohnt und unter Verdacht steht, für die Explosion verantwortlich zu sein, befindet sich Mr. Barnabus Slocum zur Zeit in Kirtinagar und wird sich von Seiner Hoheit dem Maharadscha Arvind Singh die Erlaubnis geben lassen, an der Untersuchung teilzunehmen.« Die Zeitung zitierte auch die Aussage des Richters: »Fünf Augenzeugen haben den Verdächtigen einwandfrei identifiziert, der unter die Gerichtsbarkeit der Polizeibehörde von Kalkutta fällt. Deshalb ist es nur im Interesse des Maharadscha, wenn wir uns in die Untersuchungen einschalten und ohne Verzögerung Anklage erheben.« Der

Rest des Artikels beschäftigte sich mit der Geschichte und der Erschließung der Kohlenmine und gab einige Informationen über den Staat Kirtinagar. Beim Lesen bekam Olivia ein flaues Gefühl im Magen und ihr wurde kalt.

»Ist der Betreffende, der in Kalkutta wohnt«, fragte sie langsam, »der bewußte Raventhorne?« Sie kannte die Antwort bereits.

»Die Zeugen beschwören es.«

»Raventhorne sabotiert die eigene Mine und tötet einen seiner Männer?«

Der sonst so gleichmütige Ransome fühlte sich sichtlich nicht wohl in seiner Haut. »Er hat in Anwesenheit von vielen erklärt, er werde die Mine eher schließen als zulassen, daß auch nur ein Brocken Kohle den Briten in die Hände fällt. Wir wissen, daß es über dieses Thema zwischen ihm und Arvind Singh zu Meinungsverschiedenheiten gekommen ist.«

»Aber Arvind Singh hat das Angebot des Konsortiums bereits abgelehnt«, sagte Olivia kopfschüttelnd. Wie sie diese verwünschte Kohle und alles, was damit zusammenhing, inzwischen haßte!

»Wenn man die Ablehnung genau liest, wird deutlich, daß der Maharadscha bei einem höheren Angebot seine Meinung ändern könnte«, erwiderte Ransome finster.

»In diesem Fall würde Raventhorne etwas dagegen unternehmen, wenn es soweit ist, anstatt den Kohleabbau unnötigerweise jetzt schon zu sabotieren!«

Ransome stand auf und drehte ihr den Rücken zu. »Man weiß, Raventhorne ist launisch, unberechenbar, rachsüchtig – erst recht, wenn Engländer seinen Haß provozieren. Wenn er uns schaden kann, würde er nicht zögern, seine Nase zu opfern. Durch die Explosion hat keiner eine Möglichkeit, an die Kohle zu kommen – zumindest in den nächsten Monaten.« Er füllte sich das Glas noch einmal, vermied es jedoch, Olivia anzusehen.

Seine Erklärungen klangen wenig überzeugend, und Olivias Angst wuchs. »Nein!« rief sie zornig und vergaß alle Vorsicht. »Man erzählt, daß Raventhorne sich auf dem indischen Geldmarkt um Kapital für das Bewässerungsprojekt bemüht. Warum sollte er grundlos

einen wertvollen Besitz und seine Freundschaft mit Arvind Singh aufs Spiel setzen? Warum die Gans töten, die für beide Partner und für Kirtinagar goldene Eier legt?«
»Perverse Selbstbefriedigung!« rief Ransome erregt. »Ein Mittel, um an die Versicherungsgelder zu kommen – wer weiß, was in dem Kopf eines Verrückten vorgeht?«
»Kann es ihn auch befriedigen, einen harmlosen Nachtwächter, einen seiner Arbeiter zu töten?« fragte Olivia und lächelte bitter. »Das ergibt keinen Sinn, Mr. Ransome.« Die Sache mit den Versicherungsgeldern war einfach zu absurd, um sie ernst zu nehmen.
»Da haben wir es!« sagte Ransome, drehte sich um und verbarg seine Erregung hinter einem Lächeln. »In diesem Punkt scheint er sich verrechnet zu haben. Er hat offenbar geglaubt, in der Nacht der Versenkungen seien alle, auch der Nachtwächter, mit ihren Familien und Freunden am Fluß.«
»Hat sich die Explosion«, fragte Olivia atemlos, »in der Nacht der Versenkungen ereignet?«
»So steht es in der Zeitung«, murmelte Ransome und deutete auf den Bericht. »Fünf Zeugen, die einander nicht kennen, darunter zwei Engländer, beschwören, gesehen zu haben, wie Raventhorne auf dem berüchtigten schwarzen Hengst den Unglücksort verließ.«
Olivia hatte bereits die Zeitung in der Hand und überzeugte sich von dem Datum.
Dann faltete sie das Blatt mit bebenden Händen und legte es wieder auf den Schreibtisch. »Die Zeugen lügen«, sagte sie ruhig, »sie lügen alle.«
Unter ihrer Ruhe lag soviel Leidenschaft, daß Ransome sie verblüfft ansah. Er wurde rot. Seine Hand zitterte so heftig, daß er das Glas abstellen mußte. »Wie können Sie so etwas mit dieser Überzeugung sagen, Miss O'Rourke?« fragte er und wurde wieder eine Spur blasser. »Sagen Sie mir – was hat Ihnen Josh in seinem betrunkenen Zustand gesagt? Bitte seien Sie offen, denn ich muß unbedingt alles wissen.«
Olivia erschrak, denn er sah plötzlich sehr grau im Gesicht aus. Sie merkte, daß ihr die Knie weich wurden und setzte sich schnell.

»Onkel Josh hat mir nichts verraten«, erklärte sie mit versteinertem Gesicht. »Er hat völlig unzusammenhängend geredet. Aber sagen Sie mir – wie wird die Anklage gegen Raventhorne lauten?«
Ransome war so mit sich selbst und seinen Gedanken beschäftigt, daß er ihre Erregung nicht bemerkte. »Arvind Singh kann Anklage erheben.« Er leerte das Glas, stützte sich auf den Tisch und trocknete mit einem Taschentuch den Schweiß von der Stirn. »Wenn er es tut, wird die Nebenklage auf Sabotage lauten, obwohl Arvind Singh an der Mine beteiligt ist. Die Hauptanklage erfolgt wegen Totschlag.«
»Wird Arvind Singh Anklage erheben?« Sie stand auf und wollte ihm nachgießen.
Er legte die Hand über das Glas und schüttelte den Kopf. »Nein danke, das reicht. Einer von uns muß einen klaren Kopf behalten.« Seine Worte klangen bitter. »Slocum wird bestimmt versuchen, Arvind Singh so weit zu bringen, daß er Anklage erhebt – und dafür sorgen, daß das Urteil hoch ausfällt. Slocum haßt Raventhorne – vermutlich aus gutem Grund. Seine Schwester war einmal...«, er brach ab und wurde wieder rot. »Slocum wird jedenfalls nicht lockerlassen.«
Die Anspielung auf Slocums Schwester erinnerte Olivia an gewisse Gerüchte, die sie von Estelle gehört hatte. Aber das war jetzt nicht wichtig. Sie fragte statt dessen: »Und wie reagiert Raventhorne auf all das?«
»Er hat seine Reaktion bis jetzt nicht zu erkennen gegeben.«
»Er hat nichts unternommen, um die Lügen zu entkräften?«
Ransome sah sie vorsichtig an und fragte: »Weshalb sind Sie eigentlich so sehr davon überzeugt, daß es Lügen sind, Miss O'Rourke?«
Diesmal war sie auf die Frage vorbereitet. »Nach den Gerüchten, die über diesen Mann in Umlauf sind, bin ich sicher, daß es Lügen sind. Sie haben selbst immer wieder behauptet, er sei ungewöhnlich gerissen und verschlagen, wenn es um Geld geht. Ich kann nicht glauben, daß er so ungeschickt sein soll, wenn er den Wolf im Schafspelz spielen wollte! Er würde nie so amateurhaft vorgehen! Fällt Ihnen nicht auf, daß er praktischerweise von fünf Zeugen gesehen wird, die be-

haupten, nicht nur den Mann, sondern auch das stadtbekannte Pferd erkannt zu haben?«
»Ich habe Ihnen schon gesagt, Raventhorne würde sich die eigene Nase abschneiden, nur um ...«
»Die Nase ja, aber nicht den Kopf!« Olivia war sich bewußt, daß sie sich auf gefährliches Terrain wagte. Ransome mochte jeden Augenblick eine Schlußfolgerung ziehen, die ironischerweise keine Realität mehr besaß. Sie rief sich energisch zur Ordnung und sagte betont gelassen: »Ich halte mich nur an das Augenscheinliche, Mr. Ransome, wie es jeder Anwalt auch tun würde. Aber sagen Sie, und ich frage das aus reiner Neugierde, halten *Sie* ihn für schuldig?« Sie sah ihn nicht an, sondern spielte mit den Fransen ihres Umschlagtuchs.
Er wurde sofort förmlich. »Es ist nicht wichtig, was ich glaube, Miss O'Rourke«, erklärte er steif. »Es kommt darauf an, was Slocum glaubt, oder wovon man ihn überzeugt. Barney Slocum ist ebenso auf Rache aus wie Raventhorne – und er hat sehr viele Gründe dafür.« Er ließ bekümmert die Schultern hängen. »Ich fürchte, uns steht sehr viel Ungutes bevor, Miss O'Rourke. Die Ereignisse beunruhigen mich wirklich, denn was in Gang gesetzt wurde, kann nicht mehr ungeschehen gemacht werden. Slocum wird Raventhorne nicht mehr aus den Fängen lassen. Ganz gleich, wie die Wahrheit aussieht, die Fakten werden dem gewollten Muster angepaßt. Die Öffentlichkeit ist bereits gegen Jai aufgebracht – und, ich wage zu behaupten, nicht ohne guten Grund. Man wird Slocum unterstützen, ihn zwingen, so scharf wie möglich durchzugreifen. Ich weiß nicht, wo das alles noch enden soll – oder besser gesagt, ob es je ein Ende geben wird.« Unter der unsichtbaren Last sanken seine Schultern noch tiefer.
Wieder hatte er unbewußt den Vornamen ausgesprochen. Olivia ahnte, daß er ihr vieles verheimlichte, aber ihr fehlte der Mut, weiter in ihn zu dringen. Auch wollte sie sich nicht bloßstellen. Sie fragte nur noch einmal beiläufig: »Will Raventhorne sich wirklich nicht verteidigen?«
Ransome zog eine Grimasse. »Was macht ein tollwütiger Hund,

wenn eine Gefahr droht? Zieht er den Schwanz ein und läuft davon, wenn die Menge mit Stöcken ihn einkreist? Nein, er greift mit Schaum vorm Maul an – und genau das scheint dieser Verrückte auch im Sinn zu haben... O nein, er widerlegt die Anklage nicht und scheint sich auch nicht verteidigen zu wollen. Er sitzt in seinem eleganten Klipper und wartet vermutlich ungeduldig darauf, daß Slocum bei ihm an die Tür klopft.« Ransome hob resigniert die Hände. »Ja, ich mache mir große Sorgen, und zwar nicht, weil Jais Probleme mir schlaflose Nächte bereiten. Er kann weiß Gott für sich selbst sorgen. Aber ich weiß aus bitterer Erfahrung, wie seine Rache aussieht.«

Lady Bridget kehrte zurück, und damit war das Gespräch beendet. Ransome eilte ihr entgegen, um ihr mildernde Gründe für den Zustand seines Freundes und Partners zu liefern, der seinen Rausch ausschlief. Olivia zog sich aufgewühlt und zornig in ihr Zimmer zurück. Man wollte Jai für ein Verbrechen lynchen, das er nicht begangen hatte. Und nur sie konnte seine Unschuld beweisen!

*

Entweder konnte sich Sir Joshua an sein Verhalten vom Vortag nicht erinnern, oder er wollte es nicht. Er entschuldigte sich jedenfalls nicht bei Olivia. Ob er mit Lady Bridget gesprochen hatte, wußte sie nicht genau. Ihre Tante wahrte versteinertes Schweigen. Über den Vorfall wurde nicht mehr gesprochen, aber Sir Joshuas Leichenbittermiene wies darauf hin, daß klare und deutliche Worte gefallen waren. Olivia registrierte diese Spannungen nur flüchtig, denn sie hatte ihre eigenen Sorgen. Sie konnte nicht einfach vergessen, daß Jais Leben durch eine grobe Mißachtung der Gerechtigkeit in Gefahr war. Sie steckte in einem echten Dilemma und mußte schnellstens eine Lösung finden. Nur Sir Joshua konnte ihr die Auskünfte geben, die sie brauchte.

Es blieb ihr keine andere Wahl, und deshalb ging sie am Abend entschlossen in sein Arbeitszimmer. Er polierte seine Sammlung Bronzeglocken aus der Chou-Zeit – diese Arbeit übernahm er immer

selbst –, und er schien sich zu freuen, als er sie sah. »Schläfst du noch nicht? Gut. Komm setz dich zu mir, während ich das erledige. Schau mal!« Er klopfte mit sichtlichem Stolz an die große Glocke. »Vermutlich drittes Jahrhundert *Chung* von Shantung – Teil eines Geläuts. Die *Chih-chung,* die Handglöckchen, sind natürlich kleiner als die Glocken am Zaumzeug. Möchtest du vielleicht ein Glas Madeira?«
Olivia schüttelte erleichtert den Kopf darüber, daß der Vorfall von gestern tatsächlich vergessen war, denn sie wollte über andere Dinge mit ihm sprechen. Den richtigen Ansatzpunkt bot ihr die aufgeschlagene Zeitung auf dem Schreibtisch. Sie griff danach und fragte mutig: »Wer kann für die brutale Zerstörung der Mine nur verantwortlich sein? Man kann kaum glauben, daß sich jemand so sehr erniedrigt.«
Er beschäftigte sich ungerührt mit der Glocke. »Es gibt offenbar jemanden, mein Kind.«
»Ist der verdächtige Mann aus Kalkutta wirklich eindeutig erkannt worden? Wie es heißt, hat er die Mine in rasendem Galopp verlassen.«
»Das sind natürlich alles Gerüchte.« Er sagte es so gleichgültig, als würden sie über etwas ganz Alltägliches sprechen.
»Gerüchte? Wenn man an die fünf Zeugen denkt, müssen es doch mehr als Gerüchte sein!«
»Vielleicht. Es ist Slocums Aufgabe, die Aussagen zu überprüfen.« Er stellte die Glocke wieder in den Schaukasten und kam mit einer kleineren zurück.
Seine Verschlossenheit schmerzte, aber Olivia ließ sich nicht ablenken. »Zeugen können sich in der Dunkelheit irren. Oder«, sagte sie bewußt provozierend, »sie waren betrunken, wenn man an das Fest denkt.«
Seine Hand mit dem Fensterleder verhielt kurz. Zum ersten Mal zeigte sich in den ausdruckslosen Augen ein gewisses Funkeln. »Es war beinahe Vollmond«, erinnerte er sie, »betrunken oder nüchtern, ein Irrtum scheint unwahrscheinlich.«
Olivia mußte gegen ihre Beklemmung kämpfen, die Erregung ver-

bergen. »Hier steht, Mr. Slocum ist nach Kirtinagar gefahren. Hat er etwas Wichtiges entdeckt?«

»Das werden wir morgen wissen, wenn er zurückkommt«, erwiderte ihr Onkel knapp.

Unverkennbar mißfiel ihm das Thema, aber wenn Olivia etwas unternehmen wollte, dann mußte sie vorher alles wissen. Sie ließ sich nicht abschrecken und stellte verbissen die nächste Frage. »Und das Motiv? Was kann er für ein Motiv haben – Versicherungsbetrug, wie einige meinen?« Ihr Onkel reagierte nicht darauf, daß sie bereits gewisse Dinge wußte. Sie lachte, nahm eine der Glocken in die Hand und betrachtete sie aufmerksam. »Es ist nicht zu fassen, wozu sich einige Kaufleute hinreißen lassen. Mein Vater hat über Fälle von Brandstiftungen berichtet, nur weil die Besitzer die Versicherungssumme ergaunern wollten.«

Auch das ablenkende Gerede rief bei ihrem Onkel keine Reaktion hervor. Er murmelte nur: »Ja, auch das könnte sein.«

»Aber wenn man bedenkt, daß ein Mann umgekommen ist! Das muß doch eine Anklage auf Totschlag bedeuten...?« Sie hielt den Atem an.

Er legte das weiche Fensterleder sorgfältig zusammen. Dann lehnte er sich zurück und sah sie über die Lesebrille hinweg an. »Wie ich sehe, hast du über die Angelegenheit nachgedacht«, erklärte er seltsam liebenswürdig.

»Nicht mehr als alle anderen auch«, antwortete sie wegwerfend. »Mr. Ransome sagt, in der Stadt werde überall heftig darüber diskutiert, wie der Fall ausgeht.« Sie wies auf die Zeitung. »Besonders wenn Anklage auf Totschlag erhoben wird. Wenn er verurteilt wird, kann dieser Raventhorne viele Jahre hinter Gittern verschwinden, nicht wahr?« Mit klopfendem Herzen wartete sie auf seine Antwort.

Unmerklich hatte sich Sir Joshuas Gesicht wieder verändert. Es wirkte jetzt seltsam ruhig. Er blickte an ihr vorbei und starrte zwischen Schreibtisch und Wand ins Leere. Er versank in tiefes Schweigen. Olivia versuchte, seine Stimmung zu erraten, aber es gelang ihr nicht. Sie fürchtete sich, denn auch in dem Schweigen lag eine Dro-

hung. Sir Joshua kehrte mit einer gewissen Anstrengung in die Gegenwart zurück. »Ja«, sagte er mit hartem Gesicht, »wenn Slocum es will. Der Mann hat auch nichts anderes verdient.«
»Wenn Slocum es will? Zuerst aber muß Arvind Singh Anklage erheben?!«
»Arvind Singh wird Anklage erheben. Dafür wird Slocum sorgen.«
»Sorgen? Wie das?« Olivia machte sich keine Gedanken mehr darüber, wie ihr Onkel ihre Fragen aufnahm oder deutete, denn sie mußte unbedingt Klarheit haben.
»Für ein intelligentes Mädchen stellst du plötzlich ziemlich dumme Fragen!« Um diese scharfe Zurechtweisung wieder wettzumachen, lächelte er leicht. »Mein Kind, Kirtinagar ist vielleicht politisch unabhängig, wirtschaftlich keineswegs. Der Staat hat so gut wie keine Industrie, und Arvind Singh muß sehr viel von uns kaufen, um sein Volk ernähren zu können. Und deshalb«, sagte er leise, »muß er sich unserem Druck mehr oder weniger beugen.«
Olivia wurde es schlecht. Sie hatte Angst. Sie erinnerte sich an Ransomes Worte – wie auch immer die Wahrheit aussah, die Fakten würden so zurechtgebogen, damit man Raventhorne hinwegfegen konnte. »Dann ist der Verdächtige *Kala Kanta,* und ihn wird man zum Schuldigen machen?«
»Er ist schuldig!« erklärte Sir Joshua scharf.
»Und wenn er sich stichhaltig verteidigen kann?«
»Slocum wird nichts akzeptieren, was er vorbringt.«
Wie konnte ihr Onkel das wissen? In Olivia stieg kalte Wut auf. Aber sie mußte noch eine Frage stellen – die wichtigste Frage, von der womöglich ihr Leben abhing.
Sie zwang sich dazu, ruhig aufzustehen. Dann ging sie zu dem Schaukasten und stellte die letzte Glocke an ihren Platz. »Wenn ich das richtig sehe, beruht die Anklage auf den fünf Zeugenaussagen. Angenommen, der Angeklagte kann zweifelsfrei beweisen, daß er in dieser Nacht *nicht* in Kirtinagar war – was dann?«
Ein Zucken, ein leichtes Zucken der Unsicherheit zeigte sich in seinen Augen. Sie wußte, er ärgerte sich über diese Frage, aber er ließ

es sich nicht anmerken. »Rein theoretisch würde man dann die Anklage fallenlassen müssen«, erwiderte er kalt, »das ist völlig klar. Aber er wird kein einwandfreies Alibi haben.«

Nun wußte sie es: Das Urteil war bereits gesprochen, der Baum gewählt, das Seil hing am Ast, und die Menge wartete ungeduldig auf das Opfer. Olivia stand auf. Sie wußte, was sie tun mußte. »Ich verstehe jetzt, was du mit deinen Worten sagen wolltest: ›Es gibt noch andere Möglichkeiten, einen Affen zu fangen!‹«

Wenn er ihre Verachtung spürte, dann ließ er es sich nicht anmerken. Aber darauf kam es jetzt nicht mehr an.

Zehntes Kapitel

Der Mond verbreitete kaum Licht. Nur eine dünne Sichel stand am Himmel. Im schwachen Sternenschein rieb sich der Bootsmann verschlafen die Augen und sah Olivia verwundert an. Sie öffnete die Stoffbörse und drückte ihm ein paar Silbermünzen in die Hand.

»Die Hälfte bekommst du jetzt und den Rest, wenn du mir die Antwort gebracht hast.« Hindustani sprach sie zwar noch nicht fließend, aber die Münzen bedurften keiner ausführlichen Erklärung.

Der Mann wurde plötzlich hellwach und nickte eifrig. »*Theek hai,* Memsahib, sehr wohl. Der Brief?«

Olivia gab ihm die versprochene Hälfte und dann den Umschlag. »Vergiß nicht, ich brauche unbedingt eine Antwort.«

»Aber wenn der Sarkar nicht an Bord ist?«

»Er ist an Bord«, beteuerte sie mit mehr Sicherheit, als sie empfand, »*nur er* darf den Brief erhalten – sonst niemand, *achcha*? Verstanden?«

Der Bootsmann gähnte und nickte noch einmal. Er wunderte sich noch immer, daß eine Mem ihn mitten in der Nacht geweckt hatte, die zu dieser Zeit bestimmt nicht allein durch die Gegend reiten durfte. Aber was kümmert es mich, dachte er achselzuckend. Das Verhalten dieser Frau bestärkte ihn in seiner Auffassung, daß alle Weißen mehr oder weniger verrückt waren.

Das kleine Ruderboot glitt langsam auf den Fluß hinaus. Olivia blieb allein im kalten Wind zurück, der ihr durch Mark und Bein ging. Sie zog den Wollumhang fester um sich, legte Jasmines Decke auf eine Banyan-Wurzel, setzte sich und wartete geduldig auf die Rückkehr ihres Boten. Es war erst kurz vor zehn Uhr abends, aber auf den

Straßen liefen nur noch streunende Hunde. Große Ratten huschten quiekend und raschelnd durch das abgefallene Laub. Hin und wieder ertönte ein schriller Schrei, wenn ein unvorsichtiges Tier gefangen und auf der Stelle gefressen wurde.
Olivia legte die Arme um die Knie und zog den Rock enger an sich. Ihr war kalt, sie richtete die Augen unverwandt auf die Stelle im tintenschwarzen Fluß, wo die *Ganga* vor Anker lag. Trotz der dunklen Nacht glaubte sie, die verschwommenen Konturen und die gelben Lichtpunkte an Deck erkennen zu können. Irgendwo dort drüben saß Jai und las vielleicht in diesem Augenblick ihren Brief. Sie hatte ihn sofort geschrieben, nachdem sie ihren Onkel dem Brandy und seinem widerlichen Triumph überlassen hatte. Niemandem war aufgefallen, daß sie das Haus verließ (sie bekam langsam Übung darin!), in den Stall schlich, wo der Stallknecht und sein Sohn schnarchend im Heu lagen, und Jasmine sattelte. Und sollte jemand sie beobachtet haben, war es auch nicht weiter wichtig. Morgen früh würde ganz Kalkutta die Wahrheit erfahren! Diese Vorstellung befriedigte sie. Die Heimlichtuerei und Verstellung ödete sie an. Morgen würde sie auf den Ochterlony-Turm steigen und der Welt sagen, daß sie Jai Raventhorne liebte...
Ein leises Klatschen im Wasser erregte ihre Aufmerksamkeit. War der Mann schon zurück? Hatte er eine Antwort? Als der Bootsmann kurz darauf am Ufer anlegte und sie zu ihm lief, gab er ihr den Brief zurück – ungeöffnet!
»Der Sarkar ist nicht an Bord«, sagte er bedauernd. Er rechnete damit, ohne die Antwort auch nicht die versprochenen Münzen zu erhalten.
»Wer hat das gesagt? Wen hast du an Bord gesehen?«
»Da der Sarkar nicht auf dem Schiff ist, mußte ich nicht hinaufklettern.« Er deutete klagend auf seine Knie, »ich bin alt und die Gelenke wollen nicht mehr so wie früher...«
»Ja, ja, aber wer hat dir gesagt, daß der Sarkar nicht an Bord ist?« unterbrach ihn Olivia ungeduldig. »Hast du die Stimme erkannt? Versuch, dich zu erinnern.« Es bestand kaum noch Hoffnung.
Der Mann dachte nach. »Also, das ist schwer zu...«

»War es Bahadur?«

Er nickte. »Ja, ja, es war Bahadur. Ich kenne ihn, denn er kommt oft zu mir, um ...«

Olivia unterbrach ihn, holte die Börse hervor und schüttete alle Münzen in seine Hand. Er schluckte verblüfft und starrte auf das Silber. Mit zitternden Fingern schloß sie seine Hand. »All das gehört dir, wenn du mich zum Schiff bringst, wartest und mich dann wieder hierher bringst.«

Der Bootsmann sprang eifrig in das Boot zurück. Er strahlte zufrieden und schob die Münzen schnell in sein *Lungi.* Olivia schöpfte wieder Hoffnung. Ihre Wangen röteten sich im Vorgefühl des Erfolgs. Sie setzte sich entschlossen in das Boot. Ihr Instinkt hatte sie nicht getäuscht. Wenn Bahadur an Bord war, mußte auch Jai dort sein.

Hoffnung, Angst und unerträgliche Sehnsucht bestürmten sie, während das Boot langsam über den Fluß fuhr. Aber Olivia empfand auch Zorn. Er hatte den Brief nicht entgegengenommen. Er wollte noch nicht einmal wissen, was sie ihm zu sagen hatte! Hielt er sie für so schwach? Glaubte er, sie hätte so wenig Selbstachtung, dieses nächtliche Abenteuer ohne zwingenden Grund zu wagen? Wenn sie sich über seine Zurückweisung hinwegsetzte, dann würde sie doch wissen, warum sie auch noch diese Demütigung riskierte ...

Als das riesige Schiff über ihr aufragte, verließ sie trotzdem der Mut. Jai würde wütend auf sie sein. Er würde sie nicht sehen wollen. Olivia schloß die Augen und erschrak vor der Kühnheit ihres Unterfangens und war nahe daran, dem Mann zu sagen, er möge sie ans Ufer zurückbringen.

Dann holte sie tief Luft und wappnete sich gegen das Unvermeidliche. Zum Umkehren war es zu spät, denn in diesem Moment prallte das Boot gegen die *Ganga.* In der Stille hallte es wie der hohle Schlag auf eine riesenhafte Trommel.

»Wer da?« rief von oben die Wache.

Der Bootsmann sah Olivia über die Schulter hinweg fragend an, und nachdem sie ihm flüsternd Anweisung gegeben hatte, antwortete er: »Eine Dame!«

Es entstand verblüfftes Schweigen. »Was will sie?«
Olivia nickte ihm zu. Der alte Mann legte die Hände um den Mund und rief: »Sie will den Sarkar sprechen.«
Oben hörte man, wie die Männer sich flüsternd berieten. Olivias Herz schlug schneller: Er war also an Bord, sonst hätten sie sofort geantwortet...
»Der Sarkar empfängt keinen Besuch!«
Olivias Lippen wurden schmal. Sie flüsterte dem Bootsmann etwas zu. Der Mann schüttelte verwundert den Kopf, aber dann rief er laut und deutlich: »Die Dame läßt dem Sarkar ausrichten, wenn die Strickleiter nicht in fünf Minuten herabgelassen ist, klettert sie an der Ankerkette an Bord.«
Diesmal dauerten die Beratungen noch länger, und man hörte eilige Schritte. In dem folgenden scheinbar endlosen Schweigen sank ihr das Herz bei dem Gedanken, er werde ihre Drohung als lächerlichen Bluff abtun. Aber dann atmete sie triumphierend auf – die Strickleiter wurde herabgeworfen. Kurz darauf half man ihr an Deck.
Bahadurs Augen wurden bei ihrem Anblick vor Überraschung groß. Dann faßte er sich, neigte den Kopf und legte ehrerbietig die Hände zusammen. Olivia nickte kurz und klopfte sich den Staub vom Rock.
»Bitte, teile dem Sarkar mit, daß ich ihn sprechen möchte.« Sie sagte das so herrisch, wie man es von Memsahibs in Indien erwartete.
Bahadur zögerte, verneigte sich und verschwand lautlos in der Tür, die zu den Kabinen führte. Olivia fuhr sich mit zitternder Hand über die schweißnasse Stirn. Sie sah ihren Atem in der kalten Luft als kleine Wölkchen. *Wie* wird er mich empfangen? Wird er mich *überhaupt* empfangen? Außer ihr stand nur die Wache an Deck. Der Mann starrte sie mit offenem Mund an. Als er ihren Blick sah, schloß er schnell den Mund und drehte sich um. Die schaukelnden Laternen verbreiteten ein sanftes, gelbes Licht, in dem das glänzende Messing der Reling blinkte. Die Spitzen der Masten verschwanden im Dunst der Nacht, hinter dem die Sterne kaum noch zu sehen waren. Olivia wartete mit versteinertem Gesicht. Sie würde nur kurz bleiben. Aber, wie kurz und wichtig auch immer, sie würde ihn sehen...

Bahadur kehrte zurück. Mit versteinertem Gesicht verneigte er sich vor ihr. »Der Sarkar läßt Sie grüßen, bedauert aber, daß er im Augenblick nicht zu sprechen ist.« Er blickte verlegen auf die Holzdielen.

»Dann frage den Sarkar bitte, wann er zu sprechen ist. Ich habe es nicht eilig«, fügte sie freundlich, aber entschlossen hinzu, »wenn nötig werde ich die ganze Nacht hier warten.«

Bahadur verneigte sich und ging zum vierten Mal zur Tür, um eine Antwort zu überbringen. Olivia überlegte kurz, ob sie nur den Brief übergeben und eine vermutlich heftige Konfrontation vermeiden sollte, aber sie verwarf den Gedanken wieder: Ich habe das doch nicht alles auf mich genommen, um ihn schließlich doch nicht zu sehen! Sie reckte das Kinn und wartete, bis Bahadur in der Tür verschwand, dann folgte sie ihm unter Deck. Sie ließ ihn nicht aus den Augen und erinnerte sich unbestimmt an den Gang, der zu der großen Kabine führte. Bahadur blieb schließlich vor einer Tür stehen, aber noch ehe er die Hand heben konnte, um zu klopfen, stand sie neben ihm, drückte energisch die Klinke herunter und trat ein. Sie hörte, wie er erschrocken Luft holte, aber sie schlug schnell die Tür hinter sich zu.

Raventhorne saß am Sekretär und schrieb. Durch das Geräusch gestört, drehte er sich um. Einen Augenblick lang trafen sich ihre Blicke. Sein Gesicht blieb unbewegt. Olivia lehnte sich erschöpft gegen die Tür und sah ihm schweigend zu. Nur das Kratzen der Feder auf dem Papier war zu hören. Er hatte die Ärmel bis zu den Ellbogen hochgekrempelt, den Kopf auf eine Hand gestützt. Die Finger lagen auf den ungekämmten Haaren. Unter dem Sekretär hatte er die Beine ausgestreckt und die Füße gekreuzt. Das ihr zugewandte Profil lag im Lichtschein der Lampe – dem einzigen Licht in der Kabine. Völlig auf seine Arbeit konzentriert, bewegte er sich kaum. Nur seine Augen folgten der schnell über das Papier gleitenden Schreibfeder.

Trotz aller Entschlossenheit, ihrem Zorn und dem Zweifel an diesem verrückten Abenteuer wurde Olivia weich vor Liebe und Sehnsucht nach ihm. Etwas in ihr schmolz wie Wachs an einer Flamme. Dann aber schob sie diese Schwäche energisch beiseite, richtete sich stolz auf und trat mutig vor den Sekretär. Er hob noch immer nicht den Kopf. Und als er sich schließlich dazu bequemte, etwas zu sagen, unterbrach er nicht seine Arbeit.

»Du hättest nicht kommen sollen, Olivia. Du machst es mir sehr schwer.«

Ich mache es ihm schwer?

Sie glaubte, ihren Ohren nicht zu trauen. »Ich glaube, du bist nicht so dumm, das hier für einen Höflichkeitsbesuch zu halten«, erwiderte sie kalt, »ich bin nur gekommen, weil . . .«

»Ich weiß, weshalb du gekommen bist. Die edle Geste, zu der du dich in meinem Interesse veranlaßt fühlst, ist unnötig.«

»Ich mich veranlaßt fühle? Glaubst du, ich werde in dieser Situation schweigen?«

»Wenn du mich aus Freundschaft besuchst«, erwiderte er mit dem Anflug eines Lächelns, »dann bin ich entsprechend gerührt – besonders, da du nach deiner Krankheit noch nicht wieder ganz gesund bist, wie ich höre. Du kannst jetzt wieder gehen.«

»Gerührt! Du meinst, es gibt noch etwas, das dich rühren kann?« Sie lachte verächtlich, aber er sah sie weder an, noch reagierte er auf diese Anspielung. Olivia ballte die Fäuste. »Du könntest wenigstens die Höflichkeit besitzen, mich anzusehen, wenn du mit mir sprichst – oder hast du davor Angst?«

Er beendete seine Arbeit und legte ohne Eile die Feder zur Seite. Dann lehnte er sich zurück und starrte sie ausdruckslos an. »Nein, ich habe keine Angst. Ich versuche lediglich anzudeuten, daß ich deine Anteilnahme zwar schätze, aber daß ich dir nichts zu sagen habe.« Er griff nach der Feder und begann, wieder zu schreiben, »und du auch nicht mir«.

Es fiel ihr nicht leicht, sich zu beherrschen, aber es gelang ihr. Sie griff nach einem Stuhl, zog ihn vor den Sekretär, setzte sich und schlug die Beine übereinander. »Ist dir bewußt, was man dir vorwirft?« Diese rhetorische Frage sollte sarkastisch klingen.

»Mir wird ständig alles mögliche vorgeworfen. Ich weiß nicht, worauf du dich beziehst.«

»Sei nicht so unverschämt! Sie werden dich wegen Totschlag oder sogar Mord anklagen!«
»Ja, das würde mich nicht wundern.«
»Willst du damit sagen, daß dir diese falsche Anschuldigung nichts ausmacht? Möchtest dich nicht verteidigen, sondern lieber ins Gefängnis gehen?« Sie faltete die Hände im Schoß, um sie zur Ruhe zu zwingen.
Er nahm langsam ein Löschblatt, drückte es vorsichtig auf das Geschriebene und griff nach einem neuen Blatt. »Für meine Verteidigung ist bereits gesorgt. Dazu brauche ich aber nicht den Schutz eines Weiberrocks. Ich versichere dir, dein Ruf wird in keiner Weise leiden.«
»Glaubst du wirklich, mir liegt etwas an meinem Ruf?« rief sie, verzweifelt über seine verletzende Ablehnung. Er gab ihr keine Antwort. »Wie... wie soll deine Verteidigung aussehen? Bitte sag es mir, Jai...«
»Wie auch immer, es geht dich nichts an.« Zum ersten Mal zeigte er eine Reaktion. »Ich habe es ernst gemeint, als ich sagte, ich würde dich nicht wiedersehen, Olivia. Ich wäre dir sehr verbunden, wenn du jetzt gehst und mich allein läßt.«
Das aufreizende Kratzen der Feder auf dem Papier hörte nicht auf. Olivia sah plötzlich nur noch rot. Ihre Geduld war erschöpft. Sie wollte schreien und diese Granitmauer niederreißen, an der sie sich den Kopf blutig stieß. Mit einem Fluch sprang sie auf, riß ihm die Feder aus der Hand und warf sie wütend durch den Raum. Sie prallte gegen einen Stuhl und fiel leise klirrend zu Boden.
»Ich bin nicht mitten in der Nacht hierher gekommen, um wie eine deiner verdammten *Doxies* weggeschickt zu werden, Jai Raventhorne! Wer zum Teufel glaubst du, bin ich – vielleicht eine käufliche Hure wie deine Sujata?« Sie fegte in rasendem Zorn alle Blätter von der Schreibplatte, die wie flügellahme Vögel auf den Boden fielen. »Wie kannst du es wagen, mich wie eine Schlampe zu behandeln!« Die Stimme versagte ihr. Sie drehte sich um und schlang die Arme um ihren Oberkörper. »Bei Gott«, stieß sie heftig hervor, »du verdienst es, daß man dich lyncht!«

Ihr Ausbruch ließ ihn zusammenschrecken, aber er ließ sich kaum etwas anmerken, stand nur ruhig auf, hob die Blätter vom Fußboden und ordnete sie langsam. »Das ist nicht dein Krieg, Olivia«, sagte er leise, »paß auf, daß du nicht in das Kreuzfeuer gerätst.«
Sie schloß gequält die Augen. »Wenn es dein Krieg ist, dann ist es auch mein Krieg. Ich bin bereits im Kreuzfeuer.«
»Ich gebe dir die Möglichkeit, dem zu entgehen. Nutze die Chance.« Er setzte sich, legte einen Arm über die Stuhllehne und sah sie an. »Ein paar geheime Treffen, ein paar Küsse ...« Er zuckte mit den Schultern. »Ich kann nicht glauben, daß dies eine Bindung fürs Leben bedeutet!«
Olivia hatte sich darauf vorbereitet, von ihm aufs neue verletzt zu werden, aber unter seiner Brutalität zuckte sie zusammen. »Ist das alles ..., was unsere Beziehung dir bedeutet, Jai?« fragte sie ungläubig.
Er stand auf. »Olivia, bring mich nicht dazu, Dinge zu sagen, die dich noch mehr verletzen werden ...« Er sah sie nicht an.
»Nichts wird mich mehr verletzen, *nichts*!« Sie drehte sich um und sah ihn mit funkelnden Augen an. »Hast du den Mut, mir ins Gesicht zu sehen und meine Frage zu beantworten?«
Ohne mit der Wimper zu zucken, nahm er die Herausforderung an. »Also gut. Wenn du darauf bestehst. Ja, das ist alles, was mir unsere Beziehung bedeutet. Du bedeutest mir nichts, Olivia – *nichts*!«
Jetzt verließ sie ihr Mut. Sie senkte den Kopf und flüsterte: »Ich glaube dir nicht. Ich werde dir nicht glauben ...!« Der unterdrückte Schmerz brach hervor, und sie rief empört: »Du lügst! Ja, du bist wirklich ein verlogener, bösartiger Bastard ...!«
Er lachte.
Olivia wußte nicht, was sie tat, bis ihre Hand seine Wange mit voller Wucht traf. Es klang wie ein Peitschenknall. Ein Glasreif an ihrem Handgelenk zerbrach. Ein grüner Glassplitter steckte in seiner Haut, und ein winziger Blutstropfen erschien.
Raventhorne bewegte sich nicht. Nur die silbrigen Augen zuckten kurz, dann zog er spöttisch lächelnd die Mundwinkel hoch. »Aha«, sagte er, »die unerschrockene Amerikanerin kann sich nicht an ihren

Schwur halten.« Das Lächeln verschwand, und er fügte kalt hinzu: »Wenn ich das bin, was du meinst, Olivia, dann habe ich beschlossen, es zu sein! Finde dich damit ab, wenn du kannst – wenn nicht, dann geh jetzt endlich!«

Wieder schlug sie zu, aber diesmal reagierte er schneller. Er packte ihr Handgelenk, sie kämpfte kurz, erkannte aber bald die Hoffnungslosigkeit ihres Zorns und gab nach. »Ich glaube dir nicht«, flüsterte sie stockend, »ich glaube dir nicht…«

Er ließ sie so überraschend los, daß sie zusammenzuckte. Leise fluchend wischte er den Glassplitter von der Wange und ging in der Kabine auf und ab.

»Wer zum Teufel glaubst du, bin ich, Olivia? Was gibt dir das Recht, das unverschämte Recht, zu bohren, zu fragen und dich aufzudrängen? Jawohl, das Recht, dich in meine Angelegenheiten einzumischen? Ich habe es satt, Olivia. Ich kann deine monströse Neugier nicht mehr ertragen, deine unglaublichen Behauptungen! Ich habe dich satt!« Seine Augen funkelten böse. »Du verhörst mich, als würde ich dir Antworten schuldig sein. Ich schulde dir nichts, *nichts*! Hast du verstanden?« Er holte Luft und sah sie eiskalt an. Dann drehte er sich um und lief mit auf dem Rücken verschränkten Händen wieder in der Kabine hin und her. »Ich fange an, dich zu hassen, Olivia. In deiner Vorstellung hast du mich zu einem romantisch verklärten Wesen gemacht, das es nicht gibt und nie gegeben hat. Was du für Liebe hältst, ist eine Illusion. Und ich bin nicht bereit, die Last länger zu ertragen, dieser Illusion gerecht zu werden.« Er blieb vor ihr stehen und sagte dann leise und drohend: »Verlaß jetzt mein Schiff, Olivia, oder ich werde dich mit Gewalt wegbringen lassen.«

Sie wußte nur noch eins: Der Moment der Wahrheit war da. Er würde sich nicht wiederholen. Sie wollte nicht aufgeben und richtete sich mit dem Mut der Verzweiflung auf. Dann warf sie den Kopf zurück und lachte.

»Du bist nicht nur ein Lügner, Jai, du bist auch ein Feigling! Du kannst dich der Tatsache nicht stellen, daß ich trotz deiner zynischen Prophezeiungen den Mut hatte, meiner Überzeugung zu folgen! Du

kannst mich verhöhnen, weil ich so ›edelmütig‹ bin, dir ein Alibi für jene Nacht anzubieten, aber gleichzeitig fühlst du dich klein und häßlich, weil ich bereit bin, meinen Ruf nicht aus Zwang zu opfern, sondern weil meine Bindung an dich ohne Einschränkungen ist.« In ihren großen Augen lag Verachtung. »Wenn du auf meine Aussage verzichten willst, bitte, ich akzeptiere das. Wenn du mich nicht mehr sehen oder mit mir sprechen willst, bitte, ich akzeptiere das, wenn es auch weh tut. Aber ich akzeptiere *nicht,* wenn du deine Gefühle für mich leugnest und in den Schmutz ziehst. Du lügst, um deine wahren Gefühle zu verstecken. Du erfindest einen Haß, den es nicht gibt. Du liebst mich, Jai...« Für den Bruchteil einer Sekunde zögerte sie erschrocken und verunsichert, dann fuhr sie mit erneuter Sicherheit fort: »So gewiß wie ich atme, du liebst mich! Und noch ehe die Sonne morgen aufgeht, werde ich dafür sorgen, daß du deine Worte zurücknimmst, Jai – jedes einzelne verlogene Wort. Das verspreche ich dir!«
»Hinaus!« Seine Stimme klang gepreßt.
»Ich gehe, aber nicht, bevor du dich zu deiner Lüge bekannt hast!«
Er verlor seine Beherrschung. Fauchend sprang er auf sie zu und legte seine großen, starken Hände um ihren Hals. Von wilder Wut erfaßt, verzerrten sich seine Züge. Er drückte ihr mit den Daumen auf den Kehlkopf. Er schüttelte sie in rasendem, unmenschlichem Zorn wie eine Dogge, die eine Ratte in den Fängen hat. Olivia rang nach Luft, aber sie wehrte sich nicht, denn sie hatte nicht die geringste Angst. Ein schwarzer Vorhang senkte sich vor ihren Augen, aber bevor die Bewußtlosigkeit sie umschloß, empfand sie Triumph, denn sie hatte die Granitmauer gesprengt! Sie sank zu Boden, sie sank tiefer, tiefer und tiefer. Sie versank in einen bodenlosen Abgrund der Schwärze und der Stille. Und dann spürte sie nichts mehr...
Olivia wußte nicht, wieviel Zeit vergangen war. Schritt für Schritt begann sie, wieder zu steigen, Atemzug um Atemzug entkam sie dem Abgrund. Luft drang in die Lunge und Licht in ihre Augen. Sie fühlte sich gehalten. Etwas Warmes drückte sich an ihre Wange und keuchender Atem drang ihr ins Ohr. Noch halb bewußtlos versuchte sie, sich zu erinnern, und dann rissen die Wolken auseinander. Sie

lächelte. Ihre Lippen, die sich an den warmen, geliebten Körper preßten, formten ein Wort: *Gestehe!* Obwohl kein Ton zu hören war, wurde das Wort vernommen und verstanden.

»Warum kannst du mich nicht in Ruhe lassen?« Die geflüsterte Frage klang wie ein Hilferuf und wie eine Bitte. »Warum kommst du zurück und folterst mich?« Raventhorne hob den Kopf und sah sie mit verzweifelten Augen an.

Olivia achtete nicht auf den pochenden Schmerz im Hals. Sie umarmte ihn, zog ihn an sich, und sein Atem versengte sie wie zuckende Flammen. Sein Körper wand sich in ihren Armen, als kämpfe er mit grausamen Dämonen, die ihn verfolgten. »Still«, murmelte Olivia und wiegte seinen Kopf an ihren Schultern. »Still, mein Liebster, still.« Sie flüsterte ihm tröstende und liebevolle Worte ins Ohr, sie besänftigte ihn und wartete. Sie wartete geduldig, bis das Toben sich langsam legte und sein Körper sich entspannte. Dann nahm sie das verzerrte Gesicht in beide Hände und küßte ihn. Ihre Augen füllten sich mit Tränen. »Ich liebe dich, Jai . . .«

Ein Schauer überlief ihn. »Liebe mich nicht, Olivia.« Es klang wie ein leerer, abgenutzter Refrain. Jai erbebte noch einmal. »Mein Gott, ich hätte dich fast getötet! Ist dir das nicht Beweis genug. Wie kannst du jetzt noch an meiner Unwürdigkeit zweifeln?«

»Es ist auch ein Beweis für das, was du leugnest. Ich sehe es in deinen Augen.« Sie berührte mit den Fingerspitzen seine Lider und lächelte.

»Du hast schon so viel in meinen Augen gesehen, was es nicht gibt!« Seine Finger in ihren Haaren krümmten sich.

»Für mich gibt es das alles, auch wenn du es nicht wahrhaben willst.«

Er stöhnte und drückte seinen Mund heftig und strafend auf ihre Lippen. Aus diesem Kuß sprach nicht Liebe, sondern Niederlage und der Zorn auf die Niederlage. »Geh jetzt, Olivia, mein unschuldiger Engel«, flehte er heiser, »geh, geh, *geh,* ehe du dich wirklich für ein Leben entscheidest, in dem es für dich nur Bedauern geben kann.«

Gehen? Wohin? Olivia hätte beinahe laut gelacht. Sie hielt ihre Welt

in den Armen. Es gab keinen Platz, zu dem sie hätte gehen können.
»Ich werde es nie bedauern, Jai – das weiß ich. Was auch sein mag, ich gehöre dir ...«
Er schüttelte sie sanft, aber ärgerlich. »Ich kann dir nichts dafür geben, du dummes Mädchen. Ich kann dir nichts bieten!«
»Du gibst, ohne es zu wissen, Jai.« Zärtlich strich sie ihm die schwarzen Strähnen aus der Stirn, auf der dicke Schweißtropfen standen, »und was du mir nicht gibst, ist vielleicht auch nicht wert zu bekommen.«
Leidenschaft blitzte in seinen Augen auf. Seine Finger spielten jetzt zitternd und unsicher mit ihren Haaren auf dem dicken Kissen, auf dem sie lag. Aber in sein Verlangen mischte sich auch Staunen. »Du hartnäckige, schöne Sirene. Du hast nichts als Ideale und klammerst dich an eine unvernünftige Romantik ...«
»Und du bist immer noch von Zweifeln geplagt.«
»Ja, Zweifel, weil du dich ohne Vorsicht bindest. Du lockst und quälst furchtlos wie ein Kind – und verdammt noch mal, ich bin nur ein Mann!«
Olivia seufzte leise im Bann einer Liebe, die sich nicht länger zurückhalten ließ und zu lange gewaltsam unterdrückt worden war – einer Liebe, der schon zu lange die natürliche Erfüllung verweigert wurde. Sie wußte, daß er sie liebte, denn was er nicht in Worten sagte, verrieten seine Augen, seine Hände, sein Körper. »Dann sei ein Mann, Liebster, sei es ...«
Auf diese Herausforderung reagierte er wild und heftig. Er wehrte sich nicht länger, gab sich geschlagen und nahm sie in seine Arme. Die Hände wußten jetzt, was sie zu tun hatten. Die Zweifel, die Unsicherheit, das abwartende Zögern – all das ließ er entschlossen hinter sich. Jetzt gab es nur noch die explodierende Leidenschaft, die wie ein Vulkan ausbrach, der zu lange untätig gewesen ist. Mit heiseren Verwünschungen zerrte er an ihren Kleidern, kämpfte wütend mit den Knöpfen, Schleifen und dem geschnürten Mieder. In fiebernder Hast glitten seine Finger über ihren Körper und schienen ihre Haut zu verbrennen, wo er sie berührte. Alles riß er ihr vom Leib, dann verharrten seine Hände einen Augenblick lang. Mit staunenden Au-

gen richtete er sich auf und nahm andächtig die Schönheit ihres Körpers in sich auf – lange, schlanke Beine, weiche, wohlgeformte Hüften, die rosigen Spitzen ihrer Brüste, die bereits aufgerichteten Brustwarzen, die nach seiner Zärtlichkeit verlangten. Sichtbar benommen streichelte er sie mit zitternden Händen.

»Mein Gott, bist du schön ...«

Das leise, überwältigte Stöhnen ging unter im Kuß seiner Lippen, die sich um die zimtbraune Brustwarze legten. Was seine Augen betrachteten, berührten die Lippen, und unter den zarten Berührungen verging sie vor Liebe, vor Sehnsucht. In erstickter Lust schrie sie auf über den Tumult der Empfindungen, den sein fordernder Mund, die zuckende Zunge, die suchenden Fingerspitzen auslösten. Sie wußte nicht, wie sie darauf reagieren sollte, preßte sich nur zitternd wie ein Blatt, ekstatisch und staunend über die Enthüllungen ihres Körpers an ihn. Schwach drehte sie den Kopf zur Seite und vergrub ihn verwirrt und ängstlich im Kissen. Mit einem rauhen Lachen nahm er ihr Gesicht in beide Hände und bedeckte es mit Küssen. Sein fordernder Mund ließ sich keine einzige Pore entgehen, machte sich mit jedem Fältchen vertraut. Er ließ ihren Kopf nicht mehr los, erkundete ihren Mund, seine tastende Zunge labte sich an ihrer Süße und ließ sie seine Zärtlichkeit trinken. Olivia wimmerte, aber jetzt gab es kein Ausweichen, keinen Rückzug mehr. Ihr Hunger mußte befriedigt werden. Sie überließ sich der überwältigenden Liebe. Ihre Sinne überschlugen sich unter dem Beweis seines Verlangens nach ihr, der sich pulsierend gegen ihre glühende Haut drängte.

»Jai, Geliebter«, stöhnte sie, »oh, wie ich dich liebe ...!«

Er hielt inne, aber nur, um sich auszuziehen. Sie sah den glänzenden nußbraunen Körper, die schweißnassen, gespannten Muskeln. Dann war er wieder an ihrer Seite und drückte sich an sie. Ihre Beine umschlangen sich, die Münder waren untrennbar durch die liebkosenden Zungen und den geteilten Atem verbunden. Unter seiner sich heftig hebenden und senkenden Brust wurde ihre Wange an die rauhen Stoppeln gepreßt. Er fuhr mit der Hand ihren Rücken entlang und drückte sie noch mehr in sich. Aufbegehrend entflammte sie. Die Empfindungen waren so klar und durchdringend wie züngelndes Feuer. Sie schrie auf, aber er unterband ihren Protest mit Küssen, und ihr Wimmern wurde von Worten ertränkt, die ihr fremd waren. Der Klang dieser Worte war ursprünglich, universal, wild und wunderbar, denn sie wußte, sie sprachen von Liebe. Wie ein Musikinstrument, das zum ersten Mal gestimmt wird, wurde ihr Körper lebendig. Die tastenden, zärtlichen, glühenden Finger entlockten ihr eine Musik, die sie noch nie gehört hatte. Sie wußte nicht, welche Gipfel sie auf dieser ersten Reise überirdischer Entdeckungen noch erklimmen würde, aber sie ahnte, es würden viele sein. Samtige Fingerspitzen drangen suchend in sie ein und fanden die feuchte schimmernde Perle ihres innersten Wesens, den Kern ihrer Fraulichkeit, und Olivia geriet in Zuckungen des Wahnsinns.

»Nein, nicht mehr...«, schrie sie in unerträglicher Raserei, »bitte... hab Erbarmen, Geliebter...«

Für den Bruchteil einer Sekunde ruhte seine Hand. In seinen Augen zeigte sich wieder Unsicherheit. Er sah sie an und zögerte. Dann vergrub er mit hilflosem Stöhnen das Gesicht an ihrer Schulter. »Es wird weh tun, mein Engel. Wie kann ich dir das ersparen...«

Sie legte die Arme um seinen Hals und drückte ihn an sich. »Ich liebe dich, Jai. Ich liebe dich mehr als mein Leben«, flüsterte sie leidenschaftlich. »Ich werde keinen Schmerz empfinden, das verspreche ich dir, Geliebter...«

Der Schmerz kam, aber nur einmal, und traf sie wie eine Messerspitze, der Schlag einer Peitsche. Er war vergessen, noch ehe er vorüber war, denn mit ihm wurde Olivia auf dem Kamm einer unbeschreiblichen Welle zur Frau. Vergangenheit und Zukunft verschwanden. Es gab nur noch das Hier und das Jetzt jenes Augenblicks, der sich zur Unendlichkeit ausdehnte. Ihre Körper verschmolzen, vereinigten sich und bewegten sich in einem Rhythmus, der so alt und so andauernd ist wie die Zeit. Seine Liebe wurde fordernd, sein Bedürfnis, sie zu besitzen, heftig und unersättlich. Mit jedem Eindringen nahm er mehr und mehr von ihr in seinen Besitz. Olivia weidete sich daran, reagierte darauf, antwortete mit ihrer Freude, mit Tränen und Staunen. Als ihr Stöhnen zu heftig wurde, begütigte er sie mit Küssen. Als sie die köstliche Qual nicht länger ertragen konnte, besänftigte er sie mit unvermuteter Zärtlichkeit. Aber als sein Höhepunkt nahte, öffnete sich vor ihm ein neuer gefährlicher Abgrund des Zweifels. Sie legte die Beine um ihn und verbot ihm stumm, sich zurückzuziehen.

Gib mir etwas, gib mir wenigstens jetzt etwas von dir . . .!

Der Größe ihrer Selbstaufgabe war er nicht gewachsen. Er war nicht stark genug und zu sehr Mann, um ihre stumme Aufopferung abzulehnen. Wie eine Sturzflut ergoß sich sein Wesen, die Lebenskraft seiner Männlichkeit in sie, überflutete, erfüllte und füllte sie bis in die kleinsten Winkel ihres Körpers. Olivia rang glücklich nach Luft, dann zuckte sie wieder und wieder und wurde in Bereiche jenseits der Wirklichkeit geschleudert. Unbekannte Zonen, die hoch über der Zeit und dem Raum lagen, blendeten sie mit der einmaligen Vollkommenheit des Augenblicks. Und dann schwebte sie langsam, sanft, zärtlich bebend in den Weiten eines namenlosen Vergessens. Es war wie ein kurzer Tod.

Sie schwebte über die hohen Gipfel einer unbeschreiblichen Zufriedenheit in ein traumloses Tal – den schönsten Ruheplatz erfüllter Liebe.

Noch ehe sich ihre Körper voneinander lösten, war sie eingeschlafen.

Eine Minute verging, vielleicht auch eine Stunde oder ein Tag. Als Olivia benommen und schläfrig die Augen wieder aufschlug, lag Jai neben ihr auf dem Bauch. Seine Wange ruhte auf einem Arm, das Gesicht lag auf der Seite. Sie schluckte und war von Gefühlen überwältigt. Die Augen füllten sich mit Tränen. Sie streichelte zärtlich und liebevoll die sehnigen Schultern. Sie legte ihm die Wange auf den Rücken und flüsterte: »Ich liebe dich.«

Er bewegte sich, drehte sich um und nahm sie in die Arme. Er wiegte sie. Ihre Lippen drückten sich in die Einbuchtung seines Halses. Sie hauchte einen Kuß und betastete den silbernen Anhänger, den er um den Hals trug. Sie hatte noch nie in ihrem Leben so vollkommene Zufriedenheit und Heiterkeit erlebt. Er küßte sie sanft auf die Stirn.

»Du liebst mich zu sehr«, sagte er erschöpft und unendlich unglücklich. »Ich habe mich an dir versündigt.«

Olivia richtete sich etwas auf, so daß sie ihn ansehen konnte. »Durch dich bin ich vollständig geworden«, widersprach sie unbeirrbar.
Er wandte den Kopf zur Seite. »So durfte es nicht sein. So sollte es nicht sein.«
Sie nahm sein Gesicht in beide Hände und zwang ihn, sie anzusehen. »Von Anfang an sollte es so sein! Vom ersten Augenblick an, als wir uns in jener Nacht am Fluß begegnet sind. Es war uns vom Schicksal bestimmt!«
Er seufzte lange, Sorge stand in jeder Falte seines Gesichts. »Es ist gefährlich, so sehr zu lieben, Olivia.«
»Ich kann nicht anders lieben.«
Sie küßte ihm zärtlich den Kummer von den Augen. Er schüttelte den Kopf.
»Du hättest nicht kommen dürfen, Olivia. Du wirst deine Hingabe von heute nacht noch bedauern. Ich hätte es nicht zulassen dürfen. Mich trifft die Schuld, mich ...«
Meine Hingabe ...? Haben wir uns nicht *beide* hingegeben? Die Frage drängte sich ihr auf die Lippen, aber Olivia unterdrückte sie, denn es wäre ein Vertrauensbruch gewesen, sie zu stellen. »Was für eine Bindung es auch sein mag, ich bin sie freiwillig eingegangen.« Ihre Stimme zitterte. »Ich liebe dich so sehr, Jai.«
Er seufzte und fuhr ihr durch die Haare, aber er lächelte nicht. »Liebe wird dir nicht ... alles bringen.«
»Doch«, erwiderte sie mutig, »wenn sie mir vielleicht auch nichts anderes bringen wird, was zwischen uns gewesen ist, das wird immer mein sein.«
»Ich bin für dich der falsche Mann, Olivia. Du hast keine gute Wahl getroffen.« Die Unruhe wich nicht von ihm.
»Für mich bist du der einzige Mann, Jai«, erwiderte sie geduldig und auch bekümmert über den Teufelskreis, in dem sie sich bewegten. Aber sie wollte nicht das Schicksal durch einen sinnlosen Streit herausfordern. »Verdirb mir nicht den Augenblick des Glücks, Jai«, flehte sie, »ich erlaube es dir nicht.« Sie drückte ihn an sich, streichelte seine Brust und wechselte das Thema. »Woher hast du diese Narbe?« fragte sie kühn.

Mit einem Seufzer gab er ihr nach. »Von einem Kampf.«
Sie folgte der roten Linie von der Schulter bis zur Hüfte mit dem Zeigefinger. »Stammt sie von einem Schwert?«
»Nein«, er zögerte, »von einer Peitsche.«
Mit einem leisen Entsetzensschrei beugte sie sich darüber und küßte die Narbe vom Anfang bis zum Ende. »Wie sehr wünschte ich, alle deine Narben mit meinen Küssen auslöschen zu können!«
Er sah sie belustigt an. »Du glaubst, Liebe sei ein Allheilmittel?«
»Ja, wenn man zuläßt, daß man geliebt wird.« Sie sah ihn fragend an. »Warum wehrst du dich dagegen, Jai? Warum hast du Angst davor, geliebt zu werden?«
Er legte den Kopf zurück und starrte an die Decke. »Weil deine Liebe mich demütigt. Sie macht mich in meinen Augen zu einem Menschen, den ich nur verachten kann. Das beunruhigt mich. Ich fühle mich bedroht.« Er lachte bitter. »Vielleicht bin ich es nicht gewöhnt, gedemütigt zu werden.«
»Dann demütige auch mich!« flüsterte sie von Angst erfüllt, da sich bereits wieder die trennende Distanz zwischen ihnen auftat. »Bring mich dazu, daß auch ich mich verachten muß. Tu mit mir, was du willst – nur laß zu, daß ich dich liebe!«
Seine Augen wurden weich und strahlten sie plötzlich an. Er zog sie an sich und wiegte sie wie ein Kind. Und in seinen Worten lag staunende Zärtlichkeit. »Deine Liebe, Olivia, ist außergewöhnlich rein und ohne Forderungen, selbstlos und – leider – wird sie nicht belohnt. Ich habe das noch nie erlebt. Es verwirrt mich, rührt mich in meinem Innersten und macht mich klein.« Er hob ihre Hand und küßte sie mit Ehrerbietung. »Ja, ich habe dich belogen. Du bist in mein Leben wie ein … Wunder getreten. Du hast so viel Häßliches bereinigt, so viel Häßliches. Und dafür bittest du um nichts, und ich habe dir noch sehr viel weniger als nichts gegeben.« Er legte den Kopf an ihr Gesicht, und seine Arme schlossen sich fester um sie. »Du wirst nie wissen, was du für mich bedeutest.«
An ihn gedrückt zitterte sie. »Dann sprich es aus.«
»Ich habe keine Worte dafür. Vielleicht gibt es keine …«
»Es gibt Worte, o ja, es gibt Worte!« Alle Muskeln spannten sich in

ihr, als sie ihn bat: »Sag es nur einmal, nur ein einziges Mal, daß du mich liebst...«
Er schien zu staunen. »Muß ich dir das noch sagen?«
»Ja. Ich möchte es hören. Es muß gesagt werden!«
»Als Beweis, daß du gewonnen hast?« fragte er spöttisch und eine Spur gereizt, »als Beweis, daß ich meine Worte bereue?«
»Nein. Ich hatte bereits gewonnen, noch bevor ich dich herausgefordert habe!« Sie setzte sich auf und ließ ihn nicht ausweichen.
»Wenn es so ist, warum ist es dir dann so wichtig? Es sind nur Worte. Was nützen sie dir, wenn ich sie ausgesprochen habe?«
Tränen nahmen ihr die Sicht. Warum verletzte er sie so grundlos, so überflüssigerweise? »Sie werden mich trösten und mir helfen, wenn ich nicht bei dir bin. Dann werden sie mich nähren, mich am Leben halten, und ich kann atmen, bis ich wieder wie jetzt bei dir bin. Aus keinem anderen Grund...«
»Nein, das sollen sie nicht tun. Du darfst sie dir nur anhören und dann mußt du sie wieder vergessen.« Seltsame Schatten lagen in den unergründlichen Tiefen seiner Augen, die unglücklich und beunruhigt wirkten. »Du hast eine gefährliche Todessehnsucht, Olivia«, stöhnte er, »und du bist naiv, unverbesserlich, hartnäckig und entsetzlich störrisch.« Er schwieg, sank gegen die Kissen und legte ihr die Hand auf die Wange, und plötzlich lag in der Geste eine wunderbare Zärtlichkeit, »aber ja, ich liebe dich...«
Er hatte es gesagt – endlich, *endlich* hatte er es gesagt!
Sie ließ Wort für Wort in ihr staunendes Herz dringen und dort Wurzeln schlagen, damit sie dort wachsen und Blüten treiben würden wie die wächserne lavendelfarbige Vanda-Orchidee, die sich um den Mimosenbaum rankte. In der Stille hallten die Worte endlos in ihr wider. In ihren Händen lag die Erfüllung ihres Glücks! In diesem Augenblick schien ihr Leben unsagbar reich geworden zu sein. Sie wollte vor Freude weinen.
Er brach das Schweigen nicht. Er füllte es mit Dingen, für die es keine Worte brauchte. Er teilte mit ihr die Freude, die er so mühelos mit dieser Kleinigkeit bewirkt hatte. In seinen Augen lag zärtliche und von allen Fesseln befreite Liebe. Er streichelte und berührte ih-

ren Körper, der noch von den Spuren seiner Leidenschaft gerötet war. Ihre Brüste, die Brustwarzen richteten sich wieder auf. Die runden und schimmernden Hüften drückten sich an ihn, die langen Beine legten sich um seine. Die Zehen wanderten sanft an seinen Schenkeln entlang. Er berührte sie überall. In Olivias Topasaugen leuchtete das Glück und das Sehnen der geschenkten und empfangenen Liebe. Sie betrachtete ihn wie er sie. Der Einklang, die Verbindung zwischen ihnen war so vollkommen wie ein Regenbogen, eine Rose im Sommer, ein in der Sonne funkelnder Tropfen Tau. Er nahm ihr Gesicht in beide Hände und küßte die Tränen von ihren Wangen. Als er sie an sich zog, spürte sie, wie sein Verlangen sich regte und ihre Lust von neuem weckte.

»Zeig mir, wie ich dich lieben soll, Jai«, flüsterte sie, »zeig mir alles.« Mit der Zungenspitze entfernte sie den winzigen getrockneten Tropfen Blut auf seiner Wange. Er bebte vor Lust ohne Angst und ohne Scham. Ihre Hand wanderte zärtlich über seinen Körper, und er stöhnte überrascht auf. Er gab ihr das Recht, ihn zu lieben. Und um das zu tun, gab es keine Grenze, die sie nicht bereitwillig überschreiten würde.

Er nahm sie leidenschaftlich und zärtlich wieder in die Arme. Seine Liebe überstieg alle Forderungen körperlicher Befriedigung. Und er gab Olivia zögernd Befehle, die sie berauscht von ihrem Erfolg bereitwillig befolgte. Sie lernte schnell und war geschickt und überwand ihre Scheu ohne Gewissensbisse. Wie er es wollte, reizte, folterte und kostete sie ihn so rückhaltlos wie er sie, denn sie wollte ihm so viel Freude und Genuß schenken, wie er ihr gegeben hatte. Überrascht, aber berauscht und gebannt von dem vertrauensvollen Angebot führte er sie sanft und unterwies ihre Hände, wenn sie nicht weiter wußte, bäumte sich heftig auf, wenn sie ihm folgte, und immer stärker selbst erregt überraschte sie ihn mit eigenen erotischen Einfällen. Sie erwiderte Kuß um Kuß, Zärtlichkeit um Zärtlichkeit, nutzte die wundervolle Freizügigkeit, die er ihr einräumte. Er nahm sie noch einmal, diesmal sanft und langsam. Ihr Rhythmus war genußvoll und gedehnt, ein gegenseitiges Fest, eine Offenbarung, die sie beide in vollen Zügen genossen. Er führte sie behutsam und unbeirrbar zum Höhepunkt, und als es soweit war, verließen sie die Sinne. Sie rief seinen Namen und krallte sich überwältigt an seine Schultern. Er lachte ihr noch enthemmter als sie es war ins Ohr. Im Rausch der köstlichen Folter stieß und bewegte er sich in solch unsagbarer Heftigkeit, daß sie aufschrie. Wieder verschloß er ihr den Mund mit seinen Lippen. In ihrem Kopf explodierten Sonnen und blendeten sie mit ihrem Glanz. Sie vermochte den Ansturm der Gefühle und Empfindungen nicht länger zu ertragen und brach in Tränen aus.

Angsterfüllt keuchte er: »Was habe ich getan? Habe ich dich verletzt? War ich zu brutal? O mein Gott, ich bin ein Tier...« Von Reue zerknirscht, bedeckte er sie mit Küssen, schloß sie in seine Arme und wiegte sie. »Weine nicht, um Himmels willen, weine nicht. Ich kann es nicht ertragen...!«

Schwach, in Schweiß gebadet und völlig erschöpft schüttelte Olivia den Kopf. Er machte sich noch immer leise Vorwürfe, preßte sie klagend an sich und umhüllte sie mit seiner stummen, aber genauso beredten Liebe! Allmählich beruhigte sich ihr Atem. Der Friede stellte sich wieder ein und mit ihm eine unaussprechliche Zufriedenheit. Jetzt war ihr Leben wirklich vollkommen. Sie wollte nicht mehr – nichts. Wortlos und unfähig zu sprechen, legte sie ihm den Kopf auf die Schulter. Der Augenblick des Schweigens wurde zu einer Ewigkeit köstlicher Vollkommenheit. Dann ließ er sie los, legte sich zurück, verschränkte die Finger unter dem Kopf und schloß die Augen. An die schweißnasse Schulter gelehnt beobachtete sie das wieder ruhige Heben und Senken seiner Brust. Sie zeichnete mit dem Finger zärtliche Muster über dem Herz und lächelte froh. Plötzlich drang durch ihre unbestimmten Gedanken eine klare und schmerzliche Vorstellung. Sie wand sich unter der Eifersucht, runzelte die Stirn, aber schwieg.

»Stell deine Frage!«

Sie fuhr erschrocken zusammen. »Oh, ich habe vergessen, daß du mit geschlossenen Augen sehen kannst«, murmelte sie, betroffen darüber, daß er sie wieder einmal überrascht hatte.

Der kreisende Finger auf seiner Brust hielt inne. Sie senkte den Kopf

und wurde rot. »Wie viele andere haben mit dir hier auf diesem Bett gelegen?«
»Warum, bekümmert dich das?«
Erregt trommelte der Finger auf seiner Brust. »Ja, es bekümmert mich.«
Er lachte, setzte sich auf und schob sich ein Kissen in den Rücken. Dann zog er sie an sich. »Ich habe dich gewarnt. Ich habe nicht behauptet, ein *Brahmachari* zu sein.«
»Was ist ein *Brahmachari*?«
»Ein Mann, der das ist, was ich nie sein könnte, selbst wenn ich es wollte, wie du einmal festgestellt hast.« Er legte eine Hand um ihre Brust und küßte die Brustwarze. »Hat es dir nicht gefallen, daß ich es nicht bin?«
Sie wurde noch röter und drehte plötzlich verschämt den Kopf zur Seite. »Warum hast du dann Sujata weggeschickt?«
»Gibt es einen Stein in meinem Leben, den du nicht umdrehst? Ich habe sie weggeschickt, weil ich sie nicht mehr brauche.«
Olivia zuckte zusammen. »Wirst du das auch mit mir tun, wenn du mich nicht mehr brauchst?«
Er starrte sie plötzlich an und durch sie hindurch, als sei sie nicht mehr da. »*Du* wirst mich nicht mehr brauchen, Olivia«, sagte er ruhig. Er nahm die Kette mit dem Anhänger ab und legte sie ihr um. »Ich habe dir noch nie etwas gegeben, weil ich dir nichts geben kann, was nicht auch für mich einen Wert besitzt. Und so etwas gibt es nicht – mit dieser einen Ausnahme.« Sein Gesicht wirkte wieder schmerzlich berührt. »Es hat meiner ... Mutter gehört.«
Sie spürte einen Kloß im Hals. Er hatte noch nie von seiner Mutter gesprochen! Die Bedeutung des Geschenks, das ungeheure Opfer, das sich damit verband, dieser heilige Augenblick taten ihr weh. Sie hob den Anhänger an die Lippen, küßte ihn und drückte ihn an die Wange. Sie war zu bewegt, um zu reden. Der Anhänger hatte die Form eines Kästchens, war schwer, aber hohl. An drei Seiten entdeckte sie einen hauchdünnen Spalt. Mit einem Fingernagel wollte sie das winzige Kästchen öffnen, aber er hinderte sie daran.
»Er gehörte meiner Mutter und darf nicht geöffnet werden – auch

nicht von dir«, sagte er erregt und fügte aufgeregt hinzu: »Versprich mir das.«

Sie nickte. Fragen bestürmten sie, aber sie stellte sie nicht. Sie hatte von ihm in dieser Nacht Freude für ein ganzes Leben erhalten. Sie wollte nicht gierig mehr verlangen. Sie drehte den Kopf und küßte ihm beide Augen, die Nase, die geschwungenen Lippen. Ihr fehlten noch immer die Worte. Er hatte ihr einen Blick in seine innerste, persönliche Welt erlaubt, und sie hatte seine Liebe empfangen. O himmlischer Gott, wieviel von seiner Liebe!

Energisch drehte er sich zur Seite und stand auf. Er suchte seine Sachen zusammen und zog sie nachlässig an. Dann hob er behutsam ihre Kleidungsstücke auf, schüttelte sie, legte sie zusammen und brachte alles in einem ordentlichen Packen zu ihr. Einen Augenblick lang erfreute er sich sichtlich an ihrem nackten Körper. In den grauen Augen zuckte etwas, ein kurzer Schmerz, eine Welle der Sorge. Er beugte sich hinunter, und seine Lippen streiften den flachen Bauch, in dem sich irgendwo – überall! – der Beweis seiner Liebe befand. Dann drehte er sich um, ging ans Fenster und blickte hinaus. Mit einer Hand strich er sich gedankenverloren über den Nacken.

Wer immer und was immer Jai Raventhorne im Innersten auch sein mochte, Olivia wußte, die Gemeinsamkeit der Nacht war vorüber. Wieder einmal war er ihr entschwunden, und sie konnte ihn dort wo er war nicht mehr erreichen.

Seufzend streckte sie sich und gähnte. Ihr Körper pochte vom süßesten Schmerz, den sie kannte. Leise summend stand sie auf und zog sich an. In einer Schublade in einem Spiegelschrank fand sie einen Kamm und kämmte damit die wirren Haare. Das dunkle Bullauge, durch das er starrte, färbte sich langsam eisblau. Sie blickte auf den unbeweglichen Rücken, den er ihr zuwandte, als leugne er damit die Intimität der vergangenen Stunden, und frisierte die Haare zu einem Knoten im Nacken. Unbeabsichtigt begannen ihre Gedanken, sich wieder zu überschlagen. Und wie immer spürte er es.

»Du machst dir noch immer Sorgen um meine Verteidigung.« Es war keine Frage, sondern eine sachliche, klare Feststellung.

Sie hielt es für sinnlos, ihm zu widersprechen und sagte: »Ja.«
Er ging zu dem Sekretär, griff nach ein paar Blättern und warf sie in ihre Richtung. Sie fielen auf das Bett. »Lies das. Was dort steht, wird dich vermutlich interessieren.« Dann nahm er seine Gedankengänge am Fenster wieder auf. Seiner Unpersönlichkeit nach zu urteilen, hätte es durchaus sein können, daß sie sich noch nie in ihrem Leben begegnet waren. Ganz zu schweigen von einer leidenschaftlichen Liebesnacht!
Das erste Blatt war ein notarielles Dokument. Der Text war kurz, und Olivia nahm ihn mit einem Blick in sich auf. Dann las sie ihn sorgfältig noch einmal. Sie mußte die anderen Blätter nicht lesen, denn hier stand bereits alles. Fassungslos sank sie auf das Bett.
»Und?« fragte Jai, »hältst du das für eine ausreichende Verteidigung?« Seine Augen blitzten hart.
»Das ... kann nicht wahr sein!« rief Olivia und wurde blaß.
»Es ist wahr.«
»Hat er das ... freiwillig unterschrieben?«
»Wohl kaum.«
Ihr Herz wurde von einer eiskalten Faust umklammert. »Es muß ein Irrtum, sein, ein schreckliches Mißverständnis ...«
»Ich versichere dir, bei mir gibt es keine Fehler und keine Mißverständnisse«, erklärte er trocken.
»Aber ... warum *Das*?«
»Er ließ sich am leichtesten kaufen.«
Ihr gefror das Blut in den Adern. »Was ist aus ihm ...«
»Ja.«
Entsetzt preßte sie die Hand auf den Mund. »Hast du ... ihn umgebracht?«
»Ja.«
Es tat weh, wie mühelos er das eingestand. »Aber warum? Warum, wenn du das hier bereits in Händen hattest?«
Er sah sie kalt an. »Tote können weder Geschichten erzählen, noch unterschriebene und beschworene Aussagen leugnen. Dieser Das war Abschaum. Er hat nur bekommen, was er verdient.«
Es schockierte sie nicht, daß er einen Mann umgebracht hatte. Sie

konnte gut glauben, daß Jai schon getötet hatte. Aber ihr machte Angst, daß er jetzt noch angreifbarer war.

»Sie werden dich nicht in Ruhe lassen, Jai. Sie werden dich jagen, bis sie dich haben – so oder so.«

»Ich bin daran gewöhnt, gejagt zu werden. Sie werden seine Leiche nicht finden ... oder erst, wenn es nicht mehr wichtig ist.« Er mußte irgendwie belustigt lächeln.

Olivia kämpfte gegen die entsetzliche Angst an, die ihr den Schweiß auf die Stirn trieb, und fuhr sich unsicher über die Augen. Sie versuchte, wieder klar zu denken. »Wenn Das ... vermißt wird, dann werden sie behaupten, die Aussage sei eine Fälschung.«

Er zuckte mit den Achseln. »Vielleicht. Es kommt nicht darauf an.«

»Was wirst du mit seiner Aussage machen?«

Er sah sie fragend an. »Was glaubst du?«

Olivia schluckte heftig. »Wirst du sie veröffentlichen?«

»Findest du nicht auch, daß ich es tun sollte? Glaubst du nicht, man sollte sie beide bloßstellen?« Zum ersten Mal wirkte er zornig. »Ich sage *beide*, obwohl du ebensogut weißt wie ich, daß nur einer von ihnen durchtrieben genug ist, einen so teuflischen Plan zu ersinnen. Ransome ist ein Handlanger, aber er ist kein Bösewicht.«

»Wenn du das veröffentlichst, wird dann mein Onkel angeklagt werden?« Diese Möglichkeit erfüllte sie mit neuem Entsetzen. »Es ist alles so unglaublich scheußlich!«

Raventhorne lachte. »Du mußt noch viel lernen, meine naive Amerikanerin! Du mußt zum Beispiel lernen, wie die blinde Gerechtigkeit in Indien funktioniert! Bei Verbrechen können nur englische Richter das Urteil sprechen – und kein Engländer, sei er nun Richter oder Polizeibeamter, wird zulassen, daß die Ungeheuerlichkeit eines Gerichtsverfahrens einem Mitglied seines Clubs zugemutet wird. Slocum wird mit Zustimmung der gesamten europäischen Gemeinschaft alles tun, um die Angelegenheit so diskret wie möglich zu vertuschen. Es wird nur noch darum gehen, einen öffentlichen Skandal zu vermeiden, und dein Onkel genießt dabei das uneingeschränkte Wohlwollen bei denen, auf die es ankommt. Wenn notwendig, wird der Gouverneur aufgefordert, zu intervenieren. Das Prinzip der Gerechtigkeit wird nicht verletzt, sondern nur in Kanäle geleitet, die die Gemeinschaft akzeptieren kann. Das Geständnis von Das wird man verächtlich abtun, als Fälschung proklamieren und schließlich zu den Akten legen. Alle werden sich darin einig sein, daß Kashinath Das schließlich nur ein schmutziger, einheimischer Opportunist und ein Lügner war, den man bestechen konnte, um dem in die Hand zu beißen, der ihn so lange gefüttert hat. Und man wird froh sein, daß Kalkutta von ihm befreit ist. Und falls man die Leiche findet, werden alle in Kalkutta erleichtert aufatmen und in der darauffolgenden Nacht besser schlafen, denn selbst schmutzige einheimische Opportunisten und Lügner sind durchtrieben genug, um aus dem Grab noch zu sprechen. Sie werden mich keineswegs verfolgen, sondern womöglich diskret loben. ›Endlich hat der infernalische *Kala Kanta* einmal etwas getan, um seine widerwärtige Existenz zu rechtfertigen‹, werden die Engländer hinter vorgehaltener Hand auf ihren Abenden bei Brandy und Zigarren flüstern. ›Trinken wir auf den Bastard, auch wenn er für seine Kragenweite etwas zu groß geworden ist.‹« Er holte tief Luft und legte den Kopf auf die Stuhllehne. Er war erschöpft. Müde schloß er die Augen. »Um deinen Onkel mußt du dir keine Sorgen machen. Ich werde das Geständnis auch nicht veröffentlichen.«

Zum ersten Mal hatte er so lange und so offen über etwas mit ihr gesprochen. Tränen standen Olivia in den Augen, weil seine Worte so bitter und so abgrundtief zynisch klangen. Aber sie wußte nicht, was sie sagen sollte. Sie fand keine Worte, um seinen niederschmetternden Prophezeiungen zu widersprechen. Er lief wieder unruhig auf und ab. In hilflosem Schweigen sah sie ihm zu. Sie fühlte sich hin und her gerissen zwischen der Loyalität zu ihren Leuten und ihren Verwandten und zu diesem gejagten Mann, an den sie sich mit Leib und Seele gebunden hatte.

»Für mich zählt nur Arvind«, erklärte Jai gepreßt, »er kennt natürlich die Wahrheit. Und die anderen – Slocum hat bereits eine Kopie der Aussage, ebenso Ransome und dein Onkel. Wie auch immer sie in der Öffentlichkeit auftreten werden, insgeheim werden sie schwit-

zen, denn nur Arvind weiß, daß Das tot ist und seiner Aussage so oder so nichts hinzufügen kann.«
»Und die beglaubigten und beschworenen Zeugenaussagen?« fragte Olivia leise, »was wird aus ihnen?«
Er lächelte belustigt. »Vermutlich sind sie nicht mehr beglaubigt und beschworen ...« Er griff nach einem der Blätter, die auf dem Bett lagen, und sagte: »Ein Geldverleiher hat nur Achtung vor der Buchhaltung und natürlich vor Quittungen. Die ›Zeugen‹ hat er bequemerweise mit Geld vom Templewood-Konto bezahlt, und wie es seinem natürlichen Instinkt entsprach, hat Kashinath Das sich von den ›Zeugen‹ den Betrag quittieren lassen.« Er warf das Blatt verächtlich aufs Bett. »Nicht einmal Barnabus Slocum kann diesen himmelschreienden Gestank in den Duft von Rosen verwandeln!«
Es fiel ihr schwer, seine Verachtung nicht zu teilen, seinen Zorn nicht zu unterstützen, aber Olivia wiegte trotzdem nachdenklich den Kopf. »Der Tod des alten Mannes war nicht beabsichtigt, Jai ...«
»Er war kein *Mann*, Olivia, sondern ein *Eingeborener*! Und jeder Engländer wird dir sagen, bei den vielen, die es hier gibt, kommt es auf einen mehr oder weniger nicht an – genauer, nicht, wenn eine aristokratische, englische Haut auf dem Spiel steht.« Wieder einmal überkam ihn die Bitterkeit. »Kashinath Das war Abschaum. Ohne ihn ist die Welt vielleicht etwas besser geworden. Aber der unschuldige Nachtwächter Haveli Ram war eine harmlose Seele, die uns und seinen Göttern treu ergeben diente. Arvind und ich haben das Brot mit ihm gebrochen. Wir kennen seine Frau, seine Söhne, seine Enkelkinder. Er hat uns vertraut, uns gewissenhaft und treu gedient – bis die Gier eines Weißen sein Leben einfach so ausgelöscht hat!« Er schnalzte mit den Fingern und sah sie haßerfüllt an. »Ist es für seine Familie ein Unterschied, daß dieser Tod nicht beabsichtigt war?!«
Olivia wollte zu ihm gehen, ihn umarmen, ihn wieder lieben und mit ihrer Liebe seinen Schmerz lindern. Aber sie wußte, er würde ihr jetzt nicht erlauben, ihm nahe zu kommen. »Die Tat meines Onkels war falsch, entsetzlich falsch. Ich weiß es«, sagte sie verzweifelt und spürte, daß ihre Worte den Schaden nicht wiedergutmachen konnten. Doch sie fügte hinzu: »Aber das eine weißt du nicht, Jai. Er ist

in vieler Hinsicht so blind und so besessen wie du. Auch in seiner Seele sitzt ein Geschwür. Es zwingt ihn zu handeln, trübt seine Sinne und führt zu einem unfaßlichen Wahnsinn...« In ihrer Not lief sie zu ihm, ergriff seine Hand und sagte: »Für seine Taten wird er eines Tages Gott Rechenschaft ablegen müssen!«

Er schüttelte ihre Hand ab und lachte. »Gott hat dazu eine Ewigkeit, ich habe etwas weniger Geduld. Außerdem glaube ich nicht an göttliche Gerechtigkeit. Meine Rache ist weniger subtil, sondern irdischer.« Er lachte wieder, als habe er einen Witz gemacht.

Aber Olivia sah, daß seine Augen fremd und kalt wirkten. Sie waren so starr und leblos wie bei einem Toten. Von neuer Angst erfaßt, griff sie noch einmal nach seiner Hand und ließ sie nicht los. »Nicht noch mehr Tote, Jai, bitte...«

Er schüttelte den Kopf. »Nein, nicht noch mehr Tote. Es wird nicht nötig sein. Wie der Onkel, um dessen Leben du bittest, so richtig gesagt hat – es gibt schließlich nicht nur eine Möglichkeit, um einen Affen zu fangen.« Er küßte ihre Hand, löste sich von ihr, und alles Gesagte war verschwunden – auch der Haß. »Ein Beiboot wird dich ans andere Ufer bringen. Wie immer vertraue ich Bahadur, daß er dich sicher nach Hause begleitet.« Er ging zur Tür und hielt sie ihr auf.

Wieder einmal war sie von seinen Gedanken ausgeschlossen. Unglücklich folgte Olivia ihm an Deck, wo der frische Wind ihr in die Wangen biß und die kalten Böen die Haut röteten. Nächtliche Dunstschwaden lagen auf dem Wasser, aber auf dem Fluß erwachte langsam das Leben. Durch den kalten Wind wurde Olivia der Kopf klar, und sie vergaß die herannahende Müdigkeit. Trotzdem ging sie wie auf Wolken und konnte sich nicht auf die Wirklichkeit einstellen. Soviel war in dieser einen Nacht geschehen – so unglaublich viel! Gefühle von Trauer und Glück wechselten in ihr, vermischt mit konfusen Gedanken. Und da war ihr Körper, der sie, noch immer auf wunderbare Weise von den Leidenschaften der Nacht erweckt, als Frau vollkommen machte. Sie überließ sich genußvoll der köstlichen Schwere ihrer Glieder, reckte und streckte sich in katzenhafter Zufriedenheit. Die Macht der Gewohnheit drängte ihr die ewige Frage

auf die Lippen, aber mit einem Lächeln unterließ sie es, sie zu stellen. Olivia wußte, sie würde Jai wiedersehen, aber erst dann, wenn er es wollte. Sie war damit zufrieden, bis dahin zu warten, und sollte es bis an das Ende ihres Lebens dauern – sie würde warten.
»Paß auf dich auf. Das Wechselfieber kann sehr hartnäckig sein und wird dich schwächen.«
Sie freute sich über seine zärtliche Sorge um ihre Gesundheit. Einen Augenblick lang umarmte sie ihn auf dem einsamen Deck. »Ich liebe dich, Jai. Ich liebe dich mit meinem ganzen Herzen...«
»Ja. Ich weiß.« Mehr sagte er nicht.
Trotz aller guten Vorsätze fragte sie dann doch: »Wann...?«
Er legte ihr einen kalten Finger auf den Mund. Und im kupfernen Licht des Morgens war sein Gesicht leichenblaß. »Ich habe dich weder klug noch gut geliebt, Olivia, aber ich habe dich geliebt. Wirst du das nicht vergessen?«
»Wie könnte ich das vergessen...?« Von heftigem Sehnen erfaßt zog sie ihn an sich.
»Wirst du mir dann vertrauen, Olivia? Wirst du mir vertrauen?«
»Ja!«
»Versprich es.«
»Ich verspreche es. Ich verspreche es.« Sie erforschte angstvoll sein Gesicht, um den Grund für dieses Versprechen zu erkennen, aber sie verstand ihn nicht. In seinen blassen Zügen zeigte sich kein Lächeln.
»Natürlich vertraue ich dir, Jai.«
Er sah sie seltsam wehmütig an und flüsterte: »Dann wirst du vielleicht soviel Menschlichkeit aufbringen, mir zu verzeihen.«
»Ich muß dir nichts verzeihen.« Sie wollte ihm noch soviel sagen. Sie wollte bei ihm bleiben. Sie wollte ihn lächeln sehen. »Ich habe dich klug und bereitwillig geliebt, Jai. Wie kannst du daran zweifeln, daß ich es nicht aus freien Stücken getan habe?«
Er schüttelte nur den Kopf. »Beeil dich. Du mußt gehen. Bald ist es hell, und man darf dich nicht sehen.« Er küßte sie nicht.
Unten im Beiboot legte Olivia die Hand über die Augen und blickte nach oben, um noch einmal das geliebte Gesicht zu sehen. Furchtlos und ohne Verlegenheit winkte sie. Er stand unbewegt an der Reling

und winkte nicht zurück. Seine Sorge um ihren Ruf belustigte und rührte sie. Morgen würde es keinen Grund mehr zu Heimlichtuerei geben. Olivia war stolz, sehr stolz auf das Schicksal, für das sie sich entschieden hatte. Morgen sollte ganz Kalkutta es erfahren! Lachend hob sie noch einmal den Kopf und nahm gierig den letzten Blick von ihm in sich auf. Er blieb dort stehen, ohne sich zu bewegen. Der Wind blies die dunklen Haare wie eine Wolke um das Gesicht. Olivia wußte, seine Augen ließen sie nicht los. Ein erster Sonnenstrahl fiel plötzlich auf ihn. Etwas glänzte. Olivias winkende Hand erstarrte, und ihr Lächeln erstarb.

In Jai Raventhornes Augen standen Tränen.

*

»Cousine Maude schreibt, sie haben einen schönen Sommer in Norfolk. In der Flußmündung drängen sich die Boote, und am Ufer finden sich viele Ausflügler zum sonntäglichen Picknick ein.« Lady Bridget seufzte wehmütig. »Maude schreibt, sie sei zur Hochzeit einer Freundin in Kew gewesen, und die Parks seien mit Sommerblumen übersät.«

Olivia nahm sich eine Scheibe Toast und Rühreier, sagte aber nichts.

Lady Bridget ließ den Brief, den sie las, sinken. »Du hättest das Mittagessen nicht übergehen dürfen, mein Kind. Man könnte glauben, du hast wieder Fieber. Bist du wirklich gesund genug, um schon wieder auszureiten?«

»Ja, natürlich.« Offenbar hatte doch jemand bemerkt, daß sie mit Jasmine unterwegs gewesen war. Sie lächelte. »Ich bin nur müde.«

»Obwohl du so lange geschlafen hast? Das liegt sicher an dem Wechselfieber. Man ist danach noch lange schwach.« Sie las den Brief weiter.

Es war bereits vier Uhr nachmittags. Nach der verstohlenen Rückkehr von der *Ganga* hatte Olivia etwa neun Stunden geschlafen, aber sie war noch nicht munter. Ihr Körper war schlaff, schmerzte an bestimmten Stellen und erinnerte sie damit an die Nacht, in der sie gelernt hatte, was Liebe ist. Bei der Erinnerung daran wurde sie rot. Ihre Augen blickten in die Ferne. Sie sah, ohne etwas zu sehen.

Aber ja, ich liebe dich ...

Olivia richtete sich auf. Das so lange verborgene Geheimnis mußte nicht länger ein Geheimnis bleiben. »Tante Bridget, ich glaube, ich muß dir etwas sagen ...«

Ihre Tante hob den Kopf. »Ja, Liebes?«

»Es gibt jemanden, dem ich ... ich mich ... sehr verbunden fühle.« Sie schluckte und versuchte, ihre Stimme unter Kontrolle zu behalten. Die Fingernägel unter dem Tisch gruben Halbmonde in die Handflächen. Schweißtropfen rannen ihr zwischen den Brüsten hinunter. Die unerwartete feuchte Kälte ließ sie zittern. »Ich ... bin nicht so ... ehrlich gewesen wie ...« Sie schluckte noch einmal und hielt inne. Der noch eben so kühne Mut verließ sie. Hilf mir, Gott! Hilf mir!

Lady Bridget beugte sich vor und legte die Hände übereinander. Seltsamerweise lächelte sie. »Ich weiß, mein Kind«, hauchte sie, »ich weiß – du mußt es mir nicht sagen. Ich bin doch nicht blind! Erst vor kurzem habe ich zu Josh gesagt, es liegt etwas in der Luft. Wie sonst könnte der liebe Junge dir so viele Briefe schicken?« Sie lachte glücklich und drückte Olivia die Hand. »Laß dir Zeit, Liebes, laß dir so viel Zeit, wie du brauchst. Du kannst es mir sagen, wenn du soweit bist. Ich habe so lange gewartet, ich kann auch noch länger warten.« In ihren Augen glänzten plötzlich Tränen, und von ihren Gefühlen überwältigt, versagte ihr die Stimme. »Du kannst dir nicht vorstellen, mein Kind, du kannst dir nicht vorstellen, wieviel mir das bedeutet, was du mir sagen willst – oh ... so viel!« Sie drückte mit zitternden Lippen das Taschentuch auf die Augen und griff wieder nach dem Brief.

Olivia war wie vom Donner gerührt. Das konnte doch nicht wahr sein – ihre Tante sprach von Freddie Birkhurst! Olivia hätte beinahe laut gelacht. Ihre Tante glaubte allen Ernstes, sie sei in Freddie verliebt? Und das nur, weil er ihr ständig diese lästigen Briefe schrieb, die sie ungeöffnet in den Papierkorb warf? Es war einfach lachhaft!

Aber die unerwartete Farce brachte sie völlig aus dem Konzept, und der Mut verließ sie endgültig. Zum ersten Mal begriff Olivia mit aller Wucht, was ihre Erklärung auslösen würde, und welche bitteren Folgen ihre Bindung an Jai für ihre Familie hatte.
Man mußte es ihnen natürlich sagen – und zwar bald, sehr bald. Sie konnte nicht länger unter so verlogenen Bedingungen leben. Aber die Worte, die die Bombe platzen lassen würden, mußten sorgfältig überlegt und gewählt werden. Es würde viel Einfühlungsvermögen von ihr verlangen, den grausamen Schlag so weit wie möglich zu dämpfen. Es würde Szenen geben, schreckliche Szenen mit Ohnmacht und tränenreichen Beschuldigungen und Vorwürfen. Bei dem Gedanken daran schlug ihr Herz schneller, aber sie reckte auch trotzig das Kinn. Was auch kommen mochte, sie mußte die Folgen tragen – wenn nicht heute, dann morgen. Natürlich würde es einen Skandal geben – und wie sehr liebte Kalkutta Skandale! Und natürlich würde sie das Haus der Templewoods verlassen müssen. Wohin würde Jai sie bringen – in das Chitpur-Haus? Auf die *Ganga*? Wohin auch immer, das mochte er entscheiden, aber sie wollte bei ihm sein! Unendliche Sehnsucht überkam sie mit einem leichten Schauer des Glücks, und sie dachte an die beredten Tränen beim Abschied, an das ängstliche Versprechen, das er von ihr verlangt hatte.
Aber ja, ich liebe dich . . .
Sie mußte schlucken. Ja, welche bitteren und unerträglichen Folgen auch immer, sie würde sich nicht viel länger mit dem Geheimnis abfinden . . .
». . . hast du gehört, mein Kind?«
In Gedanken versunken, hatte sie offenbar eine Frage ihrer glücklichen Tante überhört.
»Ich dachte, du würdest Josh vielleicht eine Tasse Tee bringen . . .«, wiederholte Lady Bridget mit nachsichtigem Lächeln, »er hat den ganzen Tag wieder nur gearbeitet.«
Olivia kehrte in die unerfreuliche Gegenwart zurück. Onkel Josh! Bei der Erwähnung dieses Namens überkam sie namenloser Zorn. Kein Wunder, daß er »gearbeitet« hatte, denn die Aussage von Das würde ihn nicht mehr zur Ruhe kommen lassen!

Mit einer Tasse Tee in der Hand und einem bitteren Geschmack im Mund fand ihn Olivia schließlich bei den Rosenbeeten, die er mit Hingabe schnitt. Argwöhnisch und überrascht sah sie ihn an. Sir Joshua interessierte sich schon kaum für das Haus, aber für den riesigen Garten hatte er noch nie etwas übrig gehabt. Haus und Garten unterstanden seiner Meinung nach der alleinigen Verantwortung seiner Frau. Olivia biß die Zähne zusammen. Durch seine Machenschaften waren zwei Männer gestorben und ein dritter sollte, wenn es nach ihm ging, gelyncht und diffamiert werden. Und was tat er? Sir Joshua schnitt zur Abwechslung einmal *Rosen* ...
»Tante Bridget schickt dir Tee«, erklärte sie unfreundlich.
Sir Joshua machte eine ungeduldige Bewegung und streichelte hingebungsvoll Clementines Kopf, was der kleine Spaniel gnädig über sich ergehen ließ. »Wußtest du, mein Kind, daß es bereits vor zwanzig Millionen Jahren schon Rosen gab?«
»Nein.« Olivia reichte das Tablett mit dem ungewollten Tee einem der Gärtner und befahl ihm, es in die Küche zurückzubringen. Hat er wieder getrunken? fragte sie sich.
»Sieh dir das an!« Er schien ihre Ablehnung nicht zu bemerken. »Bridget hat sie im letzten Jahr aus Frankreich importieren lassen. Die *Rosa Multiflora* – wir sagen Floribunda, andere nennen sie Polyanthus. Sie blühen phantastisch, nicht wahr?«
Olivia reagierte nicht, staunte aber noch mehr über seine Gartenkenntnisse als über die plötzliche Liebe zum Gärtnern und dem Wunsch, mit ihr darüber zu reden.
Sir Joshua ging den Weg entlang zu einem Beet mit leuchtend roten Blüten. »Hier, die *Rosa Chinensis,* Liebes. Ich habe sie vor Jahren aus Kanton mitgebracht. Seltsamerweise nennt man sie jetzt die *Bengalen-Rose.* Wie ich höre, wächst sie in Europa sehr erfolgreich.« Mit wachsendem Staunen folgte ihm Olivia. Er hatte bestimmt wieder getrunken! Er kniete nieder und drückte vorsichtig die Zweige eines Rosenbuschs auseinander, der viele lange Dornen hatte. »Die *Prunus Spinosa,* mit anderen Worten«, er sah sie seltsam durchdringend an, »der schwarze Dorn. Du mußt wissen, Olivia, nach botanischen Gesichtspunkten sind Dornen gewissermaßen auch nur Zweige. Die ge-

fährliche Spitze am Ende sticht natürlich und ist manchmal giftig – so giftig, daß ein Stich tödlich sein kann...« Er drückte den Daumen gegen einen Dorn, und ein Blutstropfen quoll hervor, »... aber ein Dorn läßt sich auch leicht entfernen. Paß auf!« Mit dem Fingernagel drückte er den Dorn vom Zweig. »Natürlich hinterläßt der Stich eine Narbe. Aber die heilt erstaunlich schnell.« Er stand auf, wischte das Blut am Taschentuch ab und lächelte. »Wie du siehst, mein Kind, die Natur schafft manchmal Probleme, aber dann bietet sie auch bereitwillig Lösungen an.«

Olivia zweifelte nicht mehr daran, daß er getrunken hatte, aber ihr Herz setzte einen Moment lang aus. Er versuchte, ihr etwas zu sagen! Was? Ihr wurde flau im Magen. Hatte er eine neue Bosheit im Sinn? Mutig fragte sie: »Wie ich höre, ist Mr. Slocum aus Kirtinagar zurück – hat er Neuigkeiten mitgebracht?«

»Nur das, was wir erwartet haben. Arvind Singh wird keine Anklage erheben.« Er zuckte die Achseln. »Dazu hat er natürlich das Recht.«

Der drohende Unterton alarmierte sie. Machte er sich wirklich keine Gedanken um die vernichtende Aussage? »Wird in diesem Fall der Schuldige ungestraft bleiben? Wird man ihn nicht vor Gericht stellen?« Ihr Herz klopfte heftig.

»Man wird ihn nicht vor Gericht stellen.« Er bückte sich und nahm eine dicke Raupe von einem Blatt und warf sie auf den Boden. »Aber ich kann dir versichern, er wird nicht ungestraft bleiben.«

»Oh?« Ihr wurde schwach. Sie sah ihn durchdringend an. Seine Lippen waren schmal, und er atmete heftig, so als habe er sich angestrengt.

Olivia folgte ihm schweigend ins Haus und in sein Arbeitszimmer. Dort sagte sie herausfordernd: »Es hat demnach einige neue und unerwartete Entwicklungen gegeben?« Sie mußte unter allen Umständen erfahren, was er vorhatte.

Er nahm seine Jacke von der Rückenlehne und zog sie an. »Neu – ja. Unerwartet? Nein, das würde ich nicht sagen.« Er schwieg. Olivia hoffte verzweifelt, er werde ihr freiwillig mehr sagen. Als sie schon die Hoffnung aufgegeben hatte, drehte er sich plötzlich um und

sagte: »Erinnerst du dich an diesen Das, den deine Tante nicht ausstehen konnte?«
Das Blut klopfte ihr in den Schläfen. »Ja?«
»Wie ich höre, wird er vermißt.«
»Vermißt.« Die trockene Zunge schien ihr den Dienst zu versagen. »Ist das von ... Bedeutung?«
Sir Joshua nahm seine seidene Krawatte, ging damit zum Spiegel und band sie sorgfältig. »Nein, nur – er ist tot.« Er zupfte an der ordentlich gebundenen Krawatte, bis sie richtig fiel.
Olivia stockte der Atem. »Tot? Woher weißt du das?«
»Instinkt! Das sagt mir mein Instinkt.« Er drehte sich um, lächelte unbestimmt und kniff sie sanft in die Wange. Seine Finger waren eiskalt. Verwirrt stellte sie fest, daß sie zitterten. »Verstehst du, mein Kind, Raventhorne hat ihn umgebracht. Es würde mich überraschen, wenn es nicht der Fall wäre.«
»Warum?« flüsterte sie tonlos und schauderte, wie gelassen und gleichgültig er über Dinge sprach, die aus seiner Sicht doch ein Geheimnis bleiben mußten. Seine seltsame Stimmung konnte nicht durch den Alkohol erklärt werden, den sie in seinem Atem roch. Wieso die Tollkühnheit, mit ihr über dieses Verbrechen zu reden?
»Verstehst du, Olivia«, fuhr er freundlich fort und überging ihre Frage, »er hat Das umgebracht und die Leiche versteckt. Slocum wird sie nie finden.« Sein Blick durchbohrte sie. Wie gebannt konnte sie die Augen nicht von ihm wenden. Sie verstand seine Anspielung.
»Und ... du kannst es?«
»O ja«, sagte er leise, »o ja ... Ich weiß genau, was in den Köpfen der Eingeborenen vorgeht.« Sein Lächeln wirkte gefährlich. »Und was in Raventhorne vorgeht, weiß ich so genau, als sei es mein Kopf.«
Erstarrt fragte ihn Olivia: »Was geschieht, wenn du die Leiche findest?«
Er blieb einen Augenblick regungslos und völlig versunken stehen. »Dann«, sagte er und richtete sich drohend auf, »wird Raventhorne hängen!« Er ging zur Tür und rief über die Schulter zurück: »Sag

deiner Tante, daß ich zum Abendessen nicht da sein werde.« Er schlug dem kleinen Spaniel die Tür vor der Nase zu. Der Hund kratzte und winselte enttäuscht. Olivia hörte nichts. Sie blieb wie angewurzelt stehen. Kalte Schauer liefen ihr über den Rücken. Jai ahnte nicht, was ihr Onkel wußte!

Lady Bridget saß immer noch auf der Veranda und vertiefte sich in die viele Post, die mit dem letzten Schiff gekommen war. Die Gärtner hinter ihrem Rücken wässerten die Chrysanthemen, die wie bunte Staubwedel aussahen. Rosa Watte-Wolken segelten an der untergehenden Sonne vorbei. Sir Joshua stand in der Auffahrt und befahl ungeduldig, den großen Apfelschimmel zu satteln. Olivia setzte sich leise ihrer Tante gegenüber und starrte ins Leere.

»Flora Langham schreibt von ihrem Urlaub in Brighton, wo sie diesen hochbegabten Mann kennengelernt hat«, murmelte Lady Bridget und nickte zufrieden, »offenbar spielt er einfach traumhaft Klavier – sie spielt auch, weißt du –, und er malt Wiesenblumen. Das klingt mir nach einer zärtlichen Romanze. Ach, ich bin ja so froh für sie! Flora war die netteste und liebenswürdigste Gouvernante, die Estelle hatte, nicht zu vergleichen mit der albernen Perkins, die einfach nicht lernen konnte, wie man die Haare richtig lockt...«

Olivia hörte nichts. Ihre Gedanken überschlugen sich. Sie mußte etwas tun – aber was? Und wie? Es war noch zu hell, um über die Mauer im Gemüsegarten zu klettern. Sie mußte Jai so schnell wie möglich warnen. Aber ihr Onkel hatte bereits einen Vorsprung...

»... zur Mühle. Deine Mutter war ebenso abenteuerlustig wie du, mein Kind«, Lady Bridget schwelgte in Erinnerungen und lachte, »sie wollte nicht auf Croakies Warnung hören – sie war unser Kindermädchen, die liebe, liebe Miss Croker. Sarah balancierte auf dem Mehlfaß und fiel natürlich hinein. Da lag sie plötzlich im Mehl und strampelte mit Armen und Beinen!« Sie lachte herzlich. »Und dann sah sie aus wie ein Gespenst, wirklich sehr überzeugend! Die arme Croakie brauchte Stunden, wirklich Stunden, um das Mehl wieder abzuwaschen. Vater brüllte vor Lachen, aber Mutter war zornig. Deine Mutter war immer zu Streichen aufgelegt. Vater pflegte zu sagen, im Grund hätte sie ein Junge sein müssen. Sie war nicht zu bändigen ...«

Olivia kannte die Geschichten alle. Normalerweise hörte sie gerne zu, wenn ihre Tante von der Kindheit ihrer Mutter erzählte und dem Leben in England, aber heute fehlte ihr dazu die Geduld. Sie unterbrach Lady Bridget beinahe mitten im Satz, entschuldigte sich und floh auf ihr Zimmer. Dort schrieb sie eine Nachricht. Ihre Hand zitterte so sehr, daß sie mehrere Anläufe nehmen mußte, bis die Schrift lesbar war. Möglicherweise wußte Jai bereits alles, aber sie wollte kein Risiko eingehen. Sollte er sie ruhig necken, wenn ihre Aufregung grundlos war, wenn nicht, dann mußte sie sich ein Leben lang Vorwürfe machen ...

Sie gab dem Sohn des Stallburschen ein paar Silbermünzen, und er versprach eifrig, er würde dem Bootsmann genauestens sagen, was zu tun sei. Sie ließ ihn ihre Anweisungen noch einmal wiederholen und ermahnte ihn dann, sich um Himmels willen zu beeilen. Der Junge lachte verlegen, sprang geschickt über die Mauer und verschwand in der Dämmerung. Erleichtert, aber noch immer innerlich aufgewühlt kehrte sie zur Veranda zurück.

Es war inzwischen beinahe dunkel. Lady Bridget saß still im Sessel und hielt einen Brief in der Hand. Olivia setzte sich und stellte mit einem Blick auf den Umschlag fest, der auf dem Tisch lag, daß der Brief von Estelle war. Ihre Tante rechnete damit, ihre Tochter werde sie bitten, noch etwas länger bei den Pringles zu bleiben, und sie hatte nichts dagegen. Olivia lehnte den Kopf gegen die Hauswand, schloß die Augen und versuchte, sich zu beruhigen. Erst als sie die Augen wieder öffnete, stellte sie fest, daß ihre Tante seltsamerweise noch immer in derselben Haltung vor ihr saß. Die erhobene Hand mit dem Brief bewegte sich nicht, und sie schien auch nicht zu lesen, sondern hatte die Augen starr auf einen Punkt in der Ferne gerichtet. Olivia stand schnell auf und lief um den Tisch herum zu ihr.

»Tante Bridget?« Sie berührte sie an der Schulter, »geht es dir nicht gut?«

Keine Antwort. Lady Bridget schien ihre Frage nicht zu hören. Das vor kurzem noch so glückliche und strahlende Gesicht war bleich und wächsern. Die kornblumenblauen Augen blickten leblos und leer geradeaus. Sie schien noch nicht einmal zu atmen! Entsetzt schüttelte Olivia ihre Schultern. »Sag etwas, Tante Bridget. Sieh mich an! Was ist mit dir los? Bist du krank?«

Sie erhielt wieder keine Antwort, nur der Brief fiel ihr aus der starren Hand und in ein Blumenbeet vor der Veranda. Mit einem angstvollen Schrei sprang Olivia dem Blatt Papier nach und hob es auf. Es war eine Nachricht von Estelle. Die kleinen, engen Schriftzüge füllten das Blatt auf der Vorder- und Rückseite. Olivia hatte keine Zeit zu lesen, was in dem langen Brief stand. Die ersten beiden Sätze sagten alles.

Jai Raventhorne hatte auf der *Ganga* mit der Nachmittagsflut Kalkutta verlassen. Ihre Cousine Estelle Templewood fuhr mit ihm.

Elftes Kapitel

Es gab so viel zu tun.

Die bewußtlose Lady Bridget wurde nach oben getragen und mit einer Wärmflasche zu Bett gebracht. Der Kutscher machte sich auf den Weg, um Dr. Humphries zu rufen. Rehman eilte mit einer Nachricht für Sir Joshua zu Barnabas Slocum in das Polizeipräsidium im Lal Basar. Olivia hielt ihre Mitteilung bewußt ungenau: *Bitte komm sofort. Tante Bridget ist krank.* In Anbetracht der Wahrheit war es eine kühne Untertreibung. Es würde genügen, um Sir Joshua herbeizuholen, ihn jedoch nicht sofort in Panik versetzen. Die Panik und alles andere würden noch früh genug kommen.

Olivia gab klare und energische Anweisungen. Sie verhielt sich ruhig und war der Lage gewachsen, erledigte alles Notwendige mit der mechanischen Exaktheit einer Marionette, die gehorsam dem festen Zug unsichtbarer Fäden folgt. Ihr Kopf war leer. Nur ein Winkel war unerklärlicherweise aktiv und völlig klar. Sie befand sich wie in einer Traumlandschaft, in der sie losgelöst von sich selbst alles mit Gelassenheit betrachtete. Aus diesem Winkel ihres Bewußtseins kam auch die Erkenntnis, daß sie nach vielen Seiten hin handeln mußte. Sie schwankte nicht, während sie blitzschnell die Lage unter den verschiedenen Aspekten beurteilte; sie mußte nicht nachdenken – dazu blieb auch keine Zeit.

Gnädigerweise . . .

Als erster erschien Dr. Humphries. Er eilte so behend und vital die Treppe hinauf, wie man es dem weit über Sechzigjährigen nicht zugetraut hätte, stürmte in das große Schlafzimmer und klappte die schwarze Tasche auf, von der er sich niemals trennte und die zu den

tröstlichen Anblicken in der Stadt gehörte. Er griff nach seiner Taschenuhr und überprüfte Lady Bridgets Puls, während die Bewußtlosigkeit langsam von ihr wich. »Nichts Schlimmes«, brummte er, hob nacheinander ihre Lider und sah sich die Augen genau an. »Weshalb ist sie denn ohnmächtig geworden? War es eine Art Schock?«
Olivia nickte. »Sie hat einen Brief ihrer Cousine aus England gelesen, in dem stand, eine sehr gute alte Freundin sei gestorben.« Es war die erste der vielen glaubwürdigen Lügen, die Olivia erfinden mußte.
»Sentimentaler Quatsch!« schimpfte Dr. Humphries. »Wir müssen alle einmal gehen! Aber machen Sie sich keine Sorgen«, er tätschelte Olivia freundlich den Arm, »Ihre Tante ist noch nicht an der Reihe, noch lange nicht. Bridget ist hart im Nehmen, und sie wird sich bald wieder ins Geschirr legen. Haben Sie Laudanum im Haus?« Olivia nickte, holte es und hörte aufmerksam seinen Anweisungen zu, die wie immer praktisch und vernünftig waren. Als er anschließend unten im Wohnzimmer mit Genuß eine Tasse Hühnerbrühe trank, die Olivia ihm angeboten hatte, fragte er: »Und wie geht es Ihnen, junge Dame? Sie sehen wie das blühende Leben aus, wie neu geboren...«
»Mir geht es gut, danke.«
»Na also! Aber übernehmen Sie sich nicht. Wir wollen doch keinen Rückfall riskieren, nicht wahr?« Er zog seine Taschenuhr hervor und warf kopfschüttelnd einen Blick darauf. »Mir bleibt wirklich nichts erspart! Eine Frau hat sich in den Kopf gesetzt, ihr Kind zwei Wochen früher zu bekommen, und natürlich nur, um mir meinen Billardabend zu vermasseln.« Er stieß ein dröhnendes Gelächter aus, das so fehl am Platz war, daß Olivia zusammenzuckte.
»Arbeitet Josh noch?«
»Ja, aber er müßte jeden Augenblick hier sein. Ich habe ihn benachrichtigt.«
»Sagen Sie ihm, er soll sich keine unnötigen Sorgen um seine Frau machen. Sie wird ihn überleben, und das mit größter Sicherheit, wenn er nicht schleunigst aufhört, wie ein Matrose nach der Flasche zu greifen.« Er sprang die wenigen Stufen zur Auffahrt hinunter und

schob die Arzttasche in die Kutsche. »Und wo ist mein Schnattergänschen? Das eitle Fräulein putzt sich natürlich wie alle ihre strohköpfigen Freundinnen für die Operette heraus, hab' ich recht?«
Nur wenige Kinder von Europäern waren in den vergangenen dreißig Jahren nicht mit Dr. Humphries' Hilfe zur Welt gebracht worden. Estelle gehörte zu den vielen, und er hatte sie besonders ins Herz geschlossen. »Nein, Estelle spielt bei der Operette nicht mit. Sie verbringt das Wochenende bei Freunden.« Olivia staunte über die Leichtigkeit, mit der sie seine Frage beantwortete. Sie staunte auch über die instinktive Klugheit, den Namen der Pringles nicht zu erwähnen, denn es gab kaum Engländer, die Dr. Humphries nicht gut kannte.
Als Olivia den freundlichen Arzt verabschiedet hatte, trank sie eine Tasse Tee, die der umsichtige Rehman ihr brachte, und dachte kühl und leidenschaftslos über die nächsten Schritte nach. Sie mußte noch mehr Lügen erfinden, um den Zusammenbruch ihrer Tante zu erklären. Lügen, mit denen man Estelles Verschwinden aus der Stadt vertuschen konnte, hatten noch etwas Zeit. Sie durfte auch nicht vergessen, daß Sir Joshua ein Alptraum bevorstand. Was sie selbst betraf, spürte sie immer noch nicht die leiseste Regung. Ihre Fähigkeit, etwas zu empfinden, schien ausgelöscht zu sein.
Sir Joshua kam eine halbe Stunde später teils bestürzt, teils verärgert nach Hause. »Was zum Teufel ist denn mit Bridget los? Als ich gegangen bin, war sie doch noch völlig gesund! Ist Humphries schon da gewesen?« Er konnte seine Ungeduld kaum unterdrücken.
»Ja. Er sagt, es besteht kein Anlaß zur Sorge. Es ist nichts Ernstes. Im Augenblick schläft sie.«
»Nichts Ernstes?« rief er empört. »Warum hat man mich dann gerufen? Ist dir klar, daß mich deine Nachricht bei einer wichtigen Angelegenheit gestört hat?«
»Ja, aber ich habe die Nachricht geschickt, ehe Dr. Humphries hier war.« Olivia empfand seinen Zorn plötzlich als lächerlich. Vermutlich hatte er erfahren, daß die *Ganga* ausgelaufen war. Offenbar wußte er jedoch noch nichts von dem zusätzlichen Passagier an Bord. »Ernst ist etwas anderes, nicht Tante Bridgets Krankheit.«

Sie sprachen vor der Schlafzimmertür miteinander. Sir Joshua wollte bereits wieder die Treppe hinuntereilen, blieb aber bei ihren Worten wie angewurzelt stehen. In dem herrischen, harten und zornigen Gesicht bewegte sich nichts. Er hob nur fragend eine Augenbraue. Er schien nicht das Geringste zu ahnen, nichts von der Katastrophe zu spüren. Mitleid erfaßte Olivia. Sie gab ihm wortlos den Umschlag mit Estelles Brief und ging dann leise zu ihrer Tante in das Schlafzimmer.

Sir Joshua verließ an diesem Abend das Haus nicht – auch nicht an vielen folgenden Abenden.

Olivia zog die Vorhänge zu und schickte die *Aja* zum Abendessen. Dann setzte sie sich auf einen Hocker und nahm ihre Krankenwache wieder auf. Lady Bridget schlief noch immer. Das tröstliche Wasser Lethes schützte sie. Aber wie lange noch? Auf einer Kommode brannte eine Petroleumlampe. Ihr sanfter Lichtschein lockte einen großen hellbraunen Nachtfalter mit rotgeränderten Flügeln an. Zur Selbstvernichtung entschlossen, flog er hartnäckig immer wieder gegen den glühend heißen Glaszylinder, fiel schließlich, wie er es verdient hatte, mit verbrannten Flügeln auf den Boden, zappelte und zuckte noch eine Weile und starb. Olivia beobachtete die Tragödie ohne Mitgefühl. Sir Joshua kam nicht wieder nach oben.

Jai und Estelle . . .

Die Nacht verging. Die Wanduhr aus Fayence zählte laut tickend die bleiernen Sekunden. Lady Bridget lag leise schnarchend im Bett und schlief. Die *Aja* lehnte in unbequemer Haltung an der Wand und nickte immer wieder ein. Draußen kamen und gingen die Geräusche der Nacht: der unharmonische Chor der Zikaden, die raschelnde Symphonie der Blätter, die eintönigen Rufe des Nachtwächters, der damit mögliche Diebe abschreckte. Die Lampe begann aus Mangel an Petroleum zu qualmen und zu flackern. Als sie verlosch, bemerkte Olivia die zusätzliche Dunkelheit nicht.

Bruchstückhaft zogen Dinge vor ihrem inneren Auge vorüber. Sie lösten Bilder, Gedanken, Träume und Erinnerungen aus, die wahllos auftauchten und wieder verschwanden. Sie hinterließen keinen besonderen Eindruck; Olivia schien die vorbeiziehenden Ereignisse eines anderen Lebens zu betrachten. Sie waren ihr fremd und prallten an dem erstarrten Bewußtsein ab wie Regentropfen an einer undurchdringlichen Oberfläche. Nur die gleichmäßigen und unaufhörlichen Schläge ihres Herzens machten ihr bewußt, daß sie noch lebte. Alles andere umgab sie mit der Unwirklichkeit von Schatten, von Stille und dem Geruch eines bevorstehenden Todes.

Jai und *Estelle . . .?*

Gnädige Schleier erschöpften Schlafs gewährten hin und wieder Vergessenheit, aber wenn sie sich wieder hoben, fand sich Olivia in noch unwirklicheren Welten und in noch tieferer Verwirrung wieder. Wie eine Fledermaus hing sie kopfüber zwischen Traumwelten, in denen nichts darauf hinwies, wo sie war, wer sie war, *warum* sie war. Und dann war die Nacht plötzlich vorüber. Durch die Spalten der Vorhänge fiel Licht. Im Garten fingen die ersten Vögel an zu zwitschern. Auf einer Fensterbank saß eine Krähe und krächzte laut, als überbringe sie eine lebenswichtige Nachricht, die keinen Aufschub duldete. Olivia stand auf, dehnte und reckte die gefühllosen Glieder und verjagte den Vogel, da das laute Geschrei sie reizte. Lady Bridget atmete gleichmäßig. Ihr Mund stand offen, und ein Arm hing über den Bettrand. Die *Aja* hatte sich draußen vor dem Zimmer auf eine Strohmatte gelegt. Sie bewegte sich, schlief aber offenbar weiter. Olivia weckte sie nicht. Sie wusch sich mit kaltem Wasser, kämmte sich die Haare, flocht sie zu einem Zopf und ging die Treppe hinunter.

Ein neuer Morgen, ein neuer Tag – eine neue Zeit. Alles war anders und doch unverändert – auch der Durst auf eine Tasse Tee.

Sir Joshua war nicht in seinem Arbeitszimmer, Olivia fand ihn im hinteren Teil des Gartens. Er saß zusammengesunken auf der Mauer und hatte wie als Schutz vor der herbstlichen Kühle die Hände um die Knie gelegt. Sie stellte das Tablett mit dem Tee neben ihn, ging ins Haus, um seinen Wollumhang zu holen. Dann legte sie ihn dem reglos vor sich hin starrenden Onkel fürsorglich um die Schultern. Er hob den Kopf, und ihr stockte vor Schreck der Atem. Während der Nacht waren seine Haare grau geworden. Die Augen lagen eingesunken in schwarzen Höhlen und wirkten wie tote Seen mit stehendem

Wasser. Im fahlen, gespenstischen Morgenlicht spannte sich die rissige, trockene Haut gelblich über spitz hervorstehenden Backenknochen. Gestern hatte er noch ganz anders ausgesehen. Über Nacht schien der Kern seines Wesens nicht mehr da zu sein. Er hatte sich wie eine Schlange gehäutet und die leere Hülle zurückgelassen. Sir Joshua war in zehn Stunden um zehn Jahre gealtert.
Olivia sagte nichts. Es gab nichts zu sagen, selbst ein ›Guten Morgen‹ wäre für sie beide blanker Hohn gewesen. Schweigend hing jeder seinen Gedanken nach, während sie so ernst wie nach einem Begräbnis den heißen Tee tranken. Plötzlich seufzte Sir Joshua, und ein Schauer lief durch den Körper, der noch am Tag zuvor Ausdruck eines starken Mannes gewesen war. Er sagte nichts, nur eine Träne lief ihm unbemerkt über das Gesicht. Olivia stellte die Tassen auf das Tablett und ging ins Haus zurück. Sie überließ ihn seinem Kummer. Jeder von ihnen brauchte jetzt Einsamkeit, um die Wunden zu lecken.
Im Haus wurde es lebendig. Rehman wusch in der Teeküche Äpfel und schnitt sie zum Frühstück in Scheiben. Der *Gwala* hatte bereits die zwei Kühe im Stall auf dem Dienstbotengelände gemolken. Die Milch stand zum Kochen auf dem Herd. Ein zweiter Diener richtete Geschirr und Besteck, um den Frühstückstisch auf der rückwärtigen Veranda zu decken, wo die Mahlzeiten im Winter eingenommen wurden. Vor der Küche wartete Babulal auf Anweisungen und Geld für die täglichen Einkäufe im Basar. Der *Jamadar,* der Kutscher, die Gärtner, der Wachmann, alle standen stumm und mit ernsten Gesichtern draußen in einer Reihe. Sie alle wußten, es war etwas Schlimmes geschehen. Nur der Sohn des Stallburschen sagte etwas. Er folgte Olivia ins Eßzimmer und berichtete leise, die *Ganga* habe bereits die Anker gelichtet, als er am Fluß angekommen war. Er rechnete bekümmert damit, daß die Miss die Rupie zurückverlangen werde, die sie ihm für den Bootsmann gegeben hatte. Aber Olivia hatte das bereits vergessen. Sie nahm den Umschlag, den er ihr reichte, zerriß ihn in kleine Stücke und warf die Schnitzel in den Papierkorb.
»Ja, ich weiß.«

Dann teilte sie jedem Dienstboten seine Aufgaben zu, besprach mit Babulal den Essensplan für den Tag und schickte ihn auf den Markt. Für ihre Tante und den Onkel ließ sie zum Frühstück Hafergrütze kochen und Obstsaft vorbereiten. Dann weckte sie die *Aja.* Lady Bridget begann, sich unruhig im Bett hin und her zu werfen. Olivia legte ihr die Hand auf die warme Stirn, dann befeuchtete sie ein Handtuch, besprengte es mit Eau-de-Cologne und betupfte damit das Gesicht der Schlafenden.

»Estelle …?« Lady Bridget schlug die Augen auf, und ihr Blick blieb leer.

»Nein, ich bin es, Olivia.«

Lady Bridget stöhnte leise. Das Schlafmittel wirkte noch, und ihr Bewußtsein war getrübt. Olivia gab ihr löffelweise etwas von den beiden Mixturen, die Dr. Humphries verordnet hatte. Dann ging sie in ihr Zimmer, um zu baden und sich umzuziehen.

Estelle und *Jai …?*

Heilige Mutter Gottes, es gab noch soviel zu tun! Sie schrieb Arthur Ransome eine dringende Nachricht.

*

»Mrs. Drummond?«

Pollys Mutter gähnte, als sie die Tür öffnete. Aber das Gähnen verwandelte sich in ein überraschtes »Oh!« Es war bereits kurz vor neun, und alles wies darauf hin, daß sie erst auf das Klingeln hin das Bett verlassen hatte. Der hastig übergeworfene chinesische Morgenmantel verhüllte nur schlecht die Unterwäsche, und ihre verschlafenen und mit Wimperntusche verschmierten Augen waren noch halb geschlossen.

»*Olivia!* Das ist aber eine Überraschung!« rief sie verlegen und nicht allzu erfreut. Mit plötzlich hellwachen Augen warf sie einen raschen Blick auf das Zimmer hinter ihr. Sie fuhr sich mit der Hand über die rot gefärbten Haare, die wie ein Spatzennest auf ihrem Kopf klebten, schloß schnell den Kimono und öffnete die Tür. »Kommen Sie herein, Liebes. Kommen Sie! Was führt Sie so früh an diesem sonnigen Morgen hierher?«

Olivia folgte ihr in ein großes, unordentliches Wohnzimmer mit schäbigen, chintzbezogenen Polstermöbeln. Der Geruch nach abgestandenem Zigarrenrauch hing in der Luft. Überall sah man Spuren eines geselligen Abends – benutzte Gläser, schmutzige Teller, überquellende Aschenbecher. Mrs. Drummond beförderte mit einem geschickten Tritt zwei Herrenstiefel hinter ein Sofa. Als Olivia der Aufforderung folgte und in einem durchgesessenen Sessel mit gerissenen Sprungfedern Platz nahm, hörte sie, wie sich hinter ihr eine Tür schloß. Sie wurde rot. »Es tut mir leid, daß ich Sie so früh am Morgen störe, Mrs. Drummond. Aber ich wollte eigentlich Polly sprechen. Ist sie aus Burdwan zurück?«
Der große Mund von Mrs. Drummond, an dem noch die Überreste eines leuchtendroten Lippenstifts klebten, verzog sich zu einem Lächeln, während sie verstohlen einen Blick in Richtung der geschlossenen Tür warf. »Äh ... Polly? Nein, sie ist noch nicht zurück. Aber ich erwarte sie jetzt jeden Tag.« Wieder fuhr sie sich nervös durch die dichten Haare. »Verzeihen Sie bitte, Liebes. Ich hatte ... gestern Besuch.« Sie lächelte entschuldigend. »Ich bin noch nicht zum Aufräumen gekommen. Natürlich muß ich nicht aufräumen, ich habe nämlich Personal, aber auf die Leute ist eben kein Verlaß.« Mit hoher, gekünstelter Stimme stimmte sie ein längeres Klagelied auf die Unzulänglichkeiten ihrer Dienstboten an, ehe sie wieder zum Thema zurückkehrte. »Ich weiß auch nicht, was sie immer noch in Burdwan hält, denn schließlich fangen die Proben für *Aschenputtel* bald an, und Hicks ist schon völlig aus dem Häuschen. Aber hat Ihnen Estelle nicht gesagt, daß Polly noch nicht da ist?«
Auf dieses Stichwort hatte Olivia gewartet – besser gesagt, sie hatte darauf gehofft. Sie lächelte und lehnte sich zurück, richtete sich aber sofort wieder auf, weil eine Sprungfeder sie in den Rücken stach. »Leider nein, Mrs. Drummond. Wissen Sie«, Olivia lachte leise, »wie Sie sich vorstellen können, war Estelle vor ihrer Abreise furchtbar aufgeregt und hatte keine Zeit, irgend jemandem, geschweige denn mir etwas zu sagen! Ich möchte mir die neuen Noten ausleihen, die Polly sich aus England hat schicken lassen. Ich meine die mit Weihnachtsliedern ...«

»Vor ihrer Abreise?« Mrs. Drummond ließ die Gläser auf dem Klavier stehen, die sie geschäftig zusammengestellt hatte. »Wohin ist sie denn gefahren? Ich wußte gar nicht, daß Estelle verreisen will! Ich dachte, sie wollte bei der Aufführung mitmachen.«
Olivia spielte Überraschung. »Wie bitte, Estelle hat nicht einmal Ihnen gesagt, daß sie gestern nach England abgereist ist? Das war aber nicht sehr nett von ihr!«
Mrs. Drummond sank langsam auf den Klavierhocker. »Nach *England*? Estelle...« Die schwarzgeränderten Augen wurden groß und sahen Olivia ungläubig an. »Mein Gott, sie hat mir nichts gesagt, kein einziges Wort! Und ich habe sie noch vor ein paar Tagen bei Whiteaways gesehen. Sie hat Bänder gekauft...« Mrs. Drummond schien verwirrt. »Merkwürdig! Sehr merkwürdig, einfach abzureisen, ohne jemandem ein Wort zu sagen. Wirklich *merkwürdig*!« Sie griff nach einem Palmblattfächer und fächelte sich heftig Luft zu. Die verklebten Augen funkelten nicht nur vor Neid, sondern auch vor Mißtrauen. »Aber ich dachte, ihr Vater hat es strikt abgelehnt, sie nach Hause fahren zu lassen, ehe sie verheiratet ist! Das hat Estelle zumindest immer gesagt.«
»Ja, das stimmt, Mrs. Drummond. Onkel Josh ließ in diesem Punkt nie mit sich reden. Sie wissen ja, er hat es nicht einmal über sich gebracht, sie nach England auf ein Internat zu schicken. Aber verstehen Sie, es kam alles ganz plötzlich. Vor kurzem lernte er diesen Kapitän kennen, den seine Schwester begleitet. Tante Bridget mochte die Frau auf Anhieb, und als Estelle ihre Mutter bestürmte, sie mit einer so untadeligen Anstandsdame reisen zu lassen, gelang es meiner Tante, Onkel Josh zum Einlenken zu bewegen. Das geschah von einem Tag auf den anderen.« Mit einem vielsagenden Lächeln fügte sie hinzu: »Wissen Sie, da John Sturges auch in England ist, hat mein Onkel vermutlich die Waffen gestreckt.«
»Ach... ja.« Mrs. Drummonds durchtriebene kleine Augen musterten Olivia argwöhnisch. »Mit welchem Schiff ist sie denn gefahren?«
Auf diese Frage war Olivia vorbereitet, denn sie wußte nur zu gut, wie viele Kapitäne, Marineoffiziere und Hafenbeamte zu Mrs.

Drummonds Bekanntenkreis zählten. »Ich weiß nicht genau, Mrs. Drummond. Es wurde alles besprochen, während ich krank war. Ich hatte mit Estelles Reisevorbereitungen nichts zu tun.« Das wenigstens, dachte Olivia bitter, ist die reine Wahrheit! »Ich glaube, es war ein holländisches Schiff – vielleicht auch ein schwedisches. Jedenfalls bin ich mir beinahe sicher, es war ein europäisches Schiff, vielleicht sogar ein englisches.«

Der Palmblattfächer trat wieder in Aktion. »Also, ich bin völlig sprachlos! Wirklich einfach sprachlos!« Sie schien im Augenblick keine Fragen mehr zu haben. »Polly wird grün vor Neid, *grün,* wenn sie das erfährt – ich gebe zu, ich bin es auch.« Sie stieß ein schrilles, unzufriedenes Lachen aus. »Natürlich könnte ich jederzeit packen und abreisen... Jederzeit! Aber eine Frau muß sich gut überlegen, mit *wem*!«

Olivia stand schnell auf. Sie staunte, wie mühelos und einfach ihre Mission erfüllt war. Sie wußte jetzt, daß Estelle weder die Drummond-Tochter noch die Mutter ins Vertrauen gezogen hatte. Außerdem würde die Klatschbase Mrs. Drummond dafür sorgen, daß Olivias Version von Estelles Abreise bald allgemein in Umlauf kam. Es würde natürlich Gerede geben, aber für den Augenblick war ein Riesenskandal abgewehrt – das hoffte Olivia zumindest. Sie mußte natürlich noch weitere Erkundigungen einziehen, noch mehr undichte Stellen stopfen, noch viele Lügen erfinden. Aber zunächst einmal mußte sie herausfinden, welche ihrer Freundinnen Estelle ins Vertrauen gezogen hatte.

Die Antwort ließ sie zusammenzucken. Olivia blieb wie angewurzelt auf der kleinen, geschäftigen Straße vor Mrs. Drummonds Haus stehen. Natürlich! Wie konnte ihr das Naheliegende entgangen sein? Was Jai Raventhorne auch sein mochte, er war kein Dummkopf. Er mußte Estelles zwanghafte Geschwätzigkeit sehr schnell erkannt und dafür gesorgt haben, daß Estelle nichts Genaues über seine Pläne erfuhr. Und gab es einen besseren Platz als das Haus in Chitpur, um ihr Schweigen zu gewährleisten? Es war klug von Estelle gewesen, die Pringles vorzuschieben, denn sie wohnten zu weit weg, um direkte Erkundigungen befürchten zu müssen. Und so gesehen, war das auch ein guter Grund dafür gewesen, Sujata in den entscheidenden Tagen wegzuschicken! Während sie Jai Raventhorne auf der *Ganga* in seinem Bett und in seinen Armen ihren Körper, ihre Seele und ihr Leben geschenkt hatte, wartete Estelle im Haus in Chitpur auf seinen Ruf, an Bord zu kommen, um in seinen Armen und seinem Bett ihren Platz einzunehmen!

Kalte Wut erfaßte Olivia, die sie aber sofort erstickte. Sie konnte sich den Luxus von Gefühlen noch nicht erlauben. Es gab noch so viel zu tun! Im Haus der Templewoods lag eine Antwort von Arthur Ransome. Der treue, zuverlässige Freund versprach, nach Erledigung dringender Arbeiten im Kontor so schnell wie möglich zu kommen. Er äußerte sich besorgt über die plötzliche ›Indisponiertheit‹ von Sir Joshua und Lady Bridget. Olivia zweifelte nicht daran, daß er zwischen den Zeilen lesen und die Dringlichkeit ihrer Bitte begreifen würde, ohne die Lage genau zu kennen. Deshalb hatte sie auf ausführliche Erklärungen verzichtet. Aber sie konnte und mußte Arthur Ransome als einzigen ins Vertrauen ziehen. Da Estelles Eltern von Kummer überwältigt und handlungsunfähig waren, brauchte Olivia dringend einen Verbündeten, oder sie würde den Verstand verlieren.

Großer Gott, dachte sie, werde ich überhaupt in der Lage sein, das alles zu ertragen?

Dr. Humphries erschien kurz vor dem Mittagessen noch einmal. Er untersuchte die schlafende Patientin, die nicht wußte, daß die Welt um sie herum zusammenbrach. Im Wohnzimmer wiederholte Olivia ernst die für die Allgemeinheit bestimmte Version der Geschichte. Millie Humphries liebte den Klatsch mit ebenso großer Hingabe wie Mrs. Drummond. Die beiden würden dafür sorgen, daß Olivias einleuchtende Lüge überall erzählt wurde. Mit einem flauen Gefühl im Magen gestand sich Olivia ein, daß sie dem Arzt, wenn nicht die ganze Wahrheit, so doch eine abgeschwächte Form anvertrauen mußte. Als Hausarzt und langjähriger Freund der Familie würde er sich nicht lange täuschen lassen. Im Augenblick brauchte sie eine kurze Atempause, und die sollten ihr die erlogenen Erklärungen verschaffen.

Dr. Humphries staunte. »Hol mich der Teufel, das ist doch nicht möglich! Josh hat also schließlich nachgegeben?« Ihre Geschichte bezweifelte er nicht. »Das freut mich für Ihre kleine Cousine. Indien ist nicht der richtige Platz für ausgelassene junge Dinger, die sich amüsieren wollen. *Deshalb* liegt Bridget also im Bett...« Er nickte verständnisvoll. »Das Kind wird ihr fehlen. Estelle ist ihr Augapfel, auch wenn sie sich noch so heftig gestritten haben. Na ja, ich hoffe, Josh weiß, was er tut. Dieser junge Sturges ist auch in England, nicht wahr? Ich denke, es hat damit etwas zu tun. Ach übrigens, ist Josh noch da? Ich habe heute morgen seine Kutsche nicht in der Stadt gesehen.«

»Ja, er ist da, aber er... schläft in seinem Arbeitszimmer.« Olivia unterstrich ihren Satz mit einem Blick, den Dr. Humphries richtig interpretierte.

»Schon wieder?« Er schüttelte mißbilligend den Kopf. »Sagen Sie Josh in meinem Namen, wenn er nicht aufhört zu trinken, geht es ihm bald an den Kragen. Obwohl«, er schwieg und griff nach der Tasche, »ich ihn andererseits bestens verstehe. Er hat in letzter Zeit viel durchstehen müssen. Na ja, jeder gräbt sich selbst das Grab. Der eigensinnige Narr hat sich die verdammte Kohle in den Kopf gesetzt, von seinem Haß auf diesen niederträchtigen Mischling ganz zu schweigen. Richten Sie ihm bitte von mir aus, er muß mit dem Trinken aufhören!«

Olivia lächelte. »Keine Sorge, Dr. Humphries, ich glaube, er weiß das.«

Sie staunte darüber, daß sie lächeln, reden, Pläne machen, nachdenken und improvisieren konnte, ohne das Geringste dabei zu empfinden.

Die Antwort auf ihre zweite Nachricht vom Vormittag traf kurz nach dem Mittagessen ein, bei dem wenig gegessen wurde. Rehman kam eine Stunde, nachdem er es hineingetragen hatte, mit dem unberührten Tablett aus Sir Joshuas Arbeitszimmer zurück. Olivia versuchte, der halb betäubten Tante Bridget ein paar Löffel Suppe einzuflößen, aber es lohnte die Mühe nicht, und sie gab es bald auf. Schon bei dem Gedanken an Essen wurde Olivia übel, und sie begnügte sich mit einer Tasse starkem, schwarzem Kaffee. Charlotte Smithers' Antwort erleichterte sie. Nein, schrieb Charlotte, sie habe sich Estelles Aquarellfarben nicht ausgeliehen. Es sei wohl ein Irrtum von Estelle, wenn sie das glaube. Und zum Thema Ausleihen habe sie eine Bitte. Olivia möge Estelle doch daran erinnern, ihr die silbernen Sandalen zurückzugeben, die sie für die *Aschenputtel*-Proben dringend brauche...

Nein, Charlotte wußte nichts. Damit war wieder eine Hürde genommen und wie ein Baustein dem Gebäude der Illusion hinzugefügt, hinter dem die Templewoods sich für eine Weile verstecken, Schutz und Frieden finden konnten.

Frieden? Olivia mußte beinahe lachen. Würde in diesem Haus je wieder ein Mensch Frieden finden?

*

»Wie entsetzlich...!«

Arthur Ransome sank in sich zusammen. Er wurde blaß, bekam keine Luft mehr und öffnete und schloß den Mund wie ein Fisch auf dem Trockenen. Kalter Schweiß trat auf seine Stirn, und nacktes Entsetzen stand ihm ins Gesicht geschrieben. Erst nachdem er zwei Tabletten aus einem Pillendöschen geschluckt hatte, das er aus der Jackentasche holte, fand er die Sprache wieder.

»Warum haben Sie mich nicht sofort gerufen?« Er reichte ihr mit zitternder Hand Estelles Brief. »Ich hatte keine Ahnung, nicht die geringste Ahnung...«

Sie saßen weit weg vom Haus im Garten auf einer Eisenbank vor der Gartenmauer. »Ich wollte Sie nicht mehr beunruhigen, als es später unausweichlich sein würde. Ich weiß, Sie haben besonders viel zu tun, da Onkel Josh zur Zeit ausfällt.«

Arthur Ransome schlug stöhnend die Hände vor das Gesicht. »Armer Josh, arme Bridget... o mein Gott! Wie sollen sie das überleben?«

Olivia sah ihn mit versteinertem Gesicht an. »Bevor Sie zu ihnen gehen, müssen Sie wissen, was ich inzwischen unternommen habe. Ich bin mit Ihnen hier im Garten, damit wir unbeobachtet von den Dienstboten miteinander reden können.«

Olivia berichtete ihm knapp und genau von ihren Aktivitäten. Sie schmückte nichts aus und enthielt sich jeden Kommentars. Ransome hörte zu, ohne sie zu unterbrechen. Sein Gesicht verzog sich immer schmerzlicher bei der unerfreulichen Aufzählung der Lügen und Halbwahrheiten, denn er erkannte, welche Auswirkungen sich aus dem Geschehenen ergaben. »Wir müssen herausfinden, welches Schiff gestern nach Europa ausgelaufen ist«, schloß Olivia.

Gestern? Waren wirklich erst vierundzwanzig Stunden vergangen, seit die Welt für sie zusammengebrochen war? Kaum zu glauben, dachte sie staunend und sagte: »Ich hoffe, es gibt ein Schiff, sonst müssen wir uns etwas anderes einfallen lassen.«

Ransome nickte benommen; er hatte sofort verstanden, worauf es ankam. »Ich werde mich darum kümmern. Ein dänischer Schoner sollte gestern mit einer Sendung von uns auslaufen. Aber steht fest, daß niemand Estelle vor der Abfahrt gesehen hat?«

»Daran zweifle ich nicht«, erwiderte Olivia ruhig. »Ich glaube, Raventhorne hat alle Spuren verwischt.« Sie hatte den Namen mit bewunderungswürdiger Kaltblütigkeit ausgesprochen.

Ransome begriff plötzlich mit aller Klarheit, in welch entsetzlicher Lage sie sich befanden, und ein Schauer lief ihm über den Rücken. »Ich kann nicht glauben, daß Jai, ja selbst ein Jai zu etwas so Bösem, so Abscheulichem fähig ist...!« murmelte er.

»Man hat ihn in die Enge getrieben. Sie und Onkel Josh wissen das besser als jeder andere.« Olivia staunte, daß sie Worte zu seiner Verteidigung fand. Sie zweifelte an ihrem Verstand.

Ransome ließ den Kopf hängen. »Ja. Er ist dazu getrieben worden. Das war schon immer so. Und es ist weiß Gott gerechtfertigt, daß er sich rächt, aber... nicht so, nicht *so*!«

»Bei einem Zermürbungskrieg gelten keine Regeln, Mr. Ransome«, sagte Olivia verächtlich. »Wenn Sie vor nichts zurückschrecken, wie können Sie dann erwarten, daß der Gegner es tut?«

»Ich weiß nicht«, murmelte er unglücklich, »vielleicht erwarte ich es auch nicht. Aber alle haben sich die Hände bereits blutig genug gemacht.«

»Einige der Schuldigen werden ungestraft bleiben!«

»Nein«, sagte er und schüttelte heftig den Kopf, »nein… Können Sie sich für uns eine schlimmere Strafe vorstellen?«
»Vielleicht nicht«, erwiderte Olivia leise, »auch nicht für die Unschuldigen.«
Gequält rief er: »Die Unschuldigen! Ja, die dumme, unschuldige Estelle und ihre Mutter werden am meisten leiden.«
Olivia schwieg, denn sie war zu erschöpft und zu müde für Wortgefechte. Die Stunde des Zorns war noch nicht gekommen – vielleicht war es dazu auch schon zu spät.
»Ich muß jetzt zu Josh und zu Bridget.« Ransome erhob sich mit schmerzenden Beinen quälend langsam. Er sah plötzlich krank aus. »Mir fehlen die Worte, sie zu trösten. Ich kann ihnen nur leere Phrasen anbieten, aber es bleibt mir nichts anderes übrig.« Er schwieg, nahm ihre Hand und drückte sie. »Mein liebes Kind, Sie sind für uns alle eine große Stütze. Möge Gott Sie dafür belohnen, daß Sie ein Kreuz auf sich nehmen, das nicht das Ihre ist.«
Olivia lächelte.
Der Abend kam und ging vorüber. Arthur Ransome blieb bei seinem Freund hinter verschlossener Tür im Arbeitszimmer. Vielleicht wirkte seine bloße Anwesenheit tröstlich. Olivia ließ die beiden allein. Sie saß geduldig an Lady Bridgets Bett, denn sie wußte, es konnte nicht mehr lange dauern, bis die Wirkung der Schlafmittel nachließ und ihre Tante wieder voll bei Bewußtsein sein würde. Die Wirklichkeit mochte noch so unerträglich sein, sie ließ sich nicht länger leugnen: Estelle war nicht mehr da. Möglicherweise war sie für immer gegangen. Ihre Eltern mußten sich damit abfinden, der unsagbare Kummer mochte noch so tief sitzen. Er mußte an die Oberfläche kommen, sich voll entfalten und dann gemeistert werden, damit die Wunde anfangen konnte zu verheilen. *Heilen,* dachte Olivia bitter, kann man nach einer Amputation jemals wieder ein ganzer Mensch sein?
Lady Bridget stöhnte zuerst leise und dann lauter. Sie warf den Kopf von einer Seite zur anderen; ihre Finger schlugen in die Luft; die Lippen formten und lallten Laute, während der betäubte Verstand um Klarheit kämpfte. Das aufgedunsene und schlaffe Gesicht schien

einer Fremden zu gehören. Ihr gegenwärtiger Zustand war bemitleidenswert, aber ihre nächste Zukunft würde es noch mehr sein. Olivia beobachtete sie unbewegt und hoffte nur, die Krise werde kommen und vorübergehen.

Und als sie einsetzte, war Olivia darauf vorbereitet. Wie von einer unsichtbaren Feder gezogen, setzte sich Lady Bridget plötzlich kerzengerade auf und fing an zu schreien. Olivia packte sie an den Schultern und drückte sie in die Kissen zurück. »Ruhig, nur ruhig, ich bin ja da.«

Lady Bridget schüttelte mit unglaublicher Kraft die Hände ab, die sie festhielten, und schrie noch einmal. Dann jammerte sie: »Mein Baby, mein kleines Baby...!« Hysterisch schluchzend richtete sie sich wieder auf, wiegte den Oberkörper hin und her, schlug die Hände vor das Gesicht und begann, ein unverständliches tierisches Wimmern auszustoßen.

Olivia zwang sich, ruhig zu bleiben, und setzte sich. Der Ausbruch mußte kommen, selbst wenn er noch so entsetzlich war. Es mußte sein, denn nichts wäre brutaler gewesen, als ihr den berechtigten Kummer zu verwehren. Lady Bridget schrie wieder, und es klang wie der Schrei einer Wahnsinnigen. Olivia bekam eine Gänsehaut, und kalte Schauer liefen ihr über den Rücken, aber sie blieb sitzen. Plötzlich wurde die Tür aufgerissen. Ransome und Sir Joshua erschienen mit verstörten Gesichtern. Hinter ihnen drängten sich die Dienstboten.

»Gib sie mir wieder, Josh. Gib mir mein Kind wieder... hab Erbarmen, oh, hab Erbarmen...!« Lady Bridget streckte flehend die Arme nach ihrem Mann aus. Tränen strömten ihr aus den wirr blikkenden Augen.

Sir Joshua blieb einen Augenblick wie erstarrt stehen. Dann ging er zum Bett, setzte sich und nahm ihre Hände. »Bridget...« Mehr konnte er nicht sagen.

Ransome schloß die Schlafzimmertür, trat hinkend ans Fenster und blieb stumm dort stehen. Lady Bridgets Flehen verwandelte sich in unzusammenhängendes Klagen. Sie fiel in die Kissen zurück und schlug wie rasend auf die Bettdecke. Es war kein schöner Anblick.

Sir Joshua saß auf dem Bettrand und sah sie in gelähmtem Schweigen an. Er schien nicht ganz zu verstehen, was geschah. Ransome konnte den qualvollen Ausbruch nicht länger ertragen und wollte zum Bett gehen, aber Olivia hinderte ihn daran. »Nein, nicht, Mr. Ransome. Sie muß aus sich herauslassen, was herauskommen muß. Nur dann kann sie sich später damit abfinden.«

Ransome ließ die Hände sinken. Mit schmerzverzerrtem Gesicht, feuchten und geröteten Augen nickte er nur und kehrte zum Fenster zurück. Lady Bridget wand und krümmte sich im Bett. Das krampfhafte Schluchzen klang inzwischen rauh und heiser. Olivia spürte heiße Tränen in den Augen, denen sie aber noch nicht freien Lauf lassen durfte. In dem Bemühen, sie zurückzuhalten, bohrten sich ihre spitzen Fingernägel in die Handflächen ihrer geballten Fäuste, und sie biß die Zähne zusammen. Olivia verlor die Beherrschung nicht. Sir Joshua blinzelte wie jemand, der zu träumen glaubt. Er schien nicht recht zu wissen, wer diese Frau im Bett war. Dann wollte er wieder nach ihrer Hand greifen. »Bridget ...?«

Sie wich vor ihm zurück, als habe sie etwas gestochen. Sie riß die Laken an sich und schrie plötzlich hysterisch: »Rühr mich nicht an! Hast du mich verstanden? Wage es nicht, Josh! Rühr mich nie wieder an! Du, du ganz allein bist dafür verantwortlich. Du hast das alles heraufbeschworen ... du hast mein Kind ins Verderben gestürzt, du und deine ...«

»Sei still!« Sir Joshua richtete sich wutentbrannt auf und beugte sich drohend über sie. »Keine Anschuldigungen mehr, Bridget, *kein Wort mehr*!«

Ransome war erstarrt und hielt die Luft an. Heftig keuchend rang Lady Bridget nach Luft. Der Befehl hatte sie wie ein Peitschenhieb getroffen und ließ sie verstummen. Aber nicht lange. Sie wandte den Blick nicht von ihrem Mann ab, und in ihren Augen lag ebensoviel Haß wie in seinen. Ihre Verachtung konnte sich mit seiner Wut messen. Das Ausmaß des gegenseitigen Abscheus, das plötzlich sichtbar wurde, machte Olivia sprachlos. Lady Bridget richtete sich bewußt langsam wieder auf. »Nein, Josh«, zischte sie, »ich werde nicht still sein! Jetzt nicht und nie wieder.« Jedes Wort, das sie hervorstieß, war mit Gift getränkt, und in ihren Augen stand wilder Haß. »Glaubst du, ich kann vergessen, was ich damals gesehen habe? Diesen Blick, in dem die Saat des Bösen, dieses... *Frevels* lag? Ich *weiß,* weshalb deine Hand nicht zuschlagen konnte! An diesem Tag habe ich alles gesehen, Josh, *alles.*« Die Pupillen ihrer Augen weiteten sich und glühten bedrohlich. »Wie soll ich dir vergeben, daß du mich um mein Leben betrogen hast...?«

Der Schlag seiner Hand auf ihrer Wange klang so laut wie ein Schuß. Lady Bridget fiel mit einem unterdrückten Aufschrei in die Kissen. Die ungesprochenen Worte blieben ihr im Hals stecken. Niemand bewegte sich. Dann stürzte sich Ransome mit einem zornigen Fluch auf Sir Joshua. »Verdammt, Josh, hast du denn den Verstand verloren...?« Er packte ihn an den Armen und versuchte, sie festzuhalten.

Sir Joshua schüttelte ihn mühelos ab und hob die Hand, als wolle er noch einmal zuschlagen. Seine Augen blitzten vor rasendem Zorn, als er neben dem Bett stand und seine Frau ansah, die ihre Hand auf die Wange preßte. Plötzlich ließ er die Schultern sinken. Der bebende Körper wurde ruhig, und die Spannung wich aus seinem Gesicht. Man konnte sehen, wie er sich in sich selbst zurückzog. Die Farbe wich aus seinen Wangen, und er senkte den Kopf. »Tut mir – leid. Verzeih...« Benommen und mit unsicheren Schritten verließ er das Zimmer. Lady Bridget drückte stöhnend das Gesicht in die Kissen und begann, still zu weinen.

Es war eine schrecklich brutale Szene gewesen. Das Ausmaß der Häßlichkeit würde sie nie vergessen können. Olivia wurde plötzlich übel. Jai Raventhorne hatte sie alle zu Tieren gemacht! Wie durchsichtig und fadenscheinig waren plötzlich ihre Masken der Ehrbarkeit und Verstellung!

*

Olivia nahm dankbar Arthur Ransomes Angebot an, die Nacht über zu bleiben. Sie empfand seinen kühlen Kopf, seinen Sinn für rechtes Maß und Perspektive als das vernünftige Gleichgewicht, um das sie so verzweifelt kämpfte. Außerdem war seine Anwesenheit auch aus anderen, egoistischen Gründen lebensnotwendig. Wie lange würde sie ihre Maske noch tragen können? Seine Anwesenheit war eine Barrikade zwischen den beiden Teilen ihres Ichs – dem denkenden, fühlenden und dem mechanisch agierenden. Bald würde sich die Trennungslinie zwischen beiden auflösen. Sie würde wieder fühlen – und diese Aussicht erfüllte Olivia mit Schrecken. Deshalb freute sie sich über jeden kurzen Aufschub, wie ein Kind, das langsam und immer langsamer zur Schule geht.

Nach einem bescheidenen Abendessen mit Suppe und Käsetoast saßen sie im großen Wohnzimmer vor dem brennenden Kamin, während Rehman, der geschickte Masseur, Ransomes schmerzende Beine behandelte. Lady Bridget wollte nichts essen. Sie hatte wieder ein leichtes Schlafmittel eingenommen, lag allein im Bett und überließ sich ihren einsamen Alpträumen. Sir Joshua blieb im Arbeitszimmer und trank. Aber an diesem Abend brachte es selbst Ransome, sein bester Freund und Helfer, nicht über sich, Einspruch zu erheben. »Soll er sich nur betrinken«, murmelte Ransome traurig, »heute braucht er den Alkohol mehr denn je . . .«

Eine Zeitlang sprachen sie nur über Belanglosigkeiten, um die trostlose Stille zu durchbrechen, in der sich heimtückische Gedanken breitmachten. Erst als Olivia Rehman wegschickte und ihn beauftragte, das Gästezimmer herzurichten, konnten sie dem eigentlichen Thema nicht länger ausweichen. »Er benutzt das irregeleitete Kind als Werkzeug seiner Rache«, sagte Ransome leise. »Das ist ein Verbrechen, Olivia, ein Verbrechen!«

»Estelle ist kein Kind mehr. Sie weiß, was sie tut.«

Olivia verachtete sich für diese Worte. Sie sah das verkniffene, unglückliche Gesicht ihrer Cousine wieder vor sich. Estelle hatte mit ihr sprechen wollen, und sie hatte Estelle aus dem Zimmer geschickt. Estelle hatte sie stumm um Hilfe angefleht, und sie hatte ihr diese Hilfe verweigert. Wäre ihnen allen ein anderes Schicksal beschieden gewesen, wenn sie Estelle zugehört hätte? Die Frage ließ sich nicht mehr beantworten, und dieses Nichtwissen würde von nun an ihr Leben belasten. Wenn sie Onkel Josh dazu überredet hätte, Estelle zu erlauben, in dieser albernen Operette aufzutreten, wäre Estelle dann auch zu diesem extremen Schritt bereit gewesen? Wenn, wenn, *wenn*! Olivia schob die unerwünschten Gedanken ärgerlich beiseite. Was halfen jetzt noch wenn und aber, nachdem *er* nicht mehr da war!

Sie stand auf. »Ich glaube, ich gehe schlafen, Onkel Arthur. Vielleicht solltest du auch schlafen. Es war ein ... merkwürdiger Tag.«

Das gemeinsame, geteilte Leid hatte dazu geführt, daß sie sich unbewußt mit dem freundschaftlichen Du anredeten. Als Olivia jetzt »Onkel Arthur« sagte, röteten sich seine Wangen erfreut. »Ja, das stimmt. Das stimmt wirklich. Dieser Tag hat viel zu viele Erinnerungen in mir wachgerufen und Wunden aufgerissen, um jetzt schon an Schlaf denken zu können. Aber natürlich, geh' schlafen, mein Kind. Ich bleibe noch eine Weile hier am Feuer sitzen.«

Olivias Augen schmerzten vor Erschöpfung, aber plötzlich empfand sie Angst bei der Vorstellung, die Augen zu schließen und die Schar der eigenen schrecklichen Erinnerungen loszulassen, und sie setzte sich wieder. Ihr war nicht bewußt, daß es wie ein Verhör klang, als sie fragte: »Was hat Tante Bridget damit gemeint, als sie sagte: ›Ich weiß, weshalb du nicht zuschlagen konntest?‹ Um wen ging es dabei?«

Ransome schloß müde die Augen. »Es ist eine alte Geschichte, Olivia. Laß die Sache auf sich beruhen.«

Leicht verärgert fragte sie: »Wenn es eine alte Geschichte ist, weshalb ist sie dann nicht begraben und vergessen? Weshalb kann sie noch heute unser Leben belasten?«

Er dachte eine Weile nach, nickte und sagte: »Vielleicht hast du recht. Zuviel war zu lange begraben.« Er legte Holz auf die Glut und wartete, bis die Flammen züngelten. »Es gab einen Tag, da hätte Josh Jai zu Tode peitschen können. Aber Josh brachte es nicht über sich. Weißt du, Olivia, Jai war damals erst acht Jahre alt.«

Olivia fragte leise: »Du ... hast ihn als Kind gekannt?«

»Ja, ich habe ihn als Kind gekannt«, antwortete er seltsam tonlos. »Wir waren damals alle anwesend ... Josh, seine Mutter, Bridget und ich. Es war etwas vorgefallen. Josh holte seine Jagdpeitsche und

versetzte dem Jungen einen Schlag – nur einen. Dann schwand sein Zorn, und er hielt inne. Ihm wurde plötzlich bewußt, was er tat.« Ransome schüttelte traurig den Kopf. »Jetzt wünsche ich ebenfalls, er hätte sich damals nicht zusammengenommen ...«
Die Narbe! Olivia spürte an den kalten, zusammengepreßten Lippen wieder die lange Narbe, die sie mit unzähligen Küssen bedeckt hatte, um sie mit ihrer Liebe zu heilen. Wie ein Stich durchzuckte sie der schneidende Schmerz jenes Augenblicks. Sie biß sich so fest auf die Lippen, bis sie Blut spürte, um das Gefühl auszulöschen. Raventhornes Narben und Wunden gingen sie nichts mehr an. Diese alte Geschichte durfte nicht wieder ans Licht geholt werden. Aber dann hörte sie eine Stimme sagen: »Und wie ist es dazu gekommen?« Hatte sie gefragt? Olivia wußte es nicht.
»Vielleicht wäre es uns allen besser ergangen, wenn Jai nicht überlebt hätte«, sagte Ransome bedrückt, »aber ...« Er verstummte und ließ den Kopf sinken.
»Aber?« Innerlich fragte sie sich aufgebracht: Warum ermutige ich ihn dazu, *warum*?
»Aber ... man hat ihm Unrecht getan. Wie seelenlos, wie bösartig, wie ehrlos er auch sein mag, man hat Jai Raventhorne Unrecht getan.« Ransome lachte bitter. »Nun ja, aber man hat Jai Raventhorne immer Unrecht getan. Er gehört zu den Menschen, denen durch eine Laune des Schicksals immer Unrecht geschieht.« Er starrte in das prasselnde Feuer. »Olivia, Jai wurde in meinem Haus geboren.«
Was sie auch erwartet hatte zu hören, oder wie wenig sie hören wollte, damit hatte sie nicht gerechnet. Olivia sah Ransome fassungslos an. Trotz der Hitze des Feuers waren ihre Hände eiskalt.
»Er kam in den Dienstbotenunterkünften zur Welt. Seine Mutter war eine junge Frau von den Bergstämmen. Eines Tages fand sie mein Diener dem Zusammenbruch nahe vor meinem Tor. Sie war mittellos, ausgehungert und«, er hüstelte, »hochschwanger. Mit meiner Erlaubnis brachte man sie in die Dienstbotenunterkünfte. Und das Kind – eindeutig ein Mischling – kam in derselben Nacht zur Welt. Ich weiß noch, daß es regnete. Es war während des Monsuns.« Schwerfällig zog er eine Zigarre aus der Tasche und entzündete sie.

»Als die Frau sich erholt hatte, ließ ich sie mit dem Kind bleiben. Ich weiß nicht, warum. Vielleicht wollte ich mein Gewissen beruhigen, weil sie dieses Schicksal einem meiner Landsleute zu verdanken hatte. Sie verdiente sich ihr Brot jedenfalls mit Gartenarbeit. Sie war geschickt, die Pflanzen gediehen unter ihren Händen. Sie schnitzte Spielzeug und alles mögliche, sogar eine Galionsfigur. Ich weiß noch, daß wir ihr die Figur abgekauft haben.« Ransome erkannte, daß er zuviel gesagt hatte und hustete nervös. »Die Dienstboten erzählten, daß sie nie ihren Namen preisgab. Man nannte sie *Malan,* die Frau des Gärtners.« Unbewußt berührte Olivia die Kette, die sie um den Hals trug. Jai Raventhorne hatte seinen ersten Schrei in einer Dienstbotenunterkunft ausgestoßen. In einer armseligen Hütte hatte er zum ersten Mal geatmet und mit seinen grauen Augen das Licht der Welt erblickt...

Ransome war in Erinnerungen versunken und bemerkte weder Olivias Schweigen noch ihr aschfahles Gesicht. »Ich mochte ihn nicht. Schon als Kind hatte er etwas... Bedrohliches an sich. Er schien die geheimnisvolle Fähigkeit zu besitzen, die Gedanken anderer zu lesen. Das war beunruhigend und unheimlich. Ja, Jai war nie wirklich ein Kind. Er kam zur Welt und war vom ersten Tag an wie ein... Erwachsener. Es war seltsam und unheimlich.« Ransome überlief ein Schauer. »Er hat nie etwas zu mir gesagt, nie gelächelt. Er sah mich nur an – anklagend, vorwurfsvoll und immer von einem verborgenen Zorn erfüllt. Ich haßte diesen Blick, ich haßte ihn, denn er machte mich beklommen. Schließlich verbot ich seiner Mutter, ihn in die Nähe des Haupthauses kommen zu lassen, wenn ich zu Hause war.«

Olivia fragte: »Und das Auspeitschen...?«

»Ach ja, das Auspeitschen.« Ransome hatte schnell und abgehackt gesprochen, als sei er erleichtert darüber, sich eine schwere Last von der Seele zu reden. Jetzt beruhigte er sich und erzählte langsamer: »Josh, Lady Templewood und Bridget waren zum Essen gekommen. Wir vier waren unter uns. Hinterher ging Bridget zufällig in das Anrichtezimmer, um etwas zu holen oder um jemanden zu rufen, ich weiß nicht mehr was, und stieß auf den Jungen. Er wollte einen Tel-

ler Essen stehlen. Bridget erschrak, und als sie ihn zurechtwies, beschimpfte er sie. Bridget gab ihm eine Ohrfeige, und er wehrte sich wie ein Tier. Er sprang sie an und biß ihr in die Hand, bis Blut kam. Bridget schrie. Wir liefen alle in das Anrichtezimmer. Josh nahm seine Reitpeitsche mit. Er sah die blutende Hand seiner Frau und geriet außer sich vor Wut. Er schlug den Jungen und seine Mutter, die sich schützend vor ihn stellte. Er verletzte sie beide. Das Blut floß in Strömen.« Hinter Ransomes starren Augen schien sich die ganze Tragödie zu wiederholen.
»Der Junge kämpfte wie ein tollwütiger Hund – er entblößte die Zähne, stieß drohende Laute aus und schlug heftig um sich. Der Lärm rief die anderen Dienstboten herbei. Sie versuchten, den Jungen wegzubringen. Seine Mutter flehte ihren Sohn an, sich zu beruhigen. Schluchzend schützte sie ihn vor einem Hieb, der sie traf und schwer verwundete. Josh hob die Peitsche wieder, aber plötzlich hielt seine Hand inne, und sein Zorn war verflogen. Er wollte zuschlagen, zögerte aber verunsichert. Bridget stand in der Ecke und weinte leise. Joshs Mutter, Lady Stella Templewood, stand an die Anrichte gelehnt und sah schweigend zu. Als Josh die Peitsche langsam sinken ließ, hob sie eine Augenbraue und befahl herrisch: ›Schlag ihn tot, Josh. Ein richtiger Jäger läßt kein verwundetes Wild zurück.‹ Wie immer sprach sie kalt, leidenschaftslos und mit der Entschlossenheit, mit der sie für den Erfolg ihres Sohns gesorgt und seinen rücksichtslosen Ehrgeiz angestachelt hatte. Ich werde diesen Augenblick nie vergessen, Olivia, nie – auch nicht ihr Gesicht. Die Kaltblütigkeit, der Egoismus, die Herrschsucht und Entschlossenheit dieser Frau waren nicht zu überbieten.« Er holte tief Luft und wischte sich das feuchte Gesicht mit einem Taschentuch ab. »Es war ein Augenblick des Wahnsinns. Ich muß eingreifen, dachte ich entsetzt. Josh stand völlig unter ihrem Einfluß. In seiner Erregung hätte er ihr vielleicht wie immer instinktiv gehorcht. Ich fiel ihm in den Arm.« Er zitterte. »Heute muß ich mich fragen . . .« Ransome stand auf und streckte die Beine. Er goß sich aus der Karaffe, die der umsichtige Rehman auf den Tisch gestellt hatte, ein Glas Cognac ein. Dann sah er Olivia fragend an, aber sie schüttelte den Kopf.

»In der Nacht verschwanden Mutter und Sohn.« Er setzte sich und erzählte weiter. »Ich hatte einen Arzt rufen lassen. Wie auch immer, der Junge war schwer verletzt, und man mußte seine Wunden behandeln. Aber die beiden waren nicht mehr da, als der Arzt erschien. Die Dienstboten machten sich auf die Suche nach ihnen, aber man fand sie nicht. Später«, er zuckte mit den Schultern, »machte sich niemand mehr Gedanken darüber. Ich muß gestehen, ich war erleichtert. Mit dem Jungen hatte es von Anfang an Schwierigkeiten gegeben. Er stahl, log, war frech und aufsässig. Ich war froh, ihn endlich los zu sein. Außerdem sind diese Menschen zäh. Sie sind an Gewalttätigkeiten gewöhnt. Sie ziehen als Horden durch die Straßen und kämpfen sich durchs Leben, und, wenn nötig, lecken sie sich gegenseitig die Wunden. Ich war sicher, daß sie überleben würden.« Er lächelte schwach und trank den Cognac aus. »Damals schien es nicht weiter wichtig zu sein.«

Olivia stand auf und löschte die inzwischen nur noch schwelende Glut. Sie stellte sorgfältig den Feuerschutz vor den Kamin, legte den Schürhaken zurück und fegte die Asche vom Teppich. Ransome beobachtete sie stumm. Er sah die ruhige Art, mit der sie sich bewegte, und die Geschicklichkeit, mit der sie den Kamin für die Nacht in Ordnung gebracht hatte. »Josh und Bridget können von Glück reden, daß du in ihrer dunkelsten Stunde bei ihnen bist, mein Kind«, erklärte er, von Gefühlen überwältigt. »In dieser Katastrophe behältst du als einzige die Ruhe und die nötige Kraft.«

Olivia lachte – wie es schien, zum ersten Mal seit einer Ewigkeit. Der leise Ton tat ihr in den Ohren weh und schien völlig unangebracht. Sie unterdrückte das Lachen, und ihre unfreiwillige Belustigung wurde zu einem Lächeln. »Das ist doch verständlich, nicht wahr?« erwiderte sie leichthin. »Denn wie es scheint, habe schließlich nur ich kein persönliches Interesse an Mr. Raventhorne – nicht wahr?«

»O nein!« widersprach er. »Deine Zeit in Indien ist ohne dein Verschulden ruiniert. Jai ist auch dir gegenüber nicht fair gewesen.«

»Vielleicht hast du recht, Onkel Arthur«, sagte Olivia. »Aber wenn es so ist, dann war er sogar sehr fair, denn er hat uns alle unglücklich gemacht.«

Allein in ihrem Zimmer konnte sie vor Erschöpfung kaum noch denken. Sie war froh über die ungeheure Müdigkeit, denn sie versprach ihr eine traumlose Nacht. Arthur Ransomes Erinnerungen riefen klare, schmerzliche Gedanken wach, aber Olivia ließ sie nicht in ihr Bewußtsein dringen. »Noch nicht«, flüsterte sie heftig in das Kissen, *»noch nicht!«* Es wartete noch viel Arbeit auf sie, gefährliche Unstimmigkeiten mußten mit noch mehr Lügen geglättet, durchlässige Stellen beseitigt werden, und sie mußte sich der Welt stellen.
Olivia wußte, sie würde sich nichts ersparen können und noch einmal mit Arthur Ransome sprechen. Kein Wunder also, daß es für sie keine traumlose Nacht wurde.

*

Selbst Menschen, die nur noch als leere Hüllen existieren, stellen Forderungen. Sie müssen ohne Rücksicht auf die Umstände gewaschen, gekleidet und ernährt werden. Der Überlebensdrang ist ebenso schamlos wie hartnäckig. Die Zeit ging weiter, die Erde drehte sich, die Sonne ging auf und unter. Die Familie mochte auseinandergebrochen sein, aber der Haushalt mußte funktionieren. Olivia übernahm dankbar die Aufgabe, dafür zu sorgen. Lady Bridget verließ ihr Zimmer nicht und verharrte zurückgezogen in ihrem einsamen Ich. Sie schwieg und nahm an nichts Anteil. Es war Olivia überlassen, wenigstens den Anschein häuslicher Normalität zu wahren. Wie eine Ertrinkende, die ein Stück Treibholz findet, klammerte sie sich mit beiden Händen an diese Aufgabe.
Die Nachricht von Estelles überstürzter Abreise nach England und Lady Bridgets plötzlicher ›Krankheit‹ verbreitete sich schnell. Damit stellte sich ein Strom täglicher Besucher ein. Ransome erschien jeden Morgen und brachte Sir Joshua zu sich nach Hause, wohin ihm keine prüfenden und mißtrauischen Augen folgen konnten, denn er befand sich immer noch in einem mitleiderregenden Zustand. Da man nicht erwartete, ihn tagsüber im Haus anzutreffen, gab seine Abwesenheit keinen Anlaß zu Fragen. Alle erhielten die Auskunft, Lady Bridget dürfe zur Zeit noch keine Besucher empfangen. Olivia wußte nicht, wie Arthur Ransome die Abwesenheit seines Partners im Kontor be-

gründete, aber ihm schien es zu gelingen, ihn ohne größeres Aufsehen zu entschuldigen – *im Augenblick*. Diese beiden Worte gaben im Haus den Ton an. Und im Augenblick war es das oberste Gebot, einen Skandal zu vermeiden, der Lady Bridget ins Grab bringen würde, auch wenn sie die ungeheuerliche Flucht ihrer Tochter überleben sollte. Es gelang Olivia zwar nicht gerade mühelos, aber doch ohne größere Anstrengung und Unbehagen, die lauernden Fragen und die anzüglichen Bemerkungen der täglichen Besucherinnen klug und wenn nötig ausweichend zu beantworten, ohne sich von den täuschend unschuldigen Blicken und der scheinheiligen Besorgtheit beeindrucken zu lassen. Dr. Humphries gehörte jedoch zu einer anderen Art Besucher. Auch Arthur Ransome schloß sich Olivias Meinung an, man müsse ihn wenigstens teilweise ins Vertrauen ziehen.

Es gibt wenig im Leben, was einen Hausarzt schockieren kann, noch dazu, wenn er so erfahren und beschlagen ist, wie Dr. Humphries es war. Nachdem Olivia ihm die Geschichte erzählt hatte, brummte er nur und schwieg eine Weile. Dann hob er die buschigen roten Augenbrauen und kratzte sich mit dem Fingernagel die dicke Nase.

»Das steckt also dahinter ... Nun ja, jetzt kann ich es Ihnen ja sagen, ich hatte so einen gewissen Verdacht. Ich konnte mir nicht vorstellen, daß Bridget so extrem reagiert, nur weil eine alte Freundin gestorben ist.« Er runzelte nachdenklich die Stirn. »Und Sie wissen nicht, wer der Mann sein könnte?«

»Nein, ich habe nicht die leiseste Ahnung. Estelle scheint niemanden ins Vertrauen gezogen zu haben – mich jedenfalls nicht. Sie wußte, ich hätte versucht, sie an der Flucht zu hindern. Die beiden haben sich offensichtlich die ganze Sache in aller Heimlichkeit ausgedacht, um den Erfolg nicht zu gefährden.«

Der Arzt glaubte Olivia aufs Wort und schüttelte mißbilligend den Kopf. »Die dumme, dumme Gans! Sie wird es natürlich bedauern. Das tun sie alle. Aber oft kommt die Zeit der Reue zu spät, und dann ist schon etwas unterwegs – entschuldigen Sie meine Offenheit –, und in neun von zehn Fällen ohne den Segen der Kirche.« Er seufzte und holte tief Luft. »Wie hat Josh es aufgenommen? Was sie ihrer armen Mutter damit angetan hat, sehe ich.«

»Sehr schlecht. Er trinkt pausenlos. Noch etwas, Dr. Humphries...« Olivia errötete leicht. »Wie Sie sehen, verlangt die Situation von unserer Seite allergrößte Diskretion. Besonders um Tante Bridget zu helfen, muß ein Skandal um jeden Preis vermieden werden. Selbst ein Gerücht würde im Augenblick die Katastrophe für sie nur noch vergrößern.«

Er lächelte und verstand sie sofort. »Mein liebes Kind, die Ärzte verstehen heutzutage vielleicht nicht viel von Medizin«, erklärte er trokken. »Aber kein Arzt, den ich kenne, wäre so dumm, in einem solchen Fall seine Frau ins Vertrauen zu ziehen. Ich weiß natürlich nicht, wie lange es Ihnen gelingen wird, die Sache geheimzuhalten. Wenn man in Indien in Peschawar niest, dann hören es alle bis Kap Comorin.« Er lachte und fügte mit blitzenden Augen hinzu: »Wenn Millie davon erfährt, dann weiß sie es jedenfalls nicht von mir.«

Er lehnte es rundweg ab zu erklären, Lady Bridget leide an einem seltenen, unbekannten tropischen und möglicherweise ansteckenden Fieber, aber er war bereit, das Gerücht nicht zurückzuweisen, wenn jemand ihn darauf ansprechen sollte. Und er versprach zu bestätigen, daß Lady Bridget im Augenblick keine Besucher empfangen dürfe. Gut, dachte Olivia nicht ohne Neid, damit wäre Lady Bridgets Rückzug aus der Welt geklärt. Sir Joshuas Zurückgezogenheit ließ sich leichter begründen. Die geschäftlichen Probleme in letzter Zeit hatten seiner Gesundheit schwer zugesetzt, und nun kam die Krankheit seiner Frau als Belastung noch dazu. Außerdem schien es nur natürlich, daß er insgeheim um seine geliebte Tochter trauerte, die er bis jetzt nie von seiner Seite gelassen hatte. Kein Wunder also, daß er Trost im Alkohol suchte. In seiner Lage hätte das jeder Mann getan.

Olivia fand keine Zeit, über ihre Lage nachzudenken – beziehungsweise, sie sorgte dafür, daß sie keine Zeit fand. Bei der Erfüllung der lästigen täglichen Pflichten lud sie sich soviel Arbeit wie möglich auf. Sie unterhielt sich mit den Besucherinnen, parierte Fragen, erfand immer neue glaubhafte Geschichten und Entschuldigungen. Sie lächelte, bis ihr die Kiefer schmerzten, und beobachtete sich bei all dem mit großem Staunen. Sie hätte es satt haben müssen, die große

Stütze zu sein, selbstlos, beherzt und geschickt die schwierige Lage zu meistern, wie alle ihr unentwegt beteuerten, denn schließlich hatte auch sie einen großen Verlust erlitten. Auch sie war im Stich gelassen, getäuscht und zurückgestoßen worden. Auch hinter ihrer glatten Maske tobte ein Höllenfeuer, das sie mit der Zeit in Asche und Staub verwandeln mußte.

Olivia hätte weinen müssen. O Gott, wie sehnte sie sich danach! Aber die Tränen kamen nicht. In ihr befand sich eine endlose, leere, verbrannte Wüste, in der sich auch nicht das geringste Zeichen von Leben regte. In ihrem Inneren schien sie verdorrt und tot zu sein. Sie hätte Kummer, Zorn, Bitterkeit und Haß empfinden müssen, aber sie spürte nur eine bleierne Müdigkeit. Nur der ständige Strom der Briefe, die regelmäßig von ihrem Vater, von Sally und ihren Söhnen, von Greg und von all denen eintrafen, die ihr wirklich etwas bedeuteten und sie an ein fernes, aber nicht ganz vergessenes Leben erinnerten, war ein kleiner Trost, der Olivia davor bewahrte, zusammenzubrechen. Die Briefe wurden zum Mittelpunkt ihrer Tage und sorgten dafür, daß sie den Kontakt zur Wirklichkeit nicht verlor. Sie brachten ihr die Gewißheit, daß es außer dieser Welt noch eine andere gab, in die sie eines Tages zurückkehren würde, wenn all das hier vorüber war.

Vorüber? Nein, das war das falsche Wort. Es würde nie vorüber sein. Nicht eine Flucht aus der Welt ihrer Tragödie würde sie retten, sondern nur eine Flucht vor sich selbst, und das konnte es nicht geben. Ihr Vater schrieb in einem Brief: »Du sagst, daß Du bis jetzt noch keinen Mann kennengelernt hast, der einen größeren Eindruck hinterlassen hat. Möglicherweise hat sich das geändert, und ich warte gespannt darauf, daß Du mir darüber schreibst.«

Die bittere Ironie dieser Aufforderung hätte Olivia die Tränen in die Augen treiben müssen. Aber sie weinte nicht. Sie legte den Brief unbeeindruckt zur Seite.

*

Sie spielten eine lächerliche Komödie, um die Gesellschaft zu täuschen, deren Meinung Lady Bridget fürchtete. Dieses Spiel konnte nicht bis in alle Ewigkeit weitergehen. Aber es war unmöglich, sich plötzlich so weit zurückzuziehen, daß man in Vergessenheit geriet. Das hätte die spitzen Zungen nur in Bewegung gesetzt, die sie verzweifelt zum Verstummen bringen wollten. Aber zehn Tage nach Estelles Abreise hatte die Verlogenheit dieses Lebens ihre Nerven bis zum Zerreißen gespannt, und Arthur Ransome fand, eine Flucht davor sei unumgänglich.

»Sollen sie doch alle zur Hölle fahren!« schnaubte er in einem seltenen Ausbruch von Gereiztheit. »Ich lasse alles vorbereiten, damit wir uns ein paar Tage in dem Haus in Barrackpore erholen können. Ich muß im Kontor noch ein paar Dinge erledigen. Wir fahren Anfang nächster Woche.«

Olivia ahnte, worum es sich bei diesen ›Dingen‹ vermutlich handelte, aber sie stellte keine Fragen. So oder so, es war ihr alles gleichgültig.

»Ja, das wäre schön. Und die beiden brauchen einen Ortswechsel.«

Lady Bridget hatte sich körperlich erholt, aber in ihrem Kopf schien noch immer eine gähnende Leere zu herrschen. Sie sprach kaum und weinte nicht mehr – zumindest nicht in Gegenwart von anderen. Sie blieb in ihrem Zimmer und saß dort Stunde um Stunde unbeweglich am Fenster. Sie aß gerade soviel, um am Leben zu bleiben, und reagierte auf keine der Anregungen, die Olivia ihr durch Gespräche bieten konnte. Olivia berichtete ihr ehrlich, aber behutsam die nackten Tatsachen ihrer Strategie, alle im unklaren zu lassen, und erzählte ihr auch die halbwahre Geschichte, mit der sie Dr. Humphries auf ihre Seite gebracht hatte. Lady Bridget hörte aufmerksam zu, aber da sie sich nicht äußerte, wußte Olivia nicht, wieviel sie wirklich verstanden hatte. Lady Bridget erwähnte Estelle mit keinem Wort, und sie reagierte auch nicht, wenn ihr Name fiel, über ihren Mann sprach sie auch nicht mehr. Nach außen hin schien sie gelassen, aber ihr Blick blieb leer, als befänden sich ihre Augen in einer anderen Dimension als ihr Körper. Nur die Hände bewegten sich ständig und krampfhaft in ihrem Schoß als Zeichen einer inneren Ruhelosigkeit.

Dr. Humphries riet, alle persönlichen Dinge Sir Joshuas aus dem Schlafzimmer zu entfernen und ins zweite Gästezimmer im Erdgeschoß zu bringen. »Josh und Bridget brauchen im Augenblick völlige Ruhe«, erklärte er. »Außerdem verabscheut Bridget den Geruch von Alkohol, und ich möchte nicht, daß meine Patientin an den Dämpfen erstickt, die Josh wie eine wandelnde Brennerei ausstößt.«

Natürlich durfte Dr. Humphries nicht erfahren, daß Sir Joshua seit der schicksalhaften Nacht nicht mehr im Schlafzimmer erschienen war. Sobald er das Haus betrat, zog er sich in sein Arbeitszimmer zurück, wo ihn nur Rehman und Arthur Ransome aufsuchten. Versunken in die stummen Welten ihrer eigenen Bitterkeit, hatten Sir Joshua Templewood und Lady Bridget aufgehört, das Vorhandensein des anderen zur Kenntnis zu nehmen.

Die Entscheidung, ein paar Tage in Barrackpore auszuspannen, versetzte Arthur Ransome vorübergehend in bessere Laune, und er sagte etwas fröhlicher: »Ich sehne mich nach einem Angelurlaub. Und das Haus dort ist sehr schön, obwohl Josh und Bridget es kaum benutzen.« Wieder einmal saßen sie am Ende eines langen Tages vor dem knisternden Feuer am Kamin und unterhielten sich. Olivia trank einen Becher heiße Milch und musterte ihn mitfühlend. Hinter ihr lagen harte Tage, aber für ihn war es auch nicht viel leichter gewesen. Ransome wirkte blaß und völlig aufgerieben. Er sah sie an und sagte plötzlich: »Slocum will die ganze unerquickliche Sache begraben. Nachdem der Vogel davongeflogen ist, lohnt es sich nicht, den Käfig zu behalten.«

Dieses Thema hatten sie bis jetzt nicht wieder angesprochen. Für Olivia lag es inzwischen in so großer Ferne, daß jede Vorsicht überflüssig war. »Aber man hat die Leiche von Das doch noch nicht gefunden, oder?«

Er sah sie scharf an. »Vielleicht ist er nicht tot.«

»Onkel Josh scheint nicht daran zu zweifeln. Um seinetwillen und vielleicht auch um deinetwillen hoffe ich, daß er recht hat. Wenn Das lebt, kann das umfassende Geständnis euch beide in große Schwierigkeiten bringen«, erklärte sie. Olivia konnte sich diese Offenheit leisten, denn jetzt stand sie weder auf der einen noch auf der anderen Seite.

Er versuchte nicht, ihre Schlußfolgerung in Frage zu stellen, sondern räumte bereitwillig ein: »Ja, das stimmt. Woher kennst du das Geständnis?« fragte er.
»Onkel Josh hat die Kopie.«
»Slocum ebenfalls«, bemerkte Ransome bitter. Er dachte nach und nickte. »Josh irrt sich nicht, Jai hat Das umgebracht. Das verfluchte Geständnis und seine Rolle bei diesem... diesem unseligen Abenteuer... war für Das so gut wie ein Todesurteil.« Er schloß gequält die Augen.
»Und man wird die Leiche nicht finden«, sagte Olivia tonlos.
»Nein, man wird sie nicht finden. Raventhorne hat sie auf der *Ganga* mitgenommen.« Olivia bekam eine Gänsehaut – in jener letzten Nacht im Hafen war eine *Leiche* an Bord gewesen, während sie bei ihm war...? Ransome fuhr fort: »Josh ahnte es, aber Slocum wußte natürlich nichts. Er ließ verschiedene andere Plätze durchsuchen...«
»Hat Onkel Josh ihm die Augen geöffnet?« fragte Olivia sarkastisch und erinnerte sich an sein merkwürdiges Verhalten an jenem Abend. »Er hat sich doch sicher die einmalige Gelegenheit nicht entgehen lassen, seinen verhaßten Feind hängen zu sehen?«
»Nein. Bevor er es tun konnte, erreichte ihn deine Nachricht«, sagte Ransome. »Und danach war es zu spät. Selbst wenn Slocum der *Ganga* ein Polizeiboot flußabwärts bis Kedgeree nachgeschickt hätte, wäre Raventhorne bereits auf dem offenen Meer gewesen.«
»Andererseits, Onkel Arthur«, bemerkte Olivia spöttisch, »ist das doch für alle Beteiligten das beste! Jetzt kann man unbesorgt Das allein die Schuld geben und indirekt sogar Raventhorne. Slocum wird erklären, der Mann sei von Schuldgefühlen überwältigt geflohen, nachdem er auf plumpe Weise versucht habe, euch beide durch dieses Geständnis in die Sache hineinzuziehen. Das Geständnis ist wertlos. Man kann es verbrennen und vergessen. Selbst die wenigen, die die Wahrheit kennen, werden sie im Interesse der Gesellschaft bereitwillig für sich behalten. Was würde noch ein sinnloser Skandal auch nützen? Also ist keiner der Verlierer.« Genau das hatte Jai vorausgesagt. Unter anderen Umständen und zu einer anderen Zeit

hätte Olivia sich schrecklich darüber aufgeregt. So konnte sie nur bitter lächeln.
Ransome wurde rot. »Ich würde deine Behauptungen gern zurückweisen, Olivia«, murmelte er unglücklich, »aber ich kann es nicht. Es war ein widerwärtiger, unmoralischer und böser Plan. Ich habe erst davon erfahren, als es zu spät war. Ich kann den Schaden nicht wiedergutmachen, und auch zu Joshs Verteidigung kann ich nichts sagen – oder vielleicht nur, daß er es wie Raventhorne nicht ertragen kann zu verlieren. Im Chinageschäft lernt man, sich zu wehren, wenn man bedroht wird. Man schont niemanden und wird nicht geschont. Josh hörte nicht mehr auf die Stimme der Vernunft. Er wollte Raventhornes Freundschaft mit Arvind Singh zerstören und das Vertrauen des Maharadscha in seinen Freund. Dann hätte das Konsortium die Lücke füllen und die zerstörte Kohlengrube übernehmen können. Arvind Singh hätte bereitwillig und dankbar das Angebot angenommen. Raventhorne wäre in Kirtinagar für immer *persona non grata* gewesen – und säße natürlich im Gefängnis. Genau darauf zielte Joshs Plan. Gerechterweise muß man hinzufügen, er hatte nicht beabsichtigt, daß ein Mensch dabei ums Leben kam.«
»Kein Mensch«, murmelte Olivia geistesabwesend, ohne richtig zuzuhören, »nur ein Eingeborener ...«
Der aufrichtig bekümmerte Ransome überhörte ihre Bemerkung. »Estelles Flucht hat Josh völlig aus dem Gleichgewicht gebracht, aber meine moralische Verantwortung bleibt, Olivia. Ich werde vor unserer Abreise nach Barrackpore mit dem Maharadscha sprechen. Wenn Arvind Singh so großmütig ist, mich in Kirtinagar zu empfangen, werde ich ihn um Verzeihung bitten. Ich werde mich bereitwillig demütigen. Es muß eine Wiedergutmachung angeboten werden, eine substantielle Wiedergutmachung für die Zerstörung.«
Olivia hing ihren eigenen Gedanken nach und konnte sich nicht länger auf Ransomes Worte konzentrieren. Die Vergangenheit beschäftigte sie ohnehin nicht mehr. Aber bei der Erwähnung von Kirtinagar sah sie Kinjal wieder vor sich und hörte klar und deutlich ihre Worte: *Ich habe Angst um Sie.* Olivia spürte einen feinen Stich in ihrem Herzen: Wie sollte sie Kinjal je wieder unter die Augen treten?

»Wenn Onkel Josh auf seine Mutter gehört hätte, wäre das alles nicht geschehen.«

Olivia wurde erst bewußt, daß sie laut gedacht hatte, als Ransome antwortete: »Das stimmt.« Er verzog das Gesicht. »Ich kenne keinen Mann, dem so viele den Tod wünschen! Aber Jai ist wie ein Phönix. Er überlebt, er erträgt, er erhebt sich immer und immer wieder aus der Asche. Und er kehrt in unser Leben zurück. Und Gott sei es geklagt, er wird auch diesmal zurückkommen!«

Der feine Stich hatte Olivia daran erinnert, daß sie trotz allem noch lebte, und nun spürte sie den Stich deutlicher. Er ließ sich nicht ignorieren. Auch wenn es ihr alles nichts mehr nützte, jetzt wollte sie die ganze Wahrheit wissen.

»Wann hast du ihn damals wiedergesehen, Onkel Arthur?«

Sie mußte nicht ausführlicher fragen, denn die Vergangenheit lebte klar und deutlich in ihm. »Wann?« Ransome kniff nachdenklich die Augen zusammen. »Ungefähr sechs Jahre danach. Eines Morgens fand ihn Josh vor dem Tor. Er stand einfach da – wie Lazarus, der von den Toten auferstanden ist!«

Unwillkürlich blickte Olivia zum Fenster, beinahe als stehe er immer noch am Ende der Auffahrt vor dem Tor. Sie überlegte schnell – acht plus sechs sind vierzehn... Er mußte damals in dem Gasthaus gearbeitet haben. Welch eine Ironie: Als sie sich leidenschaftlich danach sehnte, die dunklen Bereiche seines Lebens zu ergründen, blieben sie ihr verschlossen. Jetzt fand sie plötzlich einen Zugang, ohne einen Nutzen daraus ziehen zu können. Aber in der dürren Wüste ihrer Seele spürte sie noch ein Lebenszeichen, einen Schmerz, nur einen Schmerz, der aber ach so willkommen war.

»Was wollte er?«

Ransome hob beide Hände. »Nichts. Er stand nur am Tor. Als Joshs Kutsche auf dem Weg zum Kontor an ihm vorbeirollte, blickte er ihn lediglich durchdringend und lange an. Er sagte nichts. Josh nahm ihn nicht zur Kenntnis. Aber dann machte es sich der Junge zur Angewohnheit, jeden Morgen mit diesem starren Blick dort zu stehen, wenn Josh das Haus verließ. Er sagte nichts, er bewegte sich nicht, er starrte ihn nur an. Nach drei oder vier dieser merkwürdigen und sinnlosen Begegnungen wurde Josh nervös. Im Blick des Jungen lag eine solche Drohung – Josh bezeichnete es als Haß –, daß er nahe daran war, wieder die Geduld zu verlieren. Zuerst übersah er den Jungen...« Ransome brach ab und erklärte dann: »Weißt du, obwohl er acht Jahre in meinem Haus gelebt hatte, war es mir nie in den Sinn gekommen, mich nach seinem Namen zu erkundigen. Für mich war er immer ›der Junge‹ oder ›der verdammte Junge‹. Erst nachdem er verschwunden war, erfuhr ich von den Dienstboten, daß seine Mutter ihn Jai nannte.«

»Wie ich gehört habe, bedeutet es ›Sieg‹«, murmelte Olivia, »ein passender Name.«

»Ja, das stimmt«, sagte Ransome und nickte. »Also, um auf die morgendliche Begegnung am Tor zurückzukommen – Josh wurde wütend. Er drohte, den Jungen wieder auszupeitschen. Aber ich beruhigte ihn und riet ihm, sich zu keiner unüberlegten Handlung hinreißen zu lassen. Was ist schon dabei, sagte ich zu ihm, soll er dich doch anstarren, bis ihm das alberne Spiel langweilig wird. Josh hielt sich in den nächsten Tagen an meinen Rat und tat nichts. Eines Morgens warf er ihm impulsiv eine Handvoll Münzen zu, als die Kutsche vorüberfuhr. Der Junge würdigte das Geld keines Blickes. Er sprang auf das Trittbrett, und zum ersten Mal sagte er etwas. In stockendem Englisch sprach er langsam und mühsam die Worte, die er sich offenbar oft vorgesagt hatte: ›Sie können mir *nichts geben,* Sir Joshua Templewood. Aber eines Tages werde ich Ihnen *alles nehmen* – Ihr Geld, Ihr Geschäft, Ihren Ruf und alles, was Ihnen wert und teuer ist.‹ Dann sprang er ab und lief davon. Josh sah ihn nicht wieder...«

»Es vergingen sechs Jahre...«

Wenn ihre Worte Ransome überraschten, dann zeigte er es nicht. Vielleicht quälte ihn die eigene Schuld zu sehr, während er die verschlungenen Fäden der Tragödie zu entwirren suchte. »Ja. Als er dann wieder auftauchte, war ein anderer Mensch aus ihm geworden. Er bot ein überraschendes Bild. Ohne jede Vorankündigung betrat er eines Tages Joshs Büro, und abgesehen von zwei Dingen war er nicht wiederzuerkennen: die widerwärtige Überheblichkeit und die starren, leblosen Silberfischaugen mit dem teuflischen Blick. Aber in seinen Augen lag kein Haß mehr. Aus ihnen sprach ein eiskaltes Selbstvertrauen und eine unerschütterliche Sicherheit. Er wirkte völlig gelassen, besaß tadellose Manieren und trug einen eleganten, teuren Anzug mit Weste, hohe Lederstiefel und eine seidene Krawatte. Er verbeugte sich höflich und stützte herausfordernd die Hand in die Hüfte. Er redete nur mit Josh und sprach fehlerfreies, gepflegtes Englisch. Es war eine Wiederholung seiner Drohung von vor sechs Jahren, und er fügte hinzu: ›Ich bin gekommen, um Sie daran zu erinnern, daß ich noch lebe, Sir Joshua. Und ich vergesse nie, wie man das auch Elefanten nachsagt.‹ Er lachte, verbeugte sich noch einmal, drehte sich um und ging hinaus.«

Erregt war Ransome aufgestanden und lief langsam, auf seinen Stock gestützt, im Zimmer auf und ab. Er trat an das Fenster und öffnete es, denn im Raum war es zu warm geworden. Ein heftiger Windstoß ließ das Feuer flackern, und er holte tief Luft.

»Ich bin kein ängstlicher Mensch, Olivia, und Josh erst recht nicht. Aber ehrlich gesagt, an diesem Tag waren wir beide bis ins Innerste getroffen. Die unerwartete und plötzliche Rückkehr, die unfaßliche Verwandlung der Raupe zum Schmetterling, der furchtlose Auftritt und die selbstsichere Drohung – das alles war schlimm genug, aber das Schlimmste war seine Ausstrahlung. Von diesem Mann ging etwas Unmenschliches aus, eine Art... *Niederträchtigkeit.*« Er schwieg und lachte entschuldigend. »Vielleicht findest du das etwas zu melodramatisch, Olivia. Aber weder Josh noch ich neigen zu phantastischen Übertreibungen, und wir waren wirklich zu Tode erschrocken. Mir war bewußt, daß ich ihn nicht mochte, aber von diesem Tag an lernte auch ich ihn zu fürchten. Erst später erfuhren wir, daß er sich inzwischen Raventhorne nannte.«

Ein Leuchtkäfer flog durch das offene Fenster und schwebte durch den Raum. Olivia folgte ihm mit den Augen und bemerkte, wie hübsch er im Halbdunkel aussah. »So hat sich also schließlich das seit langem drohende Schicksal erfüllt...«

Ransome hörte die geflüsterten Worte und runzelte die Stirn. »So kann man es auch ausdrücken. Wie immer sein verfluchtes Schicksal auch aussehen mag, er hat jedenfalls seine Drohung wahrgemacht.«

Er zog voll Abscheu die Mundwinkel nach unten. »Wir müssen jetzt das unverdiente Schicksal der unschuldigen und einfältigen Estelle betrauern.«
Die stechenden Schmerzen, die Wellen der wieder erwachten Gefühle verwandelten sich in eine Flut des Hasses. Wer betrauert mein Schicksal? rief Olivia innerlich. Ich war auch einfältig und habe alles verloren! Wer vergießt Tränen, weil ich nicht mehr unschuldig bin? Aber wie immer blieb ihr Zornesausbruch stumm.
Sie wußte jedoch, daß Arthur Ransome nicht ganz ehrlich gewesen war. Er hatte ihr noch nicht alles gesagt.

*

Allein in ihrem Zimmer las Olivia in dieser Nacht zum ersten Mal Estelles Brief. Sie tat es weder aus Neugier noch aus Mitgefühl für die durchgebrannte Cousine, sondern aus rein egoistischen Gründen. Der Damm der endlosen Qual, der sie gegen die Wüste abschottete, zu der ihr Inneres geworden war, hatte Risse bekommen. Die Risse mußten vergrößert werden, der Damm mußte brechen. Sie mußte sich ihrem gerechten Zorn überlassen. Sie brauchte etwas, um ins Leben zurückzufinden. In diesen gefühllosen Leichnam mußten Empfindungen gepumpt werden.
Sie mußte weinen.
Olivia las:
»Geliebte Mama, geliebter Papa,
wenn Ihr diesen Brief erhaltet, bin ich auf der *Ganga* und fahre mit Jai Raventhorne durch die Bucht von Bengalen nach Amerika ...«
Olivia überflog die nächsten beiden Absätze, in denen Estelle wortreich behauptete, sie habe große Gewissensbisse, weil sie ihren Eltern so viel Kummer bereite, und sie habe Verständnis für ihr Leid. Estelle beteuerte ihnen, sie teile ihren Schmerz, wenn sie sich nicht gerade auf den Wogen ihres neuen Glücks davontragen lasse. Estelle erklärte, es sei ihr unmöglich, die leidenschaftlichen Forderungen ihres Herzens beiseite zu schieben, auch wenn die Vernunft es gebiete. Als Gründe für diesen ›unwiderruflichen Schritt‹, wie sie es nannte,

führte sie die Demütigungen an, die sie als ›ein Vogel im goldenen Käfig‹ hatte ertragen müssen, ohne die Freiheiten, die ihr als einer erwachsenen Frau zustanden. Außerdem folge sie der überwältigenden Liebe für einen Mann, den sie haßten und mit himmelschreiender Ungerechtigkeit verteufelten.

Dann verteidigte sie mit glühenden Worten Jai Raventhorne, den Sündenbock der Gesellschaft. Sie warf ihren Eltern vor, sie hätten seine Qualitäten, seinen natürlichen Anstand und seine Liebenswürdigkeit, seine Charakterstärke und Geduld nie gewürdigt, ja nicht einmal wahrhaben wollen. Sie habe bei ihm nur Ritterlichkeit erlebt und natürlich eine so selbstlose Liebe, wie sie es nie für möglich gehalten hätte. »Ich schäme mich meiner Liebe für Jai nicht. Im Gegenteil, ich bin stolz, jawohl *stolz* darauf! Ich habe ihm mein Leben überantwortet, weil mein Vertrauen in ihn unerschütterlich ist. Zum ersten Mal in meinen achtzehn Jahren bin ich richtig, richtig glücklich.«

Der Brief schloß mit der Bitte um Vergebung und mit der beschwörenden Aufforderung, sie sollten ihr Glück teilen, wenn sie ihre Tochter wirklich liebten. Estelle schloß mit der Beteuerung, sie werde immer ihre sie liebende, wenn auch ungehorsame Tochter bleiben.

In dem großen braunen Couvert entdeckte Olivia einen bisher unbemerkt gebliebenen kleinen weißen Briefumschlag. Er war verschlossen und an sie adressiert. Im ersten Augenblick, während sie gegen ihren Zorn ankämpfte, wollte sie ihn ungelesen verbrennen, aber dann überlegte Olivia es sich anders. Das Messer in der Wunde war noch nicht ganz gedreht. Sie mußte den Schmerz in seinem vollen Ausmaß ertragen. Olivia riß den Umschlag auf und las:

»Meine liebe, liebe Oli, meine einzige Freundin,

es gibt keine Worte, mit denen ich Dir meine Dankbarkeit auszudrücken vermag. Du hast mir den Weg zu dieser wunderbaren, einfach wunderbaren Erfüllung gezeigt – den Weg zu der Liebe meines Lebens, meiner einzigen Liebe. Du hast mein Interesse für diesen Mann geweckt, den Du einmal zufällig getroffen hast. Und Du hast mich gelehrt, ihn in einem anderen Licht zu sehen als die übrigen.

Unbewußt hast Du mir gesagt, daß man ihm statt Verachtung und Haß Mitgefühl entgegenbringen muß, etwas, das ihm alle verwehren. Wir durften im Haus meiner Eltern nicht einmal seinen Namen aussprechen! Und jetzt klingt sein Name bei jedem Schlag meines Herzens in mir und erfüllt mich mit einer Freude, von der ich nie hoffen kann, sie in Worte zu fassen.
Ich wollte Dir *unbedingt* alles erzählen, liebste Oli. Ich fand, daß Du der einzige Mensch auf der Welt bist, der wirklich versteht, was ich empfinde. Leider wurdest Du krank, und ich konnte nicht mit Dir sprechen. Vielleicht ist es auch ganz gut so. Ich kenne Deine hohen Ideale, Dein Pflichtgefühl, Deine Aufrichtigkeit, mit der Du alles tust, und angesichts dessen bin ich sicher, daß Du versucht hättest, mich von meinem Entschluß abzubringen. Wäre es Dir gelungen? Wer kann das jetzt sagen? Ich zweifle nicht an meiner Liebe zu Jai, aber Deine Logik ist immer so unglaublich überzeugend gewesen.
Ich sitze hier in Chitpur, in einem von Jais malerischen und reizenden Häusern. In einer Stunde – in sechzig Minuten! – wird er mich holen lassen. Man bringt mich dann an Bord der *Ganga.* Weißt Du noch? Das ist der schöne Klipper, den wir damals von weitem bewundert haben. Wie sehr wünsche ich mir, Du könntest das alles sehen, liebe Oli! Auf diesem majestätischen Schiff werden wir die sieben Meere erforschen, das hat Jai mir versprochen. Ich kann es kaum erwarten! Endlich, endlich wird die große, weite Welt mit all ihren Geheimnissen mir gehören – nein, *uns!*
Du wirst es nicht glauben, aber der Schmerz um meine geliebten Eltern ist unsagbar groß. Es ist die einzige Wolke an dem sonst strahlenden Himmel. Ich weiß, daß Du in Deiner großen Klugheit, dem Mitgefühl und der Liebe, die Du für mich empfindest, sie trösten und auch mein Vergehen mildern wirst, indem Du sie bittest, mir zu verzeihen. Ich weiß, Du wirst ihnen eine sehr viel bessere Tochter sein, als ich es je gewesen bin. Sie werden Dich brauchen – und Du wirst ihnen helfen, so wie Du immer Deinem Vater geholfen hast. Aber auch wenn Du böse auf mich bist, liebe Oli, versprich mir, daß Du nie, nie aufhörst, Deine unverbesserliche Cousine zu lieben, denn meine Liebe für Dich ist groß und unveränderlich. Ich habe Jai so

viel von Dir erzählt – so viel! Wenn Gott will, wirst Du ihn eines Tages so kennenlernen wie ich, und Du wirst ihn lieben wie ich.
Jetzt muß ich mich beeilen. Jais Kutscher wartet auf mich. Die *Ganga* darf die Flut nicht versäumen, sonst wird Jai wütend. Alles Gute für Dich, liebe Oli, und auf Wiedersehen, nicht Adieu. Ich bin Dir dankbar für alles, was Du mir gegeben und was ich von Dir gelernt habe, und ich stehe in Deiner Schuld. Ich werde versuchen, ein so guter Mensch zu werden wie Du, denn Dein Vorbild ist für mich wie ein Leuchtturm, der mich zu meinem Schicksal führt, von dem ich mich nicht abbringen lassen werde. Du wirst mich Deiner Liebe würdig finden – wenn auch nicht jetzt, während Du das liest, so doch vielleicht eines Tages, und deshalb bin und bleibe ich im Augenblick Deine unwürdige, egoistische Cousine Estelle.«
Es folgte ein Postskriptum: »Hast Du wirklich geglaubt, ich sei in *Clive Smithers* verliebt? Gott bewahre!«
Und noch eins: »Wenn ihr mein Zimmer ausräumt – wie Mama es sicher auf der Stelle tun wird –, dann gib bitte Charlotte die silbernen Sandalen zurück und Polly die Noten. Sie liegen in meinem Sekretär. Ich werde Papa die häßlichen Dinge nie verzeihen, die er mir an den Kopf geworfen hat, und Mama nicht ihre Bevormundung. Aber obwohl sie mich so wenig lieben, habe ich alles so geheimgehalten, daß Du – besonders Du! – stolz auf Deine schwatzhafte Cousine sein kannst! Ich habe niemanden – nicht einmal Charlotte! – in meine Pläne eingeweiht. Mama kann also zufrieden sein, denn sie hat vielleicht eine Tochter verloren, aber nicht ihren Ruf. Wenn es einen Skandal gibt, dann habe ich wenigstens nichts damit zu tun. E.«
Olivia blieb mit dem Brief in der Hand regungslos sitzen. In ihr war alles zum Stillstand gekommen. Sie befand sich im Innern eines Orkans. Die Welt um sie herum war noch in Aufruhr, aber hier herrschte nur eine gespenstische Ruhe. Dann stand sie auf, legte sich auf das Bett und schloß die Augen. Aus der Dunkelheit hinter den Lidern tauchten nacheinander die Bilder auf, die sie so lange in ihrer erstarrten Seele eingeschlossen hatte, und zogen höhnisch vorüber. Fratzen tauchten aus verborgenen Winkeln auf und verspotteten sie hemmungslos. Der Orkan tobte. Das Zentrum des Orkans, in dem

sie für kurze Zeit Ruhe gefunden hatte, verlagerte sich. Plötzlich traf sie die ganze Wucht der entfesselten Gewalten.
Olivia krümmte sich vor Schmerz.
Der Sturm tobte die ganze Nacht. Spitze Messer bohrten sich in ihr Fleisch, zerfetzten und zerstückelten sie. Mit Säure getränkte Erinnerungen schossen ihr durch den Kopf und verbreiteten ihr Gift so gründlich, daß nichts davon unberührt blieb. Die Höllenqual steigerte sich ins Unerträgliche, und um ihre Gefühle nicht hinauszuschreien, stopfte sie sich das Kissen in den Mund. Aber sie wußte, der Schmerz würde erst nachlassen, wenn sie aufhörte zu atmen. Sie wurde von Krämpfen geschüttelt. Je mehr von den Qualen aus ihr herausfloß und ausgelöscht wurde, desto mehr wurde in ihr neu erschaffen. Wie ein Wasserfall nahm der tosende Strom der Foltern kein Ende.
Sie wollte sterben.
Aber der Tod ist kein freundlicher Wohltäter, den man ohne weiteres rufen kann. Die Kräfte in ihrem Körper erschöpften sich nicht und blieben in ihrer unendlichen Vielfalt erstaunlich einfallsreich. Ihr war keine mühelose Flucht vor dem geflüsterten Echo der Liebe gegönnt, dem melancholischen Flehen der aschgrauen Augen, in denen täuschende Tränen standen, auch keine Flucht vor den überwältigenden Zärtlichkeiten des Mannes, der sie kannte, den sie jedoch überhaupt nicht gekannt hatte. Verwirrung, Bitterkeit, unnützer Zorn umringten sie wie lachende Gespenster und wichen nicht von ihrer Seite. Und wenn sie verschwanden, kehrten sie im nächsten Augenblick wieder, um Olivia an ihre Hilflosigkeit zu erinnern. Die verzerrten Gedanken ihrer entfesselten Phantasie ließen sie Halluzinationen sehen: Estelle erkundete beglückt das bezaubernde Haus, das ihr so gefiel – Estelle stieg die Strickleiter zum Deck hinauf und griff nach der Hand des Geliebten – Estelle lag mit den flachsblonden Haaren auf den großen Kissen in dem Himmelbett – und Estelle erwachte in den Armen dieses Mannes zu einer Leidenschaft, die sie triumphierend zur Frau machte ...
Vertraue mir.
Verzeih mir.

Aber ja, ich liebe dich …
Lügen, Lügen, Lügen – alles Lügen! Das Ausmaß und die Eindeutigkeit, mit der er sie betrogen hatte, war so groß, so bizarr, daß Olivia es noch nicht begreifen konnte.
Opfer!
Verstrickt in dem endlosen Gewirr des Geschehenen vermochte Olivia nicht, einen klaren Gedanken zu fassen. Wer war das Opfer – sie oder Estelle? Oder waren sie es beide? Die längste Nacht ihres Lebens brachte ihr weder Antworten noch Erleichterung. Und als sich schließlich im Osten der Himmel rosa färbte, verhieß ihr der Morgen nur einen weiteren Tag in der Hölle, auf den der nächste, der nächste und der nächste folgen würde.
Olivia legte den Kopf auf die Fensterbank und weinte. Nur die Tränen verrieten, daß ihr Körper lebte, obwohl alles andere in ihr gestorben war.

Zwölftes Kapitel

Die dänische Siedlung in Serampore war ein hübsches Städtchen mit weiß verputzten Häusern und wirkte vom Bungalow der Templewoods in Barrackpore, am anderen Ufer des Hooghly, noch europäischer als Kalkutta. Von dort verbreitete die Baptistenmission unter der klugen Leitung des berühmten Dr. Marshman, eines liberalen und allgemein geachteten Missionars, ihre quasi-religiöse Zeitschrift *Der Freund von Indien.* Olivia mochte Barrackpore, das seinerseits ein Militärstützpunkt war und entsprechend gepflegt und ordentlich wirkte. Dazu trugen der kühle grüne Wald, ein ausgedehnter herrlicher Park und eine Atmosphäre ruhiger Zuverlässigkeit bei. Sie waren in einem Konvoi von Booten mit Gepäck und Dienstboten den Fluß hinaufgefahren. An beiden Ufern blühten rotes, weißes und violettes Springkraut, hellblaue Winden, weiße Datura und unzählige Kletterpflanzen, die sich um dichte Umzäunungen aus Aloe rankten. Kokos- und Dattelpalmen, Bambushaine und hohe Farne hoben sich eindrucksvoll von dem klaren blauen Himmel ab, den die Wintersonne in schönstem Glanz erstrahlen ließ.

Fünf Wochen nach Estelles Flucht war der schneidende Schmerz etwas dumpfer geworden, aber sonst gab es wenig Trost. Jeder von ihnen blieb versunken in das eigene Schweigen und pflegte die eigenen Wunden nach den bedauernswert unwirksamen Methoden, die er für angebracht hielt. Der einst so gebieterische Handelsherr, der ungekrönte König seiner Branche, war nur noch ein Wrack. Sein Verstand verschloß sich der Wirklichkeit. Er schien ein Fremder im eigenen Körper zu sein und sich selbst überhaupt nicht wahrzunehmen. Lady Bridget hatte sich in die Religion gestürzt. Ihre zuckenden Hände ließen die Bibel nicht mehr los. Aber ihre glasigen Augen schienen kein Wort von dem zu lesen, was dort stand. Olivia begrub ihre Verzweiflung hinter einer Fassade hektischer Geschäftigkeit und empfand körperliche Müdigkeit als die einzige Rettung. Wie das Gepäck, so mußte auch alles, was im Herzen verschlossen war, mitgenommen werden, wenn man versuchte, durch einen Ortswechsel zu fliehen.

Olivia klammerte sich inzwischen nur noch an die Absicht, so bald wie möglich zu ihrem Vater nach Hawaii zu fahren.

»Ich fände es gut, wenn Josh und Bridget uns auf den Abendspaziergängen begleiten würden«, sagte Arthur Ransome eines Tages, als sie bereits eine Woche in Barrackpore waren. »Ein kleiner Ausflug könnte ihnen vielleicht helfen, ihren Kummer zu vertreiben.«

Sie spazierten um den Exerzierplatz und beobachteten die zackigen Übungen einer Gruppe Soldaten. An einer Seite des Platzes befanden sich hohe überdachte Ställe, in denen massige Elefanten mit Blättern und Zweigen gefüttert wurden, während die *Sepoys* mit beachtlicher Präzision ihren täglichen Drill absolvierten. »Die Menschen neigen dazu, ihr Leid eifersüchtig zu verteidigen«, erwiderte Olivia. Estelles im Stich gelassener kleiner Spaniel winselte und zog an der Leine. Olivia beugte sich zu ihm herunter, löste die Leine und ließ ihn laufen. »Und wie alles andere muß auch das Leid durchlebt werden, ehe die Zeit es heilt, ob man nun geheilt werden will oder nicht. Früher oder später werden sie sich mit dem Verlust abfinden.«

Wie gefühllos und überheblich das klang! Würde *sie* sich je mit ihrem Verlust abfinden?

»Das glaube ich auch«, stimmte Ransome zu, »aber mich schmerzt am meisten, daß sie offenbar nichts mehr voneinander wissen wollen.«

Er hatte recht. Tragödien und Katastrophen bewirken meist, daß Familien zusammenrücken. Estelles Flucht schien die Templewoods jedoch noch weiter auseinander zu treiben. Dumpfer Haß, unausgesprochene Vorwürfe, die Einöde vergeblicher Gedanken und die Unmöglichkeit, die Gegenwart des anderen zu ertragen, lagen wie eine dunkle Wolke über ihnen. Sie sprachen kaum ein Wort und blieben

in abgesteckten Bereichen, in die niemand eindringen durfte. Das war tragisch, aber für Olivia wurde es aus anderen Gründen zu einer zunehmenden Last. In der wachsenden gegenseitigen Entfremdung suchten sie bei ihr emotionale Unterstützung und Kraft. Wie sollte Olivia sie jetzt verlassen, da beide sie so verzweifelt brauchten?
Die letzte Dezemberwoche brach an. Weihnachten kam und ging kaum bemerkt vorüber. Eine Einladung der Baptistenmission zum Mittagessen lehnten sie ebenso ab wie die des Militärkommandanten. Es blieb Babulal überlassen, mit einem gebratenen Perlhuhn an den Feiertag zu erinnern, und mit heißen Minzpasteten, die er in einem behelfsmäßigen Ofen mit großer Geschicklichkeit zauberte. Es gab keine Geschenke, es wurden keine Weihnachtslieder gesungen, kein Baum wurde geschmückt, nichts deutete auf den *burra Din,* den großen Tag, hin, den die Christen überall im Land mit Begeisterung feierten. Trotz der religiösen Inbrunst schreckte Lady Bridget vor der Idee zurück, einen Gottesdienst zu besuchen, an dem auch andere Menschen teilnahmen. Und niemand wäre darauf gekommen, Sir Joshua so etwas vorzuschlagen.
Der Gedanke an ein fröhliches Weihnachten war absurd, und Silvester wurde vergessen. Am nächsten Morgen erschien ein Bote aus Kalkutta mit Grüßen von Freddie Birkhurst und seiner Mutter. Das erinnerte sie daran, daß über ihren Alpträumen das Jahr 1848 in aller Stille vergangen war und das neue Jahr bereits begonnen hatte. In einem Brief an Olivia beklagte Freddie, daß sie nicht in der Stadt war, und bat um Erlaubnis, sie sofort nach der Rückkehr besuchen zu dürfen.
Freddie! Olivia hatte ihn in den vergangenen Wochen beinahe vergessen! Aber jetzt mußte sie natürlich auch an ihn denken. Sie war ihm noch immer die Antwort auf den Heiratsantrag schuldig. Es gab keinen Zweifel daran, wie die Antwort ausfallen würde, aber bereits die Aussicht, ihn mit sinnlosen Phrasen zu trösten und seine verzweifelten Klagen und möglichen erneuten Überredungsversuche anzuhören, erschien ihr unerträglich. Olivia hatte Arthur Ransome eigentlich sofort nach der Rückkehr nach Kalkutta bitten wollen, ihre Rückreise zu buchen, aber als sie Freddies leidenschaftlichen

Brief in Händen hielt, beschloß sie, das Thema sofort zur Sprache zu bringen. Mit einer langen Liste guter Gründe versuchte sie, ihm die bittere Pille schmackhaft zu machen. Sie berichtete, das Asthma ihres Vaters bereite ihm wieder große Schwierigkeiten, er bitte um ihre Hilfe bei einem neuen Buch, er habe in Hawaii Land gekauft, und es sei nicht zu verantworten, daß er sich allein auf der Insel abmühe... Olivia schämte sich, als sie dem guten und aufrechten Freund diese Lügen auftischte. Aber die Verzweiflung hatte ihr Gewissen abgestumpft, und ein neuer, noch verheerenderer Sturm braute sich über ihrem Kopf zusammen. Die schnell herannahenden Böen der Panik drohten bereits, sie davonzuwehen.

»Aber natürlich, mein Kind.« Ransome bemühte sich tapfer, seine Enttäuschung zu verbergen, und nahm ihre Erklärungen ohne Einwände hin. »Es ist unverzeihlich egoistisch von uns, dich hier festzuhalten, wenn du woanders so sehr gebraucht wirst. Du kannst dich darauf verlassen, sobald wir wieder in Kalkutta sind, werde ich alles Nötige in die Wege leiten.« Seine Traurigkeit war nicht zu übersehen, aber er äußerte sich nicht weiter darüber, sondern wechselte rasch das Thema und erzählte ihr von seinem Besuch in Kirtinagar.

Olivia hatte vergessen, daß er sich um ein Gespräch mit Arvind Singh bemühte. Im Grunde wollte sie nicht mehr an die unglückselige Kohle und all das Unheil denken, das sie ausgelöst hatte. Und auch jetzt hörte sie Ransome nur deshalb aufmerksam zu, weil sie sich in letzter Zeit in Gedanken viel mit Kinjal beschäftigte. Ransome berichtete, Arvind Singh habe ihn schließlich doch empfangen, aber höchst ungnädig, wozu er, wie Ransome beteuerte, durchaus berechtigt sei. Der Maharadscha habe jedoch klargestellt, daß er nicht an einem neuen Skandal interessiert sei. Da die Versicherungsgesellschaft sich jedoch weigere, ihren Zahlungsverpflichtungen nachzukommen, und nach Ausflüchten suche, sei es an Templewood und Ransome, sofort für die Instandsetzung der Grube zu sorgen und die Familie des tragisch verunglückten Nachtwächters zu entschädigen. Ransome sagte, er habe sich selbstverständlich bereit erklärt, alle Forderungen zu erfüllen. »Man kann der Gerechtigkeit nicht länger aus dem Weg gehen, auch wenn die Verluste uns ruinieren. Wir können ebensogut das Geschäft aufgeben«, schloß er bekümmert und fügte mit einem tiefen Seufzer hinzu: »Nun ja, ich habe den Spaß am Handel und Josh hat den Verstand verloren. Wenn alles bezahlt ist, werden wir kaum noch zahlungsfähig sein. Und ich bin zu alt und zu entmutigt, um noch einmal neu anzufangen. Als wir die *Sea Siren* verloren, wußte ich, daß wir uns von diesem Schlag nicht mehr erholen würden.«

Olivia fragte überrascht: »Aber euer Kapital kann doch nicht so klein sein! Habt ihr denn keine Rücklagen?«

»Zur Zeit leben wir von den Rücklagen. Inzwischen sind nur noch wenige Unternehmen bereit, mit uns Geschäfte zu machen, denn sie fürchten, von Trident auf die schwarze Liste gesetzt zu werden. Niemand möchte sein Geld aufs Spiel setzen, indem er allen Zorn auf sich zieht, wenn Jai zurückkommt.« Er lächelte. »Mein Kind, in Indien kann man über Nacht Millionär werden, aber ebenso schnell auch bettelarm.«

Wenn Jai zurückkommt ...!

Als Olivia diesen Satz hörte, klang er zu absurd, zu wirklich, um in ihrem Bewußtsein eine Resonanz auszulösen. Sie empfand nur mit erneutem Schmerz die unglaubliche Verschwendung – soviel war zerstört worden, so viele Leben waren ruiniert. Jai Raventhorne hatte seinen Schwur und sein Schicksal erfüllt und dafür gesorgt, daß nichts in ihrem Leben heil blieb.

Es ist nicht dein Krieg, Olivia. Gerate nicht ins Kreuzfeuer.

In dieser Nacht weinte Olivia wieder. Sie weinte still und sah zum ersten Mal, wie zielstrebig und methodisch sie ihren Untergang in die Wege geleitet hatte. Sie hatte die Warnungen gehört und sich unbesorgt darüber hinweggesetzt. Sie hatte die Hinweise, Omen und das unheilverkündende Zeichen gesehen, sie aber nicht in ihrer vollen Bedeutung verstanden und wahrgenommen. Sie hatte sich kopfüber in eine Katastrophe gestürzt, die er und nicht sie abwenden wollte. Nein – in Wirklichkeit hatten weder Jai noch Estelle sie betrogen. Olivia hatte das selbst besorgt. Und so gab es für sie nicht einmal den Trost, einem anderen Vorwürfe machen zu können.

Ich brauche Zeit, dachte sie und dann: Kann mir die Zeit wirklich helfen?
Ironischerweise war es für sie eine trügerische Illusion zu hoffen, die Zeit heile ihre Wunden, auch wenn das im allgemeinen richtig sein mochte. Olivia ahnte mit wachsender Gewißheit, daß die Zeit sie ebenso im Stich lassen würde wie Jai Raventhorne.
Seit Olivia die schreckliche Wahrheit kannte, ging sie ihrem Onkel aus dem Weg. Sie hatte nur wenig Mitgefühl für ihn, und es fiel ihr schwer, ihre Verachtung zu verbergen. Aber ungeachtet ihrer persönlichen Gefühle verlangte die Höflichkeit, daß sie ihm ihre Entscheidung mitteilte, seine Gastfreundschaft nicht länger in Anspruch zu nehmen und sein Haus zu verlassen. Olivia beschloß, Lady Bridget später zu informieren, wenn ihr Zustand sich soweit gebessert hatte, daß sie die Nachricht mit Fassung entgegennehmen konnte.
Eines Nachmittags bot sich ihr die Möglichkeit, mit Sir Joshua zu sprechen, als er sie mit dem Entschluß überraschte, angeln zu gehen. Da Arthur Ransome wieder Schmerzen in den Beinen hatte, bot Olivia an, ihren Onkel zum Angelplatz etwas weiter flußaufwärts zu begleiten, wo es viele *bhetki-* und *rahu-*Fische gab. Der Fußpfad führte durch einen *saal-*Wald, in dem Hirsche und Wildrinder lebten. Sir Joshua setzte die Jagdmütze auf, zog sie über die Ohren, klemmte sich das Gewehr unter den Arm und setzte sich auf dem langen Weg schweigend an die Spitze der kleinen Kolonne, die aus Olivia, Rehman und zwei Dienstboten mit dem Angelzeug bestand. Olivia freute sich über die stille und wohltuende Landschaft und bereitete sich bedächtig auf das bevorstehende Gespräch vor. Sie würde natürlich offen mit ihm sein. Es wäre sinnlos, um die Sache herumzureden. Und sie würde sich von ihrer Entscheidung abzureisen auf keinen Fall abbringen lassen.
Erstaunlicherweise bot ihr Sir Joshua die Chance, das Thema zur Sprache zu bringen. Als er am Ziel der Wanderung, auf einer kleinen Halbinsel, die Angelrute zusammensteckte, sagte er, ohne sie anzusehen: »Ich bin froh, daß du mitgekommen bist, mein Kind. Ich möchte mich bei dir schon lange für alles bedanken, was du für uns getan hast. Dein selbstloser Einsatz ist mir nicht entgangen.«

Er sprach etwas schleppend, und seine Stimme klang angegriffen, aber ansonsten schien er ungewöhnlich normal. »Das Unglück hat uns alle getroffen«, erwiderte Olivia steif, »ich habe keine besondere Dankbarkeit verdient.«
Er schüttelte den Kopf. »Wie Arthur mir sagt, haben wir es allein deiner Geistesgegenwart zu verdanken, daß uns ein Skandal erspart geblieben ist. Bridget«, er machte eine Pause und mußte schlucken, »hätte einen Skandal nicht überlebt.«
»Und du?« fragte sie mit einem sarkastischen Unterton.
Er schob bedächtig den Köder auf den Angelhaken. »In Indien lernt man, Mittel zum Überleben zu finden.« Er stand auf, ließ die Leine über dem Kopf kreisen und schleuderte sie geschickt weit hinaus ins Wasser. »Ich habe es gelernt, Bridget nicht.«
Verblüfft wollte Olivia ihm dazu noch eine Frage stellen, überlegte es sich aber anders. Welche Bedeutung diese geheimnisvolle Feststellung auch haben mochte, es interessierte sie nicht mehr. Entschlossen kam sie auf den eigentlichen Zweck dieses Ausflugs zu sprechen, aber sie tat es taktvoll. »Du sagst, du bist dankbar für das, was ich deiner Meinung nach für euch getan habe. Wenn es so ist, darf ich mir dann etwas von dir wünschen?«
Er sah sie überrascht an und nickte. »Wenn es in meiner Macht liegt, dann sollst du es haben.«
»Es liegt in deiner Macht. Wenn du es mit deiner Dankbarkeit ernst meinst, dann versöhne dich mit Tante Bridget. Das wäre für mich eine große Freude.«
Alles an Sir Joshua schien zu erstarren – sogar der Atem. Eine Weile blieb er regungslos sitzen. Dann ließ er das Kinn auf die Brust sinken und schüttelte den Kopf. »Was du verlangst, liegt nicht in meiner Macht«, murmelte er, »hättest du dir den Mond gewünscht ... ja, den Mond hätte ich dir leichter geben können.«
Olivia sah ihn zornig an. Warum nur diese Hartnäckigkeit? »Ich maße mir nicht an, alles zu verstehen, was zwischen euch vorgefallen ist, Onkel Josh, und ich bin auch nicht in der Position, dich danach zu fragen, aber ich finde, die Zeit für falschen Stolz und kleinliche Ressentiments ist vorbei. Bridget würde sich freuen, wenn du ...«

»Du irrst dich, Olivia«, unterbrach er sie barsch, »nichts freut sie mehr. Trotzdem muß ich jetzt das tun, was ich tun muß.«
Diesen Satz versuchte Olivia nicht einmal zu verstehen. Jeder von ihnen hatte jetzt sein Leben so zu leben, wie er es für richtig hielt. Sie durfte sich nicht in Dinge einmischen, die sie nichts angingen. Enttäuscht ließ sie das Thema fallen. »Ich wollte dir sagen«, erklärte sie ihm tonlos, »daß ich zu meinem Vater zurückkehren möchte. Er hat mir geschrieben, daß er mich in Honolulu braucht.«
Die Hände um die Angelrute zitterten, aber Sir Joshua sagte nichts. Olivia schämte sich sofort wegen der Schroffheit, mit der sie gesprochen hatte, und wiederholte hastig die Märchen, die sie bereits Arthur Ransome erzählt hatte. Er hörte schweigend zu und starrte auf den Punkt im Fluß, an dem die Leine im Wasser verschwand. »Ist es schwierig«, fragte Olivia so freundlich wie möglich, »auf einem Schiff, das in den Pazifik fährt, einen Platz für mich zu buchen?«
Er sah sie unbestimmt an. »In den Pazifik? Das glaube ich nicht. Arthur kann dir diese Frage besser beantworten.« Dann runzelte er plötzlich die Stirn. »Bridget hat zwar noch nicht darüber gesprochen, aber sie möchte nach England zurück. Ich spüre es. Kann ich dich noch einmal um einen Gefallen bitten? Wärst du bereit, noch etwas zu warten und sie nach England zu begleiten? Ich werde dafür sorgen, daß du von dort nach Hause fahren kannst, obwohl das ein großer Umweg ist.« Er sah sie ängstlich und mit einem fast entschuldigenden Lächeln an. Olivia wurde blaß, und unwillkürlich verriet ihr Gesicht Entsetzen.
Warten? Unmöglich!
Als Sir Joshua ihre Reaktion sah, ließ er die Schultern hängen. »Ja, ich weiß, es ist eine Zumutung«, murmelte er kaum hörbar, »du hast bereits soviel für uns getan. Ich hätte diese Frage nicht stellen sollen.«
Olivia schämte sich plötzlich. Ihre Tante und ihr Onkel brauchten sie noch. Wie konnte sie die beiden einfach im Stich lassen, wie es Estelle getan hatte?
Aber ich muß hier weg!
Welch eine Ironie! Auch Olivia hätte ihrem Onkel leichter den Mond geben können, als seine Bitte zu erfüllen!

Panik erfaßte sie, denn sie fühlte sich in einer Sackgasse. Der Sturm, der sich über ihr zusammenbraute, wurde zur bedrohlichen Realität, denn sie wußte: *Ich bin schwanger und erwarte Jai Raventhornes Kind.*

*

Bei ihrer Rückkehr nach Kalkutta erwartete Olivia viel Post aus Hawaii. Abgesehen von Briefen gab es schöne Weihnachtsgeschenke für alle. Olivia verteilte rasch den Inhalt der großen Pakete und eilte mit den Briefen in ihr Zimmer, denn sie konnte es kaum abwarten, die Neuigkeiten von zu Hause zu erfahren. Erstaunlicherweise hatten nicht nur ihr Vater, sondern auch Sally und ihre Söhne geschrieben. Sie waren alle in Hawaii ...?

Olivia überflog den Brief ihres Vaters bis zur letzten Seite, denn sie wußte instinktiv, daß dort die eigentliche Neuigkeit stand. »Ich weiß, es wird Dich nicht überraschen«, schrieb er in seiner klaren, ausgeglichenen Handschrift, die sie so sehr an ihn erinnerte, »daß Sally und ich schließlich beschlossen haben zu heiraten. Ich bin sicher, Du hast seit langem damit gerechnet, daß es eines Tages so kommen würde. Wir haben uns beide zu diesem Schritt in dem sicheren Wissen entschlossen, daß Du einverstanden bist und Dich für uns freust. Die Jungs, Gott schütze sie, sind begeistert! Seit Scot gestorben ist, bin ich wie ein Vater für sie geworden, so wie Sally für Dich eine Mutter war. Meine liebe Tochter, Du sollst wissen, daß Deine Mutter einen festen Platz in meinem Herzen hat. Daran wird sich nie etwas ändern. Niemand kann sie mir dort nehmen. Aber im Leben eines Mannes kommt eine Zeit, mein Kleines, in der ein kalter Herd, ein dunkles Haus und nur ein Kissen auf dem Bett schmerzen wie eine offene Wunde. Das Herz sehnt sich nach gemeinsam erlebten Freuden, nach ...«

Olivias Augen füllten sich mit Tränen, und ihr Herz klopfte vor Freude und Glück. Ja, sie hatte gewußt, daß Sally und ihr Vater eines Tages heiraten würden. Olivia konnte sich für sie alle nichts Besseres vorstellen. Sie liebte Sally wirklich, und Dane und Dirk waren für sie bereits wie Brüder. Sie wischte sich die Tränen aus den Augen und las weiter. »...geteiltem Leid und der Wärme menschlicher Gesellschaft. Ich möchte nicht, daß Du das Gefühl hast, Du müßtest Dein eigenes Leben aufgeben, um für Deinen einsamen, alternden Vater zu sorgen. Ich möchte, daß Du heiratest, eine Familie gründest, Kinder bekommst, reisen, Dich entwickeln und wachsen kannst, wie es Dir und Deinem Wesen entspricht. Ich habe mir immer gewünscht, daß Du Dich selbst findest, unabhängig bist, ein Mensch, der vor nichts Angst hat, mutig etwas wagt und immer ehrlich zu sich selbst ist. Vielleicht bist Du bereits dem Mann begegnet, den Du Deiner Liebe für würdig erachtest. Vielleicht ist es der Mann, den Du vor einigen Monaten getroffen hast und den Du wiedersehen wolltest...«

Olivia konnte nicht weiterlesen. Sie achtete nicht auf den bitteren Schmerz, der sie durchzuckte, biß die Zähne zusammen und dachte nur noch an ihren Vater, an Sally und an die stille Zufriedenheit, die aus seinen Worten sprach. Ja, sie würden wieder eine Familie sein. Vielleicht erwartete sie in einem idyllischen Tal auf Hawaii eine Farm mit einem weißgetünchten Farmhaus, in dem es nach frischgebackenem Brot roch und nach Zimtkrapfen, und wo man vielleicht vom Fenster aus das Meer sah. Dort würde es Hühner geben, Schweine, ein oder zwei Pferde, eine Schaukel im Garten und einen weißen Sandstrand für die Kinder zum Spielen...

Zum ersten Mal seit Wochen hob sich für Olivia die dunkle Wolke des endlosen Unheils. Das Leben schien trotz allem nicht ganz ohne Hoffnung zu sein. Mehr denn je sehnte sie sich danach, hier wegzukommen, und in der beseligenden Vorfreude fand sie den Mut, mit ihrer Tante über die geplante Abreise zu sprechen. Seit der Rückkehr nach Kalkutta hatte sich Lady Bridgets Zustand erheblich gebessert. Sie hatte Farbe in den Wangen und lief wieder mit festen Schritten durch das Haus. An diesem Vormittag hatte sie Babulal mit zwei Gurken unter dem Turban ertappt und sich aufgerafft, ihn energisch zurechtzuweisen. Allein das ist ein Zeichen dafür, dachte Olivia, daß Tante Bridget das Schlimmste überstanden hat.

Lady Bridget saß mit der unvermeidlichen Bibel im Schoß im Garten und hörte Olivia mit erstaunlicher Ruhe zu. Als alles gesagt und er-

klärt worden war, umarmte Olivia ihre Tante. »Du bist so gut zu mir gewesen, Tante Bridget«, flüsterte sie mit belegter Stimme, »und ich war sehr glücklich bei euch, wirklich…, aber jetzt muß ich zurück zu meinem Vater.«
»Ja, ich weiß, mein Kind, ich weiß.« Zerstreut gab ihr die Tante einen Kuß auf die Wange.
»Und du wirst bald nach London aufbrechen«, fuhr Olivia hastig fort, um die Gunst der Stunde zu nutzen, »vielleicht läßt sich Onkel Josh überreden, dich zu begleiten. Das hast du doch schon immer gewollt, nicht wahr? Dann könntest du im nächsten Frühling in Norfolk sein, wenn die Osterglocken blühen und die Leute sonntags auf den Wiesen Picknicks veranstalten.« Der nachdenkliche Blick ihrer Tante machte Olivia Mut, und sie sagte: »Du und Onkel Josh, ihr seid jetzt allein, und ihr habt beide gleich viel gelitten. Kannst du dich nicht überwinden und ihm verzeihen?«
Lady Bridget erstarrte. »Das kann allein unser Herrgott. Und SEIN ist die Rache.«
Rache? fragte sich Olivia gereizt und sagte versöhnlich: »Was geschehen ist, kann nicht ungeschehen gemacht werden, Tante Bridget. Man kann es nur hinnehmen. Du wirst dich eines Tages auch mit Estelles Flucht abfinden, wie schrecklich du es auch findest.« Etwas härter im Ton fügte sie hinzu: »Und eines Tages wird Estelle vielleicht zurückkommen…«
»Zurückkommen?« Lady Bridget richtete sich auf und begann zu zittern. »Glaubst du wirklich, ich würde sie nach all dem wieder als meine Tochter anerkennen? *Nach all dem…?*«
Die Heftigkeit, das häßlich verzerrte Gesicht und der schneidende Ton erschreckten Olivia. Selbst jetzt, während sie unter den Auswirkungen der allgemeinen Verzweiflung litten, nachdem soviel verloren und nur noch so wenig vorhanden war, brachte es die Tante fertig, ihre Tochter moralisch zu verurteilen? »Man muß jedem einen Fehler im Leben verzeihen«, beharrte Olivia nachdrücklich, »du wirst es doch sicher über dich bringen, Estelle zu vergeben.« Olivia lächelte schwach über den Großmut, mit dem sie jemanden verteidigte, der mitgeholfen hatte, ihr Leben zu zerstören.

Lady Bridget griff nach der heruntergefallenen Bibel und stand auf. »Du bist ein gutes Mädchen, Olivia, aber du hast nichts begriffen, *nichts*.«
Sie klemmte die Bibel unter den Arm und ging mit einem verächtlichen Blick auf ihre Nichte davon.

*

Olivia begann zu packen.
Der verzweifelte Wunsch, Indien zu verlassen, half ihr, alle anderen Gedanken und Überlegungen beiseite zu schieben. Gewiß, sie hing an ihrer Tante und an ihrem Onkel, aber das Schicksal hatte jedem von ihnen eine andere Last auf die Schultern gelegt. Olivia mußte jetzt an ihre eigene Last denken, an die Last, die sie in ihrem Körper trug. Sie verschloß sich auch gegen alle Gedanken an Jai Raventhorne, die ungewollt in ihr aufstiegen. Er hatte sie verlassen. Sie würde ihn nie wiedersehen, und sie wollte ihn auch nicht wiedersehen. Der Teil ihres Lebens, den er sich genommen hatte, würde mit der Zeit wie ein zufällig abgerissener Ast nachwachsen. Im Augenblick wollte sie nur fliehen und dorthin eilen, wo sie wirklich zu Hause war. Sie wollte sich und ihren Kummer in die liebevollen Arme der geliebten Sally werfen. Ihre Lage machte Olivia Angst – o Gott, sie hatte schreckliche Angst!
Ein australisches Schiff, das in den Docks repariert worden war, würde in Kürze in Richtung Pazifik auslaufen und mit größter Wahrscheinlichkeit auch Honolulu anlaufen. Arthur Ransome sprach mit dem Kapitän, der sich damit einverstanden erklärte, einen allein reisenden Fahrgast mitzunehmen, aber unter der Voraussetzung, daß Olivia jederzeit zur Abreise bereit sei. Überglücklich machte sich Olivia mit neuem Schwung an die Vorbereitungen – auch aus anderen Gründen. Freddie Birkhurst überschwemmte sie mit leidenschaftlichen Briefen und bestürmte sie mit dem Wunsch nach einem Treffen. Olivia wußte, sie würde es ihm nicht verwehren können. Aber sie wollte ihn natürlich erst im allerletzten Moment sehen, wenn sich an ihren Plänen nichts mehr ändern konnte.
Ihr schlechtes Gewissen besänftigte Olivia, indem sie sich einredete,

der Haushalt der Templewoods, ihr Onkel und ihre Tante seien auf dem Weg der Normalität oder zumindest in einer akzeptablen Verfassung. Sir Joshua war noch immer ein gebrochener Mann, der über längere Zeiten völlig apathisch nichts mehr wahrzunehmen schien. Ransome überredete ihn, zumindest für kurze Zeit täglich ins Kontor zu kommen, und die erzwungene geistige Arbeit schien eine therapeutische Wirkung zu haben. Lady Bridget beaufsichtigte wieder die Gärtner, und ihre täglichen Auseinandersetzungen mit dem Koch klangen inzwischen erfreulich temperamentvoll. Alles in allem schien sie Olivias bevorstehende Abreise ohne übertriebene Gefühlsregung hinzunehmen. Zumindest erwähnte sie dieses Thema nach dem Gespräch im Garten nicht mehr.

Vor der Abreise schrieb Olivia auch noch einen Brief an Kinjal. Und dieser Brief fiel ihr schwer. Kinjal wußte natürlich, daß Jai Raventhorne das Land verlassen hatte. Olivia konnte jedoch nicht abschätzen, ob sie auch etwas von der Rolle ahnte, die Estelle dabei spielte. Aber ihr Ehrgefühl verlangte, daß Kinjal die ganze Wahrheit erfuhr. Aber schließlich fragte sie nur an, ob es vor ihrer Abreise möglich sei, ein oder zwei Tage nach Kirtinagar zu kommen. Kinjal antwortete umgehend. Es mache sie sehr traurig, schrieb sie, daß ihre liebe amerikanische Freundin sie so schnell verlassen werde. Aber in ihrer üblichen diskreten Art äußerte sie sich nicht zu Olivias plötzlichem Entschluß und stellte ihn auch nicht in Frage. Die Maharani schrieb, sie werde Olivia am folgenden Samstag von einer Kutsche abholen lassen, wenn es ihr recht sei.

Es war Olivia nicht nur recht, sondern ein Rettungsanker in allerhöchster Not, denn am Mittwoch, eine Woche vor Olivias Abreise, schloß sich Lady Bridget im Badezimmer ein und versuchte, sich das Leben zu nehmen.

*

»Was, zum Teufel, ist mit Ihnen los, Josh? Sehen Sie doch ein, Mann, daß sie dieses schreckliche Land auf der Stelle verlassen muß!«

Dr. Humphries ließ sich erschöpft, schwitzend und zornig in einen Sessel fallen und leerte ein Glas Whisky. Keiner der drei konnte etwas darauf sagen. Sie saßen alle erschrocken und mit bleichen Gesichtern im Wohnzimmer der Templewoods. Sir Joshua starrte unverwandt auf den Teppich und hielt die Hände fest im Schoß.

»Josh, Sie können Bridget nicht länger hier halten«, fügte der Arzt sachlich hinzu, nachdem der erste Zorn vorüber war. »Sie hätte es um Haaresbreite geschafft. Nur weil ihr die Hände so heftig zitterten, ist es ihr nicht gelungen, die Adern völlig zu durchtrennen. Und wenn Olivia nicht zufällig gehört hätte, wie Bridget zu Boden fiel, wäre es um sie geschehen. Sie hat gefährlich viel Blut verloren.«

Sir Joshua schwieg noch immer, aber Ransome überwand die lähmende Bestürzung. »Ja, natürlich, Bridget muß nach Hause, und Josh muß sie begleiten. Ich sage ihm das schon seit Wochen.«

Dr. Humphries erhob sich. Er ging zu Sir Joshua und legte ihm die Hand auf die Schulter. »Sie wird es noch einmal versuchen«, erklärte er ruhig, »das tun sie immer.«

Er verabschiedete sich und ging. Zurück blieb ein eisiges, bedrohliches Schweigen, und keiner der drei hatte den Mut, es zu brechen. Olivia stand stumm am Fenster und starrte hinaus, ohne etwas zu sehen. Und wenn sie den Sturz nicht gehört hätte? Wenn niemand es gehört hätte? Wenn ihre Tante den Selbstmordversuch wiederholen würde...? Die *Aja* hatte seelenruhig vor dem Schlafzimmer ihr Nachmittagsschläfchen gehalten. Ein Dutzend Dienerinnen wären ebenso nutzlos. Lady Bridget brauchte jetzt mehr denn je ständige Pflege und Zuwendung. Würde die von Dr. Humphries geschickte Krankenschwester wirklich wachsam genug sein...? In Olivia erhob sich ein gequälter und angstvoller Protestschrei.

Das ist nicht mein Problem! Es ist nicht meine Verantwortung! Gott weiß, ich habe eigene Probleme!

Niemand hörte den Schrei. Wie alle anderen, so mußte auch er stumm begraben werden.

»Wenn Bridget reisen möchte«, erklärte Sir Joshua schließlich steif, »habe ich keine Einwände dagegen.«

»Aber du kannst nicht allein hierbleiben, Josh! Du kommst keinen einzigen *Tag* ohne Bridget aus«, rief Ransome ungeduldig und gereizt.

Sir Joshua warf ihm einen vernichtenden Blick zu. »Ich *werde* hier bleiben! Ich bin sehr wohl in der Lage, für mich zu sorgen. Außerdem«, er schluckte und murmelte dann, »habe ich hier gewisse Dinge zu erledigen. Das weiß Bridget.«

»Red' doch keinen Unsinn, Josh! Du hast hier nichts zu tun, absolut nichts!« rief Ransome ungewöhnlich heftig. »Du weißt sehr wohl, ich kann mit dem, was von dem Geschäft übriggeblieben ist, gut allein zurechtkommen.« Sir Joshua stand schweigend auf und verließ mit unsicheren Schritten das Zimmer. Ransome hob verzweifelt die Arme. »Was soll man tun? Was soll man *nur* tun? Dieser eigensinnige Narr hört auf niemanden!« Dann schob er das Thema beiseite und versuchte zu lächeln. »Und du, mein Kind? Ist alles gepackt und für die Abreise in der nächsten Woche bereit?«

»Ja.« Olivia sah ihn nicht an.

»Gibt es noch etwas, bei dem ich behilflich sein kann?«

»Danke, nein. Du hast mir mehr als genug geholfen, Onkel Arthur.«

»Ich sorge für Trockenproviant und ein paar bequeme Möbel für die lange Reise. Wie du weißt, ist das Schiff leider alles andere als luxuriös ...«

Olivia bedankte sich noch einmal und kämpfte gegen die Wellen der Klaustrophobie, die über ihr zusammenschlugen. Man legte sie lebendig in einen Sarg. Man schloß den Sarg und schlug die Nägel ein. Es war dunkel und feucht. Sie konnte kaum noch atmen. Um sie herum versammelten sich Kräfte, die sich verschworen hatten, sie in dem Sarg festzuhalten, damit sie langsam erstickte ...

»Was wird aus den beiden, wenn ich nicht mehr da bin?«

Ransome zuckte mit den Schultern. »Ich werde mir alle Mühe geben, Josh doch noch zu überreden, und kann nur das Beste hoffen. Humphries hat mir versichert, auf die Krankenschwester sei Verlaß. Sie ist vernünftig und wachsam. Darauf müssen wir vertrauen und – auf Gott. Aber wenn Bridget törichterweise noch einmal versucht, sich das Leben zu nehmen ...« Er schwieg und konnte den Satz nicht beenden.

Olivia ließ das Schweigen im Raum stehen, ehe sie niedergeschla-

gen fragte: »Wann fährt wohl das nächste Schiff in Richtung Pazifik?«
Ransome konnte den Funken Hoffnung in seinen Augen nicht verbergen, als er antwortete: »Es fahren viele Schiffe von Kalkutta über Honolulu nach San Francisco. Ich könnte bestimmt etwas Geeignetes finden, sagen wir – in ein oder zwei Monaten?«
Ein Schauer überlief Olivia. Ein Monat oder sogar *zwei* Monate! Nein, das war einfach unmöglich! Ihr flacher Bauch wölbte sich bereits verräterisch. Komme, was wolle, sie *mußte* nächsten Mittwoch abreisen. Sie reagierte nicht. Ein nicht gehaltenes Versprechen war grausamer als kein Versprechen. Leise verließ sie das Zimmer.
Lady Bridget lag mit verbundenen Handgelenken und unter Wirkung der Beruhigungsmittel totenblaß und reglos im Bett. Ihre Augen standen offen, sahen aber nichts. Neben dem Bett saß Mary Ling, die halbchinesische Krankenschwester, die Dr. Humphries gerufen und in ihre Aufgabe eingewiesen hatte. Sie war eine fröhliche, kaum mehr als vierundzwanzig- oder fünfundzwanzigjährige Frau und nach Aussage des Arztes sehr tüchtig. Humphries hatte ihnen auch versichert, sie werde den Mund halten. Olivia schickte die Krankenschwester aus dem Zimmer und setzte sich zu ihrer Tante ans Bett. »Wie geht es dir, Tante Bridget? Kann ich dir etwas bringen?«
Lady Bridget reagierte nicht. Die blicklosen Augen starrten unbewegt zur Decke hinauf. Aber dann stöhnte sie leise, und Tränen liefen ihr über die Wangen. »Ich habe versagt, dir gegenüber und auch Sarah gegenüber. Ich schicke dich mit leeren Händen zurück ...«
Sie flüsterte, aber die mühsam hervorgestoßenen Worte klangen klar und deutlich. Olivia begann heftig zu zittern. »Das stimmt nicht«, flüsterte sie erregt, »und du schickst mich *nicht* mit leeren Händen zurück. Ich gehe aus freien Stücken, weil ich zurück muß, Tante Bridget. Ich *muß* ...«
»Aber wie soll ich je meine Schuld begleichen?« fragte sie gequält. »Ich habe der Verstorbenen mein Wort gegeben. Ein solches Versprechen ist heilig, und ich habe nichts erreicht, *nichts*! Sarah wird

mir das niemals verzeihen. Ich bin ihr das schuldig.« Sie sprach lauter und hastig.

»Du hast den Lebenden gegenüber Pflichten, Tante Bridget, nicht den Toten!« Olivia drückte sie sanft auf das Kissen zurück, als sie sich aufrichten wollte. »Du mußt an Estelle denken, wenn sie zurückkommt, und an Onkel Josh. Sie . . .«

»Estelle ist auch tot«, rief Lady Bridget, und es klang eher wie ein Krächzen. »Und Josh? Für ihn ist es zu spät. Es ist für alles zu spät . . .«

»Das stimmt nicht!« rief Olivia, von Ungeduld und Panik erfaßt. »Wenn ihr beide in England seid, könnt ihr . . .«

»Ich werde England nicht wiedersehen. Ich kann keinem Menschen mehr unter die Augen treten.« Ihre Stimme brach, und sie begann leise zu schluchzen. »Mein Leben ist zu Ende und nicht zu Ende. Nichts ist mehr da.«

Das ist Erpressung!

Olivia hatte das Gefühl, die Schuld eines anderen bezahlen, die Verpflichtungen und Unterlassungen eines anderen erfüllen zu müssen. Nein, das würde sie nicht zulassen. Wie konnte ihre Tante es wagen, sie zu fesseln, ihr den Fluchtweg abschneiden und sie zwingen, sich ihrem Willen zu beugen? »Dein Leben ist weder beendet noch unbeendet«, widersprach sie heftig und schüttelte ihre Tante beinahe ungestüm. »Es besteht kein Grund für dich, Vergebung für eingebildete Vergehen der Vergangenheit zu suchen. Aber wenn es dir darum geht, dann vergebe ich dir als die Tochter meiner Mutter hundert- oder tausendmal, wenn es dich erleichtert.«

Lady Bridget schwieg. Eine Weile blieb sie stumm, dann sagte sie ruhig und leise: »Also gut, Olivia. Wenn du mir im Namen deiner Mutter vergibst, nehme ich das an. Aber niemand kann mich zwingen zu leben, wenn ich nicht mehr leben will.«

Man schlug den letzten Nagel in den Sarg. Das Schicksal hatte Olivia schließlich doch besiegt. Das diabolische Melodrama, das in jener denkwürdigen Nacht auf den Stufen am Fluß begonnen hatte, näherte sich dem Höhepunkt, und sie spielte wegen ihrer Sünden die Hauptrolle. Die Zeit der Unentschlossenheit war vorüber.

Als Olivia deshalb am Samstag in die prächtige Kutsche der Maharani stieg, die sie nach Kirtinagar brachte, hatte sie kaltblütig einen unvermeidlichen Entschluß gefaßt.

*

»Möchten Sie das wirklich, Olivia?«
Wenn Kinjal über ihre Bitte schockiert war, dann zeigte sie es nicht. Die ruhigen Augen verrieten nur Sorge. Olivia war in Kirtinagar ohne Vorwürfe, ohne Selbstzufriedenheit oder unausgesprochene moralische Verurteilung empfangen worden. Olivia warf sich wortlos in Kinjals Arme und vergoß an ihrer mitfühlenden Schulter eine Flut von Tränen. »Ich hätte auf Ihre Warnungen hören sollen«, schluchzte Olivia gebrochen. »Mir geht es schlecht, Kinjal, mir geht es schlechter, als Sie sich vorstellen können. Leider führt dieser Zustand nicht zum Tod.«
»Du meine Güte, das klingt ja nach einer völligen Niederlage!« rief Kinjal und bemühte sich, ihre Sorge hinter einem Anflug von Humor zu verbergen. »Was ist denn aus der mutigen Amerikanerin geworden?«
»Sie ist nicht mehr mutig, sondern besiegt«, erwiderte Olivia mit einem gequälten Lächeln. »Ich brauche jetzt Ihre Kraft, Kinjal. Nur Ihnen kann ich meine Schwäche gestehen, denn ich habe sonst niemanden. Und ich habe es so satt, so *satt* zu schweigen, edelmütig zu sein, eine zuverlässige Stütze und unentwegt einfallsreich. Auch ich muß einmal trauern, mich meinem Kummer überlassen, meinen Verlust überdenken und, wenn notwendig, vor Selbstmitleid vergehen, damit ich wieder zu mir selbst finde...«
Sie saßen im Palast der Maharani auf der Terrasse, und ihnen bot sich ein prachtvolles Schauspiel. Inmitten von rosaroten Wolken sank die Sonne in den See. Die Düfte des Abends waren berauschend. Die Rückkehr nach Kirtinagar riß in Olivia neue Wunden auf – aber keine schlimmeren als alles andere in ihrem Leben, sagte sie sich bitter.
Ich muß einfach mit jemandem reden.

»Mein Mann macht mit den Kindern ein Picknick«, sagte Kinjal, »sie wollen in der Nähe des Bergwerks, wo die Aufräumungsarbeiten begonnen haben, im Zelt übernachten und auf die Jagd gehen. Wir sind ein oder zwei Tage völlig ungestört. Sie können sich alles von der Seele reden, Olivia.«
Kinjal kannte natürlich den Grund ihres Unglücks. Olivia mußte ihr noch die Einzelheiten berichten. Und was für ein Segen war es für sie, endlich allen Stolz zu vergessen und die Wahrheit auszusprechen, die ganze Wahrheit und nichts als die Wahrheit! In ihrem Bericht ließ sie nichts aus, verhüllte nichts und geißelte sich mit beinahe masochistischer Ehrlichkeit. Kinjal hörte geduldig und in stummem Verstehen zu. Sie zeigte nur Mitgefühl. Erst als Olivia zum Abschluß kam und ihre Bitte noch einmal wiederholte, änderte sich der Gesichtsausdruck der Maharani.
»Haben Sie sorgfältig darüber nachgedacht, liebe Olivia? Wollen Sie das wirklich?« Die klaren Augen sahen sie zum erstenmal vorwurfsvoll an.
Olivias Lippen wurden schmal. »Ja. Es wird mir helfen, Jai Raventhorne zu vergessen«, erklärte sie kalt. »Die Erinnerungen sieht niemand, und mit der Zeit werden sie verblassen. Aber das, was nicht länger in meinem Körper versteckt bleiben kann, muß herausgeschnitten und vernichtet werden.«
Die klugen dunklen Augen sahen sie nachdenklich an. Dann fragte Kinjal Olivia noch einmal: »Sie versichern mir, daß Sie gut darüber nachgedacht haben?«
»Ich habe in den letzten Tagen an nichts anderes mehr gedacht.«
»Dann wollen Sie also noch nicht zu Ihrem Vater zurückkehren?«
»Diese Entscheidung ist über meinen Kopf hinweg getroffen worden«, erwiderte Olivia bitter. »Wenn meine Tante sich das Leben nimmt – und sei es aus noch so unvernünftigen Gründen –, wie soll ich das je mit meinem Gewissen vereinbaren? Ich liebe sie, Kinjal. Sie ist meine Tante. Wenn ich sie jetzt verlasse, kann das sehr wohl ihr Todesurteil sein.« Sie schlug schluchzend die Hände vor das Gesicht. »Oh, es ist alles so ungerecht, so grausam und so schändlich! Wenn ich bleibe, wie ich es vorhabe, dann wird sie sterben, aber

nicht von eigener Hand, sondern an dem Skandal, den dieses verderbliche Geschwür in meinem Leib auslösen wird. Wenn ich abreise, wiederholt sie den Selbstmordversuch, und dann vielleicht mit größerem Erfolg. Was soll ich tun? Welche Möglichkeiten bleiben mir?«

Kinjal nahm ihre Hände und zog sie sanft von Olivias Gesicht. »Ich kann Ihnen zuhören. Ich kann mit Ihnen reden, Ihren Kummer teilen und ihn vielleicht vorübergehend etwas besänftigen. Aber ich kann nicht Ihre Entscheidungen fällen. Das müssen Sie selbst tun. Sie ganz allein.«

Olivia blickte sie gefaßt an. »Ich habe mich bereits entschieden. Wie immer meine anderen Möglichkeiten aussehen, ich werde Jai Raventhornes Kind nicht in meinem Leib nähren.«

»Sie wollen bewußt etwas vernichten, das eines Tages ein eigenes Leben haben wird?«

»Ja.«

»Sie denken auch nicht mehr daran, daß dieses Kind in Liebe empfangen worden ist?«

»Nicht Liebe, sondern Selbsttäuschung! Liebe ist ein Wort, das in Jai Raventhornes Wortschatz nicht vorkommt – das haben Sie mir vor nicht allzu langer Zeit einmal gesagt.«

»Aber es gehört zu *Ihrem* Wortschatz, Olivia. Können Sie das vergessen?«

»Ja. Aber um es zu vergessen, muß ich *ihn* zuerst aus meinem Körper und meinem Kopf austreiben.« Ihre Stimme brach. »Ich bin innerlich und äußerlich, körperlich und geistig gefesselt. Zumindest diese eine Fessel kann ich abwerfen, um meine Last etwas erträglicher zu machen.«

Kinjal blickte sie streng und unnachgiebig an. »Sie sind noch nie Mutter gewesen, Olivia. Sie haben noch keinen winzigen Körper zur Welt gebracht, der Ihr Fleisch und Blut ist. Wenn Sie ihn herausschneiden lassen, dann ist er für immer verloren. Haben Sie über die unwiderrufliche Endgültigkeit Ihrer Entscheidung nachgedacht?«

»Der winzige Körper entsteht durch die Vereinigung von zwei Menschen. Es ist nicht nur mein Fleisch und Blut. Wenn ich mich damit von dem anderen lösen kann, bin ich zu dem Opfer bereit – wenn es wirklich ein Opfer ist!«

»Dann noch eine Frage.« Eine senkrechte Falte auf der Stirn teilte den zinnoberroten Fleck, den sie immer trug, in zwei Hälften. »Fürchten Sie auch das Urteil der Gesellschaft, die Schande, mit der man unverheiratete Mütter und ihre Kinder betrachtet?«

Zum ersten Mal dachte Olivia nach. »Die Antwort auf diese Frage«, sagte sie langsam, »verändert sich mit dem Ort. In Amerika würde ich mich nicht im geringsten um die Meinung der Gesellschaft kümmern, ebensowenig wie mein Vater oder Sally. Aber hier«, ihr Gesicht verzog sich vor Entsetzen, »hier in Indien, würde ich das Kind eher umbringen, als es auf Gnade und Ungnade den Hyänen der Gesellschaft Kalkuttas auszuliefern, die sich erbarmungslos auf alles stürzen, um ihre Klatschsucht zu nähren. Wenn ich das Kind hier zur Welt bringen sollte, würden sie meine arme Tante und meinen Onkel zerfleischen, bis nur noch die nackten Knochen übrig wären. Ich kann mich vielleicht wehren und hacken und kratzen wie diese Harpyien. Aber würde es sich lohnen?« Sie schluckte ihren Zorn hinunter und ballte die Fäuste. »Nein, nein und nochmals *nein*! Wie Jai einmal in einem anderen Zusammenhang gesagt hat, das Spiel lohnt den Einsatz nicht. Wie auch immer, ich habe nicht den Wunsch, den Bastard eines *Bastards* auf die Welt zu bringen.«

Damit war alles gesagt.

Nach einigen Momenten der Stille lächelte Kinjal. »Sie sind eine mutige Frau, Olivia. Vielleicht haben Sie recht. Vielleicht kann man die Vergangenheit nur vergessen, wenn man sie aus sich herausschneidet. Wir müssen jetzt an die Zukunft denken. Vielleicht ist es ein vernünftiger neuer Anfang, zuerst reinen Tisch zu machen.«

Sie erhob sich, rief eine Dienerin und erteilte ihr schnell eine Reihe von Anweisungen.

*

Die alte Frau glich einer Krähe. Das Alter hatte ihr den Rücken gekrümmt, und die langen, knochigen Finger fühlten sich wie Krallen an. Während sie unter den Bettlaken fühlte, drückte und tastete, beobachtete Olivia mit nervöser Faszination den einzigen großen Zahn in dem schlaffen, faltigen Mund. Um sie herum eilten lautlos Dienerinnen. Sie brachten heißes Wasser in Messingkrügen, Bananenblätter, bündelweise Zweige und Blätter, haardünne Wurzeln mit knollenartigen Enden, Flaschen mit farbiger Flüssigkeit und sonderbare, bedrohlich aussehende Instrumente. Ein lebender Hahn, dessen scharlachroter Kamm vor Empörung glühte, saß eingesperrt in einem Korb. In seiner Nähe lag unheilvoll ein Messer mit geschwungener Klinge. In einer Ecke des Raums stand auf einem Petroleumofen ein Hexenkessel, in dem eine dunkle, dickflüssige, beinahe ebenholzschwarze Masse brodelte. Sogar Kinjal wirkte inmitten der allgemeinen Düsterkeit fremd und seltsam unheimlich.

»Was geschieht jetzt?« fragte Olivia und fuhr sich mit der trockenen Zunge über die aufgesprungenen Lippen.

»Alles, was notwendig ist, um Ihre Wünsche zu erfüllen«, erwiderte Kinjal dunkel. »Die alte Frau ist erfahren und besitzt großes Wissen. Sie sagt, Ihr Fall sei einfach. Sie zweifelt nicht an dem Erfolg. Können Sie ihr ungefähr den Zeitpunkt der Zeugung nennen?«

Ungefähr? Olivia hätte beinahe gelacht. Sie überwand die Bitterkeit, die ihr die Kehle zuschnürte, und nannte den Zeitpunkt auf die Stunde genau. Und während sie es tat, stellten sich klar und deutlich die Erinnerungen an die wunderbare, zärtliche Liebesnacht wieder ein. In allen Einzelheiten sah sie die damals so kostbaren Augenblicke wieder lebendig vor sich. Nicht Jai wollte diese Saat des Teufels, die Olivia jetzt verfluchte, nein, *sie* hatte es so gewollt. Ihr zuliebe, zur Erfüllung ihrer erotischen Wünsche und sinnlichen Befriedigung hatte er seine Lebenskraft ungehindert in sie strömen lassen. Olivia wußte, sie hatte das Kind in diesem leidenschaftlichen und einmaligen Moment empfangen, weil sie es so wollte.

Gib mir einen Teil von dir…

In plötzlicher Verzweiflung umklammerte sie Kinjals Hand. »Bleiben Sie bei mir, bitte bleiben Sie bei mir – ich kann es allein nicht ertragen.«

Kalte Finger legten sich begütigend auf ihre schweißnasse Stirn. »Ja, ich werde bei Ihnen bleiben. Die Frau fragt, ob sie anfangen kann.« Trotz der körperlichen Berührung wirkte Kinjal sehr fern und völlig unbeteiligt.

Die Verzweiflung ließ nach. Olivia nahm sich zusammen und sagte: »Ja, sie kann beginnen.«

Unter den leisen rituellen Gesängen und Anrufungen der Frauen richtete sich Olivia auf und trank eine dunkle Flüssigkeit, die man ihr in einem silbernen Becher reichte. Die Wirkung setzte auf der Stelle ein. Eine bleierne Schwere erfaßte Glieder und Körper. Sie sank gegen die Kissen und schloß die Augen. Sie schien zu schweben und sich von ihrem Leib zu lösen. Sie sah, wie die alte Frau sich von einer Seite zur anderen Seite neigte; ihre gekrümmten Finger glitten über Schüsseln und Flaschen; sie mischte, ergänzte und sortierte mit einem Können, das über viele Jahrhunderte weitergegeben worden war. Benommen vertrieb Olivia die häßliche Gegenwart. Sie dachte statt dessen an wunderschöne Sonnenaufgänge, an stolz über den Rasen schreitende Pfauen, die ihr schimmerndes Rad schlugen, an Rosen und Pferde, an Pappeln und Schmetterlinge, die gemächlich über Blumenteppiche schwebten. Ein heißer, süßlicher Duft drang ihr in die Nase und füllte ihren Kopf. Der Gesang wurde lauter, der Hahn flatterte irgendwo in der Ferne und krähte zornig. Dann trat Stille ein, und schließlich befahl ihr Kinjal ruhig, etwas zu trinken, das man ihr an die Lippen hielt.

»Trinken Sie das.«

Noch immer in der hypnotischen Trance gefangen, trank Olivia. Es war eine warme, rote und dünne Flüssigkeit – wie Blut. Aber ehe sie sich übergeben konnte, war sie eingeschlafen. Sie hörte nur noch Kinjals Worte: »Gut. Es ist geschehen. Morgen früh wird es so sein, als sei nichts gewesen ...«

Es ist geschehen.

In ihren Schlaf drängten sich Träume und Phantasien wie flatternde und kriechende Insekten. Unbewußt und ungewollt suchte und fand ihre Hand den Anhänger um ihren Hals. Die durch die Berührung ausgelöste Erinnerung führte zu anderen: samtig zarte Finger auf ihren Wangen, seidig feuchte Lippen um ihre Brustwarzen, zärtliche Küsse streiften ihren Mund. Rauchgraue Augen, die wie Seen waren, überfluteten sie mit ihrer Pein, und in ihren Ohren hörte sie leise eine schattenhafte Stimme murmeln: *Aber ja, ich liebe dich ...*

Olivia schlief und schlief. Als sie erwachte, war sie in Tränen gebadet. Der Anhänger lag kalt wie Eis zwischen ihrem Kinn und einem Arm. Die Kette schnitt ihr ins Fleisch wie eine Anklage. Sie schlug die Augen auf und sah Kinjals Gesicht von Sonnenstrahlen umspielt. Kinjal sah sie zufrieden lächelnd an.

»Gut! Bis heute abend wird das unerwünschte Anhängsel mit Ihrer normalen Monatsblutung abgehen. Dann wird der schädliche Tumor, der Sie um den Verstand zu bringen drohte, für immer verschwunden sein. Sind Sie jetzt erleichtert?«

Unfähig zu sprechen, drehte Olivia den Kopf zur Wand und schloß fest die Augen.

Was habe ich getan? Mein Gott, was habe ich getan ...?

Sie hatte willentlich den Teil von ihm zerstört, den er ihr gegeben hatte! Fleisch von seinem Fleisch, Blut von seinem Blut – wie klein seine Liebe für sie auch sein mochte, alles, auch das war nun vorbei. Mit blutendem Herzen nahm Olivia den Anhänger in die Hand, küßte ihn und begann, leise zu weinen.

Kinjal beugte sich über sie und sah sie prüfend an. »Tränen?« rief sie überrascht. »Ich hoffe, Tränen der Erleichterung.« Als Olivia keine Antwort gab, sondern nur die Beine bis zum Kinn hochzog und das Gesicht in den Kissen vergrub, nahm Kinjal ihr Gesicht in beide Hände und zwang Olivia, sie anzusehen. »Ich vermute, Sie sind unglücklich, meine Freundin. Bedauern Sie vielleicht die Entscheidung von gestern? Olivia, sagen Sie mir die Wahrheit! Bedauern Sie es?«

»Warum ist das jetzt noch wichtig?« murmelte Olivia und drehte das Gesicht wieder zur Seite. »Es ist vorbei. Es ist geschehen.«

»Aber Sie wollten es doch so.« Die sonst sanfte Stimme klang hart. »Sie weinen unnütze Tränen, Olivia. Etwas in Liebe Erschaffenes wurde in Zorn ausgelöscht. Sie haben einer Laune geopfert, was als eine Sache von Leben und Tod hätte eingehend bedacht und geprüft werden sollen. Ich kann nicht rückgängig machen, was geschehen ist, Olivia. Sie müssen damit leben.«

»Ich weiß, oh, ich *weiß*!« Kinjals Worte trafen Olivia wie Peitschenhiebe. Sie zuckte zusammen, drückte das Gesicht in die Kissen und überließ sich ihren Tränen. »Ich verstehe es, wenn Sie mich jetzt verachten, denn ich verachte mich selbst. Auch ich bin es nicht wert zu leben...«

Diesmal brachte ihr Kinjal kein Mitgefühl entgegen und versuchte nicht, sie zu trösten. Sie hörte Olivias Selbstanklagen mit strenger Teilnahmslosigkeit an. Erst als der Tränenstrom versiegte und Olivia sich stumm ihrer Seelenqual überließ, fragte Kinjal: »Sie lieben Jai immer noch?«

Olivia durchlief ein Schauer. »Wie kann ich das nicht, Kinjal?« rief sie, »wie kann ich das *nicht*? Er ist ein Teil von mir. Er ist in mir, überall um mich herum – ständig, jede Minute, jede Sekunde. Und wenn es nicht so ist, dann nur deshalb, weil ich tot bin wie sein Kind, das ich so gefühllos umgebracht habe.«

Kinjal setzte sich zu ihr auf das Bett und fragte sanft: »Lieben Sie Jai immer noch genug, um sein Kind zu wollen?« Olivia gab keine Antwort, aber ihr gequältes Gesicht sprach deutlich genug. »Und ist Ihre Liebe groß genug, daß Sie auch die Schande ertragen können, den Bastard eines Bastards als Kind zu haben?«

Olivia zuckte bei diesen Worten zusammen, die ihre eigenen gewesen waren. »Ich weiß es nicht. Ich weiß es wirklich nicht...« Sie schlug die Hände vor das Gesicht, setzte sich auf und wiegte den Oberkörper hin und her.

»Aber Sie müssen sich darüber im klaren sein, Olivia, und zwar bald! Jai hat Sie abscheulich behandelt. Besitzen Sie die Größe, nicht nur sein Kind zu bekommen, sondern es auch zu lieben und mit Hingabe zu pflegen, obwohl Sie den Verrat seines Vaters an Ihnen nicht verzeihen können?«

In die Enge getrieben, rief Olivia: »Ich habe versprochen, alles zu ertragen, was Jai tut. Ich habe ihm mein Wort gegeben. Weiß Gott, ich wünsche, ich könnte ihm einen Vorwurf machen, aber in aller

Aufrichtigkeit, ich kann es nicht. Er ist, was er ist. Er hat nie vorgegeben, etwas anderes zu sein. Ja, ich kann groß genug sein, sein Kind zu lieben, und sei es auch nur, weil Jai mich in jener Nacht geliebt hat, soweit es ihm möglich ist, eine Frau zu lieben ...« Ihre Stimme versagte. Sie konnte sich nicht länger selbst zerfleischen.

Kinjal nahm sie wortlos in die Arme und drückte sie an sich. Dann sagte sie mit belegter Stimme: »Ja, in seiner seltsamen Art hat Jai Ihre Liebe erwidert. Daran zweifle ich nicht. Aber Jai ist nicht wie andere Männer. Er ist ein Wesen wie der Wind, wie das fließende Wasser. Man kann ihn nicht in Besitz nehmen. Erfüllen Sie das Versprechen, das Sie ihm beim Abschied gegeben haben, *vertrauen* Sie ihm. Selbst wenn es Ihnen noch so schwerfällt, vertrauen Sie ihm. Wo Sie auch sein mögen, eines Tages wird er zu Ihnen kommen. Soviel Vertrauen setze ich in den Mann, den ich einmal als meinen Bruder bezeichnet habe.«

»Und was«, fragte Olivia mit einem Anflug von Bitterkeit, »soll ich bis dahin mit meinem Leben anfangen?«

»Warten«, erwiderte Kinjal ruhig. »Und denken Sie nach. Auch wenn Sie das Wort ablehnen, Sie sind einfallsreich. Auch in Sie setze ich mein Vertrauen. Es wird sich eine Lösung finden.«

»Es ist zu spät für Vertrauensbekundungen, Kinjal!« Wieder erfaßte Olivia eine Welle der Bitterkeit, und sie verzog das Gesicht. »Mir bleibt nur noch übrig, wie dieser giftige Tumor abzusterben. Ich habe es nicht besser verdient.«

Kinjal lachte leise. »Es ist nicht zu spät. Sie waren dumm und eigensinnig. Haben Sie wirklich geglaubt, ich würde zulassen, daß Sie eine übereilte Entscheidung treffen?« Sie küßte Olivia sanft auf die Stirn. »Meine liebe Freundin, ich habe Ihnen eine groteske Scharade vorgespielt, damit Sie vor Schreck wieder zu Verstand kommen. Ich wollte nur feststellen, wie ernst es Ihnen mit dieser Entscheidung war. Ich bin glücklich, so glücklich, daß ich es getan habe.« Sie deutete auf die zurückgebliebenen Dinge der alten Frau. »Sie hat Ihnen nur einen harmlosen Schlaftrunk gegeben. Ruhen Sie sich jetzt aus. Das Kind in Ihrem Leib ist im Augenblick sicher und wird dort bleiben.«

Olivia starrte sie fassungslos an.
Kinjal wurde wieder ernst. »Die alte Frau sagt, noch ist die Zeit auf unserer Seite. Nutzen Sie diese Frist, denken Sie gut, gründlich und ohne Emotionen nach, Olivia. Ich weiß, Sie befinden sich in einer Zwickmühle. Wie Ihre Entscheidung auch aussehen mag, Sie werden sehr darunter zu leiden haben.« Sie legte die Hand auf Olivias Leib und fügte hinzu: »Das Leben hier ist noch nicht größer als ein Mangokern. Aber es wächst mit jedem Tag, mit jeder Stunde, jedesmal, wenn Sie Atem holen. In vier Wochen wird es zu gefährlich sein, es zu entfernen. Für welchen Weg Sie sich auch entscheiden, es wird schmerzvoll sein. Aber Sie sollen wissen, was immer Sie tun, ich werde Sie unterstützen und Ihnen helfen.« Zum ersten Mal füllten sich die Augen der Maharani mit Tränen. »Wenn Sie in Indien bleiben, werde ich auf Ihre Nachricht warten. Wenn nicht, dann werde ich Sie sehr vermissen. Ich werde Gott bitten, daß er Ihnen in allen Schwierigkeiten beisteht.«
Olivia war überwältigt. Sie konnte nicht sprechen und nickte nur stumm.

*

Olivias Fahrt nach Kirtinagar wurde zu Hause als Abschiedsbesuch betrachtet und führte zu ihrer großen Erleichterung nicht zu Fragen. Aber die Zeit lief ab, und Olivia konnte nicht länger aufschieben, was sie eigentlich nicht mehr wollte: *denken.* Sie mußte nachdenken, rechnen, abwägen, prüfen und einschätzen – Entscheidungen treffen. Das vorübergehend beruhigte Gewissen meldete sich wieder und ließ sich nicht mehr beschwichtigen. An dieser schicksalsträchtigen Kreuzung ihres Lebens fühlte sie sich getrieben, gemartert und gequält wie bei einem Spießrutenlaufen. Und wohin sie den Blick auch richtete, überall sah sie nur Niederlagen vor sich.
Sei dir selbst immer treu.
Der Rat ihres Vaters klang jetzt hohl und nichtssagend. Olivia wußte nicht mehr, wer sie war. Das ›wahre Ich‹, das ihr Vater so hochhielt, schien für immer ihrer Sicht entzogen. Olivia lief die ganze Nacht

auf und ab. Sie versuchte, den Anblick ihrer Tante zu vergessen, die auf dem Badezimmerboden lag, während das Blut wie Fontänen aus den geöffneten Adern schoß. Dieses Blut klebte auch am Saum ihres Kleides, das sie noch nicht gewaschen hatte. Als sie ihrer Tante helfen wollte, hatte Olivia sich beide Hände blutig gemacht. Ärgerlich schob Olivia die sentimentalen Gefühle beiseite, denn sie wollte ihre realen Möglichkeiten mit kühlem Kopf einschätzen. Sie konnte im Laufe des Monats nach Kirtinagar zurückkehren und über Nacht den geliebten und gehaßten ›Mangokern‹ loswerden, der die Ursache ihres Unglücks war. Sie konnte auch in Indien bleiben und das Kind ohne Rücksicht auf den Skandal, die spitzen Pfeile und die grausame Ächtung der Gesellschaft bekommen, die so etwas niemals verzieh. Sie konnte sich aber auch über die hartnäckigen Forderungen ihres Gewissens hinwegsetzen, am Mittwoch an Bord des australischen Schiffs gehen und sich nicht mehr um die Probleme in Kalkutta kümmern!

Es blieben noch zwei Möglichkeiten. Sie konnte sich in den Hooghly stürzen, und damit wäre alles vorbei – keine Gedanken mehr, keine Schmerzen, keine Entscheidungen! Diese Möglichkeit erschien Olivia als die verlockendste, die einfachste und sauberste. Aber – was würde das für ihren Vater bedeuten? Sie würde ihr Leben beenden, aber würde sie nicht auch ihn damit im Lebensnerv treffen? Denn er hätte sie nicht nur verloren, sondern sie wäre aus Feigheit gestorben.

Es blieb nur noch eine Möglichkeit. Ironischerweise stieß sie diese Möglichkeit am meisten ab. Allerdings brachte sie die wenigsten Komplikationen mit sich. Auch diese Möglichkeit bedeutete Zerstörung, aber Olivia würde nur sich zerstören. Es war ein Strohhalm – der letzte, aber der einzige in ihrer Reichweite. Er rettete sie vor dem Untergang, verurteilte sie aber zum Tod bei lebendigem Leib – andererseits, was war ihr Leben noch wert?

Olivia lief prüfend, abwägend, nachdenkend und einschätzend in ihrem Zimmer hin und her. Sie dachte, dachte und dachte!

Im Morgengrauen war ihr verhaßter Einfallsreichtum restlos erschöpft und jeder Gesichtspunkt erwogen. Die Entscheidung empfand sie wie einen eiskalten Wind, der ihren Geist und ihr Herz erstarren ließ. Aber ihr stand nur diese Möglichkeit offen.

Und während sie die Entscheidung traf, empfand Olivia zum ersten Mal ein Gefühl, das sie noch vor wenigen Wochen für unmöglich gehalten hätte: Sie haßte Jai Raventhorne.

Dreizehntes Kapitel

Freddie Birkhurst war sprachlos. Ihm fehlten buchstäblich die Worte, und Olivia glaubte, er werde gleich in Ohnmacht fallen.

»Ich meine es ernst, Freddie«, wiederholte sie, »wenn du mich noch immer zur Frau willst, dann nehme ich deinen Heiratsantrag an.«

Es war früh am Morgen. Der Dunst lag noch über dem Fluß. Ironischerweise saßen sie auf derselben Lichtung wie damals, als Freddie seinen Antrag gestammelt hatte. Jetzt legte er die zitternden Finger auf die Augen, als versuche er, aus einem Traum zu erwachen. Er schluckte, und sein Adamsapfel hüpfte wie ein Jo-Jo auf und ab.

»Mein Gott...«, stieß er schließlich hervor, »ich kann es nicht glauben. Es kann doch nicht wahr sein...!«

»Es ist wahr!« Olivias bernsteinfarbene Augen blickten leblos ins Leere. »Stehst du noch zu deinem Antrag, Freddie?«

Er sprang heftig auf. »Natürlich stehe ich noch zu meinem Antrag! Beim Himmel, für wen hältst du mich?« fragte er verletzt und empört.

»Dann«, sagte sie und entzog sich einer Umarmung, »bist du vielleicht auch mit einer baldigen Hochzeit einverstanden.«

»Eine baldige Hochzeit?« Seine Ungläubigkeit wich der Begeisterung. »Wie bald? Morgen? *Heute*, wenn du es möchtest!« Er wußte einfach nicht, was er tun sollte.

»Sei doch nicht albern, Freddie. Nächste Woche wäre früh genug. Ich möchte nichts Aufwendiges, eine Feier im engsten Familienkreis.« Sie sagte das mit einer eigenartigen Ruhe und Sachlichkeit, als sei sie empfindungslos, als sei sie gestorben und an einem anderen Ort ohne Gefühle wieder zum Leben erwacht.

»Wenn du möchtest, mein Schatz, dann fliehen wir! Nur wir beide...«
»Was wird deine Mutter zu einer so schnellen Hochzeit sagen?« unterbrach sie ihn ungeduldig und tat seinen Vorschlag mit einer Handbewegung ab.
»Ach, das überlaß nur mir.« In einem plötzlichen Anfall von Selbstbewußtsein warf er sich in die Brust, »das wollen wir doch mal sehen, sie wird schon...«
Wieder fiel ihm Olivia ins Wort. »Warte, ich bin noch nicht zu Ende! Du mußt mir zuhören. Ich habe eine Bedingung.« Olivia versuchte, die Panik zu zügeln, die dicht unter der Oberfläche lauerte, und deshalb klangen ihre Worte hart.
»Eine Bedingung? Nur eine?« Er lachte und legte eine Hand auf sein Herz. »Aber ja, nenne deine Bedingung, mein Schatz – nenne *alle* Bedingungen. Ich werde mich mit *allen* einverstanden erklären. Glaubst du, mir liegt etwas an Bedingungen, wenn...?«
»Freddie, bitte, hör auf!« Ihre eiserne Disziplin bekam Risse. »Meine Bedingung ist ungewöhnlich. Du mußt sie dir gut anhören und mir danach antworten. Möglicherweise wirst du deinen Antrag dann zurückziehen.«
Er wurde blaß. »Zurückziehen? Bei Gott, ich weiß, ich bin ein Dummkopf, Olivia, aber ich habe doch nicht den Verstand verloren! Wenn du glaubst...«
»Freddie, du mußt ernsthaft darüber nachdenken«, rief sie und schob ihn von sich, als er auf sie zukam, »ich nehme deinen Heiratsantrag...«
»Mir ist dein Grund völlig gleichgültig!«
»...aus rein egoistischen Gründen an. Und das ist unverzeihlich. Erstens muß ich klarstellen, daß ich dich nicht liebe.«
Er wirkte erleichtert. »Oh, ist das alles? Das weiß ich bereits! Ich kann kaum erwarten, daß jemand, der so vollkommen, so intelligent ist wie...«
»Nein, das ist noch nicht alles! Freddie, bitte *hör* mir zu. Du hast keine Ahnung, wie schwer es mir fällt, dir das zu sagen, was ich versuche dir zu sagen.« Verblüfft sah er endlich ihr blasses Gesicht,

spürte ihre Beklemmung und hörte ihr ernüchtert zu. Olivia holte tief Luft. »Ich bin schwanger. Ich muß heiraten, weil ich nicht möchte, daß das Kind unehelich geboren wird.« Sie senkte den Kopf und starb innerlich tausend Tode.

Diesmal blieb Freddie still – sehr still. Nichts in seinem Gesicht bewegte sich. Sogar die vorstehenden Augen erstarrten. Dann schluckte er. »Schwanger? Und wer…?«

»Das ist nicht wichtig. Aber du mußt verstehen, weshalb ich jetzt heiraten muß.« Von Schamgefühl überwältigt, klang ihre Stimme hohl. »Du bist so freundlich gewesen, mir deinen Namen anzubieten. Ich möchte, daß mein unglückseliges ungeborenes Kind diesen Namen mit mir teilt.«

Freddie war wie vor den Kopf geschlagen und sagte nichts. Er hatte die Augen geschlossen und bemühte sich krampfhaft, das Ganze zu verstehen.

»Nachdem ich dir das gesagt habe«, fuhr Olivia tonlos fort, »möchte ich, daß du weißt, ich werde es dir in keiner Weise verübeln, wenn du deinen Antrag zurücknimmst – und wenn du die Frau verachtest, die du irrtümlicherweise so hoch eingeschätzt hast, daß du sie zu deiner Frau machen wolltest.« Als sie sein bestürztes und verwirrtes Gesicht sah, erfaßte sie Mitleid. »Für mich wirst du immer der freundlichste, anständigste Mann sein, dem ich begegnet bin.«

Olivia staunte wieder einmal über ihren Zynismus, die unaussprechliche Frechheit, mit der sie den ungeheuerlichen Vorschlag seiner Mutter ebenso kalt und gefühllos erwiderte. Auf der Suche nach einer billigen Ehrbarkeit wagte sie es, einen Mann und seine Männlichkeit zu beleidigen. Vermutlich wagte sie es nur, weil es sich dabei um den schwachen Freddie handelte. Wenn er ihr jetzt den Laufpaß gab, hatte sie es nicht anders verdient. Und absurderweise hätte Olivia beinahe darum gebetet.

Aber Freddie gab ihr nicht den Laufpaß. Mit großer Mühe nahm er sich zusammen und fuhr sich über die nasse Stirn. »Dieser… Mann… will dich nicht heiraten?«

»Nein.«

»Und… warum nicht?« fragte er zornig.

»Er ist verschwunden.«
»Wohin?«
»Das ist nicht wichtig. Er wird nicht zurückkommen.«
»Und du liebst diesen Mann?« fragte er traurig.
»Nein. Er hat mich ... vergewaltigt.« Es war die erste der vielen Lügen, die sie für den im Grunde seines Wesens guten Freddie erfand. Olivia hatte nicht einmal Gewissensbisse.
Wie dickhäutig ein Mensch wird, wenn er seine eigenen Interessen verfolgt!
Freddie stieß einen lauten Fluch aus und sprang auf. »Sag mir, wer dieses Schwein ist, und bei Gott, ich werde ihn so lange auspeitschen, bis kein Funken Leben mehr in ihm ist! Ich werde ihn finden, ganz gleich, wo er sich versteckt!«
Olivia lächelte traurig – eine Maus wollte zu einem Tiger werden! »Er ist dieser Mühe nicht wert, Freddie. Aber wir kommen vom Thema ab. Du hast meine Frage noch nicht beantwortet. Möchtest du mich immer noch heiraten?«
Er schluckte wieder heftig und sah sie empört an. »Mein Gott, Olivia, was glaubst du denn, wer ich bin. Hältst du mich für einen dieser verdammten Wetterhähne, die sich nach dem Wind drehen? *Natürlich* möchte ich dich immer noch heiraten!«
»Und ein Kind, dessen Vater du nicht bist, als dein eigenes anerkennen?«
»Ja, verdammt noch mal, ja!« Er kniete vor ihr, griff nach ihren Händen und küßte sie leidenschaftlich. »Glaubst du, ich würde dich in dieser Lage und unter diesen Umständen im Stich lassen? *Glaubst du das wirklich?*«
Olivia spürte einen Kloß im Hals. Freddies klare, blaue Augen, sein unerschütterliches Vertrauen in sie, seine naive Liebe – all das war so unschuldig, so kindlich. Sie wußte, er hatte die unerbittliche Endgültigkeit einer solchen Verpflichtung noch nicht völlig begriffen, auch nicht die möglichen schrecklichen Konflikte, in die er sich kopflos stürzte. Seltsamerweise ärgerte Olivia sich. Warum stieß er sie nicht einfach zurück? Warum zwang er sie nicht, diese widerwärtige Möglichkeit zu vergessen? Aber dann streckte sie spontan die Hand aus,

strich ihm über die dünnen, strohblonden Haare und schämte sich ihrer Gedanken. »Überlege es dir gut, Freddie«, sagte sie heiser, »möchtest du mich wirklich unter diesen skandalösen Bedingungen heiraten?«
»Ich würde dich unter allen Bedingungen heiraten«, erwiderte er schlicht, »weißt du, ich liebe dich . . .«
Olivia verstummte. Dieser herzensgute Mann, der so wenig von ihr verlangte, machte sie sprachlos. In seiner unzweideutigen edlen Haltung lag soviel Selbstlosigkeit, daß sie daneben zu einem Nichts wurde. Er sah nicht, daß sie ihn ausnutzte, seine Unschuld zu ihrem Vorteil gebrauchte und sich an ihm verging. Olivia fühlte sich elend und besudelt, aber in ihrer Verzweiflung hilflos. Sie verbarg das glühende Gesicht hinter ihrem Schultertuch. Sie stieß ihn nicht zurück, als er sie in die Arme nahm, sondern legte den Kopf an seine Schulter und weinte. »Eins will ich dir versprechen, lieber Freddie – wenn mein Kind geboren ist, werde ich es, wenn du willst, nehmen und für immer aus deinem Leben verschwinden. Dann bist du deiner Pflicht mir gegenüber enthoben. Ich möchte nichts von dir oder deiner Familie.«
»Du weißt, daß ich das niemals wünschen werde, mein Schatz. Meine Pflicht dir und deinem Kind gegenüber endet erst, wenn mein Leben endet. Die Ehre verlangt das von mir.« Er drückte sie beschützend an sich.
Jai Raventhorne hatte einmal beklagt, daß ihre Liebe ihn demütige. Es war nun ihr Schicksal, daß Freddie ihr dieselbe bittere Medizin zu kosten gab.
O Götter, wie schwarz ist euer Humor!

*

»Nein, Tante Bridget, du hast dich nicht verhört«, versicherte Olivia ihrer ungläubigen Tante erschöpft, »ich habe Freddies Heiratsantrag angenommen.«
Wenn es für Olivia überhaupt eine Belohnung gab, dann war es das strahlende Gesicht ihrer Tante. Nach der erwarteten Tränenflut und

dem überschwenglichen Dank an Gott, der ihre Gebete erhört hatte, verlor Lady Bridget keine Zeit und bedachte die praktische Seite.
»Natürlich wirst du Weiß tragen. Satin? Nein, vielleicht chinesische Seide mit rosa Röschen, Joshs Mutter war versessen auf Spitze. Im zweiten Wäschezimmer gibt es immer noch mehr als genug.« Beglückt und erregt griff sie nach einem Stift und setzte sich an ihren Sekretär. Ihre Handgelenke waren noch verbunden, und die Haut hatte noch nicht die normale Farbe wiedergewonnen. »Natürlich mußt du einen gerüschten Petticoat tragen, der mit blauem Band besetzt ist. Wir werden einen Schleier bestellen – einen langen. Ich finde, lange Schleier haben etwas Majestätisches. Moment mal, was hat Jane Watkins noch gesagt über ...?«
Olivia fühlte sich so elend, daß sie ihre Tante eine Weile reden ließ. Dann erklärte sie so liebenswürdig wie möglich: »Wir möchten beide eine Hochzeit in aller Stille, Tante Bridget. Du bist noch nicht wieder ganz gesund, und ein großes Fest geht über deine Kräfte. Auch werden die Leute Fragen nach Estelle stellen ...« Lady Bridget schloß die Augen, und Olivia sprach weiter. »Außerdem bleibt keine Zeit für große Vorbereitungen und eine Hochzeit in St. John oder sonstwo. Wir wollen nächste Woche heiraten.«
»Nächste Wo ...?« Lady Bridget schlug die Augen fassungslos auf, und ihr versagte die Stimme. Aber bei der Erinnerung an die harte Wirklichkeit sank sie in sich zusammen.
»Je länger wir warten, desto mehr Zeit bleibt für Fragen. Man wird dich mit Besuchen bestürmen. Die heimtückischen Katzen kommen mit spitzen Krallen und warten nur auf eine Gelegenheit zu kratzen. Bist du fähig, es mit ihnen aufzunehmen, wenn sie sich nach Estelle erkundigen?« Das sollte bewußt herzlos klingen. Es war vielleicht grausam, die Begeisterung ihrer Tante zu dämpfen, aber es war notwendig.
Lady Bridget sank an die Stuhllehne und begann wieder zu weinen. »Aber ich wollte für dich eine Hochzeit, die du nie vergessen würdest«, flüsterte sie niedergeschlagen. »Es ist das mindeste, was ich dir schulde.«
Olivia lächelte. »Ganz gleich, wie die Feier aussehen wird, meine

Hochzeit wird für mich so denkwürdig sein, daß ich sie wohl kaum vergesse.«

Wenn Lady Bridget die Bitterkeit in der Stimme ihrer Nichte hörte, dann wurde sie ihr nicht bewußt. Die Freude überwog. Sie trocknete sich die Augen, putzte sich die Nase und zwang sich zu einem glücklichen Lächeln. »Ich habe es Josh schon vor langer Zeit *prophezeit,* daß du Freddie eines Tages freiwillig heiraten wirst!«

Es war Olivia nicht sonderlich schwergefallen, ihre Tante für ihre Pläne zu gewinnen, aber das Gespräch mit Lady Birkhurst wurde zu einer Qual. »Wegen meiner Mutter brauchst du dir keine Gedanken zu machen«, hatte Freddie erklärt, »unser Gespräch wird unser Geheimnis bleiben.«

Wirklich? dachte Olivia, lächelte aber nur und ließ es dabei bewenden.

»Eine Hochzeit im kleinsten Kreis in der *nächsten Woche*?«

Olivia saß im herrschaftlichen Salon der Birkhursts, wurde wieder von den stechenden Augen durchbohrt, denen nichts entging, und blickte ernst auf ihre Füße. Freddie ließ die lange Musterung durch die Lorgnette jedoch unerwartet tapfer über sich ergehen. »Ja, Mutter«, erklärte er mit fester Stimme und räusperte sich, »Lady Bridgets schwache Gesundheit macht etwas Aufwendigeres unmöglich. Und da es nun einmal so ist, warum also ... äh ... warten?« Er war vor Anstrengung rot geworden, griff sich an den Kragen und lockerte ihn.

»Ich ... verstehe.« Die Lorgnette drehte sich in Olivias Richtung. »Ob dies nun der Wunsch meines Sohnes ist oder nicht, so ist es doch ganz sicher Ihr Wunsch?« Wie geschickt sie den Nagel auf den Kopf getroffen hatte!

»Ja, das stimmt, Lady Birkhurst.«

Hinter ihrer Maske strahlenden Glücks und gelassener Haltung überlief Olivia ein Schauer. Lady Birkhurst hatte zwar bewundernswert beherrscht reagiert, aber das konnte Olivia nicht darüber hinwegtäuschen, daß unter den kleinen, weißen Locken ein kluger Verstand saß, in dem die Gedanken so schnell kreisten wie ein Schaufelrad. Mit Sicherheit würden ihr die Fragen, die in dem Strudel kreisten, in

nicht allzu ferner Zukunft gestellt, und dann mußte sie Antworten parat haben. Diesem Augenblick der Wahrheit sah Olivia keineswegs begeistert entgegen.
Lady Birkhurst aß nachdenklich eine Brustbeere. »Und was macht das mysteriöse Tropenfieber, unter dem Lady Bridget leidet? Ich hätte sie ja besucht, aber Millie Humphries hat mir erklärt, ihr Mann habe jeden Besuch verboten.«
»Meiner Tante geht es inzwischen sehr viel besser«, erwiderte Olivia und war erleichtert, daß das Gespräch relativ sicheren Boden erreicht hatte, in dem es allerdings auch Fallgruben geben konnte, denn Lady Bridgets Selbstmordversuch mochte inzwischen durchaus bekannt geworden sein. »Es geht ihr sogar gut genug, daß sie in ein oder zwei Tagen bei Ihnen vorsprechen wird, um die ... Vorbereitungen endgültig mit Ihnen abzustimmen.«
Endgültig abstimmen – wie schrecklich diese Worte klingen!
»Wie ich höre, befindet sich Ihre Cousine auf dem Weg nach England.«
»Ja.«
Ob Lady Birkhurst die Gerüchte kannte oder nicht, sie äußerte sich nicht mehr über Lady Bridget oder ihre Tochter. »Also gut, Sie können Ihrer Tante mitteilen, daß ich ihrem Besuch entgegensehe. Es freut mich, daß sie wieder auf den Beinen ist. Und ich nehme an, Freddie wird in Kürze um ein Gespräch bei Sir Joshua bitten und offiziell seine Erlaubnis einholen?« Wie üblich sprach sie von ihrem Sohn in der dritten Person.
»Freddie wird heute nachmittag von meinem Onkel erwartet«, antwortete Olivia, »nicht wahr, L ... Liebster?«
Freddie strahlte. »Aber ja! Gewiß.«
Lady Birkhurst betrachtete lange ihre Fingernägel, als sei ihr plötzlich zum ersten Mal bewußt, daß sie welche besaß. Dann drückte sie ihren gewaltigen Körper gegen die Polster und nickte. »Also gut, wenn Sir Joshua und Lady Bridget keine Einwände haben, besonders gegen die übertriebene ... *Eile*«, sie schwieg und füllte die bedeutsame Pause damit, daß sie nach dem Elfenbeinfächer griff, »habt ihr beide meine Zustimmung. Ich gestehe, bei dem Gedanken an eine

Versammlung geschwätziger alter Klatschtanten, die während der Trauung Kleider und Hüte vergleichen, wird mir übel.« Sie lächelte freundlich in Olivias Richtung. »Ich bin unendlich erleichtert, mein Kind, daß Sie sich schließlich doch entschlossen haben, meinen Sohn aus seinem Elend zu befreien. Sein ewiger Leidensblick fing schon an, mir auf den Magen zu schlagen. Ich sehe nicht ein, daß *ich* die Folgen tragen soll, wenn *er* leidet. Ich gebe euch gerne meinen Segen.« Sie betupfte sich beide Augen und hielt ihnen dann die schlaffe Wange entgegen, um ihre dankbaren Küsse zu empfangen. »Wir werden natürlich«, sagte sie zu Olivia, »später Gelegenheit haben, ausführlich miteinander zu sprechen.«

Daran zweifelte Olivia nicht im geringsten.

Am Abend schrieb sie an Kinjal: »Wie immer hatten Sie recht. Es hat sich eine Lösung gefunden, und das kleine Wurm muß nicht beseitigt werden. Ich bin versucht, Menschlichkeit als Grund vorzugeben, aber ich kann nicht lügen. Was immer auch geschehen mag, mein ›Mangokern‹ ist der einzige Beweis, den ich habe, daß Jai Raventhorne mich geliebt hat – wenn auch nur für eine Nacht.

Um diesen Beweis zu erhalten, gehe ich nun daran, einen Mann, der es nicht verdient, auf das schändlichste zu betrügen. Er gibt mir seinen Namen für das zweifelhafte und nichtssagende Privileg, mich als Frau zu bekommen. Der Ehering, der mir mit dem Namen gegeben wird, verleiht mir den Anschein der Ehrbarkeit, die ich bis jetzt immer verachtet habe. Der Mann fordert von mir nichts als Gegenleistung. Und ich werde ihm sogar noch weniger geben.«

*

An einem frischen Morgen Ende Januar – der Himmel leuchtete saphirblau, und die Sonne strahlte in hellem Gold – gelobte Olivia Siobhan O'Rourke, den Mann an ihrer Seite zu lieben, zu ehren und ihm zu gehorchen, bis daß der Tod sie scheide, und wurde so vor Gott und den Menschen die ehrenwerte Mrs. Frederick James Alistair Birkhurst. Die kurze, schlichte Zeremonie fand im Haus der Templewoods statt und wurde von einem engelhaften jungen Kaplan der Kirche St. John durchgeführt. Es gab keine Brautjungfern und nur wenige Gäste.

Für Olivia bedeutete die Hochzeit auch den Tod. Sie fühlte nichts. Nur das dumpfe rhythmische Schlagen ihres Herzens erinnerte daran, daß sie lebte, aber für sie besaß es keine Überzeugungskraft. Trotzdem sah sie hinreißend aus, wie es die unbedingte Pflicht jeder Braut ist. Das eilig von Jane Watkins geschneiderte weiße Organzakleid hatte einen hübschen Schnitt (Olivia ließ in der Nacht davor heimlich die Seitennähte aus) und fiel über den weiten, gerüschten Petticoat. Aus der Brüsseler Spitze der verstorbenen Lady Templewood war ein königlicher Schleier mit Diamantensplittern und einer Fülle von rosa Satinröschen geworden. Der Diamantschmuck der Braut wurde von allen sehr bewundert: ein Diadem, eine dreireihige Halskette aus weiß funkelnden, muschelförmig gearbeiteten Diamanten, lange Ohrringe und ein Armband. Am Ringfinger der linken Hand trug sie einen Solitär von der Größe einer Walnuß, das Hochzeitsgeschenk des verliebten Bräutigams. Er saß über dem schmalen Goldring, für den Olivia ihre Seele verkauft hatte. Der Solitär war nur ein kleiner Teil des Schmucks, der in den unzähligen, mit Samt ausgeschlagenen Kästen lag, die im Tresor der Birkhursts aufbewahrt wurden.

Der neue Besitz löste bei Olivia jedoch nur Entsetzen aus. Sie fühlte sich als Hochstaplerin, die Vertrauen mißbrauchte und sich unter falschen Voraussetzungen Reichtümer schenken ließ. Selbst an die grandiose Mitgift ihrer Tante, zu der auch der Anteil ihrer Mutter am Familienerbe gehörte, konnte Olivia nicht ohne Beschämung und Verlegenheit denken. Abgesehen von dem Berg Schmuck, der ihr gehören sollte, bekam sie auch ein beachtliches Bankguthaben bei Lloyds in London. Olivia wollte überwältigt ablehnen, aber Lady Bridget wies ihren Protest entschlossen zurück.

»Ich habe vierundzwanzig Jahre auf diesen Augenblick gewartet, Olivia, *vierundzwanzig Jahre*! Ich werde nicht *zulassen,* daß du es wie deine Mutter zurückweist! Das ist meine Aussöhnung mit Sarah, meine Sühne für ihr Leid. Willst du mir *ihr* Verzeihen verwehren, wenn ich es auf keine andere Weise erlangen kann?«

»Nein, Tante Bridget, aber...«
»*Ich* habe unseren Vater gezwungen, Sarah zu enterben, als sie mit Sean davonlief. *Ich* habe sie gezwungen, in Amerika zu leben, wo Armut und Entbehrungen ihre Gesundheit so zerrütteten, daß sie die Geburt ihres toten Sohnes nicht überlebte, den sie sich so sehr gewünscht hatte.« Lady Bridgets Gesicht verzog sich vor Qual, und sie sah Olivia verzweifelt an. »Ich habe sie *getötet,* Olivia. Verstehst du das denn nicht? So wahr ich hier stehe, muß ich dir sagen: Ich habe Sarah getötet...«
Die Seelenqual ihrer Tante erschütterte Olivia so, daß sie es nicht über sich brachte, die Geschenke abzuschlagen. Zum ersten Mal verstand sie das Ausmaß des langen Leids ihrer Tante, die offene Wunde ihrer Schuld. Lady Bridget war eine stolze, eigensinnige Frau. Es konnte ihr nicht leichtgefallen sein, das alles auszusprechen. Wortlos gab sich Olivia geschlagen. Lady Bridget trocknete ihre Tränen und fand ihre Beherrschung wieder. Dann übergab sie Olivia ein schwarzes Metallkästchen mit den dazugehörigen Schlüsseln. »Und das«, erklärte sie ruhig und gefaßt, »sollte einmal Estelle gehören. Du bekommst es ebenfalls.« Wie ein leeres Blatt Papier war ihr Gesicht plötzlich völlig ausdruckslos.
Dieses Geschenk aber konnte Olivia nicht so ohne weiteres hinnehmen. »Ich werde Estelles Anteil nicht anrühren, Tante Bridget«, sagte sie entschlossen, »es ist nicht gerecht, daß du es mir gibst. Wenn Estelle eines Tages zurückkommt...«
»Sie wird nicht zurückkommen. Estelle gibt es nicht mehr.« Lady Bridget sagte das sehr ruhig und ohne eine Spur der Erregung, die sie vor kurzem noch empfunden hatte.
Auch mich gibt es nicht mehr, wollte Olivia laut hinausschreien, *aber niemand scheint es zu merken!*
Irgendwie gelang es Olivia, sich zusammenzunehmen. Sie gab sich geschlagen, sie konnte nicht mehr kämpfen. Wortlos nahm sie Estelles Mitgift und schwor sich insgeheim, sie für ihre Cousine aufzubewahren. Ihre eigene Mutter hatte ihr Erbe zurückgewiesen, aber Olivia glaubte kaum, daß Estelle stolz genug war, Ähnliches zu tun.
Das Hochzeitsfrühstück, mit einer verwandelten Lady Bridget als

Gastgeberin, die einen Teil ihrer früheren Lebhaftigkeit wiedergefunden hatte, war so üppig wie die Trauung schlicht. Sir Joshua bewegte sich in einem noch immer zwei Nummern zu großen förmlichen Cut leicht benommen unter seinen Gästen. Sein Zustand bot ihm einen gewissen Schutz, denn er wirkte dadurch geistesabwesend, aber doch würdevoll. Ransome wich nicht von der Seite seines Freundes, um sofort vermitteln zu können, wenn seine Erinnerung versagte oder ihm ein *Fauxpas* unterlief. Zu den wenigen Gästen gehörten Willie Donaldson – Freddies Geschäftsführer – und seine Frau Cornelia, die Humphries, die Pennworthys, Peter Barstow und Hugh Yarrow, der Chefbuchhalter bei Templewood und Ransome, dessen Frau zur Zeit in England war. Die Feier im kleinen Kreis hatte in der Stadt bereits viel Unwillen und Neid ausgelöst. Man hörte zum Beispiel, wie Arabella, ›die alte Jungfer‹, beleidigt verkündete: »Da stimmt etwas nicht. Ich *rieche* es...«

Und dann war da natürlich Lady Birkhurst. Sie thronte in dem größten Sessel im Raum und sah sehr eindrucksvoll aus in ihrem stahlgrauen Satinkleid und den Straußenfedern. Sie verfolgte das Geschehen schweigend und mit königlicher Gelassenheit. Während der Zeremonie hatte sie diskret ein oder zwei Tränen vergossen – Lady Bridget dagegen hatte offen geweint –, aber anschließend richtete sie mit trockenen Augen und scharfem Falkenblick ihre Aufmerksamkeit ganz auf Olivia – und beobachtete, beobachtete und beobachtete. Olivia schmerzten die Lippen vom ewigen Lächeln, sie unterdrückte heldenhaft die unaufhörliche Übelkeit, und ihre Augen glänzten glasig vom erzwungenen Strahlen. Aber sie ließ die Maske keine Sekunde fallen.

Im Augenblick des Abschieds klammerte sie sich in plötzlicher Panik an ihre Tante. Auf sie wartete eine schreckliche Reise, und sie war allein, völlig allein, das Glied einer Kette von Ereignissen, die nicht rückgängig gemacht werden konnten. Heute war ihr Hochzeitstag – und ihr Vater und Sally, die Menschen, vor denen sie nie etwas verborgen hatte, wußten es nicht einmal! Für Olivia verriet das mit bedrohlicher Deutlichkeit das abgrundtief Böse hinter dieser Maskerade, auf die sie sich so entschlossen eingelassen hatte.

Olivia hatte bisher geglaubt, sie werde nie eine heftigere Leidenschaft empfinden als die Liebe zu Jai Raventhorne. Jetzt erkannte sie, daß sie das Potential ihrer Gefühle unterschätzt und ihre Fähigkeit zu vergeben überschätzt hatte.

An Bord der *Seagull* mußte sich Olivia vom ersten Augenblick an übergeben. Mit jedem Heben und Senken des Schiffes im Wellengang der Bucht von Bengalen hob und senkte sich auch ihr Magen. Sie hatte sich mit Flitterwochen in Madras hauptsächlich deshalb einverstanden erklärt, weil es ihr im Grund völlig gleichgültig war. Aber als sie sich jetzt nicht mehr von dem großen Himmelbett in der Kabine erheben konnte – das Schiff gehörte den Birkhursts –, verwünschte sie sich selbst.

Nicht enden wollende Krämpfe der Übelkeit schüttelten ihren Körper. Wenn sie auf dem Rücken lag, bezweifelte sie, sich jemals wieder aufrichten zu können. Es war allgemein bekannt, daß Freddie dieses Schiff oft benutzte, um mit einem seiner Flittchen nach Burma, Siam oder Malaia zu segeln. Olivia wünschte sich sehnsüchtig, eine dieser Damen wäre jetzt an ihrer Stelle, während sie so grausam gefoltert wurde.

Freddie bemühte sich eifrig um sie. »Du mußt *essen,* mein Schatz«, beschwor er sie in bester Absicht an ihrem ersten Abend auf See. »Soll ich dir etwas von dem Fischcurry mit Kokosnuß holen?«

Olivia drehte sich zur Seite, griff nach der Schüssel, denn sie mußte sich schon wieder übergeben, und bat ihn, sie eine Weile allein zu lassen. Zu ihrer Erleichterung verließ Freddie leise die Kabine, und bald schlief sie erschöpft ein. Als letztes dachte sie noch: Olivia Siobhan O'Rourke gibt es nicht mehr. Es gibt den Namen und auch die Person nicht mehr.

Sehr viel später wurde sie durch Freddies heftige Umarmung, die ihr den Atem nahm, aus dem tiefen Schlaf der Erschöpfung gerissen. Erschrocken stieß sie einen Schrei aus, aber er bedeckte ihren Mund mit feuchten, sabbernden Küssen, erstickte sie mit seinem Keuchen und der unverkennbaren Alkoholfahne. Olivia erstarrte. »Freddie, *bitte*...!« Sie mußte würgen. Sie wehrte sich heftig und entwand sich seinem Griff.

»Bitte ... was?« Er lachte mit offenem, übelriechendem Mund. Im nächsten Augenblick waren seine Hände überall auf ihrem Körper. »Mein Gott, du hast sehr verführerisch in dem vielen, vielen ...«, er rülpste, »Stoff ausgesehen. Ich konnte mich kaum noch beherrschen ...« Er preßte so schnell und gierig seinen Mund auf ihre Lippen, daß sie seine Zunge nicht daran hindern konnte, tief in ihren Gaumen zu stoßen.

Sie würgte wieder, kämpfte wie eine wilde Katze und nutzte den Vorteil, als er fluchend die Arme sinken ließ, um sich von ihm zu lösen. »Freddie, du bist *betrunken!* Und du riechst *ekelhaft* ...!« Sie rang angsterfüllt nach Luft und wich in die entfernteste Ecke des Betts aus.

»*Natürlich* bin ich betrunken!« Er machte einen Satz, packte Olivia und zog sie zu sich. »Kannst du dir einen Vollidioten vorstellen, der in seiner Hochzeitsnacht *nicht* betrunken ist, du süßes kleines Aas? Verdammt noch mal, hör auf dich zu wehren!« Die großen Hände hatten plötzlich mehr Kraft, als Olivia sich je hätte vorstellen können. Sie legten sich auf ihre Brüste unter dem Nachthemd und drückten sie fest.

Der stechende Schmerz ließ Olivia aufschreien, aber sein gieriger Mund drückte sich wieder auf ihre Lippen. Er biß, leckte und verschlang sie förmlich. In blinder Panik schlug Olivia heftig auf ihn ein. »Freddie, nicht jetzt ... ich flehe dich an! Mir geht es nicht gut. Mir ist schrecklich übel ... aber morgen ... ich verspreche es dir ... ich gebe dir mein Wort ...« Vor Ekel und Demütigung hätte sie beinahe geschluchzt.

Er fluchte laut und hob den Kopf gerade so weit, daß sie sah, wie wütend er war. »Wovor hast du denn Angst?« stieß er leise zwischen den Zähnen hervor. »Ich werde dir nicht wehtun – du hast doch nicht zum ersten Mal einen Mann zwischen den Beinen, mein Goldschatz!«

Trotz ihrer unsagbaren Angst trafen sie seine Worte wie ein Keulenschlag, so daß sie sich unwillkürlich nicht mehr bewegte. Das hatte Freddie gesagt? *Freddie,* der freundlichste, liebenswürdigste und anständigste Mann, den sie kannte ...?

Es blieb ihr keine Zeit, darüber nachzudenken. Er fluchte noch einmal und fiel rücksichtslos über ihren Körper her, den der Schock noch wehrloser machte. Olivia versuchte mit schwindenden Kräften, sich zu befreien und seinem fordernden Mund und den gierig tastenden Händen zu entgehen. Sie flehte um Erbarmen. Aber er hatte den Verstand verloren und besaß in seinem betrunkenen Zustand Riesenkräfte. Ohne Worte, ohne einen Gedanken, ohne jede Spur von Zartheit ging er daran, ihren Körper systematisch und unbeirrt auf jede erdenkliche Weise zu besudeln. Das hauchdünne Nachthemd (»Natürlich rosa für die Flitterwochen!« hatte ihre Tante kokett gesagt und darauf bestanden) lag in Fetzen am Boden. Er hatte es ihr ohne Rücksicht auf die kostbare Seide vom Leib gerissen. Mit seinen groben Händen bearbeitete er ihre Haut, bis sie brannte. Er kniff und drückte sie, rieb und preßte, bis Olivia glaubte, er werde ihr die Haut vom Leibe ziehen. Sein keuchender, stinkender Atem begeiferte sie überall mit Speichel. Von der brutalen Gewalt seiner Küsse schmerzten ihre Lippen, die Wangen und die Brüste. Vor Ekel und Abscheu glaubte sie zu ersticken und mußte doch machtlos seine Gewalttätigkeiten über sich ergehen lassen. Und als er schließlich in sie eindrang, geschah es so brutal, daß sie glaubte, zerrissen zu werden, und vor Schmerz aufschrie. Es war ein Überfall, eine unsagbare Demütigung, aber Olivia wehrte sich in ihrer Verzweiflung und Hilflosigkeit nicht mehr. Gegen wen sollte sie sich wehren und mit welchem Recht?

Ihr rechtmäßig angetrauter Ehemann vergewaltigte sie.

Aber hatte nicht sie ihn nur zu bereitwillig, sogar überstürzt geheiratet? Die Schändung ihres Körpers gehörte zu seinen ehelichen Rechten. Und er hatte weiß Gott ohnehin nur wenig von der Farce dieser Ehe.

Olivia preßte die Augen zusammen und verschloß sich dem Alptraum von Freddies Leidenschaft. Sie verschluckte ihre Entsetzensschreie. Heiße Tränen brannten hinter ihren Lidern wie Kohlen, aber sie hielt sie zurück. Ihre Zunge schmeckte salzig, als sie die Zähne auf die Lippen preßte, bis sie bluteten. Bei dieser körperlichen Kapitulation stieß sie keinen Laut mehr hervor, aber innerlich starb sie langsam noch einmal. Die Hülle ihres Wesens konnte gebraucht und mißbraucht werden, ihr Wesen ließ sich nicht auslöschen. Olivia schob mit aller Kraft die häßliche Gegenwart beiseite und zog sich still in die Vergangenheit zurück. Ihre Gedanken bekamen Flügel und flogen zu der verbotenen Erinnerung einer anderen Welt, in der sie einst gelebt hatte. Andere Arme hielten sie umfangen, flaumenzarte Lippen küßten sie liebevoll, zärtlich und von einer Leidenschaft erfaßt, die sie in ihrer Vollkommenheit blendete und berauschte. Im Bann der Vergangenheit zwang Olivia ihren Körper, die Gegenwart zu vergessen.

Aber ja, ich liebe dich . . .

Die Poren ihrer Haut verwandelten sich in unerschöpfliche Kammern der Erinnerungen, die golden und warm, gehütet, unvergeßlich und ewig waren. Eine nach der anderen ließ Olivia sie auf der Zunge zergehen wie Tropfen eines Elixiers, das zu kostbar war, geschluckt zu werden.

Wo bist du, Jai, meine Liebe, mein Leben, mein alles?

Das stumme Echo in ihrem Herzen hallte hohl.

Warum hast du mich verlassen, mich dem ausgeliefert . . .?

Es gab natürlich keine Antwort. Es würde nie eine geben.

Olivia schwebte im Bann ihrer Trance in einen Bereich, der ihr gehörte und nur ihr allein. Sie bemerkte kaum, daß Freddies Hunger gestillt war. Erschöpft und befriedigt lag er schließlich schnarchend neben ihr und spürte nichts mehr. Olivia stand mühsam auf, wankte ins Bad und mußte sich heftig übergeben. Dann wusch sie sich gründlich, zog ein anderes Nachthemd an und kehrte zerschlagen und angewidert in die Kabine zurück. Die Gedanken überschlugen sich, ihr Körper schmerzte und brannte, an Schlaf war nicht zu denken. Den Rest der Nacht verbrachte sie zusammengekauert auf einem Stuhl und starrte aus dem Bullauge. Die Augen blieben trokken, aber in ihr weinte alles und trauerte um etwas, das ihr nie wieder gehören würde.

Eine Hand legte sich unbewußt auf den leicht vorgewölbten Bauch. Sie spürte etwas Warmes und Lebendiges. Ein seltsames, unbekanntes und starkes Gefühl erfaßte ihr Herz, und wie durch eine Offen-

barung, wie durch ein Wunder wußte Olivia: Sie war nicht allein. Sie würde nie wieder allein sein.
Die Qual der Nacht fiel von ihr ab. Sie würde alles ertragen können.

*

»Guten Morgen, Liebste, ich bringe dir ein Glas Milch. Geht es dir heute besser?«
Olivia schreckte auf und zuckte zusammen. Freddie beugte sich über sie. Er roch noch immer nach Alkohol, aber er sah sie offen und ängstlich an. In seinen Augen stand eine nervöse Spannung. Olivia wandte sich stumm ab.
Freddie wurde rot. Seine rosa Haut wurde noch fleckiger. »Ich weiß … äh, ich äh … habe gestern abend zuviel getrunken. Dummerweise habe ich mich vom Kapitän überreden lassen … äh, ein paar über …« Er lachte kleinlaut. »War ich … äh, gestern nacht grob zu dir … äh … ja?« Er wurde feuerrot und senkte den Kopf.
Grob?
Olivia setzte sich langsam auf, nahm das Glas Milch, das er ihr reichte, und trank mit abgewandtem Gesicht. »Erinnerst du dich nicht daran?« fragte sie bitter.
»Ehrlich gesagt … äh, nein.« Er lächelte sie fröhlich an. »Weißt du, ich kann mich nie erinnern. Blödsinniger Mist, und das … äh, in der eigenen Hochzeitsnacht.« Er runzelte die Stirn und war bekümmert.
Olivia verbarg ihre Überraschung und sah ihn noch immer vorsichtig prüfend an. Sie entdeckte in seinem Gesicht keine Spur Verlogenheit, Scham oder Argwohn. Wie immer strahlte er sie aufrichtig und mit einer gewissen absurden, für ihn typischen Unschuld an. Olivia war verwirrt. Sagte er die Wahrheit? Ihr Mißtrauen verflog nicht ganz. Sie fragte noch einmal: »Kannst du dich wirklich nicht an … die vergangene Nacht erinnern?«
Er griff verzweifelt nach ihrer Hand und bedeckte sie mit Küssen. »Ich war also *grob*! Verzeih mir, verzeih mir, meine schöne, liebe und

vollkommene Olivia. Ich würde mich eher auf der Stelle umbringen, als dir auch nur ein Haar zu krümmen. Ich bin ein Tölpel, noch schlimmer, ein *W-Wüstling.* Ich verdiene es nicht, daß du meine Frau geworden bist. Ich ...«

»Nein, du warst nicht grob.« Olivia unterbrach ihn ruhig. »Du bist sehr ... sehr rücksichtsvoll gewesen.« Die Röte stieg Olivia in die Wangen, und sie drehte den Kopf zur Seite.

Er ließ ihre Hand los, umarmte sie ungeschickt und küßte sie zaghaft. »Wenn ich in meinem betrunkenen Zustand etwas getan oder gesagt habe, das dich beleidigt, dann bitte ich dich um Verzeihung. Ich habe es unwissentlich getan.« Seine Stimme zitterte. »Ich liebe dich von ganzem Herzen, Olivia. Du mußt es mir glauben ... du mußt ...«

Sie mußte sich beinahe wieder übergeben, da sein Atem immer noch nach Alkohol roch. Aber sie biß die Zähne zusammen, und irgendwie gelang es ihr zu lächeln. »Nein, du hast nichts getan oder gesagt, um mich zu beleidigen. Du machst dir unnötigerweise Gedanken.«

Seine Erleichterung war ebenso bemitleidenswert wie seine Ergebenheit. Er küßte ihr wieder die Hand. »Bist du unglücklich, wenn ich ... äh, trinke?«

»Ja, sehr unglücklich. Es ist unanständig, so viel zu trinken, daß man sich an nichts mehr erinnern kann.«

»Gut, dann werde ich nicht mehr trinken.« Er warf sich tapfer in die Brust. »Von jetzt an keinen Tropfen mehr. Es wird nicht leicht sein, aber wenn es dich glücklich macht, dann muß es sein.«

Sie glaubte ihm natürlich nicht. »Wenn das ein Versprechen ist, Freddie«, murmelte sie und versuchte vergeblich, diesen entwaffnend gutmütigen und liebenswerten Mann mit dem brutalen und rohen Tier der vergangenen Nacht in Verbindung zu bringen, »dann versichere ich dir, es ist mehr wert als alle Diamanten, die du mir schenken kannst.«

»Natürlich ist es ein Versprechen! Ich halte mein Wort, teure Gattin. Habe ich das nicht schon unter Beweis gestellt?«

Den ganzen Tag über blieb Freddie ihr ergebener Diener. Er las ihr jeden Wunsch von den Augen ab und dachte nur daran, wie er ihr helfen konnte. Mit vielen kleinen Aufmerksamkeiten verwöhnte er sie; er sprach, wenn sie unterhalten werden wollte, und schwieg gehorsam, wenn es ihr zuviel wurde. Am Abend zweifelte Olivia nicht mehr daran, daß er sich tatsächlich an nichts mehr erinnerte. Diese Erkenntnis erfüllte sie mit Trauer. Armer Freddie! Unter der Oberfläche der unfehlbar guten Laune und der untadeligen Selbstbeherrschung lauerte eine gefährliche Bestie. In nüchternem Zustand konnte er damit fertig werden, vielleicht war es ihm nicht einmal bewußt, aber wenn der Alkohol ihm die Zunge löste, entlud sich die ganze unterdrückte Bosheit und Gehässigkeit. Wie sollte er ein Leben lang mit dieser Doppelrolle leben können?

Wie sollte sie es . . .?

Stocknüchtern legte er sich am Abend wieder zu ihr. Aber diesmal zitterte er vor Ehrfurcht und Rücksicht. Für Olivia wurde es wieder eine schreckliche Folter, aber er war dankbar selbst für die kleinste Gnade, und sie ertrug seine ungeschickten Zärtlichkeiten, die stammelnden Liebesbeteuerungen und sein Flehen um ihre Zuneigung mit reiner Willenskraft. Olivia bekämpfte die Übelkeit und erlaubte sich nur den einen Gedanken: Ein Geschäft ist ein Geschäft. Der Preis muß bezahlt werden. Freddie hatte seinen Teil des Abkommens erfüllt, und auch sie würde sich an die Spielregeln halten.

*

Olivia haßte Madras.

Madras liegt nur zehn Grad nördlich des Äquators, und im Gegensatz zu Kalkutta gibt es dort keinen Winter. Es ist das ganze Jahr über feucht und heiß. Die schwüle Atmosphäre saugte wie ein trokkener Schwamm ihre Energie auf. Sie wohnten in einem sauberen, kleinen, weißgetünchten Bungalow. Er gehörte Freunden, die auf Reisen waren. Und wie alle Häuser der Europäer war er bequem eingerichtet, und es gab viel Personal. Wenn man morgens früh genug die Bambusjalousien herabließ, blieb es in den Zimmern tagsüber einigermaßen erträglich kühl. Aber für Olivia wurde Madras ein Ort, mit dem sich schrecklichste Übelkeit verband. Der Brechreiz ließ sie nicht mehr aus seinen Klauen. Inzwischen konnte sie keinen Bissen mehr bei sich behalten. Manchmal mußte sie sich stundenlang völlig entkräftet hinlegen. Sie hatte das Gefühl, ohne Freddies zuverlässige Hingabe und Verständnis wäre sie verrückt geworden.

Ein Poloturnier war der Anlaß gewesen, daß Madras zum Ort der Flitterwochen wurde. Es fand im Militärstützpunkt Fort St. George statt. Freddie freute sich ungemein auf die bevorstehenden Spiele.

»Kommst du heute nachmittag«, fragte er schüchtern zwei Tage nach ihrer Ankunft, »und siehst dir das Spiel an?«

Schaudernd preßte Olivia ein Taschentuch an den Mund und wartete darauf, daß das Würgen nachließ. »Ich werde es nicht durchhalten, Freddie. Und wenn mir übel wird, dann bringe ich dich nur in eine peinliche Situation.«

»Oh.« Er wirkte schrecklich enttäuscht. »Wie lange dauert diese, äh … Krankheit noch?« fragte er errötend.

»Etwa einen Monat, denke ich.« Olivia schämte sich plötzlich. Er verlangte so wenig von ihr und hatte kaum je eine Bitte geäußert. Sie seufzte und sagte dann: »Wenn ich mich den Vormittag über hinlege, habe ich mich bis nachmittags vielleicht soweit erholt, daß ich das Spiel durchhalte. Ich habe dich noch nie Polo spielen sehen und möchte mir diese Gelegenheit doch nicht entgehen lassen.«

Wenn sie ihm den Mond überreicht hätte, wäre er nicht glücklicher gewesen. »Wunderbar! Wunderbar! Die Leute wollen dich alle kennenlernen, besonders natürlich die Damen. Also nach dem Spiel würde ich sie alle gerne zum Essen und vielleicht einem Glas Bier einladen.« Er wich ihrem Blick aus und fragte dann: »Kannst du hier etwas vorbereiten, oder sollen wir im Fort bleiben?«

Das war eine solche Kleinigkeit, und sie brachte es nicht über sich, ihm das abzuschlagen. »Natürlich kann ich hier etwas vorbereiten. Die Dienstboten sind in Ordnung. Ich muß nur die Anweisungen geben.«

Überglücklich schloß er sie stürmisch in die Arme. »Mein Gott, ich möchte, daß alle, daß die ganze Welt sieht, wie glücklich ich bin, und daß ich die beste aller Frauen gewählt habe.«

Olivia hätte am liebsten geweint.

Will er mich – oder sich davon überzeugen?

Das jungverheiratete Paar stand bei den ›Schreibtischhengsten‹ in Madras gesellschaftlich ebenso hoch im Kurs wie bei den ›Wühlmäusen‹ in Kalkutta und wurde von den Engländern entsprechend behandelt. Bei dem Spiel am Nachmittag gab sich Olivia Freddie zuliebe alle Mühe, aber die Unterhaltung langweilte sie zu Tode. Die Damen schmeichelten ihr und äußerten nur Liebenswürdiges, aber Olivia wußte, insgeheim hielt man sie für ein gerissenes geldgieriges Aas, das sich den Birkhurst-Erben mit amerikanischer Unverfrorenheit geangelt hatte. Die Männer waren wie üblich etwas nachsichtiger. Der Charme und die Intelligenz der neuen Mrs. Birkhurst schienen sie sogar zu bezaubern. Hinter dem Rücken ihrer Frauen und Töchter waren sie sich darüber einig, sie sei viel zu gut für den dummen Birkhurst. Aber dann fragten sie sich: Wer wäre das genaugenommen nicht gewesen?

Freddie kümmerte es nicht, daß seine entzückende Frau ihn in Gesellschaft ausstach, und freute sich über ihren Erfolg. »Weißt du, ich kann es immer noch nicht glauben!« flüsterte er auf der Heimfahrt in der Kutsche. »Ich denke immer, du wirst dich um Mitternacht in einen Kürbis verwandeln und in Luft auflösen.«

»Nein, ich werde mich nicht in Luft auflösen, mein lieber Freddie«, erwiderte Olivia mit bissigem Humor, »aber ich werde mich bestimmt in einen Kürbis verwandeln!«

Er wurde rot und verstummte. Ein Thema bereitete ihm sichtliches Unbehagen – ihre Schwangerschaft.

Ihre erste *Burra Khana* an diesem Abend wurde ein überragender Erfolg. Olivia hatte sich größte Mühe mit dem kalten Büfett gegeben. Und seltsamerweise bereitete es ihr sogar Vergnügen. Die Tafel bog sich unter einer Vielzahl erlesener Köstlichkeiten, und trotz großer innerer Vorbehalte hatte sie enorme Mengen Bier und andere alkoholische Getränke kommen lassen. Sie wollte Freddie vor seinen Freunden keine Schande machen und knausrig erscheinen. Olivia scheute keine Mühe und hieß die rauhe Polo-Gesellschaft auf das herzlichste willkommen. Aber da keine Damen eingeladen waren, zog sie sich bald in ihr Zimmer zurück. Während die Stunden vergingen, die Unterhaltung an Lautstärke zunahm und die Gäste jede

Zurückhaltung verloren, bekam sie es langsam mit der Angst zu tun. Wie würde Freddie sich am Ende des Abends benehmen, da genug Alkohol im Haus war, um ein Schiff darin schwimmen zu lassen?
Um vier Uhr morgens erschien er schließlich leise im Schlafzimmer. Olivia erwachte aus ihrem unruhigen Schlaf und erstarrte. Er beugte sich behutsam über sie und küßte sie auf die Stirn. Olivia schnupperte so unauffällig wie möglich. Er lachte leise. »Du kannst schnuppern, soviel du willst, mein teures Weib, heute wirst du keine Spur Alkohol riechen, nicht einen *Hauch*!« Stolz öffnete er den Mund und atmete heftig aus.
Mit einem leisen Aufschrei setzte Olivia sich auf. »Oh, Freddie – du hast den ganzen Abend nichts getrunken?«
»Keinen Schluck, keinen einzigen! Siehst du, mein Liebling, heute riechst du nur Rosen, große, schreckliche, dicke Rosen.« Er seufzte.
»Oh, Freddie, du bist ein Schatz ...!« Mehr brachte Olivia vor Erleichterung nicht über die Lippen. Spontan nahm sie seinen Kopf in beide Hände und küßte ihn.
Seine Augen füllten sich langsam mit Tränen. »Weißt du, es ist das erste Mal, das allererste Mal, daß du mich freiwillig geküßt hast ...«
Olivia mußte schlucken. Sie biß die Zähne zusammen und gab ihm noch einen Kuß. »Du hast dein Versprechen gehalten, und dafür verdienst du mehr, viel mehr. Wenn es in meiner Macht läge, würde ich dir gerne meine rechte Hand opfern.«
»Was du mir auch gibst, Liebste, ich nehme es dankbar.« Er holte tief Luft und fügte leise hinzu: »Mehr will ich nicht.« Er legte sich behutsam neben sie und schlief mit dem Kopf an ihrer Schulter ein.
Aber eines Tages wirst du mehr wollen ...
Wenn überhaupt etwas, dann gefiel Olivia in Madras der Strand, an dem der Bungalow stand. Seit ihrer Abreise aus Kalifornien war sie nicht mehr am Meer gewesen. Jetzt lief sie jeden Morgen barfuß über den weißen Sand und fühlte sich schmerzlich an die Heimat erinnert. Wieder einmal überwältigte sie das Heimweh. Sie würde

das geliebte Land nie wieder sehen. Sie saß in einer Falle, und diese Falle war Indien. Sie würde sich nie wieder daraus befreien können. Im salzigen Wind, der über das Meer kam, lief sie jeden Tag meilenweit und fühlte sich hilflos eingesperrt in einem Käfig der Verzweiflung und Einsamkeit. Das endlose Meer rief auch andere schwermütige Gedanken in ihr wach – irgendwo auf diesem Wasser fuhr Jai Raventhorne mit seiner *Ganga* ...

Olivia zwang sich, diese Gedanken zu vertreiben und sie zurückzuweisen. Die unbeabsichtigte Schwäche, die Flucht in die Erinnerung wie in der Hochzeitsnacht sollte ihre Denkprozesse nie mehr beeinträchtigen. Mit jedem vorübergehenden Tag wuchs ihr Haß auf Jai Raventhorne. Diesen Haß wollte sie nähren und sich erhalten. Sie würde sich nicht noch einen Rückfall erlauben.

*

Drei Tage nach der Rückkehr aus Madras kam es für Olivia zu dem gefürchteten Gespräch.

In ihrer Abwesenheit hatte man für Freddie und sie im ersten Stock des Birkhurstschen Palais an der Esplanade eine abgeschlossene Wohnung hergerichtet. Sie bestand aus zwei miteinander verbundenen Schlafzimmersuiten, einem Wohnzimmer, einem Eßzimmer, einem Arbeitszimmer, einem Ankleidezimmer und einem Anrichtezimmer. Die Templewoods lebten standesgemäß, aber der Luxus bei den Birkhursts verriet den sehr viel größeren Reichtum und den Geschmack am Wohlleben. Die kostbaren Gobelins, funkelnden Kristallüster, belgischen vergoldeten Spiegel, das Meißner und das chinesische Porzellan der Ming-Dynastie, Ölgemälde, französische Polstermöbel mit Brokatbezügen und die gut gefüllten Panzergewölbe – dies alles zeugte vom Familienvermögen und die durch den Handel in Indien angehäuften Reichtümer. In dem dreistöckigen Palais gab es Jagdzimmer und Spielzimmer, ein Musikzimmer, die Bibliothek, ein Herrenzimmer, Gesellschaftsräume, unter anderem einen richtigen Ballsaal mit einem Podium für das Orchester, außerdem Gästesuiten, eine Ahnengalerie und mehrere Säulenveranden, von denen man zu der makellos gepflegten parkähnlichen Gartenanlage gelangte, die ein Heer von Gärtnern bearbeitete. Hinter dem Gemüse- und Obstgarten befanden sich die Stallungen, Remisen, Küche, Lagerräume, die Dienstbotenunterkünfte und das Dienstbotengelände. Lady Birkhursts Räume, wohin man Olivia rief, befanden sich im Erdgeschoß neben dem eingeglasten Arboretum.

Olivia bestaunte die Pracht dieses Palais inzwischen mit noch größerer Ehrfurcht, denn bei der Rückkehr gab ihre Schwiegermutter die zahllosen ordentlich etikettierten Schlüssel des Haushalts in ihre Obhut. In dieser stillschweigenden Übergabe der Schlüsselgewalt kam symbolisch Olivias neue Rolle als Hausherrin ebenso zum Ausdruck wie die Erwartung, sie werde dieser Aufgabe verantwortungsbewußt gerecht werden.

»Ich glaube, meine Liebe, es ist Zeit für unser kleines *tête-à-tête.*« Lady Birkhurst saß in dem sonnigen Damenzimmer, in dem sie die meiste Zeit des Tages verbrachte. »Du und ich, wir haben versprochen, offen miteinander zu sein, nicht wahr?«

Olivia befeuchtete sich die trockenen Lippen und nickte.

»Dann mußt du mir jetzt auch den wahren Grund für deine plötzliche Entscheidung nennen, meinen Sohn zu heiraten.« Der Ernst der Situation kam bereits darin zum Ausdruck, daß eine Bonbonniere unberührt vor Lady Birkhurst stand. »Ich hatte den Eindruck, du seist ... gefühlsmäßig einem anderen Mann mehr gewogen.«

»Ja.« Olivia mußte schlucken.

»Hat sich diese Beziehung nicht wie erhofft entwickelt?«

Diesmal mußte Olivia unwillkürlich lächeln.

Wie hätte sich denn diese Beziehung meiner Meinung nach ›entwikkeln‹ sollen?

»Nein.« Sie hob kaum merklich das Kinn. »Ich liebe Freddie nicht. Das weiß er. Aber Liebe gehörte nicht zu den Bedingungen. Du wolltest jemanden, der ihn so nimmt, wie er ist, ihm seine Ausschweifungen verzeiht und gut für ihn sorgt. Ich glaube, ich erfülle alle diese Bedingungen.«

Lady Birkhurst nickte. »Ja. Ich stehe zu jedem Wort, das ich gesagt habe, Olivia. Meiner Meinung nach bist du die ideale Frau für meinen Sohn, und daran wird sich nichts ändern, gleichgültig, was du mir enthüllen wirst. Du bist ehrlich, ehrenhaft, und du hast Mut. Außerdem trinkt Freddie nicht mehr, und das ist ein Beweis, daß du als seine Frau Erfolg bei ihm hast. Was Freddie mit seiner Seele tut, liegt in Gottes Hand. Als Mutter interessiere ich mich nur für sein körperliches Wohlergehen und bin dir deshalb unendlich dankbar. Aber ungeachtet deiner Vorzüge, Olivia«, ihr Ton wurde plötzlich schärfer, »bist du keine Samariterin. Du hast dich nicht entschlossen, Freddies Frau zu werden, weil dir nur sein Wohl am Herzen liegt. Ich möchte nun den wahren Grund erfahren, Olivia – die Wahrheit.«

Olivias Herz schlug heftig gegen die Rippen, und der Schweiß der gefalteten Hände war kalt. Doch in gewisser Hinsicht empfand sie es beinahe als Erleichterung, sich zumindest von einer Lüge befreien zu können. »Ich bin schwanger. Freddie ist nicht der Vater des Kindes.«

Lady Birkhurst zog hörbar den Atem ein. Der Ausdruck in ihrem Gesicht veränderte sich jedoch nur insofern, als die Knopfaugen noch lebhafter wirkten. Eine Weile blieb sie unbeweglich sitzen, dann seufzte sie.

»Freddie weiß natürlich Bescheid«, fuhr Olivia so ruhig, wie es ihr möglich war, fort. »Ich wäre nie auf den Gedanken gekommen, es ihm nicht zu sagen. Nur wenige Männer – möglicherweise kein anderer – hätten mich in diesem Zustand geheiratet. Ich kann meine Schuld Freddie gegenüber nie begleichen.«

Lady Birkhurst lachte plötzlich. »Ich hatte dir versichert, als Freddies Frau würdest du eine gewisse moralische ... Unabhängigkeit besitzen. Ich hätte nicht geglaubt, daß du mich *so* wörtlich nimmst, beziehungsweise so schnell handelst!« Sie wurde ebenso plötzlich wieder ernst: »Warum hast du mich über deinen Zustand nicht früher informiert?«

Jetzt mußte Olivia lächeln. »Hättest du dann der Hochzeit zugestimmt?«

»Nein. Ich hätte bestimmt versucht, meinen Sohn davon zu überzeugen, seine Ritterlichkeit nicht so leichtsinnig auf die Spitze zu treiben! Aber aus anderen Gründen, als du glaubst, Olivia.« Sie lehnte sich zurück. »Ich kenne mich in der Welt aus. Mich schockiert nichts mehr. Ich schätze dich nicht weniger, weil du vielleicht unklugerweise einen Mann geliebt und dich mit ihm eingelassen hast, ohne mit ihm verheiratet zu sein. Glaube mir, ich habe Schlimmeres gesehen.« Sie schnaubte. »Du meine Güte, die Hälfte aller gekrönten Häupter Europas würden in arge Nöte geraten, wenn man sie nach ihren *wahren* Vätern fragen sollte! Nein, Olivia, ich habe rein pragmatische Einwände. Verstehst du, deine Ehe mit meinem Sohn *trübt* für uns die Zukunft.« Sie kniff die Augen zusammen. »Wer ist der Vater des Kindes?«

Olivia richtete sich energisch auf. »Tut mir leid, ich bin nicht bereit, darüber zu sprechen. Ich habe Freddie gesagt, sobald mein Kind geboren ist, werde ich ihn verlassen, wenn er es wünscht. Ich bin bereit, jede Verzichtserklärung und alle notwendigen Dokumente zu unterschreiben, um meine Anrechte auf Geld und Titel aufzugeben. Ich erwarte auch keinerlei Erbrechte.«

Lady Birkhurst lachte leise und belustigt. »O je, wie schrecklich naiv ihr Amerikaner doch seid! Glaubst du wirklich, das sei so einfach? Wenn du einen Sohn bekommst, wird er ganz bestimmt den Titel erben.«

»Aber das möchte ich nicht!« rief Olivia. »Ihr könnt ihn doch enterben, euch von ihm lossagen und, wenn ihr wollt, sowohl mich als auch das Kind für tot erklären lassen. Ich möchte doch nur, daß mein Kind *jetzt* mit einem Namen geboren wird.«

»Du begreifst noch immer nicht, worauf es ankommt, Olivia.« Lady Birkhurst seufzte. »Versteh doch, einen englischen Adelstitel kann man nicht aufgeben, nur weil jemand es will! Ich möchte dir klarmachen, daß Freddie erst wieder heiraten kann, wenn du stirbst – und das bedeutet, die direkte Birkhurst-Linie stirbt mit *ihm* aus.« Zum ersten Mal wirkte sie erregt. »Und das ist undenkbar! Der nächste Anwärter auf den Titel ist ein widerwärtiger Cousin mit einem Kropf und Mundgeruch. Seine Frau ist zu dumm, um ein englisches Dienstmädchen zu sein, ganz zu schweigen von einer englischen Baronin. Ich würde mich im Grab umdrehen, wenn sie Farrowsham erben sollten!«

Olivia sah sie erschrocken an. Über solche Dinge hatte sie bisher überhaupt nicht nachgedacht. »Aber ... was kann man denn dann machen? Gibt es eine Lösung?«
Lady Birkhurst legte die Finger aneinander, und das doppelte Doppelkinn sank noch etwas tiefer auf ihre Brust. »Ja, es gibt eine Lösung. Ich habe im Augenblick keine Einwände dagegen, daß dein Kind unseren Namen bekommt. Wenn es ein Sohn ist, können wir später dafür sorgen, daß er von der Bildfläche verschwindet und für tot erklärt wird. Gott sei Dank ist England so korrupt, daß man so etwas arrangieren kann. Wenn du eine Tochter bekommst, ist alles sehr viel einfacher. Hast du mich verstanden?« Olivia nickte, und Lady Birkhursts Gesichtsausdruck veränderte sich merklich. »Jetzt kommen wir zu dem springenden Punkt. Welches Geschlecht dein Kind auch haben wird, du wirst Freddie einen Sohn schenken müssen, um die direkte Linie *seiner* Familie fortzuführen.«
Für Olivia brach die Welt zusammen. Sie starrte entsetzt in das versteinerte Gesicht ihrer Schwiegermutter. Aber Lady Birkhurst meinte es ernst. Daran hatte Olivia wirklich nicht im mindesten gedacht! In ihrer Panik hatte sie nur *ihre* Nöte im Sinn gehabt.
»Du hast von einer Schuld gesprochen, Olivia«, fuhr Lady Birkhurst unbarmherzig fort. »Gewiß, kein Mann hätte dem zugestimmt, was mein Sohn bedenkenlos getan hat. Aber wir beide wissen, er ist ein Dummkopf. Ich erwarte von dir als Amerikanerin nicht, daß du über das englische Erbrecht informiert bist. Aber Freddie müßte es eigentlich besser wissen. Verstehst du *jetzt* meinen berechtigten Kummer?«
Olivia nickte unglücklich.
»Wenn du deine Schuld Freddie gegenüber begleichen möchtest, dann gibt es nur eine Möglichkeit. Rechtlich bist du dazu natürlich nicht verpflichtet. Es ist eine rein moralische Pflicht. Ich habe von Anfang an gewußt, du bist eine junge Frau mit großem Mut. Ich sehe jetzt, daß du noch kühner bist, als ich angenommen habe.« Sie machte eine kurze Pause, um ihren Worten Nachdruck zu verleihen. »Sag mir, bist du bereit, deinen Mut noch weiter unter Beweis zu stellen?«

Der kalte Wind, der Olivias Herz erstarren ließ, wurde eisig. Der Preis für die verlogene, opportune Ehrbarkeit war größer, sehr viel größer, als sie geglaubt hatte. Aber es war schon soviel verloren, so viele Verbindlichkeiten waren eingegangen worden, daß die Würfel mit atemberaubender Schnelligkeit fielen. Wie sollte das Geschäft jetzt noch rückgängig gemacht werden?

»Nein, dazu reicht mein Mut nicht«, erwiderte sie bitter. »Aber mit etwas Zeit werde ich ihn irgendwie aufbringen. Ich kann nicht zulassen, daß Freddies Familie zu den Verlierern zählt.« Unbewußt hatte sie sich aufgerichtet. »Wenn Gott es mir möglich macht, werde ich dafür sorgen, daß die direkte Linie nicht mit Freddie endet.«

Unerwartet wurde Lady Birkhursts strenges Gesicht weich, und ihre Lippen begannen zu zittern. Sie nahm Olivias Hand und sagte leise: »Du bist eine erstaunliche junge Frau, meine Liebe. Du hast in deinem kurzen Leben bereits schreckliche Entscheidungen treffen müssen. Ich beneide dich nicht darum.« Ihre Stimme klang belegt. »Wie verdreht die Umstände auch sind, ich bin immer noch der Meinung, daß es ein Segen für meinen Sohn ist, dich an seiner Seite zu haben. Verlasse ihn jetzt nicht, Olivia. Nur darum bitte ich dich.« Sie ließ Olivias Hand los und wischte sich die Augen. Dann hatte sie sich wieder unter Kontrolle und fragte: »Sag mal, was hättest du getan, wenn mein Sohn dich nicht geheiratet hätte. Wärst du nach Amerika zurückgefahren?«

Amerika!

Gequält schloß Olivia die Augen. In ihrer jetzigen ausweglosen Lage, die sie immer tiefer in einen schrecklichen Abgrund zog, hätte Amerika auch auf einem anderen Stern liegen können!

»Ja, vermutlich«, log sie beklommen. »Da meine Tante nach England zurückkehrt, wie sie es jetzt in Erwägung zieht, wäre es sinnlos gewesen, hier zu bleiben.«

»Ich gehe davon aus, sie ahnen nichts von deinem Zustand. Natürlich nicht. Du hast gut daran getan, ihnen das zu ersparen.« Sie wechselte das Thema und erklärte energisch: »Du darfst dein Kind nicht in Kalkutta bekommen.«

Olivia fragte stirnrunzelnd: »Warum nicht?«
»Denke doch an die Folgen. Der erfahrene alte Fuchs Humphries läßt sich nicht täuschen. Er weiß sofort, das Kind kommt zu früh. Und dann weiß es Millie, und wir können uns das Gerede nur allzuleicht ausmalen! Alle werden zum Kalender stürzen und nachrechnen. Bestenfalls werden Freddie und du zum allgemeinen Gespött, und schlimmstenfalls wird er als Hahnrei verschrien. Das wollen wir ihm und uns ersparen.«
Olivia war darauf nicht vorbereitet, denn auch das hatte sie nicht bedacht. Wie immer konnte man gegen Lady Birkhursts Klugheit nichts einwenden. Wäre Olivia nicht so niedergeschlagen gewesen, hätte sie die komische Seite der Tatsache gesehen, daß sie dieses Thema mit der Mutter ihres Mannes erörterte. Aber wieder erkannte sie, Lady Birkhurst war wirklich eine außergewöhnliche Frau und unterschied sich wohltuend von allen Engländerinnen hier. »Was soll ich denn deiner Meinung nach tun?«
Lady Birkhurst überlegte. »Ich denke, wir sorgen dafür, daß du bei der Geburt nicht in der Stadt bist und ein unbekannter Arzt dich entbindet. Du kannst etwa sechs Wochen später nach Kalkutta zurückkommen. Dann wird sich niemand mehr erlauben, dir verfängliche Fragen zu stellen.«
Noch mehr Lügen, noch mehr falsche Vorspiegelungen, noch mehr Täuschung und Listen! Mein Gott, wird das nie mehr enden?
»Mir wäre lieber, Freddie erfährt nicht, worüber wir gesprochen haben. Ich möchte ihn nicht mehr verletzen, als ich es bereits getan habe.«
»Nein, er soll von unserer Übereinkunft nichts erfahren«, stimmte ihr Lady Birkhurst zu. Dann fragte sie freundlich: »Etwas beschäftigt mich noch. Dieser Mann«, sie sah Olivia durchdringend an, »wird er irgendwann einmal wieder in dein Leben treten?«
»Nein.«
»Weiß er von dem Kind?«
»Weder weiß er davon, noch liegt ihm etwas daran.«
»Und du? Liegt dir noch etwas an ihm?«
Olivia erwiderte ruhig den prüfenden Blick.

»Nein. Es war eine einmalige Anwandlung von Wahnsinn – mehr nicht. Und für diese Verrücktheit gebe ich nur mir die Schuld.«

Lady Birkhurst stellte keine weiteren Fragen.

Doch in der Einsamkeit ihres Zimmers überließ sich Olivia ihrem Zorn.

Nein, nicht nur mich trifft die Schuld an dieser Anwandlung von Wahnsinn!

Olivia lehnte sich dagegen auf, die unzumutbare Last allein zu tragen. Sie wollte nicht länger edel und vernünftig sein und immer nur verzeihen! Für ihre schreckliche Lage war Jai Raventhorne ebenso verantwortlich, ja, noch mehr als sie selbst. Er wußte, sie war unschuldig, ahnungslos und eine blinde Sklavin ihrer Gefühle. Er wußte, wie wenig sie verstanden hatte von seinen verschrobenen Gedanken und seinen völlig verdrehten Worten. Er wußte, daß sie seine rätselhaften Andeutungen, die verwirrenden Warnungen nicht einordnen konnte. Das alles war ihm kein Geheimnis. Er hatte in Rätseln gesprochen, zu denen sie unmöglich Antworten finden konnte. Gewiß, sie war ihm nachgelaufen, aber er ihr auch. Er wußte, sie war wie behext und in ihn *vernarrt*. Trotz allem hatte er sie gewähren lassen, und nur, um sie dann zu betrügen und zu verraten ...

Olivia schob die verschwommene Erinnerung an das flüchtige, illusionäre Paradies ihrer Liebe von sich. Auch diese Erinnerungen würden sich bald in nichts auflösen. Aber es blieb die Entwürdigung ihres Lebens in allen Bereichen, und ihre Zukunft war zerstört. Nicht einmal das ungeborene Kind würde verschont bleiben, denn schon jetzt war es in die Täuschungen und die Vorspiegelung falscher Tatsachen hineinverwickelt. Jai Raventhorne hatte sie in einen Sumpf gestoßen. Je mehr Olivia darum kämpfte, sich zu befreien, desto tiefer versank sie darin. Ja, vielleicht hatte Jai Raventhorne sie in jener Nacht geliebt, aber das war nicht genug.

Es war nicht genug!

Vierzehntes Kapitel

Olivia konnte Freddie unmöglich lieben, aber sie versuchte, das wettzumachen, indem sie sich ihm voll und ganz widmete. Tag für Tag ließ sie sich tausend Dinge als Entschädigung für das einfallen, was er nie von ihr bekommen würde. Sie wollte so das ungeheure Mißverhältnis ausgleichen, das die mißliche Verbindung ihrer Leben kennzeichnete. Olivia öffnete das Haus seinen Freunden, und bald wurde ihre Küche als die beste in der ganzen Stadt gerühmt. Sie ließ geduldig *Burra Khanas,* Polospiele und Champagnerfrühstücke im Tolly Club über sich ergehen, verbrachte viele Stunden im Kreis der grauenhaft langweiligen Gesellschaft und hörte sich das alberne und oberflächliche Gerede an. Olivia ertrug mit Anstand Freddies Dummheiten, achtete auf sein Aussehen, leistete ihm freundlich Gesellschaft und beschwerte sich nie über seine absurden Gewohnheiten. Es kam so weit, daß sie alle eigenen Wünsche unterdrückte, denn der Lohn der Mühe war groß. Trotz ihrer ständigen Sorge hielt Freddie sein Wort. Seit dem spontanen Versprechen auf der *Seagull* trank er keinen Tropfen Alkohol mehr. Zwei Monate nach der Hochzeit halfen weder weite Röcke noch untaillierte Kleider, und Lady Birkhurst nahm ihre Schwangerschaft stillschweigend, aber offiziell zur Kenntnis. Die Nachricht verbreitete sich natürlich in Windeseile in der Stadt, und Freddie wurde unvermeidlich zur Zielscheibe anzüglicher Bemerkungen. Meist ließ er den Spott mit der üblichen Gutmütigkeit über sich ergehen, aber manchmal – nur manchmal – konnte Olivia sehen, daß er diese Situationen haßte. Einmal reagierte er auf eine besonders freche Anspielung ungewöhnlich heftig, und seine sonst so sanften Augen funkelten böse vor Zorn.

»Hört, hört, der Wurm löckt wider den Stachel!« rief Peter Barstow und hob spöttisch die Augenbrauen. »Was ist denn mit dir in letzter Zeit los, alter Junge? Du verlierst ja deinen Sinn für Humor.« Er warf Olivia einen herausfordernden Blick zu.

Armer Freddie!

Er sah an diesem Abend so unglücklich aus, daß Olivia ihn fragte: »Sag es mir ehrlich, Freddie, bedauert du es doch, mich geheiratet zu haben?«

Er protestierte sofort: »Nein! Mein Gott, ein Mann bindet sich doch nicht an einem Tag fürs Leben und überlegt es sich am nächsten Tag anders! Glaubst du, ich bin so ein *Schwächling*? Der Teufel soll mich holen, ich *liebe* dich!«

Olivia seufzte. »Das weiß ich, liebster Freddie, und ich bin dir so dankbar ...«.

»Deine Dankbarkeit will ich nicht«, widersprach er trübsinnig und fügte plötzlich noch unglücklicher hinzu: »Ich will nur deine Liebe. Nicht viel«, sagte er schnell, »nur ein bißchen Liebe ... nur ein ganz kleines bißchen.«

»Freddie, ich liebe dich auf meine Weise! Ich ... schätze dich sehr ...« Ihr versagte die Stimme, und sie biß sich auf die Lippen.

»Du liebst diesen ... Mann noch?« Freddie schlug mit geballter Faust auf den Tisch und machte seinem Ärger auf höchst untypische Weise Luft. »Mein Gott, ich werde verrückt, wenn ich nur daran denke!«

»Nein, Freddie.« Olivia zwang sich, ruhig und gelassen zu antworten. »Ich liebe ihn nicht, und ich habe ihn nie geliebt. Das habe ich dir doch schon gesagt ...!«

»Wenn ich nur wüßte, wer es ist.« Seine Eifersucht beschäftigte ihn so sehr, daß er sich nicht für ihre Beteuerungen interessierte. »Ich schwöre dir, ich würde ihn auf der Stelle umbringen!«

Olivia lächelte und meinte sarkastisch: »Du befindest dich in guter Gesellschaft, mein Lieber. Du bist keineswegs der einzige, der seinen Tod wünscht.«

*

Seit der Rückkehr nach Kalkutta bemühte sich Olivia darum, ihre Tante und ihren Onkel so oft wie möglich zu besuchen. Da Sir Joshua es noch immer ablehnte, nach England zurückzukehren, und Lady Bridget sich weigerte, in Indien zu bleiben, beschloß sie, allein zu fahren. Ihre Abreise stand unmittelbar bevor. Deshalb gab es viel im Haus zu tun. Einige der Zimmer mußten abgeschlossen werden, Möbel wurden zum Schutz gegen Staub mit Tüchern abgehängt, Vorratskammern und Lagerräume aufgeräumt und die angesammelten nutzlosen Dinge aussortiert; das Silber ließ Lady Bridget sorgfältig verpacken und in den Tresor einschließen, und schließlich fand man noch ein neues Zuhause für Clementine, Estelles Spaniel. Lady Bridget ließ ein Leben hinter sich, und es ist weder psychisch noch physisch leicht, ein Leben aufzugeben.

Am mühsamsten war es, umfassende Vorkehrungen für das weitere Wohlergehen von Sir Joshua zu treffen, der ein Land strikt ablehnte, in dem nie die Sonne schien, und wo – wie er voll Verachtung erklärte – die Menschen sich von Schweinefraß und gekochten Ledersohlen ernährten. Olivias Heirat beschäftigte ihn kaum. Nur einmal ließ er sich zu der brummigen Bemerkung hinreißen: »Sorg wenigstens dafür, daß er in Zukunft vor der eigenen Tür umkippt, wenn er blau ist.« Ansonsten schien er sich jeden Tag mehr in sich selbst zu verkriechen. Er schnitt stundenlang die Rosen oder saß auf einem umgedrehten Blumentopf und starrte ins Leere. Früher legte er großen Wert auf gepflegte Kleidung, aber inzwischen wirkte sein Aufzug eher nachlässig und schlampig. Außerdem aß er teilnahmslos und ohne großen Appetit. An der Kühle zwischen Lady Bridget und Sir Joshua änderte sich nichts, denn Olivia hatte zumindest gehofft, ihre Tante würde sich Sorgen um ihn machen. Nichts wies jedoch darauf hin, daß sie sich erweichen ließ. Eher das Gegenteil schien der Fall. Olivias Empörung über ihren Onkel hatte sich längst gelegt. Auf unterschiedliche Weise waren sie alle Speichen im selben Rad. Wer wollte sich also ein Urteil erlauben?

Nachdem sich alle Bemühungen als vergeblich erwiesen hatten, Sir Joshua zu überreden, daß er seine Frau nach England begleitete, suchte Olivia nach einem anderen Ausweg. »Also gut, dann kommst

du eben zu uns«, schlug sie ihm vor. »Ich finde den Gedanken einfach unerträglich, daß du hier allein leben willst.«
»Du wirst es vielleicht nicht glauben, Olivia, aber ich muß über vieles nachdenken«, erwiderte er gereizt. »Bitte versteh mich nicht falsch, aber du glaubst doch nicht im Ernst, man könnte einen klaren Gedanken fassen, wenn dieser vertrottelte Birkhurst in der Nähe ist?«
Worüber er nachdachte, wußte niemand. Manchmal schrieb er die ganze Nacht in seinem Tagebuch. »Was in seinem Kopf vorgeht, muß er mit sich und seinem Schöpfer ausmachen«, erklärte Ransome ärgerlich, als Olivia ihn darauf ansprach. »Weder der eine noch die andere hält es für notwendig, *mich* in ihre Gespräche einzuweihen! Aber mach dir keine Gedanken um Josh«, fügte er versöhnlicher hinzu. »Ich habe mich dazu entschlossen, mein Haus zu verkaufen und zu ihm zu ziehen, wenn Bridget abreist. Es ist einfach absurd, daß jeder von uns allein in einem riesigen, leeren Haus sitzt und Selbstgespräche führt. Natürlich verringern sich dadurch auch die Kosten erheblich.«
Als Lady Bridget von Lady Birkhurst über Olivias Schwangerschaft in Kenntnis gesetzt wurde, weinte sie vor Freude. Aber dann bekam sie Gewissensbisse wegen ihrer Abreise. »Ich weiß, Sarah würde wollen, daß ich an deiner Seite bin«, jammerte sie kläglich. »Ich bin sicher, du wirst mich brauchen.«
Erschrocken beteuerte Olivia immer wieder das Gegenteil. Die Anwesenheit ihrer Tante bei der Geburt wäre die Katastrophe schlechthin gewesen! »Mama ist doch hier, Tante Bridget. Und bei Dr. Humphries bin ich in besten Händen. Ich versichere dir, es gibt wirklich keinen Grund, daß du deine Pläne änderst. Ich weiß doch, wie sehr du deine Abreise herbeisehnst.«
Zwischen Schuldgefühlen und Erleichterung hin und her gerissen, murmelte Lady Bridget: »Also, du mußt mir alle Einzelheiten schreiben... Du mußt mir genauestens berichten, wie die Schwangerschaft verläuft. Und wenn das Kind kommt, will ich natürlich *alles* wissen.« Sie betrachtete Olivia nachdenklich. »Mir scheint, du bist bereits ungewöhnlich dick. Dr. Humphries soll dich bald gründlich untersuchen.«

Olivia wechselte schnell das Thema und fragte: »Möchtest du, daß ich mir Estelles Zimmer vornehme und ihre Sachen wegpacke?« Seit Estelle das Haus verlassen hatte, war das Zimmer verschlossen, als habe Lady Bridget mit dem Vorhängeschloß an der Tür einen Teil ihres Lebens abgeschlossen.
Das Gesicht ihrer Tante versteinerte sofort. »Nein, das ist nicht nötig. Du kannst später alles abholen lassen und für wohltätige Zwecke spenden. Es muß nichts aufgehoben werden.«

*

Nachdem Lady Birkhurst ihrer Schwiegertochter die Verantwortung für den Haushalt übergeben hatte, mischte sie sich in nichts mehr ein. Sie schien auch Olivias Ausgaben nicht zu kritisieren – selbst dann nicht, als Olivia aus einem inneren Drang heraus beinahe sofort die Wohnungen und das Gelände des Personals von Grund auf instand setzen und teilweise neu aufbauen ließ. Freddie war natürlich wie immer die Großzügigkeit in Person. Er war nur allzu froh, sich nicht mehr um den lästigen Haushalt und die damit verbundenen Geldfragen kümmern zu müssen. Trotz der Last, mit der Lady Birkhurst ihr Gewissen beschwert hatte, empfand Olivia sie als Freundin und Verbündete. Allein die Anwesenheit ihrer Schwiegermutter in dem Haus tröstete Olivia und erfüllte sie mit Dankbarkeit, denn abgesehen von Kinjal wußte nur sie um das schreckliche Geheimnis.
Als sie deshalb eines Morgens wieder nach unten gerufen wurde, ahnte Olivia nicht, daß sie der nächste Schlag erwartete. Das Gespräch begann unbeschwert mit einem Vorschlag, den sie sehr begrüßte.
»Du bist unternehmungslustig und intelligent, Olivia. Was hieltest du davon, täglich ein paar Stunden in unserem Kontor zu arbeiten? Schließlich wollen wir nicht, daß du vor Langeweile stirbst!«
Olivia freute sich. »Das wäre schön! Ich habe auch schon daran gedacht, aber noch gezögert, weil ich dachte, du würdest das möglicherweise mißbilligen.«
»Mein Kind, ich habe inzwischen schon so viel gebilligt«, erwiderte

Lady Birkhurst trocken, »und das ist eine Kleinigkeit und für dich ein Akt reiner Selbsterhaltung. Ich werde mit Willie darüber sprechen. Er wird sich bestimmt nicht freuen. Allein der Gedanke, daß ein Rock in seinem geheiligten Kontor herumflattert, wird den alten Griesgram zur Weißglut treiben. Aber kein Mensch versteht vom Handel im Fernen Osten mehr als Willie – auch wenn ich bei seinen Vorträgen nach fünf Minuten einschlafe.« Sie lachte. »Ich werde die Sache noch regeln, bevor ich fahre.«

»Fahren?« Olivia wurde blaß. »Wohin willst du fahren?«

Lady Birkhurst seufzte tief und griff nach einem Brief, der neben ihrem Ellbogen auf dem Tisch lag. »Unser Verwalter in Farrowsham hat mir geschrieben. Caleb geht es sehr schlecht. Er beschwört mich, mit dem nächsten Schiff nach Hause zu kommen.« Olivia schwieg, erschrocken über diese Nachricht. Auf der Stirn ihrer Schwiegermutter erschienen tiefe Falten. »Weißt du, Olivia, im Gegensatz zu seinem Sohn, dessen schlechter Gesundheitszustand von Ausschweifungen und Trägheit stammt, ist Caleb krank vor Überarbeitung und Härte gegen sich selbst. Er kümmert sich mit größter Hingabe um den riesigen Besitz und nimmt ganz anders als die meisten Peers, die nur aufgeblasene Nichtstuer und dumme Schwätzer sind, seine Aufgaben im Oberhaus sehr ernst. Calebs Körper rebelliert inzwischen, und wir werden alle nicht jünger...« Sie klopfte mit einem Fingernagel auf den Brief. »Er ist bereits vor drei Monaten geschrieben. Und es dauert weitere drei Monate, bis ich wieder zu Hause bin.«

»Willst du auf der Stelle abreisen?« fragte Olivia bekümmert. Ein Angstschauer lief ihr über den Rücken. Wie sollte sie ohne die mitfühlende Unterstützung dieser unendlich praktischen Frau die schreckliche Prüfung bestehen, die vor ihr lag?

»Ich muß, mein Kind«, sagte Lady Birkhurst freundlich, »Caleb braucht mich jetzt mehr denn je. Ich habe mich deshalb entschlossen, mit Lady Bridget zu reisen. Wir können uns auf diese Weise Gesellschaft leisten.«

»Aber das ist ja nächste Woche!«

»Ja.« Lady Birkhurst schwieg einen Augenblick. »Ich hätte dir bei der bevorstehenden schweren Prüfung gerne geholfen. Leider kann

ich es nicht. Hast du dir schon einen geeigneten Plan ausgedacht?«
»Ich werde einen Monat vor dem Ende der Schwangerschaft nach Kirtinagar fahren«, erwiderte Olivia gedrückt. »Die Maharani wird mich mit Freuden aufnehmen. Ich werde mich ganz ihren fähigen Händen überlassen.«
»Ausgezeichnet, Olivia! Ausgezeichnet! Ich bin erleichtert, daß du dann bei Freunden bist. Ich würde mir sonst große Sorgen machen.«
Olivia spürte einen Kloß im Hals. »Danke für deine Anteilnahme. Du kannst nicht ahnen, wieviel mir dein Verständnis bedeutet. Du wirst mir fehlen.«
»Du mir auch, mein Kind.« Gleichermaßen gerührt drückte Lady Birkhurst Olivias Hand. »Aber ich verlasse dich mit der Gewißheit, jawohl Gewißheit, daß du meinem Sohn gegenüber deine Pflicht erfüllst. Wärst du ein schwächerer Mensch, hätte ich Bedenken. Aber ich habe keine.«
Lady Birkhursts Vertrauensbeweis sollte Olivia trösten und ermutigen. Aus ihren Worten sprach nur Freundlichkeit. Wie hätte sie ahnen können, daß diese Freundlichkeit Olivia in eine noch tiefere Niedergeschlagenheit stürzte?
Es wurde eine Woche später für Olivia ein ungeahnt schmerzlicher Abschied von ihrer Tante und ihrer Schwiegermutter. Wieder einmal fühlte sie sich verlassen. Es kam Olivia vor, als nähmen sie einen Teil von ihr mit sich, und sie mußte tatenlos zusehen. Ihr Schicksal war ihr entglitten – wenn sie es überhaupt jemals selbst in der Hand gehalten hatte!
»Hör auf deine Frau!« Mit diesen Worten verabschiedete sich Lady Birkhurst von ihrem Sohn. »Sie besitzt mehr Verstand, als du je haben wirst.« Sie drückte Olivia fest an sich und flüsterte: »Schreib mir oft, mein Kind. Vergiß nicht, wo ich auch sein werde, ich bin deine Freundin. Aber ich fürchte, wir werden uns vielleicht nicht wiedersehen ...« Olivia weinte.
Sir Joshua war nicht unter den vielen Menschen am Kai, die die beiden Damen verabschiedeten. »Paß auf ihn auf, Olivia«, stieß Lady

Bridget noch schnell hervor, als sie an Bord ging. »Beschütze ihn, damit er sich nicht noch mehr schadet. Ich fürchte, wenn ... wenn *dieser* Mann zurückkommt ...« Sie brach ab, aber die Furcht stand noch in ihren Augen, als sie mit großer Würde den Landungssteg betrat.

Wenn dieser Mann zurückkommt ...!

*

Caleb Birkhurst hatte das Handelshaus Farrowsham 1815 gegründet – zwei Jahre, nachdem das Parlament die Statuten der Ostindischen Kompanie geändert und alle ihre Handelsmonopole mit Ausnahme des Teemonopols aufgehoben hatte. Willie Donaldson, ein großer, knorriger Schotte, der ebenso hager wie wortkarg war, gehörte von Anfang an zu dem Unternehmen. Er hatte sich durch harte Arbeit, Redlichkeit und gewitzten Geschäftssinn nach oben gearbeitet. Er führte das Handelshaus mit eiserner Hand und verteidigte leidenschaftlich die Interessen und den Ruf von Farrowsham. Freddies Gleichgültigkeit empfand er als Wohltat, und infolgedessen löste Olivias Auftauchen in der Firma nicht gerade Begeisterung bei ihm aus. Zwei Wochen später revidierte er brummig seine Meinung. Er sah, daß Olivia erstaunliche Fähigkeiten besaß, und in Anerkennung dieser Fähigkeiten stellte er einen seiner besten und erfahrensten indischen Angestellten, Bimal Babu, an ihre Seite.

Donaldson räumte seiner Frau Cornelia gegenüber ein, Olivia sei ganz anders, als er das von einer jungen Memsahib erwartet habe. Sie liebte keinen Klatsch, redete kein dummes Zeug, war über gewisse Handelsfragen bestens informiert, gab ihre Unwissenheit in anderen offen zu und ließ sich belehren. Am erfreulichsten empfand er, daß sie keine dummen Ansichten äußerte und sich aufspielte, wie man es von der Frau des Besitzers hätte erwarten können. Außerdem lernte sie schnell. »Sie ist nicht auf den Kopf gefallen«, erklärte er seiner Frau, »sie hat kein Stroh im Kopf, und sie weiß, was sie will. Ich begreife nur nicht, *warum* sie sich für unseren armen Freddie entschieden hat, das ist mir weiß Gott ein Rätsel.«

Olivia mochte Willie Donaldson auf den ersten Blick. Er war barsch, manchmal sogar grob und fluchte wie ein Matrose, aber er war ehrlich, und man wußte bei ihm immer, woran man war. Olivia ließ sich gern unter seine Fittiche nehmen und lernte viel von ihm.
Farrowsham hatte sich nie auf den Chinahandel eingelassen und wollte mit Opium nichts zu tun haben, denn wenn es um Drogen ging, hielt sich Caleb Birkhurst streng an seine christlichen Grundsätze. Birkhurst erwarb seinen Reichtum durch schlichten und ehrlichen Handel. Durch die industrielle Revolution brauchte England neue Märkte im Ausland, und sie zu erschließen, dazu gehörte sachkundiges Geschick. Birkhurst war natürlich nicht der einzige auf diesem Gebiet, aber zweifellos einer der erfolgreichsten. Er exportierte in gewinnträchtigen Schiffsladungen den ganzen Reichtum des Ostens: Baumwolle, Jute, Schellack, Gewürze, Öle und Essenzen für die europäische Parfumherstellung, Pelze, Edelsteine, Wolle und noch vieles mehr – vor allem natürlich Indigo von Farrowshams ausgedehnten Plantagen. Donaldson berichtete Olivia, im vergangenen Jahr habe das Unternehmen fünfzigtausend Tonnen Indigo exportiert, und ein beachtlicher Anteil sei von Farrowsham produziert worden. Die Schiffe brachten englische Erzeugnisse zurück und füllten die Truhen jetzt noch schneller mit den Gewinnen aus dem Import von landwirtschaftlichen Geräten, von Druckereiausstattungen – angefangen von der Druckerschwärze bis zum Papier –, von Werkzeugen, Büchern, Arzneimitteln, einer Vielzahl hochwertiger Konsumgüter und vor allem Tuchen und Stoffen aus den Spinnereien und Webereien in Lancashire. Die indischen Handwebstühle konnten nicht mehr mit den englischen maschinengewebten Stoffen konkurrieren, mit denen das ganze Land überschwemmt wurde. Zur weiteren Verdrängung der einheimischen Industrie und zur Schaffung eines noch größeren Marktes für die englischen Textilien hatte man handgewebte Stoffe mit einer zusätzlichen Steuer belegt. Infolgedessen wurde die importierte britische Ware in den Geschäften sehr viel billiger verkauft. Es dauerte nicht lange, und mit Ausnahme der ganz Armen, die noch selbst weben mußten, trug jedermann englische Stoffe, und damit war die einheimische Produktion, sogar die

erlesenen Musselins aus Dakka, zur Bedeutungslosigkeit verurteilt. Farrowsham legte außerdem Geld für Angestellte der Firma an, denen direkte Investitionen untersagt waren. »Farrowsham hat als erstes Unternehmen mit den Ersparnissen seiner Leute Gewinn gemacht«, sagte Donaldson. »Kein Mensch weit und breit hat es so gut verstanden, mit den Zinsen für das Leihen und Verleihen zu jonglieren wie Caleb, der alte Fuchs!« Er lachte leise. »Ich war damals noch ein Grünschnabel, aber es war eine Lust mitanzusehen, wie er absahnte. Farrowsham wurde selbst von der Wirtschaftskrise in den dreißiger Jahren nicht ins Wanken gebracht. Bei Gott, wir waren schneller an der Spitze als alle anderen, ausgenommen natürlich Trident.« Er verzog das Gesicht und brummte: »Aber dieser Satansbraten Raventhorne steht ja auch in beiden Lagern auf sicheren Füßen...«

Bei der Erwähnung von Raventhorne und seiner Firma verzog Olivia keine Miene. »Haben Sie viel mit Trident zu tun?« fragte sie beiläufig.

»O ja. Wir mieten seine Lagerhäuser, und seine verdammten Klipper transportieren unsere ganze Fracht, denn sie sind einfach die schnellsten. Er ist ein Halsabschneider, wenn es um die Frachtraten geht, aber ich kann nicht leugnen, er liefert pünktlich wie die Uhr.« Er schwieg und sagte dann empört: »Für das, was er Ihrem Onkel und Ransome angetan hat, möchte ich ihn peitschen, bis ihm die Haut in Fetzen vom Leibe hängt – und es würde mich nicht wundern, wenn einem von uns eines Tages der Kragen platzt und er es zu spüren bekommt, was wir von seinen Machenschaften halten. Ich will diesen Hundesohn nicht verteidigen, aber bei uns hat er immer sein Wort gehalten. Also«, er blätterte in den Akten und kam wieder auf das Geschäftliche zu sprechen, »wie ich gesagt habe, Caleb hat achtunddreißig die Plantagen im Hinterland gekauft. Bis dahin hatte eine Bestimmung der Ostindien-Kompanie Europäern strikt verboten, in Indien Land zu erwerben. Und seit dieser Zeit...«

Das Thema Jai Raventhorne war im Augenblick vergessen.

Freddie schlief meist bis mittags, und deshalb erschien Olivia manchmal bei ihrem Onkel zum Mittagessen und vergewisserte sich, daß der Haushalt unter Rehmans zuverlässiger Leitung reibungslos lief. Da das Kontor von Templewood und Ransome nicht weit von Farrowsham in der Old Court House Street entfernt lag, stattete sie auch Arthur Ransome öfter einen Besuch ab. Zu ihrem Erstaunen erfuhr sie eines Tages, daß er Schwierigkeiten hatte, sein Haus zu verkaufen.

»Aber warum? Das Haus liegt doch in der besten Gegend und ist sehr wertvoll?«

Er sah sie merkwürdig an. »Templewood und Ransome, mein Kind, sind Ausgestoßene. Alle fürchten, daß jeder, der mit uns Geschäfte macht oder uns in dieser schwierigen Lage hilft, von Trident dafür bestraft werden wird. Erinnerst du dich nicht, ich hatte es dir prophezeit.«

Olivia erinnerte sich an das Gespräch mit Ransome in Barrackpore. Damals hatte sie seine Bemerkung nicht weiter beachtet. »Aber das ist doch absurd!« rief sie empört. »Was kann er denn noch von euch wollen? Hat er nicht schon genug Schaden angerichtet?«

»Er will immer noch etwas«, erwiderte Ransome ruhig. »Unser Firmenschild. Er wird nicht ruhen, bis wir den Offenbarungseid leisten müssen. Das hat er geschworen.«

»Raventhorne will euch auf die Straße setzen?« Olivia war entsetzt, daß die Bosheit dieses Mannes überhaupt keine Grenzen zu haben schien.

»Ja«, sagte Ransome einfach, »o ja. Wir sollen dort enden, wo er anfangen mußte – auf der Straße. Man könnte fast von poetischer Gerechtigkeit sprechen, nicht wahr?« Er lachte leise. »Und so wie es aussieht, wird es ihm gelingen. Da Josh zu nichts mehr in der Lage ist, haben wir keinen Kredit mehr. Sogar Pennworthys Bank diskontiert unsere Wechsel nicht, da wir keine Einkünfte mehr haben. Außerdem gehört Trident zu Pennworthys Kunden, und er muß seine Interessen wahren. Und unsere letzte Teelieferung verrottet in einem Lagerhaus, weil wir sie nicht verschicken können. Niemand ist bereit, den Transport zu übernehmen, jeder hat Angst vor Vergeltungsmaßnahmen, wenn Raventhorne zurückkommt.«

Ich hasse diesen Satz: Wenn Raventhorne zurückkommt!

»Ich hatte keine Ahnung, daß es so schlecht um euch bestellt ist«, sagte Olivia langsam. Ransomes Niedergeschlagenheit erschütterte sie tief. Auch ihr sank der Mut. »Gibt es denn keinen Ausweg aus dieser Sackgasse?«
Arthur Ransome zuckte gleichgültig mit den Schultern. »Vielleicht gibt es einen Ausweg, Olivia. Vor zehn, vielleicht noch vor fünf Jahren hätte ich ihm einen Kampf bis aufs Messer geliefert, aber jetzt habe ich nicht mehr die Kraft dazu – und ich will es auch nicht. Ich spüre allmählich mein Alter, und das macht es nicht leichter.« Er stand auf und drückte vorsichtig die Beine durch. »Josh und ich, wir haben ein verdammt gutes Leben gehabt. Ich bedaure nichts. Wir haben viel Geld verdient und viel Geld ausgegeben. Vielleicht ist es Zeit, aufzuhören. Jüngere, *bessere* Männer werden im Teehandel aktiv. Eines Tages wird es indischen Tee geben, und dann kann man auf China verzichten. Mit dem Abenteuer, der Spannung und dem erregenden Kampf ist es dann endgültig vorbei. Tee wird nur noch eine Ware unter vielen sein. Und ich habe keine Lust, bis zum Ende meines Lebens Tee anzubauen. Vielleicht hat Josh recht, vielleicht werden Dampfschiffe die Regel sein, und die Segelschiffe werden verschwinden. Das Leben wird langweilig und zur Routine. Das ist nichts für mich. Offen gesagt, es widert mich an ...«
Olivias Niedergeschlagenheit verwandelte sich in flammenden Zorn. Raventhorne hatte nichts unberührt gelassen, alles war von ihm angesteckt und in dem meisterhaften Plan der völligen Zerstörung bedacht worden! Zum ersten Mal fand sie den verfluchten Dreizack, sein Symbol, wahrhaft passend. O ja, er machte seinem Gott Schiwa alle Ehre!

*

In den nächsten Wochen erkannte Olivia, wie allgegenwärtig Jai Raventhorne in der Stadt war. An ihn erinnerte sie nicht nur das heranwachsende Kind in ihrem Leib, das von ihrem Blut und dem Sauerstoff ihrer Lunge lebte. Olivia kam beinahe täglich am Trident-Haus mit der nüchternen Fassade und den höhnisch lächelnden Fenstern vorbei. Eines Tages sah sie Raventhornes Rappen, mit dem einer seiner Leute über den Tank Square ritt. In den Farrowsham-Akten wimmelte es von Hinweisen auf Trident und von Rechnungen und Quittungen, mit Raventhornes großspuriger und lang gezogener Unterschrift. In seiner Abwesenheit leitete sein ergebener und treuer Stellvertreter, ein Bengale namens Ranjan Moitra, das Unternehmen. Er war ein adretter kleiner Mann, trug immer ein makellos weißes *Dhoti,* ein Hemd und Sandalen an den gepflegten Füßen. Moitra erschien regelmäßig bei Farrowsham. Olivia hatte mit ihm noch nie ein Wort gewechselt, aber er verneigte sich immer tief vor ihr, wenn sie sich begegneten.

Eines Morgens machte sich Olivia auf den Weg zur Ostindien-Kompanie im Writers' Building, um für Donaldson etwas herauszufinden, als eine schöne, reich verzierte Sänfte an ihr vorbeigetragen wurde. Durch einen Spalt im Vorhang entdeckte sie ein Gesicht und blieb wie angewurzelt stehen. Es war Sujata! Ihre Blicke trafen sich kurz. Dann richteten sich Sujatas schwarz umrandete Augen auf Olivias dicken Bauch und verweilten dort. Die glutroten Lippen verzogen sich zu einem spöttischen Lächeln, und auf ihrem Gesicht lag gehässiger Triumph. Olivia konnte sich nicht von der Stelle rühren und starrte der Sänfte nach. Das gemeine und wissende Lächeln verfolgte sie den ganzen Tag.

Olivia fand durch die Arbeit bei Farrowsham die dringend benötigte geistige Anregung, aber das bereitete Freddie zunehmend Unbehagen. »Was soll ich denn allein machen, solange du weg bist?« beschwerte er sich mißmutig eines Tages beim Abendessen. »Du fehlst mir, wenn du nicht hier bist.«

»Aber ich bin doch mehr oder weniger nur weg, solange du noch schläfst, mein Lieber«, erinnerte ihn Olivia geduldig. »Außerdem möchte ich manchmal auch Onkel Josh beim Mittagessen Gesellschaft leisten, damit er nicht allein essen muß.«

»Ich muß auch allein essen!«

»Sehr selten, Freddie. Und abends bin ich immer zu Hause.«

»Trotzdem, du fehlst mir«, wiederholte er störrisch und fragte dann wehmütig: »Fehle ich dir jemals, Olivia? Sag die Wahrheit: Fehle ich dir?«

Eine halbe Stunde beteuerte sie ihm, wie sehr er ihr fehle, und versuchte den größten Teil der Nacht, es ihm zu beweisen. Olivia hatte festgestellt, daß Freddie in sexueller Hinsicht beinahe unersättlich war. Viele seiner Wünsche stießen sie ab, aber Olivia erfüllte sie mit grimmigem Gleichmut, indem sie schlicht ihre Gedanken von ihrem Körper löste. Sie lernte, so zu tun, als sei sie eine andere, empfand den Geschlechtsakt vielleicht etwa so wie eine Straßenhure und zwang sich, so zügellos und wollüstig zu sein, wie ihr Mann es verlangte.

Der wachsende Bauch machte den Verkehr noch lästiger, aber sie unterzog sich ihrer Pflicht in dem Bewußtsein, daß Freddie bei dieser Parodie einer Ehe wenig mehr bekam. Unter vielen Beteuerungen seiner Liebe erklärte Freddie immer, befriedigt zu sein, aber Olivia wußte, er gab das nur vor. Sie zweifelte nicht daran, daß seine wachsende, unbewußte Unzufriedenheit früher oder später zum Ausbruch kommen werde.

In solchen Nächten hätte Olivia nur allzu gern ihre Seele verkauft, um Freddie nur halb so lieben zu können, wie sie Jai Raventhorne einmal geliebt hatte.

*

Die erholsamen Fahrten am Flußufer entlang gehörten noch immer zu Olivias besonderen Vergnügen. Manchmal begleitete sie Freddie, und wenn er bei seinen Freunden war, fuhr sie auch allein. Kalkuttas Hafen pulsierte vor Erregung und buntem Treiben, besonders wenn ein Schiff erwartet wurde. Wenn Olivia das Hasten und Eilen der Menschen beobachtete, den betäubenden Geruch von Tang und Salz einatmete, die groß geschriebenen Bestimmungsorte auf den Frachtkisten las, fühlte sie sich irgendwie lebendig. Dann glaubte sie, wieder zu der wahren Welt zu gehören, in der irgendwo auch Amerika lag, und nicht die gestrandete und verstoßene Frau zu sein, die für alle Zeiten auf einer einsamen, wilden Insel in Trübsal dahinleben mußte.

Eines Abends bot sich ihr überraschend ein alarmierender Anblick. An einem weißen Dreimaster flatterte die vertraute safrangelbe

Flagge mit dem schwarzen Symbol! Ihr meist ohnehin schwacher Magen krampfte sich plötzlich zusammen.

Ist es ... könnte es die ›Ganga‹ sein?

Sie dachte unwillkürlich daran, wie sie vor acht Monaten mit Estelle und dem Opernglas hier gestanden hatte ... Erst acht Monate waren vergangen. Ja, dieser Tag hatte sich klar und deutlich in ihre Erinnerung eingegraben. Aber es schien ein anderes Leben, eine völlig andere Zeit gewesen zu sein! Benommen ließ Olivia die Kutsche anhalten und stieg aus. Überall um sie herum herrschten Durcheinander und Aufregung. Plötzlich entdeckte sie in der Menge Ranja Moitra, Raventhornes Stellvertreter. Mit einem Bündel Dokumente in der Hand redete er heftig auf einen Zollbeamten ein. Aus einem verrückten Impuls heraus ging Olivia durch das Gedränge auf ihn zu. Moitra sah sie sofort, brach erstaunt mitten im Satz ab und verbeugte sich tief vor ihr.

»Bitte, treten Sie auf diese Seite, Madam!« Er eilte auf sie zu und führte sie mit der in Bengalen traditionellen steifen Höflichkeit Frauen gegenüber an einen etwas ruhigeren Platz. »Die Kulis sind rücksichtslos und haben keine Manieren«, erklärte er schnell.

Olivia wußte nicht, was sie eigentlich hier wollte, aber aus einem unbestimmten und unerklärlichen Drang heraus lächelte sie und ließ ihn gewähren. »Danke, Mr. Moitra. Wie ich sehe, ist heute eines Ihrer Schiffe eingelaufen«, sagte sie freundlich und mit klopfendem Herzen.

»O ja, Madam.« Er hob stolz die Brust. »Es kommt aus Boston, *Ihrem* Boston«, fügte er hinzu, als gäbe es unzählige Bostons. »Es bringt Baumwolle, Gin und Tabak.« Olivias schmeichelhaftes Interesse machte ihn kühn, und er schimpfte über die Zollbeamten, von denen er dieselbe Meinung hatte wie Donaldson, die er aber in manierlicheren Ausdrücken äußerte.

»Moment mal«, murmelte Olivia, nachdem Moitra gesagt hatte, was er sagen wollte, »das ist doch ein Klipper, nicht wahr?«

Er warf sich noch mehr in die Brust. »Ja, o ja. Nur Trident hat in indischen Häfen amerikanische Klipper liegen.«

»Natürlich.« Ihr Herz schlug noch heftiger. »Und das Schiff

heißt ... *Ganga,* wenn ich mich nicht irre?« Um nicht ohnmächtig zu werden, klammerte sie sich an das Eisengeländer in ihrem Rükken.

»Nein, die *Ganga* ist das Schwesterschiff. Das ist die *Jamuna.*« Er lachte. »Wir haben mehrere amerikanische Klipper, Madam Birkhurst. Wie sich Madam vielleicht erinnern, ist die *Ganga* ein Dampfschiff. Sie liegt noch in New York.«

»Und der Besitzer ...?« Olivia vergaß alle Vorsicht und wurde in ihrer Angst tollkühn.

»Ist ebenfalls dort. Der Sarkar – das heißt mein Herr – bleibt bei dem Schiff, glaube ich.« Er klopfte auf ein dickes Bündel mit Briefen, die er in der Hand hielt. »Unser abgepackter Tee verkauft sich in New York ganz ausgezeichnet.«

Olivias Blick richtete sich auf die Briefe, und einen verrückten Augenblick lang glaubte sie, der Versuchung nicht widerstehen zu können, ihm die Briefe zu entreißen, sie auf der Stelle zu öffnen und zu lesen. Dann rief sie sich energisch zur Ordnung, unterdrückte den absurden Impuls und gewann ihre Ruhe wieder. Sie erinnerte sich daran, daß Jai Raventhorne ihretwegen ebensogut auf dem Grund des Hudson River liegen könnte. »Ach ja!« Ihre Stimme klang eisig, und sie bestrafte Moitra für die eigene Unvernunft. »Ich freue mich, daß Trident Stärke bei den Starken sucht, Mr. Moitra, aber Sie können von *mir* wohl kaum erwarten, daß ich mich mit Ihnen darüber freue.« Mit einem kalten Lächeln ließ sie ihn stehen.

Sie ärgerte sich zwar über das sinnlose Gespräch, tröstete sich aber mit der gewonnenen Gewißheit, daß nicht einmal Ranjan Moitra, der vertraute Stellvertreter seines Herrn, etwas von Estelles Anwesenheit an Bord der *Ganga* wußte. Von einem rein egoistischen Standpunkt aus gesehen, war das eine gute Nachricht. Wenn man klug genug war, konnte man offenbar selbst in einem Dorf wie Kalkutta ein Geheimnis wahren!

*

Früh am nächsten Morgen, als Olivia sich bereits auf den Weg zu Farrowsham machen wollte, meldete man ihr einen Besucher. Der

Visitenkarte nach, die ihr der Diener reichte, handelte es sich um Kapitän Mathieson Z. Tucker, Kapitän der *Maid of Galveston*, einem Schiff der Lone Star Linie, das aus Houston kam. Wie er auf der Karte vermerkt hatte, brachte er Geschenke und Nachrichten für sie von Mr. Sean O'Rourke.

Außer sich vor Freude eilte Olivia die Treppe hinunter, um Kapitän Tucker zu begrüßen. »Wie freundlich von Ihnen, persönlich vorbeizukommen!« Sie nahm seine riesige Hand und ließ sie nicht mehr los. »Habe ich richtig verstanden, Sie haben meinen Vater gesehen und ihn gesprochen?«

»Aber ja, Madam. Und noch mehr als das, Mrs. äh, Brixton ...?«

»Birkhurst.«

»Entschuldigung, Mrs. Birkhurst ... Ich war auf seiner Hochzeit. Und es war eine richtige schöne Hochzeit, wie es sich für einen so guten Mann wie Ihren Vater gehört.« Er drückte ihre Hand und schüttelte sie, daß ihr die Finger schmerzten. Dabei fielen ihm die dichten, leuchtend roten Haare in die Stirn. »Aber von Ihrer Hochzeit, Madam, hat Ihr Vater nichts gesagt. Deshalb war ich heute morgen zuerst bei den Templewoods.«

»Ach ja, die Nachricht hatte Papa noch nicht erreicht, als Sie ihn verlassen haben, Kapitän Tucker.« Sie führte ihn glücklich in das Eßzimmer und ließ für ihren Gast ein großes Frühstück bringen. »Sie ahnen nicht, wie ungeduldig ich bin, die Nachrichten zu hören, die Sie mir bringen, Kapitän!«

Der Kapitän langte mit großem Appetit zu, während Olivia schweigend und wie gebannt zuhörte, als Tucker ausführlich von dem großen Ereignis berichtete. Die Trauung, sagte er, hatte in einer kleinen Kirche stattgefunden, die aus Sandelholz – eine Besonderheit, für die Hawaii berühmt ist – gebaut war. Sally trug ein muschelrosa Kleid und, als Zugeständnis an die einheimischen Sitten, im Haar eine Hibiskusblüte. Der Bräutigam erschien im Cut (Wie muß er das gehaßt haben, dachte Olivia und lachte insgeheim), Sallys Söhne waren ebenso korrekt gekleidet. Dane, der jüngere, fungierte als Trauzeuge, und Dirk führte seine Mutter zum Altar. Anschließend feierten sie nach hawaiianischer Art ein großes Fest am Strand mit Spanferkel,

Tarobrot, süßen Kartoffeln, gegrilltem Fisch und »soviel Palmwein, um darin zu ersaufen, mit Ihrer Erlaubnis, Madam«. Bis zum Morgengrauen war gesungen und getanzt worden. Es war, schloß er begeistert, die schönste Hochzeit, seine eigene nicht ausgenommen, auf der er je gewesen war. Er schüttelte den Kopf und schob sich noch eine Gabel Rührei durch den dichten Bart, hinter dem sein Mund verschwand.

Bei unzähligen Tassen starken brasilianischen Kaffees – ein Geschenk des Kapitäns – entlockte Olivia ihm länger als zwei Stunden all die vielen Einzelheiten, die man in einem Brief nicht schreiben kann. Hawaii, so erklärte Tucker, werde zu einem ebenso erstaunlichen Sammelbecken wie die Vereinigten Staaten. Von überall her kämen die Leute, weil die Inseln einfach paradiesisch seien. »Viele Amerikaner, Madam, verlassen wie Ihr Vater Kalifornien, weil das Goldfieber alles mögliche Gesindel anlockt. Jeder Tagedieb sucht jetzt sein Glück im Westen, Madam. Und«, er hob warnend den Finger, »es braut sich auch noch etwas anderes zusammen. Wie ich höre, spricht man im Süden von offener Rebellion.«

»Und das Haus, in dem Sally und mein Vater wohnen?« fragte Olivia, die sich mehr für persönlichere Dinge interessierte. »Wie sieht es aus?«

Kapitän Tucker lachte. »Die Häuser auf den Inseln sind nicht mit Häusern in Amerika zu vergleichen. Ihr Haus ist aus Tapa, das ist ein Faserstoff aus Rinde, und aus Gras und Korallensteinen.« Sally hatte im Hof einen Brotfruchtbaum gepflanzt und Beete mit solchen Gemüsen angelegt, die auf dem schlechten Boden der Inseln wuchsen, obwohl sie zu den Glücklichen zählten, die Süßwasser auf dem Gelände hatten. Außerdem gab es viele Fische. Wenn Sallys Söhne nicht in der Missionsschule waren oder von ihrem Vater unterrichtet wurden, lernten sie schreinern, gingen auf Ziegenjagd, schoren und häuteten die Ziegen und lernten im Hafen Boote zu bauen. »Wenn sie alt genug sind, will Ihr Vater sie nach Yale an die Ostküste schikken. Das Herz lacht einem im Leib, wenn die zwei in der Brandung auf den Wellen reiten, Madam. Sie sind braungebrannt wie Kastanien und so munter wie Fische im Wasser.« Kapitän Tucker seufzte tief und lange. »Noch ein paarmal über den großen Teich, ein wenig mehr auf die hohe Kante und, bei Gott, dann habe ich es satt und bin auch auf diesen wunderbaren Inseln.«

Olivias Augen blickten sehnsüchtig und traurig in die Ferne.

Bei Gott, auch ich habe es satt, aber ich kann nicht dorthin fliehen!

Kapitän Tucker wies auf ein dickes Paket, das er mitgebracht hatte. »Wenn es noch etwas zu berichten gibt, dann steht es bestimmt in den Briefen.«

»Ja, vermutlich.« Olivia wollte ihn nicht gehen lassen und nötigte ihm noch eine Tasse Kaffee auf. »Sie bringen mir eine Welt, Kapitän Tucker, die ich beinahe vergessen hatte. Ich bin Ihnen so dankbar, daß Sie mir Ihre Zeit geschenkt und die Mühe auf sich genommen haben. Bleiben Sie noch eine Weile in Kalkutta?«

»Leider nein. Wir nehmen nur Fracht auf, Madam, und das dauert höchstens ein oder zwei Tage.«

»Was hatten Sie denn an Bord?« fragte sie, nur um das Gespräch noch etwas zu verlängern.

»Im wesentlichen Ziegenfelle aus Hawaii, die nach Kanton gehen, und jetzt laden wir chinesische Seide für Europa und Amerika. Und außerdem diese geschnitzten, geschwungenen Möbel, die die Chinesen machen. Für meinen Geschmack sind die etwas übertrieben«, er verzog das Gesicht, »aber Leute mit viel Geld reißen sich im Westen darum.«

»Ach ja?« fragte Olivia plötzlich nachdenklich. »Werden Sie auch nach England kommen, Kapitän Tucker?«

»Aber ja, Madam. Southampton.«

»Wenn das so ist«, erklärte sie energisch, »darf ich Sie dann noch um ein paar Minuten Ihrer kostbaren Zeit bitten? Ich möchte mit Ihnen noch über eine Kleinigkeit sprechen.«

*

Arthur Ransome sah sie fassungslos an. »Yarrow ist gerade vom Hafen gekommen. Die *Maid of Galveston* kann keine Fracht mehr aufnehmen. Die Laderäume sind voll.«

»Wenn Mr. Yarrow sich noch einmal zum Hafen bemüht und Kapitän Tucker persönlich anspricht, wird er feststellen, daß die Lage sich verändert hat.« Olivia berichtete von der erfreulichen Begegnung mit dem Freund ihres Vaters. »In Anbetracht der Freundschaft mit Papa ist er bereit, den Tee an Bord zu nehmen. Er hat gute Kontakte in Southampton. Er wird den Tee dort verkaufen, und«, sie beugte sich vor und lächelte, »ich werde die Sendung noch vor der Verladung kaufen, damit das Geld sofort auf euer Konto fließt.«

Ransome bekam noch größere Augen. »Du lieber Himmel, mein Kind, Willie wird einen Tobsuchtsanfall bekommen! Farrowsham da hineinzuziehen . . .«

»Nicht Farrowsham kauft, sondern ich kaufe.«

»Aber ich kann nicht zulassen, daß Birkhursts Geld in . . .«

»Es handelt sich nicht um Birkhursts Geld, Onkel Arthur. Das Geld gehört mir persönlich.« Sie beschwor ihn: »Wenn du diese Gelegenheit verpaßt, Onkel Arthur, wird der Tee noch weiter an Wert verlieren und ist schließlich unverkäuflich. Ich versichere dir, ich biete dir mein Geld. Ich kann damit tun, was ich will, und muß Freddie oder Willie Donaldson nicht um Erlaubnis fragen. Meine Investition ist sicher, denn mir geht es nicht um Gewinn. Selbst wenn ich in Southampton keinen guten Preis erziele, bin ich zufrieden.«

Ransome schwieg tief bewegt. Dann räusperte er sich laut. »Dein Angebot ist so großzügig, daß mir die Worte fehlen, aber . . .«, er schüttelte unsicher den Kopf, »du wirst damit angreifbar und durch dich auch Farrowsham.«

»Farrowsham ist groß und mächtig genug, um für sich selbst zu sorgen. Und ich fürchte weder deinen Mr. Raventhorne, noch interessiert mich seine Reaktion. Soll er doch machen, was er will. Ich nehme es mit ihm auf!« Die Herausforderung sprach Olivia mit größter Zuversicht aus. Für sie war Raventhorne erledigt. Schließlich willigte Ransome zögernd ein. Er gab seinen törichten Stolz auf und nutzte die Chance, die sich ihm vielleicht nie mehr bot. Olivia beschloß, den anderen Plan, den sie während des Gesprächs mit dem freundlichen Kapitän für Ransome ins Auge gefaßt hatte, später zur

Sprache zu bringen. Sie wollte zunächst noch einige Dinge in Erfahrung bringen.
Arthur Ransome blieb die Sprache weg, nicht aber Willie Donaldson, als die Nachricht von dem schnellen Verkauf und Versand der Teekisten am nächsten Morgen in Geschäftskreisen die Runde machte. »Das hätten Sie nicht tun dürfen, Mädchen!« rief er außer sich. »Herrgott noch mal, es geht *uns* doch nichts an, was für Fehden Trident mit anderen hat!«
»Es hat *nichts* mit Farrowsham zu tun«, erinnerte ihn Olivia ruhig. »Und es geht nicht um ›andere‹. Es geht um die Firma meines Onkels. Das Handelshaus Farrowsham kann sich da völlig raushalten!«
»Kann!« schnaubte Donaldson, »vielleicht aber auch nicht. Nur weil wir nichts mit dem verfluchten Opium zu tun haben, hat uns dieser verfluchte Kerl in Ruhe gelassen. Es ist verrückt, wenn wir uns jetzt in seine Angelegenheiten mischen. Das bringt nur Ärger.« Er war völlig außer sich.
»Ärger?« Olivia verzog die Lippen verächtlich. »Warum hat eigentlich jeder so schreckliche Angst vor Raventhorne? Er ist ein Draufgänger, aber kein unheimlicher Geist mit übernatürlichen Kräften!«
»Das ist er nicht, aber er *ist* böse und rachsüchtig. Was er Ihrem Onkel angetan hat...«
»Das hat er nur tun können, weil alle zu feige waren, ihn daran zu hindern! Meiner Meinung nach ist er nur ein aufgeblasener, überheblicher Wicht, der sich den Weg nach oben rücksichtslos erkämpfen konnte, weil niemand den Mut hatte, ihm einmal die Stirn zu bieten! Und das werde ich tun, Mr. Donaldson. *Ich* werde es ganz bestimmt tun!« Sie stand wütend auf und sah ihn mit funkelnden Augen an. »Und wenn ich dabei meinen eigenen Leuten mit meinem eigenen Geld helfen kann, dann werde ich es verdammt noch mal tun! Zur Hölle mit Kalkuttas Kaufleuten, die sich vor Angst ins Hemd machen!« Damit rauschte sie aus dem Zimmer.
Donaldson blieb der Mund offen stehen. Er holte tief Luft, lehnte

sich zurück und dachte nach. Er rieb sich eine Weile das Kinn und mußte plötzlich leise lachen. »Meine Güte, *meine* Güte! Für ein Mädchen, das noch nicht trocken hinter den Ohren ist, hat sie verdammt noch mal Mumm!« Er brüllte vor Lachen und schlug sich auf die Schenkel. »Aber bei meiner Seele, es tut gut, wenn dieser hergelaufene Hundesohn einmal ordentlich eins auf die Nase bekommt!«

*

Olivia verbrachte den Abend in ungetrübter Freude mit den Briefen, die Kapitän Tucker mitgebracht hatte. Sie las sie alle immer und immer wieder. Wie anders klangen sie als ihre unehrlichen, erfundenen Berichte! Außer den Briefen mit den guten Nachrichten schickten sie ihr viele Geschenke: von Dane aus Sandelholz geschnitzte Tiere und Figuren; ähnlich schöne, selbstgemachte Bücherstützen von Dirk, handgestickte Tücher von Sally, Bücher, Zeitschriften und Zeitungen von ihrem Vater, Dosen mit Kaffee, Korallenschmuck und zu ihrem Geburtstag eine Jacke aus Ziegenfell.

Mein Geburtstag!

Eingesponnen in ihre gefährdete, unsichere Welt, die von der Wirklichkeit so weit entfernt war, hatte Olivia ihren Geburtstag vergessen!

Auch wenn die liebevollen Pakete aus Hawaii ihr Herz mit schmerzlicher Wehmut erfüllten, so ließ Olivia seltsamerweise der Gedanke an gewisse Briefe aus einem anderen Teil der Welt nicht los. Wie sehr sie sich auch bemühte, sie konnte den Anblick der Briefe in Ranjan Moitras Hand nicht vergessen! Sie sehnte sich nicht nach belanglosen Nachrichten von Jai Raventhorne. Sie quälte nur die eine Frage, die ihr den kalten Schweiß auf ihre Stirn trieb und bei der ihr flau im Magen wurde:

Wird er bald nach Kalkutta zurückkommen . . .?

Erstaunlicherweise bedurfte es keiner besonderen List, um Moitra diese Information zu entlocken. Zwei Tage nach der Begegnung am Kai erschien er im Kontor und bat sie um ein Gespräch. Olivias Herz setzte einen Schlag lang aus. Warum dieser plötzliche Besuch?

»Ja, Mr. Moitra? Was kann ich für Sie tun?« Als er ihr wenige Augenblicke später gegenübersaß, war sie energisch und gefaßt.
Er hüstelte und wirkte sehr unglücklich. »Bitte entschuldigen Sie meine Kühnheit, Madam, aber ich wollte Sie um Verzeihung bitten. Ich habe Madam neulich abends beleidigt.« Olivia sah ihn unbewegt an, und er fuhr schnell fort. »Ich hätte Tridents Erfolge in Ihrem Heimatland nicht erwähnen dürfen. Es war – wie soll ich es ausdrükken? – ein grober Fehler, eine dumme Anwandlung. Natürlich können Madam sich nicht mit uns freuen... natürlich nicht! Als die werte Tochter der werten Schwester von Sir Joshuas werten Lady Memsahib ist das undenkbar. Bitte entschuldigen Sie den bescheidenen und taktlosen Dummkopf, der ich war.« Er ließ niedergeschlagen die Schultern hängen.
Olivia fühlte sich versucht zu lächeln, aber das unterließ sie natürlich. »Sie müssen sich nicht entschuldigen, Mr. Moitra. Sie sind schließlich ein treuer Mitarbeiter von Trident. Ihr Stolz auf die Erfolge Ihres Herrn ist verständlich.«
Diese großzügige Geste überwältigte ihn noch mehr. »Madam, Sie sind zu gütig, zu gütig«, murmelte er und beschäftigte sich mit einem Gedanken, den er schließlich auch aussprach. »Madam, Sie sind eine gute und pflichtbewußte Dame, die viel tut, um Ihrer Familie zu helfen. Es hat mich persönlich sehr gefreut zu erfahren, daß Mr. Ransome seinen Tee verkaufen konnte.« Er sah sie ernst und aufmerksam an. »Der Sarkar ist mein verehrter Freund und Lehrer, aber ich billige nicht alle seine Methoden. Es ist nicht unloyal, wenn ich das sage, denn der Sarkar kennt meine Meinung.«
Dieses unerwartete Mitgefühl überraschte und rührte Olivia. Es bot ihr auch eine Möglichkeit, ein Thema anzuschneiden, die sie sofort ergriff. »Danke, Mr. Moitra. Ich weiß Ihre Worte sehr zu schätzen. Darf ich Ihnen vielleicht eine Tasse Kardamomtee anbieten? Ich möchte mit Ihnen bei der Gelegenheit über etwas sprechen.«
Er ahnte nichts von ihren Absichten und nickte scheu. Als man kurz darauf den Tee servierte, griff Olivia nach einer Akte, die auf ihrem Schreibtisch lag. »Als ich mir das hier angesehen habe, Mr. Moitra, fiel mir auf, daß Ihre Frachtraten sehr viel höher sind als die aller

anderen Reedereien.« Olivia wußte, daß Willie Donaldson nicht in der Nähe war, und konnte deshalb sehr selbstbewußt auftreten. »Die Ladung Schellack zum Beispiel, die Sie auf der *Tapti* transportiert haben, kostet uns doppelt soviel, als wenn wir sie mit einem anderen Schiff geschickt hätten.«
Moitra sah sie verblüfft an. »Es ist allgemein bekannt, Madam, daß unsere Raten höher sind, weil unsere Klipper von Kalkutta aus die schnellste Verbindung garantieren.«
»Das entspricht nicht ganz der Wahrheit, Mr. Moitra. Andere Linien, ausländische Linien, setzen ebenfalls Klipper ein, zum Beispiel Lone Star. Kapitän Tucker hat mir weit weniger für den Tee berechnet, als wir Trident bezahlt hätten.«
»Aber Schiffe von Lone Star laufen Kalkutta nicht regelmäßig an«, erwiderte Moitra. »Wir halten unsere Ankunfts- und Abfahrtszeiten so pünktlich wie die Uhr. Außerdem haben wir langfristige Verträge ...«
Moitra verstand allmählich die Welt nicht mehr. Er wußte natürlich, daß diese harte Amerikanerin mit dem Verstand eines Mannes bei Farrowsham großen Einfluß hatte, aber weshalb hatte Mr. Donaldson noch nie mit ihm darüber gesprochen? Olivia sah, wie es in seinem Kopf arbeitete. Sie hatte nichts anderes erwartet und ließ nicht locker. »Ich würde gerne wissen, ob Sie bereit sind, mit uns über niedrigere Tarife zu verhandeln.«
»O nein, Madam!« Wie vorauszusehen, kam seine Antwort auf der Stelle. »Das übersteigt meine Befugnisse. Nur der Sarkar kann Änderungen genehmigen.« Er lächelte sie entschuldigend an. »Ich fürchte, Madam werden die Rückkehr des Sarkar abwarten müssen, um über einen neuen Vertrag zu verhandeln.«
»Ich verstehe. Haben Sie eine Vorstellung, wann das etwa sein wird?« Sie stellte diese Frage so harmlos und ruhig, daß Moitra ohne Zögern antwortete – obwohl seine Auskunft ihr kaum etwas nützte.
»Die Pläne des Sarkar sind völlig unberechenbar, Madam.« Er zuckte die Schultern. »Er ist lange in England gewesen und in Europa. Vor drei Monaten war er in seinem Haus in London. Am besten warten Sie, bis er wieder in Kalkutta ist.«

»Gut. Ich werde die Angelegenheit mit Mr. Donaldson besprechen.«
Ach, ein Haus in London? Für Estelle und sich ...?
Trotzdem, ein Stein fiel Olivia vom Herzen. Moitras nächste Äußerung irritierte sie.
»Damit kein falscher Eindruck entsteht, Madam«, erklärte er rechtfertigend, »der Sarkar hängt nicht an Besitz, obwohl er in seiner Kindheit ärmer als arm war. Er mietet Häuser nur aus geschäftlichen Gründen.«
Olivia ließ sich ihre Überraschung nicht anmerken und betrachtete ihn nachdenklich über den Rand der Tasse hinweg. »Sie kannten ihn schon, als er noch ein Kind war?«
»O ja! Hätte mein Vater den Sarkar nicht gefunden, als er schwer verletzt auf der Straße lag, wäre er nicht mehr am Leben. Damals war der Sarkar erst acht Jahre alt. Ein Weißer hatte ihn ausgepeitscht. Aber er hat nie gesagt, wer es war. Der Haß des Sarkar auf die Rasse, zu der Madam gehört, ist deshalb nicht völlig unberechtigt.« Er wirkte noch immer gekränkt, aber er sprach mit echter Anteilnahme.
Noch ein Steinchen in dem Puzzle! »Wirklich?« murmelte sie.
»Ja, Madam. Mein Vater war ein bekannter Ayurwede, ein Kenner von Heilkräutern. Er verband seine Wunden und pflegte ihn gesund. Dann ließ er ihn zwei Jahre bei uns wohnen, denn er hatte kein Zuhause und keine Familie.« Moitra vergaß alle Zurückhaltung. Er wollte ihr seinen verehrten Sarkar in einem günstigen Licht zeigen, und die Bemühungen, für seinen Herrn um Verständnis zu werben, wirkten rührend.
Keine Familie? Und was geschah mit seiner Mutter?
Olivia dachte kurz an eine Schublade, in der vergessen ein Anhänger lag, aber sie schob die Erinnerung beiseite. Sie fand es äußerst ironisch, daß sie all das jetzt und ohne eigenes Zutun erfuhr! Aber aus alter Gewohnheit fragte sie: »Er ist nach zwei Jahren gegangen?«
Moitra lächelte. »Ja. Wir wußten nicht, wohin. Meine Mutter regte sich sehr darüber auf. Aber«, er strahlte, »der Sarkar hatte uns nicht vergessen, Madam, er hatte uns nie vergessen! Zwölf Jahre später

kam er zu uns zurück. Wir haben ihn nicht erkannt. Er war ein Mann geworden, ein *Gentleman*! Seit dieser Zeit überhäuft er meine Familie mit seiner Großzügigkeit, und mir hat er eine Stellung bei Trident gegeben. Ich arbeite seit Gründung der Firma bei ihm.« Er räusperte sich und fügte ruhig hinzu: »Ich habe Verständnis dafür, daß *Sie* den Sarkar nicht mögen, denn er hat Ihren werten Onkel ruiniert. Ich bitte Sie darum, zu verstehen, weshalb *ich* ihn verehre.«

Ranjan Moitra erhob sich, verbeugte sich leicht und förmlich und ging hinaus.

Durch ihre Fragen hatte Olivia die Information bekommen, die sie wollte – Jai Raventhorne würde höchstwahrscheinlich in nächster Zeit nicht zurückkehren. Alles andere hatte sie ohne ihr Zutun erfahren. Olivia staunte und freute sich darüber, daß es sie so gleichgültig ließ. Früher hätten sie diese Informationen in eine Hölle der Gefühle gestürzt, jetzt lösten sie überhaupt keine Reaktion aus. Das empfand sie als einen kleinen, aber bedeutsamen Triumph. Ja, sie hatte Jai Raventhorne für immer aus ihrem Leben verbannt.

Fünfzehntes Kapitel

Wieder einmal kam die Regenzeit.
Und wieder senkte sich der Himmel bleiern über das Land, verhüllte die Sonne und saugte statt dessen die beklemmende Feuchtigkeit auf wie ein Schwamm. Die Hitze war unerträglich. Für Olivia wurde das drückende Wetter zu einer Strafe. Der schwere Bauch belastete bis hinunter in die praktischen Schuhe; die Fußgelenke schwollen an, und jede Anstrengung schien sie an die Grenze der Belastbarkeit zu treiben. Sie konnte sich selbst in geschickt geschnittenen Kleidern nicht mehr in der Öffentlichkeit zeigen. Sie mußte aufhören zu arbeiten. Außerdem war es Zeit, nach Kirtinagar zu entfliehen.
»Aber weshalb Kirtinagar?« fragte Freddie mißbilligend, »ich traue den einheimischen Quacksalbern nicht. Dr. Humphries müßte doch zur Stelle sein.«
Als Olivia ihm den Grund nannte, wurde er still. Dann nickte er nur und verließ das Zimmer. Olivia brannten die Augen. Sie wußte nicht, ob das Kind eines Tages ihre Sünden würde büßen müssen, aber ihr Mann, der nichts damit zu tun hatte, tat es bereits.
»Mach dir keine Gedanken um Josh«, versicherte ihr Ransome, als sie ihre Sorge zum Ausdruck brachte. »Ich werde bei ihm bleiben. Aber sag, mein Kind, ist es wirklich notwendig, daß du jetzt diese Reise unternimmst? Wäre es nicht besser zu warten, bis das Kind geboren ist?«
»Mir geht es ausgezeichnet, Onkel Arthur«, erwiderte sie freundlich, »die Reise ist für mich nicht gefährlich. Weißt du, die Maharani möchte unbedingt alles über das erste Treffen der Frauenbewegung erfahren, das im letzten Herbst in Seneca Falls in Amerika stattge-

funden hat. Ich habe von meinem Vater Kopien der Reden von Lucretia Mott und Elizabeth Gady Stanton erhalten. Die Maharani möchte sie unbedingt lesen und mit mir darüber sprechen. Außerdem«, sie lächelte über die gerunzelte Stirn, mit der er ihre Lüge aufmerksam anhörte, »ich muß einmal eine Weile weg. Kalkutta deprimiert mich manchmal.«
Das schien ihn zu überraschen. »Aber warum? Gott hat dir ein gutes Leben geschenkt. Sei glücklich, mein liebes Kind. Es ist nur wichtig, daß du dich jetzt nicht länger mit den Problemen anderer belastest. Es ist edel, für andere zu leiden, aber du mußt auch an dein Leben denken. Aber gut, wenn du Ruhe brauchst, solltest du natürlich fahren.«
Mein Leben!
Sie schien überhaupt kein eigenes mehr zu haben, und das Wenige, das noch übrig war, machte schon lange keinen Sinn mehr.
Als Olivia ein paar Tage später Kinjal diesen Gedanken wiederholte, protestierte sie ärgerlich. »In *meinen* Augen ist Ihr Leben sehr sinnvoll, und am sinnvollsten ist es, wenn Sie jetzt heiter und gelassen sind. Körper und Geist müssen zur Ruhe kommen, damit das Kind glücklich zur Welt kommt. Bis dahin können Sie tun und lassen, was Sie wollen. Hier stellt niemand Forderungen an Sie.«
Es war schön, wieder in Kirtinagar zu sein. Olivia hatte keine Verpflichtungen, sie mußte nicht ständig etwas vorgeben und jederzeit ein Alibi zur Hand haben. Hier war sie endlich frei – sie war sogar von sich selbst befreit.
Für Olivia folgten ungetrübte Wochen. Ihr Geist entfaltete sich in der Freiheit ihrer Gedanken und ihres Tuns ebenso wie der Körper. Kinjal zeigte ihr einfache Yogaübungen, und bald verschwanden alle Schmerzen und Beschwerden. Die Spannungen lösten sich, und sie fühlte sich ausgesprochen wohl. Niemand, auch nicht Kinjal, die mit ihren täglichen Pflichten und den beiden Kindern ausgelastet war, mischte sich in ihre persönlichen Belange. Arvind Singh konzentrierte sich auf die Instandsetzung der Kohlengrube und verhielt sich ebenso zurückhaltend und diskret wie seine Frau. Da ihr die Bibliothek offenstand, verbrachte Olivia viele Stunden damit, Bücher über

Hinduphilosophie zu lesen und über das erstaunliche Wissen der vergangenen Zeitalter, das zum vielschichtigen indischen Erbe gehörte. Wenn Arvind Singh etwas von der Flucht seines Freundes mit Estelle wußte, sprach er jedenfalls nicht darüber. Olivia machte sich keine Gedanken mehr. Das gehörte zur toten Vergangenheit, und wie alles Tote lohnte es nur, das alles zu begraben.

Olivia freute sich sehr über die Stunden, die sie mit Kinjals Sohn und ihrer Tochter verbrachte. Der zwölfjährige Tarun war ein stiller Junge mit ernsten Augen. Seine Erziehung als Thronerbe stand im Mittelpunkt des Lebens seiner Eltern. Die kleine Tara war neun. Das fröhliche und aufgeschlossene Kind war im Gegensatz zu seinem Bruder alles andere als ernst, obwohl das Mädchen eine ebenso umfassende und anstrengende Erziehung erhielt wie Tarun. Alles in allem herrschte in Kinjals Familie eine Normalität und selbstverständliche Ordnung, die Olivias Tage verzauberten. Zum ersten Mal, seit sie in Indien war, konnte sie wieder unbeschwert lachen. Nichts hinderte sie daran, sich frei in der Umgebung zu bewegen und das ländliche Indien kennenzulernen, von dem sie nur so wenig wußte. Sie machte ausgedehnte Spaziergänge und beobachtete Bauern, Fischer und Weber bei ihrer Arbeit. Und wieder einmal staunte sie über die Harmonie einer Welt, die sich selbst treu war. Das Leben glich hier einem Meer – die Wellen hoben und senkten sich, aber keine störte die Einheit des größeren Ganzen, zu dem alle gehörten.

Wenn ich doch nur so frei und unbeschwert leben könnte!

Selbst in Amerika hatte sie diese Art Zufriedenheit selten erlebt. Das Morgen existierte nur, wenn es zum Heute wurde. Und zumindest im Augenblick gab es keine harten Realitäten. Olivia wünschte sich, das Leben würde so für immer weitergehen, aber das konnte natürlich nicht sein.

*

Olivias Kind wurde um Mitternacht geboren.

Draußen tobten die Elemente. Der Monsunsturm peitschte die Bäume und bog sie wie Grashalme. Drinnen wütete ein anderer

Sturm, während die stechenden Schmerzen das Ende von Olivias kurzer Zeit in einem Paradies ankündigten, das ihr nur geschenkt worden war, um es ihr in der bevorstehenden Erschaffung eines neuen Lebens wieder zu nehmen. Die schmerzhaften, in der Heftigkeit unerträglichen Wellen kamen regelmäßig und in immer kürzeren Abständen. Sie zerrütteten ihren Geist und marterten ihren Körper. Etwas Lebendes quälte in wilder Wut ihren Körper, riß und zerrte und schien entschlossen, auch nicht eine Faser ihres Wesens ganz zu lassen. Olivia schrie immer wieder laut, und dann drang Kinjals beruhigende Stimme durch den tobenden Strudel ihrer Schmerzen zu ihr.

»Still, still ... es dauert nicht mehr lange. Tief atmen, drücken, noch *fester* drücken ...«

Die dröhnenden Hammerschläge hörten nicht auf. Olivia tauchte in blutroten Wolken unter und nach Luft ringend wieder auf. Sie drückte fester und fester, keuchte vor Schmerzen und schluchzte. Kühle Hände wuschen ihr den Schweiß vom Gesicht, geübte Finger drückten, hoben und zogen. Um sie herum hörte sie Geräusche, die zu einer Symphonie von Geflüster, Wasser, eiligen Schritten und hastigen Anweisungen verschmolzen.

»Noch einmal, liebste Olivia ... drücken, so fest wie möglich drükken. Es ist ja beinahe geschafft, beinahe ...«

Noch einmal preßte Olivia, und noch einmal schrie sie auf. Ein scharfes Messer teilte sie der Länge nach in zwei Hälften, als etwas unerbittlich und rücksichtslos aus ihrem Körper schoß. Sie hatte keine Kraft mehr zum Atmen. Völlig zerschlagen verlor sie mit einem stummen Schrei das Bewußtsein. Ihre Kraft war erschöpft. Nach einer zwanzigstündigen Folter durfte sie endlich schlafen. Es war der Schlaf des traumlosen Todes. Ohne es zu wissen, hatte sie Jai Raventhornes Sohn geboren.

Olivia erwachte viele Stunden später im Sonnenschein, umgeben vom Duft von Jasmin, Sandelholz und milden Heiltränken, die zur Wiederherstellung ihres verwundeten Körpers dienen sollten. Wie durch einen Nebel hindurch sah sie undeutlich die Hebamme, eine in der Kräuterheilkunde bewanderte Frau, und Kammerfrauen, die so gelassen und ruhig ihrer Arbeit nachgingen, daß Olivia staunte. Aber sie hatten schon unzählige Male Geburt und Tod erlebt. Es gehörte zum Kreislauf des Lebens und war ihnen nicht neu. Geschickte Hände wechselten die blutigen Laken, salbten die klaffenden Wunden und entfernten die Überreste der langen Schlacht, die mit der wunderbaren Erschaffung neuen Lebens endete. Der Sturm hatte sich ausgetobt, und die Welt draußen war in strahlendes Sonnenlicht getaucht. Und sie hatte keine Schmerzen mehr.

»Ist es vorbei...?« flüsterte Olivia schwach.

Etwas Kühles und köstlich Schmeckendes berührte ihre Lippen, und sie trank in großen, durstigen Schlucken.

»Ja, es ist vorbei.« Plötzlich sah Olivia Kinjals Gesicht. In ihren Augen standen Tränen. »Und es fängt an. Sie haben einen gesunden Sohn.«

Ein seltsames Gefühl ließ Olivias Körper erbeben – nicht Schmerz, aber es fehlte nicht viel, um schmerzhaft zu sein. Behutsam legte Kinjal ein kleines Bündel neben sie auf das Bett. Olivia achtete nicht auf den brennenden Schmerz, der sie durchzuckte, als sie sich neugierig zur Seite drehte und zum ersten Mal das Gesicht ihres Kindes betrachtete. Es sah häßlich und zerknittert aus und hatte sich noch nicht von der neunmonatigen Enge in ihrem Leib erholt. Aber als Olivia zögernd die Wange mit einem Finger berührte, fühlte sie sich so zart und weich wie die Federn unter dem Flügel einer Taube an. Scheu und unsicher schob Olivia die vor Milch und Schmerzen schwere Brust an das winzige Mündchen. Sofort öffneten sich die Lippen und schlossen sich fest um die Brustwarze. Olivia rang nach Luft. Das Saugen, das sofort einsetzte, war das schönste Gefühl, das sie je erlebt hatte. Sie schob zärtlich ihrem Sohn die Haare aus der Stirn. Schwach vor Liebe drückte sie ihn enger an sich und konnte den staunenden Blick nicht von seinem Gesicht wenden. Er hatte blaß schimmernde, von schwarzen Wimpern umrahmte Augen. Die dichten und wuscheligen Haare waren tiefschwarz.

Er würde eines Tages das Ebenbild von Jai Raventhorne sein.

Nach dem Stillen nahm ihr Kinjal das Kind wieder ab und legte behutsam ein Tuch um seinen Kopf. »Wischen Sie sich die Tränen ab.

Ihr Mann wartet im Vorzimmer. Sie dürfen in seiner Gegenwart nicht weinen.« Olivia folgte ihrer Aufforderung. Sie hatte nicht gemerkt, daß sie weinte. Als Freddie eine Viertelstunde später auf Zehenspitzen nervös das Zimmer betrat, saß sie aufrecht in die Kissen gelehnt und hatte die Haare ordentlich zu einem Knoten aufgesteckt.

Freddie stand lange stumm an der Wiege und betrachtete das Kind. Dann beugte er sich mit blassem Gesicht über Olivia und küßte sie förmlich auf die Stirn. »War es sehr ... schlimm?« fragte er mit zitternder Stimme. Seine Lippen waren kalt und schmal.

Sein unglückliches Gesicht erfüllte Olivia mit Mitleid. Was waren ihre kurzen Schmerzen im Vergleich zu seiner lebenslangen Last? »Bitte bleib ein paar Tage, Freddie«, bat sie. »Der Maharadscha würde sich freuen. Man kann am See Enten jagen und im Palast Billard spielen.«

Er wich ihrem Blick aus. »Das würde ich gerne tun. Aber Peter und ein paar der anderen haben eine Art ... Feier geplant. Sie wären schrecklich beleidigt, wenn ich ... äh ... nicht dabei wäre ...« Er lächelte sie schwach an.

Olivia konnte sich gut vorstellen, welche Qual diese ›Feier‹ für ihn bedeuten würde – derbe Späße, da er einen ›Sohn und Erben‹ gezeugt hatte, Schulterklopfen, Augenzwinkern und lautes Lachen. Sie mußte schlucken. »Freddie, es tut mir leid ...«

Er drehte sich um und floh aus dem Zimmer.

Olivia verbarg das Gesicht in den Kissen und weinte. Sie hatte ihr Kind in blinder Leidenschaft empfangen und neun lange Monate mit immer wiederkehrendem Groll in sich genährt. – Was empfand sie nun für dieses Kind, nachdem die abstrakte Vorstellung Wirklichkeit geworden war? Olivia wußte es noch nicht, aber sie verstand, was Kinjal mit ihren Worten gemeint hatte – ein unerträgliches Kapitel war zu Ende, aber ein neues ebenso unerträgliches begann. Alle Lügen, alle demütigenden Alibis, auch diese absurde Ehe hatten ihr nichts gebracht. Im Gesicht ihres Sohns lebte unverkennbar sein Vater. Mit welcher Ironie handelten die Götter und mit welch grausamem Sinn für Humor! Gottes Mühlen mahlen langsam, aber die

Mühlen von Jai Raventhorne mahlten noch langsamer, und darin lag ihre Strafe.
Olivia weinte um ihren unschuldigen Sohn und bei dem Gedanken an die drohende Zukunft. Aber vor allem weinte sie um ihren Mann. Im Augenblick hatte das Baby die Augen geschlossen, und ein Tuch verbarg die verräterischen schwarzen Haare – aber wie lange?
Wie lange?

*

Die Zeit für noch mehr Lügen war gekommen.
Olivia gab Freddie einen Brief an Dr. Humphries mit. Sie erklärte ihm darin, ein unglücklicher Sturz in Kirtinagar habe zu einer Frühgeburt ihres Kindes geführt. Der Leibarzt der Maharani und eine erfahrene Hebamme seien aber Gott sei Dank zur Stelle gewesen. Das Kind sei unbeschadet auf die Welt gekommen, und sie seien beide wohlauf. Man habe ihr jedoch geraten, mindestens noch einen Monat in Kirtinagar zu bleiben, damit das selbstverständlich sehr kleine Baby zunehmen und wachsen könne. Olivia schrieb auch Arthur Ransome, Sir Joshua, Lady Bridget und ihrer Schwiegermutter. An ihre Familie schickte sie einen langen, unverfänglichen Brief mit allen möglichen wahren und unwahren Einzelheiten, von denen sie wußte, man würde sie mit großer Anteilnahme lesen. Von allen Lügen, zu denen sie greifen mußte, empfand sie das, was sie ihren Lieben in Hawaii schrieb, am verwerflichsten, denn sie vertrauten ihr völlig.
Die kurze idyllische Zeit ging zu Ende. Die Zukunft lag finster vor ihr. Nur das große Staunen, mit dem sie stundenlang ihren Sohn betrachtete, erleichterte ihr den Gedanken daran. Sie konnte immer noch nicht glauben, daß dieses winzige, vollkommene Menschenkind ohne ihr bewußtes Zutun in ihrem Körper entstanden war. Aber sie haderte mit dem Schicksal, weil das Baby überhaupt nicht der Mutter glich, die es geboren hatte. »Warum soll mein kleiner Sohn ohne eigene Schuld ein schweres Kreuz tragen müssen?« fragte sie Kinjal immer wieder.
»Vielleicht ist es kein Kreuz«, tröstete sie Kinjal. »Viele Menschen

Ihrer Rasse haben graue Augen und schwarzes Haar. Vermutlich wird niemand einen Zusammenhang zwischen ihm und Jai sehen.«

»Freddie bestimmt«, erwiderte Olivia untröstlich, »und das Wenige, das in ihm noch nicht zerbrochen ist, wird dann in Stücke gehen.«

Darauf wußte auch Kinjal keine beruhigende Antwort.

Zehn Tage nach der Geburt bat Arvind Singh um die Erlaubnis, Olivia in ihren Räumen besuchen zu dürfen, um dem Kind seinen Segen zu geben. Der Maharadscha erschien oft während ihres Besuchs in der *Zenana* und speiste mit ihnen zusammen. Olivia unterhielt sich gerne mit ihm über Politik, erzählte von Hawaii und Amerika und lernte viel von den mannigfaltigen Aufgaben einer indischen Regentschaft. Obwohl ein gewisses Maß an Förmlichkeit zwischen ihnen herrschte, hatte sich ihre Freundschaft entwickelt. Trotzdem sprachen sie nicht über den gemeinen Anschlag auf das Bergwerk und die Rolle, die ihr Onkel dabei gespielt hatte. Aber Raventhornes Name fiel oft, denn der Maharadscha ahnte nichts von ihrer Beziehung zu ihm.

Ich hoffe, Sie haben nie Anlaß, Ihren Besuch in Kirtinagar zu bereuen.

Erinnerte sich Arvind Singh an seine Warnung, die er vor langer Zeit in kluger Voraussicht ausgesprochen hatte, überlegte Olivia, während sie ihn erwartete.

»Wie ich von meiner Frau höre, ist Ihr Sohn das schönste Baby, das je geboren wurde.« Er setzte sich zu ihr auf die Veranda und wirkte wie immer heiter und gelassen. »Meine Kinder sind derselben Ansicht.«

»Nun, Sie müssen sich selbst eine Meinung bilden«, erwiderte Olivia und lächelte. »Darf ich Ihnen trotzdem eine Tasse brasilianischen Kaffee anbieten?«

Während sie den duftenden Kaffee tranken, sprachen sie über ihre Arbeit bei Farrowsham, und der Maharadscha drückte noch einmal seine Bewunderung darüber aus, daß sie in einer Männerwelt ihre Stellung behauptete. »Wie ich höre«, sagte er plötzlich, »haben Sie sogar Templewood und Ransome aus ihren Schwierigkeiten geholfen.«

Er meinte offenbar den geglückten Versand der Teelieferung. Olivia überraschte es nicht, daß der Maharadscha davon wußte. Er war bemerkenswert gut über die Vorgänge in Kalkutta unterrichtet. »Ja, aber mein Zutun war unerheblich, ihre Schwierigkeiten sind es nicht.«
Ein Diener brachte dem Maharadscha die *Hooka* und stellte sie bedächtig vor seinen Herrn. Arvind Singh nahm zufrieden ein paar Züge und meinte dann: »Bedauerlicherweise haben sie sich die Schwierigkeiten selbst zuzuschreiben. Verzeihen Sie meine Offenheit, Mrs. Birkhurst, aber Sir Joshua kann von Glück reden, daß ein größerer Skandal abgewendet wurde.« Er lächelte trocken. »Die Engländer sind sehr geschickt darin, bei anderen Uneinigkeit zu schaffen, sie selbst aber kann nichts auseinanderbringen.«
Zum ersten Mal sprach er dieses Thema so direkt an. Olivia staunte, aber da die Angelegenheit sie inzwischen kaum noch beschäftigte, konnte sie offen zugeben: »Ja, mein Onkel war entsetzlich irregeleitet. Aber ich muß zu seiner Verteidigung sagen, man hat ihn auf unerträgliche Weise herausgefordert.«
»Dasselbe könnte man Jai zugute halten. Er ist kein gewöhnlicher Mann, und man kann ihn nicht mit den üblichen Maßstäben messen.«
»Wie außergewöhnlich auch immer«, sagte sie etwas schärfer, »alle Menschen müssen sich doch an gewisse Regeln und Gesetze halten.«
Arvind Singh schob die *Hooka* beiseite und rührte den Kaffee um. »Jai steht unter dem Einfluß von Kräften, die man, vorsichtig ausgedrückt, schwer verstehen kann . . .«
»Im Gegenteil, ihn beherrschen Kräfte, die man sehr leicht verstehen kann!« unterbrach sie ihn. »Jede dieser Kräfte ist widernatürlich nur darauf aus zu vernichten.«
»Richtig. Aber es gibt Haß auf beiden Seiten. Sir Joshua – und die Engländer – können nicht hinnehmen, daß der Sohn einer Dienerin, einer Eingeborenen aus den Bergen, inzwischen so erfolgreich ist, daß er sie bei ihrem Spiel besiegt.«
»Aber viele Männer aus ähnlich bescheidenen Verhältnissen werden

von der Gesellschaft akzeptiert. Warum machen Sie bei Ihrem Freund so großzügig eine Ausnahme und verurteilen die Engländer? Hinter einem solchen Pauschalurteil steckt doch sicher ein Vorurteil!«
Arvind Singh lachte plötzlich. »Ich hatte vergessen, wie schwer es ist, eine Diskussion mit Ihnen zu gewinnen, Mrs. Birkhurst! Es läßt sich nicht leugnen, daß sowohl Jai als auch Ihr Onkel zu Extremen neigen. Ihr Zusammenprall führt zu Explosionen, bei denen die Trümmer weit verstreut werden.« Er blickte nachdenklich in die Tasse. »Verzeihen Sie, wenn ich etwas Falsches sage, Mrs. Birkhurst, aber ich hatte einmal den Eindruck, daß Sie Jai ... bewunderten. Er jedenfalls schätzte Sie ungemein.« Es war ein Beweis ihrer Freundschaft, daß Arvind Singh das ohne Verlegenheit sagen konnte.
»Wenn ich ihn ›bewundert‹ habe, wie Sie es ausdrücken«, erwiderte Olivia ungerührt und staunte, wie gut Kinjal ihr Geheimnis hütete, »dann hatte ich mich getäuscht. Denn wie auch immer, er hat den Niedergang meines Onkels und den Zerfall seiner Familie herbeigeführt.« Von ihrer eigenen Verstrickung sagte sie nichts. Arvind Singh würde es ohnehin gleich sehen.
Der Maharadscha breitete hilflos die Hände aus. »Nun ja, führen wir es auf das Unheil zurück, das eine fremde Macht in unserem Land darstellt. Die dadurch entstandenen Spannungen führen oft zu häßlichen Dingen, die – wie glühende Lava – versuchen, an die Oberfläche zu dringen. Früher oder später wird der Vulkan ausbrechen.«
Olivia registrierte erleichtert die unmerkliche Verschiebung des Themas und fragte: »Denken Sie an einen Aufstand ... der Inder?«
»Ja. Der Aufstand wird klein anfangen, aber das Feuer wird sich ausbreiten, bis das ganze Land in Flammen steht.«
Olivia erwiderte skeptisch: »Die Macht der Engländer ist zu groß, um wie ein Stein beiseite geschoben zu werden. Zu einem erfolgreichen Aufstand gehören Waffen, nicht nur die zahlenmäßige Überlegenheit.«
»Unterdrückter Zorn und Enttäuschung sind manchmal stärker als Waffen, meine liebe Mrs. Birkhurst. Das haben die Franzosen mit ihrer Revolution bewiesen – ganz zu schweigen von den Unabhängig-

keitskämpfen Ihres Landes. Knechtschaft – ob vom Ausland oder dem eigenen Land aufgezwungen, ob politisch oder ökonomisch bedingt, schwer oder leicht erträglich – Knechtschaft geht überall gegen die Natur der Menschen. Aber«, er lachte, »darüber kann man ewig diskutieren. Vielleicht sollten wir das Thema später wieder aufgreifen, wenn meine Frau Zeit hat, um auch ihre Meinung zu äußern. Und jetzt«, er erhob sich, »erlauben Sie mir vielleicht, dem Birkhurst-Sohn und Erben meinen Segen zu geben.«

»Ja, natürlich.« Olivia bedeutete der *Aja,* das Kind zu bringen.

»Ich weiß, es ist in diesem Alter schwer zu sagen – und bei meinen Kindern konnte ich es nicht –, aber wem der beiden hübschen Eltern ähnelt der Junge?«

»Nein, das ist nicht schwer«, murmelte sie, »mein Sohn ist das Ebenbild seines Vaters.«

Als die Amme erschien, zog sich Olivia mit unbewegtem Gesicht an das andere Ende der Veranda zurück, um Arvind Singh mit etwas Abstand zu beobachten. Leise Laute drangen aus dem Bündel, das die Amme in den Armen hielt. Olivia wußte, ihr Sohn war wach und hatte die Augen aufgeschlagen. Sie hatte schon vorher Anweisung gegeben, ihm das Häubchen abzunehmen. Ahnungslos und lächelnd nahm der Maharadscha das Kind in seine Arme. Olivia sah, wie er plötzlich stutzte. Sein Lächeln erstarrte und verschwand. Sie wandte den Kopf ab und blickte in den Garten.

Ein ungewöhnlich langes Schweigen breitete sich aus, das nur die lauten Schreie der Pfauen im Park unterbrachen – häßliche Schreie im Vergleich zu ihrer majestätischen Schönheit. Aus dem Augenwinkel sah Olivia, daß Arvind Singh das Kind noch immer auf dem Arm hielt und es ungläubig und blaß vor Schreck ansah. Dann neigte er den Kopf, küßte den Kleinen auf die Stirn und gab ihn der Amme zurück. Aus der Tasche zog er einen roten Samtbeutel, ähnlich dem, den Kinjal dem Baby gegeben hatte, mit den Goldmünzen, die man traditionell einem Neugeborenen mit den Segenswünschen schenkte. Er schob den Beutel behutsam unter die Decke. Dabei zitterten seine Hände.

»Meine Frau hat mir oft gesagt, daß Sie sehr mutig sind, Olivia.« Er kam zu ihr, und in seiner Erregung bemerkte er die persönliche Anrede nicht. »Ich habe das Ausmaß Ihres Mutes unterschätzt. Ich bete zu den Göttern, daß sie stets Ihnen und Ihrem Sohn zur Seite stehen mögen.« Er war so bewegt, daß seine Stimme bebte.

Olivia lächelte eisern. »Glauben Sie, wir werden göttliche Hilfe brauchen?«

»O ja.« Arvind Singh setzte sich schwer atmend. »O ja, das werden Sie! Für meinen Anteil in dieser Sache muß ich um göttliche Verzeihung bitten...« Er war tief bekümmert.

Sie hob stolz und entschlossen das Kind. »Hoheit, niemand hat daran einen Anteil. Ich bin allein für mein Schicksal verantwortlich!«

Bei ihren sarkastischen Worten schüttelte er nur traurig den Kopf. »Vergessen Sie nicht, Jai wird nicht ewig auf Reisen sein...«

»Das versichern mir viele. Aber ich fürchte seine Rückkehr nicht«, erwiderte sie mit beißender Verachtung, »Ihr Freund kann mir nichts mehr antun, Hoheit.« Sie schwieg und zögerte einen Augenblick, dann sagte sie entschlossen: »Vielleicht ist Ihnen bekannt, vielleicht aber auch nicht, daß er meine Cousine Estelle Templewood mit auf die Reise genommen hat.«

Arvind Singh wurde rot und senkte den Kopf. »Ja, es ist mir bekannt. Weder Kinjal noch ich wußten von diesem abscheulichen Plan, das kann ich Ihnen versichern. Jais Rache ist unverzeihlich und verachtenswert – aber wir wissen beide, seine Besessenheit grenzt an Wahnsinn.«

»Er hat Glück, einen Freund wie Sie zu haben«, murmelte Olivia spöttisch belustigt, »der ihn immer wieder verteidigt!«

Arvind Singh erhob sich, trat zu ihr und berührte ihre Hand. »Ich bin auch Ihr Freund, Olivia«, sagte er sanft, »Jetzt mehr denn je.«

Sie schämte sich sofort ihrer Bitterkeit. »Ja, ich weiß. Ohne Sie und Kinjal wäre ich zusammengebrochen oder sogar gestorben.«

»Sie müssen Indien verlassen!«

Er sagte das so unvermittelt, daß Olivia ihn verblüfft ansah. »Nichts würde ich lieber tun. Aber im Augenblick ist es nicht möglich. Warum sagen Sie das?«

»Wenn Jai zurückkommt, wird es ... für Sie hier zu gefährlich sein.«
»Gefährlich?« Das Wort verstand sie nicht. »Warum? Ich versichere Ihnen, er kann mir nicht noch mehr schaden!«
Arvind Singh sah sie mitfühlend an. »O doch, das kann er.« Sehr ernst fügte er hinzu: »Jai wird nicht zulassen, daß sein Sohn als ein Birkhurst aufwächst. Er wird Himmel und Hölle in Bewegung setzen, um Ihnen den Kleinen wegzunehmen.«

*

Freddie war bei ihrer Rückkehr aus Kirtinagar nicht zu Hause. Mary Ling, die Olivia auf Drängen ihrer Tante vor der Abreise nach Kirtinagar eingestellt hatte, erwartete sie pflichtschuldigst. Mary war fröhlich, verschwiegen und tüchtig. Sie konnte singen und spielte mit Hingabe Klavier. Zu ihrer Unterstützung hatte Olivia auch Lady Bridgets alte *Aja* eingestellt. Die Frau war träge, besaß aber Erfahrung und war nett. Man hatte eine der Gästesuiten im zweiten Stock als Kinderzimmer hergerichtet mit Unterkünften für die Kindermädchen und einer kleinen Küche.
Olivia beschloß, ihren Sohn Amos zu nennen.
Vor dem Gespräch mit Arvind Singh hatte sie Jai Raventhorne nur gehaßt. Durch die unerwartete Warnung lernte sie, ihn auch zu fürchten. Arvind Singhs Worte hatten ihr Angst gemacht. Olivia dachte nur noch daran, aus dieser schrecklichen Stadt zu fliehen. Aber wie, wie, *wie* ...?
Als Freddie um Mitternacht erschien, war er betrunken. Er kam schwankend durch das Zimmer, ließ sich in einen Sessel fallen und rülpste. »Willkommen daheim, liebstes Weib«, lallte er und sah Olivia mit rotgeränderten Augen an. »Und wie geht es meinem Sohn und Erben?« Er lachte laut.
Olivia saß lesend im Bett. Sie unterdrückte ihre Ängste und versuchte zu lächeln. Seit der entsetzlichen Nacht auf dem Schiff war er nicht mehr betrunken gewesen. Eine Welle bitterer Enttäuschung erfaßte sie, denn es war der Beweis ihrer Niederlage – nicht seiner. »Es geht ihm gut, danke.«

»Und auf welchen Namen soll mein Sohn und Erbe getauft werden, mein Engel?« Er versuchte aufzustehen. Als es ihm nicht gelang, fluchte er. »Ich denke, nicht nach mir, seinem einzigen Vater?«
Sie zuckte bei dieser grausamen Anspielung zusammen. »Ich dachte, wir taufen ihn Amos James Sean, wenn du nichts dagegen hast.«
»Amos...? Verdammt klug – der Lastenträger!« Er lachte leise, und Olivia sah, daß er nicht so betrunken war, wie er vorgab. »Wenn das so ist, dann werde ich mir den kleinen...«, er rülpste noch einmal, entschuldigte sich und rülpste wieder, »...Bastard noch einmal ansehen...!«
»Er schläft jetzt. Du kannst ihn natürlich morgen sehen, wenn du willst.«
Er stöhnte, preßte die Hände an die Schläfen, wankte zum Bett und fiel schwer auf ihren Schoß. »Oh, 'livia, 'livia... du ahnst nicht, welche Qual es ist, zu lieben und nicht geliebt zu werden...« Er legte den Kopf an ihre Brust, stöhnte noch einmal und schlief ein.
Ja, ich weiß, Freddie, ich weiß es. Ich wollte, ich könnte es dir leichter machen. Aber ich kann es nicht, ich kann es nicht...
Sie löste sich vorsichtig von ihm, wischte ihm mit einem feuchten Tuch das Gesicht ab, zog ihm den Schlafanzug an und deckte ihn zu. Dann legte sie sich neben ihn und wiegte ihn wie ein Kind, während sein Kopf auf ihrer Schulter lag. Später wachte er auf und zog sie, noch immer nicht nüchtern, mit derselben unbändigen Heftigkeit an sich wie in ihrer Hochzeitsnacht. Wiederholt drang er brutal in sie ein und schien sie in seiner frustrierten Leidenschaft zu zerreißen. Sie verweigerte sich ihm nicht und wehrte sich auch nicht. Die Wunden waren nach der Geburt noch nicht ganz verheilt, ihr Körper lehnte sich heftig auf und reagierte mit stechenden Schmerzen, aber sie schrie nicht. Stumm ballte sie die Fäuste, biß die Zähne zusammen und ertrug diese zweite Vergewaltigung. Auch Freddie verfolgten die Dämonen. Wer konnte sie besser vertreiben als sie?
Als es schließlich vorüber war und er tief und fest schlief, stand sie leise auf. Olivia blutete wieder und krümmte sich vor Schmerzen. Sie schleppte sich in das Badezimmer, um sich zu waschen und das Blut zu stillen. Dann kroch sie wieder ins Bett und schlief erschöpft

ein. Am nächsten Morgen erwachte sie allein. Sie stand auf, wechselte das Bettlaken, damit er das Blut nicht sehen würde, und badete lange. Als sie wieder ins Schlafzimmer kam, saß Freddie am Fenster. Auf dem Tisch vor ihm stand unberührt ein Tablett mit Tee und einer zusammengelegten Zeitung. Besorgt über seinen leeren Blick fragte Olivia leise: »Freddie? Geht es dir nicht gut?«

Langsam richteten sich seine blaßblauen, rotgeränderten Augen auf Olivia. Seine Haut wirkte ungesund bleich. »Ich habe mir das Kind angesehen. Der Kleine erinnert mich an jemanden«, sagte er tonlos. »Sag mir jetzt, wer der Vater ist.«

»Nein! Das ist nicht mehr wichtig, Freddie. Ich...«

»Für mich ist es wichtig.« Schaudernd vergrub er das Gesicht in den Händen. »Ich kann nicht vergessen, daß du mit einem anderen Mann geschlafen hast, Olivia! Und nun befindet sich der lebende und atmende Beweis hier in meinem Haus und erinnert mich ständig daran!« Seine erstickten Worte klangen wie die Schreie eines verwundeten Tiers. Sie wollte seine Qual lindern, kniete sich impulsiv vor ihn und legte die Arme um ihn. »Ich habe dich nie belogen, Freddie. Ich habe dich nicht betrogen. Ich habe dir die Wahrheit gesagt, Freddie, und ich habe es dir freigestellt, mich zurückzuweisen...«

»Ich hatte nie, *nie* die Möglichkeit, dich zurückzuweisen, Olivia!« Dicke Tränen liefen ihm über die eingefallenen Wangen. »Das hat meine Liebe nie erlaubt.« Er wollte sich nicht trösten lassen und schob sie heftig von sich. »Ich weiß nichts von Babys, verdammt noch mal! Es war alles so... unwirklich, so weit weg, aber jetzt...«, ein Schauer lief durch den zusammengesunkenen Körper, »jetzt ist es plötzlich *da*, hier vor meinen Augen. Es verspottet mich, quält mich und läßt mich nicht vergessen, daß du einem anderen einen Sohn geschenkt hast...« Sie war dem Ausmaß seiner Hoffnungslosigkeit nicht mehr gewachsen, ebensowenig wie der Erkenntnis, daß es ihr unmöglich war, sie auch nur um eine Spur zu mildern. Wieder einmal stand ihr sein Opfer in der ganzen Tragweite vor Augen, und sie erkannte, wie ungerecht ihre Forderungen an ihn waren. Heftig zog sie seine Hände an sich und küßte sie. »Ich kann es nicht ertragen, dich in dieser Verfassung zu sehen, Freddie! Was geschehen ist, kann nicht ungeschehen gemacht werden. Aber ich tue alles, *alles*, um dir zu helfen und deine Qualen zu verringern. Ich werde deine Güte nie vergessen, deine ...«

»*Güte!*« Er entriß ihr seine Hände und rief außer sich: »Güte, Freundlichkeit, Freundschaft, Dankbarkeit ...! Ich habe dir nicht meine ›Güte‹ gegeben, ich habe dir mein Herz, meine Liebe, mein Leben geschenkt. Und von dir bekomme ich dafür bestenfalls Dankbarkeit und schlimmstenfalls ... Mitleid. Nein, leugne es nicht, ich habe es in deinen Augen gesehen. Du hast mir gegenüber Schuldgefühle! Du fühlst dich mir gegenüber zu Dank verpflichtet, und nur deshalb erträgst du mich im Bett. Du ekelst dich vor mir, Olivia! Gib es zu!« Er lief erregt auf und ab. Dann blieb er stehen, und als sie widersprechen wollte, hob er die Hand. »Nein, lüge nicht, Olivia. Spiel mir nichts mehr vor. Auch ein Mann wie ich spürt das – eine Geste, ein schiefes Lächeln, ein Stirnrunzeln, ein unbewußter Blick ...« Er brach ab und ließ sich in einen Sessel fallen. Dann sagte er verzweifelt und tonlos: »Er hat dich nicht vergewaltigt! Du hast dich ihm hingegeben, weil du ihn geliebt hast! Du liebst ihn immer noch!«

Er hat seine Unschuld verloren. Ich habe sie ihm genommen ...

»Ich liebe ihn nicht, Freddie. Ich habe ihn nie geliebt, nie ... Ich schwöre es dir!«

Sie wollte wenigstens einige der zerstörten Illusionen für ihn retten und ihm mit kümmerlichem Trost helfen. »Du liegst mir wirklich am Herzen. Wenn ich dir doch nur beweisen könnte, wie sehr ich diesen einen Fehltritt bedaure ...!« Ihre Stimme versagte.

Freddie sah einen Augenblick lang in das tränenüberströmte Gesicht, das zu ihm aufblickte. Dann nahm er ihre Hände, hob sie hoch und küßte sie kurz auf eine Wange. »Olivia, in vieler Hinsicht bin ich ein Dummkopf. Das weiß ich und gebe es auch zu. Aber das Herz besitzt einen eigenen, unfehlbaren Verstand. Beim besten Willen, ich glaube dir nicht.« Mit einem sonderbaren Lächeln drehte er sich um und ging zur Tür. »Nein, ich glaube dir nicht.«

*

Von diesem Tag an kam Freddie nie mehr nüchtern nach Hause. Er ging auch nicht mehr in das Kinderzimmer, um Amos anzusehen.

Amos gedieh prächtig und ahnte auf wunderbare Weise nicht, daß er im Zentrum eines Sturms zur Welt gekommen war. In seiner glücklichen Unschuld waren ihm die Kümmernisse der Welt noch entrückt, und sein begrenztes Universum begann und endete mit den stündlichen Freuden an der Brust seiner Mutter. Er protestierte laut und heftig, wenn ihm etwas nicht gefiel. Er wurde von Tag zu Tag größer und liebenswerter. Seine großen, grauen Augen blickten neugierig und standen niemals still. Wenn er sich freute, hallte sein glückliches Lachen durch das große Haus. Für Olivia wurde er zum Mittelpunkt ihres Daseins und gab ihm seinen Sinn. Er war ein Teil von ihr und ihr ein und alles.

»Er hat die ungewöhnlichen Augen meiner irischen Großmutter«, erklärte Olivia schlagfertig Mary Ling. »Sie hatte auch perlmuttgraue Augen und rabenschwarze Haare. Ist das nicht wunderbar?«

Allmählich fielen ihr diese Art Lügen leichter. Natürlich war Mary Ling leichtgläubiger als der tägliche Strom der Besucher, die Geschenke brachten und das Kind mit forschenden und prüfenden Blicken durchbohrten. Aber auch dieser Situation war Olivia mit ihrem Einfallsreichtum (und ihrer Unaufrichtigkeit!) wie immer gewachsen, denn das Lügen war inzwischen zu ihrer zweiten Natur geworden. War Amos wach, wurde er unter dem Vorwand, er sei nörgelig oder habe eine Magenverstimmung, nicht vorgeführt. Und wenn er schlief, zeigte man ihn aus sicherer Entfernung mit einem eng anliegenden Häubchen auf dem Kopf. Wenn sich ein paar Haare zeigten, wurde die irische Großmutter bemüht. Und insgesamt kam sie mit diesem Trick gut über die Runden. Erst als Dr. Humphries zu der unvermeidlichen Untersuchung erschien, geriet Olivia in Panik und tat etwas, worüber sie sich anschließend entsetzte. Sie betäubte Amos mit etwas Opium.

»Hmmm! Ein strammer Bursche, nicht wahr?« ließ der Arzt sich vernehmen – mehr nicht. Aber Olivia betete inbrünstig, Amos werde Dr. Humphries' Hilfe nie in einem plötzlichen Notfall brauchen.

Sie verachtete sich wegen ihrer schamlosen kleinen Listen und war bestürzt über die moralische Schwäche, die sie dazu zwang. Aber der Ruf des armen Freddie hing ohnehin nur an einem seidenen Faden, und Olivia wußte, sie konnte sich nicht mehr auf jene gefährlichen Überlegungen einlassen, die sie vielleicht einmal gehabt hatte. Außerdem saß ihr nach der Warnung des Maharadscha die Angst in den Knochen, und der Gedanke, die Gesellschaft herauszufordern, verbot sich von selbst.

Am häufigsten kam natürlich Arthur Ransome, und er war immer willkommen. Er freute sich, als sie ihn bat, Amos' Pate zu werden. »Du meine Güte!« rief er, als er das Baby zum ersten Mal sah, »ich hätte nie gedacht, daß er so klein ist!«

»Das sind Babys aber, Onkel Arthur.« Lachend nahm sie ihm Amos wieder ab und war unendlich erleichtert, daß er, der Raventhorne so gut kannte, nichts bemerkt hatte. Die Spannung wuchs jedoch, als sie auf die Reaktion ihres Onkels wartete, der ihren schlafenden Sohn (wieder einmal mit Opium in Tiefschlaf versetzt und mit dem obligatorischen Häubchen auf dem Kopf, obwohl Olivia diese List verabscheute!) lange prüfend ansah. Trotz aller geistigen Abwesenheit gab es Momente, in denen Sir Joshua alarmierend klar alles erfaßte und in sich aufnahm. Aber gnädigerweise interessierte er sich nicht sonderlich für Amos und sagte nur freundlich: »Sehr schön, sehr schön. Bridget wird sich freuen.«

Von Ransome erfuhr sie, daß Freddie wieder im *Goldenen Hintern* ein- und ausging. Diese Nachricht bekümmerte Olivia, überraschte sie jedoch nicht. Freddies Alkoholkonsum, das blasse, aufgedunsene Gesicht und die tägliche Abwesenheit von zu Hause sprachen deutlich genug. Aufrichtig besorgt stellte ihn Olivia eines Tages zur Rede.

»Du hast mir versprochen, nicht mehr zu trinken, Freddie! Du hast mir dein Wort gegeben...«

Er stöhnte und hielt sich den Kopf. »Es ist noch zu früh, mein Gott, es ist noch zu früh für...«

»Es ist nicht zu früh. Es ist beinahe Mittag und die einzige Zeit, in der ich dich tagsüber sehe.« Etwas freundlicher fragte sie dann: »Freddie, was tust du dir und uns an?«

»Ich versuche, etwas zu vergessen, an das ich mich *nicht erinnern* will!« Er betonte jedes Wort, als rede er mit einem dummen Kind.
Olivia sah ihn an, verglich ihn mit dem Freddie von früher, und Angst stieg in ihr auf. »Du mußt dich nur damit abfinden, Freddie«, sagte sie traurig, »du mußt mir vertrauen, mir glauben und an mich glauben ...«
Er erwiderte achselzuckend: »Ich kann mich ebensowenig zwingen, mich mit etwas abzufinden oder dir zu vertrauen, wie du dich zwingen kannst, mich zu lieben.« Er hielt sich wieder den Kopf und jammerte: »Ich habe dir doch gesagt, es ist zu früh für einen Streit! Ich glaube, ich gehe wieder zu Bett.« Er wankte aus dem Zimmer.
Olivia machte sich die größten Sorgen um Freddies Gesundheit. Daneben verblaßten sogar ihre anderen Probleme. Sie hatte seiner Mutter ein Versprechen gegeben, und es gelang ihr nicht, dieses Versprechen einzulösen. In ihrer Not redete sie mit Peter Barstow. Und das war ein Fehler.
»Den alten Freddie davon abzubringen, nach der Flasche und anderen Freuden zu greifen?« fragte er gedehnt und noch gelangweilter als üblich, »meine liebe Olivia, das ist die Aufgabe einer liebenden, treu sorgenden Ehefrau! Wenn er zu Hause bekommen würde, was ihm der *Hintern* im Übermaß gewährt, *müßte* er nicht mehr trinken, oder?« Er lächelte anzüglich und boshaft.
Sie hätte ihm am liebsten eine Ohrfeige gegeben, beherrschte sich aber mit eiserner Disziplin. »Gehen Sie!« fuhr sie ihn mit kalter Wut an. »Ich glaube, Sie sind der widerlichste Mensch, den ich kenne.«
»Widerlich, aber ehrlich, das wenigstens sollten Sie mir zugestehen.« Er sah sie noch einmal abschätzend und durchtrieben an – einen Blick, den Olivia nur allzu gut kannte und haßte. »Sie sind zu intelligent, um Freddie aus Liebe geheiratet zu haben, Olivia, zu intelligent, um ihn des Geldes wegen geheiratet zu haben, und *nicht snobistisch genug,* um einen Adelstitel zu wollen.« Er legte den Kopf schief und fragte lächelnd: »Warum haben Sie also Freddie geheiratet? Wissen Sie, ich habe schon oft darüber nachgedacht ...«
Ihr Herz stand einen Augenblick lang still. Sie durfte seine gezielten

Anspielungen nicht länger mit der Verachtung strafen, die sie verdienten – nicht nach Arvind Singhs Warnung. Wenn Peter Barstow sich Gedanken machte, dann taten es vielleicht auch andere.
Auch Raventhorne?

*

»Ja, ja«, brummte Sir Joshua gereizt, »natürlich muß die Taufe hier stattfinden. Bridget wäre außer sich, wenn du das nicht tun würdest.«
Er beantwortete damit eine Frage, die Olivia ihm vor einigen Tagen gestellt hatte. »Danke, Onkel Josh. Ich ... wir haben Onkel Arthur gebeten, Pate zu sein.«
»Zu etwas anderem taugt er auch nicht, seit er auf seinem faulen Hintern sitzt und nicht mehr nach Kanton fährt!« Er legte die Stirn in Falten und versank in seiner eigenen Welt.
»Du willst diesen Birkhurst *heiraten*, hast du gesagt, nicht wahr?«
»Ja, Onkel Josh.«
»Und seine Mutter frißt doch wie ein Scheunendrescher, wenn ich mich recht erinnere?«
Olivia mußte lächeln. »Ja, Onkel Josh.«
»Und dieser Birkhurst hat die *Angewohnheit,* in fremden Gärten seinen Rausch auszuschlafen?«
»Manchmal, Onkel Josh.«
Er sah sie plötzlich ernst an. »Olivia, weißt du *wirklich*, was du tust?«
»Nein, Onkel Josh«, antwortete sie traurig, »das weiß ich nicht so genau.«
»Also, ich habe Bridget nicht nur einmal, sondern unzählige Male gesagt, die kleine Estelle kommt nur über *meine Leiche* ins Internat. Und wenn diese *blöde* Frau mit den schlechten Zähnen und den Schuppen nicht das richtige Kindermädchen für Est ...« Er hob streng den Finger und ging schlurfend und murmelnd davon.
Olivia folgte mit den Augen der gebeugten, hageren Gestalt, die in ihre eigene Welt eingeschlossen und nur noch eine Karikatur des Mannes von früher war, und kämpfte mit dem Zorn. Estelle war

beinahe ein Jahr lang weg – und immer noch kein Wort von ihr für den Vater, der sie liebte, und den sie zu einem Schatten seiner selbst gemacht hatte. Verwöhnt von ihrem Liebhaber saß sie in dem luxuriösen Haus in London. War sie denn immer noch so vernarrt in ihn, daß sie nicht ein einziges Mal an ihre alten, hinfälligen Eltern dachte? In ohnmächtiger Wut, der sie nur noch selten nachgab, ging Olivia in das Anrichtezimmer und bereitete ihrem armen Onkel ein leichtes Mittagessen – ein geviertteltes gekochtes Ei, mit Butter bestrichenen Toast und Babulals Spezialität: mit Marmelade gefüllte Pfannkuchen. Ihr Zorn hatte sich noch nicht gelegt, während sie alles ordentlich auf ein Tablett stellte und dem getreuen Rehman knappe Anweisungen gab. Dann nahm sie das Tablett mit dem bescheidenen Mahl und ging in das Eßzimmer, um Essig und Öl zu holen.

Eine dünne Staubschicht bedeckte alles in dem eindrucksvollen Raum, in dem früher einmal so viele glänzende und ausgelassene *Burra Khanas* stattgefunden hatten. In den Ecken hingen Spinnweben, der prächtige Kristalleuchter funkelte nicht mehr und die großen Ölgemälde hingen schief und staubig an den Wänden. Olivia stellte das Tablett ab, nahm aus einem natürlichen Reflex heraus einen Staubwedel und entfernte die Staubflocken von einem Stuhlkissen. Dann richtete sie mit Hilfe eines Hockers die Bilder an den Wänden wieder gerade. In einer Ecke, von allen anderen abgesondert, hing das Porträt der grimmigen, hochmütigen und ewig mißbilligend blickenden Lady Stella Templewood. Es wirkte noch trostloser als alle anderen. Mit Rücksicht auf die Gefühle ihres Onkels nahm Olivia ein Staubtuch und wischte das Bild behutsam sauber, was offenbar eine Ewigkeit nicht geschehen war. Auf dem Hocker stand Olivia zum ersten Mal der herrischen Mutter von Sir Joshua in Augenhöhe gegenüber. Sie runzelte die Stirn und betrachtete das Gesicht genauer. Ihre Hand bewegte sich nicht mehr. Lange blieb sie bewegungslos dort stehen und starrte auf das Bild.

Langsam bekam sie am ganzen Körper eine Gänsehaut, und ihr wurde eiskalt. Das Blut wich aus ihrem Gesicht, und sie wurde leichenblaß. Ihr Herzschlag stockte und setzte dann aus. Benommen stieg sie unsicher von dem Hocker, ohne es zu bemerken. Um nicht in Ohnmacht zu fallen, klammerte sie sich an eine Stuhllehne. Sie war so vor den Kopf geschlagen, daß sie nicht einmal auf den Gedanken kam, sich zu setzen. Sie merkte nicht, daß Rehman das Tablett holte und zu Sir Joshua ins Arbeitszimmer trug. Sie vergaß, daß sie versprochen hatte, ihm beim Essen Gesellschaft zu leisten. Olivia hatte alles vergessen.

Sie dachte nur noch an das Porträt und kämpfte mit dem Schock der Enthüllung einer Toten.

*

Aber als Olivia nach Hause kam, wurde sogar dieser Schock aus ihrem Bewußtsein verdrängt. Willie Donaldson erwartete sie mit schlechten Nachrichten. Mit einem englischen Schiff war vor noch nicht einer Stunde ein Bote mit der Nachricht eingetroffen, daß Lord Birkhurst auf seinem Landsitz in Suffolk gestorben war. Freddie wurde von seiner Mutter in aller Eile nach Hause zurückgerufen, um seinen Besitz und sein Erbe zu übernehmen. Diese in jeder Hinsicht wichtige Nachricht war bereits drei Monate alt.

Eine Möglichkeit zur Flucht!

Olivia verbarg die plötzlich aufsteigende Hoffnung hinter einer ernsten Miene, denn Donaldson trauerte aufrichtig um einen Freund, Lehrer und Brotherrn. Dann half sie dem mit den Tränen kämpfenden Donaldson, Freddie ausfindig zu machen. Freddie ahnte nichts von dem Tod seines Vaters, und man fand ihn nicht bei seinen üblichen Freunden oder an den bekannten Plätzen. Olivia schrieb Donaldson eine Adresse auf. In der Armenian Street wohnte seine neueste Geliebte. Donaldson wurde tiefrot, zeigte aber sonst keine Reaktion und eilte davon, um das Nötige zu tun. Eine halbe Stunde später kehrte er mit Freddie in der Kutsche zurück – man hatte diskret die Vorhänge geschlossen. Freddie schlief selig seinen Rausch aus und sollte erst am nächsten Morgen erfahren, daß er vor drei Monaten Baron Birkhurst von Farrowsham geworden war – der achte Träger dieses Titels und einer der reichsten Männer Englands.

Der Tod seines Vaters, den er nicht sonderlich liebte, beeindruckte Freddie kaum. Beim Frühstück am nächsten Morgen blinzelte er heftig, um einen Blick auf die dicken Briefe zu werfen, die der Bote ihm von seiner Mutter übergeben hatte. Der Brief an Olivia von ihrer Schwiegermutter klang herzlich. Sie äußerte ihre Sorge und sprach wiederholt die Hoffnung aus, daß das Kind gesund zur Welt gekommen sei. Lady Birkhurst schrieb, sie freue sich darauf, sie beide in Farrowsham willkommen zu heißen.

»Ja«, murmelte Freddie und unterdrückte ein Gähnen, »ich fahre am besten auf der Stelle. Hat Willie mir bereits eine Überfahrt auf einem Schiff reserviert, das bald ausläuft?« Die Aussicht auf eine Rückkehr nach England besserte seine Laune beträchtlich.

»Ich glaube, ja. Die *Queen of Norway* läuft übermorgen mit der Nachmittagsflut aus.« Erwartungsvoll schwieg Olivia einige Augenblicke, aber sie sagte nichts.

»Gut.« Freddie stand auf, gähnte noch einmal und verschwand im Bad.

Es mußte so viel geschehen, um Freddies lange Heimreise vorzubereiten, daß Olivia wenig Zeit zum Nachdenken blieb. Trotzdem fragte sie sich immer wieder: Wird Freddie mich mitnehmen? Wenn ja, soll ich ihn begleiten?

Ja, o Gott, JA!

Sie mußte noch den zweiten Teil des Abkommens erfüllen. Die moralische Pflicht war stärker als eine eiserne Fessel. Und wenn sie erst einmal in England war, trennte sie nur noch ein Meer von Amerika...

Freddie mußte, zum ersten Mal seit vielen Monaten, im Kontor erscheinen. Es gab Angelegenheiten, die seiner offiziellen Zustimmung bedurften; er mußte Vollmachten für Donaldson unterschreiben; Botschaften, die er nach London mitnehmen sollte, mußten mit ihm abgestimmt und von ihm gebilligt werden. Olivia kümmerte sich um praktischere Dinge und blieb deshalb zu Hause. Sie las zum wiederholten Male den Brief ihrer Schwiegermutter. Lady Birkhurst erinnerte sie nicht an ihr Versprechen, aber aus den letzten Sätzen sprach das Vertrauen, das sie in Olivias Ehrlichkeit setzte. »Ich freue mich ungemein auf deine Ankunft (und auf dein Kind) in Farrowsham. Deine Anwesenheit wird gut sein für meine Trauer, gut sein für Farrowsham und vor allem gut für meinen Sohn. Ich hoffe, nein, ich *weiß*, du wirst mich nicht enttäuschen.«

Am Abend vor der Abreise kam Freddie aus dem Kontor direkt nach Hause zurück. Zum ersten Male seit Wochen aßen sie wieder zusammen zu Abend – und zum ersten Mal seit Wochen war er völlig nüchtern. Beim Essen hing eine dichte Wolke spürbarer Spannung in der Luft, die ihre belanglose Unterhaltung nicht zu durchdringen vermochte. Freddie hatte sich wie eine Seidenraupe in einen Kokon eingesponnen und war unerreichbar für sie. Das schmerzte Olivia. Wie sehr hatte Freddie sich verändert! Und diese Änderung war nicht zu seinem besten, mußte sie sich bekümmert eingestehen. Es war eine Folge ihrer und nicht seiner unglückseligen Lage. Wie sie, so war auch Freddie ein Opfer, ein Zuschauer, der plötzlich ins Kreuzfeuer eines Krieges geraten war, mit dem er nichts zu tun hatte.

»Ich werde nicht nach Indien zurückkommen.« Sie hatten gegessen und die Dienstboten für den Abend entlassen. Sie wußten beide, was gesagt werden mußte, konnte nicht länger aufgeschoben werden, denn dazu blieb keine Zeit mehr.

»Ja.« Äußerlich gefaßt, faltete Olivia die Hände im Schoß.

»Wirst du mir später nach England folgen?«

Ihr Herz schlug schneller, aber sie blieb vorsichtig. »Möchtest du das?«

»Ja, ich möchte es. Du weißt, ich liebe dich. Und als meine Frau ist dein Platz immer an meiner Seite.«

Indien verlassen, nie mehr fürchten müssen, Jai Raventhorne zu begegnen, eines Tages mit Amos in noch größerer Sicherheit in Hawaii sein ...

»Ich stehe zu meinem Versprechen, Freddie. Ich verlasse dich, wann immer du es möchtest.« Sie gab der verführerischen Hoffnung nicht nach, sondern hielt sich an die Tatsachen.

»Wann immer *ich* es möchte? Wie geschickt du mir wieder den Ball zuwirfst, mein Schatz!« Er lächelte, aber er wirkte müde und krank. Und als er weitersprach, sah er sie nicht an. Olivia wußte instinktiv,

er würde etwas Wichtiges sagen, etwas sehr Wichtiges. Und noch bevor er es aussprach, wußte ihr Herz bereits, was es war. »Wenn du nach England zu mir kommst, Olivia, dann mußt du... allein kommen.« Er stand auf und entfernte sich von ihr.
»Allein?« wiederholte sie tonlos, nicht überrascht und doch fassungslos.
Er brachte es nicht über sich, sie anzusehen. »Ich weiß jetzt, an wen mich dein Sohn erinnert.« Ja, es mußte ausgesprochen werden – sie hatte gewußt, daß es eines Tages der Fall sein würde. Und in gewisser Weise empfand sie es als Erleichterung. Freddie drehte sich heftig um, und in seinem Gesicht lag Abscheu. »Wie konntest du nur, Olivia! Wie konntest du nur! Mein Gott, dieser Mann ist noch nicht einmal ein Weißer! Du hast mich aufgefordert, einem Kind meinen Namen zu geben, ein Kind als meinen Sohn aufzuziehen, und dieses Kind ist ein *Mischling*...!« Er schien vor Erregung an seinen eigenen Worten zu ersticken, und der Schweiß lief ihm über das Gesicht.
In Olivia verdorrte und starb noch etwas. Es gab keinen Grund mehr, noch etwas zu leugnen. In ihrer Verzweiflung empfand sie nicht einmal mehr Schmerz. »Ich kann meinen Sohn nicht verlassen, Freddie. Du weißt, was er auch sein mag, er ist mein Kind. Du bist nicht sein Vater, aber ich bin seine Mutter. Weshalb verlangst du von mir das Unmögliche?«
»Ich weiß sehr gut, daß ich nicht der Vater bin!« schrie er wütend. »Raventhorne ist der Vater. *Raventhorne* – ein nichtswürdiges Halbblut aus der Gosse! Heilige Mutter Gottes! Konntest du keinen anderen Mann in dieser verfluchten Stadt finden, um deine Beine breit zu machen? Gab es denn keinen einzigen Engländer in Kalkutta, dem du deine Gunst erweisen wolltest?« Er umklammerte Olivias Schultern und schüttelte sie wie rasend. »Warum ihn, du verdammte *Hure*...!« Er war so außer sich vor Zorn, daß er nicht mehr wußte, was er tat, als er sie so heftig von sich stieß, daß sie auf ein Sofa fiel.
Erschöpft blieb sie liegen und machte keine Anstalten, sich aufzurichten. »Für mich ist Raventhorne tot, Freddie«, beteuerte sie me-

chanisch und aus alter Gewohnheit. »Und wenn er nicht tot ist, so wird er bald tot sein. Er bedeutet mir nichts mehr …«

Aber Freddie war völlig versunken in sein Unglück und hörte ihr nicht zu. Mit einem gequälten Aufschrei sank er in einen Sessel, und heftige, trockene Schluchzer schüttelten seinen Körper. »Raventhorne besitzt das einzige, was ich in meinem Leben haben wollte. Mein Gott, wie böse, wie abgrundtief *gemein* das ist!« wiederholte er untröstlich. »Ich bin nicht der Mann, der ich zu sein glaubte, Olivia. Ich bitte dich, entbinde mich von meinem Versprechen. Ich bin nicht in der Lage, es zu erfüllen. Ich habe nicht die moralische Kraft dazu, und ich kann auch nicht vergessen. Verzeih mir, Olivia, verzeih mir …«

Über einen Abgrund hinweg, der zu breit war, um ihn zu überbrükken, sah Olivia, wie seine Welt zerbrach. Sie hatten sich alle verändert oder waren vielmehr verändert und auf ihre wesentlichen Bestandteile reduziert worden. Es war unmöglich, das Zerschlagene wieder zusammenzufügen.

Olivia stand auf und setzte sich zu ihm auf die Sessellehne. Sie fuhr ihm zart, aber völlig unbeteiligt über den Nacken, als sei er nur ein Bekannter. »Ich entbinde dich von dem Versprechen, Freddie, natürlich tue ich das. Du warst gut zu mir, als ich dich am meisten brauchte. Ich werde dir das nie vergessen. Was auch geschehen mag, ich werde immer gut von dir denken. *Mir* fehlt die Kraft, nicht dir. Ich bin der Aufgabe nicht gewachsen. Verstehst du, lieber Freddie«, sagte sie bitter, »keiner von uns ist der Mensch, für den wir ihn hielten – keiner.«

Er hörte kein Wort von dem, was sie sagte. Er drehte sich um und griff heftig nach ihren Händen. »Ich finde für den Jungen eine gute Unterkunft, anständige Adoptiveltern. Ich verspreche dir, er wird bestens versorgt sein. Ihm wird es an nichts fehlen. Du kannst ihn besuchen, wann immer du willst, und so lange bei ihm bleiben, wie du möchtest. Ich schwöre es, Olivia! Du hast mein Wort!«

Sie schüttelte traurig den Kopf. »Das kann ich nicht, Freddie. Ohne Amos würde ich sterben. Er ist mein Leben. Er gibt mir die Kraft zu leben. Du verlangst von mir, daß ich mir das Herz aus dem Leib

schneide und ohne Herz leben soll.« Sie biß die Zähne zusammen und machte noch einen Versuch. Sie dachte dabei nur an ihr Versprechen, an das sie gekettet war. »Wenn du einverstanden bist, daß ich Amos mitbringe, dann verspreche ich, daß er dir nie unter die Augen kommt. Du wirst nicht einmal wissen, daß es ihn gibt...«
Er tippte sich an die Stirn, legte den Kopf zurück und schloß die Augen. »In meinem Kopf weiß ich immer, daß es ihn gibt. Reiße ihn mir aus dem Kopf, lösche meine Erinnerung aus, nimm mir für immer mein Bewußtsein – dann bin ich einverstanden.« Sein Lachen durchbrach plötzlich das bittere Schweigen, und es klang schrecklich. »Der Bastard eines Bastards, ein halbschwarzer Mischling und der Erbe der Baronie von Farrowsham – mein Gott, das ist ein Witz!« Er lachte noch einmal.
»Amos wird nie dein Erbe sein! Wenn wir nach England kommen, werde ich dir einen Sohn schenken. Ich schwöre es!« Sie suchte einen Ausweg, eine Fluchtmöglichkeit und erniedrigte sich noch mehr. Aber er schüttelte nur den Kopf.
»Jedesmal, wenn wir zusammenliegen, wird sich *sein* Bastard zwischen uns drängen und mich daran erinnern, daß jemand bereits mein Vorrecht für sich in Anspruch genommen hat – oder ist es umgekehrt?« Seine Bitterkeit war herzzerbrechend. »Es ist mehr, als ich schwacher Mensch ertragen kann, Olivia. Fordere nicht von mir, daß ich diese Qualen verlängere. Ich kann nicht mehr.«
»Es ist meine Pflicht, dir einen Erben zu schenken.« Enttäuscht über die Niederlage klang ihre Stimme tonlos. »Du kannst nicht noch einmal heiraten.«
»Ich möchte nicht noch einmal heiraten. Für mich gibt es keine andere Frau als dich, Olivia.«
Trotz der Empfindungslosigkeit füllten sich ihre Augen mit Tränen. »Laß die Vergangenheit ruhen, Freddie«, beschwor sie ihn noch einmal, »Raventhorne bedeutet mir nichts mehr, ja noch weniger als *nichts*!«
»Dann verzichte auf seinen Sohn.«
Er wartete auf eine Antwort. Eine Ewigkeit schien zu vergehen, und sie kam nicht. Aber dann erkannten beide, daß diese Antwort un-

nötig war, denn Olivia hatte sie ihm bereits gegeben. Freddie erhob sich, ging zur Tür und öffnete sie.
»Ich habe Willie angewiesen, dir alles zu geben und dir auch finanziell alles zur Verfügung zu stellen, was du vielleicht benötigst. Das Handelshaus, die Plantagen und die anderen indischen Besitztümer stehen dir uneingeschränkt zur Verfügung. Solltest du Kalkutta verlassen, ändert sich an meinen Anweisungen nichts. Ich werde dein Leben lang für dich sorgen, unabhängig davon, wo du leben möchtest. Und dein Sohn«, ein Schatten legte sich über sein Gesicht, »auch er wird natürlich lebenslang finanziell von mir versorgt werden. Ich bin wenigstens Manns genug, diese Pflicht zu übernehmen.«
»Ich möchte nichts von dir, Freddie, keinen Penny...!«
Er überhörte ihre Worte. »Ich hätte das Kind eines jeden akzeptiert, Olivia, eines jeden. Das wollte ich unbedingt klarstellen.« Er ließ die Schultern wieder hängen und sagte bekümmert: »Wenn du es kannst, verzeih mir.« Er schloß leise die Tür hinter sich.
Damit endete ihr Leben zusammen – soweit es ein Zusammenleben gewesen war.
Früh am nächsten Morgen erschien Willie Donaldson, um das Gepäck abzuholen, das ordentlich gepackt und beschriftet in der Eingangshalle stand. Freddie war nicht zu Hause. Er war in der letzten Nacht noch einmal ausgegangen und nicht zurückgekehrt. Mittags erschien Donaldson noch einmal und berichtete, er habe seine Lordschaft wieder in der Armenian Street gefunden und an Bord der *Queen of Norway* getragen. Das Schiff sei inzwischen auf dem Weg zur Flußmündung. Olivia hatte ohne Freddies Wissen einen Brief an seine Mutter in den Handkoffer gelegt. »Liebe Lady Birkhurst«, hatte sie förmlich geschrieben, »mit Bedauern teile ich Ihnen mit, daß meine Ehrenpflicht Ihrer Familie gegenüber unbeglichen bleibt. Es ist mir auch nicht gelungen, Ihrem Sohn die Rettung zu bringen, die Sie von mir erwartet haben, und die ich zu leichtfertig versprochen habe...«
Erst sehr viel später wurde Olivia eine andere Ironie des Schicksals bewußt: *Sie* war jetzt Lady Birkhurst.

Sechzehntes Kapitel

Jetzt hielt sie nichts mehr in Indien.

Olivia schob ihr Versagen energisch beiseite und schwor sich, nur noch in die Zukunft zu blicken. Sie hatte sich Mühe gegeben – o Gott, wie sehr hatte sie sich bemüht! –, aber kein Mensch konnte gegen eine so unlösbare Konstellation der Sterne ankämpfen und gewinnen. Ihr Schicksal, Freddies Schicksal und ihre Schwächen hatten sich gemeinsam gegen sie verschworen. Aber bis jetzt war Olivias Leben in Indien wie ein Banjanbaum mit vielen, vielen Luftwurzeln gewesen, die sie an den Boden fesselten. Und nun war sie plötzlich wunderbarerweise frei und konnte ihr Leben wieder selbst in die Hand nehmen. Sie konnte jederzeit nach Hause zurückkehren! Im Glücksgefühl dieser nicht geforderten und nicht erträumten Freiheit genoß sie das Leben. Reue, Schuld und Bedauern waren ein für allemal überwunden. Jetzt sah sie Freddies Abreise in einem völlig neuen Licht und mit so großer Erleichterung, daß sie sich beinahe schämte. Energisch verbannte sie die Vergangenheit. Selbst der Schock über das, was sie im Haus ihres Onkels begriffen hatte, beunruhigte sie nicht mehr. Es war nicht mehr wichtig. Es war nicht ihr Geheimnis, über das sie sich große Sorgen machen mußte. Das sollten die Betroffenen tun!

Olivia ließ nur soviel Zeit verstreichen, wie der Anstand erforderte, ehe sie Willie Donaldson bat, eine Fahrt nach Hawaii zu buchen.

Freddies überstürzte Abreise und der Anlaß dazu bescherte ihr den unvermeidlichen Besucherstrom. Mit Belustigung stellte sie fest, daß die Herren erschienen und aufrichtig ihr Beileid bekundeten, aber die Damen grün vor Neid ihren Ärger nur schlecht tarnten.

»Was für ein tragischer Verlust, meine liebe Olivia!« Mrs. Smithers, die sich einst ihre Charlotte als künftige Lady Birkhurst in den Kopf gesetzt hatte, konnte ihre Wut kaum verbergen. »Aber wir müssen auch die gute Seite sehen, nicht wahr? *Jemand* muß sterben, bis ein Titel vererbt werden kann. So ist es doch?«

»Richtig!« stimmte ihr Mrs. Cleghorne eifrig zu, die für ihre Marie ähnliche Absichten gehegt hatte, und betupfte sich die Augen. »Und welches Glück, einen Titel zu haben, wenn man noch so jung ist! Meine Schwägerin war fünfzig, bevor ihr Schwiegervater auch nur einmal *nieste* und *sieben*undfünfzig, als er schließlich starb. Meine Liebe, als er beschloß, den letzten Atemzug zu tun, waren sie beinahe im Armenhaus gelandet.«

»Nun ja, für die liebe, liebe Olivia bestand nie die Gefahr, im Armenhaus zu landen.« Millie Humphries verglich insgeheim das prächtige Palais mit ihrem eher schäbigen Arztbungalow und glühte vor Neid.

»Das Armenhaus für Olivia?« rief Arabelle, die alte Jungfer, und putzte sich die Nase, »warum sollte das liebe Mädchen über das Meer gefahren sein, wenn sie *dieses* Schicksal vor sich gesehen hat? Das ist ja zum Lachen!«

Olivia lächelte gelassen, bot den Damen immer wieder Tee, Kuchen und Appetithäppchen an und spielte die perfekte Gastgeberin. Sie fragte sich nur im stillen, ob die Damen überhaupt ahnten, wie wenig ihre Spitzen sie berührten.

»Hören Sie nicht auf diese Hyänen, Kleines. Sie können nichts als geifern und klatschen«, sagte Cornelia Donaldson, als alle gegangen waren, und drückte ihr mitfühlend die Hand.

Olivia schüttelte die Unverschämtheiten mit einem Lachen ab. »Oh, die tun mir nichts. Da Freddie uns im nächsten Jahr in England erwartet, werde ich ohnehin nicht mehr lange hier sein.«

Cornelia Donaldson sah sie aufrichtig betrübt an. »Mein Willie wird Sie vermissen, Liebes. Er gibt es vielleicht nicht zu, der alte Brummbär, aber er wird Sie sehr im Kontor vermissen.«

Olivia war gerührt. »Oh, aber eines Tages kommen wir vielleicht doch zurück.« Das war natürlich eine Lüge. »Aber zunächst einmal

kommen Sie zur Taufe, ja? Freddie wollte eigentlich ein großes Fest und eine Taufe in St. John, aber unter den jetzigen Umständen...«, sie beendete den Satz nicht, sondern machte nur eine hilflose Geste.
»Aber natürlich, Liebes«, stimmte ihr Mrs. Donaldson ernst zu, »ein großes Fest wäre jetzt nicht angemessen.«
Olivia hoffte, es werde die letzte Lüge sein, zu der sie gezwungen war, und atmete erleichtert auf. Wenn Indiens Küste erst hinter ihr lag, mußte sie nicht mehr zu billigen Täuschungsmanövern greifen.

*

Nach der schlichten Taufe gab Arthur Ransome Olivia die Post, die am Vormittag für Sir Joshua eingetroffen war. Es war ein Brief aus London, und er kam von Estelle!
Künstlich in tiefen Schlaf versetzt (zum letzten Mal, wie Olivia sich geschworen hatte) und mit glatt geschorenem Köpfchen – eine vernünftige Maßnahme, um die Sicherheit ihres Sohnes unter den gegebenen Umständen nicht zu gefährden – wurde der Kleine offiziell auf den Namen Amos James Sean Birkhurst getauft, der neunte Anwärter auf den Titel eines Barons von Farrowsham. Im Haus der Templewoods waren nur sechs Zeugen anwesend: Sir Joshua, Arthur Ransome, die Donaldsons, Mary Ling und Olivia. Der puttenhafte Kaplan von St. John, der auch die Trauung durchgeführt hatte, war wieder zur Stelle. Nach der Taufe gab es für die Gäste Tee, für das Dienstpersonal in beiden Häusern Süßigkeiten und Geld. Dann war alles mühe- und schmerzlos vorüber.
Olivia zuckte zusammen, als sie die verschnörkelte Handschrift auf dem braunen Umschlag sah. Diese Schrift war ihr zwar vertraut, aber sie hatte sie vergessen. Wie von Zauberhand schien die Uhr um ein Jahr zurückgedreht, und dabei verschwand die betäubende Wirkung, die die Zeit bewirkt hatte. Olivia fiel auf, daß Ransome den Umschlag geöffnet hatte. »Ich hielt es für klug, mir den Inhalt anzusehen«, erklärte er erregt, »für den Fall, daß das dumme Mädchen ihrem Vater noch einen Schock versetzen will.«

»Und hat sie das?« Olivia gab ihm den Umschlag zurück, ohne den Brief zu lesen. Trotz aller Gleichgültigkeit fühlte sie sich unwillkürlich abgestoßen, denn inzwischen wußte sie ja mehr.
»Sozusagen ja. Aber der Schock ist zur Abwechslung einmal nicht unerfreulich.« Er zog den Brief aus dem Umschlag und überflog ihn noch einmal. »Estelle ist in England ... offenbar bereits seit einem halben Jahr. Vor drei Monaten, also bevor dieser Brief abgeschickt wurde, hat sie John Sturges geheiratet.« Er staunte noch immer. »John ist jetzt nach Cawnpore versetzt worden. Sie werden deshalb in Kürze in Kalkutta eintreffen.« Ungläubig ließ er sich in einen Sessel sinken und schluckte schnell ein paar Tabletten, auf die er in letzter Zeit nicht mehr verzichten konnte. Er sah Olivia fassungslos an. Dann blickte er wieder auf den Brief, als müsse er sich noch einmal davon überzeugen, daß er richtig gelesen habe. »Sie erwähnt alles andere ... nicht. Kein einziges Wort! Vielleicht schreibt sie dir etwas ausführlicher, Olivia.« Er holte ein kleines geschlossenes Couvert aus dem Umschlag und reichte es ihr.
»Ja, vielleicht.« Olivia schob den Brief ungelesen in ihre Handtasche. Sie wollte ihn später ungeöffnet verbrennen.
Lady Bridget hatte Sir Joshua nicht geschrieben, aber ihre Cousine Maude. Ransome las den Brief sorgfältig, für den Fall, daß er eine Nachricht enthielt, die seinen Freund noch mehr erschüttern würde. »Maude schreibt, Bridgets religiöser Eifer hat nicht nachgelassen«, sagte er zu Olivia. »Sie liest stundenlang in der Bibel und betet den Rosenkranz. Offenbar denkt und redet sie nur über Sünden und Vergebung der Sünden. Aber Maude glaubt, Bridget wird ihren Frieden finden.« Ransome rieb sich nachdenklich und traurig das Kinn. »Maude schreibt nichts über Estelle, sondern nur, daß sie Estelle gesehen hat. Ich fürchte, es ist nicht alles eitel Sonnenschein, wie Estelle es uns und besonders ihrem Vater vormachen möchte.« Er musterte prüfend Olivias undurchdringliches Gesicht und fragte dann besorgt: »Bist du in der Lage, deine mißratene Cousine hier willkommen zu heißen, mein Kind?«
»Warum denn nicht?« erwiderte Olivia trotzig. »Ob Mutter und Vater ihr nun vergeben haben oder nicht, wer bin ich, um ihr etwas

nachzutragen? Mir hat sie nichts getan! Und wenn man es sich überlegt, ist Estelles Rückkehr nur von Vorteil. Ich werde bald abreisen, und dann kann sie als Tochter einige der Pflichten erfüllen, die sie so lange vernachlässigt hat. Und sie kann sich daranmachen, etwas von dem Scherbenhaufen zu beseitigen, den sie hinterlassen hat!«

Nicht zum ersten Mal spürte Ransome etwas von Olivias Bitterkeit – der unaufhörlich brodelnde Zorn schien dicht unter ihrer Haut zu liegen und hin und wieder wie ein eiterndes Geschwür aufzubrechen. Nun ja, sie hatte genug Gründe dafür. Ohne ihre Schlagfertigkeit, Klarsicht und entschlossene Art hätte der Skandal ihre Welt noch mehr zerstört. Dafür hatte Ransome Verständnis, aber trotzdem verwirrte ihn vieles an Olivia. Diskret wie immer entschloß er sich jedoch zu schweigen und ihr keine weiteren Fragen zu stellen.

Olivia wußte sehr wohl, daß ihre kühnen Worte eine Lüge waren. Sie wäre keineswegs in der Lage, Estelle hier willkommen zu heißen. Und die Rückkehr ihrer Cousine erfüllte sie aus mehr als einem Grund mit Angst. »Eine schnellere Abreise, Eure Ladyschaft?« fragte Willie Donaldson sie erstaunt am nächsten Morgen. »Gibt es einen besonderen Grund für die plötzliche Änderung Ihrer Pläne?«

»Nein. Je früher wir abreisen, desto schneller sind wir bei seiner Lordschaft in London.«

Das verstand und billigte Donaldson. »Ach ja. Richtig. Gut, ich werde mich erkundigen, aber ich bezweifle, daß eine frühe Abreise möglich sein wird.« Er schüttelte den kantigen Kopf. »Wie ich höre, trifft Miss Templewood in Kürze als Mrs. Sturges aus England hier ein? Das wird doch Eure Ladyschaft sicher sehr freuen!«

Es überraschte Olivia nicht im geringsten, daß die Nachricht sich so schnell verbreitet hatte. Sie kannte Estelles Fähigkeit, Informationen zu verteilen, und ahnte, daß ihre Cousine bereits Hinz und Kunz geschrieben hatte. Sie staunte wieder einmal über Estelles Unverfrorenheit – es ging nicht darum, was sie ihren Freundinnen vermutlich schrieb, sondern um das, was sie *nicht* erwähnte! »O ja«, erwiderte sie knapp. »Übrigens, Mr. Donaldson, wie stehen Ihre Verhandlungen mit diesem Amerikaner, der mein Haus mieten möchte?«

Donaldson sah sie bedrückt an. »Ach ja«, er seufzte, »sein Agent hier erklärt, dem Mann gefällt das Haus, und ein Fünfjahresvertrag ist ihm recht.« Er kämpfte einen Augenblick mit sich und fügte dann tief besorgt hinzu: »Aber ist es wirklich klug, das Palais diesem unbekannten Baumwollfarmer zu überlassen? Wahrscheinlich ist er ein ungehobelter Bauer, der Glas nicht von Kristall unterscheiden kann. Ich will damit natürlich nichts gegen Ihr Land sagen, Mädchen.« In seinem Kummer vergaß er alle Formalitäten und redete wieder wie üblich mit ihr. »Schließlich werden alle Wertsachen im Haus einmal Amos gehören. Vielleicht wird er ja in Indien leben wollen.«

Olivia verstand sehr wohl, daß die drastischen Veränderungen in einer Familie, der er viele Jahrzehnte treu gedient hatte, Willie Donaldson unsagbaren Kummer bereiteten. Im ersten Augenblick wußte sie nicht, was sie erwidern sollte. Es tat ihr leid, daß selbst dieser anständige Mann auf die eine oder andere Weise leiden würde. »In unserer Abwesenheit, Mr. Donaldson, werden alle wertvollen Dinge weggeschlossen«, sagte sie beruhigend, »ich werde alles in den Tresoren aufbewahren, zu denen nur Sie die Schlüssel haben, bis... unsere Pläne für die Zukunft feststehen.« Sie machte Donaldson falsche Hoffnungen – weder sie, noch Freddie, noch Amos, besonders nicht Amos! – würden jemals nach Indien zurückkommen und in dem Palais wohnen. »Also handeln Sie bitte mit dem Agenten die Einzelheiten des Mietvertrags aus. Und jetzt...«

Sie sprachen über andere Dinge, die vor ihrer Abreise mit der *Lulubelle* – wenn sich kein anderes Schiff fand – geklärt werden mußten. Freddies Großzügigkeit ihr gegenüber kannte keine Grenzen, wie sich an allen Maßnahmen zeigte, die er für ihr Auskommen getroffen hatte. Olivia wollte aber unter keinen Umständen etwas vom Reichtum der Birkhursts annehmen. Donaldson gegenüber erwähnte sie das nicht. Er hätte es nicht verstanden, und es gab keinen Grund, ihn noch mehr zu betrüben. Als sie bereits gehen wollte, kam er zögernd und verlegen noch auf ein anderes Thema zu sprechen.

»Man erzählt sich im Basar, daß Eure Ladyschaft... hm... ja... Templewood und Ransome finanziell unterstützt...«

»Ja, das stimmt.« Sie legte ungerührt wichtige Papiere in den Handkoffer, die sie zu Hause in Ruhe durchlesen wollte.

»Ich habe auch etwas erfahren, was ich nicht glauben kann... Hm, ich kann nicht glauben, daß Eure Ladyschaft einen Diamantarmreif bei dem blutsaugerischen Verbrecher Molljee verpfändet hat.« Auf seinen blassen Wangen erschienen zwei hektisch rote Flecken.

»Sie können es glauben, Mr. Donaldson«, erwiderte sie unbeeindruckt. »Es stimmt. Er hat mir die besten Bedingungen eingeräumt, und meine Überweisungen von Lloyds in London sind noch nicht eingetroffen. Wenn das der Fall ist, werde ich meinen Armreif wieder einlösen.«

Er war entsetzt über dieses Eingeständnis. »Aber Birkhurst-Schmuck zu verpfänden... die ganze Stadt redet davon! Wenn Lady Birkhurst das erfährt, wird sie außer sich sein, *außer sich*! In all den Jahren bei Farrowsham hat es das nicht gegeben. Warum haben Sie nicht mich um...« Er verstummte und mußte husten.

Olivia zeigte weder Reue noch Verlegenheit. »Erstens, Mr. Donaldson, handelt es sich nicht um Birkhurst-Schmuck. Ich habe ihn von meiner Mutter geerbt. Gerede hin, Gerede her, ich kann damit machen, was ich will. Zweitens, Sie wissen, ich werde unter keinen Umständen Geld von Farrowsham benutzen, um der Firma meines Onkels zu helfen. Und drittens«, fügte sie etwas freundlicher hinzu, »haben Sie vergessen, daß *ich* jetzt Lady Birkhurst bin?«

Am Abend schrieb Olivia einen Brief an Kinjal. »Estelle wird in Kürze nach Kalkutta zurückkommen! Diese Vorstellung macht mir angst, und zwar aus Gründen, die ich Ihnen, nur Ihnen anvertrauen kann. Sie wird Amos sehen wollen, und das darf nicht und kann nicht geschehen! Deshalb wende ich mich noch einmal hilfesuchend an Sie, meine liebste und aufrichtigste Freundin. Ich bitte Sie, meinen Sohn zu sich zu nehmen, solange meine Cousine in Kalkutta bleibt, oder bis ich abreise – je nachdem, was ratsamer ist. Ich werde Ihnen Amos schicken, sobald ich Ihre Antwort habe.«

Aber Olivia kannte Kinjals Antwort. Sie schrieb, ohne Fragen zu stellen oder Erklärungen zu verlangen oder Bedingungen zu nennen, nur einen Satz: *Schicken Sie Amos, wann immer Sie wollen.*

*

Kein Schiff fuhr vor der *Lulubelle* in Richtung Pazifik, und drei Tage, nachdem Amos vorsorglich mit Mary Ling und der *Aja* nach Kirtinagar abgereist war, traf Estelle in Kalkutta ein.

Olivia war bereits todunglücklich ohne ihren Sohn, und die Nachricht weckte ihre Angst von neuem. Das Schiff legte frühmorgens an. Am Nachmittag erhielt Olivia im Kontor einen durch Boten überbrachten Brief ihrer Cousine, in dem sie Olivia anflehte, sie sofort zu besuchen. »Ich brenne, ich *brenne!* darauf, dich wiederzusehen, liebste Oli. Fliege hierher, sobald du den Brief in Händen hältst.« Olivia kochte vor Zorn. Sie gab dem Boten keine schriftliche Antwort, sondern sagte nur, er möge Missy Memsahib ausrichten, sie werde kommen, sobald sie ihre Arbeit im Kontor beendet habe.

Natürlich ließ sich ein Zusammentreffen mit Estelle nicht vermeiden. Aber als Olivia sich schließlich in das Notwendige fügte, war es bereits Abend. Sie hatte die vergangenen Stunden gut genützt, alle scharfen Kanten ihrer Gefühle geglättet und war zu einem pragmatischen Schluß gekommen.

Ich habe den Alptraum der vergangenen Monate überlebt, also werde ich auch Estelles Rückkehr überleben.

Als die Kutsche über die Auffahrt der Templewoods rollte, eilte Estelle die Stufen herunter. Sie warf sich Olivia in die Arme und fing heftig an zu weinen. »O Olivia, meine liebste, liebste Oli ... *wie sehr* hast du mir gefehlt!«

Olivia löste sich aus der erstickenden Umarmung. »Ach ja? Gut, also willkommen zu Hause, Estelle. Und meinen Glückwunsch. Wo ist dein John?« Sie war stolz darauf, daß sie so mühelos lächeln konnte.

»In Madras bei seinen Eltern«, stieß Estelle immer noch schluchzend hervor. »Sie sind unterwegs an Land gegangen, um einen kranken Verwandten zu besuchen ... Oh, Olivia, ich habe manchmal geglaubt, ich würde *sterben*, weil ich nicht mit dir reden konnte ...«

»Aber du bist nicht gestorben.« Olivia löste Estelles Hand von ihrem Arm und fragte: »Wo ist Onkel Josh?«

»Er sitzt mit Onkel Arthur hinten im Garten.« Mit tränennassen Augen griff Estelle wieder nach Olivias Hand. »Wie *schrecklich* Papa aussieht! Ich konnte es nicht glauben. Ich konnte es einfach nicht glauben. Er ist ja nur noch Haut und Knochen ...«

»Das ist nicht alles, Estelle.« Olivia sah sie mit kalter Verachtung an. »Komm, gehen wir zu ihnen.« Ohne ihrer Cousine die Möglichkeit zu einem Einwand zu geben, ging sie davon.

Sir Joshua und Ransome saßen sich an einem schmiedeeisernen Tisch gegenüber und tranken eisgekühltes Bier. Sie starrten beide stumm aneinander vorbei. Als Olivia und Estelle zu ihnen kamen, erhoben sie sich. Ransome murmelte einsilbig eine unhörbare Begrüßung, und Sir Joshua nickte nur, als Olivia ihn auf die Wange küßte. Sie setzte sich neben Estelle und überlegte, worüber man bei einer so grotesken und unerwünschten Familienzusammenkunft wohl angemessen reden konnte. Hatten Vater und Tochter bereits miteinander gesprochen? Das völlig unbeteiligte Gesicht ihres Onkels, die leeren Augen und die hängenden Schultern boten keinen Anhaltspunkt. Wie üblich versank er in Schweigen und beteiligte sich nicht an dem Gespräch. Ransome spielte mit ernstem Gesicht an seiner Uhrkette, warf nur hin und wieder einen verstohlenen Blick in die Runde, sagte kaum etwas und fühlte sich sichtlich höchst unwohl in seiner Haut.

Aber keiner mußte seine Fähigkeiten in Konversation übermäßig unter Beweis stellen, um peinliches Schweigen zu brechen. Estelle plauderte geschickt und ohne Mühe. »Du hättest mich *sehen* sollen, Oli, als ich erfahren habe, daß du *tatsächlich* Freddie geheiratet hast!« Sie lachte eine Spur zu laut. »Aber ich habe es ja immer gewußt, daß du ihn heiraten würdest – ich habe es gewußt. Und jetzt, du meine Güte – *bist* du bereits Lady Birkhurst! Ach, es hat sich doch alles *bestens* gefügt ... *bestens*!« Sie klatschte in die Hände und strahlte.

»Ja, bestens«, sagte Olivia.

»Ach, Oli ..., sag mal, *warum* hast du Amos nicht mitgebracht? Könnten wir ihn nicht holen ... Ich meine jetzt gleich? Ich kann nicht bis morgen warten. Ich muß ihn einfach heute sehen«, flehte sie und machte ihr Schmollgesicht. Trotz der dicken Schminke wirkte sie wieder wie ein kleines Mädchen, aber kein unschuldiges, sondern nur ein unanständiges ...

»Amos ist nicht da. Er ist bei Freunden.«
»Nicht da?« fragte Estelle enttäuscht, »aber du hast doch gewußt, daß ich komme. Hättest du ihn nicht wenigstens noch eine Weile hier lassen können?«
»Tut mir leid, es war alles schon geplant, ehe wir erfahren haben, daß du kommst«, log Olivia geübt, »aber ich werde versuchen, es so einzurichten, daß du ihn siehst, ehe du nach Cawnpore fährst. Wie lange willst du denn bleiben?«
»John muß in einem Monat seine neue Stelle antreten! Er will unter keinen Umständen länger hier bleiben.« Sie seufzte und sagte, ganz Ehefrau: »Ach, du weißt doch, die *Männer*!«
Einen Monat! Sie würde einen Monat auf Amos verzichten müssen! Olivia stöhnte innerlich auf, aber es gelang ihr, den Schreck zu verbergen. Statt dessen fragte sie: »Und wie geht es Tante Bridget? Ich hoffe gut. Hast du keine Briefe von ihr mitgebracht?«
Zum ersten Mal zeigten sich Risse in Estelles glatter Fassade. Sie senkte die Augen, das Lächeln verschwand, und sie wirkte leicht verunsichert. Dann nickte sie. »Ja, Mama geht es gut.« Mehr sagte sie nicht.
Während des banalen Gesprächs hatten weder Sir Joshua noch Arthur Ransome etwas gesagt. Aber jetzt beschloß Sir Joshua plötzlich zu sprechen. »Siehst du, Arthur, wie die Götter den verhöhnen, dessen Hand nicht zuschlagen konnte...?« Er legte den Kopf zurück und brüllte vor Lachen. Seine Bemerkung ergab so überhaupt keinen Sinn, und das Lachen klang so grotesk und mißtönend, daß ihn alle drei verblüfft anstarrten. Noch immer lachend stand er auf und schlurfte ins Haus. Ransome sah ihm nach, bis die ungelenke Gestalt in den schlecht sitzenden Kleidern seinen Blicken entschwand. In seinen Augen lagen Mitgefühl und Trauer.
»Was hat er damit gemeint?« rief Estelle und lachte verlegen. »Was hat Papa sich wohl dabei gedacht?« Ohne eine Antwort abzuwarten, begann sie, ausführlich von ihren Erlebnissen in London zu berichten, die sie reichlich mit den üblichen Übertreibungen und Superlativen ausschmückte.
Ein wachsendes Gefühl der Unwirklichkeit begann, Olivia zu irritie-

ren. Sie hatte das merkwürdige Gefühl, auf einer Bühne zu sitzen und in einem gespenstischen Theaterstück hölzerne Dialoge zu führen. Das überraschende Ende würde plötzlich über sie hereinbrechen und in keiner Beziehung zu dem stehen, was sie sagten. Oder sie spielten ein Ratespiel, bei dem sie ständig auf die falsche Fährte gesetzt wurden. Sie hörte sich das zusammenhanglose Geplapper ihrer Cousine an und wurde das Gefühl nicht los, das alles schon einmal erlebt zu haben. Wieder wurde die Zeit zurückgedreht. Sie saß wieder einmal auf Estelles Bett, kaute Ingwerplätzchen, und sie hingen ihren Phantasievorstellungen nach. Olivia konnte einfach nicht glauben, daß sie hier im Garten der Templewoods saßen und so taten, als sei nichts geschehen, als sei ihre Welt noch in Ordnung, als habe es in dem erträumten Leben keine schrecklichen Verwüstungen gegeben. Sie gaben vor, wieder unverletzte und unbekümmerte Menschen zu sein.

Beinahe unbekümmert – nicht ganz.

Estelles Fröhlichkeit war forciert, eine Tarnung für quälende Spannungen. Ihre Stimme klang zu schrill, das Lachen zu übertrieben, die Gesten waren zu künstlich. Unter den schwarz umrandeten Augen hingen kaum getrocknete Tränen, und ihre Augen glänzten zu hell. Das elegante violettrote Samtkleid mit dem gewagten Ausschnitt zauberte den Hauch von großer Welt, aber die Gewandtheit, die sie mit aller Macht auszustrahlen versuchte, konnte ihre Nervosität nicht verbergen, denn noch war sie nicht geschickt genug, sie zu unterdrücken. In Wahrheit war Estelle todunglücklich.

Und genau das hat sie auch verdient!

Olivia empfand keine Spur Mitleid mit ihrer Cousine.

So beängstigend die Aussicht auch war, es ließ sich im Laufe des Abends nicht vermeiden, daß Olivia schließlich mit ihrer Cousine allein war. Sofort nach dem Abendessen – steif und ungemütlich und noch immer von Estelles albernem Gerede beherrscht – sah sich Olivia in die Enge getrieben. »Ich weiß, du bist wütend auf mich, Olivia, aber ich muß unbedingt mit dir reden.«

»Reden? Du hast bis jetzt nichts anderes getan, liebste Estelle!«

Estelle hatte genug von dem falschen Getue und überhörte Olivias

Anspielung. »Du kannst mir die Gelegenheit nicht verwehren, einiges zu erklären...«
»Wenn etwas erklärt werden muß, dann bitte erkläre es deinem Vater. Mir bist du keine Erklärung schuldig.«
Estelle unterdrückte ein Schluchzen. »Ich habe versucht, mit Papa zu sprechen, aber er reagiert nicht. Er hört nur zu, sagt aber nichts. Ich kann ihn nicht mehr erreichen.« Ihre Augen wurden feucht. »*Bitte*, Olivia, stoß mich nicht zurück!«
Olivia seufzte tief und fügte sich in das Unvermeidliche. Darauf kam es nun auch nicht mehr an. Wenn Estelle ihren Vater nicht mehr erreichen konnte, dann würde es Estelle bei ihr ebenso ergehen. Mißmutig folgte sie Estelle die Treppe hinauf. Trotz der Anweisungen ihrer Tante hatte Olivia Estelles Zimmer unberührt gelassen. Und so war sie wieder mit der Vergangenheit konfrontiert. All die vielen jungmädchenhafte Dinge waren genauso wie früher. Aber Olivia wappnete sich entschlossen gegen den Ansturm der Sentimentalität. Ihre Cousine mochte noch so raffiniert und geschickt vorgehen, diesmal würde sie sich nicht täuschen lassen. Jedem seine eigenen Probleme. Und wie Estelles Probleme auch aussehen mochten, sie würde sie nicht zu den ihren machen.
Estelle warf sich auf das Bett und machte ihrem unterdrückten Elend in einem heftigen Ausbruch Luft. »Ich kann es nicht *ertragen* zu sehen, was mit Papa geschehen ist! O Gott, was muß er gelitten haben!«
Olivia mied das Bett und setzte sich auf einen Stuhl am Fenster. »Und das überrascht dich?«
Estelle legte sich auf den Rücken und starrte an die Decke. »Nein, es überrascht mich nicht – jetzt nicht mehr«, erwiderte sie tonlos. »Vor einem Jahr hätte es mich überrascht. Ich wußte, er würde toben, vor ohnmächtiger Wut platzen und bitter enttäuscht über mich sein. Ich dachte, er würde mich verstoßen, mir das Haus verbieten, brüllen, schimpfen und all das tun, was empörte Väter in den billigen Romanen immer tun. Und Mama«, sie hob verzweifelt die Hände, »würde in Ohnmacht fallen, nach ihrem Riechsalz rufen und endlos jammern über den Skandal und über das, was ihre Freundinnen hinter ihrem

Rücken sagen.« Estelle setzte sich mit angstvoll geweiteten Augen auf. »Ich hätte mir aber nie, nie träumen lassen, daß sie einfach ... zerbrechen. Ich schwöre es, Olivia, das habe ich nicht gewußt. Wie sollte ich? Ich kannte die Wahrheit nicht. Niemand hat mir etwas gesagt ...« Sie brach ab, als sei sie nicht sicher, wieviel sie sagen sollte und wieviel Olivia bereits wußte. Olivia blickte schweigend aus dem Fenster. »O Gott, ... nein, es hat sich nicht zum besten gefügt!« Sie warf sich auf das Kopfkissen und begann zu weinen. »Es ist alles so falsch gelaufen, so falsch! Für mich war es nur ein Abenteuer. Ich wollte ihnen ... eine Lektion erteilen ...«

Ein Abenteuer!

Olivia spürte nichts vor Zorn. Hatte diese verwöhnte, dumme Gans keine Ahnung, wie abstoßend – jawohl abstoßend – sie das alles fand?

»Oh, ich würde sagen, du hast ihnen eine Lektion erteilt! Ich bezweifle nicht, daß sie dadurch eine Menge gelernt haben.«

»Bitte, verspotte mich nicht, Olivia! Du bist die einzige vernünftige und echte Freundin, an die ich mich jetzt noch wenden kann, wo alles so ... völlig verfahren ist.« Sie drehte den Kopf zur Wand und weinte leise. »Ich habe dich und Papa in meinem Brief belogen, Olivia. Mama wollte mich nicht in Norfolk sehen. Durch Tante Maude hat sie mir sagen lassen, ich sei für sie gestorben. Sie hat ge... gedroht, sich in den Fluß zu stürzen, wenn Tante Maude mich aufnehmen würde.« Sie zitterte bei der Erinnerung.

»Ohne John wäre ich verrückt geworden. Seine Eltern wissen ... nicht alles, aber John weiß Bescheid. Ich habe ihm nichts verheimlicht.« Sie besaß immerhin soviel Anstand, die Augen niederzuschlagen und rot zu werden. »Wir haben in aller Stille bei ihm zu Hause in Liverpool geheiratet. Ich habe einen fingierten Brief von Mama an seine Eltern geschrieben und eine Krankheit vorgeschoben, die ihr die Reise unmöglich mache.« Sie schlug die Hände vor das Gesicht und wiegte sich klagend hin und her. »Oh, Olivia, ich habe so viel, so viel nicht gewußt ...«

Aber das hat sich jetzt geändert, liebste Cousine!

Olivia sah sie ausdruckslos an und schwieg.

»Nur mein John, mein geliebter John, hat mir vergeben. Er... versteht mich.« Sie bemerkte Olivias erhobene Augenbraue und hob trotzig das Kinn. »Ja, wirklich – und ich liebe John! Er findet es nicht unverzeihlich, daß ich Jai auch liebe, wie dumm meine Flucht mit ihm auch gewesen sein mag.«
Olivia erstarrte. Bis hierher durfte Estelle sich vorwagen, aber nicht weiter. *Niemals!* Wie konnte dieses unverschämte Aas sich ihrer unanständigen Liebe ihr gegenüber auch noch *rühmen*!
»Genug! Das ist deine Angelegenheit, nicht meine«, sagte sie scharf, »behalte das für dich.«
»Aber Olivia, ich habe seit Monaten darauf gewartet, mit dir zu sprechen...!« rief Estelle enttäuscht. »Ich wollte dir schreiben, aber ich konnte es nicht. Es war alles so kompliziert, so unsagbar verwirrend. Du mußt mir zuhören, Olivia, du *mußt*...!«
»Es mag dich vielleicht überraschen, Estelle, aber es gibt inzwischen absolut nichts in meinem Leben, was ich tun *muß*, wenn ich nicht will. Deine Angelegenheiten interessieren mich nicht mehr.« Olivia ging zur Tür und öffnete sie.
»Du hast das Recht, wütend auf mich zu sein«, rief Estelle, sprang vom Bett und klammerte sich an Olivia. »Mein Gott, ich weiß das! Onkel Arthur hat mir von der Last erzählt, die du auf deine Schultern genommen hast, von deiner Schlagfertigkeit, deinem Edel...«
»Ich habe nur getan, was getan werden mußte«, erwiderte Olivia kalt, »jetzt laß mich bitte gehen.«
»Aber ich möchte wissen, was hier geschehen ist!« Estelle hielt sie fest. »Siehst du nicht, wie viel bereinigt und in Ordnung gebracht werden muß? Ohne deine Hilfe kann ich das nicht. Du bist so klug und vernünftig, Oli.«
»Was geschehen ist, zählt nicht weiter. Es kommt nur noch darauf an, was geschehen wird – zum Beispiel mit deinem Vater. Das ist wichtig. Hast du schon einmal daran gedacht, daß es nicht länger Onkel Arthurs Pflicht sein kann, sich um deinen Vater zu kümmern? Und weißt du, daß ich bald nach Hawaii fahre?«
»Ja.« Estelles Unterlippe zitterte wieder. »Natürlich werde ich mich

um Papa kümmern. Wer denn sonst? Ich werde ihn dazu bringen, daß er mit uns nach Cawnpore kommt. Aber zuerst muß etwas anderes in Ordnung gebracht werden. Man hat Jai Unrecht getan, Olivia. Du hast dich nicht geirrt, als du...«

»Ich habe dir gesagt, ich möchte kein Wort über Jai Raventhorne hören!« Sie riß ihre Hand los. »Ich möchte weder seinen Namen hören noch etwas über seine angeblichen Qualen und auch nicht, wie du vorhast wiedergutzumachen, was immer du wiedergutmachen willst. Ich möchte nichts mehr damit zu tun haben.«

Estelle sah sie überrascht an. Dann wurde ihr Blick hart.

»Wie komisch! Wie unglaublich komisch – wenn man daran denkt, daß du dich einmal darüber aufgeregt hast, daß man seinen Namen in unserem Haus nicht aussprechen durfte! Du hast mit Leidenschaft erklärt, man dürfe ihn nicht wie einen Ausgestoßenen behandeln. Du hast...«

»Hör auf, Estelle!« Olivia zitterte vor Zorn. Sie verschränkte die Arme vor der Brust und sah ihre Cousine mit funkelnden Augen an. »Versuche nicht, noch mehr ans Licht zu zerren! Was du bereits ans Licht gezerrt hast, reicht für ein Leben.«

Estelle richtete sich ebenso wütend auf und fragte herausfordernd: »Ist es nicht Zeit, daß jemand diese Dinge ans Licht zerrt? Ich bin es leid, hinter verschlossenen Türen über Dinge zu flüstern, die unter den Teppich gekehrt worden sind, über Dinge, die nicht ans Licht kommen dürfen, Dinge, die nicht erklärt und nicht verstanden werden. Wovor haben denn alle solche Angst? Wovor hast du denn Angst, Olivia? Vor dem Gerede der Leute? Vor den bissigen Bemerkungen und dem Skandal? Nun ja, zum Teufel damit, zum Teufel!«

Sie atmete heftig, stemmte die Hände in die Hüften und verzog höhnisch die Lippen. »Ich habe dich von allen Menschen auf der Welt am meisten bewundert, Olivia, denn ich habe dich für fair, gerecht, liberal und unabhängig gehalten. Habe ich mich denn so getäuscht?«

»Ja, du hast dich getäuscht! Ich bin nicht der Mensch, für den du mich gehalten hast – auch nicht der Mensch, für den ich mich gehal-

ten habe. Bist du nun zufrieden? Jetzt mach mir bitte den Weg frei und laß mich gehen.«
Estelle rührte sich nicht von der Stelle. Sie verzog das Gesicht noch mehr. »Findest du es nicht merkwürdig, Olivia, daß ich jetzt diejenige bin, die Mut hat? Also gut, ich liebe Jai Raventhorne – und mir ist es gleichgültig, wer es erfährt. Auch du hast ihn einmal gemocht und dich für ihn interessiert. Du hast ihn immer wieder entschuldigt und viele Zweifel zu seinen Gunsten geäußert. Jetzt willst du ihn, wie alle anderen, in Bausch und Bogen verurteilen? Oder könnte es sein«, sie sah Olivia plötzlich herausfordernd an, »daß dieser plötzliche Umschwung auf Eifersucht zurückzuführen ist, liebste Oli? Ich glaube mich zu erinnern ...«
Olivia wußte nicht, daß sie Estelle geohrfeigt hatte, bis sie den Schlag wie Donner hörte. In der plötzlichen Stille wich Estelle zur Wand zurück und hielt sich entsetzt und ungläubig die Wange. Sie waren beide so schockiert, daß sie einen Augenblick schwiegen. Olivia erholte sich als erste. Wütend auf sich selbst ging sie zu Estelle und küßte ihre Cousine kurz auf die Stirn. »Tut mir leid, das hätte ich nicht tun dürfen«, sagte sie leise, aber in ihrem Gesicht war nichts von Reue zu sehen.
Schluchzend ging Estelle an ihr vorbei und sank auf das Bett. »Du hast dich verändert, Olivia«, flüsterte sie mit erstickter Stimme, »du hast dich so ... schrecklich verändert.«
»Verändert? Ich?« Olivia begann zu lachen. »Das bildest du dir nur ein, liebe Cousine. Ich habe mich überhaupt nicht verändert. Ich bin noch genauso wie damals, als du dich zu deinem ... wie hast du es noch genannt? Ach ja, Abenteuer ... entschlossen hast.«
Lachend drehte sie sich um und lief die Treppe hinunter.

*

Unvermeidlich änderte sich mit Estelles Rückkehr vieles in Olivias Alltag. Ihre Pflichtbesuche im Haus Templewood waren sehr viel seltener nötig. Sie konnte Estelle nicht völlig aus dem Weg gehen, aber sie besuchte Sir Joshua geschickterweise nur dann, wenn ihre

Cousine nicht im Haus war, und das kam oft vor. Wenn sie sich begegneten, achtete Olivia darauf, daß das Zusammentreffen kurz und freundlich verlief. Sie bedauerte zutiefst, ihre Selbstbeherrschung so weit verloren zu haben, daß sie ihre Cousine geschlagen hatte – allerdings nicht, weil sie Estelle bedauerte. Sie verdiente die Ohrfeige für diese unverschämte Unterstellung. Aber aufgrund ihrer angeborenen Ehrlichkeit begann Olivia allmählich, an ihren Motiven zu zweifeln, und die Selbstzweifel taten ihre Wirkung.
Estelle erwähnte Jai Raventhorne ihr gegenüber nicht mehr.
Am schlimmsten traf Olivia jedoch der Verzicht auf ihren geliebten kleinen Sohn. Amos fehlte ihr schrecklich. Sie sehnte sich danach, ihn in den Armen zu halten und zu liebkosen. Sie verzehrte sich nach seinem lustigen, ausdrucksvollen Geplapper. Sie träumte von seinem wunderbaren, strahlenden Lachen und von den täglichen Fortschritten, die sie mit größter Genauigkeit verfolgt hatte. Kinjal schrieb, daß Amos seinen ersten Zahn bekam, und Olivia war todunglücklich, denn gezwungenermaßen mußte sie dieses denkwürdige und einzigartige Ereignis versäumen! Kinjal berichtete, ihr Sohn könne bereits erstaunlich gut sitzen, und sie war sich ganz sicher, er versuche bereits, das erste klare Wort auszusprechen: *Mama*. Danach weinte Olivia lange. Sie wollte wie ein Vogel nach Kirtinagar fliegen, um zu hören, wie Amos nach ihr rief. Kinjal schrieb oft und schickte ihre Briefe mit einem Boten. Mit jeder neuen Nachricht wuchs Olivias Groll auf ihre egoistische Cousine.
Trotz aller persönlicher Feindseligkeiten und Ressentiments mußte in dieser erstickenden gesellschaftlichen Umgebung, die Lady Bridget und ihresgleichen in so hohen Ehren hielten, der Schein gewahrt werden – ganz besonders natürlich in Lady Bridgets Abwesenheit. Olivia machte sich nicht ohne Unmut klar, daß es nicht mehr als angemessen war, wenn sie für Estelle und ihren Mann eine Art Empfang gab. Kalkuttas Gesellschaft erwartete das, und wenn sie diese selbstverständliche Pflicht nicht erfüllte, würde das den spitzen Zungen nur noch mehr Nahrung geben. Es war ihr zwar gelungen, Estelles plötzliche Abreise geschickt und einleuchtend zu erklären, aber man hatte damals viele versteckte Andeutungen gehört. Olivia

wußte, Arthur Ransome hatte Estelle ernsthaft davor gewarnt, die kursierenden Alibis unnötig auszuschmücken oder neue zu erfinden. Aber das kümmerte Olivia nicht mehr. Um jedoch alle Gerüchte endgültig zum Verstummen zu bringen, mußten Estelle und John offiziell als glückliches und ehrbares Ehepaar in die Gesellschaft der Stadt aufgenommen werden.

Als Olivia mit Arthur Ransome darüber sprach, stimmte er ihr voll und ganz zu und unterstützte die Idee nachdrücklich. Als sie ihm vorschlug, in Abwesenheit von Freddie die Pflichten eines Gastgebers zu übernehmen, nahm er mit Freuden an, obwohl er immer wieder betonte, wie ungeeignet er dazu sei, und bescheiden errötete. Olivia freute sich für Ransome, auch wenn sie der Angelegenheit wenig Erfreuliches abgewinnen konnte. Abgesehen von endlosen Rechnungen, Mahnungen und viel Kopfzerbrechen hatte er nur noch wenig vom Leben. Ein festlicher, unbeschwerter Abend würde ihm bestimmt guttun. Außerdem war es der letzte Dienst, den sie für ihre Cousine erfüllen mußte.

»Wäre es nicht richtig, die Einladungen im Namen von Onkel Josh zu schicken?« fragte Olivia und wollte sich vergewissern, daß alle Formalitäten beachtet wurden.

»Nein.« Ransome war entschieden anderer Ansicht. »Es wäre vielleicht sogar klug, Josh völlig auszuklammern. Obwohl...«, er dachte kurz nach und schloß dabei die Augen, »ich den Verdacht habe, Josh *versteht* sehr viel mehr, als er uns glauben macht.«

»Ach ja? Wie kommst du darauf?«

»Ich werde es dir später zeigen. Wolltest du nicht noch etwas mit Estelle besprechen? Sie ist oben in ihrem Zimmer. Ich warte auf dich in Joshs Arbeitszimmer.«

Estelle befand sich wirklich in ihrem Zimmer und schrieb Briefe. Als Olivia plötzlich erschien, strahlte sie. Olivia war zum ersten Mal nach der schrecklichen Szene wieder in diesem Zimmer. Sie gab ihrer Cousine förmlich einen Kuß auf die Wange und legte zwei in Stoff gewickelte Pakete auf den Tisch.

»Tante Bridget hat mir das vor ihrer Abreise zur Aufbewahrung für dich übergeben. Ich möchte, daß du es an dich nimmst.«

Olivias Kälte ließ Estelles Lächeln verschwinden. »Was ist es?«
»Deine Mitgift. Und das«, sie wickelte das zweite Päckchen aus, und ein dunkelblaues Samtkästchen kam zum Vorschein, »ist von Freddie und mir mit allen guten Wünschen für eine glückliche Ehe. Wir hoffen, John und du, ihr werdet viele frohe Jahre zusammen verbringen.«
Estelle öffnete neugierig das Kästchen. Auf weißem Satin lag ein erlesenes Diamanthalsband mit den passenden Ohrringen. *»Ohhh!«* Sie war im ersten Augenblick sprachlos. Sie zögerte, ihre Begeisterung in dem üblichen Überschwang kundzutun, und wurde ganz still. »Das ist so ... so großzügig. Ich weiß nicht, was ich sagen soll. Danke, danke euch b-beiden.« Sie schluckte und verstummte verlegen.
Olivia erklärte ihrer Cousine dann trocken, daß sie einen Empfang plane, wenn John und seine Eltern aus Madras eintrafen. Estelles winzige Spur von Ruhe war sofort dahin. Sie jubelte vor Begeisterung. »Oh, das wäre schön! Wie nett von dir, an eine so großzügige Geste überhaupt zu denken, Olivia!«
»Gut. Ich bin froh, daß du einverstanden bist. Ich werde morgen früh mit den Einladungen und den Vorbereitungen beginnen.«
»Darf ich dir helfen? Bitte! Ich würde so gern helfen!« flehte Estelle.
»Ach, das ist nicht nötig.« Olivia zwang sich zu einem Lächeln. »Ich habe genug Personal, das bestens allein zurechtkommt.« Aber als sie Estelles Enttäuschung sah, gab sie nach. »Etwas könntest du tun«, fügte sie schnell hinzu. »Stelle deine Gästeliste zusammen. Ich erhebe keine Einwände, du kannst einladen, wen du möchtest.«
Sie mußten beide lachen, denn sie erinnerten sich natürlich an die heftigen Kämpfe zwischen Mutter und Tochter vor Estelles Fest aus Anlaß ihrer Volljährigkeit. Estelle wollte noch mehr sagen, aber Olivia gab ihr keine Möglichkeit dazu. Sie erklärte, Arthur Ransome warte unten auf sie, und verließ schnell den Raum.
Sir Joshua befand sich noch auf seinem täglichen Abendspaziergang am Fluß, und Ransome saß allein im Arbeitszimmer. Als Olivia eintrat, bedeutete er ihr, die Tür hinter sich zu schließen, eilte zum Se-

kretär und schloß die unterste Schublade auf. Er holte ein dickes, großes Tagebuch heraus. »Sieh dir das schnell an, bevor Josh wieder da ist.«
Olivia zögerte. »Oh, aber dürfen wir das . . .?«
»Ja, wir dürfen! Hier ist der Grund dafür, daß Josh nicht nach England fährt. Und der Grund dafür, daß wir ihn mehr denn je überreden müssen, mit seiner Tochter nach Cawnpore zu gehen.«
Seine Erregung machte Olivia neugierig, und sie schlug das Tagebuch auf. Jede Seite trug in der oberen rechten Ecke das Datum. Der letzte Eintrag stammte vom Vortag. Das Tagebuch wirkte wie das Schulheft eines Kindes, das als Strafarbeit einen Satz wiederholen muß. Von oben bis unten stand auf jeder Seite: *Die Zeit ist reif. Die Hand muß zuschlagen und darf nicht länger zögern.*
Olivia war verwirrt. »Was soll das bedeuten?«
»Es bedeutet, wenn Jai zurückkommt, will Josh ihn töten.« Er zog die beiden nächsten Schubladen auf. In ihnen lagen ähnliche Tagebücher. »Und immer dieselben Worte. Verstehst du?«
»Nein, tut mir leid. Das verstehe ich nicht.«
Ransome legte die Tagebücher in die Schubladen zurück und verschloß sie. »Der erste Eintrag im ersten Tagebuch findet sich eine Woche nach Estelles Flucht.«
Olivia konnte sich ein bitteres Lächeln nicht verkneifen. »Und das überrascht dich? Onkel Josh hätte schon lange alles getan, um Raventhorne hängen zu sehen, wenn er nicht ihm zuerst den Boden unter den Füßen weggezogen hätte!«
Ransome sah sie mit einem seltsamen Blick an. »Es ist nicht so, wie es zu sein scheint, Olivia. Josh muß geschützt werden.«
Da Estelle in diesem Augenblick das Zimmer betrat, mußten sie das Thema fallenlassen. Aber Olivia war nicht alarmiert. Sie fürchtete weder um ihren Onkel noch um sich. Viel Aufregung um nichts, dachte Olivia, denn sie vertraute Ranjan Moitras Information. Raventhorne würde – wenn überhaupt – bestimmt nicht zurückkehren, bevor Sir Joshua bei seiner Tochter in Sicherheit war, und sie – mit Amos! – auf der *Lulubelle* in Richtung Hawaii fuhr. Der getreue Freund machte sich unnötige Sorgen.

Als Olivia nach Hause kam, hatte sie die Sache bereits vergessen. Ein Brief von Kinjal erwartete sie. Ihr Sohn griff jetzt bewußt nach bestimmten Dingen. Und am liebsten spielte er mit seiner Silberrassel. Er hatte einen festen Griff und verteidigte entschlossen seine geliebten Spielzeuge. Kinjals Kinder brachten ihm das Singen bei und sahen in seinen unmelodischen Tönen ein Zeichen seiner musikalischen Begabung. Olivia weinte wieder und schrieb dann einen Bittbrief als Antwort. »Am Tag nach dem Fest werden meine Cousine und ihr Mann endgültig nach Cawnpore abreisen. Bitte, bitte schikken Sie mir meinen geliebten Sohn noch am selben Tag zurück, liebste Kinjal, noch *am selben* Tag! Jeder Augenblick ohne ihn ist eine schreckliche Folter.«

Wieder etwas beschwingter, verbrachte Olivia den nächsten Tag im Kontor. Sie summte sogar bei der Arbeit. Auf dem Nachhauseweg fuhr sie noch einmal bei den Templewoods vorbei. Die Höflichkeit verlangte, daß sie ihren Onkel zu dem großen Abend einlud, ganz gleich, ob er kommen konnte oder nicht. Estelle machte Besuche, und Ransome war noch nicht aus dem Kontor zurück. Wie immer fand sie Sir Joshua an seinem Sekretär im Arbeitszimmer sitzen. Als sie eintrat, fuhr er erschrocken zusammen und versteckte hastig etwas unter einem blauen Samttuch. »Du hältst auch nichts davon zu klopfen, bevor du hereinkommst, wie?« brummte er, als Olivia ihm zur Begrüßung einen Kuß gab. Sie lächelte über seine schlechte Laune, entschuldigte sich rasch und berichtete ihm von dem geplanten Fest. Er brummte nur und tat die Nachricht, ohne das geringste Interesse zu bekunden, mit einer Handbewegung ab. Olivia betrachtete ihn aufmerksam. Seine Augen waren alles andere als leer, sondern wirkten ungewöhnlich wach, ja sogar feurig. »Was hast du da versteckt, Onkel Josh? Darf ich es sehen?«

»Natürlich, wenn du unbedingt willst – obwohl es niemanden etwas angeht.« Abgesehen von seiner Gereiztheit zeigte er keine Reaktion auf ihre Bitte. Er zog das Tuch beiseite, und sie sah zwei amerikanische Colts. Sie gehörten zweifellos zu seiner teuren Waffensammlung, die in glänzend polierten Mahagonihalterungen im Billardzimmer an der Wand hing. Er hatte die Revolver offenbar geputzt, denn sie glänzten wie neu. Ohne sie weiter zu beachten, machte er sich wieder an die Arbeit. Olivia setzte sich und sah zu, wie seine Finger geschickt und geübt die Waffen bearbeiteten. Ja, er war heute völlig anders! Er saß zum Beispiel aufgerichtet und hatte die Schultern gestrafft. Die Augen musterten klar und ruhig die Colts. Seine Finger zitterten nicht wie üblich. Und seine Stimme hatte kräftig und herrisch geklungen, als er sie tadelte. Olivia mußte plötzlich schlucken und fragte vorsichtig: »Warum putzt du diese Waffen?«

»Aus dem Grund, aus dem man Waffen putzt – sie sollen schußbereit sein.«

»Warum sollen sie plötzlich schußbereit sein?«

»Weil ich schießen will.« Er legte den Colt, den er in der Hand hielt, auf die Schreibplatte und sah sie streng an. »Hast du noch mehr dumme Fragen, oder kann ich jetzt in Frieden meiner Arbeit nachgehen?«

Er wollte wieder nach dem Colt greifen, aber Olivia fiel ihm in den Arm. »Auf wen möchtest du damit schießen, Onkel Josh?« fragte sie ruhig, aber die Beklommenheit ließ die Stimme flach klingen.

Er lehnte sich zurück. Sie faßte seine Hand fester. »Sag es mir, Onkel Josh! Wen möchtest du mit diesen Waffen umbringen?«

Er beugte sich vor, löste einen ihrer Finger nach dem anderen von seiner Hand und machte sich wieder ans Putzen. »Ich will Jai Raventhorne umbringen.«

Olivia zweifelte nicht länger, daß er nun völlig den Verstand verloren hatte. »Aber Jai Raventhorne ist nicht in Kalkutta, Onkel Josh!« rief sie. »Das weißt du doch ganz genau.«

»Er wird zurückkommen. Bald.«

Ihr stockte der Atem. »Bald? Was meinst du mit *bald*?« flüsterte sie. »Wer erzählt dir solche Lügen? Sag es mir, *wer*?« In ihrer Panik umklammerte sie seine Hände und hielt sie fest.

Er löste wieder langsam und bedächtig ihre Finger und arbeitete weiter. »Es sind keine Lügen. Man hat die *Ganga* westlich von Ceylon gesichtet. Sie fährt in Richtung Norden.«

*

Olivia kam zu Hause in ihrem Bett wieder zu Bewußtsein und sah Dr. Humphries, der sich mit ernstem Gesicht über sie beugte. Hinter ihm stand ängstlich Estelle, die sich sehr bemühte, so wenig aufzufallen wie möglich. Olivia stützte sich mühsam und benommen auf einen Ellbogen. »Was ist geschehen ...?«

»Erinnern Sie sich nicht?« fragte Dr. Humphries. Olivia schüttelte den Kopf, legte sich wieder zurück und schloß die Augen. »Sie haben das Bewußtsein verloren, aber Sie waren klug genug, damit zu warten, bis Sie die eigene Schwelle erreicht hatten. Die Dienstboten haben mich geholt, und ich habe Ihre Cousine rufen lassen.« Er legte eine Hand unter ihren Kopf, hob ihn etwas hoch und gab ihr eine scheußlich schmeckende Flüssigkeit zu trinken. Olivia würgte. »Na, na, na! Keine Kinkerlitzchen, mein Kind! Trinken Sie das, und morgen sind Sie wieder in Ordnung.«

Die Erinnerung stellte sich plötzlich wieder ein, und Olivia drückte das Gesicht in das Kissen. »Mir geht es schon wieder gut. Mir fehlt nichts!«

»Nur ruhig Blut!« mahnte er sie fröhlich. »Ich habe ja nicht gesagt, daß Ihnen etwas *fehlt*. Ganz im Gegenteil.« Er schloß seine schwarze Tasche und strahlte. »Ich schicke Ihnen einen Saft, der bringt Ihren Kreislauf in Ordnung. Dreimal täglich vor den Mahlzeiten. Estelle wird dafür sorgen, daß Sie sich ausruhen und keine Dummheiten machen. Kann ich mich darauf verlassen, mein kleines, freches Gänschen?« Er zwickte Estelle freundlich in die Wange.

»Ich habe keine Zeit, mich auszuruhen«, murmelte Olivia erschöpft und hoffte, Estelle werde schnell wieder gehen. Sie wollte allein sein – nur allein sein! »Ich muß vor meiner Abreise noch tausend Dinge erledigen.«

»Alles zu seiner Zeit, alles zu seiner Zeit.« Er redete, wie alle Ärzte mit ihren Patienten, als sei sie nur halb zurechnungsfähig, und lachte. »Also gut, da Sie zu meinen alten Freunden gehören und zu kleinen Ausbrüchen berechtigt sind, werde ich Ihnen die gute Nachricht gleich verraten.« Er tätschelte ihre Hand und drückte sie. »Dann müssen Sie schlafen. Ich verbiete Ihnen, vor morgen früh wieder aufzuwachen. Mein Kind, Sie werden wieder Mutter.«

Ohne den Sinn dieser wichtigen Information zu erfassen, schlief Olivia auf der Stelle ein.

Dank des Schlafmittels schlief sie lange, tief und erholsam. Sie erwachte im Morgengrauen, als die ersten Sonnenstrahlen durch die Vorhänge fielen und die Vögel zwitscherten. In einer Ecke saß Estelle mit gefalteten Händen in einem Sessel und schlief. Als sie das Rascheln der Bettdecke hörte, schreckte sie auf. Einen Augenblick lang war sie verlegen, als habe man sie bei etwas ertappt, was sie nicht tun sollte. »Ich gehe nach unten und lasse den Tee bringen, ja?«

»Bist du die ganze Nacht hier gewesen?« fragte Olivia mit geschlossenen Augen.

»Ja. Ich dachte, du könntest vielleicht etwas brauchen.«

»Du hättest nicht aufbleiben sollen. Salim hätte dir in einem Gästezimmer ein Bett machen können.«

Er kommt zurück!

Olivia konnte nichts anderes denken. Sie verbarg die Wellen der Panik hinter fest geschlossenen Augen vor Estelle. Wußte sie es schon? Natürlich mußte sie es wissen! Wer sonst hätte seine vorzeitige Rückkehr bewirken können als ihre schamlose Cousine? Und was war nun mit Amos ...? Mit einem Aufschrei sprang Olivia aus dem Bett und vergaß im Augenblick sogar Estelle. Sie mußte sofort Kinjal schreiben. Amos durfte erst hier eintreffen, wenn sie an Bord ging! Wenn Raventhorne etwas von dem Kind erfuhr ... oh, mein Gott! Zuerst einmal mußte sie Estelle loswerden. Es war unerträglich, mit ihr auch nur im selben Raum zu sein.

»Du mußt dich ausruhen, Olivia«, beschwor Estelle sie, »Dr. Humphries hat es angeordnet. Du darfst dich nicht anstrengen. Du mußt an das Baby denken.«

»Das Baby ...«

Olivia erinnerte sich schwach.

Das Baby!

Dr. Humphries hatte gesagt, sie sei wieder schwanger! Sie würde ein Kind bekommen, Freddies Kind. Ein Birkhurst! Noch immer von Panik geschüttelt, vermochte sie die ganze Bedeutung dieser unerwarteten Nachricht nicht zu erfassen. Benommen legte sie sich wieder hin und schloß die Augen. Die Gewalt der widerstreitenden Gefühle nahm ihr alle Kraft, und sie schlief noch einmal ein. Als sie erwachte, war Estelle nicht mehr im Zimmer.

Später, sehr viel später brachte Olivia es wieder über sich, an Jai Raventhornes bevorstehende Rückkehr zu denken – und an seine Anwesenheit in der Stadt. Aber auch mit dieser Tatsache konnte sich ihr Gehirn noch nicht abfinden. Sie hatte so lange in Furcht vor seiner Rückkehr gelebt, hatte regelmäßige Alpträume gehabt, daß die Tatsache sich jetzt ihrem Fassungsvermögen entzog. Plötzlich spürte sie ihn überall. Wie ein Gespenst verfolgte er sie hartnäckig und allgegenwärtig, als sei er nie weg gewesen! Sie wußte, das Bewußtsein spielte ihr Streiche. Aber als eine ihrer sorgsam errichteten inneren Barrikaden nach der anderen zusammenbrach, fühlte sie sich ungeschützt und ohne jede Verteidigung. Gleichzeitig erkannte Olivia, daß sie an dieser wichtigen Kreuzung ihres bizarren Lebens mehr denn je ihr inneres Gleichgewicht brauchte. Sie mußte ihre Fähigkeit behalten, die Dinge im richtigen Verhältnis zu sehen. Sie durfte ihre wertvollste Verteidigung gegen ihn nicht verlieren: die Entschlossenheit, Jai Raventhorne nie wieder in ihr Leben eindringen zu lassen.

»Ist es wahr?« fragte sie Arthur Ransome sofort, als er sie abends besuchte und sich nach ihrem Gesundheitszustand erkundigte.

»Ja, es ist wahr.« Er wußte instinktiv, wovon sie sprach.

Olivia unterdrückte die Angst, die bei seiner eindeutigen Antwort wieder in ihr aufstieg. Sie mußte mehr erfahren. »Wie kommt es, daß Onkel Josh es früher erfahren hat als einer von uns?«

Ransome lachte nachsichtig. »Oh, Josh ist ein alter Fuchs und hat sich keineswegs in seinem Bau verkrochen, wie er uns allen weismachen will. Er hat immer noch seine Quellen, ganz besonders, wenn es um Raventhorne geht. Jedenfalls«, er lehnte sich zurück und runzelte nachdenklich die Stirn, »den Gerüchten nach fährt Raventhorne direkt nach Assam.«

Olivia sah wieder einen Hoffnungsschimmer. »Und ist auf diese Gerüchte Verlaß? Was glaubst du?«

Er breitete die Hände aus. »Soviel Verlaß wie auf alle Gerüchte über Raventhorne.«
Damit mußte sie sich im Augenblick zufriedengeben. »Dieser alberne Plan, Raventhorne zu erschießen«, fragte sie jetzt, »meint Onkel Josh es wirklich ernst? Ich kann es nicht glauben!«
Ransome schüttelte den Kopf. »Es sieht danach aus, daß er es ernst meint.«
»Aber Raventhorne wird ihn umbringen! Onkel Josh wird doch nicht so dumm sein zu glauben, Raventhorne ließe sich von ihm einfach abknallen, wenn es zu dieser Schießerei kommt.«
»Er glaubt, es tun zu müssen, Olivia. Er fühlt sich Bridget gegenüber moralisch dazu verpflichtet.«
»Und du wirst nichts unternehmen, um diesen ... Mord zu verhindern?« Sie staunte, daß der überaus vernünftige Ransome eine solche Torheit gutheißen konnte.
»Meine Meinung ist dabei unwichtig. Aber ich weiß seit langem, daß eine Konfrontation unvermeidlich ist. Früher oder später wird es dazu kommen, und einer wird es nicht überleben. Für sie beide ist weder im Himmel noch auf der Erde Platz.«
Olivia öffnete den Mund. Sie wollte dagegen protestieren, daß Ransome bereit war, eine Tat widerspruchslos hinzunehmen, die in ihren Augen reiner Selbstmord war. Aber sie unterließ es.
Es ist nicht so, wie es zu sein scheint.
Das hatte Ransome in einem ähnlichen Zusammenhang einmal gesagt. Jetzt hatte sie das Gefühl, er werde diesen Satz wiederholen. Und wer war sie, um ihm zu widersprechen – oder Geheimnisse auszuplaudern, die nicht ihre Geheimnisse waren? Es war nicht möglich gewesen, den Lauf ihres Schicksals zu ändern. Wie sollte ihr das bei einem anderen gelingen? Olivia gab sich deshalb damit zufrieden, scheinbar gelassen zu erwidern: »Also gut, wenn Onkel Josh es nicht überleben wird, dann bete ich nur darum, daß es mir wenigstens erspart bleibt, das Gemetzel mitanzusehen.«
»Vielleicht wird es niemand mitansehen«, sagte Ransome beruhigend, »hoffen wir, daß Raventhorne erst aus Assam zurückkommt, wenn Josh bei seiner Tochter in Cawnpore in Sicherheit ist.«

Später am Abend stellte Olivia gedanklich einige Berechnungen an. John Sturges wollte mit seiner Frau, seinem Schwiegervater und den Eltern am folgenden Sonntag abfahren, einen Tag nach dem Fest für das verheiratete Paar. Wenn man den Gerüchten glauben konnte (und die Gerüchte waren oft erstaunlich genau!), würde Raventhorne nach seiner Ankunft nicht in der Stadt bleiben. Möglicherweise war ihre Cousine dann bereits mit ihrem Vater in Cawnpore. Und wenn Raventhorne aus Assam zurückkam, dann waren sie und Amos bereits auf der *Lulubelle*.

Ja, es würde alles gutgehen. Sie würde es *schaffen*!

Siebzehntes Kapitel

Olivia kümmerte sich zwar nicht um die snobistischen Allüren der Gesellschaft von Kalkutta, aber als Frau eines Barons, der gerade seinen Titel geerbt hatte und außerdem reich war, stand sie im Mittelpunkt des allgemeinen Interesses. In der aristokratischen Rangordnung galt eine Baronie nicht so viel wie etwa ein Herzogtum, und Adelstitel waren in den höheren Rängen der Administration keineswegs eine Ausnahme, aber die neue Lady Birkhurst stellte eine Mischung dar, der man einfach nicht widerstehen konnte. Sie war jung, hatte eigenes Vermögen, sah ungewöhnlich gut aus und besaß einen erstaunlichen Geschäftssinn, mit dem sie viele der dummen Wichtigtuer beschämte, die sich in der Nähe des Tank Square als Kaufleute aufspielten. Man hatte ihr schon lange verziehen, daß sie Amerikanerin war – wer ist schließlich schon vollkommen?

Es wurde allgemein zutiefst bedauert, daß die Baronin in Abwesenheit ihres Mannes nicht mehr *Burra Khanas* besuchte oder gab. Andererseits machte gerade diese Zurückgezogenheit sie zu einer Ausnahme und gesellschaftlich gesehen noch interessanter.

Als deshalb Olivias wie gestochen geschriebene Einladungen mit dem goldenen Wappen für den Ball zu Ehren von Major John Sturges und seiner Gemahlin Mrs. Sturges eintrafen, gab es nur wenige Absagen. Alle stimmten darin überein, es werde ein gesellschaftlich denkwürdiges Ereignis sein.

Wie denkwürdig jedoch, das hätte nicht einmal Olivia mit einiger Genauigkeit voraussagen können.

Als junger, temperamentvoller Mann in Kalkutta hatte Caleb Birkhurst gerne Feste veranstaltet. Deshalb staunte Olivia über die Fülle

und Pracht der für große Einladungen erforderlichen Dinge in den großen und gefüllten Panzergewölben des Palais. Dort gab es feines irisches Tischleinen, Wedgewood-Geschirr aus England, hauchdünnes Eierschalenporzellan aus China, belgisches Kristall, unzählige Besteckkästen voll Tafelsilber mit Monogramm, geschliffene Pokale und Karaffen aus der Tschechoslowakei, russische Kaviarschalen und stapelweise vergoldete Vorlegeplatten, Schüsseln und Platzteller. Die verwitwete Lady Birkhurst war offenbar eine gewissenhafte Gastgeberin gewesen, für die Bälle und Bankette mit mehr als hundert Gästen an der Tagesordnung waren. Infolgedessen fehlte Olivia kaum etwas für das geplante große Fest.
Unter ihrer unermüdlichen Aufsicht gingen die Scharen der Dienstboten ans Werk und verbrachten Tage mit Saubermachen und Polieren. Die Räume wurden alle geöffnet, gefegt, geputzt und abgestaubt, bis die Marmorböden wie Spiegel glänzten und die Fensterscheiben nicht mehr zu sehen waren. Die Kristalleuchter funkelten, Messing glänzte, die persischen Teppiche wurden gelüftet und zu neuer Schönheit gebürstet, die Samtvorhänge fingen beinahe an zu schnurren unter der hingebungsvollen Zuwendung. Olivia ließ viele Kisten wieder auspacken, die sie in Vorbereitung der Abreise bereits verstaut hatte. Sie scheute keine Mühe und keine Kosten. Wenn schon nicht Estelle, so war sie das zumindest der abwesenden Tante schuldig. Nach dieser letzten Feier würden sie sich alle in verschiedene Teile der Welt zerstreuen und ihr eigenes Leben führen. Wahrscheinlich würden sie sich nie mehr begegnen. Olivia sah deshalb ihre Aufgabe klar und deutlich vor sich. Außerdem mußte sie bei der Abreise ein reines, von keinem Bedauern getrübtes Gewissen haben. Sie wehrte die wiederholten Bitten Estelles, ihr helfen zu dürfen, freundlich, aber entschieden ab.
»Ich habe genug Helfer. Der Abend soll für dich und John eine Überraschung sein.«
»Aber Dr. Humphries hat dir übermäßige Anstrengungen verboten«, entgegnete Estelle. »Wir müssen an das Baby denken.«
»Auf dem Schiff habe ich keine Gelegenheit mehr, mich anzustrengen. Dort gibt es nichts zu tun, und ich werde mich ausruhen.«

Sie lächelte. »Und das kann ich dir versichern: Ich denke an das Baby.«
Estelle konnte nicht ahnen, wie sehr!

*

»All das für ... *uns*?« John Sturges war wie vom Donner gerührt angesichts der Pracht, die ihn bei ihrem Eintritt begrüßte. Estelle vermochte ebenso sprachlos nur ein stummes *»Oh!«* über die Lippen zu bringen.
»Warum nicht? Ich habe nur eine Cousine, und du bist ihr Mann.«
Olivia beglückwünschte John zu seiner Beförderung zum Major und begrüßte die beiden mit einem Kuß. Sie bemerkte das verdächtige Zittern von Estelles Unterlippe und fügte nicht unfreundlich hinzu: »Keine Tränen, Estelle. Du möchtest doch heute an deinem Fest kein schwarz verschmiertes Gesicht haben, oder?«
Olivia hatte sich vorgenommen, an diesem Abend zu Estelle nett zu sein, mochte ihre Cousine sie auch noch so sehr provozieren. Olivia konnte sich jetzt diese Großzügigkeit leisten. In einem Tag würde Estelle für immer aus ihrem Leben verschwinden. In weniger als zwei Wochen würde sie mit Amos auf der *Lulubelle* unterwegs zu ihrem Vater sein. Die Schande der unbeglichenen Ehrenschuld war dank der kleinen ›Mango‹ in ihrem Bauch beinahe – und dann völlig, abgetragen, wenn sie Freddie einen Sohn schenken konnte. Mit Gottes Hilfe würde sie bald alle Fesseln abgestreift haben und auch von dem drohenden Gespenst Jai Raventhorne befreit sein.
Ja, dieser Abend war der letzte Akt der Buße – der letzte!
In plötzlichem Hochgefühl legte sie den Arm um Estelles Schulter. »Das ist dein Abend. Genieße ihn, ganz wie du willst. Ich stelle keine Forderungen und erhebe keine Einwände.«
Arthur Ransome erschien in einem schwarzen Schwalbenschwanz mit gestreifter Hose und einer weißen gestärkten Hemdbrust. Im Revers steckte eine Nelke. Er wollte seine Pflichten als Gastgeber offenbar sehr ernst nehmen. »Er ist ein bißchen eng«, murmelte er errötend und klopfte auf den runden Bauch. »Habe ihn seit Jahren

nicht mehr getragen – nicht einmal an deiner Hochzeit, wie du weißt. Riecht leider nach Mottenkugeln.«

»Du siehst *hinreißend* aus. Die Damen werden dir heute abend nicht widerstehen können!« Olivia lachte und drückte ihm den Arm. »Onkel Josh kommt demnach nicht?«

»Nein. Lassen wir ihn in Ruhe. Er ist zu Hause besser aufgehoben.«

»Wie du meinst, aber er wird mir fehlen.«

Estelle stand neben Olivia, um die Gäste zu empfangen, die nach und nach eintrafen. Sie konnte ihre Aufregung darüber kaum unterdrücken, daß sie den ganzen Abend im Mittelpunkt stehen würde. Ihr Kleid aus pfirsichfarbenem Samt mit Hermelin war *vraiment* die neueste Pariser Mode, wie Schnitt und Machart bewiesen. Das Oberteil – *très, très* gewagt – war mit kleinen japanischen Zuchtperlen übersät. Ohne Rücksicht darauf, daß es nicht zusammenpaßte, trug sie das wertvolle Diamanthalsband und die Ohrringe – Olivias Geschenk. »Du glaubst doch nicht, ich würde mir entgehen lassen, *das* heute abend zu tragen?« hatte sie selbstgefällig erklärt, als Olivia belustigt eine Augenbraue hob. Nein, Estelle hatte sich kaum verändert, fand Olivia. In den porzellanblauen Puppenaugen lagen immer noch die alte Schlauheit, die Berechnung und die kaum verdeckte Bosheit. Die Veränderungen waren rein äußerlich – das rundere Gesicht, die vollere Figur und ein unbekümmertes Selbstvertrauen. Während Olivia beobachtete, wie Estelle so unbeschwert lachte, flirtete und sich amüsierte, wurde sie gegen ihren Willen neidisch. *Ihr* war Estelles Fähigkeit zur Freude verwehrt. Sie besaß nicht die Gabe, ihre Sorgen auf die leichte Schulter zu nehmen. Was für Geheimnisse Estelle in ihrem Herzen auch verbergen mochte, es konnte ihre unersättliche Gier nach extravaganten Vergnügungen nicht beeinträchtigen. Olivia seufzte tief. Auch sie hätte die Gabe nicht verachtet, ihre Lasten so unbeschwert tragen zu können!

»Bereite keinem Herzen Pein, wenn du es vermeiden kannst, denn ein Seufzer von dir kann eine ganze Welt in Flammen setzen ...«

Olivia fuhr herum, und Peter Barstow stand vor ihr.

»Ich habe mir diese Bemerkung«, erklärte er leise, »nur erlaubt, weil

Sie so tief geseufzt haben. Diese kluge Äußerung stammt jedoch leider nicht von mir, sondern aus Sadis Gedicht *Gulistan*. Ich habe es natürlich in einer Übersetzung gelesen, aber Sie sehen, ich bin nicht ganz so ungebildet, wie Sie glauben.«

Olivia hatte Barstow nicht einladen wollen, sich schließlich dem Diktat gesellschaftlicher Regeln aber doch gebeugt. Er war schließlich Freddies bester Freund gewesen. »Ich habe geseufzt, weil ich mich gefragt habe, ob das Dessert reichen wird, um es zweimal anzubieten«, erwiderte sie kühl.

»Ach ja! Also keine Seufzer nach dem so bedauerlich vertriebenen Gemahl?«

»Viele, aber solche Seufzer sind nicht unbedingt in der Öffentlichkeit angebracht. Und er ist nicht ›vertrieben‹, sondern befindet sich auf einem Schiff. Entschuldigen Sie mich.« Barstows Spitze hatte Olivia nicht aus der Fassung gebracht. Sie mischte sich unbeeindruckt unter ihre Gäste. Seine Anspielungen unterschieden sich ohnehin nicht von den Vermutungen anderer Leute in Kalkutta. Die Gesellschaftsräume strahlten im Licht der ausladenden Kristalleuchter, und alle unterhielten sich angeregt. Olivia hörte im Stimmengewirr, daß einige Gäste so ordinär sprachen, daß sie in England nicht über die Schwelle eines aristokratischen Hauses gekommen wären. Die indischen Kolonialstädte achteten zwar auf gesellschaftliche Hierarchie, aber die Engländer befanden sich doch in der Minderheit, und sie waren klug genug, nicht allzu wählerisch zu sein. In Indien galten die Inder als Außenseiter. Überheblichkeit äußerte sich eher gegenüber der Hautfarbe als in der Klassenzugehörigkeit. Die schwierige Lage verlangte eine einheitliche und geschlossene Front, und so gesehen, war es nur angebracht, den Rang über den Stammbaum zu stellen.

Olivia hatte in den großen Marmorkaminen Feuer machen lassen. Es sah hübsch aus, und die kühle Novemberluft, das Zeichen für den Beginn des kurzen Winters in Kalkutta, ließ zumindest die Damen in den luftigen Abendkleidern frösteln. Inzwischen sorgten die Feuer und die vielen Menschen für so viel Wärme, daß Olivia alle Flügeltüren öffnen ließ. Sofort verbreitete sich in den beiden Sälen der berauschende Duft der Königin der Nacht. Olivia hatte eine Bar auf-

bauen lassen. Dort standen die Flaschen mit eisgekühltem Champagner, französische Weine, Whisky und Cognac in großer Auswahl, Portwein und Sherry, natürlich auch die beliebtesten Liköre für nach dem Essen. Ein englischer Barkeeper mit zwei Helfern war für den Abend aus dem Bengal Club erschienen. Die Gläser wurden immer wieder rasch nachgefüllt, um die Zungen zu lösen und die Gesellschaft in Schwung zu bringen. Ein Heer von Dienern bot Sorbets und Liköre an. Olivia gefiel es nicht, daß nach herrschender Sitte das Rauchen nach dem Essen als Vorwand dienen sollte, damit Damen und Herren getrennt hinter geschlossenen Türen verschwanden. Deshalb erhielten die Herren schon jetzt die Erlaubnis zu rauchen. Man bot großzügig holländische Stumpen an, und nur Havannazigarren und Pfeifen sollten bis nach dem Essen warten.
Natürlich erschienen Estelles Freundinnen vollzählig an diesem Abend. Olivia war ihnen in den vergangenen Monaten ausgewichen, denn sie betrachtete es nicht als ihre Aufgabe, unangenehme Fragen nach dem plötzlichen Verschwinden ihrer Cousine zu beantworten. Sie wußte nicht, was Estelle ihnen erzählt hatte, aber sie entdeckte nirgends Zeichen einer besonderen Spannung.
»Also wirklich, Olivia, das Muttersein steht dir ausgezeichnet!« Polly Drummond musterte abwechselnd neiderfüllt Olivias königsblaues Kleid aus *Pashmina*-Wolle mit Goldstickereien im traditionellen Kaschmirmuster und den Saphirschmuck, den sie als Zugeständnis an den Abend trug. »Die Ehe auch. Du siehst hinreißend aus! Offenbar ist beides sehr empfehlenswert...«
»Wenn das ein Hinweis sein soll, Liebste, dann würde ich das Eisen schmieden, solange es heiß ist.« Pollys Verehrer, ein junger Mann mit lockigen Haaren und Grübchen, der bei der Ostindien-Kompanie arbeitete, fiel unter großem Gekicher sofort auf die Knie. »Um meinem Flehen Nachdruck zu verleihen...«
»Meinetwegen ja, aber deshalb... müssen Sie doch nicht *meinen* Anzug ruinieren!« rief jemand empört, da die große Geste des jungen Mannes dazu führte, daß ein Bierglas umfiel.
»Und *mein* Kleid! Ach du liebe Zeit, jetzt habe ich Saftflecken im Kleid, und es ist *neu*.«

»Wirklich? Tut mir ja so leid. Ich hole sofort Wasser...«
»Um Himmels willen, Howard, Georgette läuft ein...«
»Ach ja? *Das* ist eine erfreuliche Aussicht!«
»Mein Gott, man kann sich mit ihm nicht in die Öffentlichkeit wagen...!« Polly bekam keine Luft mehr vor Lachen.
Während alles lachte und kicherte, kam Estelle zu Olivia. »Du siehst wie eine Göttin aus, liebe Oli. Ich wünschte, ich wäre auch so schlank. Und ich bin nicht schwanger und habe bereits ein Kind.«
»Oh, Olivia, das ist ja eine Überraschung!« rief Lily Horniman, denn sie hatte Estelles ›Flüstern‹ natürlich gehört. »Wie wunderbar, wieder...«
Ihr wurde plötzlich bewußt, wie heikel das Thema war. Sie schluckte und wurde scharlachrot.
Aber es war zu spät. Nicht nur Lily hatte Estelles Bemerkung gehört. Die Männer blickten schnell in eine andere Richtung, und die Damen umringten Olivia unter vielen »Oohs...!« und »Aahs...!« und bestürmten sie aufgeregt mit Fragen. Verärgert dachte Olivia an ihren Schwur, Estelle alles zu vergeben – zumindest an diesem Abend. Und als sie sich mit Anstand von dem Geschnatter zurückziehen konnte, fand sie nicht zum ersten Mal die Gesellschaft von Männern bei weitem angenehmer und ging bewußt in Richtung Bar.
Auf ihrer und Estelles Gästeliste standen die meisten wichtigen Europäer, darunter auch zwei Direktoren der Ostindien-Kompanie, die aus London zu Besuch gekommen waren. Da John zum Militär gehörte, sah man auch viele Uniformen inmitten der Kaufleute, Bankiers, Beamten, Händler, Angestellten der Kompanie und Vertretern der Reedereien. Dr. Humphries hatte drei amerikanische Missionsärzte aus Bombay mitgebracht. Sehr gegen seinen Wunsch war Willie Donaldson dazu verurteilt worden, den Baumwollpflanzer aus Mississippi Hiram Arrowsmith Lubbock unter seine Fittiche zu nehmen. Der Amerikaner wollte das Palais mieten und wurde von Donaldson mit schlecht verhohlenem Widerwillen an der Bar mit den Herren bekannt gemacht.
»Sir Joshua noch unwohl, Eure Ladyschaft?« Die taktvolle Frage stellte ein großer Mann in Uniform, ein Brigadier mit einem Orden

an der Brust, der kürzlich zum Adjutanten des Generalgouverneurs Lord Dalhousie befördert worden war. Als Freunde der Familie Birkhurst waren natürlich auch der Generalgouverneur und seine Gemahlin eingeladen worden, aber Olivia hatte erleichtert ihre Absage wegen einer bereits geplanten Reise durch die Provinz gelesen. Das strenge Protokoll bei Anwesenheit des indischen Stellvertreters der Königin war anstrengend. Die Exzellenzen bei sich zu haben, bedeutete zwar Prestige, aber auch unvermeidlich gähnende Langeweile.

»Danke, meinem Onkel geht es wieder besser. Aber seine allgemeine Schwäche erlaubt ihm nicht die Anstrengung einer *Burra Khana.*« Olivia antwortete ebenso taktvoll.

»Erlauben Sie mir die Frage, was Eure Ladyschaft am Erscheinen auf *Burra Khanas* hindert? Ich war zutiefst enttäuscht über Ihre Absage zum Ball seiner Exzellenz in diesem Jahr, und gleichermaßen waren es Ihre Exzellenzen.«

»In Abwesenheit Seiner Lordschaft meide ich Gesellschaften, ganz besonders offizielle Anlässe«, erwiderte Olivia, ohne zu zögern. »Aber ich genieße meinen Ball. Ich hoffe, Sie auch, Brigadier.«

»Aber ja! Es ist das Großartigste, was wir seit langem erlebt haben. Es ist sehr schade, daß Seine Lordschaft nicht mit uns feiern kann.«

»Ja, nicht wahr?«

An der Bar wurde bei viel Champagner hitzig über den neuesten Skandal debattiert. Es ging dabei um den neuen Gesandten in Murshidabad, wie Olivia erfuhr, als sie zu den Herren trat. Er hatte seinem Vorgänger, wie man sich erzählte, die astronomische Summe von zwanzigtausend Pfund Sterling bezahlt, um ihn zum vorzeitigen Rücktritt von einer Position zu bewegen, die zu den lukrativsten in der Administration gehörte. Dieses Vorgehen war durchaus verständlich, denn sogar Lord Clive hatte einmal gesagt, es gebe mehr Gold bei den Nawabs in Murshidabad als in ganz London. Olivia hatte gehört, das ›Kaufen‹ von Positionen sei nicht ungewöhnlich. Die Gemüter erregten sich aber im Augenblick darüber, daß der neue Gesandte sich außerdem den einheimischen Sitten angepaßt

und in Murshidabad einen beachtlichen Harem von Natsch-Mädchen zugelegt hatte.
»Ein Schwein, Sir, eine Schande für uns alle!« schimpfte Barnabus Slocum.
»Was kann man anderes erwarten?« erklärte ein anderer, »sein Vater war Lautenbauer in Covent Garden.«
»Ja, und man nannte ihn überall nicht umsonst nur den liederlichen Dave!« Alle lachten, am lautesten Mrs. Drummond, die nachdenklich die ordengeschmückte Brust des Brigadiers betrachtete.
»Schockierend! Einfach schockierend! Man sollte ihn auspeitschen.« Henry Cleghorne glühte vor moralischer Entrüstung.
»O gewiß doch, o gewiß doch«, stimmte Smithers übertrieben eifrig zu, wie immer, wenn er von den eigenen dunklen Flecken ablenken wollte.
»Ach, Kleiner – wohl ein bißchen eifersüchtig, was?« Willie Donaldson sah Smithers mit einem boshaften Blinzeln an. »Wer im Glashaus sitzt, soll nicht mit Steinen werfen!«
Smithers wurde rot, und es entstand ein verlegenes Schweigen, das nur Hiram Lubbock mit lautem Lachen übertönte. »Jawohl, wie meine Tante Jeminah schon immer gesagt hat, ein Junge ist eben ein Junge, und das ist auch gut so, nicht wahr?« Er lachte wieder und schlug Smithers auf die Schulter, der sich beinahe verschluckte und husten mußte.
Willie Donaldson zuckte zusammen. Alle erstarrten und machten sofort Front gegen den amerikanischen Neureichen, der keine Manieren besaß. Was nahm er sich heraus, über *ihre* Skandale zu lästern?!
Olivia hatte Mitleid mit dem unglückseligen, ordinären Lubbock, der wie ein ungepflegter Daumen in einem Maniküresalon auffiel.
Sie überließ einen heimwehkranken jungen Neuling der Ostindien-Kompanie, der erst vor kurzem aus Haileybury in England nach Indien gekommen war, seinen wehmütigen Erinnerungen und entführte Lubbock zum Ballsaal, wo Estelle noch vor dem Essen das Zeichen zum Tanz gegeben hatte. Auf dem Parkett drehten sich bereits viele Paare. Am Rand warteten die jungen Damen darauf, von Verehrern auf die Tanzfläche geführt zu werden, und wachsame Müt-

ter taxierten geübt mögliche Heiratskandidaten und hofften, daß sie nicht von unerwünschten Konkurrentinnen weggeschnappt wurden. Olivia stellte Lubbock schnell zwei junge Damen vor, die nur darauf warteten, zum Tanzen aufgefordert zu werden, und machte sich auf die Suche nach Arthur Ransome.

Sie fand ihn in einer entfernten Ecke, hoffnungslos in die Enge getrieben von der alten Jungfer. Er wußte sich offenbar nicht mehr zu helfen. »Kann ich dich vielleicht kurz sprechen, Onkel Arthur?«

Er vergaß seine Gicht, sprang vom Sessel auf und flog beinahe wie ein Vogel, der plötzlich die offene Käfigtür sieht, auf sie zu. »Eine schreckliche Frau, einfach unerträglich!« Er wischte sich den Schweiß von der Stirn. »Du hast ihr das Leben gerettet, mein Kind, von meinem ganz zu schweigen. Ich hätte sie im nächsten Moment erwürgt.«

»Oder ihr vielleicht einen Antrag gemacht!« Olivia lachte, und Ransome schimpfte leise. »Was ich fragen wollte. Findest du es noch zu früh, um mit dem Essen zu beginnen? Es wird getanzt, und die Männer trinken noch. Ich möchte nicht, daß Estelle den Eindruck hat, wir wollen ihre Gäste vom Trinken abhalten...«

Ransome strahlte über seine Rolle als Gastgeber wie ein Kind auf der Geburtstagsfeier und blickte auf seine Uhr. »Nein, das soll nicht geschehen. Wir dürfen ihnen nicht das Gefühl geben, daß wir knausern. Vielleicht warten wir noch eine halbe Stunde...«

»Gut. Ich hoffe nur, daß die Soufflés nicht zusammenfallen. Rashid Ali würde mir das nie verzeihen. Ich werde noch mehr Appetithäppchen anbieten lassen. Die Garnelen sind besonders beliebt. Wir könnten aber auch...«

Olivia verstummte, denn Ransome hörte ihr nicht mehr zu. Sein Blick richtete sich auf etwas in ihrem Rücken. Langsam drehte sie den Kopf. Ein neuer Gast war an der Tür des Saales angekündigt worden, und Estelle begrüßte ihn herzlich.

Es war Jai Raventhorne.

Er lächelte. Er nahm Estelles Hand, beugte sich darüber und küßte sie leicht. John Sturges erschien neben seiner Frau. Die beiden Männer schüttelten sich lächelnd die Hände. Im Saal herrschte plötzlich

Totenstille. Alle starrten mit großen Augen auf das Schauspiel an der Tür. In dem gespenstischen Schweigen fiel knisternd ein Holzscheit vom Rost. Niemand rührte sich. Dann führte Estelle mit strahlendem Lächeln Raventhorne entschlossen und zielsicher durch die erstarrte Menschenmenge zu den Gastgebern des Abends am anderen Ende des Raumes.
»Liebe Olivia, darf ich dir Jai Raventhorne vorstellen? Ich glaube, ihr seid euch schon einmal begegnet. Jai, du erinnerst dich sicher an meine Cousine, Lady Birkhurst.« Ihre Stimme zitterte nicht einmal, und die blauen Augen wirkten keine Spur unsicher.
Olivia war sich nicht bewußt, daß sie die Hand ausgestreckt hatte, aber dann hielt er sie in seiner Hand. Sie fühlte sich kalt an, und die Lippen, die über ihre Haut streiften, noch kälter. Sagte er etwas? Sie wußte es nicht. Aber dann hörte sie ihn: »O ja! Wir sind uns einmal begegnet. Vielleicht erinnert sich Lady Birkhurst nicht mehr daran. Es ist sehr freundlich von Ihnen, mir heute abend Ihre Gastfreundschaft zu gewähren!«
Sie gingen weiter. Er schüttelte Arthur Ransome die Hand, sie redeten kurz miteinander, und ein kurzes Lachen durchbrach die Stille. Ransome fragte mit blassem Gesicht: »Was darf ich Ihnen zu trinken anbieten, Jai? Wenn ich mich recht erinnere, zwei Finger breit Scotch mit Eis. Stimmt das?« Und irgendwo in den endlosen Weiten von Olivias Bewußtsein hörte sie das Echo seiner Worte.
»Danke, das wäre genau das Richtige.«
Im Augenblick waren keine Formalitäten mehr notwendig. Nur wenige der anwesenden Gäste kannten Raventhorne nicht. Mit einer ans Wunderbare grenzenden Selbstverständlichkeit führte Ransome den Gast zur Bar und unterhielt sich liebenswürdig mit ihm. Olivia hörte, wie eine Frau hinter ihr heftig Luft holte und zischte: »Bei meiner Großmutter, Gott hab sie selig, das ist doch nicht möglich, das *kann* nicht sein . . .!«
Das Schweigen hing noch einige Augenblicke im Raum. Dann setzte wie eine zurücklaufende Flutwelle das Gemurmel wieder ein und nahm an Lautstärke zu. Unter dem Stimmengewirr lag jetzt jedoch eine unterdrückte, atemlose Spannung, das unbestimmte Gefühl

eines bevorstehenden Dramas. Was wollte der berüchtigte *Kala Kanta* in einem englischen Salon und noch dazu auf Einladung von Joshua Templewoods Tochter? Inmitten des erstaunten Geflüsters und verstohlener Blicke über den Rand der Gläser hinweg schossen Vermutungen und Fragen wie Feuerwerksraketen durch den Raum. Aber allmählich kehrte wieder Normalität ein. Diener eilten durch die Menge mit vollen Gläsern und Kanapees. Das unterdrückte Lachen entlud sich in befreitem Gelächter. Ein Trommelwirbel kündigte den nächsten Walzer an. Die Militärkapelle vertrieb schnell den letzten Rest Spannung.

Nur Olivia rührte sich nicht von der Stelle. Ein traumähnlicher Nebel lag wie ein zarter, aber fester Schleier über der Gegenwart und löschte sie aus.

Aber ja, erhob sich eine Stimme aus einem verschlossenen Grab und hallte geisterhaft durch ihren Kopf, *ich liebe dich . . .*

Sie drehte sich um und floh nach oben.

Estelle ist verrückt geworden. Estelle ist verrückt geworden . . .

Olivia warf sich zitternd auf ihr Bett und konnte keine andere Erklärung für die Katastrophe finden, die sie alle ereilt hatte. Wie ein Falter flattert, um seinem Kokon zu entfliehen, rannte ihr Verstand in Panik gegen die Wände ihres Kopfes an. Wieder einmal hatte Estelle sie ohne ihr Zutun in eine üble Lage gebracht. Aber diesmal versagte Olivias Talent, einen Fluchtweg zu finden.

O Gott, o Gott, was soll ich nur tun?

Die Tür öffnete sich, und Estelle stand auf der Schwelle. »Ich weiß, du bist wütend auf mich, aber ich mußte es tun. Verzeih mir. Mir fiel keine andere Methode ein.« Sie stand an der Tür, als wage sie nicht, in das Zimmer zu kommen, und verstummte.

Olivia setzte sich langsam auf. Sie wollte sich selbst im Zustand der Panik vor ihrer verhaßten Cousine keine Blöße geben. Sie drückte die zitternden Finger an die Schläfen, aber selbst die geschlossenen Augen vermochten nicht das Schauspiel der liebevollen Blicke, das herzliche Lächeln der beiden und die stillschweigende Übereinkunft auszulöschen, zu der Raventhorne sich offen bekannt hatte. Hinter den geschlossenen Lidern stieg Haß auf, ließ sich nicht mehr zurückhalten und explodierte in blinder Wut. »Wie kannst du es wagen, Estelle! Wie kannst du es wagen, mein Haus für deine schamlose Zurschaustellung zu mißbrauchen ...!«

Estelle schloß leise die Tür hinter sich und trat ein. »Du hast gesagt, ich kann jeden einladen. Du hast keine Forderungen und keine Bedingungen erhoben. Hast du es nicht ernst gemeint, Olivia? War auch das Heuchelei?« Sie war blaß, aber aus ihrer Haltung sprachen weder Reue noch Angst.

»Ja, jeden, aber doch nicht ...« Sie konnte den Namen nicht aussprechen. »Ich habe es ernst gemeint, denn ich ahnte nichts vom Ausmaß deiner Schamlosigkeit. Du prahlst mit deiner ... Beziehung zu diesem Mann und fühlst dich nicht im geringsten ... entehrt? Nicht ... *besudelt* ...?«

Estelle zuckte zusammen, ließ sich aber nicht einschüchtern. »Nein. Ich bin stolz auf meine Beziehung zu Jai. Ich möchte, daß alle es wissen und akzeptieren. Ich verspreche dir, eines Tages werden sie es auch tun.«

Olivia sprang auf, stürzte sich auf Estelle, packte sie an den Schultern und schüttelte sie in rasender Wut. »Und weiß es dein Mann auch? Akzeptiert er es auch? Du hast keine Gewissensbisse, ihm deinen ... deinen Liebhaber zuzumuten«, schrie sie Estelle ins Gesicht, »– von mir und allen anderen ganz abgesehen!«

Estelle befreite sich aus ihrem Griff, und plötzlich zuckte es in ihrem Gesicht. »John versteht mich«, flüsterte sie plötzlich gequält, »vielleicht würdest du mich auch verstehen, wenn ...«

»Ich habe kein Verständnis mehr für dich. Spare dir deine jämmerlichen Alibis, Estelle.« Sie verschränkte die Hände über die Brust, damit Estelle nicht sah, wie sie zitterte, und ging zum Fenster. Olivia atmete tief und bewußt die kühle Nachtluft und unterdrückte ihren Ärger mit der gewohnten eisernen Disziplin. »Nach diesem Abend, Estelle, möchte ich dich nie wiedersehen. Ich möchte, daß du für immer aus meinem Leben verschwindest. Offen gesagt, mir ist es gleich, was du mit deinem Leben machst, und wen du dir dazu wählst. Ich bin nicht für dich verantwortlich. Du mußt dich nicht bei mir entschuldigen. Ja, du hast recht – ich habe gesagt, du kannst einladen, wen du willst, ohne Einschränkungen. Ich stehe zu meinem Wort. Jetzt laß mich bitte allein und geh hinunter zu deinen Gästen.«

Estelle zögerte noch einen Augenblick, sichtlich unglücklich und bedrückt. »Also gut, wenn du es so willst«, sagte sie leise, »aber sei bitte höflich zu ihm, Olivia. Du kannst dir nicht vorstellen, wie schwer es war, ihn zum Kommen zu bewegen. Er...«, sie brach verzweifelt ab. Dann faßte sie sich. »Aber was geschehen muß, muß geschehen.« Sie drehte sich um und verließ das Zimmer

Olivia schloß hinter sich die Tür ab. Sie ging in Freddies angrenzendes Schlafzimmer, öffnete seinen Sekretär und nahm eine angebrochene Flasche Sherry heraus. Ohne ein Glas zu holen, trank sie aus der Flasche. Der brennende Alkohol trieb ihr die Tränen in die Augen, und ihr Magen wehrte sich empört, aber sie trank entschlossen noch etwas mehr. Sie fühlte sich plötzlich benommen, aber ihre Nerven beruhigten sich, und sie gewann ihre Fassung wieder. Fünf Minuten vor dem Spiegel zauberten Farbe in ihre Wangen und Glanz auf die Lippen. Alle Reste der Angst schob sie mit ihrer Willenskraft energisch beiseite. Amos war in Sicherheit, und Jai Raventhorne bedeutete ihr nichts mehr. Mochte er auch mißtrauisch sein und sich womöglich Gedanken über ihren Sohn machen, es waren alles nur Vermutungen. Sie würde damit fertig werden. Seiner Unverfrorenheit und Estelles Schamlosigkeit durfte sie nicht mit Schwäche oder Hysterie begegnen. Wenn die beiden keine Hemmungen hatten und ihre dicke Haut zur Schau stellten, dann konnte *sie* das zum Teufel noch mal auch!

Mit hoch erhobenem Kopf und rosigen Wangen schritt sie gebieterisch die große Marmortreppe hinunter.

Olivia blieb einen Moment stehen, um die Szene unten zu betrachten, und staunte, wie normal alles zu sein schien. Durch die offenen Türen und den Bogengang sah sie im Ballsaal tanzende Beine, die sich zu merkwürdigen lateinamerikanischen Rhythmen verdrehten – es war in London der letzte Schrei, wie man ihr versichert hatte. Direkt vor ihr war die Bar. Dort standen immer noch friedlich und jovial die Männer beisammen, tranken und sahen sich durch die

Rauchschwaden hindurch freundlich an. Raventhorne lehnte an der Bar. Er gab sich locker und beherrscht. Er unterhielt sich mit John Sturges, Clarence Pennworthy, einem Oberst mit einem Holzbein und, kaum zu glauben, mit Barnabus Slocum, dem obersten Richter. Es schienen zwischen ihnen keinerlei Spannungen zu bestehen, und wenn es feindselige Gefühle gab, so war davon zumindest nichts zu merken. Olivia konnte nicht verstehen, was sie sagten, aber offenbar war der Ton freundlich, denn sie lachten sogar höflich.

Jai Raventhorne war korrekt und tadellos gekleidet, ein Muster beispielloser europäischer Eleganz. Er trug einen burgunderroten, modisch geschnittenen Frack mit schwarzen Samtrevers und ein gerüschtes beiges Seidenhemd. Der schwarze gefältelte Kummerbund betonte die schlanke Hüfte. An den lässig übereinandergeschlagenen Füßen glänzten die goldenen Schnallen der schwarzen Lackschuhe im Licht eines Kronleuchters. Die unbändigen schwarzen Haare waren tadellos zurückgebürstet und zu erstaunlicher Fügsamkeit gebracht. Er bot das Bild eines adligen englischen Gentleman, der sich in einem eleganten Salon völlig in seinem Element befand. Olivia mußte an einen schmutzigen Tellerwäscher am Brunnen eines Gasthauses denken. Diesmal verdrängte sie dieses Bild jedoch nicht sofort wieder, sondern betrachtete es mit kühler Gelassenheit aus der Ferne. Sie stellte fest, daß ihr Herz nicht plötzlich heftiger schlug oder sich unfreiwillig aufbäumte. Sie empfand nur kalten Zorn. Ungeduldig schob sie die Vergangenheit beiseite und überließ alles dem Vergessen, was verdiente, vergessen zu sein. Sie mußte diesen Abend überleben – und triumphieren! Nur das war jetzt wichtig. Sie würde nie mehr zulassen, daß Jai Raventhorne sie noch einmal in irgendeiner Weise verletzte.

Sie hob den Kopf noch höher und lief die letzten Stufen hinunter.

»Hast du ihn eingeladen?« Sobald sie erschien, trat Arthur Ransome auf sie zu. Er fühlte sich höchst unwohl in seiner Haut.

»Nein, Estelle.«

»Dazu hatte sie kein Recht. Sie hätte uns wenigstens vorwarnen müssen. Wie ich höre, ist er gestern abend angekommen. Morgen fährt er nach Assam weiter.«

Raventhorne sah sie nicht ein einziges Mal an, aber Olivia wußte instinktiv, daß seine unsichtbaren inneren Augen sie nicht losließen. Trotz seiner betonten Lässigkeit spürte sie beinahe körperlich den verhaßten Blick, mit dem er sie sezierte, als sei er ein Chirurg mit einem scharfen Skalpell. Olivia mußte sich Mühe geben, den Blick von der Bar zu wenden. »Warum ist er wohl gekommen?« fragte sie flüsternd.

»Keine Ahnung.« Ransome hob die Schultern, aber die Falten auf seiner Stirn wurden noch tiefer. »Er hat ganz bestimmt ein Motiv. Ich muß gestehen, ich mache mir große Sorgen.«

»Vielleicht weiß man nichts von Estelles Romanze mit ihm, aber es ist allgemein bekannt, daß du mit ihm verfeindet bist. Er wird doch nicht ...«

»Oh, die Feindschaft bekümmert mich nicht – jedenfalls nicht hier.« Er verzog das Gesicht. »Die Geschäftswelt ist sehr merkwürdig, Olivia. Wenn alle, die sich in den Büros am liebsten gegenseitig die Kehle durchschneiden würden, aufhörten, miteinander zu trinken, dann gäbe es in der Stadt bald keine gesellschaftlichen Veranstaltungen mehr! Nein, so einfach ist das nicht, mein Kind. Ich fürchte, es ist noch etwas im Busch, und das ist mir nicht ganz geheuer!«

»Vielleicht hast du recht.« Sie lachte bitter. »Immerhin kann man nicht gerade behaupten, Raventhorne sei in der Stadt sehr beliebt, wie höflich man sich auch benimmt!«

»Im Gegenteil«, erwiderte Ransome trocken, »ich würde sagen, zumindest bei der Hälfte der Anwesenden ist er sehr beliebt.«

Er bezog sich damit natürlich auf die Damen. Kichernd, mit verführerischen Blicken und gurrend wie Tauben drängten sich viele um die Bar und machten kein Geheimnis daraus, daß sie hofften, seine Aufmerksamkeit auf sich zu lenken. Die Koketterie empörte Olivia. Sie machte eine verächtliche, wegwerfende Handbewegung. »Ach, die meine ich nicht! Sie zählen nicht. Ich denke an die Männer.«

»Ich nehme die Männer nicht aus. Persönlicher Groll ist schön und gut, mein Kind, aber Geschäft ist Geschäft – vergiß das nicht. Es gibt keinen Mann hier, der nicht mehr oder weniger direkt Geschäfte mit Raventhornes Trident macht. *Kala Kanta* kann vielen die Kassen füllen, wenn er will. Gut, die Versuchung mag groß sein, aber ich wage zu behaupten, daß ihn niemand auf deinen kostbaren Perserteppichen ermorden wird.« Er lachte zwar, aber seine Sorgen wichen nicht.

Olivia mußte sich wieder unter ihre Gäste mischen. Sie ging bewußt auf die Gruppe zu, die am weitesten von ihm und der Bar entfernt stand. Aber jeder Schritt war ein Gang über Glassplitter. Selbst mit dem Rücken zu Raventhorne spürte sie seine Augen – Amos' Augen. Sie folgten ihr wie eine Schleppe am Kleid. Es kam Olivia vor, als werde sie von seinem Blick und den Blicken Estelles (die sie wachsam aus sicherer Entfernung beobachtete) durchbohrt und aufgespießt. Ihr Körper schmerzte und glühte. Ihre Nerven waren zum Zerreißen gespannt. Schnell trank sie noch zwei Gläser Sherry.

Sie begann zu schweben. Wieder einmal schien alles unwirklich zu sein. Sie fühlte sich in einem Traum gefangen. Geschah dies alles wirklich, oder war es eine Illusion, eine Fata Morgana, ein Alptraum? Sie befand sich tatsächlich wieder mit Jai Raventhorne unter einem Dach, im selben Raum. Sie mußte nur den Kopf drehen und konnte ihn mit den Augen berühren. Wenn sie durch den Saal ging, konnte sie seine Hand ergreifen. Früher einmal hätte sie ihre Seele darum gegeben, beides zu können. Jetzt tat sie nichts dergleichen. Sie ließ sich noch ein Glas Sherry reichen, leerte das Glas und gab das Zeichen, mit dem Essen zu beginnen.

Innerlich lachte sie. Und sie hatte geglaubt, Estelle sei nicht in der Lage, ein Geheimnis zu hüten!

Olivia brachte ihre Gedanken wieder unter Kontrolle und lenkte sie entschlossen auf Nebensächlichkeiten. Hatte man den Senf nicht vergessen? Welkten die Blumen, weil das Feuer zuviel Hitze verbreitete? Sollte sie das Dessert zweimal anbieten? War der französische Käse zu reif, der englische Stilton nicht reif genug ? Der silberne Essensgong ertönte durch die Gänge und Räume. Das Orchester spielte die letzten Takte, und alle Gäste strömten paarweise in den Speisesaal, der im Glanz der Lüster, des Silbers und der blütenweißen Tischdecken erstrahlte. Olivia hatte ein erlesenes Menü zusammengestellt: Wildsuppe, Geflügelcurry in Kokosnußmilch, Reis mit

Morcheln, Schafsfüße mit Zuckererbsen, Fleischpastete, Schinken, Roastbeef, eingelegtes Wildbret, gebratene Ente, verschiedenste Aufläufe und Kompotte und Berge köstlich gedünsteter Gemüse, Zitronenspeise, amerikanische Schokoladentorte mit Schlagsahne und gerösteten Nüssen und zum krönenden Abschluß natürlich das Soufflé Gallentine. Keiner sparte mit Komplimenten, und alle tranken und aßen mit größtem Genuß – alle mit Ausnahme von Estelle und Jai Raventhorne.

Sie saßen in einer Ecke und unterhielten sich unbekümmert. Estelles Wangen glühten, und ihre Augen glänzten. Raventhorne wandte den Blick nicht von Estelle und hielt ein Cognacglas in beiden Händen. Aber Olivia ließ sich nicht täuschen. Ihre Gänsehaut bewies ihr allzu deutlich, daß er sie nach wie vor mit seinem inneren Blick nicht losließ und sie mit den Pupillen durchbohrte, die sahen, ohne sie anzusehen.

Ich muß dich nicht ansehen . . .

Ich darf nicht weichwerden. Ich darf nicht weichwerden!

O nein, diesen Gipfel der Unverschämtheit würde sie Estelle nie verzeihen – nie!

»Was für ein Abend der Superlative, Olivia!« Betty Pennworthy saß vor einem riesigen Teller, beugte sich über den Tisch und senkte die Stimme. »Und, meine Liebe, das ist wirklich ein *Coup*, unseren einsiedlerischen Nachbarn zum Kommen zu bewegen! Und wenn man bedenkt, daß Josh . . .«

»Betty!« Ihr Mann rief sie mit gerunzelter Stirn zur Ordnung. »Es steht uns nicht zu, Kommentare zu Dingen abzugeben, die uns nichts angehen.« Um seine Mahnung zu unterstreichen, hielt er schweigend einem Diener den leeren Teller hin und ließ sich nachfüllen.

»Redet er denn nur mit Estelle!?« beklagte sich Susan Bradshaw. »Und er trinkt nur – das ist doch wirklich zu schade! Kannst du deinen Star des Abends nicht überreden, auch uns eines Blickes zu würdigen!«

»Mr. Raventhorne ist Gast von John und Estelle. Du mußt dich schon an sie wenden«, erwiderte Olivia kühl. »Mein Einfluß in dieser Sache ist äußerst gering.«

»Seht mal! *Sieh nur!*« Die Tochter der Hendersons – erst seit kurzem aus England zurück – stieß einen leisen Schrei aus. »Er hat endlich ausgetrunken. Ich glaube, er kommt in unsere Richtung. Soll ich es wagen?« fragte sie in die Runde. »Ja, ich wage es. Kommst du mit, Polly?«

Sogar die immer überlegene Charlotte schien von Nervosität erfaßt. »Ach du liebe Zeit! Meine Haare! Ich muß unbedingt...« Murmelnd verschwand sie eilig in die andere Richtung.

Eine große junge Dame mit Sommersprossen und einer grünen Schleife im hellroten Haar seufzte. »Er sieht doch am besten von allen Männern hier aus, das mußt du zugeben, Clive!« sagte sie äußerst taktlos zu ihrem Kavalier. »Ich glaube einfach nicht, daß in seinen Adern auch nur ein *Tropfen* indisches Blut fließt. Ich glaube es nicht!«

»Da irrst du dich gewaltig!« konterte Clive Smithers bissig. »Außerdem ist er ein übler Bursche und ein Schwein. Ich weiß nicht, was Estelle und John sich dabei gedacht haben, ihn einzuladen. Komm mit, Hattie, mach dich nicht lächerlich!« Diese Bemerkung war angesichts der Gerüchte über die Smithers amüsant. Aber genau darin lag die Ironie der Selbsttäuschung und Illusionen, der sich Kalkuttas Gesellschaft mit größter Leidenschaft überließ.

Wohin Olivia auch ging, überall hörte sie Bemerkungen über Raventhorne – einige boshaft, andere gehässig, aber alle voll von prickelnder Erregung. Warum nur hatte dieser hochnäsige Bastard aus der Gosse sich plötzlich entschlossen, einen englischen Salon zu betreten, obwohl er geschworen hatte, eher tot umzufallen? Diese ständig wiederholte Frage beschäftigte Ransome und allmählich auch Olivia.

Jawohl, warum?

In den Armen eines überaus höflichen jungen Mannes, der in der Hafenbehörde beschäftigt war und dessen Namen sie ständig vergaß, drehte sich Olivia auf der Tanzfläche. Sie hätte sich am liebsten die Ohren zugehalten, um endlich nicht mehr die bruchstückhaften Gespräche mit anhören zu müssen.

»... wagt es, sich hier zu zeigen? Die arme Oli...«

»... ein harter Bursche, mein Schatz, ein *harter*...«
»O Ted, du bist *eifersüchtig*! Du könntest keinen Kummerbund mehr tragen...« Gekicher, Gekicher.
»Alle finden (Flüstern, Flüstern)... ist das nicht entsetzlich?«
»... erikaner, natürlich. Ein Skandal macht ihnen nichts...«
»Also Archie! Und selbst wenn er ein Mischling ist, er hat doch...«
Olivia konnte sich kaum noch auf den Beinen halten, als es ihr endlich gelang, auf die Veranda zu fliehen. Kraftlos lehnte sie sich an eine Säule. Sie zitterte, aber nicht vor Kälte. Wie auch immer, auf den Schock dieses Abends war sie nicht vorbereitet gewesen, auf die Niederlage, zu erleben, daß sie Raventhorne nicht wirklich schlagen konnte. In der Sicherheit ihrer trügerischen Illusion war sie überrascht worden. Sie hatte keine Verteidigung vorbereitet, keine Reaktion geplant, sich nicht völlig immun gegen seine Anwesenheit gemacht. Soviel gestand Olivia sich inzwischen ein. Es reichte nicht, ihn zu hassen. O nein, das war nicht genug! Der Haß mußte sich auf natürliche Weise in Gleichgültigkeit verwandeln – und er war ihr noch nicht völlig gleichgültig. Liebe und Haß bedeuteten einen Aufwand an Energie, an Zeit und Gedanken. Sie ärgerte sich über diesen Kraftaufwand – selbst während der ein oder zwei Stunden, die sie mit ihm unter einem Dach sein mußte.
Von der Säule aus konnte Olivia in den Ballsaal blicken. Raventhorne tanzte jetzt – *er tanzte!* – mit Estelle! Olivia hatte ihn selten so ungezwungen oder mit soviel Herzlichkeit lächeln sehen. Estelle reichte ihm kaum bis zu den Schultern, und ihre Gefühle sah man überdeutlich in ihren Augen. Olivia wurde bei diesem widerlichen Anblick übel. Ihr drehte sich der Magen um, und sie mußte sich übergeben. Sie hielt die Hand vor den Mund und eilte stumm in den Garten. Hinter einem Busch mit weißen Blüten übergab sie sich. Sie lief zur Küche auf der Rückseite und spülte sich den Mund und die brennende Kehle mit Wasser. Das Küchenpersonal starrte sie verwundert an. Dann ging sie langsam wieder zur Veranda zurück.
Dort erwartete sie Jai Raventhorne.
»Warum muß sich die vornehme Baronin Birkhurst in ihrem Garten übergeben?« fragte er mit scheinheiliger Sanftheit.

Olivia erstarrte. Auf eine Begegnung unter vier Augen war sie nicht vorbereitet. Einen Augenblick verlor sie den Kontakt mit ihrem inneren Anker – aber nicht lange.

»Vielleicht«, konterte sie geistesgegenwärtig, »weil einige ihrer Gäste sie dazu zwingen.« Sie wollte an ihm vorbeigehen, aber er hielt sie am Arm fest.

»Obwohl sie geschworen hat, ihre Gäste so zu nehmen, wie sie sind?«

Er hatte die Nerven, sie daran zu erinnern? Olivia riß sich los und sah ihn mit zusammengekniffenen Augen an. Ihr schonungsloser, prüfender Blick wirkte wie eine Therapie. Er gab ihr Zeit, um völlig die Fassung wiederzugewinnen. Sie hatte ihn noch nie in einem Gesellschaftsanzug gesehen. Sie war froh, daß sie ihn eingehend gemustert hatte. Der Inbegriff der Eleganz verbannte ein für allemal das quälende Bild eines armen, vom Schicksal betrogenen Jungen. Und bei der kurzen Berührung flammte ihr Zorn wieder auf, ihr Mut kehrte zurück. Sie sah ihm voller Verachtung in die perlmuttgrauen Augen, die ihr armer Sohn als verwünschtes Erbe hatte, und fragte: »Warum bist du gekommen?«

»Warum? Ich konnte Estelle nicht enttäuschen.«

»Estelle ist ein gerissenes Luder!« Das hatte sie nicht sagen wollen, aber nun war es geschehen. Sie konnte es nicht zurücknehmen.

»Das sind die meisten Frauen. Einige sind gerissene Huren.« Olivia richtete sich auf, aber er packte ihr Handgelenk, damit sie ihn nicht stehenlassen konnte. »Und das ist der zweite Grund für mein Kommen. Ich konnte der Versuchung nicht widerstehen, Lady Birkhurst in der luxuriösen Umgebung zu sehen, die sie sich in ihrer schamlosen Falschheit schon so lange in den Kopf gesetzt hatte. Wie klug hast du dir Freddie Birkhurst auserkoren und wie geschickt und schnell eingefangen!«

Sie hatte seine Bosheiten schon oft zu spüren bekommen. In ihrer Erinnerung waren seine Spitzen noch sehr lebendig. Trotzdem machte sie das Ausmaß seiner Frechheit und die Ungerechtigkeit seiner Unterstellungen blind vor Wut. Aber wie durch ein Wunder wurde sie ruhig, und es gelang ihr, den Zorn zu ersticken, ehe er ausbrechen konnte. Wenn sie ihm kontern wollte, dann mußte sie mit gleicher Münze zurückzahlen.

Er hat Amos noch nicht erwähnt.

»Angenommen, ich würde sagen, daß man sich die Gelegenheit nicht entgehen lassen darf, wenn man die Wahl hat zwischen Ehrbarkeit und Schande!« erwiderte sie mit beißendem Sarkasmus.

»Du hattest dich bereits entschlossen, das zu ertragen, was du Schande nennst – und es war dein freier Entschluß.«

»Ein freier Entschluß gilt sowohl für Zurückweisung als auch Erhörung!« Sie konnte es nicht fassen, daß er es wagte, ihr Vorwürfe zu machen. »Und ein paar Küsse hin und wieder bedeuten wohl kaum eine lebenslange Bindung, oder?«

Als sie ihn jetzt mit seinen eigenen Worten konfrontierte, löste das keine sichtbare Reaktion aus. »Ich habe dir einen Brief geschrieben. Er konnte nicht zugestellt werden. Der Bote starb an Cholera. Als ich den Brief wieder in Händen hielt, war er von den Ereignissen überholt. Jetzt sehe ich, daß er ohnehin überflüssig gewesen wäre.«

Ein Brief? Olivia sah ihn sprachlos an. *Ein Brief...?*

Mehr hatte er nicht für notwendig gehalten, um seinen kaltblütigen Verrat wiedergutzumachen? Damit wollte er die Katastrophen ihres Lebens ausgleichen, eine Zukunft ersetzen, die er ihr gestohlen und mit sich genommen hatte! Die nächste Woge des Zorns ließ sie hart wie Stein werden. »Und was hast du in diesem Brief geschrieben, der bequemerweise verlorengegangen ist, Jai? Mit welchen Umschreibungen wolltest du mir mitteilten, daß du mich als Geliebte durch meine ebenso willige Cousine ersetzt hast?«

Sie hatte das häßliche Vergnügen, zu sehen, wie er rot wurde. Die ersten Blutstropfen schmeckten ungewöhnlich süß. »Du hast deinen lieben Jungen geheiratet und damit das Recht verloren, den Inhalt des Briefs zu erfahren. Er war nicht an Lady Birkhurst gerichtet.«

»Wie du aber siehst, ist nutzlose Neugier noch immer mein größtes Laster!« Sie lachte leise. »Dem muß man doch bestimmt für so bereitwillig geleistete und gute Dienste ein letztes Mal nachgeben?«

Ihr Spott trieb ihm noch mehr die Röte in die Wangen. »Du ekelst mich an, Olivia!« fauchte er in kaltem Zorn.

»Ich?« fragte sie spöttisch. Sie hatte seine Lügen, seine Ausreden und Entschuldigungen satt. Alles, was in diesem nicht zugestellten Brief hätte stehen können, wäre zu wenig gewesen und zu spät gekommen. Außerdem glaubte sie ihm nicht, daß es diesen Brief überhaupt gab.
»*Ich*? Ich, die so ergeben deinen Wahnsinn und deine Besessenheit gerechtfertigt und die dunklen Zonen zu heiligen Gebieten erhoben hat, in die ich einmal Licht bringen wollte? Oh, du tust mir wirklich unrecht!« Sie verbarg ihren Abscheu hinter einem zweiten Lachen.
An seinen Schläfen klopfte heftig das Blut. »Du hast auch einmal versprochen, mir zu vertrauen, Olivia!«
Ihr fehlten die Worte. Selbst bei seiner Überheblichkeit konnte das nicht sein Ernst sein! Seine Worte schienen in der Luft zu hängen wie eine Melodie, die sich aus dem Saal zu ihnen auf die Veranda geschlichen hatte. Dann schlugen sie heftig in ihr Bewußtsein ein, und sie erwachte wieder zum Leben. Sie überlegte zornig, ob er wohl mit ihr spielte, sie bewußt quälen wollte. Ja, sie hatte einmal versprochen, ihm zu vertrauen. Und das hatte sie auch getan! Sie hatte ihm völlig und rückhaltlos vertraut. Wußte er das nicht mehr? Hatte er eine Vorstellung, welchen Lohn sie für ihr unangebrachtes Vertrauen bekommen hätte, was aus ihr inzwischen geworden wäre? Sie hätte ihm diese Frage beinahe gestellt, zwang sich jedoch, es nicht zu tun. Offenbar konnte er sich das nicht vorstellen, und dafür mußte sie ewig dankbar sein. Denn wenn er darauf eine Antwort gehabt hätte, hätte er auch von Amos gewußt – *und das darf nie geschehen*! In ihrer Panik suchte Olivia Zuflucht bei gespielter Leichtfertigkeit. »Habe ich das? Ich kann mich nicht erinnern. Nun ja, verstoßene Geliebte sind bekanntermaßen wankelmütig.«
»Das weiß ich inzwischen auch!« Seine Stimme klang gepreßt vor unterdrücktem Zorn. »Wie sonst hättest du diesen adligen Trottel mit so bewundernswerter Schnelligkeit einfangen und sofort Mutterglück zur Schau tragen können?«
Ihr Herzschlag wurde schneller. »Vielleicht ist ein adliger Trottel besser als ein sittenloser Verführer aus der Gosse!« erwiderte sie, ob-

wohl ihr die Kehle trocken wurde. »Du wirst mir doch zustimmen, ein Spatz in der Hand ist besser als eine Taube auf dem Dach.« Mit süßem Lächeln fügte sie hinzu: »Und *du* hast mir Freddie selbst einmal sehr ans Herz gelegt, erinnerst du dich?«

»Und jetzt ist der Spatz davongeflogen«, höhnte er. Die Risse in seiner Maske wurden größer, »bestimmt hast du dir bereits Ersatz in dein leeres Bett geholt?«

»Warum nicht?« Sie bahnte sich ihren Weg und stieß das Messer noch etwas tiefer. »Einmal eine Hure, immer eine Hure, so heißt es doch!« Es war schon amüsant, daß sowohl ihr Mann als auch der Vater ihres Kindes sie mit diesem Wort beschimpft hatten! Aber diese Frechheiten prallten inzwischen an ihr ab. Olivia hatte sich darüber erhoben. Sie versuchte nur noch verzweifelt, ihn von Amos abzulenken. Sollte er sie nur beschimpfen.

Im Halbdunkel der Veranda glühten seine Augen, aber noch ehe er etwas sagen konnte, kamen ein paar Gäste lachend und plaudernd auf die Veranda. Sie blieben in Hörweite stehen und unterhielten sich laut, dann gingen sie in den Garten hinunter. Dieser kurze Augenblick genügte Raventhorne, um seine Kontrolle wiederzufinden. »Die Etikette in deinen gehobenen Kreisen verlangt«, sagte er mit eisiger Förmlichkeit, »daß man wenigstens einmal mit der Gastgeberin tanzt, ehe man sich verabschiedet.« Sein Gesicht war wieder undurchdringlich. Er streckte die Hand aus.

Olivia wich überrascht zurück. Tanzen? Mit Jai Raventhorne? O nein, nein! »Es tut mir leid. Ich habe diesen Tanz bereits einem anderen versprochen ...«

»Wer es auch sein mag, er wird mir den Vortritt lassen.«

»Aber ich will nicht ...«, begann sie wütend, doch er schob sie mühelos am Ellbogen in den Saal. Er kümmerte sich nicht um ihren Einspruch, führte sie energisch, aber nicht grob zur Tanzfläche, und ihr blieb keine andere Wahl, als nachzugeben. Es wäre undenkbar gewesen, sich inmitten der vielen Menschen zu wehren. Und so wurde ihr gemeinsames Erscheinen mit unverhüllt neugierigen Blicken begrüßt. Ein Druck um die Taille verriet Olivia, daß sein Arm sich um sie gelegt hatte. Ihre Finger berührten sich, sein Atem streifte ihr

Ohr so nahe, daß sie glaubte, es nicht ertragen zu können, und dann führte er sie zu einem beschwingten Walzer über das glänzende Parkett. Trotz aller Benommenheit staunte sie über eine Belanglosigkeit – wer hätte gedacht, daß *Kala Kanta* selbst so augenscheinliche europäische Frivolitäten wie das Tanzen beherrschte? Olivia hatte nicht mehr die Kraft, sich zu wehren, und überließ sich dem Unvermeidlichen. Sie schloß kurz die Augen. In ihrem Kopf drehte sich alles. Die Füße, die sich unfreiwillig im Rhythmus des klopfenden Blutes in ihren Schläfen bewegten, schienen einen eigenen Willen zu haben. Mit geschlossenen Lidern kämpfte sie verzweifelt darum, ihre Kontrolle zurückzugewinnen, und als sie die Augen aufschlug, atmete sie wieder gleichmäßig. Ihre Augen befanden sich in gleicher Höhe mit dem gebräunten Hals, den sie so oft geküßt hatte, daß sie den Geschmack beinahe auf der Zunge spürte. Aber sie konzentrierte sich energisch auf die seidene Schleife und die muschelförmigen Knöpfe aus massivem Gold seines Fracks. Aber es gelang ihr nicht, den irritierend sinnlichen Duft seiner Haut zu ignorieren. Er war ihr so vertraut, daß sie glaubte, in Ohnmacht zu sinken. Sie stolperte.
»Mein Fehler«, murmelte er, und die metallisch harten Augen straften die höfliche Floskel Lügen. »Aber wenn dir die Musik zu schnell ist, können wir aufhören zu tanzen. Das wäre mir sehr lieb. Der Etikette ist deinen Gästen zuliebe Genüge getan.«
Unter Aufbringung ihrer ganzen Tapferkeit schüttelte Olivia stumm den Kopf. Sie wollte ihm diesen kleinen Sieg nicht gönnen. Überall hatten sich prüfende Augen auf sie gerichtet, es wurde getuschelt und geflüstert. Münder warteten gespannt auf einen Anlaß zu boshaften Bemerkungen. Estelle stand wachsam in einer Ecke und ließ sie nicht aus den Augen. Der giftige, gehässige und völlig sinnlose Streit mit Jai Raventhorne hatte Olivias angetrunkenen Mut unterhöhlt, und das erneute Unrecht, das er ihr angetan hatte, machte sie schwach. Es erschien ihr grotesk und unfaßbar, daß sie tanzten, freundlich lächelten und zu Walzerklängen über etwas sprachen, das so viele Leben zerstört hatte. Und jeden Augenblick konnte er das eine Thema anschneiden, das sie mehr als alles andere fürchtete: Amos! Ihre Finger klammerten sich um seine Schultern. »Warum,

warum um alles in der Welt«, flüsterte sie heftig, »hast du dich entschlossen, heute abend hierher zu kommen, Jai ...?«

»Ich habe dir bereits zwei Gründe genannt. Ich werde dir einen dritten nennen.« Er hatte seinen Zorn überwunden und sprach wieder normal in einem Tonfall, in dem er ihr ohne weiteres ein Kompliment über den bezaubernden Blumenschmuck hätte machen können. »Durch die Heirat hast du deinem Freddie erlaubt, sich etwas zu nehmen, von dem ich dachte, es gehöre mir.« Er lächelte höflich. »Für diesen Diebstahl schulden mir die Birkhursts zumindest einen Drink als Wiedergutmachung.« Der Tanz war zu Ende, das Orchester machte eine Pause. Jai Raventhorne trat zurück und verneigte sich.

Amos!

Die Panik erfaßte Olivia wieder und machte sie blind für jede andere Interpretation seiner unverfrorenen Bemerkung. Mit sicherem Instinkt hatte er sie durchschaut und wußte nun über Amos Bescheid. Er konnte ihr jeden Augenblick seine Absicht kundtun, ihn für sich zu verlangen, ihn ihr wegzunehmen! Er war natürlich in Kirtinagar gewesen und hatte Amos gesehen... Die wildesten Vermutungen schossen Olivia durch den Kopf, und namenloses Entsetzen packte sie. Mit bleichem Gesicht stand sie wie gelähmt vor ihm auf der Tanzfläche, die sich schnell leerte.

Er sprach weiter, immer noch liebenswürdig lächelnd und in höflichem Ton. »Du bist eine Hure, Olivia. Ich hätte es früher begreifen müssen.« Er nahm ihre Hand und streifte sie flüchtig mit eiskalten Lippen. »Wir werden uns nicht wiedersehen. Als Frau eines Engländers und als Mutter eines Birkhurst stößt du mich ab.« Bei diesen Sätzen schwand sein Lächeln nicht. Auch seine Stimme klang unverändert ruhig.

Als Mutter eines Birkhurst!

Olivia glaubte, ihre Brust werde zerspringen, als der Atem in ihre Lungen schoß, und sie rang nach Luft. Alles verschwamm ihr plötzlich vor den Augen, und es gelang ihr nur mit Mühe, ruhig stehen zu bleiben. Aber mit der Erleichterung kehrte auch das Blut in die Wangen zurück, und ihre Augen leuchteten wieder mit einer Lebhaftigkeit, die sie nicht länger vortäuschen mußte. Sie lachte leise, als sie die Tanzfläche verließen. »Oh, es wird bald *zwei* Birkhursts geben«, erwiderte sie leise, aber deutlich genug, daß er es hörte. »Dann kann ich dich noch einmal so sehr abstoßen wie jetzt – und mit noch größerer Berechtigung!«

Er machte ihr ein Abschiedsgeschenk – er zuckte zusammen –, und Olivia jubelte. Es war bedeutungslos, aber welche Befriedigung! »Dann … meinen Glückwunsch.« Er hatte sich schnell wieder gefaßt. »Noch einmal besten Dank für Ihre liebenswürdige Gastfreundschaft, Lady Birkhurst. Ich wünsche Ihnen eine gute Nacht und eine sichere Reise zu Ihrem Vater nach Hawaii.«

Zum zweiten Mal machte Jai Raventhorne auf dem Absatz kehrt, um aus ihrem Leben zu verschwinden.

Es war für Olivia eine qualvolle und aufreibende Farce gewesen. Und es hatte sie viel Kraft gekostet. Ihre Kehle war so ausgedörrt, daß ihr das Schlucken wehtat. Ihre Knie waren weich und drohten, ihr den Dienst zu versagen. Sie wollte in eine dunkle Ecke fliehen, aber das wagte sie nicht. Noch immer richteten sich unzählige Augen auf sie. Neben der totalen Erschöpfung empfand sie jedoch Triumph, ein unbändiges Hochgefühl. Sie hatte die bittere Prüfung bestanden! Sie hatte den schlimmsten Alptraum durchlebt und das rettende Ufer mit wenigen Schrammen erreicht. Ihre Willenskraft hatte gesiegt, sie war nicht weich geworden! Jai Raventhorne hatte für immer die Fähigkeit verloren, sie zu verletzen. Aber *ihr* war es gelungen, daß er zusammenzuckte! Das war noch eine Entschädigung – wie klein auch immer – für das zerstörte Leben, für die demütigende Farce ihrer Ehe, für einen so schändlichen Betrug, den sie nie würde verzeihen können. Dieser kleine Sieg war besser als nichts.

Und er ahnte nichts von Amos! Alles andere zählte nicht, war gegenstandslos, nicht mehr als ein Mückenstich. Sie konnte morgen darüber nachdenken – oder auch nicht. Das gefürchtete Zwischenspiel hatte stattgefunden und war zu Ende. Sie mußte Jai Raventhorne nie wiedersehen.

Fröhlich und mit neuem Schwung erlaubte sich Olivia, wieder die charmante Gastgeberin zu spielen.

Das Kaminfeuer mußte gelöscht werden. Es wurde unangenehm heiß in den Sälen. Um den Zigarrenqualm zu vertreiben, gab sie Anweisung, daß die *Punkahwallahs* die großen Stoffächer unter den Decken schneller bewegten. Einige der Damen tupften sich mit Eau-de-Cologne-benetzten Taschentüchern die Stirn, andere fächelten sich heftig mit ihren Fächern aus Elfenbein und Sandelholz das Gesicht. Die Musiker aßen inzwischen, und als Olivia die verlassene Tanzfläche noch einmal überquerte, entdeckte sie erstaunt den burgunderroten Frack. Raventhorne stand mit dem Rücken zu ihr aufrecht und regungslos neben Ransome. Sie wollte ihm nicht noch einmal begegnen und drehte sich um, als sie aus den Augenwinkeln etwas Seltsames sah. Plötzlich schwiegen auch alle anderen, und es wurde still im Raum. Das laute Lachen, die angeregten Gespräche im großen Salon verstummten plötzlich ohne ersichtlichen Grund. Eine spürbare, drückende Spannung hing wie eine dunkle Wolke über allen. Verwirrt eilte Olivia durch eine Tür und blickte forschend in den Saal – und ihr gefror langsam das Blut.

In der Tür am anderen Ende stand klar und deutlich Sir Joshua Templewood und neben ihm ihre Cousine. Durch den Saal hinweg, in dem niemand sich bewegte, trafen sich kurz ihre Blicke. In den Tiefen von Estelles babyblauen Augen lag Trotz, eine herausfordernde Naivität, die Olivia das Schlimmste befürchten ließ. Welche Spielchen sich ihre einfallsreiche Cousine für den Abend auch ausgedacht haben mochte, sie hatte offensichtlich noch nicht alle Trümpfe ausgespielt. Es sollten noch weitere folgen.

Sir Joshua trug einen Abendanzug, der ihm eine Nummer zu groß war, aber er wirkte darin so lässig elegant, wie man es in besseren Zeiten von ihm gewohnt gewesen war. Der große, kräftige Mann hatte früher fast alle überragt. Auch jetzt hatte er wieder die Schultern gestrafft, den Kopf hoch erhoben. Er war nur etwas grauer als noch vor dreizehn Monaten. Nichts war von der gebückten Haltung der letzten Zeit zu merken. Nur der zu weite Überzieher wies deutlich darauf hin, wie viel er abgenommen hatte. Die gewohnte Röte fehlte zwar, auch die Augen lagen tiefer in den Höhlen, aber die unverminderte Kraft seiner Persönlichkeit zog noch immer die Aufmerksamkeit aller auf sich und hielt sie mühelos. Er war wieder der alte, und für alle, die geglaubt hatten, er liege im Sterben, war dieser Anblick eine Offenbarung.

Sir Joshua nahm bedächtig den eleganten Seidenschal ab und reichte ihn mit einer herrischen Geste John Sturges, der hinter ihm stand und schrecklich verlegen wirkte. Dann streifte er mit derselben Konzentration nacheinander die Handschuhe ab und schob sie zusammengelegt in die Taschen des Überziehers, den er im Augenblick noch nicht ablegen wollte. Diese genau bemessenen kleinen Gesten, das ruhige Gesicht, die erstaunlich sicheren Hände, das imponierende, unerschütterliche Selbstbewußtsein – all das verblüffte jeden, der ihn in den vergangenen Monaten erlebt hatte.

Nachdem er diese kleinen Pflichten erledigt hatte, ging Sir Joshua auf Olivia zu, die inzwischen wie angewurzelt neben Arthur Ransome stand. Er blickte weder nach rechts noch nach links, sondern durchquerte gelassen den Raum, als sei er allein, als seien die Menschen auf beiden Seiten, die ihn anstarrten, nicht vorhanden. Sir Joshua ging ohne Eile mit abgemessenen Schritten, und er wirkte völlig ruhig. Aus dem einfachen Grund, daß etwas in seinen Augen es verbot, wagte niemand, ihn zu begrüßen. Er blieb vor Olivia stehen, breitete die Arme aus und legte ihr die Hände auf die Schultern. Er lächelte und küßte sie herzlich auf beide Wangen. »Entschuldige bitte, daß ich dich überrascht habe, mein Kind, aber Estelle hat darauf bestanden, daß ich mich hier sehen lasse.« Er nickte anerkennend. »Du siehst bezaubernd aus in diesem Blau, Olivia, wirklich hinreißend.«

Olivia gelang es irgendwie, etwas zu sagen. »Ich... ich freue mich, daß du doch noch gekommen bist, Onkel Josh. Wir...« Ihre Stimme zitterte, erstarb, und ihre erschrockenen Augen wanderten hilflos zwischen Arthur Ransome und Jai Raventhorne hin und her, der immer noch unbeweglich und ausdruckslos in seiner Nähe stand.

Sir Joshua schüttelte förmlich Ransomes Hand. Sie sagten beide nichts, zumindest nicht in Worten. Was zwischen ihnen vorging, konnte man nur ahnen. Ransomes Gesicht, so versteinert wie Raventhornes, verriet nichts. Nachdem die Begrüßungsformalitäten erledigt waren, wandte sich Sir Joshua ab und ging geradewegs auf Jai Raventhorne zu. Er streckte die rechte Hand aus.

»Guten Abend, Jai.«

»Guten Abend, Sir Joshua.«

Die Stille vertiefte sich noch und umgab alle wie ein undurchdringlicher Nebel. Keiner der Anwesenden konnte sich erinnern, die beiden Männer einmal zusammen gesehen zu haben – zumindest nicht in der Öffentlichkeit.

Die Wirkung der Konfrontation war elektrisierend. Nichts schien sich an Jai Raventhorne zu bewegen. Er schien nicht einmal zu atmen. Nur ein kleiner Muskel unter der rechten Schläfe zuckte. Die blassen, großen Augen waren so ausdruckslos, als sähen sie nichts. Er blickte weder auf die dargebotene Hand noch machte er den geringsten Ansatz, sie zu ergreifen. Ein paar erschreckend lange Sekunden hielt Sir Joshua die Hand ausgestreckt, aber sie wurde nicht zur Kenntnis genommen und zurückgewiesen. Erst als Sir Joshua sie mit einem gleichgültigen Schulterzucken und ohne sichtlichen Verlust seines Selbstbewußtseins sinken ließ, sagte Raventhorne ebenso gepreßt wie zuvor, aber ruhig: »Ich glaube, Sie wissen sehr gut, Sir Joshua, daß das, was zwischen uns liegt, nicht mit einem Händedruck wiedergutgemacht werden kann.«

Sir Joshua schien stirnrunzelnd darüber nachzudenken. Dann nickte er. »Nein, das kann es nicht«, sagte er leise, »jetzt nicht mehr. Besonders jetzt nicht mehr, aber Estelle will das nicht einsehen.«

Hätte Olivia nicht so nahe bei ihrem Onkel gestanden, wäre ihr das leise, beinahe geflüsterte Gespräch entgangen. Etwas zuckte schließlich in Raventhornes leblosen Augen – ein Funken Belustigung, ein Anflug von Verachtung. Aus den Augenwinkeln sah sie Estelle zurückweichen und nervös nach der Hand ihres Mannes greifen. Sir Joshuas lässiges, beinahe freundliches Verhalten veränderte sich und wurde plötzlich energisch. Er zog einen Handschuh aus der Tasche seines Überziehers, den er noch immer trug, und schlug Raventhorne damit schnell ins Gesicht.

»Morgen am Ochterlony-Turm – pünktlich um sechs. Ransome und Sturges werden meine Sekundanten sein. Wählen Sie die Waffen!«

In der erstarrten Menge hörte man ein vielstimmiges – zweifellos freudiges – Aufatmen. Kalkutta hatte schon lange kein so spannendes Duell mehr erlebt. Spannend? Dieses Duell versprach eine Sensation zu werden! Estelle verließ plötzlich den Platz neben ihrem Mann und rannte zu ihrem Vater. Sie klammerte sich an ihn. »*Nein!* Papa, du hast mir geschworen, daß du mir glaubst!« flüsterte sie erregt und hielt ihn mit zitternden Händen an seinem Revers fest. Ihre Augen waren angstvoll aufgerissen. »Du hast mir *geschworen*, du hast mir dein Wort gegeben ...!«

»Bring sie weg, John.« Abgesehen von einem kurzen Blick und der kleinen Mühe, sich von ihr zu befreien, achtete Sir Joshua kaum auf seine Tochter.

»Aber *Sir* ...!« Der schockierte Schwiegersohn bewegte sich nicht, denn er wußte nicht, wie ernst der Befehl seines Schwiegervaters gemeint war.

»Bring sie weg, John!« Sir Joshua hob nicht die Stimme, aber seine Augen funkelten, und seine Stimme klang gebieterisch. Mit dem geübten Reflex des Soldaten, der unbedingten Gehorsam gewohnt ist, nahm John seine Frau bei den Armen.

Estelle wehrte sich heftig und brach in Tränen aus. »Du hast mich belogen, Papa! Du hast mich belogen! Du weißt, ich habe die Wahrheit gesagt, du weißt, ich könnte mir das nie ausdenken ...«

»Sei still, Estelle!« unterbrach sie John energisch, »tu, was dein Vater sagt.«

Estelle wandte sich mit tränenüberströmtem verzweifeltem Gesicht an Olivia. »Laß es nicht zu, Olivia. Er darf nicht ...« Der Rest ging in heftigem Schluchzen unter. Dann führte John, dem das Ganze schrecklich peinlich war, sie eilig zur nächsten Tür.

Niemand wagte dazwischenzutreten. Die erschrockenen und faszinierten Zuschauer hatten zwar kaum etwas von Estelles wirrem Gerede verstanden, mit dem sie ihren Vater bestürmt hatte, aber sie begriffen, daß sich hier ein erregendes Drama abspielte, und keiner wollte auch nur das Geringste davon verpassen. Im Saal herrschte eine Spannung, die wie Wasser in einem bewegten Behälter hin und her, auf und ab, gegen Wände und Decke schwappt. Raventhorne war während Estelles erzwungenem Abgang völlig ruhig geblieben. Jetzt richtete sich die Aufmerksamkeit wieder auf ihn, und er mußte auf Sir Joshuas Herausforderung antworten. Raventhorne drehte sich gelassen um und ging zum Kamin. Er legte einen Arm auf den Kaminsims, kreuzte die Füße und blickte in dieser bewußt überheblichen Haltung auf Sir Joshua. Die harten, nach unten gezogenen Lippen öffneten sich dreist, aber er gab nicht einmal vor, zu lächeln.

»Nein.«

Das Wort klang sanft, beinahe freundlich. Sir Joshua richtete sich auf. »Sie weigern sich, mir Genugtuung zu verschaffen, Sir?«

»Ganz richtig!« Und er schien leise, fast unhörbar zu lachen. »Das ist, wie Sie sich vielleicht erinnern werden, Sir Joshua, schon immer das einzige Ziel meines Lebens gewesen.«

Niemand wagte sich zu rühren. Sir Joshuas funkelnde braune Augen wurden zu schmalen Schlitzen, ohne eine Reaktion auf den offenen Hohn erkennen zu lassen. Mit einem Schulterzucken holte er gelassen aus der Tasche seines Überziehers etwas, das in blauen Samt gehüllt war. »Also gut, dann können wir die Angelegenheit auch hier erledigen. Genug Zeugen sind anwesend.« Er legte schnell den Überzieher ab, warf ihn Ransome zu, der ihn auffing, und entfernte den blauen Samt.

Raventhorne beobachtete ihn wachsam, ohne seine Stellung zu ändern. »Hier?«

»Warum nicht? Dieser Platz ist ebenso gut wie jeder andere, finden Sie nicht auch?«

Die wachsamen, schiefergrauen Augen sahen gespannt zu, wie Sir Joshua geschickt und mit liebevoller Sorgfalt seine Kostbarkeit enthüllte. Dann hielt er in jeder Hand einen der beiden schimmernden Colts. Er legte sich das Samttuch nachlässig über die Schulter und schien zu lächeln. Raventhorne sagte: »Üblicherweise komme ich nicht zu einem Bankett und bin für ein Duell ausgerüstet, Sir Joshua. Hätte man mir etwas davon gesagt«, er verlagerte das Gewicht von einem Fuß auf den anderen und verschränkte die Finger, »dann hätte ich mich bestimmt etwas sorgfältiger gekleidet.«

Sir Joshua reagierte nicht auf den Spott, sondern nickte nur. »Oh, das weiß ich. Deshalb habe ich für uns beide gesorgt.« Er beugte das Knie und ließ einen Revolver über den Teppich gleiten. Er sauste wie ein gut gezieltes Geschoß bis kurz vor die Spitze von Raventhornes schwarzem Lackschuh. »Sie können sich davon überzeugen oder einen Sekundanten Ihrer Wahl damit beauftragen, daß alle Kammern geladen sind und der Colt schußbereit ist. Wenn Sie wollen, können Sie ihn auch ausprobieren.«

Wie bei einem Erdbeben geriet alles im Saal in Bewegung. Erregtes Flüstern und Murmeln lag in der Luft, als seien Bienenschwärme eingefallen. In einer Ecke drängten sich angstvoll mehrere Damen zusammen, preßten zierlich Spitzentaschentücher an die Münder und fielen vor Spannung beinahe in Ohnmacht. Allerdings war nur eine unklug genug, es wirklich zu tun. Ihr Mann blickte mit zusammengekniffenen Lippen ungehalten in die andere Richtung und überließ es zwei jungen Herren, sie aufzufangen und schnell hinauszutragen. Nach Erledigung ihrer Kavalierspflicht eilten sie ebenso schnell wieder zurück, um sich ja nichts entgehen zu lassen. Wenn Blut fließen sollte, dann wollte das niemand versäumen! Die anwesenden Damen führten tapfer die Riechfläschchen an die Nase, um sich Mut zu machen, und gelobten stumm, nicht ohnmächtig zu werden, oder erst, wenn alles vorbei war.

Der Revolver lag unterdessen unberührt vor Raventhornes Fuß. Jai machte sich nicht einmal die Mühe, einen Blick darauf zu werfen.

»Also?« fragte Sir Joshua mit beißender Schärfe.

»Nein, Sir Joshua. Ich bewundere Ihre Umsicht, aber ich kämpfe nicht mit fremden Waffen.« Er war wachsam, gab sich aber noch immer lässig, als sei seine beleidigende Antwort nur ein Spiel.

»Heben Sie den Colt auf, Raventhorne«, befahl Sir Joshua ruhig.

»Nein. Ich kämpfe auch nicht mit einem Invaliden!«

In Sir Joshuas Gesicht veränderte sich nichts. Die eiserne Selbstdisziplin vieler Jahrzehnte schien ihn unempfindlich gegen Raventhornes Hohn und Spott zu machen. Unter den gegebenen Umständen hatte er sich bewundernswert gut unter Kontrolle. »Ob Sie kämpfen oder nicht kämpfen, ich werde Sie töten, Raventhorne.«

»Aber bitte, versuchen Sie es.« Raventhorne verzog höhnisch den Mund. »*Wenn* Sie noch treffen können und den Mut dazu haben.«

»Oh, ich kann treffen und habe den Mut!«

Raventhorne lachte. Es klang seltsam. Er lachte weder laut noch leise, sondern mehr, um seine Zweifel auszudrücken. »Sie wissen so gut wie ich, Sir Joshua«, sagte er freundlich, »daß Sie noch nie den Mut hatten, mich zu töten. Und Sie werden nie den Mut dazu haben – auch jetzt nicht.«

Sir Joshua atmete tief und langsam. »Sie irren, Jai«, sagte er sehr ruhig. »Mir hat nicht der Mut gefehlt. Was immer mir auch gefehlt hat, jetzt fehlt es mir nicht mehr. Das müssen Sie bereits wissen.« Er holte tief Luft. Es klang fast wie ein Seufzen. »Also gut, wenn Sie auf diese Weise sterben möchten, dann bitte. Ich werde bis drei zählen, um Ihnen die Gelegenheit zu geben, zu schießen...«

»Um Himmels willen, Mann!« Jemand tauchte aus der Menge der erstarrten Zuschauer auf und stellte sich schnell zwischen die beiden Gegner. Es war Barnabus Slocum. Auf seiner Stirn stand Schweiß, und seine großen Unterkiefer zitterten vor Empörung. »Sie können nicht kaltblütig einen unbewaffneten Mann erschießen, Josh! Haben Sie den Verstand verloren? Verdammt noch mal, Sir, das ist... *verboten*!«

»Halten Sie den Mund, Barney.« Sir Joshuas Befehl klang weder erregt noch gereizt. »Und halten Sie sich da raus.«

»Heraushalten?« Slocum wurde dunkelrot und begann zu stottern. »Also... hören Sie zu, Josh... es ist genug...«

»Ich garantiere Ihnen, wenn Sie nicht aus dem Weg gehen, Barney, werden Sie verletzt.«

»Bei Gott, Mann, wir sind hier auf einer zivilisierten Feier. Sie können sich doch nicht wie ein hergelaufener Strolch aufführen!« Sein Gesicht wurde violett. »Als Vertreter des Gesetzes und im Namen Ihrer Majestät verbiete ich das! Ich verbiete es kategorisch und dulde keine Widerrede. Ich...«

»Hören Sie auf mit dem Gefasel, Barney! Das geht Sie nichts an und Ihre Majestät noch weniger.« Er hob den Colt und zielte auf Slocums dicken Bauch. »Gehen Sie aus dem Weg. Oder wollen Sie Ihren Bierbauch loswerden?«

Man hörte ein nervöses schrilles Lachen in einer Ecke, das aber sofort wieder verstummte. Slocums vom vielen Champagner rot geäderte Augen wurden groß vor Angst. Er blinzelte und schluckte ein paarmal. Er öffnete und schloß den Mund wie ein Fisch auf dem Trockenen, dann entschied er sich hastig für den Rückzug. Er hatte seine Pflicht getan und mischte sich fluchend wieder unter die Menge. Niemand dachte daran einzugreifen, und das aus gutem Grund. Wenn Raventhorne so töricht war, mit dieser überheblichen Lässigkeit vor seinen Richter zu treten, wer sollte ihn daran hindern? Außerdem hatte keiner es mehr verdient als er.

»Eins.«

Das erregte Gemurmel verstummte schlagartig, als Sir Joshua zu zählen begann. Olivia war wie gelähmt gewesen. Jetzt bewegte sie sich endlich wieder, aber wie in einem Traum. Sie hatte das Gefühl, unter Wasser zu sein. Ihre Glieder zogen sie bleischwer nach unten, während die Fähigkeit, zusammenhängend zu denken, aus- und wieder einsetzte. »Du mußt ihn daran hindern, bitte...« Ihre Lippen bewegten sich, doch die Stimme gehörte einer anderen.

»Nein.« Ransomes Haut war aschgrau, aber er antwortete ohne eine Spur von Unsicherheit. »Es muß geschehen.«

»Aber Raventhorne wird sterben!« Ihre Worte hallten in der großen Leere ihres Kopfes wider. Ihre Zunge war wie Blei und jede Bewegung eine Qual. Unter Aufbietung aller Kräfte wollte sie zu ihrem Onkel gehen, um das sinnlose Töten zu verhindern. Sie mußte etwas tun! Aber noch ehe sie den ersten Schritt getan hatte, umklammerte Ransome fest ihren Arm.

»Nein, Olivia!« Sein Flüstern klang rauh und heftig. »Einer muß heute sein Leben lassen! Du kannst nichts mehr tun!«

John Sturges stand inzwischen hinter Olivia. Er sah elend aus und rieb sich mehrmals mit dem Handrücken die Augen. Er flüsterte Ransome etwas zu, erhielt aber keine Antwort. Mit starrem Blick und blutleerem Gesicht sah Ransome nur zu – und wartete.

»Zwei...«

Mit der unnachahmlichen Anmut eines sorglosen jungen Rehs im Gras hob Raventhorne die Hand und schob sich eine Haarsträhne aus der Stirn. Auf seinem Gesicht lag weder Angst noch Feindseligkeit, sondern nur eine seltsam belustigte Neugier – und die übliche Verachtung. In Olivias Kopf tönte es unaufhörlich.
Jai Raventhorne wird sterben! Jai Raventhorne wird sterben …
Macht es mir etwas aus? überlegte sie kurz. Sie wußte es nicht. Jemand hinter ihr griff nach ihrer Hand und drückte sie, wie um sie zu stützen. Sie drehte sich um und sah, es war Willie Donaldson. Er schüttelte warnend den grauen Kopf als schweigenden Kommentar zu ihrem vergeblichen Versuch, einzugreifen. »Sie können nichts tun, Mädchen, nicht in Ihren Umständen.« Sie lächelte, ohne etwas gehört zu haben.
»Drei!«
Es war so still wie in einem Grab, nichts regte sich. Niemand atmete, keiner flüsterte. Dann lachte Raventhorne. »Was ist los, Sir Joshua? Fehlt Ihnen wieder der Mut?«
Das Zucken einer Wimper ging dem schneidenden Hohn voraus, und dann geschahen drei Dinge gleichzeitig: Sir Joshua feuerte, Raventhorne trat einen kleinen Schritt zur Seite, und hinter seiner Schulter barst ein kostbarer goldgerahmter belgischer Spiegel in einem Feuerwerk splitternder Glasstücke. Der Saal erbebte unter dem Schuß, als sei ein Blitz eingeschlagen. Frauen schrien, ein heilloses Durcheinander brach aus, und das Stimmengewirr war ohrenbetäubend. Niemand wußte genau, was eigentlich geschehen war und in welcher Reihenfolge. Man hörte rauhe Flüche, unverständliche Beschimpfungen und ein paar hysterische Lacher. Dann verzog sich der Rauch, und die Verwirrung legte sich langsam. Zum Vorschein kam wieder Jai Raventhorne. Er stand noch immer aufrecht an derselben Stelle und in derselben spöttischen Haltung wie vor dem Schuß. Die Menschen im Saal erstarrten. Wieder verstummten alle. War es möglich, daß der Höhepunkt des Abends noch ausstand?
»Versuchen Sie es noch einmal, Sir Joshua!« sagte Raventhorne leise, aber deutlich hörbar. Seine Worte klangen jetzt noch selbstbewußter. »Zielen Sie etwas tiefer. Mein Herz schlägt noch.«

Enttäuschung breitete sich aus. Verdammt, kein Tropfen Blut war geflossen? Was zum Teufel bildete Josh sich denn ein? Langsam und sehr konzentriert hob Sir Joshua noch einmal die rechte Hand. Als er zielte, spannten sich seine Gesichtsmuskeln, und er kniff die dunkelbraunen Augen zu schmalen Schlitzen zusammen. Der Zeigefinger lag wieder um den gespannten Abzug. Er war so ruhig wie der Stein, aus dem sein riesiger Körper gehauen zu sein schien. Es schien unmöglich, daß er noch einmal daneben schoß. Olivia drehte verzweifelt den Kopf zu Arthur Ransome. Ihre Nerven drohten zu zerreißen. Aber Ransome spürte den Blick entweder nicht oder er wollte ihn nicht erwidern. Er stand wie in Trance bewegungslos da und starrte auf Sir Joshua. Die Spannung war unerträglich. Münder öffneten sich, und auf Stirnen stand der Schweiß. Aber keine Hand rührte sich, um sie zu trocknen. Alle warteten auf den zweiten Schuß, mit dem Jai Raventhornes Leben enden würde. Selbst ein Blinzeln mochte dazu führen, daß man den Höhepunkt eines Lebens verpaßte, den seltsamen Gipfel einer Rache, wie sie ihn noch nie erlebt hatten und vermutlich auch nie mehr erleben würden.

Eine Ewigkeit verging. Aber Sir Joshuas zweiter Schuß fiel nicht. Die Zeit verrann tickend, während viele Uhren den kollektiven Herzschlag zählten. Alle warteten geduldig, atmeten kaum, hielten die Augen weit geöffnet, ohne zu blinzeln. Sir Joshuas Zeigefinger lag um den Abzug, strich zärtlich darüber, zitterte einmal und dann noch einmal. In seinem Gesicht änderte sich nichts, auch die Konzentration ließ nicht nach, mit der er sein Opfer durchbohrte. Aber langsam senkte sich der rechte Arm, bis er wieder entspannt an der Seite hing. Die beiden Männer hielten den Blick noch etwas länger – der eine metallisch und feindlich, der andere undurchdringlich und abweisend. Der Colt baumelte langsam an Sir Joshuas Zeigefinger, dann fiel er mit einem leisen Plumps auf den Teppich. In dem gespannten Schweigen hätte es ein Kanonenschlag sein können. Sir Joshua hob den Revolver nicht wieder auf. Statt dessen griff er nach dem Mantel, der über einer Stuhllehne lag.

Sir Joshua lächelte kurz, aber klar und gelassen zuerst Ransome und dann Olivia zu. Er hängte sich den Mantel ordentlich über den Arm, drehte sich um und verließ den Saal. Trotz der allgemeinen Verwirrung hinderte ihn niemand daran. Niemand sagte etwas. Die Menge teilte sich wie das Rote Meer vor Moses und sah ihn nur verständnislos an. Wie bei der Ankunft waren seine Schritte fest und energisch, und seine große Gestalt wirkte aufrecht und gebieterisch. Im Handumdrehen hatte er den großen Saal durchquert und verschwand durch die Tür.

Die Verwirrung wurde zum Schock, der Schock zur Empörung – und dann brach die Hölle los. Alle redeten gleichzeitig erregt aufeinander ein. Was zum Teufel bildete Josh sich denn ein ? Wie konnte er, ein Engländer und ein Gentleman, es wagen, die Nerven zu verlieren! Er war doch der Herausforderer gewesen! Das war unerhört! Noch schlimmer, es war geschmacklos, schockierend! Der Mann war eine Schande für die ganze Gesellschaft – von seinem Club ganz zu schweigen! Nachdem die Allgemeinheit unter schriller Beteiligung der alten Jungfer zu diesem Konsens gekommen war, entschied sich Arabelle, endlich in Ohnmacht zu fallen. Im Sturm der großen Enttäuschung und der unerfüllten Erwartungen beschlossen alle plötzlich, es sei Zeit, nach Hause zu gehen.

Nur Barnabus Slocum seufzte insgeheim erleichtert auf und trocknete sich den Schweiß auf der Stirn. Hätte der verdammte Josh den Bastard wirklich umgebracht (wie er gehofft hatte), dann hätte er sich als Vertreter des Gesetzes in einer schwierigen Lage befunden. Es wäre eindeutig Mord gewesen. Er hätte Josh verhaften lassen und öffentlich anklagen müssen – welch eine schreckliche Vorstellung! Natürlich wäre der Fall später irgendwie als Notwehr ausgelegt worden. Aber mit so vielen Zeugen wäre das nicht ganz einfach gewesen, wirklich nicht ganz einfach, um nicht mehr zu sagen! Er hätte Josh mindestens zu drei Jahren Gefängnis verurteilen müssen. Die einheimische Bevölkerung wäre natürlich außer sich vor Empörung gewesen, und es hätte heftige und peinliche Dispute mit London gegeben. Schön und gut, aber der Mann hatte nicht nur die erste Runde verspielt, sondern war auch noch weich geworden. Verflucht noch mal, er konnte das nicht verstehen. Aber es war, Gott sei Dank, nicht seine Angelegenheit, dieser Sache nachzugehen. Und dieser verdammte Unruhestifter Raventhorne …

Slocum blickte sich ebenso verblüfft wie alle anderen suchend nach ihm um. Aber von dem Mann, der um Haaresbreite das Leben verloren hätte, war keine Spur mehr zu sehen. Im allgemeinen Durcheinander war er gegangen. Zurück blieben noch mehr unbeantwortete Fragen. Widerwillig kam man zu einer allgemeinen Meinung: Es war natürlich schrecklich schade, daß Josh unverständlicherweise nicht getroffen hatte. Aber niemand konnte leugnen, daß *Kala Kanta* außerordentlichen Mut bewiesen hatte. Nicht jeder Mann – nicht einmal ein reinrassiger Engländer! – hätte so gelassen mit dem Tod spielen können – noch dazu unbewaffnet und mit einem Meisterschützen als Gegner. Das Eingeständnis schmerzte natürlich, aber englische Fairneß gebot, daß man selbst dem Teufel, wenn er es verdient, Gerechtigkeit widerfahren lassen muß.

Olivias Beine gaben unter ihr nach. Sie glaubte, im Gedränge zu ersticken. Alle redeten auf einmal, bedankten sich höflich bei ihr und wünschten eine gute Nacht. Jemand, vielleicht Willie Donaldson oder der Arzt – sie wußte nicht wer –, stützte ihren Arm und half ihr in einen Sessel. Verschwommen sah sie Lubbock vor sich. Er strahlte vor Vergnügen. Endlich war in der langweiligen Stadt einmal etwas los. Er redete eifrig auf sie ein, aber sie hörte kein Wort. Mrs. Sturges, Johns Mutter, legte ihr ein mit Eau-de-Cologne getränktes Taschentuch auf die Stirn. Eine vertraute Stimme sagte etwas Beruhigendes – Estelle? –, und die kräftige Hand von John fächelte ihr kühlende Luft zu. Olivia schloß erleichtert die Augen, aber sie wußte, sie würde das Bewußtsein verlieren. Bevor es eine Sekunde später geschah, schoß ihr ein absurder Gedanke durch den Kopf, über den sie am liebsten hysterisch gelacht hätte.

Jetzt hatte sie *noch* ein Hühnchen mit Jai Raventhorne zu rupfen. Er gab sich nicht damit zufrieden, ihr Leben zu ruinieren, er hatte ihr auch das Fest ruiniert.

Achtzehntes Kapitel

Ob ruiniert oder nicht, die außergewöhnlich ereignisreiche *Burra Khana* war am nächsten Tag Stadtgespräch. Beim Sonntagsfrühstück im Tolly Club, beim Kricket und in den Häusern der Europäer und Inder erregten sich die Gemüter über nichts anderes. Auch in den nächsten Tagen und Wochen sollte sich wenig daran ändern. Man stimmte allgemein darin überein, es sei das konversationsmäßig ergiebigste Ereignis in der Stadt seit fünfundvierzig gewesen, als Charlie Bagshott-Brown sich mit dem Schmuck seiner Frau, dem Bargeld seines Brotherrn und der Klavierlehrerin seiner Tochter aus dem Staub machte. Prudence Bagshott-Brown hatte sich gerächt, indem sie ihre Freunde zu einer öffentlichen Verbrennung aller zurückgebliebenen persönlichen Dinge ihres Mannes auf dem *Maidan* eingeladen hatte. Man bedauerte allgemein, daß sich Olivias verschwenderisches Fest für den Klatsch nicht noch ergiebiger erwiesen hatte, was der Fall gewesen wäre, wenn Sir Joshua nicht Schande über sich gebracht hätte, indem er nach der Herausforderung plötzlich klein beigab. Aber nur wenige leugneten, daß sich der Abend wirklich gelohnt hatte, ganz gleich, welche Folgen der ungeplante Spaß auch haben mochte.

Olivia verbrachte den Vormittag im Bett. Sie war nicht nur körperlich völlig erschöpft. Wieder einmal wurde sie das Opfer qualvoller Übelkeit – das sichere Zeichen ihrer Schwangerschaft. Aus alter Gewohnheit schob ihre selektive Erinnerung die unerträglichen und schrecklichen Aspekte des vergangenen Abends zunächst einmal energisch beiseite: Raventhornes diabolische Rückkehr, die lähmende Spannung, die unverzeihliche Melodramatik ihres Onkels,

Estelles Falschheit und Frechheit, Raventhorne und ihren Vater einzuladen. Und Sir Joshuas seltsame Reaktion, durch die er bewußt die Verachtung der Öffentlichkeit auf sich gezogen hatte. Olivia fragte sich auch, ob sie erleichtert sei, weil Raventhorne noch lebte. Über all das wollte sie nicht nachdenken. Statt dessen machte sie Platz in ihren Gedanken und in ihrem Herzen für die überwältigende Dankbarkeit: Jai Raventhorne ahnte nicht, daß er einen Sohn hatte.

Ich bin in Sicherheit.

Sowohl er als auch ihre Cousine hatten von heute an nichts mehr in ihrem Leben zu suchen. Die Luft war bereinigt, und ihr geliebter Amos konnte aus Kirtinagar zurückkommen.

Im Augenblick zählte nur das.

Zum Tee erschien Arthur Ransome. Er war unglücklich, niedergeschlagen, völlig erschöpft und plötzlich gealtert. Er erkundigte sich nach Olivias Gesundheitszustand, und sie beruhigte ihn. Dann versank er in Schweigen, trank seinen Tee und unternahm keinen weiteren Versuch, sich mit ihr zu unterhalten. Die Ereignisse des vergangenen Abends waren schlimm genug. Es fiel ihm nicht leicht, den erbarmungslosen Spott und Hohn mitanzuhören, der offen über einen Freund ausgeschüttet wurde, mit dem er beinahe sein ganzes Leben zusammengewesen war. Aber ihn schien etwas zu bedrücken, was sehr viel tiefer ging als die öffentliche Mißachtung. Ihm lag etwas auf der Seele, das nicht nur mit der Katastrophe des Vorabends erklärt werden konnte. Olivia hatte Mitgefühl für Ransome. Aber sie fand keine Worte, um ihn zu trösten. Sie wollte ihn nicht mit Platitüden verletzen und zog es vor, sein Schweigen zu achten. Wenn man den großen Kummer bedachte, empfand sie sogar unfreiwillig Mitleid für ihren Onkel. Olivia hatte in ihrem Leben selbstzerstörerische Entscheidungen treffen müssen – vielleicht war es Sir Joshua ebenso ergangen. Möglicherweise war sein Leben infolge der Umstände ebenso tragisch in seinen Zwängen wie bei ihnen allen. Vielleicht war es sogar so tragisch wie das Leben des Mannes, den er gestern hatte töten wollen. Und diesen Mann hatte sie einmal leidenschaftlich geliebt ...

Am Vormittag überbrachte man Olivia einen Brief von John Sturges.

Er bat darum, sie noch einmal – und sei es auch nur kurz – vor der Abreise nach Cawnpore sehen zu dürfen. Olivia nahm Müdigkeit und Unpäßlichkeit zum Anlaß, keine Besucher zu empfangen, und in diesem Sinn antwortete sie ihm nicht unfreundlich, denn sie hatte nichts gegen Estelles Mann, sie mochte ihn sogar. Ein zweiter Umschlag enthielt einen Brief von Estelle. Olivia ließ ihn ungeöffnet zurückgehen.

Für sie war Estelle tot – so tot, wie Estelle auch für ihre Mutter. Olivia wollte nie wieder etwas mit ihr zu tun haben.

*

Und dann, am nächsten Morgen, kam Amos zurück!

Alle Müdigkeit war vergessen, und Olivia jubelte vor Freude. Der Kleine schrie empört, als sie ihn stürmisch an sich drückte und sein Gesicht mit Küssen bedeckte. Sein Geschrei war Musik für ihre Ohren, die sie so lange hatte entbehren müssen. Sie ließ ihn nicht mehr aus den Armen, liebkoste ihn und genoß seine Anwesenheit wie ein Mensch, der dem Hungertod nahe ist und der plötzlich ein Festessen vorgesetzt bekommt. Amos war in dem einen Monat sehr gewachsen, und man sah tatsächlich den ersten Zahn. Mary Ling führte die weiße Linie in seinem Oberkiefer so stolz vor, als sei der Zahn ihre Leistung.

Olivia saß den ganzen Tag über bei ihrem Sohn und verschlang ihn mit den Augen. Sie bewunderte nacheinander die Veränderungen – die Bäckchen waren runder und voller, die grauen Augen blickten sich wachsamer und aufmerksamer im Kinderzimmer um, die schwarzen Haare waren dichter und länger geworden, er hatte neue Laute, Gesten, Töne gelernt und gewisse Vorlieben entwickelt. Nachdem nun alle Prüfungen hinter ihnen lagen – beinahe! –, gelobte sie stumm, sich nie wieder von ihm zu trennen, nicht einen Augenblick, wenn es in ihrer Macht lag.

Es gab aber noch viel zu tun. Mit neuer Kraft machte sich Olivia an die Vorbereitungen für die Abreise.

Die vor dem Fest geöffneten Kisten mußten wieder verpackt und verschlossen und für Donaldson mit genauen Inhaltslisten versehen werden. Unnötige Dinge ließ sie der Kirche zu wohltätigen Zwecken überbringen, bezahlte das Dienstpersonal und verteilte *Baksheesh*. Olivia kaufte Geschenke für ihre Lieben in Hawaii, räumte Schränke und Schreibtische auf, bezahlte Rechnungen, erledigte alle geschäftlichen Dinge mit Donaldson und brachte den Mietvertrag für das Palais mit Lubbock zum Abschluß. Während sie arbeitete, freute sie sich über Marys lustige Lieder und Amos' begeistertes Krähen im Kinderzimmer. Das erleichterte ihr die lästigen Pflichten, und Olivia lächelte zufrieden. Wenn ihr das Leben nur ihren Sohn und die Rückkehr zu ihrem Vater schenkte, dann hatte sie bereits genug.

Der Strom der Danksagungen riß nicht ab. Olivia warf sie ungelesen in den Papierkorb. Sie wollte nicht an den Abend erinnert werden, der ihr nur größte Qualen gebracht hatte. Sie öffnete systematisch die Schubladen und warf ohne Reue weg, was sich in den zurückliegenden Monaten angesammelt hatte. Beim Leeren der letzten Schublade fiel etwas Metallisches auf die Schreibtischplatte. Olivia hielt die Luft an. Sie hatte völlig vergessen, daß der Anhänger hier lag. Aber sie gab sich einen Ruck und warf ihn ebenfalls in den Papierkorb. Die Vergangenheit war vergessen, sie hatte mit ihr abgeschlossen. Sie brauchte keine sentimentalen Erinnerungsstücke.

An diesem Abend konnte sie einfach nicht einschlafen. Etwas bohrte erbarmungslos in ihrem Kopf und ließ sie nicht ruhen. Schließlich stand sie schimpfend auf und ging ärgerlich dorthin, wo das Übel lag, wie sie wußte – zum Papierkorb. Sie verwünschte ihre Schwäche und den Druck, dem sie nachgab, zog den Anhänger wieder aus den Abfällen heraus und hielt ihn einen Augenblick in der Hand. Auf der rosa Hand wirkte er stumpf und schäbig. Sie ging zum Bett zurück, setzte sich auf, seufzte tief, während ihre Gedanken wieder anfingen zu kreisen, und polierte ihn gedankenverloren mit einem Zipfel des Bettuchs.

Durch die Heirat hast du deinem Freddie erlaubt, sich etwas zu nehmen, von dem ich dachte, es gehöre mir.

Natürlich hatte er nicht von Amos gesprochen, sondern von ihr! Es gab einmal eine Zeit, da hätte sie das Geständnis als schmeichelhaft empfunden, aber jetzt versetzte es sie nur in noch größere Wut. Sie war einmal leichtgläubig gewesen. Das war sie nicht mehr und würde es nie mehr sein. Mit welch teuflischer Anmaßung erhob er Anspruch auf jemanden, den er unwiderruflich verstoßen hatte! Und er besaß die Frechheit, von einem angeblichen Brief zu sprechen. Er war sogar stolz darauf, ihr Brief und Siegel darauf gegeben zu haben, daß er sie verstieß! Wie einfach hatte er es sich gemacht, sich hinter Schweigen versteckt, anstatt die unüberbietbare Gemeinheit – die Beziehung zu ihrer Cousine – zu erklären! Er hatte sie nie als die Seine akzeptiert, niemals, auch nicht, als noch die ›Bindung‹ zwischen ihnen bestand, von der er so großes Aufhebens gemacht hatte. Jetzt hatte er bequemerweise die Tatsachen auf den Kopf gestellt, um *sie* als die Übeltäterin hinzustellen. Vielleicht konnte man Estelle in ihrer bornierten Dummheit nicht einmal einen Vorwurf machen. Er allein trug die Schuld – er, er, *er*.

Und er hatte sie als Hure bezeichnet.

Olivia erkannte die wachsende Wut als das, was sie war – eine Schwäche, ein wunder Punkt, ein Charakterfehler. Nein, Jai Raventhorne war ihr noch nicht gleichgültig. Das bezeugten die zitternden Hände, der schwelende Zorn, der jederzeit wieder aufflammen konnte, die heftige Reaktion auf den verwünschten Anhänger – alles bewies ihr Versagen. Ärgerlich ließ sie den Anhänger in die Nachttischschublade fallen und schwor sich, ihn doch noch wegzuwerfen. Aber die Glut schwelte weiter: Jai Raventhorne hatte sie eine Hure genannt. Er hatte es nicht einmal für nötig gehalten, sie wenigstens *einmal* zu fragen, *warum* sie Freddie geheiratet hatte!

Paradoxerweise fürchtete Olivia diese Frage von Jai Raventhorne immer noch am meisten!

*

»Haben Sie noch Wünsche hinsichtlich Mobiliar und ähnlichem?« fragte Willie Donaldson. »Das Essen auf den Schiffen ist völlig ungenießbar. Ich habe alles Nötige veranlaßt, damit Sie genug Trockenvorräte und zwei Milchziegen für das Kind haben.«

Willies Besorgnis und sein unverhohlener Kummer über ihre Abreise rührten Olivia. »Nein, Mr. Donaldson«, sagte sie freundlich und herzlich, »Sie haben bereits mehr als genug getan.«
Brummig wischte er den Dank beiseite. »Also, wir müssen noch über Geld für die Reise und danach reden ...«
»Danke, ich habe genug«, sagte sie schnell und wechselte das Thema. »Was ich noch wissen möchte... Haben Sie noch einmal mit Lubbock gesprochen?«
Er wirkte noch verdrießlicher. »Ja, dieser Grobian möchte am liebsten heute schon einziehen«, murmelte er mißbilligend, »Lady Birkhurst würde bei dem Gedanken in Ohnmacht fallen, daß dieser ungehobelte Bauer in ihrem Palais tun und lassen kann, was er will.« Er schwieg eine Weile finster, dann seufzte er. »Der Kredit, den Eure Ladyschaft Ransome gegeben haben ...«
»Ja? Was ist damit?«
»Sind noch mehr Kredite geplant?«
»Wenn nötig. Warum?«
Als Zeichen seiner absoluten Mißbilligung klopfte er mit dem Bleistift gegen den Vorderzahn. »Ich würde davon abraten... Besonders nach allem, was neulich abend im Palais vorgefallen ist.« Für Donaldson war das Haus der Birkhursts immer *das* Palais, als sei es das einzige auf der Welt.
»Ach! Tut mir leid, aber ich verstehe den Zusammenhang nicht.«
Er brummte: »Der Zusammenhang besteht darin, daß Josh vielleicht erledigt ist, aber das Firmenschild Templewood und Ransome nicht. Der Bastard wird nicht ruhen, bis er sie völlig bankrott gemacht hat. Er wird sie nach Strich und Faden ruinieren. Und ich glaube einfach, wenn Sie mir die Ansicht erlauben, wir sollten ihn nicht herausfordern, indem wir versuchen, ein sinkendes Schiff zu retten.«
»*Wir* nicht, Mr. Donaldson, aber *ich*. Und Sie kennen meine Meinung zu diesem Thema bereits. Außerdem«, sie nahm einige Akten vom Schreibtisch und stand auf, »werde ich nicht mehr da sein, wenn Mr. Raventhorne aus Assam zurückkommt. Deshalb sind seine zukünftigen Pläne, wie gut oder wie bösartig sie auch sein mögen, für mich gegenstandslos.«

Sie verließ Donaldson, der unzufrieden und mürrisch auf seine Füße starrte. Aber als sie nach Hause kam, hatte Olivia das Gespräch bereits vergessen. Amos bekam bald sein Abendessen. Wie immer fütterte ihn Olivia abends, denn er verschlang alles mit größtem Appetit. Sie stürmte so schnell die Treppe hinauf, daß Dr. Humphries sie ernsthaft getadelt hätte, und riß fröhlich die Tür zum Kinderzimmer auf. Dann blieb sie wie angewurzelt stehen.

Ihre Cousine Estelle saß mit gekreuzten Beinen auf dem Boden, hielt die kleine, silberne Schüssel in der Hand und fütterte Amos.

Estelle? *Estelle*...! Im ersten Augenblick glaubte Olivia, es sei eine Halluzination. Estelle war doch unterwegs nach Cawnpore! Bestimmt spielte ihr die überreizte Phantasie nur einen Streich!

Aber Estelle bestätigte, daß sie wahrhaftig vor ihr saß, indem sie sagte: »Du wirst es nicht glauben, der kleine Wicht hat mich *gebissen*! Wie ist es möglich, daß ein winziger Zahn so stark sein kann, daß Blut fließt?« Sie lachte.

Das Lachen wirkte auf Olivia wie eiskaltes Wasser und brachte sie schlagartig in die Wirklichkeit zurück. Die Knie wurden ihr weich, und sie klammerte sich zitternd an den Türrahmen. »Was machst du hier...?« flüsterte sie totenblaß.

»Ich wollte dich besuchen«, erwiderte Estelle ohne jede Spur von Verlegenheit. »Ich habe unten gewartet, als Amos anfing zu weinen. Ich ahnte ja nicht, daß er hier ist. Also bin ich nach oben gelaufen, um ihn zu sehen. Mary wollte ihn füttern, aber ich habe mich angeboten, das zu übernehmen, und habe sie und die *Aja* weggeschickt, damit sie in Ruhe essen können.« Sie sah Olivia leicht vorwurfsvoll an. »Ich habe John überredet, länger zu bleiben, damit ich dich noch einmal sehen kann.« Sie kitzelte Amos unter dem Kinn, und er krähte vor Wonne.

»Geh...« Olivia sah sie müde an, und es gelang ihr trotz aller Mühe nicht, ihre Stimme wiederzufinden. Die altvertraute Panik hatte sie wieder erfaßt und schüttelte sie unbarmherzig.

Estelle wird es erfahren. Estelle weiß es bereits.

Mit einem Schlag waren alle ihre Vorkehrungen, Lügen und geschickten Täuschungsmanöver zunichte gemacht. Sie sprang auf

Estelle zu, riß ihr Amos vom Schoß und schrie. »*Hinaus*! Wenn du es wagst, meinen Sohn noch einmal zu berühren, werde ich dich... umbringen!«
Estelle stand langsam auf. Jetzt war auch ihr Gesicht totenblaß. »Es hilft nichts, Olivia«, sagte sie ruhig und begann zu zittern, »es ist zu spät. Ich weiß jetzt, daß Jai der Vater deines Sohnes ist. Gib ihn mir zurück. Du siehst doch, daß er noch Hunger hat!« Wie als Bestätigung dieser Feststellung begann Amos durchdringend zu weinen und wand sich in Olivias Armen. Estelle nahm ihn ihr ruhig wieder ab, setzte ihn in sein Bettchen und fütterte ihn weiter.
Vor Verzweiflung war Olivia wie gelähmt und hatte nicht die Kraft, sich gegen sie zu wehren. Langsam verwandelte sich ihr Zorn in das überwältigende Gefühl der Niederlage. Sie hatte das Spiel verloren. Sie war so töricht gewesen zu glauben, es könne anders sein. Wie immer standen ihre Chancen viel zu schlecht. Die Hoffnungslosigkeit raubte ihr alle Kraft, und sie sank auf den nächsten Stuhl. »Warum seid ihr nicht nach Cawnpore gefahren?« fragte sie tonlos.
»Weil *John* der Ansicht war, ich müsse dich aufsuchen und persönlich um Verzeihung bitten.« Estelles Worte klangen hart, als sie hinzufügte: »Ich fand, du hattest das Recht auf alle Erklärungen verwirkt, die ich dir vor dem Fest geben wollte, als du dich geweigert hast, sie anzuhören. Ich bin heute nur John zuliebe gekommen. Ich rechnete nicht mit...«, sie schluckte, und ihr Ton änderte sich, »mit Amos.« Ungewollt mußte sie schluchzen. »Ich weiß jetzt, weshalb du mich so haßt...«
Olivia fuhr sich erschöpft mit der Hand über die Augen, und sie sagte müde: »Ich hasse dich nicht, Estelle. Ich möchte nur, daß du gehst und mich in Frieden läßt. Bitte, Estelle... *geh*!«
Estelle fütterte Amos und rührte sich nicht. »Jai weiß nicht, daß er einen Sohn hat, nicht wahr?« Es war eine Feststellung, weniger eine Frage.
Olivia lief ein Schauer über den Rücken. Sie konnte nicht antworten. Sie hatte nicht einmal mehr Kraft, wütend zu werden. Sie blieb einfach sitzen und ließ das Kinn auf die Brust sinken.
»Deshalb mußtest du Freddie heiraten. Ich weiß inzwischen von

Mamas Selbstmordversuch. Ich habe Onkel Arthur gezwungen, mir alles zu erzählen.« Amos hatte aufgegessen, Estelle wischte ihm den kleinen Mund mit dem Lätzchen ab und reichte ihm ein Spielzeug. »Wenn du abgereist wärst, hätte Mama ihre Drohung wahrgemacht und noch einmal versucht, sich das Leben zu nehmen. Aber bei dem Vater des kleinen Amos bedeutete Bleiben, einen noch größeren Skandal zu riskieren.« Estelles Stimme versagte, und die porzellanblauen Augen füllten sich mit Tränen. »Ja, du hast allen Grund, mich zu hassen. Dein Haß ist völlig gerechtfertigt, Olivia. O Gott, wie gerechtfertigt!«

»Estelle, bitte...«

Estelle hatte nun endlich den Schlüssel zu den Geheimnissen gefunden und ließ sich nicht mehr aufhalten. »*Ich* war die unselige, schreckliche Waffe, mit der Jai dein Leben zerstört hat – und ich habe es nicht geahnt!«

»Die Zeit für Reue und Vorwürfe ist vorüber, Estelle!«

Olivia konnte die Vorstellung von Grabreden nicht ertragen und unterbrach sie heftig. »Erklärungen sind jetzt sinnlos. Begreifst du nicht, daß es zu spät dafür ist?«

»Für dich vielleicht«, rief Estelle ebenso energisch, »aber nicht für *mich*. Verstehst du denn nicht, daß ich dich jetzt mehr denn je davon überzeugen muß, daß Jai nie mein Geliebter war?«

Noch mehr Täuschungen? Allmächtiger Gott, nur das nicht!

Olivias Blick wurde eisig.

»Es ist wahr, Olivia, ich *schwöre* es!«

Estelle ließ den Kopf sinken und wurde dunkelrot. »Ich gebe dir mein Wort, daß Jai mich nie, nicht ein einziges Mal auch nur angerührt hat. Wie könnte er, schließlich ist er doch...?« Sie mußte schlucken und drehte den Kopf zur Seite.

»Nein?« Olivia lachte mit einem Anflug von bitterem Humor. »Meine liebe, *liebe* Estelle, du hast mir einen Brief geschrieben. Erinnerst du dich nicht daran?«

Denkt die dumme Gans, ich werde diesen frechen Lügen glauben?

»Ja, ich weiß.« Estelle fand mit Mühe ihre Fassung wieder. »Ich leugne nicht, daß ich in Jai verliebt war. Die... Flucht war seine

Idee, aber ich habe begeistert und eifrig zugestimmt. Auch das ist wahr. Ich habe wirklich geglaubt, er würde meine Gefühle erwidern, obwohl er das nie, kein einziges Mal, auch nicht in Worten getan hat. O gewiß, er hat mir viele Märchen erzählt, mich mit Versprechungen überhäuft, mich blind gemacht mit phantastischen Geschichten über London, New York und die große weite Welt, nach der ich mich sehnte.« Sie brach ab und sah Olivia trotzig an. »*Du* mußt besser als jeder andere wissen, wie unwiderstehlich er sein kann!«
Olivia wollte zornig etwas erwidern, aber ihre Würde verbot es ihr.
»Ich war verrückt nach Jai«, fuhr Estelle fort, »ich bin ihm wie eine hirnlose Puppe auf die *Ganga* gefolgt und träumte von ewigen Freuden. Aber nachdem ich erst einmal auf der *Ganga* war, änderte sich alles. Jai änderte sich ...« Ihre Stimme klang gepreßt, und ihr Gesicht wurde ausdruckslos. »Am ersten Abend lag ich berauscht von meinen albernen Träumen in meinem neuen Georgette-Negligé im Himmelbett und wartete auf ihn ...«
»Hör auf!« Olivia sprang empört auf. Sie konnte es nicht länger ertragen. »Ich will nichts hören! Vor ein paar Tagen war es für dich ein *Abenteuer* gewesen, ein unbedeutendes Abenteuer, um deinen Eltern eine Lektion zu erteilen ...«
»Ob du willst oder nicht, meine liebe Cousine, du *wirst* es dir anhören! Du wirst dir jedes Wort anhören, das ich dir zu sagen habe.« Estelle lief zur Tür, schlug sie zu, drehte den Schlüssel im Schloß um und steckte ihn in ihr Mieder. »Setz dich, Olivia. Du hast dich die ganze Zeit geweigert, mir zuzuhören. Und selbst wenn ich dich an diesen Stuhl fesseln muß, du wirst es mir jetzt nicht verwehren, du kannst es mir jetzt nicht verwehren!«
Angesichts der funkelnden Augen ihrer Cousine, der glühenden Wangen, schwand Olivias Zorn. »Du kannst mich nicht zwingen, dir zuzuhören ...«, erwiderte sie schwach, aber Estelle achtete nicht auf ihren Einwurf und fuhr unbeirrt fort.
»Als Jai schließlich in die Kabine kam, sah ich plötzlich einen Menschen, den ich kaum wiedererkannte. Er sah wie ein Wahnsinniger aus und war von einer solchen Unruhe erfaßt, daß er nicht stillstehen konnte. Er riß einen Vorhang von einem Bullauge und befahl mir,

mich damit zu bedecken. Und wenn ich nicht gehorchte, so drohte er, werde er mir den Hintern versohlen.« Olivia verbiß sich eine sarkastische Bemerkung. Sie fand, es sei zumindest interessant zu sehen, wie weit sich Estelle in ihren haarsträubenden Lügen verstieg. »Dann setzte er sich und erklärte mir, als Frau beleidigte ich den Mann in ihm. Er sagte sogar«, Estelles Lippen zitterten, »er verachte mich, weil ich ein ungezogenes, egoistisches und verwöhntes kleines Mädchen sei, das ihn mit seiner Schamlosigkeit anwidere. Seine Absichten waren einfach: Er würde mich nach England bringen und mich dann entweder bei meiner Tante oder John Sturges abliefern. Er sah mich kalt an und fügte grausam hinzu: ›Wir werden sehen, wer von beiden bereit ist, dich zu nehmen.‹« Estelle wurde bei der Erinnerung blaß, und ihre Haut schien plötzlich aschgrau zu werden. »Ich habe nicht begriffen, was er damit meinte. Damals noch nicht ...«

»Ach, jetzt verstehe ich.« Olivia war immer noch mißtrauisch und suchte Zuflucht in Sarkasmus. »Deshalb die plötzliche Zuneigung? Die glühenden Schilderungen seines guten Charakters? Ganz zu schweigen von der unverschämten Einladung in *mein* Haus!«

Estelle lachte – es klang gequält und traurig. »Oh, Olivia – meine arme, liebe, mißbrauchte Cousine! Ich hätte nie geglaubt, ich würde einmal den Tag erleben, an dem *du*, die du mir so unendlich überlegen bist, eifersüchtig sein würdest. Nein, bitte, reg dich nicht wieder auf, ich bin noch nicht ganz zu Ende.« Amos weinte. Ohne auf Olivias böse Miene zu achten, ging Estelle zum Bettchen und gab ihm seine Silberrassel. Dann trat sie zum Fenster und blickte hinaus. »Ich war natürlich wütend auf ihn, von seiner Kälte entsetzt und tödlich beleidigt. Ich versuchte, mit ihm zu rechten, versuchte zu kämpfen, forderte Erklärungen, aber er hörte mir nicht zu und gab mir auch keine Antworten. Er schloß mich in der Kabine ein und schwor, ich würde dort bleiben, bis wir in Southampton angelegt hätten.« Estelle sah Olivia mit versteinertem Gesicht an. »Ich war tagelang eingesperrt, kochte vor Wut, schrie und tobte. Ich verstand seine sadistischen Motive nicht und begriff nicht, weshalb er mich so demütigte. Als wir Kapstadt erreichten, lenkte er plötzlich ein und schloß die Kabine auf.« Sie schenkte sich aus der Karaffe ein Glas Wasser ein und trank. Dann fuhr sie langsam und in Gedanken versunken mit dem Finger über den Rand des Glases. »In Kapstadt«, fuhr sie tonlos fort, »sagte Jai mir die Wahrheit. Er sagte alles. Ich weiß jetzt, daß er mir nichts verschwiegen hat. Ich habe Onkel Arthur gebeten, es mir zu bestätigen. Und das hat er getan.« Estelles Hände zitterten plötzlich so sehr, daß das Glas beinahe zu Boden fiel und sie es schnell auf den Tisch stellte.

Estelle weiß es also auch!

Warum aber hatte das unbesonnene, dumme Ding dann riskiert, daß Raventhorne und ihr Vater sich auf dem Ball begegneten? Olivia holte tief Luft und beschloß zu schweigen. Es war noch nicht alles gesagt, und Estelle war entschlossen, auch das zur Sprache zu bringen.

»Ich hatte keine Ahnung, weshalb Jai mir plötzlich die Wahrheit gestand. Vielleicht nur, um meine Qualen noch zu verdoppeln. Ich war entsetzt, Olivia, am Boden zerstört – ich konnte es nicht *glauben*!« Sie begann leise zu weinen. »Später erinnerte ich mich allmählich – Einzelheiten aus der Vergangenheit, Bruchstücke von Gesprächen, verstohlenes Flüstern zwischen Mama und Papa, heftige Auseinandersetzungen hinter verschlossenen Türen. Dann fiel mir noch etwas ein: das Bild von Großmama in unserem Eßzimmer. Plötzlich fügte sich alles zusammen. Ich staunte, daß es mir noch nicht aufgefallen war. Großmutters Augen hatten mich mein ganzes Leben lang angestarrt, Olivia.« Estelles runde Augen wurden wieder groß vor Entsetzen. »Amos' Augen, *Jais* Augen . . .«

Estelle verstummte. Wie ein dichter Nebel senkte sich das Schweigen über das Zimmer – eisig und erstickend. Amos ließ plötzlich die Rassel fallen, und sie schraken beide zusammen.

Olivia stand mechanisch auf, nahm die Rassel und gab sie dem Kleinen zurück. »Ja«, sagte sie ruhig und unterbrach das Schweigen, »ich kenne die Wahrheit. Ich weiß, daß Onkel Josh Jai Raventhornes Vater ist.«

Es war ausgesprochen. Zum ersten Mal war das Geheimnis, das sich hinter dem Rätsel verbarg, offen ausgesprochen worden. Olivia kannte die Wahrheit zwar schon seit einiger Zeit, aber als sie es jetzt aussprach, lief ihr ein Schauer über den Rücken, und sie zitterte.

Estelle schlug mit einem erstickten Schrei die Hände vor das Gesicht. »Du bist klug und viel zu scharfsinnig, um es nicht erraten zu haben, Olivia, aber mich traf Jais Enthüllung wie ein Blitzschlag. Ich konnte es nicht fassen, daß so etwas Schreckliches wahr sein sollte!«

Estelle überließ sich den schmerzlichen und unbewältigenden Gefühlen und wurde von heftigem, stummem Schluchzen geschüttelt. Olivia sah Estelle an, und zum ersten Mal wurde sie unsicher.

Kann es sein, daß ihre absurden Märchen wahr sind ...?

Estelle wischte sich die Augen und putzte sich laut die Nase. Sie sah so rot wie ein gekochter Hummer aus. Estelle kämpfte mühsam darum, ihre Kontrolle wiederzufinden, und schluckte heftig. Es fiel ihr sichtlich schwer, weiterzusprechen. »Ich begriff, weshalb Jai mich überredet hatte, mit ihm davonzulaufen«, sagte sie leise. »Jai hatte geschworen, uns alle zu vernichten. Er wußte, keine Waffe war tödlicher als der Makel von ... von ...«

»... von Inzest. Er hatte mich aufgefordert, Papa und Mama diesen Brief zu schreiben. Er sollte keinen Zweifel an unseren Absichten lassen. Sie hatten mir die Wahrheit nie gesagt. Sie wußten, ich ahnte nicht, daß Jai mein Halbbruder ist, daß wir denselben Vater haben. Jai kümmerte ein Skandal nicht im geringsten, wenn es dazu kommen sollte. Es war ihm gleichgültig und nicht weiter wichtig. Ihm war nur wichtig, daß meine Eltern in dem Glauben leben sollten, ich sei besudelt und von ihnen nicht mehr als Tochter anzuerkennen. Mehr wollte er nicht. Sie würden sich nie von diesem Schock erholen. Sie würden ewig in der geheimen Hölle eines Wissens leben, das sie mit keinem Menschen teilen konnten. Auch wenn ich später noch so sehr meine Unschuld beteuerte, würde mir niemand glauben.«

Zum ersten Mal klangen Estelles Worte bitter und in der Bitterkeit tonlos. »Und niemand glaubt mir. Niemand, mit Ausnahme meines lieben, vertrauensvollen John – und vielleicht Onkel Arthur.«

Sie lachte verzweifelt. »Du glaubst mir auch nicht, Olivia. Und deshalb findest du mich ... abstoßend, nicht wahr?«

Olivia war noch nicht bereit, diesen Vorwurf zu bestreiten. Zweifel bestürmten sie, und in ihrem Kopf brodelte es wie in einem Kessel, der jeden Moment überkochen kann. In Estelles Stimme lag etwas, dem sie sich nicht länger verschließen konnte – der unmißverständliche Klang der Wahrheit. Aber so viele Fragen blieben unbeantwortet. Ungereimtheiten waren nicht erklärt, Rätsel mußten noch gelöst und Widersprüche aufgelöst werden. Und wenn man es recht besah, dann mochten die Geständnisse ihrer Cousine noch so verblüffend sein, aber sie hatte nichts gesagt, was die Ungeheuerlichkeit von Jai Raventhornes Verrat an ihr verringerte.

Estelle deutete ihr Schweigen falsch und richtete sich abwehrend auf. »Ich weiß, du glaubst mir nicht, aber das ist nicht weiter wichtig. Hätte ich Amos nicht gesehen, hätte ich nicht soviel von deiner Zeit in Anspruch genommen. Nur wegen Amos, so dachte ich, hast du das Recht, die Wahrheit zu kennen.« Behutsam ging sie zu der Wiege, wo Amos inzwischen eingeschlafen war. Sie strich ihm sanft über die Haare und legte die Decke über die nackten Beinchen. »Du mußt ihn sehr geliebt haben, um so viel zu riskieren, Olivia.« Estelles Stimme klang heiser.

Olivia sah sie kalt an. »So oder so, es ist nicht länger wichtig. Ich bin die Frau eines anderen. Ich liebe Freddie vielleicht nicht, aber ich werde nie vergessen, wie gut er zu mir war.« Die kalten Augen wurden leer. »Mein Sohn trägt den Namen Birkhurst – vergiß das nie, Estelle! Meine ehemaligen Motive sind vergessen. Wenn ich abgereist bin, wird es sie nicht mehr geben.« Sie streckte die Hand aus. »Jetzt gib mir bitte den Schlüssel zurück.«

Estelle sah sie forschend an. Aber da sie in Olivias Gesicht nicht die geringste Ermutigung entdecken konnte, zuckte sie die Schultern. »Aber natürlich.« Sie griff in das Mieder und warf Olivia den Schlüssel zu. »Noch zwei Dinge, ob es dir gefällt oder nicht. Ja, ich gebe zu, es war Wahnsinn, Papa aufzufordern, zu dem Fest zu kommen. Aber es war eine verständliche Illusion. Nach meiner Rückkehr erzählte ich Papa alles, so wie jetzt dir. Er gab vor, mir zu glauben. Oder ich habe mir eingeredet, daß er mir glaubte, weil ich mich so verzweifelt nach seiner Liebe und seinem Vertrauen sehnte. Aber Papa hat mich belogen. In meiner Naivität und meiner Unschuld sah ich nicht, daß er log. Er wollte keinen Augenblick etwas anderes, als

Jai töten. Es war lachhaft, daß ich dachte, die Geste eines einfachen Händedrucks in aller Öffentlichkeit sei ein erster Schritt zur Versöhnung nach einem Leben mit so viel Haß.« Die Bitterkeit stieg wieder in ihr auf. Estelle verzog den Mund, als schmecke sie etwas Unangenehmes. »Und Jai, er …«

»Er liebt keine Überraschungen. Ja, ich weiß. Und du hast es unterlassen, ihn auf die geplante Versöhnung der Familie vorzubereiten!«

Estelle wurde rot. »Wenn ich es getan hätte, wäre er nicht gekommen«, erwiderte sie ehrlich.

»Und darüber staunst du? Du hattest erwartet, ein Mann, der geschworen hat, deine ganze Familie zu vernichten, ließe sich plötzlich in der Öffentlichkeit einen Olivenzweig überreichen? Estelle, du mußt wirklich verrückt gewesen sein, wenn du *das* geglaubt hast!«

»Er kennt nicht nur Haß!« rief Estelle. »Du weißt noch nicht alles, Olivia.«

»Das möchte ich auch nicht, liebe Estelle! Alle deine vielen Gründe dafür, weshalb etwas geschah oder nicht geschah, haben nichts mehr mit meinem Leben zu tun. Hätte dein Vater besser gezielt, wäre meine Reaktion nicht anders gewesen.«

Estelle zuckte bei diesen Worten zusammen. »Ich verstehe deinen Haß auf Jai, Olivia. Aber er ist mein Halbbruder«, erwiderte sie fest, »ich habe gelernt, vieles an ihm zu lieben. Im Augenblick ist er wütend auf mich, aber das geht vorbei. Er wird mir verzeihen, denn er weiß, ich habe es gut gemeint – und er betrachtet mich wirklich auch als seine Schwester. Wir waren viele Monate zusammen …« Sie brach ab, biß sich auf die Lippen und schwieg.

»Ich freue mich für dich, daß du einen Bruder gefunden hast, Estelle. Ich wünsche dir viel Glück in dieser Beziehung.« Olivia schloß auf und hielt Estelle die Tür zum Zeichen, daß das Gespräch beendet war. »Ich nehme an, ihr brecht morgen nach Cawnpore auf. Ich hoffe, ihr habt eine gute Reise, und es gefällt dir dort. Ich wünsche dir und John und Onkel Josh alles Gute.«

Estelles Lippen verzogen sich verächtlich. »Jetzt begreife ich, weshalb du dir so große Mühe gegeben hast, Amos vor mir zu verbergen. Du fürchtest, Jai wird erfahren, daß er einen Sohn hat, und ihn dir wegnehmen. Und natürlich glaubst du, ich werde es ihm sagen!«

Diese Frage quälte Olivia, seit sie ihre Cousine im Kinderzimmer angetroffen hatte. Sie kämpfte gegen den Drang an, sie zu stellen. Aber ihre Angst wuchs, und sie tat es doch: »Wirst du es ihm sagen?«

Estelle sah sie traurig an. »Dein Mißtrauen ist gerechtfertigt, ich weiß. Ich habe dazu beigetragen, dein Leben zu ruinieren – aber es geschah unwissentlich. Es ist eine Anmaßung, um deine Vergebung zu bitten. Ich akzeptiere, daß du mir nie verzeihen kannst. Aber wieviel dir mein Versprechen auch wert sein mag, ich verspreche dir, von mir wird Jai nicht erfahren, daß er einen Sohn hat.« Sie lächelte wehmütig. »Du kannst es mir glauben oder nicht, du bist für mich immer noch ein Vorbild, das ich zutiefst bewundere. Ich könnte dir nie wissentlich schaden. Also fahre in Frieden zu deinem Vater, Olivia. Ich werde dein Geheimnis wahren.«

Sie schwieg und hoffte auf ein Zeichen der Freundschaft, ein letztes freundliches Wort zum endgültigen Abschied. Nichts geschah. Mit versteinertem Gesicht und ohne ein Zeichen der Vergebung erwiderte Olivia ihren flehenden Blick mit unerbittlichem Schweigen.

»Also dann lebe wohl, meine herzlose Oli«, versuchte Estelle zu scherzen. »Ich wünsche dir eine gute Reise nach Hause und viel Glück in Hawaii.« Sie küßten sich höflich die Wange. Estelle warf noch einen liebevollen Blick auf das schlafende Kind und lachte plötzlich. »Welch eine Ironie! Jai und sein Sohn werden nie etwas voneinander erfahren, und sie werden beide ohne ihren Vater leben müssen ...« Damit verabschiedete sie sich.

Die Ironie erschöpfte sich damit noch nicht. Als Estelle ihren Gedanken aussprach, wußte sie nicht, daß dieser Verlust nicht nur Jai Raventhorne und seinen Sohn traf.

*

Drei Tage nach Estelles Abreise überbrachte ein Bote Olivia eine Nachricht von John Sturges: Sir Joshua Templewood war tot. In der ersten Nacht unterwegs hatten sie sein Lager auf dem Gelände eines *dak*-Bungalow in der Nähe von Burdwan aufgeschlagen. Sir Joshua war in den dichten Wald gelaufen und hatte sich dort, allein mit der Natur und ihren Bewohnern, den Lauf seines Revolvers in den Mund gesteckt, nach oben gerichtet und sich durch den Kopf geschossen. Er lag dabei auf einem grasbewachsenen kleinen Hügel und hatte sich wohlüberlegt ein Kissen unter den Kopf geschoben. Infolgedessen waren das Blut und das zerfetzte Gehirn vom Kissen aufgesaugt worden. Wie alle wußten, war Sir Joshua in persönlichen Dingen ein äußerst ordentlicher und auf peinlichste Sauberkeit bedachter Mann. Ein *Chowkidar*, der die schlafenden Reisenden bewachte, hörte den Schuß. Er fürchtete einen Überfall von Banditen und hatte sofort Alarm geschlagen. Erst als die Männer hastig nach den Waffen griffen und sich auf einen möglichen Angriff vorbereiteten, bemerkte man Sir Joshuas Abwesenheit. Ein Suchtrupp machte sich mit Laternen und Gewehren auf den Weg. Im tiefen Dschungel fand man in der Richtung, aus der der Schuß gekommen war, die Leiche. Sie lag auf dem Rücken, und das halbe Gesicht fehlte. Sir Joshua hatte nichts Schriftliches hinterlassen, um den Selbstmord zu erklären. Vielleicht hatte er mit seinem untrüglichen Scharfsinn erkannt, daß das im Grunde auch nicht nötig war.

John schrieb, am nächsten Morgen habe ein Schreiner im Dorf einen einfachen Holzsarg gezimmert. Ein Priester von der Missionsstation in Burdwan sei von den morgendlichen Pflichten abgehalten und überredet worden, das Begräbnis durchzuführen. Der Priester habe einem Selbstmörder seinen Segen nicht erteilen wollen und sich heftig gewehrt. Man habe ihn mit Gewalt zum Grab gebracht und unter vorgehaltener Pistole gezwungen, das einfache und schnelle Begräbnis durchzuführen. Das Grab sei wegen der Raubtiere in dieser Gegend sehr tief ausgehoben worden, aber abgesehen von einem schlichten Holzkreuz nicht gekennzeichnet. Nach dem Begräbnis seien sie schnell und auf anderem Weg weitergereist, um Schwierigkeiten mit der Polizei und dem Verwaltungsbeamten des Distrikts zu vermeiden. Estelle habe den Tod ihres Vaters nur schlecht verkraftet ...

John hatte die Nachricht von ihrem nächsten Rastplatz geschickt. Arthur Ransome erhielt einen ähnlichen Brief. Sollte in Kalkuttas Zeitung eine Todesanzeige erscheinen? John überließ Ransome die Entscheidung darüber ebenso wie den Wortlaut.

Olivia war so bestürzt, daß sie zunächst keinen klaren Gedanken fassen konnte. Nachdem der erste Schock vorüber war, dachte sie plötzlich, Lady Bridget würde die Rücksicht gebilligt haben, mit der ihr Mann einen weiteren Skandal vermied, indem er sich außerhalb von Kalkutta erschoß.

Olivia kleidete sich hastig an und eilte zum Haus der Templewoods, um Arthur Ransome im Moment seines größten Kummers beizustehen. Aber er war nicht zu Hause. Vermutlich suchte er Einsamkeit und Stille, um den unwiederbringlichen Verlust zu betrauern und sich damit abzufinden. Olivia begriff, daß er diesen Verlust schon sehr lange vorausgesehen hatte.

Einer der beiden Männer muß weichen.

Das war geschehen. Noch ein Opfer? Nein, diesmal nicht. Es war ein Todesfall, aber kein Opfer. Sir Joshua Templewoods Stolz hätte nicht erlaubt, es als Opfer zu sehen.

Olivia schrieb ihrer Cousine Estelle sofort einen Brief.

*

In der nächsten Nacht begannen die Blutungen.

»Kein gutes Zeichen, mein Kind, nein, das ist kein gutes Zeichen.« Dr. Humphries war in den frühen Morgenstunden gerufen worden und wirkte besorgt.

»Ist es etwas Ernstes?« Olivia krampfte sich das Herz zusammen. »Besteht die Gefahr, daß ich das Kind verliere?«

Er wurde freundlich. »Nein, nein, das nicht. Zumindest nicht im Augenblick. Wir werden die Blutungen schnell gestillt haben. Aber von jetzt ab keine *Burra Khana* und andere Feste mehr.« Er runzelte mißbilligend die Stirn. »Sie brauchen absolute Ruhe.«

»Ruhe?« Sie stützte sich mühsam auf einen Ellbogen. »Wie lange?«

»Oh, nicht lange. Ungefähr einen Monat.« Um sie aufzumuntern, bereitete er fröhlich pfeifend seine Arzneien zu.
»Einen Monat!« Olivia wurde bleich. »Aber ich fahre in einer Woche!«
»Das habe ich gehört. Und es tut mir leid, daß wir Sie verlieren, mein Kind. Aber Hawaii oder Timbuktu und übrigens auch Ausflüge in das verwünschte Kontor sind von jetzt ab tabu. Das heißt«, er sah sie unter gesträubten Augenbrauen durchdringend an, »wenn Sie das Kind nicht verlieren wollen. Wollen Sie das?«
»Nein, natürlich nicht.« Unglücklich sank Olivia wieder in die Kissen. »Aber ich muß fahren.«
»Das werden Sie, mein Kind, das werden Sie auch.« Er tätschelte ihr die Hand, »ein Monat hier oder dort, das ist doch nicht weiter wichtig.«
»Ich kann mich auf dem Schiff ausruhen!« Sie ergriff flehend seine Hand. »Ich könnte im Bett liegen bleiben, bis wir in Honolulu sind. Mary wird mich gut versorgen, das wissen Sie.«
Er setzte sich und sah sie ernst an. »Es gibt Stürme im Pazifik, schreckliche Stürme, Olivia. Ich weiß es, ich habe einen erlebt. Man wird hin und her geschleudert, und selbst Leute in bester Verfassung stehen das nicht durch. Nur wenige Schiffe sind medizinisch so gut ausgerüstet, um im Notfall eine Operation durchführen zu können – das heißt, wenn überhaupt ein Arzt an Bord ist. Wir wollen doch kein Risiko eingehen, Kleines, nicht wahr? Wenn Sie trotzdem fahren, nun ja, meinen Segen haben Sie.«
Olivia rief verzweifelt. »Aber wenn ich jetzt warte, dann ist es zu spät!«
»Zu spät?« Er verstand nicht, was sie damit meinte, und sah sie verwirrt an. »Nun ja, dann bekommen Sie das Kind eben hier! Davon geht die Welt auch nicht unter! Ich bin zwar ein alter Griesgram ohne Manieren, aber ich habe mehr gesunde Kinder in dieser verrückten Stadt zur Welt gebracht, als ihr Memsahibs Tee getrunken habt! Wozu die ganze Aufregung? Machen Sie aus einer Mücke keinen Elefanten. Das ist nur schlecht für die Leber.« Er tat die Sache ungeduldig mit einer Handbewegung ab und erteilte Mary seine An-

weisungen. Dann schickte er sie weg, um etwas aus der Küche zu holen, setzte sich und gähnte müde. »Ach, Ihr *Tamasha* – das war wirklich Klasse. Millie redet von nichts anderem mehr.« Er nahm die Brille ab und polierte sie blank. »Hätte nie geglaubt, daß ein alter Fuchs wie Josh plötzlich zum Angsthasen wird. Aber vielleicht war es ganz gut so. Welche Gastgeberin wünscht sich schon einen Mord zum Diner?«

Die Nachricht von Sir Joshuas Tod hatte sich offenbar noch nicht herumgesprochen, aber es würde nicht lange dauern. Der freundliche Arzt wollte nicht verletzend sein, aber trotzdem versetzte es Olivia einen Stich. Sie schloß die Augen und drehte das Gesicht zur Seite. »Hat die Wildwestgeschichte dieses kleine Drama ausgelöst?« fragte er.

»Nein«, sagte Olivia niedergeschlagen. »Aber ich sehe jetzt, daß ich mich in Illusionen gewiegt habe. Ich hätte klug genug sein und wissen müssen, daß es nicht ewig so weitergehen kann.«

»Illusionen?« Dr. Humphries hörte tagein, tagaus das Gerede seiner Patienten und achtete nicht weiter auf Olivias Worte. Mary erschien, und er wurde wieder geschäftig. Olivia überließ sich seinen Verordnungen ohne Widerspruch. Sie nahm kaum noch etwas wahr. Beim Abschied wollte Dr. Humphries ihr noch einen Rat geben: »An Ihrer Stelle würde ich Ihrer flatterhaften Cousine schreiben und sie bitten zu kommen. Wie ich höre, ist sie erst vor ein paar Tagen abgereist, und ein Bote auf einem schnellen Pferd kann sie vermutlich noch erreichen. Ich wette, Estelle würde sie bestimmt schnell wieder aufmuntern!«

Olivia nickte nur. Aber als er gegangen war, sank sie in eine so heftige, abgrundtiefe und unkontrollierbare Verzweiflung, daß sie darin unterzugehen drohte. Sie stopfte sich das Kopfkissen in den Mund und begann zu schreien. Sie schrie, bis ihr ganzer Körper schmerzte und die trockene Kehle ihr den Dienst verweigerte.

Und natürlich hörte wie immer niemand ihr Schreien.

*

Was sollte sie nur tun? Olivia wußte es nicht.
Sie hatte keine Möglichkeiten mehr, ein so unheilvolles Schicksal zu ändern. Sie war geschwächt; die unterdrückte Trauer um ihren toten Onkel und seine letzte verzweifelte Tat überwältigten sie, und Olivia brach in Tränen aus. Sie hatte ihm vieles von dem übelgenommen, was er getan hatte. Aber jetzt nach seinem Tod wußte sie, er würde ihr fehlen. Ihr würden die vielen Stunden fehlen, die sie miteinander verbracht hatten; vielleicht würde sie immer um ihn trauern. Sie hatte sich nicht einmal von ihm verabschiedet! Aber sie unterdrückte diesen Kummer für den Augenblick und wandte sich dringenderen Fragen und den schrecklichen Ängsten zu. Raventhorne ahnte noch nichts – aber wie lange würde das so bleiben? Olivia verwünschte ihren eigensinnigen Körper, der sie wieder einmal zu einer Gefangenen machte, die jeden Augenblick den Henker erwartete, und sie vergaß darüber die Geschenke, die der Körper ihr gemacht hatte.
Es war nicht möglich, Amos noch einmal nach Kirtinagar in Sicherheit zu bringen. Raventhorne erschien oft im Palast. Olivia vertraute zwar Kinjal und Arvind Singh, aber am Hof eines Herrschers waren Intrigen und Spitzel immer zu fürchten. Außerdem redeten die Dienstboten. Olivia würde noch mehr Aufmerksamkeit auf sich lenken, wenn sie irgendwo fernab in der Provinz ein Haus mietete und mit Amos dort blieb, bis das Kind geboren war, um dann schnell die Reise nach Hawaii anzutreten. Warum, würden spitze Zungen fragen, möchte Lady Birkhurst unbedingt ihre beiden Kinder außerhalb der Stadt bekommen? Olivia fürchtete nicht den Klatsch, sondern die naheliegenden Schlußfolgerungen, die Raventhorne daraus ziehen würde. Sie konnte Amos natürlich mit Mary Ling nach Hawaii vorausschicken. Aber diese Möglichkeit zog sie nicht ernsthaft in Betracht. Es wäre eine unerträgliche Grausamkeit gewesen, sich jetzt, wo sie sich auf dem absoluten Tiefpunkt befand, der einzigen emotionalen Stütze zu berauben, die ihr noch blieb. Sie brauchte Amos zum Überleben und um sich allem zu stellen, was noch kommen mochte. Sie dachte kurz an Cawnpore und wußte, auch Estelle hatte den absoluten Tiefpunkt erreicht, die schlimmste Stunde der inneren Not. Der Verlust des Vaters mußte sie schrecklich getroffen und

neue qualvolle Schuldgefühle ausgelöst haben. Der Versuch, zu klären, wer wann was in Gang gesetzt hatte, war im Augenblick sinnlos. Aber das giftige Samenkorn, das Estelle mitgeholfen hatte zu säen, und aus dem soviel Elend für sie alle erwachsen war, würde nun Estelles Gedanken unweigerlich noch mehr vergiften. Aber auch wenn sie den Wunsch hatte, Estelle zu trösten, so mußte sie jeden Gedanken daran aufgeben. Dr. Humphries würde ihr nicht erlauben, in ihrem Zustand mit der Kutsche über holprige Straßen zu fahren. Und im Augenblick war nichts wichtiger in Olivias Leben als die unerwartete ›Mango‹, die sich ohne Vorwarnung eingestellt hatte.

Olivia glaubte keinen Augenblick daran, daß Jai Raventhorne sehr lange in Assam bleiben werde und ihr die Flucht vor ihm doch noch gelingen könne. Die Konstellation der Sterne war ihr so feindlich, daß ein solches Wunder selbst bei göttlichem Wohlwollen nicht möglich sein würde.

Arthur Ransome steckte noch immer im tiefen Sumpf seiner Niedergeschlagenheit. Er besuchte sie täglich, und das Gefühl der Hoffnungslosigkeit, das von ihr ausging, bedrückte ihn noch mehr. Er mißbilligte es, daß Olivia sich so entschieden von allem zurückzog. Viele wohlmeinende und mitfühlende Besucher erschienen und gaben ihre Visitenkarten ab, ganz besonders, nachdem die Nachricht von Sir Joshuas schrecklichem Tod durch einen menschenfressenden Tiger die Stadt tief erschüttert hatte. Aber Olivia wollte nur Ransome sehen, die Donaldsons und Dr. Humphries. Wie seit einiger Zeit üblich, erschien Ransome mit den Zeitungen der Stadt, den englischen und den einheimischen, in denen jeden Tag überschwengliche Nachrufe auf den ehemaligen ungekrönten König unter den Kaufleuten standen. Trotz des Niedergangs hatte er der Geschäftswelt der Stadt unauslöschlich seinen Stempel aufgedrückt. Natürlich gab es viele versteckte und feindselige Anspielungen auf Raventhorne, aber kein Wort fiel über den denkwürdigen Abend, an dem Sir Joshuas Sterben begonnen hatte, lange bevor er den Revolverlauf in den Mund hielt und abdrückte. Durch seinen Tod schien Sir Joshua die Vergebung der Stadt für sein Handeln zu erhalten, das viele für feige hielten, das man jetzt jedoch als ehrenhaftes Mitleid gegenüber einem unbewaffneten Gegner bezeichnete. Die Zeitungen schrieben viel über die großen Leistungen von Templewood und Ransome und schmückten ihre Berichte mit abenteuerlichen Geschichten über die Zeit in Kanton aus. Ransome überließ sich den Erinnerungen und einem Leben, das durch die Zeitungsartikel wieder lebendig wurde. Er las sie Olivia laut vor und war so wieder mit einem Freund zusammen, den er für immer verloren hatte. Als letzten Akt seiner Treue hatte er den wahren Grund des Todes von Josh in der Todesanzeige verheimlicht.

Eines Tages schlug Ransome Olivia zögernd vor, Estelle nach Kalkutta zu rufen. Das Leben aus zweiter Hand, das ihm die gedruckten Worte bescherten, hatte ihn erschöpft. Vielleicht steckte aber auch der gute Dr. Humphries hinter diesem Vorschlag. »Du mußt ihr verzeihen, Olivia. Denk doch nur, das arme Kind hat beide Eltern verloren...«, sagte er bedrückt. Ransome wußte natürlich nichts von dem Gespräch zwischen ihr und Estelle. »Auch in Komödien sind Mißverständnisse und Unwissenheit nur das Vorspiel zu einem glücklichen Ende. Ich glaube, wir müssen unser Unglück den ›tragischen Umständen‹ zuschreiben, die aber selbst jetzt nicht völlig hoffnungslos sind. Was noch geschehen mag, wird vielleicht doch zu einem guten Ende für uns führen.« Ein tiefer Seufzer entrang sich seiner Brust. »Ich meine für die von uns, die noch leben.«

Olivia wandte den Blick ab. Wie sollte dieser liebenswürdigste und ehrlichste der *dramatis personae* wissen, daß die tragischen Umstände gerade jetzt hoffnungsloser denn je waren und ein Ende weiter denn je entrückt schien? Olivia litt so sehr unter ihrem eigenen Kummer, daß sie Ransome nicht antwortete. Die unfehlbare Ehrlichkeit, mit der sie sich immer kritisch betrachtete, sagte Olivia jedoch, daß sie ihrer Cousine gegenüber unmäßig hart gewesen war. Wie sehr sich Estelle auch in Raventhorne täuschen mochte, Olivia zweifelte inzwischen nicht mehr daran, daß sie ihr die Wahrheit erzählt hatte. Aber im Augenblick wollte sie nicht darüber sprechen. Deshalb wechselte sie das Thema. »Ich wollte dich schon die ganze Zeit nach deinem Haus fragen, Onkel Arthur. Hast du inzwischen einen Käufer gefunden?«

Ransome lachte. »Nachdem Raventhorne zurück ist? Ich werde keinen Käufer finden, mein Kind. Dafür wird er sorgen.«
Sie konnte es nicht glauben. »Selbst jetzt nicht? Onkel Josh ist tot und begraben ...!« sagte sie fassungslos.
»Aber ich noch nicht.«
»Er kann doch nichts gegen dich haben?« erklärte Olivia empört und vergaß ihre Niedergeschlagenheit. »Ich habe eine Idee. Da Lubbock mein Haus nicht haben kann, werde ich ihn fragen, ob er an deinem interessiert ist. Ich weiß, er möchte so schnell wie möglich in den eigenen vier Wänden leben.«
»Lubbock wird sich nicht für mein Haus interessieren. Auch er macht Geschäfte mit Trident.«
Ihr Ärger riß sie aus der Apathie, und sie erklärte energisch: »Das werden wir erst wissen, wenn wir ihn fragen! Lubbock ist Amerikaner. Er ist kein Schwächling, sondern ein geborener, geübter Kämpfer. Er läßt sich bestimmt nicht von vagen Drohungen erpressen!«
Ransome sah sie skeptisch an. »Weshalb sollte sich Lubbock unnötige Schwierigkeiten einhandeln?«
»Er ist ein Außenseiter und schert sich nicht um Schwierigkeiten. Vielleicht machen sie ihm sogar Spaß! Ich glaube, wenigstens ein Versuch lohnt sich.«
Ransome musterte sie mit sichtlichem Unbehagen. Olivia hatte plötzlich wieder Farbe in den Wangen, und ihre Augen wirkten lebhaft. »Moment mal, du wirst dir doch nicht noch mehr meiner Probleme aufladen, mein Kind? Mir wäre es lieber, du würdest jetzt in erster Linie an deine Gesundheit denken und an dein ungeborenes Kind.«
»Aber das tue ich doch«, murmelte Olivia. Für den Rest des Abends hing sie wieder ihren eigenen Gedanken nach und war kaum ansprechbar. Sie aßen zusammen eine einfache Mulligatawny-Suppe mit noch warmen, knusprigen Brötchen und spielten anschließend ein paar Runden Backgammon, ohne recht bei der Sache zu sein. Sie hatten beide wenig Lust auf belanglose Konversation, hingen ihren jeweiligen Gedanken nach und tranken dabei beide ein paar Gläser Wein mehr, als sie eigentlich wollten.

»Weißt du, er war hilflos. Und schließlich hat es ihn umgebracht.«
»Was...?« Olivia überraschte Ransomes Bemerkung, denn sie hatte ihn gebeten, ihr das Glas zu füllen, und sie verstand den Zusammenhang nicht.
Er blickte nicht länger nachdenklich auf die gegenüberliegende Wand, sondern sah sie an und sagte mit einem tiefen Seufzer: »Jai war sich an jenem Abend seiner Sache sicher, Olivia. Im Ernstfall, bei einer Konfrontation, brachte es Josh nicht über sich, seinen Sohn zu erschießen...«
Verwirrt brach er ab. »Du... äh, hm, weißt doch, daß Josh... Jais Vater war?« Da er nie darüber gesprochen hatte, wurde er rot.
»Ja.«
Mit echter Reue sagte er: »Verzeih mir, Olivia, wenn ich über diese Dinge nicht mit dir gesprochen habe. Aber es gibt in Joshs und Bridgets Leben bestimmte Bereiche, über die mit einem anderen zu reden ich mich moralisch nicht berufen fühlte. Jetzt ist alles vorbei...« Er ließ den Kopf sinken. »Ja, alles ist vorbei, und beschämende Lügen sind nicht mehr nötig. Ich kann dir jetzt alles erzählen – auch meinen Anteil an dieser schmutzigen Geschichte. Es wird mir eine Erleichterung sein, mich von dieser Last endlich ganz zu befreien. Das heißt...«, er sah Olivia verunsichert an, »wenn du die wehmütigen Erinnerungen eines trauernden alten Mannes ertragen kannst.«
Einst hatte Olivia mit unersättlicher Gier und glühender Erwartung gehofft, etwas über Jai Raventhornes Leben zu erfahren. Aber das war lange vorbei. Als sie Ransome jetzt aufmunternd zunickte, tat sie es aus sehr eigennützigen Gründen. Sie wußte, Wissen war Munition. Sollte das unheilvolle Schicksal Olivia zu einer Konfrontation mit ihm zwingen, dann mußte sie gerüstet sein. Haß allein würde ihr nicht helfen. Deshalb beugte sie sich interessiert vor und fragte: »Weshalb konnte er ihn nicht erschießen? Aus Mitleid wohl kaum...«
»Mitleid?« Ransome legte den Kopf zurück und blickte zur Decke. »Nein, kein Mitleid. Es war etwas weniger Greifbares mit im Spiel. Ich wünschte, ich würde ein Wort dafür finden, aber es gelingt mir nicht.« Sie hatten bis jetzt nicht über den bewußten Abend mit sei-

nen traumatischen und weitreichenden Folgen gesprochen. Olivia sah nun, daß Ransome darüber nachdachte. »Weißt du, ich glaube an Estelles Unschuld, aber Josh konnte es nicht glauben. Trotz aller Beteuerungen war er davon überzeugt, daß Jai sie entehrt hatte. Und er schämte sich zu Tode, er war außer sich vor Zorn. Schließlich waren beide seine Kinder. Eine solche ... Beschmutzung verbrannte ihn wie ein Feuer. Er wußte, jetzt *mußte* er Raventhorne töten. Ihm blieb keine andere Wahl.«

Olivia lächelte unfreiwillig und nicht ohne Skepsis. Ransomes Gedanke war seltsam, denn ihr Onkel hatte all die vielen Jahre nichts anderes versucht!

Er spürte ihren Zweifel und schwieg verwirrt. »Ja, ich weiß, was du denkst, aber es gab Umstände ... Umstände, die du nicht kennst.« Er hob entschuldigend die Hände. »Ich sehe, ich muß von vorne anfangen, wenn du es verstehen sollst. Und vermutlich fing alles an, als Josh zum ersten Mal Jais Mutter in Assam begegnete.« Ransome kniff die Augen zusammen, um sich an eine Geschichte zu erinnern, die mehr als drei Jahrzehnte zurücklag. »Estelle weiß inzwischen vieles darüber. Hätte man es ihr früher erzählt, wäre Josh vielleicht noch am Leben.« Mit zitternden Händen zündete er sich einen seiner heißgeliebten Stumpen an und beobachtete aufmerksam, wie ein vollkommen runder Rauchring in die Luft stieg und sich in nichts auflöste. »Josh war in die Berge gefahren, um sich die riesigen Teebäume anzusehen, die man dort entdeckt hatte und über die alle sprachen. Er war damals noch sehr jung, hatte kurz zuvor in England geheiratet und erwartete die Ankunft seiner Frau. Unser Geschäft begann, durch die regelmäßigen Fahrten an die chinesische Küste in Schwung zu kommen. Seine Mutter hatte gerade ein schönes Haus für ihn gefunden – das jetzige Templewood-Haus –, und Josh war so glücklich und sorglos wie eine Lerche an einem Sommertag.« Bei der Erinnerung an die Vergangenheit mit ihren besseren Tagen strahlten seine Augen. »Aber diese gottverlassenen Berge, Olivia, haben eine sonderbare Wirkung auf die Menschen, besonders auf Weiße, die den Dschungel nicht kennen. Josh erzählte später, sie war noch sehr jung, unschuldig und unberührt wie eine Nymphe, ein Zauberwesen

aus den Mondstrahlen in einem Sommernachtstraum. Er schluckte und wurde rot. »So hat Josh sie zumindest beschrieben. Er war natürlich sofort bis über beide Ohren in sie verliebt ... von ihr *verzaubert*, wie er später sagte. Wie viele von der Zivilisation unberührte Menschen – das heißt, von dem, was wir für Zivilisation halten – war sie ein Naturkind, frei und ungebunden wie ein Bergbach und so zart wie ein Blütenblatt. Josh hatte etwas Ähnliches noch nie gesehen und ... nun ja, er verlor den Kopf. Er vergaß alles, sowohl die Vergangenheit als auch die Zukunft. Nur die Gegenwart zählte und die unwirkliche Nymphe, die ihm die Götter gesandt hatten, um ihn ins Paradies zu versetzen.« Er hüstelte und sagte schnell: »Auch das waren Joshs Worte. Als er schließlich nach Kalkutta zurückkehrte, stand er noch völlig im Bann des Erlebten. Dann kam Bridget an, und nach einer Woche im Glückstaumel des Zusammenseins mit ihr hatte Josh Assam vergessen wie einen Traum. Vielleicht war es für ihn auch nur ein Traum gewesen.«
Olivia zog sich das Tuch fester um die Schultern. Es war plötzlich unheimlich, vor dem flackernden Kaminfeuer zu sitzen und von der toten Frau zu hören, deren silbernen Anhänger sie einmal getragen hatte. Sie wünschte, sie hätte sich nicht so schnell bereit erklärt, Ransome zuzuhören. Sie hätte auch nicht soviel trinken sollen – aber für Reue war es jetzt zu spät. Ransome überließ sich den vielen Erinnerungen und wollte sich seiner Last entledigen. Er wäre tief verletzt gewesen, wenn sie ihn jetzt unterbrochen hätte.
»Zum Unglück von Josh und der jungen Frau war sie die einzige Tochter eines Stammeshäuptlings, der sie sehr liebte. Ihre Beziehung zu dem weißen Mann brachte Schande über ihren Stamm, und das noch mehr, als sie schwanger war. Die Stammesgesetze sind streng, und sie gelten für alle. Der Rat der Alten verbannte sie aus dem Gebiet des Stammes, und man sagte ihr, sie dürfe nie wieder zurückkommen. Sie besaß etwas Silberschmuck, den sie verkaufte. Dann floh sie aus den Bergen und machte sich auf den Weg hinunter in die Ebene, um den Sahib zu suchen, den sie nur als Josh kannte. Sie brauchte viele Monate, um in die Stadt zu gelangen, und noch viele Wochen mehr, um das Haus in der Stadt ausfindig zu machen. Als

sie das Tor schließlich erreichte, brach sie dort zusammen, und die Geburt ihres Kindes stand unmittelbar bevor.«

Olivia runzelte die Stirn und sagte: »Dann kam sie also zum Templewood-Haus und nicht zu dir. Und ihr Kind wurde dort auf dem Dienstbotengelände geboren.«

Sie wollte ihn damit nicht an eine Lüge erinnern. Trotzdem entschuldigte er sich sofort: »Ja! Ich habe dir damals nicht die ganze Wahrheit gesagt, Olivia. Aber jetzt werde ich dir bestimmt nichts mehr unterschlagen. Ja, es stimmt, Joshs Dienstboten gewährten ihr Unterkunft, und mit ihrer Hilfe ließ sich ihre Geschichte zumindest teilweise rekonstruieren. Es war an einem Sonntagmorgen. Ich weiß noch, daß Bridget und Joshs Mutter in der Kirche waren. Josh geriet trotzdem in Panik, kam atemlos zu mir und bat mich um Hilfe. Ich war natürlich sofort einverstanden, die Frau bei meinen Dienstboten unterzubringen, aber noch ehe wir das bewerkstelligen konnten, kehrten Bridget und seine Mutter von der Kirche zurück. Man erklärte den beiden, die Frau sei mit dem jungen Gärtner verheiratet. Aber das interessierte die Damen nicht sonderlich. Die Lüge wurde hingenommen und die Übersiedlung in mein Haus hinausgeschoben. In der Nacht braute sich das Unheil noch mehr über Josh zusammen. Gegen Mitternacht, während ein heftiger Monsunsturm tobte, gebar diese Frau einen Sohn, Joshs Sohn. Die Frau und die Tochter des *Dhobi* fungierten als Hebammen. Mit dieser Geburt hat die arme Frau unwissentlich und unschuldig unser aller Leben verändert.«

Er schwieg, nahm eine Orange aus der Obstschale auf dem Tisch und schälte sie bedächtig. Erst nachdem sie sich stumm die Orange geteilt und sie gegessen hatten, fuhr er mit seiner Geschichte fort.

»Stell dir die Nymphe vor, Olivia! Das ungebundene Kind der Natur war plötzlich in einer dunklen Zelle gefangen wie ein aufgespießter Schmetterling unter Glas. Es war schrecklich und erschütternd! Aber sie dachte nie daran, sich an dem Mann zu rächen, der sie in diese Hölle gebracht hatte. Die Götter beschlossen ohne ihr Zutun, ihr zu Hilfe zu kommen und etwas von dem Ungleichgewicht wieder ins Lot zu bringen. Das Mischlingskind hatte keinen Namen, aber seine Augen waren der sichtbare Beweis seiner Herkunft. Es fiel nicht schwer, den Zusammenhang zu sehen.«

»Wer sah es als erstes? Tante Bridget?« fragte Olivia.

»Um Himmels willen, nein! Sie kam direkt aus einer Klosterschule und war streng und moralisch erzogen. Sie hatte dort gelernt, schon der Gedanke an eine Sünde sei eine Sünde. Die arme Bridget wäre nie auf solche Gedanken gekommen. Aber Lady Templewood! Als sie erschien, um das Neugeborene in Augenschein zu nehmen, wie sie es immer tat, wußte sie sofort Bescheid und war wütend! Sie befahl Josh, Mutter und Kind auf der Stelle aus dem Haus zu schaffen, ehe Bridget etwas ahnte. Aber weißt du, was dann geschah, Olivia?« Ransome rieb sich gedankenverloren das Kinn und schwieg. »Josh weigerte sich. Soweit ich mich erinnere, bot er seiner Mutter damals zum ersten Mal trotzig die Stirn. Nach einer hitzigen Debatte setzte Josh einen Kompromiß durch. Sie einigten sich darauf, daß Mutter und Kind bleiben durften, aber die Frau sollte dafür sorgen, daß das Kind nie das Dienstbotengelände verließ.«

Olivia staunte. Wie konnte so etwas auf Dauer funktionieren? Aber dann erinnerte sie sich an einen Besuch auf dem Dienstbotengelände hinter dem Küchenhaus der Templewoods. Dort waren scharenweise Kinder herumgelaufen, die sie vorher nie gesehen und von denen sie nichts geahnt hatte. Olivia schwieg.

»Am Abend nach Jais Geburt schlichen wir uns in die Hütte, um uns das Kind anzusehen, das Josh unseligerweise gezeugt hatte. Als Josh das Baby sah, wurde er bleich. Ihm wurde bewußt, daß er vor seinem Erstgeborenen stand, seinem Sohn, und er war sprachlos vor Ehrfurcht. Seine Tat erfüllte ihn immer noch mit Abscheu und Widerwillen, aber gleichzeitig war er fasziniert und auf unerklärliche Weise beinahe begeistert. Und weißt du was, Olivia?« Ransome schien plötzlich entkräftet in sich zusammenzusinken. »Diese beiden entgegengesetzten und unvereinbaren Gefühle bestimmten Joshs Beziehung zu seinem Sohn, seit er ihn zum ersten Mal in den Armen gehalten hatte. Mich verblüffte das Paradox, aber Josh verwirrte es zutiefst. Josh begriff, daß er entsetzt darüber sein sollte, so tief gesunken zu sein, einen Mischlingsbastard in die Welt zu setzen. Aber die andere Seite des Paradoxes, seine Gefühle, sein Stolz auf den Erstgeborenen brachte ihn durcheinander und machte ihn manchmal wütend. In seinen Augen war es eine Schwäche, ein Fehler, den er sich eingestehen mußte. Und Josh verachtete sentimentale Schwächen und menschliches Versagen. An diesem Abend war er zerrissen, völlig verstört, und er empfand die eigene Widersprüchlichkeit als eine große Niederlage.«

»Ich glaube nicht, daß Onkel Josh je daran gedacht hat, seinen Sohn anzuerkennen, oder irre ich mich?« fragte Olivia neugierig und fasziniert.

»O nein!« antwortete Ransome wie aus der Pistole geschossen. »Nein, das stand nie zur Debatte, nie. Josh lag vor allen Dingen seine gesellschaftliche Stellung am Herzen. Sein einziges Motiv war schlicht und einfach Ehrgeiz. Gewiß, er war stolz darauf, sich über unwesentliche gesellschaftliche Normen hinwegzusetzen, aber insgeheim respektierte er sehr wohl die öffentliche Meinung. Er konnte es nicht riskieren, wegen dieser ernsten moralischen Schwäche öffentlich verurteilt zu werden. Er hatte sich mit einer Eingeborenen eingelassen! Natürlich haben Hunderte von Engländern vor und nach ihm uneheliche Kinder und auch Mischlinge gezeugt, aber für Josh wäre diese öffentliche Kritik gleichbedeutend mit geschäftlichem Selbstmord gewesen. Außerdem führte er eine glückliche und zufriedene Ehe. Er wollte sie nicht gefährden und sich noch mehr Probleme schaffen.«

Olivia streckte die Beine und setzte sich etwas bequemer. Es war spät geworden, aber sie war nicht im geringsten müde. »Und Tante Bridget hat den Jungen in den acht Jahren nie gesehen?«

»Vermutlich sah sie ihn hin und wieder flüchtig. Aber du weißt ja, Bridget verachtete die eingeborenen Dienstboten. Für sie waren es keine Menschen, keine Individuen, sondern nur Diebe, Betrüger und Faulpelze, die man nun einmal ertragen mußte. Selbst wenn sie den Jungen zu Gesicht bekam, dann beachtete sie ihn nicht weiter.«

Olivia lächelte bitter und nickte. Ransome fuhr fort: »Ich glaube, ich habe dir bereits gesagt, daß der Junge die unangenehme Angewohnheit besaß, die Menschen anzustarren. Natürlich starrte er meistens

Josh an. Manchmal verbarg er sich in den Büschen vor seinem Arbeitszimmer und starrte ihn stundenlang an. Hin und wieder verlor Josh die Nerven und schrie wütend auf ihn ein. Dann wieder versuchte er, freundlich zu sein, und wollte ihm Süßigkeiten schenken. Der Junge zeigte nie eine Reaktion – vielleicht war er zu unsicher, vielleicht war er von Natur aus vorsichtig und abweisend. Einmal wollte er vor Josh davonlaufen. Dabei stürzte er und schlug sich die Knie auf. Josh zog sein Taschentuch heraus, säuberte die Wunde und verband sie unendlich liebevoll. Er ahnte nicht, daß ich ihn beobachtete. Als er mich plötzlich entdeckte, stieß er den Jungen von sich und ging wütend weg. Es ärgerte ihn, daß ich ihn dabei überrascht hatte, wie er einer Schwäche nachgab, die er an sich verachtete. Verstehst du, er gestand sie nie ein… nie. Auch mir nicht. Vielleicht gestand er sie sich nicht einmal selbst ein.«

»Aber als Achtjähriger wußte Raventhorne doch bestimmt, daß Onkel Josh sein Vater war.« Wie sollte so etwas einem intelligenten Kind verborgen geblieben sein?

»Das wissen nur Gott und Raventhorne. Die Möglichkeit besteht, aber ich zweifle daran.«

»Weshalb?« fragte Olivia. »Hat seine Mutter ihm das nicht gesagt oder vielleicht einer der Dienstboten? Einige müssen die Wahrheit doch zumindest geahnt haben.«

Ihre Frage verunsicherte Ransome. Er schüttelte nur den Kopf und schwieg. Olivia ließ das Thema fallen. Mitternacht war schon vorüber, und die Petroleumlampen waren heruntergebrannt. Olivia erhob sich, um Salim aufzufordern, die Lampen wieder zu füllen. Sie wies ihn auch an, zwei Gläser warme Milch und einen Teller Kekse zu bringen. Dann stellte sie Ransome eine andere Frage. »Nun gut, ich sehe ein, daß Onkel Josh in den ersten Jahren gewisse väterliche Gefühle für seinen Sohn hatte, wenn er sie auch nicht zeigte. Aber woher kam dann später der unversöhnliche, bittere Haß?«

Ransome zog heftig an dem Stumpen, hustete und klopfte sich auf die Brust. Er warf einen reuevollen Blick auf die vielen Stummel im Aschenbecher und schüttelte unzufrieden den Kopf. »Das mag unlogisch sein, aber schließlich ist an einem Menschen, der innerlich gespalten ist, so vieles andere auch unlogisch. Ein grundsätzlich unlösbares Problem entwickelt ständig Aspekte und Facetten, die miteinander kollidieren. In Joshs Fall nahm das solche Formen an, daß sogar Bridget begann, darunter zu leiden. Wir werden nie mehr erfahren, ob sie mißtrauisch wurde und Verdacht schöpfte. Aber an jenem Abend, als sie dem Jungen unvermutet im Anrichtezimmer gegenüberstand, wußte sie es plötzlich – vielleicht, weil sie innerlich bereits auf diese Erkenntnis vorbereitet war. Für sie war es ein vernichtender Schlag. Das Ausmaß der Katastrophe wuchs, als sie Josh ansah, der die Peitsche zum Schlag erhoben hatte und es nicht über sich brachte, noch einmal zuzuschlagen.«

Glaubst du, ich werde je vergessen, was ich damals gesehen habe?

Olivia hörte wieder klar und deutlich Lady Bridgets verzweifelten Schrei. Jetzt ahnte sie den Zusammenhang, aber sie wartete darauf, daß Ransome es aussprach.

Er hatte seinen Selbsttadel bereits wieder vergessen, nahm sich einen neuen Stumpen und zündete ihn an. »Josh konnte seinen Sohn nicht totschlagen. Er stand wie gelähmt da und starrte den kleinen Jungen an. Es dauerte nur den Bruchteil einer Sekunde, aber Bridget hatte genug gesehen. Joshs Gefühle für dieses Kind standen ihm flüchtig, aber deutlich und klar ins Gesicht geschrieben.« Ransome schloß die Augen und seufzte. »An diesem Abend wurde so viel zerstört, Olivia – so viel! Wenn Jais Geburt im Haus seines Vaters unser aller Schicksal veränderte, dann wurde an jenem Abend im Anrichtezimmer das Unheil besiegelt. Bridget hätte Josh im Laufe der Zeit die Untreue bestimmt verziehen, auch das gesellschaftliche Vergehen, sich mit einer Einheimischen eingelassen zu haben, selbst die Schande eines Mischlingsbastards und sogar die Kühnheit, Mutter und Kind ohne ihr Wissen in ihrem Haus aufzunehmen. Aber sie konnte ihm nie das stumme, unbeherrschte Eingeständnis verzeihen, für ein uneheliches, in Sünde geborenes Mischlingskind *Gefühle* zu haben. Denn für sie als fromme und moralisch untadelige Frau war das ein verwerfliches und schamloses Geständnis. Sie war eifersüchtig, verbittert, desillusioniert und untröstlich. Josh hatte sie betrogen, das heilige Ehegelübde verraten und besudelt; unter diesem Gefühl brach sie zusammen und lag viele Monate lang im Bett. Bridget lebte von da an immer in Angst. Und Josh hatte ihr gegenüber immer Schuldgefühle, weil er sie betrogen und getäuscht hatte. Erst viele Jahre später sollte Raventhorne in ihrem Leben wieder auftauchen. Damals ahnte Bridget das gnädigerweise nicht, aber seine mögliche Rückkehr blieb ihr ständiges Trauma.« Ransome griff nach dem Glas mit der inzwischen bereits kalten Milch, das Salim schweigend gebracht hatte, und trank gierig und geräuschvoll, als müsse er einen unstillbaren Durst löschen.

»Bridget fürchtete, nach Raventhornes Rückkehr würde seine Anwesenheit die Gefühle ihres Mannes für ihn wieder wecken. Und Josh mochte in seiner Unberechenbarkeit seinen Sohn öffentlich anerkennen, oder Jai werde aus reiner Bosheit und Rachsucht die Wahrheit aussprechen. Bridget war immer eine sehr stolze Frau. Sie trug ihr Kreuz mit Würde, aber für sie hörte das Leiden nicht mehr auf. Und schließlich kam Raventhorne zurück.« Ransomes Stimme klang plötzlich tonlos. »Alles andere weißt du. Ich muß es wohl kaum wiederholen. Ich weiß jetzt nur das eine –, wie die Wahrheit auch aussehen, wie unschuldig Estelle auch sein mag, Bridget wird ihre Tochter nie wiedersehen wollen. Wird sie Josh nach seinem Tod verzeihen? Ich weiß es nicht.« Er schüttelte gequält den Kopf. »Ich weiß es nicht. Ich habe ihr natürlich geschrieben. Vermutlich wird sie nicht antworten. Wenn sie trauert, dann trauert sie im stillen. Wenn nicht, dann hat sie das Recht dazu, das man ihr nicht absprechen kann. Josh hat sie um ihr rechtmäßiges Leben betrogen. Er hat die Folge der Ereignisse in Gang gesetzt, die nicht mehr rückgängig zu machen sind. Seine Besessenheit, sein Haß haben dazu geführt, daß in Bridgets reiner Welt das schreckliche Wort *Inzest* auftauchte. Sie hätte sich nie erlaubt, dieses Wort zu denken, ganz zu schweigen davon, es über die Lippen zu bringen. Jai hat seinen Schwur erfüllt, Josh alles zu nehmen, auch die *andere* Familie. Oh! Habe ich dir das erzählt, oder habe ich es verschwiegen?« Er runzelte die Stirn und nickte. »Ich hatte es natürlich verschwiegen, aber jetzt sollst du es wissen. Neben allem anderen drohte er Josh auch, ihm seine ›andere Familie‹ zu nehmen. Wenn man bedenkt, daß Estelle damals gerade geboren worden war, haben die Ereignisse achtzehn Jahre später eine erschreckende Bedeutung bekommen.«

Olivia bewegte sich nicht. Jai hatte *damals* beschlossen, Estelle in den Plan der allgemeinen Zerstörung miteinzubeziehen. Ein Schauer lief ihr über den Rücken. Dann dachte sie daran, daß dieser Mann eines Tages ihr Feind sein mochte – und ein zweiter Schauer lief ihr über den Rücken.

»Du hast mir eine Frage über Josh gestellt. Ich werde sie jetzt beantworten. Wäre Jai unterwürfig und ehrerbietig nach Kalkutta zurückgekehrt und hätte seinen gütigen Vater um Hilfe gebeten, wäre Josh großzügig gewesen und sein Verhalten ihm gegenüber vermutlich ganz anders. Aber Jai kehrte nicht als Bettler oder als Bittsteller zurück, der um seine Gunst warb. Er trat als *Konkurrent* auf, als Rivale im Teehandel, als Herausforderer. Stell dir das vor – sein unehelicher Sohn von der falschen Seite des Tischs, der im Dienstbotengebäude in seinem Haus zur Welt gekommen war! Ich habe Josh nie so aufgebracht, so wütend und empört gesehen wie an jenem Tag, als Jai unangemeldet in seinem Büro erschien und seine Rückkehr kundtat. Dann folgten andere Herausforderungen, die noch schwerer zu verkraften waren als sein Erscheinen im Kontor. Jais geschäftlicher Aufstieg war kometenhaft. Auch du wirst wissen, Olivia, daß Eurasier in unserer Kolonialgesellschaft bedauerlicherweise in beiden Lagern, also bei den Europäern und den Indern, ganz unten auf der gesellschaftlichen Stufenleiter stehen. Raventhorne machte jedoch geschickt und erfolgreich mit beiden Seiten Geschäfte. Vielleicht brachte ihm sein leidenschaftlicher und unverhohlener Haß auf die Engländer das Vertrauen der indischen Kaufleute ein. Seine Geschäfte mit ihnen zahlten sich in Gewinnen aus, die unsere übertrafen. Und im Laufe der Jahre gelang es ihm, die Europäer in seine Abhängigkeit zu bringen. Sie konnten nicht auf seine Klipper, seine Lagerhäuser und seine Zuverlässigkeit verzichten.«

Olivia nickte ungeduldig. »Ja, das weiß ich alles, aber ...«

»Darauf komme ich noch zu sprechen, darauf komme ich noch ...« Ransome richtete sich erregt auf und beugte sich vor, um die Bedeutung seiner nächsten Worte zu unterstreichen. »Alles, wovon Josh

träumte, schien Jai als erster zu verwirklichen: trotz der Tea Parties beachtliche Tee-Exporte nach Amerika, die Einführung von abgepacktem Tee für den Einzelhandel, die schnellste Flotte in den indischen Häfen – und Joshs größter Traum: Dampfschiffe. Josh hatte die riesigen Teebäume in Assam gesehen. Wem es gelang, einheimischen Tee anzupflanzen, der war aus der Abhängigkeit von China befreit und damit auch vom Opium. Dank seiner Herkunft mütterlicherseits unternahm Raventhorne den Versuch und hatte Erfolg. Alle Bemühungen der Europäer um Teeplantagen scheiterten an Problemen mit den Arbeitskräften, den steigenden Kosten und der qualitativ schlechten Ernte. Raventhornes Leute, die den Bergstämmen angehörten, nutzten ihr traditionelles Wissen, und seine Plantagen wuchsen und gediehen.
Von Neid und Eifersucht gepackt, fühlte sich Josh von ihm bedroht. Und vergiß nicht die skrupellosen Überfälle und Sabotageakte, mit denen er unsere Opiumsendungen erbeutete und unsere Teelieferungen nach London ruinierte. Unser Ruf litt, unsere Glaubwürdigkeit war dahin, die Erfolge unserer Arbeit brachen in sich zusammen, und Raventhornes Geschäfte blühten. Wir alle waren uns einig: Der Mann war ein Besessener. Er mußte irgendwie zu Fall gebracht werden.«
»Und deshalb«, sagte Olivia leise, »wurde sein Niedergang vorbereitet…« Sie griff nach ihrem Milchglas und trank. Trotz Ransomes leidenschaftlicher Erzählung schienen die Akteure in seiner Geschichte immer unwirklicher zu werden. Aus der Distanz wirkten sie alle so blaß wie gepreßte Blumen, die man zwischen vergilbten Buchseiten vergessen hat.
»Ja.« Er leugnete den Vorwurf nicht länger. »Der Tod des Nachtwächters war nicht geplant, aber alles andere. In seinem Ehrgeiz getroffen, vergaß Josh, daß Jai sein Sohn ist, vergaß die Zusammenhänge, vergaß die Widersprüchlichkeiten und Unsicherheiten. Er dachte nur daran, daß sein Lebenswerk gefährdet war. Er… Ich natürlich auch, wie sollte ich es leugnen? … wollte, daß Raventhorne entehrt, öffentlich verurteilt, aus Kirtinagar verbannt und vom Geschäftsleben ausgeschlossen wird…«

»Er sollte *hängen*!«
Olivias bissiger Einwurf ließ Ransome zusammenzucken. »Ja«, sagte er leise. »Auch das. Und Raventhorne wäre gehängt worden, das kannst du mir glauben, wenn Josh damals Slocum verraten hätte, wo die Leiche von Das lag.«
Olivia richtete sich auf und sah ihn mit skeptisch erhobenen Augenbrauen an. »Du behauptest, er hat es Slocum nicht gesagt?«
Ransome lehnte sich langsam zurück. »Ich weiß es nicht. Ich war an jenem Abend nicht dabei. Er hat behauptet, es Slocum gesagt zu haben, aber Slocum zögerte. Und als er sich entschloß, etwas zu unternehmen, war die *Ganga* außer Reichweite.«
»Onkel Josh hat behauptet, es Slocum gesagt zu haben? Und du glaubst es nicht?«
»Damals wußte ich nicht, was ich glauben sollte!« Ransome breitete die Hände aus. »Als ich Josh später darauf ansprach, wurde er wütend, brüllte mich an und beschimpfte mich. ›Wie kannst du an meinen Motiven zweifeln, Arthur?‹ schrie er außer sich vor Wut. ›Glaubst du nicht, daß ich den Bastard am Galgen baumeln sehen möchte?‹ Nun ja, damals habe ich ihm geglaubt. Aber jetzt bin ich wieder unsicher, Olivia. Ich habe mich damit abgefunden, es nie mit Sicherheit zu wissen.« Sein Gesicht war von Kummerfalten durchzogen. »Hätte Josh gewußt, daß seine Tochter mit der *Ganga* davonfuhr, dann wären mir diese Zweifel erspart geblieben.«
Plötzlich wurden die gepreßten Blumen zwischen den Buchseiten wieder farbig und erwachten zu neuem Leben. Olivia dachte an das Fest, das sie für Estelle und John gegeben hatte. »Damals hing Raventhornes Leben an einem seidenen Faden. Und er ist dieses Risiko eingegangen?« Wie die Blumen wurde auch ihre Ungläubigkeit wieder lebendig. »Er spielte mit dem sicheren Tod und setzte nur darauf, daß sein Vater nicht in der Lage sein werde, ihn zu töten? Nur, weil eine vage Kindheitserinnerung ...«
»Ich weiß es nicht«, unterbrach sie Ransome. »Ich weiß es einfach nicht.« Er schüttelte den Kopf. »Es sei denn, Raventhorne wird es uns eines Tages sagen.« Er lachte über diesen absurden Gedanken. »Aber Raventhorne ist schlau und geradezu unnatürlich scharfsin-

nig. Und er vergißt nichts. Auch damit hat er uns gedroht. Er kann sich an Einzelheiten erinnern und ist in der Lage, die Gedanken anderer zu lesen. Das habe ich dir gesagt. Schon als Kind war seine Intuition beunruhigend. Vielleicht konnte er sich mit seinem Vater in einer anderen, nicht menschlichen Sprache verständigen. Vielleicht verriet ihm seine Intuition etwas, das wir nicht ahnen. Vielleicht hatte er auch nur Glück. Außerdem mußte er sich Joshs Herausforderung stellen.«

»Natürlich hätte er anders handeln können!« erwiderte Olivia heftig. »Er hätte nur den Revolver aufheben und seinen Vater erschießen müssen. Man hatte ihn herausgefordert. Es wäre reine Notwehr gewesen.«

»Ja, das stimmt. Und er wäre nicht bestraft worden. Ich weiß viel, Olivia – ich gebe zu, manches davon ist reine Vermutung –, aber ich weiß nicht alles. Und Jai kenne ich ganz bestimmt nicht besser. Manchmal habe ich sogar das Gefühl, Josh nicht so gut gekannt zu haben, wie ich glaubte. Ich weiß jedoch mit Sicherheit, daß Josh nach dem öffentlichen Eingeständnis seiner verachteten Schwäche nicht mehr weiterleben konnte. Er glaubte felsenfest, sein Sohn habe seine Tochter entehrt. Josh glaubte, Raventhorne müsse getötet werden und er müsse durch seine Hand sterben. Aber als es soweit war, konnte er seinem Sohn nicht in die Augen blicken und ihn vorsätzlich umbringen. Es war ein Augenblick bitterer Selbsterkenntnis für Josh. Er war, so mußte er sich eingestehen, fehlbar wie andere Menschen. Und in seiner Schwäche erlaubte er Raventhorne, ihm den Sieg zu entreißen. Nein, in diesem Bewußtsein konnte er nicht weiterleben.«

Als Ransome in Schweigen versank und die Minuten vergingen, nahm Olivia an, er sei am Ende seiner Geschichte, und erhob sich. Ransome hatte das Siegel der Verschwiegenheit mit rückhaltloser Offenheit gebrochen und sein Gewissen erleichtert, aber er war auch am Ende seiner Kraft. Trotzdem machte er keine Anstalten, sich mit Olivia zu erheben. Seine bisher klaren und ruhigen Augen richteten sich jetzt auf die Fußspitzen, als seien seine Lider zu schwer, um Olivias geduldig fragenden Blick zu erwidern.

»Du hast mich vorhin etwas gefragt, was ich bisher nicht bereit war, dir zu sagen – aber nicht, weil ich es dir vorenthalten wollte, sondern weil ich mich schäme. Ja, Jai hat auch mir viel vorzuwerfen! Und das hat mit seiner Mutter zu tun.« Olivia schüttelte die Müdigkeit ab und setzte sich wieder. »Wir müssen noch einmal drei Jahrzehnte rückwärts schauen, als Josh die vergessene Nymphe wiedersah. Diesmal empfand er keine Leidenschaft, sondern nur Mitleid mit ihr. Außerhalb der idyllischen Berge war sie in seinen Augen eine ganz gewöhnliche Eingeborene wie alle *Ajas*. Seine Schuldgefühle geboten ihm, freundlich zu der Frau zu sein. Aber in den acht Jahren in seinem Haus fürchtete er ständig, sie könnte eines Tages unüberlegt ihr Geheimnis und auch sein Geheimnis enthüllen!«

»Und das tat sie nicht? Sie vertraute sich niemandem an, nicht einmal den anderen Dienstboten?« Die nüchtern denkende Olivia konnte das nicht glauben. »Man weiß doch, wie die Dienstboten reden und an Klatsch interessiert sind. Untereinander haben sie bestimmt über ihre Vermutungen gesprochen!«

Ransome nickte etwas ungeduldig. »Genau das will ich dir ja erklären. Jais Mutter sprach mit keinem Menschen darüber, vielleicht noch nicht einmal mit ihrem Sohn, denn Josh hatte es ihr verboten. Und für sie war das Gesetz. Weißt du, sie hat ihn geliebt. Bis zum Ende hat sie Josh bedingungslos geliebt. Wenn die Dienstboten untereinander redeten, nun ja, Mischlinge waren inzwischen keine Seltenheit mehr. Viele Sahibs hielten sich indische Mätressen, von denen nicht wenige als gut aussehende Dienerinnen im Haus lebten. Es ist ein schlimmes Zeichen unserer Zeit, Olivia, daß manche Engländer solche Dinge zu ihren Rechten als Herren zählen. Und viele Inderinnen nehmen das in ihrem verwünschten Fatalismus und ihrer Unterwürfigkeit als gegeben hin, und manche sind sogar noch stolz darauf.« Er blickte empört auf die glühende rote Spitze der Stumpen. Dann nahm er den Faden seines Berichts wieder auf. »Es sollte dich auch nicht überraschen, daß in späteren Jahren niemand in der Stadt einen Zusammenhang zwischen Lady Stella Templewood und Jai sah. Sie starb noch vor Estelles Geburt. Jai kehrte erst viele Jahre später zurück, um Furore zu machen. Abgesehen von mir und ein oder zwei von den Älteren erinnert sich niemand mehr an die ungewöhnliche Farbe von Lady Templewoods Augen!«

Olivia interessierte sich nicht mehr für die Augen der alten Lady Templewood. Aber der Gedanke an die schuldlose Eingeborene und ihre blinde Ergebenheit für einen Mann, der es so wenig verdiente, ließ sie nicht mehr los. Sie wollte unbedingt mehr über diese Frau erfahren. »Aber hat diese Frau nie Gerechtigkeit verlangt – für sich und ihr Kind? Dieser hartherzige Befehl genügte, um sie zum Schweigen zu bringen?«

»Ja, er genügte. Sie hielt sich daran. Aber wir hatten unsere Zweifel. Wir ergriffen Maßnahmen, damit sie ihr Schweigen nie brechen würde. Wir verschafften uns diese Sicherheit mit Opium.« Wieder senkte Ransome den Kopf und blickte auf die Schuhe. Seine tonlose Stimme war beredter als alles andere. »Lady Templewood kam auf diese Idee. Aber wir beide, Josh und ich, haben sie begeistert aufgegriffen. Und jede tödliche kleine Dosis versiegelte ihren Mund noch mehr. Das Opium machte sie zur Sklavin unseres Willens. Das Opium trieb sie in eine Traumwelt, in der es keine unbequeme Wirklichkeit und aus der es keine Flucht gibt. Als Jai acht war, konnte sie keinen Tag mehr ohne Opium sein. Sie war hoffnungslos süchtig und damit natürlich keine Bedrohung mehr für unsere Ehrbarkeit.«

Ransome erwartete nicht, daß Olivia etwas dazu sagte, und sie tat es auch nicht. Aber trotz des warmen Feuers wurden ihre Hände eiskalt. Verfolgt von den Geistern der Vergangenheit, die er schonungslos beschworen hatte, erschauerte Ransome. Er stand schweigend auf, blickte mit tränenverschleierten Augen auf die Taschenuhr und nickte, als sei er sich wirklich bewußt, wie spät es war. Dann nahm er seinen Mantel vom Stuhl. Er zog ihn vor dem bodenlangen Spiegel an und knöpfte ordentlich jeden Knopf zu.

»Du siehst also, mein Kind, wir haben Jais junge Mutter umgebracht.« Seine Ruhe war gespielt. Innerlich brach er vor Schuldgefühlen beinahe zusammen. »Wir haben sie rücksichtslos geopfert, um unsere blütenweiße Weste zu behalten. O ja, Jai Raventhorne hat mir noch immer viel vorzuwerfen, sehr viel!« Er schob die Hände tief in die Taschen und lächelte bitter. »Jai hat in all den vielen Jahren nichts anderes versucht, als die Waagschalen der Gerechtigkeit wieder etwas mehr ins Gleichgewicht zu bringen. Und wenn man es recht bedenkt, findest du nicht auch, wir haben seine Rache voll und ganz verdient?«

Ransome entschuldigte sich verlegen dafür, ihr den wertvollen Schlaf mit seinen nutzlosen Erinnerungen geraubt zu haben, bedankte sich für die Geduld, mit der sie ihm zugehört hatte, und verließ schweigend das Zimmer. Noch ganz im Bann der letzten Enthüllung sah ihm Olivia stumm nach.

Es war inzwischen beinahe drei Uhr morgens. Sie hatten stundenlang geredet und an Dinge gerührt, unter deren Oberfläche noch schmerzendere Wunden lagen. Olivia hätte eigentlich völlig erschöpft sein müssen, denn ihr geschwächter Körper schrie nach Schlaf. Aber nach Ransomes offener Selbstanklage fühlte sie sich hellwach und erstaunlich munter. Ihre Gedanken bewegten sich auf vielen Ebenen gleichzeitig und überschlugen sich geradezu. Diese Wiederbelebung war ebenso heilsam wie Dr. Humphries' Medizin. Erstens hatte sie die Erwähnung von Lubbock an etwas Wichtiges erinnert. Auch sie war Amerikanerin und zum Eintreten für ihre Ziele geboren! Ihr mutiger Vater war immer ein leuchtendes Vorbild gewesen. Für ihn gab es keine Aufgaben, auch wenn die Niederlage unvermeidlich zu sein schien. Von ihm hatte sie gelernt, moralische Feigheit zu verabscheuen, jeden zu verachten, der sich nicht für seine Pläne einsetzte, der aufgab, ohne die Verwirklichung nicht wenigstens gewagt zu haben. Gewiß, Olivia hatte einen Rückschlag erlitten, aber wie Dr. Humphries sagte, ging deshalb die Welt nicht unter. Warum sollte sie sich vor Jai Raventhorne verstecken? Was würde ihr Vater sagen, wenn er sie so sehen würde – vor Angst geschwächt und von Selbstmitleid erfüllt? Sein Rat in dieser Situation, wenn er ihr hätte raten können, wäre bestimmt gewesen: Laß Jai Raventhorne doch zurückkommen und das Schlimmste tun!

Wenn die Umstände es verlangten, dann mußte sie eben hier in Kalkutta bleiben. Sie mußte seine Herausforderung annehmen. Und wenn er je wagen sollte, ihren Sohn zu beanspruchen, ihn ihr wegzunehmen, würde sie den Fehler ihres Onkels nicht wiederholen.

Ich werde auf sein Herz zielen, und ich werde treffen!
Der lange Bericht, mit dem Arthur Ransome sein Gewissen bereinigen wollte, verwob für Olivia die Vergangenheit mit der Gegenwart auf eine merkwürdige Weise. Ihr Herz empfand seine Schmerzen. Ransome hatte sich nicht geschont, obwohl er bei der unheilvollen Verschwörung nicht die Hauptrolle spielte. In seiner unverminderten Treue zu dem toten Freund nahm er die Hälfte der Schuld auf sich. Doch Olivias Gedanken lösten auf einer anderen Ebene einen anderen Sturm und andere Schuldgefühle aus. Ransome hatte, so gut er konnte und soweit er dazu in der Lage war, sein Gewissen von der Last befreit, mit der er schon so lange lebte. Sie mußte endlich das gleiche tun!
Olivia achtete nicht darauf, daß der Morgen bereits anbrach und sie nicht geschlafen hatte. Sie setzte sich an ihren Sekretär und schrieb ihrer Cousine Estelle einen zweiten, sehr viel längeren Brief.

Neunzehntes Kapitel

Es war Weihnachten.

Im gemütlichen Wohnzimmer im Erdgeschoß, dem am wenigsten förmlichen aller Salons im Palais, stand ein großer Nadelbaum in einem Holzkübel. Er war wunderbar geschmückt mit bunten Bändern, Glaskugeln, glitzernden Rauschgoldengeln, silbernen Sternen, schneeweißer Watte, einem Pappweihnachtsmann mit Hirschen und Mispel- und Stechpalmenzweigen, die für sündhaft viel Geld bei Whiteaways erstanden worden waren. Im Haus wurde gesungen und musiziert, und man hörte Lachen – eine Seltenheit! Zum Weihnachtsfest erschienen die Donaldsons, die Humphries und natürlich Arthur Ransome. Es gab die traditionellen Gerichte, die Rashid Ali und der eigens dazu herbeigerufene Babulal mit unvergleichlichem Können zauberten. Alle bekamen Geschenke, auch die Dienstboten mit ihren Familien – und besonders die Kinder. Es gab Feuerwerk und Knallfrösche, Weihnachtslieder wurden gesungen, und man feierte so fröhlich, wie man es seit Jahren in dem eleganten, von zu wenigen Menschen bewohnten Palais nicht mehr erlebt hatte.

Für Olivia war es das zweite Weihnachten in Indien. Es war ganz anders als das trostlose ›Fest‹ vor zwölf Monaten in Barrackpore, wo niemand den Mut aufgebracht hatte, sich an die Feiertage überhaupt zu erinnern!

Daß dieses Weihnachten sich so sehr von dem anderen unterschied, war einzig und allein ihrer Cousine Estelle zuzuschreiben, wie Olivia sich bereitwillig eingestand. Estelle hatte Olivias zweiten Brief herzlich und rührend ausführlich beantwortet und war postwendend in Kalkutta erschienen. Sie hatte sich so sehr verändert, daß Olivia erschrak. Sie hatte abgenommen, die übersprudelnde Lebhaftigkeit war gedämpft, und die blitzenden Augen blickten traurig. In der ersten Woche in Kalkutta sprach Estelle nur selten von ihrem Vater. Bei der Ankunft konnte sie ihren Kummer nicht zurückhalten. Sie warf sich Olivia in die Arme, klammerte sich an sie und weinte wie ein Kind, das allein und verlassen auf einem Jahrmarkt herumirrt und sich fürchtet. Aber dann schob sie ihre Gefühle energisch beiseite und machte sich daran, die kranke Olivia zu pflegen. Olivia wußte, daß Estelle oft allein in ihrem Zimmer weinte. Der Kummer schwand nicht aus ihren Augen, aber sie ließ sich nicht davon überwältigen. Estelle versuchte, auf jede erdenkliche Weise wiedergutzumachen, was sie als schreckliche Schuld empfand. Sie las Olivia alle Wünsche von den Augen ab, bemühte sich, alles richtig zu machen, und warb um die Vergebung, nach der sie sich sehnte. Mit grimmiger Entschlossenheit ging sie daran, in ein Haus die Fröhlichkeit zu bringen, die alle dringend brauchten.

Die Weihnachtsfeier und das lustige Treiben waren Estelles Idee gewesen. »Ein stilles Weihnachten?« rief sie entsetzt, als Olivia das leise vorschlug, »Amos wird uns das nie verzeihen! Schon um seinetwillen müssen wir dafür sorgen, daß Weihnachten so fröhlich wie möglich wird. Wir müssen uns über unsere Gefühle hinwegsetzen.« Olivia konnte ihre Rührung nicht leugnen.

Olivia konnte ebenfalls nicht leugnen, daß ihre Beziehung dank Estelles Bemühungen und Initiative bald wieder so unbeschwert wie früher war. Die Kühlheit der ersten Tage war inzwischen merklich gewichen. Estelle unterdrückte die eigene Niedergeschlagenheit und bemühte sich, Olivia aufzuheitern. Und das konnte ihr nicht leichtfallen. Olivia freute sich darüber, wie problemlos ihre schwer erschütterte Freundschaft wieder in Gang kam. Sie war ihrer Cousine gegenüber nicht ganz gerecht gewesen. Aber da Estelle von Natur aus nicht nachtragend sein konnte, war ihr Gewissen erleichtert.

Außerdem bedeutete der Waffenstillstand eine Spannung weniger in ihrem Leben. Estelle verbrachte auch viele Stunden mit Arthur Ransome und wußte inzwischen zweifellos ebenfalls alles. Es gab also keinen Grund mehr, ihr etwas vorzumachen, und auch das war eine Erleichterung. Olivia litt sehr unter der erzwungenen Rekonvaleszenz. Estelles Fröhlichkeit und gute Laune – wie forciert auch immer – machten sie zu einer angenehmen Gesellschafterin, und Olivia konnte es leichter ertragen, ans Haus gefesselt zu sein. In dem vergangenen Jahr mit seinen Tragödien und Alpträumen war Estelle reifer geworden. Sie beschäftigte sich nicht mehr unentwegt mit Nebensächlichkeiten, und das ständige enervierende Gerede, das nur um sie kreiste, der Schwall an Klatsch über Kalkuttas Gesellschaft, waren weitgehend verstummt. Estelle ließ bei Gesprächen jetzt mehr Zurückhaltung erkennen. Sie war schließlich erwachsen geworden, ganz wie sie es sich ersehnt hatte. Aber welchen Preis hatte sie – und hatten andere! – dafür zahlen müssen!

»Erzähl' mir vom Tod deines Vaters«, sagte Olivia eines Abends, als Weihnachten vorüber war und das Jahr 1850 ernst und feierlich näherrückte.

»Nein!« Estelle zuckte entsetzt zusammen. Der ganze verborgene Kummer entlud sich in diesem Aufschrei. »Ich kann nicht … darüber reden. Noch nicht …«

»Aber du mußt, Liebes«, ermahnte sie Olivia sanft. »Nur wenn du darüber sprichst, wirst du dich damit abfinden können, nur dann werden deine Gedanken zur Ruhe kommen. Wenn du alles unterdrückst, wird es nur länger dauern, bis diese Wunde verheilt ist.«

Aber Estelle vergrub das Gesicht in den Händen und schüttelte stumm den Kopf. Olivia hatte Verständnis für ihre Trauer und ließ das Thema fallen. Wenn Estelle ihre Gründe hatte, nicht vom Schmerz über den Tod ihres Vaters zu sprechen, dann wollte sie aber aus ebensoguten Gründen über ihre Erfahrungen mit Jai Raventhorne reden. Zunächst fürchtete sie Olivias Zorn und hütete sich, den Namen zu erwähnen. Aber unvermeidlich kam das Gespräch eines Tages auf ihn. Jetzt hätte Olivia zurückzucken müssen, aber sie tat es nicht. Sie hatte sich seit Estelles Ankunft gegen das Unvermeidliche gewappnet, und so gelang es ihr, nichts als höfliche Gleichgültigkeit zu zeigen.

»Ich habe ihn nur erwähnt, weil … weil du gesagt hast, er ist dir gleichgültig«, sagte Estelle unsicher und nervös.

»Das stimmt«, versicherte ihr Olivia. »Meinetwegen kannst du reden, über wen du willst.«
Estelle konnte nicht ahnen, daß hinter der gelassenen Aufforderung ein Motiv steckte. Olivia hatte aus demselben Grund auch Ransome so bereitwillig zugehört. Für sie zählte die Vergangenheit nicht mehr. Sie dachte nur an die Zukunft. Bald würde Raventhorne aus Assam zurückkommen. Olivia wußte, Begegnungen, möglicherweise sogar Konfrontationen, würden sich nicht vermeiden lassen, denn sie arbeitete ganz in seiner Nähe, und das Handelshaus der Birkhursts hatte oft mit Trident zu tun. Olivia würde die Konfrontationen nicht herbeiführen, aber Raventhorne dachte bestimmt anders darüber! Für ihn war sie eine Verräterin; er hatte ihre Motive bloßgestellt, sie herabgewürdigt und entehrt. Er würde versuchen, sein tief verwundetes Ego zu trösten, und wie sie wußte, kannte seine Rachsucht keine Grenzen. Olivia mußte lernen, gegen ihn zu kämpfen, und zwar so gut, daß der Kampf zu einem Ende kam, sonst würde Jai Raventhorne mit seiner unfehlbaren Beobachtungsgabe und seiner Intuition irgendwie und aus irgendeiner Quelle die Wahrheit über Amos herausfinden.
Um gegen diesen Mann antreten zu können, mußte Olivia gut gerüstet sein, und dazu war ihr alles recht. Langsam fühlte sie sich ihm besser gewachsen, aber noch war sie bedauerlich schwach und ihm unterlegen. Estelle war ihrem Bruder in dem einen Jahr nähergekommen. Sie hatte ihn für sich so eingenommen, wie er sie für sich. Estelle hatte ihn in unbewachten Augenblicken erlebt, wenn er seinen Panzer ablegte, und in sehr aufschlußreichen, alltäglichen Situationen, in denen er sich vielleicht unbewußt Blößen gab. Es war Raventhorne gelungen, Estelle ihrer Mutter zu entfremden, er hatte indirekt den Tod ihres Vaters herbeigeführt, und es war ihm beinahe gelungen, auch Olivias Leben zu ruinieren, wie er es von Anfang an geplant hatte. Olivia wollte unbedingt erfahren, durch welche subtilen Vorgänge sich Raventhornes Gedanken und Absichten geändert hatten. Wieso konnte Estelle ihn trotz aller Verbrechen als Bruder akzeptieren und sogar lieben? Olivia wußte instinktiv, ihre eigene Strategie würde sich auf das gründen, was Estelle ihr erzählte. Sie

würde deshalb aufmerksam zuhören und dann das tun, was Lady Birkhurst nach eigener Aussage von ihrem Mann gelernt hatte – mit großem Geschick die Spreu vom Weizen zu trennen. Olivia schluckte ihren Widerwillen, schob alle anderen Überlegungen beiseite und ermunterte ihre Cousine zu reden.

Estelle folgte der Aufforderung bedrückt, aber dankbar. Sie sah darin ein weiteres hoffnungsvolles Zeichen dafür, daß Olivia ihr großmütig verzieh. Außerdem hatte sie verständlicherweise bisher mit niemandem offen über all das reden können. Und wem sonst als der geliebten Cousine konnte sie sich voll und ganz anvertrauen?

Trotz der sich selbst auferlegten Bereitschaft, Estelle zuzuhören, blieb Olivia zunächst wachsam. Sie wartete auf verletzende Formulierungen, feine Anspielungen, verdeckten Hohn – aber nichts dergleichen kam von Estelle. Der offene Bericht über ihr *Abenteuer*, wie sie es einmal genannt hatte, verriet weder Bosheit noch Verlegenheit, sondern nur den leidenschaftlichen Wunsch, ihrer so tragisch mißhandelten Cousine nichts zu verheimlichen. Olivia hatte Estelle schon immer um ihre Gabe beneidet, sich mit den schlimmsten Erfahrungen des Lebens abzufinden. Auch jetzt staunte sie über den Pragmatismus und die Einschichtigkeit, mit der Estelle dieses Erlebnis in die Welt ihrer Gedanken aufgenommen hatte. Sowenig sie über den Selbstmord ihres Vaters sprechen mochte, so sehr wollte sie Olivia alles erzählen, was sie mit Jai Raventhorne erlebt hatte.

Nachdem sie sich erst einmal mit dem abgefunden hatte, was Jai ihr mit so großer Gefühlskälte offenbarte, so berichtete Estelle, erholte sie sich schnell. Sie fand sich, allerdings wütend, auch mit den entsetzlichen Konsequenzen ihrer Lage ab, die ihr Raventhorne zwar nicht erläuterte, die sie aber durchaus verstand. Als sie die Kabine verlassen durfte, stritten sie sich erbittert. Es kam ständig zu heftigen Zusammenstößen. »Ich habe ihm erklärt, ich hätte sein albernes Benehmen satt«, sagte Estelle, und bei der Erinnerung an die demütigende Zeit funkelten ihre Augen. »Was geschehen war, ließ sich nicht ändern. Wenn alles, was er gesagt hatte, der Wahrheit entsprach – und daran zweifelte ich nicht mehr –, wurde es Zeit, daß wir lernten, uns zu vertragen, und *er* lernte, mich wie eine Schwester zu behandeln. Jai war schockiert. Das Wort ›Schwester‹ war ihm bislang überhaupt nicht in den Sinn gekommen. Und dann wurde er wieder wütend. Also stellte ich ihm ein Ultimatum. Entweder verhielt er sich mir gegenüber anständig, oder ich würde hungern, bis ich tot war. Jai lachte. Er erklärte, es sei ihm völlig gleichgültig, was ich tat oder zu tun gedenke. Seinetwegen könnte ich über Bord springen und in Afrika bleiben. Er hatte, was ihn anging, sein Ziel erreicht.«

Manche Erinnerungen waren für Estelle zweifellos schmerzlich, aber andere schmückte sie mit ihrem Sinn für Humor aus. Olivia mußte jedenfalls unfreiwillig lächeln. »Du und hungern? Das müßte ich mit eigenen Augen sehen, um es zu glauben!«

»Oh, ich habe natürlich nicht richtig gehungert.« Ihr kindliches Gemüt bei all den tragischen Verwicklungen und in all dem Unglück war herzerfrischend. »Ich sah keinen Grund zu leiden, weil er so stur war. Ich überredete Bahadur – du weißt ja, sein untrennbarer Schatten –, mich mit Trockenproviant zu versorgen, den ich unter dem Bett versteckte.«

Olivia mußte lachen.

»Jai ahnte nichts davon. Als er dachte, ich hätte seit vier Tagen nichts gegessen, machte er sich Sorgen. Angenommen, ich würde sterben, dann hatte er eine Leiche an Bord. Das sagte er mir zumindest, als er persönlich mit einem Tablett erschien und es vor mir auf den Tisch stellte. Dann zog er den Revolver und hielt ihn mir an die Schläfe. ›Iß jetzt!‹ befahl er mir, ›oder ich jage dir eine Kugel durch deinen strohdummen Kopf, das schwöre ich dir!‹ Ich habe natürlich gegessen. Du meine Güte, und wie ich gegessen habe! Er hätte gut auf den Revolver verzichten können. Aber das habe ich ihm natürlich nicht gesagt. Ich habe ihm statt dessen erklärt, ich sei nicht bereit, mich wie ein lästiges Anhängsel herumkommandieren zu lassen. Entweder er behandle mich, wie ich es gewohnt sei, oder ich würde weiter hungern!« Sie lächelte zufrieden über ihren Triumph. »Das hat ihm wirklich Angst gemacht. Zuerst schimpfte und brüllte er wieder. Dann drohte er in ohnmächtigem Zorn, mir den Hintern zu versohlen, doch dann hob er plötzlich die Arme, gab sich geschlagen und lachte aus vollem Hals.« Auch Estelle mußte lachen, bevor sie wieder ernst fortfuhr. »Danach, Olivia, war er ein anderer Mensch. Er war unglaublich freundlich zu mir. Ich hätte es nicht für möglich gehalten, daß er so fürsorglich sein kann, aber das war er. Allmählich begann er, mir zu vertrauen – vielleicht nicht ganz, aber etwas. Er unterhielt sich mit mir, stellte mir viele Fragen, hörte aufmerksam zu und erzählte von sich selbst.«

»Bei all dieser Freundlichkeit und Fürsorge«, warf Olivia nicht ohne Schärfe ein, »ist es dir nie in den Sinn gekommen, wenigstens ein paar Zeilen nach Hause zu schreiben?«

Estelle sah sie niedergeschlagen an. Wieder einmal sah man ihr das schlechte Gewissen an. »Ich habe es versucht, Olivia. Ich habe es mehrmals versucht, das schwöre ich dir, aber mir fehlten die Worte. Wie konnte ich das alles erklären? Wie konnte ich schwarz auf weiß alles Notwendige sagen? Außerdem, wenn ich Rechenschaft für mein Verhalten ablegen mußte, dann mußten auch Papa und Mama es tun.« Ihre Wangen röteten sich vor Zorn. »Sie haben mir die Wahrheit vorenthalten, die so lebenswichtig war. Hätte ich es früher gewußt, wäre das alles nicht geschehen...« Der Zorn verschwand so schnell, wie er gekommen war. Estelle erinnerte sich daran, daß die Menschen, denen er galt, sich nicht länger verteidigen konnten, und es gelang ihr nur mit Mühe, die Kontrolle wiederzufinden. »Solche Erklärungen konnten nur von Angesicht zu Angesicht erfolgen. Und da Jai versprach, in sechs Monaten zurückzukehren, wenn ich nach der Heirat mit John nach Indien zurückwollte, beschloß ich, die Sache bis dahin auf sich beruhen zu lassen, bis...«

»Wie bitte?« Olivia war so überrascht, daß sie die Frage nicht zurückhalten konnte.

Verwirrt sah Estelle sie an. »Ich habe doch nur gesagt, daß Jai nach sechs Monaten wieder in Kalkutta sein wollte, nach einem kurzen Aufenthalt in England...«, sie verstummte nervös. »... habe ich etwas Falsches gesagt...?«

Olivia murmelte leise etwas Unverständliches und schüttelte den Kopf. Dann richtete sie ihre Aufmerksamkeit wieder auf ein Häubchen, das sie für Amos häkelte.

Sechs Monate!
Ein Tropfen im Meer der Zeit – und doch eine Ewigkeit! Wie hatte er annehmen können, sie habe sechs Monate Zeit? Sie sollte sich in ihrer Zwangslage mit seiner lässigen und einseitigen Entscheidung einfach abfinden? Er ließ sie ohne jede Erklärung im Stich und glaubte in seiner Überheblichkeit, sie werde auf ihn warten wie eine Sklavin, die er wie ein feudaler Grundbesitzer gekauft hatte? Olivia erfaßte ohnmächtige Wut, ihr Mund füllte sich mit Bitterkeit. Aber in ihrem unbewegten Gesicht war nichts zu sehen.
Sie nahm ihr Strickgarn und legte es in den Nähkorb. Estelles Bericht ermüdete sie. Sie wollte den Namen Jai Raventhorne nicht mehr hören und all die Tugenden, die Estelle plötzlich an ihm entdeckt hatte. Olivia hatte großes Mitgefühl für ihre trauernde Cousine, aber der Name Raventhorne summte in ihren Ohren wie ein giftiges Insekt, das sie im nächsten Augenblick stechen würde. Er bedrohte ihr geistiges Gleichgewicht, brachte sie um ihre Vernunft, und genaugenommen war er eine Beleidigung für sie als Frau.
»Du siehst müde aus, Estelle«, sagte Olivia so freundlich wie möglich, um ihre Gefühle nicht zu verletzen. »Und du quälst dich mit diesen Erinnerungen noch mehr als ich. Wir haben ja noch genug Zeit. Lassen wir die Sache erst einmal ruhen und sprechen ein anderes Mal darüber.«
Estelle wollte Olivia unter keinen Umständen verärgern. Sie fügte sich wortlos und nickte nur.

*

Tage der befohlenen Ruhe, des erzwungenen Nichtstuns brachten Olivia neue Kraft – sowohl geistig als auch körperlich. Schließlich erklärte Dr. Humphries, er sei mit der Entwicklung zufrieden. Aber er lehnte es kategorisch ab, über ihre zaghafte Frage, ob sie reisefähig sei, auch nur ernsthaft nachzudenken. Dazu, knurrte er, gehe es ihr ganz bestimmt noch nicht gut genug. Aber wenn sie unbedingt wolle, werde er ihr ein paar Stunden täglich im Kontor erlauben. »Vorausgesetzt«, warnte er, »Sie werden mir nicht übermütig. Wir müssen immer noch vorsichtig sein. Andererseits möchte ich nicht, daß Sie vor Langeweile so dumm wie Bohnenstroh werden ...«

Olivia beugte sich niedergeschlagen seinem Urteil. Etwas anderes wäre auch selbstzerstörerisch gewesen, denn in ihr wuchs ein Kind heran, das von ihrer Gesundheit abhängig war. Und dieses Kind würde eines Tages für viele Menschen von großer Bedeutung sein. Immerhin waren selbst kurze Besuche im Handelshaus besser als geistiger Leerlauf zu Hause. Olivia wußte sehr wohl, daß es in der elitären Kolonialgesellschaft als skandalös galt, daß sich eine schwangere Frau in der Öffentlichkeit zeigte. Sie hatte sich bereits einmal über diese Regel hinweggesetzt und war dafür kritisiert worden. Es jetzt wieder zu tun, kam offener Rebellion gleich. Aber das kümmerte sie nicht im geringsten.

»Ach Unsinn!« Estelle freute sich mit ihr über Dr. Humphries' Vorschlag. »Zum Teufel mit dem sogenannten Anstand! Hier kann man doch tun, was man will, irgend jemand hat immer etwas daran auszusetzen! Darüber müssen wir uns keine Gedanken machen. Außerdem, wenn du im Kontor bist, mußt du die Kondolenzbesuche nicht ertragen.«

Das stimmte. Estelles tägliche Besucherinnen waren für Olivia eine Strafe, obwohl sie sich große Mühe gab, es sich nicht anmerken zu lassen – besonders nicht Estelle gegenüber. Es rührte Olivia, daß es ihrer Cousine trotzdem nicht entgangen war, und das sagte sie auch. Estelle errötete vor Freude. Selbst dieses winzige Zeichen der Anerkennung erfüllte sie mit größter Dankbarkeit. Vielleicht machten Olivias Worte sie mutig, denn sie wagte sich einen Schritt in ein Gebiet vor, das bisher tabu gewesen war.

»Wirst du jemals zu Freddie nach London gehen?«

Die plötzliche Frage überraschte Olivia, aber sie sah keinen Anlaß, etwas zu verheimlichen, und antwortete: »Nein.«

»Er weiß, wer der Vater von Amos ist?«

»Ja.«

»Und deshalb will er ihn nicht anerkennen?«

Die richtige Schlußfolgerung bewies Estelles Reife. »Ja.«

Olivia wollte keineswegs das Messer noch tiefer in Estelles Gewissen stoßen, aber ihre Cousine war völlig niedergeschlagen. »Für mich, die es so wenig verdient«, flüsterte Estelle, »hat sich wenigstens etwas zum Guten gefügt. Aber für dich ist alles schlecht gelaufen, obwohl du schuldlos bist und man dir nichts vorwerfen kann. Oh, wenn wir doch nur die Zeit zurückdrehen und alles noch einmal wiederholen könnten!«

»Eine Wiederholung würde nichts ändern«, erwiderte Olivia. »Die Vergangenheit zeigt uns, daß wir aus der Vergangenheit nichts lernen können. Selbst bei einer neuen Möglichkeit würden wir alle wieder dieselben Fehler machen.«

Estelle kannte inzwischen den Zynismus ihrer Cousine, aber bei den bissigen Bemerkungen, die ihre Gespräche begleiteten, zuckte sie jedesmal innerlich zusammen. Wie sehr hatte Olivia sich doch verändert! Nichts berührte sie mehr. Wie Land, in dem kein Regen mehr fällt, war sie innerlich abgestorben. In ihrem Herzen, das früher so überreichlich erblühte, faßte kaum noch etwas Wurzeln. Und wie verletzend konnte sie mit ihren Äußerungen sein, ohne es eigentlich zu wollen! Dieser vergiftete Pfeil, das wußte Estelle, galt nicht nur ihr. Aber er fand eine verwundbare Stelle und bohrte sich tief in sie ein.

»Nimm mir nicht alle Illusionen! Laß mir wenigstens ein paar, um zu überleben!« rief Estelle gequält. Ihr unterdrückter Kummer machte sich Luft. »Ich möchte glauben, daß ich, wenn ich noch einmal leben würde, Mama zärtlich lieben und daß sie mir jedes böse Wort verzeihen könnte, das ich zu ihr gesagt habe. Ich würde Papa und Mama dazu bringen, mir ihr Geheimnis anzuvertrauen, und damit alle sinnlosen Tragödien vermeiden. In diesem zweiten Leben würde mir das Wissen erspart bleiben, daß ich dir dein Leben gestohlen und meine Mutter zu einer ewigen Hölle verdammt habe. Ich würde nicht mit jedem Atemzug daran denken müssen, daß ... daß ich mitgeholfen habe, meinen Vater zu töten!«

Olivia erschrak über die heftige Reaktion. »Das ist nicht deine Schuld, Estelle! Wir alle ...«

»Ja, wir haben alle dazu beigetragen ... ich weiß, aber das tröstet mich nicht mehr. Es macht alles nur noch schmerzlicher. Ich habe Papa und Mama verloren. Ich habe sie beide sehr geliebt, aber schändlicherweise ist mein Groll auf sie nicht geschwunden. Sie haben mich belogen, Jai dazu gebracht, schreckliche Dinge zu tun, mich zu einem Verrat getrieben, ohne Rücksicht darauf, daß ich ein dummes, verwöhntes und egoistisches Kind war. Und dann haben sie an meiner Unschuld gezweifelt. Papa hat mich angesehen, wie ein Hindu aus einer hohen Kaste vielleicht einen Straßenfeger ansieht, als sei ich eine Unberührbare. Was für ein Erbe hat er mir hinterlassen, Olivia! Das kann ich ihm nie verzeihen ...«

Olivia war noch immer überrascht von Estelles Bitterkeit, dem brennenden Gefühl der Ungerechtigkeit, und ließ sie ausreden. Es mußte einmal aus ihr herausbrechen. Besser jetzt, als daß es für immer ihr Inneres vergiftete. Sie sagte nur freundlich: »Du hast einen Bruder gefunden. Auch er gehört zu dem Erbe, Estelle. Das zumindest hältst du für einen Gewinn.«

»Ja – einen Bruder, den alle hassen, sogar du! Er wird für Dinge gehaßt, die ein Erbe sind, das ihm sein Vater überlassen hat. Sie leiden unter derselben Besessenheit, hassen dieselben Schwächen, betrachten Gefühle als ein Verbrechen. Als ich Papa das gesagt habe, hat er nur trotzig und ungerührt geschwiegen. Aber ich weiß, daß ich Jai verteidigte, hat Papa noch mehr in Zorn versetzt und in seinem Vorsatz bestärkt, ihn zu töten, denn es bestätigte seinen Verdacht, daß ich mich schuldig gemacht hätte. Oh, welch ein Unheil! Wir alle haben uns gegenseitig dabei unterstützt, die Katastrophe so vollkommen wie möglich zu machen, Olivia ...!«

Ein Unheil. Ja, da hatte sie recht. Aber was würde Estelle sagen, überlegte Olivia, wenn sie wüßte, daß ihnen ein noch sehr viel größeres Unheil drohte?

*

Willie Donaldson war überglücklich, als Olivia wieder im Kontor erschien. Aber er wäre lieber gestorben, als einzugestehen, wie sehr sie ihm in den Wochen ihrer Unpäßlichkeit gefehlt hatte. Er wußte inzwischen, daß an eine Abreise in unmittelbarer Zukunft nicht zu denken war, und auch das freute ihn. In diesem Zusammenhang nahm er auch eine andere Wohltat erleichtert zur Kenntnis: Das geheiligte Palais wurde nun doch nicht durch einen Fremden entweiht! Aber nachdem alle Höflichkeiten ausgetauscht und er sie über die laufenden Dinge informiert hatte, kam Donaldson auf etwas zu sprechen, das ihn am meisten beschäftigte. Das Thema beunruhigte ihn nicht nur, sondern begann, ihn ernsthaft zu alarmieren – die anhaltenden Kredite für Arthur Ransome.

»Ich verstehe, Eure Ladyschaft, daß persönliche Gründe sehr viel mit Ihrer Großzügigkeit zu tun haben.« Er sprach so förmlich wie nur möglich. »Und der frühe Tod des armen Josh hat die Anteilnahme Eurer Ladyschaft bestimmt noch vergrößert. Aber«, fuhr er mit Nachdruck fort, »*aber* Eure Ladyschaft müssen verstehen, daß meine Gefühle für Calebs Handelshaus mir nicht erlauben, einfach ruhig mitanzusehen, wie Farrowsham bei einem gefährlichen Kampf, der nicht einmal *unser* Kampf ist, zur Zielscheibe für einen Verrückten wird. Aus meiner Sicht ist Ihr Eingreifen unverantwortlich!« Er beruhigte sich und versuchte, überzeugend zu klingen. »Templewood und Ransome ist erledigt. Nach Joshs Tod ist daran nichts mehr zu ändern. Wir können eine Leiche nicht wieder zum Leben erwecken, Eure Ladyschaft! Und ganz bestimmt nicht um den Preis, daß wir selbst in der Leichenhalle landen!«

»Die Firma hat noch nicht den Bankrott erklärt, Mr. Donaldson«, erwiderte Olivia gereizt, »Sie hat noch Aktiva. Ich will nur dafür sorgen, daß es fair zugeht, wenn sie verkauft wird.«

»Ransome ist nicht gerade ein unfähiger Mann, Eure Ladyschaft! Er hat ebensoviel Erfahrung im Geschäft wie wir alle.«

»Ich weiß, aber in seiner gegenwärtigen Verfassung will er nicht kämpfen. Er verschleudert alles und verliert auf diese Weise auch das Kapital, das noch vorhanden ist. Ich helfe ihm mit den Krediten nur, so lange zu überleben, bis er sein Gleichgewicht wiedergefunden hat.«

»Kapital, daß ich nicht lache!« schnaubte Donaldson keineswegs überzeugt. »Ein verfallendes Haus in Barrackpore, Ransomes Bungalow, den vermutlich ebensowenig jemand kaufen wird wie das

Templewood-Haus: Die *Sea Siren* liegt bereits zum Verschrotten in Banjis Werft in Kidderpore. Und nicht einmal er will die *Daffodil*...«
»Nun, da bin ich anderer Meinung, Mr. Donaldson. Die Häuser sind immer noch gute und solide Immobilien. Die *Daffodil* ist vielleicht ein Wrack, aber alles andere als wertlos. Wenn man sie überholt, kann sie einem weniger reichen Kaufmann immer noch gute Dienste leisten.«
»Glauben Sie wirklich, ein Mann, der etwas von Schiffen versteht, wird sich das zahnlose, wurmstichige alte Ding auch nur ansehen?« Er schnaubte wieder verächtlich. »Ausgenommen Raventhorne natürlich. Aber niemand, der noch einen Funken Verstand besitzt, würde behaupten, daß der Kerl alle Tassen im Schrank hat!«
»Raventhorne?« Olivia sah ihn mit großen Augen an. »Ist er zurück?«
»Ja. Und wie man hört, streckt er seine Fühler aus, um das Schiff zu kaufen.«
Olivia hatte sich schon seit Wochen auf Raventhornes Rückkehr vorbereitet. Inzwischen war sie davon überzeugt, sie *sei* darauf vorbereitet. Aber als Donaldson mit einem kurzen Wort die Nachricht bestätigte, stellte sie entsetzt fest, wie schnell die alte Angst wieder in ihr aufstieg. Sie verbarg ihre Erregung hinter scheinbarer Sorglosigkeit und zwang sich, die nervös zuckenden Hände still zu halten. Dann erinnerte sie sich an das, was Donaldson noch gesagt hatte, und sah ihn erstaunt an, denn sie glaubte, sich verhört zu haben.
»Um die *Daffodil* zu kaufen, haben Sie gesagt?«
»Ja. So sagt man.«
»Aber warum ?« fragte Olivia verwirrt, »Trident setzt nur noch Klipper ein. Und im jetzigen Zustand ist die *Daffodil* alles andere als seetüchtig. Was will Trident denn mit einem solchen Wrack?«
Donaldson zuckte gleichgültig die Schultern. »Vielleicht macht er Feuerholz daraus, falls Ransome sie ihm für einen Apfel und ein Ei überläßt.« Er nahm sich eine Akte vor und dachte über andere Dinge nach.
Den ganzen Tag über überschlugen sich Olivias Gedanken. Sie alle

kreisten um die eine unverständliche Frage: Warum will gerade Jai Raventhorne die *Daffodil* kaufen? Möchte er Ransomes Niedergeschlagenheit ausnutzen und sie mit Gewinn weiterverkaufen? Nein, das war einfach absurd. Gewinne aus dem Wrack würden – wenn überhaupt – unerheblich sein. Trotz all seiner Fehler, Raventhorne war nicht so kleinlich, sich auf diese Art einen billigen Vorteil zu verschaffen, das wußte Olivia mit Sicherheit. Trotzdem ließ die Nachricht über den geplanten Kauf sie nicht los. Raventhorne tat nichts ohne einen guten Grund. Instinktiv erkannte sie, daß hinter seinem Interesse an einem wertlosen Schiff, das einem Unternehmen gehörte, das ihm ein Dorn im Auge war, ein sehr guter Grund liegen mußte – vorausgesetzt natürlich, die Gerüchte beruhten auf Wahrheit.

Aber was für ein Grund war das?

Olivia fand schließlich die Antwort durch die erwartete Quelle: Estelle. Sie wäre nie darauf gekommen, wenn ihre Cousine ihr nicht unwissentlich dabei geholfen hätte.

*

Der Tag vor Estelles Rückreise nach Cawnpore war gekommen.

John hatte seiner Frau großzügig erlaubt, länger in Kalkutta zu bleiben als zunächst beabsichtigt. Aber der vernünftige John hoffte, die Zeit, die die Frauen miteinander verbrachten, werde sich für beide als heilsam erweisen. Nachdem John in England Raventhorne kennengelernt und sich ausführlich mit ihm unterhalten hatte, wußte er inzwischen sehr viel mehr als zuvor. Estelle hatte ihm von Olivias unglücklichen Umständen berichtet. Die Cousinen mußten viele Mißverständnisse ausräumen und Streitigkeiten beilegen. Estelle mußte dem aufgestauten Kummer, dem unterdrückten Zorn und den vielen Schuldgefühlen Luft machen. In einem herzlichen Brief an Olivia erklärte John taktvoll, er hoffe nur, daß die Gesellschaft seiner Frau nicht zu anstrengend für sie sei und sich für beide als wohltuend erweise.

Ja, sagte sich Olivia, das Zwischenspiel mit Estelle war für sie beide eine Wohltat gewesen. Sie hatten immerhin einige der Spannungen abgebaut, fröhliche und unbeschwerte Stunden erlebt, und Olivia war aufrichtig froh darüber, daß Estelle in dem spontanen Ausbruch den Finger auf die Wunde gelegt hatte, die ihr die größten Schmerzen bereitete. Natürlich war Olivia enttäuscht, daß Estelles zwanghaftes Reden über Raventhorne ihr wenig gebracht hatte, aber alles half, und sei es auch noch so wenig. Estelles Geständnisse waren zwar nicht dramatisch enthüllend gewesen, aber sie vergrößerten Olivias Einblicke in die Winkel und Ecken des Mannes, schenkten ihr kleine Einsichten, die sich eines Tages als nützlich erweisen mochten. Jai hatte zum Beispiel mit Estelle über Sujata gesprochen – vielleicht hatte ihre Cousine ihn geradewegs danach gefragt. Olivia bewahrte diesen Hinweis sorgfältig in ihrer Sammlung auf. Verstoßene und enttäuschte Geliebte waren eine nützliche Waffe!

An Estelles letztem Abend in Kalkutta machten die beiden Cousinen, wie sie es sich angewöhnt hatten, nach dem Abendessen einen Spaziergang am Flußufer. Der Januarabend war belebend und erfrischend kühl. Er brachte eine angenehme Abwechslung nach den feuchtwarmen Tagen mit der erbarmungslosen brennenden Sonne. Über dem Fluß hingen geisterhafte Nebelschwaden, die sie einhüllten, während sie wie in einem kühlen, dunklen Zelt dahinschlenderten, unter dessen Dach die Sterne funkelten.

»Ich habe Jai heute morgen besucht.« Nach Raventhornes Rückkehr aus Assam war das unvermeidlich. Trotzdem erschrak Olivia leicht. Sie nahm die Mitteilung schweigend auf. »Er ist immer noch böse auf mich«, fuhr Estelle seufzend fort. »Er hat mir den Abend noch nicht vergeben. Wir haben uns wieder einmal heftig gestritten. Er blieb unerträglich gleichgültig, als ich ihm das mit Papa gesagt habe.« Selbst in der Dunkelheit sah Olivia, daß Estelles Lippen zitterten.

Die eigene innere Unruhe bewog Olivia zu fragen: »Hat er zufällig von Amos gesprochen?«

Estelle sah sie überrascht an. »Nein, warum sollte er?«

»Und du?«

Sie bedauerte die Frage sofort, aber es ließ sich nicht mehr ändern.

»Nein, natürlich nicht!« erwiderte Estelle zutiefst verletzt. »Kannst du nicht wenigstens soviel Vertrauen aufbringen und mein Versprechen für bare Münze nehmen?« Olivia legte ihr bedauernd die Hand auf den Arm, aber Estelle wich zurück. »Du kannst dir nicht vorstellen, wie satt ich all diese dummen Empfindlichkeiten und bissigen Bemerkungen habe! Mein Vater, die Hauptursache von allem, ist tot, tot, *tot*! Können wir denn jetzt nicht darangehen, den Schaden wiedergutzumachen, anstatt ihn zu verewigen?«
»Onkel Joshuas Tod, den ich sehr betrauere, hat nichts mit meinen ›Empfindlichkeiten‹ zu tun, wie du es nennst«, erklärte Olivia kühl.
»Ja, ich weiß.« Niedergeschlagen setzte sich Estelle auf einen großen Stein und starrte auf den Fluß. »Aber all das liegt hinter dir, Olivia. Wenn du…, ich meine, wenn *wir* uns darum bemühen würden zu vergessen, wäre dann unser Leben nicht einfacher?«
»Du glaubst, durch Vergessen würde sich das Leben sofort wieder in eine kleine Idylle der Zufriedenheit verwandeln?«
»Das wäre möglich, wenn wir es *wollten*!«
»Und wie steht es mit der Bereitschaft deines angeblich verleumdeten Bruders, zu vergessen?«
Estelle schüttelte verzweifelt den Kopf. »Er ist so schlimm wie… wie alle anderen: eigensinnig und selbstzerstörerisch! Ich weiß, auch er muß viel vergeben und vergessen, aber wenn er meinen Vater gesehen hätte, dem der halbe Kopf abgerissen war…« Unfähig, das Bild abzuschütteln, brach sie ab und preßte die Augen zusammen.
Estelles einfache, schlichte Vorstellung von einer allgemeinen Wiedergutmachung war irgendwie rührend. Olivia setzte sich spontan neben sie und legte ihr den Arm um die Schulter. »Warum gibst du nicht auf und läßt uns nach unserem Belieben uneinsichtig und schlecht sein?«
»Nein! Du kannst mich verspotten, soviel du willst, liebe Oli, aber du kannst mir nicht einreden, daß du schlecht bist.« Estelle schob energisch ihren Kummer beiseite. »Und Jai auch nicht, trotz seiner absurden Launen, die einen zur Weißglut bringen. Vergiß nicht, ich kenne ihn inzwischen besser als… besser als jeder andere. Er hat

verborgene Tiefen, Olivia, Tiefen, in denen sich eine Sanftheit verbirgt, die dich erstaunen würde.«

»Ja«, stimmte ihr Olivia freundlich zu, »das bezweifle ich nicht.«

Estelle klammerte sich an ihren Arm. »Nein, hör mir zu, Olivia! Was ich dir neulich versucht habe zu erzählen, war keine Lüge. Als ich das Wort ›Schwester‹ ihm gegenüber erwähnte, geriet er in Wut. Aber jawohl, es verwirrte ihn auch völlig. Der Gedanke, außer seiner Mutter und ihrer Familie noch Verwandte zu haben, war ihm so fremd, daß er unsicher wurde. Zuerst wies er mich als Schwester mit Verachtung zurück. Er sah mich so böse an, so nervös und mißtrauisch, als könne ich ihn plötzlich anspringen und beißen. Aber dann faszinierte ihn die Vorstellung, eine Schwester zu haben. Die Luft war ein für allemal zwischen uns bereinigt und meine alberne romantische Torheit begraben.« Estelle besaß den Anstand, die Augen niederzuschlagen und zu erröten. »Und damit war der Weg frei zu einer anderen Beziehung. Er fand mich immer faszinierender, das sah ich deutlich. Er freute sich schließlich darüber, ein älterer Bruder zu sein, der seine Schwester besorgt beschützt und sie *natürlich* auch autoritär herumkommandiert.« Bei der Erinnerung mußte Estelle kichern, und leichtes Funkeln zeigte sich in ihren blauen Augen. »Damals wurde er weich und unterhielt sich offen und normal mit mir und bedauerte seine Unfreundlichkeit mir gegenüber – obwohl er es mit keinem Wort zum Ausdruck brachte. Jai beschloß schließlich, sich mit John zu treffen. Er wollte ihm alles erklären und ihn dazu überreden, mich zu heiraten. Aber dann«, Estelle brach verunsichert ab und warf einen verstohlenen Blick auf Olivia, die teilnahmslos zuhörte, »veränderte sich Jai wieder. Es geschah ganz plötzlich nach dem Anlegen in einem afrikanischen Hafen. Er schloß sich in seine Kabine ein und lehnte es ab, mich zu sehen. Er lief nachts an Deck auf und ab. Etwas quälte ihn so sehr, daß er den Verstand darüber zu verlieren schien.«

Estelle dachte traurig und bekümmert an diese Nächte. »Ich wollte ihn erreichen, ihm helfen, ihn trösten und ihn wenigstens meiner Liebe versichern, denn sonst liebte ihn niemand. Aber er ließ mich nicht in seine Nähe kommen. Olivia, ich habe noch keinen Menschen gesehen, der so allein ist und so sehr jemanden braucht. Seine versteinerte Fassade hat Risse, Olivia«, sie stand erregt auf und lief unruhig hin und her, »große Löcher und weiche Stellen, durch die man sehr leicht hindurchstoßen kann. Ich weiß, einer dieser wunden Punkte ist seine Mutter. Und der andere, das wußte ich damals allerdings nicht, aber jetzt weiß ich es, bist *du*.«

Olivia erstarrte.

Das alles bedeutet mir nichts mehr! Ich will es nicht hören!

Sie biß die Zähne zusammen, wahrte den Anschein von Gleichgültigkeit und hielt die Hand vor den Mund, um ein gespieltes Gähnen zu unterdrücken.

»Oh, ich weiß, das langweilt dich. Ich weiß, du findest es lästig. Aber ich muß es dir sagen!« Estelle bemühte sich zwar sehr um Olivias Vergebung, aber sie wollte deshalb nicht aufhören, ihren Bruder zu verteidigen. »Damals fiel es mir nicht auf, aber Jai sprach – besser gesagt fluchte – über Papa, über Mama, über Großmutter. Und einmal ließ es sich nicht vermeiden, und er sprach auch von seiner Mutter, aber er erwähnte keine Einzelheiten. Über einen Menschen sprach er allerdings nicht, nicht einmal andeutungsweise. Olivia, er sprach *nie* über dich. Aber wenn ich von dir redete, und das tat ich ständig, hörte Jai aufmerksam und wie in Trance zu. Und er hing mit unbewegten und starren Augen an meinen Lippen. Im nachhinein weiß ich, daß er sich jedes Wort über dich einprägte, jede Silbe sammelte wie ein Eichhörnchen Nüsse für den Winter.«

Olivia wollte Estelle zum Schweigen bringen und öffnete empört den Mund, aber Estelle ließ sich nicht unterbrechen und brachte sie mit einer energischen Geste zum Schweigen. »Ich muß dir das sagen, bevor ich gehe, Olivia!« Aus Angst, am Sprechen gehindert zu werden, nahmen ihre übersprudelnden Worte noch an Heftigkeit zu. »Aber erst, als ich wieder hier war und *Amos* sah, begriff ich den Grund für die plötzliche Verwandlung und seine innere Qual. In dem afrikanischen Hafen lagen andere Schiffe aus Kalkutta. Die Kapitäne kannten Jai, und er traf sich mit ihnen. Damals muß er von deiner Hochzeit mit Freddie Birkhurst erfahren haben. Es gibt keinen anderen Grund für seinen völligen Zusammenbruch.« Estelle schwieg und ließ ihre Worte wirken. Dann sprach sie eher beiläufig weiter, zufrieden darüber, daß nun ausgesprochen war, was sie sich vorgenommen hatte. »Wir fuhren weiter nach England. Trotz seiner Verbitterung gab sich Jai größte Mühe, Johns Vertrauen zu gewinnen. Schließlich gelang es ihm. Jai traf alle Vorbereitungen zur Hochzeit, er bezahlte alles und kaufte mir eine üppige Aussteuer, beschenkte uns großzügig und war als ›Freund der Familie‹ mein Trauzeuge. Johns Eltern erfuhren nicht die ganze Geschichte. Es sind einfache Leute, und sie hätten die Wahrheit weder verstanden noch gebilligt. Aber mit seinen Überredungskünsten, seinem unbeschreiblichen Charme und seiner Großzügigkeit nahm er sie für sich ein. Sie stellten keine Fragen.« In Estelles Augen glänzten Tränen. »Jai wollte einmal mein Leben zerstören, aber er hat es mir auch wieder geschenkt, Olivia. Er kann etwas wiedergutmachen. Er hat ein Gewissen. Als Mama und Papa mich verstießen, geriet er wieder außer sich vor Zorn. Er war niedergeschlagen, denn er wußte, daß ich es ihm zu verdanken hatte. Er wird ihnen das und alles andere nie verzeihen, aber Jai weiß, daß zumindest ich auf seiner Seite stehe. Wenn du eines Tages nicht mehr da sein wirst, Olivia, dann habe ich nur noch Jai als Verwandten.« Nachdem sie so viel gesagt hatte, mußte sie noch die entscheidende Frage stellen. »Wenn ich Jai verzeihen kann, Olivia, kannst du dich dann nicht dazu entschließen, ihm auch zu …?«

Estelles kühne Frage – die Frage, die von Anfang an über ihrem Besuch stand, wurde vom Wind davongetragen. Estelle wartete ängstlich und zitternd auf eine Antwort. Und als Olivia »Nein« sagte, hatte sie traurig nichts anderes erwartet. Der Mißerfolg bedrückte sie, und Estelle schwieg. In ihrer Enttäuschung verstand sie, daß sich vieles von dem, was zwischen Jai und ihrer Cousine vorgefallen war, ihr entzog. Daran würde sich vermutlich nie etwas ändern. Es ging sie nichts an, das mußte sie sich eingestehen. Olivia gähnte wieder – diesmal wirklich aus Müdigkeit. »Wenn du alles gesagt hast, dann sollten wir zurückgehen, damit wir beide morgen ausgeschlafen sind. Du hast eine lange Reise vor dir.«

»Ich muß noch etwas sagen. Es ist ebenfalls ein kleines Beispiel für …«

»Nein, Estelle! Vielleicht morgen früh …« Olivias gespielte Geduld war erschöpft. Sie konnte nicht noch mehr ertragen – heute nicht!

»Jetzt, Olivia! Morgen ist keine Zeit mehr dazu.« Estelle ließ sich nicht abschütteln und legte ihrer unnachgiebigen Cousine die Hand auf den Arm, um sie am Gehen zu hindern. »Während ich in der Kabine eingeschlossen war, fand ich etwas. Du weißt ja, Jai hat kein Interesse an persönlichen Dingen. Wie im Haus in Chitpur gab es in der Kabine nur das Nötigste. Aber in einer Schublade entdeckte ich unter alten Seekarten ein Bündel aus rotem Samt, in dem er offenbar etwas Wichtiges aufbewahrte. Jai hatte mich gedemütigt, und ich war wütend. Ich schnürte das Bündel ohne Gewissensbisse auf.« Estelle redete schnell und hastig, denn sie hatte nur noch diese eine Möglichkeit, es Olivia zu erzählen. »Es lagen höchst merkwürdige Dinge darin – das heißt, für mich waren sie damals merkwürdig –, silberne Armringe, Nasen- und Zehenringe, wie die Inderinnen sie tragen, ein Paar Sandalen, einige Holztiere, geschnitztes Spielzeug, eine geschnitzte Frauengestalt, die mich an eine Galionsfigur erinnerte, ein durchsichtiger Schleier, zwei ausgebleichte Baumwollblusen, ein Rock mit einer Bordüre und«, sie schluckte und sagte dann kaum hörbar, »ein Kügelchen Opium.«

Ein silberner Anhänger …

Olivia wehrte sich gegen diese Erinnerung. Ein Nachtvogel stieß einen schrillen Schrei aus und flog auf seiner ewigen Suche nach Würmern im Zickzack vor ihnen über den Weg. Sie schraken beide zusammen. Der laute Schrei zerriß die Stille der Nacht.

»Es waren die wenigen Dinge, die seiner Mutter gehörten. Aber das wußte ich damals nicht. Dummerweise fragte ich ihn später nach dem Bündel. Meine Frage löste einen Sturm aus. Jai wurde zuerst kreidebleich, und dann tobte er wie ein Wahnsinniger. Er beschimpfte mich, verwünschte mich, beschuldigte mich aller Verbrechen, die ihm einfielen, und behauptete, ich sei wahrhaftig die Tochter meiner Eltern. Ich war entsetzt! Ich hatte einen Fehler gemacht, aber ich verstand es nicht. Jai war tagelang wütend. Ich schwor mir, nie wieder das Bündel zu erwähnen – keinem Menschen gegenüber. Und daran habe ich mich auch gehalten. Ich habe es dir nur erzählt, um dir zu *beweisen,* daß Jai, wie Papa, nur vorgibt, frei zu sein von der menschlichen Schwäche, normale Gefühle zu haben. Aber er *hat* Gefühle.«

Olivia hatte Estelle stumm und teilnahmslos zugehört. Estelle sah, daß sie nichts erreicht hatte. Olivia schien nur gereizt. »Spar dir die Mühe und deine Geschichten für jemanden, der sie zu schätzen weiß, Estelle. Obwohl«, sie tarnte ihre Reaktion mit einem Lächeln, das unbeschwert sein sollte, aber nur verlogen wirkte, »sie mich dazu verleiten, etwas zu sagen, was ich schon seit einiger Zeit aussprechen wollte. Ich habe dir einmal die Schuld daran gegeben, daß mein Leben ruiniert ist. Diesen Vorwurf nehme ich zurück. Du bist wie ich ein Opfer, aber im Gegensatz zu mir hast du überlebt. Ich mißgönne dir das nicht, Estelle. Das kannst du mir glauben. Ich freue mich über deine Ehe, darüber, daß du neue Beziehungen gefunden hast, die dich zufriedenstellen. Ich bewundere den Eifer in deinem Kampf, das Leben anderer umzugestalten, denn er ist edel. Jedoch«, sie verzichtete jetzt auf das gespielte Lächeln, »wenn du die Wunden anderer heilst, dann laß mir meine Wunden. Und laß mir meinen Kampf, auch wenn du ihn nicht für edel hältst. Für mich existiert Jai Raventhorne nur noch als Bedrohung für meinen Sohn.«

»Amos ist auch Jais Sohn!«

»Nein, o nein«, Olivia atmete ruhig, »wenn nur die Biologie Väter und Söhne schaffen würde, warum dann diese Kämpfe? Nein, für mich ist er nicht der Vater meines Sohns! Amos ist ein Birkhurst, bitte vergiß das nie! Um ihm diesen Namen zu schenken, habe ich noch ein zerstörtes Leben auf dem Gewissen, das Leben eines anständigen Mannes, der den Fehler begangen hat, mich aus Liebe zu heiraten. Solange Freddie es will, wird Amos ein Birkhurst sein. Aber wenn die Zeit gekommen ist, einen anderen Namen zu wählen, dann wird dein Bruder nicht in Frage kommen.«

Wie konnte die Bitterkeit so unversöhnlich sein, fragte sich Estelle verzweifelt und versuchte es noch einmal. »Aber Jai ahnt nichts von der Wahrheit! Ist es gerecht, ihn trotzdem zu verurteilen?«

»Er hat sich nie darum bemüht, die Wahrheit zu erfahren.«

»Aber du möchtest doch nicht, daß er es tut! Du willst es weder so noch so, Olivia, und auch das ist nicht gerecht.«
»Es ist sein Wille, sich über alles hinwegzusetzen. Außerdem hat er mir gesagt, ich dürfe ihn nie für gerecht halten. Und nur wer gerecht ist, darf auch Gerechtigkeit beanspruchen.«
Es war hoffnungslos!
Verbittert und blind ließ Olivia nicht mehr vernünftig mit sich reden. Estelle sah ein, es war vergeblich, sie noch länger zu bestürmen und auf Einsicht zu hoffen. »Olivia, sag Jai, daß er einen Sohn hat«, bat sie noch einmal schwach. »Ich garantiere dir, daß Amos in deiner Obhut bleiben wird. Es ist nicht richtig, dem Kind seinen Vater vorzuenthalten.«
»Nein. Und wenn du es ihm sagen solltest«, Olivia lächelte wieder, aber ihre Augen funkelten drohend, »dann hast du dir eine Feindin fürs Leben gemacht.«
Estelle besaß weder den Mut noch die Kraft, mehr zu sagen.
Und Olivia war plötzlich erleichtert, daß der Besuch ihrer Cousine zu Ende war. Ihr schien der Kopf zu zerspringen, ihr schmerzten alle Knochen im Leib. Ihre Füße waren geschwollen, und die Gedanken schwirrten wirr durcheinander. So viele Worte, so viele Diskussionen und so heftige Gefühle! Was hatten sie damit erreicht – nur noch weniger Seelenfrieden! Ja, Estelle war in vieler Hinsicht nett und amüsant. Aber nun sollte sie wieder gehen.
Erst nach Estelles Abreise fand Olivia plötzlich das winzige Sandkorn, das im hintersten Winkel ihres Kopfes lag und sie dort nicht in Ruhe ließ. Estelle hatte etwas gesagt, das in ihr wie ein Echo etwas zum Klingen brachte. Und nachdem Estelle weg war, wurde es Olivia klar. Die plötzliche Eingebung überraschte sie. Vor Aufregung stockte ihr der Atem, und alle Müdigkeit war verschwunden. Nein, Estelles lange Geschichten waren nicht völlig nutzlos gewesen. Olivia hatte etwas Wichtiges erfahren! Wenn Jai Raventhorne die offene Feindschaft wollte, dann war sie jetzt zum Kampf bereit. Olivia besaß nun die einzige Waffe, die ihn schachmatt setzen konnte.

*

Olivia mußte nicht lange warten. Eine Woche nach seiner Rückkehr eröffnete Raventhorne das Feuer.
»Ich hatte es Ihnen doch gesagt, Eure Ladyschaft, *Kala Kanta* ist wieder in der Stadt!« rief Willie Donaldson, als Olivia ihr Büro betrat.
»Ja. Warum?« An seinem Ton erkannte sie, daß er nicht mit ihr plaudern wollte.
»Trident hat unsere Kreditbedingungen aufgekündigt. Der Brief von Moitra liegt auf Ihrem Schreibtisch, Eure Ladyschaft. Sie verlangen jetzt Vorauszahlung aller Frachtgebühren für Sendungen, die ihre Klipper für uns übernehmen.« Donaldson sprach es zwar nicht aus, aber seine Worte klangen anklagend genug. »Und nach meiner Meinung ist das nur der Anfang. Das kann ich Ihnen schriftlich geben...« Er stützte den Kopf mit beiden Händen und starrte eine Fliege an, die auf dem Rand seiner Teetasse saß und sich die Flügel putzte.
Olivia verzichtete auf eine Bemerkung, aber ihre Stimmung sank. Raventhorne hatte sich also doch entschlossen, ihr offiziell den Krieg zu erklären. Als Auftakt hatte er keine Breitseite abgeschossen – noch nicht. Aber die Ablehnung des üblichen Kredits, mit dem alle großen Handelshäuser arbeiteten und ihre Zahlungen abwickelten, bedeutete ein großes Erschwernis. Sie mußten ihren ganzen Finanzierungsplan ändern, würden möglicherweise Investitionen einbüßen, aber vor allem schuf es im Kontor zumindest für eine Weile erhebliche Aufregung und Verwirrung. Donaldson hatte recht: Das war nur der Anfang. Es würden bestimmt andere Angriffe folgen. Willie Donaldson kannte Jai Raventhornes Methoden nur allzu gut. Natürlich kannte er nicht den Grund für den plötzlichen Zorn – auch nicht sein Ziel! Wie bei allen Kämpfen Raventhornes schienen wieder einmal Unschuldige auf der Strecke zu bleiben. Diesmal hatte Farrowsham das Pech, ins Kreuzfeuer geraten zu sein. Olivia hatte den Kampf nicht gefordert. Aber wenn Raventhorne dazu entschlossen war, dann würde sie parieren. Er sollte sehen, wozu sie in der Lage war.
Das waren Olivias Gedanken, als sie den armen Willie ansah, der sich erregt seinen verständlichen Sorgen überließ. Es empörte sie,

daß selbst dieser loyale, fleißige und ehrliche Mann nicht verschont bleiben sollte. Aber als Olivia ihn schließlich ansah, war ihrem Gesicht nicht anzumerken, was sie empfand.

»Wenn Trident das will, dann bleibt uns vermutlich keine andere Wahl, als nachzugeben«, erwiderte sie ergeben. »Es ist natürlich sehr ärgerlich und lästig, aber wir haben die Mittel, um im voraus zu zahlen.«

Donaldson fluchte ausgiebig, ehe er wieder normal sprechen konnte. »Es geht nicht um die *Mittel*! Die haben wir *natürlich*! Wer sonst als wir?« Instinktiv schob er stolz die Brust heraus. »Es geht darum, daß ich mit diesem Hurensohn keinen Streit haben möchte! Warum sollen wir uns mit ihm anlegen? Wir haben keine alten Rechnungen mit ihm zu begleichen. Das ist Ransomes Angelegenheit. Soll *er* doch den Mist bereinigen.« Er schnaubte hörbar durch die Nasenflügel und schien im nächsten Augenblick Feuer zu speien.

Es bekümmerte Olivia, daß Ransome ungerechterweise Vorwürfe gemacht wurden. Aber natürlich ahnte Donaldson nicht, wie sehr sich Ransome sträubte, von ihr Geld anzunehmen. Und Olivia konnte ihm natürlich auch nicht anvertrauen, weshalb Raventhornes Zorn sich auf sie richtete. Donaldson würde weiterhin Ransome dafür verantwortlich machen, und alle anderen würden sich ihm in dieser Beurteilung anschließen. »Wie es aussieht, ist es nicht länger Ransomes ›Mist‹«, erwiderte sie leichthin. »Aber ich sehe keinen Grund, bereits jetzt Alarm zu schlagen. Wenn wir Vorauszahlungen leisten müssen, dann tun wir es eben!« Sie machte eine Pause und lächelte. »Das heißt natürlich, im Augenblick.«

Er starrte sie entsetzt über ihre Gelassenheit an. »Im Augen...bl...ick?« Er fand keine Worte. »Und wie, wenn ich fragen darf, sollen wir es auf den Augenblick beschränken?«

Olivia überhörte die Bissigkeit. »Ach, machen Sie sich keine Sorgen, Mr. Donaldson. Ich denke, wir werden uns bald etwas Entsprechendes ausdenken.«

Die Unbekümmertheit, mit der sie Donaldson beruhigt hatte, war verschwunden, als Olivia etwas später Arthur Ransome in seinem Büro aufsuchte. Vielleicht hätte es Donaldson eine gewisse Genugtuung bereitet, zu sehen, daß auch sie sich Sorgen machte. Olivia verschwendete keine Zeit mit Höflichkeiten. Sie fragte sofort: »Hat Raventhorne ein Angebot für die *Daffodil* gemacht?«

Es überraschte Ransome nicht, daß sie es bereits wußte. In den letzten eineinhalb Jahren hatte er große Achtung vor ihrer Fähigkeit bekommen, sehr schnell über alles Bescheid zu wissen, was in der Geschäftswelt geschah. Er verzog das Gesicht. »Wenn man es als ein Angebot bezeichnen kann. Es ist eher eine Beleidigung. Warum fragst du?«

»Kannst du dir einen Grund denken, weshalb er überhaupt ein Angebot gemacht hat?«

»Vielleicht sieht er, im Gegensatz zu mir, eine Möglichkeit, mit dem Schiff etwas anzufangen.«

»Und wirst du sein Angebot annehmen?«

Ransome zuckte die Schultern. »Warum nicht? So viel ist bereits verschleudert worden, Olivia. Die *Daffodil* ist ein Klotz am Bein, mit dem niemand etwas anfangen kann. Das Schiff wird vermutlich nie wieder in See stechen und ganz bestimmt nicht für mich. Die Zeit der Teepötte ist vorüber. Jetzt träumen alle nur noch von den Klippern, die selbst Clydeside bereits baut. Die Teepötte werden ohnehin bald alle verschrottet. Ja, ich werde Jais Angebot vermutlich annehmen.«

Olivia lehnte sich zurück und klopfte nervös auf die Schreibtischplatte. Sie dachte nach. »Meinst du, das Burmateakholz, das Mahagoni und das viele Messing der *Daffodil* würden insgesamt mehr bringen?«

»Du meinst, wenn man das Schiff ausschlachtet und zerlegt?« fragte er verblüfft. »Nun ja … möglicherweise schon.« Er legte den Kopf zurück und sah sie wehmütig an. »Die *Daffodil* war unser erstes Schiff. Sie lief als erste unter unserer Flagge. Wir sind mit ihr nach Kanton gefahren und haben die ersten Teekisten für Templewood und Ransome zurückgebracht. Die anderen Schiffe kamen später. Für uns hatte die *Daffodil* immer eine ganz besondere Bedeutung. Nun ja, alle anderen sind bereits verkauft.« Er seufzte. »Nein, ich weiß wirklich nicht, was Jai mit der *Daffodil* vorhat. Vielleicht braucht er tatsächlich, wie man sich erzählt, Feuerholz. Offen gesagt, es ist nicht weiter wichtig. Er kann mit seinem Geld machen, was er will.«

»Ich denke an jemanden, der das Schiff zerlegt und einen besseren Preis bezahlt, Onkel Arthur.« Ihre Augen funkelten.

»Wenn es dir nicht weiter wichtig ist, darf ich dann zuerst einmal einen Vorstoß machen?«

Er sah sie stirnrunzelnd an, dann lächelte er unsicher. »Ich höre geradezu, wie sich die Rädchen rastlos in deinem unermüdlichen Gehirn drehen! Was hast du diesmal vor, mein Kind? Willst du wieder ein weißes Kaninchen aus dem Zylinder ziehen?«

»Nein«, erwiderte Olivia wahrheitsgemäß, »ich denke diesmal an Kapitän Mathieson Tucker und an das, was er mir unter anderem erzählt hat.«

*

Es gab vieles, was Kalkuttas geordnete und klar abgegrenzte Gesellschaft an Hiram Arrowsmith Lubbock auszusetzen hatte, aber Hiram Arrowsmith Lubbock hatte mindestens ebensoviel an Kalkutta und seiner Gesellschaft auszusetzen. Er exportierte langstapelige amerikanische Baumwolle erster Qualität aus Mississippi nach Europa und England. Die John Company hatte ihn als Experten eingeladen, denn die bengalische Baumwollindustrie produzierte nur kurzstapelige Baumwolle, die sich für die Textilwebereien in Lancashire nicht eignete. Man hoffte, der amerikanische Experte werde die hiesige Baumwollproduktion wieder in Schwung bringen. Lubbock seinerseits war nach Kalkutta gekommen, um zum zweiten Mal im Leben das große Glück zu machen, und das sagte er offen und ehrlich jedem, der es hören wollte. Er hatte gehört, Kalkuttas Straßen seien mit Gold gepflastert. Aber nach seinen eigenen Erfahrungen (und auch damit hielt er nicht hinter dem Berg) waren die Straßen, wenn überhaupt, dann mit Pferde- und Kuhmist gepflastert. Außerdem langweilte er sich zu Tode. Seit seiner Ankunft hatte er nur ein paar Pflüge, ein paar hundert Scheffel Baumwollsamen und einige wenige Entkörnungsmaschinen verteilt. Lubbock fand, die Männer, mit denen er es im Writer's Building zu tun hatte, wären überheblich, dumm und aufgeblasen und könnten Baumwolle nicht von Zuckerwatte unterscheiden. Inzwischen kam er immer mehr zu der Ansicht, der Osten sei nur etwas für Vögel. Es war schlimm genug, sich in einer fremden Sprache unterhalten zu müssen (denn kein Mensch verstand ein Wort von dem, was er sagte, und umgekehrt!), aber seit er das amerikanische Schiff verlassen hatte und an Land gegangen war, bekam er nicht einmal einen ordentlichen Schluck Bourbon zu trinken. Und das war für Lubbock der Tropfen, der das Faß zum Überlaufen brachte.

Deshalb beschloß Olivia, es sei Zeit, zur Sache zu kommen, als er wie ein Ertrinkender mehrere Gläser seines geliebten Bourbon hinuntergestürzt hatte. Auf die übliche Konversation folgte ein gegenseitiges Abtasten, und jetzt mußte sie mit der Sprache heraus. »Ich möchte Ihnen ein Geschäft vorschlagen, Mr. Lubbock«, begann Olivia. »Nach allem, was Sie mir von sich erzählt haben, glaube ich, es wird Sie interessieren.«

»Ein Geschäft?« Er sah sie verblüfft an. »Was für ein Geschäft, Ma'am?«

»Ein Geschäft, bei dem Sie mit etwas Geschick und Einfallsreichtum Geld wie Heu verdienen können, Mr. Lubbock. Mein Vorschlag liegt allerdings vielleicht nicht ganz auf Ihrer Linie.«

Er blickte stirnrunzelnd in sein Glas und richtete sich dann etwas auf. »Für Geld wie Heu«, sagte er schlicht, »liegt alles auf meiner Linie.« Lubbock mochte zwar mit gepflegtem Englisch aufs Kriegsfuß stehen, aber »Geld wie Heu« und »ein Geschäft« gehörten zu den Wörtern, die Lubbock bestens verstand. Um Geld und Geschäfte drehte sich sein Leben. Für ihn waren sie das Leben schlechthin. Zum ersten Mal in diesem gottverdammten Land wurde ihm etwas Vernünftiges zum Trinken angeboten. Er konnte sich auch wieder in einer Sprache unterhalten, die ihm seinen Glauben an die Menschheit wiedergab, und er saß bei einer charmanten waschechten Amerikanerin aus Sacramento. Im Augenblick verlangte Lubbock nicht mehr vom Leben. Er hörte Olivia wie gebannt zu. Als sie mit ihren ausführlichen Erklärungen zu Ende war, lehnte er sich zurück und dachte über das Gehörte nach.

»Möbel?« fragte er verwirrt, »Sie meinen Stühle und so etwas?«
»Ja, genau das, Mr. Lubbock. Stühle und so etwas. Viele, viele Möbel.«
Er kratzte sich ausgiebig das geölte Haar, und dann lachte er. »Verflucht noch mal, ich glaub', mich laust der Affe!«
Olivia schloß Hiram Arrowsmith Lubbock in diesem Augenblick in ihr Herz. Er war groß, stiernackig und hatte viele Goldzähne im Mund, die er beim Lachen zeigte, und er kleidete sich entsetzlich geschmacklos. Aber wie alle Amerikaner, die sich aus eigener Kraft hochgearbeitet hatten, war er zäh, schlau, offen und praktisch. Olivia kannte diese Art Menschen und traute ihnen. Sie störte sich nicht daran, daß er in Indien wie eine Spottdrossel unter Pfauen wirkte. Über seine gesellschaftlichen Unzulänglichkeiten setzte sie sich hinweg, denn im Augenblick brauchte sie Lubbock.
»Hören Sie zu, Mr. Lubbock«, erklärte sie nach seinem vierten Glas, »ich werde Ihnen jetzt genau sagen, wie ich mir das vorstelle.«
Die nächste Stunde war nicht vertan, denn am Ende hatte sich seine Verwirrung in echtes Interesse verwandelt. »Geld wie Heu, was?« Er strich sich über das Kinn und dachte nach.
»Das hat man mir versichert, Mr. Lubbock. Sie werden sich natürlich meine Aussagen durch Ihre Informanten in Europa bestätigen lassen wollen.«
»Mmm ... mmm.« Er rechnete bereits und addierte Zahlen. »Und Sie meinen, wir können gleich anfangen?«
»Ja, auf der Stelle.«
Er nickte und kniff die Augen zusammen.
»Bislang, Mr. Lubbock, scheint noch niemand den Export in einer ernstzunehmenden Größenordnung versucht zu haben. Mein Informant hat einige Stücke verkauft und sieht in Amerika und Europa ein beachtliches Potential an Kunden. Der Markt ist vielleicht klein, aber, wie man mir sagt, die Gewinne sind groß. Jeder, der das Geld hat, ist bereit, viel zu zahlen.«
Lubbock nickte wieder. »Warum nicht?« Die goldenen Zähne blitzten im Schein der Leuchter. »Möbel, das ist doch genauso gut wie alles andere. Und ich bin noch keiner Herausforderung ausgewichen.

Außerdem, meine Phantasie schlägt Purzelbäume, Ma'am, ja bei Gott, Purzelbäume!«

»Ausgezeichnet.« Olivia lächelte ihn noch einmal bezaubernd an. »Aber ich muß Ihnen noch eine Bedingung nennen, die zu dem Geschäft gehört. Ich hoffe, Sie werden keine Einwände haben.«

Als sie die nächste Flasche Bourbon bringen ließ – sie hatte den Bourbon zu astronomischen Preisen von einem amerikanischen Schiff eigens für diesen Anlaß kaufen lassen –, strahlte er und wurde großzügig. »Für Geld wie Heu werde ich gegen nichts Einwände haben. Nur mit der Sprache heraus, Eure Ladyschaft, nur mit der Sprache heraus.«

*

»*Möbel?*« Arthur Ransome sah sie noch fassungsloser an als Lubbock. »Um Himmels willen, mein Kind, was verstehe ich schon von Möbeln ...?«

»Du mußt nichts davon verstehen, Onkel Arthur«, versicherte ihm Olivia. »Lubbock wird alles in die Hand nehmen. Du bist nur stiller Teilhaber – und teilst mit ihm die Gewinne.«

»Aber Lubbock ist ein Baumwollfritze! Warum um alles in der Welt sollte er plötzlich chinesische Möbel exportieren wollen?«

»Aus zwei Gründen: Erstens ist er ein Geschäftsmann. Er engagiert sich, wo es etwas zu verdienen gibt. Und verdienen kann man mit chinesischen Möbeln. Zweitens gefällt es ihm, daß er der erste ist. Das kommt seinem Sinn für Abenteuer entgegen. Kapitän Tucker hat mir berichtet, in Europa seien handgeschnitzte chinesische Möbel exotisch und ein Statussymbol. Wir müssen Lubbock nur das Holz beschaffen.«

»Du meinst, er wird die Möbel hier anfertigen? Bei uns hier in Kalkutta?«

»Ja, Mary Lings Vater und Brüder sind Schreiner. Sie haben in Shanghai gelernt und können genaue Kopien von chinesischen Möbeln anfertigen. Solche Stücke stehen bei mir im Haus und auch im Templewood-Haus. Sie verwenden sogar chinesische Lacke, die sie ständig beziehen können.«

»Bei Gott!« Ransome schüttelte den Kopf. »Du hast ganze Arbeit geleistet! Ich weiß nicht, was ich sagen soll.«
»Du mußt nur ja sagen. Lubbock übernimmt dann alles andere.«
Ransome dachte nach. Sein Rücken war inzwischen noch gebeugter, und das rote runde Gesicht wirkte verkniffen und abgezehrt. Seine Augen blickten müde, und er bot einen ebenso trostlosen Anblick wie das ehemals vor Geschäftigkeit knisternde Kontor, in dem er saß. Die meisten Angestellten waren bereits entlassen worden. Nur noch Hugh Yarrow, Munshi Babu und ein oder zwei Schreiber waren da. Die Niederlassung in Kanton hatte Ransome bereits geschlossen. Ohne Einnahmen verschlangen die Zahlungen für die Instandsetzung der Kohlengrube alle Ersparnisse. Als tägliche Besucher erschienen nur noch aufgebrachte und ungeduldige Gläubiger. Der armenische Hausbesitzer hatte bereits den Mietvertrag für das Kontor gekündigt. Sehr bald würde sich Raventhornes letzter Wunsch erfüllen: Das Firmenschild Templewood und Ransome an der Tür würde verschwinden.
Aber Ransome dachte nicht über diese vertrauten Probleme nach. Olivias Projekt, das ihm auf die Beine helfen sollte, beunruhigte ihn, und er wußte nicht warum. »Vermutlich soll ich ihm das Holz von der *Daffodil* als Startkapital liefern?«
»Nein, Onkel Arthur. Das Holz kaufen wir am Markt. Jai Raventhorne wird die *Daffodil* im jetzigen Zustand kaufen – das heißt, nachdem er sein Angebot mindestens verdoppelt hat.« Ransome schrak zusammen, und Olivia zwinkerte ihm verschmitzt zu. »Vielleicht wird er es sogar verdreifachen. Wir müssen nur eine Weile dafür sorgen, daß man glaubt, das Schiff werde ausgeschlachtet. Übrigens, Lubbock wird sich in Kürze mit dir in Verbindung setzen.« Als sie aufstand, spürte sie einen heftigen Tritt im Leib. Sie zuckte zusammen. Olivia lächelte. Dieser Tritt war für sie immer eine Ermutigung. »Ach, übrigens, Lubbock will auch dein Haus kaufen. Er meint, das Dienstbotengelände eigne sich hervorragend als Werkstatt. Im Haus will er wohnen.«
Ransome stieß einen leisen Pfiff aus. »Das war wohl deine Bedingung für das Möbelprojekt?«

»Nein.«
Ransome erwiderte nichts auf ihre Lüge. Das siegessichere Leuchten in ihren schönen Topasaugen, das zufriedene Lächeln und die entschlossenen Lippen – all das erfüllte ihn mit Unruhe. Er liebte Olivia von ganzem Herzen. Er wußte, er konnte ihr völlig vertrauen. Sie hatte in der ganzen schwierigen Zeit treu und liebevoll zu ihm gestanden. Aber nun machte er sich Sorgen, echte Sorgen. In Wirklichkeit ging etwas ganz anderes in diesem außergewöhnlich klugen Kopf vor. Und Ransome hätte in diesem Augenblick viel darum gegeben, zu erfahren, was.
Hätte er es gewußt, dann hätte er sich noch größere Sorgen gemacht. Denn Olivia dachte gerade, es sei Zeit, Jai Raventhorne einen Besuch abzustatten.

*

Willie Donaldson verstand die Welt nicht mehr. »Sie können nicht zu einem Verbrecher wie Jai Raventhorne gehen, Eure Ladyschaft! Also, das ist... unanständig!«
»Weshalb nicht?« fragte Olivia und sah ihn mit großen unschuldigen Augen an. »Mr. Raventhorne ist ein Geschäftspartner. Er war als Gast in meinem Haus und wurde mir von meiner Cousine offiziell vorgestellt. Ich werde ihn während der Geschäftszeit in seinem Büro aufsuchen, Mr. Donaldson. Ich kann mir nicht vorstellen, was daran unanständig sein soll!«
Er wurde rot. »Das habe ich nicht damit gemeint...« Er überspielte seine Verlegenheit mit einem Hüsteln. »Aber können Sie mir vielleicht den Grund für diese plötzliche Entscheidung sagen – wenn ich mir die kühne Frage erlauben darf?« Die Amerikanerin stellte seine Geduld allmählich auf eine harte Probe.
»Ich werde von Mr. Raventhorne verlangen, daß er unseren Kredit und die entsprechenden Bedingungen wieder in Kraft treten läßt.«
Donaldson fiel der Unterkiefer herunter, und Olivia sah seine gelben Zähne. »Einfach so...?«
»Ja, einfach so.«
Es gab Zeiten, in denen Donaldson diese Frau bewunderte und re-

spektierte, aber jetzt zweifelte er sehr an ihrem Verstand. »Er wird Sie beleidigen!« rief er erschrocken. »Er wird Sie vor die Tür setzen! Sie haben keine Ahnung, wozu er fähig ist, aber, weiß Gott, *ich* kenne ihn! Er ist ein gemeiner, frecher Hundesohn, Mädchen! Das können Sie sich hinter die Ohren schreiben!« Wie immer, wenn er erregt war, vergaß er alle Förmlichkeiten.

»Mich vor die Tür setzen? Aber nein, Mr. Donaldson!« Olivia sah ihn schockiert an. »Auf meinem Fest war er sehr charmant, jawohl, *charmant*.«

»Ich rede nicht von verdammten Festen«, tobte Donaldson und zog heftig an seiner Pfeife. »Ich rede von Geschäften, harten Geschäften. Wir *wissen,* warum er uns den Kredit gesperrt hat. Er wird das nicht einfach wieder rückgängig machen!«

»Ach, ich weiß nicht. Vielleicht doch. Meines Wissens kann Mr. Raventhorne durchaus sehr vernünftig sein, wenn man ihn höflich darum bittet. Ich werde nichts anderes tun, als an seinen Sinn für Gerechtigkeit appellieren.«

»Sinn für Ge ... rech ...?«

Willie Donaldson versagte die Stimme.

»Ein Versuch lohnt sich. Wenn er es ablehnt, nun gut, dann sind wir auch nicht schlechter dran als jetzt, oder?«

»Aber die Art, *wie* er es ablehnen wird, und verdammt noch mal, das wird er! Das liegt mir schwer im Magen, Mädchen. Wenn ich mir vorstelle, daß eine Baronin von Farrowsham von einem ungebildeten, hergelaufenen Kerl unhöflich behandelt wird ...«

»Er wird mich nicht unhöflich behandeln, Mr. Donaldson. Das kann ich Ihnen versichern. Glauben Sie mir, unser *Kala Kanta* besitzt durchaus Manieren!«

Donaldson gab es auf. Mißbilligend schüttelte er den Kopf. »Wie es Eurer Ladyschaft beliebt. Meine bescheidene Pflicht ist es, Sie so zu beraten, wie ich es für richtig halte.«

Als Willie Donaldson an diesem Abend wie immer seiner Frau die Ereignisse des Tages berichtete, machte er keinen Hehl aus seiner Verwirrung. »Sie hat wieder etwas Teuflisches im Sinn. Ich würde meinen Kopf darum geben, wenn ich wüßte, was.«

»Ach du liebe Zeit, Will«, rief Cornelia Donaldson erschrocken. »Sie allein auf Gnade und Ungnade diesem Wilden ausgeliefert! Das kann doch nicht dein Ernst sein!«
Über den Rand seiner Brille und hinter der vier Monate alten Ausgabe des *Scotsman* vergraben, warf er ihr einen vernichtenden Blick zu. »Du hättest ihre Augen funkeln sehen sollen, mein Schatz. Wenn du Mitleid übrig hast, dann schlage ich dir vor, spar dir dein Mitleid für diesen Wilden auf.«

*

»Der Sarkar...?«
Ranjan Moitra blinzelte aufgeregt hinter der goldglänzenden Brille mit den runden Gläsern. Er glaubte, seinen Augen nicht zu trauen. Eine Dame im Kontor von Trident, eine weiße Mem? Noch dazu *diese* Mem...! O große Mutter Kali – es war undenkbar!
»Ja, bitte, Mr. Moitra. Ich muß Mr. Raventhorne unbedingt kurz sprechen.« Sie öffnete die Handtasche, reichte ihm eine vornehm goldgerandete elfenbeinfarbene Visitenkarte und lächelte ihn liebenswürdig an. »Ich habe mir bereits sagen lassen, daß er in seinem Büro ist.«
Ranjan Moitra schluckte. »Ja... nein, äh, ich werde sehen... Er nahm die Karte mit den Fingerspitzen entgegen und eilte aus dem Zimmer.
Der uniformierte Türsteher erstarrte vor Ehrfurcht bei Olivias Anblick. Er konnte natürlich nicht ahnen, welche Anstrengung es sie kostete, die vornehme Dame zu spielen, oder daß ihr Herz wie rasend gegen das Oberteil ihres blattgrünen Leinenkleids schlug. Rein äußerlich ging nur Selbstbewußtsein von ihr aus, und auf alle, die noch nie so viel Eleganz gesehen hatten, wirkte sie wie eine Königin. Reiherfedern wogten auf dem breitkrempigen grünen Samthut, der raffiniert das eine Auge verdeckte. Ein schwarzer, hauchdünner Schleier verbarg das Gesicht gerade genug, um ihre Herablassung noch erkennen zu lassen. Obwohl es noch früh am Vormittag war, funkelten diskret Diamanten an ihrem Hals und an den Ohren und verstärkten den königlichen Eindruck. Ohne den weiten langen Rock hätte der Türsteher allerdings gesehen, daß ihr die Beine zitterten und gelegentlich die Knie aneinanderstießen.

Moitra kam zurück. »Ich bedaure, Eure Ladyschaft, der Sarkar ist nicht zu sprechen.« Er wirkte verlegen und unglücklich. »Er bittet Sie vielmals um Entschuldigung, aber heute kann er Sie nicht empfangen.« Er benahm sich ehrerbietig und zeigte angemessenes Bedauern, aber er konnte ihr nicht in die Augen sehen. »Wenn Sie vielleicht das nächste Mal Ihren Besuch ankündigen...«

»Bei einer Ankündigung, Mr. Moitra«, erklärte Olivia freundlich, »hätte Ihr Sarkar es zweifellos so eingerichtet, daß er nicht anwesend wäre. Ich werde sehr wenig von seiner Zeit in Anspruch nehmen, und ich kann leider nicht warten.« Sie ging an ihm vorbei, verließ das Vorzimmer, in dem sie standen, und gab ihm keine Möglichkeit mehr, Einspruch zu erheben. Dann betrat sie das große Büro dahinter.

»Eure Ladyschaft...!« Er eilte ihr entsetzt nach. Schweiß lief ihm über die Stirn. »Der Sarkar ist im Augenblick wirklich sehr beschäftigt. Er darf nicht gestört werden! Ich versichere Ihnen...«

»Beschäftigt oder nicht beschäftigt, Mr. Moitra, er wird mir ein paar Minuten schenken. Ich habe etwas sehr Wichtiges mit ihm zu besprechen.« Während sie durch den breiten Mittelgang des Raumes rauschte, in dem die Schreiber saßen, lächelte sie freundlich, aber ihre Stimme klang gebieterisch und energisch. »Auch auf mich warten wichtige Dinge. Wären Sie deshalb bitte so freundlich, mich anzukündigen?«

Plötzlich herrschte in dem großen Raum völlige Stille. Die vielen Schreiber legten ihre Federn beiseite und hörten gespannt zu. Alle Augen richteten sich auf den unfaßlichen Anblick von Ranjan Moitra im Gespräch mit einer weißen Mem. Für ihn, den zweiten Mann in der Hierarchie von Trident, war das eine unmögliche Lage. Er schluckte wieder und fuhr sich verzweifelt über die Stirn. »Vielleicht morgen...?«

»Nein, Mr. Moitra, *jetzt*.«

Eine Welle des Staunens lief durch die Reihen der Angestellten, die mit gekreuzten Beinen auf weißen Kissen vor den traditionellen indischen, kniehohen Tischen saßen, und Moitra errötete. Es war undenkbar, daß er wegen einer Frau vor Untergebenen sein Gesicht verlor. »Also gut«, sagte er förmlich, richtete sich auf und tat, als sei er der Lage gewachsen. »Ich werde den Sarkar noch einmal bitten . . .«

»Das ist nicht nötig, Ranjan.« Die ruhige klare Stimme kam von einer Tür am anderen Ende des Raumes. »Ich werde Lady Birkhurst empfangen. Würden Sie die Dame bitte in mein Büro bringen?«

Ihre Begegnung auf dem Ball hatte Olivia überrascht. Diesmal war sie sorgfältig vorbereitet. Trotzdem geriet ihre Kühnheit ins Wanken, als ihr das Blut in die Schläfen stieg. Ihre Hände wurden feucht. »Danke.«

Raventhorne drehte sich um und entschwand ihren Blicken. Sie folgte Ranjan Moitra und richtete ihre Gedanken bewußt auf die Dinge, die sie vor sich sah.

Trotz der großen geschäftlichen Erfolge waren die Büros von Trident so spartanisch eingerichtet wie die Häuser, die Jai Raventhorne bewohnte. Nichts wies auf die Macht hin, die er in der Geschäftswelt der Stadt besaß. Keine Zeichen des Wohlstands und des Luxus, wie alle anderen es liebten, die sich in Kalkuttas kaufmännischen Kreisen mit Erfolg behaupteten. Die Büros waren groß, luftig und makellos sauber, aber rein funktional ausgestattet. Die Wände waren weiß getüncht, und auf den glänzenden Marmorböden lagen keine Teppiche. Die Angestellten – ausschließlich Männer – trugen wie Moitra die traditionellen *Dhotis* und *Kurtas.* Es war bekannt, daß Raventhorne als Ausdruck seiner Überheblichkeit gegenüber Weißen in seiner unmittelbaren Umgebung prinzipiell keine Europäer beschäftigte. Auch Raventhornes Büro, in das Moitra sie nun führte, unterschied sich nicht wesentlich von den anderen Räumen. Keine weichen persischen Teppiche, keine Siegestrophäen aus fremden Ländern, keine kostbaren Antiquitäten aus Jade und Porzellan, keine stolzen Zeugnisse der eigenen Leistungen an den Wänden. Nur in einer Ecke befand sich eine Sitzecke mit drei Sesseln und einem Couchtisch – vielleicht als Zugeständnis an europäische Gäste –, und unter Glasstürzen standen detailgetreue kleine Nachbildungen von Tridents Klipperflotte.

Als Olivia eintrat, erhob sich Raventhorne kurz. Sie wußte sehr wohl, das tat er nur, weil Moitra anwesend war. Er reichte ihr weder die Hand, noch streckte sie ihm ihre Hand entgegen. Moitra holte ihr höflich einen Sessel und stellte ihn so, daß sie Raventhorne hinter dem Schreibtisch gegenübersaß. »Danke, Mr. Moitra.« Sie lächelte ihm zu. »Es fällt mir zur Zeit schwer, länger als unbedingt notwendig zu stehen.«

Bislang hatte Raventhorne ihre Anwesenheit teilnahmslos erduldet, ohne erkennen zu lassen, was er dachte. Die bewußte Anspielung auf ihre Schwangerschaft trieb ihm jedoch die Röte ins Gesicht. Olivia sah es aus den Augenwinkeln, als sie Platz nahm, und lächelte zufrieden. Hinter der Maske betonter Gleichgültigkeit fühlte sich Raventhorne höchst unwohl in seiner Haut! Abgesehen von ihrer Aufmachung – die Birkhurst-Diamanten und die elegante Kleidung – machte ihm ihre Schwangerschaft sehr zu schaffen. In Olivia stieg langsam ein gefährlicher Zorn auf. Wie leicht hatte er sich aller Verantwortung entzogen!

»Nun?«

Er stellte die beleidigend brüskierende Frage, sobald Moitra das Büro verlassen hatte. Olivia überhörte sie und hob aufreizend langsam und umständlich den Schleier von ihrem Gesicht. Raventhorne sah ihr mit unverhohlener Ungeduld zu; dann richtete sie ihre Aufmerksamkeit kurz auf den Sessel, in dem sie saß. »Chippendale?« fragte sie und klopfte mit einem Fingernagel auf die Lehne. »Es überrascht mich, daß du nicht etwas weniger Europäisches bevorzugst.«

Er blickte sie noch eisiger an. »Ich kann kaum glauben, daß dieser kühne Ausflug lediglich dazu dienen soll, mit mir über Möbel zu reden!« Verstohlen glitt sein Blick über die Diamanten, und seine Lippen wurden schmal. »Was willst du?«

Olivia dachte nach.

Was will ich von ihm – abgesehen von meinem Leben, das er mir zurückgeben soll?

Ihr Zorn brodelte, aber sie lächelte ihn immer noch freundlich über den tiefen Abgrund der Feindschaft hinweg an, der sie für immer trennte. »Ich möchte etwas sehr Einfaches. Ich möchte, daß du Farrowsham den Kredit wieder einräumst.«

Staunen zeigte sich flüchtig in seinen Augen, und Olivia hätte beinahe alles dafür gegeben, nie das Unglück gehabt zu haben, in diese Augen zu blicken. Offensichtlich hatte er alles andere erwartet als diese Unverfrorenheit. Er lachte. »Und das ist alles?«

»Im Augenblick ja.«

Sein Lächeln verschwand, als sein Blick auf die geprägte Visitenkarte fiel, die vor ihm auf dem Schreibtisch lag. »Nun, das ist schnell erledigt. Die Antwort ist *nein.* Trotz deiner neu erworbenen Autorität im Unternehmen deines Mannes mußt du noch sehr viel über Geschäftsmethoden lernen – besonders über meine Methoden. Donaldson hätte es besser wissen müssen, als dich zu mir zu schicken.« Er lehnte sich zurück und sah sie finster an.

»Es war meine Idee, an deine besseren Instinkte zu appellieren, nicht Donaldsons.« Sie sagte das ohne Spott, aber die Anspielung genügte. »Donaldson glaubt nicht, daß du so etwas hast, ich meine bessere Instinkte.«

Er sah sie mit spöttisch erhobener Augenbraue an. »Und du?«

»Nun ja, wir werden sehen. Du hast deine Entscheidung aus kleinlichem Ärger getroffen. Es ist ungerecht, Freddies Unternehmen zu bestrafen, denn es hat nichts damit zu tun. Ich dachte, wenn ich in der angemessenen ... was ist doch das richtige Wort dafür? Ach ja, in der angemessenen *Bescheidenheit* mit dir spreche, wirst du vielleicht so vernünftig sein, deine Entscheidung zu revidieren.«

Sie hörte, wie er Luft holte. Es geschah leise, und er wirkte plötzlich beinahe unmerklich verwirrt, so, als sei er verunsichert. Olivia achtete darauf, daß sie ihn freundlich, aber ohne etwas von ihren Gefühlen zu verraten, ansah. Insgeheim jubelte sie über sein Unbehagen. In ihm – an ihm – überall – spürte sie seine Wut. Er wußte nicht, worauf sie es abgesehen hatte, aber er wußte, daß sie ihn verspottete.

»Ich revidiere eine Entscheidung nicht, wenn ich sie getroffen habe.« Die knappe Antwort klang endgültig, aber die Verwirrung wich einer spürbaren Vorsicht. »Du hättest vernünftig genug sein sollen, auf Donaldson zu hören.«

»Dann bist du also entschlossen, ungerecht zu sein?« Sie seufzte, als sei sie enttäuscht. »Und ich bin heute morgen mit so großen Hoffnungen hierhergekommen!«

Die angespannten Kiefermuskeln bewiesen, daß seine Geduld auf eine gefährliche Probe gestellt wurde. Seine Augen wurden schmal. »Ich weiß nicht, Olivia, was für ein Spielchen du dir ausgedacht hast, aber ich finde es alles andere als amüsant. Ich habe dir schon einmal gesagt, begehe nicht den Fehler, zu glauben, ich sei *gerecht*. Das bin ich bestimmt nicht. Und ich habe nicht die Absicht, es deinetwegen zu sein.«

»Ja, ich erinnere mich, Jai, ich habe nichts von dem vergessen, was du mir einmal gesagt hast.« Sie stand ihm an liebenswürdiger Sanftheit und unverhülltem Sarkasmus in nichts nach. »Aber deine Selbsteinschätzung ist etwas zu hart. Du hast schon immer dazu geneigt, deine beachtlichen Tugenden zu unterschätzen.« Olivia lehnte sich zurück und freute sich, daß er wieder leicht verwirrt errötete. »Ich habe nie daran gezweifelt, daß du sowohl gerecht als auch vernünftig sein kannst.« Sie schwieg und verlagerte das Gewicht. »Natürlich nur unter den richtigen Umständen.« Sie wechselte noch einmal ihre Haltung, stützte einen Ellbogen auf den Schreibtisch und faltete die Hände. »Wie ich höre, hast du ein Angebot für die *Daffodil* gemacht?«

Ihre unvermittelte Frage brachte ihn einen Augenblick aus dem Gleichgewicht – und genau das hatte Olivia beabsichtigt. Sie wußte, normalerweise hätte er ihr nie eine Antwort gegeben, aber er war bereits verunsichert und erwiderte knapp: »Ja.«

»Was könnte der einzige Mann, der mit Klippern nach Europa und Amerika fährt, mit einem Wrack wie der *Daffodil* im Sinn haben?« fragte sie sanft.

Er wurde blaß und stand so heftig auf, daß die Tintenfässer auf dem Schreibtisch schwankten und eine Schreibfeder auf den Boden fiel. Er hob sie nicht auf. »Sei es nun, daß du wieder einmal aus alter Gewohnheit deiner Neugier frönst, sei es, daß Ransome dich als Vermittlerin benutzen will, es geht dich weiß Gott nichts an. Entschuldigst du mich jetzt bitte ..., ich habe keine Zeit mehr.«

»Ich stelle nur die eine Frage, die sich ganz Kalkutta stellt.« Olivia hob die Schultern und ließ sie langsam wieder sinken. Sie machte keine Anstalten zu gehen. »Aber du hast natürlich recht. Es geht mich nichts an.« Sein Wutausbruch konnte sie nicht täuschen. Sie wußte, sie hatte ins Schwarze getroffen, und der Schuß traf ihn völlig überraschend. »So wie es aussieht, geht es dich auch nichts mehr an. Es ist jetzt eine Angelegenheit von Ransome und Lubbock.«

»Lubbock?« Ihre Worte hatten ihn überrascht, und er wurde sofort wütend, weil er es gezeigt hatte. Aber er konnte die Frage nicht mehr zurücknehmen. Olivia beobachtete ihn mit gesenkten Augenlidern genau. Ihr entging nicht die leiseste Regung in seinem Gesicht, und innerlich jubelte sie. Nein, sie hatte sich nicht getäuscht! Der getroffene Nerv schmerzte ihn mehr, als sie sich das hätte träumen lassen. Im Hochgefühl dieses Triumphs nutzte sie schnell ihren Vorteil.

»Ja, Hiram Arrowsmith Lubbock. Er ist der Baumwollpflanzer aus dem tiefen Süden, der sich brüstet, ein Kamel könne beim Durchqueren seiner Plantage verdursten. Er ...«

»Ich weiß, wer Lubbock ist! Wenn ich davon ausgehe, daß du ihn dazu überredet hast, Ransomes Haus zu kaufen, dann kann ich wohl auch annehmen, er ist ein Ersatz für den Vogel, der das Nest verlassen hat?«

Die Anspielung ärgerte Olivia, aber sie ließ sich von dem eigentlichen Zweck ihres Besuches nicht ablenken, und es gelang ihr, irgendwie zu lächeln. »Wenn du das glauben möchtest, obwohl *dich* das überhaupt nichts angeht. Aber da du ja bestens über alles informiert bist, was in der Stadt geschieht, wirst du auch wissen, daß Lubbock viel mehr für die *Daffodil* bietet als du, sehr viel mehr.«

»Lubbock versteht nichts von Schiffen«, erwiderte er verächtlich. »Wenn das ein Trick ist, damit ich mehr bieten soll, dann kannst du Ransome sagen, er wird keinen Erfolg haben. Und jetzt verlaß mein Büro.«

»Oh, er möchte die *Daffodil* nicht seetüchtig machen!« Olivia lachte, ohne jedoch aufzustehen. »Er möchte nur das Holz. Er läßt chinesische Möbel für den Export anfertigen. Er sagt, er wird das Schiff ausschlachten, und dann hat er für ein Jahr billig Teakholz und Mahagoni. Jemand scheint ihn davon überzeugt zu haben, daß es in

Amerika und Europa einen Markt für solche Möbel gibt. Lubbock ist erstaunlich unternehmungslustig. Er ist nicht einfach irgendein Baumwollpflanzer!«

Raventhorne hatte ihren Worten stumm und bewegungslos zugehört. Aber seine hellbraune Haut war eine Spur blasser geworden. Seine Augen wirkten nicht länger verächtlich und unbeteiligt. In ihnen lag etwas Eigenartiges, der Anflug eines Gefühls, das er nicht völlig unterdrücken konnte. Es war Schmerz, nur eine Spur, aber Olivia wußte genug. Sie hatte hart gearbeitet, um ihn diesen Schmerz spüren zu lassen, und er hatte es weiß Gott verdient. In ihrem Körper begannen alle Nerven zu vibrieren.

Quid pro quo, Jai Raventhorne, jetzt bin ich am Zug.

Ohne Zögern stieß sie noch einmal zu und diesmal tiefer. »Die *Daffodil* hat eine Galionsfigur – du wirst dich vielleicht nicht erinnern. Lubbock glaubt, er wird viel Geld damit verdienen, wenn er sie in Jackson verkauft, als Zierde für eine Kutsche oder als Giebelschmuck für das Haus eines reichen Südstaatlers, der eine Schwäche für englischen Schnickschnack hat. Lubbock meint, es sei erstaunlich, was Amerikaner bereit sind, für Kitsch zu zahlen.«

Raventhorne stand jetzt am offenen Fenster und blickte auf den Fluß. Von einem behäbigen kleinen Schoner wurden gerade Ballen entladen. Olivia sah von ihrem Platz aus, daß einer davon ins Wasser gefallen war, und unter den Männern dort brach ein heftiger Streit aus. Raventhorne schien auf diese Szene zu starren, aber Olivia ahnte, daß er nicht das geringste sah. Das arrogante, inzwischen völlig versteinerte Gesicht bewegte sich vor der weißen Wand am anderen Ende des Raums nicht. Eine Hand hatte er um den Nacken gelegt, die andere umklammerte das Fensterbrett. Er war sich ihrer Anwesenheit nicht länger bewußt.

Es herrschte völlige Stille im Zimmer, und unbewußt wurde Olivias Erinnerung wach. Mit erschreckendem Eifer versetzte sie Olivia in die Zeit zurück, als sie sich bemüht hatte, jede leiseste Schwankung, jede Andeutung seiner wechselnden Stimmungen zu erkennen. Sie erinnerte sich, wie verzweifelt sie gewesen war, wenn es ihr mißlang oder sie sich geirrt hatte. Sie dachte auch an die absurde Begeisterung, die sie erfaßte, wenn sie Bruchstücke seines Lebens verstand und sie behutsam und mit größter Hingabe zusammenfügte, um ein Bild daraus zu gewinnen, das ihr gefiel oder das sie zur Verzweiflung trieb. Sie spürte wieder die Pein, die Sehnsucht, die jämmerlich wenigen Kostbarkeiten seiner halbherzigen Zärtlichkeit, die er ihr widerwillig und halbherzig geschenkt hatte. Und sie dachte an die Erfüllung all ihrer Wünsche. Die so lange zum Schweigen verurteilten Erinnerungen ängstigten Olivia und trafen sie unvorbereitet. Das Wissen, daß sich diese Erinnerungen unbarmherzig in ihrem Kopf festgesetzt hatten, wie Luftblasen, die eine Ewigkeit im Wasser eingeschlossen sein können, entsetzte sie. Sie wurde aus ihrer Selbstzufriedenheit gerissen und fühlte sich plötzlich wieder hilflos und aufs neue verraten.

Warum war meine Liebe nicht genug, um dich zu heilen ...?

»Verlaß mein Büro.« Er drehte sich nicht nach ihr um. »Ich habe keine Zeit mehr für Sie, Lady Birkhurst.«

Langsam entschwebten die Luftblasen eine nach der anderen und beunruhigten sie nicht mehr. Der dünne, nutzlose Faden, der sie momentan mit der Vergangenheit verbunden hatte, riß, und sie war wieder von dieser Fessel befreit. Sie verachtete sich für diesen Augenblick des Sklaventums. »Mit Vergnügen, Mr. Raventhorne. Ich habe meine Aufgabe erfüllt. Vielen Dank, daß Sie mich empfangen haben, obwohl meine Mission leider erfolglos gewesen ist.«

Dies sagte sie gerade so bedauernd, daß es wie eine Ohrfeige wirkte. Sie war erfolgreich gewesen, und auch Jai Raventhorne wußte es.

Er stand noch immer am Fenster und machte keine Anstalten, sie zur Tür zu begleiten. »Ich hatte gehofft, dich nach meiner Rückkehr aus Assam nicht mehr hier anzutreffen. Mach dich nicht noch einmal lächerlich, indem du mich unter einem läppischen Vorwand aufsuchst.« Eine kühle Brise vom Fluß drang in das Zimmer, aber das weiße Musselinhemd klebte schweißnaß an seinem Körper. Der Schweiß rann ihm über den Rücken, aber er hatte sich so gut unter Kontrolle, daß seine Stimme ruhig klang.

»Weshalb? Macht es dich nervös, mich zu sehen?«

»Nein, mir wird übel davon. Und jetzt siehst du auch noch wie eine Hure aus.«

»Ach? Weil ich Freddies Schmuck und seinen Titel trage und sein Kind bekomme?« Sie lachte. »Du kennst doch bestimmt die Vorrechte, die ein Leben als Hure mit sich bringen kann?«

»Ja, die kenne ich. Aber ich habe viele Huren getroffen, die mich nicht angewidert haben.« Es kostete ihn große Mühe, die Beherrschung nicht doch noch zu verlieren. »Ich warne dich, Olivia. Mische dich nicht in Angelegenheiten, die mehr verlangen als deine billigen Tricks. Und an deiner Stelle würde ich auch keine dummen Spielchen spielen, wenn du keine Ahnung davon hast, wie man sie gewinnt.«

Sie erhob sich schließlich. »Wenn du Farrowsham schadest, dann werde ich mich rächen, und zwar so, wie es mir meine ›billigen Tricks‹ erlauben. Deine Drohungen können mich nicht mehr einschüchtern, Jai Raventhorne.« Sie ging durch das Zimmer und blieb an der Tür mit der Hand auf der Klinke stehen. »Ach, ich hätte es beinahe vergessen!« Um keinen Zweifel an dem Grund ihres Besuchs zu lassen, nannte sie ihn noch einmal klar und deutlich. »Ich weiß, was du von der *Daffodil* haben möchtest. Und ich verspreche dir, du wirst es nie bekommen – es sei denn, zu meinen Bedingungen. Wer weiß? Vielleicht habe auch ich einen Schwur geleistet und erfülle so oder so mein Schicksal.«

Sie verließ das Büro und schlug die Tür heftig hinter sich zu. Kein Mensch in den Büros von Trident konnte den lauten Knall nicht gehört haben. Der letzte Blick auf sein Gesicht belohnte sie jedoch am meisten, denn er hatte nicht damit gerechnet, daß sie sich noch einmal umdrehen würde. Er war verwundet. Und Olivia war mit dem Ergebnis dieses Tages zufrieden.

*

Noch immer in dieser kämpferischen Stimmung erhielt sie die erste Post von Freddie. Aber als sie seinen kurzen und bewußt unpersönlichen Brief las, verließ Olivia der Mut, und sie war wieder niedergeschlagen. Freddies wenige Worte konnten sie nicht täuschen. Hinter den oberflächlichen, unbeholfenen Sätzen und zwischen den Worten spürte sie den unausgesprochenen Schmerz. Es schien, als habe Freddie die Feder in sein Herz getaucht und den Brief mit seinem Blut geschrieben. Und dann ließ er in den letzten Sätzen seiner Qual freien Lauf. »Ich träume, daß ich eines Morgens, wenn ich es am allerwenigsten erwarte, die Augen aufschlagen werde und Du mit einer Tasse Tee an meinem Bett stehst. Das träume ich, Olivia, ich hoffe es inbrünstig, und ich bete darum, aber in der Tiefe meines Herzens weiß ich, es wird niemals geschehen ...«

Amos erwähnte er nicht.

Olivia weinte. Sie teilte seine Qual über die Meere und Kontinente hinweg und verwünschte ihre Unfähigkeit, ihm zu helfen. Auch seine Mutter hatte ihr geschrieben. »Freddie sagt mir kein Wort. Aber ich fürchte, er hat Dich verloren, und ich bin untröstlich. Du schreibst, daß Du versagt hast. Vielleicht ist es ein Versagen, das uns allen gemeinsam ist. Meine Enttäuschung ist groß, aber ich bin Frau genug zu verstehen, daß Dein Schicksal nicht in Deinen Händen lag. Ich finde mich nun damit ab, daß dieser schreckliche Cousin eines Tages Farrowsham und den Titel bekommen wird. Es ist eine schlimme Vorstellung, die mich noch immer schmerzt – besonders, weil es früher dazu kommen kann, als ich befürchtet habe. Freddie trinkt hemmungslos ...«

Olivia schlug die Hände vor das Gesicht und überließ sich ihrem Kummer. Sie hatte weder Freddie noch ihre Schwiegermutter über die Schwangerschaft informiert. So, wie ihre Sterne standen, drohte ständig das Unheil. Olivia brachte es nicht über sich, erst Hoffnungen zu wecken, um sie dann wieder zu zerstören. Möglicherweise hatten sie es bereits von anderen erfahren. Es gab genug Klatschsüchtige in der Stadt, und Peter Barstow war erst vor kurzem nach England abgereist. Er würde die Neuigkeit den Birkhursts bestimmt bald berichten. Wie auch immer, Olivia hoffte sehr und betete darum, sie würden es erst erfahren, wenn keine bittere Enttäuschung mehr zu befürchten war.

Sie betete!

Ihr Vater lehnte fanatische Religiosität und verlogenen Aberglauben ab, aber er hatte sie in dem unbeirrbaren Glauben an die grundsätzliche Güte einer Macht erzogen, die das Schicksal aller Wesen lenkte. Er wetterte gegen die Heuchelei obligatorischer Sonntagsgottesdienste, und obwohl Olivia ihre Tante bereitwillig bei dieser wöchentlichen Pflicht begleitet hatte, blieb ihr wahrer Glaube etwas weniger Offenkundiges, etwas sehr viel Persönlicheres. Olivia dachte, ihr Vater hätte ihr vergeben, wenn er ahnen würde, daß sie die geheimnisvolle Macht nicht mehr für gütig hielt, wenn er die verbrecherische Zerstörung ihres Lebens gekannt hätte. Aber als Freddies gequälte Worte sich glühend heiß in ihr Gewissen einbrannten, gab Olivia die festen Vorsätze auf und wandte sich in egoistischer Verzweiflung an einen Gott, dem sie nicht länger vertraute. Olivia betete darum, Freddie möge ein Sohn geschenkt werden.

Die Tage vergingen. Jai Raventhorne hüllte sich in Schweigen.

Der milde und allzu kurze Winter war vorüber. In Kalkutta wurde es wieder drückend heiß. In den Häusern und den Büros verdoppelten die Männer an den großen Deckenfächern ihre Bemühungen und mußten regelmäßig abgewechselt werden. Aber die feuchte, drükkende Luft bewegte sich nur schwerfällig in Kreisen. Selbst die vielen Fliegen in der Stadt schienen träge zu werden und wurden zur leichten Beute der Fliegenklatschen. Nur die Moskitos wurden wie immer weniger, denn sie flohen vor der unerträglichen Hitze.

Da sich nun auch noch das Wetter von der feindseligen Seite zeigte, wurde Olivia schrecklich niedergeschlagen. Trotz ihres herausfordernden und mutigen Auftritts in Raventhornes Büro war ihr Besuch eine reine Kraftverschwendung gewesen. Vielleicht hatte er recht: Sie hatte sich nur lächerlich gemacht. Im Rückblick waren ihre jämmerlichen verbalen Triumphe ohne jede Bedeutung und würden zu nichts führen. Raventhorne war ein aus Fels gehauener Monolith. Die Schicksalsschläge seines Lebens hatten ihn noch härter gemacht, und alberne Pfeile konnten ihm nichts anhaben. Ihre kindischen Angriffe beeindruckten ihn bestimmt nicht. Das unüberlegte Abenteuer hatte ihr nur eine neue Demütigung von einem Mann eingebracht, den sie tollkühn herausgefordert und sich zum Feind gemacht hatte.

Sie hatte ihm einmal halb im Spaß gestanden, sie wünsche nicht, ihn als Feind zu haben – aber genau das hatte sie provoziert! Sie hatte seine Verwundbarkeit falsch eingeschätzt und dadurch ihre eigene Schwäche bloßgestellt. Er würde Farrowsham jetzt noch mehr zusetzen, und als sie an Willie Donaldsons Warnungen dachte, war Olivia tief beschämt. Mißmutig und noch immer sehr aufgebracht, hatte Willie sich nie nach dem Gespräch im Kontor von Trident erkundigt. Auch Arthur Ransome hatte es mit deutlicher Mißbilligung nicht getan. Olivia nahm diese Unterlassungen als das, was damit zum Ausdruck kommen sollte: ein stummer Tadel wegen ihrer ungehörigen Kühnheit. Als eine Art Wiedergutmachung arbeitete sie mit großem Einsatz daran, das Möbel-Projekt in Gang zu bringen.

Lubbock hielt nichts davon, Zeit zu verlieren, wenn ein Geschäft einmal ins Auge gefaßt worden war. Er wohnte inzwischen zu seiner Zufriedenheit in Ransomes Haus. Und auf dem riesigen Gelände herrschte wieder emsiges und geschäftiges Treiben. Im Templewood-Haus fertigten neu eingestellte Zeichner die Pläne für chinesische Möbel an, und Mary Lings Brüder hatten zusammen mit ihrem Vater das Dienstbotengelände in eine Schreinerei verwandelt. Der mittlerweile hellauf begeisterte Lubbock setzte alle Hebel in Bewegung, um schnellstens an die versprochenen Gewinne zu kommen. Die Wirbelwind-Methoden seines Partners machten Ransome nervös und schockierten nicht selten sein ordentliches Buchhalterdenken, aber sie beeindruckten ihn auch. »Keine Angst, Partner«, beruhigte Lubbock den verschreckten Ransome, »ich verspreche Ihnen Geld wie Heu, und das werden Sie bekommen.« Ransome nickte nur.

Lubbocks Vorgehen grenzte wahrhaftig manchmal ans Geniale. Da es an Bord der Schiffe kaum Mobiliar gab, versorgten sich die Passagiere für die langen Reisen mit eigenen Möbeln. Meist übernahmen es die Angestellten der Ostindien-Kompanie, die nötigen Dinge anzufordern, und verdienten als Mittelsmänner dabei nicht wenig. Lubbock einigte sich inoffiziell mit diesen Leuten. Er bot ihnen eine gute Kommission, wenn er kostenlos für alle Passagiere die kostbaren, eleganten chinesischen Möbel stellen durfte. Er verlangte nur, daß man die Möbel nach der Ankunft in Europa seinem wartenden Agenten übergab. Das Risiko von Verlusten und Beschädigungen wurde durch die Einsparungen bei Verpackungs- und Frachtkosten wettgemacht.

»Bei Gott, er ist ein Genie!« rief Ransome und zeigte sich sehr beeindruckt von dem einfachen Plan. »Zu meinem Staunen muß ich gestehen, seine Begeisterung läßt die alten Knochen wieder lebendig werden, die ich schon für abgestorben gehalten hatte.«

Die äußerst ungleiche Partnerschaft begann aufzublühen, und das freute Olivia sehr. Ransome schien sogar die Aussicht nicht mehr zu stören, sein Haus bald mit einem ungehobelten Südstaatler zu teilen. Um das Unternehmen richtig in Gang zu bringen, fehlte nur noch der Vorrat an geeignetem Teakholz und Mahagoni. Raventhorne hatte bislang kein neues Angebot für die abgetakelte *Daffodil* gemacht!

»Ich neige dazu, Hiram die Erlaubnis zu geben, das Schiff auszuschlachten und auseinanderzunehmen, Olivia. Es ist albern, sich sentimentalen Gefühlen zu überlassen. Ich verstehe wirklich nicht, weshalb du noch immer damit rechnest, daß Jai ein neues Angebot macht. Warum sollte er?«

Sie saßen beim Nachmittagstee im Templewood-Garten. Das riesige Haus machte einen traurigen Eindruck. Wenn Ransome in Kürze die beiden Zimmer im Parterre aufgab und zu Lubbock zog, würde alles verschlossen und verriegelt und die Möbel mit Schonern versehen werden. Die geschlossenen Fensterläden in den abblätternden gelben Mauern wirkten wie erblindete Augen. Die violette Bougainvillea am Säulenportal wuchs wild, da niemand mehr sie zurückschnitt. Der Rosengarten war inzwischen völlig von Disteln überwuchert. In den ehemals gepflegten Blumenbeeten, in denen Schmetterlinge saßen, wuchs nur noch Unkraut. Nur die lavendelfarbene Orchidee sorgte für einen leuchtenden Farbfleck. Sie wuchs und blühte ohne Pflege und schien nur dazu da, Olivia zu verhöhnen. Sie haßte den Anblick und hatte sich schon oft vorgenommen, die Orchidee aus dem Stamm herauszureißen, aber sie vergaß es immer wieder. Es war gut, daß Estelle, die vor den Erinnerungen zurückschreckte, die sie in diesem Haus erwarteten, beschlossen hatte, es zu verkaufen – falls sich ein unerschrockener Käufer fand. Selbst wenn John wieder nach Fort William versetzt werden sollte, hätte Estelle es nicht ertragen, noch einmal dort zu wohnen.

»Nein.« Olivia nahm den Faden des Gesprächs wieder auf und schüttelte den Kopf. »Die *Daffodil* muß so bleiben, wie sie ist. Raventhorne wird ein neues Angebot machen. Ich weiß es.« Die unbeirrbare Überzeugung überraschte sie selbst. Bislang hatte Jai nicht einmal an dem Köder geschnuppert, den sie ausgelegt hatte. Ihr Verstand sagte, Raventhorne werde nicht nachgeben. Sein Stolz erlaubte ihm das nicht. So einleuchtend diese Logik auch war, ihr Instinkt ließ sich davon nicht beeindrucken. Die Asche am Ende von Ransomes Stumpen zitterte und fiel dann auf das weiße Tischtuch. Sorgfältig schob er sie auf die Handfläche und warf sie ins Gras. »Warum bist du zu Jai gegangen?« fragte er plötzlich. Er hatte das Thema bisher noch nie angesprochen. »Hatte es etwas mit der *Daffodil* zu tun?«

»Nein.«

»Du weißt doch, daß Jai wütend ist, weil Lubbock mein Haus gekauft hat.«

»Ja, das will ich meinen!«

»Und auch, weil du dabei mitgewirkt hast?«

»Ja.«

Ransome seufzte. »Mein liebes Kind, ich bin weder ein edler Mensch, noch bin ich gerne ein Märtyrer, aber ich habe immer gewußt, Jais Rache ist unvermeidlich und sogar gerechtfertigt. Andererseits hast du keine persönlichen Gründe zur Feindschaft mit diesem Mann. Es bedrückt mich zutiefst, daß du wegen *uns* leiden sollst. Mir wäre es lieber, du würdest das nicht tun. Jai wird Farrowsham noch mehr Schaden zufügen.«

»Vielleicht. Aber man kann ihn auch dazu bringen, den Schaden wiedergutzumachen.« Sie sah keinen Grund, Ransome zu sagen, daß es nicht länger sein Kampf war.

»Ihn dazu bringen?« Er mußte lachen. »Niemand ist es bisher gelungen, Jai von etwas abzuhalten, wozu er entschlossen ist, oder ihn dazu zu bringen, etwas rückgängig zu machen. Wie kommst du zu dieser erstaunlichen Annahme?«

Verunsichert drehte Olivia den Kopf zur Seite. »Ich kann dir im Augenblick keine rationale Erklärung dafür geben, ich kann nur sagen, es ist eine Vermutung. Hab noch etwas Vertrauen, Onkel Arthur. Ich verspreche, ich werde dir alles erklären, wenn es soweit ist. Bis dahin wollen wir keine übereilten Entscheidungen treffen.«
Ransome mußte sich damit zufriedengeben.
Am Abend ging Olivia mit einer Laterne allein in einen der Tresorräume im Keller und öffnete eine große Metallkiste. Sie holte einen großen, schweren in Sackleinen verschnürten Gegenstand heraus. (Wie gut, daß Dr. Humphries sie nicht dabei sah!) Sie löste die Verpackung und legte den Gegenstand auf den Fußboden. Dann setzte sie sich auf einen Hocker, wischte sich den Schweiß von der Stirn und betrachtete den Gegenstand mit ganzer Aufmerksamkeit. Sie betrachtete sich alle Einzelheiten, staunte wieder über die schlichte Schönheit, die unschuldige Anmut der Linien und über den Geist, der in der Figur steckte. Sie schien etwas Erdhaftes zu verkörpern, etwas Freies und ganz und gar Natürliches.
Hatte sie sich getäuscht? Maß sie den wenigen Worten von Estelle und Ransome zuviel Bedeutung bei? Verließ sie sich zu sehr auf den Instinkt und hatte sich verrechnet ?
Aber dann erinnerte Olivia sich an den letzten Blick auf das verwundete und leidende Gesicht beim Verlassen seines Büros. Olivia faßte wieder Mut. Nein, sie hatte sich nicht getäuscht. Sie hatte ins Schwarze getroffen, und seine Verwirrung war keine Einbildung gewesen. Olivia zweifelte nicht mehr daran, daß Jai Raventhorne ein neues Angebot für die *Daffodil* machen werde.
Der Zeitpunkt war gekommen, um die Sache ins Rollen zu bringen.

*

»Ich fürchte, ich habe mich getäuscht«, sagte Olivia am nächsten Morgen zu Arthur Ransome in seinem Büro. »Es wäre töricht, Zeit zu verlieren und auf etwas zu warten, was vielleicht nie kommt. Wenn du möchtest, kann Lubbock mit dem Abwracken des Schiffs beginnen.«

Wenn Ransome über die plötzliche Kehrtwendung staunte, dann war er Gentleman genug, es nicht zu zeigen. Er ließ auch sein wachsendes Mißtrauen hinsichtlich ihrer Motive nicht erkennen. Er sah keine Möglichkeit mehr, Olivias seltsame Methoden zu verstehen, aber er hatte versprochen, ihr zu vertrauen. Allerdings fiel es ihm immer schwerer, der Richtung zu trauen, in die ihre eigenartige Verbissenheit sie zu treiben schien. Natürlich stellte er keine Fragen. Schweigend folgte er ihrem Rat und gab die notwendigen Anweisungen.

Um sechs Uhr am nächsten Morgen machten sich Lubbocks Schreiner an die schwere Aufgabe, die *Daffodil* zu zerlegen. Das verlassene Schiff lag etwas flußaufwärts am Ufer des Hooghly – ein trauriger Abglanz des ehemals stolzen Flaggschiffes. In einer Drillichhose und ohne Hemd überwachte Lubbock die Arbeiten mit verzweifelten Gesten, Brüllen und höchst anschaulichen Beschimpfungen, die seine Leute glücklicherweise nicht verstanden. Am Ufer versammelten sich neugierige Zuschauer, denn jeder freute sich über ein kostenloses Spektakel, und es kam nicht alle Tage vor, daß ein Teepott ausgeschlachtet wurde. Trotz der beiden Wächter, die Ransome eingestellt hatte, um Vandalismus zu verhüten, war bereits vieles von dem Schiff verschwunden. Selbst jetzt machte sich eine Bande Halbwüchsiger einen Spaß daraus, alles, was nicht niet- und nagelfest und doch verkäuflich war, zu klauen, und die Männer zogen ihnen für diese Frechheit die Ohren lang. Aber trotz des jämmerlichen Zustandes, die *Daffodil* war noch immer ein stabiles Schiff. Sie hatte den schrecklichen Stürmen im Südchinesischen Meer getrotzt und nahm die Hammer- und Axtschläge der Schreiner ungerührt hin. Lubbock sprang an Deck herum wie ein aufgeregtes Känguruh, fluchte über den langsamen Fortgang der Arbeiten, aber er erreichte damit nur wenig. Die *Daffodil* ächzte und stöhnte, die Planken zitterten, aber gegen Mittag war noch nicht viel von dem Zerstörungswerk zu sehen.

Ransome saß zusammengesunken in der Nähe auf einem großen Stein und sah schweigend zu. Olivia lief in einiger Entfernung ungeduldig im kühlen Schatten eines Banyanbaums auf und ab. Sie wirkte nicht besorgt, aber man sah deutlich, daß sie unter Spannung stand. Sollte sie wirklich eine große Enttäuschung erleben ...?

Nein!

Kurz nach zwei Uhr mittags erschien in großer Eile Ranjan Moitra mit einem Brief. Er war an Arthur Ransome gerichtet und stammte vom Sarkar. Der Brief war kurz und bündig und der Ton beleidigend, aber die Aussage war klar und deutlich: Wenn die Verschrottung der *Daffodil* unterbrochen werden könnte, war Raventhorne bereit, über ein besseres Angebot für das Schiff zu verhandeln.

Ransome und Moitra sahen sich stumm an. Es war schwer zu sagen, wer von beiden mehr staunte.

Zwanzigstes Kapitel

Die Neuigkeit von dem Angebot in allerletzter Minute und die völlig unerklärliche Gnadenfrist für die *Daffodil* verbreiteten sich in Kalkutta so schnell wie die Beulenpest. Als dann bekannt wurde, daß *Kala Kanta* einen absurd hohen Preis für das Wrack bezahlt hatte, war das noch mehr Wasser auf die Mühlen der schadenfrohen Klatschmäuler. Das Staunen in der Stadt war so groß, aber noch größer war der Jubel der Engländer. Jai Raventhorne hatte öffentlich klein beigeben müssen! Das Warum war nicht weiter wichtig, sondern nur das Wie! O ja, das *Wie* – das würde nicht vergessen werden. Man gratulierte Arthur Ransome, riet ihm aber auch zur Vorsicht. Gewiß, dem Ungeheuer waren endlich die Flügel beschnitten worden, aber es hatte immer noch Klauen und einen gefährlichen Schnabel.

Zwei Europäer stimmten in den allgemeinen Jubel nicht ein. Der eine war Willie Donaldson. »Warum sollte er auch nur einen *Penny* für das verrottete Wrack zahlen, ganz zu schweigen von einem kleinen Vermögen? Und das, nachdem er Ransome praktisch schon in den Bankrott getrieben hatte?«

Olivia überprüfte einige Rechnungen, in denen Bimal Babu Fehler entdeckt hatte. »Ich habe keine Ahnung, Mr. Donaldson. Es ist mir ein Rätsel, wie allen anderen auch.«

Jedes einzelne Haar seiner buschigen Augenbrauen sträubte sich vor Mißtrauen. »Aber ich habe den leisen Verdacht, daß es etwas mit dem Besuch Eurer Ladyschaft bei Trident zu tun hat. Und das kann ich Ihnen versichern: Kein Hurensohn in dieser verdammten Stadt ist da anderer Ansicht.«

»Ach ja?« Olivia sprach kurz mit Bimal Babu über die Fehler, gab ihm dann die Rechnungen zurück, und er verließ das Büro. »Ich habe keinen Einfluß darauf, was die Leute denken, Mr. Donaldson. Das geht mich nichts an.«

Er ließ sich nicht abwimmeln. »Den Gerüchten nach hat jemand Raventhorne dazu gezwungen ... den Gerüchten nach!«

»Ich kann mir nicht vorstellen, daß jemand Mr. Raventhorne zu etwas zwingen kann! Das zumindest haben Sie mir zu verstehen gegeben. Welchen Druck könnte ich denn auf ihn ausüben? Ich kenne den Mann doch kaum. Ich habe ihn nur aufgesucht, um über unsere Zahlungs- und Kreditbedingungen mit ihm zu sprechen.«

»Und er«, erklärte Donaldson mit störrischer Genugtuung, »hat seine Entscheidung bis jetzt nicht zurückgenommen!« Er musterte ihr unbewegtes Gesicht mit zusammengekniffenen Augen. Sie war weiß Gott schon ein komischer Vogel, ein echt komischer Vogel! Er hätte zu gerne gewußt, wie sie es geschafft hatte – und das hatte sie! Dafür hätte er um seinen Kopf gewettet!

Olivia runzelte die Stirn und klopfte sich mit der Feder gegen einen Vorderzahn. »Nein, das hat er noch nicht«, gab sie zu und begann wieder zu schreiben. »Aber er wird es, Mr. Donaldson. Ich versichere Ihnen, er wird es.«

Er holte tief Luft. »Nur weil er in barer Münze für einen Kahn bezahlt hat, der keinen Pfifferling wert ist?«

»Nein, deshalb nicht. Das hat Mr. Raventhorne getan, weil er ein gutes Herz hat«, sagte Olivia ernst, »und daran kann man erkennen, daß er wirklich ein Herz hat.« Sie drückte den Tintenlöscher auf das Geschriebene und lächelte ihn strahlend an.

Donaldson wußte nicht so recht, ob er explodieren oder lachen sollte. Er entschied sich für Sarkasmus. »Wenn er ein Herz hat, dann weiß ich, daß es sich von allen Herzen unterscheidet, die ich kenne. Oder geht unsere Definition von ›Herz‹ auseinander?«

»Vielleicht ist er auch bereit, Buße zu tun.« Sie lächelte über seine Bosheit, überging sie aber. »Seien wir froh über diese Lösung.«

»Ransome kann froh über diese mysteriöse Lösung sein, Farrowsham nicht! Glauben Sie wirklich, Raventhorne wird unser Handelshaus ungeschoren davonkommen lassen?« Er schnaubte ärgerlich.

Nein, das glaubte Olivia nicht. Aber sie brachte es nicht über sich, Donaldson zu bestätigen, daß seine Befürchtungen nur allzu berechtigt waren. »Seien wir nicht unnötig pessimistisch, Mr. Donaldson«, sagte sie tröstend, »vielleicht kommt es nicht zum Schlimmsten.«
Aber sie wußten beide, es würde dazu kommen. Als Donaldson am Abend mit seiner Frau die Ereignisse des Tages besprach, beschrieb er ausführlich eine eigenartige Waffe – man nannte sie ›Bumerang‹ –, die die Ureinwohner Australiens benutzten, wie er gehört hatte. Es interessierte ihn schon immer sehr, zu erfahren, wie diese Waffe funktionierte. Nun hatte er den schrecklichen Verdacht, so erklärte er Cornelia, er werde es in naher Zukunft durch eigene Erfahrungen lernen.
Trotz eingestandener Erleichterung und unverhülltem Staunen wollte auch bei Arthur Ransome keine rechte Freude aufkommen. Er hatte zunächst keine Möglichkeit, über seine Verwirrung nachzudenken oder von Olivia eine Erklärung zu fordern, denn Lubbock spielte verückt. Weil er auf das Holz verzichten mußte, schwor er rachedurstig, in Raventhornes Büro zu stürmen und dem verdammten Kerl »die Fresse zu polieren«. Es gelang Ransome nur mit Mühe, ihn daran zu hindern. Erst nachdem genügend Holz auf dem Markt gekauft war und an mehreren Stellen einige Flaschen Bourbon erbettelt und fürstlich bezahlt worden waren, beruhigte sich Lubbock, und Ransome fand Zeit, sich hinzusetzen und nachzudenken.
Mit ungewöhnlicher Entschlossenheit erschien er abends bei Olivia. »Ich glaube, es ist Zeit, mein Kind«, erklärte er energisch, »daß du mir sagst, was hinter dem Verkauf der *Daffodil* steckt. Warum möchte Raventhorne das Schiff so sehr, daß er bereit war, diesen Wahnsinnspreis zu bezahlen?«
»Er will nicht das Schiff. Das Schiff hat ihn nie interessiert. Er kann nichts damit anfangen. Er möchte etwas, das sich auf dem Schiff befand.«
»Auf dem Schiff?« Ransome sah sie groß an. »Und das wäre?«
»Die Galionsfigur am Bug. Gehe ich recht in der Annahme, daß seine Mutter sie geschnitzt hat? Das hast du mir zumindest einmal gesagt. Erinnerst du dich?«

Ransome erinnerte sich nicht und konnte ihr nicht folgen. »*Ich* soll dir das gesagt haben? Wann?«

»Es ist schon lange her. Du hast gesagt, sie sei sehr geschickt gewesen, habe Spielzeug geschnitzt, und ihr hättet einmal eine Galionsfigur von ihr gekauft. Damals war die *Daffodil* euer einziges Schiff. Wenn ihr die Galionsfigur für ein Schiff benutzt habt, konnte es nur für die *Daffodil* sein.« Olivia goß aus der Kristallkaraffe, die auf der Anrichte stand, zwei Gläser Madeira ein und reichte ihm ein Glas. »Als ich von dem plötzlichen Angebot erfuhr, erinnerte ich mich an das, was du mir erzählt hattest. Ohne deine Erlaubnis, wie ich leider zugeben muß«, sie lächelte ihn entschuldigend an, »habe ich mir das Schiff persönlich angesehen. Die Galionsfigur am Bug war offensichtlich die Arbeit eines begabten Laien, aber sie ist sehr schön. Sie ist überraschend natürlich, und ich sah, daß sie mit viel Hingabe geschnitzt worden war. Die Gestalt zeigt eine junge Frau, die ihre Hände ausstreckt, als versuche sie, nach etwas Unerreichbarem zu greifen. Und sie ist mit einem Hirschfell bekleidet. Soviel ich weiß, tragen doch die Frauen mancher Bergstämme Felle als Kleidung...«

Ransome hörte aufmerksam zu und nickte langsam, denn allmählich erinnerte er sich wieder. »Richtig, bei deinen Worten fällt mir ein, daß ich etwas in der Art gesagt habe. Ich weiß auch, daß Jais Mutter diese Galionsfigur geschnitzt hat. Josh erzählte, er habe sie eines Tages im Garten beim Schnitzen der Figur überrascht und sie aus einem Impuls heraus für die *Daffodil* gekauft... Ach du meine Güte, das hast du dir alles aus meinen paar Worten zusammengereimt?«

»Nein, um ehrlich zu sein, ich hatte die Galionsfigur auch vergessen. Aber Estelle erwähnte sehr viel später etwas, und da fiel es mir ein. Estelle sagte, sie habe bei ihm ein paar Spielzeuge gesehen, die Raventhornes Mutter geschnitzt hatte, obwohl sie damals nicht wußte, von wem sie stammten. Eine Frauengestalt, erwähnte sie nebenbei, habe sie an eine Galionsfigur erinnert. Diese Bemerkung sagte mir erst sehr viel später etwas, als ich von Raventhornes Angebot erfuhr. Mir fiel plötzlich auf, daß ihr beide – du und Estelle – das Wort ›Galionsfigur‹ benutzt hattet. Raventhorne besaß offenbar noch eine Statuette, die sie vermutlich als Entwurf für die große Figur geschnitzt hatte.« Nachdem Olivia die sorgfältig für Ransome zurechtgeschneiderte Geschichte erzählt hatte, fügte sie vorsichtig hinzu. »Estelle meinte, Raventhorne seien die Erinnerungsstücke an seine Mutter ... sehr wichtig.«

»Ja, das kann man wohl sagen«, murmelte Ransome gedankenverloren und noch immer verwirrt. »Aber wenn er nur die Galionsfigur haben wollte, warum in Gottes Namen mußte er dann das ganze Schiff kaufen? Hätte ich es gewußt, ich hätte ihm die Galionsfigur mit einem Gruß geschickt!«

»Er hat das Schiff gekauft, weil es für ihn keinen anderen Weg gab, an die Galionsfigur zu kommen. Er hätte dich nie im Leben darum gebeten, sie ihm zu geben!«

»Na ja, er hätte sie ... sich einfach nehmen können! Das Schiff liegt schon eine Ewigkeit hier vor Anker. Die beiden Wächter haben auch nicht ausgereicht, andere Diebstähle zu verhindern.«

»Diese Umstände wollte er sich nicht machen. Er war sicher, er würde die *Daffodil* für einen Pappenstiel bekommen. Und als er einsah, daß es nicht ganz so leicht sein würde, war es zu spät, die Galionsfigur entfernen zu lassen.« Sie lächelte wieder entschuldigend. »Denn das hatte ich bereits getan.«

»Ach du liebe Zeit!« rief Ransome. »Du? Wie das ...?«

»Ich bin mit einem von Mary Lings Brüdern zum Schiff gegangen, und er hat die Galionsfigur abgesägt. Als Raventhorne die vereinbarte Summe bezahlt hatte, habe ich sie zu ihm nach Hause bringen lassen.«

Ransome schwieg lange, dann sagte er langsam: »Hast du Raventhorne gesagt, er werde die *Daffodil* nie bekommen, wenn er sein Angebot nicht erhöht? Hast du ihn deshalb aufgesucht?«

»Ich habe ihn aufgesucht, um ihn zu bewegen, uns wieder die alten Kreditbedingungen einzuräumen. Vielleicht habe ich nebenbei auch etwas über die *Daffodil* gesagt.«

Ransome blickte in sein Glas und hob den Kopf nicht mehr. »Du hast dir unseretwegen sehr viele Umstände gemacht, Olivia«, sagte er bedrückt. »Bist du sicher, daß es klug war?«

Olivia zuckte mit den Schultern. »Klug oder nicht klug, Raventhorne hat dir für das, was er wollte, einen guten Preis bezahlt. Nur darauf kommt es an.«

»Wirklich? Er hat sein Gesicht verloren, Olivia. Jai vergibt nicht. Wie dankbar ich auch bin für deine Mühe, glaube mir, du mußt auch an Farrowsham denken. Raventhorne wird dich gnadenlos verfolgen und dir weiß Gott wie schaden.«

»Ja, diese Möglichkeit ist mir durchaus bewußt, Onkel Arthur. Wir werden eben alle Übergriffe abwehren müssen.« Sie beruhigte ihn schnell mit einem Lächeln. »Aber du mußt mir die Freiheiten verzeihen, die ich mir genommen habe. Ich habe dich belogen, hinter deinem Rücken gehandelt und war viel zu . . .«

Er schob ihre Entschuldigung mit einer Handbewegung beiseite, aber mit seinem Kummer gelang ihm das nicht, obwohl er versuchte, tapfer zu lächeln. Ransome wußte wie Willie Donaldson, daß die Angelegenheit mit dem Verkauf der *Daffodil* keineswegs erledigt war.

*

Und das war sie auch nicht.

Drei Tage später schlug Raventhorne wieder zu. Farrowshams letzte Indigosendung nach London stand verpackt und zum Verladen bereit am Kai. Aber Trident lehnte es ab, die Ladung an Bord des Klippers zu nehmen, der am nächsten Tag mit der ersten Flut auslaufen sollte. Nach den neuen Forderungen war die Fracht im voraus bezahlt, die Frachtpapiere alle in Ordnung, und die Zollbescheinigungen lagen ebenfalls vor. Trident gab keine Gründe für die Weigerung an. Moitra erklärte nur in einem kurzen, rein geschäftlichen Schreiben, Trident sehe sich nicht in der Lage, den Auftrag zu übernehmen. Er fügte hinzu, auch in Zukunft könne er keine Garantie dafür übernehmen, daß Frachtgüter von Farrowsham auf den Klippern von Trident befördert würden. Dem Brief beigefügt war eine Bankanweisung über die im voraus gezahlten Frachtkosten.

Nachdem Donaldson seine Wut wortgewaltig und lautstark an dem unglücklichen Boten von Trident ausgelassen, seine nervösen Angestellten im besonderen und die Welt im allgemeinen verwünscht und zum Teufel geschickt hatte, sank er an seinem Schreibtisch zusammen. Er hatte sich noch nie im Leben so deprimiert gefühlt. »Ich wußte, es würde soweit kommen! Ich wußte es!« murmelte er immer wieder, diesmal aber ohne die geringste Zufriedenheit darüber, recht behalten zu haben. Das verschaffte ihm keine Genugtuung mehr. Er mußte nur immer wieder daran denken, daß Farrowsham, sein Farrowsham, das er im Andenken an Caleb Birkhurst und zum großen Nutzen seines Sohnes immer treu verwaltet hatte, plötzlich wie die Wurst in einem belegten Brot lag, das weder nach seinem Geschmack war noch seine Idee. Ohne den kleinsten Fleck auf dem sauberen Namen stand Farrowsham am Pranger und wurde verfemt.

Auch Olivia mußte sich eingestehen, daß sie erschüttert war. Tridents pauschale Ablehnung ihrer Fracht kam wirklich einer Breitseite gleich, und sie konnte Donaldson nicht beleidigen, indem sie versuchte, die Sache herunterzuspielen. Das würde erhebliche Auswirkungen auf die Erträge haben, denn beim Im- und Export bedeutete Zeit Geld. Es fuhren zwar Klipper anderer Gesellschaften. Die Schiffe amerikanischer Schiffslinien liefen ständig Kalkutta an, aber sie kamen unregelmäßig, und auf ihre Fahrpläne war kein Verlaß. Raventhorne garantierte zuverlässige Verbindungen, und es war bewundernswert, mit welcher Geschwindigkeit seine Schiffe die Strecken zurücklegten. Darauf beruhte natürlich der große Erfolg seiner Reederei. Von jetzt an mußte Farrowsham erheblich draufzahlen, um sich Frachtraum in den anderen Klippern zu sichern. Man würde die Kapitäne und Angestellten der anderen Schiffahrtsunternehmen bestechen müssen. Das wiederum bedeutete, anderen bereits gebuchte Frachtkapazitäten wegzuschnappen. Man handelte sich damit Ärger ein und machte böses Blut bei den Konkurrenten. Genau das hatte Donaldson, der größten Wert auf eine saubere Weste legte, bisher immer vermieden. Nur indische Schiffe standen jederzeit zur Verfügung, aber sie benötigten die doppelte Zeit wie Tridents Klipper. Man konnte auch nicht übersehen, daß die Konkurrenz jubelte und bereits dabei war, sich mit allen Mitteln den Frachtraum sowohl auf der *Jamuna* als auch auf den anderen Klip-

pern zu sichern, der üblicherweise von Farrowsham in Beschlag genommen wurde.
Olivia saß in ihrem Büro und dachte nach. Die Sommerhitze mitten am Tag war eine Strafe. Die hohe Luftfeuchtigkeit ließ sich kaum noch ertragen. Sogar das leichte Kattunkleid klebte vor Schweiß an dem feuchten Unterrock. Sie goß sich aus dem großen Tonkrug, der in einer Ecke des Zimmers auf einem Eisenständer stand, das nächste Glas mit kühlem Wasser ein, trank es durstig und bat dann Willie Donaldson zu sich.
»Wir haben einen Jahresvertrag mit Trident. Wenn er den Vertrag bricht, können wir ihn dann nicht vor der Handelskammer regreßpflichtig machen?«
»Die Kammer?« Donaldson erklärte ihr kurz und bündig, was er von der Handelskammer hielt, und schüttelte dann verzweifelt den Kopf. »Nein, das können wir nicht. Eine Klausel im Vertrag besagt, wenn unser Indigo die Frachträume durch Auslaufen befleckt, müssen wir die Kosten für den Schaden tragen, wie hoch sie auch sind. Wenn Sie sich erinnern, war die letzte Sendung nicht richtig verpackt.« Er begann, den nicht anwesenden Lagerverwalter stark zu verfluchen. »Und das Schiff war natürlich von oben bis unten blau. Raventhorne wird sich darauf berufen und die fristlose Kündigung des Vertrags damit begründen.«
»Aber angenommen, wir erklären uns mit Schadensersatzzahlungen einverstanden und verschicken in Zukunft nur«, sie blätterte in den Frachtbriefen, »Salpeter, Kampfer, Salz, Holz und Dakka-Musselin?«
Willie Donaldson lachte höhnisch. »Er hat uns klar und deutlich sagen lassen, daß er in Zukunft unsere Fracht nicht mehr an Bord nehmen wird – jede Art Fracht. Wollen Sie sehen, was er von dem verdammten Vertrag hält?« Er griff in die Tasche und ließ eine Handvoll Papierschnitzel auf ihren Schreibtisch fallen. »Das lag auch in Moitras Brief.«
Olivia verstand seinen Ärger, seinen Groll und seine unausgesprochenen Vorwürfe, und deshalb machte sie keinen Versuch, ihn zu trösten. Sie stand eine Weile still am Fenster und blickte durch die

Bambusjalousien, denen es nicht gelang, die drückende Hitze abzuhalten. Sie griff nach einem Palmblattfächer und fächelte sich Luft zu. Ihre Gedanken folgten bereits anderen Bahnen.

»Die *Tapti* von Trident soll im nächsten Monat auslaufen, nicht wahr?«

»Ja.« Seine Augenbrauen wirkten wie die geschwungenen Hörner eines angreifenden Stiers. »Na und?«

»Da es so aussieht, als stehe in der *Jamuna* für uns kein Frachtraum zur Verfügung, müssen wir eben auf die *Tapti* warten. Soviel Zeit haben wir. Bis dahin müssen wir unser Indigo schnellstens vom Kai holen und umpacken. Ein Nordweststurm würde bedeuten, daß sich der Fluß blau färbt, und dann fordert jeder Wäscher am Hooghly unser Blut.«

Donaldson richtete sich langsam auf und starrte sie an. »Vielleicht haben Eure Ladyschaft *das hier* nicht richtig verstanden!« Er wedelte mit Moitras Brief. »Moitra sagt ...«

»Ich weiß, was Moitra sagt, Mr. Donaldson«, unterbrach sie ihn freundlich. »Ich versuche, Ihnen zu erklären, daß die *Tapti* oder der nächste Klipper von Trident mit Fracht von Farrowsham an Bord auslaufen wird, trotz allem, was in Moitras Brief steht. Und an Bord jedes folgenden Trident-Klippers, das verspreche ich Ihnen.« Sie sammelte den zerrissenen Vertrag ein und legte die Stücke in einen Umschlag. »Inzwischen kann der nette junge Sol Abrahams das wieder zusammenkleben ...«

Allmächtiger! Donaldson sah wieder das Funkeln in ihren Augen und dachte: *Gott stehe ihm bei!* Er schluckte. »Wir werden diesen Vertrag nicht mehr brauchen ...«, begann er unsicher.

»Ja, Sie haben recht. Wir werden ihn nicht mehr brauchen.« Sie warf den Umschlag nachlässig in den Papierkorb. »Wir werden mit Trident über einen neuen Vertrag verhandeln und dann mit besseren Frachtraten. Vor zwei Jahren wurde die Doppelbesteuerung für Auslandsgeschäfte aufgehoben, und deshalb kann Trident sich durchaus niedrige Preise leisten. Ich wollte schon lange einmal mit Ihnen darüber sprechen, Mr. Donaldson.«

Erschrocken wanderte sein Blick zu der Bar, in der Olivia die alkoho-

lischen Getränke für Geschäftsbesucher aufbewahrte. Du liebe Zeit – sie hatte getrunken und offenbar nicht wenig! Olivia bemerkte seinen Blick und zwinkerte mit den Augen. »Im Ernst, Mr. Donaldson, wissen Sie, was Farrowsham meiner Meinung nach jetzt tun muß?«
Er sah, daß sie seine Gedanken erraten hatte, und brummte nur, um seine Verlegenheit zu verbergen: »Nein – was?«
»Ich glaube, Farrowsham darf nicht eine so einseitige Geschäftspolitik betreiben. Es ist sehr unangenehm, erpreßbar zu sein, finden Sie nicht auch?« Sie blickte wieder nachdenklich aus dem Fenster.
»Einseitig?« Jetzt wußte er, daß sie nicht nüchtern sein konnte. »Farrowsham ist nicht einseitig! Wir haben mehr Produkte, als wir im Grunde verkraften können!«
»Oh, da bin ich ganz anderer Meinung, Mr. Donaldson!« Sie ging zum Schreibtisch zurück, griff nach einem Stift und begann Männchen zu malen. »Wir in Amerika glauben, daß man immer expandieren kann. Was, zum Beispiel, Mr. Donaldson, halten Sie von einem Farrowsham-Hotel?«
Willie Donaldson wurde es schwarz vor Augen. Er mußte sich am Schreibtisch festhalten.

*

Beinahe ein Jahrhundert war vergangen, seit im Jahre 1756 Siraj-ud-Daula, der Nawab von Bengalen, Murshidabad mit seinen Truppen verließ und Kalkutta angriff und einnahm. Es war eine schreckliche, ungleiche Schlacht gewesen, und die Niederlage (mit der Vernichtung der Garnison der Ostindien-Kompanie in Fort William und dem schrecklichen Erstickungstod von einhundertdreiundzwanzig britischen Gefangenen im berüchtigten Schwarzen Loch) schrieben viele indirekt den bösen Machenschaften eines gewissen Amin Chand zu, einem verrufenen Hindu-Geldverleiher. Diesen Mann zählte Ram Chand Mooljee stolz zu seinen Vorfahren.
Wie sein Ahne Amin Chand war auch Ram von Beruf Geldverleiher. Er neigte zu gewagten Manipulationen und war der geborene Halsabschneider. Man konnte sagen, Clarence Pennworthys Königlich

Ostindische Bank war der Draht zwischen der Ostindien-Kompanie und ihren Herrn und Meistern in Londons Leadenshall Street, aber natürlich auch zwischen den meisten ehrbaren Kaufleuten. Ebenso konnte man sagen, Ram Chand war die Kontaktstelle für jede verbrecherische, illegale, aber lukrative finanzielle Transaktion in der Stadt. Wie der alte Amin Chand, so hatte sich auch Ram ein beachtliches Vermögen in Sterling erworben und war einer der reichsten Hindugeschäftsleute in Bengalen. Und wie sein Ahne wohnte auch er privilegiert im weißen Teil von Kalkutta – das überraschte nicht, denn viele der europäischen Häuser waren mit seinem Geld gebaut worden.

Im Gegensatz zu Amin Chand hielt Ram jedoch nichts von Politik. Geld, so erklärte er oft, bleibt Geld. Daran ändern politische Glaubensbekenntnisse nichts. Und dem Geld hatte er sein Leben verschrieben. Ram Chand war für viele das finanzielle Gewissen – für Schwarze, Weiße, Braune und Gelbe. Und sein Geschäft blühte durch ihre finanzielle Abenteuerlust. Er hatte aus vielen Erfahrungen (mit den entsprechenden Gewinnen!) gelernt, daß nichts die Seele eines Menschen so sehr verdarb wie Gewinnsucht. Infolgedessen überraschte ihn nichts, denn dadurch, daß er jedem half, seine Profitgier zu befriedigen – und sie zu seinem Vorteil ausnutzte –, war er ein großer Kenner der menschlichen Natur geworden. Er prahlte immer damit, daß für ihn das Unerwartete das Erwartete sei.

Aber als er jetzt dieser weißen Mem gegenübersaß, die man Lady Birkhurst nannte, konnte Ram Chand seine Überraschung nicht verbergen. »Ein Kredit?« murmelte er langsam, um Zeit zum Nachdenken zu haben – warum sollte sie bei all dem Kapital von Farrowsham ihn um einen weiteren Kredit bitten? Der erste Kredit, das wußte er, war für Ransome Sahib gewesen, aber jetzt ...? Er verbarg sein Staunen hinter einem unterwürfigen Lächeln, erklärte, er sei ihr bescheidener Diener, ihr Wunsch sei ihm Befehl und sagte dann: »Ja, natürlich können wir über einen Kredit sprechen, obwohl das Wenige, das ich besitze, nichts ist im Vergleich zu dem Vermögen des höchst ehrenwerten Herrn und Gemahls ...«

»Ich möchte diesen Kredit wiederum für meine persönlichen Belange«, unterbrach ihn Olivia und beantwortete damit die klug umschriebene Frage. »Ich möchte nicht, daß das Handelshaus oder mein Mann etwas damit zu tun haben.«
»Oh, ich verstehe vollkommen, vollkommen.« Die öligen Falten seines fleischigen Gesichts hoben sich zu einem Lächeln, aber seine Augen blickten sie kühl und abschätzend an. »Ich weiß, es dauert lange, bis das Geld aus Ihrem Erbe von Lloyd's hier ist – und für mich, Ihren unwürdigen Diener, ist es natürlich eine große Ehre...«
Olivia überraschte sein Wissen nicht. In dem einen Fall, in dem sie mit ihm zu tun gehabt hatte, lernte sie sein Informantennetz ebenso zu würdigen wie Jai Raventhornes. »Ja, richtig. Ich brauche das Geld sofort, um damit eine bestimmte Angelegenheit durchführen zu können.«
»Eine private Angelegenheit, zweifellos.«
Da Ram Chand selten eine Frage stellte, war auch das eher eine Aussage. »Keineswegs.« Olivia lächelte. »Es wird bald öffentlich bekannt sein. Ich beabsichtige, ein Objekt zu erwerben, um ein Hotel der Luxusklasse zu eröffnen. Wie Sie wissen, Mr. Mooljee, gibt es nur das Spence Hotel, und das ist höchst unzureichend. Wir können sehr wohl ein zweites gebrauchen. Ich halte das für eine gute Investition.«
»Ein Hotel?« Er hätte nicht verblüffter sein können und ärgerte sich. So etwas wurde geplant, und er wußte nichts davon? Er beschloß sofort, seinen Informanten in der Old Court House Street zu feuern und durch einen kompetenteren Mann zu ersetzen. »Ein Hotel im Besitz Eurer Ladyschaft?« Er konnte sich diese Frage nicht verkneifen.
»Zunächst ja. Später werde ich es möglicherweise an Farrowsham verpachten... oder auch anderen Investoren Anteile anbieten.«
Ram Chand schluckte seinen Ärger, denn er mußte nachdenken. Das Projekt war nicht von der Hand zu weisen. Bei seiner Kastenzugehörigkeit hielt er sich natürlich von solchen Plätzen wie einem Hotel fern. Aber sie hatte recht, es gab in der Stadt so gut wie keine anständigen Hotels. Die vorhandenen wurden schlecht geführt, waren

schmutzig, es gab dort nur ungenießbares Essen, und, wie er wußte, war die Bedienung unerträglich. Im allgemeinen wurden Besucher von Freunden und Familienangehörigen aufgenommen. Aber wenn es ein erstklassiges Hotel gab, dann würde es zweifellos auch Gäste aus der besseren Gesellschaft anlocken. Und man würde natürlich einen riesigen Spekulationserfolg mit den ›Anteilen‹ erzielen, von denen sie gesprochen hatte... Aber die Baronin im Hotelgewerbe? Das würde die Familie niemals erlauben! Es wäre anstößiger als ein Ladengeschäft, und er kannte die Vorurteile der *Firanghi* gut genug, um zu wissen, wie sehr man so etwas verachtete! Ram Chand hütete sich jedoch, seine Gedanken erkennen zu lassen.

»Ja, das könnte ein entwicklungsfähiges Vorhaben sein«, sagte er zweifelnd, aber dann strahlte er. »Aber zuerst erlauben Sie mir, Ihnen eine kleine Erfrischung anzubieten. Verzeihen Sie diesem ungehobelten Tölpel ohne jede Manieren, der ich nun einmal bin. Es ist ein Jammer!«

Er klatschte in die Hände, und ein halbes Dutzend Diener erschien. Er beschimpfte sie lautstark, weil sie nicht selbst daran gedacht hatten, und befahl, Tee und englisches Gebäck zu bringen. Olivia beobachtete ihn belustigt. Trotz seines Reichtums behielt Ram Chand ganz bewußt das schäbige kleine Büro in einem bevölkerten Basar bei, der passenderweise nicht weit vom Königlichen Münzamt entfernt war. Er hatte viele reiche und politisch einflußreiche Kunden, aber Brot, Butter und die Marmelade kamen von zahllosen kleinen und mittleren Angestellten der Ostindien-Kompanie, denen er finanzielle Dienstleistungen anbot, die der Kompanie verboten waren. Gegen eine Gebühr (sie war hoch, aber nicht zu hoch!) legte er ihre Gelder an, indem er Waren in Kalkutta kaufte und im Hinterland verkaufte. Er gewährte allen, die in finanzielle Schwierigkeiten (etwa durch Spielschulden) geraten waren, kurzfristige Kredite und nahm halsabschneiderische Zinsen. Ohne Wissen von Pennworthy und der anderen Bankiers transferierte er illegale Gelder nach England und erwarb sich damit nicht nur ewige Dankbarkeit, sondern auch beachtliche Kommissionen. Da zumindest zwei Direktoren der Ostindien-Kompanie zu seinen Kunden gehörten, vermochte er seiner indischen Klientel als Gegenleistung für großzügige ›Geschenke‹ bestimmte Vergünstigungen zu erwirken. Er zahlte weniger betuchten englischen Gentlemen in Verwaltung und Militär Gelder für die Überfahrt von Verlobten und einsamen Ehefrauen, die sich vor Kummer nach ihrem Liebsten verzehrten, war durchaus bereit, auch die bescheidensten Gegenstände als Pfand anzunehmen, und half angeschlagenen geschäftlichen Unternehmen mit Geldspritzen wieder auf die Beine, was ihm später lukrative Rückzahlungen garantierte. Man erzählte sich, er könne Angebot und Nachfrage so geschickt aufeinander abstimmen, daß er noch während der Verhandlung seine Gebühr nennen konnte, was auch oft genug geschah. Ram Chand Mooljee stand zweifellos an der Spitze indischer Geschäftsleute der aufblühenden Mittelklasse.

Nachdem er seine Pflichten als Gastgeber erfüllt hatte, kam Mooljee wieder auf das Geschäft zu sprechen und faltete seine fleischigen Finger über dem dicken Bauch. »Ich nehme an, der Platz für dieses Hotel steht bereits fest?«

»Ja. Ich denke an das Haus meines verstorbenen Onkels, Sir Joshua Templewood. Ich möchte Haus und Grundstück erwerben.«

Mooljee kam aus dem Staunen nicht mehr heraus. Aber er wußte, in letzter Zeit hatten sich einige merkwürdige Dinge in der Stadt ereignet – Ransomes Partnerschaft mit dem ordinären Amerikaner, die Sache mit dem Schiff und jetzt *Kala Kantas* plötzlicher Haß auf Farrowsham. Man glaubte, im Mittelpunkt all dessen stehe diese freidenkerische Lady Mem, die sich wie ein Mann benahm, Schönheit und viel Verstand besaß, aber wenig Zurückhaltung. Weshalb sie zum Mittelpunkt geworden war, vermochte Mooljee nicht zu ergründen, und auch das ärgerte ihn. Er witterte bei dem geplanten Kauf sowohl große Schwierigkeiten als auch große Gewinne – würde der Eurasier das zulassen? Der Sahib war vielleicht tot, aber seine Tochter nicht! Wie auch immer, Mooljees Interesse wuchs noch mehr. Das Templewood-Haus stand immerhin in der besten Wohngegend.

»Ach ja, der frühzeitige Tod Ihres lieben Onkels war doch ein großer Verlust – ein bewundernswerter Gentleman, wirklich ein sehr bewundernswerter Gentleman ...« Er schwieg und wischte sich in der angemessenen Pause eine imaginäre Träne aus dem Auge, seufzte betrübt und kam dann wieder zur Sache. »Der Plan Eurer Ladyschaft ist ehrgeizig und langfristig. Darf ich daraus entnehmen, daß Sie uns nicht verlassen wollen – was ein schmerzlicher Verlust für uns wäre! – und zu Ihrem Gemahl nach London fahren?« Mooljee kannte keine moralischen Skrupel und fragte offen, was andere insgeheim dachten.

»Ja, es ist ein ehrgeiziger und langfristiger Plan.« Olivia verstand den Grund für seine Sorge. Sie umging eine ausführlichere Anwort und nahm eine violette Satinschachtel aus der Handtasche. »Das biete ich Ihnen als Sicherheit für den Kredit an. Eine beglaubigte Schätzung liegt bei, aber Sie können natürlich eine neue Schätzung vornehmen, wenn Sie das wünschen. Sie werden feststellen, der Schmuck deckt den Kredit. Und es wird nicht lange dauern, bis meine Gelder aus England eingetroffen sind.«

Er wehrte heftig ab und beteuerte, er sei an einer Sicherheit nicht interessiert. Wenn die Solvenz ihrer ehrenhaften Familie in Frage gestellt werden könne, dann sei er im Vergleich dazu doch nur ein armseliger Wurm, ein Bettler! »Für Ram Chand Mooljee«, rief er mit Donnerstimme, »ist das Wort Eurer Ladyschaft genug, *genug*!« Trotzdem öffnete er die Schatulle und warf einen gleichgültigen Blick hinein. Er erkannte das Diadem sofort, denn er vergaß einen Schmuck nie, den er einmal gesehen hatte. Das Diadem gehörte zu den Stücken, die er vor Jahren für Lady Bridget geschätzt hatte. Die Diamanten waren fehlerlos und sehr viel mehr wert als der gewünschte Kredit. Sein Gesichtsausdruck veränderte sich nicht, als er die Schatulle zuklappte. »Das Geld wird Ihnen morgen im Laufe des Vormittags überbracht werden.« Er schrieb ihr schnell eine Empfangsbestätigung. »Ist das in Ihrem Sinn?«

»Danke, ja.«

Nachdem das Geschäft zufriedenstellend zum Abschluß gekommen war, erlaubte sich Mooljee, die Mundwinkel etwas herunterzuziehen. »Es schmerzt mich sehr, daß das ehrwürdige Unternehmen Farrowsham Schwierigkeiten mit *Kala Kanta* hat. Der Mann ist eine Gefahr.

Ich war schon immer der Ansicht, daß man Eurasiern nicht trauen kann.«
Olivia hätte beinahe gelächelt. Sie wußte, Mooljee gehörte zu Raventhornes verläßlichen Hintermännern. Sie erhob sich, um zu gehen. »Probleme kommen und gehen, Mr. Mooljee. Man lernt, sie richtig einzuordnen.«
Die flinken kleinen Augen des Geldverleihers glitzerten vor Bewunderung. Was für eine Frau! Natürlich stand sie hinter allen Problemen – aber daß sie wirklich den Mut besaß, *Kala Kanta* öffentlich lächerlich zu machen! Es war natürlich töricht, verdiente aber Beifall. »Ich nehme an, Mr. Ransome und die reizende Mrs. Sturges sind mit einem Verkauf einverstanden?«
»O ja, völlig einverstanden.«
Das entsprach nicht ganz der Wahrheit. Ransome war entschieden dagegen. Nur seine uneingeschränkte Zuneigung führte schließlich dazu, daß er sich Olivias Bitten gefügt hatte, denn er konnte ihr nichts ablehnen. Estelle war mit dem Verkauf einverstanden. Die Einzelheiten interessierten sie nicht. Sie würde Ransomes Entscheidungen in allen Fragen billigen. Aber das brauchte Mooljee nicht zu wissen.
»Und möchte Eure Ladyschaft das Haupthaus zum Hotel umbauen lassen?«
Der Anflug eines Lächelns lag auf Olivias Lippen. »Nein, das wäre wohl kaum ausreichend. Für das Hotel habe ich andere Pläne.«

*

Die Flut der Briefe, die täglich von Estelle eintrafen, und Olivias Überredungskünste bewogen Arthur Ransome schließlich, einem Urlaub in Cawnpore zuzustimmen. Es gab wirklich keinen Grund mehr für ihn, in Kalkutta zu bleiben. Lubbock hatte die ersten Hürden genommen und konnte auf seine Hilfe verzichten. Weder die Herstellung der Möbel noch die Finanzierung brachten noch Probleme mit sich. Alles in allem hätte Ransome zumindest mit diesem Aspekt seines Lebens zufrieden sein müssen. Das war er nicht. Ganz im Gegenteil, er verzehrte sich vor Angst. Er mochte sich noch soviel Mühe geben, er wurde den Verdacht nicht los, daß alles, was er bis jetzt gesehen hatte, ein geschicktes Schattenspiel war. Die Wirklichkeit hinter der Bühne sah ganz anders aus. Zögernd und wider besseres Wissen hatte er Olivias Angebot für das Templewood-Haus als Teil von Farrowshams Expansionsplänen angenommen. Aber weder befriedigten ihn ihre Erklärungen, noch fand er sie einleuchtend oder vernünftig. Er zweifelte nicht an dem kommerziellen Erfolg des Plans. Der Markt zeigte bereits größtes Interessse. Sogar die höchsten Chargen der Ostindien-Kompanie streckten ihre Fühler aus. Ransomes Sorge hatte mehr persönliche Gründe, und schließlich konnte er nicht länger schweigen.

»Du hast dir viel Arbeit mit diesem Hotelprojekt aufgeladen, Olivia. Ich wünschte, ich könnte glauben, du willst die Sache auch wirklich durchführen.«

Es war der Abend vor seiner Abreise nach Cawnpore. Sie saßen im Eßzimmer und aßen gemeinsam Babulals letztes würziges, mehr indisches als irisches Stew. Aber es schmeckte sehr gut. Am nächsten Morgen würden alle Türen mit Vorhängeschlössern gesichert werden, und abgesehen von zwei Wächtern und einem Mann, der das Haus ab und zu reinigen sollte, blieben auch keine Dienstboten auf dem Gelände. Ransome übergab Olivia den Besitz, und damit war alles erledigt. Wieder kam ein Kapitel seines Lebens zu einem Abschluß, und der Gedanke machte ihn traurig.

Olivia verstand seine Gefühle und drückte ihm liebevoll die Hand. »Mach dir keine Sorgen, Onkel Arthur! Alles wird gut werden, verlaß dich darauf!«

Diese vage Beteuerung beantwortete nicht die Frage, die ihm am Herzen lag. Er wußte, Olivia war ihm bewußt ausgewichen. »Olivia, ich halte es für meine Pflicht, dir vor meiner Abreise zu sagen, was ich dir jetzt sagen werde.« Er konnte sich nicht länger mit Ausflüchten abfinden. »Ich hoffe, du nimmst es gut auf, denn ich sage es als jemand, dem dein Wohlergehen über alles geht. Du bist eine intelligente Frau, außergewöhnlich hart im Nehmen, und du bist geschickt. Du hast dir in der Geschäftswelt einen beneidenswerten Ruf erworben, und ich – wie viele andere – achten dich. Ja, ich mehr als jeder andere. Ich stehe immer in deiner Schuld. Nein, weise das nicht zurück! Du hast unsere Firma in einer Notlage selbstlos unterstützt. Aber«, er schwieg und suchte nach Worten, »du bist trotz allem eine Frau, Ehefrau und Mutter. Die Geschäftswelt, das will ich dir gern zubilligen, ist beispiellos aufregend, aber es ist auch die Welt der Halsabschneider, schmutziger Geschäfte, der Korruption und der Gossenmoral – von der Gossenmentalität ganz zu schweigen. Natürlich ist das hier nicht viel anders als überall auf der Welt, wo große Gewinne winken. Aber, Olivia, es ist keine Welt für dich. Dein Leben und das Leben deines Kindes«, sagte er langsam und ernst, »ist an der Seite deines Mannes. Du mußt jetzt in England deine Zukunft suchen. Überlaß Willie die Auseinandersetzung mit Raventhorne. Er wird tun, was er kann. Überlaß ihm alles. Er wird geschickt einige notwendige Dinge tun und Kompromisse finden.«

Ransome hatte noch nie so offen mit ihr gesprochen. Während Olivia sich seinen Rat anhörte, dachte sie bekümmert: Ich kann diesem Mann, den ich inzwischen wie einen Vater liebe und achte, nicht länger die Wahrheit vorenthalten – zumindest einen Teil der Wahrheit.

»Ich werde nicht zu Freddie nach England gehen«, sagte sie ruhig. »Es gibt zu viele unüberbrückbare Meinungsverschiedenheiten, und es ist nicht daran zu denken, daß wir jemals wieder zusammenleben.«

Als Arthur Ransome diese unverblümte Bestätigung der Gerüchte hörte, senkte er die freundlichen, mitfühlenden Augen, und seine Stimme klang tief bewegt, als er rief: »Aber wenigstens Amos zuliebe muß doch eine Versöhnung möglich sein!« Er ahnte natürlich nichts von der Ironie seiner Worte. »Und das Ungeborene! Was soll sich Freddie denn dabei denken? Zwei vaterlose Kinder! Wie wirst du das schaffen?«

»Freddie trifft keine Schuld«, murmelte sie unhörbar und hätte Ransome beinahe alles erzählt. Aber sie erkannte noch rechtzeitig, wie töricht das gewesen wäre. Es hätte ihm den Rest seiner Illusionen geraubt und noch mehr Kummer bereitet. Der schneidende Schmerz zog sich wie ein Band durch die unbewachten Spalten ihrer Gedanken. »Oh, ich werde es schaffen. Du hast es selbst gesagt, ich bin hart im Nehmen.«

»Aber mein liebes Kind...!« Er konnte seinen Kummer nicht zurückhalten und scheute sich nicht, seinen Gefühlen noch einmal freien Lauf zu lassen. »Hast du an die Last der Verantwortung, an die moralischen Zerreißproben gedacht? Ich muß es dir nicht sagen, und es mag dir auch nicht viel bedeuten, aber du kannst immer mit meiner Unterstützung rechnen, immer.« Er schwieg überwältigt. Dann fügte er in einem anderen Ton hinzu: »Ich weiß, wir alle müssen mit unserem Leben machen, was wir für richtig halten. Aber Olivia, ich bitte dich... Frage dich bei deinem Kampf gegen Jai doch auch, ob du nicht vielleicht vor lauter Bäumen den Wald nicht mehr siehst!« Ransome war zwar eingefleischter Junggeselle und hatte keine Erfahrung mit Frauen, aber er war kein Dummkopf. Er ahnte seit langem, daß es in Olivias Leben Bereiche gab, in die sie niemandem Einblick gewährte. Bislang hatte er nur schweigend beobachtet, und auch jetzt begab er sich mit allergrößter Vorsicht auf unsicheren Boden. »Reize Jai nicht zu sehr, Olivia. Ich muß dich bestimmt nicht daran erinnern, daß er zur unberechenbaren Bestie werden kann, wenn man ihn in die Enge treibt. Jai vergibt nie, und er vergißt nie.«

Olivia brach die unbehagliche Spannung mit einem heiteren Lachen. »Nun, dann passen wir ja gut zusammen, denn ich tue es auch nicht, Onkel Arthur.«

*

Es war wieder Juni. Zum dritten Mal seit Olivias Ankunft in Indien ballten sich die Monsunwolken am Himmel.

Dr. Humphries war zwar mit Olivias Gesundheitszustand zufrieden, aber er verbot ihr energisch, weiterhin im Kontor zu arbeiten und, wie er es nannte, der Stadt auf den Nerven herumzutanzen. »Ich erkenne Ihre Bemühungen durchaus an, mir Patienten zu verschaffen, mein Kind, aber mit Ihrem Willie als Kranken kann ich gleich ins Irrenhaus gehen! Was haben Sie denn vor? Wollen Sie das ganze Reich im Handstreich übernehmen? Ich beschwöre Sie, Oli-

via, überlassen Sie, wenigstens im Augenblick, den Männern die Arena!«
»Aber mir gefällt meine Arbeit!« widersprach Olivia, »was soll ich den ganzen Tag lang hier im Haus tun? Ich langweile mich zu Tode.«
»Tun? Großer Gott, tun Sie das, was andere Frauen machen, wenn sie Kinder bekommen! Stricken Sie Häubchen und Strümpfchen, Lätzchen und Deckchen. Wie wäre es damit? Übrigens haben Sie nicht gesagt, Estelle will rechtzeitig zur Entbindung hier sein?«
»Ja, sie besteht darauf.«
»Das will ich auch meinen! Wenn sie nichts anderes ans Haus fesseln kann, dann doch bestimmt Ihre energische Cousine. Kämpfen Sie ruhig weiter – aber *nach* der Geburt.«
Es war natürlich ein vernünftiger Rat. Olivia sah es ein und hielt sich daran. Sie wußte, um zu ›kämpfen‹ mußte sie nicht unbedingt im Kontor sitzen. Ihre neue Front befand sich woanders. Außerdem ermöglichte ihr die erzwungene Untätigkeit, mehr mit ihrem Sohn zusammenzusein. Es brach Olivia das Herz, daß Amos, abgesehen von den Kindern der Dienstboten, keine Spielgefährten hatte. Sie wußte wohl, daß die seltsame Abgeschiedenheit, mit der sie ihr Kind aufzog, die bösen Zungen der Stadt beschäftigte. Seit der Geburt hatte man Amos nie gesehen – weder im Park noch auf den Geburtstagsfeiern anderer Kinder, nicht einmal in der Kutsche seiner Mutter bei Spazierfahrten. Selbst der Arzt – so erzählte Millie Humphries ihren Freundinnen immer wieder – hatte den kleinen Amos Birkhurst nur ein einziges Mal zu Gesicht bekommen, und zwar bald nach der Geburt, als man das Kind kurz allen Besuchern zeigte. Einige flüsterten hinter vorgehaltener Hand, der Junge sei mißgestaltet und so häßlich, daß die Mutter ihn aus Angst vor dem Spott der Leute verstecke. Andere waren weniger einfallsreich und sahen den Grund dafür in Olivias unerträglicher Überheblichkeit. Der raffiniert erworbene Adelstitel und der Reichtum waren ihr zu Kopf gestiegen, ihre Siege über *diesen Mann,* die unbedeutenden Geschäftserfolge und die Stellung im Handelshaus ihres Mannes noch mehr. Und so kamen die meisten zu dem Schluß, die Baronin halte ihren feinen

Sohn für viel zu gut, um ihn mit den Kindern bescheidener Leute der Mittelklasse in Berührung kommen zu lassen. Und wenn das so war, dann bitte – *das* konnte sie haben!

Olivia verletzten die Gerüchte mehr, als sie sich eingestehen wollte. Selbst im Haus wich die ewige Angst nicht von ihr. Mary Ling war eine einfache, vertrauenswürdige Frau, aber auch sie war Eurasierin. Wann würde ihr die Ähnlichkeit mit Raventhorne auffallen? Und wann den anderen Dienstboten, die Jai auf dem denkwürdigen Fest zu Ehren ihrer Cousine hier im Hause gesehen hatten? Wann würden sie anfangen darüber zu reden – oder hatten sie bereits ihre Vermutungen ...? All das ängstigte und schmerzte Olivia, aber sie war hilflos. Sie konnte sich weniger denn je leisten, ein Risiko einzugehen. Aber sie schwor, wenn sie sich erst aus den hartnäckigen Fäden dieses riesigen, seidenen Spinnennetzes befreit hatte, würde sie alles tun, um Amos für seine jetzige Einsamkeit zu entschädigen.

Olivia wollte der Flut der morgendlichen Besucher aus dem Weg gehen und begann, die Stunden vor dem Mittagessen mit Amos und Mary im Templewood-Haus zu verbringen. Sie sah sich nicht in der Lage, denen die Stirn zu bieten, die zweifellos kamen, um Nahrung für Klatsch zu finden, ihr interessante Informationen entlockten, um sie dann auf den *Burra Khanas* als spannende Neuigkeiten zu verbreiten. Andere hatten möglicherweise freundlichere Absichten, aber in der gegenwärtigen Verfassung sah sich Olivia auch ihnen nicht gewachsen. Außerdem hatten bereits gewisse Vorarbeiten im Templewood-Haus begonnen. Sie hatte den Aufrag erteilt, das Grundstück zu vermessen; auf der Rückseite wurden Unebenheiten des Geländes begradigt, und ein geeigneter Architekt wurde gesucht, um das Farrowsham-Hotel nach den Vorbildern der modernsten Hotels in Amerika zu entwerfen. Olivia hatte auch verbreiten lassen, sie suche einen erfahrenen und erstklassigen Hotelier als Berater, der vielleicht bereits im Ruhestand war. Das Projekt geriet allmählich in Fahrt. Das Interesse unter potentiellen Investoren war vielversprechend, wie die täglichen Anfragen im Kontor bewiesen. Wenn Donaldson sich über diese positive Reaktion freute, dann zeigte er es nicht. Verdrießlich und hartnäckig blieb er wie immer skeptisch.

Aber Jai Raventhorne hüllte sich in Schweigen.
Zu den wenigen Besuchern, über die Olivia sich wirklich freute, zählte Lubbock, der sich schnell zu einem verläßlichen Möbelexperten entwickelte. Er war ordinär, aber selbst das erinnerte sie an die Heimat, die wie eine Fata Morgana immer unwirklicher wurde, und sie fand seine Gesellschaft herzerfrischend. Eines Vormittags erschien er mit einer nicht ganz unerwarteten Nachricht. »Dieser Raventhorne... möchte mal wissen, ob der noch alle Tassen im Schrank hat. Haben Sie schon gehört, was er mit dem alten Kahn macht?« Olivia versicherte ihm, sie habe es noch nicht gehört. »Nichts. Kann man das glauben? *Nichts*!« Dann berichtete er ihr fassungslos, Raventhorne habe die Wachmänner vom Schiff abgezogen und verbreiten lassen, jeder könne sich von der *Daffodil* nehmen, was er wolle. Infolgedessen wimmele es am Fluß von Menschen, die sich über das Schiff hermachten wie Fliegen über einen Kadaver und es ausschlachteten. »Ist das zu fassen, Ma'am? Vielleicht versteht das ja jemand, aber ich sicher nicht!«
Ja, Olivia verstand es. Unabhängig davon, was einmal ihren Bug geziert hatte, war und blieb die *Daffodil* ein Symbol für den Mann, den Raventhorne haßte; daran änderte auch sein Tod nichts. Lubbock wäre schockiert gewesen, wenn er geahnt hätte, wie treffend sein Vergleich mit einem Kadaver war.
Hätte sie sich nicht pflichtbewußt gezwungen, jede Woche heitere und fröhliche Briefe an ihre Familie zu schreiben, und wären nicht mit rührender Regelmäßigkeit die Antworten eingetroffen, hätte Olivia nicht mehr an Amerika gedacht. Für sie besaßen Heimat, Familie und Zukunft einfach keine Bedeutung mehr. Es gab nur noch die Gegenwart. Ihr Vater schrieb, er denke daran, Amos bereits jetzt in Yale einschreiben zu lassen (»Es sei denn, Freddie hält Oxford oder Cambridge für angemessener.«). Ein Anbau mit zwei Kinderzimmern direkt am Strand sei fast fertig. Sally nähte eifrig kleine Strandhosen. Sie wollten im Sommer eine Reise nach San Francisco machen und im nächsten Jahr vielleicht nach England, um Freddie und seine Familie kennenzulernen. Greg habe die Farm in Sacramento gekauft und eine Mexikanerin geheiratet. Sie würden bald glückliche und

stolze Eltern sein. Dane und Dirk lernten bei ihrem Vater mit Eifer alles mögliche über Indien. Sie wollten unbedingt wissen, ob Olivia als Frau eines englischen Lords jetzt eine Krone tragen müsse, und das auch beim Schlafen ...

Und dann erschien eines Morgens wie vom Himmel geschickt Kinjal.

Olivia war überglücklich. Im ersten Augenblick brachte sie kein Wort heraus. Kinjal erklärte, bevor der Regen die Straßen unbefahrbar mache, wolle sie einige Zeit in Kalkutta verbringen, um bei Olivias zweiter Niederkunft zur Stelle zu sein. Es war auch ein guter Zeitpunkt, um gewisse Rituale vor der Muttergöttin im Kalitempel durchzuführen, denn das habe sie gelobt, um Gesundheit und Wohlergehen ihrer Familie auch weiterhin zu sichern. Olivia wußte, daß Arvind Singh ein Haus in Kalighat besaß, direkt an einem Seitenarm des Flusses, der *adhi Ganga* (der halbe Ganges) genannt wurde und der für die Hindus in Kalkutta heilig war. Beinahe ein Jahr war vergangen, seit Olivia ihre Freundin Kinjal zum letzten Mal gesehen hatte. Sie standen zwar in einem regen Briefwechsel, aber sie freute sich wie seit Monaten nicht, als sie ihre beste Freundin, ihre einzige Vertraute, wieder einmal sah. Sie mußten über so vieles sprechen, so viele Nachrichten austauschen!

Kinjal überreichte Olivia und Amos überaus kostbare Geschenke. Der beinahe einjährige Amos platzte beinahe vor Energie und ungetrübter Lebensfreude. Er wurde bewundert, gestreichelt, gehätschelt und durfte sich alle Freiheiten erlauben, damit er zeigen konnte, was er inzwischen gelernt hatte. Die beiden Frauen lachten und redeten, bis sie heiser waren. Tarun und Tara, berichtete Kinjal, seien wieder bei den Großeltern im Norden. Arvind Singh widme sich noch immer mit ganzer Kraft der Wiederinstandsetzung des Bergwerks und den umfangreichen Regierungsgeschäften. Ohne die üblichen Pflichten und Aufgaben einer Maharani schien Kinjal wunderbar gelöst und entspannt, aufnahmebereit und heiter. Deshalb beschloß Olivia am Nachmittag, ein Thema anzuschneiden, das ihr am Herzen lag und nicht aufgeschoben werden durfte. Sie fürchtete sich in gewisser Hinsicht davor, aber sie fand, was gesagt werden mußte, wurde besser jetzt als später gesagt. »Sie haben bereits soviel für mich getan, liebste Kinjal. Und ich gestehe, es beschämt mich, Sie noch einmal um eine Gunst zu bitten. Wären Sie nicht gekommen, hätte ich bald geschrieben und um Ihren Besuch gebeten.« Der plötzliche Schatten, der über Olivias Gesicht lag, hielt Kinjal davon ab, voreilig Fragen zu stellen. Sie wartete. »Ich bitte Sie, mein Kind sofort nach der Geburt aus meiner Nähe zu entfernen.«

»Entfernen?« fragte Kinjal erschrocken. »Wohin?«

»Bringen Sie es dahin, wo ich es nicht erreichen und nicht hören kann. Ich wäre auch unendlich dankbar für eine geeignete Amme aus Kirtinagar, die Sie mir empfehlen können. Sie müßte bereit sein, mit dem Kind nach England zu reisen. Ich werde natürlich alle Kosten übernehmen, auch für die Rückkehr der Frau. Mary wird sie begleiten. Die Amme wird bestens versorgt sein und nicht unter der fremden Sprache leiden.«

Kinjal ließ sich von Olivias Ruhe und Sachlichkeit nicht täuschen, und sie war entsetzt. »Sie wollen das Kind Ihrem Mann überlassen? Sie setzen sich über Ihre eigenen Gefühle hinweg? Nein, nein, *nein*! Meine arme Freundin, ich will und kann nicht zu dieser selbstauferlegten Grausamkeit beitragen!«

»Kinjal, ich *muß* es tun!« rief Olivia heftig. »Wenn ich es nicht tue, erfülle ich nicht meine moralische Pflicht.« Sie war wie betäubt und empfand im Augenblick keinen Schmerz, sondern nur Ungeduld. Es würde später genug Zeit bleiben zum Trauern. »Verstehen Sie, Kinjal, ich tue etwas, was ich nicht mehr tun müßte. Aber das eine ist nicht ohne das andere zu haben. Sie und Estelle, die ebenfalls in Kürze eintrifft, dürfen nicht zulassen, daß ich schwach werde. Ich habe sonst niemanden, auf den ich mich stützen kann.«

»Vergessen Sie die moralische Pflicht!« rief Kinjal zornig. »Als Mutter lehne ich mich gegen diese harte, unnatürliche Strafe auf, zu der Sie sich verurteilen wollen!«

»Ich mich?« Olivia lachte. »Alles in meinem Leben ist mir vom Schicksal bestimmt gewesen, meine Freundin. Ist Ihnen das noch nicht aufgefallen? Ich kann immer nur das tun, was die Umstände von mir verlangen.«

Kinjal musterte schweigend Olivias lächelndes Gesicht, und ein unendlicher Kummer erfaßte sie. Wie sehr hatte sich ihre liebenswerte, unschuldige Amerikanerin in dieser kurzen Zeit verändert! Ihre Lippen waren verkniffen, schmal und hart, und das Lachen klang höhnisch. Die früher so weichen, mitfühlenden goldbraunen Augen waren abweisend und kalt wie Glas. Olivia schien von einer zwanghaften Unruhe erfaßt zu sein und vermochte die Hände nicht einen Augenblick lang still zu halten. Wo waren die wohltuende Ruhe und die gazellenhafte Anmut, die ihren unvergleichlichen Reiz ausgemacht hatten? Wo war das unschuldige Strahlen, das einst das engelhafte Gesicht von innen her leuchten ließ? Sogar die einst glänzenden kastanienbraunen Haare wirkten stumpf. Auch von der bezaubernden Offenheit, der niemand hatte widerstehen können, war nichts mehr zu spüren. Jetzt wirkte sie unangenehm selbstgefällig, bemühte sich verstohlen, den Blicken auszuweichen, und wirkte abstoßend unehrlich. Die Veränderung war grausam. Kinjal wand sich innerlich vor dem schrecklichen Gefühl eines großen Verlusts.

»Behalten Sie das Kind, Olivia!« flehte sie. »Vergessen Sie Freddie, vergessen Sie das teuflische Abkommen – *vergessen Sie Jai Raventhorne!* Olivia, Sie wollen Rache, die nur Sie selbst zerstört, Ihnen die klare Sicht und das Urteilsvermögen nimmt. Bei all dem wird Jai nicht ein Haar gekrümmt. Nehmen Sie Ihre beiden Kinder und fahren Sie auf die paradiesische Insel, Olivia. Dort werden Sie wieder lernen, zufrieden zu sein. Sie werden wieder lachen und lieben und geliebt werden. Sie werden glücklich sein und vielleicht wieder ein ruhiges Leben führen können.«

Olivia staunte über Kinjals mangelndes Verständnis. Jai Raventhorne vergessen? Jetzt? Es fehlte nicht mehr viel, um die Rechnung zu begleichen. Sie hatte so lange darauf gewartet, auf den Augenblick der Abrechnung!

Aber dann fiel ihr ein, daß Kinjal wie Estelle nicht nur mit ihr befreundet waren. Sie konnte von Kinjal kaum erwarten, daß sie Jai ihr zuliebe aufgab.

Nein, sie würde Jai Raventhorne nicht vergessen! Das Leben drehte sich um viele Achsen in vielen Kreisen.

Es gab eine Zeit der Liebe, eine Zeit zu vergessen und eine Zeit der Rache.
Kinjal zuliebe lächelte sie nur.

*

Estelle berichtete, sie habe auf dem Weg nach Kalkutta einen Abstecher nach Burdwan zum Grab ihres Vaters im Dschungel gemacht und einen Marmorgrabstein aufstellen lassen mit der Inschrift: »Hier ruht Joshua Adam Templewood, geliebter Gatte von Bridget Lucy, geb. Halliwell, und verehrter Vater von Estelle Sara Sturges. Geboren am 28. Juni 1793, gestorben am 15. November 1849 hier in der Wildnis unter tragischen Umständen. Tief betrauert in ewiger Liebe, nie vergessen, unersetzbar. *Auf grünen Auen läßt ER mich lagern.*«
Sir Joshua wäre an dem Tag, an dem Estelle den Grabstein auf das einsame Grab stellen ließ, sechsundfünfzig Jahre alt geworden.
Es schmerzte Olivia, daß Estelle wieder so niedergeschlagen und traurig war. Sie erkundigte sich deshalb nach Arthur Ransome und fragte, wie ihm der Urlaub in Cawnpore gefalle. Ransome schien auf der Hinreise das Grab ebenfalls besucht zu haben, und deshalb war auch dieses Thema für Estelle schmerzlich. Olivia unterließ es taktvoll, den Brief zu erwähnen, den sie unerwartet von Lady Bridget erhalten hatte. Seit der Abreise ihrer Tante hatte Olivia ihr mit unfehlbarer Regelmäßigkeit einmal im Monat geschrieben, bis jetzt aber nie eine Antwort erhalten.
»Mein geliebtes Kind«, begann das Schreiben, »ich weiß, bei Deinem angeborenen Mitgefühl wirst Du mir mein langes Schweigen verziehen haben. Es gab für mich nichts, das sich gelohnt hätte, zu Papier zu bringen außer meiner Liebe und meinen Segenswünschen für Dich, die Dich immer begleiten. Mit großer Freude höre ich von Deinem Glück, Deinem Sohn und der Erfüllung, die Du, wie ich weiß, in Deiner Ehe gefunden hast. Ich bin stumm vor Glück, daß Du wieder Mutter wirst, denn mir fehlen die Worte, um meiner Freude darüber Ausdruck zu geben.«

Es folgte eine Seite lang eine Predigt, die sie in der Kirche gehört und bewundert hatte. Aber das überflog Olivia rasch, denn es ging darin nur um den Lohn der Sünde, um Buße und Sühne, um das Feuer der Hölle und die ewige Verdammnis, die alle Sterblichen nach dem Tode erwartete. Es war so unerträglich und so wenig informativ, daß sich das Lesen nicht lohnte. Olivia hoffte auf etwas persönlichere Nachrichten von ihrer Tante. Sie standen in den letzten beiden Absätzen. Olivia schüttelte mitleidig den Kopf, als sie las: »Ich breche mein langes Schweigen, meine liebe Nichte, um Dir von einem anderen Schweigen zu berichten, das ich auf mich nehmen werde. Es wird mir so große Gnade und gesegnete Ruhe schenken, daß es mich schon jetzt mit unsagbarer Freude erfüllt. Ich darf mich in ein Kloster der Heiligen Mutter Maria am Rande der Yorkshire-Moore zurückziehen. Die Äbtissin wird mir in ihrer großen christlichen Barmherzigkeit in der nächsten Woche das Schweigegelübde abnehmen, mit dem ich mein Leben – das heißt, was von meinem Leben noch bleibt, bis ich in die Ewigkeit gerufen werde – dem demütigen Dienst an Gott weihe, der mein guter Hirte ist. Du darfst nie um mich trauern, Olivia, oder glauben, ich sei aus der Welt geflohen. Alle von uns, denen die Tore des Königreichs der Menschen verschlossen sind, erwartet ein anderes Königreich, das weit, weit über diesem Reich der Sünde steht, wo ohne Unterlaß nur Freude herrscht.
Ich bete darum, daß Dein Leben immer glücklich sein wird. Ich kann nicht vergessen, auch nicht beim Dienst an meinem Gott, was ich Dir verdanke. Ich spreche in Gedanken jeden Tag mit Sarah, Deiner seligen Mutter. Endlich, endlich hat sie mir verziehen! Leider bin ich nicht fähig, das, was ich von Sarah empfange, anderen zu gewähren. In Deiner gottgegebenen Weisheit wirst Du verstehen, was ich damit meine. Und ich hoffe, daß Du nicht allzu schlecht von mir denken wirst. Möge Gott der Herr auf Dein Leben mit einem gütigen Lächeln schauen, was Du auch tun und wo Du auch sein wirst. Ich grüße den lieben Freddie recht herzlich. Dir und Amos sende ich all meine Liebe. Ich werde beten, daß Du gesund von Deinem zweiten Kind entbunden wirst. Denke manchmal an mich, Olivia, aber Du sollst nie, nie mit Trauer an mich denken.«

Lady Bridget erwähnte mit keinem Wort ihren Mann oder Arthur Ransome. Olivia weinte, aber in erster Linie um Estelle. Sie wußte nicht, daß auch ihre Cousine einen Brief erhalten hatte, aber von Tante Maude. Weder Estelle noch Olivia erwähnten die Briefe.

Erfreulicherweise legte sich Estelles Niedergeschlagenheit nach den ersten beiden Tagen. Sie war wesensmäßig fröhlich, und da das Pflichtgefühl ihrer Cousine gegenüber stark war, schob Estelle die eigenen Sorgen in den Hintergrund und widmete sich der Aufgabe, für Olivia so nützlich wie möglich zu sein. Sie erzählte ihr ausführlich und sehr amüsant, daß sie Cawnpore hasse. Die Stadt war häßlich und staubig, die Frauen der Offiziere waren unerträglich und die der Beamten noch mehr. »Sie beklagen sich tagein, tagaus über die Provinz. Etwas anderes fällt ihnen nicht ein, *schrecklich*!«

»Und du?« fragte Olivia lachend und froh, wieder einmal über Trivialitäten zu plaudern.

»Ja, ich auch. Aber *sie* tragen zur Langeweile bei, ich nicht. Und ich finde Ma-Jongg schrecklich. Ich weiß einfach nie, welcher Stein wohin gehört. Bei Rommé, Bridge, Ecarté und allen anderen Kartenspielen bin ich hoffnungslos. John ist völlig vergraben in seiner schrecklichen Garnison, und ich sehe ihn nur selten.«

Aber Arthur Ransome und ihre Schwiegereltern kamen offenbar bestens miteinander aus, und da John ein guter Gastgeber sein wollte, hatte er ihnen einen Ausflug nach Lucknow versprochen zu den märchenhaften Palästen. Johns Eltern waren zurückhaltend wie immer. Sie hatten keine Fragen zu Sir Joshuas Tod gestellt und auch nicht über den Vorfall auf Olivias Fest.

Olivia freute sich aufrichtig über Estelles Besuch, aber er machte sie auch nervös. Sie mußte Estelle ein absurdes Versprechen abnehmen. Es würde endlose Debatten darüber geben. In diesem Zusammenhang würde dann das Gespräch unvermeidlich wieder auf Jai Raventhorne kommen, und das würde wieder neue Diskussionen auslösen ...

In der ersten Woche besuchte Estelle ihre vielen Freundinnen in der Stadt, lud sie ein und nahm Einladungen an, wenn auch diesmal mit etwas gedämpfter Begeisterung. Olivia mißgönnte ihr die Geselligkeit nicht und die dringend notwendigen Ablenkungen von den eigenen Spannungen und Problemen. Es machte auch Spaß, wenn viele junge Leute im Palais erschienen und in den großen Räumen zur Abwechslung einmal Gelächter widerhallte. Da Estelle nun die Wahrheit kannte, achtete sie sehr darauf, daß ihre Freundinnen Amos nie zu Gesicht bekamen. Olivia wußte nicht, unter welchen Vorwänden ihr das gelang, aber sie hatte den erwünschten Erfolg. Amos spielte ungestört in seinem Kinderzimmer im oberen Stock.

Am ersten ruhigen Abend stellte Estelle ihr die Frage, die früher oder später kommen mußte. »Was ist das eigentlich mit diesem *Hotel*? Denkst du wirklich ernsthaft daran?«

»Ja.«

»Erstaunlich! Wie bist du denn auf so ein Projekt gekommen?«

»Ich hoffe, es wird für die Zukunft eine gute Investition sein.«

»In gewisser Weise ist es traurig. Ich bin in dem Haus zur Welt gekommen.« Estelle unterdrückte ein Gähnen. Vielleicht wollte sie einen Rückfall in die Sentimentalität vermeiden und sagte schnell: »Ich möchte nie wieder in dem Haus wohnen. Onkel Arthur soll alle Entscheidungen treffen.« Sie unterdrückte wieder ein Gähnen. »Aber ich meine, das Haus ist zu klein für ein richtiges Hotel. Du müßtest doch mehr Zimmer zur Verfügung haben ...«

»Ja, das wird auch geschehen. Wir bauen etwas Neues.«

»Etwas Neues? Oh, das klingt aufregend! Und wo? Im Garten?«

»Nein. Auf dem Dienstbotengelände.«

Estelle kämpfte mit dem dritten Gähnen. »Du willst dort also alles abreißen lassen?«

»Aber ja, wie sollten wir sonst den Platz für einen Neubau bekommen?«

»Hm, ja ... das ist vermutlich vernünftig.« Sie erzählte nicht ohne Vergnügen von einem Hotel in London, wohin Jai sie zum Essen eingeladen hatte. »Es war unglaublich vornehm, weißt du, mit *heißen* Handtüchern und ganz besonders feinen Seifen und einer ellenlangen Speisekarte. Die Gerichte waren alle französisch à la dies und à la das. Ich habe sogar *Schnecken* gegessen – uhh! Aber sie waren köstlich.« Sie beschrieb noch einige der Gaumenfreuden, aber dann dämmerte ihr etwas. Stirnrunzelnd versuchte sie, sich darauf zu konzentrieren, und dann hatte sie es plötzlich begriffen. »Das Dienstbotengelände...« sagte sie langsam. »Jai ist in einer der Hütten geboren worden. Seine Mutter hat dort acht Jahre mit ihm gelebt.«

»Ach ja? Stimmt... das hatte ich vergessen.«

Estelle sah sie nachdenklich an. »Er... er möchte vielleicht nicht, daß die Hütten abgerissen werden. Ich habe dir doch einmal erzählt, wie eigen er ist, wenn es um seine Mutter geht.«

»Ich werde ihn in dieser Angelegenheit kaum um seine Meinung fragen.«

Plötzlich verstand Estelle. Sie richtete sich kerzengerade auf, und aus ihren Augen war alle Müdigkeit gewichen. »Geht es dir... bei diesem Hotel *darum*, Olivia? *Willst* du Jai verwunden, indem du die Hütten abreißen läßt?« fragte sie sichtlich betrübt.

Olivia überging ihre Fragen. »Ich kann auf Gefühle – seien es nun seine oder die eines anderen – keine Rücksicht nehmen. Ich betrachte das Hotel als ein vielversprechendes Projekt für Farrowsham, mehr nicht.«

»Wirklich? Ich glaube dir nicht«, sagte sie ruhig. »Onkel Arthur hat mir vom Verkauf der *Daffodil* erzählt und von der Galionsfigur. Ich wußte zwar, wie du begriffen hattest, welche Bedeutung die Figur für Jai hat, aber ich wollte das Thema nicht ansprechen. Weißt du, Olivia, du wirst es nicht glauben, aber ich kann Jai nicht alles vergeben. Papas Grab ist noch zu frisch. Es hat mich gefreut, daß du Jai wenigstens zu dieser winzigen Wiedergutmachung zwingen konntest. Dabei ging es nur um Geld. Aber *das*, Olivia, das ist... unmenschlich.«

»Menschlichkeit und vielversprechende Geschäftsvorhaben lassen sich manchmal nicht miteinander vereinbaren. Das würde gerade dein Bruder in anderen Fällen bestätigen.«

»Menschlichkeit und Erpressung lassen sich auch nicht miteinander vereinbaren!« rief Estelle. »Du hast Papas Haus nur gekauft, um Jai mit seiner irrationalen Schwäche zu erpressen! Olivia, gib es zu. Du hast von mir erfahren, daß er diese Schwäche hat. Es ist so... grausam, ihn da zu treffen, wo er am verwundbarsten ist.«

Olivia hob belustigt die Augenbraue. »Liebe Estelle, soll ich ihn deiner Meinung nach dort treffen, wo er nicht verwundbar ist? Hast du nicht gehört, was er versucht, Farrowsham anzutun?«
Estelle ließ den Kopf hängen. »Ja, Onkel Arthur hat es mir erzählt.«
»Und glaubst du, ich werde ruhig mit ansehen, wie er das Handelshaus in den Ruin treibt?«
»Nein, aber es muß andere Möglichkeiten der Vergeltung geben. Wenn es dir recht ist, könnte ich vielleicht ...«
»Vermitteln? Um Gnade flehen? Nein!« Olivia gab sich große Mühe, ihren Ärger nicht zu zeigen. Sie hatte mit solch unerfreulichen Diskussionen gerechnet. Aber jetzt wollte sie über ein anderes, wichtigeres Thema mit Estelle sprechen. »Er greift Farrowsham an, um *mich* dafür zu bestrafen, daß ich Freddie geheiratet habe! Nein, sag nichts, Estelle, hör mir gut zu. Du mußt einsehen, daß ich das nicht zulassen kann und mich wehren muß. Ich habe weder seine Möglichkeiten noch seine Körperkraft. Wenn ich wirkungsvoll zurückschlagen will, muß ich zu der *einzigen* Waffe greifen, die mir zur Verfügung steht – Informationen. Und diese Waffe muß sehr genau treffen. Das wird sie auch.« Olivia erhob sich mühsam vom Sofa und streckte die steifen Beine aus. »Wollen wir jetzt zusammen ein Glas heißen Tee trinken? Ehe wir schlafengehen, möchte ich dir noch etwas sagen.«
Estelle wußte, Olivia würde nicht zulassen, daß sie das Thema noch einmal aufgriff. Unglücklich unterdrückte sie ihre Gedanken und nickte. Die Kluft zwischen ihnen war noch immer nicht wieder geschlossen.
Aber Olivia begann Estelle allmählich Angst zu machen. Sie sah wohl, daß die Haltung ihrer Cousine nicht ganz ungerechtfertigt war. Jai verhielt sich ihr gegenüber schockierend und wie ein Untier. Ja, sie mußte sich gegen ihn zur Wehr setzen – vielleicht sogar mit Grausamkeit, mochte diese auch noch so unmenschlich sein. Aber Estelle ängstigte nicht das, was Olivia zu tun gedachte, sondern das boshafte Vergnügen, das sie daraus zu ziehen schien.
Als sie eine halbe Stunde später Olivia aufmerksam zuhörte, war Estelle zutiefst erschüttert. »Nach *England*?« fragte sie entsetzt.

»Nach allem, was Freddie dir angetan hat, willst du das für ihn tun?«
»Es wäre falsch, wenn du glaubst, meine Motive seien edel, Estelle! Ich tue es nur, um mich vor meinem Gewissen zu entlasten, nach all dem, was *ich* ihm angetan habe.«
»Aber, wie kann Freddie es wagen zu erwarten ...?«
»Freddie erwartet nichts. Soweit mir bekannt ist, weiß er nicht einmal, daß er Vater wird! Ich tue es freiwillig, weil ich es tun muß. Und dich, Estelle, bitte ich um einen ganz besonderen Gefallen. Du und Kinjal, ihr müßt mir versprechen, daß ich mein Baby nicht sehe. Ich verlasse mich auf euch, daß das Kind gut versorgt wird, bis es nach England gebracht werden kann. Was auch geschieht, ihr müßt mir versprechen, daß ich den ersten Schrei des Kindes nicht höre.« Ein Schmerz, der Schatten eines Schmerzes, zeigte sich in ihrem Gesicht und verschwand dann wieder. »Das könnte ich nicht ertragen. Ich würde schwach werden, und das darf nicht geschehen. Nein, weine nicht, Estelle! Sich jetzt Gefühlen zu überlassen, macht es mir nicht leichter, sondern schwerer. Aber wenn du der Ansicht bist, daß du mir nicht helfen kannst ...«
»Natürlich kann ich helfen! Und natürlich werde ich dir helfen!« Tränen strömten ihr über die Wangen, und sie warf sich Olivia in die Arme. »Wie kannst du an ein so ungeheuerliches Opfer auch nur denken?«
Olivia legte die Arme um Estelles zuckende Schultern und fuhr ihr sanft über die Haare. »Ich sehe darin kein Opfer. Mein Verlust wird Freddies Gewinn sein und der meines Babys. Wenigstens dieses Kind wird einen Vater haben. Und jetzt versprich mir, die Angelegenheit nicht mehr zu erwähnen – bis es soweit ist. Deine Argumente könnten mich umstimmen, und ich weiß, das wäre falsch.«
Noch immer schluchzend nickte Estelle stumm. Aus der Saat ihrer unreifen, kindlichen Unzufriedenheit war auf teuflisch fruchtbare Weise ein scheinbar endloser Wald geworden, in dem sie sich alle verirrt hatten!

*

Der nächste Tag war ein Freitag. Olivia gab den Befehl, mit dem Abriß der Hütten auf dem Dienstbotengelände der Templewoods am folgenden Montagmorgen zu beginnen.
Estelle mochte darüber denken, was sie wollte, sie behielt ihre Ansicht für sich. Aber der junge Mordecai Abrahams freute sich. Er war ein jüdischer Bauunternehmer aus Cochin. Er hatte den höchst einträglichen und einflußreichen Auftrag durch seinen Bruder Sol bekommen, der bei Farrowsham als Bote arbeitete. Sol warnte seinen Bruder und erklärte ihm, im Gegensatz zu den meisten Memsahibs könne man diese Dame nicht so leicht mit falschen Rechnungen und fingierten Ausgaben übers Ohr hauen. Außerdem verstand sie ihre Sprache, und deshalb sollte er vorsichtig mit dem sein, was er in ihrer Gegenwart zu anderen Leuten sagte. Dann fügte er abschließend hinzu, am wichtigsten sei jedoch, alle ihre Anweisungen genauestens zu befolgen. Als deshalb Olivia dem jungen Abrahams befahl, überall zu verbreiten, der Abriß werde am Montag beginnen, schickte er seine Leute sofort durch ganz Kalkutta, damit die Neuigkeit allgemein bekannt wurde. Er verstand den Sinn dieses seltsamen Befehls nicht, aber er wußte, alle Weißen waren mehr oder weniger *sankhi*, exzentrisch oder verrückt. Wenn das bei den Weißen so üblich war – und die Memsahib bezahlte ihn sehr gut! –, dann bitte. Er würde sich darüber keine Gedanken machen ...
Jai Raventhorne ließ nichts von sich hören – keinen Ton. Aber Olivia beunruhigte das nicht. Sie hatte den Köder gelegt. Sie wußte, er würde anbeißen, aber erst im allerletzten Augenblick, wenn ihre bereits schwachen Nerven am Zerreißen waren. Das riesige Gelände, auf dem einmal Horden von Kindern gespielt und viele Familien in den kleinen und einfachen Hütten nach den Begriffen der Weißen ›gehaust‹ hatten, schien nun von den Menschen verlassen. Mäuse, Ratten und hungrige Kakerlaken liefen raschelnd auf der Suche nach Abfällen hin und her, die es nicht mehr wie früher im Überfluß gab. Der Entwässerungsgraben war schon lange ausgetrocknet, aber der zurückgebliebene Schlamm verbreitete einen unangenehmen Gestank. Zu ihrer Linken, direkt neben dem ehemaligen Kuhstall, stand die Hütte, die ihr Arthur Ransome einmal gezeigt hatte, denn

hier war Jai Raventhorne zur Welt gekommen. Sie unterschied sich nicht von den anderen – sie war dunkel, feucht und hatte ein kleines Fenster mit einem Lattengitter. Den Ziegelsteinboden hatten die Ratten unterwühlt. Der Zerfall streckte seine schleimigen grünen Finger durch die Ritzen in den Wänden – das Werk der vielen Monsunregenfälle. Olivia schlug der Geruch von Schimmel und Tod entgegen wie in einer Gruft. Und in diesem Grab war einmal Leben geboren worden...

War es in jener stürmischen Nacht vor mehr als drei Jahrzehnten so gewesen, als der Sohn der Nymphe die Augen – das Brandmal seines verhängnisvollen Erbes – aufschlug und das Licht der Welt erblickte? In welcher Ecke lag das Naturkind und bezahlte den Preis für eine Sünde, die keine war? Vor ihrem inneren Auge sah Olivia klar und deutlich eine junge Frau, die sich auf dem Steinboden in todesähnlichen Qualen wand, an deren Ende der lebensspendende Akt der Geburt stand. Gekrümmte Finger schlugen in die Luft, ein dicker Leib, der ihrem glich, wälzte sich heftig von einer Seite auf die andere. Durchdringende Schreie flehten um Gnade und Erbarmen. Warmes, dickes Blut floß in Rinnsalen langsam über den Boden auf Olivias Füße zu; es strömte stoßweise aus der gepeinigten Kindfrau, die noch nicht einmal siebzehn war. Olivia hörte den keuchenden Atem, das leise beruhigende Murmeln der Hebammen. Regen peitschte das Dach, und Wasser tropfte durch die Decke. Eine plötzliche, unwirkliche Stille breitete sich aus und lag über dem Raum. Und aus den Tiefen dieser Stille drang ein Laut – zuerst leise und dann laut und klar. Es war der Schrei eines Neugeborenen, der laut, kraftvoll und zornig darüber schrie, daß er in eine feindliche Welt geschleudert worden war, zu Menschen, die ihn nie als einen der ihren anerkennen würden.

Olivia drehte sich um und rannte aus der Hütte. Der Schweiß lief ihr in Strömen über das Gesicht. Die Kraft der Bilder war so stark, daß es ihr den Atem nahm. Sie klammerte sich haltsuchend an einen zerbrochenen Pfosten, um nicht das Bewußtsein zu verlieren.

*

Olivia stürzte sich zwei Tage lang in die beruhigenden häuslichen Zerstreuungen. Sie konnte es sich nicht leisten zu denken, sich dem Luxus von Gefühlen zu überlassen, sich zu verunsichern. Denken machte sie schwach und nahm ihr die Willenskraft. Der Zufall hatte ihr eine Waffe in die Hand gegeben. Sie war klein, aber spitz wie eine Nadel, und sie würde ihr Ziel finden. Weder Kinjals gutgemeinter Rat noch Estelles halbherzige Liebe für den Halbbruder und auch nicht ihre eigenen Halluzinationen durften sie daran hindern, im entscheidenden Moment den Schlag richtig zu führen. Um das innere Gleichgewicht nicht zu verlieren, beschäftigte sie sich mit Saubermachen.

Olivia räumte das Kinderzimmer um, machte Ordnung in vergessenen Schränken, sortierte aus der Wäschetruhe die Laken und Kissenbezüge aus, bei denen sich das Ausbessern nicht mehr lohnte.

Sie erinnerte sich an die Grundsätze ihrer Tante und verurteilte Rashid Ali zu einer mehrstündigen, genauen Bestandsaufnahme aller Lebensmittelvorräte.

Rashid Ali war verwirrt und äußerst verstimmt darüber.

Bis zur Teezeit am Sonntagnachmittag hatte sie ihre Kraftreserven erschöpft und die häuslichen Pflichten alle erledigt, aber sie konnte trotzdem keine Ruhe finden.

Estelle hatte ihr bei den selbstauferlegten Aufgaben geholfen, aber jetzt war sie ausgegangen und würde erst nach dem Abendessen zurückkommen.

Olivia erlaubte es sich nicht, der Versuchung nachzugeben und Kinjal zu besuchen. Kinjal mit ihrem klaren Verstand würde sie doch nur von ihren Entschlüssen abbringen wollen, und Olivia konnte und wollte keine Diskussionen mehr.

Der Abriß sollte früh am nächsten Morgen beginnen.

Und Raventhorne hatte sich trotzdem noch nicht gerührt! Olivias anfängliche Zuversicht schwand, und neue Zweifel meldeten sich.

Durchschaute er ihren Trick? Sollte es für sie ein Schlag ins Leere werden? Plante er etwas in allerletzter Minute, mit dem sie nicht rechnete? Konnte es sein, daß es ihm trotz Estelles rührseliger Geschichten gleichgültig war, ob diese halb zerfallenen Hütten abgerissen wurden oder nicht ...?

Nein!

Olivia rief sich zur Ordnung. Es war Jai Raventhorne nicht gleichgültig. Er würde nie zulassen, daß die armselige Behausung abgerissen wurde, in der er mit seiner Mutter gelebt hatte. Für ihn lebte in dieser Hütte noch immer der Geist seiner Mutter. Es war die Wiege, in der er gelegen hatte. Und das bedeutete: Er würde an diesem Abend einen Vorstoß unternehmen – oder nie.

»Ich gehe noch einmal zum Templewood-Haus, Mary. Der Abwasserkanal ist noch nicht desinfiziert. Er stinkt. Nein, ich brauche die Kutsche nicht. Ich gehe zu Fuß. Die Bewegung wird mir guttun.«

Olivia rannte beinahe aus dem Haus, um die Ruhelosigkeit abzureagieren.

Der weitläufige Park, durch den sie so oft geritten war, reichte bis zum Birkhurst-Palais. Er erfreute sich großer Beliebtheit als Erholungsgebiet. Die ersten kurzen Regenfälle des Monsun hatten den Staub abgewaschen, und das Gras sah aus wie ein limonengrüner Teppich. Kinder spielten und tobten ausgelassen unter der Obhut verzweifelter *Ajas* und weißer Kindermädchen. Die Eltern der Kinder promenierten bestimmt am Flußufer und genossen die geselligen Freuden der Erwachsenen. Andere, die körperliche Ertüchtigung der Konversation am Strand vorzogen, liefen durch den Park wie Soldaten beim Exerzieren. Elegant gekleidete Offiziere von Fort William trabten auf glänzend gestriegelten Pferden vorbei und sahen überlegen auf all die Unglücklichen herab, die zu Fuß gehen mußten. Olivia war schon lange nicht mehr durch den Park spaziert, und es gab viele überraschte Gesichter. Die Herren zogen die Hüte, und die Damen vermieden es, auf ihren dicken Bauch zu blicken. Einige blieben stehen und wechselten ein paar freundliche Worte mit ihr. Zwei oder drei Männer erkundigten sich sogar kühn, aber vorsichtig nach dem Hotel.

Es war ein kühler, windiger Abend. Nach den kurzen Regenfällen stieg feiner Dunst auf. Vereinzelte Wolken trieben langsam über den Himmel. In der Nacht würde es bestimmt wieder regnen. Das langsame Gehen half Olivia sehr, innerlich etwas mehr Ruhe zu finden. Ihr Kopf wurde wieder klar. Der Wächter, der tagsüber Dienst hatte, stand vor dem Templewood-Haus. Er begrüßte sie überrascht und war froh, daß er rechtzeitig genug von einer Rauchpause mit seinen Freunden an der Ecke zurückgekommen war. Nein, erwiderte er auf ihre Frage, der mit der Desinfektion beauftragte Diener sei schon lange nicht mehr da. Er versprach Olivia, am nächsten Morgen das Reinigen des Abwassergrabens persönlich zu überwachen. Waren Besucher dagewesen oder Nachrichten hinterlassen worden? Ein Brief vielleicht?

Er schüttelte nur energisch den Kopf und beteuerte, jede Minute auf dem Posten gewesen zu sein. Er habe niemanden gesehen – niemanden.

Olivia wußte, sie würde warten müssen.

Unentschlossen und ruhelos schlug sie den Weg zum Küchenhaus ein. Sie schloß die Tür auf und betrat es, ohne recht zu wissen, was sie dort wollte. Ohne Babulal, ohne Rehman, ohne die ausgelassenen Küchenjungen wirkte die Küche trostlos und öde. Überall sah sie schwarze Spinnen, und Scharen von Termiten hatten die geheiligte Speisekammer ihrer Tante zurückerobert – früher einmal wäre das eine größere Katastrophe gewesen. Die Vorratskammer, in der so viele heftige Kämpfe zwischen Koch und Hausherrin getobt hatten, war gähnend leer.

Durch das fettige und rußige Fliegengitter am Fenster blickte Olivia reglos auf das verlassene Dienstbotengelände. Lange Schattenfinger glitten tastend über den großen freien Platz, bildeten ein lebendiges Muster aus hell und dunkel. Ein paar Strahlen der untergehenden Sonne verwandelten einen Haufen Steine in etwas Märchenhaftes und Unbekanntes.

In der trostlosen Stille jagten zwei Geckos über eine Küchenwand und stießen ihren leisen, keckernden Ruf *satti, satti, satti* aus. Die Inder, die in allem ein tiefere Bedeutung suchten, deuteten das als *Wahrheit, Wahrheit, Wahrheit.*

Draußen, im rückwärtigen Teil des Geländes, bewegte sich etwas. Es hätte eine Ratte, eine Katze, ein Hund oder auch nur ein Trick des

Dämmerlichts sein können. Aber das war es nicht. In Olivias Körper spannten sich alle Muskeln. Der langsame Atem wurde schneller. Ihr Herz fing heftig an zu schlagen. Ohne etwas sehen zu können, wußte sie instinktiv, sie würde nicht enttäuscht werden. Jai Raventhorne war schließlich doch erschienen, um ihr sein Angebot zu machen.

Sein Angebot, aber nur zu *ihren* Bedingungen!

Einundzwanzigstes Kapitel

Sie hatte Raventhorne seit der Begegnung in seinem Büro nicht wieder gesehen. Aber in einer so eng miteinander verflochtenen Gemeinschaft wie der Geschäftswelt war sie sich seiner Gegenwart ständig bewußt. Durch das offene Bürofenster hörte sie oft Shaitans Hufe, wenn er am Handelshaus Farrowsham vorbeigaloppierte, denn Raventhornes Tag begann wie der ihre sehr früh. Manchmal sah sie ihn mit dieser ewigen Ungeduld den Kai entlangstürmen, mit der er seine Verachtung für die Welt kundtat. Hin und wieder hörte sie sogar seine tiefe, volltönende Stimme, wenn er einem unglücklichen Zollbeamten die Meinung sagte, denn am frühen Morgen klang alles laut und überdeutlich. Wann immer sie ihn verstohlen beobachtete, beherrschte er die Situation. Seine Autorität stand keinen Augenblick in Frage.

Jetzt war das nicht so. Jai Raventhorne bot Olivia im Licht der hereinbrechenden Dämmerung ein ganz anderes Bild. Er saß mit hängendem Kopf und zusammengezogenen Schultern auf einem umgedrehten Eimer, den einer der Arbeiter zurückgelassen hatte. In der einen Hand hielt er einen kleinen, dürren Zweig, mit dem er versonnen im Boden vor seinen Füßen kratzte. Die Ellbogen lagen auf den Knien. Die gesenkten Augen starrten angestrengt ins Leere. Nichts war von der Anmaßung und Arroganz zu bemerken, die normalerweise zu seinem Auftreten gehörten. Abgesehen von der Hand, die den Zweig hielt, saß er völlig still. Er ahnte nicht, daß sie ihn beobachtete.

Olivia hatte plötzlich einen sehr süßen Geschmack im Mund.

Vorsichtig wie eine Katze verließ sie das Küchenhaus, ging geräusch-

los über den Hof und ließ ihn nicht aus den Augen. Sie blieb im Schutz der dunklen Veranda vor den Dienstbotenquartieren und näherte sich unbemerkt einem Platz nicht weit von ihm entfernt. Aus einer tiefhängenden Wolke fielen einige dicke Regentropfen auf die Erde. Er hob den Kopf und schloß den Hemdkragen, ohne sich weiter um den Regen zu kümmern. Durch diese kleine Bewegung sah Olivia sein Gesicht. Es wirkte gequält. Olivia kostete mit noch größerem Genuß den süßen Geschmack im Mund.
Leise rief sie: »Ich hatte dich früher erwartet. Warum hast du so lange gebraucht?«
Sein Rücken richtete sich auf. Wäre es an diesem Abend nicht so still gewesen, hätte sie nicht gehört, wie er heftig einatmete. Olivia schlenderte ohne Eile an ihm vorbei und ging auf die Tür zu, denn sie wußte, er konzentrierte sich nur darauf. Jai blieb sitzen und sah sie ausdruckslos an, als erkenne er sie nicht, als sei er in einem fernen Traum gefangen, aus dem er sich noch nicht befreit hatte. Olivia überraschte ihn in einem Augenblick, in dem er sich ganz in sich zurückgezogen hatte. Er befand sich am Ziel einer Wallfahrt. Olivia jubilierte: Sie hätte zu keinem besseren Zeitpunkt kommen können!
Mit einem Fingernagel kratzte sie an dem morschen Holz des Türpfostens. »Völlig von den Termiten zerfressen. Drinnen sieht es noch schlimmer aus, das kannst du mir glauben.«
Er sagte noch immer nichts. Aber im letzten Licht der safrangelb untergehenden Sonne veränderte sich sein Gesichtsausdruck. Er stand auf, entfernte sich von ihr und drehte ihr den Rücken zu.
»Möchtest du es dir vielleicht selbst ansehen? Du wirst diese Möglichkeit nicht noch einmal haben. Morgen verschwindet das alles – jeder Stein, jeder Dachziegel, jeder wurmstichige und morsche Balken.« Sie lachte leise. »Nein? Gut, wie du willst. Mein Angebot gilt bis morgen.«
Sein Rücken glich einer harten, unnachgiebigen Mauer. Sie sah an jedem gespannten Muskel des Körpers seine Wut. Die Unterarme waren schweißnaß und glänzten metallisch im gespenstischen Dämmerlicht. Olivia wußte, wenn er sich jetzt umdrehte, würde sein Gesicht entstellt und verzerrt. Doch als er sich umdrehte, erlebte sie

eine Enttäuschung. Es gelang ihm, sein Gesicht so leer und reglos wirken zu lassen, daß sie sich um ihren Erfolg betrogen glaubte. Seine heftigen Gefühle waren verflogen, und er sagte gelassen:

»Laß dich nicht von ein paar billigen Siegen täuschen, Olivia.« Es klang beinahe freundlich. »Du kannst nicht gegen mich kämpfen.«

»Das glaubst du wirklich? Und was, wenn ich fragen darf, bringt dich zu dieser irrigen Annahme?«

»Ich weiß es nicht! Aber im Gegensatz zu dir behindert mich kein Gewissen.«

»Das war einmal! Unter deiner bewundernswerten Anleitung habe auch ich mich von dieser unerwünschten Last befreit. Auch ich halte mich nur noch an eigene Gesetze. Ich mache diese Gesetze, und ich improvisiere. Wie du habe ich aus der Unberechenbarkeit eine Kunst gemacht.« Ihre Stimme klang selbstbewußt, aber sie haßte den Anflug des Zitterns, das immer mitschwang, wenn sie in seiner Nähe war.

»Ach ja!« Er lächelte und lehnte sich an einen Pfosten. »Streunende Hunde kämpfen sehr geschickt, Olivia. Ihre Angriffe sind unerwartet, und nur deshalb überleben sie als verfolgte Außenseiter.«

»Nicht jeder streunende Hund gewinnt jeden Kampf. Manchmal sind auch gerissene Straßenköter die Verlierer. Und als mein Lehrer hast du bereits erlebt, wie schnell ich lerne!«

»Das stimmt. Andererseits braucht man bei diesem Spiel mehr als eine spitze Zunge und eine Kiste mit kindischen Tricks, Olivia. Du bist noch immer verwundbar, obwohl du es in deiner draufgängerischen Art nicht wahrhaben willst. Und es gibt Bereiche in dir, die mir immer noch jederzeit zugänglich sind.« Er gab sich lässig. Er nahm sie eindeutig nicht ernst.

»Auch das war einmal!« erwiderte sie scharf. »Unterschätze mich nicht, Jai, wie du es früher getan hast. Die Bereiche in mir, die du zu kennen glaubst, haben sich verändert. Täusche dich nicht.«

»Vielleicht waren sie schon immer anders! Ich frage mich manchmal, ob ich mich nicht schon immer getäuscht habe.« Er ging an ihr vorbei in die Hütte, in der er einmal gelebt hatte. Zu ihrem Erstaunen kam er im nächsten Augenblick mit einer Pfeife und einem Tabakbeutel wieder heraus. Olivia empfand einen leichten Schock. Er kam oft hierher, vermutlich nachts, wenn niemand ihn sah. Kühn wie er war, hatte er die Pfeife in einer Nische versteckt, die er noch von früher kannte. Sie bekam eine Gänsehaut. Wie töricht es gewesen war, an ihren – oder an seinen – Instinkten zu zweifeln!

»Welche Täuschungen es auch gegeben haben mag, sie beruhten auf Gegenseitigkeit«, erwiderte sie bissig. »Man könnte auch sagen zum gegenseitigen Vorteil.«

»Und in deinem Fall auch zum materiellen und greifbaren Vorteil! Deine Heirat hat sich gelohnt. Wie schade, daß dein Mann offenbar weniger Nutzen davon gehabt hat – abgesehen von den fleischlichen Genüssen, zwei Kinder gezeugt zu haben.« Er zündete umständlich die Pfeife an. Ihre Gegenwart beunruhigte ihn nicht länger. Er machte sich auch keine Gedanken darüber, daß er ihr wortlos seine nächtlichen Besuche im Dienstbotengelände eingestanden hatte.

»Aber Huren sind für manche Männer durchaus von Nutzen«, erwiderte Olivia. Sie war wütend über seine Gelassenheit und unerschütterliche Ruhe, die sie nicht ergründen konnte. »Und ich hatte schließlich den Vorteil, einen hochbegabten Lehrer zu haben!«

Wenn Olivia hoffte, wenigstens durch ein winziges Zucken oder ein inneres Getroffensein belohnt zu werden, dann sah sie sich wieder enttäuscht. Die bissige Bemerkung prallte wirkungslos an ihm ab.

»Du schmeichelst mir«, murmelte er mit einem Anflug von Humor, aber ohne jede Verlegenheit. »Wären die Lektionen besser gewesen, dann hätte der *Goldene Hintern* vielleicht nicht so hohe Rechnungen stellen können, die Donaldson alle treu und brav beglichen hat.«

Jetzt wurde sie rot, und das machte sie nur noch wütender. Aber sie war froh, daß er das gesagt hatte. Seine Worte beseitigten die letzten Hindernisse und erleichterten ihr die Aufgabe. »Welche Fehler Freddie auch haben mag, er ist ein Ehrenmann, ein Gentleman und zweimal mehr der Mann, der du nie sein kannst!«

Er hob die Augenbraue. »Lebt er deshalb so fern von dir? Eine seltsame Belohnung für soviel rührende Treue!« Er lachte spöttisch, aber dann schien er plötzlich genug von dem sinnlosen Spiel zu haben, von Bosheiten, Sticheleien und Wortgeplänkel. Mit einer ärgerlichen Geste drehte er sich um und entfernte sich ein paar Schritte. »Warum zum Teufel bist du noch hier, Olivia?« fragte er mißmutig. »Warum bist du mit diesem Mann, der ich nie sein kann, nicht weit weg gefahren?«

»Wenn meine Anwesenheit dich beunruhigt, dann ist das Rechtfertigung genug! Und alles andere geht dich nichts an.«

»Mir ist es völlig gleichgültig, wo du bist.« Das klang immer noch nicht erregt, sondern nur müde. »Deine Anwesenheit ist lästig, nicht mehr und nicht weniger.« Es begann, stärker zu regnen. Ein paar Tropfen fielen durch einen Spalt in dem Vordach. Auf dem Boden bildete sich eine Pfütze. Er blickte angestrengt dorthin. »Ich wünschte, du würdest gehen, Olivia. Nach England, Amerika, Hawaii, irgendwohin. Wir sind zu ungleiche Gegner.«

Olivia hatte einmal stolz von sich behaupten können, alle seine Stimmungen bis in die leisesten Regungen zu verstehen. Aber an diesem Abend war er ihr völlig verschlossen. Nichts von all dem, was sie gesagt hatte, berührte ihn. Selbst seine boshaftesten Bemerkungen klangen wenig überzeugend und ohne jede Erregung. Nicht einmal die unübersehbare Schwangerschaft löste den vertrauten Ausdruck des Widerwillens bei ihm aus. Er entzog sich ihr einfach in Gedanken, wie er es früher so oft getan hatte. Und sie hatte sich von ihrem Ziel abbringen lassen.

»Das werden wir ja sehen«, erklärte sie knapp. »Trotzdem würde ich gerne wissen, was du ohne Erlaubnis auf meinem Grund und Boden zu suchen hast. Ich vermute, hinter deinem Eindringen steht eine Absicht.«

Er zog nachdenklich an seiner Pfeife und vergrub die andere Hand tief in die Tasche. »Du spielst immer noch mit Dingen, die keine Spielzeuge sind. Aber jetzt sind deine Spielchen gefährlich. Du kannst dabei schwer verwundet werden.«

»Nichts kann mich noch einmal schwer verwunden.« Das hätte sie nicht sagen sollen. Aber nachdem es heraus war, bekräftigte sie es. »Ja, du hast einmal die Fähigkeit besessen, mich zu verletzen, Jai. Aber das war einmal. Damit ist es vorbei – endgültig vorbei!«

»Bist du dir da so sicher?«
»Völlig sicher! Alle Regeln zu mißachten, ist nicht dein Monopol, und ich habe inzwischen ebenfalls eine dicke Haut. Nein, du wirst mich nie wieder verwunden können. Wenn du es versuchst, wirst du eine Enttäuschung erleben.«
Es war inzwischen beinahe völlig dunkel geworden. Vom anderen Ende des Platzes hörte sie laute Schritte. Ein flackerndes, gelbes Licht näherte sich. Der Nachtwächter kam mit einer Laterne zu ihnen. Er grüßte, stellte die Lampe auf das Fensterbrett der Hütte und zog sich wieder zurück.
»Ich glaube, du mußt wissen, daß ich den Abriß nicht zulassen kann.«
Olivia atmete schneller. Endlich interessierte er sich für den Köder!
»Und *du* mußt wissen, daß du mich nicht daran hindern kannst!«
»Du inszenierst mir zuliebe ein verlogenes Theater. Du machst dich wieder einmal lächerlich, und diesmal ist deine Herausforderung noch sinnloser.«
»Ach ja?« Ihre Augen leuchteten. »Du vergißt, diese wertlosen, zerfallenen Hütten bedeuten mir nichts. Ich lasse sie ohne Bedenken dem Erdboden gleichmachen.«
»Und du glaubst, daß sie mir etwas bedeuten?«
Olivia sagte mit einem Schulterzucken: »Wenn es so ist, dann ist mir dein Interesse gleichgültig.«
»O nein«, sagte er leise, »mein Interesse ist für dich von allergrößter Bedeutung! Du lernst in der Tat schnell. Ich beglückwünsche dich zu deinen Erpresserkünsten.«
»Erpressung?« Olivia hob belustigt die Augenbrauen. »Wie kommst du darauf? Ich habe dich nicht aufgefordert, hierherzukommen. Du bist aus eigenem Antrieb hier.«
»Und das überrascht dich natürlich?« fragte er freundlich. Er bemerkte, daß seine Pfeife ausgebrannt war, schob sie in den Gürtel und verschränkte die Arme. »Mooljee hat laut die Trommel gerührt, um deinen Hotel-Hokuspokus aller Welt zu verkünden. Warum auch nicht? Dein hinterlegter Schmuck läßt ihn noch kräftiger auf die Pauke hauen. Aber was ist, wenn ich zu dir sage: Bitte, bau dein

Hotel. Dein Theater beeindruckt mich nicht? Mach diese wertlosen Hütten dem Erdboden gleich. Meinen Segen hast du. Was dann?«
»Das Hotel ist weder ein Hokuspokus noch Theater, Jai!« Die zitternden Knie machten ihr das Stehen schwer. Sie trat einen Schritt rückwärts und setzte sich auf eine halb zerfallene Mauer. »Das Hotel wird gebaut!«
»Es sei denn?«
Sie zögerte, dann ging sie auf seinen Einwurf ein. »Also gut. Es sei denn...«
»Aha, also doch Erpressung!«
»Nein, lediglich die Anwendung eines taktischen Vorteils, den ich dir gegenüber habe. Ich würde es als kluge Geschäftsstrategie bezeichnen.«
Er nickte, als sei er mit dieser Formulierung einverstanden. »Und du glaubst allen Ernstes, daß du mich zum Nachgeben zwingen kannst?« Er stellte die Frage weder ärgerlich noch verächtlich, sondern schien wirklich auf eine Antwort neugierig zu sein.
»Du hast keine andere Möglichkeit!«
»Möglichkeiten lassen sich leicht finden.«
»Es gab bei der *Daffodil* keine anderen Möglichkeiten und jetzt auch nicht.«
Er lachte nur.
Verstohlen musterte sie sein Gesicht, das vom Lampenlicht erhellt wurde. Noch einmal versuchte sie, ihn intuitiv zu erfassen. Entging ihr etwas? Ihr Instinkt sagte, er suche nach Ausflüchten, aber heute gelang ihm die undurchsichtige Tarnung mit beunruhigendem Erfolg. Er griff nach der Pfeife, die im Gürtel steckte, zog sie heraus und schob sie dann wieder zurück – Olivias Herz setzte einen Schlag aus. Aus dieser kleinen Geste sprach kaum merklich, aber deutlich eine für ihn untypische Unsicherheit. Sie verstand diese Geste nur, weil sie ihn so gut kannte. Und weil er sie so gut kannte, sagte ihm seine Intuition, ihr Projekt sei Theater und der angedrohte Abriß ein Köder. Aber seine nächste Frage bestätigte ihre Vermutung.
»Also gut. Wärst du bereit, mir das Grundstück zu verkaufen?«
Olivia wußte, sie hatte gewonnen – beinahe! »Nein. Man verkauft

keinen taktischen Vorteil, der zu einem dauerhaften Gewinn werden kann«, erwiderte sie schroff.
»Ohne Rücksicht auf die Folgen?« Ihre Ablehnung beeindruckte ihn nicht. Er hatte sie natürlich erwartet.
»Ohne Rücksicht auf alles, wozu du in der Lage bist!«
Er lachte. »Noch immer der störrische alte Esel aus Kansas?«
»Nein, noch störrischer!«
Schließlich zog er die Pfeife aus dem Gürtel, zündete sie aber nicht an, sondern ging zum Rand des Vordachs und blickte zum Himmel hinauf. Es nieselte noch, und in der Ferne hörte man Donnergrollen. Er blieb einige Zeit still dort stehen, als trenne ihn das Schweigen von allem, was ihn umgab. Dann drehte er sich um und fragte sehr ruhig: »Was willst du von mir?«
Nur mit übermenschlicher Selbstbeherrschung konnte Olivia ihre Freude verbergen. Das bedeutete bedingungslose Kapitulation! Aber sie zeigte keine Regung. »Du weißt bereits, was ich will.«
»Ja, aber sag es noch etwas deutlicher.«
»Laß Farrowsham in Ruhe. Räume uns wieder die Kreditbedingungen ein und übernimm unsere Fracht wie früher.«
Sie schwieg, und er wußte, das war noch nicht alles. Er sah sie fragend an. »Mehr nicht?«
»Doch. Ich möchte einen neuen Vertrag mit besseren Frachtraten.«
»Noch etwas?«
Olivia zuckte mit den Schultern. »Dein Wort natürlich, daß du Farrowsham und Arthur Ransome von jetzt ab in Ruhe läßt.«
Er biß sich auf die Unterlippe, nickte und schien innerlich belustigt zu sein. »Und was bekomme ich im Austausch für all diese großzügigen Zugeständnisse?«
»Wenn du mir diese Zugeständnisse machst, werde ich die Hütten nicht abreißen lassen. Wenn du dich ehrenhaft daran hältst, werde ich dir das Grundstück notariell schenken. Du kannst damit tun, was du willst.« Sie wartete mit angehaltenem Atem und wagte kaum, auszuatmen, um keine Störung aufkommen zu lassen, denn sie wußte, selbst eine verbale Zustimmung würde ihn binden. Als er nicht ant-

wortete, sondern gedankenverloren schwieg, fragte sie etwas ungeduldig: »Also?«

Er zündete die Pfeife an und konzentrierte sich voll und ganz darauf. »Es klingt nach einem fairen Geschäft«, sagte er schließlich.

Sie jubilierte! »Das finde ich auch. Du bist also einverstanden?«

Er sah sie an und lächelte. »Nein.«

»Wie bitte?« Im ersten Augenblick glaubte Olivia, nicht richtig gehört zu haben, aber dann wiederholte er es.

»Nein, Olivia. Ich bin nicht einverstanden. Ich habe dir gesagt, ich lasse mich nicht zwingen und nicht erpressen. Ich stehe zu meinem Wort. Aber ich gratuliere dir zu deiner Idee und deinem Geschick. Beides findet meine uneingeschränkte Bewunderung.«

Olivia zwang sich, ihre fassungslose Ungläubigkeit zu überwinden. »Aber du hast doch selbst gesagt, es sei ein faires Angebot!« rief sie empört.

»Ja, aber wie du weißt, bin ich kein fairer Mensch.«

Sie begann zu zittern. »Du lehnst mein Angebot trotz allem einfach ab?« Sie deutete auf die Hütte, vor der sie standen. »Dir ist bewußt, daß ich sie abreißen lasse?«

»Ja, mir ist bewußt, daß du das tun möchtest.«

»Ich möchte es nicht nur tun, ich werde es tun! Ich warne dich, Jai...«

»Drohe mir nicht, Olivia.« Es klang eisig. »Das würde ich am allerwenigsten ertragen.«

»Ich warne dich trotzdem...« Erfaßt von Enttäuschung und dem bitteren Gefühl der Niederlage sprang sie auf. »... Morgen früh wird das alles dem Erdboden gleichgemacht! Jeder Stein, jeder termitenzerfressene, morsche Balken, jedes stinkende Rattenloch. Morgen abend wird nichts von dieser elenden Hütte übrig sein und von den Erinnerungen, die dir angeblich so teuer sind. Es wird nichts mehr geben von den greifbaren Überresten der schrecklichen Jahre deiner drogensüchtigen Mutter, von ihrer Entwürdigung und ihrer Verzweiflung, von ihrem *Dasein*. Auch von deinem Geburtsort, an dem dein verdammtes Leben begann, wird nichts mehr zu sehen sein.« Sie zitterte so heftig, daß sie sich wieder setzen mußte. Die

Beine versagten ihr plötzlich den Dienst. »Schau es dir gut an, Jai!« höhnte sie in ohnmächtiger Wut. »Wie deine gebrochene Mutter werden auch diese stummen Wände morgen zu Staub zerfallen. Sauge dich voll mit Erinnerungen, denn du wirst keine andere Gelegenheit mehr dazu haben.«
Er hörte mit versteinertem Gesicht aufmerksam zu, ohne sie aber auch nur mit einem Wimpernzucken zu belohnen. »Ich glaube, du wirst feststellen, daß du dich irrst«, erwiderte er ruhig. »Jeder Stein, der jetzt hier ist, wird auch morgen noch da sein. Nichts wird hier abgerissen.«
Olivia lachte ihm ins Gesicht. »Das kannst du doch nicht wirklich glauben! Du kannst mich nicht am Abriß hindern!« Unter dem höhnischen Lachen drohten heiße Tränen, aber Olivia unterdrückte sie mit ihrer Willenskraft. Sie war außer sich vor Zorn.
Er seufzte. »O ja, du wirst es sehen, Olivia, ich kann dich daran hindern.«
»Wie? Greifst du zu deinen alten Mitteln? Sabotage? Zerstörung? Terror und Einschüchterung?« Seine Ruhe reizte sie, denn dadurch fühlte sie sich noch mehr gedemütigt. Sie zwang ihre Gedanken und den zitternden Körper, sich zu beruhigen. »Willst du wieder mit der Zerstörung beginnen, weil du nichts anderes kannst? Und weil dir der Gedanke unerträglich ist, ein zweites Mal der Verlierer zu sein?« Trotz ihrer Wut gelang es ihr zu lächeln. »Ich habe dich einmal besiegt, Jai. Ich werde dich wieder besiegen.«
Er gab keine Antwort. Er sah sie lange und eindringlich an. Seine aufreizend gelassenen Augen verschleierten sich seltsam. Olivia erwiderte den Blick. Der Zorn ließ ihren Körper von Kopf bis Fuß erbeben. Sie wollte noch etwas sagen, aber sie brachte kein Wort mehr heraus. Die Stimme versagte ihr.
Und dann war er plötzlich verschwunden.
Allein gelassen mit den Schatten der Nacht, mit denen er plötzlich verschmolzen war, folgten Olivias Augen verblüfft dem unsichtbaren Weg, den er genommen hatte. Ihre Kräfte waren so erschöpft, daß sie nicht sofort wieder reagieren konnte. Ihr Plan hatte versagt. Ihre Berechnungen waren falsch gewesen, die Intuition hatte sie betro-

gen. Sie war wie gelähmt, und ihr Verstand konnte sich noch nicht damit abfinden. Im Augenblick schien Raventhornes seltsamer Blick ihr ganzes Vorstellungsvermögen auszufüllen, denn sie hatte diesen Blick verstanden, und auch damit konnte sie sich nicht abfinden. Das war noch schlimmer als ihre Niederlage gewesen! Aus seinem Blick sprach Mitleid! Und *das* verzieh sie ihm nicht. Sie hatte von Jai Raventhorne viel ertragen und war zu noch mehr bereit gewesen.

Aber um keinen Preis würde sie sein *Mitleid* ertragen. Das war die größte Beschimpfung. Und er würde bald zu spüren bekommen, wie sie darauf reagierte.

*

Noch vor dem ersten Hahnenschrei ließ Olivia Willie Donaldson zu sich rufen.

Eine lange Nacht konzentrierten Nachdenkens überzeugte Olivia davon, daß sie sich nicht geirrt hatte. Ihre Intuition hatte sie nicht belogen, auch ihre Kenntnis dieses Mannes in all seinen Eigenarten hatte nicht versagt. Er spielte lediglich ein neues Spiel, und damit hatte sie nicht gerechnet. Wenn sie vielleicht etwas falsch eingeschätzt hatte, dann Raventhornes Unfähigkeit, eine Niederlage hinzunehmen. Seine Niederlage würde kommen, aber etwas langsamer, als sie geglaubt hatte.

»Die Wachleute, die wir angestellt haben – wie viele sind es im Augenblick?« Wie die meisten großen Handelshäuser besaß auch Farrowsham eigene Sicherheitskräfte.

»Etwa zweihundert«, erwiderte Donaldson ruhig. »Warum?«

»Und wieviel hat Raventhorne?«

»Das weiß ich nicht genau, aber ich glaube mehr.«

»Wie viele unserer Leute sind zur Bewachung unserer Lagerhäuser eingesetzt?«

»Genug, das heißt nach den derzeitigen Erfordernissen.«

»Ich verstehe. Vielleicht sollten wir die Patrouillen der Lagerhäuser und unseres Kontors verdoppeln. Wir sollten auch zusätzliche Sicherheitsmaßnahmen für unsere Häuser in Dharamtala, Circular

Road, Portuguese Church Street, Chowringhee und Garden Reach treffen. Die Läden im Bow Basar und die Häuser dort haben indische Mieter. Man wird sie nicht angreifen. Aber wo wir …«

»Angreifen? Wer wird *angreifen*?« Donaldson beugte sich aufmerksam vor. »Und *warum*?«

Olivia runzelte unwillig die Stirn, aber sie wußte, Donaldson konnte eine Erklärung von ihr verlangen. Und er würde noch viele Fragen stellen. »Raventhorne. Ich habe von einem sehr zuverlässigen Informanten erfahren, daß wir sehr bald mit neuen Machenschaften von ihm rechnen müssen. Es wäre klug, Vorsichtsmaßnahmen zu treffen. Ich möchte betonen, daß wir unsere besten Leute zum Schutz des Templewood-Hauses einsetzen müssen. Das Gelände muß Tag und Nacht schärfstens bewacht werden, bis die Abbrucharbeiten beendet sind. Die Wachen sollen Anweisung erhalten, bei Sabotage und Brandstiftung sofort das Feuer zu eröffnen und auch bei Versuchen, die Arbeiten zu behindern. Stellen Sie, wenn nötig, mehr Leute ein, Mr. Donaldson. Wenn wir den doppelten Lohn anbieten, können wir die besten Männer abwerben. Noch etwas?« Sie dachte nach und sagte dann schnell: »Nein, ich glaube nicht. Die Plantagen sind zu weit entfernt, und die *Seagull* ist bereits nach Malaia unterwegs. Die Abbrucharbeiten dauern nur zwei Tage.«

Willie Donaldson stellte keine Fragen. Plötzlich wurde ihm richtig übel.

»Sollte Slocum oder ein anderer sich erkundigen, dann treffen wir nach den Hinrichtungen gestern nur Vorsichtsmaßnahmen.«

Vor kurzem war es unter den indischen Sepoys wieder zu Unruhen gekommen. Sie sollten nach Burma verlegt werden und weigerten sich aufzubrechen, weil man offiziell den Transport ihres Eß- und Kochgeschirrs abgelehnt hatte, was die Gebote der Kastentrennung verlangten. Die Männer wollten nicht aus ihrer Kaste ausgestoßen werden und hatten gemeutert, denn sie hielten das wieder für eine böse List der Engländer, um sie zum Christentum zu bekehren. Man hatte den Aufstand mit brutaler Gewalt niedergeschlagen und fünf der Anführer öffentlich gehängt. Infolgedessen brodelte es in der Stadt. Die nationalen Gefühle waren aufgestachelt. Man hatte briti-

sche Unternehmen und Einwohner vor Vergeltungsaktionen von Banden empörter Inder gewarnt. Fort William hatte den Richter des Distrikts routinemäßig informiert. Aber Slocum nahm die Sache nicht weiter ernst. Bisher jedenfalls hatte niemand unter den Kaufleuten mit doppelten Wachtposten und dem Einstellen neuer Leute reagiert. Donaldson wies Olivia nicht darauf hin, denn sie wußte das alles. Aber ihm wurde es noch flauer im Magen.
»Und noch etwas.« Olivia wußte, Donaldsons Blässe war nicht auf Herzschwäche zurückzuführen, denn er besaß kein schwaches Herz, und sie nahm keine besondere Rücksicht. »Man soll Abrahams und seine Leute sofort rufen. Ich möchte, daß innerhalb einer Stunde mit dem Abriß begonnen wird.«
Auch Estelle war wie Donaldson bleich geworden, als sie Olivias selbstbewußte Anweisungen hörte, die roten Flecken auf ihren Wangen sah und die Erregung bemerkte, die sie hervorgerufen hatte. Im Gegensatz zu Donaldson fiel es ihr jedoch nicht schwer, den Kern des Problems zu erraten.
»Du hast Jai gesehen und mit ihm gesprochen, nicht wahr?« fragte sie, als Donaldson gegangen war und sie am Frühstückstisch saßen.
»Ja.« Es gab keinen Grund, Estelle zu belügen.
»Und er hat dein Angebot abgelehnt?« fragte sie sarkastisch.
»Im Augenblick, ja.«
»Wie kommst du zu dieser Überzeugung?«
»Wenn die Abbrucharbeiten beginnen, wird er seine Meinung schnell genug ändern.«
»Er wird seine Meinung nicht ändern«, erwiderte Estelle ruhig. »Das hat er noch nie getan. Wenn du wirklich daran glauben würdest, weshalb dann die Vorsichtsmaßnahmen?«
Olivia erwiderte wegwerfend: »Es wäre töricht, unvorbereitet zu sein. Wir kennen beide seine Methoden.«
Ja, das stimmte. Wer kannte Jai Raventhornes Methoden besser als sie! Estelle machte sich im Augenblick jedoch keine Sorgen über Jai Raventhornes Methoden, sondern über die ihre Cousine. Aber das sagte sie nicht.

Olivias persönlicher Bote überbrachte ihr die erste Antwort bald nach dem Frühstück. Mordecai Abrahams teilte ihr mit dem allergrößten Bedauern mit, es sei ihm nicht möglich, die Abbrucharbeiten auf dem Gelände des Templewood-Hauses noch in dieser Woche durchzuführen. Er müsse einen noch dringenderen Auftrag erledigen. Er sei dazu gezwungen worden, diesen Auftrag sofort auszuführen. Am nächsten Montag würde er ganz bestimmt bei Tagesanbruch ... Olivia las den Rest nicht. Wutschnaubend zerriß sie die Nachricht und ließ ihren Ärger an dem bedauernswerten Boten aus. Ohne Zeit zu verlieren, schickte sie den Mann zu drei anderen Bauunternehmern, die ihr ebenfalls Angebote unterbreitet hatten. Wer von ihnen den Auftrag übernehmen würde, sollte sofort mit dem Abbruch beginnen, erklärte sie dem Boten. Sie befahl ihm auch, über den Preis nicht zu verhandeln. Sie würde das Doppelte von dem bezahlen, was der Betreffende verlangte.
Zu diesem Zeitpunkt erschien bei Olivia ein höchst unerwarteter Besucher: Ram Chand Mooljee. Olivia war mehr als verblüfft. Sie wußte, Mooljee bemühte sich niemals zu seinen Kunden. Sie mußten zu ihm kommen. Olivia ließ ihn in das Arbeitszimmer im Erdgeschoß führen, und als sie erschien, verneigte sich Mooljee vor ihr, berührte ihre Füße und begann sofort, sich wortreich selbst zu beschuldigen. Er sei ein Schurke, ein verachtenswerter Mann, der Sohn eines räudigen Kamels, ein Verräter, der es verdiene zu hängen – o nein, hängen sei noch zu gut für ihn. Man sollte ihn ...
»Wo liegt das Problem, Mr. Mooljee?« unterbrach Olivia gereizt seine lächerlichen Tiraden. »Haben Sie ein besonderes Anliegen, das Sie heute so früh zu mir führt?«
Er hatte ein besonderes Anliegen. »Zu meiner Schande muß ich gestehen, ehrenwerte Memsahib«, stöhnte Mooljee, »man sollte mir die Zunge herausreißen und die Haut bei lebendigem Leib abziehen.« Er seufzte und schien in Tränen ausbrechen zu wollen. Dann zog er ihre Samtschatulle aus den Falten seines voluminösen Gewands und legte sie auf den Tisch. »Ich bedaure zutiefst, aber ich kann Ihren Schmuck nicht länger behalten.«
»Und warum nicht?« Jetzt staunte Olivia noch mehr.

Alle Reue vergessend, wurde Mooljees Gesicht ausdruckslos. »Ich befinde mich plötzlich in einer unvorhergesehenen, äußerst schwierigen finanziellen Situation – eine Familienangelegenheit. Ich kann nicht darüber sprechen. Aber ich bin in Geldnöten, in einer schweren Krise. Meine Frau und meine Kinder sind außer sich vor Kummer. Ich ...«

»Ach, das tut mir leid, Mr. Mooljee«, unterbrach sie noch einmal den lästigen Wortschwall, »aber wie kann ich Ihnen helfen?«

»Indem Sie mir als verständnisvolle Memsahib den Kredit zurückzahlen.« Er sah sie tief betrübt an. »Würde nicht die Ehre meiner Familie auf dem Spiel stehen und ich in aller Öffentlichkeit verhöhnt werden ...«

»Den Kredit? Aber natürlich werde ich den Kredit zurückzahlen, Mr. Mooljee! Wie ich Ihnen bereits versichert habe, bekommen Sie das Geld sofort, wenn Lloyd's in London mein Guthaben überwiesen hat ...«

»Leider kann ich nicht so lange warten, Eure Ladyschaft!« Er rang verzweifelt die fleischigen Hände. »Ich muß das Geld noch heute haben.«

»Heute?« fragte Olivia empört. »Das ist völlig unmöglich! Sie wissen sehr gut, daß ich den Kaufpreis für das Haus bereits bezahlt habe.« Sie war nicht nur wütend, sondern auch skeptisch. Ram Chand Mooljee in echten Geldnöten? Er, der reichste Hindu-Kaufmann in der Stadt? »Bedaure, Mr. Mooljee«, sagte sie kühl und machte kein Hehl aus ihrer Verstimmung, »aber ich sehe keine Möglichkeit, Ihnen das Geld noch heute zurückzuzahlen. Wenn Sie auf einer sofortigen Bezahlung bestehen, erlaube ich Ihnen, das Diadem zu verkaufen. Sie wissen, daß es sehr viel mehr wert ist, als ich Ihnen schulde.«

Aber er erklärte, auch das könne er nicht. Wenn er auf dem Markt erschiene, wären seine familiären Probleme offenkundig. Er würde das Gesicht verlieren und seinen Ruf. Ruinöse Gerüchte seien unausweichlich, seine Frau werde vor Scham sterben, seine Kinder müßten sich entehrt in den Fluß werfen, seine ...«

»Wie soll ich Ihnen helfen? Was erwarten Sie von mir?« fragte Olivia

ärgerlich. »Soll *ich* den Schmuck verkaufen und Ihnen das Geld geben?«
Er strahlte sofort über das ganze Gesicht und fand diesen Vorschlag ausgezeichnet. »Das wäre sehr gut, sehr, sehr gut. Sie sind die Großzügigkeit in Person, Eure Ladyschaft! Soviel Güte, um einen elenden Schurken vor der größten Erniedrigung seines Lebens zu bewahren! Ich bin überglücklich.« Er betupfte sich behutsam jedes Auge mit einem Zipfel seines gefältelten *Dhoti*.
»Also gut!« Erregt griff sie nach der Schmuckschatulle und erhob sich. »Ich werde sehen, was sich bis morgen machen läßt. Wir werden die Quittungen austauschen, wenn Sie das Geld abholen lassen.« Er nahm ihre Entscheidung ohne Widerspruch an.
Olivia glaubte natürlich kein Wort von Mooljees Geschichte. Er hatte ihr nur wertvolle Zeit gestohlen, und noch mehr Zeit würde notwendig sein, um den unnötigen Verkauf des Diadems in die Wege zu leiten. Noch immer ungehalten ließ sie Bimal Babu aus dem Kontor kommen und beauftragte ihn mit dem Verkauf. Bimal Babu war ein hagerer, älterer Bengale, der seit der Gründung bei Farrowsham arbeitete. Ihm konnte sie völlig vertrauen.
Kaum war er mit dem Diadem gegangen, erschien ihr Bote wieder. Keiner der Bauunternehmer, die er gefragt hatte, schien in dieser Woche eine freie Minute zu haben. Zwei andere, die er aufgesucht hatte, waren ebenfalls überbeschäftigt, und ein dritter lag überraschend krank im Bett.
»Hast du doppelten Lohn angeboten?« fragte Olivia, »oder hast du mit ihnen gehandelt?«
»Ich weiß, wie dringend die Arbeiten sind, Memsahib. Ich habe nicht gehandelt. Ich habe mir sogar die Freiheit erlaubt, mehr als das Doppelte zu bieten. Aber sie ließen sich nicht zum Einlenken bewegen.«
»Hattest du den Eindruck, ihre Gründe waren nur Ausreden?«
Der Bote senkte den Kopf und nickte langsam.
Olivias Verdacht erhärtete sich. Und als Bimal Babu zurückkehrte, wurde der Verdacht zur Gewißheit. Bimal Babu berichtete, er habe das Diadem den vier führenden Schmuckhändlern angeboten – einer

sei sogar ein entfernter Verwandter von ihm. Sie hätten ihm alle vier bemerkenswert ähnliche Antworten gegeben. Das Diadem sei vollkommen, die von Lady Birkhurst beigelegten Expertisen nicht anzuzweifeln, und es sei kein Mißtrauen beabsichtigt, aber ein so wertvolles Stück müsse unbedingt neu geschätzt werden. Diese Formalität – und mehr sei es nicht – könne bis zu zwei Wochen in Anspruch nehmen. Bimal Babu hatte es auf sich genommen zu fragen, ob man einen Kredit gewähren würde, bis der Kaufpreis des Schmucks festgesetzt worden sei. Aber gewiß, nur werde es mindestens eine Woche dauern, eine so große Summe in bar aufzubringen. Bald nach Bimal Babus Rückkehr ließ Willie Donaldson eine Nachricht überbringen. Plötzlich schien man in der ganzen Stadt keine Söldner mehr anwerben zu können. Die Hälfte aller bei Farrowsham im Dienst stehenden Männer war über Nacht verschwunden. Von den anderen hatten sich viele krank gemeldet oder einen Trauerfall in der Familie vorgeschoben, um nicht zu erscheinen. Es sei verblüffend, wie viele Großmütter plötzlich gestorben seien.

Aus all dem wurde eines klar: Raventhorne sorgte dafür, daß sich alle Wege in Sackgassen verwandelten. Olivia zweifelte nicht mehr daran. Er wollte damit den Abbruch verzögern, sie anderweitig in Atem halten und ihre Kräfte schwächen. Olivia ließ sich nicht einschüchtern oder verunsichern. Ruhig dachte sie über ihre Möglichkeit nach. Sie konnte es ablehnen, Mooljee den Kredit so schnell zurückzuzahlen. Aber dann mußte sie ihm das Diadem wiedergeben. Er konnte ihr dann den Kredit sofort kündigen, das Diadem verkaufen und eine sehr viel höhere Summe als die geliehene erzielen. Sie konnte die Krise mit Geld von Farrowsham überbrücken oder sich von Clarence Pennworthys Banken einen Kredit auf das Diadem geben lassen. Die letzten beiden Möglichkeiten verwarf Olivia. Sie wollte den Schwur nicht brechen, Freddies Geld niemals für einen Krieg anzutasten, der mit ihm nichts zu tun hatte. Pennworthy würde ihr sicherlich den Kredit einräumen – vielleicht sogar ohne Hinterlegung des Diadems, aber er war auch Tridents Bankier. Pennworthy schätzte ›den Eurasier‹ ebensowenig wie Mooljee, aber wenn es aufs Ganze ging, standen die eigenen Geschäftsinteressen an erster

Stelle – das hatte ihr Arthur Ransome einmal klar und deutlich gesagt. Alle fürchteten *Kala Kanta,* und Pennworthy würde geschickt bürokratische Dinge vorschieben, um ihr das Geld so spät wie möglich auszuhändigen.
Während Olivia schweigend darüber nachdachte, erinnerte sie sich an eine andere Äußerung von Ransome. Raventhorne, hatte er gesagt, besitzt einen unschätzbaren Vorteil gegenüber den Europäern: Er hat Indien auf seiner Seite. Jetzt erkannte Olivia zum ersten Mal den erstaunlichen Wert dieses Vorteils. Deshalb gelang es Raventhorne mit bewundernswerter Leichtigkeit, sie zu überspielen. Erst sehr viel später im Laufe des Tages erkannte Olivia plötzlich, daß sie etwas außer acht gelassen hatte, und sie rief mit leuchtenden Augen: »Vielleicht hat er Indien auf seiner Seite, aber *Amerika* noch nicht!«
»Wie bitte?«
Olivia war nicht bewußt, daß sie laut gesprochen hatte, bis Estelle, die das hektische Kommen und Gehen mit wachsender Besorgnis beobachtete, sie mit dieser Frage aus ihren Gedanken riß. »Ich habe mich nur gewundert, daß es mir nicht eher eingefallen ist.«
»Was, Olivia?« Estelle gefiel das geheimnisvolle Lächeln ihrer Cousine immer weniger
»Oh, die Siebte Kavallerie natürlich!«
Estelle starrte sie verständnislos an, aber Olivia befahl bereits Salim, ihre Kutsche vorfahren zu lassen, und griff nach Handtasche und Umschlagtuch. Estelle lief zu ihr und hielt sie am Arm fest. »Olivia, bitte, fordere Jai nicht noch mehr heraus! Du kannst dich nicht mit seinen Kräften messen! Er ist dir weit überlegen!«
Olivia blieb stehen und sah sie lange und nachdenklich an. »Ja, das stimmt. Ich kann mich nicht mit seinen Kräften messen. Das sehe ich jetzt ein. Aber mein Verstand kann sich mit seinem messen. In dieser Hinsicht, meine liebe Estelle, bin ich ihm keineswegs unterlegen.«

*

Wie nicht anders erwartet, erfüllte Lubbock mit größter Freude Olivia alle Bitten, und das nicht nur ohne Zögern, sondern mit Begeisterung. Ja, er hatte von den Schwierigkeiten gehört, die Raventhorne, dieser Hurensohn, Farrowsham bereitete. Aber ja, er werde helfen. Sie solle nur sagen, wie. »Dem Kerl müssen endlich die Hörner gestutzt werden, Ma'am!« Und wenn Hiram Arrowsmith Lubbock, fügte er mit leuchtenden Augen hinzu, dabei behilflich sein könnte, würde es ihm verdammt noch mal ein großes Vergnügen sein, jawohl, das würde es, weiß Gott! Ein Kredit? Lubbock lachte. Das sei ganz bestimmt kein Problem. Jederzeit und jede Summe! Aber das sei alles? Er sah sie enttäuscht an.

»Nein, das ist noch nicht alles, Mr. Lubbock«, erwiderte Olivia. »Da ist noch etwas.«

Er strahlte. »Nur heraus mit der Sprache, Ma'am. Ich würde dem Kerl am liebsten einmal richtig die Fresse polieren ...«

Olivia lächelte. »Danke für das Angebot. Es ist wirklich sehr verführerisch. Aber nein, darum geht es nicht. Ich wäre sehr dankbar, wenn Sie mir Ihre Arbeiter ausleihen könnten. Ich brauche sie nur ein oder zwei Tage – allerhöchstens drei.«

Lubbock sah sie erstaunt an. »Sie wollen Möbel bauen?«

»Nein, ich möchte ein paar Hütten abreißen lassen. Ich weiß, das ist eigentlich nicht die übliche Arbeit der Leute, aber sie sind stark, pakken zu, und Sie haben genug Werkzeug für den Abbruch. Ich glaube, die Leute werden das sehr gut erledigen.« Lubbock erklärte sich verblüfft einverstanden. »Besten Dank, Mr. Lubbock. Ich werde Sie wissen lassen, wann wir mit dem Abbruch beginnen.«

»Klar, wenn Sie wollen, auf der Stelle«, erklärte er hoffnungsvoll.

Olivia dachte nach und schüttelte dann den Kopf. »Nein, es müssen zuerst noch ein paar andere Dinge erledigt werden, ehe ich die Hütten abreißen lasse. Noch etwas, Mr. Lubbock«, sie schwieg kurz, »es besteht die Möglichkeit, daß es auf dem Templewood-Gelände zu ... Schwierigkeiten kommen kann. Darf ich Sie deshalb bitten, mit einer Schrotflinte ebenfalls anwesend zu sein?«

Lubbock schlug sich vor Begeisterung auf die Schenkel. Seit seiner Ankunft in Indien hatte er keine anständige Prügelei mehr erlebt, und nach seinem Terminkalender war schon lange eine überfällig. »Schwarz oder weiß, Ma'am, eine Ladung Schrot in den Hintern ist

immer das beste Rezept, und dafür werde ich in Ihrem Namen sorgen! Sie können sich auf Hiram Arrowsmith Lubbock verlassen!«
Das Gespräch mit Lubbock war glatt verlaufen, aber der zweite Besuch, den sich Olivia vorgenommen hatte, erfüllte sie mit etwas größerer Unsicherheit. Lubbock hatte sie bei Tag gesehen, aber der zweite Besuch mußte im Schutz der Nacht stattfinden. Und die damit verbundene Begegnung fürchtete Olivia ebenfalls. Auf ihren Brief, den Salim überbrachte, erhielt Olivia nur eine unverbindliche kühle Antwort. Aber ein Treffen wurde nicht kategorisch verweigert. Olivia wußte, es würden Spannungen entstehen, sie mußte auch mit Vorwürfen und Beschimpfungen rechnen. Aber darauf war sie gefaßt. Der Einsatz stand in keinem Verhältnis zu dem, was sie möglicherweise erreichen konnte.
Außerdem hätte sie damit bewiesen, daß vielleicht nicht ganz Indien auf Jai Raventhornes Seite stand.
Sujata empfing sie ohne ein Zeichen von Überraschung, denn der Brief hatte sie auf die Begegnung vorbereitet. Sie staunte nur über Olivias merkwürdigen Aufzug. Sie trug eine *Burka* wie eine Moslemfrau, um Körper und Gesicht völlig zu verhüllen. Viele ihrer Besucher, besonders die Männer, kamen im Schutz der Nacht und ebenfalls getarnt. Sujata akzeptierte Olivias Wunsch, nicht erkannt zu werden, wenn sie ihn auch nicht verstand. Mit einem Schulterzucken und der unvergleichlichen Anmut, die zu ihrem Beruf gehörte, bat sie Olivia stumm in das Haus. Sie gingen durch einen Bogengang, durch einen Vorhang aus Glasperlen und betraten einen großen, nur schwach erleuchteten Salon. Olivia entledigte sich ungeduldig des unangenehmen Umhangs. Er war naß vom strömenden Regen, denn sie hatte es vorgezogen, den letzten Teil des Wegs zu Fuß zu geben. Ein Diener brachte ihr einen Stuhl – offensichtlich der einzige weit und breit. Sujata ließ sich auf einem etwas schäbig wirkenden Polster nieder. Sie war wachsam wie eine Schlange. Die Höflichkeit des angebotenen Stuhls wirkte eher wie ein Affront. Er unterstrich den Unterschied, der zwischen ihnen bestand, und brachte eine gewisse Verachtung zum Ausdruck.
Olivia setzte sich und überging die Provokation. »Danke, daß Sie so

freundlich waren, mich zu empfangen. Ich hoffe, Sie vergeben mir die Störung.« Olivia sprach fließend Hindustani. Ihr Gesicht war ausdruckslos. »Ich möchte Ihnen einen Vorschlag machen, der Sie vielleicht interessieren wird.« Olivia erlaubte sich ein angedeutetes Lächeln. »Wir werden beide davon profitieren.«

Es war Salim nicht schwergefallen, Sujatas *Kotha*, die Wohnung der Kurtisane, ausfindig zu machen. Sujata war in der Gegend gut bekannt, und viele Gerüchte kursierten über sie. Aber in ihrem Beruf, so fand Olivia, schien sie nur bescheidenen Erfolg zu haben. Man erzählte sich, sie bezahle pünktlich ihre Rechnungen, habe ein paar Stammkunden, aber sie sei nicht mit dem Herz bei ihrem Geschäft. Das dreistöckige Haus gehörte ihr, aber es waren dringend Reparaturen notwendig. Der Putz bröckelte von den Wänden, andere mußten neu getüncht werden. Die Brokatstoffe waren fadenscheinig, die Kissen und Polster schäbig. In einer Ecke des Zimmers standen auf einem abgetretenen persischen Teppich ordentlich Musikinstrumente – vielleicht dieselben, die Olivia im Haus in Chitpur gesehen hatte.

»So?« Sujata lachte leise und anzüglich. »Ich hätte nicht gedacht, daß die Lady Memsahib und ich etwas gemein haben könnten.«

Zum ersten Mal hörte Olivia sie sprechen. Die schöne Stimme überraschte sie, aber dann fiel ihr ein, daß Sujata Sängerin war. »Ganz im Gegenteil, Sujata«, erwiderte sie leise und musterte aufmerksam das glatte Sandelholzgesicht der Frau. Die Wangen waren gerötet, aber unter der Schminke und der künstlichen Glätte sah Olivia Falten. Aus den Satinaugen sprach bittere Unzufriedenheit und nicht wie früher Liebe. Der korallenrote Mund, mit dem Olivia einst Jai Raventhornes Küsse geteilt hatte, zog sich verbittert nach unten. Sujata wirkte nicht länger jung. Sie war vielleicht noch nicht einmal fünfundzwanzig, und doch wirkte sie bereits verbraucht, der Glanz war verschwunden. Eigenartig, dachte Olivia, auch das haben wir gemeinsam! »Im Gegenteil, Sujata«, wiederholte sie mit noch mehr Nachdruck, »uns verbindet sehr viel!«

Sujata lachte wieder. Es klang häßlich. Ihre Augen richteten sich boshaft auf Olivias Leib. »Die Lady Memsahib vergleicht ihre Situation mit meiner? Ich verdiene diesen Spott kaum! Gewiß, wir sind beide verstoßen worden.« Sie warf ihr einen triumphierenden Blick zu. »Aber wie ungleich ist unser Schicksal! Könnte es sein, daß der Lady Memsahib, geblendet von Reichtum, gesellschaftlicher Stellung, einem Ehemann, Kindern – mit einem Wort allem, was eine Frau sich wünscht –, das entgangen ist?« Sie atmete heftig und wandte zornig das Gesicht ab. »Im Gegensatz zu Ihnen bin ich nicht verheiratet und werde es auch nie sein. Er hat mich drei Jahre lang benutzt, und jetzt tauge ich nur noch *dazu* – zu einem Beruf der Schande. Etwas anderes habe ich bei dem Sarkar nicht gelernt. Im Gegensatz zu Ihnen werde ich nie Kinder haben. Und wenn ich Kinder bekommen sollte, werden sie wie ich ehrlos und ohne einen Vater leben.« Die schwarz geschminkten Augen sprühten vor Haß und einem tiefsitzenden, inneren Glühen. »Sie sind eine weiße Mem. Ihre Leute schützen Sie. Sie überleben das Verstoßensein gut, Lady Memsahib. Bitte streuen Sie kein Salz in meine Wunden.«

»Sie irren, Sujata«, erwiderte Olivia so freundlich, wie sie es vermochte. Der Haß dieser Frau war ihr gleichgültig, sie interessierte sich für ihren Wunsch nach Vergeltung. »Auch ich habe Wunden. Uns verbindet eine gemeinsame Sache. Vielleicht haben wir Anlaß, uns für vieles zu rächen.«

»Ich habe nicht die Kraft, ihn zur Rechenschaft zu ziehen«, erklärte Sujata bitter. »Er ist wie ein Elefant, und ich bin lediglich eine Ameise.« Sie griff nach einem oft benutzten Silbergefäß und spuckte hinein.

»Aber wenn Sie die Kraft hätten, wären Sie bereit, sie auch anzuwenden?«

Sujata sah sie mißtrauisch und verständnislos an. »Ja. Ich weiß nicht, was die Lady Memsahib damit meint, aber *ja doch*! Hätte ich die Kraft, dann würde ich sie benutzen.« Ihre Lippen wurden schmal, und sie sagte böse: »Ich würde ihm das Herz aus dem Leib schneiden und es essen, als Strafe dafür, daß er mich so erniedrigt hat!«

»Ich kann Ihnen die Kraft geben. Das ist nicht schwer.« Olivia nahm ein kleines Silberkästchen aus der Handtasche und öffnete es. »Zusammen sind wir unbesiegbar.«

Olivia hielt zwei kostbare Smaragdohrringe in der Hand. Sujata starrte sprachlos und wie gebannt darauf. Auf der weißen Handfläche funkelten sie wie grüne Flammen.

»Sie gehören Ihnen, wenn Sie das tun, was ich möchte.«

Sujata wandte mit Mühe den Blick von dem Schmuck und schluckte.

»Was soll ich tun?« flüsterte sie benommen.

»Es ist nicht schwer. Zuerst muß ich jedoch sicher sein, daß Sie das Nötige wissen.«

Sujata hatte inzwischen Zeit zum Nachdenken gehabt und war jetzt vorsichtiger. »Ich habe mich von meinen Gefühlen hinreißen lassen«, murmelte sie plötzlich unsicher. »Ich würde ihm nie das Herz aus dem Leib schneiden und es essen.«

»Das sollen Sie auch nicht! Sagen Sie mir, kennen Sie das Haus in Chitpur gut?«

Sie runzelte die Stirn. »Das Haus in Chitpur? Natürlich kenne ich es gut! Ich war dort einmal Herrin des Hauses.« Sie hob in unbewußtem Stolz das Kinn, und das wirkte irgendwie rührend. »Warum?«

»Könnten Sie es unbemerkt betreten?«

Sujatas Augen wurden groß. »Ja, aber der Sarkar ...«

»Das Schiff des Sarkar wird beladen. Er wohnt vorübergehend an Bord – auch Bahadur. Das Haus wird nicht besonders scharf bewacht, besonders nicht nachts. Der Wachmann schläft. Drei seiner Leute sind krank, und die Hunde sind ebenfalls an Bord des Schiffes. Das alles habe ich bereits in Erfahrung gebracht.« Sujata mochte nur das *eine* bei dem Sarkar gelernt haben. Olivia hatte etwas anderes von ihm gelernt: Informationen als Waffe einzusetzen. Sie hatte zwei Männer beauftragt, das Haus in Chitpur Tag und Nacht zu überwachen. Wichtige Dinge über die Frau, der sie gegenübersaß, in Erfahrung zu bringen, war nicht schwer gewesen. Aber das kleine Vermögen, das dieses Wissen Olivia gekostet hatte, zahlte sich jetzt aus. Mit etwas Glück würden die Gewinne sehr viel höher sein. »Ich nehme an, Sie kennen die persönlichen Räume des Sarkar noch immer sehr gut ...«

Sujata warf ihr einen verächtlichen Blick zu. »Natürlich, ich habe sie mit ihm geteilt.«

»Und seine persönlichen Dinge?«
»Alles, was er besaß, war mir anvertraut.« Wieder der unüberhörbare Stolz, aber dann fuhr sie mißmutig fort: »Er besitzt nichts Wertvolles, denn materielle Dinge interessieren ihn nicht – nur seine Waffen. Wenn man sie stiehlt, kann er es sich leisten, sie hundertmal zu ersetzen. Offenbar kennt die Lady Memsahib den Sarkar nicht so gut, wie sie vorgibt!«
»Es gibt etwas, das ihm sehr wichtig ist«, erwiderte Olivia und überging die Spitze. Sie hatte nicht mit größter Mühe und Genauigkeit Informationen gesammelt und das Risiko dieses Besuchs auf sich genommen, um sich mit der bedauernswerten Frau zu streiten. »Und genau das möchte ich von Ihnen haben – das heißt, wenn Sie es finden können.«
»Wenn es in dem Haus ist, werde ich es finden. Der Sarkar verschließt nichts.« Trotz des prahlerischen Tons wirkten ihre schrägen Augen unsicher und fragend, aber sie konnte sie nicht von dem silbernen Kästchen wenden. »Ein kindischer Streich wird ihn nur reizen, mehr nicht...«
»Sie kennen vielleicht seinen Körper gut, Sujata. Ich kenne seinen Kopf besser. Wenn es etwas gibt, um ihn tödlich zu verwunden, dann nur dieser kindische Streich.«
»Die Lady Memsahib spricht in Rätseln«, murmelte Sujata ärgerlich, denn sie empfand Olivias Bemerkung als Bosheit. Trotzdem reizte sie der Schmuck, und sie konterte nicht. »Ehe ich Ihnen eine Antwort geben kann, muß ich alles wissen.«
»Nein! Ich muß zuerst Ihre Antwort haben.«
»Das verstehen Sie nicht!« rief Sujata. »Ich habe Angst vor dem Sarkar. Wenn er je erfährt, daß ich...«
»Er wird es nicht erfahren. Ich allein nehme die Schuld auf mich. Er wird Sie nicht einmal verdächtigen.« Sie betrachtete nachdenklich Sujatas ängstliches Gesicht. »Wie ich höre, möchten Sie die Stadt verlassen und nach Benares gehen, wo Ihre Mutter lebt. Damit«, sie nahm den Schmuck wieder in die Hand, »können Sie sich alle Ihre Wünsche erfüllen. Sie können hier verschwinden und für immer das Leben hinter sich lassen, das Sie verachten. Sie werden nicht mehr

Ihren Lebensunterhalt damit verdienen müssen, Männer zu befriedigen, die Sie abstoßen. Eines Tages können Sie vielleicht heiraten und Kinder haben.« Olivia fuhr umbarmherzig mit ihren Verlockungen fort. »Sie können Musikunterricht geben, denn wie ich weiß, ist das Ihr größter Wunsch.«

»Woher wissen Sie soviel über mich...?« fragte Sujata, und wieder stand Angst in den schwarz geränderten Augen. »Und warum?«

»Das Woher ist nicht wichtig. Das Warum habe ich bereits erklärt.« Olivia spielte nachlässig mit den Ohrringen.

Wie von dem grünen Feuer hypnotisiert, starrte Sujata auf den Schmuck, und ihre Sehnsucht stand ihr deutlich in die Augen geschrieben. Dann schlug sie mit einem Klagelaut die Hände vor das Gesicht. »Ich hatte einmal alles, alles! Dann sind Sie gekommen, und nichts mehr war so wie vorher. Ich habe alles verloren! Ich wurde wie ein alter Putzlappen auf die Straße geworfen – und das nur wegen Ihnen, denn Sie sind eine weiße Memsahib! Er gehört zu meiner Welt, nicht in Ihre«, rief sie wütend. »Warum sind Sie nicht bei Ihren Leuten geblieben und haben mir gelassen, was mir gehört?«

»Er hat Sie nicht auf die Straße gesetzt«, erwiderte Olivia voller Verachtung. »Jedermann im Basar weiß, daß er Ihnen diese *Kotha* geschenkt und eingerichtet und alles gegeben hat, was Sie besitzen.«

»Aber er hat mir meine Selbstachtung genommen, meine Zukunft! Wie kann ich mich je wieder zu meiner Familie wagen, zu meiner Mutter und zu meinen Brüdern? Als Frau des Sarkar war ich ein Mensch, jetzt bin ich ein *Nichts*!« Verzweifelt wiegte sie sich hin und her und stöhnte leise.

Olivias Erregung legte sich so schnell, wie sie gekommen war. Auch diese Frau war ein Opfer! Olivia holte tief Luft und fragte sachlich und ruhig: »Sujata, sagen Sie nun ja oder nein?« Olivia fühlte sich befleckt und war erschöpft.

Verbittert wischte sich Sujata die Augen mit ihrem Schleier trocken. »Ich habe die Sünde begangen, ihn zu lieben. In unserem Beruf ist das nicht erlaubt. Dafür muß ich büßen. Früher hätte ich mir eher die Zunge herausgeschnitten, als ihn mit einem bitteren Wort zu verletzen. Heute bin ich bereit, ihm das Herz aus dem Leib zu schneiden.« Über diese schmerzliche Selbsterkenntnis mußte sie lachen. Dann gestand sie seufzend ihre Niederlage ein und sagte: »Meine Antwort ist ja. Sagen Sie mir, was ich zu tun habe.«

Die Flamme der einzigen Lampe im Raum zuckte. Das Petroleum schien verbrannt. Während die tanzenden Schatten den Raum immer mehr in Dunkelheit hüllten, legte Olivia die Ohrringe in das silberne Kästchen zurück. Sie hatte sich vorgenommen, Sujata den Schmuck nur dann zu geben, wenn das Geschäft erfolgreich zum Abschluß gebracht war. Aber jetzt stand sie auf und legte das Kästchen neben Sujata auf das Polster. »Ja, ich weiß, was Sie sagen wollen, Sujata. Uns verbindet mehr, als Sie ahnen.«

Olivia setzte sich wieder und gab Sujata sehr genaue Anweisungen.

*

»Raventhorne wird unser Eigentum nicht beschädigen«, sagte Willie Donaldson, »aber ich habe trotzdem mit dem Kommandanten gesprochen.«

»Sie waren in Fort William?« fragte Olivia.

»Ja, heute morgen. Sollte es Schwierigkeiten geben, werden sie uns helfen.« Donaldson litt unter der Lage, in der Farrowsham sich befand, und noch mehr unter dem Wissen, daß ihm vieles vorenthalten wurde. Aber wie auch immer, er würde das Unternehmen niemals im Stich lassen, ganz zu schweigen von den Birkhursts. Wenn Farrowsham Gefahr drohte, war das für ihn das Signal zum Angriff. Seine Ehre gebot ihm, zu den Waffen zu greifen und sein Bestes zu geben.

»Was berichtet unser Mann auf der *Tapti*?« In Kalkuttas halsabschneiderischer Geschäftswelt hatte jeder im Lager des anderen Informanten. Donaldson war zu erfahren und zu lange in Indien, um nicht auch seine Spione bei Trident zu haben. Raventhornes Mannschaft stand fest zusammen und ließ sich nur schwer unterwandern, aber Geldgier ist ein weltweites Laster, und Donaldsons Ausdauer war es zu verdanken, daß er einen verschlagenen indischen Angestellten in die Trident-Reederei eingeschmuggelt hatte. Der Mann befand sich zur Zeit an Bord der *Tapti* und half den Schauerleuten

beim Zusammenstellen des Proviants für die nächste Überfahrt. Gewiß, Raventhorne war ihnen kräftemäßig überlegen, aber er war nicht so unverletzlich, wie er glaubte!
»Er sagt, er hat Raventhorne in den letzten beiden Tagen nicht aus dem Auge gelassen. Auch nachts bewacht er seine Kabine von einem der Rettungsboote an Deck. Bisher, so berichtet er, gibt es keine Anzeichen für Übergriffe, die wir befürchten – das heißt, noch nicht.«
»Ja«, stimmte ihm Olivia nach kurzem Nachdenken zu, »ich habe mich unnötigerweise aufgeregt. Er wird nicht in aller Offenheit vorgehen und auch nicht von *der* Seite angreifen, von der wir es erwarten. Um diese Art Krieg handelt es sich nicht.«
»Um was für einen Krieg handelt es sich denn, Eure Ladyschaft?« Donaldson nutzte die Gelegenheit und stellte die Frage ganz ruhig.
Olivia hatte sich zu einer unvorsichtigen Bemerkung hinreißen lassen und lächelte. »Ich meine, es ist ein Krieg, bei dem Taktieren und nicht konventionelle Waffen den Kampf bestimmen.« Sie erwiderte seinen prüfenden Blick, ohne mit der Wimper zu zucken.
Donaldson blickte als erster beiseite und verzichtete darauf, auch die vielen anderen Fragen zu stellen, die ihn beschäftigten: Sie hatte spät am Abend in aller Verschwiegenheit das Haus verlassen – wo war sie gewesen? Sein Diener hatte sie im Labyrinth der Gassen aus den Augen verloren, als sie die Kutsche verließ. Irgendwie hatte alles etwas mit dem Templewood-Haus zu tun – aber warum? Und die *Daffodil* hatte Raventhorne nicht angerührt. Das völlig ausgeschlachtete Wrack lag unbeachtet am Fluß – bestand da ein Zusammenhang? Donaldson war bereits aufgeregt, aber er machte eine noch beunruhigendere Entdeckung. Er war kein Feigling. In den vergangenen Jahrzehnten als Kaufmann hatte er viele Schlachten geschlagen – einige hatte er verloren, andere gewonnen. Er fürchtete nicht Raventhorne – der Mann war ein Teufel, das wußte jeder –, sondern diese seltsame, geheimnisvolle Frau, die zu verstehen ihm einfach nicht gelungen war. Er stellte keine Fragen, aber er hätte die Antworten nur allzugern gekannt.

»Wo warst du gestern abend?« Mochte Willie Donaldson Unwissenheit vielleicht als Segen betrachten, Estelle gab sich diesbezüglich keinen Illusionen hin. Sie stellte Olivia die Frage beim Mittagessen ganz unverblümt.
»Ich hatte etwas zu erledigen.«
»Wo? Bei wem?«
»Eine geschäftliche Angelegenheit. Es hat nichts mit dir zu tun.«
Estelle schob den Teller weg. Der Appetit war ihr vergangen. »Bist du wirklich entschlossen, die Hütten von Lubbocks Leuten abreißen zu lassen?«
»Natürlich!«
»Tu es nicht, Olivia. Er wird nur noch tollwütiger reagieren.« Kläglich machte sie einen letzten Versuch. »Laß mich zu ihm gehen, Olivia! Bitte, laß mich mit Jai sprechen! Er wird mich wenigstens anhören. Ich werde ihn dazu zwingen. Er wird es nicht ablehnen, mich zu sehen.«
»Gut, wenn du willst, geh! Ich wollte dich ohnehin um genau das bitten.«
Estelle blieb vor Staunen der Mund offen. »Du?« Sie schluckte heftig. »Warum?«
»Ich möchte, daß du ihm einen Brief von mir überbringst.« Und in scharfem Ton fügte Olivia hinzu: »Du sollst ihm den Brief nur übergeben – mehr nicht, Estelle. Ich warne dich: *Bitte, sonst kein Wort!«*
Estelle sah sie mißtrauisch an. Sie traute Olivia inzwischen jede Bosheit zu. »Was wirst du ihm schreiben?«
»Ich weiß es noch nicht. Das kann ich erst heute abend sagen.«
Da Olivias Gesicht undurchdringlich blieb, gab Estelle den Versuch auf, weiter in sie zu dringen. »Nun ja, ich habe Kinjal eine Woche lang nicht gesehen«, erklärte sie kühl, »sie wird beleidigt sein. Was hältst du davon, wenn wir sie beide heute nachmittag besuchen? Ich möchte sie besser kennenlernen.«
Es war eine gute Frage, denn auch Olivia hatte Kinjal eine Woche lang nicht besucht. Aber die Maharani jetzt zu sehen, war unmöglich! Olivia konnte jeden belügen, nicht aber Kinjal. Und genauso-

wenig konnte sie ihr die Wahrheit sagen! »Nein«, erwiderte Olivia so ungezwungen wie möglich, »ich habe andere Dinge zu erledigen. Bitte entschuldige mich bei Kinjal und versichere ihr, ich werde sie bald besuchen.«
Die Gewissensbisse quälten sie nicht lange, denn die wachsende Spannung in ihrer Brust drängte alles andere in den Hintergrund. Ja, heute abend würde das Schicksal endgültig über diesen Krieg entscheiden, den Donaldson nicht verstand. Wenn Sujata versagte, dann war auch Olivias Niederlage besiegelt. Sujata war die letzte Trumpfkarte, die sie ziehen konnte – ihre letzte Chance. Jai Raventhornes ehemalige Geliebte mußte bei ihrer Mission unter allen Umständen Erfolg haben! Irgendwo in dem Haus in Chiptur befand sich unverschlossen Jai Raventhornes kostbarer Besitz – das *einzig* Kostbare, das er besaß: das in rotem Samt eingeschlagene Bündel. Estelle hatte es auf der *Ganga* gefunden. Das bedeutete, Raventhorne trennte sich nie davon, denn in dem Bündel lagen alle Erinnerungen einer Kindheit, die keine gewesen war. Die Erinnerungen an eine Mutter, die so unwirklich war, daß man glauben konnte, es habe sie nie gegeben. Wenn Olivia dieses Bündel besaß, dann – und daran zweifelte sie keinen Augenblick –, besaß sie Jai Raventhornes Seele. Ja, es war ein fairer Tausch: die Fragmente einer zerstörten Kindheit gegen die Fragmente eines zerstörten Lebens.
Olivia ließ Lubbock eine Nachricht überbringen. Sie bat ihn darin, mit dem Abbruch am übernächsten Tag zu beginnen.

*

Der Mond nimmt ab und wieder zu
Der abgebrochene Ast wächst wieder nach
Denke daran, du Tor, sei unbesorgt
Alles reift zu seiner Zeit.

Das Lied der Bauls, einer Sippe fahrender bengalischer Sänger, klang schlicht und war getragen von süßer Wehmut. Olivia verstand die Worte in dem fremden Dialekt nicht, aber ein freundlicher Inder übersetzte sie ihr ins Hindustani. Olivia drückte den Sängern in safrangelben Gewändern ein paar Münzen in die Hand und befahl dem Kutscher weiterzufahren. Der perlgraue Dunst eines Monsunmittags lag drückend in der Luft. Es hatte leicht geregnet, zurück blieb eine zärtlich kühlende Brise, aber auch die schwüle Feuchtigkeit. Das langsame Klappern der Pferdehufe ließ die Zeit in rhythmischen Schlägen vergehen und machte sie irgendwie bedrohlich. Olivia überkam Ruhe, eine seltsame Ruhe; sie fühlte sich kraftlos und wie betäubt. Nur der schmerzhafte Krampf im Magen und die heftigen Tritte des Babys versetzten die ansonsten glatte Oberfläche ihrer Gedanken in Bewegung.

Bitte, Gott, laß das Kind noch nicht kommen – noch nicht ...

Zum hundertsten Mal vertrieb sie diesen Gedanken mit bewußten Überlegungen.

Das rote Samtbündel war ihr kurz nach Mitternacht übergeben worden. Getrieben von den eigenen Dämonen – so wie sie alle getrieben wurden! – hatte Sujata sie nicht enttäuscht. Sie hatte ihre Aufgabe sehr geschickt erfüllt. Als Hinweis darauf, wer das Bündel jetzt besaß, hinterließ Sujata an derselben Stelle den silbernen Anhänger und die Kette, die Olivia ihr zu diesem Zweck gegeben hatte. Nachdem Olivia das Bündel in der Hand hatte, verbrachte sie den Rest der Nacht damit, ihren Brief an Jai Raventhorne zu schreiben. Um sieben Uhr morgens hatte sich Estelle damit auf den Weg zur *Tapti* gemacht. Das Schreiben hatte zwar Stunden in Anspruch genommen, doch der Brief war sehr kurz.

»Wenn Du in Deinem Schlafzimmer die zweite rechte Schublade Deiner Kommode öffnest, wirst Du sehen, daß ich nicht der ungleiche Gegner bin, für den Du mich hältst. Das Spiel und seine Regeln hast *Du* bestimmt, aber ich lerne noch immer schnell. Ich warte auf Deine Antwort.« Sie unterschrieb den Brief nicht. Es war nicht nötig.

Gegen acht mußte Estelle ihrem Bruder den Brief übergeben, und er mußte ihn mit einem Blick gelesen haben. Jetzt war es beinahe zehn. Olivia hatte die Unruhe aus dem Haus getrieben, die mit dem Warten auf Estelle von Minute zu Minute wuchs. Sie ließ sich in der Kutsche ziellos durch die Gegend fahren und versuchte, nur an unwich-

tige und oberflächliche Dinge zu denken. Aber jetzt erfaßte sie wieder heftige Ungeduld, und sie befahl dem Kutscher, zum Palais zurückzukehren. Als Olivia vorfuhr, war Estelle bereits da.
»Hast du ihm den Brief gegeben?«
»Ja.«
»Persönlich?«
»Ja.«
»Und ...?« Vor Erregung klang Olivias Stimme schrill.
Estelle beantwortete die Frage nicht. Statt dessen sah sie ihre Cousine böse an. »Was stand in dem Brief, Olivia?«
»Etwas Persönliches. Sag mir, was ...?«
»Persönlich oder nicht, ich möchte wissen, was in diesem Brief stand!« Estelle ballte die Fäuste. Trotz ihres Zorns zwang sie sich, ruhig zu bleiben.
Olivia erwiderte nichtssagend: »Ich habe ihm ein Angebot gemacht, eine Möglichkeit, Frieden zu schließen.« Sie wartete nicht auf eine Antwort und fragte heftig: »Was hat er gesagt? Wie war seine Reaktion? Sag es mir, Estelle!«
»Er hat nichts gesagt. Nur sein Gesichtsausdruck veränderte sich. Er wurde totenblaß.«
Olivia atmete langsam aus und holte dann tief Luft. Danach setzte sie sich. »Und was hat er gemacht?«
Estelles schmale Lippen bebten vor Zorn, aber sie nahm sich noch immer zusammen. »Dann hat er den Brief in seine Tasche geschoben und wortlos das Schiff verlassen.« Sie drehte Olivia den Rücken zu und trat ans Fenster. »Aber bevor er von Bord ging, sah er mich an – er sah mich nur an. Ich habe so einen Blick noch nie in meinem Leben gesehen – auch nicht in der ersten Nacht auf der *Ganga*. In dem Blick lag nicht einmal Haß. Er überstieg Haß bei weitem, und ich bekam es mit der Angst zu tun.« Sie drehte sich um und sah Olivia wie versteinert an. »Sag mir, was in dem verdammten Brief stand! Ich weiß, er muß auch etwas mit mir zu tun haben. Ich habe ein Recht, es zu wissen!«
»Du hast damit nichts zu tun«, erwiderte Olivia knapp. Sie versuchte, das Gespräch zu beenden, und wollte zur Tür.

»Du hast mich noch einmal benutzt, nicht wahr, Olivia?« fragte Estelle zitternd. »Du hast dir die Information zunutze gemacht, die ich...«
Es klopfte an der Tür, und Mary Ling trat ein. Die beiden Frauen beherrschten sich nur mühsam, und Estelle wich ans andere Ende des Zimmers aus. Olivia kam die Unterbrechung nicht ungelegen. »Ja, Mary? Was gibt es?«
»Entschuldigen Sie, Madam«, erwiderte Mary unsicher, »Amos müßte schon seinen Obstsaft getrunken haben. Ich wollte ihn nur holen und nach oben bringen.«
»Er ist doch oben, Mary. Wir sind beide eben erst zurückgekommen.«
Mary zog die Stirn in Falten. »Er ist nicht mit Ihnen zurückgekommen? Amos ist nicht im Kinderzimmer. Ich komme von dort.«
»Mit uns zurückgekommen?« Olivia sah sie verständnislos an.
»Ja. Er ist weg, seit Sie ihn und die *Aja* mit der Kutsche haben holen lassen. Ich dachte, er muß...«
»Ich habe ihn mit der Kutsche *holen lassen*?« wiederholte Olivia, »mit welcher Kutsche?«
»Aber natürlich mit der Kutsche der Maharani! Ich habe ihn persönlich vor weniger als einer Stunde in die Kutsche gesetzt, Madam.« Sie sah Olivia verwundert an.
»Warum um alles in der Welt sollte ich Amos mit der Kutsche der Maharani holen lassen, Mary? Sie müssen sich irren! Amos muß oben im Kinderzimmer sein...« Olivia wurde plötzlich unsicher. »Er... muß dort sein!« Sie sprang auf, ließ die Handtasche fallen und lief, so schnell es ihr Zustand erlaubte, die Treppe hinauf. Der Streit war vergessen. Estelle eilte ihr nach, und ihnen folgte Mary mit blassem Gesicht.
Das Kinderzimmer war leer. Von Amos war nichts zu sehen.
Keuchend vom Treppensteigen, klammerte sich Olivia an den Türrahmen. Ihr Atem ging rasselnd. »*Ich* habe Amos nicht mit der Kutsche holen lassen, Mary«, stieß sie immer wieder atemlos hervor. Ihre Worte wurden zu einem Flüstern, und dann fragte sie unhörbar: »Warum sollte ich? Warum sollte ich? Warum...?«

»Ich ... weiß nicht, Madam«, stammelte Mary unglücklich. »Sie kamen gegen neun Uhr ... Ich hatte gerade ...«

»Sie? Wer?« Ein eiskalter Schauer lief Olivia den Rücken hinunter. »Wer, Mary, *wer?*«

Die völlig verwirrte Mary begann, vor Angst zu zittern. »Der ... der Kutscher der Maharani und der andere Mann. Die Nachricht war klar und deutlich, Madam.«

Olivia spürte plötzlich eine tödliche Ruhe. »Zeigen Sie mir die Nachricht.«

Mary eilte zum Papierkorb und suchte darin herum. Estelle sah stumm und wie betäubt zu. Nur ihre Finger zuckten und falteten sich immer wieder krampfhaft. Mary fand die Nachricht.

Ich schicke die Kutsche Ihrer Hoheit, um Amos mit der Aja abzuholen.

Die Initialen am Ende waren deutlich zu lesen: *»O.B.«* Die Nachricht stand auf Kinjals Briefpapier mit dem unverkennbaren, goldgeprägten Wappen.

Olivia redete sich mit ihrer ganzen Willenskraft ein:

Nur keine Panik. Jetzt nur keine Panik!

Es mußte ein Mißverständnis sein. Amos war bestimmt bei Kinjal. Amos war mit unvernünftigen Dienstboten im Park. Amos war unten im Kuhstall und sah beim Melken zu. Es gab keine andere Erklärung!

Aber dann stöhnte Mary erschrocken auf, suchte etwas in ihrer Schürzentasche und murmelte unter Tränen: »Sie haben mir auch einen Brief für M-madam gegeben. Ich habe ... habe es ganz vergessen ...«

Olivia riß ihr den Brief aus der Hand. Die Handschrift, in der die Adresse geschrieben war, kannte sie. Die Nachricht, die in dem Umschlag lag, war noch unmißverständlicher:

Du wirst Deinen Sohn nie wiedersehen. Das ist meine Antwort!

Keine Unterschrift.

Olivia sank in Estelles Arme und begann zu schreien.

Zweiundzwanzigstes Kapitel

Die Geburt ihres zweiten Sohnes kostete Olivia beinahe das Leben.

Das Kind hatte eine gefährliche Lage; es kam sechs Wochen zu früh, und ihr Körper hatte nur noch wenige Kraftreserven. Die Welt verschwand aus ihrem Bewußtsein, das Licht erlosch, und sie spürte wenig von Dr. Humphries' erbittertem Kampf um ihr Überleben. Sie besaß, noch ehe die Schlacht begonnen hatte, keinen Willen mehr zu kämpfen. Die gefühllose, graue Masse ihres Gehirns registrierte nur unbestimmt und verschwommen Eindrücke. Seltsame, ungestalte Wesen erschienen hin und wieder im Halbdämmer ihres Bewußtseins und versuchten, dort einen Halt zu finden, aber den gab es nicht in dieser Hölle des Nichts. Manchmal zerrissen die schwarzen Schleier, die sie umhüllten, und Olivia empfand Schmerzen, schreckliche Schmerzen. Aber diese Schmerzen schien eine andere Frau zu haben – nicht sie. Und eine andere Frau flüsterte auch in den entsetzlichen Augenblicken am Ende ihrer Qual: »Nimm es weg, ehe es schreit ...«

Völlig ermattet, über den Punkt hinaus, an dem sie noch etwas wahrnehmen oder länger durchhalten konnte, versank Olivia in eine tiefe, tiefe Bewußtlosigkeit. So erfuhr sie noch nicht sofort, daß sie die moralische Schuld ihrem Mann und seiner Familie gegenüber schließlich doch bezahlt hatte.

Olivia wußte in den zwei Tagen und zwei Nächten, in denen andere um ihr Leben kämpften, auch nicht, daß Arvind Singh die Jagd auf Jai Raventhorne eröffnet hatte. Mit der ganzen Macht seines Staates ließ er ihn suchen. Er beauftragte seine Leute, jeden Winkel in der

Stadt und auf dem Land nach Hinweisen über Raventhorne und das Kind zu durchforschen. Keine Spur! Niemand bei Trident wußte etwas über den Verbleib des Sarkar oder wollte etwas wissen. Er war nicht mehr an Bord der *Tapti,* die noch immer im Hafen lag, und auch nicht in einem seiner Häuser. Man suchte überall, aber die absolute Geheimhaltung erschwerte die Aufgabe der Leute. Kinjal hatte darauf bestanden. Es kursierten bereits zu viele Gerüchte über Olivia; sie jetzt noch mehr bloßzustellen, würde das verwickelte Leben ihrer armen Freundin noch schwieriger machen.
»Er ist mit Amos nach Assam geflohen«, sagte Kinjal. »Niemand kennt die Berge so gut wie Jai. Eine Verfolgung ist hoffnungslos.«
»Wie konnte er nur so herzlos sein?« rief Estelle mit rotgeweinten Augen. Trotz all ihrer Gefühle für ihn, diese Niedertracht würde sie ihrem Halbbruder, den sie bis jetzt immer verteidigt hatte, niemals verzeihen. »Er könnte doch wenigstens eine Nachricht schicken, daß es Amos gutgeht ...«
»Er wird dem Kind nichts antun«, erwiderte Kinjal im Bemühen, etwas Tröstliches zu sagen. »Wo immer er Amos verstecken mag, er wird gut für ihn sorgen.«
»Aber wir wissen doch beide, daß es darum nicht geht, Kinjal.« Estelles übermüdete Augen füllten sich wieder mit Tränen. »Olivia hat jetzt beide Kinder verloren. Und ich habe das alles in Gang gesetzt ...« Sie weinte leise.
Kinjal sagte nichts. Was konnte sie auch sagen? Estelle und sie waren in den letzten achtundvierzig Stunden kaum eine Minute von Olivias Seite gewichen. Zwei erfahrene Hebammen aus Kirtinagar hatten Dr. Humphries zur Seite gestanden, der ihre Hilfe dankbar annahm. Mary Ling, die fähige und von Dr. Humphries persönlich ausgebildete Krankenschwester, lief unermüdlich treppauf und treppab, um wichtige Dinge zu holen. Estelle saß neben ihrer Cousine und hielt ihr die Hand und kühlte die heiße, schweißnasse Stirn mit feuchten Taschentüchern. Da Kinjal in Anwesenheit von Männern das Gesicht nicht zeigte, blieb sie verschleiert in einer Ecke des Zimmers und fungierte als Dolmetscherin für die Hebammen. Es war für sie alle eine schreckliche Prüfung gewesen, und Kinjal war ebenfalls den

Tränen nahe, als sie und Estelle auf den Arzt warteten, der noch bei seiner Patientin war. Ja, Olivia würde ihre beiden Kinder verlieren.
»Also, mein Fräulein, was sollte der faule Zauber da drin bedeuten?« Dr. Humphries konnte kaum noch auf den Beinen stehen; er verneigte sich vor Kinjal, wartete auf ihre Erlaubnis, sich zu setzen, und durchbohrte Estelle mit einem Blick, der verhieß, er würde nicht mit sich spaßen lassen. Kinjal nickte schnell, und er ließ sich erschöpft in einen Sessel fallen. »Es ist der Lohn einer Mutter nach stundenlangen Wehen, den ersten Schrei ihres Neugeborenen zu hören! Olivia war ohne Bewußtsein. Warum mußte das Kind mit dieser übertriebenen Eile aus dem Zimmer gebracht werden? Ich bin wütend, äußerst wütend!«
»Olivia war bei Bewußtsein.« Estelle reichte ihm einen großen Cognac, den er mit einem Zug austrank. Sie wischte sich die roten Augen und putzte sich die Nase. Sie sah Kinjal an, die ihr zunickte, und erzählte ihm alles. Es würde ohnehin bald bekanntwerden, daß Olivia ihr Kind nicht behielt.
Dr. Humphries staunte. Er erklärte sofort, in all den vielen Jahren als Arzt habe er noch nie so etwas Ungeheuerliches gehört! »Das Kind ist zu früh geboren! Durch Gottes Gnade ist es ein gesundes Kerlchen. Aber Sie können den Kleinen doch nicht tödlich gefährden, indem Sie ihn nach England verfrachten, nur weil jemand verrückt ist!«
»Er wird nicht ›verfrachtet‹ werden, Dr. Humphries«, versicherte Estelle. »Es wird nichts ohne Ihre ausdrückliche Zustimmung und Ihren Rat geschehen. Es ist nur Ihnen zu verdanken, daß Olivia noch lebt.«
»Ach Unsinn! Sie ist zäh und hätte auf jeden Fall überlebt.« Aber er fühlte sich doch geschmeichelt. »Also, was haben Sie mit dem Kind vor, wenn mir erlaubt ist, das zu erfahren?«
Estelle erläuterte dem Arzt ihre Pläne, ohne ihm den Grund für Olivias Entscheidung zu nennen. Zum gegenwärtigen Zeitpunkt war das unnötig. Das Baby, so sagte sie, werde in das Haus Ihrer Hoheit in Kaligat gebracht. Mary Ling und die Amme, die bereits aus Kirtinagar eingetroffen waren, würden das Kind unter der persönlichen Aufsicht der Maharani versorgen. »Wir werden die Reise nach Eng-

land erst dann antreten, wenn Sie es erlauben, das heißt, wenn Sie der Meinung sind, daß das Kind die Reise gesund überstehen wird. Mary, die Amme und ich werden den Kleinen begleiten.« Sie begann zu weinen. »Ich bitte Sie, Dr. Humphries, helfen Sie uns. Wir müssen alles für Olivia tun, alles, denn sonst machen wir Olivias heroische Selbstverleugnung zu einer Frace.«

Trotz seiner Empörung war er gerührt. »Tja... ich kann nicht behaupten, die Situation zu verstehen«, murmelte er unwillig, »aber andererseits ist es mir in vierzig Jahren Beschäftigung mit Anatomie und Physiologie nie gelungen, das Gehirn einer Frau zu verstehen. Ihre Cousine ist eine mutige junge Frau, die Unterstützung verdient. Ich werde alles tun, was in meinen Kräften steht. Aber ich warne Sie«, er wurde wieder ernst, »weder Mutter noch Kind sind über dem Berg. Sie müssen mit größter Hingabe gepflegt werden, und Sie müssen sich peinlichst genau an meine Anweisungen halten.«

Kinjal überwand ihre Scheu und versicherte ihm, das werde geschehen. Sie beantwortete dem Arzt auch alle Fragen, die er stellte. Schließlich schien er zufrieden. Er kündigte an, er werde gegen Abend wiederkommen, und hinterließ eine lange Liste mit Anweisungen und noch mehr Warnungen. Er verschrieb Arzneimittel gegen Olivias großen Blut-, Kräfte- und Gewichtsverlust. Gegen ihren verwundeten Geist konnte er jedoch nichts verschreiben. Aber wer hätte das tun können?

»Sie wollen auch nach England fahren, Estelle?« fragte Kinjal, als der Arzt gegangen war. »Das wußte ich nicht, aber Ihre Entscheidung erleichtert mich.«

Estelle wurde rot. »Ja, ich habe John geschrieben und ihn um Erlaubnis gebeten, diese letzte Pflicht meiner Cousine gegenüber zu erfüllen. Er hat natürlich zugestimmt. Ich werde keine Ruhe finden, Kinjal, bis ich Olivias kleinen Sohn seinem Vater übergeben habe. Es wird mir zumindest helfen, mich weniger zu verachten.« Und nachdenklich fügte sie mit trauriger Stimme hinzu: »Wie klein beginnen im Leben die großen Tragödien!«

*

»Amos ...?«
Das war Olivias erste und einzige Frage, als ihr Bewußtsein langsam zurückkam. Als Kinjal den Kopf schüttelte und sich abwandte, seufzte sie leise und erschöpft und versank wieder in die Welt ihres stummen Leids. Nach ihrem neugeborenen Sohn fragte Olivia nicht.
»Der eine verliert einen Sohn, der andere bekommt einen«, sagte Kinjal. »Nimmt denn die grausame Ironie des Schicksals im Leben Ihrer Cousine kein Ende?« Olivias bedenklicher Gesundheitszustand und der Verlust ihrer Willenskraft machten Kinjal und Estelle niedergeschlagen. Sie hatten beide Olivia geistig und körperlich noch nie in einem solchen Tief erlebt. Und sie wußten nicht, wie sie Olivia aus diesem Sumpf heraushelfen konnten, in dem sie täglich tiefer zu versinken schien. »Seien wir wenigstens dafür dankbar, daß es in dieser Situation *einen* Gewinner gibt.«
»Olivia hat nicht nur einen, sondern zwei Söhne verloren«, sagte Estelle. Sie fand keine Entschuldigung für das Verbrechen.
»Aber Jai weiß das nicht.«
»Das mindert die Ungerechtigkeit für den Betroffenen nicht, der bereits soviel aufgeben mußte.« Estelle meinte anklagend: »Ich kann nichts finden, um ihn zu verteidigen, *nichts,* ganz gleich, wie sehr er provoziert worden ist.«
Kinjal senkte den Kopf. »Um ehrlich zu sein, ich auch nicht. Ich habe nur einen egoistischen Gedanken ausgesprochen, um meine eigene Auffassung von ihm zu rechtfertigen. Ich kann mich doch nicht so in Jai geirrt haben?«
Die Suche nach Raventhorne und seinen Geiseln ging weiter, aber ohne großen Erfolg. Beinahe eine Woche war seit der Entführung vergangen. Es gab noch immer keine Hinweise, die sich als nützlich erwiesen. Wäre Olivia über den Stand der Dinge informiert gewesen, hätte sie sich vielleicht an eine Äußerung von Arthur Ransome erinnert: Jai hatte nicht nur Indien auf seiner Seite, sondern die Reihen schlossen sich auch wieder einmal fest gegen den gemeinsamen Feind, die Engländer. Es meldeten sich viele, die behaupteten, ihn hier, da und dort gesehen zu haben, aber jede Aussage stand im Wi-

derspruch zu anderen, und alle Spuren führten in eine Sackgasse. Selbst Arvind Singhs unantastbarer Ruf und das hohe Ansehen, das er unter den Indern genoß, vermochten daran nichts zu ändern. Er bot nicht dreißig Silberlinge, sondern das Vielfache, aber wenn es einen Judas gab, dann schwieg er.

Es ließ sich nicht vermeiden, daß Gerüchte verbreitet wurden, aber alles in allem konnte man die Entführung zumindest vor den Engländern geheimhalten. Doch wie lange würde das möglich sein? Wenn die Sache ans Licht kam, würde es einer Dynamitexplosion gleichkommen und häßliche Folgen haben. Zunächst wurden noch mehr Lügen verbreitet. Um Amos nicht durch die schwere Krankheit seiner Mutter zu beunruhigen, habe man ihn umgehend nach Kirtinagar gebracht, erklärte man einleuchtend und diskret. Es gab keinen Zweifel mehr daran, daß Jai Raventhorne sich mit dem Kind, das er inzwischen als seinen Sohn erkannt haben mußte, in Assam aufhielt. So hatte er ein Pfand in die Hand bekommen, von dessen Existenz er vorher nichts ahnte. Ein Zufall hatte es ihm zugespielt, und er würde das Kind nicht wieder herausgeben. Weder Kinjal noch Estelle zweifelten daran, daß Amos nie mehr zu seiner Mutter zurückkommen würde. Sie wußten nicht, was Olivia dachte. Sie sprach nicht darüber. Aber ihr Gesundheitszustand verschlechterte sich, und das verriet nur allzu deutlich, daß auch sie sich keine Hoffnungen mehr machte.

Nur ein einziges Mal erkundigte sie sich nach ihrem neugeborenen Sohn, so wie sie sich auch nur einmal nach Amos erkundigt hatte.

»Geht es ihm gut . . .?«

»Ja, sehr«, versicherte ihr Estelle mit wohlmeinender Begeisterung. »Er wird bestens versorgt und wächst jeden Tag mehr. Er hat bernsteinfarbene Augen wie du und nicht«, sie kicherte, »Freddies weichgekochte Stachelbeer . . .«

»Nicht!« rief Olivia erregt. »Du darfst mir nicht mehr sagen.«

Estelle flüchtete aus dem Zimmer. Sie konnte ihren Kummer nicht unterdrücken.

Auf Wunsch seiner Mutter bekam das Kind den Namen Alistair.

Noch ein anderer Vorfall warf flüchtig ein Licht auf die dunkle Tragödie, die sich im Birkhurst-Palais abspielte. Während Olivia in den schrecklichen Wehen gelegen hatte, erschien Lubbock. Er hatte mehrere Stunden am Templewood-Haus auf die Anweisung gewartet, mit den Abbrucharbeiten zu beginnen. Sollte er noch länger warten oder konnte er anfangen?

Der Abriß! Niemand hatte Zeit gehabt, daran noch einen Gedanken zu verschwenden! Estelle wußte ohnehin nur wenig von Olivias Vereinbarungen mit Lubbock. »Nein, Mr. Lubbock, ich glaube, das hat sich erledigt«, sagte sie mit erstickter Stimme. »Die Hütten müssen nicht mehr abgerissen werden.«

Er sah sie enttäuscht und verstimmt an. Er hatte sich auf einen anständigen Kampf mit einem ebenbürtigen Gegner eingestellt und machte seinem Ärger Luft. »Sie wollen damit sagen, der Kerl hat es sich anders überlegt und kneift? Zum Teufel noch mal! Ich hatte mich schon darauf gefreut, mit seinem Blut die Wände zu streichen!«

»Ich kann Ihnen versichern, Mr. Lubbock«, sagte sie bedrückt, »wir hätten alle zugesehen und Beifall geklatscht. Aber Sie müssen noch nicht alle Hoffnung aufgeben, denn Mr. Raventhorne hat es sich nicht anders überlegt. Der Mann ist böse und wird sich nie ändern.«

Aber Estelle irrte sich in ihrer pauschalen Verurteilung von Jai Raventhorne. Genau sieben Tage nach der Entführung rollte eine fremde Kutsche über die Auffahrt zum Birkhurst-Palast. Da der Kutscher nur eine Aufgabe hatte, hielt er auch nur kurz. Wortlos winkte er den Nachtwächter herbei und übergab ihm Amos, die *Aja* und einen verschlossenen braunen Umschlag.

Es war zufällig an dem Morgen, an dem Amos ein Jahr alt wurde.

*

Im Handelshaus Farrowsham hatte man sich in der letzten Woche große Sorgen wegen des schlechten Gesundheitszustands von Lady Birkhurst gemacht. Trotzdem war die Geburt des zweiten Birkhurst-Sohnes auch Grund zur Freude. Donaldson arrangierte eine kleine, stille Feier, zu der er nur die europäischen Angestellten von Farrowsham mit ihren Frauen einlud. Die indischen Angestellten erhielten einen zusätzlichen Monatslohn, Körbe mit Obst und Süßigkeiten und Spielzeug für ihre Kinder. Man hatte eine Flasche Champagner entkorkt und dann erstaunlich schnell die ganzen Champagnervorräte verbraucht. Aber fünf Tage nach der Feier (auch das zufällig am ersten Geburtstag von Amos) sollte Willie Donaldson es bereuen, keinen Champagner mehr vorrätig zu haben. Keine einzige Flasche war zur Stelle, um die Neuigkeit zu feiern, die dieser Tag bringen sollte.

Gegen Mittag erschien Ranjan Moitra im Kontor. Mit seiner üblichen Behutsamkeit legte er auf Donaldsons Schreibtisch einen Ordner mit mehreren Schriftstücken. Der Ordner enthielt einen unterschriftsreifen Vertragsentwurf zwischen Trident und Farrowsham mit niedrigeren Frachtraten. Die *Tapti,* die in zwei Tagen mit der ersten Flut auslaufen sollte, hatte noch Laderaumkapazität für Farrowsham und ebenso alle anderen Klipper. Die alten Kreditbestimmungen traten wieder voll in Kraft. Trident leistete Farrowsham Ersatz für die Verluste während des Frachtembargos. In dem Ordner lag auch ein Schreiben mit einer Versicherung: Da die Geschäftsbeziehungen zwischen dem Handelshaus Farrowsham und Trident immer sehr gut gewesen seien, bestehe kein Grund für die Annahme, daß sich in Zukunft etwas daran ändern werde. Es war keine Entschuldigung, kam aber einer Entschuldigung so nahe wie möglich. Alle Schriftstücke waren von Ranjan Moitra unterschrieben. Jai Raventhorne wurde nicht ein einziges Mal erwähnt. Während Donaldson las, saß Moitra ihm mit undurchdringlichem Gesicht gegenüber. Als Donaldson fertig war, stand er ruhig auf und ging.

Noch lange danach saß Willie Donaldson wie erstarrt an seinem Schreibtisch und glaubte zu träumen. Als er sich wieder bewegen konnte, wollte er auf der Stelle zum Palais eilen, um diese unfaßliche Nachricht zu überbringen. Aber dann erinnerte er sich an den beklagenswerten Gesundheitszustand der armen Olivia und unterließ es. Außerdem fiel ihm etwas ein: Sie hatte das alles vorausgesagt.

Willie Donaldson blieb an seinem Schreibtisch sitzen und war zum ersten Mal in seinem Leben nahe daran, in Ohnmacht zu fallen. Aber auch in seinem zittrigen Zustand vergaß er nicht, was ein Schotte sich schuldig ist. Selbst wenn der Preis ihm das Herz brechen mochte: Er befahl, sofort eine Kiste Champagner zu besorgen – woher auch immer –, damit alle im Handelshaus feiern konnten. Dann benachrichtigte er Cornelia, sie werde ihn in den nächsten drei Tagen nicht zu Hause sehen, und fuhr schließlich in den Bengal Club, wo er sich sinnlos betrank.

Donaldsons Jubel wurde ohne sein Wissen im Birkhurst-Palast geteilt – wenn auch aus anderen Gründen. Der ahnungslose Amos schien das Abenteuer sehr gut überstanden zu haben. Er war guter Dinge, bestens ernährt und ausgelassen. Er trug neue Sachen und hatte einen Berg teures Spielzeug bekommen. Und wie die *Aja* bestätigte, hatte das Kind nicht ein einziges Mal geweint.

Das lange Verhör, dem die *Aja* unterzogen wurde, ergab wenig, was man nicht schon wußte, bis auf eine Neuigkeit: Sie hatten die ganze Zeit auf einem Hausboot verbracht. Die Frau wußte nicht, wo sie gewesen waren, denn das Boot war viele, viele Stunden den Fluß hinuntergefahren, bis es schließlich vor Anker ging. Es war eine einsame Gegend gewesen, in der wenige oder keine Menschen lebten. Es gab Tiger und nichts als undurchdringlichen Dschungel. Sie hatte große Angst gehabt, denn nachts hörte sie das Gebrüll der Raubtiere.

»Die Sunderbans«, erklärte Kinjal sofort, »die unheimliche Gegend, wo der Hooghly ins Meer mündet. Es gibt dort Tausende von Inseln und Buchten. Die wilde Gegend ist die Heimat des bengalischen Königstigers.«

»Er hat das Hausboot vermutlich irgendwo von Indern geliehen«, sagte Estelle aufgeregt. Sie drückte Amos an sich und küßte ihn. »Wie dumm von uns, daran nicht gedacht zu haben!«

»Selbst wenn wir daran gedacht hätten, wären wir vermutlich nicht viel weitergekommen. Es ist ein undurchdringliches Gebiet, und in den Sümpfen und Seitenarmen ein Boot zu entdecken, ist ebenso schwierig, wie ein bestimmtes Blatt in einem Wald zu finden.«

Die verwirrte *Aja,* die unendlich glücklich darüber war, das Abenteuer überstanden zu haben, bestätigte auch, der fremde Mann sei sehr groß gewesen und habe genau die gleichen Augen ›wie der kleine Baba‹ gehabt. Er sei sehr freundlich zu ihnen gewesen, ganz besonders zu dem Kind. Sie sei gut untergebracht worden und habe gut gegessen. Sie durfte sich auf dem Boot, das mehrere kleine Kabinen hatte, frei bewegen. Außer zwei Ruderern sei niemand an Bord gewesen. Der Mann mit den seltsamen Augen habe ihr viele Fragen gestellt, aber keine einzige beantwortet. Er saß fast die ganze Zeit bei Baba und starrte ihn an, spielte mit dem Kleinen, sagte aber kein Wort. Er verstand eindeutig nichts von Kindern, denn wenn er den Jungen hochnahm, was er immer wieder tat, geschah es ziemlich ungeschickt. Aber er war sehr, sehr behutsam und zärtlich mit dem Jungen gewesen. Er habe sich nur widerstrebend und mit Tränen in den Augen von ihnen verabschiedet.

*

Sogar Dr. Humphries staunte über Olivias plötzliche Fortschritte bei der Genesung. Da er den wahren Grund nicht kannte, schrieb er es nicht ohne Stolz den Arzneien zu, die er verordnet hatte. Natürlich nahm ihm niemand diesen Glauben.

Trotzdem waren Olivias Wangen noch immer blaß und eingefallen. Und um den Mund hatten sich neue tiefe Falten der Bitterkeit eingegraben. Sie war so abgemagert, daß ihr Körper beinahe wie ein Skelett aussah. Nur die vor Milch prallen Brüste waren ein Zeichen ihrer alten Konstitution. Die Milch wurde jeden Tag mit einer Gummivorrichtung abgepumpt und dem Baby gebracht, von dem sie nicht wußte, wo es sich befand, und das zu sehen und kennenzulernen ihr nie bestimmt sein würde. Olivia stellte keine Fragen nach Alistair. Sie schien mit der täglichen Beteuerung zufrieden, daß es dem Baby gutgehe und es sich bestens entwickle. Nach außen hatte sie keine Freude über die Rückkehr des geliebten Amos erkennen lassen. Sie war noch immer so sehr aller Gefühle beraubt, daß sie den freudigen Schock, das unerwartete Wunder, nicht ganz begreifen konnte. Wenn sie sich freute, dann innerlich. Ihre Augen blieben unergründlich und ihre Gedanken wie hinter Eisentoren verschlossen. Niemand ahnte oder konnte erraten, was sie dachte. Und keiner wagte zu fragen. In der selbstgeschaffenen Festung ihrer Einsamkeit behielt sie ihre Gedanken für sich.

Den verschlossenen braunen Umschlag, den man mit Amos überbracht hatte, ließ sie in eine Schublade ihrer Schlafzimmerkommode legen. Sie zeigte kein Interesse daran, den Inhalt kennenzulernen.

Nach Alistairs Geburt durften weder Olivia noch ihr Kind einen Monat lang Besucher empfangen. Dr. Humphries tat das Seine und verordnete energisch ein völliges Besucherverbot in welch guten Absichten auch immer. Als sich Olivias Zustand besserte und bekannt wurde, daß sie das Bett verlassen durfte, sorgte Kinjal dafür, daß neugierige Besucher sich auch weiterhin fernhalten mußten. Jedermann in Kalkutta wußte natürlich, daß für eine Maharani ein strenges Protokoll galt, und daß sie ihr *Purdah* nie brach. Kinjal wohnte im Birkhurst-Palais, und deshalb war es ohne eine offizielle Einladung unmöglich, dort zu erscheinen. Und da bis auf ein paar Wenige niemand eingeladen wurde, konnten Überraschungsbesucher nicht damit rechnen, vorgelassen zu werden. Die Engländer hatten sich unwillig schon lange damit abgefunden, daß Lady Birkhurst ihre Gesellschaft mied. »Ganz wie sie will«, erklärte die alte Jungfer bissig beim regelmäßigen Dienstagmorgen-*Mahjongg*-Treffen der Institutsdamen. »Sie war im Grund nie eine von *uns*!«

Arvind Singh gehörte zu Olivias ersten Besuchern bald nach der Rückkehr von Amos. Sie wußte inzwischen von all seinen Bemühungen und dankte ihm tief bewegt. »Ich stehe mein Leben lang in Ihrer Schuld. Ich werde Ihre Fürsorge nie vergessen.«

Der Maharadscha war entsetzt von ihrem elenden Aussehen und tat ihren Dank mit einer Handbewegung ab. Dann nahm er all seinen Mut zusammen. »Ich habe nur meine Pflicht als Ihr Freund erfüllt. Jai hat echte Anteilnahme bewiesen. Er hat das Kind aus freien Stükken zurückgeschickt, und er hat Ihrem Handelshaus volle Wiedergutmachung geleistet. Können Sie sich nicht dazu überwinden, ihm wenigstens teilweise zu vergeben?«

Olivias Gesicht verschloß sich. Sie beantwortete seine Frage nicht, und er stellte sie nicht noch einmal. Im schmerzlichen Wissen um die besonderen Umstände erkundigte er sich auch nicht nach Alistair.
Aber andere taten das in der besten Absicht. Zu den wenigen Auserwählten, die eine Einladung erhielten, gehörten natürlich auch Willie und Cornelia Donaldson. Ohne etwas von den Zusammenhängen zu ahnen, freuten sie sich rührend über Alistairs Geburt. Olivia wußte, wie ehrlich sie es meinten, und sagte ihnen das, was ohnehin bald jeder wissen würde. »Mein Mann möchte seinen Sohn sehen. Und das ist auch der Wunsch seiner Mutter, die jeden Tag älter und hinfälliger wird. Da ich zuerst nach Hawaii fahren möchte, habe ich veranlaßt, daß Alistair sofort nach England gebracht wird.«
Die halbherzige Lüge war im Grunde nicht nötig. Auch die Donaldsons glaubten sie ihr nicht mehr. Mit einem Gefühl der Trauer begriffen sie, daß die Ehe der Birkhursts nicht mehr zu retten war.
Nach den Glückwünschen erschien es Donaldson angebracht, endlich auch ein anderes Thema zur Sprache zu bringen. Trotz seiner brennenden Neugier wußte er, Lady Birkhurst würde ihm keine befriedigende Antwort geben. »Wir haben einen neuen Frachtvertrag mit Trident«, sagte er und sah sie forschend an, »und die Kreditbedingungen sind uns wieder eingeräumt worden.«
»Oh? Das ist gut.« Olivia interessierte sich nicht mehr für Farrowsham. Außerdem hatte ihr Estelle die Neuigkeit bereits erzählt.
»Die *Tapti* ist in der letzten Woche mit unserer gesamten angesammelten Fracht ausgelaufen. Wir haben jetzt den doppelten Laderaum zum halben Preis.« Er wartete auf eine Reaktion. Nichts geschah. »Trident läßt drei neue Klipper bauen. Smith und Dimon haben bereits den Kiel für den dritten gelegt. Sie werden zwar erst im nächsten Jahr geliefert, aber Moitra ist bereit, einen Klipper dann ausschließlich Farrowsham zur Verfügung zu stellen.«
»Das freut mich wirklich, Mr. Donaldson.«
Wäre Donaldson ein unsensibler Dummkopf gewesen, hätte ihn ihr Desinteresse sprachlos gemacht. Aber das war er nicht, und er fand sich seufzend damit ab, daß er die Wahrheit nie erfahren würde. Später sagte er bekümmert zu Cornelia: »Ich weiß immer noch nicht,

was das für ein Krieg war. Aber es sind Opfer zu beklagen. Das, verdammt noch mal, weiß ich.«

*

Der September der nördlichen Hemisphäre mit seinen leuchtend roten und goldenen Herbstfarben war in den Tropen grün und saftig. Die Regenfälle hatten das Land mit den frischen Farben neuer Triebe und Blüten überzogen. Der reingewaschene Himmel war strahlend blau und klar. Als Dank an die Natur schenkte Indiens Erde Obst, Blumen und Getreide im Überfluß. Es war wieder Zeit, die Göttin Durga mit dem zehntägigen *Dassera*-Fest zu verehren.
Es war auch Zeit für Estelle, die nach einem vierwöchigen Besuch aus Cawnpore zurückkehrte, um Alistair zu seinem Vater nach England zu bringen.
Genährt mit der Milch seiner unbekannten Mutter und der der Amme war Alistair gewachsen und gediehen. Der Arzt erklärte schließlich sehr zufrieden, das Baby sei bereit, die Reise anzutreten. An einem schönen Morgen ging Estelle mit ihm, Mary und der Amme an Bord des Schiffes, das sie nach England bringen sollte. Es gab keinen tränenreichen Abschied. Olivia hatte darum gebeten, Gefühlsausbrüche zu vermeiden. Aber sie umarmte und küßte Estelle mit großer Liebe und flüsterte ihr eine Entschuldigung ins Ohr, denn jetzt gab es keine Barrieren mehr zwischen ihnen. Estelle erwähnte endlich auch den Brief, den sie von Tante Maude mit der Nachricht über ihre Mutter erhalten hatte, und beteuerte, sie werde das Schweigen ihrer Mutter achten und lediglich darum bitten, sie noch *einmal* sehen zu dürfen.
Und dann mußte auch Kinjal nach Kirtinagar zurückkehren. Sie war beinahe drei Monate in Kalkutta gewesen. Sie hatte ihren Mann lange allein gelassen, und die Kinder waren wieder zu Hause. Sie alle brauchten Kinjal. Außerdem mußte Kinjal die *Dassera*-Rituale vorbereiten.
»Es ist wider besseres Wissen, wenn ich Sie jetzt allein lasse«, sagte Kinjal besorgt. »Wollen Sie es sich nicht doch noch überlegen und mich nach Kirtinagar begleiten?«

Olivia fächelte sich langsam Luft mit dem Fächer zu und schüttelte lächelnd den Kopf. »Ich muß meine Abreise vorbereiten. Und ich bin nicht allein. Ich habe Amos. Onkel Arthur kommt bald wieder nach Kalkutta, und ich werde alle Hände voll zu tun haben. Ich muß ein neues Kindermädchen finden, das mit uns nach Hawaii fährt.«

»Aber Sie werden doch sicher nicht abreisen, ohne uns noch einmal zu besuchen? Ich wäre untröstlich, wenn Sie das tun würden, liebste Freundin.«

Olivia achtete in letzter Zeit darauf, daß ihre Augen ausdruckslos blieben, aber jetzt füllten sie sich plötzlich mit Tränen. »*Natürlich* werde ich Sie vor meiner Abreise besuchen! Wie könnte ich nicht? Kinjal, Sie sind meine Zuflucht in Hoffnung und Verzweiflung, Vernunft und Wahnsinn gewesen. Wenn ich bei *einem* Menschen in Indien einen Teil von mir zurücklasse, dann bei Ihnen, Kinjal.« Leise fügte sie hinzu: »Und bei Estelle und Onkel Arthur.«

Der bevorstehende endgültige Abschied war für sie beide schmerzlich. Aber Kinjal unterdrückte ihren Kummer und fragte: »Sonst niemand?«

Das Leben in Olivias dunklen, goldenen Augen erstarb. »Nein, sonst niemand.«

»Olivia. Sie haben mir einmal gesagt, daß Ihr Onkel Ihnen aus Dankbarkeit eine Gunst gewährt hat. Wenn ich wirklich für Sie diese Zuflucht gewesen bin, könnten Sie mir dann auch eine Gunst gewähren?« Olivia wußte, was kommen würde, und wandte sich ab. Aber Kinjal fragte unbeirrt: »Könnten Sie Jai erlauben, noch einmal vor Ihrer Abreise seinen Sohn zu sehen?«

Olivia schüttelte zitternd den Kopf. »Nein!«

»Ich weiß, Sie haben sich diesem Thema verschlossen. Aber damit ist es nicht aus der Welt geschafft«, beschwor sie Kinjal. »Sie mögen es zugeben oder nicht, Jai hat sich ehrenhaft verhalten. Sie haben selbst viel durchgemacht. Können Sie sich seine Selbstverleugnung, das Ausmaß seines Verlusts nicht vorstellen? Er hätte das nicht auf sich nehmen müssen. Und wir alle haben seine Großmut nicht erwartet. Aber er hat sich zu diesem Schritt überwunden. Glauben Sie nicht, er hat wenigstens diese *kleine* Geste verdient?«

Panik zuckte über Olivias Gesicht. Ihre blasse Haut wurde noch bleicher. Unsicher versteckte sie sich hinter dem Fächer. »Ich kann es nicht wagen, Kinjal. Sie müssen das verstehen, ich kann es nicht wagen. Er hat einmal nachgegeben. Vielleicht wird er es ein zweites Mal nicht tun.«

»Sie können ihm noch immer nicht vertrauen?«

»Ich hatte mich innerlich darauf eingestellt, ohne meinen zweiten Sohn zu leben. Aber wenn ich Amos jetzt verliere...!« Die alten, kaum verheilten Wunden begannen wieder zu bluten. Sie verübelte es Kinjal sehr, sie gezwungen zu haben, der Sache wieder ins Gesicht zu blicken.

»Jai würde Sie nie wieder verletzen...«

»Nein – er wird keine Möglichkeit mehr dazu haben!« Verwirrt, verunsichert und gepeinigt von den Schmerzen, die sie nie mehr verlassen würden, sprang Olivia auf und rannte aus dem Zimmer.

Kinjal sah ein, daß es sinnlos war. Was Jai Raventhorne anging, war Olivia noch immer nicht in der Lage, vernünftig zu denken.

*

Es kommt immer der Zeitpunkt, an dem man sich sogar an den Schmerz gewöhnt. Nachdem alle sie verlassen hatten – auch Alistair –, sank Olivia in eine tiefe Depression. Sie liebte Amos über alles, aber auch der Kleine konnte ihr den ungeheuren Verlust so wenig ersetzen, wie ein Bein das amputierte zweite ersetzen kann. Das Ausmaß ihres Kummers machte ihr Angst, denn er war bodenlos. Amos würde niemals mit seinem Bruder spielen. Sie würde nie wissen, wie Alistair aussah, nie die eigenen Züge in ihm gespiegelt sehen und sich immer nur Fragen stellen, Fragen, Fragen... Alistair würde auch nie die Mutter kennen und lieben, die bei seiner Geburt beinahe das Leben verloren und ihn dann weggegeben hatte wie einen unerwünschten Gegenstand, den man für wohltätige Zwecke stiftete. Würde er das verstehen? Konnte er es verstehen? Er war ihr Sohn. Ihr Blut hatte ihn ernährt, und doch würde sich ihr Schicksal und sein Schicksal auf verschiedenen Seiten der Erde erfüllen, ohne sich zu berühren oder zu durchdringen. Sie waren für immer wie Fremde, die sich nicht kennen, wenn sie sich auf der Straße begegnen. Im Lauf der Jahre würden sie beide vielleicht lernen zu glauben, der andere sei tot. Aber im Augenblick hatte Olivia das beklemmende Gefühl, Alistair lebendig begraben zu haben ...

Wie kann ich Jai Raventhorne nicht hassen?

Arthur Ransome kehrte aus Cawnpore zurück. Ohne alle Förmlichkeiten schloß er Olivia in die Arme. »Oh, mein Kind, mein armes, armes Kind ...« Mehr konnte er nicht sagen.

An seinen trostspendenden Schultern und in der Gewißheit seiner bedingungslosen Liebe weinte sie. »Du hast mir gefehlt, Onkel Arthur. Oh, du hast mir so gefehlt!«

»Ja, ich weiß. Estelle hat mir alles erzählt. Aber gewisse Dinge ... haben meine Zeit länger in Anspruch genommen. Ich wollte früher zurückkommen, aber ich habe es nicht über mich gebracht.« Er streichelte ihr unbeholfen den Rücken.

Olivia schämte sich ihrer egoistischen Worte. Auch er hatte einen schrecklichen Verlust erlitten und den Tod seines Freundes und Partners noch nicht verwunden. Auch er mußte getröstet werden, mußte lernen, mit einem amputierten Bein zu leben. Olivia trocknete die eigenen Tränen und versuchte, sein Leid zu lindern. Sie sprachen über Sir Joshua. Er erzählte von den alten Zeiten in Kanton, von den abenteuerlichen Jahren, als sie noch jung, unsterblich und unbesiegbar waren. Sie redeten stundenlang miteinander, behandelten Ransomes Wunden mit dem Wundermittel der Erinnerungen, und sie lachten auch, denn unvermeidlich kam das Gespräch auf Lubbock, seine erfrischende Derbheit und das Geschäft, das mittlerweile florierte.

Über Jai Raventhorne sprachen sie nicht.

Schließlich fragte Ransome besorgt: »War es klug, dein Kind in diesem Alter zu Freddie zu schicken?« Er war unglücklich über die gescheiterte Ehe, aber Olivias grausamen Akt der Selbstverleugnung konnte er nicht verstehen.

»Klug oder nicht, es war eine unumgängliche Entscheidung«, erwiderte Olivia mit erzwungener Unbekümmertheit. »Weißt du, jetzt haben wir beide einen Sohn.« Olivia stellte gerade wunderschöne

Rosen aus dem Garten in eine Vase, und ihre Worte klangen eher unbeschwert.
Zu unbeschwert …
Ransome kannte sie inzwischen gut genug, um sich nicht davon täuschen zu lassen. »Wie mir Lubbock berichtet, hast du die Hütten nicht abreißen lassen.«
»Nein. Das schien schließlich doch keine so gute Idee zu sein.«
»Und das Hotel? Den Gerüchten nach hast du das Projekt auf unbestimmte Zeit verschoben. Ich muß gestehen, das überrascht mich.«
Olivia lächelte. Der gerissene alte Fuchs – es überraschte ihn keineswegs! »Ich habe mich noch nicht endgültig entschieden.«
Er ging auf die Lüge nicht weiter ein. »Und was hast du mit dem Haus und dem Gelände vor, wenn du das Projekt aufgibst?«
Sie schnitt den Stiel einer Rose an, steckte ihn in die Vase und trat einen Schritt zurück, um den Strauß mit zusammengekniffenen Augen zu begutachten. »Ich weiß es noch nicht. Vielleicht werde ich verkaufen. Ich glaube, du weißt, daß Tante Bridget mir eine sehr großzügige Mitgift geschenkt hat …« Ransome nickte. »Das Geld war einmal für meine Mutter bestimmt, aber sie lehnte ihr Erbe ab. Über die Jahre hat sich bei Lloyd's in London mit den Zinsen ein beachtliches Kapital angesammelt. Die Hälfte habe ich hierher überweisen lassen, um allen meinen Verpflichtungen nachkommen zu können. Um ehrlich zu sein, ich brauche nicht noch mehr Geld. Aber das Templewood-Anwesen brauche ich auch nicht mehr. Ich bin deshalb versucht, mich auf die eine oder andere Weise davon zu befreien. Hättest du Einwände, wenn ich … es weggebe?«
Er sah sie überrascht an. »Mein Kind, du bist die Besitzerin! Du kannst damit tun und lassen, was du willst. Aber … wem willst du es geben? Einer karitativen oder pädagogischen Einrichtung?«
»Etwas in dieser Art.«
Sie aßen schweigend. Das Gespräch über das Templewood-Anwesen belastete ihre Versuche, über Belanglosigkeiten zu reden. Niedergeschlagen hingen sie bittersüßen Erinnerungen nach, denn die Geister der Vergangenheit spukten durch ihre Köpfe und ließen längst ver-

gessene Ereignisse wieder lebendig werden. Gedanken, die sie früher einmal gehabt hatten, verbanden sich und zeigten andere Zusammenhänge auf, zu neu, um sie zu übersehen. Und so brachte schließlich Ransome unvermeidlich das Thema zur Sprache, das sie den ganzen Abend über sorgfältig vermieden hatten.

»Es gibt ein paar sehr merkwürdige Gerüchte über Jai Raventhorne. Vielleicht hast du sie schon gehört.«

»Nein. Ich kümmere mich nicht mehr um geschäftliche Angelegenheiten.« Aber dann konnte sie die Frage doch nicht unterdrücken. »Was sind das für Gerüchte?«

»Man sagt, er zieht sich aus Kalkutta zurück.«

Olivia goß gerade den Kaffee ein, aber plötzlich verharrte ihre Hand. »Er zieht sich zurück?«

»Ja. Es heißt, er will Ranjan Moitra Trident übergeben.« Ransome nahm die angebotene Tasse und sah sie durchdringend an. »Man ist allgemein der Ansicht, er sei nicht in der Lage, die Demütigung durch ... Farrowsham zu ertragen. Er hat sein Gesicht verloren und kann sich in der Geschäftswelt nicht mehr sehen lassen.«

Olivia stand mit einer heftigen Bewegung auf und griff nach der Schere, mit der sie die Rosenstiele geschnitten hatte. »Und du glaubst das auch?«

»Nein.« Ransomes Blick wurde noch durchdringender. »Jai ist vielleicht ein schlechter Verlierer, aber er kümmert sich nicht im geringsten um die öffentliche Meinung. Gelegentlich ist er töricht sentimental gewesen, aber er ist kein Schwächling. Ein Rückschlag könnte ihn nicht dazu bringen, daß er alles aufgibt, worum er viele Jahre gekämpft hat. Es gibt auch eine andere Erklärung für seinen überraschenden Entschluß.« Seine Augen durchbohrten sie. »Von Estelle habe ich von dieser ... erstaunlichen Entführung deines Sohnes gehört. Könnte es vielleicht damit etwas zu tun haben?«

Olivia gelang es erfolgreich, überrascht zu wirken. »Nein, natürlich nicht. Warum sollte es?«

»Ja, warum sollte es?« wiederholte er. »Ich hoffte, du könntest mir diese Frage beantworten. Es war ein Verbrechen, ganz gleich, was ihn dazu getrieben haben mag. Ich muß sagen, ich war entsetzt, mehr als entsetzt darüber, daß Jai sich in seiner Niedertracht an einem unschuldigen Kind vergreift.«

Olivia nahm gereizt alle Rosen wieder aus der Vase und begann, sie neu zu arrangieren. »Er hat seinen Vater umgebracht, auch wenn er nicht selbst geschossen hat, er hat Tante Bridgets Leben ruiniert und versucht, auch das seiner Halbschwester zu zerstören. Und du behauptest immer noch, du seist entsetzt?« Olivia lachte.

»Sein Haß auf uns war gerechtfertigt«, erwiderte Ransome leise, aber mit Nachdruck. »Und das, was er dem armen irregeleiteten Josh angetan hat, werde ich ihm vielleicht nie verzeihen können. Aber, um gerecht zu sein, Jai war nicht allein der Übeltäter.«

»Vielleicht hält er seinen Haß auf mich ebenfalls für gerechtfertigt!«

»Gewiß. Aber was rechtfertigt deinen grenzenlosen Haß auf ihn, Olivia . . .?« fragte er leise.

Dieser wohl höchsten Barriere hatte Arthur Ransome sich noch nie genähert. Olivia wußte, ihm war ihr Vorhandensein bewußt. Sie wollte jedoch noch nicht auf all ihre Schutzmauern verzichten, hob die Schultern und erwiderte mit betonter Kühle: »Die Rechtfertigung liegt doch auf der Hand. Er hat vielen, die auch ich geliebt habe, so geschadet, daß keine Wiedergutmachung möglich ist.«

In Erinnerung an die eigenen schweren Verluste schwieg Ransome betroffen. Dann sagte er: »Auch er hat Schaden genommen, der nicht wiedergutgemacht werden kann, Olivia. Das spüre ich. Jai scheint verschwunden zu sein. Zumindest ist niemand bei Trident bereit, darüber Auskunft zu geben, wo er sich aufhält, wenn sie es überhaupt wissen. Seine Häuser sind verschlossen und verriegelt, viele seiner Dienstboten sind in ihre Dörfer zurückgeschickt worden. Die *Ganga* ist gestern ausgelaufen, aber ohne ihn. Die Gerüchte über sein Verschwinden werden von Tag zu Tag wilder. Pennworthy hat mir gesagt, auf der Sitzung der Handelskammer gestern sei kaum über etwas anderes gesprochen worden.«

Olivia hatte die Rosen endlich zu ihrer Zufriedenheit geordnet, nahm die kostbare Wedgewoodvase und stellte sie mitten auf den Tisch, an dem Ransome saß und seinen Kaffee trank.

»Wenn er verschwunden ist«, sagte Olivia hart und ungerührt, »dann laß uns hoffen, daß sein Verschwinden endgültig ist.«

*

Endlich verlasse ich Indien! schrieb Olivia in das lange vergessene Tagebuch. *Ich werfe die Fesseln ab. Der Banjanbaum kann keine Wurzeln mehr über mich werfen.*

Das schwarze, ledergebundene Tagebuch war einmal ihr ständiger Begleiter gewesen, der Vertraute ihrer Nächte. Aber seit beinahe zwei Jahren hatte es vergessen in einer Schublade gelegen, und erst beim Aufräumen war Olivia wieder darauf gestoßen. Im Hochgefühl der Befreiung hatte sie plötzlich von neuem das Gefühl, ihre Erleichterung mit jemandem teilen zu müssen, und sei es auch nur ein lebloses Tagebuch.

Die *George Washington,* so hatte ihr Willie Donaldson mit großer Zufriedenheit versichert, sei ein modernes Schiff, ein Klipper, der unter amerikanischer Fahne segelte, mit einem amerikanischen Kapitän und einer amerikanischen Mannschaft. Der Klipper war gut ausgerüstet und hatte bequeme Kabinen mit vielen Bullaugen für frische Luft. Die *George Washington* sollte in etwa zwei Wochen in Kalkutta einlaufen, kurze Zeit später Richtung Pazifik segeln und Honolulu in Rekordzeit erreichen. Da ihre Angelegenheiten inzwischen weitgehend erledigt waren, blieb Olivia wenig mehr zu tun, als ein geeignetes Kindermädchen für Amos zu finden. Im Palais war fast alles aufgeräumt, die Tresorräume waren verschlossen und versiegelt. Die ordentlich gekennzeichneten Schlüssel hatte sie Donaldson übergeben. Diesmal fügte sie sich seinen Wünschen. Das Palais sollte nicht vermietet werden. Ein Teil der Dienstboten würde bleiben und alles in Ordnung halten.

»Bestimmt wird eines der Kinder eines Tages nach Kalkutta zurückkehren und sich über den Lohn von Calebs Mühen freuen!« Donaldson hatte energisch dafür plädiert, das geheiligte Palais unangetastet zu lassen. Olivia hatte sich nicht mit ihm gestritten. Ja, vielleicht würde Alistair eines Tages nach Indien zurückkehren. Sie hatte kein

Recht, sein Erbe anzutasten. Für sie blieb nur noch das Problem des Familienschmucks der Birkhursts. Aber darüber, so beschloß Olivia, würde sie später nachdenken.
Eine junge Anglo-Inderin gefiel Olivia am besten von den Frauen, die sich als Kindermädchen bewarben. Sie war jung und trug den ellenlangen, vollmundigen Namen Bathsheba Smith Featherstonehaugh. Sie hatte gute Zeugnisse, und Cornelia Donaldsons Schwägerin in Bombay empfahl sie, denn sie sei in Kinderpflege und im Haushalt bestens bewandert. Außerdem war sie aufgeweckt, fröhlich, angenehm und konnte ansteckend lächeln – das gefiel Olivia am besten. Sie erzählte, ihr Vater sei Adjutant eines hohen Offiziers in Puna gewesen und im afghanischen Krieg gefallen. Die Mutter, deren Nationalität in der walnußbraunen Haut der jungen Frau unverkennbar war, sei bald darauf an den Pocken gestorben. »Aber ich habe eine Großmutter in Newcastle«, erzählte sie begeistert bei der Aussicht auf eine Überseereise. »Sie ist Engländerin, denn mein Vater war auch Engländer.«
»Und wofür halten Sie sich?« fragte Olivia.
Die Frage überraschte sie. »Für eine Engländerin natürlich. Weshalb sollte ich sonst unbedingt nach Hause fahren wollen?«
Olivia brachte es nicht über sich, ihr jetzt schon zu sagen, daß ihr ›Zuhause‹ oder das, was sie dafür hielt, eine halbe Weltreise von Honolulu entfernt sein würde. Die Antwort der jungen Frau machte sie niedergeschlagen. Wie Amos gehörte sie zu zwei Welten – oder zu keiner. Und für Menschen wie sie, die von beiden Welten abgelehnt wurden, standen nicht viele Möglichkeiten offen. Es gab jedoch die dritte Welt – Amerika! –, in der sich viele Völker mischten und die diesbezüglich weniger grausam war als die meisten anderen. Olivia beschloß, die junge Frau einzustellen, und verkürzte ihren Namen sofort auf Sheba.
Erst nachdem Olivia dem neuen Kindermädchen die Pflichten erklärt und ihr den Tagesablauf des Kindes aufgeschrieben hatte, bemerkte sie plötzlich das Tagebuch, das immer noch auf dem Tisch lag. Der Wind hatte die Seiten umgeblättert, und vor ihr sah sie eine Seite, auf der nur zwei Sätze standen.

Gestern bin ich einem Mann begegnet. Ich würde ihn gerne wiedersehen.

Diese unschuldigen und ahnungslosen Worte hatte sie einmal auch ihrem Vater in einem Brief geschrieben. Sie hatte nicht geahnt, daß diese harmlosen Worte den Anfang einer Odyssee bildeten, die vor mehr als zwei Jahren begonnen hatte und erst jetzt zum Abschluß gebracht werden – vielleicht aber auch unbeendet bleiben sollte.

Mein Leben ist zu Ende und doch nicht zu Ende.

Das hatte ihre Tante einmal über ihr eigenes Leben gesagt. Die Analogie beunruhigte Olivia.

Unklugerweise begann sie, in den Seiten des Tagebuchs zu blättern, ohne daß ihr bewußt wurde, was sie tat. Ihr Bericht begann aufgeregt mit der Ankunft in Kalkutta, ihrer ehrfurchtsvollen Bewunderung des Mannes, der ihr Onkel war, und der ersten Begegnung mit ihrer Tante und Estelle. Wie von der eigenen Handschrift hypnotisiert, las Olivia noch einmal ihre ersten Eindrücke, die Verwirrung, das Heimweh, die Begeisterung, Verwunderung und die Ausflüge in ein Land, das so erschreckend fremd war. Unter den vielen Notizen befand sich auch die Erwähnung des unerschrockenen jungen Engländers Courtenay (oder Poulteny!) der ›einheimisch‹ geworden war, was Olivia zum Besuch des Basars in der Chitpur Road veranlaßt hatte. Hin und wieder fanden sich leere Seiten, wenn sie zu müde oder zu erregt gewesen war, um ihre Gedanken niederzuschreiben. Der letzte Eintrag und das letzte Datum im Tagebuch, dem sie alles anvertraut hatte, war der Tag vor Jai Raventhornes Abreise auf der *Ganga* mit ihrer Cousine Estelle – und mit ihrer Zukunft.

Das Tagebuch war ein Mikrokosmos ihres Lebens in Kalkutta vom ersten Tag bis hin zu den hastig hingekritzelten Sätzen, die sie in ihrem Jubel an diesem Tag geschrieben hatte. Im gierigen Wiedererleben dieser Zeit durch das Tagebuch stellte Olivia fest, daß sie einen großen Fehler begangen hatte. Wie durch ein verstopftes Kanalrohr, das mit scharfen Chemikalien gereinigt wird, begannen die Erinnerungen zu fließen – erst langsam, dann schneller und schließlich wie ein Sturzbach. Mit dem ungehinderten Fluß kam ein Berg von Bruchstücken, vergessenem Treibgut eines Lebens, das vielleicht nie

Wirklichkeit geworden wäre. Noch ehe Olivia das Leck verstopfen konnte, war ihr Bewußtsein überflutet. Sie bekam keine Luft mehr und glaubte zu ertrinken, aber dann trieb sie auf den Wellen der Erinnerung dahin. Wie in Trance ging sie zur Kommode und nahm den braunen Umschlag heraus, den man ihr bei der Rückkehr von Amos übergeben hatte. Ihr Verstand wehrte sich empört, aber die Finger rissen den Umschlag auf und entzogen sich jeder Kontrolle durch ihren Kopf.

In dem braunen Umschlag lag ein zweiter. Er war einmal weiß gewesen, inzwischen aber fleckig und zerknittert, als sei er durch viele Hände gegangen. Olivia überließ sich dem Sog. Sie öffnete auch diesen Umschlag. Darin lag nur ein Blatt Papier.

»Ich habe Dir einmal gesagt, ich sei schwach«, las sie in der Handschrift, die sie bis in alle Einzelheiten kannte. »Wenn Du das liest, wirst Du es nicht länger bezweifeln. Wäre ich kein Feigling, dann müßtest Du nicht den Schmerz ertragen, diese Worte in einem Brief zu lesen. Statt dessen würde ich Dich in meinen Armen halten und Dich mit meiner Zärtlichkeit umfangen. Du würdest Deine Ohren an mein Herz drücken und aufmerksam seiner Sprache lauschen, den Tönen der Liebe, für die es keine Sprache, keine Worte gibt, denn sie sind in ihrem Schweigen beredt. Ich müßte Dich nicht um Vergebung für die unzureichenden Sätze bitten, hinter denen ich mich verberge, weil mir der Mut fehlt, Dir gegenüberzutreten. Und irgendwo in Deinem Herzen, das weiß ich, würdest Du nicht daran zweifeln, daß ich Dich liebe, trotz der Befehle und Zwänge aller Vernunft.

Ich nehme Estelle mit nach England. Warum? Ich habe nicht die Kraft, Dir Antworten zu geben. Dazu mußt Du zu Arthur Ransome gehen, denn er weiß alles und noch mehr. Ich tue, was ich tun muß. Ich vollziehe ein Ritual des Exorzismus. Wenn ich Dich verdienen soll, dann muß ich unbefleckt zurückkehren. Und ich werde zurückkehren, meine Olivia, das bitte ich Dich, mir zu glauben. Den Schmerz, den ich Dir zumute, erleide ich zehnfach. Aber wenn Du mir in Deiner grenzenlosen Güte auch weiterhin vertrauen, sogar das ertragen kannst, was ich jetzt gewählt habe zu sein, dann wird sich

die Hoffnung erfüllt haben, die die Lebenskraft dieses unseligen Mannes ist, dem Du bereits alles anvertraut hast.
Wohin ich auch gehe, meine schöne, unschuldige Olivia, Du wirst mich begleiten – unsichtbar und unhörbar, aber immer da, wo ich Dich erreichen und berühren kann. In sechs Monaten werde ich zurückkommen. Du mußt dann bereit sein, einen Mann zu empfangen, der am Ende seiner Kräfte ist, weil Du ihm fehlst, ein Mann, der noch weniger heil und ganz ist als jetzt. In seiner ungeheuren Anmaßung wird er glauben, daß Du ihn noch immer liebst. In seiner größten Demut wird er wissen, Du liebst ihn, nicht weil er es verdient, sondern weil Du ihm gnädig verzeihst.
Ich verletze Dich, ich stelle unglaubliche Forderungen, ich erkläre nichts. Ich fordere von Dir ein Opfer, das Du nicht verstehen kannst. Schamlos biete ich Dir dafür nichts als mich und alles, was ich habe – und eine Liebe, die alle meßbaren Dimensionen übersteigt. Ich staune über diese lächerliche Entschädigung und frage mich: Kann es je genug für Dich sein? Der kühle Verstand sagt mir, was ich erwarte, ist Wahnsinn. Der egoistische Instinkt tröstet mich, daß es nicht so ist. In meiner dunkelsten Stunde klammere ich mich mit Staunen an Deine leichtfertigen, aber so mutigen Beteuerungen, an Dein Verspechen, mir rückhaltlos zu vertrauen. Ich trage Dich bei mir – immer. Ich fahre davon, aber ich lasse mein Herz zurück.«
Olivia hielt den Brief in der Hand, den Jai Raventhorne geschrieben und an dessen Vorhandensein sie nicht geglaubt hatte. Sie saß die ganze Nacht über am Fenster, blickte hinaus und sah nichts. Sie trieb in der tosenden Flut der Erinnerungen, aber schließlich gelang es ihr mit ungeheurer Willenskraft, dagegen anzukämpfen und die Fluten zurückzudrängen. Als das erste violette Morgenlicht den Horizont im Osten färbte, waren ihre Gedanken wieder ruhig und klar. Gefaßt nahm sie das Tagebuch und den Brief, ging damit ins Bad und verbrannte beides in einer Ecke auf dem Steinboden. Ohne besondere Gefühle sah sie zu, wie die Flammen das Papier in schwarze Asche verwandelten. Dann fegte sie das kleine Häufchen vorsichtig auf eine Schaufel und streute die Asche im frühen Morgenlicht aus dem Fenster.

Es gibt eine Zeit der Erinnerung, es gibt eine Zeit des Vergessens – eine Zeit, um das zurückzulassen, was unwiederbringlich verloren ist.
Doch in der nächsten Nacht setzten Olivias Alpträume ein und quälten sie unerbittlich.

*

Erstaunlicherweise war die Spinne noch da – und auch ihr Netz.
Es war zumindest irgendeine Spinne und irgendein Netz. Olivia besaß nicht das erforderliche Wissen, um eine Spinne von einer anderen unterscheiden zu können. Deshalb wäre es kühn gewesen, zu behaupten, dies sei die dicke, pelzige kleine Spinne von damals oder nur eine bemerkenswerte ähnliche Verwandte. Das riesige Netz versperrte jedoch noch immer den Pfad im Wald in der Nähe des Mahrattengrabens. Auch an diesem frühen Morgen, von Tau benetzt, wirkte es wie ein juwelengeschmückter Wandschirm aus schwarzer Spitze. Der Banjanbaum war natürlich noch derselbe. Die gewundenen Wurzeln boten noch immer bequeme Sitze wie vor mehr als zwei Jahren. Olivia setzte sich versonnen und beobachtete das zielgerichtete Treiben der geschäftigten kleinen Spinne, die ihrerseits Olivia nicht zu beachten geruhte. Der Kopf mit den Knopfaugen glitt wie ein Uhrpendel von einer Seite zur anderen und spann die Fäden der Zeit, Millimeter um Millimeter – Seide von erlesenster Zartheit. Die Spinne registrierte die neugierige Beobachterin sehr wohl und warf ihr von Zeit zu Zeit prüfende Blicke zu, ohne jedoch die Arbeit zu unterbrechen. Olivia erfaßte wehgmütiger Neid. Wie paradiesisch, im Leben nur eine Aufgabe zu haben – nur diesen einen Faden des Daseins spinnen, in dem es nur das Hier und Jetzt gab!
Im Wald hatte sich nichts verändert, seit sie ihn an jenem Morgen verlassen hatte. Nur Jasmin fehlte, sie war an ein Waisenhaus verschenkt worden. Die anderen Pferde der Templewoods und die Kutschen hatte Lubbock übernommen. Olivia ritt diesmal eine andere Stute, ein schwarzbraunes Pferd aus Freddies Ställen. Und wenn sie die Augen schloß, konnte sie sogar das Bellen der Hunde hören.
Warum war sie an diesem Morgen hier? Olivia fand keine Antwort,

die ihre Vernunft billigen konnte. Zu ihrer großen Freude hatte Dr. Humphries ihr endlich wieder das Reiten erlaubt. »Aber kein Jagdspringen«, hatte er streng hinzugefügt. »Nehmen Sie ein Pferd, das eine Lady ist – und dann reiten Sie auch wie eine Lady: im Damensattel!« Olivia hatte eine Ewigkeit lang nicht mehr auf einem Pferd gesessen, und das Gefühl der Freiheit erfaßte sie wie ein Taumel. Aber warum ritt sie durch den Wald? Olivia fand noch immer keine Antwort auf diese seltsame Frage. Offenbar hatte sie eine ungreifbare und sadistische Kraft hierher geführt, die in ihrem Unterbewußtsein schlummerte.

Und vermutlich die schrecklichen, sich Nacht für Nacht wiederholenden Alpträume.

Tagsüber gehorchte ihr der Verstand im allgemeinen. Aber in der Nacht, wenn die Kontrolle des Bewußtseins fehlte, spielte er ihr böse Streiche. Wie weiße Kaninchen aus dem Hut eines Zauberers verwandelten sich ohne ihre Erlaubnis oder ihr Zutun unzusammenhängende Fragmente in Bilder der Vergangenheit. Ihr Unterbewußtsein schien in aller Heimlichkeit und ohne ihr Wissen offenbar jedes Wort, jeden flüchtigen Gedanken, jede Geste und jede Empfindung aufbewahrt und gespeichert zu haben. In ihren Alpträumen hallten Echos und Töne mit erschreckender und vergessener Klarheit wider. Olivia sah im Schlaf Gesichter, sie berührte, schmeckte und roch Dinge, die für sie keine Bedeutung mehr haben sollten. Reiner Wahnsinn trieb sie an diesem Morgen hierher, aber Olivia konnte die seltsamen Halluzinationen ebensowenig vertreiben wie den Bann, den der Wald, dieser Zauberer, über sie warf.

Sie erkannte mit einer Ruhe, die sie in Erstaunen versetzte, daß die Rückkehr in die Vergangenheit unvermeidlich war. Vielleicht lag in der getreuen Wiederholung ihre Rettung, ihre endgültige Befreiung. Sie konnte den Erinnerungen, die sie verachtete, nicht länger aus dem Weg gehen. Um sich endgültig von ihnen zu befreien, mußte sie nacheinander jede einzelne wieder hervorholen, sie aus dem Abstand betrachten und dann für immer begraben. Die Lösung hieß: nicht verbergen, sondern kühne Konfrontation.

Der Teich mit den Wasserlilien, über dem noch immer die Libellen tanzten, lag faulig und unbewegt unter einer Decke aus giftgrünem Schleim. Der Bel-Baum trug um diese Zeit noch keine Früchte, sondern erst wieder im Frühling.

Ich kann alles ertragen, was zu sein du beschließt.

Hier hatte sie diesen Satz ausgesprochen.

Er saß auf jenem Stein und sagte: *Ich weiß immer, wo du bist. Du kannst dich nicht vor mir verstecken.*

Staunend hatte er sie gefragt, welche Hartnäckigkeit sie antrieb.

Eine Hartnäckigkeit, die man Liebe nennt.

Von sich selbst distanziert, hörte Olivia ihre Stimme, die sich zu dieser Liebe bekannte. Sie hörte sie ebenso deutlich wie das Bellen der Hunde, die um sie herumsprangen. Und hier hatte er immer wieder über seine Verrücktheit gestöhnt. Aber jetzt schien nicht nur er an dieser Verrücktheit zu leiden...

*

Olivia nahm dankbar Arthur Ransomes Hilfe an, als sie die letzte, mühsame Bestandsaufnahme im Palais machte. Außerdem konnte die Frage, was mit dem Familienschmuck geschehen sollte, nicht länger aufgeschoben werden. Der Tag der Abreise rückte näher. Olivia mußte eine Entscheidung treffen und wollte Ransomes Rat in dieser Angelegenheit unbedingt hören. Nachdem sie zusammen die langen Inventarlisten von Küche, Vorratskammer, Stallungen und den Geräteschuppen der Gärtner durchgegangen waren, fragte Olivia Ransome beim Frühstück: »Ich habe nicht vor, den Schmuck mitzunehmen. Fändest du es klug, ihn bei Pennworthy im Tresor aufbewahren zu lassen? Wenn ich das tue, dann wird Donaldson es erfahren und wissen wollen, warum ich den Schmuck nicht mitnehme.«

Ransome reagierte heftiger, als Olivia erwartet hatte. »Der Schmuck gehört dir!« erklärte er kategorisch. »Du hast das Recht, ihn mitzunehmen, wohin du auch gehst. Wie schwerwiegend deine Probleme mit Freddie auch sein mögen, du bist immer noch seine Frau und die Baronin. Ganz zu schweigen davon, daß du die Mutter seiner beiden Söhne bist.«

Vielleicht lag es daran, daß Olivia noch immer nicht ganz bei Kräften war, oder an ihrer inneren Unausgeglichenheit, vielleicht war sie aber auch nur aller Täuschungen überdrüssig... Sie beschloß spontan, Arthur Ransome die ganze Wahrheit zu sagen. Die Lügen sollten ein Ende haben. Olivia verabscheute sie inzwischen, besonders die schäbigen Halbwahrheiten, mit denen sie diesen anständigen Mann getäuscht hatte, der ihr die Freundschaft und Liebe schenkte, die sie so dringend brauchte. Er hatte etwas Besseres als diese Lüge verdient.

Nach dem Frühstück legte Olivia die Serviette zusammen und fragte gefaßt: »Hast du dich nie gewundert, Onkel Arthur, warum du nach der Taufe Amos immer nur flüchtig gesehen hast, obwohl er dein Patenkind ist?«

Er runzelte die Stirn, denn er verstand die plötzliche Frage nicht. »Amos? Nun ja, nein. Das heißt...«, er rutschte unruhig auf dem Stuhl hin und her und wurde rot, »doch. Ich muß gestehen, ich habe mich manchmal gefragt...«

Olivia stand auf. »Du wirst ihn jetzt sehen. Dann werde ich dir nichts weiter erklären müssen.« Sie verließ den Raum und rief Sheba.

Ransome hatte Olivia nicht gesagt, daß man sich diese Frage in der ganzen Stadt stellte. Aber er zweifelte nicht daran, daß sie das sehr wohl wußte. Es hatte boshafte Gerüchte über die Gründe gegeben, aus denen ihr Kind so einsam aufwuchs. Ransom hatte nie darüber gesprochen, aber es hatte ihn geschmerzt, auf *Burra Khanas* soviel darüber zu hören, und hin und wieder hatte er Olivia tapfer verteidigt. Er war nicht auf den Kopf gefallen und hatte vermutet, daß Amos in diesem Schattentheater, das er immer noch nicht ganz verstand, eine Rolle spielte – eine weit größere Rolle, als man dem Anschein nach vermutet hätte.

Olivia kam kurz darauf mit dem Kind zurück. Der inzwischen fünfzehn Monate alte Amos entdeckte gerade den Gebrauch seiner Füße und bestand darauf, mit dieser Errungenschaft seine Welt zu erkunden. Er lief unsicher und hielt sich an einem Finger seiner Mutter fest, stolperte ein- oder zweimal und fiel dann mit einem Plumps mitten auf den Teppich. Olivia ließ ihn dort sitzen, ging zum Tisch zu-

rück und nahm Ransome gegenüber Platz. Amos sah sich nach etwas um, mit dem er spielen konnte, entdeckte ein Kissen und untersuchte es mit großem Interesse.
Olivia beobachtete Ransome. Sie ließ ihn nicht aus den Augen, als er das Kind ansah. »Also?«
Sein Blick wurde plötzlich aufmerksamer, und er runzelte die Stirn. Nach Verwirrung und Erstaunen zeigte sich in seinem Gesicht noch etwas anderes. Die Erkenntnis dämmerte erst langsam, dann hatte er plötzlich alles begriffen und hielt die Luft an. »Allmächtiger!« flüsterte er erschrocken. »Sehe ich Gespenster, Olivia? Täuschen mich meine Augen ...?«
»Nein, deine Augen täuschen dich nicht. Der Mensch, an den dich Amos so unverkennbar erinnert, ist wirklich sein Vater. Muß ich noch etwas erklären?«
Ransome schüttelte den Kopf und wurde totenblaß. Er fand keine Worte.
Amos kaute inzwischen auf einem Zipfel des Kissens herum, und der Stoff konnte jeden Augenblick zwischen seinen Zähnen zerreißen. Olivia stand auf, zog an der Klingelschnur und nahm dem Kleinen behutsam das Kissen aus den Händen. Wütend riß Amos den Mund auf und begann zu schreien. Aber noch bevor er seine volle Lautstärke, die sehr beachtlich war, erreicht hatte, erschien Sheba leise im Zimmer, nahm ihn auf den Arm und verschwand mit ihm. Das wütende Geplärr dauerte an, bis sich die Tür des Kinderzimmers hinter den beiden geschlossen hatte.
»Wie du siehst«, bemerkte Olivia trocken, »ist die Ähnlichkeit nicht nur äußerlich.«
Das Zwischenspiel hatte Ransome geholfen, sich etwas zu fassen und seine Selbstkontrolle wiederzufinden, aber der Schock stand ihm noch deutlich im Gesicht geschrieben. »All diese Monate, all diese Jahre! Du mußt schrecklich gelitten haben!« Fassungslos und benommen wischte er sich mit schnellen, ungeschickten Bewegungen die Stirn. »Und dieses ständige Versteckspiel muß dich unendlich viel Kraft gekostet haben. Ich ... ich weiß wirklich nicht, was ich sagen soll ...«

Keine Verurteilung! Keine Empörung! Olivia war gerührt von soviel Verständnis und dem schlichten aufrichtigen Mitgefühl. »Ich habe Freddie geheiratet, weil ich jemanden heiraten mußte«, sagte sie mit belegter Stimme. »Und weil nur Freddie anständig und dumm genug war, mich zur Frau zu nehmen. Auch Freddie hat gelitten. Auch ihn hat es viel, manchmal zuviel Kraft gekostet, mein Versteckspiel mitzumachen. Verstehst du jetzt, weshalb ich mich von Alistair trennen mußte? Und warum ich glaube, daß ich kein Recht habe, den Schmuck zu behalten?«
Ransome ließ tief betrübt den Kopf sinken und schüttelte ihn langsam. »Ich hatte gewisse Vermutungen, mein Kind, weshalb du innerlich so aufgewühlt warst. Und natürlich ahnte ich, daß du Jai besser... kanntest, als du mir weismachen wolltest. Aber *das* habe ich nicht geahnt. Was mußt du für Qualen und Ängste durchgemacht haben!« Er war immer noch erschüttert und benommen, trotzdem drängten sich ihm die naheliegenden Schlußfolgerungen auf, und er murmelte: »Vermutlich hat Jai von dem Kind nichts geahnt, als er sich diese unverzeihliche Entführung zuschulden kommen ließ.«
»Nein, aber jetzt weiß er es.«
Ransome dachte nach. »Glaubst du, er hat ihn deshalb zurückbringen lassen, obwohl er etwas anderes angedroht hatte?«
»Ich habe keine Ahnung«, erwiderte sie kalt. »Seine Gedankengänge sind mir ebenso verschlossen wie allen anderen auch.«
Ransome hätte beinahe gelächelt. Er wußte, Olivia kannte Jai Raventhornes Gedanken ebensogut wie ihre eigenen, aber er ging auf ihre Bemerkung nicht ein. »Aber er hat doch bestimmt seit diesem Vorfall Kontakt zu dir aufgenommen? Er hat doch bestimmt angeboten, nun ja, dir zu helfen...?«
Olivia richtete sich energisch auf. »Seine Hilfe ist nicht erforderlich! Amos untersteht meiner Verantwortung, und er wird ein Birkhurst bleiben.«
»Ja, ja, natürlich... Ich meine nur...« Er verstummte verlegen. Als er weitersprach, wechselte er das Thema. »Die Gerüchte überschlagen sich noch immer. Es wird behauptet, Moitra werde Temple-

wood und Ransome ein Kaufangebot machen, das heißt für das Wenige, was noch vorhanden ist.«

»Aha.« Sie hob eine Augenbraue und lächelte sarkastisch. »Da es ihm nicht gelungen ist, euch auf die Straße zu werfen, macht er sich jetzt das Vergnügen, euer Firmenschild zu kaufen. Geht es darum?«

Ransome breitete gleichgültig die Hände aus. »Vielleicht. Ich neige dazu, ihm das Vergnügen zu gönnen.« Er nahm zwei Pillen aus dem Arzneifläschchen, das er immer bei sich trug, und schluckte sie mit Wasser hinunter. Plötzlich wirkte er so gelassen wie Olivia. »Ich meine, mein Kind, auch ich habe genug von Indien«, erklärte er plötzlich. »Es kommt eine Zeit, da will einen das Land verschlingen und sich so das zurücknehmen, was es gegeben hat. Indien bricht einem den Geist und alle Kräfte des Körpers. Indien ist kannibalisch und vernichtet uns alle, so wie Josh und Bridget und vielleicht sogar dich. In letzter Zeit sehne ich mich nach den grünen Wiesen von England, wo ich die letzten Jahre meines Lebens ohne Furcht vor Raubtieren verbringen kann. Auch ich möchte plötzlich nach Hause, Olivia ...«

Olivia musterte das müde Gesicht überrascht und traurig. Sie hatte noch nie aus seinem Mund gehört, daß er England als ›Zuhause‹ betrachtete. »Wo willst du in England leben? Denkst du an einen bestimmten Ort für deinen Ruhestand?«

Ransome lachte bitter. »Die Tragödie besteht darin, daß ich von einem fremden Land als meinem ›Zuhause‹ spreche. Ich habe eine Schwester in Exeter, aber ich habe sie als Zehnjähriger zum letzten Mal gesehen. Jetzt ist sie eine Großmutter. Ich bezweifle, daß wir uns wiedererkennen werden. Alle meine Freunde sind hier. Meine einzige Identität mit England besteht darin, daß ich mich auf der Straße nicht von allen anderen unterscheiden werde.« Er seufzte und lachte leise, als sei er über sich selbst ungehalten. »Ach ... alles Unsinn! Das Alter macht mich sentimental. Mein Zuhause ist hier. Ich habe kein anderes. Wenn ich sterbe, möchte ich in indischem Boden neben Josh begraben werden.«

Salim brachte frischen Tee, und Olivia füllte stumm ihre Tassen. Ihr fiel nichts ein, was sie hätte sagen können. Alles würde falsch und oberflächlich klingen, aber sie teilte seine Einsamkeit. Auf seine Weise gehörte auch er zu zwei Welten und doch zu keiner, wie so viele Engländer, die sich ihrer Heimat entfremdet hatten.

»Du mußt mein Gerede nicht ernst nehmen«, sagte Ransome und schüttelte seine Niedergeschlagenheit ab. Dann zwang er sich zu einem Lachen. »Ich könnte nie mehr in England leben... Ebensowenig, wie es Josh gekonnt hätte. Wir haßten beide die verfluchten Regenschirme, die man dort ständig mit sich herumschleppen muß. Ganz zu schweigen von den teuflisch kalten Wintern und dem wäßrigen Zeug, das sie Essen nennen. Außerdem, was würde ich ohne meinen Diener machen? Mein Gott, ich kann ja nicht einmal ein Paar Socken finden!« Sie lachten beide, tranken den heißen Tee und sprachen über Belanglosigkeiten, um die unsinnige Niedergeschlagenheit abzuschütteln. Und als Ransome schließlich aufstand, sagte er plötzlich: »Ach, das wildeste Gerücht habe ich dir noch nicht erzählt. Vielleicht muntert es dich auf und vertreibt den Kummer, den ich dir heute morgen gemacht habe. Einige behaupten zwar, Jai sei in Assam im selbstauferlegten Exil, aber es gibt andere, die es bestreiten. Man erzählt sich mit immer größerer Überzeugung, *Kala Kanta* sei vermutlich tot. Na, ist das nicht etwas, das viele Herzen froher schlagen läßt – vielleicht sogar deines?«

Dreiundzwanzigstes Kapitel

War er tot?

Die Frage ging Olivia nicht mehr aus dem Sinn. Sie zerrte an ihren Nerven und drängte sich in alle Gedanken. Olivia verstand die Hartnäckigkeit nicht, mit der sich diese Frage behauptete. Sie wurde sich selber fremd. Sie ritt jeden Morgen aus, um ihre Welt, die aus den Angeln zu gehen drohte, im Gleichgewicht zu halten. Sie kämpfte darum, den Verstand nicht zu verlieren. Ihre Ausritte führten sie weit ins Land hinaus, am Fluß entlang und in die Wälder am anderen Flußufer. Aber trotz der wimmelnden Menschenmassen um sie herum erlebte sie Kalkutta als eine Geisterstadt. Überall sah sie Gespenster: im Mangohain, im einsamen Buschland, in den Basaren, Tempeln und am Fluß – vor allem am Flußufer. Die *Ganga* lag wieder im Hafen, in Schweigen gehüllt, am Kai von Trident. Olivia fürchtete inzwischen die Wiederbelebung der Vergangenheit, von der sie so leidenschaftlich gehofft hatte, sie sei ein Weg zur Befreiung und Loslösung. Anstatt die Vergangenheit zu vertreiben, begannen die Erinnerungen, Olivia wieder das Blut auszusaugen. Ironischerweise war diesmal ihr Gegner unbesiegbar, denn der Gegner war sie selbst. Ja, ihr Leben war noch nicht beendet. Es war wie ein besticktes Kleid, bei dem die Säume noch nicht umstochen sind. Alle anderen Kapitel ihres Lebens waren in Ordnung gebracht. Sie konnte das Letzte nicht einfach unvollendet lassen.

»Ist er tot?«

Bei dem letzten Besuch in Kirtinagar stellte Olivia ihrer Freundin Kinjal die Frage, die sie nicht abschütteln konnte. Sie hatte Amos und Sheba zum Abschied von einer Familie mitgenommen, die sie jetzt als die eigene empfand. Wenn Kinjal über die Frage staunte, dann zeigte sie es nicht. Sie fragte zurück: »Würde es Ihnen etwas ausmachen?«

»Nein. Es ist lediglich etwas Unerledigtes, das abgehakt werden muß.«

»Wenn Jai tot ist, wäre es dann für Sie abgehakt?«

»Ja, sofort.«

»Und wenn nicht?«

»Dann wird es etwas länger dauern, bis es soweit ist.«

»Gut«, erwiderte Kinjal ebenso unerbittlich wie Olivia. »Da es für Sie so oder so keine große Bedeutung hat, werden wir später darüber sprechen.«

Das Wiedersehen brachte Freude, aber unvermeidlich auch Schmerz. Sie versuchten, die Trauer über den langen, vielleicht endgültigen Abschied zu lindern, indem sie wilde Versprechungen machten, abenteuerliche Pläne schmiedeten und unmöglichen Träumen nachhingen.

»Es ist schon immer mein Wunsch gewesen, einmal die Neue Welt zu besuchen«, sagte Arvind Singh. »Jetzt ist es noch verlockender geworden. Wir werden natürlich die Kinder mitnehmen. Sie würden es uns nie verzeihen, wenn wir sie zurückließen.«

»Wir auch nicht! Aber Sie sind daran gewöhnt, in Palästen zu leben«, neckte ihn Olivia. »Könnten Sie mit uns in einer Grashütte wohnen, wenn Sie nach Hawaii kommen?«

»Gewiß. Meine Dorfbewohner leben in Lehmhütten mit Grasdächern. Ich habe oft Nächte bei gastfreundlichen Familien verbracht.«

»Wollen Sie immer noch eine kleine Schule gründen?« fragte Kinjal.

»O ja. Ich werde alle unsere Kinder unterrichten. Und wenn sie keine Unterrichtsstunden haben, gehen wir schwimmen, und ich zeige ihnen, wie man Fische fängt. Sally wird uns mit Tarogebäck verwöhnen. Sie schreibt, das sei jetzt ihre Spezialität. Wir essen Kokosnüsse, singen die Lieder der Inselbewohner und sammeln Muscheln für Halsketten ...«

Sie lachten, aber es klang etwas gezwungen. Denn sie wußten, das alles würde möglicherweise nie sein. Aber es machte den Abschied leichter. Kinjal brach ihr Schweigen nicht und kam erst am letzten Abend vor Olivias Rückkehr nach Kalkutta auf Jai Raventhorne zu sprechen. Aber sie bestand darauf, daß Olivia ihre Frage aufrichtig beantwortete.

»Nein, es ist so oder so für mich nicht mehr wichtig«, wiederholte Olivia ruhig. »Ich habe nur gefragt, weil mir das zur Gewohnheit geworden ist. Und schlechte Gewohnheiten wird man nur schwer wieder los. Wenn die wenigen letzten Kapitel meines Lebens hier enden sollen, wie es geschehen muß, dann habe ich ein Recht darauf, es zu erfahren.«

»Sie glauben, die Geschichte ist zu Ende?«

»Unwiderruflich! Ich bin die Frau eines anderen, Kinjal. Es ist unwichtig, daß dieser Mann nicht mit mir zusammenleben will. Ich trage seinen Ring, seinen Namen und ich bin im Genuß seines materiellen Besitzes. Außerdem«, sie schwieg, »er... verachtet mich.« Olivia brachte es nicht über sich, Raventhornes Namen auszusprechen.

»Jai hat die Wahrheit nicht gekannt, Olivia.«

»Er hat mich verurteilt, ohne je den Versuch zu machen, die Wahrheit zu finden!«

Kinjal lachte leicht belustigt. »Sie wollten, daß er um die Wahrheit weiß, aber gleichzeitig fürchteten Sie, er werde sie eines Tages erfahren. Wie können Sie sowohl das eine als auch das andere haben wollen, Olivia? Und in Ihrer seltsamen Irrationalität bestrafen Sie ihn noch immer, indem Sie ihm seinen Sohn vorenthalten?«

Olivia drehte sich um und sah sie an. »Ich habe zwei Jahre lang damit verbracht, meine unseligen Probleme zu lösen, Kinjal«, erklärte sie heftig. »Soweit das überhaupt möglich ist, habe ich ein reines Gewissen. Und ich habe meine Schulden, besonders Freddie gegenüber, beglichen. Ich schulde keinem Menschen mehr etwas. Mit Ausnahme«, sie mußte schlucken, »mit Ausnahme von Ihnen. Denn meine Schuld Ihnen gegenüber kann ich nicht begleichen, und wenn ich es wollte, dann wäre es eine Beleidigung. Ich schätze Ihr Urteil,

Ihren Rat und Ihre Hilfe mehr, als ich es in Worten ausdrücken kann, Kinjal. Das müssen Sie inzwischen wissen. Aber ich will mein Leben nicht wieder kompliziert machen, gleichgültig, wie überzeugend Ihre Argumente auch sein mögen. Ich kann es nicht, Kinjal«, schloß sie ruhig. »Ich kann es nicht.«
Kinjal brach das Schweigen zunächst nicht, dann seufzte sie niedergeschlagen. »Also gut. Nein, Jai ist nicht tot. Zumindest sein Körper lebt. Wie es sonst um ihn bestellt ist, darüber wage ich mich nicht zu äußern. Auch er hat sich von uns verabschiedet. Wie es aussieht, werden wir bald sehr einsam sein.«
Olivia durchzuckte es. »Er hat sich verabschiedet?«
»Ja. Er geht in Kürze ebenfalls auf Reisen. Er fährt auf seiner geliebten *Ganga.* Ich weiß nicht wohin. Vielleicht weiß er es selbst nicht. Menschen, die aus dem Meer kommen, kehren zum Meer zurück, wenn sie mit ihrem Leben abgeschlossen haben. Das Meer ist für Jai kostbar wie eine Auster. Er wird sich vermutlich vom Wind treiben lassen.«
Sie machten einen letzten Spaziergang durch den Kräutergarten mit seinen anregenden Düften von Minze, Majoran und den aromatischen Gewürznelken. In dem weiß getünchten Tempel mit dem Dreizack läuteten bereits leise die Glöckchen. Die abendlichen Rituale wurden vorbereitet. Bald würde wieder das *Dassera*-Fest sein, und dann fanden die Versenkungen statt.
»Ja, er kann gut verzichten«, murmelte Olivia und richtete die Augen auf die sinkende Sonne und das blutrote Inferno, das ihren Untergang begleitete. Sie riß ein heiliges *Tulsi*-Blatt ab und biß hinein. Es schmeckte scharf und sollte reinigend wirken. »Er wird ohne einen Blick zurück davonfahren.«
»Für ihn gibt es wenig, auf das er zurückblicken kann.«
»Ja, für mich auch«, sagte Olivia mit einem kalten Lächeln.
Kinjal lächelte nicht. Sie blieb stehen und sah Olivia ernst an. »Sie sind besser dran als Jai, Olivia. Sie sind stark. Ihre inneren Kräfte haben Sie wieder aufgebaut. Ihn lähmt seine Schwäche. Genaugenommen haben Sie überlebt, und er ist das Opfer, Olivia. Sie haben gewonnen.«

Gewonnen?
Ja, sie hatte gewonnen. Sie hatte alles erreicht, was sie wollte. Warum schmeckte der Sieg dann überhaupt nicht süß?
Olivia schwieg.
»Jai wird bald fahren, aber er ist noch nicht weg. Er ist aus Assam zurück, wo er die ganze Zeit über gewesen ist. Jetzt befindet er sich in dem Haus am Fluß.« Kinjal umklammerte Olivias Arm, und ihre nachtblauen Augen sahen sie flehend an. »Lassen Sie Jai seinen Sohn noch einmal vor Ihrer Abreise sehen, Olivia! Er hat Ihnen Amos zurückgegeben, obwohl er nicht dazu gezwungen war. Jai verdient ein klein wenig Dankbarkeit, auch wenn es nur diese winzige Geste ist!«
Olivia holt tief Luft und schüttelte dann den Kopf. »Nein, Kinjal.«
Dann war es soweit, Olivia mußte nach Kalkutta zurück.

*

Überall im Haus standen Seekisten. Die Bestandslisten für die Versicherung waren bereits fertig. Die Kisten mußten noch verschlossen, numeriert und beschriftet werden. Olivia erledigte diese Aufgabe ohne Begeisterung. Sie spürte, ein Teil von ihr war in Kirtinagar geblieben. Ihre Trauer schien so groß, daß sie nichts richtig machen konnte. In ihrer Unkonzentriertheit beschriftete sie die Kisten alle mit *Lulubelle.* Erst Arthur Ransome machte sie auf den Irrtum aufmerksam. Die Korrektur schuf noch mehr Durcheinander und nahm Stunden in Anspruch. Die Liste ihrer Reisevorräte ergänzte und veränderte Olivia so oft, daß Willie Donaldson zum Schluß völlig den Überblick verlor. Und als sie dann schließlich entdeckte, daß sie irrtümlich aus allen Seekisten die Bestandslisten herausgenommen hatte, an denen sie tagelang gearbeitet hatte, und man für die Versicherung alles noch einmal auspacken, neu aufnehmen und wieder verpacken mußte, verlor Olivia die Nerven. Ransome und Donaldson waren sprachlos, als sie plötzlich in Tränen ausbrach und hysterisch schluchzend davonlief.

Die *George Washington* würde in drei Tagen in See stechen.
»Eine blaue Orchidee, Lady Memsahib …?«

Olivia erinnerte sich nicht mehr an den Blumenverkäufer, bis er sie plötzlich ansprach. Es war ihr vorletzter Tag in Indien, der letzte Ausritt in den frühen Morgenstunden. Am nächsten Tag würden die Ställe ausgeräumt, die Kutschen zerlegt, zur Lagerung eingefettet und die Pferde ihren neuen Besitzern übergeben werden. Ransome, Donaldson, Lubbock und einige Angestellte von Farrowsham würden Olivia zum Schiff begleiten. Das Gepäck befand sich schon zur Zollabfertigung im Hafen und wurde anschließend auf den amerikanischen Klipper gebracht.

Olivia sah den Blumenverkäufer erstaunt an, blickte sich um und stellte verblüfft fest, daß sie völlig unbewußt zu dem Blumenmarkt geritten war. In den Ständen lagen wieder einmal bündelweise gelbe Ringelblumen. Die langen, grünen Ranken der wilden Orchideen warteten darauf, in Baumstämme gepflanzt zu werden. Der Mann streckte die alte, verkrümmte Hand aus, um die sich die lavendelblauen Blüten der rankenden Orchideen wanden. »Wollen Sie wieder eine blaue Orchidee, Lady Memsahib?« wiederholte er und lächelte sie freundlich an.

Ja, sie erinnerte sich an ihn. Auch er war ein Gespenst, die Wiederholung einer Szene! Olivia staunte nicht darüber, daß der Mann sich an ihren Besuch vor zwei Jahren erinnerte. Nicht viele Weiße wußten hier von diesem kleinen Blumenmarkt. Und die Verkäufer kannten bestimmt alle Europäer, die hierher kamen. Außerdem war sie in Begleitung eines Mannes gewesen, den er gut kannte. Olivia schüttelte auf seine Frage den Kopf und wollte weiter, aber irgendwie konnte sie es nicht. Ihre Füße rührten sich nicht von der Stelle, die Augen blieben unverwandt auf die Orchideenblüten gerichtet, die über seine Finger hingen.

»Wächst die andere gut?« fragte er. Die Haut des Mannes erinnerte sie an zerknittertes braunes Packpapier. Und wenn er lächelte, verstärkte sich dieser Eindruck noch mehr. Olivia riß sich vom Anblick der blauen Blüten, die hämisch zu lachen schienen, los und bekam plötzlich einen trockenen Mund. »Nein. Sie ist vertrocknet.«

Er lachte leise und mitfühlend. »Dann müssen Sie es mit einer anderen noch einmal versuchen.« Ehe sie es verhindern konnte, hatte er ihr eine Ranke in die Hand gedrückt. Olivia stieß einen leisen Schrei aus, zuckte zusammen und ließ sie auf den Boden fallen. Von ihrer Reaktion verletzt, bückte sich der alte Mann und hob die Orchidee wieder auf. Dann schob er die Blüten beiseite und zeigte ihr den Stiel. »Sehen Sie, Memsahib? Sie hat keine Dornen.«

Olivia schämte sich wegen ihres albernen Verhaltens und nahm ein paar Münzen aus der Handtasche. »Tut mir leid. Ich habe die Blüten zerdrückt. Nein, natürlich hat sie keine Dornen. Ich bin nur erschrocken. Bitte lassen Sie mich dafür bezahlen. Ich reise bald in meine Heimat zurück.«

Er hörte nicht auf ihre Erklärung, sondern strich nur versonnen die Blütenblätter glatt. Die Münzen nahm er nicht. »Ich kann von Ihnen kein Geld nehmen, Lady Memsahib, denn Chandramanis Junge war mit Ihnen hier.« Olivia sah ihn verständnislos an, und deshalb fuhr er erklärend fort: »Der Mann, den die Weißen manchmal *Kala Kanta* nennen.«

»Chandramani... hieß so seine Mutter?« fragte Olivia überrascht.

»Ja.«

»Sie haben seine Mutter gekannt?«

»O ja. Sie war die Tochter meiner Schwester. Das arme, irregeleitete Kind! Sie ist sehr jung gestorben, sehr jung.« Er schüttelte nachdenklich den Kopf und legte die Rispe zu den anderen Orchideen.

Olivia fiel wieder ein, daß der Blumenverkäufer assamesisch mit Jai Raventhorne gesprochen hatte und ihn mit großer Zuneigung in seinen alten Augen angesehen hatte. Jai hatte ihr damals nicht gesagt, daß dieser Mann sein Onkel war – natürlich nicht. »Der Name... Chandramani«, fragte sie benommen und hielt sich an dem Blumenstand fest, »bedeutet ›Mondperle‹, nicht wahr?«

Der Mann nickte bestätigend. »Mondperle«, wiederholte er traurig und deutete zum Himmel. »Aber Chandramani verbreitete nie ihren Glanz... Das unglückliche Mädchen verbreitete nie ihren Glanz.«

Ich darf ihm nicht zuhören. Ich darf hier nicht stehenbleiben!
Aber wie in Trance konnte Olivia sich nicht von der Stelle bewegen.
»Erzählen Sie mir von Chandramani«, hörte sie sich sagen.
»Es gibt nichts zu erzählen.« Er sah sie nachdenklich an. »Sie starb vor vielen, vielen Jahren.«
»Wo ... hier in Kalkutta?«
»Ja, unser Stamm konnte sie nicht wieder aufnehmen.«
»Wie ist sie gestorben?«
Er hob die Schultern. »Das weiß niemand außer ihrem Sohn. Die Sahibs haben Chandramanis Glanz genommen.« Er spuckte gekonnt in die Abflußrinne. »Nach ihrem Tod wanderte der Junge ganz allein in die Berge zurück, zu seinem Großvater. Aber er hat nie von Chandramani gesprochen, auch nicht ihrem Vater gegenüber. Ihre Mutter war bereits aus Kummer, daß ihr Kind nie zu ihnen zurückkommen würde, gestorben.« Er brach ab und sah sie mit zusammengekniffenen Augen an. »Die Lady Memsahib möchte das alles wissen. Warum?«
Olivia hörte seine Frage nicht, aber sie hörte sich selbst mit einer fremden Stimme, mechanisch wie eine Marionette sagen: »Ja. Er war damals zehn Jahre alt. Aber seine Leute können ihn nicht erkannt haben.«
»Nein.« Der Mann sah sie durchdringend an. »Dem Aussehen nach konnten sie ihn nicht erkennen. Er hatte des Gesicht eines Sahibs und sah nicht wie einer von uns aus. Aber man erkannte ihn an anderen Dingen. Er hatte Chandramanis Schmuck bei sich. Sonst wußte er nichts, denn er hatte das Gedächtnis verloren und erinnerte sich kaum an seine Mutter oder an ihren Tod. Unsere Alten berieten über den Fall. Wie immer waren sie klug und gerecht. Chandramani hatte gesündigt und das Stammesgesetz gebrochen. Das Kind traf keine Schuld. Die Leute seines Vaters hatten ihn abgelehnt. Man durfte ihn nicht sich selbst überlassen. Der Großvater des Jungen war damals schon ein Witwer. Er nahm den Jungen mit Freuden zu sich und liebte ihn von Herzen – wie wir alle. Aber dann starb auch der Großvater, und am Tag der Verbrennung verschwand der Junge wieder. Er war immer verschlossen und seltsam gewesen. Sein Gedächt-

nis hatte sich nicht wieder richtig eingestellt. Jetzt ist das natürlich ganz anders. Er ist ein großer Mann. Er ist *Kala Kanta...*« Der Mann lächelte und freute sich in stillem Stolz. Dann musterte er sie wieder und fragte: »Kennen Sie ihn gut, Lady Memsahib? Stellen Sie deshalb Fragen nach längst vergessenen Dingen?«

Olivia zuckte zusammen und kehrte in die Gegenwart zurück. Sie nahm die Zügel des Pferdes wieder fest in die Hand und zwang ihre Füße, sich in Bewegung zu setzen. »Nein, ich kenne ihn nicht gut. Ich war nur neugierig.«

Er sah ihr nach, als sie davoneilte, und fragte sich: Warum füllen sich die Augen dieser Lady Memsahib wegen der Geschichte eines Fremden mit Tränen, obwohl sie nur aus Neugier gefragt hat?

Olivia hatte in der Nacht wieder einen Alptraum. Es war der erschreckendste von allen. Sie lief über den Mond. Er schimmerte durchsichtig unter ihren Füßen. In der Hand trug sie ein rotes Samtbündel. Plötzlich begann das Bündel, sich zu bewegen, zu zucken und heftig zu zappeln. Sie legte es auf den Boden, öffnete es und sah darin viele Skorpione mit aufgerichtetem Schwanz und zum Stechen bereit. Ehe sie die Hand zurückziehen konnte, krochen sie mit ihren kalten Leibern darüber. Die Hand wurde rot, dick und blutete von dem Gift. Olivia schüttelte die Skorpione ab, wachte schreiend auf und war schweißnaß.

Es fiel ihr nicht schwer, die Bedeutung des Alptraums zu erraten. Er erinnerte sie daran, was noch unerledigt war. Und sie mußte auch an Kinjals leider nur allzu richtige Mahnung denken. Ja, sie hatte noch nicht alle ihre Schulden bezahlt. Etwas mußte noch geschehen. Ja, Jai Raventhorne hatte ihr Amos aus freien Stücken zurückgegeben. Zumindest dafür stand sie immer in seiner Schuld.

*

Zwei glänzende Messinglaternen brannten schwach zu beiden Seiten der Mahagonihaustür. Der ebenfalls glänzende Messingtürklopfer hatte die Form einer Tigerpranke. Auf der erhabenen Oberfläche sah Olivia ihr Spiegelbild, aber es war entstellt wie in einem Zerrspiegel auf dem Jahrmarkt. Sie hob die Hand und ließ sie wieder sinken. Sie zitterte und schloß die Augen. Stumm suchte sie nach einer Hilfe, nach zusätzlicher Kraft für diese letzte Mission in Kalkutta. Sie mußte wieder ein unbekanntes Meer überqueren, und sie wußte, dieses Abenteuer, vor dem sie sich am meisten fürchtete, ließ sich nicht vermeiden. Es mußte ihr gelingen, auch diese letzte Klippe zu umschiffen. Mit einem tiefen, langen Atemzug nahm sie ihren ganzen Mut zusammen und hob die Hand. Diesmal zog sie sie nicht wieder zurück.

Noch ehe das Echo des Klopfens verhallt war, öffnete sich lautlos die gut geölte Tür, und vor ihr stand Bahadur. Er hatte gelernt, nie Überraschung zu zeigen, und wagte nur den Bruchteil einer Sekunde, sie mit großen Augen anzusehen. Dann verneigte er sich wie immer tief und faltete die Hände zur Begrüßung. Olivia betete inbrünstig, Jai Raventhorne möge nicht zu Hause sein oder strikte Anweisung gegeben haben, sie nicht einzulassen, oder bereits mit der *Ganga* auf dem offenen Meer segeln. Aber noch ehe sie sich zu der entscheidenden Frage durchringen konnte, gab ihr Bahadur die Antwort, die sie nicht hören wollte.

»Der Sarkar ist mit den Hunden am Fluß.«

Er öffnete weit die Tür, aber Olivia schüttelte den Kopf und lief die Stufen hinunter. Sie bedeutete Bahadur, sie werde durch den Garten zum Ufer gehen und sich allein zurechtfinden. Olivia ging langsam und bereitete sich auf die Prüfung vor. Über ihr raschelten die Blätter der hohen Streitkolben- und Zedrachbäume so munter wie tanzende Füße. Die Hände des Mondes streichelten ihr den Nacken und kühlten ihr die glühende Haut. Der Geruch des Hooghly drang in ihre Nase und rief, wie alle Gerüche, sofort Erinnerungen wach. Am Himmel sah Olivia einige bekannte Sternbilder, die erstaunlich nahe zu sein schienen, und auch vereinzelte Wölkchen – alles vertraute Bilder im Ansturm der Erinnerungen. Die Zeit drehte sich zurück. Diese Konstellationen hatten damals bewirkt, daß sie verstohlen und unbemerkt die *Burra Khana* verließ. Es war eher eine Flucht gewesen! Hatte sie es wirklich so empfunden? Alles um sie herum war dunkel, aber die unbestechliche innere Sicht – die Verräterin! –

war klar wie Kristall und zeigte ihr Bild um Bild einer Nacht, die inzwischen zu einem anderen Leben gehörte.
Am Ufer sah und hörte sie die Hunde nicht. Vielleicht ging er an einer anderen Stelle spazieren? Aber auch in dieser Hoffnung sah sie sich getäuscht. Sie entdeckte sein weiß schimmerndes Hemd genau dort, wo sie es erwartet hatte: auf den Stufen, die zum Fluß hinunterführten. Olivias Atem ging schneller, obwohl sie stehengeblieben war. Die Atemzüge versorgten ihre Lungen mit Sauerstoff, der ihre Panik vertrieb und ihr Kraft gab, sich auf ihre Absicht zu besinnen. Sie wollte eine Schuld begleichen – nicht mehr und nicht weniger. Geräuschlos trat sie hinter einen Busch, um Zeit zu finden, ihren Atem wieder zu beruhigen. Jai lag ausgestreckt auf einer Stufe, der Kopf ruhte auf den Händen. Er starrte angestrengt auf etwas, vielleicht auf das gegenüberliegende Ufer oder auf den Horizont oder die silbernen Strahlen des aufgehenden Mondes ... Olivia beobachtete ihn stumm. Die Augenblicke verschmolzen zu einer Ewigkeit. Es trennten sie nur wenige Schritte, aber selbst sie waren Symbole der Unendlichkeit. Im Schutz des Buschwerks bemühte sich Olivia darum, in Gedanken zu formulieren, was sie sagen wollte, aber dann sprach er plötzlich als erster.
»Du hättest es mir sagen sollen.«
Er setzte sich langsam auf, aber er drehte sich nicht um. Wie ein Raubtier hatte er ihre Anwesenheit gewittert. Vielleicht lag es auch daran, daß er sie nicht ansehen mußte, um sie zu sehen. Vielleicht hatte er sie erwartet. Er wußte, daß sie kommen würde ...
Olivia ging die Stufen hinunter. Ihr Atem war wieder ruhig. »Das konnte ich nicht. Ich habe gefürchtet, daß du ihn mir wegnehmen würdest.«
Er sah sie noch immer nicht an. »O ja, deine Furcht war begründet!«
Olivia setzte sich auf die Stufe über ihm. Sie sah sein Gesicht deutlich und konnte jeden Ausdruck darin lesen. »Du hättest ihn behalten können.«
»Ja.«
»Warum hast du es nicht getan?«

»*Warum* ist noch immer deine liebste Frage!«

»Dann beantworte sie.« Olivia war entsetzt, wie schlecht und eingefallen er aussah.

»Meine Motive sind nicht wichtig. Du hast deinen Sohn. Sei damit zufrieden.«

Nein, damit konnte sie nicht zufrieden sein. Erst mußte sie ihn zu einem endgültigen Verzicht zwingen, der so unwiderruflich war wie einst seine Absicht, sich von ihr lossagen zu wollen. »War das dein Wunsch?«

Er lachte. Es klang hohl. »Du möchtest dein Gewissen auf meine Kosten entlasten – geht es dir darum?«

»Ich muß mein Gewissen nicht entlasten«, erwiderte sie scharf. »Du hast mir zurückgegeben, was mir rechtmäßig gehört!«

»Richtig. Trotzdem werde ich dein Gewissen entlasten.« Er richtete sich auf und setzte sich an das andere Ende der Stufe. »Nein, ich wollte ihn nicht behalten. Selbst ich, mit all meinen Fehlern, wollte einem Kind nicht vorsätzlich die Mutter nehmen.«

Er sagte das mit größter Bitterkeit, und in seiner Lüge spürte Olivia den Schmerz, den auch sie kennengelernt hatte. Sie verwundete ihn nicht noch mehr, indem sie seine Lüge anzweifelte. »Dann habe ich dich falsch eingeschätzt. Ich muß mich bei dir entschuldigen und möchte meine Dankbarkeit zum Ausdruck bringen.«

»Bist du deshalb gekommen? Willst du dich entschuldigen, dich bedanken?«

Geht es mir darum?

»Ja, es war eine von dir unverdiente Fehleinschätzung. Ich dachte, ich würde meinen Sohn nie wiedersehen. Damit hattest du gedroht ...«

Es klang rauh, als er heftig einatmete. »Du schuldest mir nichts. Deine Fehleinschätzung war nicht ungerechtfertigt, auch dein Mißtrauen nicht.« Als er sich ihr schließlich zuwandte, beleuchtete der Mond sein eingefallenes und gequältes Gesicht. »Ich habe mir nie darüber Gedanken gemacht, warum du Freddie geheiratet hast«, murmelte er betroffen. »Ich habe nie im Traum *daran* gedacht!«

Olivia wollte aufstehen und weggehen, aber sie konnte es nicht. Es

war noch nicht alles gesagt, was gesagt werden mußte. Ihre Absicht fesselte sie. Bei dieser letzten Begegnung, mit der ihre Odyssee endete, durfte sie nicht schweigen. Sie biß die Zähne zusammen und blieb sitzen. Das Bellen der zurückkommenden Hunde durchbrach die Stille. Den Hunden war sie noch immer vertraut, und sie sprangen munter und keineswegs feindselig die Stufen herunter. Auch Tiere haben Erinnerungen, die sie nicht loslassen.
»Beweg' dich nicht. Dann tun sie dir nichts«, murmelte er mechanisch. Sofort fiel ihm ein, daß er schon einmal an dieser Stelle dieselbe Warnung ausgesprochen hatte, und er sagte bedrückt: »Wie anders hätte unser Leben sein können, wenn ich in jener Nacht in der entgegengesetzten Richtung spazierengegangen wäre!«
»Unser Leben wäre nicht anders geworden. Das Schicksal ist tükkisch und hätte bestimmt dafür gesorgt, daß wir uns an einer anderen Stelle und zu einem anderen Zeitpunkt begegnet wären.«
Das Ausmaß ihres Zynismus ließ ihn verstummen. Die leblosen, wie ausgebrannte Asche wirkenden Augen sahen sie mit großer Pein an, eine Pein, die sie unfreiwillig mit ihm teilte. Seine Zunge schien den bitteren Geschmack in ihrem Mund zu schmecken. Auch ihn verfolgten die Gespenster, die sie umtanzten. »Dein Schicksal ist tückischer als meins!« Er teilte ihre Verzweiflung. »Du warst dazu verflucht, mir zu begegnen.«
Olivia erstarrte. Sie hatte die schmerzenden Dornen der Vergangenheit hinter sich gelassen, die bereits verwesten Kadaver seziert, das Kapitel der lastenden Schuld auf beiden Seiten abgeschlossen. Sie kämpfte um ihr inneres Gleichgewicht und brachte ihre Welt durch eine schnelle Korrektur wieder in Ordnung. Aber sofort machte sie wieder alles zunichte, indem sie das eine Thema ansprach, das ruhen zu lassen sie sich geschworen hatte. »Warum hast du mir den verlorengegangenen Brief geschickt? Das war grausam.«
Ein Schauer überlief ihn, und er schloß die Augen. »Warum mußt du noch immer so viele Fragen stellen?« Er hatte nicht mehr genug Kraft, um zornig zu werden. Seine Worte klangen nur noch gequält. »Weil du morgen abreist und alles Unerledigte zu Ende bringen mußt, wie es dir dein ordnungsliebender Verstand vorschreibt?«

»Du sagst es.«
»Unerledigt!« Er lachte leise, ohne ihre Frage zu beantworten. »Ja, das wird es jetzt wohl für immer bleiben. Dein und mein verfluchtes Leben, mein Sohn...« Ohne den Gedanken auszusprechen, stand er plötzlich auf, griff nach einem Stein und warf ihn heftig über die Wasseroberfläche.
Mein Sohn.
Olivia überlief es eiskalt. *Mein* Sohn! Zum ersten Mal wurde ihr bewußt, daß dieses ›mein‹ sie immer verbinden würde, auch wenn sie sonst nichts mehr verband. Ärgerlich befreite sie sich aus ihrer Betäubung, gab sich einen Ruck und dachte an das, was jetzt noch zu tun war. »Du hast deinen Teil des Abkommens erfüllt. Mein Teil steht noch aus. Das Templewood-Anwesen gehört dir. Du kannst damit machen, was du willst. Die Hütten sind nicht angetastet worden.« Er setzte sich wieder. Dunkle Schatten verdeckten sein Gesicht. »Ich brauche Besitztümer jetzt noch weniger als vorher.«
»Trotzdem gebe ich dir das zurück, was dir als dein... Erbe zusteht.« Sie schwieg und schluckte heftig. »Und auch das gebe ich dir zurück.« Mit zitternden Händen und schamerfüllt legte sie das rote Samtbündel so dicht wie möglich neben ihn. Ursprünglich hatte sie geplant, es ihm nach ihrer Abreise durch einen Boten überbringen zu lassen, aber dann, und nicht zuletzt von ihrem Alptraum getrieben, hatte sie sich dazu gezwungen, es persönlich zurückzugeben. So, nun war sie erledigt, die schrecklichste aller Aufgaben. Es gab nichts mehr, was sie verband – mit Ausnahme des unangenehmen Tatbestands ›mein‹ Sohn; und daran konnten auch die Götter nichts ändern. Es gelang ihr irgendwie, auch noch zu sagen: »Es... tut mir leid.«
Jai sah sie an, doch keineswegs empört. »Du bist sehr großzügig in deiner Reue, aber das verdiene ich nicht. Im Krieg kämpft man mit allen Waffen, die man hat. Das hast du zweifellos von mir gelernt. Ich bitte dich, demütige mich nicht noch mehr!«
»Ich bin wirklich nicht gekommen, um dich zu demütigen...«
»Nein, du bist nur gekommen, um Unerledigtes zu Ende zu bringen. Gibt es noch etwas?«

»Ja, vielleicht.« Die Kehle war ihr wie zusammengeschnürt, als sie sagte: »Wir werden uns nicht mehr sehen. Ich wollte nicht mit einer Feindseligkeit im Herzen gehen, die nicht mehr notwendig ist. Ich mache dir keine Vorwürfe mehr.« Eines der schlafenden Tiere in ihr regte sich, schien sie zu fragen: ›Willst du wirklich gehen...?‹ Energisch schob sie den Gedanken beiseite und wollte, um sich abzulenken, den Kopf des schwarzen Hundes streicheln, der neben ihr lag.

»Vorsicht! Er ist unberechenbar!« Jai beugte sich vor und hielt schnell ihre Hand fest. Die ungewollte Berührung war wie ein Sprung in eiskaltes Wasser, und sie zuckten beide zusammen. Er ließ ihre Hand sofort wieder los. »Ja, wir werden uns nicht wiedersehen.« Seine bereitwillige Zustimmung klang gewollt hart. »Aber dein edelmütiger Freispruch trifft kaum den Kern der Sache. Unerledigt oder nicht, ich habe eine Verantwortung gegenüber dem Jungen...«

»Ich will nichts von dir!« unterbrach sie ihn scharf. »Ich habe mir von meinem Mann nichts als den Namen geben lassen. Von dir verlange ich nicht einmal das. Die Verantwortung für meinen Sohn trage nur ich, *nur ich.*«

Mein Sohn. Sie ließ mit der Betonung keinen Zweifel offen.

Er zuckte zusammen und hob ergeben die Hände. »Ich kann mich nur schlecht ausdrücken. Das weißt du. Ich kann das, was ich eigentlich meine, nicht mit den richtigen Worten sagen. Ich weiß in meinem Innersten, daß ich mich in einer Lage befinde, die mich überwältigt hat. Ich weiß nicht, wie ich mich verständlich machen soll.«

Die ungewohnte Verwirrung machte ihn verletzlich wie ein Kind, das sich verirrt hat. Aber Olivia wurde nicht schwach. »Du mußt dir wegen dieser Lage keine Gedanken machen. Wenn du das in deinem Innersten fühlst, dann weißt du auch, daß sie nichts mit dir zu tun hat. Ich komme allein zurecht.«

Die Erinnerung daran, daß sie von Anfang an allein hatte zurechtkommen müssen, traf ihn wie ein Keulenschlag, obwohl Olivia das nicht beabsichtigt hatte. Er zuckte zusammen. Aufstöhnend schlug er die Hände vors Gesicht. »Ja, ich weiß, du wirst gut allein zurechtkommen. Aber ich? Wie wird es mir ergehen? Ich will nicht dir helfen, Olivia, ich kann es auch nicht, sondern mir. Verstehst du das? Wie immer bin ich egoistisch, gemein und eitel und ohne all die guten Manieren, die ich dir einmal so stolz vorgespielt habe. Du mußt mich ertragen, Olivia. Nur noch einmal, um ...« Er brach ab und sah sie an. »Wie heißt der ... Junge? Die *Aja* nannte ihn immer nur ›Baba‹.«

Ja, Kinjal hatte recht. Es gab Zeiten, in denen war er der Fels und sie die Flut, die ihn unermüdlich umspülte. Jetzt waren die Rollen wie ihre Aufgaben vertauscht. Sie hatte überlebt. Sie hatte verborgene Substanz in Kraft verwandelt. Er war schwach, hilflos und hatte die Orientierung verloren. Sie hatte sich in ihren Schlußfolgerungen geirrt! Auch ihm war nichts erspart geblieben. Vielleicht war auch er ein Opfer wie sie alle. Ja, das war er, denn er kannte nicht einmal den Namen seines Sohnes. Schmerz erfaßte sie. Und irgendwo inmitten des Schmerzes empfand sie Trauer über das, was hätte sein können und nicht war.

»Er heißt Amos.«

»Amos.« Er nahm das Wort in den Mund, kostete es mit der Zungenspitze, wie um eine flüchtige Süße zu schmecken. »Amos. Ja, er wird viele Lasten tragen. Der Name ist richtig und angemessen. Aber du hattest schon immer ein unfehlbares Gespür für Richtigkeit, Olivia. Auch auf diesem Gebiet bin ich dir weit unterlegen.«

»Es gibt keine Schuld mehr zu begleichen, Jai!« Seine Demut alarmierte sie. Die inneren Drachen, die sich dadurch befreien konnten, machten ihr Angst. »Die Vergangenheit ist tot. Siehst du das nicht?«

»Für mich kann es nur die Vergangenheit geben. Ich lebe jetzt ohne Zukunft.« Seine Verzweiflung brach aus ihm heraus. Er sprang auf. »Nach einem Blick in das Gesicht meines Sohnes habe ich dein Leben wie auf einem großen Bild vor mir gesehen. Ein Geschäft mit dem Körper für das Privileg eines Namens, eine Lüge, die Tag um Tag erneuert werden mußte aus Angst vor der Entlarvung, ein Verrat, den du nie verstehen konntest, der dir nie erklärt wurde ...«

»Hör auf!« Blind vor Panik, aber nicht vor seinen, sondern vor ihren eigenen Dämonen, sprang auch Olivia auf. »Ich verbiete dir...«
»Und dann opferst du einen zweiten Sohn.« Er hörte nichts und betäubte seine Schuld mit einem Schrei: »Warum? Gehörte das auch zu diesem Geschäft? Sühne für das Verbrechen eines erflehten und geliehenen Namens?« Er verkrallte die zuckenden Finger in seinen Haaren und riß daran in einer Wut, der er nicht mehr Herr werden konnte. »Und ich habe, geblendet von meiner Überheblichkeit, von dir verlangt, durchzuhalten, auf Grund eines jämmerlichen Briefes, der dich nicht einmal erreicht hat. O mein Gott...« Der Ausbruch erreichte seinen Höhepunkt, legte sich langsam und erstarb. »Und ich habe dich eine Hure genannt, eine *Hure*!« Von Entsetzen geschüttelt, flüsterte er nur noch.
»Nicht, bitte, nicht!« rief Olivia. Sie konnte seine wilden Selbstvorwürfe nicht mehr ertragen und kämpfte benommen gegen ihre immer heftiger werdenden Gefühle. »Bitte, sag nichts mehr, Jai. Ich bitte dich.«
Aber er war nicht mehr zurückzuhalten. »Warum bist du nicht davongelaufen, Olivia, geflohen, hast dich versteckt, irgendwo verborgen?« In ohnmächtiger Wut schlug er mit der Faust auf einen Stein, ohne auf den Schmerz zu achten. »Warum hast du mir nicht vertraut? Warum nicht...?«
Zorn flammte in ihr auf und half ihr gegen die Angst. »Warum?« Sie sah ihn ungläubig an. »Weil ich nicht wollte, daß mein Sohn wie sein Vater als Bastard geboren wurde. So einfach ist das.«
Sein Kopf fuhr zur Seite wie von einem Schlag getroffen. Er wurde totenbleich. Langsam sank er in sich zusammen, und sein Zorn verflog. »Ja«, murmelte er. »Ja. Das war eine dumme Frage. Ich bin außer mir, Olivia, weil ich einen Sündenbock suche und keinen finde. Ich möchte die Zeit zurückdrehen und kann es nicht. Und ich bin außer mir, weil ich dich verloren habe. Du siehst, ich sehe alles klar und deutlich.« Er versank wieder in Bitterkeit über die Nutzlosigkeit seiner Schuldgefühle. »In meinem egoistischen Versuch, vielleicht wenigstens etwas wiedergutzumachen, möchte ich, daß du eines weißt: Ich wäre nach sechs Monaten zurückgekommen, wenn

ich unterwegs nicht erfahren hätte, daß du Freddie geheiratet hast. Ich hatte einmal versucht, mich von dir loszusagen. Ich konnte es nicht ertragen. Ich besaß nicht die Kraft, es noch einmal zu tun. Du sollst zumindest auch wissen, selbst wenn es nichts mehr nützt, daß ich dich überall, auf der ganzen Welt, gefunden hätte. Ich wäre zu dir gekommen, wohin du auch geflohen wärst ...«

Olivia wußte plötzlich, sie hätte nicht hierherkommen dürfen. Aber sie hatte es getan, und nun konnte sie nicht gehen. »Das hättest du getan?« fragte sie tonlos.

Er seufzte und senkte den Kopf. Die Last, die auf ihm lag, konnte er weder abwerfen noch tragen. »Daß du diese Frage noch immer stellen mußt, ist der Beweis für mein schlimmstes Versagen, und es ist meine tödlichste Strafe.«

Wieder einmal griff der unerbittliche Schmerz nach ihrem Körper. Er ließ sich nicht abschütteln und widersetzte sich ihrem Willen. Olivia konnte Jais Qual ebensowenig länger ertragen wie die ihre. »Wir haben beide versagt. Du konntest von meiner Lage nichts ahnen. Ich hatte keinen Maßstab, an dem ich einen Mann wie dich hätte messen können. Und die Zeit war gegen uns ...«

Uns.

Wie heimtückisch ihr dieses Wort entschlüpft war, und das in den letzten Augenblicken, bevor sich ihre Wege trennen würden ...

Völlig in sich gekehrt, hatte Jai den Ausrutscher nicht bemerkt – das scheinbar unbedeutende kleine Wort, das sie so unbekümmert wieder miteinander verband. »Als Rächer bin ich eine Karikatur. Ich habe nicht einmal dich verschont. Und du warst das einzige in meinem Leben, was mir das Leben lebenswert machte.«

Eine Sekunde lang wurde Olivia von ihren Gefühlen überwältigt. Sie wollte den Alptraum seines gequälten Gesichts verbannen und schloß die Augen. Aber es half nichts. Alles war bis in die kleinsten Einzelheiten in ihre Erinnerung eingegraben. Selbst ohne ihn anzusehen, wußte Olivia, daß in seinen Augen Tränen standen.

Sie seufzte und distanzierte sich von ihren Gefühlen. Wie ein Geist schien Olivia sich von ihrem Körper zu lösen und Jai aus einiger Entfernung von oben zu betrachten. Leidenschaftslos und nur leicht überrascht stellte sie noch etwas fest. Kinjal hatte sich in einem Punkt geirrt. Sie hatte im Grunde nicht gewonnen. Sie würde nie gewinnen können. Und mit dieser Erkenntnis stellten sich noch andere ein. Sie wollte aufstehen, neben ihn treten, sich zu ihm setzen, ihre Wange an seine gebeugte Schulter legen. Sie wollte Flügel haben, jene Abgründe überfliegen, die ihre Schicksale unwiderruflich trennten, und wie mit einem Zauber die Jahre des Kummers auslöschen. Sie wollte ihn wieder berühren wie einst. Sie wollte in seiner Nähe Sicherheit finden und gewärmt werden. Sie wollte ihn in die Arme nehmen und trösten. Sie wollte ihn lieben und von ihm geliebt werden. Ihre Gefühle befreiten sich explosionsartig, denn die zerbrechlichen Ankerketten waren abgeschüttelt. Mit geschlossenen Lidern fuhr sie ihm im Geiste durch das wirre Haar, das die aufkommende Brise noch mehr durcheinanderbrachte. In ihrer Hand fühlte sie wieder die langen, schlanken Finger, die solche lustvollen Empfindungen in ihr ausgelöst hatten. An ihrem Gesicht fühlte sie den rauhen Stoff des weißen Baumwollhemdes, das er immer trug. Sie hatte ihn deshalb oft geneckt. Und durch den Stoff hindurch spürte sie das Blut, das auch in den Adern ihres Sohnes floß. Mit der Fingerspitze fuhr sie ihm zärtlich über die Stirn und nahm ihm den Schmerz, der dort eingemeißelt war. Sie legte ein Ohr auf die Hemdtasche und lauschte auf sein Herz. Es schlug noch immer im selben Rhythmus wie das ihre. Und wieder hörte Olivia in sich den lautlosen Klang jener Worte, an die sie so lange nicht mehr gedacht hatte.

Aber ja, ich liebe dich ...

»Es gibt etwas, das auch ich zu Ende bringen muß.«

Aus ihrer Trance gerissen, zuckte Olivia zusammen. Er hatte sich wieder unter Kontrolle und redete normal. Olivia wollte keine Selbstvorwürfe hören und keinen Wahnsinnsausbruch mehr erleben. Abwehrend fragte sie: »Und was wäre das?«

»Ich muß dir erzählen, wie meine Mutter gestorben ist.«

»Nein!«

Warum das jetzt alles noch? Wozu?

»Doch, du hast in meinem Leben keinen Stein auf dem anderen gelassen. Auch das darf nicht unangetastet bleiben. Du hast ein Recht, es zu erfahren!«

»Ich verzichte auf das Recht! Es ist nicht mehr wichtig...«

»Es ist wichtig«, widersprach er energisch, aber sanft. »Du kannst nicht auf ein Recht verzichten, das nicht nur du hast. Eines Tages wird auch mein Sohn das Recht haben, es zu erfahren. Und dann mußt du es ihm erzählen.« Die grausame Erinnerung an die bevorstehende Trennung schmerzte, aber Jai verlor sich bereits in der fernen Welt, in der auch der Grundstein für ihre Zukunft gelegt worden war. »Sie starb, wie sie gelebt hatte, als eine unbedeutende Frau und bis zum Ende ungeliebt. Der eine Peitschenhieb, der sie getroffen hatte, weil sie mich davor bewahren wollte, verwundete sie schwer. Acht Jahre lang hatte sie keinen einzigen Tag ohne Opium gelebt. Es floß ihr im Blut. Ihr Körper verzehrte sich danach, wie in einem Hunger, den nichts anderes stillen konnte. Ich konnte ihr kein Opium geben. Deshalb blieb die Gier ungestillt, und mit diesem Hunger ist sie gestorben. Herz und Geist waren schon lange tot. Sie war noch keine fünfundzwanzig Jahre alt.«

Er erzählte das ruhig, aber Olivia sah, was ihn jedes Wort kostete, denn dicht unter der Oberfläche lauerten begrabene Gefühle, die nie ans Tageslicht gekommen waren. »Sei still!« beschwor ihn Olivia. »Laß die Vergangenheit ruhen, wenn sie so schmerzlich ist...«

»Ja, sie ist schmerzlich, aber sie muß erzählt werden.« Unbewußt fuhren seine Fingerspitzen über das rote Bündel, das neben ihm lag – der kleine traurige Schatz seiner Kindheit. »Sie starb in der ersten Nacht, nachdem wir das große Haus verlassen hatten. Wir mußten am Straßenrand schlafen. Die Wunde an ihrem Arm blutete, und sie litt Höllenqualen, denn ihre Gedanken kreisten um die Kügelchen, die ihre stumme Demut garantierten. Aber bevor wir in dieser Nacht einschliefen, erzählte sie mir viel –, vielleicht, weil sie wußte, es würde ihre letzte Nacht sein.« Er stand auf und drehte Olivia den Rücken zu. »Damals hörte ich zum ersten Mal etwas von Opium, und ich erfuhr, wer mein Vater war. Das Opium konnte ich nicht verstehen, aber ich war sprachlos, daß der Mann, der sie ausgepeitscht hatte, mein *Vater* sein sollte. Es machte mir Angst, und ich war von

Ehrfurcht erfüllt. Bis dahin hatte ich ihn immer von weitem bewundert. Ich staunte den großen Engländer an, der lesen und schreiben und so selbstverständlich Befehle erteilen konnte. Ich beobachtete ihn oft stundenlang, prägte mir sein Tun ein, seine kleinen Gesten, seine Eigenheiten, und wenn ich allein war, ahmte ich sie nach. Manchmal wollte ich ihn berühren, denn es schien mir die allergrößte Ehre zu sein, einen Engländer zu berühren. Und manchmal redete er mit mir, gab mir etwas und versuchte, freundlich zu mir zu sein. Aber der Klang seiner Stimme ließ mich erstarren. Ich konnte ihm nie antworten, wenn er mir eine Frage stellte. Dann wurde er ungeduldig. Sogar seine Ungeduld empfand ich als Ehre, denn es bedeutete, ich war ihm wichtig genug, zornig zu werden...« Jai schwieg, als fürchte er die Gefühle und zwinge sich, die Grenzen zu achten, die er sich gesteckt hatte.

»Ich hatte noch nie einen Toten gesehen«, fuhr er ruhig fort. »Ich wußte nicht, daß meine Mutter gestorben war. Ein Wasserträger, der vorüberkam, sagte mir, sie sei tot und müsse den Flammen übergeben werden. Wir trugen sie zusammen zum Flußufer und sammelten Holz. Es war feucht, und es dauerte lange, bis das Feuer brannte. Ich wußte nicht, was eine Verbrennung ist. Erst als der Scheiterhaufen in Flammen stand, begann ich zu weinen. Ich begriff in diesem Augenblick, daß sie nie wieder zu mir zurückkommen würde.«

Seine tonlose Stimme zitterte kaum hörbar, aber Olivia sah, wie sehr er noch jetzt litt. »Bitte sprich nicht weiter«, bat sie leise und litt mit ihm. »Ich kann es nicht ertragen, noch mehr zu hören!«

Er wurde wieder hart. »Für den Jungen mußt du alles wissen! Du erlaubst mir sonst nichts. Gib ihm wenigstens dieses kümmerliche Wissen über mich. Indem ich es dir überlasse, reinige ich die Wunde, die du einmal als Geschwür bezeichnet hast. Du siehst«, er lachte bitter, »auch dabei denke ich nur an mich.«

Olivia schwieg. Sie protestierte nicht noch einmal.

»Der Wasserträger verließ mich. Er mußte sein Brot verdienen.« Jai war wieder aufgesprungen, und die ineinander verschlungenen Finger zuckten. »Er gab mir eine Kokosnußschale, in der ich die Asche sammeln sollte, wenn sie kalt geworden war. Ich tat, wie er mir befohlen hatte, und warf die Schale dann in den Fluß. Der Monsunwind war heftig und trieb sie schnell zum offenen Meer. Ich badete im Fluß, wie er mir befohlen hatte, und ein vorüberkommender Barbier hatte Mitleid mit mir. Er schor mir den Kopf und schnitt mir die Fingernägel, ohne etwas zu verlangen, denn auch das gehörte zu dem Begräbnisritual. Meine Wunden waren noch nicht verheilt und bluteten. Ich legte mich irgendwo auf die Erde, ich weiß nicht mehr wo, und schlief ein. Als ich die Augen wieder aufschlug, befand ich mich im Haus eines Fremden, und viele Tage waren seit dem Tod meiner Mutter vergangen. Ich wußte nichts mehr davon. Ich hatte alles vergessen.«

Es war das Haus von Ranjan Moitras Eltern. Das wußte Olivia, aber sie schwieg. Um sich zu schützen, sprach Jai seltsam unpersönlich von den wohl schrecklichsten Erlebnissen, die ein Kind haben kann, als sei es die Geschichte eines anderen, eines Unbekannten. Aber Olivia wußte, die Wunde in seinem Inneren blutete.

»In diesem fremden Haus pflegte man mich freundlich und heilte meinen Körper. In meinem Kopf war noch immer alles leer. Die guten Leute wußten nicht, wie sie den Gedächtnisverlust heilen sollten. Erst als ich zufällig zwei Jahre später Reisende aus Assam miteinander sprechen hörte, erinnerte ich mich ganz schwach und wußte, daß diese Menschen aus den Bergen kamen, wo ich zu Hause war. Sechs Monate brauchte ich für den Weg dorthin, doch ich konnte meine Leute nicht finden, denn ich wußte nicht, wen ich suchte. Jemand von unserem Stamm traf mich zufällig in den Bergen. Er erkannte mich an dem Schmuck, den der Wasserträger meiner Mutter vor der Verbrennung abgenommen und mir gegeben hatte, und nahm mich mit in das Dorf. Dort war ein alter Mann, offenbar mein Großvater. Er weinte, nahm mich auf, schenkte mir seine Liebe und brachte mir alles bei, was er wußte. Ich lernte, was man über die Erde, die Wälder und Pflanzen wissen muß, über die Jahreszeiten und über den Kreislauf von Säen und Ernten. Er zeigte mir auch die riesigen Bäume, die, wie er sagte, Teile meines Erbes seien.« Bei der Erinnerung an die Liebe, die ihm damals entgegengebracht worden war, wurde Jai weich. In seinen Augen lag der Anflug eines zärtlichen Lächelns. Dann verschwand das Lächeln, und er sprach tonlos weiter. »Aber er war ein alter Mann und durch seinen Kummer noch älter geworden. Nach einiger Zeit starb auch er. Ich schloß ihm die Augen und entzündete den Scheiterhaufen. Und als ich zusah, wie er zu Asche wurde, kehrte plötzlich meine Erinnerung zurück. Ich wußte wieder alles – wie meine Mutter gestorben war –, wo und *warum*. Ich erinnerte mich an das große Haus, an die Hütte, in der ich geboren worden war, an die Opiumkügelchen, die blutenden Wunden und an ihre letzten Worte. Ich erinnerte mich an Lady Bridget, an Sir Joshuas Mutter und an seine Peitsche. Aber am deutlichsten, am allerdeutlichsten erinnerte ich mich an Sir Joshua Templewood, meinen Vater.«

Im fahlen Mondlicht waren seine Augen wie Opale. Sie glänzten hart und dunkel. Ein Schakal heulte. Andere nahmen den Schrei auf; offenbar hatten sie einen Kadaver gefunden. Olivia wagte kaum, sich zu bewegen, und sah ihn nur schweigend an. Sie wollte ihn nicht mehr unterbrechen.

»Damals, in diesem Augenblick der klaren Erinnerung, lernte ich, was Haß ist. Es war ein erschreckendes Gefühl und so gewaltig, daß es mich zu verschlingen schien. Und als Dreizehnjähriger leistete ich am brennenden Scheiterhaufen meines Großvaters einen Schwur ohne Worte, denn in diesem Alter fehlten mir die richtigen. Dieser stumme Schwur war von einem Haß erfüllt, der die Grenzen der Sprache bei weitem überstieg. Von diesem Moment an war mein Leben vorbestimmt. Wie die Linien meiner Hände war mein Lebensweg unauslöschlich vorgezeichnet.« Er hielt ihr beide Handflächen hin. »Es konnte keine Umwege und Hindernisse mehr geben. Ich würde es auch nicht erlauben ...«

Seine Stimme verstummte, aber das Echo schien in der Nacht widerzuhallen. Olivia wußte, was er ihr enthüllt hatte. Die glühende Erinnerung, die sich einem Kind eingebrannt hatte, war die Asche, um die sein Leben kreiste – und damit auch ihr Leben. Es war die Essenz, die ihn zu dem gemacht hatte, der er war, und seltsamerweise auch zu dem, was sie geworden war. Dies also war das letzte Stück in dem Puzzle, der Kern der Zwiebel. Jai Raventhorne hatte ihr sein

Innerstes geöffnet, sie dort eingelassen, und er teilte mit ihr jenen Schicksalstag, der sein Leben gestaltet, das seines Vates ausgelöscht und so viele andere ins Unglück gestürzt hatte. Ironischerweise würde Olivia sein Leben nicht teilen. Der schwarze Humor der Götter war wirklich unerschöpflich.

»Du warst ein Hindernis, Olivia, eine Abweichung.« Er sprach jetzt aus, was er gedacht und sie aufgefangen hatte. »Ich habe dich für ein Verbrechen geopfert, das lediglich ein geographischer Irrtum war: Zur falschen Zeit befandest du dich am falschen Ort.« Die tiefen Falten um den müden Mund zuckten heftig im Mondlicht. »Du bist so töricht gewesen, den falschen Mann zu lieben.«

Den einzigen Mann.

Olivia korrigierte ihn nicht. »Wir geben uns der Täuschung hin, eine Wahl zu haben«, sagte sie bitter, »Liebe, Haß – es sind beides gute Puppenspieler. Sie ziehen an den Fäden, und wir machen nur die entsprechenden Bewegungen.«

Er war über das Ausmaß ihrer Desillusionen und Niedergeschlagenheit entsetzt. Hilflos und erschöpft stand er neben ihr. Dann nahm er schnell die Kette mit dem silbernen Anhänger ab, die er wieder um den Hals trug, betrachtete das kleine, eckige Döschen in seiner Handfläche und setzte sich neben sie. Geschickt öffnete er es mit einem Fingernagel. »Hier.«

Mit der Fingerspitze betastete Olivia die Innenseite des Anhängers. Zuerst fühlte sie nichts, dann etwas sehr Zartes, einen fast nicht wahrnehmbaren Hauch. Sie sah Jai fragend an.

»Mir hat mein Vater das als einziges Vermächtnis hinterlassen, als teuflische, ständige Erinnerung – und als Erbe.« Er wies mit den Fingern auf seine Augen. »Aber meine Mutter bekam noch weniger von ihm. Spürst du es? Eine Haarlocke!« Er ließ den Anhänger zuklappen. »Nur diese leblosen Haare von dem verfluchten Kopf, der einmal an ihrer Schulter lag – die Erinnerung an eine Liebe, die ihr nichts gab, aber alles nahm. Sie bewahrte diese sentimentale Erinnerung wie ein Juwel auf, hütete sie und trug den Anhänger immer um den Hals.« Seine Stimme wurde leise, seine Augen richteten sich wieder in die Ferne in die kreisenden Nebel der Zeit. »Sie saß in die-

ser armseligen Hütte, war eingesponnen in die gespenstische Welt illusionärer Zufriedenheit, schnitzte sanft und ergeben Holzspielzeug und sang mit ihrer kindlichen Stimme, die ich jetzt noch manchmal höre. Die Galionsfigur, die Frau mit den ausgestreckten Armen, war der schönste Beweis ihrer Liebe, ein Symbol der Freiheit, nach der sie sich sehnte, obwohl sie in ihrem schlichten Gemüt so etwas Kompliziertes nicht bewußt im Sinn gehabt haben kann. Diese Frauengestalt war sie selbst. So war sie einmal gewesen, ohne Fesseln und ohne Käfig. Sie lebte in einer verschwundenen Welt, die es nur in ihrem Kopf gab. Aber mit mir teilte sie diese Welt oft und kehrte, wann immer sie konnte, zu der Unschuld zurück, die sie nie ganz verloren hatte – denn es war das einzige, was er ihr nicht nehmen konnte.« Ohne sich seiner Gefühle zu schämen, wischte Jai sich die Tränen aus den Augen. »Eine Haarlocke für ein Leben – ein ungleiches Geschäft, nicht wahr? Aber für sie war es genug. Sie wollte nicht mehr von ihm.«
Olivia musterte das Gesicht, das wieder undurchdringlich geworden war. »Und du? Was hättest du von ihm gewollt?«
Er reagierte sehr heftig auf diese Frage und rief: »Alles! Und ich habe mir alles genommen! Ich wünschte, ich könnte dir gestehen, daß ich es bedauere, aber das kann ich nicht.« Im Aufblitzen aristokratischer Überheblichkeit war sein Blick plötzlich wieder eiskalt.
»Vergiß nicht, er hätte dich zweimal umbringen können ...«
»Leere Gesten! Sie bedeuteten nichts.«
Seine Überheblichkeit schwand, und er seufzte müde. Vielleicht dachte er daran, daß sein Haß vergeblich war. Das Drama war zu Ende und der Vorhang gefallen. »Nein«, verbesserte er sich ruhig, »vielleicht waren es keine leeren Gesten. Vielleicht bedeuteten sie für ihn etwas, auch wenn sie mir nichts bedeuteten. Ich weiß es nicht. Ich werde es auch nie erfahren. Ja, er hätte mich zu Tode peitschen können. Ich hatte es erwartet. Es überraschte mich, als er es nicht tat. Und es stimmte, er schoß bewußt daneben.« Er lachte leise. Es klang beinahe belustigt. »Vielleicht verfehlte er zum erstenmal in seinem Leben ein Ziel. Er war ein bemerkenswert guter Schütze.«

»Auch du hättest ihn erschießen können«, erinnerte ihn Olivia.
»Ja.« Mehr sagte er nicht und erklärte er nicht. »Ich hätte für ihn, für sie, für seine Frau, immer nur Haß empfinden können. Mehr oder weniger haben sie alle meine Mutter umgebracht. Auch Ransome, obwohl er ein anständiger Mann ist. Und doch...« Er stand auf und entfernte sich von ihr. Dann blieb er stehen und starrte in die dunkle, stumme, endlose Nacht. »Und doch, wenn ich manchmal sehr allein war, wenn ich verloren, verwirrt um meine Orientierung rang, wenn ich daran dachte, daß ich ihn einst bewundert hatte, fragte ich mich, wie es vielleicht gewesen wäre, wenn ein Mann wie Sir Joshua Templewood mich ›Sohn‹ genannt hätte...«
Die Haare in Olivias Nacken sträubten sich. Die plötzliche Eiseskälte lähmte sie. Die Parallele in seinen Worten konnte ihr nicht entgehen. Eines Tages und ebenfalls dann, wenn er allein, verloren und verwirrt nach einer Orientierung suchte, würde sich auch Amos fragen, wie es wäre, wenn ein abwesender Vater ihn ›Sohn‹ nennen würde. In ihrer Vorstellung sah Olivia die taubengrauen Augen von Amos, die sich verdunkelten, während er mit denselben Gefühlen kämpfen mußte – Zorn, Haß, bittere Vorwürfe, heftiger Unmut, Staunen. Amos – ebenso groß und trotzig, mit einer ähnlichen Gestalt –, würde er den Verlust auch so empfinden? Würden Jais Hunger nach Anerkennung und Wärme, sein Gefühl, verstoßen worden zu sein, auch Amos nicht erspart bleiben?
Nichts, was sie Amos geben würde, konnte das ersetzen, was man ihm genommen hatte. Olivia sah die Parallele und erstarrte. Argwohn und erneute Angst schüttelten sie.
Er hat das bewußt gesagt!
Mit dieser List wollte er sie von ihrem Sohn trennen. »Amos ist nicht wie du! Er hat wenigstens einen Namen. Er wird nie an seiner Identität zweifeln!« rief sie.
Jai zuckte zusammen, erschreckt von ihrer plötzlichen Grausamkeit.
»Ja«, sagte er betroffen, »dafür hast du gesorgt.«
»*Ich* werde ihn Sohn nennen. Das wird ihm genügen.«
Er begriff ihre Angst und versuchte, sie zu beruhigen. »Ich weiß. Es wird genügen. Warum zweifelst du daran?«

Ihre quälenden Gedanken zwangen sie, noch deutlicher zu werden. »Ich möchte klarstellen, daß du nie ein Recht auf Amos hast, *nie.*«
»Ich stelle weder jetzt Ansprüche noch in Zukunft.« Er blickte hilflos auf seine Füße. »Ich werde nicht versuchen, dich noch einmal von ihm zu trennen. Du hast mein Wort. Ich habe keinen Platz in deinem Leben, Olivia. Und ein Kind sollte eine Mutter haben – wenigstens eine Mutter.«
Mit einem leisen Aufschrei schlug sie die Hände vors Gesicht. Olivia konnte die eigentliche Ursache ihrer Qualen nicht länger leugnen. Sie sah deutlich, wo sie sich befand – sie stand wieder an einer Kreuzung. Es war dunkel, und sie konnte den Weg nicht sehen. Aber sie wußte, es gab mehr als einen Weg. Wieder einmal war sie allein. Kalte Winde rissen sie in unterschiedliche Richtungen. Schnee nahm ihr die Sicht, und im dichten Treiben der Flocken hatte sie sich verirrt. Die Elemente tobten in einem schrecklichen Sturm. Trotz Aufbietung all ihrer Willenskraft konnte sie sich nicht gegen diese Kräfte behaupten. Wo war ihre Substanz? Ihre Entschlossenheit, die unfehlbare Logik, der klare Verstand, auf den sie so stolz war? In panischer Angst suchte sie danach, und in stummer Verzweiflung fand sie nichts.
Dann legte sich der Sturm mit der Anmut eines Sonnenuntergangs. Die heulenden Winde beruhigten sich, das Schneetreiben ließ nach. Über ihr erstrahlte klar und rein der Himmel; so still und heiter wie ein ländlicher Wiesenpfad lag der Weg vor ihr. Und Olivia wußte, ihn mußte sie einschlagen. Tiefer Friede erfaßte sie. Und in dieser heiteren Gelassenheit senkte sich mit der Zartheit eines fallenden Blütenblatts eine Entscheidung in ihr Herz. Olivia staunte über die Mühelosigkeit, mit der sie zu dieser Entscheidung gekommen war. Und dann sah sie, diese Lösung hatte sich schon immer angeboten, nur hatte sie diese Möglichkeit nicht wahrgenommen.
Olivia hob den Kopf und stellte fest, daß er sie mit seinem Blick umfangen hielt. Jai beobachtete, er wartete, aber er hatte ihre Gedanken bereits erfaßt. Olivia vergaß alles und betrat noch einmal die Traumlandschaft, in der sie körperlos dahintrieb. »Wann wirst du fahren?« fragte sie, oder eine andere mit ihrer Stimme.

»Bald.«
»Wohin willst du?«
»Irgendwohin. Es ist nicht weiter wichtig.«
»Wirst du fliehen, dich verstecken und vergessen können, daß dein Sohn keinen Vater hat – wie du?«
»Mir bleibt wohl kaum eine andere Wahl!«
Die Unwirklichkeit verstärkte sich. Im Traum befangen lächelte Olivia. »Ich gebe dir eine andere Möglichkeit.«
Die Stille war plötzlich gespenstisch. Sogar der Fluß schien nicht mehr zu fließen. In dem erstarrten Bild bewegte sich etwas, begann zu zucken und dann heftig zu pulsieren – ein Hoffnungsstrahl kämpfte sich ans Licht. Jai sprach es aus. »Du würdest mit mir kommen?«
»Ja.«
»Warum?« In seine Hoffnung mischte sich Verzweiflung.
»Warum?« Olivia ordnete bedächtig die Falten ihres Kleides. »Ich weiß es nicht. Vielleicht ist mein Leben noch nicht kompliziert genug. Oder ich möchte, daß Amos hört, wie sein Vater ihn ›Sohn‹ nennt. Oder...?« Sie schwieg und brachte die Worte nicht über die Lippen.
»Oder?«
Ihr Mund wurde hart, die Lippen schmerzten, als sie den so lange nicht benutzten und rostig wirkenden Satz aussprach: »Oder, weil ich dich liebe.«
Er staunte ungläubig. »Nach all dem, nach *all dem* kannst du das noch sagen?«
»Ja, ich kann es noch sagen.«
Von Schauern geschüttelt, wandte er sich ab. »Es ist noch immer eine verschwendete Liebe, Olivia. Ich verdiene sie jetzt noch weniger als damals.« Die Hoffnung kämpfte und war zu schwach. Er schloß die Augen.
»Wie damals kann ich sie auch jetzt verschwenden...«
»Nein!« rief er heftig und wies das Geschenk zurück. »Es wäre eine sinnlose, kindische Tollkühnheit. Ich kann es nicht zulassen!«
Er entglitt ihr. Von Panik erfaßt, kehrte Olivia in die Wirklichkeit

zurück. »Es hat nichts mit Tollkühnheit zu tun! Ich bin nicht so edel wie deine Mutter, die ihre Liebe verschwendete in dem Bewußtsein, daß sie nicht erwidert wurde. Ich bin wie du auf der Suche nach mir. Ich *weiß,* daß du mir zurückgibst, was dir geschenkt wird.«
Verzweifelt stand er mit hängenden Armen vor ihr. »Ich kann nichts wiedergutmachen, Olivia, nichts ändern. Wie kann ich zulassen, daß du ein zweites Mal deine Vernichtung riskierst?«
»Für mich wird sich alles ändern – auch die Zeit wird zurückgedreht sein –, und alles ist wiedergutgemacht«, rief sie und kämpfte dabei ebenfalls mit der Verzweiflung. »Du hast es mir gesagt und in dem Brief geschrieben, daß du mich liebst. Diese Liebe ist mein Halt, mein Talisman, meine Kraft gewesen, auch wenn ich die Fähigkeit verloren hatte, das zu sehen.« Als sie diese Worte aussprach, wurde es ihr plötzlich bewußt: An dieser Stelle hatte sie schon einmal gestanden. Der Kreis war geschlossen. »Sag es mir wieder, Jai. Bitte, sag es wieder!«
»Nein! Du bist die Frau eines anderen.«
»Aber ich bin auch die Mutter deines Kindes, eines Kindes, das in Liebe gezeugt wurde!«
»Liebe!« Seine Lippen verzogen sich. »Es war eine kümmerliche Liebe, die viel Haß befleckt hat, Olivia. Und ich bin jetzt noch mehr besudelt, von eifersüchtigen Gefühlen, die in meinen Eingeweiden wie Höllenfeuer brennen. Für diese befleckte Liebe bist du bereit, ein Leben gesellschaftlicher Ächtung und einen lebenslangen Skandal zu ertragen?« Seine Frage klang schneidend in ihrer Offenheit.
»Du hast beides dein Leben lang ertragen!«
»Für mich ist es deshalb nichts Neues. Ich bin daran gewöhnt. Ich habe gelernt, mich davon nicht beeindrucken zu lassen. Aber du?«
»Als eine Frau, die von ihrem Mann verstoßen wurde, habe ich es ebenfalls gelernt. Auch mich beeindruckt das nicht mehr. Und wenn deine Liebe befleckt ist, dann muß es eben so sein.« Ihre Angst machte sie wieder mutig. »Auch dann werde *ich* es sein, die gewinnt.«
Er lachte mitleidig und verächtlich. »Du glaubst immer noch, Liebe

sei ein Allheilmittel? Du glaubst, auch mit einer befleckten Liebe könnte man eine Welt erobern?«

»Nein. Ich weiß jetzt, daß man es nicht kann. Aber wenn man keine Vollkommenheit erwartet, kann sie einen lehren, das Unvollkommene hinzunehmen.«

Er hob die Arme. »Die Welt außerhalb deines Liebeszaubers, Olivia, ist nicht freundlich. Sie ist feindselig in ihren Zwängen und Forderungen.«

»Für mich gibt es keine Welt außer der, in der du und Amos leben.«

»O ja, es gibt eine andere Welt! Du hast noch einen Mann – und ich kann dich mit keinem teilen. Mit mir, Olivia, heißt es alles oder nichts. Wie im Krieg, so auch in der Liebe!« Seine Anmaßung schmerzte.

Stieß er sie wirklich zurück? Nein, *nein,* das würde sie nicht zulassen! Er stellte sie nur auf die Probe, ergründete ihren Mut, überprüfte, wie weit sie nachgeben konnte, ohne zu zerbrechen. Er begriff nicht, daß er das, was über den Verstand hinausreicht, mit dem Verstand erfassen wollte. Jai vergaß, daß es dahinter, hinter den Worten, noch etwas gab. Wie andere hatte auch er von einer Bindung gesprochen.

Olivia lachte leise. »Was bist du doch für ein Dummkopf, Jai Raventhorne! Du bist genau wie ich, so störrisch wie ein Esel.« Ihre Worte klangen zart wie Seide. »Ich habe einmal gegen mein Schicksal, ja gegen die ganze Welt gekämpft. Ich nehme den Kampf gern wieder auf – *für dich.* Aber ich habe nicht mehr die Kraft, *gegen dich* zu kämpfen.«

Olivia stand auf und ging zu ihm. Sie wollte ihn nicht länger aus der Ferne lieben, ihn nicht berühren dürfen. Sie legte die Arme um ihn. »Hast du nicht begriffen, daß es auch bei mir im Krieg und in der Liebe um alles geht? Um alles, alles, *alles* ...«

Erschrocken erstarrte er in ihrer Umarmung und wagte nicht, sie zu berühren. Er wagte nicht einmal, Luft zu holen. Er stieß nur leise ihren Namen hervor.

Einen verzauberten Augenblick lang konnte auch sie nichts sagen.

Die gut erinnerte und nie vergessene Sinnlichkeit machte sie benommen. Olivia versank in dem kaum wahrnehmbar nach Tabak duftenden Atem und verging beinahe in seiner Nähe. Ausgehungert streiften ihre Lippen federzart über seinen Hals, schmeckten wieder die salzige Haut. Sie nahm die Schärfe in den Mund und wollte sich nicht mehr von ihr trennen. »Wenn du mich willst«, flüsterte sie berauscht, »dann mußt du es offen sagen. Das zumindest schuldest du der Frau, die dir einen Sohn geboren hat.«

Ein Schauer überlief ihn. Seine Arme hoben sich zögernd, und dann drückte er sie fester an sich. »O ja, ich will dich, o *ja*...!« Seine Kapitulation war bedingungslos. Er flüsterte ihr unzusammenhängende Worte in das dichte Haar, auf die Augen, auf das ihm zugewandte Gesicht. »Wie kannst du ahnen, wie sehr ich dich schon immer gewollt habe?«

»Das kann ich, wenn du es mir sagst.« Sie legte das Ohr an seine Brusttasche. Ja, das Herz schlug. Es schlug für sie. Es schlug so heftig und laut wie eine Pauke!

»Mein Gott – mußt du es immer noch hören?« fragte er wieder fassungslos.

Am offenen Hemdkragen küßte sie die Vertiefung am Hals. »Ja!«

Verwirrt über das, was er weder verstehen noch erklären konnte, verwirrt über das, was er nur fühlte, erstickte er sie fast mit Küssen, und sie mußte nach Luft ringen. »Es hat nie einen Tag, nie eine Sekunde gegeben, in der du nicht von mir geliebt und gewollt worden bist. Wenn du abwesend und wenn du da bist, beherrschst du meine Gedanken, befiehlst du mir und zügelst mich. Du treibst mich zur Verzweiflung, und in meiner Verzweiflung verliere ich den Verstand.« Er schob sie von sich und betrachtete sie auf Armeslänge. »Ich bin ein unerträglicher, fordernder Mann, Olivia, und in meinen Reaktionen noch immer maßlos. Du wirst mich nicht lange ertragen können. Und dann werde ich dich wieder verlieren...«

»Und du kannst es nicht ertragen, ein Verlierer zu sein! Geht es dir darum?« Tränen ließen ihre Augen glänzen. »Ich habe dir einmal versprochen, alles zu ertragen, was du beschließt. Es war ein unvorsichtiges und tollkühnes Versprechen, das zu halten meine Kräfte überstieg. Jetzt habe ich die Kraft dazu. Auch ich brauche eine neue Chance, Jai, auch ich.« Seine Finger drückten sich so fest um ihre Schultern, daß es schmerzte. Olivia löste sie und nahm seine Hände in ihre. »Das ist die Wahrheit, Jai. Warum kannst du dich nicht damit abfinden?«

Er konnte ihrer beredten Überzeugungskraft nichts entgegensetzen und schwieg hilflos. Er drückte sie heftig an sich und verwünschte leise seine Ohnmacht.

»Warum, warum, warum! Wie viele verdammte Warums hast du noch für mich?«

»So viele wie nötig sind, um dich ganz und gar kennenzulernen.«

»Ganz und gar?« Er stöhnte entsetzt. »Wenn selbst ich mich nicht einmal teilweise kenne, bedeutet das für dich ein lebenslanges Studium!«

»Also gut, abgemacht«, erwiderte sie gelöst und endlich in Seele und Geist befreit. »Wie es aussieht, habe ich ein Leben zur Verfügung.«

Er achtete nicht auf ihren fröhlichen Spott. Noch immer besorgt, blieb er sehr ernst. Er hob ihr Kinn und blickte ihr tief in die Augen. Ihn bezauberte das tanzende Licht darin, aber das Ausmaß ihrer Hingabe machte ihn unruhig. »Deine Liebe ehrt mich, Olivia. Die Hartnäckigkeit dieser Liebe alarmiert mich und berauscht mich gleichzeitig. Aber ich kann weder gut lieben noch die Liebe mit guter Miene annehmen. Meine Gefühle für dich machen mich noch immer zornig, denn sie sind Fesseln, und ich bin nicht gewohnt, ein Sklave zu sein. Du schenkst mir so viel, zuviel, und in meiner Obhut ist es nicht gut aufgehoben.« Er versuchte zu lächeln, aber es gelang ihm nicht. »Ich möchte, daß du glücklich bist, so glücklich wie ... wie meine Schwester«, er brach ab und wurde rot. »Estelle ist glücklich. Aber ich weiß nicht, was das Wesen von Glück ausmacht ...« Er war wieder hilflos und verstummte mit einem Schulterzucken.

Olivia glättete sanft die Kummerfalte auf seiner Stirn. »Für mich ist das Wesen des Glücks, bei dir zu sein. Wenn wir Glück haben, werden wir vielleicht beide wieder lernen, richtig zu lieben und die Liebe mit guter Miene anzunehmen.«

Gedankenverloren und mit gerunzelter Stirn strich er ihr zärtlich über die Haare. »Es wird nicht leicht sein, Olivia.«
Sie seufzte. »Nein. Aber war es je anders?«
Lange Zeit schwieg er. Dann löste er sich von ihr, bückte sich und hob das vergessene Bündel auf. Er hielt es einen Augenblick lang in beiden Händen. Dann schloß er die Augen und bewegte tonlos die Lippen, hob seinen kostbarsten Schatz an den Mund, küßte den roten Samt, und dann, ehe Olivia seine Absicht erraten konnte, warf er das Bündel in hohem Bogen in den Fluß. Sie stieß überrascht einen leisen Schrei aus und wollte zum Wasser laufen, aber er hielt sie zurück. »Laß es schwimmen«, sagte er ernst und gefaßt. »Es wird Zeit, die Toten zu begraben. Ich habe genug von Gespenstern.«
»Aber du hast sie geliebt.«
»Ich werde sie immer lieben«, versicherte er ihr sanft. »Man klammert sich an die Toten, wenn es keine Lebenden mehr gibt, an die man sich wenden kann. Wie es aussieht, gibt es jetzt andere, die ich lieben kann.« Er berührte ihre feuchten Lider mit den Fingerspitzen. »Weine nicht. Du weißt, ich kann deine Tränen nicht ertragen, und du hast genug geweint.«
Sie war noch immer wie gebannt von dem tanzenden Schatten auf den Wellen und konnte den Blick nicht von dem Bündel lösen. Beschämung quälte sie. »Ich muß dir gestehen, daß ...«
»Sag nichts.« Er verschloß ihr die Lippen mit dem Finger. »Es gehört zur Vergangenheit, die jetzt vergessen werden muß.«
Sie zog seine Hand weg und sagte: »Aber du mußt wissen, wie ich ...«
»Ich weiß, wie. Sujata hat es dir gegeben. Wolltest du mir das sagen? Du hast sie gut dafür bezahlt.«
Olivia schluckte beschämt und nickte. »Woher weißt du ... ?«
»Es war überraschend einfach herauszufinden.« Vielleicht bildete es sich Olivia nur ein, aber in den Tiefen der abweisenden silbergrauen Augen sah sie etwas, das sie bei ihm noch nie gesehen hatte. Er zwinkerte. »Ich kenne Sujatas Parfüm«, erklärte er zögernd, »wo sie gewesen ist, liegt es in der Luft.«
Olivia bekam große Augen. »Du hast sie doch nicht ...?«

»Nein.« Wieder antwortete er, ehe sie aussprechen konnte. »Ich habe ihr nichts getan und werde ihr auch nichts tun. Sie ist nach Benares gegangen.« Er ahnte Olivias unterdrückte Eifersucht und beruhigte sie zärtlich. »Du mußt jetzt auch Sujata vergessen. Wir haben beide Dinge getan, auf die wir nicht stolz sein können. Ich mehr als du, Olivia, weit mehr als du!«

Vergessen.

Ein einfaches Wort, und doch verlangte es viel. Was mußte sie alles vergessen! Ihre Gedanken schweiften ab. Sie würden nur ein zögerndes Glück erleben können. Ein grausames Schicksal hatte sie der Hoffnung beraubt. Ihre Zukunft belastete die Angst vor dem Unbekannten, dem Unauslotbaren. Wieder einmal wagten sie sich auf unbekanntes Terrain. Es würde Zweifel und unerwünschte Entdekkungen geben, Groll und schwere Entscheidungen, und es würden unvermeidliche Barrieren bleiben. Mißtrauen und Schmerzen, Verlust und Gewinne – ja, auch Gewinne – würden ihre Zukunft sein. Und die nie ganz vergessene Vergangenheit würde sie immer begleiten. Es war vielleicht noch nicht alles durchlebt, und einiges würde sich der Heilung widersetzen. Und es würden Narben bleiben, die manchmal schmerzten.

Zwischen ihnen würde immer Freddie stehen – und Alistair, denn er war ebenso ihr Sohn wie Amos.

Nein. Die Vergangenheit konnte noch nicht vergessen sein. Beide mußten ihre Qualen ertragen, und manchmal würde diese Vergangenheit sie auch trennen. Aber im Innern gehörte beiden eine Welt, die dem Zauber so nahe kam, wie es einer Welt möglich war. Die Welt draußen würde ihnen nie verzeihen. Konnte Olivia das wirklich ertragen?

Ja, hundertmal ja!

Jais Unsicherheit war gerechtfertigt, aber seine Schlußfolgerung war falsch. Bei allem, was hinter ihr lag, und bei allem, was noch kam, besaß Olivia eine unerschütterliche und unerschöpfliche Quelle der Kraft: Sie würden sich nie wieder in feindlichen Lagern gegenüberstehen.

Und ohne ihn hatte ihr Leben ohnehin keinen Sinn.

Er folgte ihr durch das Labyrinth ihres tiefen inneren Schweigens, neigte den Kopf und hob eine Augenbraue. Ebenso intuitiv verstand Olivia seine wortlose Frage. »Nein.« Sie richtete sich auf, hob das Kinn und schüttelte den Kopf. »Kein Zweifel. Nicht jetzt, nie. Ich habe lediglich versucht, die Vergangenheit mit der Zukunft in Einklang zu bringen.«
»Und du bist sicher, daß das möglich ist? Ein Rechteck rund zu machen?« fragte er zweifelnd.
»Nein, ich bin nicht sicher. Aber wenn es meiner Entschlossenheit gelingt, dich zu mir zurückzubringen, dann kann sie auch ein Rechteck rund machen. Schließlich bin ich für meinen Einfallsreichtum bekannt.«
Er mußte lachen. Endlich. Er lachte aus vollem Hals, tief, gelöst und herzlich. Das Lachen beschwerte keine Zweifel mehr, sondern in ihm lag das Staunen über eine Offenbarung. Wie vor einer Ewigkeit schon einmal nahm er die Kette vom Hals und legte sie ihr um. »Ich kann dir noch immer nichts geben, was mir mehr wert ist. Trage sie jetzt mit dem Segen meiner Mutter.« Seine Hände liebkosten Olivias Nacken. Dann nahm er ihr Gesicht in beide Hände. »Damit übergebe ich dir meine Vergangenheit. Meine Zukunft scheint dir schon zu gehören.«
Diesmal war das Versprechen, sich zu binden, endgültig. Olivia wußte, das galt für sie beide. Sie hob den Anhänger an die Lippen, nahm dann seine Hand und küßte den blutigen Knöchel, mit dem er sich bestraft hatte.
»Komm. Gehen wir zu meiner Kutsche«, sagte sie und legte seine Hand an ihre Wange. *»Ich habe dir unseren Sohn mitgebracht.«*

FINIS

Die Ostindien-Kompanie

Im Jahr 1600 wird die Ostindien-Kompanie als eine private Handelsgesellschaft von Aktionären gegründet. Es ist ein bemerkenswerter Schritt auf dem Weg zu einer merkantilen Expansionspolitik, der über viele Generationen hinweg ein ungewöhnlicher Erfolg bestimmt ist, die aber rückblickend nicht nur für Indien eine tragische Entwicklung einleitet. Land- und Geldgewinne sind Ausdruck des Triumphes einer neuen Weltanschauung. Auf Dauer tragen sie jedoch zu politischen und wirtschaftlichen Katastrophen bei, die kaufmännische Gewinn- und Verlustrechnungen nicht mehr erfassen können. Unbestreitbar gehörten Verwegenheit, Unternehmungsgeist, Abenteuerlust und Entdeckerfreude dazu, zu einem fernen, unbekannten Kontinent aufzubrechen und darauf zu hoffen, bei den Expeditionen nicht nur zu überleben, sondern auch erträumte Reichtümer zu gewinnen. Die Kaufleute der ersten Zeit bestehen die vielen Abenteuer und fassen in Indien Fuß. 1637 wird Surat, am Golf von Cambay, als erste Niederlassung gegründet, gefolgt von Madras 1639 und Kalkutta 1690. Bereits 1661 überträgt Karl II. von England der Ostindien-Kompanie die souveränen Rechte über Indien. Eine Handelsgesellschaft beginnt zu herrschen.
Zweihundertsiebenundsiebzig Jahre vergehen, bis Königin Viktoria zur Kaiserin von Indien ausgerufen und damit dokumentiert wird, daß die wirtschaftlichen und politischen Interessen der Neuzeit nicht mehr voneinander zu trennen sind. England steht mit dieser Entwicklung nicht allein, ganz Europa hat die geistige Ordnung des Mittelalters hinter sich gelassen.
Beinahe ein Jahrhundert vor diesem Ereignis, im Jahr 1784, verliert die Ostindien-Kompanie endgültig ihre politische Macht. Sie wird

der direkten Kontrolle und Verantwortung des englischen Kabinetts unterstellt und nach dem Großen Aufstand der indischen Truppen 1857/58 im Jahre 1858 aufgelöst.

Die Eroberung Indiens scheint im neunzehnten Jahrhundert zum siegreichen Abschluß zu kommen. Aber die Kolonien, die in der Vergangenheit eine verläßliche und einträgliche Quelle des Reichtums und damit wachsender Macht waren, stellen sich zunehmend als eine große Belastung heraus. Auf die Politiker wartet das Erbe einer verarmten Dritten Welt, die Kaufleute und die Herrscher des westlichen Abendlandes im Namen christlicher Nächstenliebe verursacht haben. Ein Jahrhundert später erkämpft sich Indien unter Gandhis Führung die Unabhängigkeit, die 1947 verkündet wird.

Während im Europa des sechzehnten Jahrhunderts die Gedanken der Reformation die Welt- und Gesellschaftsordnung erschüttern, im siebzehnten Jahrhundert Glaubenskriege und Inquisition die Länder heimsuchen und Seuchen wie Pest und Cholera wüten, aber auch große naturwissenschaftliche und geistige Entwicklungen stattfinden und an den glanzvollen Höfen Adel und Künste im Bewußtsein der Überlegenheit abendländischer Kultur ihre Vorherrschaft feiern, setzen Wissenschaftler, Entdecker, Kaufleute, Missionare und Soldaten die weltumspannenden Ideen der Päpste, Kaiser und Könige in die Tat um.

In Indien erlebt zu dieser Zeit das Mogulreich mit einer märchenhaften Prachtentfaltung seine größte Ausdehnung. Aber es zerbricht schließlich an inneren Spannungen, religiöser Zerrissenheit und persönlicher Machtgier. Die Ostindien-Kompanie nutzt geschickt die Zerstrittenheit der indischen Fürsten zu ihren Zwecken. Sie schließt militärische Bündnisse, stationiert Truppen und ist bei den Auseinandersetzungen der eigentliche Sieger. Auch der europäische Rivale, die französische Ostindische Kompanie, wird endgültig aus dem Feld geschlagen – 1761 fällt ihr letzter Stützpunkt Pondicherry.

Schon 1637 gehen die vier ersten englischen Schiffe im Hafen von Kanton vor Anker. Der Handel mit China beginnt, obwohl die hermetische Abgeschlossenheit des gewaltigen ostasiatischen Reiches für die Kaufleute zunächst eine fast unüberwindliche Schranke darstellt. Sie können sich nicht damit abfinden, denn das wichtigste Handelsgut ist Tee, der bis weit ins neunzehnte Jahrhundert nur in China angepflanzt wird. Alle Teelieferungen müssen mit Silber bezahlt werden. Das führt zu einer negativen Handelsbilanz der Engländer gegenüber China und der empfindlichen Abnahme der Silbervorräte. Auch die immer mächtiger werdende Ostindien-Kompanie kann den Isolationismus der chinesischen Kaiser nicht erschüttern. Der Einbruch gelingt jedoch mit einer Droge, mit dem Opium, das in Indien produziert wird. Die Ostindien-Kompanie hält sich zunächst offiziell aus dem direkten Opiumhandel heraus und läßt ihre Ware mit Einverständnis der englischen Regierung von privaten Schiffen nach China bringen. 1729 verbietet der chinesische Kaiser die Opiumeinfuhr. Da China jedoch an den Einkünften aus dem Außenhandel interessiert ist, beginnt man erst 1793 gegen die Importeure wirksamer vorzugehen. Doch die Gewinne aus dem Opiumhandel sprechen für sich. Weder die ehrwürdige Ostindien-Kompanie noch die ehrbaren Handelsherren und Schiffseigner wollen darauf verzichten. An die Opfer denkt niemand. 1834 unterstützt die Regierung in London den Handel mit China, indem sie der Ostindien-Kompanie das Handelsmonopol entzieht. Nun stehen den privaten Handelshäusern alle Möglichkeiten offen. Das schmutzige Geschäft Tee gegen Opium blüht, es helfen auch keine Erlasse und Verbote der Regierung in Peking mehr. 1840/41 kommt es zum Opiumkrieg, den die Chinesen verlieren. Der Opiumhandel geht weiter.

Die Expansion der europäischen Großmächte über Jahrhunderte hinweg gelingt im Grunde nur, weil die Erschließung neuer Märkte, neuer Reichtümer alle Bevölkerungsschichten in die Welt hinauslockt. Wenn das nicht in dem Maß gelingt, wie es zur Kolonisierung der eroberten Gebiete notwendig ist, werden die Untertanen zur Auswanderung verurteilt.

Auf der Suche nach dem ideellen und materiellen Glück, das viele Menschen in ihrer Heimat nicht finden können, wagen sie den Sprung ins Unbekannte. Amerika, die Neue Welt, wird am Ende des achtzehnten Jahrhunderts mit der erkämpften Unabhängigkeit von

England zum Inbegriff des Traums von einer neuen Heimat. 1773 versenkt man in Boston die Teeladung von drei Schiffen, und ein Jahr darauf beschließen die Delegierten der 13 Neuengland-Staaten die Einstellung des Handels mit England. Die starren gesellschaftlichen Schranken, die die Auswanderer in den Kolonien bislang noch trennen, fallen langsam, und ein neues Selbstbewußtsein entsteht. Es beruht auf Erfahrungen, die aus Ideen, Grundsätzen und Normen um das Überleben resultieren. Die pragmatische, zunehmend materialistische Haltung der Eroberer und Pioniere aus dem Abendland wendet sich gegen die alte Heimat und ihre Herrscher. Ihre Schwäche und Korruptheit tritt gerade dort am deutlichsten zutage, wo es um die Ausbeutung erschlossener Handelswege geht, wie das Beispiel des Dreieckshandels Opium aus Indien gegen Tee aus China zeigt. Dabei werden Gewinne und Steuern über den Umweg Amerika nach England transferiert.

Während die Mächtigen in Europa – die Königs- und Kaiserhäuser, der Adel und die Kirchen – fünf Jahrhunderte im Geist eines neuzeitlichen Denkens, das die Vernunft und damit auch die Materie zum Maßstab erhebt, Kriege und Kämpfe aller erdenklichen ideellen und materiellen Schattierungen führen, fließen ihnen aus den Kolonien die Reichtümer Asiens und des fernen Orients zu. Die Kolonien finanzieren politische, kulturelle und künstlerische Ideen, die wir heute etwa in Museen, an Baudenkmälern und in Kunstwerken bewundern.

Als Ideale verinnerlicht und verwirklicht hat sie jeder einzelne, der in seiner Zeit aus Überzeugung und Gefühl auf den ›Kreuzzug der Liebe‹ gezogen ist. Das Schlachtfeld der Emotionen zeigt im historischen Rückblick die Kurzlebigkeit der Siege, das Ausmaß der Vernichtung, das tragische Schicksal der einzelnen, die oft trotz bester Absicht ihrer Unwissenheit zum Opfer fielen, weil weder Ruhm noch Geld noch Reichtum und Erfolg ihnen die Kraft gaben, das Versprechen der Liebe einzulösen – gegenüber der Frau, dem Mann, dem Volk, dem Vaterland und nicht zuletzt gegenüber sich selbst.

Dr. Manfred Ohl und Hans Sartorius

Danksagung

Besonderer Dank gilt meinem Mann für seine vielen zutreffenden Beobachtungen und Berichtigungen und für die Geduld, mit der er während der langen Zeit, in der dieses Buch entstand, häusliche Unordnung ertragen hat. Mein Dank gilt auch lieben Freunden und Verwandten, die mir großzügig ihre Zeit und ihre Gedanken geschenkt haben. Sie sind nicht mit schnellem Lob über meine Arbeit hinweggegangen, sondern haben sie mit genauer und produktiver Kritik gefördert. Ich danke allen, die mir mit klugem Rat beigestanden und das Manuskript bis zur Veröffentlichung betreut haben.
Besonders danke ich meinem Lektor, Thomas J. McCormack, durch dessen oft unerbittliche, aber stets inspirierte Arbeit ein weit besseres Buch entstanden ist, als ich erwartet hatte. Den anderen, deren schwierige Aufgabe darin lag, Entscheidungen in Frage zu stellen, Änderungen vorzuschlagen, Fehler zu korrigieren und schließlich ein chaotisches Manuskript zu ordnen, spreche ich nicht nur meinen Dank, sondern meine größte Bewunderung aus.

Rebecca Ryman

Rebecca Ryman

Shalimar

Roman

Aus dem Amerikanischen

von Manfred Ohl und Hans Sartorius

Band 14789

Delhi im Jahre 1889. Als Emma Wyncliffe dreiundzwanzig Jahre alt ist, stirbt ihr geliebter Vater bei einer Expedition im Himalaja. Nun trägt ihre Mutter allein die Sorge, ihre Tochter standesgemäß in der englischen Gesellschaft zu verheiraten. Aber Emma ist an einem Mann gar nicht interessiert. Ihr Ziel ist es, die wissenschaftliche Arbeit ihres Vaters zu vollenden und zu veröffentlichen. Eines Tages tritt unerwartet ein Fremder in Emmas Leben: Damien Granville. Keiner weiß Genaueres über diesen Mann, der angeblich wegen Geschäften aus Kaschmir angereist ist und alle Frauenherzen Delhis höher schlagen lässt. Er wirbt um Emma, doch sie weist ihn schroff zurück. Als ihr Bruder bei einem Glücksspiel das Haus der Familie an Granville verliert, wendet Emma sich an ihn. Damien Granville ist nur unter einer Bedingung bereit, die Spielschuld zu erlassen: Emma soll seine Frau werden. Und so folgt Emma einem Fremden nach Kaschmir. Doch je tiefer Emma in sein Geheimnis eindringt, um so weiter öffnet sich ihr Herz für diesen Mann, der einen gefährlichen Plan verfolgt.

Fischer Taschenbuch Verlag

fi 14789 / 1